W0365861

Hobbit Presse
PAPERBACK

Anthony Ryan

Der Herr des Turmes

Rabenschatten 2

Aus dem Englischen übersetzt
von Hannes Riffel &
Birgit Maria Pfaffinger

Klett-Cotta

Hobbit Presse Paperback
www.hobbitpresse.de
Die Originalausgabe erschien unter dem Titel
»Tower Lord. A Raven's Shadow Novel« im Verlag ACE Books,
The Penguin Group (USA) Inc., New York 2014
© 2014 by Anthony Ryan
Für die deutsche Ausgabe
© 2015 / 2017 by J. G. Cotta'sche Buchhandlung
Nachfolger GmbH, gegr. 1659, Stuttgart
Alle deutschsprachigen Rechte vorbehalten
Printed in Germany
Umschlaggestaltung: Birgit Gitschier, Augsburg; Illustration: Federico Musetti
Gesetzt von Fotosatz Amann, Memmingen
Gedruckt und gebunden von Druckerei C.H.Beck, Nördlingen
ISBN 978-3-608-94972-8

Dritte Auflage, 2019

Für meine Mutter Catherine,
die lange vor mir daran geglaubt hat

Inhalt

ERSTER TEIL

◆ ◆ ◆

Der Rabe gleitet auf Feuerflügeln einher
dieweil Flammen geboren werden
auf Sommerwinden.

— Seordahnisches Gedicht, anonym —

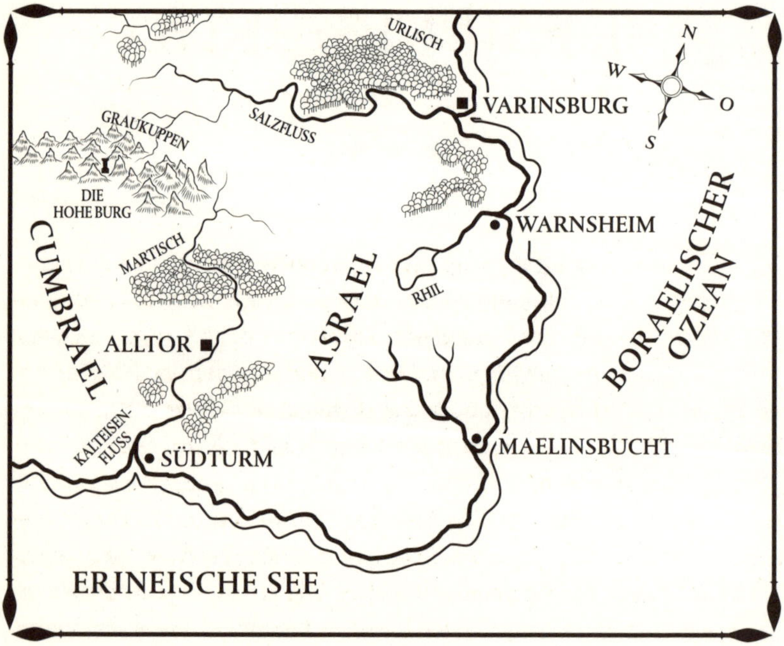

URLISCH
N
W
O
S
VARINSBURG
SALZFLUSS
GRAUKUPPEN
DIE HOHE BURG
WARNSHEIM
BORAELISCHER OZEAN
CUMBRAEL
MARTISCH
ASRAEL
RHIL
ALLTOR
KALTEISEN-FLUSS
SÜDTURM
MAELINSBUCHT
ERINEISCHE SEE

Verniers' Bericht

Meine Kindheit und Jugend habe ich in großem Wohlstand verbracht. Entschuldigen werde ich mich dafür nicht, denn schließlich hat man keinen Einfluss darauf, von wem man abstammt. Ich bedaure es auch nicht, im Überfluss gelebt zu haben, umgeben von Dienern und vortrefflichen Hauslehrern, die meine Neugier nährten und meine Begabungen förderten. Aus meiner Jugend weiß ich keine Geschichten von Mühsal und Entbehrung zu erzählen, keine Epen über das Ringen mit der Ungerechtigkeit des Lebens. Ich wurde in eine Familie von edler Abstammung und beträchtlichem Reichtum hineingeboren, habe eine außergewöhnliche Erziehung genossen und wurde schließlich, dank der Verbindungen meines Vaters, bei Hofe in Dienst genommen. Auch wenn treuen Lesern durchaus bekannt sein wird, dass mein Leben nicht völlig frei von Kummer und Leid war, habe ich in den sechsunddreißig Jahren, welche den Ereignissen vorausgingen, die hier geschildert werden, nie auch nur einen Tag körperlicher Strapazen gekannt. Hätte ich allerdings geahnt, dass meine Reise in die Königslande, wo ich meine Arbeit an einer vollständigen und vorurteilsfreien Geschichte dieses schrecklichen, wenngleich faszinierenden Reiches zu beginnen gedachte, mich mit mühevoller Arbeit, Erniedrigung und Folter bekannt machen würde, so wäre ich freudig über Bord gesprungen und hätte mich nach Kräften bemüht, die riesigen Gewässer, in denen es vor Haien nur so wimmelt, schwimmend zu überwinden, um nach Hause zurückzukehren. Mit Anbruch des Tages, an dem ich diese Geschichte zu erzählen beginne, hatte ich erfahren, was Schmerzen sind. Peitsche und Knüppel haben mich ihre Lektion gelehrt, und ich weiß, wie metallisch Blut schmeckt, wenn es einem aus dem Mund hervorschießt und Zähne und jeden Widerstandswillen mit sich fortreißt. Ich habe gelernt, was es heißt, ein Sklave zu sein. Als ein solcher wurde ich gerufen, denn ich war einer, und ungeachtet des ganzen Unfugs, den Ihr gehört oder gelesen haben mögt, war ich nie, zu keinem Zeitpunkt, ein Held.

Der volarianische General war jünger, als ich erwartet hatte, und seine Gattin – meine neue Besitzerin – desgleichen. »Wie ein Gelehrter sieht er nicht aus, mein Herz«, sagte er nachdenklich und musterte mich eingehend. »Dafür ist er ein wenig zu jung.« Er hatte sich, in rote und schwarze Seidengewänder gehüllt, auf einem Diwan niedergelassen, wie es sich für einen hochgeachteten Soldaten ziemte; seine Glieder waren wohlproportioniert, sein Körperbau athletisch. Auffallend war jedoch, dass die blasse Haut an seinen Armen und Beinen keinerlei Narben aufwies. Sogar sein Gesicht war glatt und makellos. Inzwischen bin ich zahllosen Kriegern unterschiedlicher Nationen begegnet, doch dieser war der erste, dem sein Beruf nicht anzusehen war.

»Scharfe Augen scheint er allerdings zu haben«, fuhr der General fort, als er meinen prüfenden Blick bemerkte. Sofort schlug ich die Augen nieder und machte mich auf den unvermeidlichen Schlag oder Peitschenhieb des Aufsehers gefasst. Am ersten Tag meiner Knechtschaft hatte ich miterlebt, wie ein gefangener Soldat des königlichen Heeres bestraft worden war, nur weil er einem untergeordneten Offizier der Freien Reiterei einen wütenden Blick zugeworfen hatte – erst war er bis aufs Blut ausgepeitscht worden, und dann hatte man ihm den Bauch aufgeschlitzt. Dies würde ich so schnell nicht vergessen.

»Hochverehrter Gatte«, sagte die Frau des Generals mit ihrer etwas schrillen, aber kultivierten Stimme. »Darf ich vorstellen? Verniers Alishe Someren, Erster der Gelehrten und kaiserlicher Geschichtsschreiber am Hofe seiner Hoheit Aluran Maxtor Selsus.«

»Ist er das wirklich, mein Herz?« Zum ersten Mal, seit ich diese vornehme Kajüte betreten hatte, schien das Interesse des Generals geweckt. Für eine Schiffskoje war das Gemach ungeheuer groß, ganz abgesehen von den teuren Teppichen und Wandbehängen, den mit Früchten und Wein überladenen Tischen. Wäre das sanfte Schaukeln des Kriegsschiffs nicht gewesen, hätte man sich in einem Palast wähnen können.

Der General erhob sich und kam auf mich zu, wobei er mein Gesicht genauer in Augenschein nahm. »Der Autor der Gesänge von Gold und Staub? Der Chronist des Großen Erlösungskrieges?« Er trat noch etwas näher und schnüffelte an mir. Seine Nasenflügel erbebten angewidert. »Ich finde, er riecht wie jeder andere alpiranische Hund. Und sein Blick ist bei weitem zu unverschämt.«

Er wich einige Schritte zurück und gab dem Aufseher ganz beiläufig ein Zeichen. Dieser versetzte mir den Hieb, den ich schon längst erwartet hatte, einen festen Schlag auf den Rücken, ausgeführt mit dem elfenbeinernen Peitschengriff, eine geübte, kaum wahrnehmbare Bewegung. Ich verbiss mir den Schmerzensschrei – ein Ausruf wurde als Rede gewertet, und wer ohne Aufforderung sprach, hatte den Tod zu gewärtigen.

»Mein Gatte, bitte!«, sagte die Frau des Generals in einer Anwandlung von Verärgerung. »Er war teuer.«

»Ach, das glaube ich wohl.« Der General streckte eine Hand aus, und in Windeseile kam ein Sklave herbei und füllte seinen Weinbecher. »Keine Sorge, verehrte Gattin. Ich werde darauf achten, dass sein Verstand und seine Hände unversehrt bleiben. Ohne sie taugt er nicht viel, oder? Nun denn, Schreiberling, wie kommt es, dass du dich in dieser von uns erst vor kurzem eroberten Provinz aufhältst?«

Ich antwortete schnell, während ich meine Schmerzenstränen fortblinzelte – wer zögerte, wurde umgehend bestraft. »Ich wollte Nachforschungen für ein neues Geschichtswerk anstellen, Herr.«

»Ausgezeichnet! Ich bin ein großer Bewunderer deiner Werke. Nicht wahr, mein Herz?«

»In der Tat, mein Gatte. Ihr seid selbst ein Gelehrter.« In ihrer Stimme schwang, als sie das Wort »Gelehrter« aussprach, ein merklicher Unterton mit. Hohn, wie mir bewusst wurde. Sie hat keinen Respekt vor diesem Mann. Und doch macht sie mich ihm zum Geschenk.

Es dauerte einen Moment, bevor der General weiterredete, und plötzlich klang er ein wenig gereizt. Ihm war die Beleidung nicht entgangen, doch er nahm sie hin. Wer hatte hier das Sagen?

»Und was war das Thema?«, wollte der General wissen. »Deines neuen Geschichtswerks?«

»Die Vereinigten Königslande, Herr.«

»Ah, dann haben wir dir ja einen Dienst erwiesen, nicht wahr?« Er kicherte, ganz entzückt über seinen eigenen Humor. »Schließlich haben wir dafür gesorgt, dass diese Geschichte ein Ende findet.«

Er lachte erneut, trank aus seinem Weinbecher und zog eine Augenbraue hoch. »Nicht übel. Schreib das auf, Sekretär.« Der glatzköpfige Sklave, der in einer Ecke gekauert hatte, trat vor, den Stift über dem Pergament erhoben. »Befehle an die Kundschafter: Die Weingüter sollen unangetastet bleiben und die Sklavenquoten in den Weinregionen halbiert werden. Schließlich wollen wir nicht, dass diese Fertigkeit in …« Er hielt inne und sah mich erwartungsvoll an.

»Cumbrael, Herr«, sagte ich.

»… in Cumbrael in Vergessenheit gerät. Nicht eben ein beeindruckender Name, wenn ich es mir recht überlege. Ich hätte gute Lust, dem Rat nach meiner Rückkehr vorzuschlagen, die Provinz umzubenennen.«

»Man muss dem Rat angehören, um ihm einen Vorschlag unterbreiten zu können, hochverehrter Gatte«, sagte seine Frau, dieses Mal ohne jede Geringschätzung. Mir entging jedoch nicht, wie der General seine wütenden Blicke hinter dem Weinbecher verbarg.

»Wo wäre ich, wenn Ihr mich nicht allzeit darauf hinweisen würdet, Fornella?«, murmelte er. »Nun denn, Geschichtsschreiber, wie geschah es, dass es uns vergönnt wurde, dich in unserer Familie willkommen zu heißen?«

»Ich war mit dem königlichen Heer unterwegs, Herr. König Malcius hatte mir die Erlaubnis erteilt, seine Soldaten bei ihrem Einsatz in Cumbrael zu begleiten.«

»Du warst also dort? Du hast meinen ruhmreichen Sieg miterlebt?«

Es kostete mich große Anstrengung, die Flut höllischer Geräusche und Bilder zu unterdrücken, die seit jenem Tag meine Träume heimsuchten. »Ja, Herr.«

»Mir scheint, Euer Geschenk ist weit wertvoller, als Euch bewusst war, Fornella.« Er schnippte mit dem Finger, und sein Sekretär hob den Kopf. »Gebt dem Geschichtsschreiber Stift, Pergament und eine Kajüte. Aber keine allzu bequeme, damit er mir nicht einnickt, anstatt seinen zweifellos wortgewaltigen und ergreifenden Bericht über meinen ersten großen Triumph während dieses Feldzugs zu verfassen.«

Er trat wieder dicht an mich heran und lächelte das Lächeln eines Kindes beim Anblick eines neuen Spielzeugs. »Ich möchte ihn morgen früh lesen. Wenn nicht, kostet es dich ein Auge.«

◆ ◆ ◆

Meine Hände schmerzten und mein Rücken war verspannt, denn der Tisch, den sie mir zur Verfügung gestellt hatten, war viel zu niedrig. Die Ärmel meines Sklavengewands waren von Tintenspritzern übersät, und vor Erschöpfung verschwamm mir die Welt vor den Augen. Noch nie zuvor hatte ich in so kurzer Zeit so viele Worte niedergeschrieben. Pergamentbögen lagen überall in der Kabine verstreut, bedeckt von oft ungelenken Versuchen, die Lüge zu verfertigen, die der General von mir verlangt hatte. Ein ruhmreicher Sieg. *Auf dem Schlachtfeld war nichts ruhmreich gewesen. Schmerzensschreie und unbändiges Gemetzel. Der Gestank von Scheiße und Tod. Ruhm? Nicht die Spur. Gewiss wusste der General das, schließlich war die Niederlage des königlichen Heeres sein Werk, aber mir war befohlen worden, eine Lüge hervorzubringen, und als pflichtbewusster Sklave bemühte ich mich nach Kräften, dieser Aufgabe gerecht zu werden. Als die Nacht ihren Höhepunkt überschritten hatte, wurde ich hin und wieder von Schlaf überwältigt, der mich in Albtraumwelten riss – Welten, in denen die Erinnerungen an jenen Tag mit völliger Klarheit zurückkehrten …* Das Gesicht des Kriegsherrn, als ihm bewusst wurde, dass nichts mehr die Niederlage abwenden konnte, die grimmige Entschlossenheit, als er sein Schwert zog und direkt auf die volarianischen Linien zuritt, wo er von den Kuritai niedergestreckt wurde, bevor er nur einen einzigen Streich führen konnte …

Ein lautes Klopfen holte mich in die Wirklichkeit zurück. Während die Kajütentür sich öffnete, rappelte ich mich auf. Ein Haussklave trat ein, in der Hand ein Tablett mit Brot und Trauben sowie einer kleinen Flasche süß duftendem Wein. Er stellte es auf dem Tisch ab und ging wortlos hinaus.

»Ich dachte mir, Ihr hättet vielleicht Hunger.«

Mein ängstlicher Blick richtete sich auf die Frau des Generals, die in der Tür stehen geblieben war. Sie trug ein Kleid aus roter Seide, das, mit Goldfäden durchwirkt, ihre Figur mehr als nur zur Geltung brachte. Sofort senkte ich den Blick.

»Vielen Dank, Herrin.«

Sie trat ein, schloss die Tür hinter sich und betrachtete die Blätter, die mit meiner fieberhaften Schrift bedeckt waren. »Und, seid Ihr fertig?«

»Ja, Herrin.«

Sie griff nach einem der Blätter. »Das ist Volarianisch.«

»Ich bin davon ausgegangen, dass dies dem Wunsch des Generals entspricht, Herrin.«

»Da habt Ihr wohl recht.« Während sie las, legte sie ihre Stirn in Falten. »Und elegant formuliert ist es auch. Mein Gatte wird neidisch sein. Er schreibt Gedichte, müsst Ihr wissen. Wenn Ihr einmal wirklich Pech habt, wird er sie Euch vortragen. Dann klingt er immer wie eine Ente mit einem äußerst unangenehmen Quaken. Aber das …« Sie hielt das Blatt hoch. »Es gibt hochangesehene volarianische Gelehrte, die Ihr damit beschämen würdet.«

»Ihr seid zu freundlich, Herrin.«

»Nein, ich spreche die Wahrheit. Sie ist meine Waffe.« Die Frau des Generals hielt inne und las dann laut vor. »Törichterweise unterschätzte der königliche Heerführer die Fähigkeiten seines Feindes und versuchte es mit einer ebenso offensichtlichen wie primitiven Strategie: Er wollte die Mitte der Volarianer direkt angreifen, während seine Kavallerie sich ihrer Flanke zuwandte. Dabei rechnete er allerdings nicht mit dem unvergleichlichen taktischen Scharfsinn von General Reklar Tokrev, der sämtliche dieser unbeholfenen Entscheidungen voraussah.« Sie blickte mich an. »Ganz offensichtlich seid Ihr ein Mann, der sein Publikum kennt.«

»Es freut mich, dass es Euch gefällt, Herrin.«

»Mir gefällt? Keineswegs. Aber meinem hochverehrten Gatten wird es gefallen, Dummkopf, der er ist. Diese Knittelverse werden spätestens morgen Abend an Bord des schnellsten Schiffes ins Kaiserreich unterwegs sein, zweifelsohne zusammen mit einem Befehl, tausend Abschriften davon anfertigen zu lassen.« Sie warf das Blatt beiseite. »Sagt mir – und ich befehle Euch, die Wahrheit zu sprechen –, wie kam es, dass das königliche Heer durch seine Hand eine solche Niederlage erlitten hat?«

Ich schluckte schwer. Sie mochte die Wahrheit von mir verlangen, aber was für einen Schutz konnte sie mir bieten, wenn sie diese Wahrheit mit zurück in ihr Ehebett nahm? »Herrin, ich habe mich womöglich einer etwas farbenfrohen Schilderung bedient …«

»Die Wahrheit, habe ich gesagt!« Wieder der schrille Tonfall, mehr als befehlsgewohnt. Die Stimme einer Frau, die lebenslang Sklaven besessen hatte.

»Das Heer des Königs ist der Überzahl und dem Verrat zum Opfer gefallen. Die Soldaten haben tapfer gekämpft, aber es waren zu wenig.«

»Ich verstehe. Habt Ihr an ihrer Seite gekämpft?«

Gekämpft? Als sich abzeichnete, dass die Königlichen die Schlacht verlieren würden, hatte ich mein Pferd blutig gepeitscht, um hinter die Linien zu gelangen und damit in Sicherheit. Doch es gab keine Sicherheit, die Volarianer waren überall, und sie töteten jeden. Ich entdeckte einen Leichenhaufen, unter dem ich mich verstecken konnte, und kroch später, als die Finsternis hereingebrochen war, darunter hervor, nur um sogleich von Sklavenjägern ergriffen zu werden. Diese Männer waren äußerst begierig gewesen, den Wert jedes Gefangenen einzuschätzen, und was ich wert war, wurde offensichtlich, als ich – nach der ersten Züchtigung – meinen wahren Namen preisgab. Die Frau des Generals hatte mich direkt aus dem Lager heraus gekauft, der in Ketten gelegten Meute entrissen. Allem Anschein nach hatte sie Befehl erteilt, sämtliche Gelehrte zu ihr zu bringen. Ich war offenbar ein ansehnlicher Fang, wovon auch der gut gefüllte Beutel zeugte, den sie dem Aufseher überreicht hatte.

»Ich bin kein Krieger, Herrin.«

»Das hoffe ich auch nicht, schließlich habe ich Euch nicht wegen Eures Heldenmuts gekauft.« Einen Moment betrachtete sie mich schweigend. »Ihr wisst es gut zu verbergen, aber ich sehe es trotzdem, Lord Verniers. Ihr hasst uns. Wir mögen Euch so lange geprügelt haben, bis Ihr uns gehorcht, aber der Hass ist noch immer da, wie trockener Zunder, der auf einen Funken wartet.«

Mein Blick blieb fest auf den Boden gerichtet und konzentrierte sich auf die verschlungenen Knoten in den Dielen, während sich auf meinen Handflächen frischer Schweiß bildete. Ihre Finger umfassten mein Gesicht und hoben mein Kinn. Ich schloss die Augen und unterdrückte einen angstvollen Laut, als sie mich küsste – ihre Lippen strichen ganz sanft über die meinen.

»Morgen früh«, sagte sie, »wird er wollen, dass Ihr dem abschließenden Angriff auf die Stadt beiwohnt, jetzt, nachdem die Breschen geschlagen sind. Sorgt unbedingt dafür, dass Euer Bericht angemessen aufgeplustert ist! Volarianer mögen es, wenn ihre blutigen Geschichten farbenprächtig erzählt werden.«

»Darauf könnt Ihr Euch verlassen, Herrin.«

»Also gut.« Sie trat zurück und öffnete die Tür. »Mit etwas Glück werden wir uns nicht allzu lange in diesem feuchten Land aufhalten müssen. Ich würde Euch in Volar gerne meine Bibliothek zeigen. Mehr als zehntausend Bände, manche so alt, dass niemand sie mehr übersetzen kann. Würde Euch das gefallen?«

»Sehr, Herrin.«

Sie seufzte mit einem Lächeln und verließ die Kajüte ohne ein weiteres Wort.

Ich starrte die geschlossene Tür lange an, ohne das Essen auf dem Tisch zu beachten, und das, obwohl mein Magen knurrte. Aus irgendeinem Grund hatten meine Hände aufgehört zu schwitzen. Trockener Zunder, der auf einen Funken wartet …

◆ ◆ ◆

Sie sollte recht behalten – der General ließ mich am Morgen auf das Vorderdeck bringen, von wo aus ich zuschauen musste, wie die Volarianer die Stadt Alltor einnahmen, die sie nun seit zwei Monaten belagerten. Es war ein beeindruckender Anblick: Die Zwillingstürme der Kathedrale des Weltvaters erhoben sich aus dem Meer der dicht beieinanderstehenden Häuser auf der großen, von einer Mauer gesäumten Insel, die mit dem Festland nur über eine einzige Dammstraße verbunden war. Dank meiner Nachforschungen wusste ich, dass diese Stadt noch nie eingenommen worden war, weder von Janus während der Vereinigungskriege noch von einem der früheren Anwärter auf die Königskrone. Dreihundert Jahre hatte sie allen Eroberern widerstanden! Doch damit war es jetzt vorbei, und das allein wegen zweier Breschen, die von den gewaltigen Wurfgeschützen in die Mauern geschlagen worden waren – Wurfgeschützen, die zweihundert Meter vom Ufer entfernt auf Schiffen emporragten und noch immer ihr Werk verrichteten und ihre riesigen Steine in die Breschen schleuderten, obzwar diese für mein unmilitärisches Auge schon ausreichend groß aussahen.

»Sind sie nicht prachtvoll, Geschichtsschreiber?«, fragte der General. Heute war er in voller Rüstung erschienen, die aus einer reich verzierten roten Emaillebrustplatte und schenkelhohen Kavalleriestiefeln bestand, mit einem Kurzschwert am Gürtel, jeder Zoll ein volarianischer Kommandant. Ich bemerkte einen weiteren Sklaven, der in der Nähe saß, einen spindeldürren alten Mann mit ungewöhnlich hellen Augen; ein Kohlestummel in seiner

Hand bewegte sich über eine breite Leinwand, um das Bildnis des Generals festzuhalten. Der General deutete auf eines der Wurfgeschütze, warf sich in Pose und blickte über die Schulter zu dem alten Sklaven.

»Bisher wurden sie ausschließlich an Land eingesetzt, aber ich habe ihr Potential erkannt, uns hier den Sieg zu bringen. Eine erfolgreiche Verbindung von Land- und Seekriegsführung. Schreib das nieder.« Ich kritzelte seine Worte auf das Pergament, das mir zu diesem Zweck ausgehändigt worden war.

Der alte Mann hörte auf zu skizzieren und verneigte sich mit ernster Miene vor dem General. Dieser entspannte sich und trat an einen Kartentisch. »Ich habe deinen Bericht gelesen«, erklärte er mir. »Klug von dir, mit deinem Lob so zurückhaltend zu sein.«

Wieder spürte ich, wie sich mir vor Angst die Brust zusammenkrampfte, und ganz kurz überlegte ich, ob er mich vorher fragen würde, welches Auge er mir ausreißen sollte.

»Ein allzu schmeichelhafter Bericht hätte unter meinen Lesern zu Hause wohl Misstrauen hervorgerufen«, fuhr er fort. »Dann hätten sie bestimmt gedacht, ich hätte meine Errungenschaften ein wenig übertrieben. Das hast du klug vorausgesehen.«

»Danke, Herr.«

»Das war kein Kompliment, sondern lediglich eine Feststellung. Schau, hier.« Er bedeutete mir, näher zu kommen, und wies auf die Karte, die auf dem Tisch lag. Mir war durchaus geläufig, dass volarianische Kartographen für ihre Genauigkeit bekannt waren, doch dieser Stadtplan von Alltor war so außerordentlich detailliert, dass er die besten Bemühungen der Gilde der kaiserlichen Landvermesser weit hinter sich ließ. Sofort fragte ich mich, wie lange die Volarianer diesen Überfall bereits geplant hatten und wer ihnen alles dabei geholfen hatte.

»Die Breschen sind hier und hier.« Seine Finger deuteten auf zwei Kohlemarkierungen auf der Karte, plumpe Striche durch die mit feiner Hand gezeichneten Mauern. »Ich werde beide gleichzeitig angreifen. Gewiss werden die Cumbraeler auf ihrer Seite allerlei Unannehmlichkeiten vorbereitet haben, aber sie werden sich ausschließlich auf die Breschen konzentrieren und nicht erwarten, dass wir noch einmal die Mauern stürmen.« Er tippte auf einen Punkt auf der nach Westen gewandten Mauer, der mit einem Kreuz markiert war. »Ein ganzes Bataillon Kuritai wird die Mauer erklimmen und

die nächstgelegene Bresche von hinten einnehmen. Damit werden wir uns einen Zugang zur Stadt sichern, und ich gehe davon aus, dass sie bis zum Einbruch der Dunkelheit in unserer Hand ist.«

Ich schrieb das alles nieder, wobei ich darauf achtete, nicht der Versuchung zu erliegen, ins Alpiranische zu verfallen. Falls ich mir Notizen in meiner Muttersprache machte, würde das sicherlich Misstrauen erregen. Der General trat vom Kartentisch zurück und sagte mit theatralischer Geste: »Ich muss zugeben, dass diese Gottesanbeter tapfere Feinde waren und, der Wahrheit die Ehre, die besten Bogenschützen, denen ich auf dem Schlachtfeld jemals begegnet bin. Diese Hexe scheint sie wirklich zu großen Anstrengungen zu beflügeln. Du hast zweifelsohne von ihr gehört, nicht wahr?«

In den Sklavenpferchen waren Neuigkeiten ein knappes Gut gewesen – nur wenn die Freien Schwerter einander Gerüchte zuflüsterten, schnappte man hier und dort etwas auf. Zumeist waren es Geschichten von neuen Massakern, welche die volarianischen Armeen auf ihrem Plünderungszug durch die Königslande begingen. Doch als diese sich nach Süden wandten und in Cumbrael einmarschierten, kam die Rede immer wieder auf die schreckliche Hexe von Alltor, den einzigen Hoffnungsfunken in einem dem Untergang geweihten Land. »Nur vage Gerüchte, Herr. Gut möglich, dass sie lediglich eine Mär ist.«

»O nein, es gibt sie wirklich. Die Wahrheit habe ich von einer Kompanie der Freien Schwerter erfahren, die nach dem letzten Angriff auf die Mauern geflohen ist. Sie sei dort gewesen, erzählten sie, ein Mädchen, nicht älter als zwanzig Jahre, mitten im Kampfgetümmel. Zahlreiche Männer soll sie getötet haben, behaupteten sie. Ich habe die nichtsnutzigen Feiglinge natürlich alle erdrosseln lassen.« Einen Moment hielt er gedankenversunken inne. »Schreib das auf: Feigheit ist der schlimmste Verrat an dem Geschenk der Freiheit. Denn ein Mann, der vor dem Kampf flieht, ist ein Sklave seiner Furcht.«

»Sehr tiefsinnig, hochverehrter Gatte.« Die Frau des Generals gesellte sich zu uns. An diesem Morgen war sie eher einfach gekleidet: Anstelle des edlen Seidenkleids trug sie ein schlichtes Musselingewand und einen roten Wollschal. Sie glitt an mir vorbei, dichter, als es im Grunde ziemlich war, schritt zur Reling und beobachtete die Männer, die eine der großen Winden betätigten, um die Zwillingsarme des Wurfgeschützes ein weiteres Mal zu spannen. »Vergesst nicht, dem bevorstehenden Blutbad in Eurem Bericht angemessen Platz einzuräumen, Verniers!«

»Jawohl, Herrin.« Mir entging nicht, dass die Hand des Generals am Heft seines Schwertes zuckte. Sie verspottet ihn bei jeder Gelegenheit. Und doch hält er seinen Zorn im Zaum, dieser Mann, der Tausende abgeschlachtet hat. Worin mag ihre wahre Rolle bestehen?*, fragte ich mich.*

Fornellas Blick richtete sich auf ein kleines Boot, das sich unserem Schiff näherte. Es war Ebbe, und die Riemen tauchten mit schöner Regelmäßigkeit in das ruhige Wasser. Im Bug stand ein Mann, der auf diese Entfernung nur schwer zu erkennen war, doch als sie ihn sah, erstarrte sie am ganzen Leib. »Unser Verbündeter schickt seinen Günstling, hochverehrter Gatte«, sagte sie.

Der General folgte ihrem Blick, und ganz kurz glitt ein düsterer Schatten über seine Gesichtszüge: Auf Zorn folgte Furcht. Plötzlich hatte ich das Bedürfnis, mich in Luft aufzulösen. Wer auch immer sich da dem Schiffe näherte – ich wusste, dass ich seine Bekanntschaft nicht machen wollte, wenn er diesen Menschen Angst einjagte. Aber natürlich gab es kein Entrinnen. Ich war ein Sklave, und niemand hatte mich fortgeschickt. Also blieb mir nichts anderes übrig, als stehen zu bleiben und auszuharren. Ein Tau wurde über Bord geworfen, und der volarianische Seemann fing es auf und band es mit einer Effizienz fest, die ihn Jahre ängstlicher Knechtschaft gelehrt hatten.

Der Mann, der sich auf das Deck hochzog, war in mittlerem Alter und untersetzt; er hatte einen Bart und sich lichtendes Haar. Sein Gesicht zeigte keinerlei Regung. »Willkommen«, sagte der General, um einen neutralen Tonfall bemüht. Kein Name zur Begrüßung, *stellte ich fest.* Wer ist dieser Mann?

»Ihr habt neue Informationen für uns, nehme ich an?«, fuhr der General fort.

Der Mann schenkte der Frage keine Beachtung. »Der Alpiraner«, grollte er mit einem Akzent, der, so hatte ich gelernt, aus dem Norden des gefallenen Reiches stammte. »Welcher ist er?«

»Was wollt Ihr von ihm?«, fragte Fornella mit schriller Stimme. Er wandte nicht einmal den Kopf, und meine Furcht erreichte neue Höhen, als er den Blick über das Deck schweifen ließ und schließlich auf mich richtete. Dann schritt er auf mich zu und blieb so dicht vor mir stehen, dass ich den üblen Geruch seines ungewaschenen Leibes riechen konnte. Er stank nach Tod und vollkommener Missachtung jeglicher menschlicher Sitte von Sauberkeit, sein Atem erinnerte an einen Gifthauch. Ängstlich wich ich vor ihm zurück.

»Wo«, verlangte er zu wissen, »ist Vaelin Al Sorna?«

Erstes Kapitel

Reva

Möge der Weltvater, der in Seiner Liebe alles sieht und alles weiß, meine Klinge lenken.

Sie beobachtete den hochgewachsenen Mann, der den Landungssteg herunterschritt und den Kai betrat. Gekleidet war er in gewöhnliche Seemannstracht aus einfachem graubraunem Stoff, feste, wenn auch nicht mehr ganz neue Stiefel und einen abgetragenen Wollmantel, den er sich um die Schultern gelegt hatte. Zu ihrer Überraschung konnte sie an seinem Gürtel kein Schwert entdecken. Allerdings hielt er einen mit einem Strick zugeknoteten Segeltuchbeutel umklammert, der groß genug für ein Schwert war.

Der hochgewachsene Mann drehte sich um, denn vom Schiff hatte jemand nach ihm gerufen – ein stämmiger, schwarzhäutiger Mann mit einem roten Schal um den Hals, der ihn als Kapitän des Seglers auswies, auf dem der erlauchte Passagier in diese kleine Hafenstadt gereist war. Der hochgewachsene Mann schüttelte den Kopf, ein höfliches, wenngleich angespanntes Lächeln auf den Lippen, winkte freundlich, aber unmissverständlich zum Abschied und wandte dem Schiff den Rücken zu. Er zog sich die Kapuze seines Mantels über den Kopf und ging mit raschen Schritten davon.

Am Kai warteten zahlreiche fliegende Händler, Sänger und Huren, die dem hochgewachsenen Mann nur wenig Beachtung schenkten, obwohl er aufgrund seiner Größe einige Blicke auf sich zog. Eine Schar Huren unternahm einen halbherzigen Versuch, ihn anzulocken, denn sie hielten ihn für einen der vielen Matrosen, die hier ihre Münzen unter das Volk bringen wollten, doch er lachte nur unbeschwert und breitete die Arme aus, um ihnen zu bedeuten, dass bei ihm nichts zu holen war.

Törichte Schlampen, dachte sie und duckte sich in die feuchtkalte Gasse, die seit drei Tagen ihr Zuhause war. Fischhändler wohnten in den Häusern rechts und links, und sie hatte sich noch immer nicht an den Gestank gewöhnt. *Ihn gelüstet es nach Blut, nicht nach nackter Haut.*

Der hochgewachsene Mann bog um die Ecke – zweifellos war das Nordtor sein Ziel. Sie erhob sich und trat aus ihrem Versteck, um ihm zu folgen.

»Die nächste Zahlung ist fällig, Schätzchen.« Schon wieder der fette Junge. Er drangsalierte sie bereits, seit sie das erste Mal in der Gasse Zuflucht gesucht hatte, und forderte ihr eine Münze nach der anderen ab, stets mit der Drohung, sie an die Wachleute zu verraten, denn die Hafenbehörde duldete keine Vagabunden. Allerdings wusste sie, dass er es eigentlich nicht auf ihr Geld abgesehen hatte. Er mochte etwa sechzehn sein und damit zwei Jahre jünger als sie, aber er war auch eine Handbreit größer und deutlich stämmiger. Ihm war anzusehen, dass er einen Großteil seiner Einnahmen für Wein ausgegeben hatte. »Schluss mit den Spielchen«, sagte er. »Noch einen Tag, und dann bist du verschwunden, hast du gesagt. Und jetzt treibst du dich immer noch hier rum. Die nächste Zahlung ist fällig.«

»Bitte!« Sie wich vor ihm zurück, ihre Stimme hoch und ängstlich. Wäre er nüchtern gewesen, hätte er sich vielleicht gefragt, warum sie sich in die finstere Gasse flüchtete, wo sie endgültig in der Falle saß. »Schau doch, ich hab noch mehr!« Sie streckte eine Hand aus, und die Kupfermünze funkelte im Halbdunkel.

»Kupfer!« Wie sie erwartet hatte, schlug er ihre Hand beiseite. »Cumbraelische Schlampe. Ich werde mir dein Kupfer nehmen und noch viel …«

Ihre Faust traf ihn, die Knöchel vorgestreckt, direkt unter der Nase, ein präziser Schlag, um den größtmöglichen Schmerz zu verursachen und die größtmögliche Verwirrung zu stiften. Sein Kopf flog nach hinten, und aus seiner Nase schoss ein Schwall Blut. Während er zurücktaumelte, zuckte ihr Messer aus der versteckten Scheide hinter ihrem Rücken hervor, aber es war nicht nötig, den tödlichen Streich zu führen. Dem fetten Jungen stand die Verständnislosigkeit ins Gesicht geschrieben. Er leckte sich über die aufgeplatzten Lippen und sackte dann langsam in sich zusammen. Sie packte ihn an den Fußknöcheln und zerrte ihn in eine dunkle Ecke. In seinen Taschen entdeckte sie ein paar Kupfermünzen, ein Fläschchen mit Rotblüte und einen angebissenen Apfel. Sie nahm die Münzen und den Apfel, ließ das Fläschchen stecken und ging geräuschvoll kauend davon. Wahrscheinlich würde es Stunden dauern, bis jemand den fetten Jungen fand, und selbst dann würden die Wachleute davon ausgehen, dass da zwei Betrunkene in eine Prügelei geraten waren. Wenig später hatte sie den hochgewachsenen Mann wieder entdeckt. Er schritt gerade durch das Tor, wobei er den Wachmännern freundlich zulächelte, allerdings ohne die Kapuze herunterzunehmen. Sie blieb zurück und aß ihren Apfel auf, während er die Straße nach Norden nahm. Erst als er eine halbe Meile Vorsprung hatte, heftete sie sich an seine Fersen.

Möge der Weltvater, der in Seiner Liebe alles sieht und alles weiß, meine Klinge lenken.

◆ ◆ ◆

Der hochgewachsene Mann hielt sich den ganzen Tag über auf der Straße nach Norden und blieb nur hin und wieder stehen, um den Blick über den Waldrand und den Horizont schweifen zu lassen – ganz offensichtlich war er ein vorsichtiger und erfahrener Krieger. Sie dagegen mied die Straße und versteckte sich stattdessen zwischen den Bäumen, die das Land nördlich von Warnsheim beherrschten, achtete aber darauf, ihn nicht aus dem Blick zu verlieren. Er marschierte in gleichmäßigem Tempo, wobei er schneller vorankam, als man eigentlich hätte meinen sollen. Auf der Straße waren nur wenige andere Reisende unterwegs, größtenteils Fuhrwerke, die Waren zum oder vom Hafen weg transportierten, und ein paar einsame Reiter, von denen keiner anhielt, um mit dem hochgewachsenen Mann zu sprechen. In den Wäldern lauerten allenthalben Banditen, und so war es äußerst unklug, mit einem Fremden zu reden. Ihm selbst schien das argwöhnische Desinteresse der Leute jedoch nichts auszumachen.

Während sich allmählich die Nacht über die Straße legte, bog er ab und suchte sich im Wald eine Lagerstätte. Sie folgte ihm bis zu einer kleinen Lichtung, die sich unter die Äste einer gewaltigen Eibe schmiegte, versteckte sich in einem flachen Graben hinter einem Ginstergestrüpp und beobachtete zwischen einigen Farnwedeln hindurch, wie er sein Lager aufschlug. Sie war von seinen sparsamen Bewegungen beeindruckt, von dem fast unbewussten Tun eines Mannes, der sich in der Wildnis auskennt; er sammelte Holz, zündete ein Feuer an, räumte sich einen Liegeplatz frei und rollte seine Decke aus – und das alles in kürzester Zeit.

Der hochgewachsene Mann setzte sich, mit dem Rücken an die Eibe gelehnt, auf den Erdboden, aß sein Abendmahl, das aus getrocknetem Rindfleisch bestand, und spülte es mit einem Schluck aus seiner Feldflasche hinunter. Dann schaute er zu, wie das Feuer herunterbrannte, seine Gesichtszüge merkwürdig angespannt, fast als lausche er einer bedeutenden Unterhaltung. Nur für den Fall, dass er sie bemerkte, hatte sie das Messer bereits gezogen. *Spürt er, dass er nicht allein ist?*, fragte sie sich. Der Priester hatte sie gewarnt, dass er das Dunkle in sich trage – dass er wahrscheinlich der schrecklichste Gegner war, mit dem sie es je zu tun haben würde. Sie hatte gelacht und das Messer auf die Zielscheibe geworfen, die an der Wand der Scheune hing, in der der Priester sie so viele Jahre ausgebildet hatte. Das Messer war zitternd genau in der Mitte stecken geblieben, und die Zielscheibe war in zwei Teile zerbrochen und heruntergefallen. »Der Weltvater ist mit mir, habt Ihr das schon vergessen?«, hatte sie gesagt. Der Priester hatte sie ausgepeitscht, ihres Stolzes wegen und weil sie zu wissen behauptete, was der Weltvater dachte.

Sie beobachtete den hochgewachsenen Mann und seine merkwürdig angespannten Gesichtszüge noch eine weitere Stunde, bis er schließlich blinzelte, einen letzten Blick in die Umgebung warf und sich dann, in seinen Mantel eingewickelt, zum Schlafen niederlegte. Trotz ihrer Ungeduld zwang sie sich, noch eine Stunde zu warten, bis der Himmel völlig finster geworden und der Wald pechschwarz war.

Nur die Rauchfahne, die von dem erloschenen Feuer aufstieg, verbreitete noch die Andeutung eines Lichtscheins.

Sie kroch aus dem Graben, ging in die Hocke und hielt das Messer umgedreht, sodass es mit der Klinge flach an ihrem Unterarm lag und sich nicht durch ein Funkeln verriet. Mit der ganzen Verstohlenheit, die der Priester in sie hineingeprügelt hatte, seit sie sechs Jahre alt gewesen war, näherte sie sich der schlafenden Gestalt, so lautlos wie nur irgendeines der Raubtiere, die in diesem Wald heimisch waren. Der hochgewachsene Mann lag auf dem Rücken, den Kopf zur Seite geneigt, den Hals entblößt. Es wäre so einfach gewesen, ihn jetzt zu töten, aber ihre Aufgabe war eindeutig. *Das Schwert,* hatte der Priester ihr erklärt, immer und immer wieder. *Allein das Schwert ist von Bedeutung, alles andere ist zweitrangig.*

Sie drehte das Messer herum, sodass sie es nun stoßbereit in der Hand hielt. *Die meisten Menschen reden freimütig, wenn sie eine Klinge an der Kehle spüren,* hatte der Priester gesagt. *Möge der Weltvater, der in Seiner Liebe alles sieht und alles weiß, deine Klinge lenken.*

Sie warf sich auf den hochgewachsenen Mann, und das Messer schnellte auf seine entblößte Kehle zu …

Die Luft wich ihr schmerzhaft aus der Lunge, als ihre Brust mit etwas Massivem zusammenprallte. *Seine Stiefel,* dachte sie fassungslos. Dann segelte sie drei Meter weit durch die Luft und landete auf dem Rücken. Sofort rappelte sie sich auf und stieß mit dem Messer dorthin, von wo sie den Angriff erwartete … und wäre fast vornübergefallen. Der hochgewachsene Mann stand neben der Eibe und betrachtete sie mit einer Miene, die den Zorn in ihrer Brust anschwellen ließ: Er schien belustigt zu sein.

Sie stieß ein Knurren aus und stürzte los, wobei sie jegliche Vorsicht fahren ließ, welche die Rute des Priesters ihr eingebleut hatte. Sie täuschte nach links und setzte dann zum Sprung an. Ihr Messer fuhr herab, um sich in die Schulter des hochgewachsenen Mannes zu bohren … und wieder verfehlte sie ihn. Dabei geriet sie ins Stolpern und hätte, von ihrem eigenen Schwung mitgerissen, fast das Gleichgewicht verloren. Kaum hatte sie sich gefangen, wirbelte sie herum und sah ihn nicht weit entfernt stehen, noch immer sichtlich belustigt.

Sie stürzte sich auf ihn, und ihr Messer vollführte eine komplizierte

Abfolge von Stichen und Stößen, begleitet von einer schwindelerregend schnellen Salve von Tritten und Faustschlägen … und wieder ging alles ins Leere.

Sie zwang sich stillzustehen, schnappte verzweifelt nach Luft und rang den Hass nieder, der sie zu überwältigen drohte. *Wenn ein Angriff scheitert, so ziehe dich zurück.* Die Worte des Priesters hallten laut in ihrem Kopf nach. *Harre im Schatten aus, bis sich eine weitere Gelegenheit bietet. Der Weltvater weiß Geduld stets zu belohnen.*

Sie knurrte den hochgewachsenen Mann ein letztes Mal an und wandte sich ab, um in der Finsternis zu verschwinden …

»Du hast die Augen deines Vaters.«

LAUF!, schrie die Stimme des Priesters in ihren Gedanken. Doch sie blieb stehen und drehte sich langsam wieder um. Der Gesichtsausdruck des hochgewachsenen Mannes hatte sich verändert, und an die Stelle der Belustigung war so etwas wie Trauer getreten.

»Wo ist es?«, verlangte sie zu wissen. »Dunkelklinge, wo ist das Schwert meines Vaters?«

Er runzelte die Stirn. »Dunkelklinge. Diesen Namen habe ich schon seit Jahren nicht mehr gehört.« Er ging zum Lager zurück, warf frische Zweige auf das Feuer und schlug einen Zündstein an.

Ihr Blick glitt zwischen Wald und Lager hin und her. Scham und Enttäuschung rangen in ihr um die Oberhand. *Memme, Feigling.*

»Bleib, wenn du bleiben möchtest«, sagte die Dunkelklinge. »Oder lauf, wenn du laufen willst.«

Sie atmete tief durch, schob ihr Messer in die Scheide und setzte sich auf die andere Seite des Feuers. »Eure unheilige Magie ist eine Beleidigung für die Liebe des Weltvaters.«

Er stieß ein belustigtes Brummen aus und warf weiter Zweige ins Feuer. »An deinen Schuhen klebt Kot aus Warnsheim. Stadtkot hat einen ganz bestimmten Geruch. Du hättest dich windabwärts verstecken sollen.«

Sie betrachtete ihre Schuhe und fluchte innerlich, widerstand jedoch der Versuchung, den Kot abzukratzen. »Ich weiß, dass Ihr dank der dunklen Gabe über geheimes Wissen verfügt. Woher wüsstet Ihr sonst, wer mein Vater ist?«

»Wie ich gesagt habe, du hast seine Augen.« Die Dunkelklinge ließ sich auf der Erde nieder, griff nach einem Lederbeutel und warf ihn ihr über das Feuer hinweg zu. »Hier – du siehst aus, als hättest du Hunger.«

Der Beutel enthielt getrocknetes Rindfleisch und einige Haferplätzchen. Sie ignorierte das Essen ebenso wie das lautstarke Knurren ihres Magens, der mit dieser Entscheidung offenbar überhaupt nicht einverstanden war. »Kein Wunder, dass Ihr das wisst«, sagte sie. »Schließlich habt Ihr ihn getötet.«

»Nein, das habe ich nicht. Und der Mann, der ihn auf dem Gewissen hat …« Er verstummte, und seine Miene verdüsterte sich. »Nun, auch er ist tot.«

»Es geschah auf Euren Befehl hin – Ihr habt ihn angegriffen, während er sich auf seiner heiligen Mission befand …«

»Hentes Mustor war ein wahnsinniger Fanatiker, der seinen eigenen Vater ermordet und sein Reich in einen sinnlosen Krieg gestürzt hat.«

»Die Wahrklinge hat einen Verräter der Gerechtigkeit des Weltvaters zugeführt und strebte danach, uns von Eurer ketzerischen Herrschaft zu befreien. Alles, was er vollbracht hat, geschah im Dienste des Weltvaters …«

»Wirklich? Hat er dir das erzählt?«

Sie verstummte, den Kopf gesenkt, um ihren Zorn zu verbergen. Ihr Vater hatte ihr rein gar nichts erzählt, denn sie hatte ihn nie kennengelernt, was dieser vom Dunklen heimgesuchte Ketzer offensichtlich wusste. »Sagt mir, wo es ist«, krächzte sie. »Das Schwert meines Vaters. Von Rechts wegen gehört es mir.«

»Das ist deine Mission? Eine heilige Queste, nur um eine Elle geschärften Stahls zu finden?« Er griff nach einem in Leinwand eingeschlagenen Bündel, das an der Eibe lehnte, und reichte es ihr. »Nimm das hier, wenn du möchtest. Wahrscheinlich ist es mit größerer Kunstfertigkeit geschmiedet worden als das deines Vaters.«

»Das Schwert der Wahrklinge ist eine heilige Reliquie, die als solche im Elften Buch beschrieben wird. Sie ist vom Weltvater gesegnet, um den *Geliebten* die Einheit zu bringen und der ketzerischen Herrschaft ein Ende zu bereiten.«

Das schien ihn noch mehr zu belustigen. »In Wahrheit war es eine schlichte Waffe renfaelischer Machart, eine Waffe, wie sie von Söldnern verwendet wird oder von einem Ritter, dem es an Mitteln mangelt. Auf dem Heft prangten weder Gold noch Edelsteine, die ihm einen Wert verliehen hätten.«

Trotz seines Spotts machten seine Worte sie neugierig. »Ihr wart dabei, als es nach dem Märtyrertod meines Vaters geraubt wurde. Sagt mir, wo es ist, oder ich schwöre beim Weltvater, Ihr werdet mich töten müssen, denn ich werde Euch Euer Leben lang verfolgen, Dunkelklinge.«

»Vaelin«, sagte er und legte das Schwert beiseite.

»Was?«

»So lautet mein Name. Wäre es dir möglich, ihn zu verwenden? Oder Lord Al Sorna, wenn dir an Förmlichkeit gelegen ist.«

»Ich dachte, man müsste Euch mit Bruder anreden.«

»Nicht mehr.«

Sie zuckte überrascht zurück. *Er gehört nicht mehr dem Orden an?* Das war absurd und gewiss ein Trick.

»Woher wusstest du, wo du meine Fährte aufnehmen kannst?«, fragte er.

»Das Schiff hat in Südturm angelegt, bevor es nach Warnsheim weitergesegelt ist. Unter den Geliebten spricht sich dergleichen schnell herum.«

»Also bist du nicht allein in deinem großen Unterfangen.«

Sie verbiss sich weitere von Zorn geschürte Worte. *Warum verrätst du ihm nicht gleich alle deine Geheimnisse, du nutzlose Schlampe?* Sie erhob sich und wandte ihm den Rücken zu. »Das letzte Wort ist noch nicht gesprochen …«

»Ich weiß, wo du das Schwert finden kannst.«

Sie zögerte und blickte über die Schulter. Seine Miene war jetzt vollkommen ernst. »Dann sagt es mir.«

»Das werde ich, aber ich habe Bedingungen.«

Sie verschränkte die Arme, das Gesicht von Abscheu verzerrt. »Der große Vaelin Al Sorna feilscht also wie jeder andere Mann um nackte Haut.«

»Das nicht. Wie du gesagt hast – ich sollte mich nicht wundern, wenn ich erkannt werde. Ich benötige so etwas wie eine Tarnung.«

»Eine Tarnung?«

»Ja, und du wirst meine Tarnung sein. Wir werden gemeinsam reisen, und zwar als …« Er dachte einen Moment nach. »… als Bruder und Schwester.«

Gemeinsam reisen. Mit ihm. Allein die Vorstellung bereitete ihr Übelkeit. Aber das Schwert … *Allein das Schwert ist von Bedeutung. Möge der Weltvater mir verzeihen.* »Wie weit?«, fragte sie.

»Nach Varinsburg.«

»Das sind von hier aus drei Wochen.«

»Länger. Ich muss unterwegs eine Zwischenstation einlegen.«

»Und wenn wir Varinsburg erreichen, werdet Ihr mir sagen, wo ich das Schwert finden kann?«

»Mein Wort darauf.«

Sie setzte sich wieder, jedoch ohne ihn anzuschauen. Es war ihr zutiefst unangenehm, ihm so widerspruchslos zu folgen. »In Ordnung.«

»Dann solltest du möglichst etwas schlafen.« Er rückte ein Stück vom Feuer weg, wickelte sich in seinen Mantel und legte sich hin. »Ach«, sagte er. »Wie soll ich dich nennen?«

Wie soll ich dich nennen? Nicht etwa: Wie heißt du? Offenbar ging er davon aus, dass sie ihn anlügen würde. Sie beschloss, ihn zu enttäuschen. Wenn er starb, wollte sie, dass er den Namen der Frau kannte, die ihn getötet hatte. »Reva«, sagte sie. *Nach meiner Mutter.*

◆ ◆ ◆

Sie schreckte aus dem Schlaf, geweckt von den Geräuschen, als er die Überreste des Feuers auseinandertrat. »Du solltest, glaube ich, etwas essen.« Er wies mit einer Kopfbewegung auf den Lederbeutel. »Wir haben heute noch ein ziemliches Stück Weges vor uns.«

Sie aß zwei Haferplätzchen und trank etwas Wasser aus der Feldflasche. Der Hunger war ein alter Freund, und sie konnte sich keines Tages entsinnen, an dem er ihrem Leben ferngeblieben wäre. *Die wahrhaft Geliebten,* hatte der Priester gesagt, als er sie das erste Mal die ganze Nacht draußen in der Kälte hatte ausharren lassen, *bedürfen lediglich der Liebe des Weltvaters als Nahrung.*

Sie befanden sich auf der Straße, noch bevor sich die Sonne über die Bäume erhoben hatte. Al Sorna schritt weit und gleichmäßig aus, und ihr fiel es nicht leicht, mit ihm mitzuhalten. »Warum habt Ihr in Warnsheim kein Pferd gekauft?«, fragte sie. »Reiten Adlige nicht überallhin?«

»Mein Geld reicht kaum für Essen, geschweige denn für ein Pferd«, erwiderte er. »Außerdem erregt ein Mann zu Fuß weniger Aufmerksamkeit.«

Warum ist er so darauf bedacht, sich vor seinen eigenen Landsleuten zu verstecken?, fragte sie sich. *Er hätte in Warnsheim nur seinen Namen erwähnen müssen, und sie hätten ihn mit Gold überhäuft und ihm jedes Pferd überlassen, das er sich nur wünschen kann.*

Doch jedes Mal, wenn ein Karren vorbeiklapperte, wandte er den Blick ab und zog sich die Kapuze tiefer ins Gesicht. *Warum auch immer er zurückgekehrt ist*, sinnierte sie, *um des Ruhmes willen hat er es nicht getan.*

»Du kannst recht gut mit deinem Messer umgehen«, bemerkte er, als sie neben einem Meilenstein eine Pause einlegten.

»Nicht gut genug«, murmelte sie.

»Solche Fertigkeiten bedürfen der Übung.«

Sie aß ein Haferplätzchen und schwieg.

»Als ich in deinem Alter war, hätte ich nicht versagt.« Er meinte es nicht spöttisch, sondern äußerte lediglich eine Tatsache.

»Weil Euer unheiliger Orden Euch von klein auf wie Hunde mit der Peitsche antreibt und Euch lehrt zu töten.«

Zu ihrer Überraschung lachte er. »Wohl wahr. Mit was für Waffen kannst du sonst noch umgehen?«

Sie schüttelte missmutig den Kopf, nicht länger willens, ihm mehr zu verraten als nötig.

»Mit dem Bogen bist du doch bestimmt vertraut«, beharrte er. »Alle Cumbraeler sind das.«

»Ich aber nicht!«, fauchte sie. Was nur ehrlich war. Der Priester hatte ihr erklärt, das Messer sei alles, was sie brauche, ein Bogen sei nichts für Frauen. Er selbst hatte natürlich einen Bogen – alle cumbraelischen Männer hatten einen, Priester oder nicht. Die Schmerzen während der Prügel, die er ihr verabreicht hatte, als sie versuchte, sich den Umgang mit dem Bogen heimlich selbst beizubringen, wurden nur von der Demütigung übertroffen, die sie empfand, als sie feststellte, dass es ihre Kraft überstieg, einen Langbogen zu spannen. Bis heute hatte sie das nicht überwunden.

Er ließ die Sache auf sich beruhen, und sie setzten ihren Weg fort, wobei sie vor Einbruch der Nacht weitere zwanzig Meilen zurücklegten. Er schlug das Lager ein wenig früher auf als am Abend zuvor, und nachdem er das Feuer angezündet und sie angewiesen hatte, es zu schüren, machte er Anstalten, im Wald zu verschwinden. »Wohin geht Ihr?«, fragte sie, weil sie argwöhnte, dass er einfach davonlaufen und sie zurücklassen würde.

»Ich möchte sehen, was für Geschenke der Wald für uns bereithält.«

Eine gute Stunde später, als es allmählich richtig finster wurde, kam er zurück, in der Hand einen langen Eschenast. Nach dem Essen setzte er sich ans Feuer, entfernte mit geübter Hand Zweige und Rinde, und begann mit einem kurzen Seemannsmesser daran herumzuschnitzen. Da er kein Wort der Erklärung äußerte, konnte sie schließlich dem Drang nicht widerstehen, ihn zu fragen. »Was macht Ihr da?«

»Einen Bogen.«

Sie stieß ein wütendes Knurren aus. »Ich werde von Euch keine Geschenke annehmen, Dunkelklinge.«

Er hob nicht einmal den Blick. »Der ist für mich. Über kurz oder lang werden wir jagen müssen.«

Während der nächsten beiden Abende arbeitete er an dem Bogen. Er spitzte die Enden an und schliff die Mitte rund, wobei sie auf einer Seite abgeflacht war. Als Bogensehne flenste er einen Schnürsenkel und band ihn an den Kerben fest, die er in die Enden geschnitzt hatte. »Ich war noch nie ein guter Bogenschütze«, sinnierte er und schlug die Sehne an, die daraufhin einen dunklen Ton von sich gab. »Mein Bruder Dentos dagegen – bei dem hatte man den Eindruck, er wäre mit einem Bogen in der Hand zur Welt gekommen.«

Sie kannte die Geschichte von Bruder Dentos, denn sie war ein fester Bestandteil seiner Legende. Der berühmte Bogenschütze aus dem Orden, der seine Mitbrüder gerettet hatte, indem er die alpiranischen Belagerungsmaschinen in Brand steckte, nur um am nächsten Tag in einen feigen Hinterhalt der Alpiraner zu geraten und zu sterben. Man erzählte sich, dass die Dunkelklinge so wütend gewesen war, dass er die Angreifer ausnahmslos niedergemetzelt hatte, obwohl sie um Gnade flehten. Reva hegte ernsthafte Zweifel an der Wahrheit dieser und all der anderen abstrusen Geschichten, die sich um das Leben von Vaelin Al Sorna rankten, aber die Leichtigkeit, mit der er an jenem ersten Abend ihren Angriff zurückgeschlagen hatte, gab ihr zu denken – vielleicht verbarg sich unter all dem doch ein Körnchen Wahrheit.

Aus einem weiteren Eschenast fertigte er Pfeile; allerdings musste er diese, da sie kein Metall für die Spitze zur Verfügung hatten, von Hand bearbeiten. »Für Vögel sollten sie genügen«, sagte er. »Ein Wildschwein kann man damit allerdings nicht erlegen, dafür braucht es Eisen.«

Er nahm den Bogen und verschwand im Wald. Sie wartete ganze zwei Minuten, stieß einen Fluch aus und folgte ihm. Schließlich entdeckte sie ihn, wie er hinter dem Stamm einer uralten Eiche kauerte, einen Pfeil schussbereit aufgelegt. Er wartete völlig regungslos, den Blick auf eine mit hohem Gras bewachsene Lichtung gerichtet. Reva trat vorsichtig an seine Seite, brachte es jedoch fertig, auf einen trockenen Zweig zu treten. Ein lautes Knacken hallte über die Lichtung. Drei Fasane erhoben sich mit rauschenden Flügeln aus dem Gras. Die Bogensehne sirrte, und ein Vogel taumelte auf die Wiese, wobei hinter ihm Federn aufstoben. Al Sorna warf ihr einen vorwurfsvollen Blick zu, bevor er hinüberging, um seine Beute zu holen.

Von wegen kein guter Bogenschütze, dachte sie. *Lügner.*

◆ ◆ ◆

Als sie am nächsten Morgen erwachte, war sie allein. Die Dunkelklinge befand sich zweifellos wieder auf der Jagd; allerdings hatte er den Bogen zurückgelassen – er lehnte an einem umgestürzten Baumstamm. Sie hatte ein komisches Gefühl in der Magengrube, eine seltsame Schwere, und ihr wurde bewusst, dass sie das erste Mal in ihrem Leben mit vollem Bauch aufgewacht war. Al Sorna hatte den Fasan aufgespießt, seine Haut mit Zitronenthymian eingerieben und ihn dann über dem Feuer gegart. Das Fett war ihr übers Kinn gelaufen, während sie ihren Anteil hinuntergeschlungen hatte. Er hatte ihr mit einem Lächeln dabei zugeschaut, und sie hatte sich wütend abgewandt, aber aufgehört zu essen hatte sie nicht.

Ihr Blick ruhte einen Moment auf dem Bogen. Er war kürzer als der Langbogen, mit dem sie sich jahrelang abgemüht hatte, und sehr wahrscheinlich einfacher zu spannen. Sie sah sich um, hob ihn hoch und legte einen Pfeil aus dem behelfsmäßigen Köcher auf, den Al Sorna aus langen Grashalmen geflochten hatte. Der Bogen fühlte sich leicht an, wie für sie geschaffen. Sie visierte den schmalen Stamm einer Weißbirke an, der etwa zehn Meter entfernt war, das leichteste Ziel, das sie entdecken konnte. Der Bogen war schwerer zu spannen, als sie erwartet hatte, und sie musste daran denken, wie sie sich mit dem Langbogen abgeplagt hatte, aber schließlich gelang es ihr doch, die Sehne bis an ihre Lippen zurückzuziehen, bevor sie losließ. Der Pfeil streifte die Birke und verschwand in einem Farngesträuch.

»Nicht übel.« Al Sorna kam durch das Unterholz geschritten; in seinem Mantel trug er einen ganzen Haufen frisch gesammelter Pilze.

Reva warf ihm den Bogen zu, ging in die Hocke und zog ihr Messer. »Er ist nicht ganz gerade«, murmelte sie. »Sonst hätte ich getroffen.« Sie packte ihr Haar im Nacken und begann, wie jede Woche, es rituell abzuschneiden.

»Lass das bitte«, sagte Al Sorna. »Du sollst als meine Schwester gelten. Asraelische Frauen tragen ihr Haar lang.«

»Asraelische Frauen sind eitle Schlampen.« Demonstrativ sägte sie ein Haarbüschel ab und ließ es fallen.

Al Sorna seufzte. »Dann werden wir wohl erzählen müssen, dass du ein bisschen einfältig bist. Das Kind hat sich schon in jungen Jahren angewöhnt, sich die Haare abzuschneiden. Meine arme alte Mama konnte es ihm einfach nicht abgewöhnen.«

»Das wagt Ihr nicht!« Sie starrte ihn wütend an. Er schenkte ihr ein breites Lächeln. Sie biss die Zähne zusammen und schob das Messer in die Scheide zurück.

Er legte Bogen und Köcher neben sie auf die Erde. »Behalte ihn. Ich werde mir einen neuen machen.«

◆ ◆ ◆

Am nächsten Tag marschierten sie wieder die Straße entlang. Al Sorna ließ in seinem Tempo nicht nach, aber ihr fiel es immer leichter, mit ihm mitzuhalten, was zweifellos auch daran lag, dass sie endlich einmal genug zu essen bekam. Nach etwa einer Stunde blieb Al Sorna stehen, hob den Kopf und sog die Luft durch die Nase ein. Es dauerte einen Moment, bevor Reva den Geruch, der von dem leichten Westwind herbeigetragen wurde, ebenfalls bemerkte – ein beißender Gestank, der ihr durchaus vertraut war, und Al Sorna erging es offenbar ähnlich.

Er sagte nichts, sondern verließ die Straße und schritt zum Wald hinüber. Je weiter sie nach Norden kamen, desto mehr lichtete er sich, aber sie waren doch immer wieder auf dichte Waldungen gestoßen, in denen sie ihr Lager aufschlagen und jagen konnten. Sie bemerkte, dass er sich jetzt irgendwie anders bewegte; er hatte die Schultern ein wenig gebeugt, seine Arme hingen locker herab, und er spreizte die Finger, als wollte er nach etwas greifen. Der Priester hatte sich manchmal auf dieselbe Art und Weise bewegt, allerdings nicht mit einer solch beiläufigen Anmut. Ihr wurde urplötzlich bewusst, dass die Dunkelklinge dem Priester weit überlegen war, etwas, das sie für unmöglich gehalten hatte. Niemand konnte den Priester besiegen, schließlich verdankte er seine Fähigkeiten dem Segen des Weltvaters. Aber dieser Ketzer, dieser Feind der Geliebten, bewegte sich mit solch raubtierhafter Anmut, dass sie wusste: Jeder Kampf zwischen den beiden hätte nur einen Ausgang. *Ich war eine Närrin,* dachte sie. *Ihn so überwältigen zu wollen. Das nächste Mal muss ich mich einer List bedienen … oder besser ausgebildet sein.*

Sie folgte ihm in kurzem Abstand. In der Hand hielt sie noch immer den Bogen, und sie fragte sich, ob sie einen Pfeil auflegen sollte, entschied sich jedoch dagegen. Sie war einfach nicht gut genug, um eine Bedrohung für das darzustellen, was unter den Bäumen auf sie wartete. Stattdessen zog sie das Messer und suchte den Waldsaum ab, konnte außer Ästen, die sich im Wind wiegten, aber nichts entdecken.

Etwa zwanzig Meter tief im Wald stießen sie auf die Leichen, drei Leichen: ein Mann, eine Frau und ein Kind. Der Mann war an einen Baum gefesselt und mit einem Hanfseil geknebelt worden, und vom Hals bis zur Taille starrte seine Haut vor getrocknetem Blut. Die Frau war nackt, und ihr war anzusehen, dass sie lange Marter erduldet hatte – ihre Haut war von Striemen und Schnitten bedeckt. Einer ihrer Finger war abgehackt worden, und zwar während sie noch am Leben gewesen war, so viel Blut war geflossen. Der Junge mochte nicht älter als zehn gewesen sein, und auch er war misshandelt worden.

»Banditen«, sagte Reva. Sie musterte den Mann, der an den Baum gefesselt war, eingehender. Der Hanfknebel hatte sich tief in seine Wangen gegraben. »Sieht so aus, als hätten sie ihn gezwungen, alles mitanzuschauen.«

Al Sorna betrachtete den Schauplatz des Verbrechens mit einer Intensität, die sie bisher noch nicht an ihm bemerkt hatte. Er suchte den Boden ab, als würde er eine Spur verfolgen.

»Das alles ist vor mindestens anderthalb Tagen geschehen«, fuhr Reva fort. »Ihre Fährte hat sich wahrscheinlich längst verloren. Bestimmt haben sie die nächstgelegene Ortschaft aufgesucht und versaufen und verhuren das, was sie hier erbeutet haben.«

Er wandte sich um und betrachtete sie mit loderndem Blick. »Die Liebe deines Weltvaters scheint dir jegliches Mitgefühl geraubt zu haben.«

Angesichts seines Zorns packte sie ihr Messer fester. »In diesem Land wimmelt es nur so von Dieben und Mördern, Dunkelklinge. Dies ist nicht meine erste Begegnung mit dem Tod. Wir haben Glück gehabt, dass uns bisher keine Banditen aufgelauert haben.«

Die Flammen in seinen Augen erloschen, und er richtete sich auf. Plötzlich wirkte er nicht mehr wie ein sprungbereites Raubtier. »Bis nach Rhansmühle ist es nicht weit.«

»Das liegt aber nicht auf unserem Weg.«

»Ich weiß.« Er trat zu der Leiche des Mannes und durchschnitt mit seinem Seemannsmesser die Fesseln, mit denen er an dem Baum festgebunden war. »Sammle Holz«, sagte er. »Viel Holz.«

◆ ◆ ◆

Sie brauchten einen ganzen Tag, um nach Rhansmühle zu gelangen, eine wenig beeindruckende Ansammlung von Häusern, die sich am Ufer des Flusses Avern um eine Wassermühle scharten. Als sie am späten Abend eintrafen, wurde in dem Dorf lautstark gefeiert. Zahlreiche Fackeln waren entzündet worden, und die Menschen drängten sich um einen Halbkreis aus grellbunt bemalten Wagen.

»Schauspieler«, sagte Reva voller Abscheu, kaum dass sie die frivolen und mitunter lüsternen Darstellungen auf den Wagen sah. Langsam schoben sie sich durch die Menge, wobei sich Al Sorna die Kapuze tief ins Gesicht zog. Der Blick des Publikums war auf die hölzerne Bühne in der Mitte des Halbkreises gerichtet. Der Mann auf der Bühne hatte ein schmales Gesicht und trug ein hellrotes Seidenhemd und eng anliegende gelb-schwarze Hosen. Er sang und spielte auf einer Mandoline, während eine Frau in einem Chiffonkleid dazu tanzte. Das Spiel des Mannes war hinreißend, seine Stimme melodiös und klar, aber es war die tanzende Frau, die Revas Aufmerksamkeit erregte – die Anmut und Präzision ihrer Bewegungen schlugen sie in ihren Bann. Ihre bloßen Arme schienen im Fackelschein zu glänzen, und hinter dem Chiffonschleier leuchteten ihre Augen hell und blau …

Reva wandte den Blick ab, schloss die Augen und spürte, wie sich ihre Fingernägel in ihre Handballen gruben. *Weltvater, wieder muss ich dich um Vergebung anflehen …*

»Die Hand meiner Geliebten ist ach so weich«, sang der Mann in dem roten Hemd, die letzte Strophe von *Jenseits des Tals*. »Eine Träne glitzert auf ihrer Wange bleich, im Jenseits blüht ein grüner Garten, wo ich werd auf meine Geliebte …« Er hielt inne, die Augen weit aufgerissen, und starrte eine Gestalt in der Menge an. Reva folgte seinem Blick und stellte fest, dass er direkt auf Al Sorna gerichtet war. »… warten«, schloss der Mann, als bereite ihm das letzte Wort große Schwierigkeiten. Das Publikum klatschte, trotz dieses Aussetzers, einmütig Beifall.

»Vielen Dank, meine Freunde!« Der Mandolinenspieler verbeugte sich tief und wies mit einer ausladenden Handbewegung auf die Tänzerin. »Die bezaubernde Ellora und ich danken Euch in aller Demut. Bitte zeigt uns Eure Wertschätzung auf die gewohnte Weise.« Er deutete auf den Kübel, der am vorderen Rand der Bühne stand. »Und jetzt, meine Freunde« – der Musiker senkte die Stimme, und seine Miene wurde ernst –, »und jetzt kommen wir zur letzten Aufführung des heutigen Abends. Eine Geschichte voller Abenteuer und Verrat, in der

Blut vergossen und Schätze geraubt werden. Macht Euch bereit für … *Die Rache des Piraten*!« Er warf die Arme in die Luft, nahm dann die Hand der jungen Frau und eilte hinter die Kulissen, wobei er merklich hinkte.

Umgehend schritten zwei Männer auf die Bühne, beide in äußerst phantasievolle meldeneische Seemannstracht gekleidet.

»Dort drüben ist ein Schiff, Käpt'n!«, sagte der kleinere Mann, als der Applaus nachgelassen hatte, und hob ein hölzernes Fernglas ans Auge, wie um den Horizont abzusuchen. »Ein Segler aus den Königslanden, wenn ich mich nicht täusche. Bei den Göttern, da wartet reiche Beute auf uns.«

»Da habt Ihr wohl recht!«, pflichtete der größere Mann ihm bei. Ein falscher Bart aus loser Wolle bedeckte sein Kinn und ein rotes Tuch seinen Kopf. »Wir werden genug Blut vergießen, um sogar den Durst unserer Götter zu stillen.« Die beiden Schauspieler lachten finster.

Al Sorna berührte Reva behutsam am Arm. Er neigte den Kopf nach links, und sie folgte ihm, während er sich durch die Menge auf eine Lücke in dem Wagenhalbkreis zuschob. Sie war nicht weiter überrascht, den Mandolinenspieler dort anzutreffen, der mit leuchtenden Augen im Halbdunkel stand und Al Sorna begierig musterte, als dieser die Kapuze herunternahm.

»Feldwebel Norin«, sagte er.

»Euer Lordschaft«, hauchte der Mann. »Ich hatte gehört … es gab Gerüchte, aber …«

Al Sorna trat vor und umarmte den Mann herzlich. Reva entging nicht, wie überrascht der Musiker war. »Es freut mich sehr, dich zu sehen, Janril«, sagte Al Sorna. »Wirklich.«

◆ ◆ ◆

»Tausend Geschichten erzählen von Eurem Tod«, erklärte der Sänger Al Sorna während des Abendessens. Er hatte sie in den Wagen hereingebeten, den er gemeinsam mit Ellora bewohnte. Anstelle des Chiffongewands trug sie jetzt ein schlichtes graues Kleid. Nach kurzer Vorbereitung servierte sie ihnen einen Eintopf mit Knödeln. Reva vermied es geflissentlich, in ihre Richtung zu blicken, und konzentrierte sich auf ihr Essen. Al Sorna hatte sie als »Reva, meine vorgebliche Schwester für die nächsten Wochen« vorgestellt. Janril Norin nickte nur und hieß sie willkommen, wobei er jegliche Neugier, die er hinsichtlich ihrer Beziehung empfinden mochte, sorgfältig verbarg. *Soldaten stellen ihren Befehlshabern keine Fragen,* dachte sie im Stillen.

»Und eintausend mehr über Eure Flucht«, fuhr Norin fort. »Es heißt, Ihr hättet mit Unterstützung der Ahnen aus Euren Ketten einen Streitkolben gefertigt und alle erschlagen, die Euch daran hindern wollten, aus dem Kerker auszubrechen. Ich habe ein Lied darüber geschrieben, das bei den Leuten immer gut ankommt.«

»Tja, ich fürchte, du wirst ein neues schreiben müssen«, sagte Al Sorna, »und zwar darüber, wie sie mich einfach haben gehen lassen.«

»Ich dachte, Ihr wärt als Erstes auf den meldeneischen Inseln gelandet«, sagte Reva, die ihre Zweifel nicht für sich behalten konnte. »Dort sollt Ihr den stärksten Kämpen der Piraten getötet und eine Prinzessin errettet haben.«

Er zuckte nur mit den Achseln. »Auf den Inseln habe ich lediglich Theater gespielt. Allerdings bin ich kein besonders guter Schauspieler.«

»Wie dem auch sei«, sagte Norin. »Ihr wisst, dass Ihr bei dieser Truppe jederzeit willkommen seid. So lange, wie Ihr es wünscht.«

»Wir sind nach Varinsburg unterwegs. Wenn das auch euer Ziel ist, begleiten wir euch gerne.«

»Wir wollen nach Süden«, sagte Ellora. »Im Sommer ist der Jahrmarkt in Mealinsbucht für uns stets besonders einträglich.« Ihr Tonfall wirkte eher zurückhaltend, und sie schien sich in Anwesenheit der Dunkelklinge einigermaßen unwohl zu fühlen. *Klug genug, um zu wissen, dass er, wohin er auch geht, den Tod bringt,* mutmaßte Reva.

»Wir gehen nach Norden«, erklärte ihr Norin mit ausdrucksloser Stimme und schenkte Al Sorna dann ein Lächeln. »Der Jahrmarkt in Varinsburg ist für uns bestimmt genauso gewinnbringend.«

»Wir werden unseren Lebensunterhalt selbst bestreiten«, sagte Vaelin zu Ellora.

»Das kommt überhaupt nicht infrage«, widersprach Norin. »Euer Schwert auf unserer Seite zu wissen, ist Entlohnung genug. Hier ist man nirgendwo vor Banditen sicher.«

»Da wir gerade davon reden – wir sind ein paar Meilen südlich auf ihr Werk gestoßen. Eine Familie, ausgeraubt und gemeuchelt. Genaugenommen sind wir sogar hierhergekommen, um der Gerechtigkeit Genüge zu tun. Sind dir irgendwelche fragwürdigen Gestalten aufgefallen?«

Norin dachte einen Moment nach. »In der Bierschenke haben sich heute Nachmittag einige rauflustige Halunken herumgetrieben. Ihre Kleider waren schäbig, aber sie hatten Geld für Bier. Aufgefallen sind sie mir, weil einer von ihnen einen Goldring an einer Kette um den Hals hängen hatte. Und der war zu klein für einen Männerring, soweit ich das beurteilen kann. Sie haben für einigen Rabatz gesorgt, als der Brauer sich weigerte, ihnen eine seiner Töchter zu verkaufen. Die Wachleute haben ihnen gesagt, sie sollen sich benehmen oder sich vom Acker machen. Etwa eine Meile flussabwärts befindet sich ein Landstreicherlager. Sofern sie noch nicht in den Wald zurückgekehrt sind, finden wir sie wahrscheinlich dort.«

Als sie das Wort »wir« hörte, blitzten Elloras Augen wütend auf.

»Wenn sie betrunken waren, schlafen sie jetzt ihren Rausch aus«, sagte Al Sorna. »Morgen früh sind sie bestimmt immer noch da. Um der Gerechtigkeit Genüge zu tun, werden wir wohl die Wachleute hinzuziehen müssen, das wollte ich eigentlich vermeiden.«

»Es gibt andere Formen der Gerechtigkeit, Euer Lordschaft«, gab Norin zu bedenken. »Ich erinnere mich an eine Zeit, da haben wir uns ziemlich regelmäßig irgendwelcher Banditen angenommen.«

Al Sorna betrachtete das in Leintuch eingeschlagene Schwert, das in einer Ecke des Wagens stand. »Nein, ich bin kein Offizier mehr und spreche nicht mehr im Namen des Königs. Offenbar bleibt uns nichts anderes übrig. Ich werde morgen früh den Hauptmann der Wache aufsuchen.«

Nach dem Abendessen setzte sich Norin auf die Stufen vor dem Eingang seines Wagens und spielte Mandoline. Gemeinsam mit Ellora sang er einige Lieder, und die anderen Schauspieler und Musiker versammelten sich um sie und forderten sie lautstark auf, ihre Lieblingslieder anzustimmen. Reva und Al Sorna ernteten ein paar neugierige Blicke, und einige wenige erkannten ihn sogar, jedenfalls nach ihren ehrfürchtigen Mienen zu schließen. Allerdings schien es zu genügen, dass Norin erklärte, sie und sein alter Freund von den Wolfsläufern seien seine Gäste und wollten nicht gestört werden, denn niemand stellte irgendwelche Fragen.

»Wie ein Soldat sieht er nicht aus«, sagte Reva, nachdem sie ein Stück von der Schauspieltruppe entfernt ein Feuer entfacht hatten, um die nächtliche Kälte fernzuhalten.

»Er war schon immer eher ein Sänger«, sagte Al Sorna. »Aber wenn es darauf ankam, hat er sich stets wacker geschlagen. Ich bin froh, dass er sich in den Ruhestand hat versetzen lassen. Er scheint mit seinem Schicksal recht zufrieden zu sein.«

Reva warf einen kurzen Blick zu Ellora hinüber, die sich lächelnd an Norins Knie schmiegte. *Dazu hat er auch guten Grund*, dachte sie.

Die Schauspieler zogen sich zu später Stunde, nachdem Norin und Ellora zu Bett gegangen waren, nach und nach in ihre eigenen Wagen zurück. Norin hatte sie mit dicken Decken und weichen Pelzen versehen, und Reva konnte nur staunen, wie bequem sie lag. Ihr ganzes Leben lang hatte sie fast immer auf der harten Erde geschlafen. *Bequemlichkeit ist eine Falle*, hatte der Priester gesagt. *Sie hält uns von der Liebe des Weltvaters fern, denn sie macht uns schwach und anfällig für die Verlockungen der Ketzer.* Während er das sagte, hatte er sie geschlagen, weil sie das Verbrechen begangen hatte, in der Scheune einen Sack Stroh zu verstecken, um darauf zu schlafen.

Sie wartete gut zwei Stunden. Al Sorna schnarchte nie, ja, er machte fast überhaupt keine Geräusche, wenn er schlief. Um ganz sicher zu sein, beobachtete sie, wie sich seine Brust unter der Decke sanft hob und senkte. Dann schlüpfte sie unter ihrem Pelz hervor, nahm ihre Schuhe und schlich sich barfuß zum Fluss hinunter. Am Ufer spritzte sie sich etwas Wasser ins Gesicht, um auch noch die letzte Müdigkeit abzustreifen, zog ihre Schuhe an und folgte der Strömung flussabwärts.

Das Lager der Landstreicher war nicht schwer zu finden – der Geruch von brennendem Holz verriet seinen Standort, lange bevor die Ansammlung von Bretterbuden und Zelten in Sicht kam. Nur ein Feuer brannte noch, und die vier Männer, die dort eine Flasche herumreichten, lachten immer wieder lauthals. *Die anderen haben sie bestimmt vergrault*, dachte sie. Sie kroch näher heran, bis sie die Stimmen verstehen konnte.

»Du hast die Schlampe besprungen, als sie schon tot war, Kella!«, rief einer der Männer lachend. »Mit einer verdammten Leiche hast du da gevögelt, du alter Lüstling.«

»Wenigstens hab ich's nicht mit dem Jungen getrieben«, erwiderte ein anderer Mann. »Das ist wider die Natur.«

Reva sah keinen Grund, sich versteckt zu halten oder ihr Vorhaben noch weiter hinauszuzögern. Sie musste das rasch hinter sich bringen, möglichst, bevor Al Sorna ihre Abwesenheit bemerkte.

Als sie das Lager betrat, verstummten die vier Männer. An die Stelle ihrer Überraschung trat bald trunkene Begierde.

»Suchst du nach einem Schlafplatz, Schätzchen?«, fragte der größte der Männer. Seine Haare waren lang und ungepflegt, und seine eingefallenen Gesichtszüge verrieten, dass er zu den Leuten gehörte, die in den Tag hinein lebten, ohne regelmäßige Mahlzeiten oder ein festes Dach über dem Kopf. Um den Hals trug er eine Schnur mit einem Goldring daran. *Zu klein für einen Männerring, soweit ich das beurteilen kann.* Reva musste daran denken, wie die Frau im Wald zugerichtet gewesen war; an einer Hand war ihr der Finger abgehackt worden.

Sie sagte nichts, sondern starrte nur in die Runde.

»Wir haben genügend Platz«, fuhr der Mann fort und kam auf wackeligen Beinen näher. »Alle anderen haben sich verpisst. Keine Ahnung, warum.«

Reva erwiderte wortlos seinen Blick. So betrunken er auch sein mochte, war in seinem Kopf offenbar doch ein Warnsignal erklungen, denn er blieb stehen, und seine Augen wurden schmal. »Was hast du hier verloren, Mäd…!«

Das Messer zuckte blitzschnell aus der Scheide, und sie stieß ihm in einer fließenden Bewegung von unten die Klinge in den Hals. Während ihm noch das Blut zwischen den Fingern hervorschoss und er zu Boden ging, hatte sie sich bereits den anderen Männern zugewandt.

Der zweite Bandit, den sie tötete, war zu bestürzt, um sich zu wehren. Sie schnellte auf ihn zu, schlang die Beine um seinen Oberkörper und rammte ihm das Messer einmal, zweimal tief in die Schulter. Ansatzlos sprang sie wieder auf und huschte zu dem dritten Mann hinüber, der verzweifelt versuchte, seine Keule aus dem Gürtel zu ziehen. Es gelang ihm, einmal zuzuschlagen, doch sie duckte sich mit Leichtigkeit weg, rollte sich auf dem Boden ab und durchtrennte ihm die Kniesehnen. Fluchend und schreiend kippte er um. Reva wandte sich dem vierten Mann zu. Mit panischen Blicken schaute er sich um, in der zitternden Hand ein Messer mit langer Klinge. Er sah Reva zu Tode erschrocken an, ließ das Messer fallen und ergriff die Flucht. Fast hatte er den Schutz der Dunkelheit jenseits des Feuerscheins erreicht, als sich ihm das präzise geworfene Messer zwischen die Schulterblätter bohrte.

Reva ging zu der Leiche des großen Mannes und drehte ihn auf den Rücken, um ihm den Ring vom Hals zu reißen. In seinem Gürtel steckte ein Jagdmesser von guter Qualität; auf dem Griff prangte das Wappen des königlichen Heeres. Sie nahm es an sich, steckte den Ring ein und schlenderte zu dem Mann mit den durchtrennten Kniesehnen, der inzwischen Rotz und Wasser weinte und sie verzweifelt um Gnade anflehte. »Keine Angst, Kella«, sagte sie. »Ich verspreche dir, dass ich es nicht mit deiner Leiche treiben werde.«

♦ ♦ ♦

Ellora richtete ihnen ein Frühstück aus Eiern und Pilzen, die sie in Butter briet. *Eine ebenso gute Köchin wie Tänzerin*, dachte Reva, während sie sich den Bauch vollschlug. Sie wartete, bis Ellora und Norin fortgegangen waren, um ihre Zugpferde zu versorgen, bevor sie den Ring aus der Tasche holte und ihn Al Sorna zuwarf. Er betrachtete ihn eine ganze Weile. »Bei Sonne und Mond«, sagte er leise.

Reva runzelte die Stirn. »Was denn?«

Er hielt den Ring ins Licht, damit sie sehen konnte, was auf der Innenseite eingeprägt war – zwei Kreise, der eine in Flammen gehüllt. »Das waren Leugner.«

Sie zuckte mit den Achseln und wandte sich wieder ihrem Frühstück zu.

»Die Leichen?«, sagte Al Sorna.

»Mit Steinen beschwert und in den Fluss geworfen.«

»Sehr tüchtig von dir.«

Sein barscher Tonfall ließ sie aufblicken. In seinem Blick lag etwas, das ihrem Zorn neue Nahrung gab. Enttäuschung. »Ich bin nicht aus freien Stücken hier, Dunkelklinge«, erklärte sie ihm. »Ich bin hier, weil ich das Schwert der Wahrklinge suche. Ich möchte mir die Liebe des Weltvaters verdienen, indem ich Euer unheiliges Reich zu Fall bringe. Ich bin weder Eure Freundin noch Eure Schwester oder Eure Schülerin. Und ich gebe keinen Deut auf Eure Anerkennung.«

Janril Norin hüstelte und durchbrach damit die Stille, die nach diesen Worten eingekehrt war. »Wir sollten dem Hauptmann der Wache einen Besuch abstatten, Euer Lordschaft. Wenn wir das heute noch hinter uns bringen wollen.«

»Das wird nicht nötig sein, Janril.« Al Sorna warf Reva den Ring zu. »Behalte ihn. Du hast ihn dir verdient.«

Zweites Kapitel

Frentis

Der Mann mit dem rasierten Schädel hustete Blut auf den Sand und starb mit einem leisen Wimmern. Frentis warf sein Schwert neben die Leiche und wartete. Bis auf sein eigenes heiseres Keuchen herrschte völlige Stille. Dieses Mal war es schwieriger gewesen als sonst; vier Gegner statt der gewohnten zwei oder drei. Sklaven kamen aus den dunklen Alkoven in der Grubenwand gehuscht, um sauberzumachen; sie schleiften die Leichen fort und nahmen sein Schwert an sich. Dabei achteten sie darauf, Frentis nicht zu nahe zu kommen. Manchmal dauerte es eine Weile, bis der mörderische Zorn, den der Aufseher in ihm weckte, wieder abklang.

»Erstaunlich«, sagte eine Stimme über ihm. Heute waren drei Zuschauer anwesend: Zu dem Aufseher und dem Herrn hatte sich eine Frau gesellt, die Frentis noch nie gesehen hatte. »Kaum zu glauben, Vastir, aber er wird immer besser«, fuhr der Herr fort. »Gut gemacht!«

»Ich lebe nur, um Euch zu dienen, Ratsherr«, erwiderte der Aufseher mit genau dem richtigen Maß kriecherischer Unterwürfigkeit. Er war ein gewissenhafter Bursche und übertrieb es nie mit seiner Rolle.

»Nun?«, sagte der Herr an die Frau an seiner Seite gewandt. »Findet er die Zustimmung unseres Verbündeten?«

»Ich spreche nicht für den Verbündeten«, sagte die Frau. Frentis entging nicht, dass ihr Tonfall keinesfalls unterwürfig war, nicht einmal respektvoll. »Aber wir wollen doch mal sehen, ob er *meine* Zustimmung findet.«

In unsichtbare Fesseln gelegt, wie er war, konnte Frentis seiner Überraschung keinen Ausdruck verleihen, und auch sonst waren ihm keinerlei Gefühlsäußerungen möglich. Trotzdem zuckte er erstaunt zusammen, als die Frau in die Grube sprang, immerhin ein Höhenunterschied von gut drei Metern. Obwohl sie die förmlichen Gewänder einer volarianischen Edelfrau trug, landete sie mit geübter Leichtigkeit. Ihr dunkles Haar war nach hinten gebunden, ihr Gesicht von katzenhafter Schönheit. In ihren Augen funkelte Neugier, während sie Frentis' nackte Gestalt von Kopf bis Fuß musterte. »Hübscher, als ich erwartet hatte«, murmelte sie. Dann schaute sie zu dem Aufseher hinauf und hob die Stimme. »Warum hat er keine Narben im Gesicht?«

»Er zieht sich niemals irgendwelche Narben zu, hochverehrte Dame«, rief Vastir zurück. »Im Laufe der Jahre wäre es einigen Gegnern fast gelungen, ihn zu verletzen, aber er war bereits bestens ausgebildet, als er zu uns kam.«

»Bestens ausgebildet warst du, mein Hübscher?«, fragte die Frau und verzog das Gesicht, als er nicht antwortete. »Lass ihn reden«, rief sie zu dem Aufseher hinauf.

Vastir warf über den Rand der Grube hinweg einen kurzen Blick auf Frentis, und er spürte, wie der Wille, der ihn band, ein wenig schwächer wurde. »Na?«, fauchte die Frau.

»Ich bin ein Bruder des sechsten Ordens«, sagte er.

Sie zog eine Augenbraue hoch – er hatte ihr die respektvolle Anrede verweigert.

»Ich bitte untertänigst um Verzeihung, hochverehrte Dame«, entschuldigte sich Vastir sofort. »So sehr wir ihn auch bestrafen, weigert er sich, die korrekte Sprache zu gebrauchen, und uns wurde aufgetragen, dass er nur in der Grube den Tod finden darf.«

Die Frau tat diese Äußerung mit einer Handbewegung ab. »Schwerter!«, befahl sie.

Einen Moment herrschte am Grubenrand Verwirrung, gefolgt von einem geflüsterten Wortwechsel zwischen Herr und Aufseher. Verstehen konnte Frentis nur die Worte: »Mach, was sie sagt, Vastir!« Es dauerte nicht lange, bis zwei Kurzschwerter in die Grube geworfen wurden und neben Frentis und der Frau im Sand landeten.

»Also gut«, sagte die Frau in forschem Tonfall und streifte mit einem Schulterzucken ihre Gewänder ab, sodass sie ebenfalls nackt dastand. Sie hatte einen geschmeidigen Körper und die gestählten Muskeln einer Kämpferin, die sich viele Jahre lang einer strengen Ausbildung unterzogen hat, und sie war, in jeder Hinsicht, wunderschön. Frentis' Neugier wurde jedoch nicht von dem sanften Schwung ihrer Oberschenkel oder ihren vollen Brüsten geweckt, sondern von dem Muster des Narbengewirrs, das ihre Haut vom Hals bis zur Leistengegend bedeckte, ein Muster, mit dem er auf das Intimste vertraut war. Es glich aufs Haar den Narben, die Einauge ihm im Gewölbe unter dem Westviertel in die Haut geritzt hatte, bevor es Frentis' Brüdern gelungen war, ihn zu befreien.

»Hübsch, nicht wahr?«, sagte die Frau, der nicht entging, wie sein Blick von ihren Narben angezogen wurde. Sie trat näher heran und streckte die Hand aus, um über das Narbengewirr auf seiner Brust zu streichen. »Kostbare Geschenke, aus Schmerz geboren.« Ihre Hand legte sich ihm flach auf die Brust, und er spürte die Wärme, die sie verströmte. Mit einem Seufzer schloss sie die Augen, und ihre Finger zuckten auf seiner Haut. »Stark«, flüsterte sie. »Man kann nie zu stark sein.«

Sie öffnete die Augen wieder, ließ die Hand sinken und trat zurück. Sofort schwand die Wärme dahin. »Wollen doch mal sehen, was der Orden dich gelehrt hat«, sagte sie und ging in die Hocke, um die Schwerter aufzuheben. Eins davon warf sie ihm zu. »Gebt ihn frei!«, befahl sie Vastir. »Ohne jede Einschränkung.«

Frentis konnte spüren, wie der Aufseher zögerte. In den fünf oder mehr Jahren, die er jetzt hier eingesperrt war, hatten sie ihn nur einmal gänzlich freigegeben, und das mit äußerst bedauerlichen Folgen.

»Hochverehrte Dame«, stotterte Vastir. »Verzeiht einem Mann, dem nur daran gelegen ist, Euch zu dienen, aber …«

»Mach, was ich sage, du fetter Haufen Scheiße!« Die Frau lächelte zum ersten Mal, den Blick noch immer auf Frentis gerichtet. Es war ein ungestümes Lächeln, von Vorfreude erfüllt.

Dann war er fort, der Wille, der ihn band, und er musste daran denken, wie es gewesen war, wenn er als Kind aus dem Karzer befreit wurde, eine Strafe, die er nicht selten erlitten hatte. Das plötzliche Gefühl von Freiheit war berauschend, jedoch von allzu kurzer Dauer.

Die Frau machte einen Ausfallschritt auf ihn zu, das Schwert in einer vollkommen geraden Linie auf sein Herz gerichtet – behende, präzise und sehr schnell. Seine eigene Klinge zuckte empor, um die ihre abzuwehren, was ihm mit knapper Not gelang. Er wirbelte zur Grubenwand herum, sprang hoch, stieß sich ab, krümmte den Rücken, während ihre Klinge unter ihm durch die Luft pfiff, landete in der Mitte der Grube auf den Händen und federte auf die Füße.

Die Frau stieß ein Lachen aus, das von unbändiger Freude sprach, und griff erneut an, dieses Mal mit einer wohlgeübten Abfolge von Hieben und Stichen – eine Abfolge, die er von einem der Kuritai kannte, die er vor einigen Monaten getötet hatte. So hatte er bei jedem Kampf neue Kniffe gelernt, war immer besser und besser geworden. Er wehrte jeden ihrer Streiche ab und konterte selbst mit einer Abfolge von Schwerthieben, die er von einem anderen Meister gelernt hatte, den er für über die Maßen streng gehalten hatte, für den er inzwischen jedoch eine gewisse Zuneigung empfand.

Mit dieser Attacke war sie offenbar nicht vertraut, denn sie wehrte sie nicht so fließend ab, wie sie ihren Angriff geführt hatte. Er trieb sie bis an die Grubenwand zurück, täuschte einen Stoß auf ihre Augen vor und vollführte dann einen Bogenschlag, um ihr den Oberschenkel aufzuschlitzen. Es hallte laut, als die Klingen aufeinandertrafen.

Frentis wich einen Schritt zurück und blickte der Frau in die Augen. Noch immer lächelte sie. Diese Parade war zu schnell erfolgt. Schneller, als es hätte möglich sein dürfen.

»Nimmst du mich jetzt endlich ernst?«, fragte sie.

Frentis erwiderte ihr Lächeln. Da er nur selten lächelte, schmerzten seine Gesichtsmuskeln. »Ich habe noch nie eine Frau getötet«, sagte er.

Sie zog einen Schmollmund. »Jetzt hab dich nicht so!«

Er wandte ihr den Rücken zu und schritt zurück in die Mitte der Grube. Zum ersten Mal war er vor die Wahl gestellt worden, und er hatte sich entschieden.

»Das könnte ein Problem sein«, sagte die Frau leise, und da wurde ihm klar, dass sie laut nachdachte.

»Hochverehrte Dame?«, rief Vastir vom Grubenrand.

»Wirf mir ein Seil herab!«, antwortete sie. »Hier gibt es nichts mehr für mich zu tun.« Sie deutete auf Frentis. »Den könnt ihr bei den nächsten Schaukämpfen in den Tod schicken.«

»Bei den Siegesfeierlichkeiten wird er bestimmt eine gute Figur abgeben«, sagte der Herr. Zu Frentis' Verwunderung klang er erleichtert.

»Wohl wahr, Euer Ehren«, pflichtete Vastir ihm bei und schleifte eine Strickleiter zum Rand der Grube. »Ich wäre zutiefst verzagt, wenn all meine Anstrengungen …«

Frentis' Kurzschwert bohrte sich ihm durch den Hals, schnitt ihm durch Blutgefäße und Wirbelsäule, bis es im Genick wieder austrat. Der Aufseher taumelte einen Moment hin und her, die Augen traten ihm aus den Höhlen, und Blut quoll ihm aus dem Mund. Dann kippte er vornüber und landete mit einem dumpfen Schlag in der Sandgrube.

Frentis ließ die Wurfhand sinken und wandte sich wieder der Frau zu. Jetzt war ihm der Tod sicher – einen Aufseher zu töten war ein unverzeihliches Verbrechen, ganz gleich, wie wertvoll er auch sein mochte. Zu seiner Bestürzung musste er jedoch feststellen, dass das Lächeln der Frau zurückgekehrt war.

»Wisst Ihr was, Arklev«, sagte sie zu dem Herrn, der Frentis mit bestürztem Erstaunen ansah. »Ich glaube, ich habe es mir anders überlegt.«

♦ ♦ ♦

Während sie aus der Grube kletterte, legten sich die unsichtbaren Fesseln wieder um ihn, und zwar so fest, dass er ins Taumeln geriet und in den Sand stürzte. Seine Narben brannten so schmerzhaft wie nie. Er blickte auf und sah sie lächeln. Ihre Finger tanzten. Dabei musste er an die Wärme denken, die von ihnen ausgegangen war. *Das ist ihr Werk*, begriff er da. *Jetzt hat sie mir unsichtbare Fesseln angelegt.*

Er schaute zu, wie sie lachend aus seinem Blickfeld verschwand. Die Fesseln fielen, nachdem sie ihn noch ein paar Sekunden gepeinigt hatten, von ihm ab. Der Herr verweilte noch einen Moment, und eine Mischung aus Zorn und Furcht stand ihm in das schmale Gesicht geschrieben. Offenbar versuchte er sich zu beherrschen, aber sein

Mienenspiel war für jemanden, der geübt darin war, in den Gesichtern seiner Gegner zu lesen, ein offenes Buch.

»Deine Heimat wird den Preis dafür bezahlen, dass du heute nicht gestorben bist, Sklave«, sagte der Herr. Dann war er fort, und Frentis wusste plötzlich mit völliger Gewissheit, dass er ihn nie wiedersehen würde. Was wirklich schade war, denn er hatte gehofft, ihn ebenso ins Jenseits zu befördern wie Vastir.

Er stand auf, als sich die Alkoventüren klappernd öffneten und die Sklaven hereinkamen. Begleitet wurden sie von einem Zug Varitai. Sie kreisten ihn mit erhobenen Speeren ein, während die Sklaven ihr Werk verrichteten, die aufgedunsene Leiche des Aufsehers fortschleiften, das Blut vom Sand rechten und dann wieder verschwanden – wohin, wusste Frentis nicht. Er hatte noch nie einen Blick hinter die Alkoventüren geworfen, doch die Geräusche, die nachts hindurchdrangen, Schmerzenslaute und angestrengtes Ächzen, weckten keineswegs den Wunsch in ihm, daran etwas zu ändern.

Einer der Varitai trat, wie immer schweigend, vor und legte ein Bündel in die Mitte der Grube. Danach marschierten sie, einer hinter dem anderen, hinaus, und die Tür krachte ins Schloss.

Frentis machte sich daran, das Bündel zu öffnen. Nach einem Kampf brachten sie ihm stets etwas zu essen, für gewöhnlich einen überraschend schmackhaften Haferbrei und manchmal sogar gut durchgegartes Fleisch. Ihn hungern zu lassen wäre unsinnig gewesen. In dieser Hinsicht wenigstens waren sie wie der Orden. Heute war es allerdings anders. Neben dem Essen enthielt das Bündel auch Kleider, eine einfache, zweckdienliche Tunika und Hosen, wie sie die freien Volarianer trugen, blau gefärbt, was dem Status eines Wandergesellen irgendeiner Gilde entsprach und es ihm erlaubte, von einer Provinz in die andere zu reisen. Außerdem enthielt es noch ein Paar feste Stiefel, einen Ledergürtel und einen Mantel aus straff gewebter Baumwolle.

Er strich über den Stoff und dachte daran, wie seine Narben gebrannt hatten. *Wohin wird sie mich bringen?*, fragte er sich, und eine eiskalte Faust griff nach seinem Herzen. *Was wird sie von mir verlangen?*

◆ ◆ ◆

Am nächsten Morgen wurde eine Strickleiter in die Grube herabgelassen. Er hatte seine neuen Kleider angezogen; nachdem er so viele Jahre lang gezwungen gewesen war, nackt zu sein, fühlte sich der Stoff auf seiner Haut ausgesprochen seltsam an. Seine Narben juckten. Ohne zu zögern kletterte er die Leiter hinauf; er empfand nicht das Bedürfnis, sich noch einmal nach seinem Zuhause der letzten fünf Jahre umzusehen. Hier gab es nichts, an das er sich erinnern wollte, auch wenn er wusste, dass jeder Kampf, jeder Tod ihm für immer im Gedächtnis bleiben würde.

Die Frau wartete am Grubenrand. Wachen waren keine zu sehen; sie brauchte keine. Die vornehmen Gewänder vom gestrigen Tag hatte sie gegen das schlichtere, grau gefärbte Kleid einer freien Frau von mittlerem Rang eingetauscht. Frentis' Wissen über dieses Land und seine Sitten und Gebräuche war dürftig; es beschränkte sich auf das, was er, nachdem er in Untesch gefangen genommen worden war, während seiner Reise hierher aufgeschnappt hatte. Dazu kam noch, was er bei Gesprächen zwischen dem Herrn und dem Aufseher mitgehört hatte. Die Farbe Grau, so viel wusste er, kennzeichnete die besitzende Klasse, wobei mit Besitz für gewöhnlich Sklaven gemeint waren, aber auch Land und Nutztiere. Erwarb ein freier Volarianer genügend Besitztümer, eintausend Sklaven oder Vermögen von vergleichbarem Wert, durfte er Schwarz tragen. Nur die reichsten Volarianer trugen Rot, so wie der Herr.

»Ich hoffe, du hast gut geschlafen«, sagte sie. »Wir haben einen langen Weg vor uns.«

Die unsichtbaren Fesseln waren noch immer da, banden ihn jedoch nicht mehr so fest – lediglich ein schwaches Kribbeln auf seinen Narben ließ ihn merken, dass sie da waren. Sie hinderten ihn daran, ihr seinen neuen Gürtel um den Hals zu legen und sie zu erwürgen, gestatteten ihm jedoch, sich umzuschauen. Hunderte von Gruben erstreckten sich in alle Richtungen, jede zehn Meter im Durchmesser und gut drei Meter tief, in ein weitläufiges Plateau aus nacktem Felsgestein hineingemeißelt, unter dem sich lange Gänge und Wohnräume verbargen. In manchen wurde gekämpft, in anderen waren Folterknechte am Werk; Schreie erhoben sich in die Morgenluft, und Aufseher schlenderten zwischen ihnen einher und erteilten Anweisungen, wer wie gepeinigt werden sollte. Es war gleichermaßen ein Ort des Strafvollzugs wie der Ausbildung.

»Tut es dir leid, dass du fortgehst?«, fragte die Frau.

Sie ließ ihm genügend Freiheit, um zu sprechen, doch er sagte nichts.

Ihr Blick verfinsterte sich, und er wusste, dass sie sich überlegte, ihn ein weiteres Mal zu bestrafen, indem sie seine Narben mit Feuer überzog. Er starrte ungerührt zurück – weder würde er sprechen noch sie um Gnade anflehen.

Zu seiner Überraschung lachte sie. »Es ist so lange her, seit ich etwas wirklich Interessantes hatte, mit dem ich spielen konnte. Los, komm, mein Hübscher.« Sie drehte sich um und ging auf den Rand des Plateaus zu. Es erhob sich in der vakesischen Wüste wie eine Insel in einem Meer aus Sand; wenn die Sonne mittags ihren höchsten Stand erreichte, sorgte die Temperatur auf der Oberfläche dafür, dass sogar die Aufseher von den Arbeitern abließen. Karawanenstraßen verliefen von Norden nach Westen. All das hatte er sich gemerkt, als sie ihn hierhergebracht hatten, damals, als er sich noch dem Traum hingegeben hatte, eines Tages zu fliehen.

Die Frau führte ihn zu einer gewundenen Treppe, die in den Westhang des Plateaus gemeißelt war. Fast eine Stunde brauchten sie, um bis zum Wüstenboden hinabzusteigen. Ein Sklave mit vier Pferden wartete unten, zwei davon gesattelt, die beiden anderen mit Bündeln beladen. Sie nahm dem Sklaven die Zügel ab und entließ ihn mit einer beiläufigen Handbewegung.

»Ich bin eine verwitwete Landbesitzerin aus der Provinz Eskethia«, erklärte sie ihm. »Ich habe geschäftlich in Mirtesk zu tun. Du bist ein Wandergeselle, der mich begleitet und dafür bezahlt wird, auf die Unversehrtheit meines Leibes und meines Rufes zu achten.«

Sie überließ es ihm, sich um die Packpferde zu kümmern, und schwang sich in den Sattel des größeren Reitpferdes, eine graue Mähre, die sie zu kennen schien, denn sie schnaubte freudig, als sie ihr den Hals tätschelte. Ihr Kleid hatte Schlitze, damit sie wie ein Mann im Sattel sitzen konnte, und ihre bloßen Oberschenkel schimmerten bronzefarben in der Morgensonne. Frentis wandte den Blick ab und sah nach den Lasttieren.

Diese waren mit Proviant und Wasser beladen, wahrscheinlich genug, so vermutete er, damit es bis nach Mirtesk reichte. Sie waren wohlgepflegt und zeigten keine der Gebrechen, wie sie in der Wüste häufig vorkamen. Ihre Hufe waren mit dünnen Eisen beschlagen und damit für einen Ritt über den Sand geeignet. Frentis musste daran zurückdenken, wie die alpiranische Wüste den Reittieren seiner Kundschafter zugesetzt hatte, bis sie die Kniffe der Schmiede nachgeahmt hatten, die bei der Kavallerie des Kaisers angewandt wurden. Erinnerungen an den alpiranischen Krieg suchten ihn beständig heim, aber trotz der Unmengen Blut, die vergossen worden waren, trotz ihres zum Scheitern verurteilten Versuches, die Vision des wahnsinnigen Königs Wirklichkeit werden zu lassen, waren die Monate, die er mit den Wolfsläufern verbracht hatte, mit seinen Brüdern, mit Vaelin, die besten seines Lebens gewesen.

Seine Narben loderten einen Moment schmerzhaft auf – die Frau hatte sich ungeduldig im Sattel umgedreht. Er zog die Gurte an den Bündeln fest und bestieg sein eigenes Pferd, einen jungen schwarzen Hengst, der einigermaßen temperamentvoll war – er bockte und schnaubte, als Frentis sich im Sattel niederließ. Er beugte sich vor, legte die Hände um die Ohren des Hengstes und flüsterte ihm etwas zu. Sofort beruhigte sich das Tier und trottete ohne zu zögern los, kaum dass Frentis ihm sanft die Absätze in die Flanken stieß. Die Packpferde folgten dichtauf.

»Beeindruckend.« Die Frau gab ihrem eigenen Pferd die Sporen. »Das habe ich noch nicht oft gesehen. Wer hat dir das beigebracht?«

Sie sagte es im Befehlston, und die unsichtbaren Fesseln zogen sich ein wenig fester zusammen. »Ein Wahnsinniger«, antwortete er und dachte an Meister Rensials verschwörerisches Grinsen zurück, als er ihm das Geheimnis des Flüsterns verriet, etwas, das er, davon war Frentis überzeugt, noch keinen anderen Novizen gelehrt hatte. *Sieht wie die dunkle Gabe aus, hab ich recht?*, hatte er gesagt und schrill gekichert. *Wenn sie nur wüssten. Diese Narren!*

Mehr sagte Frentis nicht, und die Frau lockerte die Fesseln, sodass sie wieder nur leicht kribbelten. »Es wird eine Zeit kommen«, sagte sie, während sie nach Westen ritten, »da wirst du mir jedes Geheimnis verraten, das du in deinem Herzen birgst, und zwar aus freien Stücken.«

Frentis' Faust schloss sich um die Zügel, und er schrie tonlos auf, wütete im Gefängnis seiner Narben, denn er hatte begriffen, dass es ebendiese Narben waren, die ihn fesselten, die dem Aufseher und dem Herrn Macht über ihn verliehen. Einauges letztes Geschenk, seine endgültige Rache.

◆ ◆ ◆

Sie blieben bis zum Mittag im Sattel, ruhten sich dann, während die Sonne auf die Wüste herabbrannte, unter kleinen Zeltplanen aus und ritten weiter, als die Schatten länger wurden und die Hitze etwas nachgelassen hatte. Ihr Nachtlager schlugen sie an einer kleinen Oase auf, wo sich bereits mehrere Karawanen um das Wasser drängten. Frentis tränkte die Pferde und steckte ihren Schlafplatz am Rand der zeitweiligen Gemeinschaft ab. Die Angehörigen der Karawane schienen ein fröhliches Volk zu sein, alles freie Bürger, die mit alten Freunden Neuigkeiten austauschten oder einander mit Liedern oder Geschichten die Zeit vertrieben. Die meisten trugen Blau, aber hier und dort zeigte sich ein grau gekleideter Veteran mit langem Bart und einer längeren Kette von Pferden im Anhang. Einige näherten sich ihnen, um ihnen etwas zu verkaufen oder sie nach Neuigkeiten aus dem Reich zu fragen. Die Frau gab sich äußerst charmant und umgänglich, kaufte aber nichts und erzählte nur unbedeutenden Tratsch oder die Ergebnisse des Schwertrennens, was alle sehr zu interessieren schien.

»Die Blauen haben schon wieder verloren?«, sagte ein älterer, ganz in Grau gekleideter Mann und schüttelte ebenso erstaunt wie enttäuscht den Kopf. »Mein ganzes Leben lang halte ich schon zu ihnen! Haben mich schon zweimal ein ganzes Vermögen gekostet.«

Die Frau lachte und schob sich eine Dattel in den Mund. »Ihr solltet Euch auf die Grünen verlegen, Großvater.«

Er funkelte sie wütend an. »Ein Mann kann seine Mannschaft ebenso wenig wechseln wie seine Haut.«

Nach einer Weile wurden sie in Frieden gelassen. Frentis entledigte sich seiner Pflichten, setzte sich dann ans Feuer und beobachtete den Nachthimmel. Meister Hutril hatte ihn während seines ersten Jahres beim Orden gelehrt, die Sterne zu lesen, und er wusste, dass das

Schwertheft nach Nordosten wies. Wären da nicht die unsichtbaren Fesseln gewesen, wäre er ihm längst zurück in die Königslande gefolgt, ganz gleich, wie viele Meilen es bis dahin waren.

»Im alpiranischen Reich«, sagte die Frau, die sich auf eine Decke gelegt hatte, den Ellbogen auf ein Seidenkissen gestützt, »gibt es Männer, die reich werden, indem sie leichtgläubigen Narren Lügen über die Omen erzählen, von denen die Sterne künden. Soweit ich weiß, erlaubt dein Glaube einen solchen Unsinn nicht.«

»Die Sterne sind ferne Sonnen«, sagte er. »Das behauptet jedenfalls der dritte Orden. Eine Sonne, die so weit weg ist, kann hier keine Macht haben.«

»Sag mir eins – warum hast du den Aufseher getötet und nicht den Herrn?«

»Er war näher dran, und es war ein schwieriger Wurf.« Er richtete den Blick auf sie. »Und ich wusste, dass Ihr die Klinge hättet ablenken können.«

Sie nickte kaum merklich, legte sich auf das Kissen zurück und schloss die Augen. »Dicht am Wasser hat ein Mann sein Lager aufgeschlagen. Er ist wie ein Wandergeselle gekleidet, hat graue Haare und einen Silberring im Ohr. Wenn der Mond hoch am Himmel steht, gehst du zu ihm und tötest ihn. In einem der Bündel ist Gift, die grüne Flasche. Hinterlasse keine Spuren auf seinem Körper. Nimm alle Briefe an dich, die du finden kannst.«

Die unsichtbaren Fesseln hinderten ihn nicht am Sprechen, aber er fragte nicht, warum er das alles tun sollte. Dafür gab es keinen Grund.

◆ ◆ ◆

Die Volarianer überantworteten, wie die Gläubigen auch, ihre Toten stets dem Feuer. Die Angehörigen der Karawanen wickelten den grauhaarigen Mann in ein Leintuch, übergossen es mit Lampenöl und steckten es mit einer Fackel in Brand. Kein Wort wurde gesprochen, und keiner der Zuschauer stellte Trauer zur Schau; niemand schien den Mann überhaupt zu kennen, der da im Schlaf gestorben war. Sein Name – Verkal – fand sich auf der Bürgertafel und war ebenso weitverbreitet wie nichtssagend. Die Versteigerung seiner Habseligkeiten hatte gerade begonnen, als Frentis und die Frau wieder aufbrachen.

»Er wurde geschickt, um uns auszuspionieren«, sagte die Frau schließlich. »Nur falls du dich gefragt hast. Wahrscheinlich gehört er zu Arklevs Leuten. Offenbar hat die Begeisterung des Ratsherrn für unser großartiges Projekt ein wenig nachgelassen.« Das galt nicht ihm, so viel wusste er. Manchmal verlieh sie einfach ihren Gedanken laut Ausdruck, redete mit sich selbst. Noch etwas, das sie mit Meister Rensial gemeinsam hatte.

Nach weiteren fünf Tagen erreichten sie das Jarvenische Meer, den größten Binnensee im ganzen Reich, wie die Frau behauptete. Ihr Ziel war ein kleiner Fährhafen an einer flachen Bucht, dem Endpunkt der Karawanenstraße, wo es vor Reisenden und Tieren nur so wimmelte. Das Meer lag weitläufig und düster unter dem wolkenlosen Himmel; jenseits der Westküste zeichneten sich im Dunst hohe Berge ab. Die Passage auf der Fähre kostete fünf Quadrate für jeden und weitere fünf Kreise für die Pferde. »Ihr seid ein Halsabschneider«, erklärte die Frau dem Fährmann, als sie ihm die Münzen aushändigte.

»Ihr dürft gerne schwimmen, Bürgerin«, erwiderte er mit einer spöttischen Verbeugung.

Sie lachte kurz auf. »Ich sollte meinem Diener befehlen, Euch zu töten, aber wir haben es eilig.« Erneut lachte sie, und dann führten sie die Pferde an Bord.

»Als ich zum ersten Mal mit diesem Kahn gefahren bin, kostete es noch ein Quadrat pro Person und einen Kreis pro Pferd«, sagte sie später, während sich die Sklaven, von der Peitsche des Aufsehers angetrieben, in die Riemen legten und die Fähre über das Meer hinwegpflügte. »Allerdings sind seither auch über zwei Jahrhunderte vergangen.«

Frentis runzelte die Stirn. *Jahrhunderte? Sie ist unmöglich älter als dreißig.*

Als sie seine Verwirrung bemerkte, grinste sie, sagte jedoch nichts.

Die Überfahrt dauerte fast den ganzen Tag; die Stadt Mirtesk kam in den frühen Abendstunden in Sicht. Frentis hatte geglaubt, Untesch sei die größte Stadt, in die es ihn jemals verschlagen würde, aber im Vergleich mit Mirtesk war es ein Dorf. Zahllose Häuser aus grauem Granit drängten sich in einer weitläufigen Talmulde aneinander. Hohe

Türme ragten aus dem Gewimmel, und das beständige Murmeln Tausender Stimmen schwoll, als sie die Anlegestelle erreichten, zu einem Tosen an. Am Kai wartete ein Sklave, der die Tiere an Land führte. »Herrin«, begrüßte er die Frau mit einer tiefen Verbeugung.

»Das ist Horvek«, erklärte sie Frentis. »Ist er nicht hässlich?«

Horveks Nase sah aus, als wäre sie bereits mehrmals gebrochen und wieder gerichtet worden, der größte Teil seines linken Ohrs fehlte, und Narben bedeckten seine muskulösen Arme. Aber es war seine Haltung, die Frentis aufmerken ließ – wie er die Schultern straffte und breitbeinig dastand. Das hatte er nur allzu oft in der Grube gesehen. Dieser Mann war ein Kuritai, ein ausgebildeter Mörder, wie er selbst.

»Der Bote ist hier?«, fragte sie Horvek.

»Er ist vor zwei Tagen eingetroffen.«

»Hat er sich zu benehmen gewusst?«

»In der Stadt sind keine Zwischenfälle bekannt geworden, Herrin.«

»Dabei wird es, wenn er länger hier verweilt, nicht bleiben.«

Horvek nahm die Zügel der Packpferde und drängte sich durch die Menschenmenge am Kai. Sie folgten ihm eine Unzahl von Pflasterstraßen entlang, bis sie einen Platz erreichten, der auf allen vier Seiten von dreistöckigen Häusern gesäumt war. In der Mitte des Platzes stand auf einer gepflegten Rasenfläche eine Reiterstatue. Die Frau stieg ab, ging zu der Statue hinüber und blickte zu dem Gesicht des Mannes auf. Der Reiter trug eine Rüstung, die auf Frentis ein wenig altertümlich wirkte, und die Bronze, aus der die Statue gefertigt war, wies bereits zahlreiche grüne Streifen auf. Er konnte kein Volarianisch lesen, aber nach der langen Liste zu urteilen, welche die Tafel am Fuß der Statue zierte, waren die Leistungen dieses Mannes beträchtlich gewesen.

»Die Tauben haben wieder auf seinen Kopf geschissen«, stellte die Frau fest.

»Ich werde die Sklaven auspeitschen lassen«, versicherte ihr Horvek.

Sie wandte sich ab und schritt zu dem dreistöckigen Haus hinüber, das sich direkt gegenüber der Statue erhob. Als sie die Stufen emporstieg, öffnete sich die Tür, und eine Sklavin in mittleren Jahren verbeugte sich tief. Im Inneren des Hauses schimmerte alles vor elegantem Marmor und kunstvollen Ornamenten; an den Wänden hingen riesige Gemälde, auf denen zumeist Schlachten abgebildet waren; manche zeigten einen Mann, welcher der Bronzestatue vor dem Haus zum Verwechseln ähnlich sah.

»Gefällt dir mein Zuhause?«, fragte die Frau.

Wieder lösten sich die unsichtbaren Fesseln, sodass er sprechen konnte, und wieder weigerte er sich, es zu tun. Er hörte, wie die Sklavin ein Keuchen unterdrückte, aber die Frau lachte nur. »Lass mir ein Bad ein«, wies sie die Sklavin an und wandte sich der Treppe zu, die in das nächste Stockwerk führte. Ihr Wille zog Frentis mit sich, während sie hinaufstieg und einen großen Raum betrat, in dem ein Mann an einem langen Tisch saß. Er war in Grau gekleidet und mochte etwas über fünfzig Jahre alt sein. Vor ihm stand ein Teller mit gepökeltem Fleisch und ein kristallenes Weinglas, und er schien Frentis sofort wiederzuerkennen.

»Du hast einiges an Muskeln zugelegt«, sagte er in der Sprache der Königslande, bevor er einen tiefen Schluck Wein trank.

Frentis musterte ihn eingehend, konnte jedoch nichts Vertrautes entdecken, wenngleich die Stimme des Mannes irgendeine Erinnerung in ihm wachrief. Nicht der Tonfall, sondern die Kadenz. Außerdem hatte der Fremde nicht den leisesten volarianischen Akzent.

»Unser junger Freund hat fünf Jahre in einer Grube zugebracht«, sagte die Frau, allerdings auf Volarianisch. Sie setzte sich auf den Tisch und zog die wadenlangen Stiefel aus, die sie in der Wüste getragen hatte, um sich die Füße zu massieren. »Selbst die Kuritai müssen nur ein Jahr überstehen.«

»Die Kuritai sind auch nicht vom sechsten Orden ausgebildet worden, habe ich recht, Frentis?« Der Mann zwinkerte ihm zu, was ihm ebenfalls irgendwie bekannt vorkam.

Die Frau unterzog den grau gekleideten Mann einer eingehenderen Betrachtung. »Älter als der letzte. Wie heißt dieser hier?«

»Karel Teklar, ein Weinverkäufer von mittlerem Rang mit einer fetten Frau und fünf absolut entsetzlichen Kindern. Während der vergangenen zwei Tage habe ich nichts anderes getan, als den kleinen Biestern den Hintern zu versohlen.«

»Die Gabe?«

Der Mann zuckte mit den Achseln. »Hin und wieder ist es ihm gelungen, einen Blick in die Zukunft zu werfen, auch wenn er sich dessen nicht bewusst war. Er hat sich immer nur gewundert, warum er beim Kartenspiel so oft gewann.«

»Kein großer Verlust also.«

»Nein«, pflichtete der Mann ihr bei, stand auf und trat dicht an Frentis heran. Die Haltung seines Kopfes kam ihm, während er ihn musterte, ebenfalls äußerst vertraut vor. »Was genau ist in Untesch vorgefallen, Bruder? Das frage ich mich schon seit geraumer Zeit.«

Frentis schwieg, bis ihn die Frau kraft ihres Willens zwang, eine Antwort zu geben. »Als die Alpiraner die Stadt belagert hatten, traf Ratsherr Arklev Entril ein, um mit Prinz Malcius zu verhandeln und ihm anzubieten, mit dem volarianischen Reich ein Handelsabkommen zu schließen. Nachdem ich ihn auf Waffen abgesucht hatte, schüttelte er mir die Hand. Während der letzte Angriff der Alpiraner gegen die Mauern brandete, fesselte er mich mit seinem Willen und zwang mich, den Prinzen im Stich zu lassen. Ich rannte zum Hafen und ging an Bord seines Schiffes.«

»Das hat dich wahrscheinlich mächtig geärgert«, sagte der Mann. »Bestimmt wärst du gerne einen Heldentod gestorben. Noch eine Geschichte, die Meister Grealin den Novizen erzählen kann.«

Frentis' Verwirrung nahm noch zu. *Woher weiß er so viel?*

»Aber mach dir keine Sorgen.« Der Mann schlenderte durch das Zimmer, wobei sein Blick umherschweifte und schließlich auf den Waffen zu ruhen kam, die in Gestellen an den Wänden hingen. »Malcius hat überlebt und regiert jetzt die Königslande. Wenn auch, wie ich gehört habe, bei Weitem nicht so gut wie sein hochberühmter Vater.«

»Hat Malcius gesehen, wie du die Flucht ergriffen hast?«, fragte die Frau.

Frentis schüttelte den Kopf. »Ich hatte im südlichen Abschnitt den Befehl, und er befand sich in der Mitte.« *Ich bin weggelaufen und habe zweihundert brave Männer dem Tod überantwortet,* dachte er im Stillen. *Sie haben mich rennen sehen.*

»Soweit er weiß«, sagte der Mann, »ist der tapfere Bruder Frentis, ein ehemaliger Dieb, der dank seiner Dienste im sechsten Orden zu großem Ansehen gekommen ist, während des letzten Angriffs auf die

Stadt heldenhaft in den Tod gegangen.« Er wechselte einen Blick mit der Frau. »Es sieht immer noch gut aus.«

Sie nickte. »Die Liste?«

Der Mann griff in sein Hemd und warf ihr ein zusammengefaltetes Pergament zu. »Länger als ich erwartet habe«, sagte sie, während sie es überflog.

»Gänzlich im Rahmen Eurer Möglichkeiten, daran hege ich keine Zweifel.« Er nahm das Glas und trank einen weiteren tiefen Schluck, wobei er das Gesicht verzog – offenbar war ihm der Wein zu herb. »Vor allem mit der Hilfe des blutrünstigen Bengels hier.«

Bengel. Nortah hatte ihn immer so genannt, und Barkus auch. Aber Nortah war tot, und Barkus war, so hoffte er, sicher in die Königslande zurückgekehrt.

»Sonst noch etwas?«, fragte die Frau.

»Ihr müsst innerhalb von hundert Tagen in Südturm sein. Dort wird Euch jemand ansprechen. Ihr werdet versucht sein, ihn zu töten. Es ist wichtig, dass Ihr Euch im Zaum haltet. Erklärt ihm, dass der Erzfürst allein nicht genügt. Auch die Hure muss sterben. Außerdem sollte er sich noch etwas ausgedacht haben, was unseren ewigen Gegenspieler betrifft – eine Strategie, ihn zu töten oder wenigstens etwas angreifbarer zu machen, die Einzelheiten sind ein wenig vage. Ansonsten …« Er trank das Weinglas leer, und Frentis bemerkte, dass ihm Schweißperlen auf der Stirn standen. »Nur das Übliche. Immerwährende Qualen, solltet Ihr scheitern, und dergleichen mehr. Das kennt Ihr alles zur Genüge.«

»Er hat sich noch nie besonders originell ausgedrückt, wenn er mir drohen wollte.« Sie rutschte vom Tisch herunter und schlenderte zum Kamin, über dem eine Reihe Schwerter mit schmalen Klingen hing. »Was ist Euch lieber?«

Der Mann schnippte mit dem Fingernagel gegen das Weinglas, und ein helles Klirren hallte durch den Raum. Er lächelte der Frau zu. »Tut mir leid, Euch enttäuschen zu müssen.« Er ließ das Glas fallen, das auf dem Boden zerbarst. Dann sank er auf den Stuhl am Tischende, das Gesicht schweißgebadet. Sein Blick ging in die Ferne, und außer Frentis schien er kaum noch etwas wahrzunehmen. »Bitte richte allen meine herzlichsten Grüße aus, Bruder. Vor allem Vaelin.«

Vaelin. Frentis' Haut brannte, als die unsichtbaren Fesseln sich fester zuzogen, sodass er sich nicht mehr bewegen konnte. Am liebsten hätte er sich auf den Mann gestürzt, um die Wahrheit aus ihm herauszuprügeln, aber er konnte nur zornerfüllt dastehen, während der Fremde ihn ein weiteres Mal angrinste. »Erinnerst du dich noch an den letzten Kampf – mit dieser Räuberbande im Winter vor dem Krieg?«, fragte er, seine Stimme fast ein Flüstern. »Das Blut funkelte wie Rubine auf dem Schnee. Das war ein guter Tag …«

Seine Augen schlossen sich, und seine Arme sanken schlaff und leblos herab. Kurz darauf hob sich seine Brust ein letztes Mal.

»Jetzt«, sagte die Frau und streifte ihre Kleider ab, »ist es Zeit für ein Bad. Findest du nicht auch?«

Drittes Kapitel

Vaelin

Ich hätte sie aufhalten sollen.

Reva zielte auf den Strohsack, den sie als Zielscheibe verwendeten, und schoss. Der Pfeil bohrte sich in den Rand des mit Holzkohle aufgemalten Kreises. Vaelin entging nicht, dass Reva sich ein zufriedenes Grinsen verkniff. In Rhansmühle hatten sie einen Köcher und Pfeile gekauft, Pfeile mit Möwenfedern und breiten Stahlspitzen, die gut für die Jagd geeignet waren. Jeden Morgen stand sie früh auf und übte. Anfangs schenkte sie seinen Ratschlägen keine Beachtung, doch als sie schließlich einsah, dass ihr das weiterhelfen würde, hörte sie sich seine Belehrungen schweigend an.

»Dein Bogenarm ist noch immer zu steif«, sagte er. »Denk daran: drücken und ziehen, nicht nur drücken.«

Sie runzelte verärgert die Stirn, folgte jedoch seinem Rat, und prompt klatschte der Pfeil genau in die Mitte des Kreises. Sie schenkte ihm ein selbstgefälliges Grinsen – ein richtiges Lächeln wurde nie daraus – und ging die Pfeile holen. Allmählich wurden ihre Haare länger, und sie war auch nicht mehr so mager wie damals, als sie ihn in der Nähe von Warnsheim angegriffen hatte. Elloras Kochkünste spielten dabei eine maßgebliche Rolle.

Seit sie Rhansmühle verlassen hatten, war kein Wort mehr über die Banditen gefallen. Er wusste, dass es zu nichts führen würde, ihr Vorwürfe zu machen – der Glaube an ihren Gott war so stark, dass jede Andeutung, sie könnte etwas falsch gemacht haben, nur eine verächtliche Zurückweisung zur Folge hätte sowie eine weitere Tirade über die Liebe des Weltvaters. Diese Männer waren ein Hindernis auf ihrem Weg zum Schwert der Wahrklinge gewesen, sie hatten dem Willen des Weltvaters entgegengestanden. Also hatte sie sie aus dem Weg geräumt, und die Tatsache, dass sie vier Menschen getötet hatte, schien ihre Seele nicht zu belasten. Andererseits wusste er, dass sie das alles tief im Inneren nicht völlig kalt ließ. Das Lied des Blutes wurde stets schwermütig, wenn seine Gedanken die ihren berührten, die Töne disharmonisch und trauervoll. Jemand hatte ihr großen Schaden zugefügt, hatte sie zu der Mörderin gemacht, die sie jetzt war. Vaelin wusste, dass sie das irgendwann begreifen würde, aber wie viele Jahre das dauern und wie viele Menschen sie bis dahin noch töten würde, konnte er nicht sagen.

Warum hast du sie dann nicht aufgehalten? Er hatte wachgelegen, als sie aufgestanden war und sich davongestohlen hatte. Er war ihr mit dem Lied des Blutes gefolgt, hatte dem An- und Abschwellen der Melodie gelauscht, dem wilden Tumult schriller Töne, der stets anzeigte, dass jemand den Tod fand. Aber er war ihr nicht nachgegangen, denn das Lied hatte ihm davon abgeraten und war erschrocken aufgebraust, als er Anstalten machte, sich zu erheben, um die Männer eigenhändig zu entwaffnen und die Wachleute zu rufen. Das Lied hatte Nein gesagt, und er hatte gelernt, auf seine Melodie zu hören. Diese Räuber waren Abschaum und hatten den Tod zweifellos verdient. Außerdem standen sie seiner Mission ebenso im Weg wie der ihren. Erkannt zu werden wäre ihm nur eine Last gewesen – er hatte es schon immer gehasst, im Mittelpunkt zu stehen. Also hatte er die Augen geschlossen gehalten, während sie zurückgekehrt, unter ihre Decke geschlüpft und, ohne irgendwelche Schuldgefühle, sofort eingeschlafen war.

»Bereit zum Aufbruch, Euer Lordschaft?«, rief Janril Norin vom Wagen herab. Die anderen Schauspieler hatten bereits alles zusammengepackt und holperten zur Straße hinüber.

»Wir gehen ein Stück zu Fuß«, rief er zurück und bedeutete dem Musiker mit einer Handbewegung vorauszufahren.

Reva warf den Strohsack auf den Wagen, und sie schritten gemeinsam hinter ihm her. »Wie weit noch?«, wollte sie wissen, eine Frage, die zu so etwas wie einem täglichen Ritual geworden war.

»Noch mindestens eine Woche.«

Sie brummte etwas Unverständliches. »Ich begreife nicht, warum Ihr mir nicht jetzt schon verraten könnt, wo das Schwert ist. Dieser Haufen ist als Tarnung allemal gut genug.«

»Wir haben eine Abmachung getroffen. Außerdem hast du noch nicht gelernt, den Bogen zu beherrschen.«

»Ich bin es zufrieden. Den Hirsch neulich abends habe ich doch auch ganz allein erlegt, oder etwa nicht?«

»Wohl wahr. Aber es gibt noch andere Waffen als den Bogen.«

Ihr Blick wurde wieder verdrießlich, und das bedeutete, wie er nur zu gut wusste, dass sie in Gedanken mit sich zu Rate ging. *Sie fragt sich, warum ich sie ausbilde, wenn sie es doch auf mein Leben abgesehen hat.* Diese Frage hatte er sich selbst auch schon gestellt. Sie würde mit oder ohne seine Hilfe immer besser werden, und sie war jetzt schon überragend. Doch wann immer er sie unterrichtete, ließ das Lied des Blutes keine Zweifel: Es war notwendig.

»Das Schwert«, sagte sie, nachdem sie eine Weile mit ihrem Gewissen gehadert hatte. »Werdet Ihr mich den Umgang mit dem Schwert lehren?«

»Wenn du willst. Wir fangen heute Abend an.«

Sie stieß ein leises Keuchen aus, ein Zeichen von Freude vielleicht. Dann rannte sie los, sprang hinten auf den Wagen auf, schwang sich aufs Dach und ließ sich dort im Schneidersitz nieder, um die Gegend an sich vorbeiziehen zu lassen. *Merkwürdig, dass sie nicht im Mindesten ahnt, wie schön sie ist,* dachte er und betrachtete versonnen ihr kastanienbraunes Haar, das in der Morgensonne schimmerte.

◆ ◆ ◆

»Als Erstes musst du lernen«, erklärte Vaelin, berührte ihre Eschenrute mit der seinen, drückte sie mit einer blitzschnellen Bewegung nach oben und drehte sie ihr aus den Händen, sodass sie durch die Luft davonsegelte, »wie man es richtig anfasst.«

Sie lernte schnell, was er auch erwartet hatte, und schon am ersten Abend beherrschte sie die Grundlagen – wie man das Heft hielt, wie man parierte und zustieß. Am Ende des dritten Tages brachte sie die einfachsten von Meister Sollis' Schlagfolgen zuwege, und zwar durchaus gekonnt und mit nicht wenig Anmut.

»Wann darf ich das da benutzen?«, fragte sie, nachdem sie ihre Übungen am vierten Tag beendet hatten, und deutete auf das mit einem Seil umwickelte Segeltuchbündel, das an einem Wagenrad lehnte. Sie schwitzte ein wenig, denn sie hatten sich einen langen Schlagabtausch geliefert, was ihr am meisten Spaß machte, denn das weckte in ihr die Hoffnung, ihm Schmerzen zuzufügen, wenngleich er bisher alle ihre Versuche vereitelt hatte, allerdings nicht immer mit Leichtigkeit.

»Gar nicht.« Sie wandte den Blick ab, und das Lied des Blutes musste ihm nicht erst verraten, was sie im Schilde führte. »Und wenn du es hervorholst, während ich schlafe, habe ich dich zum letzten Mal unterrichtet. Ist das klar?«

Sie sah ihn wütend an. »Warum schleppt Ihr es mit Euch herum, wenn Ihr es nie benutzt?«

Eine gute Frage, das wusste er, aber darüber sprechen wollte er nicht. »Ellora ist gleich mit dem Abendessen fertig«, sagte er und ging zum Wagen hinüber.

Die Tänzerin war, während sie nach Norden fuhren, ein wenig aufgetaut, aber Vaelin wusste, dass er sie immer noch nervös machte. Jeden sechsten Tag verbrachte sie eine Stunde allein außerhalb des Wagenkreises der Schauspieler. Dann saß sie mit geschlossenen Augen da und flüsterte ein Gebet. Obwohl er kein Bruder mehr war, war seine Geschichte allgemein bekannt, und diejenigen, die demselben Glauben anhingen wie sie, hatten guten Grund, den Orden zu fürchten. Umso erstaunter war er, dass sie die Riten der Leugner so offen vollzog.

»Vieles ist anders geworden in den Königslanden, Euer Lordschaft«, erklärte Janril an jenem Abend. »Ein Jahr, nachdem der König den Thron bestiegen hat, hat er den Leugnern gestattet, ihren Glauben frei auszuüben. An den Galgen hängen keine Unglücklichen mit herausgerissener Zunge mehr, und so kann Ellora das Bekenntnis der Aszendenten so offen vortragen, wie sie möchte.«

»Was hat den König zu dieser Entscheidung veranlasst?«

»Nun ja.« Obwohl sie allein waren, senkte Janril die Stimme zu einem Flüstern. »Der König hat eine Königin, und die, so heißt es, hat ein mehr als flüchtiges Interesse an allem, was mit den Leugnern zu tun hat.«

Die Königin der Vereinigten Königslande ist keine Anhängerin des wahren Glaubens. Er geriet ins Grübeln. *In fünf Jahren kann sich vieles verändern.* »Und der Orden hat dagegen nichts einzuwenden?«

»Nur genug, vor allem der vierte Orden. Aspekt Tendris hat mehr als eine Rede darüber gehalten. Unter den Gemeinen wurde so manches Murren laut – es wurde befürchtet, die Rote Hand könnte zurückkehren oder etwas in der Art. Aber zu Aufständen kam es nicht mehr. Nach dem Krieg herrschte allenthalben Zwietracht. Meine letzten beiden Jahre bei den Wolfsläufern habe ich damit zugebracht, in ganz Asrael Aufstände niederzuschlagen. Seither sehnen sich die meisten Menschen vor allem nach einem Leben in Frieden.«

◆ ◆ ◆

Am nächsten Tag überquerten sie das Tiefland südlich des Salzflusses. Beiderseits der Straße erstreckten sich große Weizen- und Goldblumenfelder bis zum Horizont. Vaelin bat Janril, an einer Kreuzung ein paar Meilen südlich von Heberstal anzuhalten. »Ich habe auf der Straße nach Osten etwas zu erledigen«, sagte er und stieg vom Wagen. »Wir treffen uns heute Abend im Ort.«

Reva sprang vom Dach des Wagens herunter und gesellte sich, während er sich nach Osten wandte, zu ihm. »Du musst nicht mitkommen«, sagte er.

Sie hob lediglich eine Augenbraue und blieb ihm die Antwort schuldig. *Sie rechnet immer noch damit, dass ich davonlaufe und sie ohne Schwert zurücklasse,* dachte er und biss sich auf die Lippen, als er sich vorstellte, wie sie reagieren würde, wenn sie hörte, was er über das Schwert ihres Vaters zu sagen hatte.

Nachdem sie einige Meilen zurückgelegt hatten, gelangten sie in ein kleines Dorf, das mitten in einem Weidenhain gelegen war. Die Häuser waren verfallen, die Fensterrahmen leer, und die Türen fehlten entweder ganz oder hingen an rostigen Angeln. Durch Löcher in den Strohdächern waren die Dachsparren zu sehen. »Hier lebt niemand mehr«, sagte Reva.

»Schon seit Jahren nicht.« Er schaute sich suchend um und entdeckte schließlich unter der höchsten Weide eine kleine Kate. Dort ging er hinein. Der nackte Boden war von Staub bedeckt, und im Kamin stapelten sich heruntergefallene Ziegel. Vaelin blieb in der Mitte des Raumes stehen, schloss die Augen und begann zu singen.

Sie lachte gerne und oft. »Kleine Kicherliese«, sagte ihr Vater zu ihr. Die Zeiten waren schlecht, und sie mussten nicht selten hungern, aber sie fand immer einen Grund zu lachen. Hier waren sie glücklich gewesen. Das Lied veränderte sich ein wenig, als er sich tiefer hineinfand, die Melodie wurde unheilvoller. *Blut spritzte auf den Boden, ein Mann schrie und hielt sich eine Wunde am Bein. Ein Soldat, nach seinem Äußeren zu schließen – auf seiner Tunika prangte das Wappen eines asraelischen Adelshauses. Ein Mädchen, das nicht älter als vierzehn war, nahm ein weißglühendes Schüreisen aus dem Feuer und drückte es auf die Wunde. Der Soldat schrie und fiel in Ohnmacht.*

»Hier ist ein Talent für das Mädchen«, sagte ein anderer Soldat, seinem Auftreten nach ein Feldwebel. Er warf dem Mädchen eine Münze zu, eine Silbermünze, mehr Geld, als sie jemals in Händen gehalten hatte. »Mit solchen Fähigkeiten stellt sie sogar den fünften Orden in den Schatten.«

Das Mädchen drehte sich zu der Frau um, die in der Ecke stand und den Soldaten nervöse Blicke zuwarf. »Mama, was ist der fünfte Orden?«

»Vardrian«, sagte Reva, und das Traumgebilde fiel in sich zusammen. Sie stand neben dem Kamin und las eine Holztafel, die an die Wand genagelt war. »Die Familie, die hier gewohnt hat?«

»Ja.« Er ging zu der Tafel hinüber und fuhr die Buchstaben mit dem Finger nach. Sie waren kunstvoll geschnitzt und mit weißer Farbe ausgemalt, die allmählich abblätterte.

»Ihr blutet.«

Es war nur eine winzige Stelle auf seiner Oberlippe. Das war auch manchmal vorgekommen, wenn er in seiner Zelle gesungen hatte, anstatt nur zuzuhören. Je lauter das Lied, umso mehr Blut floss aus seiner Nase oder, als er einmal versucht hatte, über den weiten Ozean in den Fernen Westen zu greifen, aus seinen Augen. *Das ist der Preis, den ich bezahlen muss*, hatte die blinde Frau gesagt. Wie viel Wahrheit darin lag, wurde immer deutlicher: *Wir alle bezahlen einen Preis für unsere Gabe.*

»Das ist nichts«, sagte er, wischte den Blutfleck ab, ließ die Tafel, wo sie war, und ging hinaus.

◆ ◆ ◆

Nach zwei weiteren Tagen erreichten sie die Brücke über den Salzfluss. Was einst aus Holz gefertigt gewesen war, bestand nun aus Stein, breiter und massiver als zuvor. »Der König baut gerne«, sagte Janril, als sie vor dem Zollhaus hielten. Er warf dem Brückenmeister einen Beutel zu, in dem sich genug Münzen befanden, um für sämtliche Wagen zu bezahlen. »Brücken und Bibliotheken, Krankenhäuser. Das Alte reißt er ab, um Neues zu errichten. Manche nennen ihn Malcius, den Maurer.«

»Es gibt schlimmere Namen«, erwiderte Vaelin. Er saß im Halbdunkel des Wagens, denn so nahe an der Hauptstadt zeigte er sich nur ungern, selbst mit Kapuze. *Schlächter, Wahnsinniger, Intrigant, Invasor. Janus hat sie sich alle verdient.*

Ihr Ziel war die große Grasebene, auf der jeden Sommer der Jahrmarkt stattfand. Dort hatten sich bereits zahlreiche andere Schaustellertruppen eingefunden, zusammen mit einer Unmenge fahrender Händler und Handwerker, und eine Gruppe von Zimmerleuten hatte begonnen, die Arena zu errichten, wo die renfaelischen Ritter beim Turnier gegeneinander antreten würden. Vaelin wartete bis zum Abend, bevor er den Wagen verließ. Er bot Janril seine letzten Münzen an, wohl wissend, dass dieser ablehnen würde, und umarmte den Sänger zum Abschied.

»Ihr müsst nicht dahin gehen«, sagte Janril. In seinen Augen schimmerten Tränen, und sein Lächeln war gezwungen. »Bleibt bei uns. Die gewöhnlichen Leute mögen ihre Lieder über Euch singen, aber nur wenigen Adeligen wird Eure Rückkehr behagen. In diesen Mauern findet sich nichts als Neid und Verrat.«

»Mich ruft die Pflicht, Janril. Aber ich danke dir.« Er drückte dem Musiker ein letztes Mal die Schultern, nahm sein Segeltuchbündel und machte sich auf den Weg zum Stadttor. Sofort erschien Reva an seiner Seite.

»Und?«, sagte sie.

Er schritt weiter.

»Vielleicht ist Euch schon aufgefallen, dass wir in Varinsburg sind«, fuhr sie fort und wies auf die Stadtmauern. »Ganz wie wir es abgemacht haben.«

»Bald«, sagte er.

»Jetzt!«

Er blieb stehen und blickte ihr direkt in die Augen, seine Stimme leise, aber bestimmt. »Du wirst bald erfahren, was du wissen willst. Jetzt kannst du mich begleiten, oder du kannst hierbleiben. Janril kann gewiss noch eine Tänzerin gebrauchen.«

Sie betrachtete das Stadttor mit einer Mischung aus Misstrauen und Verachtung. »Wir sind noch nicht einmal drin, und schon stinkt es wie der Abort eines fetten Mannes«, knurrte sie und ging weiter.

◆ ◆ ◆

Früher war ihm das Haus seines Vaters riesig vorgekommen, ein gewaltiges Schloss in der Vorstellung des kleinen Jungen, der unermüdlich durch Gänge und über Innenhöfe gerannt war, stets die nächste Heldentat vor Augen, sein Holzschwert der Schrecken von Dienern und Vieh gleichermaßen. Die große Eiche, die ihre Äste über das schräge Dach streckte, war sein Erzfeind gewesen, ein Riese, der die Schlossmauern einreißen wollte. Gelegentlich hatte sein kindlicher Wankelmut den Riesen auch als Freund gezeichnet, und dann machte er es sich in seinen breiten Armen gemütlich, während er zuschaute, wie sein Vater auf den anderthalb Morgen Grasland zwischen den Stallungen und dem Fluss ein Kriegsross alle Gangarten durchexerzieren ließ.

Ihm kam es nie merkwürdig vor, dass er keine richtigen Freunde hatte, dass die einzigen Kinder, die er kannte, die Söhne und Töchter der Diener waren, mit denen er immer nur ganz kurz spielen durfte, bevor seine Mutter sie davonscheuchte, freundlich, aber bestimmt. »Störe sie nicht, Vaelin. Sie haben Besseres zu tun.« Später begriff er, dass sie ihn absichtlich von den anderen Kindern ferngehalten hatte, denn wenn er festere Bande geknüpft hätte, wäre es ihm umso schwerer gefallen, dem Orden beizutreten.

In den vielen Jahren seither war das Haus geschrumpft, und nicht nur in den Augen des erwachsenen Vaelin. Das Dach hing durch und musste dringend neu gedeckt werden, die weiße Farbe an den Mauern war stumpf und grau geworden. Mindestens die Hälfte der Fenster war mit Brettern zugenagelt, und in den übrigen fehlte mehr als eine Scheibe. Selbst die Äste der großen Eiche hingen herab – der Riese war alt geworden. In einem der Fenster konnte er ein Feuer lodern sehen, das einzige warme Flackern im ganzen Haus.

»Hier seid Ihr aufgewachsen?«, fragte Reva überrascht. Während sie durch das Nordviertel zur Wächtersbiege gelaufen waren, hatte es heftig zu regnen begonnen, und dicke Tropfen fielen vom Saum ihrer Kapuze. »In den Liedern heißt es, dass Ihr von einfachen Leuten abstammt. Das ist ein Palast.«

»Nein«, murmelte er und ging weiter. »Das ist eine Festung.«

Vor dem Haupteingang blieb er stehen. Die »vornehme« Tür, so hatte eine der Dienstmägde sie einmal bezeichnet, eine freundliche, mollige Frau, an deren Namen er sich, wie er beschämt feststellte, nicht mehr erinnern konnte. *Eine vornehme Tür für vornehme Leute.* Als er die Glocke sah, die fleckig und stumpf geworden war, und den abgenutzten Glockenzug, fragte er sich, wie viele vornehme Leute in letzter Zeit wohl durch diese Tür getreten waren. Der Glockenzug schwang im Regen hin und her, und Reva ließ ein ungeduldiges Schniefen hören. Vaelin holte tief Luft und läutete.

Das Echo war bereits eine ganze Weile verklungen, bevor hinter der Tür eine dumpfe Stimme ertönte.

»Geht fort! Mir bleibt noch eine ganze Woche! Der Magistrat hat das so verfügt! Im Obergeschoss lauert ein mächtiger Held aus dem alpiranischen Krieg, der Euch die Hände abhackt, wenn Ihr uns nicht in Frieden lasst!«

Dann hörten sie, wie sich Schritte entfernten. Vaelin wechselte einen Blick mit Reva und läutete erneut. Dieses Mal mussten sie nicht so lange warten.

»Also gut! Ich habe Euch gewarnt!« Die Tür schwang nach innen auf, und sie sahen sich einer jungen Frau gegenüber, die mit einem Eimer ausholte, dessen Inhalt zum Himmel stank. »Ihr wolltet es ja nichts anders …« Als sie ihn sah, erstarrte sie, und der Eimer entglitt ihren Fingern. Mit weit aufgerissenen Augen sank sie gegen die Wand und hob die Hände vors Gesicht.

»Schwester«, sagte Vaelin. »Darf ich hineinkommen?«

◆ ◆ ◆

Halb musste er sie in die Küche tragen, wo sie sich allem Anschein nach häuslich niedergelassen hatte, so kalt und leer war es jedenfalls in sämtlichen Zimmern, an denen sie vorbeikamen. Er setzte sie auf den Stuhl vor dem Herd und umfasste ihre zitternden Hände, die eiskalt waren. Offenbar fiel es ihr schwer, den Blick von ihm abzuwenden. »Ich dachte … die Kapuze … einen Moment dachte ich …« Sie blinzelte Tränen fort.

»Es tut mir leid.«

»Nein …« Ihre Hände lösten sich aus den seinen, und sie berührte sein Gesicht. Ein Lächeln nahm langsam Gestalt an, und die Tränen rannen herab. Die dunklen, ernsthaften Augen des kleinen Mädchens, das er an jenem fernen Wintertag getroffen hatte, waren noch immer da, doch ansonsten war sie zu einer ansehnlichen Frau herangewachsen, für die es gefährlich war, so allein in einem heruntergekommenen Haus zu leben. »Bruder. Ich habe immer gewusst … ich habe nie daran gezweifelt …«

Ein lautes Klappern ertönte, als Reva den Eimer in einer Ecke abstellte.

»Alornis, das ist Reva. Meine …« Er hielt inne, als sie unter der Kapuze die Stirn runzelte. »… Reisegefährtin.«

»Nun denn.« Alornis wischte sich mit ihrer Schürze die Tränen ab und erhob sich. »Nachdem ihr so weit gereist seid, habt ihr bestimmt Hunger.«

»Ja«, sagte Reva.

»Das ist nicht nötig«, widersprach Vaelin.

»Unfug.« Alornis eilte zur Speisekammer. »Lord Vaelin Al Sorna soll in seinem eigenen Haus von einem flennenden Mädchen begrüßt werden, das ihm nicht einmal etwas zu essen anbieten kann? Kommt überhaupt nicht infrage.«

Die Mahlzeit war karg – sie bestand aus Brot, Käse und den stark gewürzten Überresten eines halben Huhns.

»Ich bin eine schreckliche Köchin«, gestand Alornis. Vaelin entging nicht, dass sie keinen Bissen zu sich nahm. »Darin war Mutter richtig gut.«

Reva verschlang den letzten Krümel auf ihrem Teller und stieß kaum hörbar auf. »So schlecht war es gar nicht.«

»Deine Mutter?«, fragte Vaelin. »Sie ist ... nicht hier?«

Alornis schüttelte den Kopf. »Kurz nach dem letzten Wintereinbruch. Bluthusten. Aspektin Elera war sehr freundlich, sie hat ihr Möglichstes getan, aber ...« Sie verstummte und schlug die Augen nieder.

»Es tut mir leid, Schwester.«

»So solltest du mich nicht nennen. Das Gesetz sagt, dass ich nicht deine Schwester bin, dass dieses Haus nicht mir gehört, sondern von Rechts wegen dem König, so wie sämtliche andere von Vaters Besitztümern auch. Ich musste den Magistrat anflehen, noch einen Monat bleiben zu dürfen, bevor die Büttel alles Übrige holen kommen. Und das hat er mir nur zugestanden, weil Meister Benril sagte, er würde ihn malen, ohne etwas dafür zu verlangen.«

»Meister Benril Lenial vom dritten Orden? Du kennst ihn?«

»Ich gehe bei ihm in die Lehre. Na ja, wenn ich ehrlich bin, bin ich eher seine unbezahlte Gehilfin, aber ich lerne eine ganze Menge.« Sie deutete auf die rückwärtige Wand, an der zahlreiche Pergamentblätter hingen. Vaelin stand auf und ging näher heran. Angesichts der Zeichnungen blinzelte er von Staunen erfüllt. Die Motive waren vielfältig – ein Pferd, ein Sperling, die alte Eiche hinter dem Haus, eine Frau mit einem Brotkorb, alles in Holzkohle oder Tusche ausgeführt, und das mit einer Anschaulichkeit, die geradezu verblüffend war.

»Beim Weltvater.« Reva war neben ihn getreten und starrte die Zeichnungen mit weit aufgerissenen Augen an. Vaelin hätte nicht geglaubt, dass sie zu einer solchen Bewunderung fähig war. In dem Blick, den sie auf seine Schwester richtete, lag Ehrfurcht, aber auch ein wenig Angst. »Das kommt dem Dunklen gefährlich nahe«, flüsterte sie.

Alornis gelang es, ihr Lachen eine Sekunde oder zwei im Zaum zu halten, bevor es aus ihr herausplatzte. »Das sind nur Striche auf Papier. Das habe ich schon immer getan. Ich kann dich auch zeichnen, wenn du magst.«

Reva wandte sich ab. »Nein.«

»Aber du bist so hübsch, du würdest eine wundervolle Studie abgeben …«

»Ich habe Nein gesagt!« Sie ging mit zusammengebissenen Zähnen und blitzenden Augen zur Tür und blieb dort stehen. Mit weißen Knöcheln hielt sie sich am Türpfosten fest, und das Lied des Blutes ließ ein leises Trällern vernehmen. Ein solches hatte er schon einmal gehört – schwächer, aber doch eindeutig –, als sie zu Janrils Truppe gestoßen waren und er bemerkt hatte, wie sie Ellora beim Tanzen beobachtete. Sie war völlig hingerissen gewesen, zutiefst fasziniert – und dann plötzlich von rasendem Zorn erfüllt. Reva schloss die Augen, und er sah, dass sie ein Gebet an den Weltvater murmelte.

»Verzeihung«, sagte sie, noch immer, ohne Alornis anzuschauen. »Ich bin in diesem Haus fehl am Platze.« Sie warf Vaelin einen raschen Blick zu. »Diese Nacht gehört Euch und Eurer Schwester. Ich suche mir woanders ein Zimmer.« Ihr Tonfall wurde barscher. »Alles Weitere können wir ja morgen früh klären.« Damit ging sie auf den Flur hinaus. Während sie durch das Haus eilte, war nur ein leises Scharren zu hören. Sie war wirklich gut darin, sich lautlos zu bewegen.

»Deine Reisegefährtin?«, fragte Alornis.

»Auf der Straße begegnet man den unterschiedlichsten Menschen.« Er kehrte an den Tisch zurück. »Mein Vater hat dir wirklich rein gar nichts hinterlassen?«

»Das war nicht seine Schuld.« Ihr Tonfall war angestrengt. »Als die Krankheit ihn heimsuchte, ging uns bald das Geld aus. Jegliche Ländereien, die ihm gehört haben, und seine sämtlichen Pensionsansprüche waren dahin, als er kein Kriegsherr mehr war. Seine Freunde, Männer, mit denen er in den Krieg gezogen war, kannten ihn nicht mehr. Das war keine einfache Zeit, Bruder.«

Ihr Blick war vorwurfsvoll, was er durchaus verdient hatte. »Ich hatte hier nichts mehr verloren«, sagte sie. »Oder jedenfalls dachte ich das. Du kennst ihn, du bist unter seinen Augen groß geworden. Ich nicht. Wenn er nicht im Krieg war, kümmerte er sich um die Ausbildung seiner Pferde oder seiner Männer, und wenn er hier war …« *Der hochgewachsene Mann mit den schwarzen Augen sah zu dem Jungen mit dem Holzschwert hinab, und auf seinen Lippen zeigte sich kein Lächeln, als der Junge lachend mit der Waffe herumfuchtelte, ihn gleichzeitig aber auch anflehte: »Unterrichte mich, Vater! Bitte, bitte!« Der hochgewachsene Mann schlug das Schwert beiseite und befahl einem der Kämmerer, den Jungen ins Haus zu bringen, bevor er fortfuhr, sein Pferd zu striegeln.*

»Er hat dich geliebt«, sagte Alornis. »Er hat mich nie angelogen – ich wusste immer, wer du warst, wer ich war, dass wir nicht dieselbe Mutter haben. Jede Stunde jeden Tages wünschte er inständig, er hätte dem Begehr deiner Mutter nicht nachgegeben. Als die Krankheit schlimmer wurde und er das Bett nicht mehr verlassen konnte, redete er von nichts anderem mehr.«

Im Stockwerk über ihnen schlug etwas dumpf auf dem Boden auf, ein Mann schrie erschrocken, und dann hörten sie ein Knurren. *Reva.*

»O nein«, stöhnte Alornis. »Normalerweise wacht er immer erst weit nach der zehnten Stunde auf.«

Vaelin eilte nach oben. Reva saß rittlings auf einem hochgewachsenen, gutaussehenden, wenngleich recht unrasierten jungen Mann und hielt ihm ein Messer an die Kehle. »Ein Bandit, Dunkelklinge!«, sagte sie. »Ein Bandit im Haus Eurer Schwester.«

»Bloß ein Dichter, glaubt mir«, sagte der junge Mann.

Reva funkelte ihn wütend an. »Still! Hast dich in das Haus einer Jungfer eingeschlichen, was? Juckt es dich in den Hosen?«

»Reva!«, sagte Vaelin. Er wollte sie möglichst nicht berühren. Was in der Küche vorgefallen war, hatte ihr merklich zugesetzt, und so angespannt, wie sie jetzt war, würde sie wie eine Bogensehne reißen. Er bemühte sich um einen gelassenen Tonfall. »Dieser Mann ist ein Freund. Bitte lass ihn aufstehen.«

Reva atmete tief durch und stieß ein Knurren aus, bevor sie sich von ihrem Opfer herunterrollte, in einer fließenden Bewegung aufstand und das Messer in der Scheide verschwinden ließ.

»Ihr habt Euch stets mit gefährlichen Schoßtieren umgeben, Euer Lordschaft«, sagte der junge Mann, ohne sich zu erheben.

Reva fuhr herum, aber Vaelin stellte sich zwischen die beiden, reichte dem jungen Mann die Hand und zog ihn hoch. Er roch nach billigem Wein. »Ihr solltet sie nicht verspotten, Alucius«, sagte er. »Sie ist gelehriger, als Ihr es je gewesen seid.«

◆ ◆ ◆

Alucius Al Hestian saß im Hinterhof auf einer roten Backsteinmauer und blinzelte mit geröteten Augen in die Morgensonne. Als Vaelin zu ihm trat, trank er gerade einen Schluck aus einer kleinen Flasche. Die Übungsstunde war weit lebhafter verlaufen als sonst. Reva war noch immer wütend, und sie schien es mehr denn je darauf abgesehen zu haben, wenigstens einen Treffer mit der Eschenrute zu landen. Es war nicht leicht gewesen, sie zu besiegen, und sein Hemd war leidlich verschwitzt.

»Bruderfreund?«, fragte er und wies mit einer Kopfbewegung auf die Flasche, während er den Eimer aus dem Brunnen zog.

»Heutzutage wird es Wolfsblut genannt«, erwiderte Alucius und hob die Flasche, um ihm zuzuprosten. »Ein paar geschäftstüchtige Soldaten, die unter Euch dienten, haben mit ihrer Pension eine Destillerie aufgebaut und brennen Tausende Flaschen des Lieblingsfusels ihres Regiments. Ich habe gehört, dass sie inzwischen so reich sind wie Kaufleute aus dem Fernen Westen.«

»Das sei ihnen vergönnt.« Vaelin stellte den Eimer auf den Rand des Brunnens und schöpfte sich mit einer Holzkelle Wasser in den Mund. »Geht es Eurem Vater gut?«

»Er hasst Euch noch immer von ganzem Herzen, falls Ihr das wissen wolltet.« Das Grinsen verschwand aus Alucius' Gesicht. »Aber er … er ist ruhiger geworden. Der König hat jetzt einen neuen Kriegsherrn.«

»Irgendjemand, den ich kenne?«

»Allerdings – Varius Al Trendil. Der Held des Blutbergs und der Eroberung von Linesch.«

Vaelin erinnerte sich an einen wortkargen Mann, der sich seinen Zorn verbiss, einen Zorn, der aus enttäuschter Habgier geboren war. »Hat er viele Schlachten gewonnen?«

»Seit dem Thronräuberaufstand ist es in den Königslanden zu keinem echten Krieg mehr gekommen. Aber er hat sich als sehr zuverlässig erwiesen, als es darum ging, die ganzen Aufstände niederzuschlagen.«

»Ich verstehe.« Er trank noch einen Schluck Wasser und ließ sich neben Alucius nieder. »Ich sehe mich genötigt, eine etwas taktlose Frage zu stellen.«

»Warum ein betrunkener Dichter im Haus Eurer Schwester schläft?«

»Genau.«

»Er glaubt, dass er mich beschützt«, sagte Alornis, die im Kücheneingang aufgetaucht war. »Das Frühstück ist fertig.«

Das Frühstück bestand aus einer kargen Portion Schinken mit Eiern, die sich in Luft auflöste, kaum dass sie auf Revas Teller gelandet war. Vaelin entging nicht, dass sie gerne mehr gegessen hätte, aber sie beherrschte sich. Ihr Magen war allerdings nicht so artig und knurrte vernehmlich. »Hier.« Alucius schob seinen unberührten Teller zu ihr hinüber, noch immer die offene Flasche in der Hand. »Ein Friedensangebot. Wäre doch schade, wenn du mir vor lauter Hunger die Gurgel durchschneidest.«

Reva fletschte die Zähne, nahm das Essen aber nur allzu bereitwillig entgegen.

»Unser Vater ist vor drei Jahren gestorben«, sagte Vaelin zu Alornis. »Warum hat der König so lange gewartet, bis er seinen Besitz für sich beanspruchte?«

Sie zuckte mit den Schultern. »Wer weiß das schon? Die langsamen Mühlen der Bürokratie vielleicht?«

Das Schiff, das ihn auf den meldeneischen Inseln an Bord genommen hatte, hatte vor kaum mehr als zwei Monaten in Südturm angelegt. Genügend Zeit, um auf einem schnellen Pferd in die Hauptstadt zu reiten. *Ein Mann, der so sehr gehasst wird wie Ihr, sollte sich nicht wundern, wenn er erkannt wird.* Er vermutete, dass die Mühlen der Bürokratie weit schneller gemahlen hatten, als seine Schwester ahnte.

»Ich bin froh, dass Ihr am Leben seid, Alucius«, sagte er schließlich. »Falls ich das noch nicht erwähnt haben sollte.«

»Habt Ihr nicht, aber trotzdem vielen Dank.«

»Ihr habt zu der Gruppe gehört, die sich den Weg zu den Docks freigekämpft hat, nehme ich an?«

Alucius betrachtete die Tischplatte und trank noch einen Schluck Wolfsblut. »Bleibt bei Eurem Vater, habt Ihr gesagt. Das war ein guter Ratschlag.«

Seine ausdruckslose Stimme und sein finsterer Blick legten Vaelin nahe, diese Angelegenheit auf sich beruhen zu lassen. »Vor was genau beschützt Ihr meine Schwester eigentlich?«

Seine Miene hellte sich ein wenig auf. »Ach, vor den üblichen Banditen und Vagabunden« – er warf Reva einen vielsagenden Blick zu –, »vor launischen Leugnern mit scharfen Messern und vor Eiferern, die der Verwandtschaft des großen Bruders Vaelin nachstellen, damit diese sich auf ihre Seite schlägt.«

Vaelin runzelte die Stirn. »Eiferer? Was ist das?«

»Leute, die dem Glauben in übertriebenem Maße nacheifern. Die ersten sind aufgetaucht, nachdem der König das Toleranzedikt erlassen hat. Sie halten Versammlungen ab, schwenken Fahnen und greifen manchmal Leute an, die sie im Verdacht haben, Leugner zu sein. Sie nennen sich die wahren Anhänger des Glaubens und werden von Aspekt Tendris öffentlich unterstützt. Die übrigen Orden sind weniger begeistert.«

Seine Miene wurde ernst. »Eure Rückkehr wird sie mit großer Freude erfüllen. Der größte Streiter für den Glauben, von der Dynastie Al Nieren verraten, auf dass er in einem Kerker der Leugner schmachten musste. Ich fürchte, sie werden äußerst unrealistische Erwartungen haben, Euer Lordschaft.«

Reva wandte den Blick von ihrem Teller ab und richtete ihn auf das kaputte Fenster in der Südwand. »Da kommen Pferde.«

Vaelin blickte zur offenen Tür und hörte Hufe über das Pflaster klappern.

Das Lied des Blutes schwoll an – jemand, den er kannte. Allerdings schwang auch eine leise Warnung darin mit. Er verdrängte es, so gut er konnte, und ging hinaus.

Bruder Caenis Al Nysa zügelte sein Pferd auf dem Hof und stieg ab. Einen Moment stand er da und sah Vaelin schweigend an. Dann trat er vor, die Arme ausgebreitet und ein Lächeln auf den Lippen. Sie umarmten einander mit der ganzen Wärme von Brüdern, die sich nach langer Zeit wiedersehen. Caenis drückte ihn fest an sich, und seine

Brust erbebte kaum merklich. Das Lied des Blutes jedoch trillerte noch immer eine Warnung.

◆ ◆ ◆

Sein Gesicht war hagerer geworden, in seine Augenwinkel hatten sich Falten eingegraben, und an den Schläfen waren seine kurzgeschnittenen Haare ein wenig grau geworden. Das Leben im Orden trug nicht eben dazu bei, die Jugend zu verlängern. Allerdings wirkte er so stark wie eh und je, mitunter sogar etwas breiter in den Schultern. Caenis hatte nie eine beeindruckende Figur abgegeben, aber jetzt strahlte er eine Autorität aus, die geradezu mit den Händen greifbar war. Möglicherweise hing das mit dem roten Diamanten zusammen, der in seinen dunkelblauen Mantel eingenäht war.

»Ordenskommandant, nicht übel«, sagte Vaelin. Sie schlenderten am Ufer entlang über das Gras. Seit es vergangene Nacht geregnet hatte, führte der Salzfluss Hochwasser und drohte über die Erddeiche zu steigen, die sein Vater errichtet hatte, um die Fluten im Zaum zu halten.

»Ich befehlige jetzt das Regiment«, erwiderte Caenis.

»Was also bedeutet, dass ich mich Lord Caenis Al Nysa gegenübersehe, dem Schwert des Königs, habe ich recht?«

»Sieht fast so aus.« Caenis schien nicht besonders stolz auf seine Beförderung zu sein, was so gar nicht zu dem Mann passte, an den Vaelin sich erinnerte. Der jüngere Caenis war der treueste Untertan gewesen, den sich das Geschlecht der Al Nieren nur hätte wünschen können. Doch das war vor Janus' Verrat in Linesch gewesen. Vaelin wusste noch gut, wie verwirrt sein Bruder gewesen war, als sich abzeichnete, dass der Traum des alten Intriganten von einer Erweiterung der Vereinigten Königslande gescheitert war. *Er macht keine Fehler …*

Sie blieben stehen, und Caenis betrachtete einen Moment schweigend den schnell dahinfließenden Fluss. »Barkus«, sagte er schließlich. »Der Kapitän des Schiffes, das ihn nach Hause bringen sollte, hatte da eine interessante Geschichte zu erzählen. Offenbar hat der große Bruder gedroht, ihm mit der Axt den Kopf abzuhacken, wenn er nicht zur alpiranischen Küste zurücksegelte. Kaum hatten sie seichteres Wasser erreicht, sprang er über Bord und schwamm zum Strand.«

»Wie viel hast du inzwischen erfahren?«

Caenis wandte sich vom Fluss ab und sah ihm in die Augen. »War Barkus wirklich der Wartende?«

Also haben sie ihn eingeweiht. Was weiß er noch? »Nein, das war etwas, das in seiner Haut lebte. Barkus ist während der Wildnisprüfung gestorben.«

Caenis schloss die Augen und senkte den Kopf. Er seufzte leise. Nach einer Weile blickte er auf und zwang sich zu einem Lächeln. »Dann sind nur noch wir beide übrig, Bruder.«

Vaelin erwiderte das Lächeln nur ganz kurz. »Genau genommen ist nur noch einer übrig, Bruder.«

Caenis faltete die Hände und sprach in ernstem Ton: »Schwester Sherin ist fort, Vaelin. Ich habe dem Aspekten nichts gesagt …«

»Schwester Sherin und ich waren ineinander verliebt.« Er breitete die Arme aus und rief so laut, dass es über den Fluss schallte. »Ich war in Schwester Sherin verliebt!«

»Bruder!«, zischte Caenis und sah sich erschrocken um.

»Und es war keine Verfehlung«, fuhr Vaelin fort, seine Stimme war ein zorniges Krächzen. »Es war nicht *falsch*! Es war wundervoll, Bruder. Und ich habe sie für immer verloren. Ich habe sie ziehen lassen, meine letzte Tat im Dienst des Ordens. Aber damit ist es jetzt vorbei. Sag das dem Aspekten, oder schrei es in die ganze Welt hinaus, wenn du möchtest. Ich gehöre nicht länger dem Orden an, und ich bin kein Anhänger des Glaubens mehr.«

Caenis stand völlig regungslos und flüsterte: »Ich weiß, dass die Jahre in Gefangenschaft ihren Tribut gefordert haben, aber es waren ganz gewiss die Ahnen, die dich wieder zu uns führten.«

»Das ist eine Lüge, Caenis. Alles. Ebenso erfunden wie jeder andere Gott. Willst du wissen, was das Ding in Barkus gesagt hat, bevor ich es getötet habe?«

»Das reicht jetzt!«

»Es hat gesagt, dass eine Seele ohne Körper ein elendes, armseliges Ding ist …«

»Ich habe gesagt, es reicht!« Caenis war weiß vor Wut. Er wich einen

Schritt zurück, als befürchtete er, Unglauben könnte ansteckend sein. »Du hörst giftige Lügen von einer Kreatur des Dunklen und nimmst es als Wahrheit. Mein Bruder war niemals so vertrauensselig – so leicht hat er sich nicht täuschen lassen!«

»Ich weiß immer, wann jemand die Wahrheit spricht, Bruder. Das ist mein Fluch.«

Caenis wandte sich ab und fand unter großen Mühen seine Fassung wieder. Als er sich erneut umdrehte, war sein Blick starr geworden. »Nenn mich nicht Bruder. Wenn du mit dem Orden und dem Glauben brichst, brichst du auch mit mir.«

»Du bist mein Bruder, Caenis. Und wirst es immer sein. Es war noch nie der Glaube, der uns zusammengehalten hat, das weißt du.«

Caenis starrte ihn an, und in seinen Augen funkelten Zorn und Schmerz. Dann wandte er sich um und ging davon. Nach wenigen Schritten blieb er stehen und sagte über die Schulter hinweg in angespanntem Tonfall: »Der Aspekt möchte dich sehen. Er hat mich gebeten klarzustellen, dass das eine Bitte ist, kein Befehl.« Damit schritt er weiter.

»Frentis!«, rief Vaelin ihm nach. »Hast du etwas von ihm gehört? Ich weiß, dass er noch am Leben ist.«

Caenis drehte sich nicht um. »Sprich mit dem Aspekten!«

Viertes Kapitel

Lyrna

Prinzessin Lyrna Al Nieren war noch nie gerne geritten. Pferde langweilten sie, und der harte Sattel hinterließ Blutergüsse an Stellen, auf die sie ihre Zofe nur ungern Salbe auftragen ließ. Demzufolge hatten die vielen Meilen, die ihre Gefolgschaft auf ihrem Weg nach Norden zurückgelegt hatte, nicht eben zur Besserung ihrer Laune beigetragen. Anderseits traf das auch auf die letzten fünf Jahre insgesamt zu.

Hört es hier jemals auf zu regnen?, fragte sie sich und spähte unter der Kapuze ihres mit Hermelin besetzten Umhangs hervor. Der Regen fiel in Strömen auf die schiefergraue Landschaft. Vor fünf Tagen hatten sie Cardurin verlassen, und seither schüttete es ununterbrochen.

Nirka Al Smolen, Oberhauptmann des königlichen Heeres, zügelte neben ihr sein Pferd und salutierte. Das Wasser lief ihm in labyrinthischen Rinnsalen über den Brustpanzer. »Nur noch fünf Meilen, Euer Hoheit.« In seiner Stimme schwang eine gewisse Wachsamkeit mit. Diese endlose Reise raubte Lyrna nur allzu oft die Zurückhaltung, wenn es darum ging, ihrem Unmut Ausdruck zu verleihen, und sie wusste, dass ihre Stimme so verletzend sein konnte wie der Stich einer wütenden Wespe. Der Miene des Oberhauptmanns war anzumerken, dass er auf alles gefasst war. *Ach, jetzt lass doch den Mann in Frieden, du gehässige Hexe,* dachte sie mit einem leisen Seufzen. »Vielen Dank, Oberhauptmann.«

Er salutierte noch einmal, und ihm war die Erleichterung anzusehen, als er seinem Pferd die Sporen gab, um die Straße vor ihnen auszukundschaften; fünf berittene Soldaten folgten ihm dichtauf. Weitere fünfzig schlossen wieder den Kreis um sie und die beiden Damen, die sie zur Begleitung auf der Reise nach Norden ausgewählt hatte. Beide waren robuste Mädchen von ländlichen Lehnsgütern, nicht ganz so hochstehend wie die meisten ihrer Bediensteten, aber dafür neigten sie nicht dazu, andauernd zu kichern oder sich zu beschweren. Sie stupste Zobel mit den Knien an, und die Kolonne setzte sich wieder in Bewegung, den Felsweg hinauf und dem schmalen, dunklen Spalt des Skellan-Passes entgegen.

»Euer Hoheit, wenn ich darf«, sagte Nersa, die größere der beiden Damen. Sie war mutiger als Jullsa, die, wenn Lyrna sie ein wenig schärfer zurechtwies, in lang anhaltendes Schweigen verfiel.

»Was ist?«, fragte Lyrna. Trotz des gepolsterten Sattels spürte sie jeden Stoß von Zobels Hüften.

»Werden wir heute einem begegnen, Euer Hoheit?«

Seit sie Varinsburg verlassen hatten, war Nersa von der Vorstellung besessen, mit eigenen Augen einen Lonaker zu sehen. Lyrna schrieb das der krankhaften Neugier der Jugend zu, wie bei einem Kind, das in den Eingeweiden eines toten Hundes herumstochert. Bisher waren die sagenumwobenen Wolfsmenschen ihrem Weg ferngeblieben, jedenfalls soweit sie das beurteilen konnte. *Niemand kann sich so gut verstecken wie die Lonaker, Euer Hoheit,* hatte sie der Ordenskommandant in Cardurin gewarnt, ein stämmiger Mann mit hellen, klugen Augen. *Ihr werdet sie nicht zu sehen bekommen, aber bei den Ahnen, sie werden Euch sehen, bevor Ihr auch nur zehn Meilen von dieser Stadt entfernt seid.*

Je näher sie kamen, desto größer wurde der Pass vor ihnen, eine düstere Höhle, die den Berghang spaltete. Alsbald entdeckte Lyrna das erste Anzeichen einer Befestigung, einen geduckten Turm, der den Südhang beherrschte. Auf der Festungsmauer war ein blasser blauer Fleck zu erkennen – zweifelsohne ein einsamer Bruder auf Morgenwache.

»Wenn nicht hier, dann wahrscheinlich nirgendwo«, erklärte sie

Nersa. Trotz der Beteuerungen ihres Bruders hegte sie noch immer Zweifel an diesem ganzen Unternehmen. *Ist es möglich, dass sie nach so vielen Jahrhunderten Frieden schließen wollen?*

◆ ◆ ◆

Der Ordenskommandant, der am Turm auf sie wartete, war etwas über vierzig, mit kurzgeschnittenem grauen Haar und fahlen Augen unter einer von Narben bedeckten Stirn. Er begrüßte sie mit rauher, im Kampf gestählter Stimme und verbeugte sich so tief, wie es die Höflichkeit verlangte. »Euer Hoheit.«

»Oberkommandant Sollis, nicht wahr?« Sie stieg von Zobel herunter und unterdrückte das Verlangen, etwas Leben in ihr taubes Hinterteil zu massieren.

»Jawohl, Euer Hoheit.« Er richtete sich auf und deutete auf zwei weitere Brüder, die nahebei standen. »Die Brüder Hervil und Ivern werden uns ebenfalls nach Norden begleiten.«

Sie runzelte die Stirn. »Nur drei? Euer Aspekt hat dem König bei dieser Mission seine volle Unterstützung zugesagt.«

»Mir stehen nur sechzig Brüder zur Verfügung, um diesen Pass zu halten, Euer Hoheit. Mehr kann ich nicht entbehren«, erwiderte er mit einer Endgültigkeit, die ihr verriet, dass er seine Meinung auch dann nicht ändern würde, wenn sie versuchte, ihn einzuschüchtern oder zu bezirzen. Natürlich hatte sie von ihm gehört, dem berühmten Schwertmeister des sechsten Ordens, der Geißel von Lonak, dem Geächteten, dem Überlebenden des Sturzes von Marbellis … dem Meister von Vaelin Al Sorna.

Vater, ich flehe Euch an …

»Wie Ihr meint, Bruder«, sagte sie mit einem Lächeln – einem ihrer besten: liebenswürdig, aber nicht allzu strahlend, mit genau dem richtigen Maß Bewunderung für einen pflichtbewussten Bruder. »In einer solchen Angelegenheit werde ich natürlich nie Euer Urteil infrage stellen.«

Der pflichtbewusste Bruder starrte sie mit fahlen Augen an; sein Gesicht verriet nicht die geringste Gefühlsregung.

Der ist nicht wie die anderen. Immerhin das. »Unser Anführer ist hier?«

»Jawohl, Euer Hoheit.« Er trat beiseite und deutete zum Turm hinüber. »Wir haben etwas zu essen bereitet.«

»Ihr seid zu freundlich.«

Die Turmräume waren vor Kurzem gründlich geputzt worden, doch sie verströmten noch immer den süßlichen Schweißgeruch von Männern, die in großer Nähe beieinanderlebten. Lyrna betrachtete die schlichte, wenngleich reichhaltige Vielfalt des Essens auf dem Tisch neben dem Kamin. Die Stühle waren ebenso leer wie das ganze Zimmer. »Der Anführer?«, fragte sie.

»Hier entlang, Euer Hoheit.« Sollis schritt zu einer schweren Tür in der rückwärtigen Wand und schob einen Schlüssel in das Vorhängeschloss an der Klinke. »Wir sahen uns genötigt, sie im unteren Stockwerk einzuquartieren.«

Mit einiger Anstrengung zog er die Tür auf. Zum Vorschein kam eine Steintreppe, die nach unten führte. Er nahm eine Fackel aus einer eisernen Halterung an der Wand. »Wenn Ihr so freundlich wärt, mir zu folgen.«

Lyrna drehte sich zu Nersa und Jullsa um. »Meine Damen, bitte bleibt hier und widmet Euch der Mahlzeit, die uns die Brüder freundlicherweise gerichtet haben. Oberhauptmann, wenn Ihr mich bitte begleiten wollt.«

Gemeinsam mit Smolen folgte sie Sollis die Wendeltreppe hinunter, bis sie in eine kleine Kammer gelangten, in die nur durch ein winziges Fenster etwas Licht fiel – ein Fenster, das mit Eisenstangen gesichert war. An der Rückwand der Kammer saß eine Frau im Halbdunkel; lange Beine in dunkelrotem Leder ragten ins Helle, und Augen funkelten in der Finsternis. Als sie Lyrna sah, rappelte sie sich auf und ging in die Hocke. Die Kette, die sie um einen Fußknöchel trug, klirrte über den Steinboden.

»Das ist unser Anführer?«, fragte Lyrna.

»Jawohl, Euer Hoheit.« Seine steinerne Miene verriet ihr nur allzu genau, was er von dem ganzen Unternehmen hielt. »Vor zwei Tagen eingetroffen, mit einem Schreiben der Hohepriesterin höchstpersönlich. Wie befohlen gaben wir ihr ein Bett und zu essen, und in der ersten Nacht hat sie einem meiner Brüder ein Messer in den Oberschenkel gestoßen. Ich hielt es für klug, sie einzusperren.«

»Hatte sie einen Grund, den Bruder anzugreifen?«

Sollis verlieh seinem Unbehagen mit einem Seufzer Ausdruck. »Offenbar hat er sich geweigert, ihre … ihre Gelüste zu befriedigen. Bei den Lonakern offenbar eine schreckliche Beleidigung.«

Lyrna trat näher an die Frau heran. Sollis hielt sich zwei Schritte vor ihr, die Hände locker an der Seite. »Hast du einen Namen?«, fragte sie die Frau.

»Sie versteht die Sprache der Königslande nicht, Euer Hoheit«, sagte Sollis. »Kaum einer von denen tut das. Unsere Wörter zu lernen beschmutzt ihre Seele.« Er wandte sich an die Lonakerin. *»Esk gorin ser?«*

Die Frau schenkte ihm keine Beachtung, sondern bewegte sich schlurfend ein Stück vorwärts, bis ihr Gesicht zu erkennen war. Es war glatt und kantig, mit hohen Wangenknochen, der Kopf fast völlig kahl bis auf einen langen schwarzen Zopf, der sich vom Scheitel über ihre Schulter schlängelte und an dessen Ende ein Stahlreif schimmerte. Sie trug ein ärmelloses Wams aus dünnem Leder, und von ihrer linken Schulter bis zum Kinn verlief eine verschlungene grün-rote Tätowierung. Ihr Blick glitt an Lyrna hinab, und ein träges Lächeln erschien auf ihren Lippen. Sie sagte etwas in ihrer Sprache, was sich anhörte, als würde sich ihre Stimme überschlagen.

»Ehkar!«, bellte Sollis, trat einen Schritt vor und starrte sie wütend an.

Die Frau erwiderte seinen Blick, und ihr Lächeln wurde noch breiter. Ihre Zähne schimmerten im Halbdunkel.

»Was hat sie gesagt?«, fragte Lyrna.

Wieder seufzte Sollis beklommen. »Sie, äh, möchte etwas essen, Euer Hoheit.«

Lyrna hatte ihr Lonakisch aus einem Buch gelernt, dem umfassendsten Handbuch, das sie in der Großen Bibliothek finden konnte. Ein in die Jahre gekommener Meister aus dem dritten Orden hatte ihr die verschiedenen Vokallaute beigebracht und die kaum merklichen Veränderungen in der Betonung, welche die Bedeutung eines Wortes oder eines Satzes bestimmten. Er hatte offen zugegeben, dass seine Kenntnis der Sprache der Wolfsmenschen begrenzt sei und allzu viele Jahre verstrichen waren, seit er in seiner Jugend nach Norden gereist war, um sich von den wenigen gefangenen Lonakern unterrichten zu lassen, die, im Austausch für ihre Freiheit, dazu bereit waren. Trotzdem beherrschte Lyrna die Sprache immerhin so gut, dass sie die Worte der Frau zumindest ungefähr übersetzen konnte, aber sie beschloss, dass es ihr mehr Vergnügen bereiten würde, wenn der pflichtbewusste Bruder sie wiederholte.

»Übersetzt mir ganz genau, was sie gesagt hat, Bruder«, befahl sie. »Ich muss darauf beharren.«

Sollis hüstelte und antwortete so tonlos wie möglich. »Wenn die Männer auf die Jagd gehen, suchen Lonakerinnen ihre .... nächtlichen Freuden beieinander. Wenn Ihr ihrem Klan angehören würdet, würde sie sich wünschen, dass die Männer gar nicht mehr von der Jagd zurückkehren.«

Lyrna drehte sich zu der Lonakerin um und biss sich auf die Unterlippe. »Tatsächlich?«

»Jawohl, Euer Hoheit.«

»Tötet sie.«

Die Lonakerin wich mehrere Schritte zurück, die Kette fest umklammert, wie um einen Schlag abzuwehren, den Blick kampfbereit auf Sollis gerichtet, obwohl er sich nicht gerührt hatte.

»Anscheinend versteht sie die Sprache der Königslande doch«, stellte Lyrna fest. »Wie heißt du?«

Die Frau sah sie wütend an, lachte dann unvermittelt und richtete sich zu ihrer ganzen Größe auf. Sie überragte sogar Sollis und Smolen um ein oder zwei Zoll. »Davoka«, sagte sie und hob das Kinn.

»Davoka«, wiederholte Lyrna leise. *Speer in der archaischen Form.* »Wie lauten die Befehle, die die Hohepriesterin dir erteilt hat?«

Davoka sprach mit starkem Akzent, aber doch so langsam und präzise, dass es verständlich war. »Führe die Königin der Merim Her in die Berge«, sagte sie. »Sorge dafür, dass sie wohlbehalten ankommt.«

»Ich bin eine Prinzessin, keine Königin.«

»Eine Königin, hat sie gesagt. Also bist du eine Königin«, erwiderte die Frau mit solcher Bestimmtheit, dass Lyrna davon absah, weiter nachzuhaken. Die dürftige Sammlung von Werken zur lonakischen Geschichte und Kultur in der Großen Bibliothek war sehr vage und widersprüchlich, aber in einer Hinsicht stimmten sie alle überein: Die Worte der Hohepriesterin durften nicht angezweifelt werden.

»Wenn ich dich freilasse, wirst du dann wieder einen der Brüder verletzen oder unziemliche Vorschläge machen, die eine Beleidigung für ihren Stand sind?«

Davoka warf Sollis einen verächtlichen Blick zu und murmelte in ihrer eigenen Sprache: *Mit diesen Schlappschwänzen würde ich niemals meinen Unterleib beschmutzen.* »Nein«, erklärte sie Lyrna.

»Also gut.« Sie nickte Sollis zu. »Sie wird mit uns zu Abend essen.«

◆ ◆ ◆

Davoka saß, nachdem sie Jullsa mit einem wütenden Blick verscheucht hatte, bei Tisch neben Lyrna. Die junge Dame war bleich geworden, hatte sich entschuldigt und war, nach einem kurzen Knicks vor Lyrna, aus dem Zimmer gestürzt. *Morgen früh schicke ich sie nach Hause,* beschloss Lyrna. *Offenbar ist sie doch nicht ganz so robust, wie ich gehofft hatte.* Nersa dagegen schien von Davoka völlig fasziniert und schaute immer wieder verstohlen zu ihr hinüber, was ihr den ein oder anderen finsteren Blick einbrachte.

»Du dienst der Hohepriesterin?«, fragte Lyrna, während die hochgewachsene Frau mit einem schmalen Messer einen Apfel in Stücke schnitt und verspeiste.

»Alle Lonaker dienen ihr«, erwiderte sie mit vollem Mund.

»Aber gehörst du ihrem Hausstand an?«

Davoka lachte bellend. »Haus? Ha!« Sie aß ihren Apfel auf und warf das Gehäuse ins Feuer. »Sie hat einen Berg, kein Haus.«

Lyrna lächelte und nahm ihre ganze Geduld zusammen. »Aber du hast dort einen festen Platz?«

»Ich bewache sie. Sie wird ausschließlich von Frauen bewacht. Nur Frauen sind vertrauenswürdig. Männer verlieren in ihrer Gegenwart den Verstand.«

Lyrna hatte viele phantasievolle Geschichten über die vorgeblichen Fähigkeiten der Hohepriesterin gelesen. Edelmütige Männer fielen nach nur einem verstohlenen Blick dem Wahnsinn anheim, wenn man einem unheimlichen Schmöker mit dem Titel *Blutriten der Lonaker* Glauben schenken wollte. Was auch immer daran der Wahrheit entsprach, alle Schilderungen legten nahe, dass sie über die Mächte des Dunklen gebot. In Wirklichkeit war dies der Grund gewesen, und nicht das Drängen ihres Bruders, weshalb sie eingewilligt hatte, diese Expedition zu unternehmen.

Viele Jahre hatte sie über Büchern gebrütet, in aller Heimlichkeit Nachforschungen angestellt und ihre Erkenntnisse mühevoll miteinander verglichen – aber noch immer gab es keine Beweise. *Hört Euch im Westviertel nach der Geschichte des Einäugigen um*, hatte er an jenem Tag gesagt, als er sie auf dem Jahrmarkt vor allen Leuten geküsst hatte. Und das hatte sie getan. Was die wenigen Diener, denen sie zutraute, in den ärmsten Vierteln der Hauptstadt nach Antworten zu suchen, zusammengetragen hatten, war ihr anfangs absurd erschienen. Einauge sei der König der Banditen gewesen und habe Menschen allein mit seinem Willen Fesseln anlegen können. Einauge habe das Blut seiner Feinde getrunken, um Macht zu erlangen. Einauge habe Kinder in finsteren Riten missbraucht, die in Katakomben unter der Stadt vollzogen wurden. Die einzige Gewissheit bei dieser Geschichte war das Ende: Es hieß, Einauge sei vom sechsten Orden getötet worden – manche behaupteten sogar, von Al Sorna selbst. In dieser Hinsicht stimmten alle Quellen überein, aber das war auch fast alles.

Und so setzte sie ihre Suche fort und sammelte Berichte von überall in den ganzen Königslanden. Ein Mädchen in Nilsael, das den Wind herbeirufen konnte, ein Junge in Südturm, der in der Lage war, mit Delphinen zu reden, ein Mann in Cumbrael, der die Toten zum Leben erweckte. Einhundert oder mehr phantastische Geschichten, von denen die meisten sich als Übertreibung erwiesen, als Missverständnis, Tratsch oder ausgemachte Lügen. Beweise gab es nie. Es machte sie verrückt, diese Vieldeutigkeit, dieser Mangel an Antworten, spornte sie an, ließ sie noch weitläufigere Nachforschungen anstellen, bis sie zu einer Last wurde für den Obersten Bibliothekar mit ihren fortwährenden Nachfragen nach immer älteren und älteren Büchern.

Sie wusste, ein Großteil ihres Interesses war der Tatsache geschuldet, dass sie sonst nicht viel zu tun hatte. Nachdem ihr Bruder den Thron bestiegen hatte, spielte sie bei Hofe eigentlich keine Rolle mehr. Jetzt hatte er seine Königin, den kleinen Janus und Dirna, um den Fortbestand seines Geschlechts zu sichern, und eine Vielzahl von Beratern. Malcius ließ sich nur zu gerne beraten. Je mehr, desto besser, vor allem, wenn ein Ratgeber dem anderen widersprach, was natürlich zur Folge hatte, dass er weitere Erkundigungen einholen musste, für gewöhnlich so gründlich, dass mehrere Monate vergingen, bis er zu irgendeinem Schluss kam, und die Angelegenheit sich erledigt hatte oder von wichtigeren Dingen verdrängt worden war. Wenn Malcius einmal nicht auf einen Ratschlag hörte, dann kam dieser ganz gewiss von seiner Schwester.

Vergiss nie, hatte ihr Vater vor vielen Jahren zu einem kleinen Mädchen gesagt, während sie so getan hatte, als würde sie mit ihren Puppen spielen. *Ein Mann, der um Rat fragt, möchte entweder den Eindruck erwecken, dass er etwas ernsthaft in Betracht zieht, oder er ist zu schwach, um selbst zu wissen, was er will.*

Gerechterweise musste sie zugeben, dass Malcius in einer Hinsicht stets wusste, was er wollte: wenn es um Steine und Mörtel ging. »Ich werde aus meinem Reich ein Land der Wunder machen, Lyrna«, hatte er einmal erklärt, als er ihr seine großartigen Pläne für ein neu gestaltetes Westviertel von Varinsburg darlegte – breite Straßen und Parkanlagen sollten an die Stelle von schmalen Gassen und Armensiedlungen treten. »So erschaffen wir die Zukunft. Meine Untertanen sollen ein glückliches Leben führen und nicht nur ein karges Dasein fristen.«

Sie liebte ihn, ganz bestimmt, eine Tatsache, die sie in fürchterlichster Manier unter Beweis gestellt hatte. Aber ihr teuerster Bruder war ein kolossaler Narr.

»Wie viele Männer hast du, Königin?«, fragte Davoka unvermittelt.

Lyrna blinzelte überrascht. »Ich … ich werde von fünfzig Soldaten eskortiert.«

»Nicht Soldaten. Männer … Ehegatten, wie es bei euch heißt.«

»Ich habe keinen Ehegatten.«

Davoka kniff die Augen zusammen. »Nicht einen?«

»Nein.« Sie trank einen Schluck Wein. »Nicht einen.«

»Ich habe zehn.« Die Stimme der Lonakerin troff vor Stolz.

»Zehn Ehegatten!«, rief Nersa erstaunt aus.

»Ja«, versicherte Davoka ihr. »Und keiner von ihnen hat mehr als eine andere Frau. Was sie auch nicht brauchen, wenn sie mit mir verheiratet sind!« Sie lachte und schlug auf den Tisch, worauf Nersa heftig zusammenzuckte.

»Hüte deine Zunge, Frau!«, knurrte Oberhauptmann Al Smolen sie an. »Dergleichen Gerede gehört sich in Anwesenheit Ihrer Hoheit nicht.«

Davoka verdrehte die Augen und griff nach einem Hühnerbein. *»Merim Her«*, seufzte sie. *Meeresgischt oder angespültes Treibgut, je nach Betonung.*

»Wie lange werden wir bis zum Berg der Hohepriesterin unterwegs sein?«, fragte Lyrna.

Davoka klemmte sich das Hühnerbein zwischen die Zähne, hielt zehn Finger hoch und wiederholte die Geste.

Nochmal zwanzig Tage im Sattel. Lyrna verkniff sich ein Stöhnen und nahm sich vor, Nersa um mehr Salbe zu bitten.

◆ ◆ ◆

Jullsa weinte und flehte sie an, bleiben zu dürfen. Lyrna schenkte ihr eines der Armbänder mit eingelegtem Blaustein, die sie für ebensolche Zwecke mitgenommen hatte, und einen Beutel mit zehn Gulden, dankte ihr für ihre Dienste und versicherte ihr, dass sie ihren Eltern nur das Beste schreiben würde und dass sie am Hof stets willkommen sei. Während Nersa ihre schluchzende Freundin zu trösten versuchte, ging Lyrna zu Zobel hinaus.

»Du hast recht getan, Königin«, sagte Davoka, die bereits auf ihrem stämmigen Pony saß. Gekleidet war sie in einen dicken Wolfspelz, und in der Hand hielt sie einen langen Speer mit einer dreieckigen Klinge aus schwarzem Stahl, die in der aufgehenden Sonne funkelte. »Sie ist schwach. Ihre Kinder werden im ersten Winter sterben.«

»Nenn mich Lyrna.« Sie zog sich auf das Pferd. Das Reitkleid war von der Taille bis zum Saum gefältelt, damit sie wie ein Mann im Sattel sitzen konnte, aber es war ihr trotzdem zu eng, um angenehm zu sein.

»Lerhnah«, wiederholte Davoka langsam. »Was bedeutet das?«

»Es bedeutet, dass meine Mutter meine Großmutter mochte.« Sie lächelte, als sie Davokas verwirrten Blick sah. »Asraelische Namen haben keine Bedeutung. Wir suchen uns einfach Namen aus, die uns gefallen.«

»Lonakische Kinder suchen ihre Namen selbst aus.« Davoka schüttelte den Speer. »Ich habe meinen Namen gefunden, als ich dem Mann, den ich getötet habe, den hier abgenommen habe.«

»Hatte er dich ungerecht behandelt?«

»Nur allzu oft. Er war mein Vater!« Sie lachte und gab ihrem Pony die Sporen.

Die Festungsanlage auf dem Skellan-Pass bestand aus einem weitverzweigten Labyrinth von Mauern und Türmen. Jede Steinbarriere war so ausgerichtet, dass sie mögliche Angreifer in einen engen Raum führte, wo sie problemlos abgeschlachtet werden konnten. Lyrna bewunderte die Intelligenz, die dieser Konstruktion zugrunde lag, und die Art und Weise, wie sie es möglich machte, sich weiterhin zu wehren, auch wenn ein Teil der Festung in die Hände des Feindes gefallen war. Die Türme und Mauern waren so angeordnet, dass sie immer höher wurden, je tiefer im Pass sie sich befanden.

Sollis führte sie durch zehn Tore, jedes von einem massiven Fallgitter geschützt, das vor ihnen hochgezogen werden musste. Obwohl die Anlage gewaltig war, sah Lyrna ein, dass Sollis die Wahrheit gesprochen hatte; es gab zu wenige Brüder, um die Festung zu bemannen. Ihr entging nicht, dass Davoka aufmerksam den Blick über die Mauern schweifen ließ, und sie begriff, dass diese zu dem gleichen Schluss kommen würde. *Ist das alles nur eine List?*, dachte Lyrna. *Ein hinterhältiger Plan, um den Zustand unserer Verteidigungsanlagen auszukundschaften?*

Diesen Gedanken verwarf sie jedoch gleich wieder, denn ihr fiel ein, was der Bruder mit den klugen Augen über die Allgegenwart der Lonaker so weit im Norden gesagt hatte. *Sie wissen, wie schwach wir hier sind, doch anstatt anzugreifen, schickt uns die Hohepriesterin eine Botschaft, dass sie Friedensverhandlungen führen möchte, aber nur mit mir.*

Über eine Stunde folgten sie den gewundenen Pfaden zwischen den Mauern und Toren, die so schmal waren, dass immer nur ein Pferd hindurchpasste, bis sie auf der Nordseite endlich ins Freie gelangten. Der Regen hatte ein wenig nachgelassen, und die Sonne zeichnete sich hinter den Wolken ab; Lichtvorhänge legten sich über das gebirgige Reich der Lonaker. Die Gipfel verloren sich in der Ferne, eindrucksvolle blaugraue Ungeheuer aus Granit und Eis.

Davoka hob das Gesicht zum Himmel und holte tief Luft. *Bestimmt möchte sie ihre Lungen von unserem Gestank reinigen*, mutmaßte Lyrna.

Die Lonakerin lenkte ihr Pony an die Spitze der Kolonne und auf den schmalen, von Steinen übersäten Pfad, der in das vor ihnen liegende Tal hinabführte. Ohne durch ein Wort oder eine Geste zu verraten, was sie vorhatte, machte sie sich an den Abstieg, ganz offensichtlich in der Erwartung, dass die anderen ihr folgen würden. Lyrna sah das Misstrauen in Smolens Miene und nickte ihm zu. Ihr entging nicht, dass er sich seinen Widerspruch verkniff, bevor er seinen Männern einen Befehl zubellte.

Sie blieben weitere vier Stunden im Sattel, wobei sie eine Reihe von Tälern und Berghängen entlangritten und hin und wieder vereinzelte Kiefernwälder durchquerten. Lyrna stellte fest, dass ihr die karge Landschaft diesseits des Passes gefiel; die graue Eintönigkeit der Gegend nördlich von Cardurin wich einer Welt wechselnder Schattierungen. Der sich fortwährend verändernde Himmel ließ das Sonnenlicht die Felsvorsprünge und die von Heidekraut bedeckten Hügel in unterschiedliche Farben tauchen, was ein Fest für die Augen war. *Vielleicht kämpfen sie deshalb so unerbittlich darum,* dachte sie. *Weil es so schön ist.*

Als die Lonakerin endlich anhalten ließ, legte Nersa ein Seidenkissen auf eine Heidekrautwiese und reichte Lyrna ein Mittagessen aus Huhn und Rosinenbrot, zusammen mit einem Kelch trockenen cumbraelischen Weins, den sie so gerne trank. Der Nachtisch bestand aus einer Auswahl von Schokoladenpralinen; es waren allerdings nur noch wenige.

»Sieht aus wie Kaninchenkacke«, sagte Davoka und schnüffelte misstrauisch an einer der Süßigkeiten. Sie hatte sich zu ihnen gesetzt und hatte, ohne erst um Erlaubnis zu fragen, munter mitgegessen. Offenbar teilten die Lonaker, wenn sie auf Wanderschaft waren, das Essen untereinander, ohne auf Schicklichkeit oder Rangordnung zu achten.

»Versuche eine«, sagte Lyrna und steckte sich eine Praline in den Mund. *Rum und Vanille, köstlich.* »Es wird dir schmecken.«

Davoka biss vorsichtig hinein und riss begeistert die Augen auf, was sie sofort zu verbergen suchte, indem sie einen Satz in ihrer eigenen Sprache murmelte und, wie um sich selbst zu tadeln, die Stirn runzelte. *Annehmlichkeiten machen dich schwach.*

»Du trägst eine Waffe«, sagte sie und deutete auf den Anhänger, den

Lyrna an einer Kette um den Hals trug. »Kannst du auch damit umgehen?«

Lyrna hielt ihn hoch: ein einfaches Wurfmesser, wie es der sechste Orden für gewöhnlich verwendete, kaum größer als eine Pfeilspitze; ohne Zweifel das schlichteste Schmuckstück in ihrer ganzen umfangreichen Sammlung und das einzige, das sie mit einer gewissen Regelmäßigkeit trug, jedenfalls wenn sie den neugierigen Blicken des Hofes entfliehen konnte.

»Nein«, sagte sie. »Das ist ein Andenken. Ein Geschenk von … von einem alten Freund.« *Vater, ich flehe dich an …*

»Eine Waffe nützt nichts, wenn du nicht mit ihr umgehen kannst.« So schnell, dass niemand sie hätte aufhalten können, beugte sie sich vor und zog Lyrna Kette und Messer über den Kopf. »Hier, ich zeig es dir. Komm.« Sie stand auf und ging zu einer kleinen Kiefer hinüber, die am Rande des Pfades wuchs.

Nersa erhob sich zornentbrannt. »Du beleidigst die Person Ihrer Hoheit! Die Prinzessin der Vereinigten Königslande besudelt sich nicht mit der Ausübung von Kriegshandwerk.«

Davoka starrte sie völlig verblüfft an. »Diese da spricht Worte, die nicht in meinem Kopf sind.«

»Schon gut, Nersa«, sagte Lyrna leise, erhob sich und legte der Dame zur Beruhigung eine Hand auf den Arm. »Wir müssen so viele Freundschaften schließen wie möglich.«

Sie folgte Davoka zu der Kiefer. Die Lonakerin riss das Messer von der Kette und hielt es hoch ins Sonnenlicht. »Gut – es ist scharf.« Sie bewegte sich blitzschnell, und das Messer löste sich aus ihrer Hand und grub sich in den Baumstamm.

Lyrna schaute zu Sollis hinüber, der mit zwei Brüdern auf der Wiese saß. Er beobachtete ihr Treiben, schien daran jedoch kein Vergnügen zu finden. Neben ihm lag, mit einem Pfeil auf der Sehne, sein Bogen.

»Jetzt du, Lerhnah.« Davoka kam zurückgeschlendert, nachdem sie die Klinge mit einiger Mühe aus der Rinde gezogen hatte.

Lyrna betrachtete das Messer in ihrer Hand, als sähe sie es zum ersten Mal. Während all der Jahre, die es nun schon ihr gehörte, hatte sie nicht ein Mal versucht, es wirklich zu gebrauchen. »Wie?«

Davoka deutete auf die Kiefer. »Schau den Baum an und wirf das Messer.«

»Das habe ich noch nie getan.«

»Dann wirfst du daneben. Und probierst es noch mal. Bis du triffst. Dann weißt du, wie es geht.«

»Ist es wirklich so einfach?«

Davoka lachte. »Nein. Im Gegenteil. Mit Waffen umgehen ist wirklich schwer.«

Lyrna wandte sich dem Baum zu, holte aus und warf das Messer mit ganzer Kraft. Nersa und die Soldaten verbrachten eine halbe Stunde damit, danach zu suchen, bis sie es unter dem Heidekraut wiederfanden.

»Morgen probieren wir es mit einem größeren Baum«, sagte Davoka.

◆ ◆ ◆

Bis zum Einbruch der Nacht hatte Lyrna das Gefühl, sie hätten hundert Meilen zurückgelegt, obwohl sie wusste, dass es wohl eher zwanzig gewesen waren. Davoka entschied sich für einen Lagerplatz auf einer felsigen Anhöhe, die über einem kleinen Tal aufragte, eine Stellung, von der Sollis wie auch Smolen erklärten, sie sei auf allen Seiten gut zu verteidigen. Smolen ließ seine Männer einen Schutzwall um das Lager bilden, und Sollis und seine beiden Brüder hielten sich keine drei Meter von Lyrnas Zelt entfernt. Das Abendessen bestand aus gebratenem Fasan mit den letzten Resten des Rosinenbrots, ein Leckerbissen, der Davoka sehr zu schmecken schien, auch wenn sie sich nicht dazu äußerte.

»Also, Lerhnah«, sagte sie, als sie aufgegessen und sich am Feuer niedergelassen hatten, die Hände erhoben, um sie zu wärmen. »Was für Geschichten habt ihr?«

»Geschichten?«, fragte Lyrna.

»Euer Lager, eure Geschichten.«

Die Lonakerin sprach das Wort »Geschichten« mit einer ähnlichen Feierlichkeit wie manche Gläubige, wenn sie das Wort »Ahnen« aussprachen. Lyrna war in den gelehrten Büchern auf zahlreiche Hinweise gestoßen, dass die Lonaker großen Respekt vor der Vergangenheit hatten, aber ihr war nicht bewusst gewesen, dass dieser Respekt religiöser Inbrunst nahekam.

»Das ist bei ihnen Brauch, Euer Hoheit«, sagte Sollis, der auf der anderen Seite des Feuers saß. »Sie müssen nicht lang sein, nur wahr.«

»Ja«, pflichtete Davoka ihm bei. »Nur die Wahrheit. Nicht solche Lügen, wie ihr sie niederschreibt und Gedichte nennt.«

Nur die Wahrheit. Lyrna verkniff sich ein gequältes Lächeln. *Wie lange ist es wohl her, seit ich die Wahrheit gesprochen habe?* »Ich kenne eine Geschichte«, erklärte sie Davoka. »Eine äußerst seltsame Geschichte, und auch wenn viele beschwören, dass sie wahr ist, kann ich das nicht bestätigen. Wenn du sie hörst, kannst vielleicht du das beurteilen.«

Davoka saß eine ganze Weile schweigend da und dachte nach. In ihre Stirn hatten sich tiefe Falten gegraben. Offenbar war das für sie eine wichtige Entscheidung. Schließlich nickte sie. »Ich höre sie mir an, Königin. Und dann sage ich dir, ob ich die Wahrheit höre.«

»Sehr gut.« Lyrna setzte sich auf ihrem Kissen auf und schenkte Sollis durch die Flammen ein huldvolles Lächeln. »Und Ihr, Bruder. Eure Meinung über diese Geschichte wäre mir ebenfalls sehr wertvoll. Ich nenne sie ›Die Legende von Einauge‹.«

Seine blassen Augen verrieten nichts. »Selbstredend, Euer Hoheit.«

Sie hielt einen Moment inne, um den richtigen Tonfall zu finden. Sie war als Rednerin ausgebildet worden, auf ihren eigenen Wunsch hin, da ihr Vater diese Kunst verachtete; er hatte es stets vorgezogen, im kleinen Kreis zu sprechen. »Vor über zehn Jahren«, begann sie, »erhob in der Stadt, die wir Varinsburg nennen, ein Mann den Anspruch, über alle Banditen dort zu herrschen.«

Davoka sah sie mit zusammengekniffenen Augen an. »Banditen?«

»*Varnish*«, erklärte Sollis. *Vertriebener, Klanloser, Unwürdiger, Dieb oder Abschaum, je nach Betonung.*

»Ahh.« Sie nickte. »Erzähl weiter.«

»Dieser Mann war für seine Bösartigkeit bekannt«, fuhr Lyrna fort. »Er beging alle möglichen Schandtaten – nicht nur stahl und mordete er, er schändete auch Jungen wie Mädchen. Seine Boshaftigkeit war so maßlos, dass alle Banditen der Stadt ihn fürchteten und ihm etwas dafür bezahlten, dass er sie in Ruhe ließ. Ein junger Dieb wollte ihm jedoch nichts geben, ein junger Dieb mit scharfen Augen und einem Messer wie diesem hier.« Sie hielt die Wurfklinge hoch; sie funkelte rötlich im Feuerschein. »Und der junge Dieb stieß dem König der Banditen das Messer ins Auge. Tagelang wand er sich in entsetzlichen Schmerzen und schlug schreiend um sich, bis er in einen Schlaf fiel, der so tief war, dass seine Kumpane ihn für tot hielten und begannen, ihn in Segeltuch einzuschlagen, um ihn im Hafen an der tiefsten Stelle ins Wasser zu werfen, denn dort ruhen die meisten Banditen von Varinsburg. Doch der Tod hatte sich noch nicht seiner bemächtigt, und so kehrte dieser König der Banditen ins Leben zurück und wurde seither ›Einauge‹ genannt.

Sein Zorn war groß, und in seinem Namen wurden entsetzliche Taten begangen, während er nach dem jungen Dieb suchte. Zu seinem Ungemach musste er erfahren, dass dieser ein Bruder des sechsten Ordens geworden und somit vor ihm sicher war, fürs Erste jedenfalls. Und hier nimmt die Geschichte einen sonderbaren Verlauf, denn es heißt, der Verlust seines Auges hätte eine große Macht in ihm geweckt, eine dunkle Macht.«

»Dunkel?«, fragte Davoka.

»Rova kha ertah Mahlessa«, übersetzte Sollis. *Das, womit nur die Hohepriesterin Mahlessa vertraut ist.*

Die Lonakerin sprang auf. »Darüber will ich nichts mehr hören«, sagte sie, wobei sie Lyrnas Blick auswich, und eilte in die Finsternis davon.

»Über dergleichen sprechen sie nicht, Euer Hoheit«, erklärte Sollis. »Etwas in Worte fassen bedeutet, ihm Substanz zu verleihen. Die Lonaker ziehen es vor, wenn das Dunkle keine Substanz hat.«

»Ich verstehe.« Lyrna wickelte sich ihren Umhang fester um die Schultern. »Tja, offenbar bleibt mir jetzt nur noch ein Zuhörer für meine Geschichte.«

»Ich habe sie früher schon gehört. Ein einäugiger Mann mit der Macht, andere mit seinem Willen zu binden. Alles Unfug.« Sollis stand auf und nahm seinen Bogen. »Mit Eurer Erlaubnis, Euer Hoheit, ich habe die erste Wache.« Er verbeugte sich vorschriftsgemäß und schritt davon.

»Wie geht es aus, Euer Hoheit?«, fragte Nersa, die im Eingang ihres Zeltes kauerte, ihr Gesicht ein blasses Oval in einem Fuchspelz. »Was ist mit dem einäugigen Mann geschehen?«

»Ach, es heißt, er sei eines üblen Todes gestorben, was wohl voraussehbar war. In den Katakomben der Stadt vom sechsten Orden ermordet.« Lyrna ging zu ihrem Zelt hinüber. »Am besten, Ihr legt Euch jetzt schlafen, Nersa. Ich bezweifle, dass morgen ein leichterer Tag wird als heute.«

»Jawohl, Euer Hoheit. Geruhsame Nacht.«

◆ ◆ ◆

Geruhsame Nacht … wie sehr sehnte sie sich nach einer geruhsamen Nacht! Ob unruhig oder traumverloren, war ihr gleichgültig – sie wollte nur diesem Käfig aus Fellen entkommen, in dem sie sich hin- und herwälzte, während sie das Webmuster der Leinwand über sich anstarrte. Eine steife Brise kräuselte die Zeltbahnen, ließ sie auf höchst ärgerliche Weise knallen und sirren. Aber das war es nicht, was den Schlaf von ihr fernhielt, weder heute noch während der vergangenen fünf Jahre. *Jede Nacht!*, tobte sie. *Selbst hier in dieser eisigen Einöde, nach so vielen Meilen auf dem verfluchten Pferd.*

Es war immer das Gleiche – jede Nacht lag sie da und wartete auf den Schlaf, aber er wollte einfach nicht kommen, nicht bevor sie einen Großteil der Nacht von Erinnerungen heimgesucht worden war und die Erschöpfung ihren Geist in den Schlummer riss. Trotz dieser nächtlichen Strapaze bat sie nie einen Heiler um einen Schlaftrank, nahm sie nie zu viel Wein zu sich oder trübte ihre Sinne mit Rotblüte. Sie hasste sie, diese Qualen, aber sie nahm sie hin. Schließlich hatte sie es nicht anderes verdient.

Die Erinnerung wurde deutlicher, sobald ihr Geist die Wahrnehmung der Welt jenseits ihres Körpers verlor und dadurch dem Traumbild Klarheit verlieh, jedoch nie genug, um ihr Schlaf zu bringen. *Der alte Mann im Bett, so sehr in Alter und Kummer versunken, kaum noch als ihr Vater erkennbar, kaum noch als König glaubwürdig.*

Sie stand im Eingang seines Schlafgemachs, in der Hand eine Schriftrolle, das Siegel erbrochen. Der alpiranische Kaiser war so höflich gewesen, in der

Sprache der Königslande schreiben zu lassen. Der Blick des alten Mannes glitt von ihrem Gesicht zu der Schriftrolle. Sein Bett war von Ärzten umgeben, doch er verscheuchte sie mit einer unwirschen Handbewegung und bellte einen Befehl, der lauter war, als sie ihm zugetraut hätte. Die Ärzte ergriffen die Flucht.

Die knochige Klaue des alten Mannes bedeutete ihr näher zu treten, und sie kniete neben dem Bett nieder. Ein heiseres Keuchen entrang sich seiner Kehle, doch die Worte waren verständlich. »Es ist also so weit, habe ich recht?«

Lyrna legte die Schriftrolle auf das Bett. »Möchtet Ihr, dass ich es Euch vorlese?«

»Kaahh!«, knurrte er, und seine Hand zuckte. »Ich weiß, was da drinsteht. Warum also? Sie möchten den Jungen haben. Den Hoffnungstöter.«

Sie senkte den Blick und betrachtete die Schriftrolle, den ordentlichen, präzisen Text, die wunderschöne Kalligraphie. »Ja, im Austausch für Malcius. Er ist am Leben, Vater.«

»Natürlich ist er das – von diesem Fluch werde ich nie frei sein.«

Lyrna schloss fest die Augen. »Vater, bitte …«

»Das ist alles? Nur den Jungen?«

»Seine Männer wollen sie ziehen lassen. Sie verlangen keine Wiedergutmachung, keine Tribute. Nur ihn.«

Außer dem mühsamen Atmen des alten Mannes, das sich anhörte, als würde jemand ein trockenes Seil durch einen ungeschmierten Block ziehen, war es völlig still. Lyrna blickte auf, direkt in seine Augen, die so grimmig leuchteten, dass sie wusste: Er war immer noch da und schmiedete in seinem Gefängnis aus Alter und Krankheit seine finsteren Pläne. »Nein«, sagte er.

»Vater, ich flehe Euch an …«

»Nein!« Er schrie es hinaus und bekam sogleich einen Hustenanfall, krümmte sich auf dem Bett vornüber. Er war so dünn und abgezehrt, dass sie befürchtete, er würde mittendurch brechen.

»Vater …« Sie versuchte, ihn auf das Kissen zurückzudrücken, aber er schüttelte sie ab.

»Richte ihnen aus, dass ich Nein gesagt habe, Tochter!« Seine Augen funkelten sie wütend an, und Blut trat auf seine Lippen und rann ihm das Kinn hinab, während er mühsam nach Luft schnappte. »Ich habe das alles nicht getan … um jetzt so kläglich zu scheitern. Du wirst den alpiranischen Bot-

schafter mit einem Nein … nach Hause schicken und unseren recht… rechtmäßigen Anspruch auf die Hafenstädte geltend machen … Dann wirst du die verbliebene Flotte losschicken … und zwar nach Linesch, mit Befehlen an Al Sorna, sich und seine Armee einzuschiffen … Sie sollen schnellstmöglich in die Königslande zurückkehren … Wenn ich sterbe, was nicht mehr lange dauern wird … wirst du ihn heiraten und mit ihm als Gemahl den Thron besteigen …«

»Mein Bruder …«

»Dein Bruder ist eine Schande für mein Geschlecht!« Er streckte die Arme nach ihr aus, hätte sich fast auf sie gestürzt. »Hast du geglaubt, ich hätte mich all die Jahre abgemüht … um mein Reich einem Narren zu vererben … der es innerhalb von einem Jahrzehnt in den Ruin treibt?« Wieder wurde er von Husten geschüttelt, und Blut spritzte über die Decken. Lyrna wandte sich ab, um nach den Ärzten zu rufen, aber er packte sie am Handgelenk. Trotz seines Alters und seiner Gebrechlichkeit hatte er noch die Kraft eines Kriegers. »Der Krieg, Lyrna …«, sagte er, und sein Blick wurde sanfter, flehender, »… das königliche Heer zerstreut, die Schatztruhen leer … Nur du kannst das richten, alles wieder aufbauen, die Königslande retten. Nur du …«

Abscheu drohte sie zu überwältigen, und ihre Haut brannte, wo der König sie berührte. Sie riss sich los und wich zurück, während er sie weiter anflehte. Immer mehr Blut rann ihm aus dem Mund. »Bitte, Lyrna … nur du …«

Schweigend stand sie da, während er wütete und um sich schlug, bis es so aussah, als hätten die Decken sein ganzes Blut in sich aufgesogen. Völlig verausgabt lag er da, und keine Worte kamen mehr aus seinem verhassten Mund. Sie schluckte und wartete, bis seine Augen sich schlossen, bis seine Brust nur noch ganz leicht zitterte. »Ihr Herren!«, rief sie dann mit möglichst schriller, verzweifelter Stimme. »Ihr Herren, der König!«

Mit wehenden Gewändern kamen die Ärzte hereingestürzt und scharten sich um das Bett wie Krähen um ein verendetes Pferd. »Tut Euer Möglichstes, Ihr Herren!«, flehte sie. Nachdem die Ärzte eine halbe Stunde lang viel Aufhebens um den königlichen Kadaver gemacht hatten, trat einer von ihnen zu ihr und verbeugte sich.

»Sir?«, fragte sie ihn, Tränen in den Augen.

»Euer Hoheit, er ist ein letztes Mal eingeschlafen. Bevor die Sonne aufgeht,

wird er bei den Ahnen weilen.« Er sank vor ihr auf die Knie, und die anderen folgten seinem Beispiel.

Sie schloss die Augen, und eine letzte Träne fiel herab – die letzte, die sie um ihren Vater vergießen würde, dessen war sie sich sicher. »Ich danke Euch, Ihr Herren. Bitte kümmert Euch um ihn.«

Sie nahm die Schriftrolle und verließ das Gemach. Der alpiranische Botschafter saß noch immer dort, wo sie ihn zurückgelassen hatte, auf einer Bank im Haupthof. Es war Vollmond, und die marmornen Pflastersteine schimmerten zartblau; die Säulen warfen einen dunklen Schatten.

»Lord Velsus«, begrüßte sie ihn.

Der Botschafter, ein hochgewachsener Mann mit schwarzer Haut, der ein blauweißes Gewand trug, erwiderte die Verbeugung. »Euer Hoheit. Wie lautet der Wille Eures Vaters?«

Ihre Finger schlossen sich um die Schriftrolle, und sie spürte, wie das Pergament knitterte; schade um die herrliche Kaligraphie, die es zierte. »König Janus Al Nieren nimmt Euer Angebot an.«

Da wusste sie, dass sie träumte – das Blau des Mondscheins war zu hell, Lord Velsus' Blick zu spöttisch, als er sich verneigte und dann vorwärtsstürzte, um ihr die Hand auf den Mund zu pressen …

Sie wurde ruckartig wach, ihr Schrei von einer Hand zurückgehalten, die ihr die Lippen auf die Zähne presste. Davokas Augen waren direkt über ihr, und in ihnen spiegelte sich das helle Funkeln des Messers, das sie in der Hand hielt.

Fünftes Kapitel

Frentis

»Du bist ein freier Mann mit nur wenigen Besitztümern, und ich bin deine Ehefrau, die du erst kürzlich geheiratet hast. Wir sind zur alpiranischen Grenze unterwegs, wo du das Gewerbe eines Sklavenzüchters erlernen wirst.« Die Frau hatte graue Kleider angezogen, die weniger fein gewebt waren als ihre bisherigen, und Frentis befohlen, es ihr gleichzutun. »Wir haben keine Kinder. Meine Mutter hat mich vor dir gewarnt, aber ich wollte nicht auf sie hören. Falls dein jüngstes Unternehmen scheitern sollte, werde ich mich um einen Annullierungserlass bemühen, lass dir das gesagt sein.« Sie drohte ihm mit dem Finger und zog ein finsteres Gesicht.

Sie waren auf den Innenhof ihres Anwesens getreten, wo an diesem Morgen ein Wagen mit einem Pony bereitgestellt worden war. Horvek hatte ihr das Brett über der Radachse gezeigt, das sich abnehmen ließ und hinter dem sich eine große Menge Waffen und Gifte verbarg. Sie nahm jedes Messer und jedes Fläschchen genau in Augenschein, bevor sie zufrieden nickte. »Gut möglich, dass ein weiteres Jahr vergeht, bevor ich wieder hierher zurückkehre«, erklärte sie dem Kuritai, als sie auf den Wagen stieg. »Sorgt dafür, dass der General wohlbehütet ist.«

»Das werde ich, Herrin.«

»Dann lass uns aufbrechen, du nutzloser kleiner Mann«, rief sie

Frentis mit einem Lachen zu. »Ich glaube, diese Rolle wird mir Vergnügen bereiten.«

Frentis nahm das Pony an den Zügeln und führte es aus dem Hof auf den Platz hinaus. Eine Gruppe Sklaven war eifrig damit beschäftigt, die Reiterstatue zu säubern, und der Blick der Frau ruhte auf ihnen, bis sie um die Ecke gebogen waren und sich auf dem Weg zum Südtor befanden. »Du wüsstest wohl gerne, wer das ist?«, sagte sie schließlich, während er das Pony durch die Menschenmenge zog. »Der Mann auf dem Pferd?«

Er warf einen Blick über die Schulter, schwieg jedoch beharrlich. Sie verfügte über die frappierende Fähigkeit, seine Stimmungen zu erraten, und das, obwohl er sich bemühte, sich nie anmerken zu lassen, was er dachte oder empfand. »Keine Angst«, sagte sie. »Das ist eine lange Geschichte, aber ich erzähle sie gerne. Allerdings wird das warten müssen, bis wir die Straße erreicht haben.«

Es dauerte eine Ewigkeit, bis sie zum Tor gelangten, denn überall herrschte geschäftiges Treiben, und auf den Straßen von Mirtesk wimmelte es von Sklaven und freien Menschen, die es offenbar darauf angelegt hatten, allen anderen das Leben möglichst schwer zu machen.

»Aus dem Weg, Bettler!«, schrie ein fetter, grau gekleideter Bursche Frentis an und versuchte, sich an ihm vorbeizudrängen, wobei er ausholte, um dem Pony einen Schlag auf die Schnauze zu versetzen. Die unsichtbaren Fesseln lockerten sich vorübergehend, und Frentis rammte dem fetten Kerl das Knie in den Unterleib; dieser ging keuchend zu Boden.

»Ungehobelte Menschen sind mir ein Greuel«, hörte er die Frau sagen.

Ein paar Straßen weiter erregte ein merkwürdiger Vorfall ihre Aufmerksamkeit. Vor einem vornehmen Haus stand ein Mann, der die fadenscheinige Kluft eines Sklaven trug. Er mochte vierzig Jahre alt sein und hatte den Kopf gesenkt. Um den Hals hing ihm ein Schild, auf dem ein einziges Wort stand. Hinter ihm trugen Sklaven unter dem wachsamen Blick eines Aufsehers Möbel und dergleichen aus dem Haus, während eine Frau und zwei Kinder von dem kleinen Innenhof aus zuschauten. Frentis staunte nicht schlecht über den blanken Hass, mit dem die Frau den Mann mit dem Schild anstarrte, und der ältere

Junge neben ihr, der etwa fünfzehn sein mochte, stand ihr dabei in nichts nach. Während Frentis vorbeistapfte, sah er, wie der Aufseher der Frau eine Schriftrolle überreichte. Ein Sklave befestigte eine Kette mit einem schweren Schloss an der Tür. Er schnappte das Wort »Annullierung« auf, bevor er das Haus und seine ehemaligen Bewohner wieder aus den Augen verlor.

»Ein Mann, der seine Schulden nicht bezahlen konnte«, sagte die Frau vom Wagen herab, »hat weder Familie noch Haus oder Freiheit verdient.«

Am Tor mussten sie einen Zoll in Höhe von drei Kreisen entrichten, damit sie die Stadt verlassen konnten, und bevor sie die Straße benutzen durften, wurden sie ein weiteres Mal zur Kasse gebeten. Die Volarianer hielten, wie Frentis feststellte, sehr viel auf Wegezölle, auch wenn er zugeben musste, dass die Straße ihren Preis wert war; sie war mit glatten, dicht an dicht gesetzten Ziegelsteinen gepflastert und breit genug, um zwei schweren Pferdewagen Platz zu bieten. In den Vereinigten Königslanden gab es keine Straßen, die es mit dieser hätten aufnehmen können, und er stellte sich vor, mit welcher Geschwindigkeit eine Armee hier entlangmarschieren konnte.

»Beeindruckend, nicht wahr?«, fragte die Frau, und wieder schien sie seine Gedanken zu erraten. »Der Mann auf dem Pferd hat sie erbaut, vor fast drei Jahrhunderten.«

Frentis widerstand dem Drang, sich nach ihr umzudrehen, obwohl er nur zu gerne mehr erfahren hätte. »Savarek Avantir lautete sein Name«, fuhr sie fort, während sie zwischen den in Reih und Glied angeordneten Orangenhainen einherschritten, welche die Straße auf beiden Seiten säumten. »Ratsherr und General, Eroberer der südlichen Provinzen und möglicherweise der genialste strategische Denker, den das Reich oder sogar die ganze Welt je gekannt hat. Aber selbst er musste erfahren, was es bedeutete, eine Niederlage zu erleiden, mein allerliebster Gatte. Wie deinen wahnsinnigen König haben ihn die Alpiraner Demut gelehrt. Zehn Jahre lang hat er gekämpft, um die letzten Provinzen zu erobern, den letzten Winkel des Kontinents, der sich nicht in unserer Hand befand. Und zehn Jahre haben die Alpiraner ein Meer von Blut vergossen, nur um ihn aufzuhalten. Wieder und wieder wurden sie zurückgeworfen, Armee um Armee rieb sich an Avantirs

Genie auf, aber sie schickten immer neue. Ihre Stärke liegt in ihrer Zahl, nicht in den jämmerlichen Göttern, die ihre Phantasie ihnen vorgaukelt – eine schmerzhafte Lektion, die Avantir fürwahr in den Wahnsinn getrieben hat. Die Klinge eines Meuchelmörders hat seinem Leben ein Ende gesetzt, als er vom Rat immer mehr Soldaten forderte und dieser die Befürchtung zu hegen begann, das große strategische Genie könne in Wirklichkeit eine Bürde sein. So geht das immer mit großen Männern – die Messer derjenigen, die in ihrem Schatten stehen, nehmen sie nicht wahr.«

Sie verstummte und sprach bis zum Abend kein Wort mehr. Etwa dreißig Meilen südlich von Mirtesk schlugen sie ihr Lager auf. Mit müheloser Gelassenheit schlüpfte sie wieder in die Rolle der zänkischen Ehefrau, die ihn ausschalt, weil ihr der Lagerplatz nicht behagte, weil sie mehr Feuerholz benötigte und weil er so offensichtlich ein schlechter Gatte war. Die anderen freien Reisenden warfen ihnen von Zeit zu Zeit belustigte oder mitfühlende Blicke zu, während die Sklaven mit niedergeschlagenen Augen und ausdrucksloser Miene ihren Pflichten nachgingen.

»Hier, iss das, du undankbarer Tropf«, sagte sie und reichte ihm eine Schüssel mit Ziegeneintopf.

Der erste Bissen überzeugte ihn, dass die Frau weit besser mit einem Messer umgehen konnte als mit dem Kochtopf. Er schlang das Essen trotzdem hinunter, denn seine Jahre beim Orden hatten seinen Magen gelehrt, noch die unappetitlichste Kost zu sich zu nehmen.

Die Frau hielt die Scharade aufrecht, bis die Nacht hereinbrach und die anderen Reisenden sich in ihre Zelte zurückzogen. »Du fragst dich bestimmt, in welcher Beziehung ich zu ihm stand«, sagte sie. Frentis saß regungslos auf der anderen Seite des Feuers und schwieg.

Die Frau lächelte kaum merklich. »Ein berühmter Vorfahre vielleicht? Mein Ur-ur-urgroßvater?« Ihr Lächeln verschwand. »Nein, er war mein Vater, geliebter Gatte. Ich bin die Letzte aus dem Geschlecht der Avantir, auch wenn ich diesen Namen längst abgelegt habe, ihn und all die anderen.«

Sie lügt, dachte er im Stillen. *Sie möchte mir etwas vormachen.* Es gefiel ihr, mit ihm zu spielen, wie sie bewiesen hatte, als sie ihn an jenem ersten Abend nötigte, gemeinsam mit ihr ein Bad zu nehmen. Sie hatte sich an ihn geschmiegt, mit den Händen unter das Wasser gegriffen, ihn gestreichelt und ihm zugeflüstert: *Spürst du das …* Er schloss beschämt die Augen, als er daran zurückdachte, wie sein Körper ihn verraten hatte.

»Es ist wahr«, sagte sie. »Auch wenn ich nicht erwarte, dass du mir das glaubst, so sehr, wie du deinem Aberglauben verhaftet bist. Aber das wirst du noch, Herzliebster.« Sie beugte sich vor, und ihre Augen funkelten. »Bevor unsere Reise zu Ende ist, wirst du Dinge gesehen haben, neben denen meine Geschichte verblasst.« Wieder lächelte sie. Dann stand sie auf und ging zu dem Halbzelt hinüber, das er an dem Wagen befestigt hatte. »Es ist Zeit, dass du deine Pflichten als Ehegatte erfüllst, Herzliebster«, sagte sie und verschwand im dunklen Innenraum des Zeltes. Er blieb am Feuer sitzen, bis seine Fesseln so schmerzhaft aufloderten, dass er sich genötigt sah, ihr zu folgen.

◆ ◆ ◆

Sie blieben weitere zehn Tage auf der Straße, und die Orangen- und Zitronenhaine wichen nach und nach einem immer dichter werdenden Wald aus unbekannten Bäumen, die höher und höher emporwuchsen, je weiter nach Süden sie kamen. Auch die Hitze nahm zu, und die Sonne brannte auf die Straße herab, was jeden Tag zu einer Prüfung machte, während Frentis schwitzend vor dem Wagen einherstapfte. Der Wald gefiel ihm nicht, denn er roch nach Verwesung, und die Millionen lästiger Insekten, die dort zu Hause zu sein schienen, machten nachts einen Lärm wie in einem Irrenhaus.

»Das nennt man einen Dschungel«, erklärte die Frau ihm. »In deinem Land habt ihr so etwas wahrscheinlich nicht.«

In der zehnten Nacht schließlich starrte er angespannt in den Dschungel hinein, und seine Hand sehnte sich nach einem Schwert, denn etwas Großes stürmte unter gewaltigem Getöse durch die Bäume, und hin und wieder hörten sie ein Krachen, das nur von einem umknickenden Baum stammen konnte.

»Aha, also sind so weit nördlich doch noch ein paar von ihnen übrig«, sagte die Frau mit gelinder Überraschung. »Komm, Herzliebster.« Sie lief in den Dschungel hinein und zerrte ihn dabei hinter sich her. »Das ist ein seltener Anblick, den wir uns nicht entgehen lassen dürfen.«

Während er ihr folgte, ließ er den Blick über seine Umgebung schweifen und suchte die Finsternis nach unvorstellbaren Schrecken ab. Angst war ihm ein alter Freund, aber dieses maßlose Entsetzen war ihm fremd. »Schau!« Die Frau blieb stehen, ging in die Hocke und deutete nach vorn. Das einzige Licht stammte von dem Halbmond über den Baumkronen, der den Dschungelboden in ein blasses Blau tauchte. Er brauchte eine Weile, um zu ergründen, was er da sah – es war so riesig und sonderbar, dass es sein Begriffsvermögen überstieg. Die Bestie war mindestens drei Meter groß und vom Kopf bis zur Schwanzspitze von einem dichten Pelz bedeckt. Sie bewegte sich auf mächtigen Beinen vorwärts, die in gefährlich wirkenden Haken ausliefen. Ihr Kopf war lang und schlauchförmig, und aus ihrem schmalen Mund drang ein leises Heulen, während sie einen jungen Baum herausriss; das Knacken hallte weithin durch den Dschungel.

»Das ist ein Alter«, sagte die Frau. »Wahrscheinlich streunt er schon länger durch diesen Dschungel, als du am Leben bist, Herzliebster.«

Wie heißt diese Kreatur?, wollte er fragen, hütete jedoch seine Zunge. Wie immer musste er es nicht aussprechen. »Das große Faultier. Es ist nicht gefährlich, jedenfalls solange man ihm nicht zu nahe kommt. Es frisst nur Baumrinde.«

Die Bestie blieb unvermittelt stehen; ein Streifen Rinde hing ihr aus dem Maul, und ihre schwarze Augen starrten sie direkt an. Dann stieß sie ein leises, trauriges Heulen aus, drehte sich um und stapfte auf ihren merkwürdigen Beinen tiefer in den Dschungel hinein.

»Ich bezweifle, dass ich jemals wieder eines sehen werde«, bemerkte die Frau, während sie zur Straße zurückkehrten. »Jedes Jahr wird der Dschungel kleiner und die Straße länger. Ach ja.« Sie streckte sich auf ihrer Decke aus. »Vielleicht bekommen wir morgen einen Tiger zu Gesicht.«

◆ ◆ ◆

Am nächsten Tag erreichten sie den großen Fluss, der die Grenze zum Hoheitsgebiet der Alpiraner bildete. Am diesseitigen Ufer befand sich eine kleine Ortschaft, die auf Pfählen errichtet war. Der Fluss war fast eine Meile breit, aber im Unterschied zu dem See, den man überqueren musste, um nach Mirtesk zu gelangen, war hier nirgendwo eine Fähre zu sehen. Die Pfahlbauten erhoben sich auf einer Reihe von miteinander verbundenen Terrassen am Ende eines Stegs. Hütte drängte sich an Hütte, eine baufälliger als die andere.

Auf der größten Terrasse war ein Sklavenmarkt in vollem Gange, die Stimmen des Aufsehers ein Singsang aus kaum verständlichem Jargon. Offenbar nahm er gerade Gebote entgegen, denn er war von Leuten in meist grauer und hin und wieder schwarzer Kleidung umgeben, die in der Sonne schwitzten, während ihre Sklaven ihnen mit Palmwedeln etwas Frischluft zufächelten.

»Posten Nummer dreiundsiebzig!«, rief der Aufseher, und ein nacktes Mädchen wurde von einem sehnigen Varitai auf die Plattform gezerrt. Frentis schätzte sie auf höchstens dreizehn. »Frisch von den Zwölf Schwestern. Hat nichts gelernt, spricht kein Volarianisch. Nicht hübsch genug für die Freudenhäuser, aber bestimmt eine gute Haussklavin oder Zuchtmutter. Mindestgebot vier Kreise.«

Frentis spürte, wie sich die unsichtbaren Fesseln zuzogen, während er das zitternde, weinende Mädchen auf der Terrasse anstarrte; Urin lief ihr in einem dünnen Rinnsal über den Oberschenkel hinab. »Aber, aber, Herzliebster«, sagte die Frau und umfasste seine Hand – das zänkische Weib war der liebenden Ehefrau gewichen. Sie beugte sich zu ihm hinüber, küsste ihn auf die Wange und flüsterte: »Deine Heldentage sind vorbei. Aber wenn du dem Mädchen ersparen willst, was sie erwartet, kaufe ich sie, und du kannst sie töten. Würde dir das gefallen?«

Das war keine leere Drohung, so viel wusste er. Sie meinte es ernst, wollte möglicherweise sogar barmherzig sein und nicht grausam. Allmählich vermutete er, dass sie kaum den Unterschied kannte. Zitternd schüttelte er den Kopf.

»Wie du wünschst.«

Das Mädchen wurde für zwei Quadrate und einen Kreis verkauft. Es begann zu schreien, als es fortgeschleift wurde, und ein Aufseher stopfte ihm einen Knebel in den Mund.

»Posten Nummer vierundsiebzig!«, fuhr der Aufseher auf der Terrasse fort, während ein stämmiger, breitschultriger Mann vorgeführt wurde, sein Rücken von roten Striemen bedeckt – offenbar war er erst vor kurzem ausgepeitscht worden. »Ein ehemaliger Pirat. Von irgendeiner Insel im Norden. Spricht Alpiranisch, aber kein Volarianisch. Ein bisschen zu temperamentvoll für die Felder, aber bei den Schaukämpfen macht er bestimmt eine gute Figur. Möglicherweise erzielt er auch in den Gruben einen guten Preis. Mindestgebot sechs Kreise.«

»Komm mit«, sagte die Frau und führte ihn von der Auktion fort. »Ich fürchte, hier wirst du mir noch wehmütig.«

Auf einer der kleineren Terrassen machten sie einen Kaufmann ausfindig, der ihnen für zwei Quadrate den Wagen und das Pony abnahm. Frentis verstaute den Inhalt des Geheimfaches in seinem Bündel, und sie suchten sich einen Gasthof, wo sie für einen maßlos überzogenen Preis ein Zimmer für die Nacht mieteten. »Die Sklavenhändler sind in der Stadt«, sagte der Wirt und breitete die Arme aus. »Ihr hättet morgen kommen sollen, Bürger.«

»Hab ich dir doch gesagt, du Dummkopf!«, knurrte die Frau Frentis an. »Ach, warum habe ich nicht auf den Rat meiner Mutter gehört?«

»Aber das hier geht aufs Haus, Bürger«, sagte der Wirt und reichte Frentis mit einem verständnisvollen Zwinkern eine Flasche. »Damit dürfte die Nacht schneller verstreichen.«

In ihrem kleinen Zimmer warteten sie, bis es dunkel war. Während die Sklavenhalter sich mit ihren Einkäufen auf die Heimreise begaben, wurde es still in der namenlosen Ortschaft.

»In deinem Reich gibt es keine Sklaven, oder?«, fragte die Frau.

Er starrte aus dem Fenster hinaus auf den breiten, schnell fließenden Fluss und sagte nichts.

»Nein, ihr seid alle frei«, fuhr sie fort. »Und trotzdem Sklaven eures vielfältigen Aberglaubens. Etwas, das wir vor Jahrhunderten abgestreift haben. Verrate mir eines: Glaubst du wirklich, dass du nach deinem Tod in irgendeinem Paradies ewig leben wirst, zusammen mit deinen verstorbenen Verwandten?«

Als er nicht antwortete, ließ sie die Fesseln erneut auflodern. Heute Nacht wollte sie sich offenbar wirklich mit ihm unterhalten. »›Was ist der Tod?‹«, zitierte er. »›Der Tod ist das Tor zum Jenseits, wo die Ahnen euch erwarten. Er ist Ende und Anfang zugleich. Fürchtet ihn und heißt ihn willkommen.‹«

»Was ist das? Eines eurer Gebete?«

»Die Gläubigen beten nicht. Gebete sind etwas für Gottesanbeter und Leugner. Das stammt aus dem Katechismus des Glaubens.«

»Und dieser Glaube verspricht das ewige Leben nach dem Tod?«

»Nein, nicht das Leben – das Leben hängt mit dem Körper zusammen. Das Jenseits ist das Reich der Seele.«

»Der Seele?« Sie schüttelte den Kopf und stieß ein leises Lachen aus. »Tja, wenigstens in dieser Hinsicht scheint ihr Gläubigen etwas zu ahnen. Eine kindische Vorstellung, aber sie enthält ein Körnchen Wahrheit.«

Sie griff in ein Bündel und holte zwei Dolche mit schmaler Klinge hervor. »Wir brauchen ein Boot«, sagte sie und reichte ihm einen davon. Er ließ ihn in der Lederscheide verschwinden, die an seinem Unterarm festgeschnallt war.

Der Steg, an dem die Boote festgemacht waren, wurde von zwei Varitai bewacht. In der Hand hielten sie Speere mit breiter Schneide, wie sie für die einfachsten volarianischen Soldaten zur Grundausrüstung gehörten. Die beiden machten nicht eben den besten Eindruck – ihre Rüstung wies allenthalben Löcher auf und war nur notdürftig geflickt. Mit stumpfem Blick suchten sie ihre Umgebung ab, was verriet, dass ihr Aufseher nur wenig davon verstand, wie man die gebräuchlichen Drogen mischte.

»Boote sind jetzt keine zu haben«, sagte der größere von beiden und stellte sich ihnen in den Weg. Das Ende seines Speers schlug dumpf auf die Planken. »Kommt morgen früh wieder.«

Frentis stieß ihm die schmale Klinge ins Auge, durch die Pupille direkt ins Gehirn. Die Frau setzte über die in sich zusammensinkende Leiche hinweg, duckte sich, um dem Speer des zweiten Soldaten auszuweichen, den dieser viel zu langsam führte, und rammte ihm den Dolch in die Lücke zwischen Brustplatte und Achselhöhle. Noch während er zu Boden ging, trat sie hinter ihn, drückte seinen behelmten Kopf nach vorne und machte ihm mit einem Genickschlag den Garaus.

Sie ließen die beiden Leichen mit den Füßen voraus ins Wasser gleiten, wobei sie darauf achteten, sich durch kein Geräusch zu verraten. Die Frau suchte ein mittelgroßes Boot aus, ein flaches Flussfahrzeug, das mit einem einzigen Ruder im Heck versehen war. Sie löste das Tau, mit dem das Boot festgebunden war, und wartete, bis die Strömung sie eine Meile oder mehr flussabwärts getrieben hatte, bevor sie Frentis zu lenken befahl. Die Strömung war stark, zu stark, um den Fluss auf geradem Wege zu überqueren, und es gelang ihm nur mit größter Anstrengung, den Bug auf das gegenüberliegende Ufer gerichtet zu halten.

»Atethia«, sagte die Frau, als das Ufer Gestalt annahm, ein ausgedehntes Marschland, in dem es vor kleinen Inseln nur so wimmelte, sämtlich von hohem Schilf überwuchert. »Die östlichste Provinz des großen alpiranischen Reiches, wo wir viel zu tun haben, Herzliebster.«

◆ ◆ ◆

Bei Tagesanbruch steuerte er das Boot umgeben von einer riesigen Mückenwolke durch das Sumpfgebiet. Das Wasser war dunkelbraun vom Schlick, die Kanäle, die zwischen den zahllosen Inselchen hindurchführten, schmal und verschlungen.

»Schreckliche Gegend, was?«, bemerkte die Frau. »Hier hat der letzte Eroberungsversuch meines Vaters sein Ende gefunden. Drei Jahre hat er am gegenüberliegenden Ufer damit zugebracht, eine Flotte zu bauen. Dieses elende Dorf wurde mit Holz errichtet, das von den Schiffswracks stammte. Vierhundert Kriegsschiffe und eintausend Boote trugen sein gewaltiges Heer über den Fluss, wo seine Soldaten einen ganzen Monat durch den Sumpf stapften. Hunderte sind an irgendwelchen Krankheiten gestorben oder ertrunken, aber sie gaben nicht auf, bis eine rätselhafte Feuersbrunst das Marschland verwüstete. Die meisten Alpiraner glauben, dass die Götter eingeschritten sind, um die Eindringlinge mit ihrem heiligen Zorn zu vernichten, aber volarianische Historiker gehen davon aus, dass die Ausläufer des Sumpfes mit Naphtha getränkt und dann mit Brandpfeilen angezündet wurden. Fünfzigtausend Freie Schwerter und Sklaven sind innerhalb von einer einzigen Nacht zu Tode gekommen. Mein Vater allerdings nicht. Obwohl er längst wahnsinnig geworden war, besaß er doch die Klugheit, am anderen Ufer auszuharren.« Ihr Blick schweifte über das Schilf, das so hoch wuchs, dass das umliegende Land völlig vor ihnen verborgen war. »Selbst heute machen sich die Alpiraner nicht die Mühe, diesen Uferabschnitt zu befestigen, denn welcher General wäre so verrückt, es mit derselben Taktik zu versuchen?«

Es dauerte weitere zwei Tage, bis das Marschland schließlich festem Boden wich. Das Boot lief auf eine Sandbank, wo das Schilf weniger hoch wuchs, sodass dahinter ein Stück freies Land sichtbar war. Nach der Eintönigkeit des Marschlandes und dem gefährlichen, stinkenden Dschungel erinnerten die grünen Felder vor ihnen auf einladende Weise an die Königslande.

»Wir brauchen neue Kleider«, sagte die Frau und lief sofort los. »Ich bin die Tochter eines reichen alpiranischen Kaufmanns aus den Hafenstädten im Norden, die zu den Zwölf Schwestern unterwegs ist, um dort ihren zukünftigen Gatten zu treffen. Du bist ein flüchtiger Sklave, der sich als Söldner verdingt und von mir als Leibwächter angeheuert wurde.«

Nach einem Fußmarsch von einem halben Tag erreichten sie eine mittelgroße Ortschaft, die sich an das Ufer eines der Nebenarme des großen Flusses schmiegte. Festungsmauern gab es keine, aber schon von weitem konnten sie die zahlreichen alpiranischen Soldaten sehen, die durch die Straßen schlenderten. »Da ist doch ein wenig zu viel los für uns«, befand die Frau. »Weiter nördlich sollte sich die eine oder andere Plantage finden.«

Sie hielten sich von der Straße fern und gingen den berittenen Spähern der Alpiraner aus dem Weg, indem sie durch die Baumwollfelder liefen, die hier allgegenwärtig waren. Binnen Kurzem kam ein Hof in Sicht, ein weitläufiger, zweistöckiger Gebäudekomplex aus Wohnhäusern und Scheunen, die von zahlreichen Arbeitern bewirtschaftet wurden. Bis zum Einbruch der Dunkelheit versteckten sie sich in einem Bewässerungsgraben. Schließlich befahl ihm die Frau, in das Haus einzubrechen und Kleider zu stehlen. »Die besten, die du finden kannst, Herzliebster«, erklärte sie ihm. »Ich muss den äußeren Anschein wahren. Töte jeden, der dich sieht. Wenn es zu viele werden, dann töte alle und brenne das Haus nieder.«

Er näherte sich dem Hof von Westen, da das Hauptgebäude auf dieser Seite weniger Fenster hatte, glitt von einem Schatten zum nächsten, bis er die Außenwand erreichte. Wachen gab es keine, nicht einmal einen Hund, der gebellt hätte, als der Fremde aus der Dunkelheit auftauchte. Er schlich sich zur Rückseite des Hauses, wo er die Dienstbotenzimmer vermutete. Im Haus selbst war es still, bis auf eine leise Stimme, die ein Lied sang – in der Küche, so vermutete er, denn aus dem Fenster wehte ein köstlicher Duft zu ihm heraus.

Als er unter einem großen Karren hindurchkroch, nahm er eine Bewegung wahr. Sofort blieb er regungslos liegen. Zwei Frauen traten aus einer Tür auf den Hof hinaus. Sie plauderten, während sie Wäsche an einer Leine aufhängten, die quer über den Hof gespannt war. Im Krieg hatte Frentis ein wenig Alpiranisch aufgeschnappt, aber dieser Dialekt war ihm fremd, der Akzent rauher und kehliger als in den Hafenstädten im Norden. Er verstand nur ein Wort von zehn, aber der Begriff »Auswahl« fiel mehr als einmal und wurde mit gedämpfter Ehrfurcht ausgesprochen, genauso wie das Wort »Kaiser«.

Er schaute zu, wie die Frauen ihre Arbeit beendeten und ins Haus zurückkehrten. Nachdem er einhundert Herzschläge lang gewartet hatte, stahl er sich unter dem Wagen hervor, zerrte Kleider von der Leine herunter und wickelte sie zu einem festen Bündel zusammen. Mit Mode kannte er sich nicht aus, aber er glaubte, dass die Frau sich mit einem feinmaschigen Baumwollkleid mit Seidenärmeln sowie einem langen dunkelblauen Mantel zufrieden geben würde – in dem Moment hörte er schlurfende Schritte und erstarrte.

Der Junge stand in der Tür und spielte mit einer Holzspindel, die an einem Faden hing. Er war nicht mehr als sieben Jahre alt, hatte dunkles, ungekämmtes Haar und war von seinem Spielzeug völlig in den Bann gezogen. *Töte jeden, der dich sieht …*

Frentis stand so still wie nur jemals in seinem Leben. Er musste daran zurückdenken, wie er unter Meister Hutrils wachsamem Blick auf seinen ersten Hirsch gelauert oder wie er sich während der Wildnisprüfung vor Einauges Kumpanen versteckt hatte.

Der Kreisel drehte sich an dem Faden, drehte sich immer weiter.

Töte jeden, der dich sieht …

Ganz allmählich begannen die unsichtbaren Fesseln aufzulodern. *Sie weiß es,* wurde ihm da klar. Wie war das nur möglich?

Es wäre so einfach. Er musste ihm nur das Genick brechen und ihn zum Brunnen tragen. Ein tragischer Unfall.

Der Kreisel drehte sich in einem fort … und seine Fesseln zogen sich zu, bis er vor Schmerzen die Zähne zusammenbiss. Aus dem feuchten Bündel in seiner Hand tropfte es auf den Boden, ein langsames, gleichmäßiges Platschen, das gewiss gleich die Aufmerksamkeit des Jungen erregen würde.

»Neries!«, rief eine Frau durch das Küchenfenster, gefolgt von einer nachdrücklichen Wortfolge, in der mütterliche Autorität mitschwang. Der Junge schnaufte verärgert, drehte den Kreisel noch ein paar Mal und ging dann ins Haus.

Frentis ergriff die Flucht.

◆ ◆ ◆

»Wird wohl gehen.« Die Frau legte ihre graue Tracht ab und schlüpfte in das Kleid mit den Seidenärmeln, das er ihr gebracht hatte. Frentis hatte bereits die hellblauen Hosen und das Hemd angezogen, die er für sich ausgesucht hatte. »Allerdings ein wenig weit um die Taille. Hältst du mich für fett, Herzliebster?« Sie grinste ihn an. Die Sonne ging auf und tauchte ihr Gesicht in einen goldenen Glanz. *Niemand würde das je vermuten,* dachte er und betrachtete ihre katzenhafte Schönheit, die Anmut, mit der sie sich bewegte. *Hinter diesem Gesicht verbirgt sich ein Ungeheuer.*

»Es war ein Kind, nicht wahr?«, fragte sie, während sie ihm das Bündel auf die Schultern hievte und sich der Straße zuwandte. »Junge oder Mädchen?«

Frentis setzte schweigend einen Fuß vor den anderen.

»Spielt keine Rolle«, fuhr sie fort. »Aber du solltest dir nichts vormachen. Unsere Liste ist lang, und deine ermüdenden Vorstellungen von Moral werden zweifelsohne jedem, egal welchen Namen er trägt, die Rolle eines unschuldigen Opfers zuweisen. Aber wir werden sie von der Liste streichen, jeden Einzelnen, und du wirst tun, was von dir verlangt wird, ob es sich nun um ein Kind handelt oder nicht.«

Am späten Nachmittag erreichten sie eine weitere Ortschaft, in der die Frau einen Schneider aufsuchte und Sachen kaufte, die ihr besser gefielen. Sie bezahlte mit alpiranischem Gold aus dem Vorrat, der in das Futter des Bündels eingenäht war, das er auf dem Rücken trug. Danach stellte sie sich in einem einfachen, aber eleganten Ensemble aus schwarzweißer Seide für ihn in Pose und sagte etwas auf Alpiranisch – vermutlich wollte sie seine Meinung wissen. Der Schneider war so freundlich gewesen, ihr mit ihrem Haar zu helfen, das jetzt nach alpiranischer Mode hochgebunden und geflochten war, wobei ein kunstvoll verzierter Kamm in dem schwarzen Haarschopf schimmerte. *Niemand würde das je vermuten …*

Eines Tages werde ich dich töten, dachte er. Wenn er es doch nur laut aussprechen könnte! *Für alles, was du getan hast, für alles, was du tun wirst, und für alles, zu dem du mich zwingen wirst. Ich werde dich töten.*

Der Schneider empfahl ihnen einen Gasthof in der Nähe des Marktplatzes, wo sie zwei Zimmer mieteten, denn ihre neue Rolle verlangte, dass sie den Anschein von Schicklichkeit wahrte. Er hatte gehofft, das würde ihm eine Atempause verschaffen, doch sie hieß ihn ein weiteres Mal, sich zu entkleiden, setzte sich rittlings auf ihn und gab sich ganz ihrem Vergnügen hin. Hinterher sank sie auf ihm vornüber, ihr Atem heiß auf seiner Wange, fuhr ihm neckisch durch sein Brusthaar und zwang ihn, die Arme um sie zu legen. Das tat sie immer, als wären sie wirklich ein Paar, das sich nach dem Liebesspiel ausruhte, und vielleicht glaubte sie es sogar.

»Wenn das alles vorbei ist«, hauchte sie, »wirst du mir ein Kind schenken.« Sie rieb ihren Kopf an seinem Hals, küsste und streichelte ihn. »Unser Sprössling wird wunderschön sein. In drei Jahrhunderten habe ich niemanden gefunden, der dieser Ehre wert gewesen wäre. Und jetzt lerne ich dich kennen, einen Sklaven aus einem Land, das bald erobert werden wird. Wie sonderbar geht es doch zu auf der Welt!«

◆ ◆ ◆

Am nächsten Morgen waren sie wieder auf der Straße, beritten jetzt, denn die Frau hatte ein weiteres Goldstück für zwei Pferde ausgegeben, eine gesprenkelte graue Stute für sich und einen rostbraunen Hengst für ihren Leibwächter. Beide Tiere wirkten sehr robust und waren eher sanftmütig, weshalb Frentis sich nach seinem alten Schlachtross sehnte. Meister Rensial hatte damals den Hengst für ihn ausgesucht; er war vom Kopf bis zum Schweif schwarz gewesen, mit einem weißen Fleck auf der Stirn. »Treu, aber temperamentvoll«, hatte der Meister gesagt, als er ihm die Zügel überreichte. Frentis hatte ihn »Säbel« getauft, und im Laufe der Zeit wurde ihm klar, dass es sich dabei sehr wahrscheinlich um das herrlichste Pferd handelte, das jemals von einem der Brüder des sechsten Ordens geritten worden war – ganz offensichtlich war Rensial ihm sehr gewogen. Zum letzten Mal hatte er Säbel in den Stallungen auf dem Anwesen des Statthalters von Untesch gesehen, wo er ihn zum Abschied gestriegelt hatte, bevor er seinen Platz auf der Mauer einnahm, in der Überzeugung, dort innerhalb der nächsten Stunde zu sterben. *Wo er jetzt wohl ist?*, fragte er sich. *Wahrscheinlich hat ein alpiranischer Edelmann ihn für sich beansprucht. Hoffentlich wird er gut behandelt.*

Sie ritten eine weitere Woche nach Norden und schliefen in den zahlreichen Tavernen, die sich entlang der Straße fanden. Im Vergleich zu dem volarianischen Wunderwerk hinter Mirtesk waren die Verhältnisse hier eher erbärmlich – von der Schotterpiste stiegen jedes Mal Staubwolken auf, wenn sie nur kurz in Galopp fielen. Sie begegneten zahllosen Soldaten, die alle in wohlgeordneten Kolonnen nach Süden unterwegs waren. Die Grundausrüstung der alpiranischen Infanteristen hatte sich nicht verändert, seit Frentis das letzte Mal gegen sie gekämpft hatte: Kettenhemden, die ihnen bis zu den Knien reichten, ein kegelförmiger Helm und ein über zwei Meter langer Speer auf jeder Schulter. Das waren alles reguläre Truppen, wie er alsbald erkannte, darunter viele Veteranen, nach den Narben und dem Alter zu urteilen. Die Alpiraner mochten das Ufer nicht befestigt haben, aber der Kaiser legte offensichtlich großen Wert auf die Absicherung seiner Provinz.

»Waren sie gute Soldaten?«, fragte die Frau. Sie waren am Rande der Straße abgestiegen, um eine Kolonne vorbeizulassen, eine Kohorte von etwa tausend Mann, die unter einem grünen Banner mit einem roten Stern einhermarschierten. »Die Alpiraner – haben sie in eurem kleinen Krieg tapfer gekämpft?«

Das nachdrückliche Pochen seiner Fesseln legte ihm nahe, dass sie eine Antwort erwartete. »Es war ihr Land«, sagte er. »Sie haben darum gekämpft. Und sie haben gewonnen.«

»Aber ich vermute, dass du dabei nicht wenige von ihnen getötet hast, oder?«

Die Fesseln zogen sich enger zusammen. *Die Schlacht auf den Dünen, der Pfeilhagel, der auf den Bluthügel niederging, der verzweifelte Kampf auf der Mauer …* »Ja.«

»Keine Gewissensbisse, mein Herzliebster? All die Söhne und Väter, die dein Schwert niedergemetzelt hat, nur weil sie ihr Land verteidigen wollten? Regen sich da keine Schuldgefühle?«

In Untesch hatte er einen Offizier, der auf die Mauer geklettert war, mit einem Streich niedergestreckt. Nachdem der Angriff zurückgeschlagen worden war, hatte sich ein Heiler aus den Königslanden neben ihm niedergekniet, um die Blutung zu stillen, und zum Dank dafür hatte der Offizier ihm einen Dolch in den Hals gerammt. Er schrie noch immer seinen Hass hinaus, während ein halbes Dutzend Streitäxte ihn am Boden festnagelten. »Es war ein Krieg«, erklärte er der Frau.

Das Pochen ließ nach, und nachdem die letzten alpiranischen Soldaten an ihnen vorbeigezogen waren, stieg sie auf. »Nun, jetzt ziehst du wieder in den Krieg«, sagte sie. »Nur dass du dieses Mal gewinnen wirst.«

◆ ◆ ◆

Am Abend des siebenten Tages auf der Straße sahen sie endlich die Hafenstadt und das schillernde Blau des Ozeans vor sich liegen. »Hervellis«, sagte die Frau. »Provinzhauptstadt von Atethia und Heimat des ersten Namens auf unserer Liste, eines alten Freundes sogar. Mir ist sehr daran gelegen, dass du ihn kennenlernst.«

Die Architektur von Hervellis hatte Ähnlichkeiten mit den verschlungenen Straßen und von Bäumen gesäumten Plätzen von Linesch und Untesch, wirkte jedoch noch weit erhabener. Während sie vom Tor Richtung Hauptplatz ritten, kamen sie an mehreren Tempeln vorbei, beeindruckenden Marmorgebäuden aus Säulen und Reliefs, sämtlich verziert mit Statuen der zahllosen Götter des Kaiserreichs. Die Frau gab sich die ganze Zeit über leutselig, aber er konnte die Geringschätzung in ihren Augen sehen, wenn ihr Blick auf die Tempel fiel. *Mir tun sie wegen ihrer Wahnvorstellungen leid,* dachte er. *Aber sie hasst sie dafür.*

Sie nahmen Zimmer in einem Gasthof an der Nordseite des Platzes, weit teurer als die anderen, aber auch weit komfortabler. In jener Nacht vergnügte sie sich nicht mit ihm, sondern wies ihn an, sich auszuruhen, nahm ihr Bündel und ging in ihr Zimmer. Er lag auf dem mächtigen Bett, bis die Dunkelheit hereinbrach, und konnte trotz der weichen Pracht, die ihn umgab, nicht einschlafen. *Heute Nacht wird sie mich zwingen, für sie zu töten.*

Wenige Stunden später loderten die unsichtbaren Fesseln auf, und er ging zu ihr hinüber. Sie war von Kopf bis Fuß in schwarze Seide gekleidet und hatte das Haar zu einem festen Knoten nach hinten gebunden. An jedem Unterarm trug sie einen Dolch und auf dem Rücken ein kurzes Schwert. Mit einer Kopfbewegung wies sie auf die Waffen, die neben einem Seidenhemd und langen Hosen auf dem Bett lagen; auch diese Kleider waren schwarz.

»Täusche dich nicht, Herzliebster«, sagte sie und rieb sich Kohlestaub aufs Gesicht. »Ein niederträchtigeres und gefährlicheres Geschöpf als den Mann, den du heute Nacht treffen wirst, findest du so schnell nicht. Ich kann mir keine Wehmut mehr leisten.«

Die Fesseln loderten auf, und die Schmerzen waren so stark, dass sie gerade noch erträglich waren. Sie gebot über jede Faser seines Körpers, und ihm blieb nicht die geringste Möglichkeit, zu zögern oder sich gar zu bedenken. Sie zwang ihm ihren Willen auf, und er setzte ihn in die Tat um. Er gehörte mit Leib und Seele ihr.

Sie ging zum Fenster, stieß die Läden auf und kletterte auf das Dach hinaus. Dort hielt sie einen Moment inne und ließ den Blick über die Straße schweifen, die unter ihnen lag. Dann rannte sie über die Ziegel und sprang zum nächsten Haus hinüber. Er folgte ihr, während sie von Dach zu Dach eilte, von Mauer zu Mauer, eine unermüdliche Zurschaustellung ihrer athletischen Fähigkeiten, die seine widerwillige Bewunderung geweckt hätten, wären da nicht die Fesseln gewesen, die ihm jede Empfindung raubten.

Sie führte ihn nach Norden, fort von den schmalen Straßen, die von dem Hauptplatz ausgingen, zu den breiteren Alleen in der Nähe des Hafens. Auf einer Mauer machte sie Halt, unter sich einen Platz, auf dem ein kleiner Tempel von Bäumen umstanden war: ein Rechteck aus Säulen, die ein Pyramidendach mit abgeflachter Spitze trugen, von der Statue einer Frau gekrönt, das Gesicht unter einer marmornen Kapuze verborgen. Im Unterschied zu den anderen Tempeln, die Frentis gesehen hatte, war dieser bewacht – zwei Männer in Rüstung und mit Speeren flankierten den Eingang. Die Tür war geschlossen, doch ein Feuer im Inneren ließ ihre Umrisse sichtbar werden.

Die Frau erhob sich, sprintete über die Mauer und sprang auf den nächstgelegenen Baum. Sie bekam einen Ast zu fassen und zog sich hoch, wobei kaum ein Blatt herabfiel. Frentis beobachtete, wie sie sich an der Unterseite des Astes entlanghangelte und sich dann auf das Dach des Tempels fallen ließ. Hätten die Fesseln ihm irgendwelchen Raum zum Nachdenken gelassen, wäre er zu dem Schluss gekommen, dass er diesem Kunststück nicht gewachsen war, mochte er in den Gruben auch noch so viele Jahre geübt haben. Aber ihr Wille ließ ihm keinen Spielraum, und so folgte er ihr ohne Zögern, rannte, sprang, packte einen Ast und hangelte sich zum Dach, als hätte er das schon tausend Mal getan.

Sie führte ihn zur Rückseite des Tempels, vorbei an der Statue. Selbst aus dieser Nähe konnte er nicht unter ihre Kapuze schauen. Die Frau spähte über den Rand des Dachs, zog einen Dolch aus der Unterarmscheide, machte einen Schritt ins Leere und drehte sich mitten im Flug um die eigene Achse. Ein leises Geräusch war zu hören, ein kaum merklicher dumpfer Aufschlag. Frentis blickte hinab und sah, wie sie ihren Dolch wegsteckte, unter sich die Leiche eines dritten Wachmanns. Während sie noch die Hand nach der Tür in der rückwärtigen Mauer des Tempels ausstreckte, setzte er ihr nach. Die Tür öffnete sich, lautlos wie auf geölten Angeln, und sie hielt inne. Das hatte sie nicht erwartet.

Im Inneren war der Tempel bar jeden Schmucks. Kein Mosaik oder Relief zierte die Wände. In einer Ecke stand ein schmales Bett, direkt neben einem Tisch mit einer Feder, Tusche und einigen Pergamentblättern. In der Mitte des Raumes erhob sich ein Marmorbecken, das mit glühenden Kohlen gefüllt war. In der Decke waren Löcher, durch die der Rauch abziehen konnte. Auf einem Stuhl vor dem Feuer saß ein Mann, der ihnen den Rücken zugewandt hatte. Frentis konnte nur seinen Scheitel sehen und seine Hände, die auf den Lehnen ruhten; sie waren faltig und von Altersflecken übersät. Die Frau betrat den Tempel, nicht länger darum bemüht, leise zu sein – es polterte hörbar, als sie die Tür ganz aufstieß. Frentis sah eine Hand auf der Lehne zucken, aber der Mann auf dem Stuhl erhob sich nicht.

»Ein Tempel zu Ehren des namenlosen Sehers«, sagte sie auf Volarianisch, schritt vorwärts, bis sie vor dem alten Mann stand, und betrachtete ihn mit gerunzelter Stirn. Die unsichtbaren Fesseln hielten Frentis dort zurück, wo er war, den Dolch gezückt und bereit, ihn auf ihren leisesten Befehl hin durch den Stuhlrücken zu rammen. »Hierher hast du dich also zurückgezogen!«

Der Mann auf dem Stuhl stieß einen leisen Laut aus, der ein Lachen sein mochte. Seine Stimme war schwach, seine Worte unbetont. »Verzeihe einem alten Mann einen kleinen Dünkel.« Eine Pause, und der graue Kopf wandte sich ihr zu. »Wie ich sehe, klammerst du dich noch immer an dieselbe alte Hülle.«

»Während du zugelassen hast, dass deine verkümmert.« Sie betrachtete die Gestalt des alten Mannes mit offener Abscheu.

»Was könnte mir besseren Schutz bieten vor den kriecherischen Hunden des Verbündeten? Warum sich die Mühe machen, den Leib eines Mannes zu beanspruchen, der keine drei Meter gehen kann, ohne auf die Knie zu fallen?«

»Wohl wahr.« Sie schaute sich in dem schmucklosen Innenraum des Tempels um. »Ich dachte, der Kaiser hätte dir für deinen Lebensabend eine etwas angenehmere Unterkunft zur Verfügung gestellt, wenn man überlegt, was für große Dienste du seinem Vorfahren erwiesen hast.«

»Oh, er wollte mir alles Mögliche schenken – vornehme Häuser, Diener und eine ansehnliche Pension. Ich habe nur hierum gebeten. Die Leute ersuchen den Diener des namenlosen Sehers um Rat, und wenn sie gehen, sind sie glücklich und nur ein paar Kupferstücke ärmer. Ein angemessener Zeitvertreib für einen einsamen alten Mann.«

Die Lippen der Frau verzogen sich zu einem höhnischen Grinsen. »Soll ich etwa glauben, du wärst im Alter sanftmütiger geworden? Vergiss nicht, was ich gesehen habe – was wir getan haben.«

»Zu was wir gezwungen wurden.«

»Ich kann mich nicht erinnern, dass du dem allen abgeneigt gewesen wärst.«

»Abgeneigt? Oh, durchaus, insbesondere als es Zeit war, dich zu verlassen, das war mir wahrlich zuwider. Als die Armee deines Vaters aus dem Marschland gestapft kam, sogar noch mehr. Verstehst du, zu diesem Zeitpunkt war ich ein anderer Mensch geworden, ich wollte nur in Frieden leben, aber der Kaiser bat mich um Hilfe – er hat mich *gebeten*! Keine Befehle, keine Drohungen ... keine Folter. Er hat lediglich eine Bitte geäußert. Das war das letzte Mal, dass ich meine Gabe eingesetzt habe.«

Die Frau starrte ihn einen Moment schweigend an. »Warum war die Tür unverschlossen?«

»Das ist sie jetzt seit zwanzig Jahren. Die Wachen sind hier, weil der Kaiser darauf besteht, nicht ich. Wenn ich ehrlich bin, habe ich dich und deinen jungen Freund schon früher erwartet, aber meine seherischen Fähigkeiten sind nicht mehr das, was sie einmal waren. So ist das mit gestohlenen Gaben, findest du nicht auch? Mit dem Alter stumpfen sie ab.«

Sie umfasste den Dolch fester, und er bemerkte, dass sie zögerte, bevor sie eine letzte Frage stellte. »Warum ... warum hast du mich verlassen?«

»Das weißt du. Du warst grausam und leidenschaftlich und wunderschön, aber der Verbündete hat ein Ungeheuer aus dir gemacht. Es hat mir das Herz gebrochen.«

»Du hast keine Ahnung, was der Verbündete aus mir gemacht hat, Revek. Aber du wirst es schon bald herausfinden.«

Die Fesseln loderten auf und erteilten Frentis einen unerbittlichen Befehl, ließen ihn vorwärtsstürzen und mit dem Dolch ausholen. Der alte Mann sprang – schneller, als es ihm hätte möglich sein sollen – auf, hob den Arm und spreizte die Finger. Als er sich umdrehte, kam ein Gesicht zum Vorschein, das von großem Alter zeugte, aber auch von tiefer Trauer. Er sah Frentis an, seine Finger zuckten, und Flammen hüllten seine Hände ein. Dies war jedoch keine Illusion, wie Einauge sie vor Jahren heraufbeschworen hatte. Die plötzliche Hitze, die er im Gesicht verspürte, überzeugte ihn, dass der alte Mann wirklich

Flammen aus seinen Fingern hatte züngeln lassen. Jetzt hob er die Hände, und zwei flammende Fäuste schossen vor, als er sich auf Frentis stürzte.

Die Frau reagierte blitzschnell – ihre Hand stieß herab, und sie zog ihm den Dolch über die Kehle. Ein roter Blutschwall schoss aus der klaffenden Wunde. Das Feuer des alten Mannes erstarb, während er ins Stolpern geriet und sich mit unversehrten Händen an den Hals fasste.

Ein lautes Krachen ertönte – die Vordertür wurde aufgestoßen, und zwei Wachleute kamen hereingestürzt, die Augen vor Entsetzen weit aufgerissen. Die Frau warf einen Dolch, der sich dem vorderen in die Kehle bohrte. Dann zog sie ihr Kurzschwert und stürmte dem anderen entgegen. Er war flink und gut ausgebildet, wehrte ihre Hiebe mit der Speerspitze ab und hielt sie mit raschen Ausfällen in Schach. Frentis wollte ihr zu Hilfe eilen, doch der alte Mann packte ihn am Knöchel. Er versuchte sich loszureißen, doch es wollte ihm nicht gelingen. *Die Fesseln waren fort!*

Frentis, der so viel Bewegungsfreiheit nicht mehr gewohnt war, geriet ins Taumeln – er hatte nicht die geringsten Schmerzen. Aus dem Mund des alten Mannes spritzten Blutstropfen, während er mit der anderen Hand weiter seinen Hals umfasst hielt. Frentis ging in die Hocke, um zu verstehen, was er sagte. Ein Flüstern in der Sprache der Königslande: »Der Same wird wachsen.« Zu schnell, um sie abzufangen, löste sich die Hand vom Hals des alten Mannes und grub sich in Frentis' Gesicht, verschmierte Blut auf seiner Haut, das ihm in Augen und Mund rann. Er taumelte zurück, wobei er spürte, wie der alte Mann seinen Fuß losließ und die Fesseln sich wieder um ihn legten.

Er blickte auf und sah, wie die Frau dem Speer des Wachmanns auswich, seinen Schaft packte und den Schwung nutzte, um ihm ins Gesicht zu treten. Der Wachmann taumelte nach hinten, der Speer entglitt seinen Händen, und er tastete nach dem Säbel an seinem Gürtel. Doch er war zu langsam, und das Kurzschwert bohrte sich mühelos durch das Kettenhemd und tief in sein Herz.

Sie zog die Klinge aus der Leiche und sah Frentis an, schritt auf ihn zu, betrachtete eingehend sein Gesicht. »Er hat dich berührt.« Sie nahm einen Weinkrug von einem Tisch in der Nähe und bespritzte damit sein Gesicht, wusch das Blut ab, trat einen Schritt zurück und wartete mit erhobenem Schwert ab. Die unsichtbaren Fesseln schlossen sich so fest um ihn wie nie zuvor, sodass er von Kopf bis Fuß zitterte und in seinem Kopf die Schreie widerhallten, die er nicht ausstoßen konnte. Sie schien ihn eine halbe Ewigkeit so festzuhalten, den Blick weiterhin argwöhnisch auf sein Gesicht gerichtet. Schließlich knurrte sie etwas, lockerte ihren Griff und ließ ihn auf den Boden des Tempels sinken, wo er, vor Schmerz keuchend, liegen blieb.

Während er dalag und ein Zittern seinen Leib entlanglief, sah er, wie sie zu der Leiche des alten Mannes hinüberging und ihm gegen die leblose Brust trat; seine morschen Rippen brachen mit hörbarem Knacken. Sie packte seine grauen Haare, riss den Leichnam hoch und hackte mit dem Kurzschwert einmal, zweimal auf seinen Hals ein. Dann hob sie den Kopf in die Höhe und ließ das Blut in ihren offenen Mund rinnen.

Die Fesseln waren immerhin so locker, dass Frentis sich übergeben konnte.

»Jetzt«, sagte die Frau, warf den Kopf des alten Mannes beiseite und wischte sich mit dem Ärmel über den Mund; Blut und Kohlestaub vermischten sich zu einem schwarzen Brei. »Jetzt, Revek, wirst du erfahren, was der Verbündete aus mir gemacht hat.«

Sie schob ihr Schwert in die Scheide und hob den Kopf, schloss die Augen und biss die Zähne aufeinander. Einen Moment sah es so aus, als würde nichts geschehen, doch dann wurden ihre Hände von Feuer eingehüllt, und sie schrie, ebenso vor Schmerzen wie vor Siegesfreude. Lachend ließ sie eine Feuergarbe auf die Leiche des alten Mannes zuschießen, die sofort in Flammen aufging. Gleißende Geißeln zuckten durch den Tempel und steckten alles in Brand, was nur Feuer fangen konnte. Bald züngelten von allen Seiten Flammen empor, und die Hitze wurde unerträglich.

Sie ließ die Arme sinken, und das Feuer verschwand von ihren Händen. Ihr Blick fiel auf Frentis; die Fesseln zwangen ihn, aufzustehen und zu ihr hinzustolpern. Große Schmerzen standen ihr ins Gesicht geschrieben, und frisches Blut lief ihr aus Nase und Augen, aber trotzdem lächelte sie, und die Flammen funkelten rot in ihren Augen. »Alles hat seinen Preis, mein Herzliebster.«

Sechstes Kapitel

Vaelin

In der Amtsstube des königlichen Notars war an jenem ersten Tag des Jahrmarkts kein weiterer Antragssteller anwesend, und doch musste Vaelin fast eine Stunde warten, bevor der Schreiber von seiner Feder aufblickte. Er war noch recht jung und gab sich das Ansehen, überarbeitet und unterbezahlt zu sein. »Bitte verzeiht, Herr«, sagte er. »Wir sind heute leider nicht ausreichend besetzt, des Jahrmarkts wegen.«

»Das verstehe ich vollauf.« Vaelin erhob sich von der Bank und trat vor das Pult des Schreibers, das so sehr mit Papieren bedeckt war, dass der junge Mann dahinter einem Dachs in seiner unordentlichen Höhle glich. »Als ich das letzte Mal in den Königslanden war, war der vierte Orden für das königliche Archiv verantwortlich«, sagte er.

»Das hat sich geändert. Heutzutage gleichen die Brüder des vierten Ordens mehr dem sechsten, so wie sie mit ihren Schwertern herumstolzieren.« Der Schreiber lehnte sich auf seinem Stuhl zurück und musterte Vaelin mit neugierigem Blick. »Ihr seid weit gereist, Sir?«

»Allerdings, sehr weit.«

»Habt Ihr irgendwelche exotischen Länder besucht?«

»Die meldeneischen Inseln zuletzt. Und davor das alpiranische Reich.«

»Ich wusste nicht, dass unsere Schiffe noch dort landen dürfen.«

»Ich habe einen Umweg genommen.«

»Ich verstehe.« Der Schreiber griff nach einem leeren Pergamentblatt. »Also, werter Herr. Was führt Euch hierher, wenn die Freuden des Jahrmarkts nur so wenige Schritte entfernt sind?«

»Ich benötige eine Anerkennungsurkunde für meine Schwester.«

»Ah.« Der Schreiber tauchte die Feder in das Tintenfass und notierte sich etwas auf dem Pergament. »Mit komplizierten Familienverhältnissen kennen wir uns aus. Zum Glück ist die Verfahrensweise da ziemlich einfach. Ihr schwört in meiner Gegenwart, dass Eure Schwester legitimer Abstammung ist, ich stelle die Urkunde aus, und wir unterzeichnen beide. Die Gebühr beträgt zwei Silberstücke.«

Zwei Silberstücke. Zum Glück hatte Reva zugestimmt, das schöne Jagdmesser zu verkaufen, das sie dem Banditen abgenommen hatte. »In Ordnung.«

»Sehr gut! Euer Name bitte, Sir?«

»Lord Vaelin Al Sorna.«

Die Spitze der Feder zerbrach mit lautem Knacken, und Tinte spritzte über das Pergament. Der Schreiber starrte den schwarzen Fleck einen Moment an, schluckte trocken und hob den Kopf. Sein Gesichtsausdruck verriet keinen Zweifel, sondern nur Ehrfurcht.

Schade, dachte Vaelin. *Dabei habe ich gerade angefangen, ihn zu mögen.*

»Euer Lordschaft …« Der Schreiber erhob sich und verbeugte sich so tief, dass sein Kopf das Pult berührte.

»Bitte lasst das«, bat Vaelin ihn.

»Es hieß, Ihr wärt tot …«

»Das ist mir auch zu Ohren gekommen.«

»Ich wusste, dass das eine Lüge ist. Ich wusste es!«

Vaelin zwang sich zu einem Lächeln. »Die Urkunde für meine Schwester …«

»Oh.« Der Schreiber warf einen Blick auf sein Pult und schaute sich dann in der Amtsstube um, wobei seine verschwitzten Hände auf seiner Tunika Flecken hinterließen. »Ich fürchte, dafür ist mein Rang nicht hoch genug.«

»Ich versichere Euch, dass Ihr Euch irrt.«

»Bitte verzeiht mir, Euer Lordschaft.« Er entfernte sich rückwärts von dem Pult. »Wenn Ihr bitte einen Moment warten wollt.« Mit diesen Worten floh er in die Tiefen der Amtsstube, wo ein diffuses Halbdunkel herrschte. Vaelin hörte, wie eine Tür aufgerissen wurde, gefolgt von einem verärgerten Knurren und einer geflüsterten Unterhaltung. Der Schreiber kehrte bald wieder; im Schlepptau hatte er einen übergewichtigen Mann, der das fünfzigste Jahr offenbar schon eine Weile hinter sich hatte. Als er Vaelin sah, zögerte er einen Moment, gewann aber erstaunlich rasch seine Beherrschung zurück.

»Euer Lordschaft«, sagte er mit einer förmlichen Verbeugung. »Gerrish Mertil, ehemals vom vierten Orden, jetzt Oberster Notar der Stadt Varinsburg.«

Vaelin erwiderte die Verbeugung. »Mein Herr. Wie ich gerade Eurem Schreiber erklärt habe … «

»Eine Anerkennungsurkunde, ja. Darf ich fragen, zu welchem Zweck Ihr dieses Dokument beantragen wollt?«

»Nein, das dürft Ihr nicht.«

Der Oberste Notar lief ein wenig rot an. »Bitte verzeiht, Euer Lordschaft. Aber ich weiß von dem königlichen Befehl hinsichtlich der Besitztümer Eures verstorbenen Vaters, und ich weiß auch, wie der Entscheid des Magistrats im Fall Eurer Schwester lautet. Eine Anerkennungsurkunde würde den Entscheid aufheben, aber nicht das königliche Wort, das, wie Ihr wisst, über dem Gesetz steht.«

»Dessen bin ich mir durchaus bewusst, vielen Dank.« Vaelin nahm seinen Geldbeutel, holte zwei Silberstücke heraus und legte sie auf das Pult. »Trotzdem ist mir daran gelegen, eine Anerkennungsurkunde für meine Schwester ausgestellt zu bekommen. Ich glaube, dass ich lediglich um einen Rechtsspruch ersuche, in dessen Genuss alle Untertanen des Reichs kommen.«

Gerrish Mertil nickte dem jungen Schreiber zu, und dieser beeilte sich, die Dokumente vorzubereiten.

»Wäre es anmaßend, Lord Vaelin«, sagte der Oberste Notar, »wenn ich Euch als erster Amtsträger des Reiches in Eurer Heimat willkommen heiße?«

»Keinesfalls. Verratet mir – wie wird ein ehemaliger Bruder zu einem Obersten Notar?«

»Dank der Gnade des Königs. Als er anordnete, dass die Krone die Verwaltung des königlichen Archivs übernehmen sollte, war Seine Hoheit so weise zu erkennen, über welch wertvolle Fähigkeiten viele Ordensbrüder verfügen.«

»Ihr habt den Orden auf Befehl des Königs verlassen?«

Mertils Miene wurde ernst. »Das war nicht mehr der Orden, dem ich als Kind beigetreten bin. Als Bruder Tendris die Führung übernahm, änderte sich vieles. Statt in Buchhaltung wurden die Novizen im Schwertkampf unterrichtet. Sie lernten nicht mehr den Umgang mit der Feder, sondern den Umgang mit der Armbrust. Mögen die Ahnen mir verzeihen, aber ich und viele meiner Brüder waren froh, den Orden zu verlassen.«

Der junge Schreiber stieß einen Fluch aus und beugte sich mit zitternder Hand über ein Pergamentblatt, das auf dem Pult lag. »Ach, gib schon her.« Der Oberste Notar stieß ihn beiseite, tupfte den Tintenfleck ab und begann mit anmutigen Buchstaben zu schreiben. »Früher wurden wir ausgepeitscht, wenn die Schnörkel nicht genau gleich lang waren.« Er war innerhalb kürzester Zeit fertig und setzte seine Unterschrift darunter. Vaelin wusste es zu schätzen, dass der Oberste Notar sich schweigend in Geduld übte, während er sich mit seiner eigenen Unterschrift abmühte.

»Ich hoffe, damit ist alles zu Eurer Zufriedenheit geregelt, Euer Lordschaft.« Mertil verbeugte sich und reichte ihm die zusammengerollte Urkunde, die mit einer roten Schleife versehen war.

»Meinen Dank, die Herren.« Vaelin hielt ihm die beiden Silberstücke hin, aber der Oberste Notar schüttelte den Kopf.

»Ich hatte einen Neffen bei den Blauhähern«, sagte er. »Er stand in Linesch unter Eurem Befehl. Dank Euch ist er zu seiner Mutter zurückgekehrt.«

Vaelin nickte. »Die Blauhäher sind ein ausgezeichnetes Regiment.«

Während er zur Tür hinausschritt, verbeugten sich der Oberste Notar und der junge Schreiber so tief wie möglich. Er musste sich sehr zusammennehmen, um nicht wegzurennen.

◆ ◆ ◆

Alornis und Reva traf er an der Kreuzung der Torgasse und des Treiberswegs an. Wegen des Jahrmarkts waren die Straßen weitgehend leer, aber nach dem, was er in der Amtsstube erlebt hatte, behielt er die Kapuze lieber auf. In der Mitte der Kreuzung erhob sich ein Marmorsockel, der von oben bis unten eingerüstet war. Alornis stand auf der höchsten Plattform. Sie hatte sich eine Steinmetzschürze umgebunden und hielt ein Seil, das über einen Block verlief und bis zum Boden hinunterreichte, wo Reva verschiedenes Werkzeug in einen Korb legte, der daran befestigt war.

»Der große Hammer!«, rief Alornis von der Plattform herunter. »Nicht der andere.«

»Eure Schwester ist noch ein größerer Tyrann als Ihr«, murrte Reva, als Vaelin näher kam.

»Vaelin!« Alornis begrüßte ihn mit einem fröhlichen Winken. »Meister, mein Bruder ist da!«

Ein Augenblick verging, und dann erschien der Kopf eines alten Mannes über dem Rand der Plattform. Er hatte einen langen Bart und war in das grüne Gewand des dritten Ordens gekleidet. Als er Vaelin sah, legte sich seine Stirn in Falten, so tief wie ein frisch gepflügtes Feld. Dann brummte er etwas und verschwand wieder. Alornis bemühte sich um ein entschuldigendes Lächeln.

»Was hat er gesagt?«, wollte Vaelin wissen.

»Er hatte erwartet, dass du größer bist.«

Vaelin lachte und hielt die Schriftrolle hoch. »Ich habe etwas für dich.«

Sie ließ sich auf die Straße hinab, indem sie das Seil fest umklammerte und von der Plattform sprang, wobei der schwere Korb mit dem Werkzeug als Gegengewicht diente. Die überraschend muskulösen Arme des alten Mannes tauchten über dem Rand der Plattform auf und zogen den Korb nach oben.

»Also«, sagte Alornis, nachdem sie die Schriftrolle überflogen hatte, »obwohl wir vom selben Blute sind, machen mich erst Tinte und Papier zu deiner Schwester.«

»Und eine Gebühr von zwei Silberstücken, die sie mir allerdings erlassen haben.«

»Wir kriegen heute Abend also etwas zu essen?«, fragte Reva.

»Ich muss noch immer ein Bittgesuch an den König richten«, erklärte Vaelin.

»Erwartest du wirklich, dass er sein Wort zurücknimmt?«

Andernfalls werden seine Bemühungen vergeblich sein, auch wenn ich bezweifle, dass mir der Preis gefallen wird. »Davon bin ich überzeugt.«

Etwas fiel ganz in ihrer Nähe mit einem lauten Klirren auf das Pflaster, gefolgt von einem wütenden Brüllen. »Der falsche Meißel.«

Alornis seufzte. »Heute ist er noch gereizter als sonst.« Sie hob den Kopf und blickte zur Plattform hinauf. »Ich komme, Meister Benril!« Dann begann sie, die Werkzeuge einzusammeln, die am Fuß des Sockels lagen. »Ihr beide geht besser nach Hause. Ich bin noch ein paar Stunden hier.«

»Eigentlich hatte ich gehofft, Schwester, dass du mit Reva auf den Jahrmarkt gehen würdest. Sie war noch nie dort.«

Reva verzog das Gesicht und sah ihn zweifelnd an. »Eure heidnischen Feste interessieren mich einen feuchten Rotz.«

»Aber meine Schwester interessieren sie sehr. Und es wäre mir lieb, wenn sie unter deinem Schutz stünde.« Er warf ihr seinen Geldbeutel zu. »Und ihr könnt entscheiden, was wir heute zu Abend essen.«

»Das geht unmöglich«, widersprach Alornis. »Meister Benril braucht mich …«

»Ich werde Meister Benril helfen.« Vaelin löste die Schnüre an ihrer Schürze und zog sie ihr über den Kopf. »Na los, ihr beiden, verschwindet schon.«

Sie warf einen unsicheren Blick zu dem Gerüst hinauf. »Na ja, er hat mich seit Wochen nicht mehr bezahlt.«

»Dann ist es beschlossen.« Er scheuchte sie weg und sah ihnen nach, wie sie die Torgasse entlangschlenderten. Das Lied des Blutes ließ ein merkwürdiges Trällern hören: Alornis nahm Revas Hand und plauderte mit ihr, als würden sie sich seit Kindestagen kennen. Reva zuckte zusammen, zog aber zu Vaelins Überraschung die Hand nicht zurück.

»Meißel!«, ertönte von oben ein ungeduldiger Ruf.

Vaelin warf alle Meißel, die er finden konnte, in eine lederne Werkzeugtasche und kletterte eine Leiter nach der anderen bis ganz hinauf auf das Gerüst. Der alte Mann kauerte vor dem Scheitelpunkt des Sockels und strich mit den Händen über den Marmor. Als Vaelin die Werkzeugtasche neben ihm fallen ließ, drehte er sich nicht um.

»Meine Schwester sagt, Ihr würdet sie nicht bezahlen«, sagte Vaelin.

»Eure Schwester würde dafür bezahlen, mir zu helfen, Bruder.« Meister Benril Lenial wandte sich um und betrachtete ihn mit gerunzelter Stirn. »Oder muss es inzwischen Euer Lordschaft heißen?«

»Ich gehöre nicht mehr dem sechsten Orden an, wenn Ihr das meint.«

Meister Benril brummte etwas Unverständliches und wandte sich wieder dem Sockel zu.

»Was wird das?«, fragte Vaelin.

»Ein Denkmal zu Ehren von König Janus.« Der Tonfall des alten Mannes sagte eine Menge darüber aus, was er von diesem Projekt hielt.

»Ein königlicher Auftrag also.«

»Wenn ich damit fertig bin, lässt er mich zwei Jahre in Frieden, damit ich mich der Malerei widmen kann.« Er schlug mit der flachen Hand gegen den Marmor. »Das ist nichts weiter als Steinmetzhandwerk.«

»Ich habe einmal einen Steinmetz gekannt. Und glaubt mir, wenn das Wort irgendeine Bedeutung hat, dann war er ein Künstler.«

»Vielleicht solltet Ihr Euch besser darauf beschränken, mit dem Schwert in der Gegend herumzufuchteln.« Er warf einen Blick über die Schulter. »Wo ist es denn überhaupt?«

»Ich habe es zu Hause gelassen, und zwar in Segeltuch eingeschlagen, wie schon die ganze Zeit, seit ich in die Königslande zurückgekehrt bin.«

»Also habt Ihr nicht nur Euren Glauben aufgegeben?«

»Ich habe mehr gewonnen, als mir abhanden gekommen ist.«

Jetzt drehte sich Meister Benril herum und sah ihn lange an. Seinen Bewegungen war sein Alter fast nicht anzumerken. »Was wollt Ihr?«

»Meine Schwester … ich muss sie von hier fortbringen. Sagt ihr bitte, dass sie mich begleiten soll.«

Benril hob seine gewaltigen Augenbrauen. »Glaubt Ihr, mein Wort hat bei ihr ein solches Gewicht?«

»Ich weiß es. Ich weiß auch, dass das hier für sie kein Leben ist, nicht als Tochter meines Vaters, nicht als Eure Schülerin.«

»Die Begabung Eurer Schwester ist etwas Großes und Wunderbares. Ihr die Möglichkeit zu nehmen, sie zu schulen, wäre ein Verbrechen.«

»Sie kann sie in Sicherheit schulen, weit weg von hier.«

Benril strich sich mit der Hand durch den langen grauen Bart. »Ich verspreche, dass ich nichts dagegen sage, wenn sie gehen will.«

Vaelin neigte den Kopf. »Vielen Dank, Meister.«

»Dankt mir noch nicht.« Der alte Mann erhob sich und ging zur Leiter. »Ich habe eine Bedingung.«

◆ ◆ ◆

»Haltet endlich still!«

Vaelins Rücken schmerzte, und in seinem Nacken begann sich ein Krampf zu bilden. Benril hatte ihn angewiesen, die unterschiedlichsten Posen einzunehmen, eine theatralischer als die andere. Jetzt stand er mit kerzengeradem Rücken und erhobenem Kopf da und starrte in die Ferne, wobei er einen Besen hielt, als wäre er ein Schwert. Der alte Mann hatte bereits zahlreiche Skizzen angefangen und wieder verworfen. Das Kreidestück in seiner Hand ruhte nicht eine Sekunde, und sein Blick huschte zwischen Vaelin und dem dunkelbraunen Pergament auf seiner Staffelei hin und her.

»So hält man kein Schwert«, gab Vaelin zu bedenken.

»Das nennt man künstlerische Freiheit«, fauchte Benril zurück. »Den rechten Arm etwas tiefer.«

Eine weitere halbe Stunde verging, bevor fünf Soldaten der berittenen Leibwache des Königs auf die Kreuzung getrabt kamen, ein reiterloses Pferd im Schlepptau. Der befehlshabende Hauptmann stieg ab, schritt herbei und salutierte; in dem Spiegelbild auf seiner Brustplatte konnte Vaelin gut erkennen, was für eine alberne Pose er eingenommen hatte. »Lord Vaelin, darf ich sagen, was für eine Ehre es ist?«

»Ich hatte Hauptmann Smolen erwartet«, erwiderte Vaelin.

Der Hauptmann zögerte einen Moment. »Oberhauptmann Al Smolen hält sich im Norden auf, Euer Lordschaft.« Voller Stolz straffte er die Schultern. »Ich soll Euch von Seiner Hoheit von Herzen grüßen …«

»Schon gut.« Vaelin wandte sich um und griff nach seinem Mantel.

»Meister Benril, allem Anschein nach werde ich im Palast gebraucht. Wir werden das ein anderes Mal abschließen müssen.«

»Richtet dem König aus, dass ich mehr Geld für den Hufschmied brauche«, sagte Benril zu dem Hauptmann. »Jedenfalls wenn er möchte, dass sein Denkmal fertig wird, bevor der Winter einbricht.«

Der Hauptmann versteifte sich. »Ich bin kein Botengänger, Bruder.«

»Ich werde es ihm sagen«, versicherte Vaelin Benril und schlüpfte in seinen Mantel. Er hielt inne, warf einen Blick auf die Skizze des Meisters und runzelte verwundert die Stirn. »So groß bin ich nicht.«

»Ganz im Gegenteil, Euer Lordschaft.« Benril beugte sich über das Pergament und legte eine Schraffur über Vaelins Wangenknochen. »Ich finde, dass Ihr wirklich äußerst groß seid.«

◆ ◆ ◆

König Malcius Al Nieren trug eine weit kunstvollere Krone als das einfache Band, das sein Vater bevorzugt hatte, einen goldenen Reif, in den ein verschlungenes Blumenmuster eingearbeitet war und in dessen Mitte vier unterschiedliche Edelsteine prangten, von denen jeder eines der vier Erzlehen der Königslande darstellen sollte. In den Augen unter der Krone lag ein Argwohn, der im Widerspruch zu dem freundlichen Lächeln stand, das er Vaelin schenkte. Dieser war vor dem Thron niedergekniet und erhob sich jetzt.

»Höret«, rief er, und die drei Schreiber, die zur Linken des Thrones standen, hielten ihre Federn bereit. »König Malcius Al Nieren heißt seinen treuen und hochgeehrten Diener Oberhauptmann Vaelin Al Sorna in den Vereinigten Königslanden willkommen. Wisset, dass ihm alle früheren Ehren und Titel wieder zuerkannt werden.«

Er trat vor, breitete die Arme aus und packte ihn an den Schultern. Vaelin hatte Malcius immer für einen sehr tatkräftigen Mann gehalten, für einen erfahrenen Krieger, der einen starken Arm und einen scharfen Verstand hatte. Der Mann, der ihm jetzt gegenüberstand, war dünner, seine Gesichtsfarbe war unter der Puderschicht blasser, und die Hände auf seinen Schultern zitterten ein wenig.

»Bei den Ahnen, es ist gut, Euch zu sehen, Vaelin!«, sagte der König.

»Und Euch, Euer Hoheit.« Er schaute sich um, während die Hände des Königs weiter auf seinen Schultern ruhten. Zahllose Höflinge standen umher, und es hatte den Anschein, als hielte der König die Hofprozession auf, um seinen unerwarteten Gast zu ehren. Rechts vom Thron saß eine junge Frau, die Hände im Schoß gefaltet, auf dem Kopf eine Krone, die kleiner war als die des Königs, ihr sonst aber zum Verwechseln ähnlich sah. Sie war schön und schlank, und in ihren Augen lag eine wache Intelligenz, allerdings auch, wie bei ihrem Gatten, ein gewisser Argwohn.

»Seid versichert«, sagte der König, sodass Vaelin die Aufmerksamkeit von der Königin abwenden musste, »die Königslande sind sich nur allzu bewusst, was sie Euch schulden.« Seine Hände packten noch fester zu.

»Ich danke Euch, Euer Hoheit.« Er senkte die Stimme. »Ich … ich frage mich, ob ich über eine belanglose Angelegenheit mit Euch sprechen kann. Es geht um das Erbe meines Vaters.«

»Natürlich, natürlich!« Endlich ließ der König ihn los und trat einen Schritt zurück. »Aber erst muss ich Euch meiner Königin vorstellen. Sie freut sich schon darauf, Euch kennenzulernen, seit wir erfahren haben, dass Ihr zurückgekehrt seid.«

Die Königin erhob sich, und Vaelin sank vor ihr auf ein Knie.

»Lord Vaelin«, sagte der König, »neigt das Haupt vor Königin Ordella Al Nieren. Bitte schwört Ihr Lehenstreue, wie Ihr sie mir geschworen habt.«

Vaelin blickte auf und stellte fest, dass das Lächeln des Königs nicht mehr ganz so überzeugend wirkte. »Eine reine Formalität«, sagte Malcius, »die allen Schwertern des Königs in den vergangenen vier Jahren abgefordert wurde.«

Vaelin wandte sich wieder der Königin zu und schlug die Augen nieder. »Ich, Lord Vaelin Al Sorna, schwöre hiermit Königin Ordella Al Nieren von den Vereinigten Königslanden unverbrüchliche Lehenstreue.«

»Ich danke Euch, Euer Lordschaft«, sagte die Königin. Sie hatte eine kultivierte Stimme, und ihre weichen Vokale verrieten, dass sie aus dem Süden Asraels stammte. Als sie fortfuhr, klang ihre Stimme jedoch ein wenig angespannt. »Schwört Ihr, meinen Befehlen Folge zu leisten wie denen des Königs?«

»Das schwöre ich, meine Königin.«

»Schwört Ihr, mich und meine Kinder zu beschützen wie den König? Euer Leben für uns hinzugeben, wenn das nötig sein sollte? Und all das zu tun, mögen auch Lug und Trug wider uns geäußert werden?«

Vaelin wurde sich bewusst, wie still der Hof geworden war, und er spürte zahllose Blicke auf seiner knienden Gestalt lasten. *Das gilt nicht mir*, stellte er fest. *Das gilt ihnen*. »Das schwöre ich, meine Königin.«

»Ihr erweist mir eine große Ehre, Euer Lordschaft.« Sie streckte die Hand aus, und Vaelin küsste sie formvollendet. Ihre Haut war eiskalt.

»Ausgezeichnet!« Malcius klatschte in die Hände. »Meine Liebste, seid so gut und geht mit dem Hof voraus zum Jahrmarkt. Ich werde folgen, sobald Lord Vaelin und ich alles Weitere geklärt haben.«

Als sie schließlich, mit Ausnahme von zwei Wachmännern an der Tür, allein waren, nahm Malcius seine Krone ab und legte sie mit einem Seufzer auf die Armlehne des Throns. »Tut mir leid«, sagte er. »Aber ich fürchte, das gehört nun einmal zu dem ganzen Theater.«

»Ich habe das, was ich gesagt habe, ernst gemeint, Euer Hoheit.«

»Davon bin ich überzeugt. Wenn nur jedes Schwert des Reiches so aufrichtig wäre wie Ihr, dann wäre dieses Land leichter zu regieren.« Er saß vornübergebeugt auf dem Thron, die Ellenbogen auf die Knie gestützt, und sah Vaelin mit müden Augen an. »Ich bin alt geworden, nicht wahr?«

»Das sind wir alle, Euer Hoheit.«

»Ihr nicht – Ihr seht kaum einen Tag älter aus. Ich hatte eine verschrumpelte Kreatur aus den Verliesen des Kaisers erwartet. Dabei macht Ihr den Eindruck, als könntet Ihr es auf dem Jahrmarkt mit jedem Ritter aufnehmen, ohne auch nur außer Atem zu kommen.«

»Der Kaiser war ein edelmütiger Gastgeber. Auch wenn es manchmal etwas einsam war …«

»Das bezweifle ich nicht.« Malcius ließ sich auf seinen Thron zurücksinken. »Ich nehme an, Ihr wisst, warum ich das Erbe Eures Vaters nicht freigegeben habe?«

»Um Euch meiner Treue zu versichern.«

»Richtig. Allerdings sehe ich jetzt ein, dass das gar nicht nötig gewesen wäre. Ihr habt keine Ahnung, wie sehr meine Familie von

Intrigen eingesponnen ist. Jeden Tag erfahren wir von neuen Verschwörern, die in finsteren Hinterzimmern ihre blutrünstigen Pläne schmieden.«

»In den Königslanden kursierten schon immer die wildesten Gerüchte, Euer Hoheit.«

»Gerüchte? Wenn es denn nur welche wären. Vor zwei Monaten haben sie im Palast einen Burschen gefasst, der eine vergiftete Klinge besaß und sich den Katechismus des Glaubens auf Brust und Rücken tätowiert hatte, jedes einzelne Wort davon. Ich habe ihm einen raschen Tod geschenkt, was mehr ist, als mein Vater getan hätte, meint Ihr nicht auch?«

Janus hätte ihn einen Monat lang foltern lassen, wenn er guter Laune gewesen wäre, andernfalls zwei. »Allerdings, Euer Hoheit. Aber ein Verrückter stellt noch keine Verschwörung dar.«

»Es gibt andere, glaubt mir. Und ich muss alleine mit ihnen fertigwerden. Aspekt Arlyn möchte damit nichts zu tun haben. Seit dem Krieg hat Euer ehemaliger Orden einen Großteil seiner Unabhängigkeit zurückerlangt.«

»Selbst unter der Herrschaft Eures Vaters war Aspekt Arlyn darauf bedacht, zwischen der Krone und dem Glauben eine Grenze zu ziehen.«

»Der Glaube«, sagte der König und klang dabei einigermaßen verbittert. »Wenn sich irgendwo in den Königslanden etwas zusammenbraut, dann ist die Wahrscheinlichkeit groß, dass es etwas mit dem Glauben zu tun hat. Die Eiferer und die Duldsamen, die einander an die Gurgel gehen. Aspekt Tendris und sein alberner Versuch, aus seinen Schreibern Krieger zu machen. Der Glaube sollte zu unserer Einigung beitragen, aber stattdessen droht er, sich selbst in Stücke zu reißen und die Königslande gleich mit.« Sein Blick richtete sich wieder auf Vaelin. »Und jede Seite wird auf Eure Unterstützung hoffen.«

»Dann werden sie wohl alle eine Enttäuschung erleben.«

Der König blinzelte und setzte sich überrascht auf. »Ich weiß, dass Ihr den Orden verlassen habt, aber habt Ihr Euch auch vom Glauben abgewandt? Was hat Euch dazu veranlasst? Hat der Kaiser Euch gezwungen, die alpiranischen Götter anzubeten?«

Vaelin verkniff sich ein Lachen. »Ich habe lediglich die Wahrheit erfahren, Euer Hoheit. Mein Glaube wurde mir nicht unter Foltern genommen, und ich suche auch bei keinen Göttern Trost.«

»Mir scheint, Ihr seid eine größere Gefahr für die Eintracht des Reiches, als ich für möglich gehalten habe.«

»Ich bin für niemanden eine Gefahr, solange ich und die Meinigen nicht bedroht werden.«

Malcius seufzte erneut und lächelte. »Lyrna hatte schon immer etwas für Eure … Eure vielschichtige Denkweise übrig.«

Lyrna … Sonderbar, aber ihm wurde erst jetzt bewusst, dass die Prinzessin bei Hofe nicht anwesend gewesen war. »Ist sie auf dem Jahrmarkt, Euer Hoheit?«

»Nein, sie ist nach Norden gereist, um ein Abkommen mit den Lonakern zu schließen. Wenn Ihr so etwas für möglich haltet.«

Lyrna verhandelt mit den Lonakern. Die Vorstellung war in gleichem Maße absurd und abstoßend. »Ihr habt ihnen ein Friedensangebot gemacht?«

»Genau genommen kam das Angebot von ihrer Hohepriesterin. Aber sie wollte ausschließlich mit Lyrna sprechen. Offenbar eine lonakische Tradition. Die Hohepriesterin vertraut nur dem Wort einer Frau, Männer sind zu gewissenlos.« Er verzog das Gesicht, als Vaelin ihn zweifelnd ansah. »Ich musste das Risiko eingehen. Wir haben im Kampf gegen die Wolfsmenschen genug Soldaten und Geld verloren, meint Ihr nicht?«

»Sie leben für den Kampf.«

»Nun ja, vielleicht wollen sie künftig auch noch für etwas anderes leben. Wie ich auch. Dieses Land muss wiedergeboren werden, Vaelin. Wir müssen etwas Neues, Besseres daraus machen. Eine wirkliche Einheit, die nicht für immer von Grenzen und verschiedenen Glaubensrichtungen gespalten ist. Das Toleranzedikt war nur der erste Schritt. Der nächste besteht darin, unseren Städten und Dörfern ein neues Gesicht zu geben. Wenn wir das Gefüge der Königslande vervollkommnen, vervollkommnen wir auch die Seelen unserer Untertanen. Trotz der ganzen Kriege und Intrigen kann ich tun, was mein Vater nie getan hat. Ich kann Frieden bringen, einen dauerhaften Frieden, damit dieses Land wieder groß werden kann. Aber dafür brauche ich Eure Hilfe.«

Alles hat seinen Preis. »Ihr könnt meiner Treue versichert sein, Euer Hoheit. Allerdings würde ich mich wohler fühlen, wenn meine Schwester bekommt, was ihr zusteht.«

Der König machte eine wegwerfende Handbewegung. »Ich werde die nötigen Papiere noch heute unterzeichnen. Ihr könnt alles haben, was Eurem Vater gehörte. Aber hier könnt Ihr nicht bleiben, nicht in Asrael.«

»Eigentlich wollte ich Euch sowieso um die Erlaubnis bitten, die Königslande verlassen zu dürfen, sobald die Erbschaft geregelt ist.«

Der König runzelte die Stirn. »Wohin wollt Ihr denn gehen?«

»Ihr erinnert Euch gewiss an Bruder Frentis. Ich glaube, dass er noch am Leben ist. Ich möchte ihn suchen.«

»Bruder Frentis.« Der König schüttelte den Kopf, die Stimme vor Trauer schwer. »Vaelin, er ist in Untesch gestorben. Wie alle Männer, die unter meinem Befehl standen.«

Er befand sich auf einem Schiff, in fremdartige Fesseln gelegt, und seine Narben brannten … »Habt Ihr das mit eigenen Augen gesehen, Euer Hoheit? Habt Ihr ihn fallen sehen?«

Der Blick des Königs schweifte in die Ferne, und seine Stirn legte sich in Falten, als er an diese schrecklichen Ereignisse zurückdachte. »Wieder und wieder haben wir sie zurückgeschlagen, und Frentis war meist an meiner Seite. Und was für einen Anblick er bot, wenn er sich in das dichteste Gedränge warf! Er hat uns mehr als einmal gerettet. Die Männer nannten ihn den ›Zorn des Glaubens‹. Ohne ihn wäre die Stadt am ersten Tag gefallen, nicht am dritten. An jenem Morgen habe ich ihn ins Südviertel geschickt, um dort die Mauern zu verstärken. Die Alpiraner waren wie eine Welle, die über die Hafenmauern brandete.«

Er strich sich durchs Haar, das einst rotgolden gewesen war. Inzwischen hatte es sich gelichtet und wies erste graue Strähnen auf. Vaelin entging nicht, dass seine Hand zitterte. »Mich wollten sie um keinen Preis töten. Ganz gleich, wie viele ich niedergemacht habe oder wie sehr ich sie verfluchte. Nachdem sie mich schließlich zu Boden gerissen hatten, durchstreiften sie die Stadt und töteten jeden Soldaten der Königslande, den sie finden konnten – die Fahnenflüchtigen, die Verletzten, das spielte keine Rolle. Aber mich ließen sie am Leben. Nur mich.«

Er befand sich auf einem Schiff … »Euer Hoheit, ich glaube trotzdem fest daran, dass mein Bruder am Leben ist, und ich bitte um Eure Erlaubnis, nach ihm suchen zu dürfen.«

Der König lächelte grimmig und schüttelte den Kopf. »Nein, Euer Lordschaft. Es tut mir leid, aber ich brauche Euch andernorts.«

Vaelin biss die Zähne aufeinander. *Ich könnte einfach gehen*, dachte er. *Und diesen traurigen, müden Mann mit seinen Träumen und eingebildeten Verschwörungen alleine lassen. Ein Schwur, zu dem man vor einem Haufen verwöhnter Speichellecker gezwungen wurde, ist genauso eine Lüge wie der Glaube.*

Malcius erhob sich von seinem Thron und deutete auf eine große gestickte Karte der Königslande, die an der Wand hing. Mit dem Finger fuhr er den Weg nach, der von Asrael zu einer weiten, leeren Fläche oberhalb des Großen Nordwaldes führte. »Hier, Euer Lordschaft, bedarf ich Eurer Dienste.«

»In den Nordlanden?«

»Ganz recht. Turmherr Al Myrna ist letzten Winter verschieden. Seine Adoptivtochter kümmert sich seither um alles, aber da sie ein lonakisches Findelkind ist und über keinerlei Bildung verfügt, kann ich nicht zulassen, dass das ewig so weitergeht.« Der König straffte die Schultern und sprach in förmlichem Tonfall weiter. »Vaelin Al Sorna, ich ernenne Euch hiermit zum Herrn des Turmes der Nordlande.«

Er könnte ablehnen, sich umdrehen und den Palast verlassen, ohne dass jemand eine Hand gegen ihn erheben würde. Malcius durfte es nicht wagen, etwas gegen ihn zu unternehmen, denn damit würde er riskieren, dass es in den ganzen Königslanden zu Aufständen kam. Doch dieser Gedanke verflüchtigte sich, als das Lied des Blutes ebenso plötzlich wie überraschend seine Zustimmung ertönen ließ. Die Melodie verklang sogleich wieder, aber ihre Botschaft war unmissverständlich: *Der Weg zu Frentis liegt in den Nordlanden.*

Er verbeugte sich tief vor dem König und erwiderte feierlich: »Das ist eine Ehre, die ich nur zu gern annehme, Euer Hoheit.«

Siebtes Kapitel

Lyrna

Warum hat sie mich nicht getötet?

Davokas Augen weiteten sich warnend. Die Hand, die sie Lyrna auf den Mund presste, roch nach Holzrauch. Lyrna schluckte, tat ihr Bestes, nicht laut zu keuchen, und hob fragend eine Augenbraue. Davokas Blick zuckte nach rechts. Lyrna versuchte, etwas zu erkennen, aber außer dem dämmrigen Grau der Zeltwand, die noch immer im Wind knatterte, sah sie nichts. Sie wandte sich wieder Davoka zu und hob jetzt beide Augenbrauen. Der Blick der Lonakerin war auf etwas anderes gerichtet und glitt über die Zeltwand, während sich die nackten Muskeln an ihren Armen anspannten.

Das Geräusch war sehr leise, kaum mehr als ein Flüstern von Stoff, der aufgetrennt wurde. Metall funkelte, und eine Klinge von mindestens zehn Zoll Länge fuhr von oben nach unten. Das Flüstern wurde zu einem Schrei, als die Leinwand riss und das Messer herabstieß. Durch die Öffnung in der Zeltwand wurde das Gesicht eines Mannes sichtbar, ein lonakischer Krieger, soweit Lyrna das beurteilen konnte, mit rasiertem Kopf und tätowierter Stirn, die Zähne blutrünstig gefletscht.

Davoka sprang hoch und rammte ihm von unten das Messer in den Hals. Sein Kopf ruckte nach oben, während sie die Klinge immer tiefer hineinstieß. Schließlich zog sie das Messer wieder heraus, legte den Kopf in den Nacken und stieß einen wilden Schrei aus. Von draußen drangen erschrockene Rufe herein, Befehle wurden gebellt, und Klingen trafen klirrend aufeinander.

Davoka griff nach ihrem Speer und drückte Lyrna das blutverschmierte Messer in die Hand. »Bleib hier, Königin.« Damit hechtete sie durch den Spalt in der Zeltwand hinaus in die Finsternis.

Lyrna lag auf dem Rücken, das blutige Messer in der offenen Hand, und fragte sich, ob einem das Herz zerspringen konnte, wenn es allzu großen Belastungen ausgesetzt war.

»Euer Hoheit!« Ein heiserer Schrei von draußen. Bruder Sollis.

»Hier«, krächzte sie mit staubtrockenem Rachen, hustete und versuchte es erneut. »Ich bin hier. Was ist los?«

»Wir wurden verraten! Bleibt, wo Ihr …« Er verstummte, und wieder klirrte Stahl auf Stahl, gefolgt von einem schmerzerfüllten Ächzen. Noch mehr Schreie, Stimmen, die voller Wut oder Bestürzung erhoben wurden. In dem Tumult konnte sie viele lonakische Stimmen hören.

Ein lautes Reißen ließ sie aufblicken, und sie entdeckte einen Pfeil mit Stahlspitze, der in der Zeltdecke steckte, nur von seinem Gefieder gehalten.

STEH AUF!, schrie eine Stimme in ihrem Kopf.

Noch ein lautes Reißen, noch ein Pfeil, ein ganzes Stück tiefer – und dieses Mal blieb er nur einen Zoll von ihrem Bein entfernt im Fell stecken.

Steh auf! Wenn du hier bleibst, stirbst du!

Das Messer lag immer noch in ihrer offenen Hand; ein Blutstropfen löste sich vom Heft und fiel ihr auf die Haut. Er war so heiß, dass die Empfindung sie aus ihrer Entsetzensstarre riss. Sie schloss die Finger um das Messer, zwang sich aufzustehen und taumelte in die Nacht hinaus.

Das Lagerfeuer loderte auf, als Sollis einen weiteren Holzscheit hineinwarf, in der anderen Hand ein blutiges Schwert. Rasch duckte er sich unter einem Pfeil weg. Die anderen beiden Brüder, Hervil und Ivern, hatten vor und hinter dem Zelt Stellung bezogen, und beide hielten ihre Bögen schussbereit in der Hand. Draußen in der Finsternis tobte weiterhin der Kampf, doch es war nicht zu erkennen, ob es einen Sieger oder einen Verlierer gab.

»Duckt Euch, Euer Hoheit!«, befahl Sollis, und Bruder Hervil packte sie am Unterarm und zog sie auf die Knie.

»Verzeiht mir, Euer Hoheit«, sagte er mit breitem Grinsen. Seine zerfurchten Gesichtszüge waren in das Rot des Feuerscheins getaucht – offenbar warf er nicht zum ersten Mal sein Leben in die Waagschale.

»Wie viele sind es?«, fragte sie ihn.

»Schwer zu sagen. Mindestens zehn haben wir bereits getötet. Dieses lonakische Luder hat uns reingelegt.«

»Dieses lonakische Luder hat mir gerade das Leben gerettet«, erwiderte sie. »Ihr darf nichts passieren, habt Ihr mich verstanden?«

Ein heiserer Schrei ließ sie herumfahren. Drei lonakische Krieger kamen von Süden brüllend in das Lager gestürzt, Streitkolben und Beile hoch erhoben. Bruder Hervil schoss so schnell zwei Pfeile ab, dass sie seinen Bewegungen nicht folgen konnte, und zwei der Lonaker gingen zu Boden. Sollis erledigte den dritten mit einem Schwertstreich, wobei er in einer fließenden Bewegung von einer Parade in eine Riposte überging. Der Lonaker taumelte mit weit klaffender Kehle zurück, und Hervil jagte ihm zur Sicherheit noch einen Pfeil in die Brust.

»Dreizehn«, kicherte er. »Eine so ergiebige Nacht hatten wir schon seit Jahren nicht mehr.«

Aus der Dunkelheit zu ihrer Linken ertönte ein Sirren, und Hervil warf sich auf Lyrna und riss sie mit seinem ganzen Gewicht zu Boden. Es folgte ein dumpfer Schlag, und er zuckte zusammen. Sie wand sich unter ihm, versuchte nach Luft zu schnappen, um ihn anzubrüllen, doch da spürte sie, wie etwas Warmes über ihr Unterkleid rann. Hervils Gesicht war nur wenige Zoll von dem ihren entfernt, und in seinen Zügen war jegliches Leben erloschen; sein Blick gebrochen. Sie legte ihm die Hand auf die Stirn und spürte, wie die Wärme aus ihm entwich. *Danke, Bruder.*

»Euer Hoheit!« Sollis zerrte den Leichnam von ihr herunter und half ihr auf die Beine. Als er sah, wie ihr das Unterkleid blutrot an Brüsten und Bauch klebte, weiteten sich seine Augen. »Seid Ihr verletzt?«

Sie schüttelte den Kopf. »Wo ist der Oberhauptmann?«

»Unter den Kämpfenden, vermute ich.« Er wandte sich wieder der Finsternis zu und suchte sie mit Blicken zu durchdringen, dabei hielt er das Schwert leicht erhoben.

Allmählich ließ das Kampfgetöse nach, und nur hin und wieder ertönte ein Schrei oder Schwertklirren. Bald war der Wind das einzige Geräusch, das sie noch hörten.

»Sind sie fort?«, fragte Lyrna im Flüsterton. »Haben wir gewonnen?«

Etwas kam aus der schwarzen Leere jenseits des Feuers gesprungen, etwas Blasses und Schnelles und Geschmeidiges, wich Sollis' Schwert ebenso aus wie Iverns Pfeil und warf sich auf Lyrna. Lyrna erschrak so sehr, dass sich, während die Gestalt immer näher kam, die Zeit zu verlangsamen schien, und sie nahm jede Einzelheit an ihrem Angreifer in sich auf. Es war ein Mädchen, kaum sechzehn Jahre alt, die Brust in Wolfsfell gehüllt, die muskulösen Arme mit der Axt erhoben, und ihr Gesicht … keine wutverzerrte Grimasse entstellte diese Züge, nichts als abgeklärte Freude zeigte sich darin, und puppenhafte Schönheit.

Lyrna taumelte nach hinten, und das Messer in ihrer Hand zuckte empor, eine rein instinktive Reaktion. Es schabte über etwas hinweg, wurde ihr aus der Hand gerissen und flog in die Nacht davon. Die junge Lonakerin wirbelte herum und stürzte zu Boden. Ihre Augen blitzten Lyrna an; von ihrem Kinn bis hoch zur Stirn verlief eine rote Linie. *Ihre Augen sind erstaunlich blau*, stellte Lyrna fest.

Sollis stürzte sich auf die junge Lonakerin und ließ das Schwert mit solcher Wucht herabsausen, dass er ihr bestimmt den Schädel gespalten hätte – wenn sie ihm nicht ausgewichen wäre. Die Klinge bohrte sich in harte Erde, während sie aufsprang, eine halbe Drehung vollführte und ihn mit erhobener Axt ansah.

»Kiral!« Davoka kam aus der Finsternis gerannt, sprang über das Feuer und hob den blutigen Speer.

Die junge Lonakerin starrte Lyrna wütend an, noch immer mit vor Freude funkelnden Augen. Blut rann aus ihrer klaffenden Wunde, und sie entblößte die Zähne zu einem wilden Lächeln. Dann war sie von einem Moment auf den nächsten fort, verschwunden wie eine ausgelöschte Kerzenflamme.

»Kiral!«, schrie Davoka ihr nach und blieb am Rande des Feuerscheins stehen. *»Ubeh vehla, akora!« Bitte, Schwester, komm zurück.*

◆ ◆ ◆

Nersa war tot – sie war nur wenige Meter vom Zelt entfernt von einem halben Dutzend Pfeile durchbohrt worden. Lyrna vermutete, dass die Lonaker sie in der Dunkelheit verwechselt hatten. Wenn das zutraf, dann hatte die junge Frau ihr sehr wahrscheinlich das Leben gerettet.

Lyrna schaute zu, wie ein Feldwebel den Leichnam in einen Umhang einschlug, um ihn zum Fuß des Hügels zu tragen, wo ein großer Scheiterhaufen errichtet wurde.

»Einen Augenblick, bitte«, sagte sie, als er den Leichnam hochhob. *Du brauchst kein schlechtes Gewissen haben,* dachte sie – eine Lüge, wie sie nur zu gut wusste. Ihre Hand fuhr der jungen Frau durchs Haar und blieb an etwas hängen: an einem Kamm aus Schildpatt, der kaum etwas wert war. *Du hast sie nicht getötet.*

»Vielen Dank«, sagte Lyrna zu dem Feldwebel, nahm den Kamm und trat einen Schritt zurück.

Sie zählten über einhundert lonakische Leichen, größtenteils Jungen und Männer, aber auch etwa ein Dutzend Frauen und Mädchen. Oberhauptmann Al Smolen, der neben einer verbundenen Hand noch einen eindrucksvoll schillernden Bluterguss am Kinn vorzuweisen hatte, berichtete, dass dreiundzwanzig Soldaten gefallen und sechs verletzt worden seien. Über die Hälfte der Pferde waren umgekommen, darunter auch Zobel. Lyrna hatte nur eine schwache Zuneigung zu dem Tier gehegt, empfand dennoch den Verlust. Die übrigen Pferde waren alle für den Krieg gezüchtet, und auf ihnen würde sie kaum bequem reiten.

Davoka saß neben den schwelenden Überresten des Feuers, den Speer auf einer Schulter. Seit dem Kampf hatte sie kein Wort gesprochen; sie versuchte nicht, irgendetwas zu erklären, und zeigte auch keinerlei Reue, obwohl mehrmals der Ruf laut geworden war, sie auf der Stelle hinzurichten, was Lyrna mit aller Entschiedenheit abgewiesen hatte.

»Sie hat uns in eine Falle gelockt, Euer Hoheit«, sagte Smolen beharrlich. »Dank diesem Wolfsluder ist die Hälfte der Männer tot.«

»Ich habe meine Befehle erteilt, Oberhauptmann«, erwiderte Lyrna. »Zwingt mich nicht, sie zu wiederholen.«

Sie ging zu Davoka hinüber und setzte sich zu ihr. Der Lonakerin stand Traurigkeit ins Gesicht geschrieben. *»Es ist Zeit, dass ich die Wahrheit erfahre«*, sagte Lyrna auf Lonakisch.

Davoka hob den Kopf, und ihre Augen funkelten ebenso überrascht wie belustigt. *»Das scheint mir auch so.«*

»Die Herrschaft der Mahlessa ist nicht unangefochten, habe ich recht?«

»Sie hat den Befehl gegeben, mit den Merim Her Frieden zu schließen, dem größten und niederträchtigsten Feind in unserer ganzen Geschichte. Zwischen den Klans kam es zu … zu Meinungsverschiedenheiten. Diejenigen, die ihr widersprochen haben, sind natürlich getötet worden, aber es wurden immer mehr, zu viele, um sie alle zu töten. Die Mahlessa hat sie zu Abschaum erklärt, der aus den Klans zu verstoßen wäre, und so haben sie einen eigenen Klan gebildet. Die Lonakhim Sentar.«

»Sentar? Das Wort kenne ich nicht.«

»Es wird heute nur noch selten verwendet, denn es stammt aus einer Geschichte und aus einer Zeit, bevor dein Volk über das Meer kam, um unser Land zu stehlen. Die Sentar waren eine bewaffnete Schar, die aus den größten Kriegern der Lonaker bestand, die wegen ihrer Fähigkeiten und ihrem Mut ausgewählt wurden – sie bildeten den leuchtenden Speer der Mahlessa. Die Sentar errangen unseren größten Sieg über die Seordahner, und wir hätten über das ganze Land geherrscht, wären die Merim Her nicht gekommen. Die Sentar wurden alle während der Großen Mühsal getötet, als unser Volk in die Berge floh und sie den Pass lange genug hielten, um es den übrigen Lonakhim zu ermöglichen, hier eine neue Heimat zu finden. Jetzt sind die Sentar wiederauferstanden, eine widerliche Verdrehung früheren Ruhms.«

»Das Mädchen, das mich töten wollte, ist deine Schwester?«

Davoka schloss die Augen und nickte. *»Kiral. Wir sind das Kind derselben Mutter. Die Götter waren gnädig und haben sie zu sich genommen, bevor sie sehen konnte, was aus ihr wurde.«*

»Und was wurde aus ihr?«

»Etwas Niederträchtiges, etwas, das grundlos tötet und Lügen verbreitet. Sie ist ihre Anführerin und wird von denen, die ihr folgen, die wahre Mah-

lessa genannt.« Sie öffnete die Augen und erwiderte Lyrnas Blick. *»Das war nicht immer so. Etwas … etwas hat sie verändert.«*

»Was?«

Davoka fiel die Antwort sichtlich schwer. *»Das ist etwas, das nur die Mahlessa weiß.«*

Lyrna nickte – sie ahnte, dass sie nicht mehr darüber erfahren würde. *»Wird sie uns noch einmal angreifen?«*

»Als sie mich zum Pass schickte, hat die Mahlessa drei bewaffneten Trupps den Auftrag erteilt, die Sentar zu jagen. Sie wollte sie in einen Kampf verwickeln, der sie daran hinderte, uns zu bedrohen. Offenbar ist es meiner Schwester gelungen, sich ihr zu entziehen.« Sie warf einen Blick über die Schulter zum Fuß des Hügels, wo Smolens Soldaten die Leichen der Lonaker aufschichteten. *»Die Sentar sind zahlreich, und sie werden nicht aufgeben.«*

»Dann sollten wir uns nicht länger hier aufhalten.« Bruder Sollis stand plötzlich neben ihnen, und er hatte sich der Sprache der Königslande bedient. Hinter ihm brannte der Scheiterhaufen, und Bruder Hervils Leichnam ging in Flammen auf. Der Orden beeilte sich stets, sich seiner Toten anzunehmen. »Wenn wir uns beeilen, können wir vor Einbruch der Nacht den Pass erreichen. Ich werde ein brauchbares Pferd für Euch finden, Euer Hoheit.« Er wandte sich zum Gehen.

»Bruder Sollis«, erwiderte Lyrna und machte eine Pause. »Diese Expedition steht unter meinem Kommando, und ich habe nicht den Befehlt erteilt, sie abzubrechen.«

Sollis' Blick huschte zu Davoka und kehrte dann zu Lyrna zurück. »Ihr habt gehört, was sie gesagt hat, Euer Hoheit. Das Risiko ist zu groß. Noch einen solchen Angriff überstehen wir nicht.«

»Er hat recht«, sagte Davoka. »Zu viele Männer, zu viele Verletzte. Wir hinterlassen eine Fährte, der meine Schwester mit geschlossenen Augen folgen kann.«

»Gibt es einen anderen Weg?«, fragte Lyrna. »Einen Pfad für eine kleinere Schar, die man nicht so leicht verfolgen kann?«

»Euer Hoheit …«, begann Sollis.

»Bruder«, fiel Lyrna ihm ins Wort. »Der Orden untersteht nicht der Krone, das ist wahr. Somit könnt Ihr gehen, ohne meine Missgunst zu wecken, und mein Dank für Eure Dienste ist Euch sicher.« Sie wandte sich wieder Davoka zu. »Gibt es einen anderen Weg?«

Die Lonakerin nickte bedächtig. »Ja. Aber das Risiko ist groß, und wir können nur …« Sie verzog das Gesicht und spreizte dann die Finger einer Hand. »Nur so viele sein.«

Fünf, mich eingeschlossen. Also nur vier Schwerter gegen die Sentar. Nicht einmal die Ahnen wissen, wie viele es sind. Sie musste zugeben, dass Sollis die Vernunft auf seiner Seite hatte – es wäre das Beste, möglichst schnell zum Pass zurückzukehren und in die Geborgenheit des Palastes. Aber Davokas Worte hatten ihrem brennenden Wunsch, die Wahrheit zu erfahren, nur neue Nahrung gegeben. *Etwas, das nur die Hohepriesterin Mahlessa weiß …* Sie befand sich auf der richtigen Fährte, und auf dem Berg der Hohepriesterin würde sie der Wahrheit noch ein weiteres Stück näher kommen.

Sie stand auf und winkte Smolen zu sich. »Sucht drei Eurer besten Männer aus«, erklärte sie ihm. »Sie werden mich nach Norden begleiten. Bruder Sollis wird Euch zum Pass zurückführen.«

»Ich ziehe es vor, bei Euch zu bleiben, Euer Hoheit«, erwiderte Sollis. Ihr entging nicht, dass er sich alle Mühe gab, seinen Zorn zu verbergen. »Mit Eurer Erlaubnis werden Bruder Ivern und ich mit Euch gehen.«

»Und ich bin der Beste unter meinen Männern, Euer Hoheit«, fügte Smolen hinzu. »Und selbst wenn nicht, wisst Ihr nur zu gut, dass ich nie von Eurer Seite weichen würde.«

»Meinen Dank Euch beiden.« Sie zog sich ihren Pelz um die Schultern und blickte zu den unwirtlichen Steilwänden empor, die vor ihnen aufragten. Die Berggipfel waren in Wolken gehüllt, und in der Ferne grollte Donner. *Wollen doch einmal sehen, was ihr mir verraten könnt.*

◆ ◆ ◆

Ihr neues Pferd hieß Verka, ein lonakisches Wort, das »Nordstern« bedeutete, zu Ehren des weißen Flecks, der auf seiner Brust prangte. Es hatte Bruder Hervil gehört und war, so versicherte ihr Sollis, das friedfertigste Tier in den Stallungen des Ordens. Als sie sich in den Sattel schwang, warf Verka den Kopf in den Nacken und wieherte laut – offenbar hatte der pflichtbewusste Bruder lediglich versucht, ihr die Bangigkeit zu nehmen. Doch trotz ihrer anfänglichen Bedenken erwies sich das Streitross als folgsam, und während sie Davokas schnell dahintrottendem Pony folgten, gehorchte es jeder ihrer Berührungen.

Die Lonakerin führte sie mehrere Stunden lang nach Süden, wobei sie eine äußerst strapaziöse Gangart vorlegte und sie kein einziges Mal anhalten ließ. Sollis ritt vor Lyrna und Ivern hinter ihr, während Smolen die Nachhut bildete. Ihre Augen schweiften beständig über die Hügel und den Horizont. Zu Beginn ihrer Reise war Lyrna ähnlich wachsam gewesen, aber ihre Aufmerksamkeit ließ nach, je mehr die Anstrengung ihren Tribut forderte. *Warum habe ich mich früher nicht mehr für Leibesübungen interessiert?*, fragte sie sich grollend. Jedes Mal, wenn Verka ihre Hufe aufsetzte, fuhr es ihr schmerzhaft in die Glieder. *Eine Stunde ohne meine Bücher hätte mich nicht umgebracht. Was sich von diesem verfluchten Pferd nicht behaupten lässt.*

Bevor die Dämmerung hereinbrach, wandten sie sich wieder nach Norden und verbrachten eine unbequeme Nacht ohne Lagerfeuer im Windschatten eines großen Felsens. Die anderen hielten abwechselnd Wache, während Lyrna ihren Pelz um sich wickelte und völlig erschöpft in einen unruhigen Schlaf fiel. In jener Nacht träumte sie nicht von dem sterbenden König, sondern Nersa trat, in Lyrnas Privatgärten hinter dem Palast, zu ihr. Die Dame lächelte und lachte, wie sie es oft getan hatte, bückte sich zu den kleinen Blumen hinab und strich mit der Hand durch die Kirschblüten. Und die ganze Zeit floss ihr das Blut aus Brust und Hals, wo in tiefen Wunden Pfeile steckten, und wohin sie auch ging, ließ sie eine rote Spur zurück …

Trotz der Schmerzen, die sie heimsuchten, als sie aufwachte, war Lyrna froh, als der Morgen kam.

♦ ♦ ♦

An jenem Nachmittag begegnete Lyrna dem Affen. Seit Stunden waren sie durch eine Abfolge von Tälern und Schluchten geritten, zahllose Steilhänge hinauf, immer bergan, während die Luft kälter und kälter wurde und der Weg zunehmend schmaler.

Nachdem sie einen äußerst steinigen Pfad überwunden und einen Bergkamm erreicht hatten, wo die Felswände in hellen Sonnenschein getaucht waren, ließ Davoka sie endlich anhalten. Wie es weitergehen würde, war offensichtlich: Ein noch schmalerer Weg schlängelte sich den Grat entlang auf zwei gewaltige Berge zu, die größten, die sie bisher gesehen hatten. Der Grat schien sich in einem Spalt zwischen den beiden Bergen zu verlieren. Während sie diesen verschlungenen Pfad betrachtete, begriff Lyrna, warum Davoka darauf beharrt hatte, nur so wenige Männer mitzunehmen. Eine ganze Kompanie Soldaten hier entlangzuführen, hätte Tage gedauert, wenn nicht sogar Wochen.

Mit einem inzwischen wohlvertrauten Ächzen glitt sie von Verkas Rücken und suchte sich einen großen Fels, um dahinter die königliche Blase zu entleeren. Als sie sich wieder erhob, sah sie ihn, kaum ein Dutzend Schritte entfernt. Einen Affen. Einen richtig großen Affen.

Er hockte da und musterte sie mit schwarzen Augen über einer hundeartigen Schnauze, einen halb zerkauten Ginsterzweig in der ledrigen Pfote. Selbst im Sitzen war er mindestens anderthalb Meter groß, und er war von Kopf bis Steiß von dichtem grauen Fell bedeckt, das sich im Wind zauste.

»Schau ihm nicht in die Augen, Königin.« Davoka stand hinter ihr auf dem Felsen. »Das ist der Anführer eines Rudels. Er würde es als Herausforderung verstehen.«

Gehorsam wandte Lyrna den Blick ab, beobachtete ihn jedoch weiter aus den Augenwinkeln, während er sich auf alle viere hochstemmte und mit einem ausladenden Gähnen eine Reihe spitzer Zähne entblößte. Schließlich hob er den Kopf, stieß ein kurzes Heulen aus, und hinter den Felsen in der Umgebung kamen fünf weitere Affen hervor. Sie waren etwas kleiner, wirkten jedoch nicht weniger bedrohlich.

»Keine Bewegung, Königin«, sagte Davoka leise. Lyrna bemerkte, dass sie den Speer angehoben hatte, bereit zum Wurf.

Der Anführer stieß ein weiteres Heulen aus und jagte davon, wobei er mit lautloser Anmut von einem Fels zum nächsten sprang. Die fünf anderen folgten ihm ebenso geschickt. Innerhalb von Sekunden waren sie verschwunden.

»Sie mögen unseren Geruch nicht«, sagte Davoka.

Lyrna stakste auf unsicheren Beinen zurück zum Lager. Das Herz pochte ihr in der Brust, und als sie sich neben Smolen auf den Boden sinken ließ, seufzte sie vernehmlich.

Er sah sie stirnrunzelnd an. »Alles in Ordnung, Euer Hoheit?«

◆ ◆ ◆

»Du bist verrückt, Frau!«, bellte Sollis Davoka an. »Das soll ein sicherer Pfad sein?«

Vor ihnen ragte bedrohlich der Berg auf; die mit schwarzer Asche bedeckten Steilhänge waren mit gewaltigen Felsblöcken gespickt. Der Gipfel über ihnen hüllte sich in wallenden Rauch und wurde hin und wieder von orangenem Feuerschein erleuchtet. Ein leises, alles umfassendes Grollen ließ die Erde unter ihren Füßen erbeben.

»Es gibt keinen anderen Weg«, behauptete Davoka beharrlich. Sie war damit beschäftigt, ihrem Pony das Zaumzeug abzunehmen. Den Sattel warf sie einfach den Hang hinunter. Nachdem sie dem Tier liebevoll die Schnauze gekrault hatte, versetzte sie ihm einen Schlag auf das Hinterteil, und es trottete zurück über den Grat, dem sie die letzten fünf Tage gefolgt waren. »Die Pferde können wir nicht mitnehmen«, fuhr die Lonakerin fort. »Es ist zu steil, und sie mögen kein Feuer.«

»Ich mag auch kein Feuer«, entgegnete Lyrna.

»Es gibt keinen anderen Weg, Königin.« Davoka nahm ihren Speer, schulterte ihren Lederbeutel und begann ohne ein weiteres Wort oder einen Blick zurück mit dem Aufstieg.

»Euer Hoheit«, sagte Sollis, »verzeiht mir, aber ich muss Euch raten …«

»Ich weiß, Bruder. Ich weiß.« Sie brachte ihn mit einer Handbewegung zum Schweigen und schaute zu, wie Davoka mit langen Schritten den Hang hinaufstapfte. »Hat er einen Namen? Dieser Berg?«

Es war Bruder Ivern, der antwortete. Obwohl er weit jünger war als Sollis oder der gefallene Hervil, verfügte er, was die Lonaker und ihr Land betraf, über ein beeindruckendes Wissen. »Sie nennen ihn Nischaks Rachen, Euer Hoheit«, sagte er. »Nischak ist ihr Feuergott.«

Lyrna hob ihren Rock an, bis er nicht mehr über die Asche schleifte, und marschierte los. »Nun, dann hoffen wir, dass er schläft. Lasst die Pferde frei, werte Herren.«

Doch Nischak schien an diesem Tag nicht zu schlafen. Mehrere Male geriet Lyrna aus dem Gleichgewicht und fiel auf die Knie, als der Berg erzitterte, und heiße Luft rauschte über sie hinweg, wenn der Gipfel Feuer ausstieß. Die Luft stank nach Schwefel, und von der Asche musste sie immer wieder husten und würgen. Aber sie setzte weiter tapfer einen Fuß vor den anderen, darum bemüht, Davoka nicht aus den Augen zu verlieren. Schließlich hielt die Lonakerin inne, um sich auszuruhen. Sie hatte auf der kühleren Seite eines Felsblocks Schutz gesucht und trank gerade einen Schluck aus ihrer Wasserflasche, als Lyrna neben ihr zu Boden sank.

»Das.« Sie schlug mit der offenen Hand auf Lyrnas Reitkleid. »Zu schwer. Zieh es aus.«

»Ich habe nichts anderes«, keuchte Lyrna und trank hastig aus ihrer eigenen Flasche.

Davoka öffnete ihren Beutel und holte einen Wams und Hosen aus weichem Leder heraus. »Aber ich. Ein wenig lang für dich, aber ich mache sie passend.« Sie legte die Hosen über einen Stein und nahm ihr Messer. »Du ziehst dich aus.«

Lyrna blickte zu den drei Männern hinüber, die in der Nähe standen, eifrig darauf bedacht, irgendwo anders hinzuschauen. »Wenn sich einer von Euch umdreht, werde ich dafür sorgen, dass Ihr in der Schwarzfeste landet«, knurrte sie.

Sollis sagte nichts, Smolen hustete, und Ivern unterdrückte ein Kichern.

Nackt am Abhang eines Vulkans zu stehen, während eine Lonakerin sie neu einkleidete, war eine der skurrilsten Erfahrungen, deren Lyrna sich entsinnen konnte, und es half auch nicht eben, dass Davoka ihr ohne ein Blatt vor den Mund zu nehmen erklärte, was sie von ihr hielt. »Feste Oberschenkel, die Hüften nicht zu schmal. Gut. Du wirst kräftige Kinder gebären, Königin.«

Bruder Ivern gluckste, was ihm einen scharfen Verweis von Sollis eintrug.

Innerhalb von einer Stunde war es vollbracht. Prinzessin Lyrna Al Nieren stand, das Gesicht mit Asche verschmiert, in lonakischer Kleidung da. Das ungewaschene Haar hing ihr lang und fettig herab. Davoka hatte vorgeschlagen, es ihr abzuschneiden, aber sie hatte abgelehnt und es sich stattdessen mit einem Lederriemen zurückgebunden, sodass es ihr wenigstens nicht mehr in die Augen fiel. »Wie sehe ich aus, Oberhauptmann?«, fragte sie Smolen, von dem sie wusste, dass er am ehesten lügen würde.

»Wunderbar, wie immer, Euer Hoheit«, versicherte er mit beeindruckender Aufrichtigkeit.

»Bruder!«, rief Ivern Sollis zu und deutete den Hang hinunter.

Sollis beschirmte seine Augen und folgte seinem Blick. »Ich sehe sie. Etwa fünfzig, würde ich sagen.«

»Eher sechzig«, entgegnete Ivern. »Wir haben vielleicht fünf Meilen Vorsprung.«

Lyrna hatte sie ebenfalls entdeckt – eine Reihe Ponys, die sich den Grat entlangbewegten. *Sentar.*

»Gut«, brummte Davoka und setzte den Aufstieg fort.

»Gut?«, sagte Lyrna. »Wieso gut? Ich dachte, wir haben diesen Weg genommen, um sie abzuschütteln.«

Davoka drehte sich nicht um. »Nein, Königin. Haben wir nicht.«

Lyrna sammelte seufzend ihre Sachen ein und stapfte hinterher.

◆ ◆ ◆

Die Sonne ging bereits hinter den Bergen unter, als sie den Gipfel erreichten, einen Krater von einer halben Meile Durchmesser. Rauch stieg in einem fort daraus empor, und der Schwefelgestank war so stark, dass Lyrna alle Mühe hatte, sich nicht zu übergeben. Sie riskierte einen Blick über den Rand des Kraters und sah aufgewühlte Lavatümpel, die Brocken von geschmolzenem Stein himmelwärts spuckten. Bald fühlte sie sich jedoch gezwungen, vor der Hitze zurückzuweichen.

Davoka hatte sich ein paar Meter unterhalb des Randes hingekauert und betrachtete aufmerksam die Sonne, die langsam hinter die zerklüfteten Gipfel im Westen glitt. Hin und wieder schweifte ihr Blick zu den Umrissen ihrer Verfolger; die Hufe ihrer Ponys wirbelten eine Staubwolke auf.

»Haltet eure Bögen bereit«, erklärte sie Sollis und Ivern. »Gut möglich, dass wir sie ein wenig bremsen müssen.«

»Sollen wir einfach nur hier herumsitzen?«, wollte Lyrna wissen. Bisher hatte sie sich bemüht, ihr Temperament zu zügeln, aber die Umstände stellten ihre Selbstbeherrschung auf eine harte Probe. »Wäre es nicht vielleicht besser, so schnell wie möglich von hier zu verschwinden?«

Davoka schüttelte den Kopf und antwortete auf Lonakisch. *»Nischak wird uns töten, wenn wir nur einen Schritt weitergehen. Wir müssen seinen Segen abwarten.«* Sie blickte wieder zur Sonne hinauf, wartete, bis sie sich ganz hinter die Berge geschoben hatte, schloss dann die Augen und begann zu singen.

»Betest du …«, keuchte Lyrna und spuckte Asche aus. »Betest du zu deinem Gott? Bin ich dir hierher gefolgt und habe ich mich und diese Männer dem Untergang geweiht, damit du einen unsichtbaren Zauberer, der in einem Berg lebt, um Hilfe anflehen kannst?«

Davoka schenkte ihr keine Beachtung, sondern sang mit geschlossenen Augen weiter.

Lyrna war versucht, die Lonakerin zu schütteln, aber sie erkannte, dass sie sich damit sehr wahrscheinlich einen zornigen Hieb einhandeln würde, worauf wiederum Smolen sich gezwungen sähe, Davoka zu töten oder es wenigstens zu versuchen. Also blieb ihr nichts anderes übrig, als tatenlos zuzuschauen und abzuwarten, während die Dunkelheit hereinbrach.

»Sie betet nicht, Euer Hoheit«, erklärte Ivern, der die Lonakerin mit angespannter Neugier beobachtete. »Sie zählt.«

»Wenn ich mich nicht verschätze, sind es jetzt noch dreihundert Meter«, sagte Sollis, den Blick auf die Sentar unter ihnen gerichtet, den Bogen in der Hand. Die Steilhänge waren in orangenes Licht getaucht – der feurige Atem des Berges wurde von den Rauchwolken zurückgeworfen. Sollis zog einen Pfeil aus seinem Köcher, legte ihn auf, spannte die Sehne und schoss, wobei er kaum innehielt, um zu zielen. Lyrna schaute zu, wie der Pfeil in einem hohen Bogen der Schar bewaffneter Sentar entgegenflog und schließlich zwischen sie fiel, allerdings ohne etwas getroffen zu haben.

Ivern ging ein paar Schritte nach links, und die beiden Brüder schossen mit langsamen, wohlüberlegten Bewegungen einen Pfeil nach dem anderen ab. Lyrna meinte zu erkennen, dass zwischen den Sentar eine hellere Staubwolke aufwirbelte, was bedeuten mochte, dass einer oder mehrere von ihnen getroffen waren. Langsamer wurden sie jedenfalls nicht.

»Ich darf nicht in Gefangenschaft geraten, Oberhauptmann«, erklärte sie Smolen.

Davoka hörte auf zu zählen und stand auf. »Die Sentar wollen dich nicht lebend«, sagte sie, und dann, an Sollis und Ivern gewandt: »Spart euch eure Pfeile. Das ist nicht mehr nötig.«

»Also, wo ist er?«, fragte Lyrna, zu müde und verzweifelt, um auch nur wütend zu sein. »Wo ist der große Feuergott der Lo…«

Der Berg erbebte so stark, wie sie es bisher noch nicht erlebt hatten, und riss sie von den Beinen. Frischer schwarzer Rauch schoss aus dem Krater, und kaum fünfzig Meter unterhalb des Randes brach an einem Dutzend verschiedener Stellen geschmolzene Lava hervor. Sie ergoss sich in glühenden Strömen den Abhang hinunter und vereinigte sich zu einem einzigen großen Feuerfluss, der die Sentar unter sich begrub. Das Brüllen des Berges übertönte ihre Schreie.

Davoka hob die Arme, badete in der Wärme und rief auf Lonakisch: *»Zähle am dritten Tag des sechsten Monats nach Sonnenuntergang auf zweihundertundzwanzig, und Nischak wird sprechen und den Südhang des Berges segnen. Wisse dies und merke es dir gut, denn Nischak ist der großzügigste unter den Göttern.«*

◆ ◆ ◆

Es dauerte den größten Teil der Nacht, den Nordhang von Nischaks Rachen hinunterzusteigen. Auf dieser Seite war die Asche spärlicher, und Lyrna fiel das Gehen nicht so schwer, auch wenn sie sich, während sie die feurige Wärme des Berges hinter sich ließen und es kälter wurde, nach ihrem gefütterten Reitkleid sehnte.

Auf einem schmalen Sims, der sich am Fuß des Berges entlangschlängelte, schlugen sie schließlich ihr Lager auf. Ein Felsvorsprung bot ihnen Schutz vor dem strömenden Regen, der gerade wieder losgebrochen war. Zum ersten Mal seit Tagen erlaubte Davoka ihnen, ein

Feuer anzuzünden, wozu sie den dürren Ginster verwendeten, der zwischen den Felsen wuchs. Lyrna hielt sich so dicht wie möglich an den Flammen; sie fror entsetzlich. Die Männer schliefen, die Brüder in gespenstischer Stille, während sich Smolen unruhig hin- und herwarf. Davoka übernahm die erste Wache; sie saß mit griffbereitem Speer am Rand des Simses, und ihre Beine baumelten über dem Abgrund, der mehr als einhundert Fuß tief war.

»Ich bereue meinen Zorn«, erklärte Lyrna ihr mit klappernden Zähnen. »Meine Worte waren töricht. Ich wollte deinen Gott nicht beleidigen.«

Davoka zuckte mit den Achseln und antwortete auf Lonakisch. *»Deine Beleidigungen kümmern Nischak nicht. Er war schon immer hier. Er wird immer hier sein. Sooft die Lonakhim des Feuers bedürfen.«*

»Es t-tut mir auch leid wegen …« Lyrna wurde von der Kälte geschüttelt und presste die letzten Worte hervor. »Wegen deiner Schwester. Einen solchen Tod wünsche ich n-niemandem.«

Davoka wandte sich zu ihr um, die Stirn sorgenvoll gerunzelt. Sie erhob sich und kniete sich neben Lyrna, nahm ihre Hand und drückte sich ihre Knöchel an die Stirn. »Dir ist kalt, Königin.«

Sie schlüpfte aus ihrer Fellweste, legte sie Lyrna um die Schultern, zog die Prinzessin an sich und schloss sie in die Arme. Lyrna war zu schwach, um sich zu wehren.

»Meine Schwester lebt, Lerhnah«, flüsterte sie. *»Meine Schwester, die nicht meine Schwester ist. Das spüre ich. Sie ist irgendwo dort draußen in der Finsternis und rast vor Zorn. Vorerst hat sie uns verloren, aber sie wird uns bald wiederfinden. Was auch immer sich ihrer bemächtigt hat, hat gut gewählt, denn ihre Fähigkeiten sind wahrlich groß.«*

»W-was sich ihrer bemächtigt hat?«

»Sie war nicht immer so. Sie war … nie eine Kriegerin. Eine geschickte Jägerin, das ja – in der alten Sprache bedeutet Kiral ›Wildkatze‹. Sie hat ihre Beute mit solcher Gewandtheit aufgespürt, dass viele dachten, sie sei von den Göttern gesegnet. Aber sie hat nie den Kampf gesucht, nicht einmal gegen ihresgleichen.

Dann kam der Tag, an dem sie in den Bergen im Westen einem der großen Affen begegnete. Es war Gebärzeit, und wenn es darum geht, ihre Jungen zu beschützen, sind sie äußerst aggressiv. Kiral wurde entsetzlich zugerichtet. Sie siechte tagelang dahin, ohne dass der Schamane ihr helfen konnte. Die Mahlessa hatte mir erlaubt, bei ihr zu sein. Ich setzte mich zu ihr und sah mit an, wie sie aufhörte zu atmen. Sie ist gestorben, Lerhnah, ich war dabei. Es beschämt mich, aber ich habe um meine Schwester geweint, die einzigen Tränen, die ich jemals vergossen habe, denn sie war mir sehr kostbar. Dann sprach sie – sie war tot, aber sie sprach: ›Tränen gehören sich nicht für eine Wächterin der Mahlessa.‹ Ich blickte ihr in die Augen, ihre lebenden Augen, und was ich da sah, war nicht meine Schwester, und daran hat sich seither nichts geändert.«

»Wirst du … mit ihr kämpfen … wenn sie … uns wieder angreift?«

»Mir bleibt nichts anderes übrig.«

»Wirst du … sie töten?« Lyrnas Kopf sank herab, und alles verschwamm ihr vor den Augen – die Erschöpfung drohte sie zu überwältigen.

»Nein!« Davoka schüttelte sie, worüber sie sich mit einem lauten Stöhnen beschwerte. »Du darfst jetzt nicht schlafen. Sonst wachst du nicht mehr auf, wenn es hell ist.«

Sonst wache ich nicht mehr auf, wenn es hell ist … Wäre das wirklich so schlimm? Was war sie denn jetzt überhaupt? Nutzlos, kinderlos, die unverheiratete Schwester eines törichten Königs, die mit diesem verrückten Unternehmen das Unmögliche beweisen wollte. *Nersa ist gestorben, Bruder Hervil ist gestorben. Warum nicht auch ich?*

»Lerhnah!« Davoka umfasste ihr Gesicht mit den Händen und schüttelte es heftig. »Nicht schlafen.«

Ihr Kopf ruckte empor, und sie blinzelte; von der Kälte hervorgepresste Tränen liefen ihr über die Wangen. »Liebst du deine Ehegatten?«

Davoka wirkte sichtlich erleichtert, und dann lachte sie. »Das ist euer Wort.«

»Wie sagen die Lonaker dazu?«

»Ulmessa.« Große und tiefe Zuneigung. Zuneigung für jemanden, der nicht von deinem Blute ist.

»Das empfindest du für sie?«, fragte Lyrna.

»Manchmal, wenn sie sich nicht so närrisch benehmen, wie Männer das oft tun.«

»Vor Jahren habe ich das auch einmal empfunden. Für einen Mann, der etwas Widerwärtiges sah, wenn er mich anblickte.«

»Dann war er ein Narr, und du solltest froh sein, dass du ihn los bist.«

»Er war kein Narr, sondern ein Held, auch wenn er das nicht wusste. Wir hätten gemeinsam über die Königslande herrschen können, er und ich, wie mein Vater es verfügt hat. Das wäre alles so einfach gewesen.«

»Dein Vater war der Anführer der Merim Her?«

»Ja. Janus Al Nieren, Lord von Asrael und Eroberer der Vereinigten Königslande.«

»Warum erfüllst du dann nicht seine Wünsche? Und nimmst dir den Mann, den du begehrst, und besteigst den Thron?«

»Weil ich meinen Bruder ebenso wenig töten konnte wie du deine Schwester.«

Bruder Sollis regte sich und setzte sich auf, wobei er kaum ein Geräusch machte. Als er sah, wie die halbnackte Davoka die Prinzessin der Vereinigten Königslande umarmte, hielt er inne.

»Die Königin friert«, erklärte Davoka. »Hol mehr Holz.«

◆ ◆ ◆

Bis zum Morgen hatte Lyrna sich so weit erholt, dass sie, als sie endlich die Talsohle erreichten und nach Norden weiterzogen, Davoka hinterherstolpern konnte. Ihr war bewusst, dass die Lonakerin langsamer ging, und ihr beständiger prüfender Blick war ihr unangenehm – offenbar befürchtete sie, ihr Schützling könne jeden Moment tot umfallen. Smolen und Ivern halfen ihr abwechselnd, hoben sie über Bäche oder trugen sie, wenn sie den Eindruck hatten, sie würde gleich zusammenbrechen. An diesem Tag machten sie öfter Rast, kurze, aber willkommene Pausen, während denen Davoka und Sollis sie zwangen, etwas von dem getrockneten Rindfleisch und den Datteln zu essen, die die Brüder dabei hatten, und das, obwohl sie überhaupt keinen Appetit hatte.

»Sie muss sich ausruhen, und zwar irgendwo, wo es warm ist«, sagte Smolen am späten Nachmittag. »Bald kann sie nicht mehr weiter.« Seiner Stimme war anzuhören, dass er Angst um sie hatte, und seine Augen funkelten unsicher.

»Sprecht nicht für mich …«, sagte Lyrna und verstummte, von einem Hustenanfall geschüttelt.

Davoka warf Sollis einen fragenden Blick zu. Der Ordenskommandant nickte schweren Herzens.

»Zwei oder drei Meilen in diese Richtung«, sagte Davoka und deutete mit dem Speer. »Ein Dorf. Wo wir Unterschlupf finden.«

»Sind wir dort sicher?«, krächzte Lyrna.

Davoka schlug die Augen nieder, und das war Antwort genug.

◆ ◆ ◆

Das Dorf bestand aus wenigen Dutzend Steingebäuden, die von einer massiven Mauer geschützt wurden. Es lag auf einem birnenförmigen Hügel, der sich auf der Sohle eines weitläufigen Tales erhob, durch das sich von Norden nach Süden ein schnell fließender Fluss schlängelte. Davoka führte sie zu einem Markstein am Fuß des Hügels, von wo ein unebener Schotterweg zu einem Tor in der Mauer hinaufführte. Sie drehte ihren Speer um, setzte die Spitze auf den Boden und wartete.

»Welcher Klan lebt hier?«, fragte Sollis.

»Die Graufalken«, erwiderte sie. »Für die Merim Her haben sie nichts als Hass übrig. Viele Sentar stammen aus Dörfern der Graufalken.«

»Aber du erwartest trotzdem von ihnen, dass sie uns helfen?«, fragte Lyrna.

»Ich erwarte von ihnen, dass sie den Befehlen folgen, die der Berg ihnen erteilt.«

Es dauerte fast eine Stunde, bevor das Tor aufschwang. Dreißig oder mehr Männer auf Ponys kamen den Hügel herab auf sie zugaloppiert. »Lasst die Hände von euren Waffen«, flüsterte Davoka, während die Lonaker näher kamen.

Der Reiter an der Spitze der Gruppe zügelte nur wenige Meter entfernt sein Pferd und gebot den anderen mit erhobener Hand, es ihm gleichzutun. Er war ein großer Mann mit einer Weste aus braunem Bärenfell und mehr Tätowierungen, als Lyrna je gesehen hatte – sie bedeckten seine Stirn, seinen Hals und seine Arme, lauter verworrene Wirbel aus unlesbaren Symbolen. Schweigend saß er im Sattel und musterte sie mit ausdrucksloser Miene. Dann trieb er sein Pferd vorwärts, bis sein Schatten auf Davoka fiel. An seinem Gürtel hingen ein Streitkolben und eine Axt.

»Dienerin des Berges«, begrüßte er Davoka.

»Alturk«, entgegnete sie. *»Ich suche Schutz in deinem Haus.«*

Der große Mann lenkte sein Pony an Davoka vorbei und auf Lyrna zu, die über ihren Bündeln zusammenzusinken drohte. Sie spürte, wie Smolen und die beiden Brüder sich versteiften; es kostete sie große Mühe, nicht nach ihren Waffen zu greifen.

»Du bist die Königin der Merim Her«, sagte der große Mann in der Sprache der Königslande, die er nicht übel beherrschte. »Ich habe gehört, dass du die falsche Mahlessa gezeichnet hast. Jetzt sehe ich, dass das eine Lüge ist.« Er beugte sich im Sattel vor und sah sie mit loderndem Blick an. »Du bist schwach.«

Lyrna straffte ihre Schultern und unterdrückte ein Husten. *»Ich habe sie gezeichnet«*, erwiderte sie auf Lonakisch. *»Gib mir ein Messer, und ich werde auch dich zeichnen.«*

Etwas zuckte im Gesicht des großen Mannes, und er richtete sich im Sattel auf. Schließlich wendete er sein Pony, um zum Dorf zurückzureiten. *»Den Dienerinnen des Berges steht meine Tür immer offen«*, sagte er zu Davoka, bevor er seinem Pony die Sporen gab.

»Du hast gut gesprochen, Königin«, erklärte Davoka voller Respekt.

»Neben Geschichte«, erwiderte Lyrna, »ist Diplomatie mein Lieblingsfachgebiet.« Mit diesen Worten übergab sie sich und fiel in Ohnmacht.

Achtes Kapitel

Reva

Weltvater, ich flehe dich an, enthalte dieser elenden Sünderin nicht deine Liebe vor.

Reva hatte sich für das höchstgelegene Zimmer im ganzen Haus entschieden. Eigentlich war es eher ein Speicher, und das Dach wies ein ziemlich großes Loch auf, über das sie, mehr schlecht als recht, ein paar Bretter genagelt hatte. Sie saß auf einer kleinen Pritsche, dem einzigen Möbelstück hier oben, und rieb ihr Messer über den Wetzstein. Die Dunkelklinge stritt sich unten lautstark mit seiner Schwester, oder vielmehr stritt seine Schwester sich mit ihm, denn ihre Stimme war laut und zornig, die seine leise und beschwichtigend. Reva hätte nicht erwartet, dass Alornis wütend werden konnte. Für gewöhnlich war sie äußerst liebenswürdig und lachte gerne, trotz ihrer vielen Sorgen. Aber zornig? Nein.

Der betrunkene Dichter sang, wie so oft zu später Stunde, draußen auf dem Hof. Das Lied kannte Reva nicht – es handelte sich um irgendeinen Knittelvers über eine Maid, die an einem See ihres Geliebten harrt. Sie hatte gedacht, dass seine Vorliebe für das Singen sich angesichts so vieler Schaulustiger legen würde, aber wenn überhaupt, dann schien die Menge aus dumm glotzenden Männern und Frauen jenseits des Kordons der Palastwache ihn eher noch zu ermutigen.

»Danke, danke«, hörte sie ihn rufen, und zweifelsohne verbeugte er sich gerade auch, obwohl niemand klatschte. »Jeder Künstler weiß ein solches Publikum zu schätzen.«

»Das sagst du so leichtfertig, Bruder!« Alornis' Ruf drang durch die Dielen zu Reva herauf. »Du wohnst ja auch nicht hier!« Eine Tür knallte, und Reva hörte Schritte die Treppe heraufeilen. Beklommen blickte sie zur Tür. *Warum habe ich mir nur ein Zimmer ausgesucht, das man nicht abschließen kann?*

Rasch wandte sie sich wieder dem Messer zu und fuhr damit über den Wetzstein. Es war eine herrliche Klinge – ihr wertvollster Besitz, ganz ohne Zweifel. Der Priester hatte ihr erklärt, sie sei von asraelischer Hand gefertigt, aber das solle Reva nicht daran hindern, sie zu benutzen. Der Weltvater hasse die Asraeler nicht, doch ihr ketzerischer Glaube bringe sie dazu, ihn zu hassen. Reva müsse das Messer gut pflegen, damit es stets scharf sei und ihr helfe, das Werk des Weltvaters zu verrichten …

Die Tür flog auf, und Alornis kam hereingestürmt. »Hast du davon gewusst?« Sie atmete tief durch, rang um ihre Selbstbeherrschung und schritt aufgeregt hin und her, wobei sie immer wieder die Hände zu Fäusten ballte. »Die Nordlande. Was im Namen des Glaubens soll ich in den Nordlanden?«

»Du wirst Pelzkleidung brauchen«, sagte Reva. »Ich habe gehört, dass es dort kalt ist.«

»Ich will keine verfluchten Pelze!« Sie blieb vor einem kleinen Dachfenster stehen, dessen Scheibe einen Sprung hatte, und stieß einen Seufzer aus. »Es tut mir leid. Du kannst schließlich nichts dafür.« Sie kam herüber, setzte sich auf das Bett und tätschelte Revas Bein. »Verzeih mir.«

Weltvater, ich flehe dich an …

»Er versteht das einfach nicht«, fuhr Alornis fort. »Er hat sein ganzes Leben damit zugebracht, von einem Krieg in den nächsten zu ziehen. Ohne Haus und Heim. Er begreift nicht, dass von hier fortzugehen so ist, als würde ich meine Seele verlieren.« Sie wandte sich zu Reva um, und in ihren Augen funkelten Tränen. »Verstehst du das?«

Mein Zuhause war eine Scheune, in der ein Priester mich verprügelte, wenn ich ein Messer falsch hielt. »Nein«, sagte Reva. »Das sind doch nur Mauersteine und Mörtel, die irgendwann in sich zusammenfallen.«

»Aber es sind meine Mauersteine und mein Mörtel, so baufällig alles auch sein mag. Dank meines geliebten Bruders gehört das Anwesen nach all den Jahren jetzt auch mir. Und schon verlangt er, dass ich es aufgebe.«

»Was würdest du denn damit machen? Es ist so groß, und du bist … klein.«

Alornis lächelte und schlug die Augen nieder. »Ich habe da so ein paar Ideen – Träume, wenn ich ehrlich bin. Es gibt viele Menschen, die so wie ich von Meister Benril lernen wollen oder die sich das Wissen aneignen wollen, über das sein Orden verfügt. Aber wegen ihres Geschlechts oder ihres Glaubens ist ihnen das verwehrt. Ich dachte, hier könnte ich sie unterrichten, wenn ich selbst erst einmal genug gelernt habe.«

Reva betrachtete Alornis' Hand auf ihrem Oberschenkel, sie spürte die Wärme, die davon ausging … Sie schob das Messer in die Scheide und stand auf. *Weltvater, enthalte dieser elenden Sünderin nicht deine Liebe vor.*

Sie ging zum Fenster und schaute durch die schmutzige Scheibe zu den Feuern hinüber, die die Menschen jenseits des Kordons angezündet hatten. *Ein fröhlicher Haufen frommer Narren,* so hatte der Dichter sie bezeichnet, was für seine Verhältnisse erstaunlich weise war.

»Es werden mit jedem Tag mehr«, sagte sie. »Ein halbes Dutzend noch vor zwei Tagen, und jetzt sind es über fünfzig. Und alle suchen sie die Unterstützung deines Bruders oder wenigstens ein anerkennendes Wort. Mit der Zeit wird sein Schweigen sie aufbringen, und dieser Zorn wird sich, wenn er im Auftrag des Königs fortgegangen ist, gegen dich wenden.«

Alornis hob die Augenbrauen und lachte kurz und humorlos. »Manchmal klingst du richtiggehend alt, Reva. Sogar älter als er. Ihr habt zu viel Zeit miteinander verbracht.«

Ich weiß. Zu lange schon wartete sie darauf, dass er seinen Teil ihrer Abmachung erfüllte. Zu lange schon hielt sie ihre Zunge im Zaum, denn sie wollte, dass er sie weiter im Schwertkampf unterrichtete, wollte mehr lernen, um es, wenn es so weit war, gegen ihn selbst anzuwenden. Zu lange schon lebte sie diese Lüge, zu lange schon lebte sie in *ihrem* Haus. Mit jedem Tag spürte sie, wie die Liebe des Weltvaters sich von ihr entfernte; das Wüten des Priesters erfüllte ihre Träume, und sie hörte die Schreie, die er an jenem Tag ausgestoßen hatte, als er sie so heftig geschlagen hatte wie sonst nie. *Sünderin! Ich weiß, was für ein schändliches Verlangen in deinem Herzen lauert. Ich habe es gesehen. Verdorbene, vaterlose Sünderin!*

»Dein Bruder hat recht«, erklärte sie Alornis. »Du musst fortgehen. Bestimmt findest du andere Lehrer, und es heißt, im Norden gibt es viele Wunder zu bestaunen. Du wirst viele Dinge sehen, die du zeichnen kannst.«

Alornis sah sie lange an, und auf ihrer glatten Stirn bildete sich eine kleine Falte. »Du kommst nicht mit, oder?«

»Ich kann nicht.«

»Warum nicht? Viele Wunder, hast du gesagt. Lass sie uns zusammen anschauen.«

»Ich kann nicht. Ich … ich muss etwas anderes tun.«

»Etwas anderes? Etwas, das mit deinem Gott zu tun hat? Vaelin hat mir erzählt, dass du sehr fromm bist, aber bisher hast du darüber noch kein Wort verloren.«

Reva wollte widersprechen, musste sich dann aber eingestehen, dass Alornis recht hatte. Sie hatte mit keinem Wort erwähnt, wie sehr der Weltvater sie liebte, wie sehr er ihr Kraft gab, ihre Mission zu erfüllen.

Warum? Die Antwort stand ihr vor Augen, bevor sie sich ihrer erwehren konnte. *Weil du die Liebe des Weltvaters nicht brauchst, wenn du mit ihr zusammen bist.*

Verdorbene, vaterlose Sünderin!

»Durch das Tal, so weit und tief …«, drang die Stimme des Dichters von draußen zu ihnen herein – er hatte ein neues Lied angestimmt –, »… ich an der Seite meines Bruders lief.«

Reva stürzte zum Fenster, öffnete es unter Schwierigkeiten und brüllte in die Finsternis hinaus. »Ach, sei doch still, du alter Säufer!«

Alucius verstummte, und dieses eine Mal ging ein zustimmendes Murmeln durch die Menge.

»Wir brechen morgen auf«, sagte Alornis mit leiser Stimme.

»Ich werde euch ein Stück begleiten«, sagte Reva und zwang sich zu einem Lächeln. »Dein Bruder schuldet mir noch etwas.«

◆ ◆ ◆

Der König hatte Pferde und Geld zur Verfügung gestellt, einen großen Beutel mit Geld sogar, und Al Sorna hatte ihr etwas davon abgegeben. »Auch ein frommer Mensch muss essen«, sagte er mit einem Grinsen.

Reva hatte das Geld mit einem wütenden Blick angenommen. Während die anderen packten, hatte sie sich davongestohlen. Es war einfach, die Begegnung mit der Menschenmenge zu vermeiden – man musste nur durch den Fluss waten und etwa einhundert Meter weit dem Ufer folgen. Sie begab sich auf den Markt und kaufte neue Kleider: einen guten Mantel, der gegen den Regen gewachst war, und ein festeres Paar Stiefel, die ihr von einem Schuster angepasst wurden. Er erklärte ihr, sie hätte die Füße einer Tänzerin, und so, wie er dabei das Gesicht verzog, war das offenbar nicht als Kompliment gemeint. Außerdem beschrieb er ihr den Weg zu ihrem nächsten Ziel, allerdings nicht ohne misstrauisch zu fragen: »Was hat eine Tänzerin denn dort zu suchen?«

»Ein Geschenk für meinen Bruder«, erwiderte sie und bezahlte etwas mehr, um seine Neugier zu dämpfen.

Die Werkstatt des Waffenschmieds ging auf einen Hof hinaus, in dem fortwährend ein Hammer auf Stahl schepperte. Der Mann in der Werkstatt war alt und überraschend hager, auch wenn die Brandmale auf den Muskeln seiner Unterarme verrieten, dass er schon viele Jahre am Amboss stand. »Kann Euer Bruder mit einem Schwert umgehen, werte Dame?«

Ich bin keine Dame, hätte sie ihn am liebsten angefaucht – ihr gefiel seine gespielte Höflichkeit nicht. Ihr Akzent und ihre einfache Kleidung verrieten jedem, was sie war, und sein Respekt galt ganz offensichtlich der dicken Börse an ihrem Gürtel. »Durchaus«, erwiderte sie. »Er möchte eine renfaelische Klinge, wie sie von Soldaten getragen wird.«

Der Schmied nickte freundlich, verschwand in den Tiefen seiner Werkstatt und kehrte mit einem Schwert zurück, das ausgesprochen schlicht wirkte. Der Griff bestand aus schmucklosem Holz und die Parierstange aus massivem Eisen. Die Klinge war aus Stahl und etwa einen Meter lang, mit einer stumpfen Spitze und ohne irgendwelche Verzierungen.

»Die Renfaeler sollten sich darauf beschränken, Rüstungen herzustellen, das können sie wenigstens«, erklärte der Schmied. »Für Schwerter haben sie kein Händchen – ihre Waffen gleichen eher Knüppeln als feinen Klingen. Wenn Ihr wollt, zeige ich Euch etwas Edleres.«

Und Teureres, dachte sie, völlig in den Anblick des Schwertes versunken. *Genauso eines hat er getragen, und seine Fertigkeiten konnten sich sehen lassen.*

Sie nickte dem Schmied zu. »Vielleicht habt Ihr recht. Meine Bruder ist ziemlich schmächtig, ungefähr so groß wie ich, wenn ich ehrlich bin.«

»Aha. Eine Klinge von normalem Gewicht wäre da also nicht angebracht?«

»Etwas Leichteres wäre besser. Aber wenn möglich nicht weniger belastbar.«

Er dachte einen Moment nach und hob dann die Hand, um ihr zu bedeuten, dass sie warten solle. Wieder verschwand er, und kurz darauf kam er mit einem langen Holzkasten zurück. »Vielleicht ist dies das Richtige.«

Er öffnete den Kasten, und zum Vorschein kam eine Waffe mit gebogener Klinge und nur einer Schneide. Die Klinge war vielleicht einen Zoll breit und zwei bis drei Zoll kürzer als in Asrael üblich. Die Parierstange bestand aus einem absonderlich geformten Bronzering, das Heft war fest mit Leder umwickelt und so lang, dass man es zweihändig packen konnte.

»Habt Ihr das selbst gemacht?«, fragte sie.

Der alte Schmied lächelte bedauernd. »Leider nicht. Es stammt aus dem Fernen Westen, wo sie den Stahl auf merkwürdige Weise bearbeiten. Seht Ihr das Muster auf der Klinge?«

Reva schaute genauer hin und entdeckte dunkle, regelmäßige Wirbel, welche die ganze Klinge entlangliefen. »Ist das Schrift?«

»Nein, eine Begleiterscheinung der Verarbeitung. Die Klinge ist mehrfach gefältelt, müsst Ihr wissen, und dann zum Kühlen in Lehmerde gelegt. Das sorgt für große Widerstandsfähigkeit bei leichtem Gewicht.«

Reva legte eine Hand auf den Griff. »Darf ich?«

Der alte Mann neigte den Kopf.

Sie hob das Schwert, trat einen Schritt vom Tresen zurück und durchlief eine der Übungen Al Sornas – die, die er ihr als Letztes beigebracht hatte, um auf engem Raum mehrere Angreifer gleichzeitig zurückzuschlagen. Das Schwert war nur wenig schwerer als der Stock, mit dem sie übte, und hervorragend ausbalanciert; die Klinge sirrte leise, wenn sie durch die Luft schnitt. Die Schlagfolge war kurz, aber anstrengend, und endete mit mehreren Stößen bei ausgestrecktem Arm und einer zweifachen Pirouette.

»Wundervoll«, sagte sie und hielt die Klinge hoch ins Licht. »Wie viel?«

Der Schmied sah sie mit verblüffter Miene an, und sie musste daran denken, wie die Männer Ellora angestaunt hatten, wenn sie tanzte. »Wie viel?«, wiederholte Reva, dieses Mal in einem etwas barscheren Tonfall.

Der Schmied blinzelte lächelnd, und er antwortete mit hörbar bewegter Stimme. »Wenn Ihr das noch einmal macht, schenke ich Euch die Scheide dazu.«

♦ ♦ ♦

Sie brauchte nicht lange, um den Weg zurück zu finden, und als sie durch den Hinterhof stapfte, verabschiedete sich Al Sorna gerade von dem betrunkenen Dichter. »Ihr könntet mit uns kommen«, sagte er.

Alucius verbeugte sich theatralisch. »So sehr mich die Vorstellung lockt, in ewiger Kälte und fortwährend von Wilden bedroht mein Dasein zu fristen, Euer Lordschaft, weit weg von irgendeinem Weingut, so muss ich doch ablehnen. Außerdem hätte mein Vater, wenn ich denn fortginge, niemanden mehr, den er verabscheuen kann.«

Sie gaben einander die Hand, und Al Sorna schritt zu seinem Pferd, wobei sein Blick auf Reva fiel und auf das Schwert, das sie auf dem Rücken trug. »War es teuer?«

»Ich habe den Preis heruntergehandelt.«

Er deutete auf eine graue Stute, die bereits gesattelt neben dem Brunnen an einen Pfosten gebunden war. Der Priester hatte Reva reiten gelehrt, und sie band das Pferd los, glitt mit einer fließenden Bewegung auf seinen Rücken und lenkte es zu Al Sorna hinüber. Reva schaute zu, wie Alornis Alucius umarmte, und es versetzte ihr einen Stich in die Brust, als sie die Tränen in den Augen der jungen Frau sah und wie der Dichter sie ihr mit dem Daumen fortwischte und ihr Trost zusprach.

»Ihr wisst, dass er sie liebt?«, fragte sie Al Sorna mit leiser Stimme. »Deshalb kommt er jeden Abend hierher.«

»Ursprünglich nicht. Ich vermute, dass der König sich vergewissern wollte, dass sich die Interessen meiner Schwester auf die Kunst beschränken.«

»Alucius ist ein Spion?«

»Er war es. Nachdem sein Vater in Ungnade gefallen ist, blieb ihm wahrscheinlich keine andere Wahl. Offenbar hat Malcius doch mehr von Janus, als ich dachte.«

»Und Ihr habt ihm trotzdem gestattet, weiter hierherzukommen?«

»Er ist ein braver Mann, wie schon sein Bruder vor ihm.«

»Er ist ein Säufer und ein Lügner.«

»Und auch ein Dichter und, wenn es sein muss, ein Krieger. Ein Mensch kann vieles sein.«

Unter den Zuschauern herrschte plötzlich Unruhe, und die Wachleute hoben warnend ihre Streitäxte, als ein Mann mit einem schwarzen Umhang durch die Menge geritten kam. Reva hörte, wie Al Sorna einen langen Seufzer ausstieß. Der Mann hielt vor den Wachleuten an und sprach mit lauter, befehlsgewohnter Stimme. Der Hauptmann der Wache schüttelte nachdrücklich den Kopf und hob abwehrend die Hand. Reva bemerkte, dass die anderen Wachen Haltung annahmen, als weitere Männer in schwarzen Umhängen aus der Menge auftauchten, alle bewaffnet.

»Komm mit«, sagte Al Sorna und setzte sein Pferd in Bewegung. »Zeit für dich, eine verwandte Seele kennenzulernen.«

Der Mann auf dem Pferd war so dünn, dass man ihn fast schon als ausgemergelt hätte bezeichnen können – hohle Wangen unter tiefliegenden Augen und stahlgraues, sich lichtendes, stoppelkurzes Haar.

Er begrüßte Al Sorna mit einem knappen Nicken und sah ihn prüfend an, sein Blick dunkel und stechend, als wollte er die Haut der Dunkelklinge abschälen und die darunter liegende Seele betrachten. Reva entging nicht, dass die Wachleute und die Männer in Schwarz einander argwöhnisch musterten, während die Umstehenden alles mit ehrfürchtigem Schweigen beobachteten.

»Bruder«, sagte der hagere Mann. »Es erfreut mein Herz und die Herzen aller wahrlich Gläubigen, dass Ihr zu uns zurückgekehrt seid.«

In Al Sornas Stimme lag weder Wärme noch Respekt, als er antwortete. »Aspekt Tendris.«

»Ich habe ihm gesagt, dass er hier nicht willkommen ist«, warf der Hauptmann der Wache ein.

»Und warum das, Bruder?«, fragte der Hagere. »Warum solltet Ihr einen Glaubensbruder zurückweisen?«

»Aspekt«, sagte Al Sorna. »Was auch immer Ihr wollt, ich kann es Euch nicht geben.«

»Das stimmt nicht, Bruder.« Die Stimme des Aspekten wurde leidenschaftlich, und in seinen Augen loderte frommer Eifer. Dabei sprach er so laut, dass jeder in der Menge ihn hören konnte. »Ihr könnt Euch uns anschließen. Unser Orden würde Euch, im Unterschied zu Eurem eigenen, willkommen heißen.«

Reva duckte sich in ihrem Sattel, um das Schwert besser zu erreichen, das auf ihrem Rücken hing. *Dieser Mann ist verrückt,* dachte sie bei sich. *Irgendeine wahnsinnige Berühmtheit dieses ketzerischen Glaubens, der sich so sehr seinen Lügen verschrieben hat, dass ihm sein Verstand völlig abhandengekommen ist.*

»Ich gehöre keinem Orden mehr an«, erklärte Al Sorna dem Aspekten, seine Stimme um Gelassenheit bemüht. »Und das entspricht auch meinem Wunsch. Unser König hat mich zum Turmherrn der Nordlande ernannt.«

»Der König«, krächzte Tendris. »Ein Mann, der einer leugnerischen Hexe hörig ist.«

»Hütet Eure Zunge, Aspekt!«, warnte der Hauptmann der Wache, und seine Männer packten ihre Äxte mit beiden Händen. Die Männer in Schwarz machten Anstalten, nach ihren Waffen zu greifen.

»Es reicht!«, bellte Al Sorna, und ihm war anzuhören, dass er es ernst meinte. Alle erstarrten, sogar die Zuschauer. Einer jedoch ließ sich, wie Reva sah, nicht beeindrucken – einer der Männer in Schwarz, ein großer Klotz von einem Kerl mit rohen Gesichtszügen und einer unförmigen Nase. Möglichst unauffällig zog er etwas unter seinem Mantel hervor.

»Ihr habt Euer Anliegen vorgebracht und eine Antwort erhalten«, erklärte Al Sorna an Aspekt Tendris gewandt. »Und nun geht.«

»Das ist also aus Euch geworden«, erwiderte Tendris mit zusammengebissenen Zähnen und blickte von Al Sorna zu Reva. Sein Pferd spürte offenbar seine Anspannung und tänzelte unruhig hin und her. »Ein ungläubiger Sklave der Krone, der schamlos seine ketzerische Hure zur Schau stellt …«

Revas Messer zuckte blitzschnell aus der Scheide. Sie erhob sich im Sattel, beugte sich vor, und das Messer verließ, kaum anderthalb Meter von Aspekt Tendris entfernt, ihre Hand. Dabei stellte sie sich einigermaßen unbeholfen an, denn sie musste die Bewegungen ihres Pferdes ausgleichen. Das Messer überschlug sich, flog am Ohr des Aspekten vorbei und grub sich in die Schulter des Mannes mit der unförmigen Nase. Dieser stieß einen schrillen Schrei aus, sank auf die Knie, und die geladene und gespannte Armbrust, die er erhoben hatte, fiel klappernd aufs Pflaster.

Der Hauptmann der Wache bellte einen Befehl, und seine Männer setzten sich mit erhobenen Äxten in Bewegung. Die Männer in Schwarz griffen nach ihren Schwertern, hielten jedoch auf einen Ruf des Aspekten hin inne. Die Zuschauermenge stob auseinander, wobei einige bald wieder umkehrten, um sich den Fortgang des Spektakels nicht entgehen zu lassen.

Al Sorna ließ sein Pferd ein paar Schritte vorwärtsgehen und blickte auf den großen Bruder hinab, der sich auf dem Boden wälzte. Mit lautem Stöhnen zog dieser sich Revas Messer aus der Schulter und starrte die blutige Klinge voller Entsetzen an. »Kenne ich dich?«, fragte Al Sorna.

»Du hast Schande über den Orden gebracht, Iltis«, schalt der Aspekt den am Boden kriechenden Bruder, bevor er sich an Al Sorna wandte. »Dieser Mann hat ohne meine Billigung gehandelt.«

»Das glaube ich Euch wohl, Aspekt.« Al Sorna schenkte dem unglücklichen Bruder Iltis ein Lächeln. »Offenbar hatte er eine Rechnung offen.«

»Bruder, ich flehe Euch an.« Tendris streckte die Hand nach dem Unterarm der Dunkelklinge aus. »Der Glaube braucht Euch. Kommt zu uns zurück.«

Al Sorna wendete sein Pferd und riss sich von dem Aspekten los. »Es gibt nichts, das Ihr mir bieten könnt. Wir sind geschiedene Leute.«

Die Wachmänner packten Bruder Iltis, und Reva stieg ab, um ihr Messer aufzuheben. »Und ich bin nicht seine Hure!«, rief sie Tendris nach, während dieser davonritt, dicht gefolgt von seinen Brüdern. »Ich bin seine Schwester! Habt Ihr das noch nicht gehört?«

◆ ◆ ◆

»Verwandte Seele?«

Al Sorna hob die Schultern und lächelte. »Ich dachte, ihr würdet euch besser verstehen. Er ist ebenso eng mit dem Glauben verbunden wie du mit der Liebe des Weltvaters.«

»Dieser Mann ist ein verrückter Ketzer, der in Wahnvorstellungen schwelgt«, erwiderte Reva. »Im Unterschied zu mir.«

Al Sorna lächelte nur und gab seinem Pferd die Sporen. Inzwischen befanden sie sich, nachdem sie Varinsburg eine Meile hinter sich gelassen hatten, auf der Straße nach Norden. Alornis ritt in mürrischem Schweigen zwischen ihrer Eskorte, einer ganzen Kompanie berittener Soldaten. Offenbar war dem König sehr daran gelegen, dass sie ihr Ziel erreichten.

Nach einer weiteren Meile ragte vor ihnen eine finstere Burg aus dunklem Granit auf. So beeindruckend wie die cumbraelischen Festungen, die Reva kannte, war sie nicht – die innere Mauer war nur zehn Meter hoch –, aber sie war größer, denn ihre Mauern umfassten mehrere Morgen Land. Auf den Türmen flatterten keine Wimpel, und Reva fragte sich, welcher asraelische Edelmann sich wohl eine solche Burg leisten konnte. Al Sorna hatte nicht weit vor ihr angehalten, und sie ließ ihre Stute etwas schneller gehen, bis sie an seiner Seite war. »Was ist das für eine Burg?«

Al Sorna blickte stur geradeaus, und ihm stand eine Traurigkeit ins Gesicht geschrieben, die sie an ihm bisher noch nicht gesehen hatte. »Du musst hier warten«, sagte er. »Richte dem Hauptmann aus, dass ich in etwa einer Stunde wieder hier sein werde.«

Er gab seinem Hengst die Sporen und ritt in gleichmäßigem Trab auf das Tor in der äußeren Mauer zu. Als er es erreichte, stieg er ab und läutete eine Glocke, die an einem Pfosten hing. Kurz darauf erschien eine hochgewachsene, blau gewandete Gestalt. Sie war zu weit entfernt, sodass ihre Gesichtszüge nicht zu erkennen waren, aber Reva hatte den Eindruck, dass sie Al Sorna anlächelte. Der hochgewachsene Mann zog das Tor auf, die Dunkelklinge ging hinein, und bald waren sie beide aus ihrem Blickfeld verschwunden.

»Das erste Mal, dass er durch dieses Tor getreten ist, war das letzte Mal, dass mein Vater ihn gesehen hat.« Alornis saß ein paar Meter entfernt auf ihrem Pferd und betrachtete die Burg mit unverkennbarem Argwohn.

»Das ist die Festung des sechsten Ordens?«, fragte Reva.

Alornis nickte und stieg ab. Sie bewegte sich mit geschmeidiger Präzision – allem Anschein nach saß sie nicht zum ersten Mal im Sattel. Die Stute mit der weißen Nase fraß ihr etwas aus der Hand und kaute mit sichtlichem Behagen darauf herum. »Mit einem Zuckerstück kann man das Herz jedes Pferdes gewinnen«, sagte sie, tätschelte dem Tier die Flanke und griff nach der Satteltasche. »Du und ich, wir haben etwas sehr Wichtiges zu erledigen.«

◆ ◆ ◆

Das bin nicht ich.

Die junge Frau auf der Zeichnung war, trotz der leicht schiefen Nase, sehr hübsch. Sie hatte wirres glänzendes Haar und helle Augen, die aus sich heraus zu leuchten schienen.

Obwohl Alornis ihr ganz offensichtlich schmeicheln wollte, war Reva von ihrem Talent beeindruckt, auch wenn es sie ein wenig bestürzte. *Das ist nur Holzkohle auf Pergament,* staunte sie. *Und doch denkt man, es ist lebendig.*

»Hoffentlich haben sie in den Nordlanden Leinwand und richtige

Farbe«, sagte Alornis und zog die Schatten unter Revas allzu makelloser Kinnpartie nach. »Das hat es verdient, gemalt zu werden.«

Sie saßen gemeinsam in einiger Entfernung von der Burg unter einer Weide. Al Sorna war jetzt schon zwei Stunden fort. »Weißt du, warum die Dunkelklinge hierhergekommen ist?«, fragte Reva.

»Mir wird allmählich klar, dass es mir nicht gegeben ist, meinen Bruder zu verstehen.« Alornis blickte von ihrer Skizze auf. »Warum nennst du ihn ›Dunkelklinge‹?«

»Das ist der Name, den meine Glaubensgenossen ihm gegeben haben. Das vierte Buch hat einen fürchterlichen ketzerischen Krieger prophezeit, der sein Schwert mithilfe des Dunklen führt.«

»Glaubst du an solchen Unfug?«

Reva wurde rot und schlug die Augen nieder. »Die Liebe des Weltvaters ist kein Unfug. Hältst du den Glauben für Unfug? Den Glauben, der dir befielt, dich vor den eingebildeten Schemen eurer Ahnen zu verneigen?«

»Ich verneige mich vor überhaupt nichts. Meine Eltern dagegen hielten sich streng an das Bekenntnis der Aszendenten, den Pfad zur Vollendung und Weisheit, erreichbar durch die richtige Kombination von Worten, einem Gedicht oder einem Lied, das die Geheimnisse der Seele und damit der Welt aufschließen kann. Sie haben mich immer zu ihren Zusammenkünften geschleppt, die damals noch im Geheimen stattfanden. Wir haben uns in Kellern versammelt und unsere Bekenntnisse aufgesagt. Mama wurde richtig böse, wenn ich anfing zu kichern. Mir kam das alles so albern vor.«

»Also hat sie dich für dein ketzerisches Verhalten geschlagen?«

Alornis blinzelte sie an. »Mich geschlagen? Natürlich nicht.«

Reva senkte den Blick – ihr wurde bewusst, dass sie einen Fehler begangen hatte.

»Reva?« Alornis legte ihre Skizze beiseite, setzte sich neben sie und streckte die Hand nach ihrer Schulter aus. »Wurdest du …? Hat jemand …?«

Verdorbene, vaterlose Sünderin! »Bitte nicht!« Sie wich zurück, stand auf und lief auf die andere Seite der Weide. Die Worte des Priesters gingen ihr nicht aus dem Sinn. *Ich weiß, was in deinem Herzen schwärt, Mädchen. Ich habe gesehen, wie du sie angeschaut hast …«* Die Nussbaum-

rute sauste, während Reva mit angelegten Armen dastand, bei jedem Wort herab. Es war ihr verboten, sich zu bewegen oder auch nur einen Ton von sich zu geben. »Du beschmutzt das Buch der Vernunft! Du beschmutzt das Buch der Gesetze! Du beschmutzt das Buch der Urteile!« Sein letzter Schlag traf sie an der Schläfe, und sie stürzte, benommen und blutend, zu Boden, auf das trockene Stroh. »Billigerweise sollte ich dich töten, aber deine Abstammung rettet dich. Diese Mission, die uns der Weltvater höchstselbst aufgetragen hat, rettet dich. Aber wenn wir unser Ziel erreichen sollen, muss ich die Sünde aus dir herausprügeln.« Und das tat er, bis sie nichts mehr spürte außer dem Schmerz und die Finsternis über ihr zusammenschlug.

Sie war im Gras auf die Knie gesunken und hatte die Arme um sich geschlungen. *Verdorbene, vaterlose Sünderin.*

◆ ◆ ◆

Als der Nachmittag sich dem Abend zuneigte, kehrte Al Sorna aus der Festung des sechsten Ordens zurück. Er sagte nichts, sondern bedeutete den Soldaten nur, aufzusitzen und unversäumt weiterzureiten. Sein Schweigen dauerte bis zum Einbruch der Nacht an. Sie schlugen ihr Lager auf und verzehrten eine Mahlzeit aus fader, aber deftiger Soldatenkost. Reva saß Alornis gegenüber, aß mechanisch und wich ihrem Blick aus. *Zu lange*, dachte sie fortwährend. *Zu lange bei ihm, zu lange bei ihr.*

Stiefelleder knarrte, und sie schaute auf und sah Al Sorna über sich stehen. »Es ist Zeit, unsere Abmachung zu erfüllen.«

Sie ließen Alornis am Feuer zurück und suchten sich eine Stelle, wo das lange Gras die Straße säumte, weit genug entfernt, um außer Hörweite zu sein. Reva setzte sich mit überschlagenen Beinen auf die Wiese, während Al Sorna sich neben sie kauerte und ihr aufmerksam in die Augen blickte. »Was weißt du über den Tod deines Vaters?«, fragte er. »Nicht, was du dir ausmalst, sondern was du wirklich weißt.«

»Das elfte Buch schildert, wie er seine Truppen in der Hohen Burg zusammenzog, um den Eindringlingen entgegenzutreten. Ihr habt einen Angriff geführt und seid mithilfe des Dunklen in die Burg eingedrungen. Er hat heldenhaft gekämpft, aber die Wahrklinge des Weltvaters wurde von der Überzahl der Feinde und der Macht des Dunklen besiegt.«

»Mit anderen Worten, du weißt nichts. Da von seinen Anhängern keiner überlebte, war derjenige, der dieses elfte Buch geschrieben hat, nicht vor Ort. Dein Vater hat keine Armee zusammengezogen. Er wartete. Und er hatte eine Geisel genommen – jemanden, der mir sehr teuer war. Er hat sie benutzt, um mich dazu zu zwingen, die Waffen niederzulegen, damit er mich töten konnte. Und er ist keinen Heldentod gestorben, sondern völlig verwirrt und von etwas in den Wahnsinn getrieben, das ihn veranlasste, seinen Vater zu töten.«

Reva schüttelte den Kopf. Der Priester hatte sie des Öfteren gewarnt, dass sie sich würde wappnen müssen, wenn sie es mit Ketzern zu tun bekam. *Sie haben gewonnen, also bestimmen sie, was niedergeschrieben wird*. Trotzdem setzten die Worte ihr zu. So ungern sie sich das eingestand, Al Sorna sprach die Wahrheit. Er verheimlichte manches, ließ vieles ungesagt, aber trotzdem war er im Grunde ehrlich. Und im Unterschied zu ihrem Vater konnte sie tatsächlich hören, was er sagte. »Ihr lügt«, erwiderte sie und zwang sich, überzeugend zu klingen.

»Wirklich?« Er blickte ihr unverwandt in die Augen. »Ich glaube, du weißt, dass ich die Wahrheit sage. Ich glaube, du wusstest schon immer, dass die Geschichte deines Vaters gelogen ist.«

Reva wandte sich ab und schloss die Augen. *Das ist Teil seiner Gabe*, begriff sie jetzt. *Darin liegt die wahre Macht des Dunklen. Nicht in seinem Schwert, sondern in seinen Worten. Welch kluge List, eine Lüge hinter der Maske von Vertrauen und Wahrheit zu verbergen!* »Das Schwert«, sagte sie, ihre Stimme heiser und belegt.

»Wir befanden uns im Thronsaal in der Hohen Burg. Mein Bruder hat eine Axt geworfen, die deinen Vater in der Brust traf. Er war sofort tot. Ich weiß noch gut, wie sein Schwert durch die Luft wirbelte und im Halbdunkel verschwand. Ich habe es nicht an mich genommen, und ich habe auch keinen meiner Brüder oder Soldaten damit gesehen.«

»Ihr habt gesagt, Ihr wüsstet, wo ich es finden kann.«

Sie kannte die Antwort, bevor er sie aussprach, und trotzdem trafen sie die Worte bis ins Mark, schlimmer als jeder Schlag von der Rute des Priesters. »Ich habe gelogen, Reva.«

Sie schloss die Augen. Ein glühend heißes Zittern überlief sie von Kopf bis Fuß. »Warum?«, war alles, was sie herausbrachte, und es war kaum ein Flüstern.

»Deine Glaubensgenossen behaupten, ich hätte mir das Dunkle zu eigen gemacht. Aber das ist, wie ein viel weiserer Mensch einmal gesagt hat, ein Wort, das von Unwissenden benutzt wird. In Wirklichkeit gleicht das Dunkle einem Lied, einem Lied, das mich führt. Und es hat mich zu dir geführt. Es wäre nur allzu einfach gewesen, dich in jener ersten Nacht im Wald abzuschütteln, aber das Lied hat mir gesagt, dass ich auf dich warten soll. Dich bei mir behalten und dich lehren, was derjenige, der dich losgeschickt hat, dich nicht gelehrt hat. Hast du dich nie gefragt, warum du nur im Umgang mit dem Messer unterrichtet wurdest? Der Bogen oder das Schwert wurden dir vorenthalten, denn damit hättest du eine Chance gegen mich gehabt. So wurdest du zu einer Bedrohung, die gerade gefährlich genug war, damit ich dich töte. Das Blut der Wahrklinge wäre der Dunkelklinge zum Opfer gefallen. Eine neue Märtyrerin. In jener Nacht, als du mich gefunden hast, war da noch jemand. Mein Lied hat das gespürt, als es dich gefunden hat. Jemand ist dir gefolgt, hat abgewartet und alles beobachtet. Ein Zeuge, den es nach einem weiteren Kapitel im elften Buch verlangte.«

Sie erhob sich, und er erhob sich mit ihr. Das Schwert auf ihrem Rücken rutschte hin und her, wie eine Schlange, die kurz davorsteht vorzuschnellen. »Warum?«, fragte sie.

»Die Anhänger deines Vaters brauchen mich. Sie brauchen den großen Ketzer zum Feind. Ohne mich sind sie nur eine Gruppe von Verrückten, die den Geist eines anderen Verrückten anbeten. Du bist auf die Suche nach etwas geschickt worden, das nicht gefunden werden kann, in der Hoffnung, dass ich dich töte und damit weiterem Hass Nahrung gebe. Du hast nur aufgrund deiner Abstammung einen Wert für sie und nur, wenn du stirbst. Du bist ihnen völlig gleichgültig. Mir nicht.«

Das Schwert zischte so schnell und zielsicher aus der Scheide wie ein Pfeil, und Reva stürzte sich auf ihn. Er bewegte sich nicht, drehte sich nicht weg, wich nicht aus, stand einfach nur still und verzog keine Miene, als das Schwert sein Hemd und seine Haut durchstieß.

Reva wurde bewusst, dass sie weinte, eine Empfindung, an die sie sich undeutlich aus ihrer Kindheit erinnerte, als der Priester sie zu sich genommen hatte und seine Prügel ihr noch grausam erschienen waren. »Warum?«, keuchte sie unter Tränen.

Bisher hatte sie bloß die Haut der Dunkelklinge geritzt. Aber sie musste nur zustoßen, und Vaelin Al Sorna würde in eine wohlverdiente Ewigkeit der Marter und Pein eingehen.

»Aus dem gleichen Grund, aus dem ich mich dem Lied verweigere, auch wenn es mich anschreit, dich ziehen zu lassen«, sagte er, und noch immer war ihm keine Furcht anzumerken. »Aus dem gleichen Grund, aus dem du mich nicht töten kannst.« Langsam hob er die Hand und strich ihr über die Wange. »Ich bin auf der Suche nach einer Schwester in dieses Land zurückgekehrt. Stattdessen habe ich zwei gefunden.«

»Ich bin nicht Eure Schwester. Ich bin nicht Eure Freundin. Ich suche das Schwert der Wahrklinge, um alle in der Liebe des Weltvaters zusammenzuführen.«

Er stieß ein leises Seufzen aus und schüttelte den Kopf. »Dein Weltvater ist nichts weiter als eine tausend Jahre alte Sammlung von Mythen und Legenden. Und wenn es ihn denn gäbe, dann würde er dich für das hassen, was du bist – das behaupten jedenfalls die Bischöfe.«

Aus dem Zittern wurde ein Beben, und das Schwert in ihrer Hand fing an zu vibrieren. *Einfach nur zustoßen* … Sie drehte sich abrupt um, verlor das Gleichgewicht und stürzte.

»Komm mit uns, Reva«, flehte er sie an.

Sie rappelte sich auf und rannte los, durch die flirrende Finsternis des hohen Grases. Tränen liefen ihr übers Gesicht, ihre Arme mühten sich auf und ab, und die Schwertklinge funkelte in ihrer Hand. Sie unterdrückte ein Schluchzen, während ihr sein trauriger Ruf hinterherhallte. »REVA!«

Neuntes Kapitel

Frentis

D*er Same wird wachsen …*

Der Juckreiz begann an dem Morgen, nachdem sie den alten Mann im Tempel umgebracht hatten. Als Frentis erwachte, spürte er, wie sich die nackte Frau an ihn schmiegte. Ihre Gesichtszüge wirkten, während sie schlief, äußerst gelassen und glücklich; die dunklen Locken fielen ihr ins Gesicht, hin und wieder leicht bewegt von ihrem sachten, sorglosen Atem. Am liebsten hätte er sie erwürgt. Wieder hatte sie ihn mit großer Leidenschaft benutzt – ihre Fingernägel hatten sich ihm in den Rücken gekrallt, sie hatte die Beine um ihn geschlungen und laut keuchend auf Volarianisch rätselhafte Sätze ausgestoßen. »Uns gehört jetzt … die ganze Welt … mein Geliebter … Soll der Verbündete … doch sein Spiel … mit uns treiben … Bald wird er sich an … meine Regeln halten müssen … Und du …« Sie hatte lächelnd innegehalten und ihm einen Kuss auf die Stirn gedrückt. Von ihren Brüsten war der Schweiß auf seine vernarbte Haut getropft. »Du wirst die Spielfigur sein, die das ganze Brett abräumt.«

Wie er so dalag, sein Körper in das Sonnenlicht getaucht, das in Streifen durch die Fensterläden fiel, befahl er seinen Armen, sich zu bewegen, seinen Händen, sie an der Gurgel zu packen, legte er seine ganze Willenskraft in diesen Befehl. Aber seine Arme blieben, wo sie waren, entspannt und reglos. Selbst jetzt, in tiefen Schlaf versunken und in Albträume, die sie für Wunschträume hielt, waren ihre Fesseln nicht abzuschütteln.

Den Juckreiz spürte er, während sein Blick über die kunstvoll verzierte Decke ihres Zimmers schweifte – ein kaum merkliches Kitzeln, seitlich unterhalb des Brustkorbs. Wahrscheinlich war es nur eine der zahllosen Wanzen, die in diesem Winkel des Reichs allgegenwärtig zu sein schienen. Allerdings hatte das Jucken einen Rhythmus, wie ein leichtes, beständiges Kratzen, das zu gleichmäßig war, um das Knabbern einer Wanze zu sein.

Die Frau regte sich, drehte sich auf den Rücken und öffnete die Augen. Ein träges Lächeln erschien auf ihren Lippen. »Guten Morgen, Herzliebster.«

Frentis sagte nichts.

Sie verdrehte die Augen. »Jetzt schmoll nicht. Glaub mir, dieser Mann hat es nicht verdient, dass du nur einen Gedanken an ihn verschwendest.« Sie stand auf, ging nackt zum Fenster hinüber und spähte durch die Läden hinaus. »Allem Anschein nach haben wir für einige Aufregung gesorgt. Aber das war zu erwarten. Diese vernunftlosen Wichte kommen nur schlecht damit klar, wenn eine ihrer Göttinnen nicht verhindern kann, dass ihr Tempel niederbrennt.«

Sie wandte sich ab, gähnte und fuhr sich durch das wirre Haar. »Na los, zieh dich an. Unsere Liste ist lang, und die Straße ist es auch.«

Er ging in sein Zimmer hinüber. Auf dem Flur sperrte eine Dienstmagd den Mund auf, keuchte laut und wurde knallrot; er schloss die Tür und schlüpfte in seine Kleider. Der Juckreiz war noch immer da, und jetzt ließen ihm die Fesseln genügend Freiheit, um nachzuschauen. Mit spitzen Fingern tastete er die Haut unterhalb seines Brustkorbs ab. Da war nichts, nur eine breite Narbe, die von der Seite zum Brustbein verlief … Moment mal! Er entdeckte eine winzige Veränderung in der Beschaffenheit seiner Haut – die Stelle war spürbar glatter als das Gewebe darum herum. Sehen konnte er den Unterschied nicht, aber seine Finger sprachen eine deutliche Sprache. *Ist das …? Heilt es etwa?*

Er musste daran denken, wie bestürzt die Frau gewesen war, als sie das Blut des alten Mannes in seinem Gesicht bemerkt hatte – wie sie ihn gefesselt und eingehend gemustert hatte, ob er sich nicht irgendwie veränderte. Und die letzten Worte des alten Mannes: *Der Same wird wachsen …*

Die unsichtbaren Fesseln versetzten ihm einen ungeduldigen Stoß, und er zog sich ganz an. Ob die Narben nun heilten oder nicht, ihre Macht über ihn war so vollkommen wie eh und je.

◆ ◆ ◆

Sie gingen hinunter zum Hafen und buchten auf einem kleineren Handelsschiff eine Überfahrt zu den Zwölf Schwestern. Der Kapitän war ein altgedienter Seemann und betrachtete Frentis mit offensichtlichem Misstrauen. Schließlich sagte er etwas zu der Frau, das sie zum Lachen brachte. »Er findet, dass du wie ein Nordländer aussiehst«, erklärte sie auf Volarianisch und gab dem Kapitän eine Antwort auf Alpiranisch, die ihn zufriedenzustellen schien. Er deutete auf einen Platz auf dem Mitteldeck, zwischen Hühnerkäfigen und Fässern voller Gewürze. Keine Stunde später legten sie ab und setzten Segel, um den Wind aus nordwestlicher Richtung auszunutzen.

»Wie ich das Meer, Schiffe und Matrosen hasse«, sagte die Frau und blickte angewidert auf die Wellen hinaus. »Einmal bin ich über den Ozean in den Fernen Westen gesegelt – endlose Wochen, die ich zusammen mit Sklaven und Narren verbracht habe. Ich musste mich sehr zusammenreißen, sie nicht alle auf halbem Wege umzubringen.«

Jemand stieß einen lauten Ruf aus, und sie wandten sich um. Ein junger Matrose deutete steuerbords aufgeregt über den Bug. Frentis und die Frau gesellten sich zu ihm an die Reling, dicht gefolgt von weiteren Seeleuten, die alle auf Alpiranisch wild durcheinanderredeten. Anfangs konnte Frentis nichts erkennen, was eine solche Aufregung gerechtfertigt hätte, aber dann gerieten in einer Entfernung von etwa zweihundert Metern die Wellen in Aufruhr, und ein riesenhafter Schwanz, der die Form eines Segels hatte, tauchte aus dem Wasser auf. *Ein Wal*, ging es Frentis durch den Kopf. Vor der Küste von Renfael hatte er schon einmal einen gesehen, aber so beeindruckend sie auch sein mochten, waren sie für Seeleute doch gewiss kein ungewöhnlicher Anblick.

Der Aufruhr wurde plötzlich stärker, und zwischen der Gischt blitzte es rötlich. Ein großer, spitzer Kopf erhob sich aus dem Schaum, und ein gewaltiger Rachen öffnete sich und entblößte Reihen hell leuchtender Zähne. Dann war er wieder fort, und kurz darauf durchbrach ein riesiger Schwanz, der bestimmt über vierzig Meter lang war, die Wasseroberfläche. Seine Haut schimmerte in der Sonne, blassrote Streifen auf der dunkelgrauen Oberseite, die Unterseite milchig weiß. Der Schwanz peitschte hin und her und verschwand wieder. Die Wellen beruhigten sich, und der rötliche Film auf ihrer Oberfläche wurde nur von Blasen durchbrochen, die aus der Tiefe aufstiegen.

»Ein Rothai«, sagte die Frau. »Ungewöhnlich, dass sie der Küste so nahe kommen.«

Nachdem die Seeleute noch ein wenig fröhlich geplaudert hatten, zerstreuten sie sich wieder. Anscheinend war das ein gutes Omen gewesen.

»Sie sagen, der Meeresgott Olbiss hätte dem Hai einen Wal zu fressen gegeben, um seinen Hunger zu stillen, sodass wir sicher weitersegeln können«, übersetzte die Frau und wandte ihr Gesicht dem Meer zu, um ihr herablassendes Grinsen zu verbergen. »Um meinen Hunger zu stillen, braucht es mehr als einen Wal.«

◆ ◆ ◆

Vier Tage später kam Land in Sicht, ein großer Berg, der sich nach und nach im morgendlichen Nebel abzeichnete. Frentis fand, dass er unnatürlich dunkel wirkte, doch als der Wind sie ein wenig näher heranschob, erkannte er, dass er von oben bis unten bewaldet war. Wieder erwartete sie ein Dschungel.

Sie legten an einem schmalen Steg an, der sich auf der Südseite der Insel hinaus in das natürliche Hafenbecken erstreckte. Die Frau erklärte, es handle sich um Ulpenna, die östlichste der Zwölf Schwestern, jener Inseln, die die geborstene Brücke zwischen den beiden Kontinenten bildeten. Er folgte ihr den Steg entlang, hinein in eine größere Stadt, deren Gebäude vor allem aus Holz gebaut waren. Im Unterschied zu dem auf wackeligen Pfählen errichteten Sklavenmarkt am volarianischen Ufer stellte diese Dschungelstadt eine Eleganz und ein Alter zur Schau, die darauf hindeuteten, dass die Insel schon vor langer Zeit besiedelt worden war. Die Häuser hatten zumeist zwei Stockwerke, und auf jeder Veranda standen unterschiedliche Statuen, die sämtlich kunstvoll verziert waren.

»Jedes Haus hat seine eigene Gottheit.« Wieder schien die Frau seine Gedanken zu lesen. »Jede Familie hat ihren eigenen Beschützer.«

Sie kehrten in einem Gasthof ein und aßen scharf gewürzten Hühnereintopf. Die Frau fing mit dem Mann, der sie bediente, ein Gespräch an. Frentis konnte dem Alpiranischen kaum folgen, aber er schnappte die Worte »Gesetz« und »Haus« auf.

»Keine Wachen«, bemerkte die Frau, als sie schließlich allein waren. »Ein vertrauensseliger Kerl, dieser Magistrat. Außerdem sehr beliebt, dem Vernehmen nach. Nicht eben das, was man von einem Gesetzgeber erwartet.«

Sie verweilten bis zum späten Nachmittag in der Taverne und folgten dann einem roten Pfad aus Tonerde, der aus der Stadt hinaus und die von hohen Bäumen bestandenen Berghänge hinauf führte. Nach einer guten Stunde nahm die Frau eine Abzweigung, und sie schritten durch den dichten Dschungel, bis sie zu einem großen Haus kamen. Es war ein beeindruckendes dreistöckiges Gebäude, dessen Fenster offen standen, um die frische Meeresbrise hereinzulassen.

»Nur der Magistrat«, wies die Frau Frentis an, während er sich bis auf seine Hosen auszog und sich Erde auf die bloße Haut schmierte. »Offenbar gibt es eine Frau und drei Kinder, aber mit ihnen musst du dich nicht befassen.« Sie kniff ihn leicht in die Nase. »Ist das nicht nett von mir? Jetzt aber los, Herzliebster!«

Die Informationen, die sie in dem Gasthof erhalten hatten, trafen zu – es gab keine Wachen. Ein Diener arbeitete in dem kleinen Garten auf der Rückseite des Hauses, während ein zweiter auf der Veranda die Laternen anzündete. Frentis kroch durch das dichte Unterholz und blieb, als er sich der Südwand bis auf fünf Meter genähert hatte, reglos liegen. Erst als die Nacht hereinbrach, kroch er weiter. Die Wand war leicht zu erklimmen – die Verzierungen, die sie schmückten, boten ihm allemal genügend Halt.

Er zog sich auf die Veranda des obersten Stockwerks hinauf und entdeckte eine offene Tür. In dem Zimmer schlief in einem großen

Bett ein Kind, im Halbdunkel kaum mehr als ein Umriss unter einer Decke. Frentis schlich an ihm vorbei und betrat den Flur. Durch zwei weitere Türen schaute er in Zimmer, in denen ebenfalls Kinder schliefen, bevor er sich nach unten begab. Hier entdeckte er wieder zwei Zimmer, eines voller Bücher, das, so vermutete er, das Arbeitszimmer war, das andere ein Schlafzimmer, die Bettdecke einladend zurückgeschlagen. Er ging zurück zur Treppe und lauschte auf die Stimmen, die aus dem Erdgeschoss zu ihm heraufdrangen.

Die Stufen knarrten, während er hinabstieg, doch seine Schritte waren so leise, dass niemand etwas bemerkte. Die Stimmen kamen aus einem Raum an der Vorderseite des Hauses, ein Mann und eine Frau, die sich hinter einer Tür unterhielten. Frentis suchte sich eine dunkle Ecke, kauerte sich auf den Boden und wartete.

Er hatte den Eindruck, dass der Juckreiz heute schlimmer geworden war – inzwischen machte er ihm wirklich zu schaffen. Die unsichtbaren Fesseln waren so locker, dass er sich kratzen konnte, was allerdings überhaupt keine Wirkung zeigte, und wieder stellten seine Finger fest, dass sich die Beschaffenheit der Narbe verändert hatte: Die glatte Stelle auf dem schadhaften Gewebe war größer geworden …

Als die Tür aufging, zuckte er zusammen – eine Frau trat heraus, wandte sich um und sagte noch etwas. Dabei fiel der Lichtschein aus dem Zimmer auf ihr Gesicht. Sie war etwas über vierzig Jahre alt und durchaus wohlgestaltet. Die Haare hatte sie hochgebunden, und sie trug ein hellblaues Seidenkleid. Eine Männerstimme drang durch die Tür, und die Frau lächelte, bevor sie, ohne Frentis zu bemerken, die Treppe hinaufging.

Er wartete, bis er hörte, wie sie das Schlafzimmer betrat, und huschte dann zur Tür. Die Frau hatte sie einen Spaltbreit offen gelassen, und er konnte hineinsehen. An einem Schreibtisch saß ein Mann, dem Fenster zugewandt, durch das man einen herrlichen Blick auf das Meer hatte. Während er eine Schriftrolle las, summte er leise vor sich hin. Er war mittelgroß und beleibt, und seine Haare waren mehr grau denn schwarz. Während er den Dolch aus der Scheide zog, fragte Frentis sich, wie er wohl hieß.

◆ ◆ ◆

»Ein einziger Stich«, sagte die Frau, während sie den Hang hinaufwanderten. Sie hatten bis zum Morgen im Dschungel ausgeharrt, das Haus beobachtet und auf die Schreie gewartet. Dann machten sie sich an den Aufstieg, begleitet vom Wehklagen der Frau, wobei sie sich von der Straße und der Stadt entfernten, wo die Leute anfangen würden, Fragen nach Besuchern von außerhalb zu stellen, sobald sie von dem Mord erfuhren. »Sauber und schnell«, setzte die Frau hinzu. Die Steigung zu erklimmen schien sie nicht anzustrengen. »Möchtest du mir nicht dafür danken, dass ich dir gestattet habe, ihn auf so gnädige Weise zu töten?«

Frentis kletterte schweigend weiter.

Als die Sonne ihren höchsten Stand erreicht hatte, machten sie auf dem Gipfel Halt. Die Frau wandte sich mit ausgebreiteten Armen nach Westen. »Die Zwölf Schwestern in ihrer ganzen Pracht.«

Sie verloren sich, von Dunst eingehüllt, in weiter Ferne, elf Inseln, die sich, von Dschungel bedeckt, aus dem Meer erhoben. »Jahrhundertelang haben nicht einmal die Tapfersten gewagt, sich hier niederzulassen«, fuhr die Frau fort. »Es heißt, eine große Katastrophe hätte diese Gegend heimgesucht und die Landbrücke, die unseren Kontinent mit dem heutigen alpiranischen Reich verband, in Stücke gerissen. Niemand weiß, was der Auslöser war, obwohl die Legenden tausend Erklärungen enthalten. Die Alpiraner behaupten, die Götter hätten gegen die Namenlosen gekämpft, und ihr Zorn sei so groß gewesen, dass die Erde erbebte und die Landbrücke zerstört wurde. Die Stämme im Süden erzählen untereinander, eine Feuerkugel sei vom Himmel gefallen. Auf Volarianisch gibt es sogar eine alte Geschichte über einen mächtigen, wenngleich törichten Magier, der etwas heraufbeschworen hat, über das er die Gewalt verlor, etwas, das das Land verheerte, bevor es ihn mit sich in den Abgrund riss. Was auch immer da geschehen sein mag – die Landbrücke war hinterher jedenfalls zu dem geworden, was du hier siehst, die zwölf Inseln. Finsteres Gelichter und dunkle Magie sollen hier zurückgeblieben sein, Tiere, die wie Menschen sprechen, Menschen, die eher Tieren gleichen. Für die ersten Alpiraner war es bestimmt ein Schock, als sie hierherkamen und nichts außer stinkendem Dschungel vorfanden.«

Sie machte sich auf der Westseite an den Abstieg. »Aber uns bleibt keine Zeit, die Aussicht zu genießen, Herzliebster. Besser, wir lassen diesen Felsen vor Einbruch der Nacht hinter uns. Du kannst doch schwimmen, oder?«

◆ ◆ ◆

Der Kanal zwischen Ulpenna und ihrer Nachbarinsel war an seiner schmalsten Stelle mindestens fünf Meilen breit. Die Frau wies Frentis an, aus dem leichten Holz, mit dem der Strand übersät war, ein kleines Floß für ihr Gepäck zu fertigen. Die Äste band er mit Schlingpflanzen aus dem Dschungel zusammen. Im Wasser schob er das Floß mit beiden Armen vor sich her. Er war schon immer ein guter Schwimmer gewesen, aber das hatte sich auf den Salzfluss beschränkt, der direkt außerhalb der Mauern des Ordenshauses vorbeiströmte. Das hier war etwas anderes: Der fortwährend starke Wellengang und die Dunkelheit, die sich allmählich über das Wasser legte, während die Sonne unterging, beschworen Bilder von dem großen Rothai herauf, der den Wal verschlungen hatte.

Die Frau lachte, drehte sich auf den Rücken und strampelte träge mit den Beinen – offenbar fühlte sie sich äußerst wohl. »Keine Sorge. Für einen Rothai sind wir eine viel zu kümmerliche Mahlzeit. Allerdings hat er kleinere Geschwister.« Wieder lachte sie und schwamm voraus, während Frentis' Angst noch zunahm.

Unbehelligt erreichten sie das andere Ufer, auch wenn Frentis hätte schwören können, dass etwas Rauhes, Geschupptes unter Wasser sein Bein gestreift hatte. Er sammelte Treibholz und stapelte es zu einem Kegel auf. Die Frau legte die Hand darauf und ächzte vor Schmerz und Freude, als Flammen aus ihren Fingern hervorschossen und das Holz entzündeten. Fast augenblicklich rann ihr Blut aus der Nase. Sie wischte es mit einer beiläufigen Bewegung fort, aber Frentis entging nicht, wie sie, nachdem die Flammen erloschen waren, ihre Hand anspannte und der Schmerz ihre Schultern beben ließ. *Alles hat seinen Preis, mein Herzliebster.*

Sie setzten sich ans Feuer, damit ihre Kleider trockneten. Es wurde immer dunkler, und ein Halbmond wanderte das Firmament hinauf.

»Kannst du singen?«, fragte die Frau. »Ich habe mich schon immer danach gesehnt, dass mein Geliebter mir im Mondschein etwas vorsingt.«

Dieses eine Mal antwortete Frentis nur allzu bereitwillig. »Nein.«

Sie runzelte die Stirn. »Ich kann dich dazu zwingen, das weißt du.«

Frentis starrte schweigend ins Feuer.

»Du fragst dich bestimmt, wer er war«, fuhr sie fort. »Warum sein Name auf unserer Liste stand.«

Der Juckreiz machte sich wieder bemerkbar, war nun fast ein Brennen. Er musste sich bemühen, nicht zusammenzuzucken, und ließ die Hände weiter auf seinen Knien ruhen. Wenn sie denn bemerkte, dass ihm etwas zu schaffen machte, zeigte sie es nicht, sondern warf nur trockene Zweige ins Feuer und sprach weiter. »Ich gebe nur ungern zu, dass er kein schlechter Mann war – ganz im Gegenteil, soweit ich das in Erfahrung bringen konnte. Ein gerechter und gebildeter Richter, und unbestechlich dazu. Ein Mann, der das Vertrauen aller genießt, der Reichen wie der Armen. Ein Mann, zu dem in schweren Zeiten alle aufschauen.« Sie warf einen letzten Zweig ins Feuer und schenkte Frentis ein trauriges Lächeln. »Deshalb stand er auf der Liste. Seine Ehrenhaftigkeit hat ihn getötet, nicht du. Du bist lediglich das Werkzeug in einem von langer Hand geplanten Unternehmen.«

Sie erhob sich, setzte sich neben ihn, umfasste seinen Arm und legte den Kopf an seine Schulter. Bestimmt gaben sie ein bezauberndes Bild ab, dachte er bei sich, junge Liebende, die sich an einem mondbeschienenen Strand aneinanderschmiegen. Aber ihre Stimme hatte nichts Bezauberndes, als sie weitersprach. Sie war eher ein rauhes, zischendes Flüstern, die Stimme einer Wahnsinnigen.

»Ich weiß, dass es dir Kummer bereitet«, sagte sie. »Herzliebster, ich weiß nur zu gut, wie das ist. Auch wenn das lange her ist. Du hältst mich für grausam, aber was weißt du schon von wahrer Grausamkeit? Ist der Tiger grausam, wenn er eine Antilope schlägt? Oder der Rothai, wenn er sich auf den Wal stürzt? War dein verrückter König grausam, als er dich in seinen hoffnungslosen Krieg schickte? Du verwechselst Zielstrebigkeit mit Grausamkeit, und ich hatte immer ein Ziel vor Augen. Ich handle nicht blindwütig. Wenn wir diese Liste abgearbeitet haben, werden wir eine eigene zusammenstellen, das verspreche ich dir, und dann wird es keinen Kummer mehr geben, wenn du einen Namen davon streichst, nur Freude.«

Sie kuschelte sich an ihn und seufzte zufrieden … und der Juckreiz brannte wie Feuer.

◆ ◆ ◆

Auf den Zwölf Schwestern töteten sie noch zweimal. Den Schreiber eines Kaufmanns auf Alpenna, den die Frau in einer Gasse erwürgte, während er nach einem Ort suchte, um den Wein abzuschlagen, den er an jenem Abend getrunken hatte. Und ein Mädchen in einer Taverne in Astenna, die Frentis mit Silber auf sein Zimmer lockte – Silber, das er vor ihren Augen tanzen und über seine Knöchel hüpfen ließ. Kichernd folgte sie ihm die Treppe hinauf, und sie kicherte immer noch, als er sie mit einer Verbeugung hereinbat, eine Lampe anzündete und sie in die Arme nahm. Wieder erlaubte ihm die Frau, es schnell hinter sich zu bringen.

Bevor die Sonne aufging, fanden sie ein Schiff und segelten mit der morgendlichen Gezeitenströmung davon. Vier Tage später legte das Schiff in Dinellis an, einer geschäftigen Hafenstadt, die noch größer war als Mirtesk. Inzwischen hatten sie ihre Tarnung als vornehme Dame und Leibwächter abgelegt, und sie war in die Rolle eines feigen Mäuschens geschlüpft, während er den herrschsüchtigen Maulhelden markierte, den verzogenen Sohn eines meldeneischen Kaufmanns, der im Auftrag seines Vaters unterwegs war. In Dinellis wurde ein weiteres Opfer von der Liste gestrichen, ein rundlicher Gastwirt, der von einem übermütigen Frentis eingeladen wurde, sich auf einen Becher Wein zu ihnen auf die Veranda zu gesellen. Dort ließen sie ihn dann auch zurück, die blinden Augen auf den Hafen gerichtet, während der leere Weinbecher noch immer auf seinem beträchtlichen Bauch ruhte.

Während sie nach Norden reisten, wurden die Tage von einer albtraumhaften Eintönigkeit bestimmt, nur unterbrochen von den Menschen auf der Liste, die sie unterwegs aufsuchten. Ihr Vorgehen folgte keinem Muster, jedenfalls soweit Frentis das beurteilen konnte. Eine Waschfrau in einem Dorf zehn Meilen nördlich von Dinellis, ein bärenstarker Knecht auf einem Bauernhof zwei Tage später, ein halb blinder und tauber alter Mann am Tag danach. Wenn er nicht gesehen hätte, wie der Mann, dessen Stimme ihm merkwürdig vertraut gewesen war, ihr die Liste gab, hätte er sie wahrscheinlich für eine Wahnvorstellung gehalten, die dem aus den Fugen geratenen Geist der Frau entsprungen war, eine Illusion, die es ihr gestattete, willkürlich zu töten. Allerdings übte sie sich dabei sehr in Zurückhaltung, was Frentis davon überzeugte, dass sie diese Morde nicht aus Vergnügen beging. Die Brutalität, die ihn so angewidert hatte, als sie den alten Mann in Hervellis getötet hatte, war einer schrecklichen Effizienz gewichen. Ob sie selbst die Tat beging oder ihn dazu zwang – kaum etwas wurde dem Zufall überlassen. Ihre Opfer wurden, wenn sich die Gelegenheit dazu bot, ausgespäht und getötet, und zwar schnell und möglichst sauber, und stets waren sie verschwunden, bevor jemand Alarm schlagen konnte.

Ein Zimmermann in Varesch. Ein weiterer Magistrat in Raval. Der Anführer einer Räuberbande in den Hügeln im Westen.

»Also, der war wirklich hartnäckig.« Die Frau legte den Kopf schräg und betrachtete, während sie das Blut von ihrem Kurzschwert schüttelte, den Kopf des Räuberhauptmanns.

Frentis wich einem Speer aus, den ihm der letzte Bandit in den Bauch rammen wollte; die anderen fünf lagen bereits leblos und blutüberströmt auf der Erde. Es war nicht einfach gewesen, ihr Lager aufzuspüren – mehrere Tage lang hatten sie die Hügel durchkämmen müssen. Als sie schließlich darauf stießen, beschloss die Frau, nicht bis zum Einbruch der Dunkelheit zu warten, sondern sich gleich auf sie zu stürzen und sie zu töten. »Herzliebster, wir haben keine Zeit für Spielereien.«

Der Anführer der Bande hatte sich nach Kräften gewehrt, und als er gefallen war, hatten seine Kumpane nicht die Flucht ergriffen, was davon zeugte, dass unter diesen Spitzbuben durchaus Freundschaft und Respekt herrschten.

Der letzte der Banditen trug sein Haar lang und hatte es zu straffen Zöpfen geflochten. Augen und Mund waren von einer verworrenen Vielfalt dekorativer Narben umgeben. Er bedachte Frentis mit einem unverständlichen Schwall alpiranischer Schimpfworte und verdoppelte seine Anstrengungen, wobei er aus Zorn zu viel Kraft in seinen letzten Speerstoß legte. Die mit Widerhaken versehene Klinge verfehlte ihr Ziel, und Frentis nutzte die Gunst des Augenblicks und versetzte ihm einen Schlag gegen das Kinn. Der Bandit sackte bewusstlos auf den staubigen Fels.

»Er hat uns gesehen«, sagte die Frau, und die unsichtbaren Fesseln zwangen Frentis, sein Schwert auf den Hals des Gefallenen zuzubewegen …

… der Juckreiz brannte hell und heiß, so hell, dass er sich wunderte, dass er sich nicht durch sein Hemd hindurchbrannte und ihn blendete …

… die Klinge fuhr herab und durchtrennte das Genick. Der Bandit zuckte. Und starb.

Sie nahmen die Pferde der Banditen an sich, gedrungene, breitbeinige Tiere, kaum größer als Ponys, und ritten in strammem Tempo nach Norden. Den Pferden ging es zunehmend schlechter, je weiter die Nacht fortschritt, aber die Frau duldete keinen Halt, und bevor der nächste Morgen anbrach, hatten sie sie zu Tode geritten. Nach zwei weiteren Tagesmärschen lag Alpira vor ihnen, die Hauptstadt des Reiches.

»Überwältigend, oder?«, sagte die Frau. »Eine Straße, die auch nur das Geringste taugt, können sie nicht bauen, eine Stadt dagegen schon.«

Alpira bestand aus einem riesigen, quadratischen Gitternetz aus zahllosen Häusern und Türmen, auf allen Seiten von gewaltigen, schräg abfallenden Mauern umgeben, die fünfzehn Meter breit waren. Wären die Bilder der Morde, die sie begangen hatten, nicht auf ihn eingestürmt, wäre Frentis vor Ehrfurcht erstarrt. *Der Knecht hatte sich von seinem Pflug abgewandt und war mit einem freundlichen Lächeln zu ihnen getreten, weil er sie für Reisende hielt, die ihn nach dem Weg fragen wollten. Frentis' Dolch hatte ihm den Hals aufgeschlitzt, und sie hatten zugeschaut, wie er, auf dem Boden wild um sich schlagend, sein Leben aushauchte.*

»Siehst du, dort?«, fragte die Frau und deutete mit dem Finger. »Die Kuppel des kaiserlichen Palastes.« Die Nachmittagssonne spiegelte sich in der Kuppel, die von einem weißen Feuer erfüllt zu sein schien. »Ganz mit Silber verkleidet, jeder Zoll davon. Ich frage mich, wie sie aussehen würde, wenn sie brennt.«

Auf einem Hügel ganz in der Nähe schlugen sie ihr Lager auf und beobachteten, während die Nacht hereinbrach, die Stadt. Je länger die Schatten wurden, umso spektakulärer wurde das Lichtermeer, bis die Stadt einem unnatürlich gleichmäßigen Spinnennetz glich.

Die Frau holte ein gewachstes Pergament aus dem Bündel, warf kurz einen Blick darauf und schleuderte es dann ins Feuer, wo es in den Flammen schwarz wurde und sich kräuselte. »Du begreifst es immer noch nicht, oder?«, fragte sie. »Was das alles zu bedeuten hat?«

Frentis schaute zu, wie die letzten Pergamentfetzen verbrannten, und sagte nichts.

»Hast du schon einmal von der Kunst des Wahrsagens gehört?«

Eigentlich wollte er ihr keine Beachtung schenken, aber er stellte fest, dass er unbedingt wissen wollte, warum sie ihn gezwungen hatte, all das Blut zu vergießen. Wenn es ihm gelang, einen Sinn darin zu erkennen, würden ihn die Bilder vielleicht nicht mehr mit solcher Heftigkeit quälen.

»Einer meiner Brüder hat einmal davon gesprochen«, sagte er. »Bruder Caenis wusste über vieles Bescheid.«

»Ich verstehe. Und was hat der kundige Bruder Caenis erzählt?«

»Die Wahrsagekunst bedient sich des Dunklen. Um die Zukunft zu sehen.«

»Ganz recht. Aber es ist bei Weitem keine exakte Wissenschaft, und eine seltene Gabe dazu. Der Rat durchkämmt schon seit Jahrhunderten nicht nur das Reich, sondern auch ferne Länder, um Menschen zu finden, die über diese Gabe verfügen. Und das alles nur mit dem einen Ziel – herauszufinden, was passieren wird, wenn wir dieses Reich erobern. Aus dem, was diese Menschen, meistens unter Folter, in den letzten Jahrzehnten gesehen haben, ist diese Liste hervorgegangen. Jeder einzelne Name ist in den Visionen, die den Wahrsagern abgerungen wurden, wieder und wieder genannt worden. Der Magistrat auf Ulpenna hätte eine Flotte bewaffneter Handelsschiffe dazu gebracht, unsere Nachschublinien anzugreifen. Dem Schreiber war es bestimmt, ein herausragender Stratege in der Seekriegsführung zu werden, der Architekt eines großen Sieges. Die Hure in dem Gasthof hätte sich zu einer äußerst begabten Bogenschützin entwickelt und wäre, nachdem sie unseren Admiral auf Deck unseres Flaggschiffes getötet hätte, zu einer Legende geworden. Den Rest kannst du dir selbst zusammenreimen. Unsere Liste war eine Liste von Helden, mein Liebster. Indem wir sie beseitigen, haben wir dafür gesorgt, dass das Volarianische Reich einer Zeit ewigen Ruhms entgegengeht.«

Das Geräusch, das aus seiner Brust drang, war so ungewohnt, dass es ihm im Hals wehtat – es war ein Lachen. Allerdings klang es eher wie ein heiseres Husten, und die Augen der Frau wurden schmal. »Findest du das komisch, Herzliebster?«

Sein Zorn ließ ihn nur noch lauter lachen, und er verstummte erst, als sich die unsichtbaren Fesseln fest zusammenzogen. Die Frau beugte sich vor und öffnete und schloss ihre Hände. »Ich werde nicht zulassen, dass du mich verspottest. Du hast gesehen, wie ich das Blut des Mannes getrunken habe, der sich das angemaßt hat. Vergiss nicht, wozu ich fähig bin.«

Zu seiner Überraschung stellte er fest, dass sie ihm die Freiheit ließ zu sprechen. »Davor habe ich keine Angst«, krächzte er. »Ihr mögt eine verrückte Hexe sein, aber Ihr habt Euch tatsächlich in mich verliebt.«

Die Frau erstarrte, die Hände zu Fäusten geballt. Ihre Wangen zuckten. »Anscheinend verstehst du mehr von Grausamkeit, als ich dir zugetraut habe.« Langsam setzte sie sich wieder auf und spreizte die Hände. »Ich habe dich gefragt, was du so komisch findest.«

Dieses Mal ließen die Fesseln nicht zu, dass er schwieg. »In diesem Reich leben Millionen von Menschen«, sagte er. »Keine Sklaven, sondern freie Bürger, mehr, als irgendwer zählen kann. Janus hatte die größte und beste Armee losgeschickt, die in den Königslanden je ausgehoben wurde, und wir konnten drei Städte nicht länger als ein paar Monate halten. Glaubt Ihr wirklich, dass es Euch gelingt, dieses Reich zu erobern, nur weil wir die Leute auf dieser Liste getötet haben? Glaubt Ihr, unter all diesen Millionen gibt es keine anderen, die ihren Platz einnehmen werden? Ich hoffe, dass Euer niederträchtiges Volk den Versuch unternimmt, hier einzumarschieren, und ich hoffe, ich lebe lange genug, um zu sehen, wie es untergeht.«

Jetzt stieß sie ein Lachen aus, nur kurz, aber fast schon wehmütig. »Ach, mein Herzliebster, wenn du nur wüsstest, wie kindisch du bist, wie kleinmütig. Du redest davon, ein Reich zu erobern, und natürlich träumen diese Idioten, die den Rat bilden, von nichts anderem – wie die billigste Hure verkaufen sie sich an den Verbündeten. Von mir aus können sie dieses Reich geschenkt haben. *Ich* möchte mehr, und ich werde es bekommen, mit dir an meiner Seite.«

Der Juckreiz, der sich an diesem Tag fast noch gar nicht geregt hatte, begann erneut. Der Schmerz war nicht stark, aber hartnäckig und unangenehm.

»Zuerst jedoch«, sagte die Frau, stand auf und klopfte sich den Staub von den Kleidern, »müssen wir einen letzten Namen von unserer Liste streichen. Und da du mich so wunderbar komisch findest, werde ich darauf beharren, dass du mit unserem Opfer spielst. Denn es handelt sich um ein Kind, mein Liebster, und Kinder spielen doch so gerne.«

◆ ◆ ◆

Die Villa erhob sich auf einem Plateau im Westen der Stadt, ein großes, hufeisenförmiges Gebäude, das zwei Stockwerke hoch war und einen Stall, eine Werkstatt und ein aufwendig verziertes Haupthaus umfasste, umgeben von gepflegten Akazien- und Olivenhainen. Wachen in weißen Umhängen gingen auf dem Anwesen paarweise Streife. Angesichts ihrer großen Zahl schätzte Frentis, dass dort mindestens eine Kompanie in Garnison lag.

Sie hatten sich dem Plateau durch einen schmalen Spalt im Südhang genähert. Bei Tageslicht wäre der Aufstieg schon gefahrvoll gewesen, bei Nacht grenzte es an ein Wunder, dass er ihnen gelang. Frentis wusste, dass er die geschmeidige Präzision, mit der er die Felswand erklomm, der Frau zu verdanken hatte – seine Hände und Füße fanden stets aufs Neue festen Halt. Irgendwie ermöglichten es ihr die unsichtbaren Fesseln, ihre Fähigkeiten auf ihn zu übertragen – zusammen mit ihrem Zorn. Der Juckreiz hatte nicht nachgelassen, und Frentis machte sich fortwährend Sorgen, er könnte ihn so sehr ablenken, dass er ins Rutschen geriet, aber die Fesseln und das Geschick der Frau ließen keine Fehler zu, und sie erreichten den Rand des Plateaus ohne Zwischenfälle.

Während über ihnen zwei Wachen vorbeistapften, hing er unmittelbar neben ihr, die Finger an den Sims geklammert und von der Anstrengung schweißgebadet. Aber er lief nicht eine Sekunde Gefahr loszulassen, und er vermutete, dass die Frau, wenn sie es denn gewollt hätte, ihn dort hätte hängen lassen können, bis er verhungert wäre. Sie wartete, bis die Stimmen der Wachmänner nicht mehr zu hören waren, zog sich dann hinauf und sprintete in die Gärten; Frentis hielt sich drei Meter hinter ihr. Sie bewegten sich schnell und fast völlig lautlos vorwärts und hielten erst unter den Bäumen inne, um weitere Streifen passieren zu lassen. Beide waren sie von Kopf bis Fuß in schwarze Baumwolle gekleidet, und die Metallgriffe ihrer Schwerter und Dolche waren mit Asche geschwärzt, damit kein Funkeln sie verriet. Die Wachen versahen ihren Dienst sehr gewissenhaft; sie wechselten nur hin und wieder leise ein paar Worte und suchten ihre Umgebung fortwährend nach Eindringlingen ab. Wer auch immer hier wohnte, war offenbar des besten Schutzes würdig, den der Kaiser zu bieten hatte.

Es dauerte über eine Stunde, bis sie sich zur Rückseite des Haupthauses vorgearbeitet hatten. Die Fenster im Erdgeschoss waren alle fest verriegelt, und diese Seite des Gebäudes wies keinerlei Ornamente auf, die ihnen Halt geboten hätten. Die Frau zog etwas aus dem seidenen Futteral, das an der Unterseite ihres Handgelenks befestigt war, eine kleine Garrotte, mit der sie, wie Frentis wusste, den Schreiber auf den Zwölf Schwestern getötet hatte, zehn Zoll glänzender Stahldraht, der mit zwei Holzgriffen versehen war. Sie schlich zu einem der Fenster, betrachtete kurz das eiserne Vorhängeschloss an den Läden und schlang den Draht dann um das Eisenstück, an dem es befestigt war. Ihre Hände bewegten sich so schnell, dass er kaum folgen konnte, und das Kratzen des Drahtes auf dem Metall klang nach der langen Stille wie ein Schrei. Frentis hielt Wache, während die Frau arbeitete. In einiger Entfernung sah er zwei Gestalten in weißen Umhängen durch den Garten marschieren, von links nach rechts und von rechts nach links; sie folgten einem Muster, das sie immer näher an das Haus heranführte. So dicht an den Ställen waren er und die Frau nicht zu sehen, aber das würde ihnen nichts nützen, wenn die beiden Wachen erst einmal auf zehn Meter heran waren.

Ein leises Klirren war zu hören, als sich das Schloss von dem Fensterladen löste, und bevor es zu Boden fiel, fing die Frau es auf. Sie öffnete die Läden und stieg hindurch. Frentis folgte ihr, ohne zu zögern, und schloss die Läden hinter sich. Sie befanden sich in einer Küche; im

Herd glomm noch immer ein Feuer, und an der Wand schimmerten im Halbdunkel mehrere Reihen Kupfertöpfe. Die Frau zog ihr Schwert und schlich zur Tür.

Zu dieser Stunde waren die meisten Diener bestimmt längst in einem Nebengebäude zu Bett gegangen, nur ein paar hatten offenbar noch im Haupthaus zu tun. Sie stießen auf einen alten Mann, der im Flur die Lampen anzündete, und das Schwert der Frau durchbohrte, bevor er ihre Anwesenheit wahrnahm, seinen Nacken. Eine hübsche junge Magd fegte die Marmortreppe, die aus der Vorhalle nach oben führte, und sie hatte noch die Zeit, sie mit weit aufgerissenen Augen anzustarren, bevor Frentis seinen Dolch warf, direkt in ihre Brust. Er zog ihn wieder heraus, und sie stiegen die Treppe hinauf. Inzwischen war der Juckreiz zu einem Nadelstich in seiner Seite geworden, der ihm heftige Schmerzen verursachte, und wären die unsichtbaren Fesseln nicht gewesen, wäre er längst schreiend zu Boden gegangen.

Auf dem nächsten Stockwerk begegneten ihnen drei weitere Diener, die sie sämtlich mit lautloser Effizienz aus dem Weg räumten. Die Frau öffnete eine Tür nach der anderen, bis sie ihre Beute fand. Der Junge setzte sich, als das Licht aus dem Flur ihn erreichte, im Bett auf, gähnte und rieb sich die Augen. Er war neun oder zehn Jahre alt, starrte sie mit einem seltsam furchtlosen Staunen an und murmelte verschlafen ein paar Worte.

»Einen solchen Traum wie uns hattest du noch nie, mein Junge«, sagte die Frau und nickte Frentis zu. »Bring ihn her.« Sie drehte sich um, ging den Flur entlang zu einer weiteren Tür und stieß sie auf, worauf der erschrockene Schrei einer Frau ertönte.

Frentis trat an das Bett des Jungen und streckte die Hand aus. Der Kleine betrachtete erst die Hand und dann ihn. Die Müdigkeit in seinen Augen war schrecklichem Begreifen gewichen. *Es tut mir leid,* wollte Frentis sagen, während die unsichtbaren Fesseln und der Juckreiz ihn bis an die Grenzen des Erträglichen quälten. *Es tut mir leid.*

Der Kopf des Jungen sank herab, und er nahm Frentis' Hand. Er ließ sich aus dem Zimmer führen, tapste in seinem Seidenhemd neben ihm her und durch die Tür, die die Frau geöffnet hatte.

Sie war gerade damit beschäftigt, eine andere Frau mit Kordeln, die sie von den Vorhängen heruntergerissen hatte, an einen Stuhl zu fesseln. Ihr Kopf war vornübergesunken, und dunkles Haar verbarg ihre Züge. Als sie fertig war, packte sie die Frau an den Haaren und riss ihr den Kopf nach hinten. Zum Vorschein kam ein Gesicht von betörender Schönheit, ein Gesicht, das einer der alpiranischen Götterstatuen hätte gehören können. Die gefesselte Frau trug ein weißes Seidengewand, und wo die Kordeln ihr ins Fleisch schnitten, blieben rote Striemen zurück. Die Frau schlug ihr in das wunderschöne Gesicht, erst einmal, dann ein zweites Mal. Die Augen der Gefesselten flogen auf; sie waren hellgrün und zuckten erschrocken hin und her.

»Herzliebster«, sagte die Frau in der Sprache der Königslande. »Darf ich vorstellen: Lady Emeren Nasur Ailers, ehemaliges Mündel des Kaisers Aluran Maxtor Selsus und verwitwete Braut von Seliesen Maxtor Aluran, der gefallenen Hoffnung des Reiches.«

Lady Emeren holte tief Luft und legte den Kopf in den Nacken.

»Wenn Ihr schreit, stirbt der Junge«, sagte die Frau.

Emeren schloss kurz die Augen, und ihr Atem entwich zwischen zusammengebissenen Zähnen. »Wer auch immer Ihr seid …«, erwiderte sie in der Sprache der Königslande in wohlgesetzten, wenn auch nicht ganz akzentfreien Worten.

»Verzeiht mir«, sagte die Frau. »Meine Umgangsformen sind nicht mehr das, was sie einmal waren. Ihr müsst natürlich erfahren, mit wem Ihr es zu tun habt. Dieser stattliche Bursche ist mein Liebhaber und bald mein Ehegatte, Bruder Frentis, ehemals aus dem sechsten Orden des Glaubens in den Vereinigten Königslanden. Was mich betrifft, so bedarf ich schon viele Jahre keines Namens mehr. Einstweilen mag es genügen, wenn Ihr mich eine Dienerin des Volarianischen Kaiserreiches nennt.«

Frentis betrachtete Lady Emerens berechnende Miene. Ihr Blick schweifte von der Frau zu Frentis und dem blutigen Dolch in seiner Hand und verweilte schließlich auf dem Jungen, der seine andere Hand hielt. Erst da sah Frentis so etwas wie echte Angst in ihren Augen.

Das Pochen in seiner Seite war wie ein Stachel, der ihm wieder und wieder ins Fleisch gerammt wurde …

»Wenn Ihr so viel wisst«, sagte Emeren scheinbar gelassen, »dann wisst Ihr auch, dass ich im Reich über keine wirkliche Macht verfüge.

Der Kaiser gibt nichts auf mein Wort. Mein Tod wird ihn nicht bekümmern.«

»Das ist auch gar nicht unser Ziel«, erwiderte die Frau. Sie ging zu dem großen Bett hinüber, setzte sich und hüpfte auf der weichen Matratze auf und ab wie ein kleines Mädchen. »Ich dachte, eine Sache würde Euch interessieren«, sagte sie. »Sie betrifft Euren jüngsten Besuch auf den meldeneischen Inseln. Wusstet Ihr, dass Ihr uns, wären Eure listigen Pläne aufgegangen, grenzenlos geholfen hättet? Wir haben es aufgegeben, Al Sorna gefangen nehmen zu wollen – jetzt trachten wir ihm nur noch nach dem Leben. Er ist in jeder Vision gegenwärtig, die wir unseren Sehern abpressen. Er ist ein fortwährendes Hemmnis für uns, denn er rettet die, deren Tod wir wünschen, und tötet die, die wir brauchen. Euren weithin betrauerten Gatten zum Beispiel.«

Emerens Augen blitzten, und ihre Angst konnte ihren Zorn nicht ganz verbergen.

»O ja«, fuhr die Frau fort. »Die Visionen haben keine Zweifel gelassen. Hätte er seine Begegnung mit Al Sorna überlebt, dann hätte Seliesen Maxtor Aluran die Ermordung Eures Kaisers eingefädelt und die Schuld daran den Vereinigten Königslanden in die Schuhe geschoben. Dadurch hätte er einen weiteren Krieg ausgelöst, einen Krieg, der jahrelang gewütet, dem Kaiserreich alle Kraft geraubt und aus Maxtor ein Ungeheuer gemacht hätte, den größten Tyrannen der alpiranischen Geschichte und das Verhängnis seines Volkes. Denn wenn unsere Armee an Land gegangen wäre, hätte das Reich kaum die Kraft gehabt, ihr etwas entgegenzusetzen.«

»Mein Gatte«, erwiderte Lady Emeren mit zusammengebissenen Zähnen, »war ein guter Mann.«

»Euer Gatte hatte viel für andere Männer übrig, und für Euch empfand er nur Abscheu.« Der Blick der Frau richtete sich auf den Jungen neben Frentis. »Ehrlich gesagt bin ich überrascht, dass Ihr ein Kind von ihm bekommen habt. Nun denn, die Pflicht zwingt uns zu den schändlichsten Taten. Nehmt meinen geliebten Verlobten hier. Ich weiß, dass das, wozu ich ihn gleich zwingen werde, ihm entsetzliche Pein bereiten wird, aber ich werde es trotzdem tun. Denn es ist meine Pflicht, ihn zu lehren, wie die Bande beschaffen sind, die uns vereinen.

Er liebt mich nicht, müsst Ihr wissen. Einen Mann zu lieben, der diese Liebe nicht erwidert, ist …« Sie seufzte und schenkte Emeren ein trauriges Lächeln.

»Nun, ich glaube, Ihr wisst, wie das ist. Das Blut Eures Sohnes, vor den Augen seiner Mutter vergossen, wird seine Seele weiter dem Abgrund entgegentreiben, uns einander näherbringen. Denn jedes Mal, wenn wir gemeinsam töten, wird unsere Verbindung stärker. Ich weiß, dass er das spürt, mein Lied verrät es mir.«

Die grässliche Furcht, die Frentis empfand, wich bloßem Entsetzen, während er zusah, wie der Frau eine Träne über die Wange rann, ihr Blick war auf ihn gerichtet, ihre Augen vor grenzenloser Liebe geweitet. »Schneide ihm als Erstes die Finger ab, Liebster. Ganz langsam, mit viel Gefühl …«

… das Pochen nahm inzwischen kein Ende mehr, aus den einzelnen Nadelstichen war ein dauerhafter Schmerz geworden …

Er stieß den Jungen zu Boden, packte ihn, zwang seine Finger auseinander und setzte die Klinge seines Dolches auf den Knöchel des kleinen Fingers …

Im Stockwerk unter ihnen fiel etwas mit lautem Krachen zu Boden, gefolgt von einem wütenden Schrei auf Alpiranisch.

»HEVREN«, kreischte Lady Emeren mit ganzer Kraft und zerrte verzweifelt an ihren Fesseln.

Augenblicklich war durch die offene Tür zu hören, wie Stiefel über Marmor donnerten.

»Sehr ärgerlich«, seufzte die Frau, sprang vom Bett, zog das Schwert und eilte zur Tür. »Keine Zeit mehr für Sperenzchen, Herzliebster. Ich bin unten. Kümmere dich um beide, aber halte dich nicht zu lange damit auf.«

Als er mit ihnen allein war, packte Frentis den Jungen an den Haaren, zog seinen Kopf nach hinten und legte ihm den Dolch an die entblößte Kehle …

Der Schmerz in seiner Seite explodierte, eine Nova aus allesverschlingender Pein, die ihm jeden Gedanken aus dem Kopf brannte, schlimmer noch als die unsichtbaren Fesseln. Er drohte, das Gleichgewicht zu verlieren, und ließ den Jungen los.

Der Junge rannte zu seiner Mutter und zerrte an den Kordeln, mit denen sie an den Stuhl gefesselt war. *»Unteh!«*, schrie sie ihn an und schüttelte verzweifelt den Kopf. *»Emmah forgalla. Unteh! UNTEH!«*

Er rennt nicht weg, dachte Frentis, der sah, wie der Junge sich weiter an den Kordeln zu schaffen machte.

Zu seiner Überraschung stellte Frentis fest, dass er sich bewegen konnte, obwohl der Schmerz in allen seinen Gliedern wütete. *Er konnte sich bewegen.* Er ging einen Schritt, und das aus eigenem Antrieb, obwohl die Fesseln ihn weiterhin nötigten, dem Jungen und seiner Mutter die Kehle durchzuschneiden. Sie waren noch immer da, brannten sich ihm unsichtbar ins Fleisch, aber verglichen zu dem Schmerz, der seine Seite heimsuchte, waren sie kaum mehr als ein Ärgernis.

Von unten drang Kampfeslärm herauf, wütende Stimmen und das Klirren von Stahl auf Stahl, und dann ein lautes Zischen, als ginge mit Öl getränktes Holz auf einem Scheiterhaufen in Flammen auf. Schreie folgten, und Rauch breitete sich auf dem Flur vor der Türe aus. Frentis taumelte auf Emeren und den Jungen zu; seine Arme und Beine zuckten wild, während er darum rang, trotz der Schmerzen die Kontrolle über sie zurückzugewinnen. Er fiel vor Emeren auf die Knie und stieß dabei einen qualvollen Schrei aus, ihr direkt ins Gesicht. Sie wandte sich angewidert ab, und als er den Dolch hob, war es an ihr, einen Schrei auszustoßen. Frentis' Hand schien von einem Eigenleben erfüllt. Der Junge stürzte sich auf ihn, trat, boxte, biss. Frentis spürte es kaum, konzentrierte seine ganze Willenskraft auf den Dolch, setzte seine Spitze an die Kordel, die sich über Emerens Brust spannte. Ein letztes Muskelzucken, und es war geschafft – die Kordel riss und fiel zu Boden. Er ließ den Dolch los, der in ihrem Schoß liegen blieb, und rollte, von Krämpfen geschüttelt, auf den Rücken.

Die unsichtbaren Fesseln brannten sich ihm mit neu erwachter Stärke ins Fleisch, während die Schmerzen in seiner Seite langsam abnahmen. *Nicht genug*, dachte er mit zusammengebissenen Zähnen und wand sich auf dem Boden. *Der Same ist nicht genug gewachsen.*

Er war gewahr, dass Emeren über ihm stand, den Dolch fest umklammert. Auf ihrem Gesicht zeichneten sich abwechselnd Zorn und Verwirrung ab. »Verzeihung«, stotterte er, und Speichel spritzte ihm von den Lippen. »Ver… Verzeihung …«

Ihr Blick bohrte sich in ihn, während ihr Sohn an ihrer Hand zerrte. »Entahla!«

Frentis wollte sie anschreien, sie solle weglaufen, aber die Fesseln ließen ihm keinen Raum, noch etwas Verbotenes zu tun. Sie warf ihm einen letzten verzweifelten Blick zu, riss den Jungen an sich und rannte aus dem Zimmer. Dort wandte sie sich nach links, klug genug, die Treppe, die in die Vorhalle hinabführte, zu meiden.

Die Fesseln schlossen sich um ihn wie die Faust eines Riesen und zwangen ihn mit einem unerbittlichen Befehl auf die Füße: HILF IHR!

Mit gezogenem Schwert rannte er die Treppe hinunter in die Vorhalle, wo sich die Frau ein Duell mit einem weiß gekleideten Wachmann lieferte. An den Wänden loderten Flammenzungen empor, und dichter schwarzer Rauch stieg zur Decke. Die Frau bestürmte den Wachmann mit aller Gewandtheit, die sie aufbringen konnte, den blutverschmierten Mund weit aufgerissen, aber er war kein leichter Gegner und parierte ihre Angriffe mit raschen Gegenstößen seines Säbels. Er kam Frentis irgendwie bekannt vor – ein hochgewachsener Mann mit dunkler Haut, schwarzen Haaren mit grauen Strähnen und den hageren, wettergegerbten Gesichtszügen eines Veteranen. Als er Frentis sah, verzog er das Gesicht, wich einer Attacke der Frau aus und stürzte zur Treppe.

Frentis parierte den Säbelhieb und konterte mit einem Schlag, mit dem er dem Wachmann die Augen auszustechen hoffte, doch dieser ging ins Leere. Der Wachmann sprang mehrere Stufen die Treppe hinauf, wandte sich um und blickte Frentis an, die Augen vor Angst und Wut weit aufgerissen, unschlüssig, ob er weiterkämpfen oder sich um seine Herrin und ihren Sohn kümmern sollte.

Sie sind in Sicherheit, wollte Frentis sagen, aber die Fesseln erlaubten es nicht.

Ein Schrei ließ ihn herumfahren – die Frau wehrte sich gegen die Angriffe zweier weiterer Wachleute, die hereingestürmt waren, obwohl die Flammen inzwischen die offene Tür erreicht hatten. Der grauhaarige Wachmann sah seine Chance und griff mit dem Säbel an. Frentis gelang es im letzten Moment beiseitezuspringen, doch die Spitze der Klinge schnitt durch sein Baumwollhemd und fuhr ihm über den Rücken. Mit allem Schwung trat er nach dem Wachmann;

sein Stiefel krachte gegen die Brustplatte, und sein Gegner wurde nach hinten geschleudert. Ihm blieb jedoch keine Zeit, daraus einen Vorteil zu ziehen, denn die Frau rief ihn an ihre Seite. Sie war ein Stück zurückgewichen, und Frentis trat zwischen sie und die beiden Neuankömmlinge, während sie ihr Schwert in die Scheide schob und ihre Fäuste auf die nächstliegende Wand richtete. Flammen schossen aus ihnen hervor, trafen die Wand und erschütterten sie in ihren Grundfesten. Die Frau brach zusammen, und Blut strömte ihr aus Nase, Ohren, Augen und Mund.

Frentis fing sie auf, bevor sie zu Boden gehen konnte, wuchtete sie sich über die Schulter, parierte einen letzten Hieb von einem der Wachmänner und sprintete durch das Loch, das sie in die Mauer gesprengt hatte.

Um die Villa herum herrschte heilloses Chaos. Dichter Rauch breitete sich überall aus, und Wachen rannten kopflos umher. Frentis eilte hinter das Haus, um in die Stallungen zu gelangen. Er hoffte, dass er Emeren und dem Jungen nicht begegnen würde, denn er wusste, wozu ihn die Fesseln dann zwingen würden.

In den Stallungen wimmelte es nur so von Wachleuten und Dienern, die sich verzweifelt abmühten, die Pferde vor der Feuersbrunst zu retten, die bereits das Haupthaus verschlang. Frentis entschied sich für einen großen Hengst, der sich erschrocken aufbäumte, als ein Stalljunge versuchte, ihn davonzuführen. Er schlug den Jungen nieder, schnappte sich die Zügel, warf die Frau über den Rücken des Hengstes und sprang hinter ihr auf. Das Pferd rannte los, ohne dass er es dazu hätte ermutigen müssen – es wollte diesen schrecklichen Ort so schnell wie möglich verlassen.

Nur wenige Augenblicke später galoppierten sie aus dem rauchigen Dunst hinaus. Hinter ihnen ging die Villa in Flammen auf, und wenig später fiel sie in sich zusammen.

Zweiter Teil

◆ ◆ ◆

Woher die Menschen stammten, die in so gewaltiger Zahl in die Nordlande einwanderten – eine Invasion, die wir heute als »den Ansturm der Eishorde« bezeichnen –, bleibt ein Rätsel. Ihre Sprache und Sitten waren sowohl den Bewohnern der Königslande als auch den Kriegern der Eorhilaner und Seordahner völlig fremd. Die überwiegende Mehrheit der Horde starb bei dem Blutbad, das auf ihre verheerende Niederlage folgte, und nur ein jämmerlicher Rest konnte zurück auf das Eis fliehen. Somit muss sich der Gelehrte, um sich ein Bild von ihrer Gesellschaft zu machen, auf Augenzeugen aus den Königslanden beschränken, deren Betrachtungsweise von Vorurteilen und abstrusen Geschichten über die dunkle Gabe und grässliche Ungeheuer nur so wimmelt. Den Quellen lässt sich allerdings entnehmen, dass sich die Horde gegenüber allen, die nicht ihrem Stamm angehörten, unvorstellbar grausam verhielt. Außerdem übten sie eine ungewöhnliche Macht über ihre Tiere aus, die sie in den Kampf führten.

— Meister Olinar Nuren, dritter Orden,
Die Nordlande: eine historische Skizze,
Archiv des dritten Ordens —

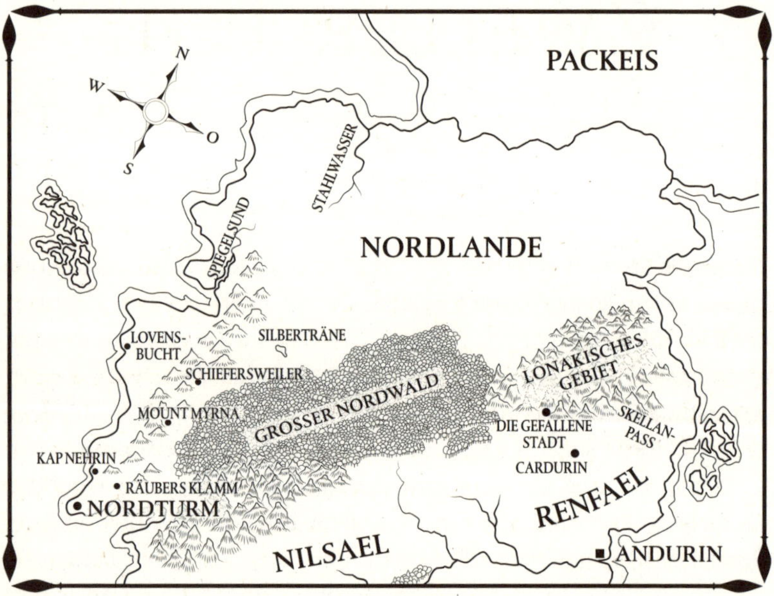

PACKEIS
N
W
O
S
STAHLWASSER
SPIEGELSUND
NORDLANDE
LOVENS-
BUCHT
SILBERTRÄNE
SCHIEFERSWEILER
GROSSER NORDWALD
LONAKISCHES
GEBIET
MOUNT MYRNA
DIE GEFALLENE
STADT
SKELLAN-
PASS
KAP NEHRIN
CARDURIN
RÄUBERS KLAMM
NORDTURM
RENFAEL
NILSAEL
ANDURIN

Verniers' Bericht

Zitternd wich ich bis zur Reling zurück – das strenge Verhör des übel riechenden Mannes machte mir Angst.

»Ich weiß es nicht«, sagte ich.

Der Mann zog ein Messer. Offenbar hatte er es unter seinen Kleidern verborgen, denn als er an Bord des Schiffes gekommen war, hatte ich keine Waffe an ihm bemerkt. Schneller, als ich es für möglich gehalten hätte, setzte er mir die Klinge an die Kehle, packte mit seiner freien Hand meine Haare und riss meinen Kopf nach hinten. Sein stinkender Atem hüllte mich ein. »Wo ist er, Schreiber?«

»In … in den Nordlanden«, stammelte ich. »König Malcius hat ihn, als er in die Königslande zurückkehrte, dorthin geschickt.«

»Das weiß ich.« Die Messerklinge schnitt mir immer tiefer ins Fleisch. »Wo ist er jetzt? Was hat dir der Kriegsherr über ihn erzählt? Was für Botschaften hat er erhalten?«

»K-keine! Das schwöre ich. Er wurde kaum erwähnt. Der Kriegsherr schien ihn zu hassen.«

Der Mann beugte sich noch tiefer über mich herab, und er betrachtete forschend mein Gesicht – zweifelsohne suchte er nach Anzeichen von Hinterlist.

»Ich nehme an, Ihr werdet mich für jeglichen Verlust entschädigen«, sagte der General. »Ich hatte noch einiges mit ihm vor.«

Der Fremde stieß ein Knurren aus, ließ mich los und trat einen Schritt zurück. Ich sackte gegen die Reling, verzweifelt darum bemüht, aufrecht stehen zu bleiben. An Deck zusammenzubrechen wäre von meinem Meister als Beleidigung aufgefasst worden. Die Gattin des Generals kam näher und reichte mir ihr Seidentaschentuch. Als ich es auf den Schnitt an meinem Hals drückte, färbte sich der kunstvoll bestickte Stoff sofort rot.

»Ihr habt wie befohlen die Gefangenen verhört?«, wollte der Mann von dem General wissen. Er war an den Tisch getreten, schenkte sich Wein ein und kippte den Becher mit kurzen Schlucken hinunter. Rote Flüssigkeit lief ihm übers Kinn und tropfte auf seine bereits fleckigen Kleider.

»Ja.« Die Augen des Generals wurden schmal, während er sein Gegenüber betrachtete, und sein Tonfall war eisig – ganz offensichtlich passte es ihm überhaupt nicht, diesem schmutzigen Gesellen zu gehorchen. »Über die Dunkelklinge, die sie so sehr zu hassen scheinen, gibt es viele Lügengeschichten. Echte Informationen dagegen sind rar. Sie finden die Vorstellung, dass er ihnen zu Hilfe kommen könnte, lächerlich.«

»Wirklich?« Der Mann wandte sich wieder um. »Komm her, Schreiber.«

Ich ging auf unsicheren Beinen zum Tisch, wobei ich seinem Blick auswich.

»Du hast ihn auf seiner Überfahrt zu den Inseln begleitet«, sagte der Mann. »Findest du es lächerlich, dass er kommen würde, um die zu retten, die ihn hassen?«

Ich dachte an die Geschichte zurück, die mir Al Sorna an Bord des Schiffes erzählt hatte, über all die Prüfungen und Kämpfe, die sein Leben beeinflusst hatten. Am deutlichsten konnte ich mich jedoch an den Tag erinnern, an dem er auf den Inseln mit seinem Herausforderer die Klingen gekreuzt hatte. Al Sorna hatte sich, während der Schild bewusstlos am Boden lag, umgedreht und war davongegangen. Ich hatte selbst guten Grund, ihn zu hassen – kein Tag verging, an dem ich nicht an Seliesen dachte. Aber seit jenem Ereignis war dieser Hass schwächer geworden; ganz abgeebbt war er zwar nicht, aber ich empfand ihn nicht mehr mit derselben Leidenschaft. »Verzeiht mir, Herr«, sagte ich zu dem General. »Aber er wird kommen, um mit Euch zu kämpfen, wenn er kann. Hier oder irgendwo anders.«

»Natürlich wird er das.« Der Mann leerte einen weiteren Becher Wein und schleuderte ihn achtlos beiseite; der Bodensatz lief über die herrlichen Landkarten. Unvermittelt wandte er sich um und schritt zu seinem Boot zurück.

»Habt Ihr keine Informationen für uns?«, rief der General ihm nach.

Der Mann warf einen Blick über die Schulter. »Doch. Glaubt nicht, dass es einfach wird.« Er setzte mit einem Sprung über die Reling und wirkte dabei weit athletischer, als man es von einem Mann seines Alters erwartet hätte. Kaum in dem Boot gelandet, bellte er den Sklaven an den Riemen Befehle zu. Das Boot legte ab und fuhr ans Ufer zurück. Der Mann blieb die ganze Zeit über reglos im Bug stehen. Ich hatte den Eindruck, dass ich ihn sogar noch auf diese Entfernung riechen konnte.

Fornella sagte etwas mit leiser Stimme, ein Zitat aus einem meiner Werke, dem dritten der Gesänge von Gold und Staub: Meditationen über das Wesen der Politik. *»Beurteilt eine Nation stets nach ihren Verbündeten.«*

◆ ◆ ◆

Der Angriff begann um die Mittagszeit. Hunderte von Booten trugen Tausende von Varitai und Freien Schwertern über den Fluss, wo sie, als sie vor den Mauern Alltors landeten, von einem Schwarm Pfeile begrüßt wurden. Manche Boote gelangten nicht einmal ans Ufer, denn sie wurden so sehr mit Pfeilen gespickt, dass ihre Riemen stillstanden und sie von der Strömung davongetragen wurden. Weitere Soldaten fielen, während sie aus den Booten sprangen und versuchten, Aufstellung zu nehmen. Der General merkte an, dass es klug von ihm gewesen sei, die Männer mit Schilden auszurüsten, etwas, das ich mir notieren sollte.

»Ein paar zusammengenagelte Holzplanken, die von zwei oder drei Männern hochgehalten werden«, sagte er. »Ein einfaches Gegenmittel gegen ihre ach so furchterregenden Langbögen.«

Trotz dieses Gegenmittels zählte ich vor den Mauern immer noch über zweihundert Tote, bis das erste Bataillon die nächstgelegene Bresche erreichte. Die Schiffe mit den Wurfgeschützen waren inzwischen näher ans Ufer gefahren. Ihre Projektile bestanden jetzt aus großen Bündeln in Öl getränkter Lumpen, die kurz vor dem Abschuss mit einer Fackel angezündet wurden. Aufsteigende Rauchwolken verrieten, dass in der Stadt bereits mehrere Feuer wüteten. »Feuer ist der beste Verbündete eines kühnen Kommandanten«, sagte der General, und ich fragte mich, wie viele von diesen Äußerungen er sich vorher zurechtgelegt hatte. Seine Frau verdrehte die Augen – offenbar nicht wenige. An den Breschen in der Mauer tobte der Kampf fast eine Stunde lang. Volarianische Soldaten schlugen von Pfeilen gegeißelt wild um sich und schienen kaum vorwärtszukommen. Der General hielt die Zeit für gekommen und gab den Kuritai das Zeichen zum Angriff. Das Bataillon rannte über den Dammweg, die Sturmleitern hoch erhoben. Obwohl der General richtig vermutet hatte und die meisten cumbraelischen Verteidiger an den Breschen plaziert waren, schlug den Kuritai trotzdem ein dichter Pfeilhagel entgegen, und zwei Dutzend von ihnen fielen, bevor sie die Mauern erreichten. Erst dann schwangen die Leitern empor und verkeilten sich zwischen den Zinnen. Ich hatte den Eindruck, dass die Hälfte der Männer auf der Strecke blieb, während sie versuchten, die Sprossen zu erklimmen; jede Sekunde stürzte einer von ihnen in die Tiefe. Schließlich gelang es einem respektablen Trupp von ihnen, sich auf die Mauer hochzuziehen, eine kleine schwarze Schar inmitten der graugrünen Cumbraeler, die sie wieder hinabzustoßen suchten. Der General beobachtete alles durch ein Fernrohr und bellte schließlich einen weiteren Befehl. »Schickt die Reserve los!«

Zwei Bataillone von Freien Schwertern, die ebenfalls Leitern trugen, rückten über den Dammweg vor. Sie verloren weniger Männer an die cumbraelischen Bogenschützen, weil die Kuritai die Verteidiger auf den Mauern beschäftigt hielten. Die Freien Schwerter erklommen die Mauern an zwei verschiedenen Stellen und lockten damit weitere Verteidiger von den Kuritai fort, die sich unterdessen einen Weg stadteinwärts freikämpften. Die Reihen der Cumbraeler gerieten plötzlich in Aufruhr, und sie zogen sich zurück, verschwanden innerhalb von wenigen Augenblicken von den Mauern. Aus einer der Breschen ertönte Triumphgeschrei – die Schar der volarianischen Angreifer war endlich durchgebrochen.

»Und so geht es seinem Ende entgegen«, sinnierte der General mit einstudierter Gelassenheit. Er reichte das Fernrohr einem Sklaven, setzte sich und strich sich nachdenklich über das Kinn. »Die größte Belagerung in der volarianischen Geschichte, und dank gründlicher Planung und einiger Stunden Arbeit findet sie bald ihren Abschluss.« Er schaute zu mir herüber, um sich zu vergewissern, dass meine Feder noch immer emsig mithielt.

»Vielleicht gestattet Euch der Rat, dieser Stadt einen neuen Namen zu geben«, sagte Fornella. »Tokrevia?«

Der General wurde rot und tat so, als würde er sie nicht beachten.

»Auch wenn ›brennende Ruine‹ wahrscheinlich angemessener wäre«, fuhr sie fort, den Blick auf die zahlreichen Rauchsäulen gerichtet, die von der Stadt aufstiegen.

»Dann bauen wir sie eben wieder auf«, blaffte der General.

Fornellas Miene spiegelte, während sie das Werk ihres Gatten betrachtete, kein Triumphgefühl, sondern nur melancholische Abscheu. »Wenn Eure Soldaten irgendwelche Einwohner am Leben lassen, die uns als Sklaven dienen können.«

Weitere zwei Stunden vergingen, und immer noch wartete der General auf die Bestätigung, dass die Stadt gefallen war. Mit jeder Minute wurde er ungeduldiger. Während er vor der Reling auf und ab ging, befahl er dem Aufseher, die Sklaven auszupeitschen, sobald sie sich nur das Geringste zu schulden kommen ließen. Schließlich näherte sich ein Boot vom Ufer, an Bord ein Mann in der pechschwarzen Rüstung eines Divisionskommandanten. Als er an Deck stieg, stand ihm die Erschöpfung ins Gesicht geschrieben. Seine Züge waren schwarz von Ruß, und sein Oberarm war frisch verbunden. Er salutierte vor dem General und verneigte sich vor dessen Frau.

»Und?«, verlangte Tokrev zu wissen.

»Die Mauern sind unser, hochverehrter General«, berichtete der Offizier. »Allerdings hat es den Anschein, als hätten die Cumbraeler nie vorgehabt, sie zu halten. Sie haben innerhalb der Stadt Barrikaden errichtet und Häuser abgerissen, um die Straßen zu versperren. Auf den Dächern wimmelt es von Bogenschützen. In den Straßen haben wir mehr Männer verloren als in den Breschen.«

»Barrikaden!«, fauchte Tokrev. »Du trittst vor mich und jammerst etwas von Barrikaden. Reißt sie ein, Mann!«

»Durch die erste sind wir vor einer Stunde gebrochen, hochverehrter General. Allerdings befand sich hundert Meter weiter bereits die nächste. Und alle Hände in der Stadt haben sich gegen uns erhoben – Männer und Frauen, Alt und Jung. Wir müssen um jedes Haus kämpfen, und ihre Hexe scheint überall zu sein.«

Die Stimme des Generals wurde sehr leise. »Noch ein Wort von der Hexe, und ich werde dich vor den Augen deiner Männer auspeitschen lassen.«

Er ging zum Bug des Schiffes und starrte zur Stadt hinüber.

»Vielleicht wäre es an der Zeit, dass die Männer sich ausruhen und neu organisieren«, sagte Fornella. Ihre Stimme klang schneidend – ganz offensichtlich machte sie keinen Vorschlag. »Um zu festigen, was wir gewonnen haben.«

Tokrev erstarrte, und ich sah, dass er die Hände hinter seinem Rücken zu

Fäusten ballte. Schließlich drehte er sich zu dem Divisionskommandanten um. »Halte den Vormarsch an und ordne deine Truppen neu. Und lass so viel Lampenöl wie möglich sammeln. Sobald es dunkel ist, greifen wir wieder an, und dann kämpfen wir nicht um jedes Haus, sondern wir brennen alles nieder. Verstanden?«

◆ ◆ ◆

In jener Nacht erhob sich über der Stadt Alltor eine große orangene Krone, die so hell war, dass sie sogar die Sterne überstrahlte. Der General hatte mir befohlen, an Deck zu bleiben, um das Spektakel aufzuzeichnen, während er sich mit einer Lustsklavin in seine Kabine zurückzog, einem Mädchen von nicht mehr als fünfzehn Jahren. Fornella hielt sich ebenfalls an Deck auf, ihren Umhang fest um die Schultern gewickelt. Wenn die Geräusche, die von unten zu uns heraufdrangen, sie beunruhigten, ließ sie sich das nicht anmerken. Nach einer Weile trat sie zu mir an den Bug und betrachtete die Stadt mit trauriger Miene.

»Wie alt ist diese Stadt?«, fragte sie mich.

»Fast so alt wie das Erzlehen Cumbrael, Herrin«, erwiderte ich. »Mindestens vier Jahrhunderte.«

»Diese beiden Türme dort – das ist ein Tempel zu Ehren ihrer Götter, habe ich recht?«

»Die Kathedrale des Weltvaters, Herrin. Ihr heiligster Ort, soweit ich weiß.«

»Glaubt Ihr, dass ihnen das die Kraft verleiht, sich so tapfer zu wehren? Eine heilige Mission, um die Heimstätte ihres Gottes zu verteidigen?«

»Da bin ich überfragt, Herrin.« Vielleicht ahnen sie auch nur, dass nichts anderes als Sklavendienst und Folter auf sie warten, weshalb sie es vorziehen, im Kampf zu sterben.

»Dieser Mann heute«, sagte sie. »Dieser stinkende Kerl. Wollt Ihr nicht wissen, wer das war?«

»Mir steht es nicht zu, zu fragen, Herrin.«

Sie sah mich mit einem Lächeln an. »So überzeugend in Eurer Rolle, dabei seid Ihr doch erst seit wenigen Wochen ein Sklave. Offenbar hängt Ihr sehr an Eurem Leben.« Sie wandte der Stadt den Rücken zu und lehnte sich mit verschränkten Armen an die Reling. »Würde es Euch überraschen zu erfah-

ren, dass er überhaupt kein Mensch ist? Sondern nur eine Hülle, in der etwas weit Grässlicheres haust als sein Gestank?«

»Von … von solchen Dingen verstehe ich nichts, Herrin.«

»Nein, natürlich nicht. Das ist ein wohlgehütetes Geheimnis, von dem nur der Rat und einige wenige andere wissen, die zu einflussreich sind, um ihnen das vorzuenthalten. So wie ich. Unser schmutziges, schändliches Geheimnis.« Ihr Blick schweifte in die Ferne, als suchten Gespenster aus der Vergangenheit sie heim.

Sie blinzelte und schüttelte leicht den Kopf. »Lasst uns über diesen Al Sorna sprechen«, sagte sie. »Wer genau ist er?«

Erstes Kapitel

Vaelin

»Ich vermisse sie auch.«

Alornis blickte von ihrer Holzschnitzerei auf, und wie so oft in den vergangenen vier Wochen waren ihre dunklen Augen eisig. Schon dass sie genötigt wurde, ihn auf seiner Reise zu begleiten, hatte ihren Zorn geweckt, doch Revas Verschwinden hatte alles nur noch schlimmer gemacht. »Du hast nicht einmal nach ihr gesucht«, sagte sie.

Ihr Tonfall mochte vorwurfsvoll sein, aber immerhin redete sie mit ihm – eine Seltenheit seit jenem Morgen, als sie aufgewacht und Reva fort gewesen war. Während der langen Reise durch Nilsael und der Fahrt auf dem Schiff nach Norden hatte sie kaum ein Wort mit ihrem Bruder gewechselt.

»Was blieb mir anderes übrig?«, fragte Vaelin zurück. »Hätte ich sie fesseln und auf ein Pferd binden sollen?«

»Sie ist allein«, sagte Alornis und machte sich wieder mit ihrem kurzen, geschwungenen Messer an der kleinen Figur zu schaffen. Damit angefangen hatte sie, als sie an Bord des Schiffes gegangen waren, vor allem, um sich von der Seekrankheit abzulenken – die ersten Tage, nachdem sie Frosthafen verlassen hatten, hatte sie die meiste Zeit würgend an der Reling gestanden. Im Laufe der Woche hatte sich ihr Magen beruhigt, aber ihr Zorn hatte nicht nachgelassen, und sie bearbeitete das Holz mit raschen, nervösen Bewegungen. »Sie hatte niemanden«, fügte sie leise hinzu. »Niemanden, außer uns.«

Vaelin seufzte und blickte aufs Meer hinaus. Hier im Norden war das Meer weit reizbarer als die Erineische See; hoher Wellengang war die Regel, und der unaufhörliche Wind war schneidend kalt. Das Schiff, ein kriegstauglicher Zweimaster mit schmalem Rumpf, trug zu Ehren der Schwester des Königs den Namen *Lyrna*. An Bord befanden sich etwa achtzig Matrosen, und dazu kam noch eine Reiterkompanie, die Vaelin ein ganzes Jahr begleiten würde. Ihr Hauptmann, ein stattlicher junger Adeliger namens Orven Al Melna, achtete sehr darauf, Vaelin jeglichen Respekt entgegenzubringen, den er aufgrund seines neuen Amtes erwarten konnte. Dabei verhielt er sich so, als sei er Vaelins Befehl unterstellt und nicht vom König mitgeschickt, um zu verhindern, dass der neue Turmherr es sich plötzlich anders überlegte – was wohl eher der Wahrheit entsprach.

»Was hast du zu ihr gesagt?« Alornis war neben ihn getreten, ihre Miene noch immer argwöhnisch, wenn auch etwas weniger feindselig. »Völlig grundlos hat sie uns doch bestimmt nicht verlassen.«

Darüber zerbrach er sich schon seit einiger Zeit den Kopf: Was sollte er ihr sagen? *Was für Lügen sollte er ihr erzählen*, korrigierte er sich. *Ich lüge jeden an, warum nicht auch sie?* Er würde seiner Schwester, seiner gutgläubigen Schwester, die nicht wusste, dass er ein Lügner war, erzählen, Reva sei geflohen, weil sie sich schämte – weil Vaelin sie im Kriegshandwerk unterrichtet hatte, aber vor allem, weil sie etwas für Alornis empfand, in den Augen ihrer Bischöfe eine schwere Sünde. Eine ausgezeichnete Idee, denn seiner Schwester wäre das so unangenehm, dass sie keine weiteren Fragen stellen würde.

Er öffnete den Mund, musste jedoch feststellen, dass ihm die Worte nicht über die Lippen kamen. Alornis sah ihn noch immer wütend an, aber in ihrem Blick lag auch Vertrauen. *Sie schaut mich an, aber sieht unseren Vater. Hat er sie jemals angelogen?* »Was hat Reva dir über ihren Vater erzählt?«, fragte er.

Und so erzählte Vaelin ihr alles. Von dem Tag an, als er in das Haus des sechsten Ordens gebracht wurde, bis zu jener Nacht, als er in das Haus seines Vaters zurückgekehrt war. Im Unterschied zu der Geschichte, die er dem alpiranischen Gelehrten auf der Überfahrt zu den

Inseln erzählt hatte, sprach er die ungeschminkte Wahrheit. Er enthüllte ihr jedes Geheimnis, berichtete von jedem gefallenen Freund und erklärte ihr, was es mit dem Lied des Blutes auf sich hatte. Es dauerte sehr lange, denn sie hatte viele Fragen, und eine weitere Woche verging. An dem Morgen, als er fertig war, tauchten die Nordlande am Horizont auf.

»Und das Lied zeigt sie dir?«, fragte sie. Sie befanden sich in der Kabine, die der erste Offizier dem Turmherrn und seiner Schwester überlassen hatte. Alornis saß mit überschlagenen Beinen in der Koje, die fast fertige Schnitzerei im Schoß. Während Vaelin seine Geschichte erzählte, hatte sie daran weitergearbeitet, und mit jedem Tag hatte die kleine Figur mehr Gestalt angenommen, bis ein schlanker, hochgewachsener Mann mit einem Bart zu erkennen war. Sie hatte den Schiffszimmermann um ein wenig Firnis gebeten und trug ihn vorsichtig mit einem Pinsel auf das Holz auf, sodass es wie Bronze glänzte. »Sherin, wo immer sie auch ist.«

»Anfangs ja, als ich singen lernte«, erwiderte er. »Aber im Laufe der Zeit sind die Visionen verblasst. Es ist drei Jahre her, dass ich sie auch nur gespürt habe.«

»Aber du versuchst es immer noch?« Alornis sah ihn aufmerksam an, und in ihrem Blick lag nicht der geringste Zweifel. Als er ihr das erste Mal vom Lied des Blutes erzählt hatte, war sie skeptisch gewesen, aber er hatte sich eine Idee aus Ahm Lins Erzählung über seine Lehrzeit geborgt und sie aufgefordert, sein Messer irgendwo auf dem Schiff zu verstecken, während er in der Kabine blieb. Er hatte es innerhalb weniger Minuten gefunden, im Frachtraum zwischen zwei Bierfässern eingeklemmt. Sie versuchte es nochmals, wobei sie sich der Hilfe eines Matrosen bediente, der das Messer mit hinauf ins Krähennest nahm. Vaelin machte sich nicht die Mühe hochzuklettern, sondern rief dem Ausguck lediglich zu, er solle es ihm herunterwerfen. Einer weiteren Demonstration hatte es nicht bedurft – sie glaubte ihm auch so.

»Schon eine ganze Weile nicht mehr«, sagte er. »Es ist eine Sache, das Lied zu hören, aber selbst zu singen … das ist äußerst anstrengend. Wenn ich mich allzu sehr bemühe, kann ich dabei sogar sterben.«

»Dieses Ding, das die Macht über Bruder Barkus an sich gerissen hat – hast du danach gesucht?«

»Hin und wieder erhasche ich einen Blick darauf. Es treibt sich noch immer irgendwo herum, täuscht und tötet im Auftrag seines Herrn und Meisters. Aber die Bilder sind undeutlich. Ich vermute, dass es sich irgendwie tarnen kann. Wie soll es ihm sonst gelungen sein, sich so lange in Barkus zu verbergen? Nur wenn es an mich denkt, werde ich darauf aufmerksam. Sein Hass ist so stark, dass er durch die Tarnung aufscheint.«

»Wird es wieder versuchen, dich zu töten?«

»Wahrscheinlich. Ich glaube nicht, dass ihm etwas anderes übrigbleibt.«

»Was ist bei deinem Besuch im Ordenshaus vorgefallen?«

Erneut war er versucht zu lügen. Was er da erfahren hatte, war ihm so übel aufgestoßen, dass er nicht darüber reden wollte. Doch statt zu lügen, beschloss er, seiner Schwester lediglich etwas zu verheimlichen. »Ich habe den Aspekten getroffen.«

»Das weiß ich. Was hat er zu dir gesagt?«

»Nicht nur Aspekt Arlyn. Sondern auch den Aspekten des siebten Ordens. Und nein, ich werde dir nicht verraten, wer das ist. Zu deiner eigenen Sicherheit.« Er beugte sich vor und sah sie an. »Alornis, du musst stets vorsichtig sein. Du schwebst in Gefahr, weil du meine Schwester bist. Deshalb habe ich dich auch mitgenommen, deshalb erzähle ich dir das alles. Die Nordlande sind sicherer als der Süden, aber ich hege keinen Zweifel, dass dieses Ding und seine Kumpane uns auch dort aufspüren können, wenn ihnen danach ist.«

»Wem kann ich dann vertrauen?«

Er blickte zu Boden. *Bisher habe ich ihr nichts als die Wahrheit erzählt. Warum jetzt damit aufhören?* »Wenn ich ehrlich bin? Niemandem. Alornis, es tut mir leid.«

Sie betrachtete die kleine Statue in ihrer Hand. »Als Vater gestorben ist, hast du da …«

»Nur einen schwachen Widerhall. An dem Tag, als ich nach dir gesungen habe, war er bereits tot. Du hast mit deiner Mutter den Scheiterhaufen betrachtet. Es hat geschneit. Sonst war niemand dort.«

»Doch«, sagte sie mit einem leisen Lächeln. »Du warst da.«

◆ ◆ ◆

Zwei Tage später kam der Nordturm in Sicht – ein beeindruckendes Bauwerk, das gut zwanzig Meter hoch war und sich nach oben hin verjüngte. Umschlossen wurde es von einer massiven Mauer, die immerhin noch halb so hoch war. Auf Vaelin wirkte die Anlage wie eine der alten Burgen, die er in Cumbrael gesehen hatte, bar jeder Ecken und Kanten und ohne irgendwelche Statuen und sonstige Verzierungen: eine Festung aus einer anderen Zeit, die hier immerhin schon fast anderthalb Jahrhunderte Wache hielt.

Im Hafen tummelten sich Schmackschiffe und Kauffahrer. Ihre Mannschaften zogen Leinen und Ruder ein, um der *Lyrna* Platz zu machen, die in behäbigem Tempo zum Kai glitt. Kapitän Orven befahl seinen Männern, als Erstes von Bord zu gehen und sich mit auf Hochglanz polierter Rüstung in zwei Reihen aufzustellen. Dabei hoben sie sich deutlich von den zwanzig Männern in dunkelgrünen Umhängen ab, die am anderen Ende des Landeplatzes warteten. Sie standen nicht in gerader Reihe, und ihre Montur, die zum Großteil aus gehärtetem Leder bestand anstatt aus Stahl, war keineswegs einheitlich, wodurch sie insgesamt einen recht ungepflegten Eindruck machten. Die meisten von ihnen hatten dunkle Haut – offenbar stammten sie von Exilanten aus dem Süden des alpiranischen Reiches ab –, und keiner von ihnen war kleiner als einen Meter achtzig. Unmittelbar vor der Reihe standen ein noch größerer Mann, ebenfalls in einem grünen Umhang, und eine zierliche dunkelhaarige Frau in einem einfachen Kleid.

»Wie sehe ich aus?«, fragte Vaelin seine Schwester, während sie am oberen Ende des Laufstegs innehielten. Die Kleider, die er trug, stammten vom königlichen Schneider: ein weißes Seidenhemd, auf dessen Kragen ein Falke prangte, feine Baumwollhosen und ein langer blauer Umhang, der mit Zobel gesäumt war.

»Äußerst vornehm«, versicherte Alornis ihm. »Was noch mehr der Fall wäre, wenn du dieses Ding am Gürtel tragen würdest, anstatt es immer nur mit dir herumzuschleppen.« Sie deutete auf das Segeltuchbündel in seiner Hand.

Er setzte ein Lächeln auf, wandte sich um und schritt den Laufsteg hinab. Als er sich der dunkelhaarigen Frau und dem hochgewachsenen Mann näherte, verbeugten sich beide tief vor ihm.

»Lord Vaelin«, sagte die Lonakerin. »Ich heiße Euch in den Nordlanden willkommen.«

»Lady Dahrena Al Myrna.« Vaelin erwiderte die Verbeugung. »Wir sind uns schon einmal begegnet, auch wenn Ihr Euch wohl kaum erinnern werdet.«

»Daran erinnere ich mich nur zu gut, Euer Lordschaft.« Ihr Tonfall war neutral, ihre Miene ausdruckslos.

»Seine Hoheit entbietet Euch seinen Gruß«, fuhr Vaelin fort, »und verleiht Seiner tiefen Dankbarkeit Ausdruck, dass Ihr dieses Land im Namen der Krone pflichtgetreu verwaltet habt.«

»Seine Hoheit ist zu gütig«, erwiderte Lady Dahrena und wandte sich dem hochgewachsenen Mann an ihrer Seite zu. »Darf ich vorstellen? Hauptmann Adal Zenu, Kommandant der Nordgarde.«

Der Tonfall des Hauptmanns war alles andere als neutral, und seine Stimme hätte abweisender nicht sein können. »Euer Lordschaft.«

Vaelin warf einen Blick auf die Männer in den Uniformen, die nicht so recht zueinander passen wollten. »Ich nehme an, das sind nicht alle Soldaten, die unter Eurem Befehl stehen.«

»Die Nordgarde umfasst dreitausend Mann«, erwiderte der Hauptmann. »Allerdings sind sie größtenteils anderorts im Einsatz, wo sie wirklich gebraucht werden. Ich hielt es nicht für angemessen, mehr zusammenzuziehen als unbedingt nötig.« Er erwiderte Vaelins Blick und wartete einen Moment, bevor er hinzufügte: »Euer Lordschaft.«

»Sehr gut, Hauptmann.« Vaelin winkte Alornis zu sich. »Meine Schwester, Lady Alornis Al Sorna. Sie benötigt angemessene Gemächer.«

»Darum kümmere ich mich«, sagte Lady Dahrena. Vaelin war einigermaßen erleichtert, als er sah, dass sie sich ein Lächeln abrang, während sie sich vor seiner Schwester verneigte. »Willkommen, edle Dame.«

Alornis erwiderte die Verbeugung ein wenig unbeholfen; die Umgangsformen des Adels waren ihr noch fremd. »Ich danke Euch.« Sie deutete eine Verbeugung vor dem Hauptmann an. »Und Euch, Sir.«

Die Verbeugung des Hauptmanns war weit vollendeter und sein Tonfall um einiges herzlicher als gegenüber seinem neuen Turmherrn. »Edle Dame, seid uns willkommen.«

Vaelin blickte zu dem Turm hinauf, der über ihnen aufragte. Dunkel zeichnete er sich vor dem Himmel ab. Vögel umschwärmten die oberen Stockwerke. Zu seiner Überraschung ließ das Lied des Blutes ein zufriedenes Summen hören, in dem sich Wiedererkennen mit einem Gefühl von Sicherheit mischte. Er hatte den Eindruck, dass es ihn zu Hause willkommen hieß.

◆ ◆ ◆

Den Sockel des Turms säumte eine Reihe von gemauerten Gebäuden – die Stallungen und Werkstätten, derer eine solche Festung bedurfte. Vaelin lenkte sein Pferd durch das Haupttor und auf den Vorplatz, wo sich die Diener aufgestellt hatten, um ihn zu begrüßen. Dort stieg er ab und bemühte sich, mit dem einen oder anderen ein Wort zu wechseln, erhielt jedoch nur knappe Antworten und musste sich sogar feindliche Blicke gefallen lassen.

»Nettes Völkchen, die Bewohner der Nordlande«, murmelte Alornis, während sie hineingingen. Vaelin tätschelte ihr den Arm und schenkte jedem, dem sie begegneten, ein Lächeln, auch wenn ihm allmählich die Gesichtsmuskeln wehtaten.

Der Herrschersaal nahm das Erdgeschoss des Turmes ein. Auf einem Podest mitten in dem großen runden Raum stand ein einfacher, schmuckloser Eichenstuhl. Entlang der Wand führten Steinstufen hinauf in den nächsten Stock. »Erstaunlich«, sagte Alornis und schaute sich mit offensichtlicher Begeisterung um. »Ich hätte nicht gedacht, dass man eine Decke von dieser Größe ohne Säulen bauen kann.«

»In den Mauern befinden sich Eisenträger, edle Dame«, erklärte ihr Hauptmann Adal. »Sie reichen vom Fundament bis ganz hinauf in den Turm. Jedes Stockwerk hängt an diesen Trägern, und Gegengewichte sorgen dafür, dass sie nicht einstürzen.«

»Ich wusste nicht, dass unsere Vorfahren so geschickte Baumeister waren«, warf Vaelin ein.

»Das waren sie auch nicht«, erwiderte der Hauptmann. »Genau genommen ist das der zweite Nordturm, von meinem Volk errichtet, als uns hier Zuflucht gewährt wurde. Der ursprüngliche war nur halb so hoch und leicht schief.«

Vaelins Blick fiel auf einen großen Wandteppich, der hinter dem Herrschersitz hing. Er war etwa vier Meter breit, zwei Meter hoch und mit einer Schlachtenszene bestickt. Eine Armee aus Kriegern in unterschiedlicher Rüstung und mit den verschiedensten Waffen rückte auf eine Schar Männer und Frauen vor, die Pelze trugen und wie Wilde aussahen. Ihnen zur Seite standen große Katzen mit Zähnen wie Dolche. Raubvögel bedeckten den Himmel, eine unbekannte Art, größer als Adler, die Krallen ausgestreckt, während sie auf die zusammengewürfelte Armee niederstießen.

»Die große Schlacht gegen die Eishorde?«, fragte er Dahrena.

»Jawohl, Euer Lordschaft.«

Er deutete auf die Vögel. »Was ist das?«

»Wir haben sie Speerfalken genannt. In Wirklichkeit handelt es sich um Nachfahren der Adler, die für den Krieg gezüchtet wurden. Die Eismenschen setzen sie ein wie wir Pfeil und Bogen.«

Vaelin schaute genauer hin und entdeckte die Gestalt des früheren Turmherrn, Vanos Al Myrna, eines Bären von einem Mann, der der Horde einen Kriegshammer entgegenreckte. Neben ihm stand eine kleinere Gestalt mit langen schwarzen Haaren und einem Bogen in der Hand. »Seid Ihr das?«, fragte er überrascht.

»Ich war dabei«, erwiderte sie. »Ebenso wie Hauptmann Adal. Wir alle waren dort – jeder königstreue Nordländer, der alt genug war, um eine Waffe zu tragen, hat an der Seite der Eorhilaner und Seordahner gekämpft. Die Horde hat keinen Unterschied zwischen Soldaten und Zivilisten gemacht, und wir konnten auf niemanden verzichten.«

»Vor allem, da aus der Hauptstadt keine Unterstützung kam«, fügte der Hauptmann hinzu.

Vaelin betrachtete die Kriegskatzen in den Reihen der Eishorde; das Lied des Blutes schwoll an und richtete seine Gedanken nach Nordwesten. *Also haben sie hier am Ende doch Zuflucht gefunden.*

Dahrena stieß ein Keuchen aus, und er wandte sich zu ihr um. Sie starrte ihn mit weit aufgerissenen Augen an.

Er hob eine Augenbraue. »Edle Dame?«

Ihr schoss das Blut ins Gesicht, und sie wandte sich ab. »Ich werde Euch zu Euren Gemächern führen, Euer Lordschaft.«

»Ich bitte darum.«

Das Zimmer befand sich drei Stockwerke weiter oben, hoch genug, um einen freien Blick auf den Ort und die umliegende Gegend zu bieten. An der Wand stand ein großes, mit Pelzen bedecktes Bett und vor dem Fenster, das nach Süden hinausging, ein massiver Schreibtisch. Darauf lag ein Stapel Papiere, direkt neben einer Feder und einem gefüllten Tintenfass.

»Ich habe die Petitionen und Berichte vorbereitet, Euer Lordschaft, falls Ihr sie Euch ansehen wollt«, sagte Dahrena und deutete auf die Papiere. Sie waren allein; der Hauptmann hatte angeboten, Alornis ihre Zimmer im Stockwerk darüber zu zeigen. »Alles, was eilig ist, habe ich mit einem roten Band versehen. Den Brief von der Schiffsbauergilde solltet Ihr als Erstes lesen.«

Er warf einen Blick auf die Dokumente und entdeckte zuoberst einen Brief mit einem roten Band darauf. »Meinen Dank für Eure Gründlichkeit, edle Dame.«

»Sehr gerne. Wenn Ihr mich entschuldigen wollt.« Sie verbeugte sich und wandte sich zur Tür.

»Worin besteht sie?«, fragte er, bevor sie hinausgehen konnte.

Sie zögerte und drehte sich mit offensichtlichem Widerwillen um. »Euer Lordschaft?«

»Eure Gabe.« Er setzte sich auf den Stuhl vor den Schreibtisch, lehnte sich zurück und verschränkte die Hände hinter dem Kopf. »Ich weiß, dass Ihr über eine verfügt, sonst hättet Ihr meine gerade nicht gespürt.«

Angst warf einen Schatten auf ihr eben noch ausdrucksloses Gesicht und wurde kurz darauf von Zorn verdrängt. »Gabe, Euer Lordschaft? Ich verstehe nicht, was Ihr damit meint.«

»Oh, ich glaube doch.«

Sie starrten einander schweigend an. Ihre Augen funkelten feindselig, und ihm wurde klar, wie tief das Misstrauen war, dem er hier begegnen würde. »Wo finde ich meinen Bruder?«, fragte er, als offensichtlich wurde, dass sie fest entschlossen war, seine Frage nicht zu beantworten. »Den blonden Kerl mit der hübschen Frau und der Streitkatze.«

Lady Dahrena stieß ein leises Schnauben aus, in dem ebenso viel Belustigung wie Verärgerung mitschwang. »Sie hat gesagt, Ihr würdet es wissen. Und dass es keinen Sinn hätte, Euch anzulügen.«

»Sie hat recht. Hat sie Euch auch gesagt, dass Ihr nichts von mir zu befürchten habt?«

»Das hat sie. Aber sie kennt Euch, und ich nicht. Ebenso wenig wie das Volk euch kennt, über das Ihr, wenn es nach Eurem König geht, herrschen sollt.«

»Ihr meint wohl unseren König.«

Sie schloss kurz die Augen und seufzte mit zusammengebissenen Zähnen. »Natürlich, Euer Lordschaft. Ich habe mich versprochen. Sella und ihren Mann findet Ihr in Kap Nehrin, einer Siedlung zwanzig Meilen nordwestlich von hier. Ich weiß, dass *sie* zumindest sich freuen werden, Euch zu sehen.«

Vaelin nickte und nahm den obersten Brief vom Stapel. »Was wollen sie? Die Schiffsbauer?«

»Die Handelsgilde hat den Sold gekürzt, den sie für den Unterhalt ihrer Schiffe bezahlt. Die Kaufleute behaupten, aufgrund des alpiranischen Krieges gingen die Geschäfte schlecht. Die Schiffsbauer ersuchen Euch, den Preis im Namen des Königs wieder auf seine ursprüngliche Höhe festzusetzen.«

»Sprechen die Kaufleute die Wahrheit?«

Sie schüttelte den Kopf. »Der Handel mit manchen Gütern ist zurückgegangen, aber seit dem Krieg hat sich der Preis für Blaustein verdoppelt. Mehr als genug, um die Verluste in anderen Bereichen wiedergutzumachen.«

»Der Preis von Blaustein ist aufgrund seiner Seltenheit angestiegen, nehme ich an? König Janus hat mir einmal erklärt, die Flöze würden jedes Jahr weniger ergiebig.«

Dahrena runzelte die Stirn. »Ich kann nicht darüber Rechenschaft ablegen, was der verstorbene König Euch gesagt hat, Euer Lordschaft. Aber die Minen liefern seit Jahren eine gleichbleibende Anzahl von Steinen. Mein Vater sah sich sogar gezwungen, weniger abzubauen, da sonst der Preis verfallen wäre. Inzwischen hat sich der Preis jedoch verdoppelt, und zwar weil die Schiffe der Königslande die alpiranischen Häfen nicht mehr direkt ansteuern können.«

Vaelin unterdrückte ein verbittertes Lachen. *Wieder erweist sich ein Faden im Netz des alten Ränkeschmieds als Lüge.* Er öffnete den Brief und schrieb seinen Namen darunter, wobei er ihren Blick auf seiner Hand spürte, während er sich mit der Feder abmühte. »Dem Gesuch der Schiffsbauer ist stattgegeben«, sagte er. »Was steht sonst noch an?«

Ihr Blick wanderte von seiner unbeholfenen Unterschrift zu dem Stapel mit Briefen. »Nun«, sagte sie, ging zum Schreibtisch und öffnete eine weitere Petition, »Hauptmann Adal muss für die Nordgarde offenbar dringend neue Stiefel anschaffen …«

◆ ◆ ◆

An jenem Abend richteten sie ihm zu Ehren im Herrschersaal ein Bankett aus, eine üppige, wenn auch spannungsvolle Angelegenheit, an der die Wortführer der Handelsgilde ebenso teilnahmen wie die ranghöchsten Brüder und Schwestern der Orden, die in den Nordlanden Missionshäuser unterhielten, sowie eine große Anzahl von Kaufleuten. Diese waren am redseligsten – sie verwickelten den neuen Turmherrn bei jeder sich bietenden Gelegenheit in ein Gespräch, und jeder ersuchte beiläufig um eine Privataudienz, sobald die Zeit es erlaubte.

Dahrena hatte ihn bereits darauf hingewiesen, dass ihr Vater sämtliche Versammlungen unter Zeugen abgehalten habe, damit ihm niemand vorwerfen konnte, er sei bestechlich, und Vaelin erwiderte auf jedes Ersuchen, dass er keinen Grund sehe, warum eine so weise Gepflogenheit nicht beibehalten werden solle.

Alsbald fand er sich am oberen Ende der Tafel wieder, neben sich die Repräsentanten des Glaubens. Lediglich der zweite, vierte und fünfte Orden hatten Häuser in den Nordlanden. Der sechste hatte sich hier nicht niedergelassen; auf königlichen Befehl sorgte die Nordgarde für die Sicherheit der Region. Dahrena erklärte, der offizielle Grund bestünde darin, dass die Sicherheit der gesamten Königslande ganz oben auf der bereits äußerst langen Liste der Verpflichtungen des sechsten Ordens stünde, aber ihr Vater habe stets vermutet, Janus sei eher darauf bedacht gewesen, den Orden von den Blausteinminen fernzuhalten.

Zu Vaelins Überraschung erwies sich Bruder Hollun aus dem vierten Orden als gesprächigster Vertreter des Glaubens. Der beleibte, leutselige Mann kniff fortwährend die Augen zusammen, weil er offenbar kurzsichtig war, und erzählte ausführlich von der Geschichte der Nordlande und der Arbeit seines Ordens, der den örtlichen Handel dokumentierte, vor allem, was die Blausteinversorgung betraf. »Wusstet Ihr, Euer Lordschaft«, sagte er und beugte sich weiter zu Vaelin herüber, als eigentlich notwendig war, wahrscheinlich um sein Gesicht deutlich zu erkennen, »dass durch die drei Banken in dieser Stadt jeden Monat mehr Geld fließt als durch ganz Varinsburg in einem Jahr?«

»Nein, Bruder«, erwiderte Vaelin, »das wusste ich nicht. Sagt, wie regelmäßig steht Ihr in Korrespondenz mit Aspekt Tendris?«

»Oh …« Der Bruder hob unter seiner schwarzen Robe die Schultern. »Einmal im Jahr vielleicht kommt ein Brief, für gewöhnlich mit Ratschlägen, wie ich dafür sorgen soll, dass der Glaube meiner jüngeren Brüder in dieser schwierigen Zeit nicht ins Wanken gerät. So weit entfernt vom Ordenshaus, wie wir hier sind, können wir wohl kaum erwarten, dass der Aspekt sich allzu oft mit uns beschäftigt. Gewiss hat er wichtigere Dinge zu tun.«

Schwester Virula vom zweiten Orden war wortkarg. Die magere Frau in mittleren Jahren wirkte ein wenig griesgrämig, und sie beschränkte sich darauf, leise darüber zu klagen, dass Hauptmann Adal sich weigerte, ihr eine Eskorte zur Verfügung zu stellen, um unter den Eorhil Sil zu missionieren. »Eine ganze Nation, die vom Glauben ausgeschlossen ist, und das nur aus mangelndem Willen, Bruder«, erklärte sie Vaelin – offenbar war sie nicht in der Lage, die richtige Anredeform zu verwenden. »Ich kann Euch versichern, dass mein Aspekt darüber sehr ungehalten ist.«

»Schwester«, sagte Dahrena und atmete hörbar aus. »Die letzten Missionare, die zu den Eorhil Sil gegangen sind, wurden gefesselt und geknebelt vor den Toren des Turms aufgefunden. Mein Vater hat diese Angelegenheit auf dem herbstlichen Pferdemarkt angesprochen, und die Antwort war eindeutig; sie möchten nicht hören, was Ihr Übles über die Toten erzählt.«

Schwester Virula schloss die Augen, sagte tonlos den Katechismus des Glaubens auf und wandte sich wieder ihrer Suppe zu.

Der fünfte Orden wurde von Bruder Kehlan vertreten, einem Mann von über fünfzig Jahren und äußerst ernstem Gebaren. Wie fast alle hier legte er Vaelin gegenüber ein nur allzu spürbares Misstrauen an den Tag.

»Gehe ich recht in der Annahme«, fragte Vaelin den Heiler, »dass Ihr das dienstälteste Mitglied aller Orden in den Nordlanden seid?«

»Das bin ich, Euer Lordschaft«, erwiderte Kehlan und schenkte sich Wein nach. »Seit gut dreißig Jahren bin ich jetzt hier.«

»Bruder Kehlan ist mit seinem Vater nach Norden gekommen«, erklärte Dahrena und legte eine Hand auf den Arm des Bruders. »Er ist schon mein Lehrer, solange ich denken kann.«

»Lady Dahrena weiß ausgezeichnet über die Heilkünste Bescheid«, sagte Kehlan. »Wenn ich ehrlich bin, muss ich gestehen, dass sie inzwischen eher meine Lehrerin ist als umgekehrt. Sie bringt uns regelmäßig Heilmittel von den Seordahnern mit, die sich meist als äußerst wirkungsvoll erweisen.«

»Ihr besucht die Seordahner, edle Dame?«, fragte Vaelin. »Mir wurde hinterbracht, dass sie niemanden in ihren Wald lassen.«

»Für sie gilt das nicht«, sagte Kehlan. »Ich bezweifle ernsthaft, dass es in den ganzen Nordlanden irgendeinen Pfad gibt, dem sie nicht gefahrlos folgen könnte.« Er beugte sich vor, um Vaelins Blick zu erwidern, und in seinem übervollen Becher schwappte der Wein hin und her. »So groß sind der Respekt und die Zuneigung, die ihr entgegengebracht werden.«

Vaelin nickte freundlich. »Daran hege ich nicht die geringsten Zweifel.«

»Sind die Seordahner sehr wild, Lady Dahrena?«, fragte Alornis. Sie saß links von Vaelin und hatte bisher nur selten das Wort ergriffen – ganz offensichtlich machte die ungewohnte Umgebung ihr zu schaffen. »Bisher kenne ich nur die phantastischen Geschichten, die man in den Historien nachlesen kann.«

»Nicht wilder als ich«, erwiderte Dahrena. »Denn ich bin eine Seordahnerin.«

»Ich dachte, Ihr wärt von lonakischer Herkunft«, sagte Vaelin.

»Das bin ich auch. Aber mein Mann war Seordahner, und so bin ich es, der Sitte gemäß, auch.«

»Ihr seid verheiratet?«, fragte Alornis.

»Ich war es.« Dahrena schlug die Augen nieder und betrachtete traurig ihren Weinbecher. »Wir haben uns kennengelernt, als die Horde aus dem Norden kam und mein Vater die Seordahner um Hilfe bat. Er gehörte zu den Tausenden, die diesem Ruf folgten. Ich hätte ihn gleich an dem Tag geheiratet, als ich ihm das erste Mal begegnet bin, aber mein Vater bestand darauf, dass ich bis zu meiner Volljährigkeit wartete. Nach unserer Hochzeit habe ich drei Jahre unter ihnen gelebt, bis …« Sie seufzte und trank einen Schluck Wein. »Der Krieg zwischen den Lonakern und Seordahnern hat nie aufgehört. Er tobte bereits, lange bevor unser Volk hierherkam, und wird zweifellos noch Jahrhunderte andauern und zahlreiche Frauen zu Witwen machen.«

»Das tut mir leid«, sagte Alornis.

Dahrena lächelte und tätschelte ihre Hand. »Liebe einmal und lebe ewig, so heißt es unter den Seordahnern.«

Angesichts der Traurigkeit in ihren Augen musste Vaelin an Sherin denken, an ihr Gesicht an jenem Tag, als er sie Ahm Lin in die Arme gelegt hatte, und an die Stunden, die er dem Schiff nachgeblickt hatte, das sie davontrug.

»Darf ich fragen, was Euer Lordschaft morgen für Pläne haben?«, fragte Bruder Hollun und riss ihn aus seinen Gedanken. »Mir liegen Schriftstücke aus den letzten Monaten vor, die der Unterschrift des Turmherrn bedürfen.«

»Ich habe in Kap Nehrin zu tun«, erwiderte Vaelin. »Ich möchte meiner Schwester einige Freunde vorstellen, die, wie mir erklärt wurde, dort leben. Um die Schriftstücke kümmern wir uns nach meiner Rückkehr, Bruder.«

Schwester Virula erstarrte, als die Siedlung erwähnt wurde. »Verstehe ich das richtig, Bruder – Ihr wollt die Dunkle Kluft besuchen?«

Vaelin sah sie stirnrunzelnd an. »Die Dunkle Kluft?«

»Lediglich ein närrisches Gerücht, Euer Lordschaft«, sagte Dahrena. »Ein Gerücht, wie es oft über diejenigen kursiert, die fremdartiger Abstammung sind. Die Nordlande haben Menschen, die aufgrund ihrer Glaubensvorstellungen und Gebräuche ins Exil gegangen sind, schon immer eine Zuflucht geboten. Eine seit langem bestehende Tradition im Reich des Turmherrn.«

»Und eine, mit der man nicht ohne sorgsame Überlegung brechen sollte«, sagte Bruder Kehlan und trank seinen Becher leer – wahrscheinlich bereits sein sechster. »Frisches Blut bereichert uns, hat Vanos gesagt. Das solltet Ihr nicht vergessen.«

Vaelin gefiel der drohende Tonfall überhaupt nicht, der in Kehlans Stimme mitschwang, ob er nun betrunken war oder nicht. »Bruder, wenn es eine solche Last für Euch ist, mir zu dienen, dann könnt Ihr gerne in die Königslande zurückkehren, sobald Euch danach ist.«

»In die Königslande zurückkehren?« Kehlan wurde rot im Gesicht, sprang auf und streifte Dahrenas Hand ab, die ihn zurückhalten wollte. »Das hier ist meine Heimat. Und wer seid Ihr? Ein berüchtigter Mörder aus dem gescheiterten Krieg des Königs!«

»Bruder!« Hauptmann Adal trat vor, packte den Heiler am Arm und zog ihn mit sich fort. »Ihr vergesst Euch. Zu viel Wein, Euer Lordschaft«, fügte er an Vaelin gerichtet hinzu.

»Habt Ihr eine Vorstellung von der Größe des Mannes, den Ihr zu ersetzen vorgebt?«, blaffte Kehlan und wand sich aus Adals Griff. »Wie sehr diese Menschen ihn geliebt haben? Wie sehr diese Menschen sie lieben?« Sein Finger deutete auf Dahrena, die reglos dasaß, die Augen vor Verzweiflung geschlossen. »Ihr werdet hier nicht gebraucht, Al Sorna! Ihr seid hier nicht erwünscht!« Er geiferte weiter, während Adal und ein zweiter Gardist ihn aus dem Raum beförderten. Zurück blieb angespannte Stille.

»Und ich dachte schon, dieser Abend würde ohne jede Unterhaltung zu Ende gehen.« Vaelins Worte lösten nur sehr schwaches Gelächter aus, aber immerhin redeten die Anwesenden nun wieder miteinander, wenn auch leise.

»Euer Lordschaft.« Dahrena beugte sich zu Vaelin herüber und flüsterte in ernstem Ton: »Der Tod meines Vaters hat Bruder Kehlan schwer getroffen. Seither ist er nicht mehr er selbst.«

»Was er gesagt hat, ist Verrat«, warf Schwester Virula ein, nicht ohne selbstgefällig zu klingen. »Er hat behauptet, König Janus sei verrückt gewesen. Ich habe es gehört.«

Dahrena biss die Zähne zusammen und sprach, ohne ihr Beachtung zu schenken, weiter. »Seine Verdienste für die Nordlande sind ohnegleichen. Die vielen Menschen, denen er das Leben gerettet hat …«

Vaelin rieb sich die Schläfen; plötzlich war er entsetzlich müde. »Ich denke, dass ich einem trauernden Mann verzeihen kann, wenn er betrunken ist und einmal die Beherrschung verliert.« Er erwiderte ihren Blick. »Noch einmal darf es jedoch nicht geschehen.«

Sie nickte und zwang sich zu einem schwachen Lächeln. »Euer Lordschaft ist zu gütig. Es wird sich nicht wiederholen, das verspreche ich Euch.«

»Das ist gut.« Er schob den Stuhl zurück und erhob sich. »Ich danke Euch für die Aufmerksamkeit, die Ihr mir heute geschenkt habt, edle Dame. Jetzt entschuldigt mich bitte. Ich muss mich dringend ausruhen.«

◆ ◆ ◆

»Die Eorhilaner gaben ihm den Namen ›Der das Feuer hinter sich herzieht, wenn er rennt‹. Wegen seiner Mähne.« Der Stallmeister strich dem Hengst über die Flanke – ein schönes Tier mit fester Muskulatur, wenn auch nicht ganz so wohlgestaltet wie die Pferde von edlem Geblüt aus den Königslanden. Es hatte einen hohen Rücken, und sein Fell war rostbraun, mit Ausnahme seiner Mähne, die rötlich schimmerte. »Die Eorhilaner haben es nicht so mit kurzen Namen. Ich nenne ihn einfach ›Flamme‹.«

»Er ist jung«, stellte Vaelin fest und untersuchte die Zähne des Pferdes. Ihm war aufgefallen, dass der Hengst noch kein einziges graues Haar an der Schnauze hatte.

»Aber blitzgescheit und gut ausgebildet, Euer Lordschaft«, versicherte der Stallmeister. Vaelin schätze ihn auf Mitte dreißig. Er hatte breite Schultern und trug eine Klappe über dem linken Auge. Nach seinem Akzent zu urteilen stammte er aus Nilsael; er hatte sich mit dem Namen Borun vorgestellt. Als Vaelin am frühen Morgen im Stall aufgetaucht war, hatte er ihn freundlich begrüßt, ganz ohne die Feindseligkeit, die der Turmherr inzwischen gewohnt war.

»Wir haben ihn den Eorhilanern abgekauft, als er noch ein Fohlen war«, sagte Borun. »Eigentlich war er für Lord Al Myrna gedacht. Lady Dahrena hielt es für angemessen, dass Ihr ihn reitet.«

Vaelin kratzte Flamme an der Nase und wurde mit einem zufriedenen Schnauben belohnt. *Wenigstens beißt er nicht.* »Ich brauche einen Sattel. Und ein Pferd für meine Schwester.«

»Ich kümmere mich darum, Euer Lordschaft.«

Als die Pferde auf den Hof geführt wurden, erschien Alornis und gähnte unverhohlen. Sie hatte sich in Pelze gewickelt; selbst im Sommer war es in den Nordlanden morgens empfindlich kalt. »Wie weit ist es?«, fragte sie. Ihre Augen waren rot, und Vaelin vermutete, dass sie am gestrigen Abend mehr Wein zu sich genommen hatte, als gut für sie war.

»Nur wenige Stunden«, erwiderte Dahrena und schwang sich auf ihr Pferd. »Aber wir sollten erst noch einen Abstecher in die Minen machen. Wenn Ihr nichts dagegen habt, Euer Lordschaft.«

»Natürlich.« Er neigte den Kopf und sah erst Alornis an und dann ihr Pferd. Sie gähnte erneut, murmelte etwas Unverständliches und hievte sich mit einem hörbaren Ächzen in den Sattel. Zusätzlich zu Orvens Soldaten wurden sie von Hauptmann Adal und zwei seiner Männer begleitet. Sie nahmen die Straße nach Norden, die sich zwischen den von Heidekraut bedeckten Hügeln wand. Die Straße war gut instandgehalten, die Oberfläche mit festgetretenem Kies bedeckt. Auf ihr herrschte geschäftiges Treiben – immer wieder mussten sie schwer beladenen Wagen ausweichen.

»Als mein Vater sein Amt antrat, war das nur ein schmaler Trampelpfad«, sagte Dahrena, nachdem sich Vaelin lobend über die Straße geäußert hatte. »Die Steine mussten auf Packpferden zum Hafen gebracht werden. Er hat die Straße mit dem Geld des Königs gebaut und im Namen des Königs dafür gesorgt, dass die Kaufleute für ihren Unterhalt aufkommen.«

Gemeinsam ritten sie an der Spitze der Kolonne. Die Mischung aus strenger Neutralität und Zorn, die sie ihm am Vortag entgegengebracht hatte, schien sich gemäßigt zu haben, aber sie wirkte noch immer sehr zurückhaltend. *Wahrscheinlich macht sie sich noch immer Sorgen wegen des betrunkenen Heilers,* dachte er.

»Ihr beabsichtigt nicht zu bleiben?«, fragte er.

Sie sah ihn von der Seite an, und da wusste er, dass sie sich fragte, was ihm das Lied des Blutes verraten hatte, obwohl er nur aufgrund sorgfältiger Beobachtung zu diesem Schluss gekommen war. »Ich überlege, in den Wald zurückzukehren«, sagte sie. »Für eine gewisse Zeit.«

»Sehr schade. Ich hätte Euch zu gerne einen Titel verliehen.«

Sie hob belustigt eine Augenbraue. »Ist das nicht ein Vorrecht des Königs?«

»In diesem Land spreche ich mit seiner Stimme. Wie klingt Erste Ratsherrin des Nordturmes?«

Sie lachte und wurde sofort wieder ernst, als sie merkte, dass er nicht spaßte. »Ihr möchtet, dass ich bleibe?«

»Ich bin mir sicher, dass die Völker der Nordlande das zu schätzen wüssten. Wie ich auch.«

Sie ritt eine Zeitlang schweigend weiter, die Stirn nachdenklich in Falten gelegt. »Fragt mich noch einmal, wenn Ihr die Mine gesehen habt«, sagte sie schließlich und gab ihrem Pferd die Sporen.

◆ ◆ ◆

Die Mine glich einem klaffenden Maul, das, mit Balken abgestützt, in den Hang eines nicht allzu hohen Berges getrieben worden war. Um den Eingang drängten sich etliche Holzhütten. Die Bergarbeiter waren größtenteils untersetzte, bleiche Männer, die einen Lederriemen um den Kopf trugen, in dem eine Kerze steckte. Sie verbeugten sich nur flüchtig vor Vaelin und ein ganzes Stück tiefer vor Dahrena. Dem barschen Befehl ihres Vormanns, sich ordentlich in Reih und Glied aufzustellen, um den Turmherrn zu begrüßen, schenkten sie keine Beachtung.

»Undankbares Gesindel!«, brüllte er sie an, auch wenn Vaelin den Eindruck hatte, dass sein Zorn eher aufgesetzt war. Der Vorarbeiter war etwas größer als seine Schützlinge und hatte ein saubereres Gesicht. Sein Akzent verriet, dass er aus Renfael stammte. »Ihr müsst ihnen verzeihen, Euer Lordschaft«, sagte er. »Sie wissen's nicht besser.« Er hob die Stimme. »Hat sein ganzes Leben lang Ziegen gerammelt und Fünfblatt geraucht, der Abschaum!«

»Ach, geh doch einen Felsaffen ficken, Ultin«, rief eine müde Stimme.

Ultin wurde rot und verbiss sich seinen Zorn. »Ich bin selbst schuld, Euer Lordschaft. Ich bin nicht streng genug mit ihnen. Trotzdem, willkommen in Räubers Klamm.«

»Lord Vaelin möchte sehen, wie hier gearbeitet wird«, erklärte Dahrena.

»Natürlich, edle Dame, natürlich.«

Er zündete eine Lampe an und führte sie zum Haupteingang. Alornis warf nur einen Blick auf den schwarzen Stollen und erklärte ohne Umschweife, dass sie lieber über Tage bleiben wolle. Sie nahm Pergament und Holzkohle zur Hand – ihre beständigen Begleiter – und machte sich auf die Suche nach interessanten Motiven. Dahrena und Vaelin folgten Ultin in den Stollen hinein. Im Lampenschein glänzten die Wände feucht. Ihnen kamen zwei Bergarbeiter mit einer Schubkarre voller Steinbrocken entgegen. Sie mochten noch keine zweihundert Meter zurückgelegt haben, aber die zunehmende Hitze und die moderige Luft erweckten den Eindruck, dass sie bis ins tiefste Erdinnere hinabstiegen. Vaelin wünschte sich allmählich, er wäre Alornis' Beispiel gefolgt, da blieben sie endlich stehen.

»Hier sind wir, Euer Lordschaft.« Ultin hob seine Lampe und erleuchtete eine weitläufige Höhle, in der ein rundes Dutzend Minenarbeiter mit Pickeln auf die Wände einschlugen. Andere schritten umher und wuchteten die Felsbrocken in Schubkarren. »Der reichste Flöz in den Königslanden. Stein von bester Qualität. Ganz egal, was die Lügner auf Mount Myrna sagen mögen.«

Vaelin trat dichter an die Wand heran. Er war überrascht, wie deutlich der Blaustein sich vom übrigen Fels abhob – kleine himmelblaue Perlen, die im grauen Stein leuchteten. »Ich habe einmal einen besessen, der war so groß wie meine Faust«, murmelte er. »Ich habe ihn verwendet, um ein Schiff anzuheuern.«

»Und die andere Sache, Ultin«, sagte Dahrena. »Das muss Lord Vaelin auch sehen.«

Vaelin wandte sich um und bemerkte, wie der Vorarbeiter ihr einen fragenden Blick zuwarf. Sie nickte, und er führte sie zu einem kleinen Nebenstollen, der aus der Höhle abzweigte. Eine gute Viertelstunde folgten sie ihm einen Gang entlang, der immer schmaler wurde. Als sie das Ende erreichten, standen sie vor einem Felshang, der etwa zwanzig Meter lang war. Auf den erwartungsvollen Blick des Vorarbeiters hin ging Vaelin dichter heran und entdeckte etwas, das sich vom nackten Felsgestein unterschied – eine breite, gelbliche Ader, die von einem Ende zum anderen verlief. Mit gerunzelter Stirn wandte er sich zu Dahrena um. »Ist das …?«

»Gold«, bestätigte sie. »Und Meister Ultin versichert mir, dass es, soweit er das beurteilen kann, von feinster Qualität ist.«

»Das ist richtig, Euer Lordschaft.« Ultin strich mit der Hand über die gelbliche Ader. »Als junger Bursche habe ich im westlichen Renfael in den Goldminen gearbeitet, und so viel habe ich noch nie an einem Ort gesehen. Und von solcher Reinheit.«

Vaelin kniff die Augen zusammen. »Nach so viel sieht es gar nicht aus.«

»Ihr habt mich falsch verstanden, Euer Lordschaft. Wenn ich an einem Ort sage, meine ich die Nordlande, nicht nur diese Mine.«

»Es gibt noch mehr davon?«

Dahrena berührte den Vorarbeiter am Arm. »Meister Ultin, wenn Ihr mich einen Moment mit dem Herrn des Turmes alleine lassen wollt.«

Er nickte, zündete die Kerze in seinem Stirnband an und reichte ihr die Lampe, bevor er den Gang zurückstapfte.

»Während der letzten vier Jahre haben wir zahlreiche solcher Flöze gefunden«, erklärte sie Vaelin, kaum waren seine Schritte verklungen. »Je tiefer wir graben, je mehr werden es.«

»Dann wundert es mich, dass König Malcius versäumt hat, mir von diesem Glücksfall zu erzählen.«

Dahrena biss sich auf die Lippen. »Ein Glücksfall für ihn, aber für dieses Land könnte es den Untergang bedeuten«, sagte sie.

»Wusste Euer Vater davon?«

»Es geschah auf seinen Befehl, dass die Königslande davon nichts erfuhren. Bis heute wissen es lediglich die Bergarbeitergilde, Bruder Kehlan und ich.«

»Eine ganze Gilde weiß das und sagt nichts?«

»Die Bergbewohner nehmen den Eid, den sie ablegen, sehr ernst. Sie waren schon hier, lange bevor das erste asraelische Schiff am Horizont auftauchte. Sie wissen, was geschieht, wenn sich das jenseits des Großen Nordwaldes herumspricht.«

»Jenseits des Großen Nordwaldes herrschen schwere Zeiten. Reichtümer wie diese könnten viel dazu beitragen, die Not zu lindern. Und natürlich könnten sie viele ehrgeizige Projekte des Königs finanzieren.«

»Das ist möglich, Euer Lordschaft. Aber die Einwohner der Königslande würden auch wie eine Heuschreckenplage über uns herfallen. Blaustein ist eine Sache, Gold eine andere. Nichts schürt Habgier und Torheit so sehr wie das gelbe Metall, das wir in jedem Stollen finden, den wir graben. Alles wird sich verändern, und glaubt mir, dieses Land und seine Leute sind es wert, beschützt zu werden.«

»Eid oder nicht – ein solches Geheimnis ist zu wertvoll, um für immer bewahrt zu werden. Durch Zufall oder Verrat wird es bekannt werden.«

»Ich möchte Euch nicht nahelegen, dass wir versuchen, es bis in alle Ewigkeit zu verbergen. Nur die Größenordnung. Der König soll sein Gold haben und so viele Brücken und Schulen bauen, wie er will, nur nicht alle auf einmal.«

Was sie vorschlug, war Verrat, und so, wie ihre Augen funkelten, wusste sie das auch.

»Ihr scheint großes Vertrauen in mich zu haben.«

Sie zuckte mit den Achseln. »Ihr … Ihr seid anders, als ich erwartet hatte. Außerdem ist das, wie Ihr gesagt habt, ein Geheimnis, das Ihr sowieso bald erfahren hättet.«

Er wandte sich wieder dem Flöz zu und betrachtete im Lampenschein den matten Glanz des gelben Metalls. Habgier war ihm immer fremd gewesen, und er verstand auch nicht, wieso sie so große Macht über andere hatte. Aber eine Macht war sie auf jeden Fall, das war unbestreitbar. Er suchte nach dem Lied des Blutes, fand aber keine Musik, keine Töne, weder warnende noch wohlwollende. *Diese Entscheidung ist, so wichtig sie zu sein erscheint, möglicherweise völlig bedeutungslos.*

»Lady Dahrena Al Myrna«, sagte er und sah sie an. »Ich bitte Euch in aller Form, den Titel der Ersten Ratsherrin des Nordturmes anzunehmen.«

Sie nickte bedächtig. »Mit Freuden, Euer Lordschaft.«

»Gut.« Er begann den schmalen Gang zurückzulaufen. »Wenn wir wieder im Turm sind, werdet Ihr mir dabei helfen, einen angemessen zurückhaltenden Brief an den König zu verfassen, in dem wir ihm mitteilen, dass wir das Glück hatten, auf eine Goldader zu stoßen, wenn auch von vergleichsweise bescheidener Größe.«

◆ ◆ ◆

Als sie blinzelnd ins Sonnenlicht traten, wartete Hauptmann Adal bereits auf sie. In der Hand hielt er eine Schriftrolle. In der Nähe nahm ein eben eingetroffener Gardist den Sattel von einem erschöpften Pferd. Die Miene des Hauptmanns war ernst, als er Vaelin die Schriftrolle reichte. »Von unserem nördlichsten Außenposten, Euer Lordschaft. Die Nachricht ist drei Tage alt.«

Vaelin betrachtete die Schriftrolle und das unlesbare Gekritzel, das sie enthielt. »Wenn Ihr vielleicht …«

»Ihr habt recht, Euer Lordschaft. Diese Handschrift ist fürchterlich«, sagte Dahrena und las die Schriftrolle über seine Schulter hinweg. Ihre Augen wurden immer größer. »Daran gibt es keine Zweifel?«

Adal deutete auf den Neuankömmling. »Feldwebel Lemu hat sie selbst gesehen. Er ist kein Mann, der zu Hirngespinsten neigt.«

»Was gesehen?«, fragte Vaelin.

Dahrena nahm die Schriftrolle und las sie noch einmal. Vaelin entging nicht, dass ihre Hände zitterten. »Die Horde«, sagte sie leise. »Sie kehrt zurück.«

Zweites Kapitel

Lyrna

Als sie erwachte, saß ein junges Mädchen auf ihrem Bett und starrte sie mit großen blauen Augen an. In Lyrnas Kopf schien sich ein winziger Mann mit einem riesigen Hammer auszutoben, und ihr Mund war so trocken, dass sie nur ein heiseres Hallo auf Lonakisch herausbrachte. Das Mädchen reckte den Hals und starrte sie unverwandt an.

»Es sind deine Haare, Königin.« Davoka saß, mit nichts als einem Lendenschurz am Leib, auf dem benachbarten Bett. »Keine Lonakerin hat goldene Haare.«

Lyrna zog die Felle beiseite, mit denen sie sich zugedeckt hatte, schwang die Beine vom Bett und setzte sich mit einem Stöhnen auf – Schmerzen fuhren ihr den Rücken hinab bis in die Zehen. Davoka erhob sich, goss Wasser in einen Becher und hielt ihn Lyrna an die Lippen. Ohne Kleidung war sie ein noch beeindruckenderer Anblick als sonst, ihr Körper ein Epos aus Muskeln, Narben und tätowierter Haut. Nachdem Lyrna den Becher leergetrunken hatte, stellte Davoka ihn beiseite und legte ihr die Hand auf die Stirn. »Das Fieber ist fort. Gut.«

»Wie lange sind wir schon hier?«

»Drei Tage.«

Lyrna ließ den Blick über das Zimmer schweifen. Die gemauerten Wände waren mit kunstvoll verzierten Ziegenfellen bedeckt und mit aufwändigem Schmuck aus Lederstreifen und Holzschnitzereien behängt. Auf manchen waren Tiere und Menschen dargestellt; andere wiederum waren so fremdartig, dass sie geradezu abstrakt wirkten.

»*Wir sind in der Frauenhalle*«, erklärte Davoka, wobei sie wieder in ihre eigene Sprache zurückfiel. »*Hier kommen unsere Kinder zur Welt. Männern ist der Zugang verwehrt.*«

Lyrna spürte, wie etwas an ihren Haaren zupfte, und sah auf. Das junge Mädchen strich ihr mit den Fingern durch die goldenen Locken, die Augen noch immer vor Entzücken weit aufgerissen.

»*Wie heißt du?*«, fragte Lyrna auf Lonakisch und lächelte.

Das Mädchen legte den Kopf schräg. »*Anehla ser Alturk*«, sagte sie. *Alturks Tochter.*

»*Sie hat noch keinen eigenen Namen*«, erklärte Davoka und scheuchte das Mädchen mit einer Handbewegung fort. Die Kleine huschte in eine Ecke und setzte sich auf den Boden, wobei sie Lyrna weiterhin anstarrte.

Davoka holte ein Fläschchen aus ihrem Beutel und reichte es Lyrna. »Rotblüte«, stellte die Prinzessin fest, nachdem sie daran gerochen hatte.

»Gegen die Schmerzen.«

Lyrna schüttelte den Kopf und gab es zurück. »Rotblüte versklavt diejenigen, die davon trinken.«

Davoka runzelte die Stirn, lachte und trank einen kleinen Schluck. »Die Königin macht sich selbst das Leben schwer. Ich verstehe.«

Lyrna erhob sich vom Bett und ging probeweise ein paar Schritte auf und ab. Die kühle Luft tat ihr gut, und ihre nackte Haut kribbelte nicht unangenehm. »Bruder Sollis und die anderen?«, fragte sie.

»*Sind wohlauf, werden aber von den Dorfbewohnern ferngehalten. Nur Alturk spricht mit ihnen, und das nicht mehr als nötig.*«

»*Ist er der Anführer dieses Stammes?*«

»*Er ist das Klansoberhaupt der Graufalken. Seine Herrschaft schließt über zwanzig Dörfer und ihre Krieger ein. Außer der Mahlessa befehligt keiner so viele.*«

»*Vertraust du ihm?*«

»Er hat den Willen des Berges noch nie infrage gestellt.«

Lyrna entging nicht, dass Davoka ein wenig zögerlich klang. *»Aber wird er das auch weiterhin tun?«*

»Er hat zahlreiche Überfälle auf dein Volk angeführt und an deine götterfeindlichen Brüder zahlreiche Freunde und Verwandte verloren. Mein Volk lernt von Geburt an, euch zu hassen.« Sie wies mit einem Kopfnicken auf das Mädchen in der Ecke. *»Glaubst du, sie hasst dich nicht? Wahrscheinlich ist sie nur hier, damit sie ihrem Vater erzählen kann, was wir gesprochen haben.«*

»Und doch sucht die Mahlessa Frieden. Obwohl es eure Nation zu zerreißen droht.«

»Der Wille des Berges darf nicht infrage gestellt werden.« Davoka warf einen tönernen Topf nach dem Mädchen, das erschrocken aus dem Zimmer rannte. *»Richte deinem Vater das aus!«*, rief sie ihr hinterher.

Dann wandte sie sich wieder zu Lyrna um und musterte die nackte Prinzessin eingehend. »Du bist zu mager, Königin. Du musst essen.«

◆ ◆ ◆

Die folgenden drei Tage verbrachten sie in völliger Abgeschiedenheit in der Frauenhalle. Sie aßen, was Davoka ihnen zubereitete, und Lyrna kam allmählich wieder zu Kräften. Ihr war es gestattet, sich einige Schritte vom Eingang zu entfernen, vor dem zwei lonakische Krieger standen, die sie mit finsterer Miene betrachteten. Ihre Grußworte straften sie mit Schweigen. Davoka wich nie mehr als zwei Meter von ihrer Seite und war stets bewaffnet. Lyrna erhaschte einen Blick auf Sollis, der sich am jenseitigen Ende des Dorfes vor einer Steinhütte, die von zehn Kriegern umringt war, mit Bruder Ivern im Schwertkampf übte. Sie winkte, und der Ordenskommandant hielt einen Moment inne und hob das Schwert zu einem kurzen Gruß. Bruder Ivern tat es ihm gleich, wobei er sein Schwert mit einer schwungvollen Geste aufblitzen ließ. Sie lachte und verbeugte sich im Gegenzug.

Obwohl Davoka sie mehrmals fortjagte, kehrte Alturks Tochter immer wieder zurück und starrte Lyrna weiterhin mit blauen Augen an. Lyrna zeigte ihr, wie sie ihr mit dem Schildpattkamm der armen Nersa durchs Haar fahren konnte, eine Beschäftigung, der sie unermüdlich nachging.

»Hast du Brüder und Schwestern?«, fragte die Prinzessin, während sie mit dem Rücken zu dem Mädchen auf dem Bett saß. Ihre kleinen Hände führten den Kamm durch Lyrnas lange Mähne, die vom Waschen noch immer feucht war.

»Kermana«, erwiderte das Mädchen. *Jede größere Zahl, die sich nicht genau festlegen lässt. »Und zehn Mütter.«*

»Das sind viele Mütter«, stellte Lyrna fest.

»Früher waren es elf, aber eine ist zu den Sentar übergelaufen, also hat Alturk sie getötet.«

»Das … das ist sehr traurig.«

»Nein, ist es nicht. Sie hat mich öfter geschlagen als die anderen.«

»Wahrscheinlich war das ihre Blutsmutter«, warf Davoka ein. *»Die schlagen einen immer viel mehr.«*

»Wie viele Mütter hast du, Königin?«, fragte das Mädchen. Wie Davoka war sie nicht in der Lage, den Unterschied zwischen Königin und Prinzessin zu begreifen.

»Nur eine.«

»Hat sie dich geschlagen?«

»Nein. Sie ist gestorben, als ich noch sehr klein war. Ich kann mich kaum an sie erinnern.«

»War das auf der Jagd oder im Kampf?«

»Weder noch. Sie ist krank geworden.« Wie mein Vater, auch wenn sie zu früh starb und er zu spät.

Eine Frau erschien im Eingang, jung an Jahren, aber mit ebenso wilder Miene wie die Krieger draußen. Laut Davoka war sie die älteste Tochter von Alturk, und ihre Aufgabe bestand darin, ihnen Essen und Brennholz zu bringen, was sie für gewöhnlich in missmutigem Schweigen tat. Jetzt aber forderte sie Davoka auf: *»Du sollst die Merim Her heute Abend zum Tahlessa ans Feuer bringen.«* Ihr Blick ruhte auf Lyrna und der jüngeren Schwester, die noch immer mit den Haaren der Prinzessin beschäftigt war. Sie bellte einen barschen Befehl und winkte das Mädchen zu sich, das verärgert das Gesicht verzog, aber gehorsam vom Bett rutschte und zu ihr hinübertrabte.

»Lass das hier«, fauchte sie, als sie sah, dass ihre Schwester noch immer den Kamm in der Hand hielt. *»Sie kann ihn behalten«*, sagte Lyrna. *»Das Geschenk einer … einer Königin.«*

»Das Blut Alturks braucht keine Geschenke von dir«, erwiderte die junge Frau wütend und riss dem Mädchen den Kamm aus der Hand, die daraufhin ein schmerzerfülltes Schluchzen ausstieß.

»Ich habe gesagt, sie darf ihn behalten!« Lyrna sprang auf und funkelte die junge Frau an.

Die Lonakerin zitterte fast vor Zorn, und ihre Hand näherte sich langsam dem Messer an ihrem Gürtel.

»Gehorche dem Willen des Berges«, sagte Davoka mit leiser Stimme.

Die Frau biss die Zähne zusammen und gab ihrer Schwester den Kamm zurück. Dabei wandte sie keine Sekunden den Blick von Lyrna ab. Das kleine Mädchen betrachtete den Kamm in ihrer Hand, schleuderte ihn dann zu Boden und trampelte darauf herum. *»Die Merim Her sind schwach!«*, zischte sie Lyrna an und rannte hinaus.

Die junge Frau warf Lyrna einen letzten verächtlichen Blick zu, bevor sie ihrer Schwester folgte.

»Hier bist du keine Königin«, sagte Davoka. »Vergiss nie, dass sie dich hassen.«

Lyrna betrachtete die Bruchstücke des Schildpattkamms. »Das ist wahr«, pflichtete sie ihr bei und wandte sich dann mit einem leisen Lächeln um. *»Aber du nicht, Schwester.«*

◆ ◆ ◆

Erwartungsgemäß war Alturks Wohnstätte die größte im ganzen Dorf, eine Rundmauer von etwa zwanzig Schritt Durchmesser mit einem schrägen Schieferdach. Als Davoka Lyrna hineingeleitete, war die Nacht hereingebrochen. Alturk saß vor einem hoch auflodernden Feuer; in der Mitte des Raumes waren in einer Grube Kohlen aufgehäuft. Er war allein, mit Ausnahme eines jungen Mannes, der mit verschränkten Armen neben ihm stand und Lyrna mit gewohnt finsterem Blick ansah, und eines großen Hundes, der zu seinen Füßen lag und auf einem Elchknochen kaute.

»Ich habe erfahren«, begann Alturk in der Sprache der Königslande, »dass meine erstgeborene Tochter die Königin beleidigt hat.« Offenbar hielt er den ihm entbotenen Gruß für eine müßige Geste.

»Nicht der Rede wert«, sagte Lyrna.

»Wie dem auch sei, sie hat sich eine Blöße gegeben und den Befehlen der Mahlessa ihren Gehorsam verweigert. Ich habe sie selbst ausgepeitscht.«

»Wir sind dankbar für deine Zuvorkommenheit«, erwiderte Davoka, bevor Lyrna irgendetwas sagen konnte.

Er nahm ihre Worte mit einem Nicken hin und musterte Lyrna vom Scheitel bis zur Sohle. »Du bist stark genug, um weiterzureiten.« Sein Tonfall verriet, dass das keine Frage war.

»Wir werden im Morgengrauen nach Nordosten aufbrechen«, sagte Davoka. »Ich benötige Ponys und eine Eskorte. Eine vollzählige Kriegerschar sollte genügen.«

Der junge Mann, der neben Alturk stand, stieß ein verächtliches Lachen aus, verstummte jedoch sofort, als sein Klansoberhaupt ihn wütend ansah. *»Die Ponys könnt ihr haben, aber eine Kriegerschar wird euch nicht begleiten«*, sagte Alturk. *»Die Jagd auf die Sentar hat mir all meine Krieger genommen, mit Ausnahme derjenigen, die ich für den Schutz des Dorfes benötige.«*

Davokas Miene wurde eisig, und in ihrer Erwiderung schwang kaum gebändigte Wut mit. *»Ich habe in diesem Dorf über zweihundert Krieger gezählt.«*

Alturk hob die Schultern. *»Die Sentar sind zahlreich, und die Blutgier deiner Schwester ist unersättlich. Die Graufalken erwarten von ihrem Tahlessa, dass er sie beschützt, und ich werde sie nicht im Stich lassen.«*

»Aber dem Willen des Berges verweigerst du dich?«

Alturk erhob sich. Er trug keine Waffen, doch die Macht, die er ausstrahlte, war mit Händen zu greifen. *»Die Mahlessa hat mir keine Befehle zukommen lassen, euch auf eurer weiteren Reise zu beschützen. Ich bin dem Willen des Berges gefolgt, indem ich diese goldhaarige Schlampe, die du bemutterst wie eine nistende Äffin, bei mir aufgenommen habe.«*

Davoka stieß einen wütenden Schrei aus und hob ihren Speer. Im selben Moment griff der junge Lonaker nach seinem Streitkolben.

»NEIN!«, sagte Lyrna, hob eine Hand und trat vor Davoka. *»Nein, Schwester. Das hilft uns nicht weiter.«*

Die Lonakerin wandte den Blick ab, und ihre Nasenflügel blähten sich, während sie ihren Zorn niederrang und ganz langsam den Speer sinken ließ. Lyrna drehte sich zu Alturk um. »Tahlessa, ich danke dir für deine Gastfreundschaft. Ich, Prinzessin Lyrna Al Nieren von den Vereinigten Königslanden, stehe in deiner Schuld. Wir werden morgen früh weiterziehen.«

◆ ◆ ◆

Das Pony, das sie ihr gaben, weckte in Lyrna die Sehnsucht nach dem armen dahingemetzelten Zobel. Es handelte sich um ein übellauniges Tier, das immer wieder unaufgefordert in Trab verfiel und sich bei jeder Gelegenheit aufbäumte. Außerdem hatte es den knochigsten Rücken, der ihr je untergekommen war, und der dünne Ziegenledersattel bot kaum Schutz für ihren Hintern, der sich anfühlte, als säße sie auf einem Geröllhaufen – einem Geröllhaufen, der nur mit einem dünnen Tuch bedeckt war. Smolen machte sein Reittier anscheinend ähnlich zu schaffen, denn er rutschte, während das Dorf der Graufalken hinter ihnen allmählich kleiner wurde, immer wieder im Sattel umher. Sollis und Ivern dagegen fühlten sich offenbar recht wohl, und Davoka ritt natürlich mit einer Leichtigkeit, als wäre sie mit ihrem Pony seit Jahren vertraut. Sie legte einen lebhaften Trab vor, denn sie wollte vor Einbruch der Nacht möglichst weit vom Dorf entfernt sein. Lyrna warf, am Nordende des Tals angelangt, einen letzten Blick zurück, bevor die Hütten hinter einem Hügelkamm verschwanden, und fragte sich, ob Alturks Tochter die goldene Locke finden würde, die sie in der Frauenhalle versteckt hatte, tief in einem Spalt in der Mauer, nur für kleine Hände erreichbar.

»Ich hoffe, Ihr wurdet nicht schlecht behandelt, werte Herren«, sagte sie zu den drei Männern, während sie einen seichten Wasserlauf durchquerten.

»Nur wenn Schweigen eine Form der Folter ist, Euer Hoheit«, erwiderte Ivern.

»Für Euch ist sie das meistens«, murmelte Sollis.

»Keine Zeit zum Reden«, warf Davoka dazwischen. »Bei Sonnenuntergang müssen wir die Stromschnellen erreicht haben.« Sie gab ihrem Pony die Sporen, und es fiel in Galopp. Den anderen blieb nichts anderes übrig, als es ihr gleichzutun.

Wie immer fand Lyrna die endlosen Stunden im Sattel ermüdend, aber ganz so elend wie sonst war ihr dieses Mal nicht. Ihr Rücken und ihre Beine schmerzten nicht so schlimm, und ihre Oberschenkel wurden nicht mehr so schnell wund. Sie spürte, dass ihr das Reiten immer leichter fiel – früher hatte sie im Galopp stets darum gekämpft, im Sattel zu bleiben, doch jetzt bewegte sie sich im Einklang mit dem Pony und empfand dabei sogar eine gewisse freudige Erregung, während die Hufe unter ihr dahinflogen und ihr Haar im Wind flatterte. *Vielleicht werde ich langsam zu einer Lonakerin,* dachte sie mit einem Grinsen.

Am späten Abend erreichten sie die Stromschnellen, eine tosende Sturzflut von etwa fünfzig Schritt Breite, die sich in beide Richtungen so weit erstreckte, wie das Auge reichte. Davoka führte die kleine Gruppe nach Osten und folgte dem Verlauf des Flusses, bis sie einen tieferen Abschnitt fanden, wo die Strömung nicht so heftig war.

»Das ist keine Furt«, stellte Sollis fest.

»Ponys können schwimmen«, erwiderte Davoka. »Und wir auch.«

»Ähem«, sagte Lyrna mit leiser Stimme.

»Die Strömung ist zu stark«, beharrte Sollis. »Wir sollten weiterreiten und eine bessere Stelle suchen.«

»Dafür ist keine Zeit«, sagte Davoka, stieg ab und führte ihr Pony ans Ufer. »Die Sentar haben bestimmt längst unsere Fährte aufgenommen. Wir schwimmen.«

»Ich kann nicht«, sagte Lyrna und betrachtete die wirbelnden Strudel, die die Wasseroberfläche aufwühlten.

»Uns bleibt nichts anderes übrig, Königin«, sagte Davoka und machte sich bereit, ins Wasser zu springen.

»Ich habe gesagt, ich kann nicht!«, schrie Lyrna.

Die Lonakerin drehte sich mit zweifelnder Miene um.

»Ich kann nicht schwimmen«, fuhr Lyrna fort und klang ebenso verzweifelt, wie sie sich fühlte.

»Nicht mal ein kleines bisschen, Euer Hoheit?«, wollte Ivern wissen.

»Verzeiht, dass ich meine Kindheit nicht in Eurem Orden zugebracht habe, Bruder!«, fuhr sie ihn an. »Meine Lehrer waren ganz offensichtlich so nachlässig, dass sie es verdient hätten, als Verräter hingerichtet zu werden, schließlich ist Schwimmen eine Fähigkeit, die für eine Prinzessin von großem Wert ist.«

Angesichts ihrer Tirade zuckte Ivern ein wenig zusammen, doch es gelang ihm nicht ganz, ein Grinsen zu unterdrücken. »Jetzt wäre sie es schon.«

»Hütet Eure Zunge, Bruder!«, blaffte Sollis.

»Wir müssen hinüber!«, erklärte Davoka.

»Nun, ich stimme Bruder Sollis zu«, erwiderte Lyrna, verschränkte die Arme und bemühte sich, ihre Stimme so majestätisch klingen zu lassen wie nur möglich. »Wir suchen uns eine bessere Stelle, wo es nicht so tief ist …«

Sie verstummte, als Davoka mit entschlossenen Schritten auf sie zukam. »Bitte nicht«, ermahnte sie die Lonakerin.

Davoka bückte sich, hob Lyrna auf ihre Schulter und wandte sich wieder dem Fluss zu. »Felsaffen können schwimmen, ohne dass es ihnen jemand beibringt. Du kannst das auch.«

Lyrna hatte gerade noch Zeit, »Bruder Sollis, ich befehle Euch …« zu stottern, bevor sie durch die Luft geschleudert wurde. Das Wasser war entsetzlich kalt, und sie war augenblicklich von Kopf bis Fuß taub. Vorübergehend hörte sie nichts mehr, und vor ihren Augen sah sie nichts als Luftblasen, bis sie wieder an die Oberfläche gerissen wurde und mit einem Schrei Luft in ihre Lunge sog. Wie Sollis vorausgesehen hatte, war die Strömung schnell und trug sie zwanzig Schritt flussabwärts, bevor es ihr gelang, ans Ufer zu klettern, wobei sie mit Händen und Füßen wild um sich schlug, bis sie in der felsigen Untiefe Halt fand. Zitternd und würgend kroch sie aus dem Wasser. Smolen erschien neben ihr und half ihr vorsichtig auf. »Ihr habt die Person unserer Prinzessin beleidigt!«, wütete er, als Davoka mit ruhigen Schritten zu ihnen trat.

»Siehst du«, sagte sie zu Lyrna, ohne auf Smolens Worte zu achten. »Du schwimmst doch ganz …«

Lyrna versetzte ihr eine schallende Ohrfeige. Sie legte ihre ganze Kraft in den Schlag, doch er prallte ohne sichtbare Wirkung von der Wange der Lonakerin ab, während ihr ein stechender Schmerz durch die Finger schoss.

Einen Augenblick herrschte Schweigen, und Smolen legte die Hand auf den Knauf seines Schwertes. Davoka rieb sich über den kleinen Bluterguss auf ihrer Wange. Sie murmelte etwas Unverständliches, und die Andeutung eines Lächelns erschien auf ihren Lippen. »Halte dich am Hals deines Ponys fest«, erklärte sie Lyrna und wandte sich ab. »Dann schaffst du es.«

◆ ◆ ◆

Letztlich war die Überquerung weniger gefährlich, als Sollis befürchtet hatte, obwohl Smolen auf halbem Wege von seinem Pony herunterrutschte und von Ivern gerettet werden musste, bevor ihn die Strömung davontrug – der jüngere Bruder bekam gerade noch rechtzeitig den Waffenrock des Oberhauptmanns zu fassen. Lyrna hielt den Hals ihres Ponys umklammert, während das Tier sich durch die Fluten arbeitete. Allem Anschein nach hatte es keine Angst vor dem Wasser, obwohl sein Schnauben darauf hindeutete, dass die Prinzessin eine unliebsame Last war. Innerhalb einer Stunde war es vollbracht; alle fünf erreichten sicher, wenn auch tropfnass und völlig erschöpft, das andere Ufer.

»Keine Zeit zum Ausruhen«, sagte Davoka, kletterte auf den Rücken ihres Ponys und ritt im Eiltempo nach Norden.

Sie folgten ihr, bis sie, etwa zehn Meilen vom Fluss entfernt, einen dichten Kiefernwald erreichten, der ihnen Schutz bot. Davoka entdeckte in einer Böschung eine kleine Höhle, in der sie bis zum Morgen abwechselnd schliefen. Lyrna fror wieder so sehr, dass sie am ganzen Leib zitterte, aber die Krankheit, die sie unterhalb von Nischaks Rachen heimgesucht hatte, kehrte nicht zurück. Als sie in der Frühe aufwachte, hatte sie Gliederschmerzen, war aber immerhin so ausgeruht, dass sie weiterreiten konnte. Sie gesellte sich zu Davoka, die im Eingang der Höhle kauerte und den Blick über die Böschung schweifen ließ. »Irgendwelche Spuren?«, fragte sie.

Die Lonakerin schüttelte den Kopf. »Keine Spur, keine Fährte. Sie suchen nach uns, aber nicht in diesem Wald.« Ihr Tonfall legte nahe, dass ihr das überhaupt nicht gefiel.

»Es tut mir leid, dass ich dich geschlagen habe«, sagte Lyrna.

Davoka wandte sich mit einem Stirnrunzeln zu ihr um. »Tutmirleit?«

Lyrna suchte nach einer Entsprechung im Lonakischen und stellte fest, dass es keine gab. *»Illeha«*, sagte sie schließlich. *Bedauern oder Schuld, je nach Betonung.*

»*Lonakhim schlagen einander andauernd*«, erwiderte Davoka mit einem Schulterzucken. »*Wenn du mit einem Messer auf mich losgegangen wärst, wäre das etwas anderes gewesen.*« Sie erhob sich und stapfte zurück in die Höhle, wo sie nach den Füßen der schlafenden Männer trat. »*Wacht auf, ihr Schlappschwänze. Wir müssen weiter.*«

Bis zum Vormittag hatten sie den Wald hinter sich gelassen und ritten in scharfem Tempo nach Nordosten. Die Gegend war weniger bergig als bisher, und zwischen den Gipfeln zogen sich zahlreiche Grasebenen dahin. Lyrnas neu entdeckte Reitkünste erlaubten es ihr, mit Davoka mitzuhalten, und sie trabten eine Weile Seite an Seite, bis Davoka ihr Pony unvermittelt zügelte und nach Westen schaute. Lyrna folgte ihrem Blick und entdeckte eine Staubwolke, die sich am Horizont erhob. »Sentar?«, fragte sie.

»Wer sonst?«, sagte Ivern.

»Euer Hoheit!« Smolen hatte sich in den Steigbügeln aufgerichtet und deutete nach Süden, wo sich eine weitere Staubwolke abzeichnete.

Lyrna drehte sich zu Davoka um. Die Lonakerin hatte sich der Bergkette im Norden zugewandt – zweifelsohne versuchte sie, die Entfernung abzuschätzen.

»Das ist zu weit«, sagte Sollis und griff nach seinem Bogen. Er klang nicht im Mindesten beunruhigt, allenfalls ein klein wenig resigniert.

»Die Königin reitet weiter«, sagte Davoka. »Wir halten sie auf.«

Lyrna betrachtete die Wolke im Westen, die dunklen Punkte, die sich allmählich aus dem Dunst lösten. Bei fünfzig hörte sie auf zu zählen. »Es sind zu viele, Schwester«, sagte sie. »Aber trotzdem danke.«

Davoka sah sie an, und zum ersten Mal lag so etwas wie Verwirrung in ihrem Blick, als wollte sie nicht begreifen, dass ihre Pläne gescheitert waren. Lyrna vermutete, dass sie noch nie eine Niederlage erlitten hatte. »Es … tutmirleit, Lerhnah«, sagte Davoka.

Lyrna war so überrascht, dass sie mit einem aufrichtigen, ungezwungenen Lächeln antwortete. »Es war meine Entscheidung«, sagte sie und musterte dann die drei Männer, die sich im Kreis um sie aufgestellt hatten, Ivern und Sollis mit schussbereiten Bögen, Smolen mit gezogenem Schwert. »Werte Herren, ich danke Euch für Eure Dienste, und es tut mir ehrlich leid, dass ich Euch in diese törichte Unternehmung mit hineingezogen habe.«

Sollis stieß nur ein unverständliches Brummen aus, Smolen verneigte sich ehrerbietig, und Ivern sagte: »Euer Hoheit, ein Kuss von Euch, und ich gehe ins Jenseits, ohne irgendetwas zu bereuen.«

Sie starrte ihn an und empfand eine nicht geringe Befriedigung, als er tatsächlich rot wurde. »Verzeiht mir, Euer Hoheit …«, stotterte er.

Sie lenkte ihr Pony an seine Seite, beugte sich vor und drückte ihm einen Kuss auf die Lippen, wofür sie sich eine ganze Weile Zeit ließ. »Gut genug?«, fragte sie.

Ausnahmsweise wusste er nichts zu erwidern.

»Sekhara ke Lessa Ilvar!«, rief Davoka, und Lyrna fuhr herum. *Wir leben unter den Augen der Götter. Ein Ausdruck der Dankbarkeit für göttlichen Segen, der meist unerwartet kommt.*

Die Lonakerin starrte in Richtung der Staubwolke im Süden. Inzwischen waren die Reiter deutlich erkennbar. An der Spitze ritt ein Mann in einer Bärenfellweste, einen gewaltigen Streitkolben in der Hand. *Alturk!*

Einen Moment glaubte Lyrna, das Klansoberhaupt sei gekommen, um ebenfalls über sie herzufallen, was seltsam war, hatte er sie doch zuvor in seiner Gewalt gehabt. Stattdessen führte er seine Schar nach Westen, mindestens fünfhundert Krieger in vollem Galopp, die sich zwischen Lyrnas Gefährten und die heranstürmenden Sentar warfen.

Die beiden Kriegerhorden prallten etwa zweihundert Schritt entfernt in dichten Reihen aufeinander. Es wehte ein frischer Wind, sodass der Staub fortgewirbelt wurde und sie einen freien Blick auf das Kampfgeschehen hatten. Die lonakischen Krieger gingen mit Streitkolben, Äxten und Speeren aufeinander los, begleitet von einem anhaltenden Chor aus Schlachtrufen und den Schreien der Ponys. Lyrna sah Alturk im dichtesten Gedränge – Feind um Feind fiel seinem Streitkolben und seiner Axt zum Opfer.

Davoka stieß ein lautes Heulen aus und gab ihrem Pony die Sporen. Bald war sie ebenfalls in das Schlachtengetümmel eingetaucht, und Lyrna erhaschte nur hin und wieder einen Blick auf ihren Speer, der, von sicherer Hand geführt, auf und ab zuckte.

Drei Sentar lösten sich aus dem Gewühl und kamen mit schrillen

Schreien auf sie zugaloppiert. Die Pfeile der Brüder fegten in rascher Folge zwei von ihnen aus dem Sattel, und Smolen ritt dem Dritten entgegen. Er duckte sich unter dem Speer des Kriegers weg und streckte das Pony mit einem Schwertstreich nieder. Ivern erledigte den Reiter mit einem Pfeil, als dieser sich auf dem Boden herumwälzte.

Der Kampf schien ebenso schnell vorbei zu sein, wie er begonnen hatte. Die Graufalken stiegen ab, um die Verwundeten zu töten. Alturk kam auf sie zugetrabt, eine blutige Axt im Gürtel, den Streitkolben noch immer in der Hand. Der junge Mann, der bei ihrem letzten Treffen neben ihm gestanden hatte, ritt an seiner Seite.

»Königin«, begrüßte er Lyrna mit einem Nicken. »Bist du verletzt?«

Sie schüttelte den Kopf. »Mir scheint, Tahlessa, dass ich abermals in deiner Schuld stehe. Auch wenn es nur höflich gewesen wäre, uns im Voraus an deinen Plänen teilhaben zu lassen.«

Alturks Mundwinkel zuckten kaum merklich. Lyrna hätte jedoch nicht sagen können, ob er damit Belustigung oder Geringschätzung ausdrücken wollte. »Ohne einen Köder ist eine Falle keine Falle.«

Hinter ihnen ertönte ein zorniger Aufschrei, und Lyrna sah, wie Davoka eine Gefangene von dem mit Leichen übersäten Schlachtfeld fortführte. Sie hatte dem Mädchen die Hände gefesselt und zerrte sie an einem Seil hinter sich her, das ihr um den Hals gebunden war.

»Willst du sie zum Berg bringen?«, fragte Alturk, nachdem Davoka ihre Schwester zu Boden gerissen hatte. Lyrna war überrascht, im Tonfall des Tahlessa so etwas wie Besorgnis zu hören, wenn auch nur zögerlich.

»Die Mahlessa wird das Urteil über sie sprechen«, erwiderte Davoka.

»Ich habe gesehen, wie sie fünf meiner Männer getötet hat.« Alturk hielt den Blick unverwandt auf das Mädchen gerichtet. *»Ich beanspruche sie für mich …«*

»Damit kommst du viel zu spät«, schnitt ihm Davoka das Wort ab, betrachtete den jungen Mann an Alturks Seite und wandte sich dann wieder dem Klansoberhaupt zu. *»Du musst selbst ein Urteil sprechen.«*

Alturks Miene verdüsterte sich, und er nickte ernst. *»Das ist wahr.«*

Der junge Mann runzelte die Stirn. *»Vater …?«*

Alturks Streitkolben krachte ihm gegen die Schläfe, und er ging bewusstlos zu Boden. Das Klansoberhaupt winkte zwei Krieger heran. »*Fesselt diesen Abschaum. Er wird heute Abend gerichtet.*«

◆ ◆ ◆

Davoka hatte sich einen tiefen Schnitt an der Schulter zugezogen. Sollis säuberte und nähte ihn mit geübter Hand, während die Lonakerin an der Flasche mit Rotblüte nippte und die Zähne zusammenbiss. Ihr Lager hatten sie auf der Ebene inmitten der Graufalken aufgeschlagen. Trotz ihres Sieges wirkte die Kriegerschar eher niedergeschlagen; an den Feuern wurden keine Lieder gesungen, und niemand feierte. Der Grund war kein Geheimnis: Er kniete mit gefesselten Armen und gesenktem Kopf vor Alturks Feuer, ein Sohn, der den Richterspruch seines Vaters erwartete. Zuvor hatte er stundenlang getobt, während die Sonne sich dem Horizont näherte und die Schatten länger wurden, hatte seine ehemaligen Klansleute beschimpft und beleidigt. »*Ihr verratet die Lonakhim … ihr macht uns zu Sklaven der Merim Her … ihr öffnet ihnen unsere Grenzen, damit sie sich alles nehmen, was wir so lange tapfer verteidigt haben … sie werden uns entehren … uns schwach machen … Die Mahlessa irrt sich, ihr Wille ist nicht der Wille der Götter …*«

Niemand unternahm einen Versuch, ihn zum Schweigen zu bringen oder ihn für seine lästerlichen Worte zu bestrafen. Sie ließen ihn geifern, bis er erschöpft war, ohne auf irgendetwas zu achten, das er sagte. *Abschaum*, dachte Lyrna.

»Woher wusstest du, dass er uns verraten hat?«, fragte Lyrna sie, nachdem Sollis Davokas Wunde verbunden hatte.

»Aus dem gleichen Grund wie sein Vater. Niemand sonst hat gehört, wohin wir reiten werden.« Ihr Blick fiel auf ihre eigene Gefangene, die mit einem starken Seil an einen Eisenpflock gefesselt war, der tief in der Erde steckte. Die Narbe, die ihr vom Kinn bis über die Stirn verlief – ein Andenken an ihre erste Begegnung mit Lyrna –, leuchtete im Feuerschein in einem zornigen Rot. Bisher hatte Kiral noch kein Wort gesagt, sondern sich überall dort auf den Boden fallen lassen, wohin sie geführt worden war, wobei ihre Miene leichte Verärgerung zum Ausdruck brachte, aber nicht die geringste Angst.

Als der Mond aufging, stand Alturk auf, den Streitkolben in der

Hand, und ging zu seinem Sohn hinüber. Die Graufalken versammelten sich um ihn, während er die Arme hob. »*Ich rufe euch, meine Brüder, um mein Urteil zu bezeugen*«, sagte das Klansoberhaupt. »*Dieses erbärmliche Geschöpf, das einst mein Sohn war, hat Schande über uns gebracht. Er hat sich dem Willen des Berges verweigert, und er hat falsch gesprochen. Das sind nicht die Taten eines Lonakhim. Und so wird über ihn gerichtet.*«

Zustimmendes Gemurmel machte sich unter den Kriegern breit, gefolgt von erwartungsvoller Anspannung, als Alturk neben seinen Sohn trat. Doch anstatt ihn niederzuschlagen, warf er seinen Streitkolben beiseite und kniete sich neben ihn. »*Aber wie über ihn gerichtet wird, müsst ihr auch über mich richten, denn meine Schwäche trägt an alldem die Schuld. Meine Schwäche, die mich vor Jahren dazu verleitet hat, um das Leben dieses Unglückskindes zu bitten, als er von dem Schlimmsten unter den Merim Her besiegt worden war. Meine Schwäche, die mich verleitet hat, zum Klan zurückzukehren, ohne von seiner Verfehlung zu sprechen oder von der Scham, die mein Herz verhüllt. Wie ein Schwächling habe ich um sein Leben gebettelt, und das ist nun mein Lohn, der einzige Lohn, den solche Schwäche verdient hat. Ich, Alturk, Tahlessa der Graufalken, unterwerfe mich eurem Richterspruch.*«

Im ersten Moment glaubte Lyrna, was sie da mitansah, sei bloße Pantomime – ein edler Anführer, der sich in vorgeblicher Demut erging. Aber das lauter werdende Gemurmel, in dem Verwirrung und Zorn mitschwangen, verriet ihr, dass das hier kein Theater war: Alturk meinte seine Worte ehrlich. Er wollte gerichtet werden.

Aus der Kriegerschar trat ein Mann hervor, nach seinem Alter zu urteilen ein Veteran. Trotz seiner hageren Statur wirkte er so gebieterisch, dass er nur seinen Streitkolben heben musste, um das allgemeine Gemurmel zum Verstummen zu bringen. Er betrachtete das kniende Klansoberhaupt mit einem Ausdruck melancholischen Bedauerns. »*Unser Tahlessa verlangt von uns, dass wir über ihn richten*«, sagte er. »*Und seine Worte lassen uns keine andere Wahl. Ich, Mastek, habe diesem Mann im Kampf zur Seite gestanden, seit er alt genug war, auf sein Pony zu steigen. Nie habe ich erlebt, dass er vor einem Kampf zurückschreckt. Nie habe ich erlebt, dass er einer schweren Entscheidung aus dem Weg geht. Nie habe ich erlebt, dass er schwach ist … bis jetzt.*« Der alte Krieger schloss kurz die Augen, schluckte und zwang sich weiterzureden.

»Mein Urteil lautet: Er ist schwach. Mein Urteil lautet: Er ist nicht mehr fähig, unser Tahlessa zu sein. Mein Urteil lautet: Ihn soll dasselbe Schicksal ereilen wie dem Abschaum, der neben ihm kniet.« Sein Blick schweifte über die Schar. *»Gibt es jemand, der dem widersprechen möchte?«*

Nur Schweigen antwortete ihm. Lyrna konnte auf den Gesichtern der Krieger keinen Zorn erkennen, nur grimmige Zustimmung. Allmählich begriff sie, was hier vor sich ging – diese Männer waren ihren Sitten ebenso verpflichtet wie die Untertanen der Königslande dem Gesetz. Das war kein rachsüchtiger Mob, sondern ein Gericht, und soeben war ein Urteil gefällt worden.

Schallendes Gelächter durchdrang die Stille, so laut, dass es weithin über die Ebene hallte. Kiral bleckte die Zähne, und in ihren Augen funkelte Schadenfreude, während sie das Klansoberhaupt ansah. Vor lauter Belustigung zitterte sie am ganzen Leib. Davoka eilte zu ihr und prügelte auf sie ein, um sie zum Schweigen zu bringen. Es half nichts – das Lachen schien mit jedem Schlag nur noch lauter zu werden. Schließlich schob Davoka ihr einen Knebel in den Mund. Das dämpfte das Gelächter, ohne ihm jedoch ein Ende zu setzen: Kiral wand sich am Boden, und Tränen der Heiterkeit liefen ihr über die Wangen. Ihr Blick fiel auf Lyrna, und sie zwinkerte ihr zu.

Lyrna drehte sich wieder zu den Graufalken um. Mastek war zu dem Tahlessa getreten und hielt den Streitkolben mit beiden Händen umklammert. *»Ich biete dir das Messer, Alturk«*, sagte er. *»Im Gedenken an die Schlachten, die wir gemeinsam geschlagen haben.«*

Alturk schüttelte den Kopf. *»Töte mich, Mastek, aber beleidige mich nicht.«*

Der Krieger nickte und hob den Streitkolben.

»WARTE!« Lyrna war aufgesprungen, schritt durch die Kriegerschar und stellte sich vor Alturk.

Der alte Krieger starrte sie an, die Augen vor Überraschung und Wut weit aufgerissen. *»Du hast hier keine Stimme«*, fauchte er.

»Ich bin die Königin der Merim Her«, erwiderte sie so laut, dass alle es hören konnten. *»Die Mahlessa hat mich zu sich gerufen, um mit ihr zu verhandeln. Sie hat mir sicheres Geleit zugestanden und den Respekt, der meinem Rang gebührt.«*

Davoka tauchte neben ihr auf und ließ den Blick sichtlich beklommen über die Kriegerschar schweifen. »Das ist sehr unklug, Königin«, murmelte sie in der Sprache der Königslande. »Du befindest dich nicht in deinem Reich.«

Lyrna schenkte ihr keine Beachtung, sondern wandte sich wieder zu Mastek um. *»Die Graufalken haben Blut vergossen und Krieger verloren, um mich zu verteidigen. Sie haben sich dem Willen des Berges unterworfen.«* Sie deutete auf den knienden Alturk. *»All das auf Befehl dieses Mannes. Damit stehe ich in seiner Schuld. Unter meinem Volk ist eine nicht beglichene Schuld eine große Schmach. Wenn ihr ihn tötet, ohne dass ich meiner Ehre Genüge tun kann, beleidigt ihr mich und missachtet den Willen der Mahlessa.«*

»Du musst nicht für mich sprechen, Frau«, krächzte Alturk. Er hatte den Kopf geneigt und wühlte mit seinen großen Händen die Erde vor sich auf. »Ist meine Schande noch nicht groß genug?«

»Er ist Abschaum«, sagte Lyrna zu Mastek. *»Seine eigene Kriegerschar hat ihn dazu erklärt. Seine Worte gelten bei den Lonakhim nichts mehr.«*

Mastek ließ langsam den Streitkolben sinken. In seinen Augen leuchtete noch immer unbändiger Zorn, doch seine Körperhaltung sprach eine andere Sprache – er war erleichtert. *»Was, meinst du, sollen wir tun?«*

»Überlasst ihn mir«, sagte sie. *»Ich werde ihn zur Mahlessa bringen. Nur sie kann begleichen, was ich ihm schuldig bin.«*

»Und der hier?« Mastek deutete mit dem Streitkolben auf Alturks Sohn.

Lyrna betrachtete den jungen Mann, der sie mit hasserfüllter Miene anfunkelte. Er spuckte nach ihr, wand sich in seinen Fesseln und versuchte aufzustehen, wurde jedoch von mehreren Kriegern zu Boden gerungen. *»Schwächlinge!«*, knurrte er. *»Die Merim Her machen euch zu ihren Sklaven!«*

Lyrna sah Mastek an. *»Ihm schulde ich nichts.«*

◆ ◆ ◆

Während sie ein Seil um seine bereits gefesselten Hände banden und es am Sattel von Masteks Pony befestigten, stimmte Alturks Sohn, das Gesicht der aufgehenden Sonne zugewandt, sein Totenlied an. Die meisten Wörter waren archaisch und Lyrna unbekannt, aber ihr entging nicht, dass die Redewendung »Rache der Götter« mehrmals wiederkehrte. Der junge Mann wurde auf die Füße gerissen, als Mastek seinem Reittier die Sporen gab und ihn im Galopp hinter sich herzerrte. Die übrige Kriegerschar folgte seinem Beispiel und ritt in scharfem Tempo nach Süden. Davoka murmelte, sie hätte einmal erlebt, wie ein Mann einen ganzen Tag hinter einem Pony hergezerrt wurde, bevor er starb. Alturk schaute schweigend zu, wie sein ehemaliger Klan in der Ferne verschwand.

Lyrna spürte Sollis' Blick auf sich, während sie zu ihrem Pony ging, seine Hufe auf Verletzungen untersuchte und die schlimmsten Knoten in seiner Mähne löste. »Habt Ihr etwas zu sagen, Bruder?«, fragte sie.

Sollis' Miene war so undurchdringlich wie immer, aber seine Stimme hatte einen neuen Tonfall angenommen; der unterdrückte Zorn war etwas anderem gewichen, es mochte Respekt sein. »Ich habe nur gerade überlegt, Euer Hoheit, dass die Lonaker vielleicht recht haben«, sagte er. »Wir reiten in der Tat an der Seite einer Königin.« Er verneigte sich knapp vor ihr und kümmerte sich um sein eigenes Pony.

Die Berge rückten wieder näher, je weiter sie nach Norden kamen. Ihre Gipfel waren noch breiter und höher als die in der Nähe des Skellan-Passes und beständig in Wolken gehüllt. Die Pfade, denen Davoka folgte, wurden immer schmaler und stiegen in immer tückischeren Windungen bergan. In der ersten Nacht, die auf die Niederlage der Sentar folgte, schlugen sie ihr Lager am Rand eines Abgrundes auf, dessen Tiefe Ivern auf etwa fünfhundert Meter schätzte; bei Einbruch der Nacht legte sich ein feuchter Nebelschleier über die Landschaft.

Alturk saß, weitab vom Feuer, schweigend am Rand des Abgrunds. Er weigerte sich, etwas zu essen. Lyrna hatte Anstalten gemacht, sich ihm zu nähern, doch ein entschiedenes Kopfschütteln Davokas hatte sie daran gehindert. Stattdessen ließ sie sich Kiral gegenüber auf der Erde nieder. Davoka hatte das Mädchen so weit entfernt wie nur möglich neben ein kleines Feuer gesetzt und ihr die Beine gefesselt, da der Boden nicht weich genug war, um einen Pflock hineinzutreiben. Kiral hatte sich mit dem Rücken an einen Felsen gelehnt und betrachtete Lyrna mit gleichgültiger Miene, jeder Zoll die gelangweilte Halbwüchsige.

»Tut das weh?«, fragte Lyrna und deutete auf die Narbe.

Kiral runzelte die Stirn. »*Ich spreche deine Sprache nicht, räudige Merim Her.*«

Nicht jeder Schachzug geht auf, dachte Lyrna mit einem betrübten Lächeln. »*Die Narbe, die ich dir zugefügt habe*«, fragte sie. »*Tut sie dir weh?*«

Das Mädchen zuckte mit den Achseln. »*Schmerzen sind das Los jedes Kriegers.*«

Lyrna schaute zu Davoka hinüber; der Argwohn in den Augen der Lonakerin war nicht zu übersehen. »*Meine Freundin glaubt, dass du nicht mehr ihre Schwester bist*«, sagte sie. »*Sie denkt, dass du dich ihrer Schwester bemächtigt hast, dass das, was hinter deinen Augen lebt, nicht mehr das Mädchen ist, das sie geliebt hat.*«

»*Die Ergebenheit gegenüber der falschen Mahlessa hat meine Schwester blind gemacht. Sie sieht Lügen, wo sie die Wahrheit sehen sollte.*« Lyrna konnte in dem Gesicht des Mädchens keinerlei Gefühlsregung ausmachen; sein Tonfall war ausdruckslos, wie bei einem Kind, das den Katechismus des Glaubens herunterbetet.

»*Und was ist die Wahrheit?*«, fragte sie.

»*Die falsche Mahlessa will die Seele der Lonakhim opfern, damit die Götter den Blick von uns abwenden. Damit uns keine Geschichten mehr bleiben, die wir uns am Lagerfeuer oder in unseren Todesliedern erzählen können. Erst sollen wir mit euch Frieden schließen und dann sogar mit den Seordah Sil. Was wird das aus uns machen? Werden wir so wie ihr in der Erde wühlen? Werden wir so wie ihr unsere Frauen versklaven? Uns abplagen, um den Toten zu dienen?*« Sie sprach weiterhin in demselben ausdruckslosen Tonfall – fanatische Schmähungen, die ohne eine Spur von Leidenschaft vorgetragen wurden.

Lyrna wies mit einer Kopfbewegung auf die massige Gestalt Alturks, der einsam und verlassen im Nebel kauerte. »*Weißt du, warum ich ihn gerettet habe?*«

»*Die Merim Her sind schwach. Dein Herz ist weich, und du siehst eine Verpflichtung, wo es keine gibt. Er ist dem Willen der falschen Mahlessa gefolgt – du schuldest ihm rein gar nichts.*«

Lyrna schüttelte den Kopf und betrachtete forschend das Gesicht des Mädchens. »*Nein, ich habe ihn gerettet, weil ich gesehen habe, dass du dir seinen Tod wünschst. Warum?*«

Nichts, nicht einmal der Anschein von Besorgnis oder Hinterlist lag in ihren Zügen, als sie antwortete. *»Er hat die Sentar von Anfang an verfolgt. Warum sollte ich mir nicht seinen Tod wünschen?«*

Hier gibt es keine eindeutigen Hinweise, entschied Lyrna. Das Mädchen war wirklich sonderbar und vielleicht sogar wahnsinnig, aber das war schwerlich ein Beweis für Davokas Überzeugung. Sie stand auf, um an ihren Platz am Hauptfeuer zurückzukehren.

»Ich habe etwas Seltsames über die Frauen der Merim Her gehört«, sagte Kiral, und Lyrna hielt inne.

»Was denn?«

Zum ersten Mal regte sich etwas im Gesicht des Mädchens, und ihre Lippen verzogen sich zu einem boshaften Grinsen. *»Die Sitte verbietet es ihnen, sich einem Mann hinzugeben, bevor sie einander zugesprochen sind. Und danach müssen sie sich mit diesem einen Partner zufriedengeben. Ist das wahr?«*

Lyrna nickte.

»Aber du, Königin, bist niemandem zugesprochen.« Ihr Blick glitt an Lyrna herab, und es war nicht der Blick eines heranwachsenden Mädchens, mochte sie nun eine Lonakerin sein oder nicht. *»Du hast noch nie einem Mann beigelegen.«*

Lyrna sagte nichts, sondern sah Kiral nur an, während diese leise lachte. *»Ich mache dir einen Vorschlag, Königin«*, sagte sie. *»Ich beantworte dir jede Frage, die du mir stellst, mit ehrlicher Zunge, und dafür möchte ich nur den unbefleckten Pfirsich kosten, den du zwischen deinen Beinen versteckst.«*

Ist es das?, überlegte Lyrna. *Ist das der Beweis, den ich gesucht habe?* *»Was bist du?«*, fragte sie.

Das Lachen des Mädchens verstummte nach einer Weile, und es lehnte sich mit derselben gelangweilten Miene an den Fels wie zuvor. *»Ich bin Kiral vom Schwarzen Fluss und die wahre Mahlessa der Lonakhim.«* Sie wandte den Blick ab und starrte ins Feuer, still und gleichgültig, ihr Gesicht völlig ausdruckslos.

Lyrna kehrte an das große Feuer zurück und setzte sich neben Davoka. Die Lonakerin wich ihrem Blick aus. »Ich kann sie nicht töten, Lerhnah«, sagte sie nach einer Weile, und ihr Tonfall klang entschuldigend.

Lyrna tätschelte ihr die Hand und legte sich zum Schlafen nieder. »Ich weiß.«

◆ ◆ ◆

Nach zwei weiteren Tagen kam der »Berg« in Sicht, das Zuhause der Mahlessa. Er erhob sich auf der Sohle eines kleinen Tals, das sich zwischen zwei der größten Berge schmiegte – eine runde Felsnadel mit einem breiten Sockel, die knapp einhundert Meter hoch aufragte und nach oben hin spitz zulief. Sie schien in der Sonne zu flimmern, aber als sie näher kamen, sah Lyrna, dass sie von unten bis ganz oben mit Galerien und Fenstern übersät war, die aus dem Fels herausgemeißelt waren. Die verwitterte Oberfläche des Gebäudes ließ erahnen, dass es uralt war, und die Architektur wirkte so fremdartig, als stamme sie aus einem fernen Land, das seit langer Zeit niemand mehr besucht hatte.

»Die Lonakhim haben das errichtet?«, fragte sie Davoka.

Diese schüttelte den Kopf. *»Es wartete auf uns am Ende der Großen Mühsal – der Beweis, dass die Götter sich nicht von den Lonakhim abgewendet hatten. Denn wer sonst wäre in der Lage, uns ein solches Geschenk zu machen?«*

Sie betraten einen Tunnel, dessen Wände sich über ihnen zu einem eleganten Steinbogen vereinigten. Am Eingang des Tunnels standen keine Wachen, und sie ritten weiter in das Innere des Berges hinein, ohne jemandem zu begegnen. Nach etwa einhundert Schritten gelangten sie auf einen weitläufigen Innenhof, der von Galerien gesäumt war. Durch zahlreiche Rundfenster fiel Sonnenlicht herein. Eine Gruppe Frauen wartete auf sie, manche bewaffnet und ähnlich gekleidet wie Davoka, andere in schlichten schwarzen oder grauen Gewändern. Ihr Alter war recht unterschiedlich, von jung bis alt, und niemand schien beunruhigt, dass Lyrna und ihre Gefährten urplötzlich hier auftauchten, auch wenn die bewaffneten Frauen Kiral finster anstarrten.

»Ich sehe, du hattest eine interessante Reise«, sagte eine kleine Kriegerin mit feisten Wangen und trat vor, um die Zügel von Davokas Pony zu ergreifen. *»Am Feuer wirst du uns bestimmt eine schöne Geschichte erzählen.«*

»Mehr als eine.« Davoka stieg ab und schenkte der Frau ein herzliches Lächeln. *»Wir brauchen Zimmer, Nestal.«*

»Alles ist bereit.« Nestals Blick schweifte über die Neuankömmlinge und blieb schließlich auf Lyrna ruhen. »Königin«, sagte sie und neigte den Kopf. »Die Mahlessa hat darum gebeten, dass du zu ihr gebracht wirst, sobald du eintriffst.« Sie drehte sich zu Kiral um, und ihre Miene wurde eisig. »Zusammen mit dieser hier.«

Lyrna hatte erwartet, dass die Mahlessa eines der oberen Stockwerke des Berges bewohnte, aber Davoka führte sie zu einer Treppe in der Mitte des Hofes. Von dort wanden sich die Stufen in die Finsternis hinab.

»Nein!«, blaffte Nestal, als Smolen und die beiden Brüder ihnen folgen wollten. »Bleibt hier. Männer dürfen sie nicht sehen.«

Smolen schien widersprechen zu wollen, aber Lyrna hob die Hand. »Ich bezweifle, dass Euer Schwert mir hier eine Hilfe wäre, Oberhauptmann. Wartet auf mich.«

Er verneigte sich, trat zurück und nahm Haltung an, ganz der ergebene Offizier, wenn auch ohne die Rüstung oder die vornehme Kleidung, die er einmal getragen hatte. Nur sein Schwert und seine Stiefel waren ihm geblieben, und selbst diese wirkten einigermaßen mitgenommen. Zum ersten Mal seit Tagen kam es Lyrna in den Sinn, dass sie selbst wohl kaum besser aussah. Keine Hermelingewänder oder maßgeschneiderten Reitkleider, lediglich robuste Lederkluft und feste Stiefel, die von dem weiten Weg verschrammt und staubig waren. Wären ihre Haare nicht gewesen, hätte sie ebenso gut eine Lonakerin sein können.

»Bitte, Schwester!«

Lyrna wandte sich um und sah, wie Kiral sich dem Seil widersetzte, an dem Davoka zog. Ihre bislang ausdrucklosen Gesichtszüge waren jetzt so sehr von Furcht entstellt, dass es den Anschein hatte, als trüge sie eine Maske. *»Bitte«*, flehte sie mit Entsetzen in der Stimme. *»Bitte – wenn du mich je als deine Schwester betrachtet hast, dann töte mich! Aber bring mich nicht zu ihr!«*

Sie fuhr fort zu betteln und sich zu wehren, als Davoka sie packte und zwang, die Treppe hinabzusteigen, und je tiefer die Finsternis wurde, umso schriller wurden ihre Schreie.

Sie hat keine Angst vor dem Tod, dachte Lyrna. *Was sie dort unten erwartet, ist weit schlimmer.*

Sie strich sich über ihre staubigen, sichtlich mitgenommenen Kleider und folgte ihnen nach unten.

Drittes Kapitel

Reva

Sie lief, bis ihre Lungen brannten und ihre Beine schmerzten, sie lief. Fort von der Straße, fort von ihm, fort von den *Lügen*, durch das hohe Gras und in den Wald. Sie lief, bis sie vor Erschöpfung der Länge nach hinfiel und sich in einem wirren Knäuel aus Schwert und Mantel verhedderte. Während sie sich aufrappelte, schaute sie sich suchend um; ihre Brust hob und senkte sich vor Anstrengung und panischer Angst. *Er wird mich verfolgen, wird Jagd auf mich machen, mir noch mehr Lügen zuflüstern …*

Sie wollte weiterlaufen und stolperte fast augenblicklich, als ihr ermüdeter Fuß an einer Baumwurzel hängen blieb. Schluchzend fiel sie auf Hände und Knie. Ihre Gedanken rasten. *Und wenn es ihn denn gäbe, dann würde er dich für das hassen, was du bist – das behaupten jedenfalls die Bischöfe … Du bist auf die Suche nach etwas geschickt worden, das nicht gefunden werden kann, in der Hoffnung, dass ich dich töte … Eine neue Märtyrerin …*

»LÜGEN!« Wie der Schrei eines Raubtiers hallte ihre Stimme durch den Wald. Die Bäume blieben ihr jedoch die Antwort schuldig – außer dem Knarren der Äste, die sich im Wind wiegten, war nichts zu hören.

Sie ging in die Hocke, hob das Gesicht himmelwärts und öffnete den Mund, um tief einzuatmen. Inzwischen hatte sie begriffen, dass

Al Sorna sie nicht verfolgen würde. Mit seinen Fähigkeiten wäre es ihm ein Leichtes gewesen, sie aufzuspüren, aber hier saß sie, völlig allein. Sie erinnerte sich daran, wie verzweifelt er geklungen hatte, als er ihr nachrief, wie niedergeschlagen … *Aus dem gleichen Grund, aus dem ich mich dem Lied verweigere, auch wenn es mich anschreit, dich ziehen zu lassen.*

Folge deinem Lied, Dunkelklinge, dachte sie. *Ich werde selbst eines anstimmen.*

Mit zitternder Hand strich sie sich durch ihre viel zu langen Haare, ihre lasterhaften asraelischen Haare. *Verdorbene, vaterlose Sünderin!*

Der Priester! Der Priester wird wissen, was auf diese Lügen zu antworten ist. Sie würde zu ihm zurückkehren, und er würde die Wahrheit sprechen, und der Weltvater würde sie wieder mit Seiner Liebe segnen und bekunden, dass sie nicht verhasst war, bekunden, dass die Sünde aus ihr herausgeprügelt worden war, bekunden, dass sie Seiner heiligen Mission würdig war … dass sie würdig war, das Schwert ihres Vaters zu tragen.

Das Schwert. Die Vorstellung, ohne das Schwert vor den Priester zu treten und von ihm zu verlangen, dass er auf die Lügen der Dunkelklinge eine Erwiderung fand, war absurd. Aber wenn sie das Schwert hätte, würde sein Gesicht all die Wahrheiten offenbaren, deren sie bedurfte. Das Schwert war die Wahrheit.

Sie öffnete die Augen und blickte zu den Sternen empor. Über ihr leuchtete der Hirsch. Sein Vorderhuf deutete, wie sie wusste, fast genau nach Süden, in Richtung Cumbrael, in Richtung der Graukuppen … und der Hohen Burg. Vielleicht lag das Schwert noch immer, von niemandem beansprucht, in einer dunklen Ecke des Herrschersaals und wartete auf sie. Wenn nicht, war es sehr unwahrscheinlich, dass sie es woanders finden würde.

Während sie sich langsam erhob, regte sich ein Gedanke in ihr, ein leises, verräterisches Wispern in ihrem Kopf. *Geh zurück. Sie werden dich willkommen heißen.*

»Mit Lügen!«, fauchte sie.

Mit Liebe. Wann hat der Priester dich jemals geliebt?

»Ich gebe nichts auf seine Liebe oder auf ihre. Die Liebe des Weltvaters ist die einzige Liebe, die ich brauche.«

Sie straffte die Schultern, strich sich die Erdkrumen von den Kleidern und begann, Richtung Süden zu laufen.

◆ ◆ ◆

Der Bogen war aus Bergulmenholz gefertigt und von hellbrauner Farbe. Der Stab war in der Mitte ganz glatt vom vielen Gebrauch, das Holz auf beiden Seiten mit kunstvollen Schnitzereien versehen. Die eine Seite zeigte einen Hirsch, die andere einen Wolf. Er war anders als der Eschenbogen, den Al Sorna für sie gemacht und den sie zurückgelassen hatte, als sie davongelaufen war – vor allem war er länger und etwas dicker, was zweifellos eine größere Reichweite und Durchschlagskraft bedeutete.

Der Eigentümer des Bogens lag auf einer Wiese im Windschatten eines uralten Baumstumpfes, mehrere Meilen von der nächsten Straße entfernt. Offenbar selig schlummernd hatte er die Augen geschlossen; sein größtenteils weißer Bart war von roten Flecken bedeckt, und in seinem Schoß ruhte ein irdener Weinkrug. Neben ihm kauerte ein Schäferhund mit zottigem Fell und traurigen Augen. Er sah Reva ausgesprochen gelangweilt an und hob, als sie näher herankroch und dem Säufer den Bogen aus den Händen zog, kaum den Kopf. Der Köcher mit den Pfeilen war zu fest unter seinem Rücken eingeklemmt, also versuchte sie erst gar nicht, ihn zu stehlen. Pfeile ließen sich leichter anfertigen als Bögen.

Sie hatte sich ungefähr zwanzig Schritte weit entfernt, als sie stehen blieb und die Schnitzereien auf dem Bogen betrachtete. Diese waren noch weit feiner, als sie anfangs gedacht hatte. Oben stand der Hirsch mit kampfbereit gesenktem Geweih, während unten der Wolf kauerte und die Zähne fletschte. Das alles war mit solch handwerklichem Geschick angefertigt, dass die Waffe bestimmt von beträchtlichem Wert war.

Das Schwert ist alles, was zählt, hatte der Priester gesagt. *Der Weltvater vergibt alle Sünden, wenn sie während der Suche nach dem Schwert begangen werden.*

Reva seufzte, machte auf dem Absatz kehrt und legte dem Säufer den Bogen in die Arme zurück. Dann wartete sie, dass er aufwachte.

Nach einer Weile kam der Schäferhund zu ihr herüber und winselte, weil er die Reste des Kaninchens roch, das sie am Tag zuvor gefangen hatte. Sie warf ihm einen Bissen hin, und der Hund bellte dankbar, woraufhin der alte Mann aus dem Schlaf schreckte.

»Was!« Er hielt seinen Bogen umklammert und tastete nach einem Pfeil. »Was willst du, du Hure!«

Reva schaute zu, wie er vergebens versuchte, einen Pfeil aus dem Köcher zu ziehen, es schließlich sein ließ und stattdessen nach einem kleinen Messer in seinem Stiefel griff. Mitten in der Bewegung hielt er inne und betrachtete wie gebannt das Goldstück, das sie hochhielt.

»Das ist ein hübscher Bogen«, sagte sie.

◆ ◆ ◆

Der Pfeil bohrte sich mindestens eine Handspanne tief in den Baumstamm. Es war ein Übungspfeil von einem Meter Länge ohne Spitze oder Befiederung, aus einem abgebrochenen Eschenast gefertigt. Trotzdem hatte sie aus einer Entfernung von zwanzig Schritten damit ihr Ziel getroffen.

Der alte Mann hatte behauptet, er sei Schäfer, obwohl weit und breit keine Herde zu sehen war. Der Bogen, so sagte er, sei ein Souvenir von einem Feldzug gegen die Cumbraeler. Damals sei er noch ein junger Bursche gewesen, und die Schergen des Herrn hätten ihn zu den Soldaten geholt, so sehr seine Mutter auch weinte und wehklagte. Reva hielt diese Geschichte für äußerst unglaubwürdig. Der Bogen war eine herrliche Waffe, aber seine Bauform war nicht cumbraelisch. Entweder hatte der Schäfer ihn gestohlen oder beim Spiel gewonnen. Jedenfalls hatte er es äußerst eilig gehabt, mit dem neu erworbenen Reichtum seiner Wege zu ziehen, sodass keine Zeit für längere Erklärungen geblieben war. Mit unsicheren Schritten war er über die schaflose Weide gewankt, in der Hand den Weinkrug und dicht gefolgt von dem Hund mit den traurigen Augen.

Inzwischen war Reva seit zwei Wochen unterwegs. Von den Straßen hielt sie sich fern, und nachts schlug sie ihr Lager im Schutz des Waldes auf. Wenn sich die Gelegenheit ergab, jagte sie, ansonsten verbiss sie sich den Hunger und lief immer weiter nach Süden in die Richtung, die der Hirschhuf ihr wies. So weit von der Straße entfernt war die Wahrscheinlichkeit gering, dass sie Reisenden oder Räubern begegnete, aber sie hielt trotzdem die Augen offen.

An diesem Abend erlegte sie ein Sumpfhuhn, und noch vor Sonnenuntergang hatte sie es gerupft, aufgespießt, gebraten und verspeist. Sie wusste, dass die Zeit mit Al Sorna sie geschwächt hatte – nach den Wochen, die sie mit vollem Bauch geschlafen hatte, fiel es ihr schwer, den Hunger zu ertragen. Jeden Abend dankte sie dem Weltvater, dass er sie von den Lügen der Dunkelklinge erlöst hatte, und jeden Abend bat sie um Vergebung für ihr sündiges Schwelgen.

Nach dem Essen zog sie das Messer und griff nach ihrem langen Haar. Das war so etwas wie ein abendliches Ritual geworden – ihre Entschlossenheit schwand dahin, als die Klinge die unzüchtigen Locken berührte, ohne sie abzuschneiden. Reva redete sich ein, dass sie ihr zur Tarnung dienten. *Asraelische Frauen tragen ihr Haar lang …* Noch lag die Grenze zu Cumbrael vor ihr. Mit Eitelkeit hatte das nichts zu tun, oder mit der Tatsache, dass Alornis mehr als einmal gesagt hatte, wie sehr Revas Haar ihr gefiel.

Lügner. Die Stimme des Priesters folgte ihr, nachdem sie das Messer zurück in die Scheide geschoben und sich in ihren Mantel gewickelt hatte, bis in den Schlaf. *Verdorbene, vaterlose Sünderin!*

◆ ◆ ◆

Nach einer weiteren Woche sah sie die Graukuppen vor sich, eine zerklüftete, in blauen Dunst gehüllte Silhouette am Horizont. Der Wald war hier dichter und zog sich über das Vorgebirge, das immer steiler aufragte, je weiter nach Süden sie kam. Wild gab es hier kaum, und es gelang ihr nur, ein Rebhuhn zu töten und einen nicht mehr ganz jungen Hasen, der zu langsam war, um dem Pfeil auszuweichen. In zwei Nächten, so schätzte sie, würde sie nur noch einen halben Tagesmarsch von den eigentlichen Bergen entfernt sein. Wo genau die Hohe Burg sich befand, wusste sie nicht, aber inzwischen war es Cumbraelern längst nicht mehr verboten, darüber zu sprechen, dafür hatte der Märtyrertod ihres Vaters gesorgt. Sie wusste von einem Dorf, das genau auf der anderen Seite des Flusses lag, der die Grenze zu Asrael bildete. Der Priester hatte angedeutet, dass Pilger dort mit Unterstützung rechnen konnten, denn alle Söhne der Wahrklinge mussten die Hohe Burg aufsuchen, um dem begnadetsten aller Diener des Weltvaters die Ehre zu erweisen.

Unter einem kleinen Wasserfall entdeckte sie einen Teich. Sie zog sich aus, badete, wusch ihre Kleider, so gut sie konnte, und breitete sie zum Trocknen aus, während sie sich im Sonnenschein auf einem Fels ausstreckte und die majestätisch dahintreibenden Wolken betrachtete. Wie immer, wenn ihre Gedanken abschweiften, kam ihr Al Sorna in den Sinn und der Unterricht, den er ihr erteilt hatte, außerdem Alornis und ihre Zeichnungen und sogar der betrunkene Dichter und seine schrecklichen Lieder. Es war falsch, das wusste sie, zügellos und frevelhaft, und hinterher flehte sie stets den Weltvater an, ihr zu verzeihen, aber sie ließ ihren Erinnerungen jeden Tag für kurze Zeit freien Lauf und wartete auf den Augenblick, wenn die heimtückische Stimme ihr die verlockenden Worte zuflüsterte: *Es ist noch nicht zu spät. Mach kehrt, geh nach Norden. Nimm ein Schiff in die Nordlande. Sie werden dich willkommen heißen …*

Sie bestrafte sich mit Schwertübungen, wobei sie immer schneller von einer Schlagfolge in die nächste wechselte, bis die Umgebung vor ihren Augen verschwamm und sie vor Erschöpfung fast umfiel. Während es allmählich dunkel wurde, häufte sie mehrere Farnwedel auf und legte sich darauf nieder. Dabei machte sie sich nicht die Mühe, das Messer zu ziehen und so zu tun, als wolle sie sich die Haare schneiden, und das, obwohl ihr inzwischen sogar schon Strähnen in die Augen fielen.

◆ ◆ ◆

Schreie rissen sie aus dem Schlaf, und sie rollte sich blitzschnell herum, ging in die Hocke und hob das Schwert, das sie, ohne es zu bemerken, aus der Scheide gezogen hatte. Ihr Blick schweifte durch den dunklen Wald. Nichts … *Moment.*

Sie nahm den Geruch wahr, bevor sie etwas sah. Rauch, der vom Wind herbeigeweht wurde. Das gelbe Aufflackern eines großen Feuers jenseits der Bäume. Wieder ertönte der Schrei, schrill und schmerzerfüllt … eine Frauenstimme.

Banditen, dachte sie und erhob sich. *Nicht mein Problem.*

Noch mehr Schreie, unzusammenhängend ausgestoßene Worte, ein Flehen – und dann plötzliche, entsetzliche Stille.

Reva musste an die Wegelagerer denken, die sie in Rhansmühle getötet hatte, an den Leichenficker Kella und die anderen, derentwegen sie seither kein bisschen schlechter geschlafen hatte.

Sie schob das Schwert in die Scheide, damit sein Funkeln sie nicht verriet, schulterte den Köcher, nahm ihren Bogen und lief los, genau so, wie Al Sorna es ihr beigebracht hatte, als sie gemeinsam gejagt hatten: kurze Schritte, bei denen sie den Fuß nur so hoch hob, dass er den Boden nicht mehr berührte, den Oberkörper tief geduckt. Der flackernde Feuerkegel wurde immer größer, je näher sie ihm kam. In der Mitte einer Lichtung waren Holzscheite aufgestapelt, und vor den hoch auflodernden Flammen zeichneten sich die Umrisse dunkler Gestalten ab. Ein Mann rezitierte etwas mit lauter Stimme.

Etwa dreißig Schritte von dem Feuer entfernt legte sie sich auf den Bauch und kroch vorwärts, den Bogen in der linken Hand. Nur wenige Augenblicke später entdeckte sie etwas, das sie innehalten ließ: ein stämmiger Mann, der den Flammen den Rücken zugewandt hatte und sich aufmerksam umschaute. Er trug ein Schwert auf dem Rücken und hielt eine Armbrust schussbereit in den Händen. Ein Wachposten. So gewissenhaft war kein Bandit, geschweige denn so gut bewaffnet.

Reva kroch, langsam und vorsichtig, ein Stück näher heran, wobei sie den Boden nach Zweigen oder trockenen Blättern abtastete, die sie verraten mochten, weiterhin unbemerkt von dem Wachposten, der, wie sie jetzt sah, einen schwarzen Umhang trug. *Der vierte Orden.*

Die Stimme wurde deutlicher, und dann sah Reva den Sprecher, einen hageren Mann mit blassem Gesicht, der ebenfalls in einen schwarzen Umhang gehüllt war und mit weit ausholenden Gesten auf etwas deutete, das sich rechts von ihnen befand, während er hasserfüllt deklamierte: »… als Leugner habt ihr gelebt, als Leugner werdet ihr sterben. Eure Seelen sind dem Untergang geweiht, denn ihr werdet unter den Ahnen keine Zuflucht finden. Die Ketzerei, die euch in diesem Leben so elend hat werden lassen, wird euch auch im Jenseits zu ewiger Einsamkeit verdammen …«

Reva wartete, bis der Wachposten nach links schaute, richtete sich dann, so weit sie es wagen konnte, auf und blickte in die Richtung, in die der Sprecher deutete. Sie waren zu viert, und sie waren alle gefesselt und geknebelt, ein Mann und eine Frau sowie ein Mädchen, das kaum zehn Jahre alt war, und ein kräftiger Junge, der vielleicht fünf oder sechs Jahre älter sein mochte. Zwei Brüder in schwarzen Umhängen standen mit blanken Schwertern hinter ihnen. Der Junge schien der Einzige zu sein, der sich mit seinem Schicksal nicht abfinden wollte; er sträubte sich verzweifelt gegen die Fesseln. Ihm war ein Stab zwischen Ellenbogen und Rücken geschoben worden, und dicke Seile gruben sich ihm tief ins Fleisch. Ein langes Stück Holz war ihm in den Mund gerammt und mit Zwirn festgezurrt worden. Speichel rann ihm, während er sich wild herumwarf, übers Kinn, und in seinen Augen funkelte ohnmächtige Wut. Allerdings war sein Blick nicht auf den schwadronierenden Bruder gerichtet, sondern auf das Feuer hinter ihm.

Reva schaute genauer hin und entdeckte eine dunkle Gestalt, die in den Flammen sichtbar war, etwas Geschwärztes und entfernt Menschliches, etwas, das nach verschmortem Fleisch stank.

»Du!« Der bleiche Redner deutete mit anklagend erhobenem Finger auf den gefesselten Mann, der, im Unterschied zu dem Jungen, in schweigender Unterwerfung auf der Erde kniete. »Du, der du deine Kinder zur Lüge verführt, sie mit deinen Ketzereien verdorben hast, wirst jetzt mit eigenen Augen sehen, welchem Schicksal du sie überantwortet hast.«

Einer der Brüder packte den Mann am Haar und riss seinen Kopf nach hinten. Zum Vorschein kam ein Gesicht, auf dem sich seltsamerweise weder Angst noch Zorn abzeichnete. Die Augen waren voller Tränen, aber frei von jeglichem Entsetzen, als der hagere Bruder näher kam.

»Schau genau hin, Leugner«, fauchte er, das Gesicht verzerrt und rot im Schein des Feuers. Er packte das kleine Mädchen und zerrte sie auf die Beine. »Sieh, was du verbrochen hast.«

Das Mädchen wand sich in seinen Fingern, aber er hob sie mühelos hoch und drehte sich zum Feuer um. Der Schrei des kräftigen Jungen wurde von seinem Knebel erstickt, als er aufsprang, nur um von einem der Brüder mit dem Heft seines Schwertes niedergeschlagen zu werden.

Reva benötigte nur wenige Sekunden, um zu begreifen, was da vor sich ging und mit wem sie es zu tun hatte: das Großmaul, die beiden Männer hinter den Gefangenen, der Wachposten. Vier, die sie sehen konnte, und gewiss noch mehr, die sich irgendwo verbargen, und alle gut bewaffnet, keine betrunkenen Banditen. Ihre Chancen standen denkbar schlecht, und sie durfte ihre Mission nicht gefährden. Ihr blieb nur eine Entscheidung.

Der Wachposten starb als Erster; er presste die Hände auf die klaffende Wunde an seinem Hals, taumelte auf die Lichtung hinaus und fiel mit einem Röcheln vornüber.

Reva schob ihr Messer in die Scheide zurück, legte einen Pfeil auf und jagte ihn dem Großmaul in den Rücken, als dieser gerade das Mädchen über seinen Kopf hob. Er ging sofort zu Boden und ließ das Mädchen fallen, die mit ihren kleinen Beinen verzweifelt nach ihm trat und von ihm wegkrabbelte.

Reva blieb noch Zeit für einen weiteren Pfeil, denn die beiden verbliebenen Brüder erholten sich rasch von ihrem Schreck und drehten sich mit erhobenen Schwertern zu ihr um. Sie entschied sich für den, der ihr am nächsten war und der den Mann hatte zwingen wollen, den Tod seiner Tochter mitanzusehen. Er war schnell und versuchte, nach links auszuweichen, als sie auf seine Brust zielte, aber er war nicht schnell genug. Der Pfeil traf ihn an der Schulter, und er brach zusammen. Reva zog ihr Schwert und rannte auf den anderen Bruder zu, nicht ohne im Vorbeieilen seinen verletzten Gefährten mit einem Streich zu töten.

Der verbliebene Bruder trat hinter den Gefangenen hervor und hob eine Armbrust. Mit einem wütenden Schrei warf sich der kräftige Junge auf ihn und rammte ihm mit hörbarem Krachen die Schulter in die Rippen. Der Mann im schwarzen Umhang stürzte rücklings ins Feuer. Er brüllte los und schlug wild um sich, verzweifelt darum bemüht, den Flammen zu entfliehen. Seine Stimme wurde immer schriller, bis sie sich endgültig überschlug.

Ein Ruf ließ Reva herumfahren. Drei weitere Brüder kamen mit erhobener Armbrust aus der Finsternis gestürzt. Reva schaute zu dem

Jungen hinüber, der auf der Erde kniete und sie, noch immer geknebelt, mit flehendem Blick ansah.

Sie drehte sich um und rannte in den Wald hinein, wobei sie sich rasch bückte, um den Bogen aufzuheben. Ein Armbrustbolzen zischte an ihrer Wange vorbei, bevor sie die schützende Dunkelheit erreichte.

Nach zwanzig Schritten blieb sie stehen, drehte sich um und ging in die Hocke. Holte zweimal tief Luft, um ihre innere Ruhe wiederzufinden, und wartete. Die drei Männer in den schwarzen Umhängen waren außer sich – wütend versetzten sie dem Jungen einige Tritte, bevor sie Erde auf ihren schwelenden Gefährten häuften und laut miteinander stritten, was nun zu tun sei. Einer neben dem anderen zeichneten sie sich deutlich vor dem Feuer ab.

So schlecht stehen meine Chancen gar nicht, dachte Reva, hob den Bogen und zielte.

◆ ◆ ◆

Der Junge hieß Arken, seine Schwester Ruala, die Mutter Eliss und der Vater Modahl. Die Leiche auf dem Scheiterhaufen war Modahls Mutter, die Yelna geheißen hatte, auch wenn Ruala und Arken nur als Oma von ihr sprachen. Reva hatte keine Lust, den einzigen überlebenden Ordensbruder nach seinem Namen zu fragen, also blieb sie der Einfachheit halber bei »Großmaul«.

»Gottesanbeterin! Hexe!«, schrie er. Reva hatte ihn am Morgen gegen einen Baumstumpf gelehnt, wo er nun mit gespreizten Beinen saß, ohne sich von der Stelle rühren zu können. Der Pfeil hatte seine Wirbelsäule durchbohrt, sodass er unterhalb der Taille gelähmt war. Seiner Stimme tat das leider keinen Abbruch. »Nur mithilfe des Dunklen konnte es dir gelingen, meine Brüder abzuschlachten«, schimpfte er und drohte ihr mit einem zitternden Finger. Seine Haut war blass und feucht, und sein Blick wurde immer glanzloser. Es wäre barmherzig gewesen, ihn zu töten, aber Modahl hatte sie daran gehindert, ihr Messer zu benutzen.

»Er wollte deine Tochter bei lebendigem Leibe verbrennen«, hatte sie am vorherigen Abend zu bedenken gegeben.

»Was ist Barmherzigkeit?«, fragte er, das lange Gesicht von Trauer gezeichnet, aber noch immer frei von Zorn. Er hatte die Stirn gerunzelt, als würde er ihr eine ehrliche Frage stellen.

»Was?«, erwiderte sie.

»Barmherzigkeit ist der süßeste Wein und der bitterste Wermut«, sagte Eliss, die Mutter. »Denn sie belohnt die Barmherzigen und beschämt die Schuldigen.«

»Der Katechismus des Wissens«, erklärte Arken und hievte eine der schwarz gekleideten Leichen auf das Feuer. Seine Stimme klang verbittert. »Sie stammt ganz offensichtlich aus Cumbrael, Vater«, sagte er zu Modahl. »Ich bezweifle, dass sie sich eine Predigt anhören möchte.«

Katechismus? »Ihr seid Anhänger des Glaubens?«, fragte sie überrascht. Sie hatte erwartet, dass es sich bei der Familie um Mitglieder einer der zahllosen unsinnigen Sekten handelte, die seit dem Toleranzedikt aus dem Boden schossen wie Pilze.

»Des wahren Glaubens«, sagte Modahl. »Nicht dieser Perversion, der diese verblendeten Seelen folgen.«

Großmaul rief etwas, sein Atem stäubte Erde auf. Es klang wie: »Leugnerlügen!«

»Sag mir, tut das weh?«, wollte Reva wissen, beugte sich zu ihm hinab und zog ihm den Pfeil aus dem Rücken. Offensichtlich spürte er nichts.

Der Bruder, der ins Feuer gefallen war, hatte den Angriff ebenfalls überlebt, war aber seinen Wunden erlegen, bevor die Sonne aufgegangen war. Er hatte eine ganze Weile geschrien, und wieder hatte Modahl sie daran gehindert, ihn zum Schweigen zu bringen. Ratlos half sie Arken, die Leichen dem Feuer zu überantworten.

»Dieser hier wusste sich zu wehren«, bemerkte sie und packte den größten der Brüder an den Beinen – den, der als Letzter gefallen war. »Vermutlich hat er als Soldat gedient, bevor er dem vierten Orden beigetreten ist.«

»Dir konnte er nicht das Wasser reichen«, sagte Arken und hob die Leiche an den Schultern an. »Er hat es verdient, dass du ihn hast leiden lassen.«

Hatte sie das wirklich? Natürlich, sie hatte ein wenig mit ihm gespielt. Nachdem sie die anderen niedergeschossen hatte, war es ihm gelungen, dem letzten Pfeil auszuweichen, worauf er versucht hatte, in den Wald zu entkommen. Sie war ihm am Rand der Lichtung mit dem Schwert in der Hand entgegengetreten. Er war schnell und erfahren gewesen und hatte zahlreiche Tricks gekannt. Doch sie war schneller, und sie kannte mehr. Und so hatte sie sich mehr Zeit gelassen, als wirklich nötig gewesen wäre. Mit jeder Parade und jedem Stoß, mit jedem Schnitt, den sie ihm im Gesicht und an den Armen zufügte, hatte sie gespürt, wie sie gewandter wurde, wie schon bei den Übungen mit Al Sorna, nur dass es diesmal ernst gewesen war. Als ihr Blick auf das kleine Mädchen gefallen war, das weinend am Boden gekauert hatte, noch immer gefesselt und geknebelt, hatte sie der Sache ein Ende gemacht, indem sie ihm das Schwert in die Brust gerammt hatte. *Vergib mir meine Schwäche, Weltvater.*

Modahl sagte ein paar Worte, während die Flammen hoch aufloderten, und bat dabei seine Familie, Großmutter Yelna für das Geschenk ihres Lebens zu danken, sich an ihre Güte und Weisheit zu erinnern und über die falschen Entscheidungen nachzudenken, welche diese Männer in den Tod geführt hatten. Reva stand ein paar Schritte entfernt und säuberte ihr Schwert von Blut. Ihr entging nicht, dass sich Arkens Miene verfinsterte, während sein Vater sprach; er sah ihn mit einer solchen Wut an, dass es an Hass grenzte.

Der Morgen brachte leichten Regen, und die Stimme des Großmauls riss sie aus einem unruhigen Schlaf. Das Feuer war herabgebrannt, und nur noch ein Haufen schwarzgrauer Asche war übrig, die vom Regen fortgespült wurde. Darunter kamen menschliche Knochen und grinsende Schädel zum Vorschein.

»Ach, meine gefallenen Brüder!«, rief Großmaul. »Das Dunkle hat euch hinweggerafft. Mögen die Ahnen eure Seelen reinigen!«

»Nicht das Dunkle«, erklärte ihm Reva mit einem Gähnen. »Nur ein Messer, ein Bogen, ein Schwert und die Fähigkeit, damit umzugehen.«

Großmaul wollte etwas erwidern, doch ein Hustenanfall schnitt ihm das Wort ab. »Ich … habe Durst«, krächzte er.

»Trink den Regen.«

Die Brüder hatten eine Reihe guter Pferde zurückgelassen, Proviant für mehrere Tage und eine ordentliche Menge Münzen. Reva suchte sich das größte Pferd aus, einen munteren Hengst mit der langgliedrigen Gestalt eines Reittieres, das für die Jagd gezüchtet worden war, und trieb die übrigen davon. Modahl hatte am Abend zuvor darauf beharrt, dass alle Waffen der Brüder ins Feuer geworfen wurden. Arken hatte ein entrüstetes Schnauben ausgestoßen, als ihm sein Vater sanft, aber bestimmt das Schwert, das er für sich beansprucht hatte, aus der Hand nahm.

Der Wagen der Familie war ebenso unversehrt wie der Ochse, der ihn zog. Ihre Besitztümer waren allerdings übel zugerichtet worden, und Ruala weinte heiße Tränen über dem zerfetzten Überrest ihrer Puppe.

»Wir sind nach Südturm unterwegs«, sagte Arken. »Wir haben Familie dort. Es heißt, die Duldsamen haben unter dem Schutz des Turmherrn der Südküste weniger zu befürchten.«

»Sie haben Jagd auf Euch gemacht«, sagte Reva.

Arken nickte. »Vater predigt jedem, der ihm zuhört, den Katechismus des Wissens. Er hofft, im Süden auf offenere Ohren zu stoßen. Allem Anschein nach hat Aspekt Tendris diese Vorstellung nicht gefallen.«

Reva bemerkte, dass Modahl hinten auf dem Wagen eine Decke ausbreitete, wobei er alles Mögliche beiseitewarf, um dafür genügend Platz zu haben. »Was macht Ihr da?«, fragte sie.

»Für den verletzten Bruder«, erklärte er. »Wir müssen einen Heiler für ihn finden.«

Reva trat ganz dicht an ihn heran und flüsterte ihm ins Ohr: »Wenn Ihr Eure Tochter dazu zwingt, auf dem gleichen Wagen zu fahren wie dieses Stück Scheiße, werde ich ihm den Kopf abhacken und ihn in den Fluss werfen.«

Sie blickte ihm eine ganze Weile in die Augen, bis sie sicher war, dass er sie verstanden hatte. Schließlich sanken Modahls Schultern herab – er gab sich geschlagen und führte seine Familie zu dem Wagen.

»Einige Meilen westlich von hier ist ein Dorf«, sagte Reva. »Wenn Ihr wollt, reite ich mit Euch bis dorthin.«

Modahl schien ablehnen zu wollen, doch seine Frau kam ihm zuvor. »Das wäre uns sehr willkommen, meine Liebe.«

Reva stieg auf den grauen Jäger und trabte zu Großmaul hinüber, der noch immer an dem Baumstumpf lehnte.

»Wirst du … mich töten … Hexe?«, keuchte er, seine Augen zwei schwarze Kohlenstücke in seinem wächsernen Gesicht.

Reva holte eine volle Feldflasche aus der Satteltasche des Jägers und ließ sie ihm in den Schoß fallen. »Warum sollte ich das tun?« Sie beugte sich vor und warf einen vielsagenden Blick auf seine gelähmten Beine. »Hoffentlich lebst du noch lange, Bruder. Wenn die Wölfe oder die Bären dich nicht vorher finden.«

Sie riss ihr Pferd herum und galoppierte dem Wagen hinterher.

◆ ◆ ◆

Das Dorf war, wie sich herausstellte, ein äußerst seltsamer Ort: Cumbraeler und Asraeler lebten Seite an Seite und sprachen mit einem merkwürdigen Akzent, der vor allem die misstönendsten Vokale beider Erzlehen zu betonen schien. Ganz offensichtlich handelte es sich um einen wichtigen Handelsplatz – es wimmelte nur so von Reisenden und Fuhrleuten. Wein, der nach Norden ging, Stahl und Kohle, die nach Süden gingen. Eine Kompanie Soldaten der Vereinigten Königslande sorgte an der Kreuzung, um die sich das Dorf hinzog, für Ordnung. An der Südseite der Kreuzung stand ein Tempel des Weltvaters, direkt gegenüber von einem Missionshaus des fünften Ordens auf der anderen Seite.

»Im Ordenshaus haben sie bestimmt Salben für Eure Verletzungen«, erklärte Reva Modahl. »Am besten sagt Ihr ihnen, Ihr wärt von Banditen überfallen worden, die Euch ausgeraubt haben und dann weitergezogen sind. Kein Grund, die Soldaten zu bemühen.«

Modahl nickte bedächtig, aber seine Augen funkelten misstrauisch. *Für Mörder ist in seinem Herzen kein Platz,* mutmaßte Reva. *Obwohl er sich um sie kümmert, wenn sie im Sterben liegen. Was für eine Komödie ihr Glauben doch ist!*

»Unser Dank wird dich begleiten«, sagte Eliss, als Reva die Zügel ihres Grauen ergriff; in ihren Augen lag ehrliche Freundlichkeit. »Wir würden es begrüßen, wenn du morgen mit uns reitest.«

»Mein Ziel sind die Graukuppen«, erwiderte sie. »Aber ich danke Euch.«

Sie lenkte das Pferd weiter in die Stadt hinein. Als sie einen Blick über die Schulter warf, sah sie, dass Arken ihr nachschaute und zögerlich die Hand hob, um ihr zu winken. Reva erwiderte die Geste und ritt weiter.

Die Schenke war die kleinste der drei, die das Dorf vorzuweisen hatte; auf einem Schild über der Tür stand *Fuhrmannsruh*. In der Gaststube drängten sich Reisende und Viehhändler, zumeist Männer mit umherstreifenden Händen, die sie rasch wieder zurückzogen, wenn sie eine blanke Klinge entdeckten. Reva setzte sich in einer Ecke auf einen Hocker und wartete, bis die Schankmagd zu ihr trat. »Dieses Lokal gehört Schindall?«, fragte sie.

Das Mädchen nickte argwöhnisch.

Reva gab ihr eine Kupfermünze. »Ich muss ihn sprechen.«

Schindall war ein drahtiger Mann, dessen Stimme einem wütenden Knurren glich. »Was bringst du mir da?«, wollte er wissen, als die Schankmagd Reva in ein Hinterzimmer führte, in dem er an einem Tisch saß und Münzen zählte. »Wegen dieser hageren Hure verzähle ich mich …« Als sein Blick auf Revas Gesicht fiel, verstummte er.

Sie legte sich den Daumen auf das Herz und strich mit der Hand nach unten.

Schindall nickte ihr kaum merklich zu. »Bier!«, blaffte er die Dienstmagd an. »Und was zu essen, und zwar die Pastete, nicht den Schweinefraß.«

Er zog Reva einen Stuhl heran und beobachtete sie genau, während sie ihr Schwert vom Gürtel löste und den Umhang auszog. Er wartete, bis die Dienstmagd das Essen gebracht hatte und wieder hinausgegangen war, bevor er etwas sagte, und dann flüsterte er ehrfürchtig: »Du bist *es*, habe ich recht?«

Reva spülte einen Mundvoll Pastete mit einem Schluck Bier hinunter und runzelte die Stirn.

Schindalls Stimme wurde noch leiser, und er beugte sich zu ihr vor. »Das Blut der Wahrklinge.«

Reva verkniff sich ein überraschtes Lachen – die Ernsthaftigkeit des Wirtes war ebenso komisch wie beunruhigend. Das Leuchten in seinen Augen erinnerte sie an die blödsinnigen Ketzer, die sich um Al Sornas Haus versammelt hatten. »Die Wahrklinge war mein Vater«, sagte sie.

Schindall unterdrückte ein Keuchen und faltete voller Aufregung die Hände. »Der Priester hat uns wissen lassen, dass wir bald Neuigkeiten von Euch erhalten werden. Neuigkeiten, die das Fundament der ketzerischen Herrschaft erschüttern würden. Aber ich hätte mir niemals erträumt, Euch selbst zu begegnen, schon gar nicht in dieser Bruchbude, in der ich den Gastwirt spiele.«

Der Priester hat uns wissen lassen … »Was hat er Euch gesagt?«, fragte sie leichthin, als würde sie das nur ganz beiläufig interessieren. *Dass ich bald tot sein werde? Dass ihr bald eine neue Märtyrerin verehren könnt?*

»Die Botschaften des Priesters sind kurz und unbestimmt, und das aus gutem Grund. Würde der Erzfürst des ketzerischen Königs sie abfangen, wäre zu viel Klarheit unser aller Verderben.«

Sie nickte und wandte sich wieder ihrer Mahlzeit zu. Die Pastete war überraschend gut – in Bier mariniertes Fleisch, das mit Pilzen in einem weichen Teigmantel gebacken worden war.

»Mit Verlaub«, fuhr Schindall fort. »Eure Mission. Ich würde es nie wagen, nach ihrem Ziel zu fragen, aber habt Ihr sie abgeschlossen? Steht unsere Errettung endlich bevor?«

Reva schenkte ihm ein nichtssagendes Lächeln. »Ich muss die Hohe Burg finden. Der Priester hat mir gesagt, dass es Eure Aufgabe ist, Pilger sicher dorthin zu bringen.«

»Natürlich«, hauchte er. »Natürlich wollt Ihr Eure Pilgerfahrt unternehmen, solange dafür noch Zeit ist.« Er stand auf und ging in eine Ecke des Zimmers, in die fast kein Lampenschein drang. Dort bückte er sich, zog einen Ziegelstein aus der Wand und holte etwas dahinter hervor.

»Auf Seide gezeichnet«, sagte er und legte ein rechteckiges Stück Stoff vor ihr auf den Tisch, das nicht mehr als sechs Zoll maß. »Leicht zu verstecken oder zu schlucken, wenn es sich als nötig erweist.«

Es war eine Landkarte, mit einfachen Strichen ausgeführt, aber doch deutlich genug. Von einer Ansammlung von Symbolen, die vermutlich das Dorf darstellten, schlängelte sich eine Linie an Flüssen und Bergen vorbei bis zu einem Symbol, das wie eine Speerspitze geformt war.

»Von hier aus braucht Ihr sechs Tage«, erklärte Schindall. »Pilger gibt es inzwischen nicht mehr allzu viele, also müsste der Weg frei sein. Vor Ort halten sich Freunde von uns auf, die in die Rolle von Bettlern geschlüpft sind und dort Zuflucht gesucht haben.«

»Die Burg ist nicht besetzt?«, fragte sie überrascht. Sie hatte verschiedene Möglichkeiten in Erwägung gezogen, wie es ihr gelingen mochte, sich unter der Nase der Soldaten in die Feste hineinzuschleichen.

»Nicht mehr seit dem Tod der Wahrklinge. Der betrunkene Hurenbock in Alltor hat offenbar seine Freude daran, sie verfallen zu lassen.«

Reva beendete ihre Mahlzeit und trank das Bier aus. »Für heute Nacht brauche ich ein Zimmer«, sagte sie. »Und einen Stall für mein Pferd.« Sie bot an, den Wirt zu bezahlen, aber er lehnte ab und führte sie in ein Zimmer im oberen Stockwerk. Es war klein und nicht besonders sauber, aber der Anblick des schmalen Bettes – das erste, das sie zu sehen bekam, seit sie das Haus der Dunkelklinge verlassen hatte – zerstreute jegliche Bedenken.

»Ich bin ihm einmal begegnet«, sagte Schindall, der in der Tür stehen geblieben war, den Blick noch immer auf ihr Gesicht gerichtet. »Der Wahrklinge. Nicht lange, nachdem der Weltvater ihn vor dem Pfeil des Banditen errettet hat. Die Narbe war noch frisch. Wenn er sich erhob, um zu sprechen, leuchtete sie so rot wie ein Rubin in der Morgenluft. Und seine Worte … so viel Wahrheit in so kurzer Zeit. Damals wusste ich, dass ich den Ruf des Weltvaters in diesen Worten gehört hatte.« Sein Blick war voller Leidenschaft, und seine belegte Stimme erinnerte Reva an den Waffenschmied in Varinsburg, als dieser gesagt hatte: »Ihr habt seine Augen.«

Sie legte ihr Schwert und ihren Mantel auf das Bett. »Bewachen die Soldaten des Königs die Bergpfade?«

Schindall blinzelte und schüttelte den Kopf. »Nur die Straßen im Tiefland, denn dort trifft man am ehesten auf Banditen. In den Bergen ist es denen wahrscheinlich zu kalt.« Er stellte eine Kerze auf den Tisch und ging zur Tür zurück. »Ab fünf Uhr könnt Ihr nach einer Dienstmagd läuten.«

»Bis dahin bin ich längst unterwegs. Vielen Dank für Eure Fürsorge.«

Bevor er das Zimmer verließ, sah er sie ein letztes Mal an, schluckte trocken und sagte: »Der Anblick Eures Gesichts ist der einzige Dank, den ich jemals brauchen werde.«

◆ ◆ ◆

Sie sah die Graukuppen zum ersten Mal, und die Steilhänge machten einen unheimlichen Eindruck. Unüberwindliche Felswände erhoben sich, je weiter sie vorankam, auf allen Seiten zu immer größeren Höhen. Die Luft war eisig, und der immer wiederkehrende Nieselregen und die Nebelbänke machten alles nur noch schlimmer. Die Straße endete an einem breiten, schnell fließenden Fluss. Sie folgte ihm nach Osten, denn die Karte verriet, dass dies die gangbarste Strecke zur Burg darstellte. Der graue Jäger schnaubte unzufrieden, während sie ihn über das steinige Ufer lenkte.

»Schnauber«, sagte sie und tätschelte ihm den Hals. »So werde ich dich nennen.«

Hinter ihr knirschten Hufe über Stein, und sie wandte sich im Sattel um. Ein weiterer Reiter hatte das Ende der Straße erreicht. Reva wartete, bis er sie einholte – ein großer Junge auf einem kleinen Pferd.

»Hast du das gestohlen?«, fragte sie, als Arken neben ihr anhielt.

»Das Geld der Brüder«, sagte er, hustete und wand sich unter ihrem Blick in dem allzu kleinen Sattel.

Reva betrachtete ihn schweigend, während ihm das Blut ins Gesicht schoss und er noch einmal hustete.

»Wenn ich noch einen Tag länger bei ihnen geblieben wäre, hätte ich ihn umgebracht«, sagte er schließlich. »Außerdem stehe ich in deiner Schuld.«

Leiser Donner rollte über den Himmel, und als Reva aufblickte, sah sie von Westen eine dunkle Wolkenbank näher kommen. »Wir reiten besser nicht zu dicht am Fluss«, sagte sie und gab Schnauber die Sporen. »Wenn es regnet, tritt er bestimmt über die Ufer.«

◆ ◆ ◆

»Er war nur ein Stellmacher«, sagte Arken. »Natürlich, er verstand sein Geschäft und war etwas gebildeter und frommer als die meisten Männer im Ort, aber trotzdem war er nur ein Stellmacher. Eines Tages hat dann der Aspekt des zweiten Ordens das Missionshaus besucht, und Vater ist hingegangen, um den Katechismus zu hören. Daraufhin hat sich alles verändert.«

Sie hatten sich in einen schmalen Spalt in einer Felswand geflüchtet. Obwohl sie dort vor dem Regen einigermaßen geschützt waren, war es zu feucht, um ein Feuer anzuzünden, sodass sie, in ihre Umhänge gewickelt, auf dem Boden kauerten. Nur der Atem der Pferde wärmte sie ein wenig.

»Jede freie Stunde predigte er zu allen, die ihm zuhörten«, fuhr Arken fort. »Jede Münze, die wir entbehren konnten, ging an den Schriftsetzer, um seine Traktate drucken zu lassen. Meine Schwester und ich mussten damit Stunde um Stunde an der Straße stehen, während er seine Predigten hielt. Das Schlimmste war, dass manchmal sogar Leute stehen blieben und ihm zuhörten. Was habe ich sie dafür gehasst! Wenn ihm die Leute aus dem Weg gegangen wären, hätte er vielleicht irgendwann aufgegeben, und der vierte Orden hätte uns in Ruhe gelassen. Dein Gott kennt keine Orden, nicht wahr?«

»Diese Welt wurde nach dem Willen des einen Vaters erschaffen«, sagte sie. »Damit wir seine Liebe kennenlernen. Eine Welt, ein Vater, eine Kirche.« *So wohlfeil sie auch sein mag.*

Arken nickte und nieste dann. Auf seiner Nasenspitze schillerte ein Wassertropfen.

»Werden sie nach dir suchen?«, fragte Reva.

Er schlug die Augen nieder. »Ich glaube nicht. Wir haben uns gestritten.«

»Worte sind keine Pfeile, sie können zurückgenommen werden.«

»Vater hat uns befohlen, *nichts* zu tun!« Arken biss die Zähne zusammen und ballte unter seinem Umhang die Fäuste. »Als sie aus dem Wald geritten kamen, blieb er einfach sitzen und flüsterte seinen Katechismus. Was für ein Mann verhält sich so?«

Ein frommer Mann, dachte sie. »Was hat er gesagt, das sie so aufgebracht hat?«

»Dass der Glaube vom richtigen Weg abgekommen ist. Dass sie einen großen Fehler begangen haben – dass die Rote Hand unsere Seelen verdorben und uns Hass gelehrt hat, wo Liebe angebracht ist. Dass wir getötet haben, anstatt barmherzig zu sein. Dass die Verfolgung der Gläubigen eine Mauer zwischen uns und den Ahnen errichtet hat. Eines Tages kam ein Bruder des vierten Ordens mit einem Brief des Aspekten zu uns. Er war höflich, aber bestimmt: Hört auf zu predigen. Vater hat den Brief vor seinen Augen zerrissen. Zwei Tage später brannte die Werkstatt nieder.«

Schnauber begann, mit den Vorderhufen auf dem Fels zu scharren, und warf ungeduldig den Kopf hin und her. Allmählich lernte Reva seine Launen zu verstehen, und Untätigkeit wusste er eindeutig nicht zu schätzen. Sie stand auf, holte eine Karotte aus der Satteltasche und hielt sie ihm hin. »Du bist mir nichts schuldig«, erklärte sie Arken. »Mich zu begleiten, könnte sich als … als gefährlich erweisen.«

»Da irrst du dich«, sagte er. »Was die Schuld betrifft. Und ich habe keine Angst.«

Sein Blick wirkte ebenso ernsthaft wie entschlossen. Und noch etwas anderes lag darin, was wirklich ein Jammer war. *Er ist noch so jung*, dachte sie. *Trotz allem, was er durchgemacht hat.* »Ich suche nach etwas«, sagte sie. »Hilf mir, es zu finden, und wir sind quitt. Danach ziehst du deiner Wege.«

Er nickte mit einem leisen Lächeln. »Wie du wünschst.«

Sie holte etwas aus der Satteltasche und warf es ihm zu. »Dein Vater hat vergessen, das Großmaul auf Waffen zu durchsuchen.«

Er drehte das Messer in den Händen, zog die Klinge aus der Scheide. Die Waffe hatte eine lange Klinge aus edlem Stahl und war gut ausbalanciert. Der Ebenholzgriff war kreuzgerippt, um besser in der Hand zu liegen. »Ich kann damit nicht umgehen. Als ich klein war, durfte ich nicht mal mit einem Holzschwert spielen.«

Sie spähte in den Regen hinaus, der, wie sie feststellte, allmählich nachließ. Als es nur noch nieselte, packte sie Schnaubers Zügel und führte ihn aus dem Spalt. »Dann werde ich es dir beibringen.«

◆ ◆ ◆

Manchmal hatte sie den Eindruck, mit einem Kind zu spielen – einem Kind, das zwar einen halben Zoll größer war als sie und deutlich muskulöser, aber trotzdem ein Kind. *Er ist so langsam*, staunte sie, während

Arken an ihr vorbeistolperte und sein Messer sie um Armeslänge verfehlte. Sie sprang ihm auf den Rücken und setzte ihm die Klinge an den Hals. »Noch einmal«, sagte sie und ließ ihn los.

Als er sich zu ihr umdrehte, sah sie, dass er rot geworden war, und er wirkte einigermaßen verlegen, wie er so mit erhobenem Messer vor ihr stand. *Das ist keine Scham,* begriff sie. *Ich darf mich nicht mehr so auf ihn stürzen.*

Während der nächsten vier Tage verbrachte sie jeden Abend und jeden Morgen eine Stunde damit, ihm die Grundlagen des Messerkampfes beizubringen, was sich jedoch weitestgehend als hoffnungsloses Unterfangen erwies. Er war groß und stark, doch ihm fehlten die Schnelligkeit und Gewandtheit, derer es bedurfte, um selbst ihre schwächsten Angriffe abzuwehren. Irgendwann erklärte sie ihm, er solle das Messer wegstecken und sich auf den waffenlosen Kampf beschränken. Dabei schlug er sich besser – die einfacheren Kombinationen aus Tritten und Schlägen meisterte er verhältnismäßig rasch und landete schließlich sogar einen schmerzhaften Treffer.

»Tut mir leid«, keuchte er, während sie sich den Arm rieb.

»Wieso? Es ist meine Schuld, dass ich zu« – sie schlüpfte unter seiner Deckung hindurch, versetzte ihm eine schallende Ohrfeige und war schon wieder weg, bevor er reagieren konnte – »langsam war. Das reicht für heute. Lass uns essen.«

Sie war sich durchaus bewusst, dass es ein weiteres Anzeichen von Schwäche war, ihn bei sich zu dulden – es befriedigte das Bedürfnis nach menschlicher Gesellschaft, das sie empfand, seit sie vor Al Sorna geflohen war. Außerdem hatte er ohne Klagen die Rolle des Dieners übernommen: Er machte Feuer, kümmerte sich um die Pferde und kochte jeden Abend, alles mit fast soldatischer Effizienz. *Das ist ungerecht,* dachte sie, während sie zuschaute, wie er Speckstreifen in die Pfanne schnitt. *Ich brauche seine Hilfe nicht. Und wie er mich ansieht …* Es war nicht unbedingt lüstern oder auch nur anzüglich. Eher sehnsüchtig. *Er ist noch so jung.*

Am nächsten Tag kam die Hohe Burg in Sicht, ein zerklüfteter Fleck in der Ferne. Aufgrund der Geschichten, die sie darüber gehört hatte, hatte sie etwas Größeres, Prachtvolleres erwartet, ein sagenhaftes Schloss, das dem Märtyrertod ihres Vaters Ehre machte. Doch je näher sie kamen, umso deutlicher zeigte sich, was für ein glanzloser Bau es war. Die Mauern hatten große Löcher, und in der Brustwehr klafften Breschen, die aussahen, als hätte ein Riese mehrmals hineingebissen. Die Straße, die über die irdene Rampe hinaufführte, wies immer wieder Stellen auf, an denen das Pflaster geborsten war. Eine Herde von Bergziegen mit langen Hörnern weidete an dem Unkraut, das überall wuchs, und blickte, während sie vorbeischritten, kaum auf.

»Erstaunlich!«, rief Arken voller Begeisterung, als sie vor dem Tor standen und zu den Mauern emporblickten. »Ich wusste nicht, dass ein Turm so hoch sein kann.«

Das Quietschen von Metall lenkte ihre Aufmerksamkeit auf eine Tür, die in das Tor eingelassen war. Ein vom Alter gezeichnetes Gesicht spähte aus der Dunkelheit zu ihnen heraus. »Hier gibt es nichts, was es wert wäre, gestohlen zu werden«, sagte der Mann.

Reva machte das Zeichen der Wahrklinge, und die Feindseligkeit wich aus seiner Miene. »Dann kommt besser herein«, sagte er und verschwand.

Der alte Mann wartete hinter der Tür auf sie. Reva stellte fest, dass sie keine Ahnung hatte, wie alt er war – jedenfalls über siebzig, den tiefen Falten nach, die sich in sein Gesicht gegraben hatten. Er trug schäbige Kleidung, die, so vermutete sie, seit Monaten keinen Waschstein mehr gesehen hatte, und sein Oberkörper war in eine ausgefranste Decke gewickelt. In der Hand hielt er einen mannshohen Stab, der wahrscheinlich weniger als Waffe diente denn als Stütze. »Vantil«, stellte er sich vor. »Und ich glaube, ich weiß, wer Ihr seid.« Er nickte Arken kurz zu und ließ ihn draußen bei den Pferden stehen. »Ihn kenne ich allerdings nicht.«

»Er hat mein Vertrauen«, sagte Reva.

Das schien Vantil zu genügen, denn er begann auf eine steile Steintreppe zuzuhumpeln. »Ich nehme an, dass Ihr zuerst den Saal sehen wollt.«

»Ja.« Reva spürte, wie ihr Herz schneller schlug als damals, als sie Großmaul und seine Brüder angegriffen hatte. »Ja, das möchte ich.«

Es war nur ein unscheinbares Gemach. Größer als diejenigen, die sie auf dem Weg dorthin durchquert hatten, und ebenso verwahrlost, aber es war trotzdem nur ein Zimmer, kalter Stein und tiefe Schatten.

Bis auf einen Stuhl mit hoher Lehne, der direkt gegenüber der Tür stand, war es leer. Auf ihre Bitte hin holte Vantil eine Fackel, und sie suchte überall, an den Wänden, hinter den Säulen, unter dem Stuhl.

»Wollt Ihr nicht vor dem Stuhl beten?«, fragte Vantil, über ihr Verhalten sichtlich verwirrt.

Reva schenkte der Frage keine Beachtung und suchte jeden Winkel des Zimmers ab. Als sie damit fertig war, fing sie wieder von vorne an. Und noch einmal. Jede Ecke wurde in Augenschein genommen, jedes mögliche Versteck abgetastet, jeder Schatten mit der Fackel vertrieben. *Nichts.*

»Wir lange seid Ihr schon hier?«, fragte sie Vantil.

»Seit kurz nach dem Tod der Wahrklinge.«

»Ihr wisst bestimmt, was ich suche.«

Der alte Mann zuckte mit den Achseln. »Ihr wollt der Wahrklinge die Ehre erweisen. Und mit dem Weltvater sprechen, wo sein heiligster Märtyrer …«

»Er hatte ein Schwert. Hier, in diesem Zimmer, als er starb. Wo ist es?«

Vantil konnte nur ratlos den Kopf schütteln. »Hier ist kein Schwert, und ich kenne diese Festung besser als irgendwer sonst, der noch am Leben ist. Alles wurde fortgebracht, wenn nicht von den Halsabschneidern der Dunkelklinge, dann von der Leibwache des Erzfürsten.«

»Die Dunkelklinge hat es nicht«, murmelte sie. »Wann waren die Männer des Erzfürsten hier?«

»Sie kommen jedes Jahr, um sich zu vergewissern, dass sich keine Pilger in der Burg aufhalten. Wir verstecken uns jedes Mal in den Bergen, bis sie wieder fort sind. Ihr letzter Besuch liegt zwei Monate zurück.«

So viele Meilen für nichts. Es war nicht hier, und Al Sornas Männer hatten es auch nicht an sich genommen, also blieb nur noch der Erzfürst in Alltor.

»Kann ich heute Nacht irgendwo in der Burg schlafen?«, fragte sie Vantil.

»Das Blut der Wahrklinge ist hier so lange willkommen, wie sie wünscht.« Er trat unruhig von einem Fuß auf den anderen, und sein

Stab schlug mehrmals auf den Steinboden. »Die, äh, Gebete?«, fragte er.

Reva ließ ein letztes Mal den Blick durch den Raum schweifen. *Ein leerer Stuhl in einem leeren Gemach.* Von der Wahrklinge keine Spur, nicht einmal ein Blutfleck, der von seinem Dahinscheiden kündete. *Hat er jemals an mich gedacht?*, fragte sie sich. *Hat er überhaupt von mir gewusst?*

»Der Weltvater weiß nur zu gut, wie sehr ich die Wahrklinge liebe«, erwiderte sie und ging zur Tür. »Der Junge wird auch ein Bett brauchen.«

Viertes Kapitel

Frentis

Mehrere Meilen von der Villa entfernt fand er ein Versteck in den Hügeln, eine Gruppe von Felsen auf einer Anhöhe, von der man einen weiten Ausblick auf das umliegende Buschland hatte. Das Gestrüpp hier oben bot rudimentären Schutz und konnte als Brennholz dienen. Er ließ den Hengst frei und jagte ihn Richtung Süden, weil er hoffte, etwaige Verfolger auf eine falsche Fährte zu locken.

In jener ersten Nacht blutete die Frau ununterbrochen; dickflüssiges Rot strömte ihr aus Nase, Augen und Ohren und tränkte auch ihre Hosen. Er zog sie aus und rieb ihren Körper mit Stoff ab, bis die Blutungen langsam nachließen.

Blass, nackt und ohnmächtig lag sie da, ihr Atem ging flach. Ihre zuckenden Augenlider und ein gelegentliches Stöhnen zeigten an, dass sie wahrscheinlich träumte. Frentis kam in den Sinn, dass sie vielleicht nie wieder zu Bewusstsein kommen würde, und wenn dem so war, müsste er den Rest seines Lebens hier sitzen und über sie wachen. Die unsichtbaren Fesseln waren so stark wie eh und je, das Jucken allerdings war verschwunden. Er gehörte wieder ganz ihr, und das, obwohl sie völlig wehrlos war, obwohl er ihr am liebsten das Messer in die Brust gerammt hätte. Stattdessen pflegte er sie und hielt die nächtliche Kälte von ihr fern, bis sie am Morgen des dritten Tages die Augen öffnete.

Als sie ihn sah, lächelte sie, und in ihren Augen leuchtete Dankbarkeit. »Ich wusste, dass du mich nicht im Stich lassen kannst, mein Geliebter.«

Frentis starrte sie nur wortlos an und hoffte, dass sie den Hass in seinem Blick erkannte.

Sie schob den Mantel beiseite, mit dem er sie zugedeckt hatte, und dehnte und streckte ihre Glieder. Sie war dünner geworden, aber noch immer geschmeidig und stark … und wunderschön. Aus irgendeinem Grund hasste er sie deshalb umso mehr.

»Jetzt sei nicht so missmutig«, sagte sie mit lautem Ächzen. »Das war einfach notwendig. Für uns wie auch für den Verbündeten. Mit der Zeit wirst du das verstehen.«

Als sie ihre blutbesudelten Kleider sah, verzog sie das Gesicht, schlüpfte aber ohne zu zögern in das schwarze Baumwollhemd und die Hosen. »Haben wir etwas zu essen?«

Er deutete auf das einzige Tier, das er hatte fangen können, eine Felsschlange, die er gestern gehäutet und filetiert hatte. Er hatte die Fleischstreifen über ein schwach brennendes Feuer gehängt, um sie zu räuchern, und sie erwiesen sich als überraschend schmackhaft.

Die Frau verschlang ihre Portion mit offensichtlichem Genuss und seufzte vor Vergnügen, während sie kaute und schluckte. »Wirklich ein Mann mit grenzenlosen Talenten«, sagte sie, als sie aufgegessen und sich das Fett von den Lippen gewischt hatte. »Du wirst einen prächtigen Ehemann abgeben.«

Bevor die Sonne zu heiß wurde, brachen sie nach Nordosten auf. In einer Wasserlache in einem schattigen Spalt zwischen den Felsen hatten sie ihre Trinkflaschen aufgefüllt. Trotzdem kamen sie nur langsam voran; so schlecht, wie sie sich während der letzten Tage ernährt hatten, war das auch kein Wunder. Anderthalb Tage stapften sie durch das Buschland, bis sie endlich die Küste vor sich sahen. Die Frau schätzte, dass sie sich gut zwanzig Meilen nördlich von Alpira befanden.

»Wenn wir einen halben Tag nach Norden laufen, erreichen wir die Hafenstadt Janellis«, sagte sie. »Bettler in Lumpen, die wir sind, werden wir uns so einiges zusammenstehlen müssen.«

◆ ◆ ◆

Frentis hatte seit seinen Tagen als Taschendieb auf den Straßen von Varinsburg nichts mehr von Wert gestohlen; die Diebstähle, die er während seiner Zeit im Ordenshaus begangen hatte, waren in finanzieller Hinsicht weit weniger lukrativ gewesen. Wie sich herausstellte, hatten ihn die Fähigkeiten, die er als Kind erlernt hatte, jedoch nicht verlassen: Nachdem sie nur wenige Stunden durch Janellis geschlendert waren, hatte er sich zwei volle Geldbörsen und eine ordentliche Sammlung von Geschmeide angeeignet, genug, um neue Kleider und ein Zimmer in einem angemessen unscheinbaren Gasthof zu bezahlen. Wieder spielten sie ein Ehepaar, das, frisch verheiratet und noch ganz berauscht von seinem jungen Glück, ein Schiff nach Norden suchte, um dort Verwandte zu besuchen. Der Gastwirt empfahl ihnen einen Kauffahrer, der am nächsten Morgen mit dem Ziel Marbellis ablegen würde.

»Ich hätte eigentlich erwartet, dass es mehr Aufruhr gibt«, sinnierte die Frau an jenem Abend im Bett. Sie war sehr sanft mit ihm umgegangen und hatte ihn zum ersten Mal geküsst – wahrscheinlich wollte sie das Gefühl haben, ihm wirklich nahe zu sein. Die Fesseln zwangen ihn, den Kuss wie auch ihre anderen Liebkosungen zu erwidern, sie an sich zu drücken, während ein Zittern ihren Körper durchlief. Hinterher schlang sie die Beine um ihn und strich ihm über seine glatten, festen Bauchmuskeln.

»Die Frau und der Sohn des gefallenen Thronerben kommen bei einem Brand ums Leben«, sagte sie. »Und niemand spricht darüber.«

Frentis wünschte sich sehnlichst, das Jucken möge zurückkehren, jener wunderbar befreiende Schmerz, der es ihm ermöglichte, sich zu *bewegen*, ein Mann zu sein, der Leben rettete, anstatt sie zu nehmen. Er achtete darauf, die Wahrheit aus seinen Gedanken herauszuhalten und Bilder heraufzubeschwören, die Schuld und Verzweiflung hervorriefen, um den wahren Ausgang der Mission zu verbergen. *Der Knecht, der Gastwirt, der Junge in seinem Bett …*

»Vielleicht hat der Kaiser die Nachricht unterdrückt«, überlegte sie laut. »Um seinem Volk den Schock zu ersparen. Erst die Hoffnung des Reiches, und jetzt das, kurz bevor er bekannt geben wollte, welche Wahl er getroffen hat. Allerdings gibt es jetzt, da diese Schlampe tot ist, niemanden mehr, den er auswählen kann.« Sie kicherte ein wenig, als sie seine Überraschung spürte. »Ich fürchte, ich war nicht ganz ehrlich zu dir, Herzliebster. Nicht der Name des Jungen stand auf der Liste, sondern der seiner Mutter. Er war nur dazu da, um dir eine kleine Lektion zu erteilen. Auf sie kam es an – ihr Name musste gestrichen werden, Emeren Nasur Ailers, die Frau, die der Kaiser als neue Hoffnung auserkoren hat, als künftige Kaiserin des alpiranischen Reiches.« Sie legte den Kopf auf seine Schulter, und ihre Stimme wurde immer leiser. »Jetzt spielt es keine Rolle mehr, wen er auserwählt, jegliche Hoffnung ist dahin ...«

◆ ◆ ◆

Die Fahrt nach Marbellis dauerte weitere acht Tage, während denen sie der Besatzung das junge Ehepaar vorspielten. Die Seeleute erwiesen sich als fröhlicher Haufen, der zu derben Späßen neigte und Frentis immer wieder Ratschläge erteilte, worin ihrer Meinung nach seine ehelichen Pflichten bestanden. Sein dürftiges Alpiranisch zwang ihn allerdings, seine Erwiderungen auf ein verlegenes Lachen zu beschränken. Nachts in der Kabine nutzte er, wenn sie mit ihm fertig war, die eingeschränkte Freiheit, um die Narbe zu untersuchen, wo das Jucken gebrannt hatte. Das Gewebe hatte sich eindeutig verändert, es war spürbar glatter geworden, und er hatte das Gefühl, dass es sich vielleicht sogar weiter ausgebreitet hatte. Aber noch immer juckte es nicht, kein stechender Schmerz schenkte ihm die Freiheit. *Wachse*, flehte er in einem fort, stets darum bemüht, seinen Missmut im Zaum zu halten, aus Furcht, sie könnte etwas spüren.

Sie legten mit der morgendlichen Flut in Marbellis an, sagten den Matrosen, nicht ohne einige rauhe Scherze auszutauschen, Lebewohl und stiegen den Landungssteg hinab. »Also gut.« Die Frau drehte sich um und betrachtete die Stadt jenseits des Kais. »Dann machen wir uns mal auf die Suche nach dem Abschaum.«

Wie alle Hafenstädte hatte Marbellis Bezirke, von denen sich kluge Menschen fernhielten. In Varinsburg hatte das den ganzen Westen eingeschlossen. Hier war das Elendsviertel kleiner und bestand aus schiefen Terrassen, die sich um die Speicherstadt drängten. Während sie durch die Straßen schlenderten, stießen sie immer wieder auf Anzeichen der Besatzung durch das königliche Heer: Lücken in den Terrassen und Stellen von rußschwarzem Gemäuer. Das rege Treiben am Hafen und die Lebhaftigkeit der Menschen verriet, dass die Stadt in den Jahren seit dem Krieg einen Heilungsprozess durchlaufen hatte, aber in den ärmeren Winkeln waren die Narben, die die Kämpfe hinterlassen hatten, noch immer sichtbar.

»Es heißt, eintausend Frauen oder mehr wären vergewaltigt worden, nachdem die Mauern fielen«, bemerkte die Frau, als sie an einem ausgebrannten Gerippe vorbeikamen, das einmal ein Haus gewesen war. »Den meisten wurde hinterher die Gurgel durchgeschnitten. Feiert dein Volk seine Siege immer auf diese Weise?«

Ich war nicht hier, wollte er sagen, hielt jedoch seine Zunge im Zaum. *Das spielt keine Rolle. Jeder Soldat der Vereinigten Königslande wurde durch Janus' Krieg entehrt.*

»Ah, Schuldgefühle wegen anderer Leute Verbrechen.« Sie drohte ihm mit dem Finger. »Dafür habe ich kein Verständnis, Herzliebster. Nicht im Mindesten.«

Sie wählte ein Weinlokal in der dunkelsten Gasse, die sie finden konnten, und bestellte eine Flasche Roten, wobei sie ihr Geld offen zur Schau stellte. Dann ließen sie sich an einem Tisch nieder, der dem Eingang gegenüberstand, und warteten. Mehrere Gäste, größtenteils Männer in mehr oder weniger ungepflegtem Zustand, erhoben sich in den darauffolgenden Minuten und gingen hinaus, sodass sie bald mit einem Mann alleine waren, der in einer düsteren Nische saß und seine Pfeife rauchte.

»In einem Lokal wie diesem ist es immer am besten, sich an diejenigen zu halten, die am längsten verweilen«, erklärte die Frau und prostete dem Mann in der Nische mit einem breiten Lächeln zu. »Denn sie haben das feinste Gespür für gute Gelegenheiten.«

Der Mann zog noch einmal an seiner Pfeife, stand dann auf und kam zu ihnen herübergeschlendert. Er war klein und drahtig, hatte aber das Gesicht eines Kämpfers – als er humorlos lächelte, entblößte er mehrere Zahnlücken. Obwohl Frentis vermutete, dass er aus dem Norden kam, sprach er die Frau auf Alpiranisch an.

»Ich ziehe die Sprache der Königslande vor«, erwiderte sie. »Und nein, ich brauche kein Fünfblatt, vielen Dank!«

Der Mann neigte den Kopf. »Ah, dann habt Ihr es auf Rotblüte abgesehen.« Sein Akzent war ausgeprägt und kam Frentis bekannt vor. Ein Nilsaeler. Er zog einen Stuhl heran, setzte sich an den Tisch und schenkte sich Wein ein. »Erhältlich, aber teuer. Nicht wie in den Königslanden. Der Kaiser hält Rotblüte für ein großes Übel.«

»Wir sind nicht auf der Suche nach … Zerstreuung.« Sie schaute sich verstohlen um und senkte die Stimme. »Wir brauchen ein Schiff, das uns in die Königslande bringt.«

Der drahtige Mann lehnte sich zurück und stieß ein belustigtes Schnauben aus. »Na, dann viel Glück! Alpiranische Schiffe legen dort nicht mehr an. Vielleicht habt Ihr davon gehört. Da gab es diese kleine Meinungsverschiedenheit, auch Krieg genannt.«

Die Frau beugte sich weiter vor, ihre Stimme sanft und entschlossen. »Ich habe gehört, dass … dass es andere Schiffe gibt, die man anheuern kann. Schiffe, die nicht den Einschränkungen des Kaisers unterliegen.«

Aus seinem Gesicht verschwand jede Andeutung von Humor, und seine Augen wurden schmal. »Für Fremdlinge ist es gefährlich, dergleichen zu behaupten.«

»Ich weiß.« Ihre Stimme wurde zu einem Flüstern. »Wir müssen von hier verschwinden. Mein Mann …« Sie wies mit einem Kopfnicken auf Frentis. »Er stammt aus den Königslanden, wir haben uns vor dem Krieg kennengelernt. Damals war alles viel einfacher, sogar meine Eltern stimmten unserer Verbindung zu. Aber jetzt …« Sie setzte eine betrübte Miene auf. »Die Jahre seit dem Krieg waren schwierig für uns – Familie und Nachbarn haben uns gleichermaßen gemieden. Aber in den Königslanden wird man uns vielleicht willkommen heißen.«

Der drahtige Mann runzelte die Stirn und musterte Frentis eingehend. »Aus den Königslanden, was? Woher denn?«

»Varinsburg.«

»Ja, das höre ich an deiner Stimme. Was führt dich ins Kaiserreich? Du siehst eher wie ein Soldat aus, nicht wie ein Kaufmann.«

»Ich bin Matrose«, sagte er. »Hab als Schiffsjunge angefangen. Aber dann wurde die Lage im Viertel heikel. Und ich musste abhauen.«

»Heikel inwiefern?«

»Einauge.«

»Ah.« Der drahtige Mann leerte seinen Weinbecher. »Den Namen kenne ich. Hast du gehört, dass er vor etlichen Jahren gestorben ist?«

»Ja, und ich habe ihm keine Träne nachgeweint.«

Die Andeutung eines Lächelns zeigte sich auf den Lippen ihres Gegenübers. »Ich hätte ein oder zwei Namen für euch. Aber das kostet.«

»Wir können bezahlen«, versicherte die Frau und zeigte ihm, wie voll ihr Geldbeutel war.

Er strich sich übers Kinn und tat so, als würde er sich alles ganz genau überlegen. Schließlich nickte er. »Wartet hier. Zum neunten Glockenschlag bin ich wieder da.«

Die Frau schaute ihm nach, bis er hinausgegangen war, bevor sie sich mit hochgezogener Augenbraue Frentis zuwandte. »Einauge?«

Er trank einen Schluck Wein und sagte nichts, bis sie seine Fesseln auflodern ließ. »Meine Narben«, zischte er schmerzerfüllt. »Ihm habe ich meine Narben zu verdanken. Meine Brüder haben ihn deswegen getötet.«

»Ah«, sagte sie und ließ von ihm ab, »dann warst du einer der Boten.« Dabei klang ihre Stimme so ernst, als wäre ihr gerade etwas Unangenehmes klargeworden. Sie sah ihn mit einem prüfenden Blick an, wie damals im Tempel, nur dass sie ihn dieses Mal nicht folterte. Nach einer Weile blinzelte sie, schüttelte den Kopf und tätschelte ihm die Hand. »Verzeih meine Zweifel, Herzliebster. Aber die Jahrhunderte haben mich vorsichtig werden lassen.«

Sie stand auf und schob das Schwert unter ihrem Umhang zurecht. »Wir ziehen uns besser zurück, um auf unseren Wohltäter zu warten.«

◆ ◆ ◆

Sie kletterten auf das Dach eines Schuppens, von dem aus sie die Gasse im Auge behalten konnten, und warteten. Der drahtige Mann kehrte deutlich früher als angekündigt zurück, und zwar in Begleitung von vier recht großen Männern. Sie stürzten in das Lokal hinein und kamen fast ebenso schnell wieder heraus. Der größte der Kumpane des drahtigen Mannes baute sich vor ihm auf, stieß gedämpfte Drohungen aus und rammte ihm wiederholt einen Finger in die Rippen.

»Töte keinen von ihnen«, flüsterte die Frau. »Und sorge dafür, dass unser Freund bei Bewusstsein bleibt.«

Frentis hatte die Erfahrung gemacht, dass ein Mann umso weniger zum Kämpfer taugte, je größer und aggressiver er war. Große Männer, vor allem solche, die eine verbrecherische Laufbahn hinter sich hatten, waren es eher gewohnt, Leute einzuschüchtern, als handgreiflich zu werden. So überraschte es ihn nicht, dass der Mann, hinter dem er sich fallen ließ, dem Schlag gegen seine Schädelbasis nicht auswich oder dass sein sogar noch größerer Kumpan ihn nur mit offenem Mund anglotzte, ohne zu reagieren, bevor der Tritt aus der Drehung ihn am Kopf erwischte. Dem dritten, der nicht ganz so imposant war, gelang es immerhin, sein Messer zu ziehen, bevor ein Schlag der Frau das Nervenzentrum hinter seinem Ohr traf. Der vierte war schnell genug, um mit einem Knüppel nach ihr zu schlagen. Sie duckte sich darunter weg, zertrat ihm, ohne sich umzudrehen, die Kniescheibe und setzte ihn mit einem Schlag gegen die Schläfe endgültig außer Gefecht.

Dann zog sie ihr Schwert und näherte sich dem drahtigen Mann, der an der Gassenmauer kauerte, die Hände erhoben und den Blick abgewandt. Sie setzte ihm die Schwertspitze unters Kinn und hob sein Gesicht an. »Die Namen, bitte.«

◆ ◆ ◆

»Soll mich das jetzt beeindrucken?« Der Schmuggler betrachtete die blutige Gestalt des drahtigen Mannes, der vor ihm auf dem Boden lag, mit einer Mischung aus Abscheu und Belustigung. Dieser hatte sie, nach einigem Zureden, in ein Lagerhaus geführt, das allem Anschein nach voller Teekisten stand. Der Schmuggler vertrieb sich hinter einer Wand, die keine Wand war, mit mehreren Mannschaftskameraden die Zeit mit Würfelspielen. Er war äußerst kräftig gebaut und hatte einen meldeneischen Akzent. In Reichweite lehnte ein Säbel an einer Kiste. Seine Kameraden waren ähnlich gut bewaffnet.

»Damit wollten wir nur zeigen«, sagte die Frau und warf dem Schmuggler einen prallen Geldbeutel zu, »was passiert, wenn man versucht, uns hereinzulegen.«

Der Schmuggler betrachtete den Geldbeutel einen Moment und versetzte dem drahtigen Mann dann einen Tritt ins Kreuz. »Dieser Kerl ist sonst immer mit vier anderen unterwegs. Wo sind sie?«

»Sie waren ein wenig müde.« Die Frau hielt den verbliebenen Geldbeutel sowie eine Handvoll Geschmeide hoch, das Frentis gestohlen hatte. »Sobald wir die Königslande erreichen, gehört das Euch. Dieser Bursche hat behauptet, Ihr würdet in Kürze ablegen, um den Steuereintreibern des Königs ein Schnippchen zu schlagen. Betrachtet uns einfach als zusätzliche Fracht.«

Der Schmuggler steckte den Beutel ein, gab zweien seiner Männer einen Wink und wies mit einer Kopfbewegung auf den drahtigen Mann. Sie rissen ihn auf die Beine und zerrten ihn in einen dunklen Winkel des Lagerhauses. »Das Geld kann ich gebrauchen. Aber er hätte Euch meinen Namen nicht verraten sollen.«

»Den habe ich bereits vergessen«, versicherte ihm die Frau.

◆ ◆ ◆

Das Schiff der Schmuggler war kaum größer als die Flussbarken, an die sich Frentis aus seiner Kindheit erinnerte, allerdings mit breiterem Rumpf und größerem Segel. Die Mannschaft zählte nur zehn Mann, die mit ruhiger Effizienz ihrer Arbeit nachgingen; derbe Sprüche wie die Matrosen auf dem Handelsschiff klopfte hier keiner. Frentis und der Frau wurde ein Platz vorne im Bug zugewiesen und mit wenigen Worten bedeutet, sich nicht von der Stelle zu rühren. Mahlzeiten wurden ihnen gebracht, und keiner der Schmuggler versuchte, sie in ein Gespräch zu verwickeln. Die Überfahrt erwies sich als äußerst trostlos, wozu das fortwährende Gerede der Frau und die dichte Nebelbank, die sie am vierten Tag auf halbem Wege über die Erineische See begrüßte, nicht wenig beitrugen.

»Ich war erst einmal in den Königslanden«, sagte die Frau. »Das muss, ach, vor etwa anderthalb Jahrhunderten gewesen sein. Die Wahrsager waren auf einen unbedeutenden Edelmann aufmerksam geworden, dem es innerhalb von einigen Jahren gelingen sollte, sich durch listige Intrigen die Königswürde zu erschleichen. Soweit ich mich erinnere, war das eine vergleichsweise leichte Mission – der Mann war ein Schwein und ganz von seinen Begierden beherrscht, also musste ich nur eine Hure spielen. Natürlich habe ich ihn getötet, bevor er mich angefasst hat. Ein einziger Schlag gegen das Brustbein, eine schwierige Technik, die ich schon länger zu meistern versuchte. Es war seltsam, aber als Janus mehrere Jahrzehnte später seinen Aufstieg begann, ordnete der Verbündete nicht an, ihn zu töten. Offenbar entsprach euer wahnsinniger König nur zu gut seinen Plänen.«

Am frühen Abend des siebten Tages lichtete der Nebel sich allmählich, und zum Vorschein kamen, einige Meilen backbord voraus, die dunklen Umrisse der Südküste der Königslande. Der Kapitän gab den Befehl, den Kurs zu ändern, und das kleine Schiff kreuzte nach Westen. Frentis behielt die nebelige Küste aufmerksam im Auge, bis er etwas entdeckte, das ihm vertraut war: eine freistehende Felsnadel, die sich in einer schmalen Bucht erhob.

»Irgendetwas Interessantes?«, wollte die Frau wissen, der wieder einmal nichts entging.

»Der alte Mann von Uhllas Fall«, erwiderte er.

»Und das bedeutet?«

»Wir befinden uns etwa dreißig Meilen östlich von Südturm.«

»Können wir dort landen?«

Die Wolfsläufer hatten die Monate vor der Musterung in Südturm damit zugebracht, entlang der Küste Schmuggler zu jagen, und er wusste, dass der Kanal, der den »alten Mann« umspülte, für ein Schiff viel zu schmal war. Das Ruderboot der Schmuggler dagegen sollte dort problemlos anlegen können. Er nickte.

»Der Kapitän zuerst«, sagte sie und lief zu der Treppe, die in den Frachtraum hinunterführte. »Ich kümmere mich um das Unterdeck.«

Trotz seiner Skrupellosigkeit und seinem beeindruckenden Körperbau erwies sich der Kapitän als schwächlicher Gegner – es gelang ihm kaum, die erste Attacke mit seinem Säbel zu parieren, bevor Frentis ihm das Schwert in die Brust bohrte. Der erste Offizier war da ein anderes Kaliber; er setzte sich eine ganze Weile mit seinem Enterhaken zur Wehr und rief um Hilfe, wenn er nicht gerade in einer Sprache, die Frentis nicht kannte, Flüche ausstieß. Aber Flüche wie Beherztheit nützten ihm nichts. Er focht tapfer, aber am Ende war er genauso tot wie die übrige Mannschaft.

◆ ◆ ◆

»Warum heißt es Uhllas Fall?«, wollte die Frau wissen. Sie standen auf den Felsklippen, die sich über der Bucht erhoben. Das Ruderboot hatten sie unten am Kiesstrand zurückgelassen. Jenseits des »alten Mannes« pflügte das Schmugglerschiff in gleichmäßigem Tempo durch die Wellen, direkt auf die Felsen unterhalb der Klippen zu; die Frau hatte das Ruder mit geübter Hand festgebunden.

»Danach habe ich nie gefragt«, log Frentis, und es war ihm gleichgültig, dass sie dies spüren konnte. Caenis hatte ihm die Geschichte erzählt: Die Bucht war nach einer liebeskranken Frau benannt worden, deren Mann im Dienste eines lang vergessenen Königs zur See gefahren war. Jeden Tag erklomm sie die tückischen Flanken des »alten Mannes«, um von der Kuppe aus nach ihrem Gatten Ausschau zu halten. Wochen- und monatelang kletterte sie hinauf, bei Sonnenschein und bei Regen, bei Schnee und Sturm. Eines Tages kam sein Schiff in Sichtweite, und als sie ihn im Bug stehen und winken sah, stürzte sie sich vom »alten Mann« hinunter und fand auf den meerumspülten Felsen den Tod. Denn er war ihr, bevor er aufgebrochen war, untreu gewesen, und sie wollte, dass er ihr Ende mitansah.

Gemeinsam schauten sie zu, wie das Schiff seine leblose Mannschaft auf die Felsen trug; der Rumpf zerbarst mit einem lauten Krachen, der Mast knickte um, und das flatternde Segel stürzte in die Wellen. Als sie sich abwandten, war es bereits zur Hälfte untergegangen. Die Nacht brach herein, und die meereskalte Brise schlug ihnen beißend ins Gesicht.

»Kennt man dich in Südturm?«, fragte die Frau.

Dieses Mal antwortete er wahrheitsgemäß. »Ich bezweifle, dass sich dort noch jemand an mich erinnert.« Schließlich war Al Sorna zugegen gewesen, als sich die große Armee des Königs versammelte – wer hätte da auf irgendeinen anderen Bruder des sechsten Ordens geachtet? Er hielt seine Erinnerungen an Vaelin in Ehren, aber wer in einer

Menschenmenge neben ihm stand, hätte ebenso gut unsichtbar sein können.

Der Marsch nach Südturm dauerte die ganze Nacht. Offenbar wollte die Frau auf keinen Fall in der Nähe der Küste verweilen, wo das Schiffswrack gewiss Plünderer herbeilocken würde. Als sie sich eine Pause gestatteten, erhob sich bereits die Sonne über die Dächer der Stadt. Südturm war von einer Festungsmauer umgeben, und das Gebäude, das ihm den Namen gab, überragte alle anderen – eine schmale, mit Zinnen versehene Nadel, die sich dem Morgenhimmel entgegenreckte. Sie betraten die Stadt durch das Westtor, noch immer als Ehepaar. Frentis fragte sich, ob sie inzwischen den Unterschied zwischen Maskerade und Wirklichkeit aus den Augen verloren hatte.

Die Wachen am Tor durchsuchten sie sorgfältig, fanden jedoch keine Waffen, denn diese hatten sie auf einem grasbewachsenen Hügel eine Meile entfernt zurückgelassen. Sie hatten gerade genug Geld dabei, um die Stadt betreten zu dürfen. Einer der Männer fragte die Frau, woher ihr seltsamer Akzent stammte, doch Frentis erklärte ihm, sie käme aus den Nordlanden, was ihm zu genügen schien. Ihnen wurde die ernste Ermahnung mitgegeben, dass Vagabundieren innerhalb der Mauern nicht erlaubt sei – sofern sie keine Unterkunft fänden, müssten sie die Stadt beim zehnten Glockenschlag wieder verlassen haben. Als Frentis sechs Jahre zuvor in den Krieg aufgebrochen war, hatte Südturm alle Eigenschaften einer lauten und geschäftigen Hafenstadt besessen, und am Kai hatten sich Schiffe gedrängt, um die Armee über die Erineische See zu bringen. Jetzt war es hier deutlich ruhiger, und die Straßen, die zum Hafen hinabführten – wo kaum ein Dutzend Schiffe vor Anker lagen –, waren frei von Händlern und beladenen Karren. *Keine Seide mehr und keine Gewürze,* sinnierte er und dachte an die Farben und Gerüche des Marktes zurück. *Janus hat uns weit mehr als nur Blut gekostet.*

In der Nähe des Turmviertels suchten sie sich einen Gasthof und aßen eine Mahlzeit, die ihnen von einer fülligen Frau serviert wurde. Offenbar hatte sie nichts anderes zu tun, denn sie machte sich viele Umstände mit ihnen. »Die Nordlande, sagt Ihr«, rief sie und betrachtete die Frau voller Staunen. »Da seid Ihr aber weit weg von zu Hause, meine Kleine!«

Die Frau umfasste Frentis' Hand und strich ihm mit dem Daumen darüber. »Hätte er mich darum gebeten, wäre ich um die ganze Welt gereist.«

»Ach, was seid Ihr doch süß! Mir ist es schon schwergefallen, auch nur ins Zimmer nebenan zu gehen, um mit dem Scheißkerl zu reden, an den ich gefesselt war.« Dank ihrer herzerwärmenden Geschichte bekamen sie ein Stück Apfelkuchen spendiert und einen Rabatt auf ihr Zimmer.

In jener Nacht ließ die Frau ihn in Ruhe. Schweigend und reglos saß sie auf dem Bett, während er am Fenster stand und die Straße im Auge behielt. Dabei strahlte sie eine Anspannung aus, die Frentis an ihr noch nie erlebt hatte, und ihr Blick glitt unruhig hin und her. *Sie weiß nicht, was ihr bevorsteht,* vermutete er.

Diese Feststellung brachte ihm einen vorwurfsvollen Blick ein, aber die unsichtbaren Fesseln zogen sich nicht fester zusammen. Inzwischen tat sie ihm nur noch selten weh, und auch die genaue Prüfung, der sie ihn in dem Weinlokal in Marbellis unterzogen hatte, war ein Einzelfall geblieben. *Sie glaubt, dass ich ganz ihr gehöre,* dachte er. *Wie ein Hund, der so lange Prügel bezogen hat, bis er blind gehorcht.* Seine Hand sehnte sich danach, wieder die Narbe abzutasten, die glatte, abgeheilte Haut zu spüren, die das Muster unterbrach. *Wachse!,* hätte er am liebsten hinausgeschrien, hielt sein Verlangen jedoch im tiefsten Winkel seines Geistes verborgen.

Als ein Schatten über das Straßenpflaster strich, stand der Mond bereits am Himmel. Jemand bewegte sich lautlos und ohne Eile am Haus entlang. Frentis wandte sich zur Tür, und die Frau stand auf. Er konnte sich nicht erinnern, dass sie schon einmal unbewaffnet gewesen waren, und er fragte sich, ob das Zufall oder Absicht war.

Es klopfte leise an der Tür, und die Frau bedeutete Frentis mit einem Nicken, sie zu öffnen. Der Mann, der auf der Schwelle stand, hatte eine ähnliche Statur wie er, war aber mindestens zehn Jahre älter. Sein hübsches Gesicht war schmal, und das schwarze Haar hatte er sich aus der glatten Stirn nach hinten gestrichen. Er war einfach gekleidet und trug feste, abgewetzte Stiefel. Wie sie war er unbewaffnet, aber Frentis erkannte einen Krieger, wenn er ihn sah. Seine ganze Haltung machte es deutlich, und so wie er erst Frentis und dann die

Frau ansah, schien er instinktiv zu spüren, wer die größere Bedrohung darstellte.

»Bitte komm herein«, sagte die Frau.

Der Mann betrat das Zimmer mit bedächtigen Schritten, wobei er sich zwei Armeslängen von der Frau entfernt hielt und neben dem Fenster stehen blieb.

»Er hat Angst vor uns, Herzliebster«, bemerkte die Frau, während Frentis die Tür schloss.

Über das Gesicht des Fremden huschte ein wütender Ausdruck. »Ich fürchte nichts außer den Verlust der Liebe des Weltvaters«, sagte er mit kultiviertem, aber eindeutig cumbraelischem Akzent.

Die Frau stieß einen angewiderten Seufzer aus, verbiss sich jedoch jeden weiteren Spott. »Hast du einen Namen?«

»Das geht nur den Weltvater etwas an.«

Frentis hatte das schon einmal gehört, und zwar als sie in Nilsael Jagd auf fanatische Kindsräuber gemacht hatten. Ihr Anführer war ein Priester gewesen, der wegen Ketzerei aus der Kirche des Weltvaters verstoßen worden war, sich selbst aber weiterhin als Priester ausgab und trotzig seine Gebete hinausschrie, bis Dentos ihm einen Pfeil ins Auge jagte.

Die Frau wandte sich mit gerunzelter Stirn zu ihm um – offenbar spürte sie wieder, was er dachte. »Er ist ein Priester«, erklärte er. »Wenn sie ihre Weihen empfangen, geben sie ihren Geburtsnamen auf. Die Kirche gibt ihnen einen neuen, den nur sie und ihr Gott kennen.«

Wieder verzog sie voller Abscheu den Mund, bevor sie sich zu einem Lächeln zwang. »Ich gehe davon aus, dass große Versprechungen gemacht wurden, um sich deiner Beihilfe zu versichern«, sagte sie zu dem Priester.

»Keine Versprechungen, sondern Zusicherungen.« Plötzlich wirkte er sehr aufgeregt, und seine Wangen röteten sich. »Beweise sogar. Ihr vollbringt das Werk des Weltvaters. Ist das nicht wahr?«

Frentis spürte, dass die Frau ein Lachen unterdrückte. »Natürlich! Verzeih mir meine prüfenden Worte. Aber wir müssen vorsichtig sein. Die, äh, Diener des Weltvaters haben viele Feinde.«

»Und viele Gesichter, wie mir scheint«, sagte der Priester in leisem Tonfall.

»Mir wurde gesagt, dass du weißt, wo sich Al Sorna aufhält«, fuhr die Frau fort.

»Vor einem Monat war er in Varinsburg. Der Ketzerkönig hat ihn zum Herrn des Turmes ernannt und in die Nordlande geschickt.«

»Mir wurde zu verstehen gegeben, dass es Pläne gibt. Etwas Tödliches oder zumindest sehr Schädliches.«

»Das ist richtig. Die Ergebnisse allerdings waren … unerwartet.«

»Das sind sie meist, wenn es um ihn geht.«

»Maßnahmen sind ergriffen worden. So weit entfernt sind die Nordlande nicht.« Er zog ein kleines Lederetui hervor, legte es aufs Bett und trat zurück.

Die Frau griff danach und schaute rasch durch, was es enthielt. »Meine Liste ist vollständig«, sagte sie. »Wir haben eine Verabredung in Varinsburg.«

»Ein weiterer Name wurde hinzugefügt. Auch wenn das eine Aufgabe ist, die ich selbst ausführen könnte, hat der Bote darauf beharrt, dass Ihr sie übernehmt. Der Turmherr der Südküste führt einen effizienten Haushalt, aber es gibt Gelegenheiten, bei denen er sich angreifbar macht.«

Die Frau zog ein Blatt aus dem Etui, ein im Stempeldruck angefertigtes Bild einer weißen Flamme auf schwarzem Hintergrund. Frentis kannte das Motiv nur zu gut – die Fanatiker, welche die Wolfsläufer gejagt hatten, hatten stets die Häuser der Gläubigen damit verunstaltet, nachdem sie die Eltern getötet und die Kinder entführt hatten: die lautere Flamme der Liebe des Weltvaters.

»Mir wurde aufgetragen, dir zu sagen: Der Erzfürst allein genügt nicht«, sagte die Frau. »Die Hure muss ebenfalls sterben.«

Sein Blick glitt von ihren Füßen aufwärts bis zu ihrem Gesicht. Feindseligkeit funkelte in seinen Augen, und seine Stimme war heiser von rechtschaffener Überzeugung. »Alle Huren müssen sterben.«

Sie bewegte sich blitzschnell und stand plötzlich direkt vor ihm, ihr Gesicht nur eine Handbreit von seinem entfernt, die Hände zu Klauen geöffnet.

Der Priester wich unwillkürlich einen Schritt zurück, bevor er seine Beherrschung wiederfand.

»Wenn wir uns das nächste Mal sehen«, sagte sie, »dann werde ich vielleicht dafür sorgen, dass du baldmöglichst dem Gott begegnest, für den du so viel übrig hast.«

Der Blick des Priesters huschte zwischen ihnen hin und her, und Frentis bekam eine Ahnung, wie bedrohlich sie beide wirken mussten; ihr Zorn und seine Reglosigkeit. *Er hat keine Ahnung, was wir sind,* wurde ihm da klar. *Und schon gar nicht, auf was er sich da eingelassen hat.*

Der Priester schritt zur Tür und eilte grußlos hinaus.

»Geh nach unten und töte die fette Kuh«, befahl die Frau. »Wir haben einen allzu bleibenden Eindruck bei ihr hinterlassen.«

◆ ◆ ◆

»Deine Königslande sind ein verrückter Ort«, erklärte sie am nächsten Morgen, während sie den Turmherrn der Südküste und seine Gattin dabei beobachteten, wie sie Almosen an die Armen verteilten. Obwohl sich vor dem Tor des Turmes eine große Anzahl von Bettlern anstellte, waren nur zwei Wachmänner anwesend.

»In Volaria«, sagte sie, »muss niemand hungern. Sklaven sind nutzlos, wenn sie nichts zu essen bekommen. Die Freigeborenen, die zu faul oder zu dumm sind, um sich selbst zu ernähren, werden zu Sklaven gemacht, damit sie jenen helfen, Reichtum anzuhäufen, die ihre Freiheit verdient haben, und als Gegenleistung werden sie versorgt. Hier legt euch eure Freiheit Ketten an – ihr könnt verhungern oder bei den Reichen betteln. Das ist abscheulich.«

Früher waren es nicht so viele, dachte er, sprach es jedoch nicht aus. *Aber ich war einer der wenigen, obwohl ich nie gebettelt habe.*

Sie nahmen zwei Stadtstreichern, die in einer Gasse am Hafen ihren Rausch ausschliefen, ihre stinkenden Lumpen ab, zogen sie sich über ihre Kleider und tarnten ihre Gesichter mit Schmutz und fadenscheinigem Stoff. Aus der Küche der fülligen Gastwirtin hatten sie zwei Messer aus gutem Stahl mitgehen lassen, frisch geschärft und unter ihren Lumpen wohlverborgen.

Der Herr des Turmes stand neben einem Tisch, auf dem sich saubere Kleider stapelten. Jeden der Unglücklichen begrüßte er mit einem Lächeln und einem freundlichen Wort, wobei er stets abwinkte, wenn sie sich bedankten. Seine Gattin nahm sich der Kinder an, schenkte ihnen Süßigkeiten und führte sie und ihre Mütter, wenn sie denn welche hatten, zu einer zweiten Schlange, an deren Spitze zwei grauhaarige Brüder aus dem sechsten Orden warteten.

Wachse, flehte er das Jucken an, als sie sich hinten anstellten. Schritt um Schritt kamen sie dem Turmherrn näher. Aber das Jucken reagierte nicht, nicht jetzt und nicht vergangene Nacht, als er der fülligen Frau das Kissen auf das schlafende Gesicht gedrückt hatte.

»Kümmere du dich um die Wachen«, flüsterte die Frau. »Der freigiebige Bursche gehört mir. Ach, wie sehr ich diese Heuchelei verachte!«

Wachse!

Das Gesicht des Turmherrn kam Frentis vage bekannt vor, auch wenn ihm sein Name nicht einfallen wollte. War er ihm während des Krieges begegnet? Ein Schwert des Königs, das die Schlacht irgendwie überlebt hatte und nach Hause zurückgekehrt war? Er begrüßte jeden der Bettler mit anderen Worten, ohne falsche Fröhlichkeit und ohne sich irgendwelcher abgedroschener Phrasen zu bedienen. Manche kannte er sogar mit Namen. »Arkel! Wie geht es deinem Bein? … Dimela, du lässt hoffentlich noch immer die Finger vom Schnaps?«

Wachse!

Er schob die Hand unter seine Lumpen und umfasste den Sandelholzgriff des Messers.

»Ah, neue Gesichter.« Der Herr des Turmes lächelte, als sie die Spitze der Schlange erreichten. »Willkommen, Freunde. Wie heißt ihr denn?«

WACHSE!

»Hentes Mustor!«, sagte die Frau so laut, dass alle es hören konnten.

Der Turmherr runzelte die Stirn. »Ich glaube …«

Der erste Streich war mit Bedacht nicht tödlich, denn er sollte unter den Umstehenden möglichst große Bestürzung auslösen – das war ebenso sehr Theater wie ein Mordanschlag. Der Turmherr stieß, als sich die Klinge in seine Schulter bohrte, einen Schmerzensschrei aus. Die Frau riss sie wieder heraus und rief: »Im Namen der Wahrklinge!«, bevor sie einen zweiten Streich führte, dieses Mal direkt in sein Herz. Der Turmherr, der bestimmt früher einmal Soldat gewesen war, hob gerade noch rechtzeitig den Arm, um das Messer abzuwehren, wobei ihm die Klinge tief ins Fleisch schnitt.

Die beiden Wachmänner erholten sich schnell von ihrem Schreck, senkten ihre Hellebarden und stürmten los. Der vordere ging zu Boden, als Frentis' Messer durch die Luft zischte und zwischen Brust und Hals eine Lücke in seiner Rüstung fand. Frentis machte einen Satz, hob die Hellebarde auf, die der Soldat fallen gelassen hatte, und ließ sie auf den zweiten Wachmann niedersausen. Dieser parierte jedoch ansatzlos, und seine Riposte enttarnte ihn als geübten Veteran – fast hätte er Frentis am Oberschenkel aufgespießt. Es gelang ihm gerade noch, der Spitze auszuweichen, worauf er den Wachmann mit einem raschen Streich von den Beinen fegte.

Hinter ihm ertönte ein Schrei, und er sah, wie die Frau dem Turmherrn zusetzte, der jetzt auf dem Rücken lag und aus beiden Wunden stark blutete. Er stieß sich mit den Beinen ab, um von ihr wegzukommen.

»Stirb, Ketzer!«, kreischte die Frau und hob das Messer. »Ein solches Schicksal ereilt alle Feinde des Welt…«

Zwei spindeldürre Arme schlossen sich um sie und zogen sie zurück: eine der zerlumpten Bettlerinnen, die schnapssüchtige Frau, die der Turmherr mit Dimela angesprochen hatte.

Die Frau riss den Kopf nach hinten, sodass er Dimela ins Gesicht krachte. Zähne brachen, und Blut spritzte in alle Richtungen. Die Bettlerin heulte auf, ließ aber nicht los. Noch mehr Arme wurden ausgestreckt, um die Meuchlerin zu packen – ein alter Mann klammerte sich an ihre Beine, ein Krüppel schlug mit seiner Krücke auf ihren Bauch ein, und immer mehr fielen über sie her, bis sie unter Lumpen und ungewaschener Haut nicht mehr zu sehen war.

Bitte!, flehte Frentis. *Bitte stirb!*

Aber die unsichtbaren Fesseln spannten sich stärker an denn je. *HILF IHR!*

Er versetzte dem behelmten Kopf des am Boden liegenden Wachmanns einen festen Tritt und stürzte sich ins Handgemenge. Die Hellebarde wütete mit entsetzlicher Grausamkeit, und innerhalb von vier Sekunden starben ebenso viele Menschen. Während er wild um sich schlug, hoffte er die ganze Zeit inständig, dass die Fesseln plötzlich verschwinden würden – vielleicht gelang es den Bettlern, die Frau in Stücke zu reißen.

Er hatte bereits die Hälfte von ihnen niedergemetzelt, als es geschah: ein Hitzestoß und eine Flammenzunge, die ein Loch in die Mitte des Gewühls brannte. Menschen wurden rückwärts davongeschleudert, Schreie wurden laut, und inmitten des plötzlich aufwallenden Rauchs brach Panik aus.

Frentis kämpfte sich einen Weg durch die verstörten Überreste der Menge. Die Frau kniete auf der Erde, wie er erwartet hatte, von Kopf bis Fuß blutüberströmt – von den Schlägen, und weil sie die gestohlene Gabe eingesetzt hatte. Ihr Gesicht war eine rote Maske aus Bösartigkeit und Zorn. Hinter ihr lag Dimelas Leiche, ein verdrehtes Gewirr aus versengten Lumpen und Haut. Frentis zog die Frau auf die Beine, und sie rannten los.

◆ ◆ ◆

»Einhundertundzweiundsiebzig Jahre«, sagte sie mit leiser Stimme, nachdenklich, aber noch immer mit blitzenden Augen. »So lange ist es her, dass ich das letzte Mal versagt habe, Herzliebster.«

Frentis hatte schon viele Abwasserkanäle kennengelernt: Unter den Straßen von Varinsburg konnte man sich dort gut verstecken oder in aller Eile die Flucht ergreifen. Später hatte er Vaelin geholfen, Linesch zu erobern, indem sie durch die grässlichen unterirdischen Kanäle in die Stadt eingedrungen waren.

Diese hier waren erstaunlich sauber und auch breiter, mit ordentlich gearbeitetem Mauerwerk und hin und wieder einem Sims, um sich auszuruhen. Der Gestank jedoch konnte es mit allem aufnehmen, an das er sich erinnerte.

Es wäre Selbstmord gewesen zu versuchen, über offenes Gelände zu entkommen. Die Stadtwache durchkämmte sicher bereits die Straßen, also war er seinem Instinkt gefolgt und hatte die Frau in die Kanäle gezerrt. Sie folgten dem Wasserlauf bis zur Mündung in den Hafen und warteten auf die Nacht, denn dann würde die Flut es ihnen erlauben davonzuschwimmen.

»Einhundertundzweiundsiebzig Jahre.« Sie richtete den Blick auf ihn, wie um eine Antwort zu erflehen, und löste die Fesseln von seinem Mund.

Sie sucht Trost, dachte er. *Anteilnahme, weil ihr Mordanschlag missglückt ist.* Nicht zum ersten Mal fragte er sich, wie wahnsinnig sie wirklich war.

»Es gibt eben einen Unterschied«, sagte er.

Verwirrt schüttelte sie den Kopf und bedeutete ihm mit einer Geste fortzufahren.

Zum ersten Mal seit Wochen lächelte er. »Zwischen einem hungrigen Bettler und einem satten Sklaven.«

Fünftes Kapitel

Vaelin

»Unsere Späher schätzen ihre Zahl auf etwa viertausend. Sie überqueren das Eis hier.« Der Hauptmann deutete auf einen Punkt auf der Karte, die vor ihnen auf dem Tisch ausgebreitet war. »Dabei folgen sie einer südwestlichen Marschrichtung.«

»Das letzte Mal haben sie sich auf direktem Wege nach Nordturm begeben«, sagte Dahrena. »Und alles niedergemacht, was ihnen im Weg stand.«

»Viertausend«, sagte Vaelin. »Eine große Streitmacht, aber wohl kaum eine Horde.«

»Das ist bestimmt nur eine Vorhut«, erwiderte Adal. »Offenbar haben sie bei ihrem letzten Versuch etwas gelernt.«

»Soweit ich weiß, wurde die Horde doch bei ihrem letzten Versuch ausgelöscht.«

»Einige Überlebende gab es«, sagte Dahrena. »Ein paar hundert. Nur Frauen und Kinder. Vater ließ sie ziehen, obwohl viele dafür waren, sie zu töten. Wir haben uns immer gefragt, ob es mehr von ihnen gibt, die jenseits des Eises darauf lauern, uns heimzusuchen.«

Adal straffte die Schultern, wandte sich an Vaelin und sagte sehr förmlich: »Euer Lordschaft, ich bitte um die Erlaubnis, den Befehl zur Musterung auszugeben.«

»Musterung?«

»Jeder Mann in den ganzen Nordlanden, der alt genug ist, wird zu den Waffen gerufen. Innerhalb von fünf Tagen werden wir über sechstausend bewaffnete Männer verfügen. Zusätzlich zur Nordgarde.«

»Außerdem werden wir die Eorhilaner und die Seordahner benachrichtigen«, fügte Dahrena hinzu. »Wenn sie so reagieren wie beim letzten Mal, wird unsere Armee im Ganzen über zwanzigtausend Mann stark sein. Aber es wird Wochen dauern, sie aufmarschieren zu lassen. Genügend Zeit für die Horde, das Eis in voller Stärke zu überqueren, während die Vorhut unter den Siedlern im Norden Chaos und Verwüstung anrichtet.«

Vaelin lehnte sich auf seinem Stuhl zurück und betrachtete die Linien, die Adal auf der Karte eingezeichnet hatte. Sie waren in scharfem Tempo geritten, um den Turm vor Einbruch der Nacht zu erreichen. Hier hatte Adal genauere Karten aus der Sammlung im Herrschersaal herausgesucht. Von draußen drang der Lärm von Männern herein, die sich kampfbereit machten – die Nordgarde und Hauptmann Orvens Männer schärften ihre Klingen und sattelten ihre Pferde. Vaelin hatte gehofft, dass er sich nie wieder mit Landkarten und Schlachtplänen würde herumplagen müssen – dass hier in den Nordlanden nicht die Notwendigkeit bestünde, ein Blutbad zu inszenieren. Aber wie immer war es dem Krieg gelungen, ihn einzuholen. Er fand ein wenig Trost in der Tatsache, dass das Lied des Blutes sonderbar gedämpft war, zwar nicht ganz frei von einem warnenden Unterton, aber ohne die schrille Dringlichkeit wie damals, als er den Angriff auf die Oase von Lehlun geplant hatte, bei dem Dentos gefallen war.

»Wie zahlreich war die Horde beim letzten Mal?«, fragte er.

»Das können wir nur raten, Euer Lordschaft«, sagte Adal. »Sie griffen als große Menschenmasse ohne irgendeine Rangordnung an. Bruder Holluns offizielle Geschichte enthält eine Schätzung von einhunderttausend, Kinder und alte Leute eingeschlossen. Die Horde war eher eine Nation als eine Armee.«

»Die Siedlungen im Norden sind gewarnt worden?«

Dahrena nickte. »Wir haben Eilboten losgeschickt, sobald uns die Nachricht erreichte. Die Siedler werden ihre eigenen Vorkehrungen treffen, aber ihre Zahl ist gering, und ohne Unterstützung werden sie sich nicht lange behaupten können.«

»Also gut.« Vaelin erhob sich. »Hauptmann, gebt den Befehl zur Musterung. Sucht gute Männer aus, um die Einberufung zu übernehmen und den Turm und die Stadt gegen eine Belagerung zu befestigen. Wir werden die Garde und die Soldaten des Königs nach Norden führen und den Siedlern nach Kräften helfen.«

»Über die Hälfte meiner Gardisten sind überall in den Nordlanden verstreut«, erklärte Adal und warf Dahrena einen vielsagenden Blick zu. »Damit haben wir kaum fünfzehnhundert Mann.«

»Umso besser.« Vaelin nahm sein in Segeltuch eingeschlagenes Bündel vom Tisch und ging zur Treppe. »Dann können wir schneller reiten. Lady Dahrena, mir ist bewusst, dass Ihr möglicherweise hierbleiben wollt, aber ich muss darauf bestehen, dass Ihr uns begleitet.«

Sie runzelte überrascht die Stirn, und da begriff er, dass sie sich bereits Einwände zurechtgelegt hatte, um der Anweisung zum Hierbleiben zu widersprechen. »Ich … ich folge Euch gerne, Euer Lordschaft.«

◆ ◆ ◆

Sie ritten in scharfem Tempo, bis es finstere Nacht war, und schlugen in den Vorbergen etwa zwanzig Meilen nördlich des Turms ihr Lager auf. Alornis war äußerst aufgebracht gewesen, als er sich auf der Schwelle des Turms von ihr verabschiedet hatte, aber er war unnachgiebig geblieben. »Ein Schlachtfeld ist kein Ort für eine Künstlerin, Schwester.«

»Und was, bitte, soll ich hier tun?«, hatte sie gefragt. »Tagelang herumsitzen und mich um dein Schicksal sorgen?«

Er hatte ihre Hand ergriffen. »Ich glaube nicht, dass diese Hände in der Lage sind, müßig zu bleiben.« Dann hatte er ihr einen Kuss auf die Stirn gedrückt und war zu dem Gardisten hinübergegangen, der Flamme an den Zügeln hielt. »Außerdem möchte ich, dass du dich hier um alles Nötige kümmerst. Die Anwesenheit der Schwester des Turmherrn wird die Einwohner der Stadt beruhigen. Gewiss werden viele fragen, was vorgefallen ist. Versichere ihnen, dass wir alles unter Kontrolle haben.«

»Und, stimmt das auch?«

Er hatte das Pferd die paar Schritte zu ihr trotten lassen und leise erwidert: »Ich habe nicht die geringste Ahnung.«

Die Nordgarde machte innerhalb von kürzester Zeit Feuer, band die Pferde an, stapelte Sättel und stellte Wachen auf, und das alles ohne Befehle oder zusätzliche Anweisungen von Hauptmann Adal. Die Soldaten des Königs bildeten mit ihren ordentlich aufgereihten Feuerstellen und Zelten dazu einen Kontrast, der noch deutlicher wurde, als Hauptmann Orven seine abendliche Inspektion durchführte und zwei seiner Männer bestrafte, weil ihre Brustharnische unzureichend poliert waren.

»Ein ziemlicher Unterschied zur Wüste, was, Euer Lordschaft?«, sagte er, als er sich zu Vaelin ans Feuer setzte, wo ihm Dahrena und Adal Gesellschaft leisteten. Er hatte irgendwoher ein Wolfsfell bekommen und legte es sich über die Schultern, bevor er sich in die Hände blies.

»Ihr wart am Blutberg dabei?«, fragte Vaelin.

»Aber ja. Meine erste Schlacht sogar. Während des letzten Angriffs hat mir ein Alpiraner seine Lanze ins Bein gerammt. Was sich als Glücksfall erwies, denn die Heiler brachten mich nach Untesch und auf ein Schiff zurück in die Königslande. Sonst wäre ich, als die Stadt fiel, an der Seite des Königs gewesen.«

»Sie haben alle außer ihn getötet, oder?«, fragte Dahrena.

»Fürwahr, edle Dame. Aus meinem Regiment bin ich der einzige Überlebende.«

»Mir scheint, die Alpiraner sind genauso barbarisch wie die Eishorde«, warf Adal ein. »In meinem Volk gibt es zahlreiche Geschichten darüber, wie man unter dem Kaiser gelitten hat.«

»Sie waren keine Barbaren«, sagte Vaelin. »Sie waren einfach wütend. Und nicht ohne guten Grund.« Er wandte sich an Dahrena. »Ich muss mehr über die Horde erfahren. Wer sind sie? Was wollen sie?«

»Blut«, sagte Adal. »Das Blut von jedem, der nicht in ihre Horde hineingeboren wurde.«

»Ist das ihr Bekenntnis? Alle Fremden umzubringen?«

»Sie tun es einfach. Von einem Bekenntnis haben wir nie etwas gehört. Ihre Sprache ist völlig unverständlich, ein Gebrabbel aus Schnalzen und Knurren, und sämtliche Gefangenen, die wir genommen hatten, gebärdeten sich so wild, dass wir sie nicht lange genug am Leben halten konnten, um etwas von ihnen zu erfahren.«

»Ich habe gehört, dass sie zusammen mit Tieren kämpfen«, sagte Orven. »Riesige Katzen und Raubvögel.«

»Das ist richtig«, sagte Adal. »Wir hatten Glück, dass sie nie über mehr als ein paar Hundert dieser Katzen verfügten. Es ist nicht leicht, in Reih und Glied zu bleiben, wenn man dem Angriff dieser Ungeheuer gegenübersteht, das sage ich Euch. Die Speerfalken aber, von denen hatten sie Tausende. Die kamen kreischend vom Himmel gestürzt und kratzten einem die Augen aus. Selbst heute noch begegnet man in den Nordlanden vielen Leuten mit einer Augenklappe.«

»Wie ist es Euch gelungen, sie zu schlagen?«, fragte Vaelin.

»Wie gewinnt man eine Schlacht, Euer Lordschaft? Mit Schneid, Stahl und« – Adal schenkte Dahrena ein leises Lächeln – »guten Informationen über die Stellungen des Feindes.«

Vaelin hob eine Augenbraue und sah sie an. »Guten Informationen?«

Sie erwiderte den Blick mit einem aufgesetzten Gähnen und stand auf. »Wenn die Herren mich entschuldigen mögen! Aber wir haben morgen einen weiten Weg vor uns.«

◆ ◆ ◆

Nach zwei weiteren Tagen im Sattel erreichten sie die erste Siedlung, eine Ansammlung von Hütten, die von einem Palisadenzaun umgeben war und im Schatten eines Berges lag, über dessen Rücken ein schmaler Grat lief. Sein Südhang war von zahlreichen Mineneingängen übersät. Am Tor wurden sie von einem Feldwebel der Nordgarde begrüßt sowie von einem sichtlich verängstigten Ortsvorsteher.

»Irgendwelche Neuigkeiten, meine Dame?«, fragte der Ortsvorsteher Dahrena und rang die schweißfeuchten Hände. »Wie lange, bevor sie über uns herfallen?«

»Bisher sind wir noch auf keine Spur von ihnen gestoßen, Idiss«, beruhigte ihn Dahrena. Ihre Stimme klang gereizt – offenbar konnte sie den Mann nicht leiden. Mit einer Geste zu Vaelin fuhr sie fort: »Euren Turmherrn wollt Ihr nicht begrüßen?«

»Ach, natürlich.« Der Ortsvorsteher verbeugte sich hastig vor Vaelin. »Verzeiht, Euer Lordschaft. Willkommen in Mount Myrna. Wir freuen uns *sehr*, Euch zu sehen.«

»Irgendwelche Nachrichten von den anderen Siedlungen?«, fragte Vaelin.

»Nein, Euer Lordschaft. Wir sind in großer Sorge um sie.«

»Dann halten wir uns hier besser nicht allzu lange auf.« Er lenkte Flamme fort vom Tor, hielt jedoch an, als der Ortsvorsteher ihm in die Zügel griff.

»Aber Euer Lordschaft, Ihr wollt uns doch bestimmt nicht allein lassen. Wir haben kaum zweihundert Bergarbeiter mit Schwertern und nur ein Dutzend Gardisten.«

Vaelin betrachtete die Hand des Mannes, bis dieser die Zügel losließ. »Da habt Ihr recht, Sir.« Er sah den Feldwebel der Nordgarde an. »Ruft Eure Männer zusammen. Ihr reitet mit uns.«

Der Feldwebel warf Adal einen fragenden Blick zu, und als dieser nickte, marschierte er davon, um seine Männer zu holen.

»Ihr raubt uns jeglichen Schutz!«, rief Idiss. »Wir sind der Horde ausgeliefert.«

»Dann habt Ihr meine Erlaubnis, nach Nordturm aufzubrechen«, erwiderte Vaelin. »Hinter uns ist die Straße frei. Aber wenn Euch an diesem Ort und seinen Bewohnern etwas liegt, dann zieht Ihr es vielleicht vor, zu bleiben und für sie zu kämpfen.«

Wie sich herausstellte, besaß Idiss ein schnelles Pferd, und als er nach Süden galoppierte, stieg hinter ihm eine beträchtliche Staubwolke auf.

»Der Leiter der Bergarbeitergilde hat eingewilligt, das Vorsteheramt zu übernehmen«, teilte Dahrena mit, als sie eine Stunde später durch das Tor trat. »Auf mein Drängen hin haben sie auch die Frauen bewaffnet, und damit haben sie über dreihundertfünfzig Schwerter, um die Mauern zu halten.«

Sie schwang sich in den Sattel und erwiderte Vaelins Blick. »Idiss ist eine feige, von Habgier zerfressene Seele, aber er hatte recht. Wenn die Horde kommt, wird dieses Dorf innerhalb von einer Stunde fallen. Oder schneller.«

»Dann ist es unsere Aufgabe, dafür zu sorgen, dass sie gar nicht erst hierhergelangt.« Er sah sich nach den anderen Reitern um, dann hob er die Hand, gab seinem Pferd die Sporen und ritt nach Norden.

◆ ◆ ◆

Während der nächsten beiden Tage besuchten sie alle drei Siedlungen nördlich von Mount Myrna, trafen jedoch nur ängstliche Bergarbeiter an. Von der Horde hatte niemand etwas gehört. Glücklicherweise wurden diese Dörfer von kühneren Seelen angeführt, als Idiss eine war, und ihre Befestigungen waren in gutem Zustand. Vaelin schlug ihnen vor, sich nach Mount Myrna zurückzuziehen, wo die größere Zahl von Verteidigern mehr Sicherheit bieten mochte, aber sie lehnten alle ab.

»Ich bearbeite hier in den Bergen schon seit fast zwanzig Jahren den Stein, Euer Lordschaft«, erklärte ihm der Ortsvorsteher von Schiefersweiler, ein vierschrötiger Nilsaeler, der eine Axt auf dem Rücken trug. »Bin auch das letzte Mal nicht vor diesen Frostärschen weggelaufen und fang jetzt nicht damit an.«

Sie ritten auf die Ebene hinaus, wo der Wind so eisig blies, dass er durch die Kleider schnitt wie ein Pfeil mit Stahlspitze durch Rüstung.

»Beim Weltvater!«, schimpfte Orven mit zusammengebissenen Zähnen. »Ist das hier immer so?«

Adal lachte. »Das ist ein milder Sommer, Hauptmann. Ihr solltet es mal im Winter versuchen.«

»Das liegt daran, dass zwischen uns und dem Eis keine Berge mehr sind«, erklärte Dahrena. »Die Eorhilaner nennen es den schwarzen Wind.«

Nach zehn Meilen hielten sie an, und Vaelin gab den Befehl, Späher nach Osten, Westen und Norden zu schicken. Bis zum späten Abend waren sie alle wieder zurück, allerdings ohne die Fährte der Horde zu entdecken.

»Das verstehe ich nicht«, sagte Adal. »Sie müssten längst die Berge erreicht haben.«

Dahrena richtete sich unvermittelt auf und blickte erwartungsvoll nach Westen.

»Meine Dame?«, fragte Vaelin.

»Mir scheint, wir bekommen Besuch, Euer Lordschaft.«

Da hörte er es auch – ein fernes, gleichmäßiges Donnergrollen, das immer lauter wurde …

»Aufsitzen!«, bellte er und eilte zu Flamme hinüber, während alle anderen zu ihren Pferden stürzten.

»Nicht nötig«, rief Dahrena ihnen nach. »Die Horde reitet nicht. Wir haben andere Besucher.«

Die Staubwolke im Westen wurde immer größer, kam näher und näher, und der Donner schwoll weiter an. Die ersten Reiter kamen in Sichtweite; sie saßen auf großen Pferden unterschiedlicher Farbe, und jeder trug eine Lanze und hatte einen Hornbogen am Sattel hängen. Immer mehr Männer und Frauen lösten sich aus dem Nebel, bis Vaelin sie nicht mehr zählen konnte. Nicht weit von ihnen entfernt zügelten sie ihre Pferde, und als der Staub sich gelegt hatte, kamen über zweitausend Reiter zum Vorschein. Ihre Gesichter und ihre helle Haut erinnerten Vaelin an die Seordahner, denen er vor Jahren begegnet war; ihre Haare waren einheitlich schwarz und zu Zöpfen geflochten, ihre Kleider größtenteils aus braunem Leder gefertigt, und sie trugen Halsketten aus Knochen oder Elchgeweih. Schweigend saßen sie da, und nicht einmal die Pferde ließen ein Schnauben hören.

Ein einziger Reiter trottete vorwärts, direkt auf Vaelin zu. Er blieb wenige Schritte vor ihm stehen und musterte ihn mit ernster Miene. Groß war er nicht, aber er wirkte kräftig, und sein Gesicht war trotz der Falten so hager, dass sein Alter nur schwer zu schätzen war.

»Wie heißt du?«, fragte der Reiter in der Sprache der Königslande, wenn auch mit starkem Akzent.

»Ich kann zwischen mehreren Namen wählen«, erwiderte Vaelin. »Die Seordahner jedoch nennen mich Beral Shak Ur.«

»Ich weiß, wie die Stämme des Waldes dich nennen und warum.« Der Mann lehnte sich im Sattel zurück und runzelte die Stirn. »Raben sind auf den Ebenen nur selten anzutreffen. Wenn du von uns einen Namen willst, musst du ihn dir verdienen.«

»Das werde ich, nur zu gerne.«

Der Reiter brummte etwas Unverständliches, drehte seine Lanze um und rammte sie vor Vaelins Füßen in den Boden. Obwohl die Erde sehr hart war, bohrte sich die Stahlspitze bis zum Anschlag hinein, und die Lanze federte noch eine ganze Weile hin und her. »Ich, Sanesh Poltar von den Eorhil Sil, bringe meine Lanze, um dem Ruf des Turmherrn zu folgen.«

»Ihr seid mir willkommen.«

Dahrena ritt heran und begrüßte den Häuptling mit einem breiten Lächeln. »Ich habe nie bezweifelt, dass du uns finden würdest, Bruder der Ebenen«, sagte sie und streckte die Hand aus. Ihre Finger verflochten sich miteinander.

»Wir hatten gehofft, die Tiermenschen als Erstes aufzuspüren«, erwiderte er. »Um dir ihre Schädel zum Geschenk zu machen. Aber sie hinterlassen keine Spuren, denen wir folgen könnten.«

»Uns sind sie ebenso entwichen.«

Das schien den Reiter zu verwirren. »Sogar dir, Schwester des Waldes?«

Sie warf Vaelin einen verstohlenen Blick zu. »Sogar mir.«

◆ ◆ ◆

An jenem Abend aßen sie zusammen mit den Eorhilanern getrocknetes Elchfleisch. Es war zäh, aber schmackhaft – vor allem, wenn man es einige Sekunden über das Feuer hielt. Heruntergespült wurde es mit einem dickflüssigen weißen Getränk, das scharf roch und eindeutig hochprozentig war.

»Beim Weltvater!«, rief Orven aus und verzog das Gesicht. »Was ist das?«

»Vergorene Elchmilch«, sagte Dahrena.

Orven unterdrückte ein angewidertes Schaudern und gab der jungen Eorhilanerin, die sich zu ihm ans Feuer gesetzt hatte, den mit Fell bespannten Trinkschlauch zurück. »Vielen Dank, gute Frau. Das ist nichts für mich.« Sie runzelte die Stirn, zuckte mit den Achseln und sagte etwas in ihrer Sprache.

»Sie möchte wissen, wie viele Elche Ihr erlegt habt«, übersetzte Dahrena.

»Elche? Keinen«, erwiderte er mit einem Nicken und lächelte die junge Frau an. »Aber zahlreiche Eber und Hirsche. Meine Familie besitzt ein großes Anwesen.«

Dahrena gab diese Antwort weiter, was einen verwirrten Wortwechsel nach sich zog.

»Sie weiß nicht, was ein Anwesen ist«, erklärte Dahrena. »Die Eorhilaner verstehen nicht, wie man Land besitzen kann.«

»Oder auch nur, dass die Ebenen, auf denen sie leben, der Krone gehören«, warf Adal ein. »Einer der Gründe, warum sie keinen Anlass sahen, die ersten Siedler zu bekämpfen. Man kann nicht beanspruchen, was man nicht besitzen kann, warum sich also deswegen streiten?«

»Insha ka Forna«, sagte die junge Frau zu Orven und klopfte sich auf die Brust.

»Stahl im Mondschein«, sagte Dahrena mit der Andeutung eines Lächelns. »Ihr Name.«

»Ah, Orven«, sagte der Hauptmann und erwiderte die Geste. »Orrvennn.«

Wieder wechselte die junge Eorhilanerin einige Worte mit Dahrena. »Sie möchte wissen, was das bedeutet. Ich habe ihr erklärt, das wäre ein legendärer Held gewesen.«

»Aber das stimmt doch gar nicht«, sagte Orven.

»Hauptmann ...« Dahrena hielt inne und verkniff sich ein Kichern. »Wenn eine Eorhilanerin beschließt, einem Mann ihren Rufnamen zu nennen, dann ist das von *beträchtlicher* Bedeutung.«

»Oh.« Der Hauptmann schenkte Insha ka Forna ein breites Lächeln, das prompt erwidert wurde. »Wie reagiert man üblicherweise darauf?«

»Ich glaube, das habt Ihr schon ganz richtig gemacht.«

Kurz darauf wünschte Dahrena ihnen eine gute Nacht, erhob sich vom Feuer und ging hinüber zu der ausgeklügelten Vorrichtung, die sie mit sich führte. Dabei schien es sich um kaum mehr als ein Bündel aus Elchfell und Holz zu handeln, aber nach wenigen Minuten und ein paar Handgriffen verwandelte es sich in einen kleinen, aber brauchbaren Unterschlupf, den Zelten der königlichen Armee durchaus ebenbürtig. Manche Gardisten hatten etwas Ähnliches dabei; die meisten jedoch begnügten sich damit, im Freien zu schlafen, nur in einige Pelze gewickelt.

Vaelin wartete eine ganze Weile, bevor er ihr folgte, um mit ihr zu sprechen. Seit sie vom Turm aufgebrochen waren, hatten sich bei ihm immer mehr Fragen angesammelt, und allmählich verlor er die Geduld.

»Edle Dame«, begrüßte er sie, als er sie am Eingang ihres Unterschlupfs sitzend antraf.

Sie antwortete nicht, und er bemerkte, dass sie die Augen geschlossen hatte. Die Haare strichen ihr im kalten Wind über das Gesicht, was sie jedoch nicht wahrzunehmen schien.

»Ihr könnt jetzt nicht mit ihr reden, Euer Lordschaft.« Hauptmann Adal war neben dem Unterschlupf erschienen. Seine tiefschwarzen Gesichtszüge waren im roten Feuerschein deutlich zu erkennen, und sie wirkten äußerst angespannt.

Vaelin sah Dahrena an: Sie saß völlig reglos da und hielt die Hände im Schoß gefaltet. Das Lied des Blutes stimmte eine vertraute Melodie an: Wiedererkennen.

Er nickte dem Hauptmann freundlich zu und kehrte ans Feuer zurück.

◆ ◆ ◆

»Stahlwasser«, sagte Dahrena am nächsten Morgen, »liegt ungefähr vierzig Meilen nordöstlich von hier. So weit südlich des Eises ist es die einzige Süßwasserquelle. Die Vermutung liegt nahe, dass die Horde dort ihr Lager aufgeschlagen hat, denn sie ist offenbar nicht weitergezogen.«

»Ist das nur eine Vermutung?«, fragte Vaelin. »Oder habt Ihr irgendwoher Informationen erhalten, die das bestätigen, edle Dame?«

Sie wich seinem Blick aus und verbiss sich eine wütende Erwiderung. »Das nicht, Euer Lordschaft. Natürlich steht es Euch frei, meinen Rat außer Acht zu lassen.«

»Oh, ich denke, es wäre äußerst unhöflich, die Worte meiner neuen Ersten Ratsherrin zu ignorieren. Auf nach Stahlwasser!«

Sie ritten in einer Formation, die aus drei Einheiten bestand: Vaelin mit der Nordgarde und Orvens Männern in der Mitte und die Eorhilaner auf beiden Flanken. Vaelin hatte schon viel Gutes darüber gehört, wie die Eorhilaner mit ihren Pferden umzugehen wussten, und jetzt sah er, dass dies wohlbegründet war – die Brüder der Ebenen schienen geradezu mit ihren Reittieren zu verschmelzen. Ihm entging nicht, dass sie sich zurückhielten, damit die Männer des Turmherrn mit ihnen Schritt halten konnten. Eine Eorhilanerin hatte sich ihnen angeschlossen. Insha ka Forna ritt neben Orven, und zwar auf einem gescheckten Hengst, der eine Handbreit größer war als das Schlachtross des Hauptmanns. Ihre geflochtenen Zöpfe wehten im Wind, und sie machte den Eindruck, als wäre sie sehr mit sich zufrieden.

Am späten Nachmittag stießen sie auf den Feind – ein weitläufiges Lager am Ostufer des Flüsschens. Von zahlreichen Feuern stieg Rauch auf und wurde von dem eisigen Wind davongetragen. Vaelin ließ zweihundert Schritt entfernt anhalten, signalisierte den Reitern auf beiden Flanken auseinanderzurücken und befahl seinen Männern, Schlachtordnung einzunehmen. Er nahm das Segeltuchbündel, das an seinem Sattel hing, und legte die Hand auf den größten Knoten. *Nur einmal daran ziehen, und es ist frei.* Er wusste, dass es heute in hellem Glanz erstrahlen würde, und das Geräusch, das es machen würde, wenn es durch die Luft schnitt, würde ein weiteres Lied des Blutes sein – eines, das er nur zu gut beherrschte. Seit dem Tag, als er auf den Inseln dem Schild entgegengetreten war, hatte es die Scheide nicht mehr verlassen. Ihm hatte nicht gefallen, wie es sich angefühlt hatte, als er es an jenem Tag gezogen hatte, wie es in seiner Hand lag … *so angenehm.*

»Euer Lordschaft!« Hauptmann Adals Ruf riss ihn wieder in die Wirklichkeit zurück. Eine einsame Gestalt kam auf sie zugestapft. Am Rand des Lagers hatten sich zahlreiche Leute versammelt. Es mochte eine Illusion sein, die durch das Licht und die Entfernung hervorgerufen wurde, aber sie wirkten alle entsetzlich ausgezehrt: hagere, eingefallene Gesichter, die aus Fellen herausragten und ihrem Feind in stummer Erwartung und ohne Zorn oder Hass entgegensahen.

»Ich sehe keine Waffen, Euer Lordschaft«, sagte Orven.

»Eine List, ganz gewiss«, erwiderte Adal. »Die Horde war stets gut darin, uns zu täuschen.«

Vaelin beobachtete die einsame Gestalt, die langsam näher kam. Sie war untersetzt, aber dünn, wie ihr ganzes Volk, und erheblich älter. Entschlossen setzte sie einen Fuß vor den anderen, auf etwas gestützt, das wie ein großer, knorriger Stock aussah, sich aber schließlich als Oberschenkelknochen irgendeines unbekannten Tieres entpuppte, der von oben bis unten mit verschlungenen Mustern bedeckt war.

»*Ein Schamane!*«, zischte Adal und griff nach seinem Bogen. »Euer Lordschaft, ich bitte um die Ehre, den ersten Gegner töten zu dürfen.«

»Ein Schamane?«, fragte Vaelin.

»Sie befehligen die Tiere«, erklärte Dahrena. »Bilden sie aus, führen sie in die Schlacht. Wir haben nie herausgefunden, wie sie das machen.«

»Ich sehe keine Tiere«, stellte Vaelin fest, als der untersetzte Mann zwanzig Schritte vor ihnen stehen blieb.

»Das wird ihm noch leid tun«, sagte Adal und hob den Bogen.

»Lasst das!«, befahl Vaelin. Seine Stimme hallte durch die Reihen der Soldaten und ließ keinen Widerspruch zu.

Adal starrte ihn mit offenem Mund an, den Bogen noch immer gespannt. »Euer Lordschaft?«

Vaelin sah ihn nicht an. »Ihr steht unter meinem Befehl. Gehorcht mir, oder ich lasse Euch auspeitschen und aus der Armee verstoßen.«

Er legte den Kopf schief, während er den untersetzten Mann musterte, ohne Adal zu beachten, der seinen Zorn kaum zu bändigen wusste. Dahrena gab sich alle Mühe, den Hauptmann zu beruhigen. Der Schamane umfasste den Knochen mit beiden Händen und hielt ihn vor sich hoch, wobei er in dem schwarzen Wind zitterte und schwankte.

Da spürte Vaelin, wie das Lied des Blutes eine begabte Seele willkommen hieß. Dahrena versteifte sich im Sattel, und ihre Hand glitt von Adals Schulter herab. Vaelin neigte den Kopf vor dem Schamanen. »Meine Dame, mir scheint, sie wollen mit uns verhandeln.«

Vor Angst riss sie weit die Augen auf, und jegliche Farbe wich aus ihrem Gesicht. Doch sie nickte, und gemeinsam trotteten sie vorwärts, zügelten ihre Pferde vor dem Schamanen und stiegen ab. Aus der Nähe war erst richtig zu erkennen, wie furchtbar abgemagert der alte Mann war – die Knochen zeichneten sich unter seiner Haut deutlich ab, einer Haut, die kaum mehr als nasses Papier zu sein schien, das vom Schlachter um Fleischreste gewickelt worden war. Von seinem Kopf fiel ihm ein schwarzgraues Haargewirr auf die Schultern; in den ungepflegten Locken hingen einige glanzlose Amulette. Der Schamane zitterte nicht einfach vor Angst, sondern vor Hunger. Da begriff Vaelin die schreckliche Wahrheit: *Sie sind nicht hier, um Krieg zu führen, sondern um zu sterben.*

»Hast du einen Namen?«, fragte Vaelin.

Der Schamane antwortete nicht. Wortlos setzte er den Knochen auf der Erde ab und stützte sich mit beiden Händen darauf. Sein Blick glich, als er Vaelin in die Augen sah, dem einer Eule. Fast schien er ihn zu durchbohren, ihn näher zu sich heranzuziehen. Etwas regte sich in Vaelins Geist und ließ ihn aufmerken. *Eine List, wie Adal gesagt hat.* Aber das Lied des Blutes hieß den Fremden weiterhin unbeirrt willkommen, und so ließ er ihn gewähren. Eine Erinnerung nahm Gestalt an, eine vergessene Vision aus einer anderen Zeit, die ihm völlig fremd war.

In Fell gekleidete Menschen. Und Tiere. Bären, riesenhafte Ungeheuer. Und alle schleppen sie sich durch einen Schneesturm. Viele sind verwundet, viele davon sind Kinder. Aus dem Schneetreiben tauchen Reiter auf, ganz in Schwarz gekleidet, Schwerter und Lanzen fahren herab … Blut auf dem Schnee … so viel Blut … Die Reiter reißen ihre Pferde herum und lachen, während sie weiter morden, und immer mehr kommen aus dem Schnee herangestürmt. Die in Fell gehüllten Menschen stieben auseinander. Ein Mann hebt einen großen beinernen Stab, und seine Bären stürzen sich auf die Reiter, zerfleischen sie, töten viele von ihnen … doch es werden immer mehr … immer mehr …

Die Vision verblasste, und das Gesicht des Schamanen schwebte noch immer wortlos über dem Knochenstab.

Vaelin schaute Dahrena an, bemerkte das Entsetzen in ihrem Gesicht. »Habt Ihr es auch gesehen?«

Sie nickte, verbarg ihre zitternden Hände unter ihrem Pelz und wich einen Schritt zurück. Vaelin entging nicht, dass sie am liebsten weggelaufen wäre – dass dieser untersetzte alte Mann, der mit Ausnahme eines Knochens unbewaffnet war, ihr Angst machte. Aber sie blieb stehen, atmete tief durch und weigerte sich standhaft, den Blick abzuwenden.

Vaelin drehte sich wieder zu dem Schamanen um. »Ihr flieht vor diesen Männern, diesen Reitern?« Der alte Mann runzelte die Stirn –

offensichtlich verstand er kein Wort. Vaelin seufzte, blickte zurück zu den Reihen aus Gardisten und Eorhilanern … und *sang*. Nur einen kurzen Ton, der ihn kein Blut kostete, aber der den Sinn seiner Frage vermittelte, von seiner Erinnerung an die Vision der Schamanen beeinflusst.

Der alte Mann richtete sich auf, sah ihn mit großen Augen an und nickte schließlich. Wieder blickte er Vaelin in die Augen, und bald erfüllte eine weitere Vision seinen Geist.

Eine dunkle Masse von Menschen marschiert über ein Eisfeld; die Rücken der großen weißen Bären heben und senken sich in der wilden Schar, während sie fliehen, immer weiter nach Westen, nur fort von den Reitern … keine Zeit zum Ausruhen … keine Zeit zum Jagen … nur Zeit zu fliehen … oder zu stürzen und zu sterben. Die Alten bleiben als Erstes zurück, dann die jüngeren Kinder, und der Stamm blutet, während er über die endlose Weite eilt, nach und nach aus. Die Bären werden wahnsinnig vor Hunger und entgleiten der Kontrolle des Schamanen. Abgehärtete Krieger weinen, während sie sie niedermetzeln und das Fleisch verteilen, denn was sind sie schon ohne ihre Bären? Als sie endlich die Ebenen erreichen, wissen sie, dass ihre Nation ausgelöscht worden ist … Sie bitten nur noch darum, in Frieden sterben zu dürfen.

Dahrena schnappte nach Luft, als die Vision verblasste, während ihr Tränen über die Wangen liefen. »Was sind wir doch für herzlose Narren«, flüsterte sie. Vaelin sang wieder, er beschwor das Bild auf dem Wandteppich im Turm herauf: die Horde und ihre schrecklichen Tiere.

Der Schamane stieß ein angewidertes Schnauben aus und antwortete mit einer weiteren Vision. *Der Kampf ist brutal, niemand wird geschont, Katzen und Bären fallen in blindwütigem Zorn übereinander her; die Speerfalken prallen in solcher Zahl aufeinander, dass sich der Himmel verdunkelt und es Blut und Federn regnet; die Krieger kämpfen mit Speeren und beinernen Keulen. Als der rote Tag zu Ende geht, hat das Bärenvolk dem Katzenvolk vor Augen geführt, wie töricht es ist, auf dem Eis Krieg zu führen. Sie sehen nichts mehr von ihnen, denn sie machen sich auf den Weg zu den Ebenen im Süden, weil sie dort, Feiglinge, die sie sind, auf leichtere Beute hoffen.*

Bärenvolk. Vaelin blickte zu dem Lager hinüber und sah nur hungernde Männer und Frauen, ein paar Kinder – keine Alten und keine Tiere. *Mit den Bären haben sie auch ihren Namen verloren.*

Wieder wandte er sich dem Schamanen zu und sang ein letztes Mal, beschwor das Bild von den schwarz gekleideten Reitern herauf und beendete das Lied mit einem fragenden Ton. So erschöpft, wie er war, hatte er vorerst genug gesungen.

Zum ersten Mal sprach der Schamane, und sein Mund verzerrte sich, als er das vielleicht einzige fremdländische Wort bildete, das er kannte. »*Volarriahnsss.*«

✦ ✦ ✦

Vaelin befahl der Nordgarde, die Hälfte ihrer Rationen herzugeben, und schickte bis auf ein Dutzend alle zurück zu ihren Stellungen. Hauptmann Adal, dessen Zorn von Minute zu Minute ermüdender wurde, erhielt den Befehl, nach Süden zu reiten, die Musterung rückgängig zu machen und den Seordahnern mitzuteilen, dass ihre Krieger nicht gebraucht wurden.

»Katzenvolk, Bärenvolk«, fauchte Adal Dahrena an, bevor er aufbrach, gerade so laut, dass Vaelin es hören konnte. »Sie sind trotzdem ein Teil der Horde. Sie sind nicht vertrauenswürdig.«

»Ihr habt es nicht gesehen, Adal«, flüsterte sie und schüttelte den Kopf. »Das Einzige, was wir von ihnen zu befürchten haben, ist die Schuld, sie sterben zu lassen.«

»Damit werdet Ihr Euch keine Freunde machen«, warnte er sie. »Viele werden trotzdem Rache nehmen wollen.«

»Mein Vater hat sich stets für den richtigen Kurs entschieden, ganz gleich, ob er sich damit Freunde machte oder nicht.« Sie schwieg einen Moment, und Vaelin spürte, dass sie in seine Richtung blickte. »Allzu sehr haben sich die Dinge nicht verändert.«

Die Eorhilaner nahmen an jenem Abend Abschied. Während sein Volk sich in den Sattel schwang, hob Sanesh Poltar vor Vaelin die Hand. »Avensurha«, sagte er.

»Mein Name?«, fragte Vaelin.

Der Häuptling der Eorhilaner deutete nach Norden, wo sich ein einzelner heller Stern über den Horizont erhob. »Nur einen Monat während eines ganzen Lebens leuchtet er so hell. Es heißt, in seinem Licht können keine Kriege geführt werden.«

Wieder hob er die Hand und wendete sein Pferd. Gemeinsam mit seinen Männer und Frauen galoppierte er nach Osten. Mit einer Ausnahme.

»Sie will nicht fortgehen, Euer Lordschaft.« Hauptmann Orven hatte Habachtstellung angenommen und wich seinem Blick aus. Ganz in der Nähe verteilte Insha ka Forna Streifen von getrocknetem Elchfleisch an hungrige Kinder und bedeutete ihnen, sie nicht zu schnell hinunterzuschlingen. »Ich habe Lady Dahrena nach dem Grund gefragt. Sie sagte, dass ich den, na ja, schon kennen würde.«

»Möchtet Ihr denn, dass sie fortgeht?«

Der Hauptmann hüstelte und runzelte die Stirn, während er nach einer passenden Antwort suchte.

»Gratulation, Hauptmann.« Vaelin klopfte ihm auf die Schulter und machte sich auf die Suche nach Dahrena.

Sie war bei dem Schamanen, der neben einer alten Frau kauerte, die auf einer Trage lag – einer alten Frau, die noch dünner war als die anderen Stammesangehörigen. Ihre Brust hob und senkte sich kaum merklich, ihr Mund stand weit offen, und ihr Blick ging in die Ferne. Der Schamane betrachtete sie mit solch grenzenlosem Kummer, dass Vaelin keiner Vision bedurfte, um zu wissen, dass hier ein Mann dem Tod seiner Frau beiwohnte.

Dahrena nahm ein Fläschchen aus ihrem Beutel und hielt es der Frau vor den Mund. Ein paar Tropfen einer klaren Flüssigkeit fielen auf ihre ausgetrocknete Zunge. Die Frau regte sich, runzelte die Stirn, leckte sich über die Lippen und schloss den Mund. Ihre Augen begannen wieder ein wenig zu leuchten, und der Schamane beugte sich über sie, nahm ihre Hand und sprach leise mit ihr. In Vaelins Ohren klangen die Worte schroff, eine schnelle Abfolge kehliger Laute, aber trotzdem lag Zärtlichkeit in ihnen. *Er erklärt ihr, dass sie in Sicherheit ist,* vermutete er. *Er erklärt ihr, dass sie Zuflucht gefunden haben.*

Der Blick der alten Frau glitt über das Gesicht ihres Mannes, und ihre Mundwinkel hoben sich, als sie zu lächeln versuchte. Dann erstarrte ihr Blick, das Licht in ihren Augen erlosch, und ihre Brust hörte auf, sich zu bewegen. Der Schamane zeigte keine Reaktion, sondern kauerte nur weiter neben ihr und hielt, so reglos wie sie, ihre Hand.

Dahrena erhob sich und ging zu Vaelin hinüber. »Ich muss Euch etwas erzählen«, sagte sie.

◆ ◆ ◆

»Mein Volk nennt es eine ›Geistreise‹.« Sie saßen am Rand des Lagers nebeneinander am Feuer. Es herrschte allgemeine Stille, denn das Bärenvolk verzehrte seine neuen Vorräte schweigend und kümmerte sich um die Kranken, ohne dass sich eine freudige Stimme erhob. *Sie halten sich noch immer für tot,* dachte Vaelin. *Sie haben ihren Namen verloren.*

»Das lässt sich nur schwer beschreiben«, fuhr Dahrena fort. »Es ist keine Reise im herkömmlichen Sinne, sondern man fliegt über allem und sieht dabei große Teile der Erde gleichzeitig. Aber ich muss dazu meinen Körper verlassen.«

»So habt Ihr auch dieses Volk gefunden«, sagte er. »Die Horde.«

Sie nickte. »Es ist leichter, eine Schlacht zu planen, wenn man die Marschordnung des Feindes kennt.«

»Tut es weh?«, fragte er und musste an das Blut denken, das floss, wenn er zu lange sang.

»Nein, nicht wenn ich fliege, aber wenn ich zurückkehre … Anfangs war es aufregend. Wer hat nicht schon einmal vom Fliegen geträumt? Ich hatte Geschichten über das Dunkle gehört und begriff, dass man sich davor fürchten musste. Aber das Fliegen war so wunderbar, so berauschend. Dabei hatte ich gerade erst meinem zwölften Jahr Lebewohl gesagt, als es geschah. Ich lag im Bett, wach, aber zufrieden, meine Gedanken ruhig, oder jedenfalls so ruhig, wie es die Gedanken einer Dreizehnjährigen sein können. Dann schwebte ich plötzlich und blickte hinab auf ein kleines Mädchen in einem großen Bett. Ich fürchtete mich zuerst, weil ich glaubte, in einen Albtraum hineingeraten zu sein. In meiner Angst wandten sich meine Gedanken meinem Vater zu, und so flog ich in sein Zimmer, wo er, wie so oft noch spät abends, in seine Papiere vertieft war. Er griff nach seinem Weinglas, stieß dabei ein Tintenfass um und fluchte. Ich dachte an

Blaublatt, mein Pferd, und flog in den Stall. Ich dachte an Kehlan und flog zu ihm in seine Kammer, wo er mit einem Mörser und einem Stößel Kräuter zerstieß. Was für ein wunderbarer Traum das doch war – ich musste nur an etwas denken und flog sofort dorthin, sah die Menschen, ohne gesehen zu werden. Und mehr, viel mehr noch als sie, ihre *Farbe,* den Glanz ihrer Seelen. Mein Vater war von einem hellen, blassen Blau umgeben, Blaublatt von einem sanften Braun, und Kehlan schien zu flackern – gerade war er noch rot, und im nächsten Moment war er weiß. Ich flog hoch hinauf, so hoch, wie ich es wagte, und blickte auf die ganzen Nordlande hinab, auf all die glänzenden Seelen; wie Sterne sahen sie aus, die sich in einem großen Spiegel spiegelten.

Seltsamerweise wurde ich in diesem Traum jedoch müde, und so kehrte ich in meinen Körper zurück. Das Bett fühlte sich ein wenig kalt an, aber nicht so sehr, dass es mich am Schlafen gehindert hätte. Am nächsten Morgen trug Vater ein Hemd mit einem Tintenfleck auf dem Ärmel, und da wusste ich, dass es kein Traum gewesen war. Das machte mir Angst, aber ich versuchte es trotzdem wieder; eine solche Freude war das Fliegen gewesen. Und so flog ich immer öfter, in jedem freien Augenblick, hinweg über Berge und Ebenen, schaute den Eorhilanern bei der Jagd auf Elche zu und tanzte im Sturm, der vom Eis herübergefegt kam.

Dann flog ich eines Tages Meile um Meile auf den Ozean im Westen hinaus, weil ich hoffte, die Küste des Fernen Westens zu sehen. Doch immer mehr Zeit verging, und ich wusste, dass mein Vater mich zum Abendessen zurückerwartete, also kehrte ich um und schlüpfte wieder in meinen Körper. Es fühlte sich an, als hätte ich mir eine Haut aus Eis übergezogen, und ich erschrak so sehr, dass ich zu schreien begann. Mein Vater fand mich, wie ich zitternd auf dem Boden meines Zimmers lag, als hätte man mich gerade aus einem Eissee gezogen. Ich erzählte ihm alles. Er hatte keine Angst, war nicht bestürzt. Er legte mich ins Bett, rief nach warmer Milch und blieb bei mir, bis das Frösteln nachließ. Dann nahm er meine Hand und erklärte mir in allen Einzelheiten, was Euer Volk Leuten antut, die über eine solche Begabung verfügen. Niemand durfte es je erfahren.«

»Dann kam die Horde?«

»Zwei Sommer später. Ich war vorsichtig gewesen und nie mehr als eine Stunde am Stück geflogen, und immer nachts, während ich meinen Körper vor einem lodernden Feuer zurückließ. Ich habe das erste Gemetzel gesehen – eine Blausteinkarawane, die sich aus Silbertal auf dem Weg nach Süden befand. Zwei Dutzend Viehtreiber wurden von Streitkatzen und Speerfalken überfallen und abgeschlachtet. Die Krieger schritten mit Messern zwischen den Toten einher und schnitten sich Trophäen ab, und ihr Glanz war dunkel, dunkelrot. Ich hatte noch nie mitangesehen, wie eine Seele ausgelöscht wird. Es erinnerte mich daran, wie eine Windbö über Kerzen fährt. Eine war jedoch darunter, die heller glänzte als die anderen. Sie stieg empor, und die Welt schien sich um sie herum zu krümmen wie ein Wirbel, sie in sich hineinzuziehen und mit sich fortzureißen …«

Vaelin beugte sich, während ihre Stimme leiser wurde, zu ihr hinüber. »Wohin?«

»Ich weiß es nicht. Aber ganz kurz erhaschte ich einen Blick auf das, was jenseits des Wirbels lag. Es war abgrundtief dunkel.« Sie verstummte und schlang zitternd die Arme um sich. »Ich bin froh, dass ich das nur einmal miterleben musste.«

»Dank Eurer Gabe wurde Lord Al Myrna früh genug gewarnt, um sich zur Wehr zu setzen?«

Sie nickte. »Ich bin mit der Neuigkeit zu ihm gerannt und habe vor Adal und Kehlan alles ausgeplaudert. Sie mussten schwören, Stillschweigen zu bewahren, einen Schwur, den sie all die Jahre gehalten haben, obwohl es bestimmt Leute gibt, die etwas argwöhnen. Und manche, wie Sanesh, wissen einfach Bescheid.«

»Die Eorhilaner fürchten das Dunkle nicht?«

»Wie die Seordahner haben sie großen Respekt davor, denn sie wissen, dass es missbraucht werden kann, aber sie haben keine Angst vor denen, die darüber gebieten, es sei denn, sie haben dafür einen guten Grund.« Sie runzelte die Stirn und sah ihn erwartungsvoll an.

Gleiches mit Gleichem, dachte er. *Geheimnis für Geheimnis.*

»Die Seordahner nennen es das Lied des Blutes«, sagte er.

In ihrer Miene spiegelte sich ein leiser Widerhall der Furcht, wie in jenem Moment, als der Schamane sie an seiner Vision hatte teilhaben lassen. »Ein Seordahner hat Euch das gesagt?«

»Eine blinde Frau. Nersus Sil Nin hat sie sich genannt. Ich bin ihr im Martisch begegnet.«

Die Furcht in ihren Zügen wurde größer, und das nächste Wort brachte sie nur mit bebender Stimme hervor. »Begegnet?«

»An einem klaren Sommertag mitten im Winter. Sie erklärte, das sei eine Erinnerung, die in einem Stein gefangen ist. Und sie hat mir gesagt, wie ich in der Sprache der Seordahner heiße.«

»Beral Shak Ur«, sagte Dahrena, und aus Angst wurde Verwunderung. »Sie hat Euch Euren Namen gegeben?« Sie blinzelte und schüttelte den Kopf. »Natürlich hat sie das.«

»Ihr wisst von ihr?«

»Alle Seordahner wissen von ihr, aber niemand hat sie je gesehen … außer mir.«

»Wann?«

»Als mein Mann gestorben ist.« Sie war, das konnte er sehen, zutiefst beunruhigt, wie jemand, der unliebsame Neuigkeiten erhält, mit denen er seit langem gerechnet hat. »Die Worte, die sie gesprochen hat … Aber ich war mir so sicher … als er gestorben ist …« Sie verstummte, ganz in Gedanken versunken.

»Euer Mann?«, ermunterte er sie.

In dem Blick, mit dem sie ihn ansah, lag ein solches Misstrauen, dass es bereits an Zorn grenzte. Nur ganz allmählich wurde es von Traurigkeit verdrängt. »Darüber muss ich nachdenken. Vielen Dank, dass Ihr so ehrlich zu mir wart, Euer Lordschaft. Ich bin froh, dass mein Vertrauen nicht unangebracht war.« Damit stand sie auf und ging zu ihrem Unterschlupf.

Vaelin wandte seinen Blick nach Norden und erspähte dort den hellen Stern, nach dem Sanesh ihn benannt hatte. Inzwischen stand er hoch am Horizont und leuchtete heller noch als der Mond. *Avensurha … in seinem Licht können keine Kriege geführt werden.*

Ein guter Name, dachte er mit einem Lächeln. *Wenigstens dieses eine Mal.*

Sechstes Kapitel

Lyrna

Sie machten sich auf den Weg in eine Finsternis, die so schwarz und vollkommen war, dass nur die Berührung ihrer Hände und Füße auf dem Stein sie führen konnte – und das von Schrecken erfüllte Schluchzen von Davokas Schwester. Kiral hatte aufgehört zu flehen und stieß, während sie immer tiefer hinabstiegen, nur noch hin und wieder ein Winseln aus oder ein gequältes Heulen. Anfangs hatte Lyrna das Licht für eine Illusion gehalten, die ihre weit aufgerissenen Augen ihr vorgaukelten, so schwach war es, kaum mehr als ein dünner rosafarbener Schleier, der Davokas hochgewachsene Gestalt umgab. Doch mit jedem Schritt wurde es heller, und als sie das untere Ende der Treppe erreichten, waren sie in ein tiefrotes Glimmen getaucht.

Das Gewölbe war riesig, der kreisförmige Boden, die Wände und die Decke mit genau abgemessenen Marmorfliesen gepflastert. In den Wänden waren zahlreiche Öffnungen, die groß genug waren, um hindurchzugehen, schwarze Löcher, die ins Nichts führten. Das rote Glimmen ging von einem großen runden Brunnen in der Mitte des Gewölbes aus. Eine dicke Rauchsäule stieg daraus zu einer Öffnung in der Decke empor.

Davoka zerrte die weinende Kiral zu dem Brunnen, und Lyrna folgte ihr. Die Hitze, die von dem Dampf ausging, war so stark, dass sie sich ihm nur auf fünf Schritte nähern konnten. Lyrna kniff die Augen zusammen und betrachtete die kreisförmige Öffnung in der Decke. Mehr als die nassen Wände eines mit Marmor ausgekleideten Schachtes, der in den bewohnten Berg hinaufführte, war jedoch nicht zu erkennen.

»Als wir das erste Mal hierherkamen, waren in den unteren Schacht große Kupferklingen eingelassen.«

Sie stand im Eingang eines der Tunnel, eine dunkelhaarige Frau in einem schlichten armfreien Baumwollgewand, ihre Haut von dem Glimmen des Brunnens in blasses Purpur getaucht. »Der untere Schacht war mit Trümmern verstopft«, fuhr sie fort und schritt langsam auf sie zu.

Kiral klammerte sich an Davokas Beine und flüsterte: *»Bitte, Schwester! Biiitteeee!«*

Die junge Frau schenkte ihr keine Beachtung, sondern blieb vor Lyrna stehen und lächelte freundlich. »Dreihundert Fuß unter uns trifft ein unterirdischer Fluss auf einen Kanal, der Nischaks Blut führt. Von dort steigt fortwährend Dampf den Brunnen herauf. Früher traf er auf vier Klingen, die an einer eisernen Stange befestigt waren – einer gewaltigen Stange, die bis in den dritten Stock des Turmes hinaufreichte. Ein seltsames Rätsel, nicht wahr?«

Während sie sprach, betrachtete Lyrna ihr Gesicht und staunte über die Selbstsicherheit, die sich darin spiegelte. Die junge Frau sprach die Sprache der Königslande ohne Akzent. Ihr Blick strahlte Ruhe aus und verriet nur gelinde Neugier.

»Die Klingen drehten sich im aufsteigenden Dampf«, sagte Lyrna. »Wie eine Windmühle.«

Das Lächeln der jungen Frau wurde breiter. »Leider wussten die ersten Lonakhim, die diesen Ort zu Gesicht bekamen, dergleichen nicht zu schätzen, und aus den Klingen wurden dringend benötigte Töpfe und Pfannen. Die eiserne Stange wurde eingeschmolzen und zu Axtklingen umgearbeitet. Erst als ich den Befehl gab, die Trümmer aus dem Brunnen zu räumen, wurde der Zweck der Klingen ersichtlich. Nach jeder Erneuerung nehme ich mir vor, wieder Klingen anfertigen zu lassen, denn ich würde nur allzu gerne sehen, wie sie sich drehen, aber ich komme nie dazu.« Ihr Blick fiel auf das Mädchen, das zu Davokas Füßen kauerte. »Schließlich wird man immer wieder von anderen Dingen abgelenkt.«

»Wozu war sie gut?«, fragte Lyrna. »Die Kraft, welche die Klingen nutzbar machten?«

»Das ist eine Frage, die sich nicht beantworten lässt. Die Stange endete in einem gewaltigen Zahnrad, aber was auch immer sich darauf drehte, ist vor Jahrhunderten zu Staub zerfallen. Allerdings vermute ich, dass es etwas damit zu tun hatte, den ausgehöhlten Berg zu beheizen, der über uns aufragt.«

Schweigend betrachtete sie Kirals zitternde Gestalt, bevor sie Davoka ansah und auf Lonakisch sagte: *»Das ist der Leib deiner Schwester?«*

»Ja, Mahlessa.«

»Wenn ich sie zurückhole, wird sie … anders sein. Und nicht nur wegen der Narben. Das ist dir klar?«

»Ja, Mahlessa. Ich weiß, was im Herzen meiner Schwester vor sich geht. Es wäre ihr Wunsch, zu uns zurückzukehren, koste es, was es wolle.«

Die Mahlessa nickte. *»Wie du willst. Bring sie her.«*

»Nein!«, kreischte Kiral und versuchte wegzukriechen. Davoka zog sie auf die Füße und zerrte sie zum Brunnen.

»Wenn du glaubst, dass diese Kreatur mich fürchtet, irrst du dich«, sagte die Mahlessa zu Lyrna. »Was sie fürchtet, ist die Strafe, die sie für ihr Scheitern erwartet, wenn ich sie ins Nichts zurückstoße.«

Kiral schrie und flehte ohne Unterlass, schlug um sich, spuckte und fluchte. Doch es half nichts. Davoka zerrte sie zum Rand des Brunnens. Beide waren schweißgebadet. Die Mahlessa trat neben Kiral, und Lyrna sah keinen einzigen Schweißtropfen auf ihrer Haut. Sie griff nach einer Flasche, die auf dem Rand des Brunnens stand. Sie war klein und das Glas so trübe, dass die dunkle Flüssigkeit darin kaum zu erkennen war.

»Ihre Hand«, forderte die Mahlessa Davoka auf und zog den Stöpsel aus der Flasche. Lyrna sah einen Nebelhauch daraus aufsteigen, und ein übler Geruch verbreitete sich. Davoka zog ihr Messer und durchtrennte die Fesseln an Kirals Handgelenken. Dann drehte sie ihr einen Arm auf den Rücken und hielt den anderen der Mahlessa hin.

»Bei all dem Elend und Leid, das diese Kreaturen über die Welt bringen«, sagte diese zu Lyrna und strich Kiral über die Hand. Ihre Finger fuhren über die zuckende Faust, während die Schreie des Mädchens sich in das heisere Stöhnen eines wunden Rachens verwandelten. »Man sollte meinen, ihre Zahl wäre Legion, aber mehr als drei hat es nie gegeben. Diese hier ist die Jüngste, und sie war weiblichen Geschlechts, als sie das erste Mal in die Falle ging und verdorben wurde. Sie ist nur in der Lage, sich weiblicher Hüllen zu bemächtigen, und nie mehr als einer, bis der Tod sie freigibt. Außerdem ist sie nicht besonders gut darin, andere zu täuschen. Ihr Bruder beherrscht diese Kunst weit besser – er kann Hüllen gleich welchen Geschlechts unter seine Kontrolle bringen und sich jahrelang hinter einer solchen Maske verbergen, sogar ohne das Misstrauen derjenigen zu erregen, die sie von Geburt an liebten. Ihre Schwester … nun ja, sagen wir, es wäre besser, wenn du sie nie kennenlernst. Jahrhundert auf Jahrhundert nur Mord und Hinterlist, um die Saat der Zwietracht auf der Welt zu verbreiten, und jetzt versucht sie, den großen Plan ihres Herrn zu verwirklichen. Nur drei, in ihrer eigenen Niedertracht gefangen. Aber was ist die Ursache von Niedertracht? Wenn nicht Furcht … und Schmerzen.«

Sie hob die Flasche und goss einen einzigen Tropfen auf Kirals Hand.

Der Schmerz und der Zorn, die aus dem Mädchen hervorbrachen, waren so stark, dass Lyrna die Augen schloss und einen Anfall von Übelkeit unterdrücken musste. Wochenlang war sie Gefahren und dem wiederholten Anblick gewaltsamen Todes ausgesetzt gewesen, und obwohl sie das abgehärtet hatte, schnitt die schiere Hässlichkeit dieses Geräuschs durch ihre neu gewonnene Dickfelligkeit wie das Skalpell eines Heilers. Als sie wieder aufsah, war das Mädchen auf die Knie gesunken, das Gesicht von den Händen der Mahlessa umschlossen, die Augen weit aufgerissen.

»Schmerz ist nur ein Portal«, sprach die Mahlessa. »Angst ist der Hebel, das Werkzeug, das den Schmutz fortkratzt, der den Verstand dieses Mädchens infiziert, sich an ihrer Gabe festgesetzt hat wie ein Blutegel.« Kiral erschauderte und stieß unter einer Wolke von Speichel unzusammenhängende Worte hervor. »Denn sogar diese Kreatur fürchtet den Abgrund, und wenn sie hierbleibt, um mir entgegenzutreten, werde ich sie zerreißen.«

Das Mädchen sackte in sich zusammen, schloss die Augen und

entglitt dem Griff der Mahlessa. Davoka nahm sie in die Arme. Auf der Rückseite von Kirals Hand hatte sich eine schwarzrote Wunde gebildet.

Lyrna schluckte Galle und drückte ihre Finger an den Hals des Mädchens. Sie spürte einen deutlichen Pulsschlag.

»*Wie … wie lange?*«, sagte ein dünnes Stimmchen hinter ihr voller Verwirrung und Gram.

Lyrna blickte auf und sah, dass die Mahlessa verschwunden war. Anstelle der selbstbewussten jungen Frau stand da ein verängstigtes Mädchen, schaute sich verwirrt um und schlang sich die Arme um den Oberkörper. Dasselbe Gesicht, dieselbe schlanke Gestalt, aber eine andere Seele.

»*Mahlessa?*«, fragte Lyrna und trat einen Schritt auf sie zu.

Das Mädchen stieß einen Schrei aus, der halb Seufzer, halb Lachen war, in dem aber auch eine gewisse Hysterie mitschwang. Sein Blick fiel auf die Flasche in seiner Hand. »*Ja, oh ja, ich bin die Mahlessa. Groß und schrecklich ist meine Macht …*« Es verstummte mit einem humorlosen Kichern.

»*Fünf Sommer*«, sagte Davoka. »*Seit der Erneuerung.*«

»*Fünf Sommer.*« Das Mädchen musterte Lyrna und betrachtete neugierig ihr Haar, bevor es ihr in die Augen blickte. »*Die Königin der Merim Her. So lange schon wartet sie auf dich. So viele Besucher …*« Es hob die Hand und strich Lyrna über die Wange. »*Wie wunderschön … Es ist eine Schande … Wie fühlt es sich an?*«

»*Mahlessa?*«

»*Wenn man so viele getötet hat. Ich habe nur meine Mutter getötet, musst du wissen …*«

Dann war es fort, das Gesicht des verängstigten Mädchens von altersloser Selbstsicherheit verdrängt. Ihre Hand sank herab, und Lyrna wich ein paar Schritte zurück.

»Was hat sie zu dir gesagt?«, wollte die Mahlessa wissen.

Lyrna zwang sich, nicht noch weiter zurückzutreten, auch wenn die Wendeltreppe ihr inzwischen äußerst einladend erschien. *Du hast nach Beweisen gesucht*, ermahnte sie sich. *Hier sind sie.*

»Sie hat gesagt, sie hätte ihre Mutter getötet«, erwiderte sie, wobei sie darauf achtete, dass ihre Stimme nicht zitterte.

»Ah ja. Eine traurige Geschichte. Ein wunderschönes junges Mädchen, sanftmütig und mit der heilenden Hand begabt, aber auch gänzlich dem Wahnsinn verfallen und außerdem blutrünstig. So ist das immer unter Heilern – manche Facetten davon rauben einem den Verstand. Jede Gabe hat ihren Preis. In diesem Fall war es die beharrliche Wahnvorstellung, ihre Mutter sei von Jeschak besessen, dem Gott des Hasses. Nachdem sie ihre Mutter getötet hatte, war im Klan natürlich kein Platz mehr für sie. Aufgrund ihrer Gabe durfte sie am Leben bleiben, denn alle Lonakhim wissen, dass nur die Mahlessa das Urteil über die Begabten sprechen kann. Und so irrte sie in den Bergen umher, bis Davoka sie fand und zu mir brachte. Das vollkommene Gefäß – sogar eines meiner besten. Auch wenn sie häufiger als ihre Vorgänger dazu neigt, sich selbständig zu machen.«

Sie kehrte an Kirals Seite zurück und umfasste ihre übel zugerichtete Hand. Das Mädchen verkrampfte sich, wurde ruckartig wach und versuchte sich loszureißen. Davoka hielt sie jedoch fest. *»Ich … Schwester?«* Ihr Blick fand Davokas Gesicht. *»Ich … mir war kalt.«*

Die Mahlessa ließ ihre Hand los, und Lyrna gelang es nicht, das Keuchen zu unterdrücken, das sich ihrer Brust entringen wollte. Die Hand war geheilt, die schwarzrote Wunde fort. Nur eine blasse Narbe war auf der Haut zurückgeblieben. *Beweise.*

»Das erschöpft einen zutiefst«, sagte die Mahlessa und dehnte und streckte ihre Finger. Auf ihrer glatten Stirn erschien eine Falte. »Mehr als jede andere Gabe. Vielleicht ist das die Ursache für den Wahnsinn – dass man bei jeder Heilung ein Stück von sich selbst verliert.« Sie erhob sich wieder, trat einen Schritt zurück und wandte sich an Davoka. *»Alturk ist hier?«*

»Das ist er, Mahlessa.«

»Ein verlorener, gebrochener Mann, ganz ohne Zweifel. Ein Tahlessa ohne einen Klan. Vielleicht wäre es eine Gnade, ihm zu gestatten, sich in Nischaks Rachen zu stürzen.«

»Ich bin Alturk vieles schuldig …«, begann Lyrna, doch die Mahlessa tat das mit einer Handbewegung ab.

»Keine Sorge, meine Königin. Er ist viel zu wertvoll – ich werde nicht zulassen, dass er in Selbstmitleid versinkt.« Ihr Blick kehrte zu Kirals verwirrtem Gesicht zurück, aber ihre Worte galten wieder Davoka. »*Mein zehn Jahrhunderte währendes Leben hat mich gelehrt, wie töricht es ist, Einsichten abzutun, die sich schlimmen Erfahrungen verdanken. Die Kreatur, die sich deiner Schwester bemächtigt hat, war klug genug, sich der Geschichte der Lonakhim zu bedienen; die Legende der Sentar ist von anhaltender Wirkung. Du wirst Alturk sagen, dass er jetzt der Tahlessa Sentar ist, der wahre Sentar, mit dem Segen der Mahlessa ausgestattet. Er wird hingehen und in sämtlichen Klans nach den besten Kriegern suchen. Ihre Zahl wird eintausend sein, nicht mehr, nicht weniger. Sie werden nicht jagen, sie werden mit niemandem streiten, sie werden sich nur im Kriegshandwerk üben und auf meinen Befehl hin kämpfen.*«

Davoka nickte feierlich. »*Mahlessa, ich bitte darum, mich den Sentar anschließen zu dürfen. Ich werde deine Augen sein, deine Stimme unter den eintausend …*«

Die Mahlessa schüttelte lächelnd den Kopf. »*Nein, mein leuchtender Speer, mit dir habe ich Größeres vor.*« Wieder blickte sie zu Lyrna. »*Auch wenn du mich dafür wahrscheinlich noch verfluchen wirst. Bring deine Schwester nach oben, sie muss sich ausruhen. Die Königin und ich haben vieles zu besprechen.*«

Davoka zog Kiral sanft auf die Füße. Das Mädchen schaute sich voller Staunen und Furcht um, und seine Augen weiteten sich, als es Lyrna sah. »*Sie war dabei*«, flüsterte es und wich zurück. »*Sie hat es gehört … Sie weiß alles …*«

»*Beruhige dich, kleines Kätzchen*«, erwiderte Davoka. »*Das ist Lerhnah, die Königin der Merim Her. Sie ist unsere Freundin.*«

Kiral schluckte und schlug die Augen nieder. Die Angst wich plötzlichen Schuldgefühlen. »*Auf sie hatte die Kreatur es abgesehen … Sie wollte ihr wehtun, ihr vor allen anderen … Das habe ich gespürt …*«

Lyrna ging zu ihr, legte ihr die Hand unters Kinn und hob es an. »*Ich weiß, dass nicht du das wolltest*«, sagte sie. »*Deine Schwester ist auch meine Schwester, und so werde ich die deine sein.*«

Kiral starrte sie mit einem Gesichtsausdruck an, der fast an Ehrfurcht grenzte. »*Sie hatte Angst vor dir … Deshalb wollte sie dir unbedingt wehtun … Du warst neu … unerwartet … keine Ilvarek verriet dein wahres Wesen …*«

Ilvarek … Das Wort hatte eine archaische Endung und glich dem lonakischen Wort für Sehvermögen oder Vision. Aber es wurde mit einer Ernsthaftigkeit gesprochen, die Lyrna aufmerken ließ. *»Ilvarek – dieses Wort kenne ich nicht.«*

»Bring deine Schwester nach oben«, sagte die Mahlessa noch einmal mit leiser Stimme, die jedoch keinen Widerspruch duldete.

Davoka nickte und führte Kiral zur Wendeltreppe. Während sie hinaufstiegen, flüsterte das Mädchen: *»Als ich geschlafen habe, sah ich die Albträume der Kreatur … Sie hat ihr eigenes Kind erdrosselt …«*

»Gestatte mir, dir etwas zu zeigen«, sagte die Mahlessa, als Kirals Stimme verklang. »Etwas, das bisher nur die Lonakhim zu Gesicht bekommen haben.«

♦ ♦ ♦

Die Dunkelheit in dem Tunnel war weniger vollkommen, als Lyrna erwartet hatte. Die Wände schimmerten leicht grünlich, sodass sie sich ohne die Hilfe einer Fackel fortbewegen konnten. »Das ist ein Pulver, das sich in den westlichen Hügeln findet«, erklärte die Mahlessa. »Zu seinen Eigenschaften gehört, dass es von innen heraus leuchtet, und zwar ohne je zu verblassen. Wer auch immer diesen Berg ausgehöhlt hat, hat es in großen Mengen hierhergebracht und an den Wänden verstrichen. Raffiniert, findest du nicht?«

»Ohne Frage«, erwiderte Lyrna. »Fast so raffiniert wie Ihr, Mahlessa?«

Es entstand eine Pause, und sie wusste, dass die Frau lächelte. »Inwiefern?«

»Ohne einen Köder ist eine Falle keine Falle. Ich bin auf Eure Einladung hin hierhergekommen und wurde damit zu einer unwiderstehlichen Beute für die Kreatur, die Ihr gerade verbannt habt. Was Ihr, davon bin ich überzeugt, sehr genau wusstet.«

»Das ist richtig.«

»Tapfere Männer und Frauen sind gestorben, um mich hierher zu geleiten. Eure und meine.«

»Tapfere Männer und Frauen sterben ständig. Und Schurken genauso. Da ist es doch wohl besser, sich einer hehren Sache zu opfern.«

»Noch besser ist es, zu leben und einer hehren Sache zu dienen.«

»Eine Entscheidung, die uns nicht immer offensteht. Nehmt mein

Volk zum Beispiel – es war nicht unsere Entscheidung, dass die Merim Her wie eine Seuche über das Land herfielen. Seit drei Jahrzehnten werden wir gejagt wie Tiere. Uns bleibt nichts anderes übrig, als in den eisigen Bergen ein jämmerliches Dasein zu fristen, sofern unsere schwindende Kraft uns das erlaubt.« Lyrna wunderte sich darüber, dass in den Worten der Mahlessa keinerlei Zorn mitschwang. Sie redete im leichten Plauderton, als wären sie zwei Damen, die bei Hofe die Feinheiten von Alucius' Dichtung erörterten.

»Für die Verbrechen meiner Vorfahren bin ich nicht verantwortlich«, sagte Lyrna in etwas schärferem Tonfall. »Aber für die Menschen, die ihr Leben ließen, damit ich mit Euch über einen möglichen Frieden sprechen kann – für diese bin ich durchaus verantwortlich. Die Eltern meiner geschätzten Nersa wird es wohl kaum trösten, dass ihre Tochter ihr Leben gelassen hat, damit Ihr Eure Pläne in die Tat umsetzen könnt.«

Ein Lachen, sehr, sehr leise. »Ich vermute, dass ihnen wenig Zeit bleiben wird, um zu trauern und sich trösten zu lassen. Wie uns allen.«

Sie blieb am Ende des Tunnels stehen. Vor ihnen lag ein gewaltiges Rundgewölbe, das mindestens dreimal so groß war wie jenes, das sie verlassen hatten. Hier fand sich kein Brunnen, und das grün leuchtende Pulver, das an Boden und Decken gestrichen war, spendete das einzige Licht. Allerdings war es hier so hell, dass man dabei hätte lesen können. Merkwürdigerweise leuchteten nur der Boden und die Decke, die Wände waren dunkel. Außerdem war die Luft trocken und roch schwach nach Schimmel.

»Prinzessin Lyrna Al Nieren«, sagte die Mahlessa, betrat das Gewölbe und hob die Arme. »Ich heiße dich willkommen im Gedächtnis der Lonakhim.«

Bücher, erkannte Lyrna, als sie ihr in das Gewölbe folgte und ihren Blick über die Wände schweifen ließ, vom Boden bis zur Decke: zahllose Bücher und Schriftrollen. Sofort fühlte sie sich von ihnen angezogen. Dicke, riesenhafte Bände, die nur von mehreren Armen gleichzeitig hochgehoben werden konnten, andere wiederum so winzig, dass sie in ihre Hand gepasst hätten. Sie griff nach dem nächstbesten Buch, wobei sie nur ganz entfernt daran dachte, dass es taktvoll gewesen wäre, vorher zu fragen. Es war in Leder gebunden, und auf der

Vorderseite war ein verschlungenes Muster eingeprägt. Trotz seines Alters war das Papier in gutem Zustand, und die Seiten waren so geschmeidig, dass sie sich mühelos umblättern ließen, anstatt zu Staub zu zerfallen. Die Schrift darauf war wunderschön, mit Blattgold und farbiger Tusche illuminiert, aber vollständig unlesbar.

»*Die Weisheiten des Reltak*«, sagte die Mahlessa. »Sein einziges philosophisches Werk. Meistens beschäftigte er sich mit Astronomie. Der erste lonakische Gelehrte, der den Kreisumfang des Mondes berechnet hat. Wobei Arkiol behauptet, er habe sich um zwanzig Fuß verschätzt.«

Lyrna blickte von dem Buch auf; dass das Wort »Gelehrter« zusammen mit »lonakisch« verwendet wurde, ließ sie die Stirn runzeln.

»O ja«, fuhr die Mahlessa fort. »Früher waren wir nicht alle Krieger. Bevor dein Volk kam, irrten die Seordah Sil zwar durch die Wälder, um eins mit der Erde zu werden – mein Volk dagegen studierte, beobachtete, schuf große Werke, schrieb herrliche Verse. Was du hier siehst, ist nur ein Bruchteil dessen, was wir einst geleistet haben. Hätte man uns in Frieden gelassen, noch ein Jahrhundert vielleicht, wären sogar die Geheimnisse dieses Berges zum Greifen nahe gewesen. Trotz all unserer Weisheit haben wir leider nie herausgefunden, wie man Eisen herstellt. Eine Kleinigkeit, denkst du wahrscheinlich, aber Kriege werden oft von Kleinigkeiten entschieden.«

»Habt Ihr ihn gekannt?«, fragte Lyrna und hielt das Buch hoch.

Die Mahlessa lachte und schüttelte den Kopf. »Nicht einmal ich bin so alt. Immerhin, die Bekanntschaft eines seiner Nachkommen habe ich gemacht, ein Ur-ur-ur-ur-enkel. Während der großen Mühsal habe ich mitangesehen, wie er verhungert ist.«

Lyrna legte das Buch auf den Stapel zurück. »Wer wart Ihr – früher, meine ich.«

»Nur ein Mädchen, das zu viele Albträume hatte. Wie auch heute noch. Jetzt, in diesem Augenblick, sehe ich einen vor mir.« In diesem Satz lag keinerlei Humor mehr, nur ehrliche Neugier und ein scharfer Intellekt. Viele Jahre waren vergangen, seit Lyrna jemanden getroffen hatte, der ihr gewachsen war – eine Seele, so hellhörig für Nuancen und Hinterlist, wie sie es war. Es beschämte sie, dass so viele hatten sterben müssen, aber dieser Augenblick erfüllte sie mit Dankbarkeit, dass sie die Reise hierher auf sich genommen hatte. In das Gesicht dieser Frau zu blicken, die sie sah, wie sie war, ohne Notwendigkeit oder Gelegenheit, sich zu verstellen, ohne dass sie ihren Liebreiz oder ihre Tränen bemühen musste, ohne dass sie überlegen musste, wie sie ihr Gegenüber am besten manipulierte ... nur kalte Vernunft und die Last der Geschichte in Gestalt dieser Bücher. Das alles war so neu und wunderbar, dass sie sich fast schuldig fühlte.

»Ilvarek«, sagte Lyrna. »Eine Vision. Das bedeutet es.«

»Die treffendste Übersetzung in deiner Sprache ist ›wahrsagen‹. Kennst du dieses Wort?«

»Eine dunkle Fähigkeit, in die Zukunft zu blicken.«

»Ich blicke nicht. Die Zukunft starrt mich an, und ich starre zurück, und wenn ich das tue, sehe ich dich.«

»Und was mache ich?«

Die Miene der Mahlessa verdüsterte sich. »Eines von zwei Dingen.« Sie ging zu einer Schriftrolle, die auf einem Bücherstapel lag, griff nach ihr und hielt sie Lyrna hin. »Das ist für dich.«

»Ein Geschenk?«

»Ein Vertrag. Der Krieg zwischen unseren Völkern ist vorbei. Bitte nimm meine Gratulation entgegen, dass du erfolgreich ein Friedensabkommen ausgehandelt hast.«

Lyrna ging zu ihr, nahm die Schriftrolle und öffnete sie. Zum Vorschein kamen zwei Textblöcke in feiner Schrift, der obere in der Sprache der Königslande, der untere in derselben seltsamen Schrift wie das Buch. »Da stehen keine Bedingungen«, sagte sie. »Lediglich die Feststellung, dass der Konflikt zwischen uns vorbei ist.«

»Was willst du noch mehr?«

»Es ist üblich, dass wir uns um Grenzen zanken, um Abgaben und dergleichen.«

»Grenzen verändern sich fortwährend, und deine Rolle beim Sturz der falschen Mahlessa ist bedeutender als irgendwelche Abgaben. Ich werde dich mit einem Geschenk belohnen. Du trägst ein Messer, richtig?«

Lyrnas Hand fuhr zu der Kette um ihren Hals. »Das ist nur ein Spielzeug, das keinerlei Bedrohung darstellt. Ich kann es nicht einmal richtig werfen.«

»Noch nicht.« Die Mahlessa streckte die Hand aus, und Lyrna bemerkte, dass sie noch immer das Fläschchen in der anderen Hand hielt. »Gib es mir.«

Kirals Schrei und der Gestank der Flüssigkeit in der Flasche waren ihr noch immer so gegenwärtig, dass Lyrna zögerte, bevor sie die Kette über den Kopf zog und das Messer der Mahlessa in die offene Handfläche legte.

»Du fragst dich bestimmt, was das ist«, sagte diese, legte die Hand um den Griff des Messers und hob die Flasche, bis sie über der Klinge verharrte. »Die lonakischen Gelehrten waren nicht nur Dichter und Mathematiker, sie waren auch Alchemisten. Vor Jahrhunderten brauten sie eine Substanz, welche die reinsten und umfassendsten Schmerzen hervorrief, die ein Mensch ertragen kann, ohne zu sterben, allerdings nur, wenn eine winzige Menge verwendet wird.« Sie kippte die Flasche, und ein einziger Tropfen der dunklen, seimigen Flüssigkeit fiel auf die Klinge. Wieder verbreitete sich der üble Gestank, sodass Lyrna einen Schritt zurückwich und sich die Hand vor die Nase hielt. Die Flüssigkeit lief über die Klinge und verschwand, wie Wasser, das von einem Tuch aufgesaugt wird.

»Hier.« Die Mahlessa hielt Lyrna das Messer hin. »Es tut dir nichts. Wenn es mit Stahl verschmilzt, wirkt es erst wieder, wenn es Blut berührt.«

»Wozu brauche ich so etwas?«, fragte Lyrna und machte keine Anstalten, nach dem Messer zu greifen.

»Um eines der beiden Dinge zu tun, die ich vorausgesehen habe.«

Es war offensichtlich, dass sie nicht mehr verraten würde. Vorsichtig streckte Lyrna die Hand aus und berührte das Messer, spürte jedoch nichts als kaltes Metall.

»Trage es stets bei dir«, sagte die Mahlessa, während sich Lyrna die Kette wieder über den Kopf zog.

»Ich hätte es ohnedies nie hergegeben«, erwiderte Lyrna. »Es ist das einzige Geschenk, das mir je etwas bedeutet hat.«

Der Blick der Mahlessa blieb ernst, aber es lag auch Überraschung darin. »Du bist nicht, was ich erwartet habe. Die *Ilvarek* hat mir etwas anderes gezeigt.«

»War ich größer?«, fragte Lyrna mit einem leisen Lachen.

»Nein, du warst ehrgeizig. Dir war es gleichgültig, wer sein Leben ließ, damit du hierhergelangen konntest – das waren nur Spielfiguren auf einem Keschetbrett. Dieses Treffen hätte dich wütend machen und die Wahrheit der Ilvarek hätte deinen Hass wecken sollen, sodass du finsterste Rache schwörst und den Vertrag, den du jetzt in Händen hältst, zerreißt. Etwas hat sich in dir verändert, Lyrna Al Nieren. Hast du vielleicht ein schlechtes Gewissen, frage ich mich, wegen eines Verbrechens, von dem die Ilvarek nichts weiß? Einem Verbrechen, das so entsetzlich ist, dass die Schuldgefühle deiner Seele eine neue Facette hinzugefügt haben?«

Vater, ich flehe dich an … »Ich würde meinen«, sagte Lyrna, »dass Ihr mehr Verbrechen zu verantworten habt als ich.«

»Um das Überleben meines Volkes zu sichern, habe ich Entsetzliches getan, das ist wahr. Ich habe gelogen, ich habe bestochen, ich habe gefoltert, und ich habe getötet. Und jedes dieser Verbrechen würde ich tausendmal wieder begehen, um dasselbe Ziel zu erreichen. Vergiss das nie, Königin, wenn du die Flammen hoch auflodern siehst, vergiss das nie und frage dich: Würde ich das wieder tun?«

Sie trat einen Schritt auf Lyrna zu, hob das Buch, das Lyrna begutachtet hatte, und reichte es ihr. »Wer von hier etwas mit sich fortnimmt, wird mit dem Tod bestraft, aber in deinem Fall kann ich wohl eine Ausnahme machen. Die Betrachtungen über das Göttliche sind besonders interessant. Reltak weiß viel darüber zu sagen, wie töricht es ist, an Dogmen festzuhalten.«

»Ich kann es nicht lesen.«

»Wir wissen beide, dass eine Übersetzung im Rahmen deiner Fähigkeiten liegt. Der lonakische Vertragstext wird dir dafür genügend Hinweise liefern, davon bin ich überzeugt. Und mein leuchtender Speer wird dir beistehen. Sie kann sehr gut lesen.«

»Davoka?«

»Unter Nationen, die im Frieden miteinander verbunden sind, ist es doch üblich, Botschafter auszutauschen, oder? Sie ist die meine.«

»Ihre … diplomatischen Ratschläge werden mir sehr willkommen sein. Ich werde natürlich dafür sorgen, dass ein angemessen qualifizierter Beamter der Königslande baldmöglichst bei Euch vorstellig wird.«

»Wie du wünschst, aber das eilt nicht. Achte jedoch darauf, mir eine

Frau zu schicken, wenn du nicht willst, dass dein Botschafter mir die Königslande als Ganzes überlässt.«

»Können Männer Eurer Schönheit nicht widerstehen?«

»Nein, es ist das Geschenk einer Frau, die vor drei Jahrhunderten gestorben ist, das ihnen den Verstand raubt. Merkwürdigerweise wirkt es nur bei Männern.«

Lyrna nahm das Buch. »Es tut mir leid, dass ich Euch im Gegenzug nichts zu bieten habe.«

Der prüfende Blick der Mahlessa wich ernster Nachdenklichkeit. »Du selbst bist das Geschenk«, sagte sie. »Die Bestätigung, dass dies alles zu etwas führen wird.« Sie streckte ihre Hand aus, und Lyrna ergriff sie. »Sie kommen, Königin, sie kommen und werden alles niederreißen. Deine Welt und meine. Bitte den Bestienbeschwörer um Hilfe, wenn dich Ketten binden.«

»Mahlessa?«

Aber sie war wieder fort, und an ihrer Stelle zitterte die Hand des verängstigten Mädchens in Lyrnas Griff. In ihren Augen lag verzweifelte Furcht. *»Wie fühlt es sich an?«*, fragte es, und da begriff Lyrna, dass es seine Frage von vorhin wiederholte – ihm war nicht bewusst, dass seither einige Zeit vergangen war.

»Ich habe niemanden getötet«, erwiderte Lyrna.

»Oh …« Ihr Blick schweifte über Lyrnas Gesicht. *»Nein … Noch nicht da … aber bald.«*

»Was denn?«

Das Mädchen lächelte, und seine Zähne funkelten in dem grünen Lichtschein. *»Die Zeichen deiner Größe.«*

◆ ◆ ◆

Sie eilte zurück in das Brunnengewölbe und dann die Wendeltreppe hinauf ans Tageslicht. Über eine Stunde war sie bei den Büchern geblieben und hatte Frage um Frage gestellt. *»Wer ist der Herr, von dem die Mahlessa gesprochen hat? Was für einen Plan verfolgt er? Wer kommt, um alles zu zerstören?«*

Die Antworten des verängstigten Mädchens waren nicht mehr gewesen als verwirrtes Gestammel und Rätsel über Rätsel. *»Er lauert im*

Abgrund … Er hungert … Oh, wie er hungert … Meine Mutter hat gesagt, ich sei die sanfteste Seele, deren sich die Lonakhim je rühmen konnten, und ich habe ihr mit dem Messer meines Vaters die Gurgel durchgeschnitten …«

Nach einer Weile verstummte es und sank, apathisch und mit leerem Blick, zu Boden. Lyrna wartete eine Weile, nur für den Fall, dass die Mahlessa zurückkehren würde, aber sie wusste instinktiv, dass das nicht geschehen würde. *Wir werden uns nie wiedersehen.*

Sie seufzte und berührte das Mädchen an der Schulter. »*Hast du dir einen Namen verdient?*«

»*Helsa*«, erwiderte das Mädchen leise. *Heilerin oder Retterin in der archaischen Form, je nach Endung.*

»*Es freut mich, dich kennengelernt zu haben, Helsa.*«

»*Wirst du mich wieder besuchen?*«

»*Das hoffe ich. Irgendwann.*«

Ein Lächeln huschte über die Lippen des Mädchens, doch dann kehrte der leere Blick zurück. Lyrna drückte ihm die Schulter und wandte sich dem Tunnel zu. Sie drehte sich nicht noch einmal um, denn ihre Trauer war zu groß.

Als sie ans Tageslicht zurückkehrte, warteten Smolen und die Brüder auf sie. Sie waren allein – die Frauen, die sie begrüßt hatten, gingen offenbar ihren Pflichten nach.

»Alturk?«, fragte sie Sollis.

»Er ist fortgegangen, Euer Hoheit. Davoka hat mit ihm gesprochen, und dann ist er fortgegangen.«

»Er hat nicht einmal Lebewohl gesagt«, warf Ivern ein. »Ich war gekränkt.«

»Davoka?«, wollte Lyrna wissen.

»Kümmert sich irgendwo um ihre Schwester«, sagte der jüngere Bruder. »Uns haben sie ein Stockwerk weiter oben Zimmer zugewiesen.«

Lyrna nickte und betrachtete die Schriftrolle in ihrer Hand.

»Eure Mission war erfolgreich, Euer Hoheit?«, fragte Smolen.

»Ja.« Sie zwang sich zu einem Lächeln. »Sehr sogar. Ruht Euch heute Nacht gut aus, werte Herren. Bei Tagesanbruch machen wir uns auf den Weg zurück ins Reich.«

◆ ◆ ◆

Der Ritt zurück zum Skellan-Pass dauerte fast zwei Wochen. Davoka entschied sich für eine leichtere, aber längere Route als die verschlungenen Pfade, denen sie auf dem Hinweg gefolgt waren. Lyrna hatte angeboten, Kiral mitzunehmen, aber die Lonakerin wehrte ab. »Am Berg wird sie besser versorgt.«

»Aber sie ist doch eben erst zu dir zurückgekehrt«, widersprach Lyrna. »Möchtest du nicht noch eine Weile bleiben? Du kannst jederzeit zu mir an den Hof kommen.«

Davoka schüttelte den Kopf. »Die Mahlessa hat es so befohlen«, war alles, was sie sagte.

Abends machten sie sich gemeinsam daran, *Die Weisheiten des Reltak* zu übersetzen, und das, obwohl Davoka seine Verse einigermaßen beunruhigend fand. »›Das Göttliche weckt den Anschein von Erkenntnis‹«, las sie eines Abends mit tiefen Falten auf der Stirn. »›Wenngleich es in Wirklichkeit die Unwissenheit preist. Seine Grundsätze bestehen ganz aus Ton, und wenn Ton aushärtet, wird er zu einem Dogma.‹«

Sie sah Lyrna über den Rand des Bandes hinweg an. »Mir gefällt dieses Buch nicht.«

»Wirklich? Ich finde es äußerst anregend.«

Morgens brachte Davoka ihr bei, mit dem Wurfmesser umzugehen, etwas, das sie auf ihrer Reise nach Norden vernachlässigt hatten. Bruder Ivern schloss sich ihnen alsbald an und suchte ein schmales Holzstück, das als Ziel diente. Manchmal warf er es hoch und schleuderte das Messer dann mit beunruhigender Schnelligkeit und Genauigkeit.

»Beim Wurfbrett war ich immer der Beste«, sagte er. »Ich habe mehr Messer gewonnen als jeder andere Novize in meinem Alter. Nur Frentis konnte es mit mir aufnehmen.«

Frentis. Diesen Namen kannte Lyrna – ihr Bruder hatte ihn oft erwähnt. »Ihr habt Bruder Frentis gekannt?«

»Wir haben im Ordenshaus derselben Gruppe angehört, Euer Hoheit.«

»Der König hält viel auf seinen Mut. Er hat gesagt, ohne Bruder Frentis wäre Untesch am ersten Tag gefallen.«

Ivern schenkte ihr ein trauriges Lächeln. »Das kann ich mir gut vorstellen. Nach der Schwertprüfung wurde er zu den Wolfsläufern geschickt und ich hierher. Zu meiner Schande muss ich gestehen, dass ich ein wenig neidisch war, weil ich dachte, er hätte mehr Glück gehabt als ich.«

Im Laufe der Zeit wusste sie immer besser mit dem Messer umzugehen, traf das Ziel immer öfter und sah ein, dass Davoka recht gehabt hatte, als sie sagte: *Dann wirfst du daneben. Und probierst es noch mal. Bis du triffst. Dann weißt du, wie es geht.*

Am letzten Morgen, als der Pass nur noch einen Tagesritt entfernt war, fiel Iverns Brett zu Boden, und das Messer steckte genau in der Mitte. Da konnte sie endlich sagen, dass sie wusste, wie es geht.

◆ ◆ ◆

Bei ihrer Rückkehr zum Pass wurden sie mit großer Freude und einiger Überraschung begrüßt. Die Garnison war um ein vollständiges Regiment des königlichen Heeres angewachsen, ein Regiment, dem der König befohlen hatte, in das Reich der Lonaker vorzustoßen und nach ihr zu suchen. Glücklicherweise war es erst am Tag davor eingetroffen, und die Vorbereitungen zu dieser törichten Expedition waren noch lange nicht beendet.

»Aber Ihr wurdet angegriffen, Euer Hoheit«, widersprach der Oberhauptmann des Regiments, als sie ihm erklärte, er solle sich bereitmachen, sie am nächsten Tag nach Süden zu eskortieren. »Diese Wilden haben es doch gewiss verdient, bestraft zu werden. Es wäre mir eine Ehre …«

Sie hielt die Schriftrolle hoch. »Wir haben mit den Lonakern Frieden geschlossen, Euer Lordschaft. Außerdem wärt Ihr der Einzige, der nördlich des Passes seine Strafe finden würde.«

Sie sah zu Bruder Sollis hinüber, und ihr entging nicht, wie er seine Schultern straffte, als ihm einer seiner Brüder Bericht erstattete. Er bemerkte ihren Blick und eilte herbei. »Nachrichten aus den Königslanden, Euer Hoheit. Offenbar ist auf Turmherr Al Bera ein Mordanschlag verübt worden. Er lebt, ist aber schwer verletzt worden. Zeugen geben cumbraelischen Fanatikern die Schuld.«

Lyrna unterdrückte ein Stöhnen. *Kaum ist ein Krieg zu Ende, wird zu Hause schon der nächste angezettelt.* »Was hat der König befohlen?«

»Der Kriegsherr lässt das königliche Heer aufmarschieren, um die

Fanatiker auszumerzen. Erzfürst Mustor wurde angewiesen, ihn nach Kräften zu unterstützen, aber ob seine Leute das tun werden, ist eine andere Frage.«

»Ich verstehe. Dann sollten wir nicht länger hier verweilen. Oberhauptmann, wir brechen innerhalb von einer Stunde auf.«

Der Oberhauptmann verbeugte sich und schritt, Befehle bellend, davon. Lyrna wandte sich wieder an Sollis. »Mir scheint, wir werden uns in aller Eile voneinander verabschieden müssen, Bruder. Ich weiß, dass es keine Gunst gibt, die ich Euch schenken könnte, also bleibt mir nur, mich bei Euch zu bedanken – für mein Leben und den Erfolg dieser Mission.«

»Es war … eine interessante Reise.« Er zögerte. »Es gab noch andere Neuigkeiten, Euer Hoheit. Lord Al Sorna ist in die Königslande zurückgekehrt.«

Vaelin … »Zurückgekehrt?« Sie bemerkte, dass ihre Stimme schrill geworden war, und sie hüstelte. »Wie das?«

»Der Kaiser hat ihn freigelassen, offenbar aus Dankbarkeit für irgendeine Heldentat. Die Einzelheiten sind etwas unbestimmt. Er ist vor wenigen Wochen in Varinsburg eingetroffen. Allem Anschein nach hat er den Orden verlassen. König Malcius hat ihn in die Nordlande geschickt, als neuen Herrn des Turmes.«

Die Nordlande … Ausnahmsweise hatte ihr törichter Bruder einmal die richtige Entscheidung getroffen, auch wenn sie wünschte, er hätte damit bis zu ihrer Rückkehr gewartet. »Bitte richtet Bruder Ivern meinen Dank aus«, sagte sie zu Sollis. »Und es täte mir sehr leid, dass es bei einem Kuss bleiben muss.«

»Ich glaube, das war mehr als genug, Euer Hoheit.«

»Wohin werdet Ihr gehen?«, fragte sie. »Jetzt, da hier niemand mehr ist, gegen den Ihr kämpfen könnt.«

»Ich gehe, wohin der Aspekt mich schickt, Euer Hoheit. Irgendwo herrscht immer Krieg.« Er verbeugte sich tiefer als jemals zuvor und ging davon, hinüber zu dem geduckten Turm am Südende des Passes.

Ein Feldwebel der königlichen Armee kam herbeigeeilt. Am Zügel führte er eine herrliche graue Stute. »Der Oberhauptmann möchte Euch dies zum Geschenk machen, Euer Hoheit«, sagte er. »Aus seinem eigenen Stall.«

Lyrna drehte sich um und kraulte ihrem Pony die Nase. Sie hatte es in den letzten Tagen »Leichtfuß« getauft, etwas, das Davoka gleichermaßen komisch und verwirrend fand; die Lonaker gaben Tieren, die sie in den Wintermonaten möglichweise schlachten mussten, keine Namen. »Ich habe bereits ein Reittier, Feldwebel«, sagte sie und schwang sich in den Sattel. Dabei spürte sie die ihr inzwischen wohlvertrauten Knochen des Ponyrückens. »Reiten wir?«

⋄ ⋄ ⋄

In Cardurin drängten sich jubelnde Menschen auf den Straßen. Wimpel schmückten die zahllosen Brücken zwischen den hohen Gebäuden, und die Stadtbewohner warfen Blüten auf die Straßen, durch die ihre Prinzessin kam. Als sie den Hauptplatz der Stadt erreichte, hielt der Stadtabgeordnete eine blumige, wenn auch etwas langatmige Rede, in der er sie als Friedensstifterin und Erlöserin rühmte. »Alles, was Euer Hoheit befiehlt, wird die Stadt zur Verfügung stellen«, sagte er schließlich mit einer theatralischen Verbeugung.

Lyrna rutschte, während sich erwartungsvolle Stille ausbreitete, auf Leichtfuß' Rücken hin und her. »Ein Bad, Sir«, sagte sie. »Ich würde nur zu gerne ein Bad nehmen.«

Also badete sie in einer Zimmerflucht im herrschaftlichen Haus des Abgeordneten und wählte Kleider aus, die von den besten Schneidern der Stadt stammten, während Davoka sich das alles mit mürrischer Miene anschaute. »Damit kann man nicht reiten«, sagte sie. »Oder kämpfen.«

»Ich hoffe, dass ich nie wieder reiten oder kämpfen muss«, erwiderte Lyrna. »Das da«, sagte sie zu einer Dienstmagd, deutete auf ein langes Kleid aus dunkelblauem Chiffon und streifte ihren Bademantel ab. Das Mädchen stieß ein Keuchen aus, wurde puterrot und wandte den Blick ab. *»Hat noch nie königliche Brüste gesehen«*, erklärte Lyrna der verwirrten Davoka.

Sie schlüpfte in das Kleid und betrachtete sich in dem hohen Spiegel. Es gefiel ihr, wie der Schnitt ihre Figur zur Geltung brachte, auch wenn es um die Taille herum hätte weiter sein können – die Folge zu vieler Tage im Sattel, so vermutete sie. Ihr Gesicht betrachtete sie etwas länger, denn halb erwartete sie, dass die Reise irgendwelche Spuren hinterlassen hatte – waren ihre Züge gefühlloser, verwitterter geworden? Doch sie sah dasselbe Gesicht, das sie immer gesehen hatte, mit Ausnahme … Hatte sich da etwas an ihrem Blick verändert? Wirkte er offener als früher?

»Ihr seid … s-sehr schön, Euer Hoheit«, stammelte die Dienstmagd, nachdem sie wieder so weit zu Verstand gekommen war, um ihrer Herrin zu schmeicheln.

»Vielen Dank«, erwiderte Lyrna und schenkte ihr ein strahlendes Lächeln. »Bitte leg für morgen früh das Reitkleid bereit und packe diese Sachen für mich ein.«

Sie verbrachte einige Stunden bei dem Festmahl, das der Abgeordnete ihr zu Ehren ausrichtete, ertrug mehrere Reden von Stadtoberen und hörte sich das alberne Gerede ihrer Ehefrauen an. Sie selbst las lediglich die Schriftrolle der Mahlessa vor und gab den Befehl, Kopien in sämtliche Winkel der Königslande schicken zu lassen. Die Reden und Unterhaltungen verrieten, dass diese Leute sie mehr als Siegerin denn als Friedensstifterin ansahen, als hätte sie eine große Schlacht gewonnen und nicht nur eine gefährliche Reise überstanden, an deren Ende sie mit einem Stück Pergament zurückgekehrt war. Während sie die lachenden und zunehmend betrunkenen Gesichter um sich herum betrachtete, stellte sie fest, dass ihr die Worte der Mahlessa nicht mehr aus dem Kopf gingen. *Sie kommen, Königin, sie kommen und werden alles niederreißen … Deine Welt und meine.*

Mit einem Seufzer griff sie nach ihrem Weinbecher. *Jetzt habe ich den Beweis. Aber was mache ich nun damit?*

◆ ◆ ◆

Am nächsten Morgen ritten sie weiter, und das, obwohl der Abgeordnete sie wortreich angefleht hatte, noch länger zu bleiben. »Euer Hoheit, Ihr seid eine Bereicherung für unsere Stadt!«, rief er aus. Nach den Geschenken, die er ihr hatte aufdrängen wollen, und dem Ausmaß der fortdauernden Feierlichkeiten zu urteilen, hielt es Lyrna für wahrscheinlicher, dass die Stadt sich in den Bankrott stürzen würde, wenn sie noch einen Tag hierbliebe. Eine Sache nahm sie jedoch an – eine Abschrift des Vertrags auf feinstem Velin und mit einem Bild illuminiert, das zeigte, wie sie gerade, mit der Schriftrolle in der Hand, auf Leichtfuß in die Stadt einritt. Offenbar hatte die Schreibergilde die ganze Nacht daran gearbeitet, und die Tinte war kaum trocken.

Sie befanden sich zwei Tage südlich von Cardurin, als einer der Späher mit der Botschaft herangaloppiert kam, die sie befürchtet hatte. »Erzfürst Darnel kommt, um Euch zu begrüßen, Euer Hoheit.«

»Ein Feind, Königin?«, fragte Davoka, als sie sah, wie Lyrna sich plötzlich anspannte.

»Erinnerst du dich noch an den Mann, von dem ich dir erzählt habe?«

Davoka nickte, während am Horizont eine Reihe von Reitern erschien. *»Er kommt?«*

»Nein, sein größter Feind.«

Erzfürst Darnel hatte in den Jahren, seit sie einander bei der Krönung ihres Bruders das letzte Mal – glücklicherweise nur sehr kurz – begegnet waren, nichts von seinem guten Aussehen verloren. Obwohl ohne Helm, trug er eine Rüstung, die mit blauen Emailleintarsien geschmückt war. Er ritt, jeder Zoll der hochherrschaftliche Ritter, auf einem pechschwarzen Hengst, und das lange dunkle Haar rahmte sein feinknochiges Gesicht ein und fiel ihm über den Rücken. *Der Adelsstand ist eine Lüge,* hatte ihr Vater ihr einmal erklärt. *Alle tun so, als gäbe es für seine Existenz andere Gründe als Geld und Tapferkeit im Kampf. Jeder Tölpel kann einen Edelmann spielen, und wie du bald herausfinden wirst, sind es größtenteils Tölpel, die sich daran versuchen.*

»Prinzessin!«, rief Lord Darnel aus, zügelte sein Pferd, stieg ab und sank auf ein Knie. Hinter ihm tat sein Gefolge, das aus mehr als fünfzig Rittern bestand, es ihm nach. »Ich heiße Euch in Renfael willkommen. Verzeiht mir, dass ich das nicht standesgemäß tun kann, aber ich habe erst gestern von Eurer Ankunft erfahren.«

»Erzfürst«, erwiderte Lyrna und deutete auf Davoka. »Darf ich vorstellen, Lady … Lady Davoka, Botschafterin des Lonakischen Reiches.«

Darnel erhob sich, kniff die Augen zusammen und betrachtete die Lonakerin mit kaum verhüllter Abscheu. »Es ist also wahr? Die Wilden haben sich endlich unterworfen?«

Lyrna sah, wie sich Davokas Hand um den Schaft ihres Speers schloss, und war stark versucht, ihr zu erlauben, ihrem Zorn freien Lauf zu lassen. Es war nur zu bekannt, was Darnel getan hatte, während Marbellis gefallen war, und nichts davon war schmeichelhaft.

»Niemand hat sich unterworfen«, erwiderte Lyrna. »Wir haben gemeinsam Frieden geschlossen. Das ist alles.«

»Wie schade. Es war mir immer ein solches Vergnügen, Jagd auf sie zu machen. Der erste Mann, den ich getötet habe, war ein Lonaker. Wenn man dergleichen denn einen Mann nennen kann.«

»Ich kann dir nicht erlauben, ihn zu töten«, sagte Lyrna zu Davoka, deren Speer sich langsam senkte.

»Ihr habt Ihre Sprache gelernt?«, fragte Darnel mit einem Lachen. »Wie klug Ihr doch seid für eine so schöne …«

»Wolltet Ihr sonst noch etwas von mir, Euer Lordschaft?«, fiel ihm Lyrna ins Wort. »Wir haben noch viele Meilen vor uns, und der König erwartet mich.«

»Wenn wir einen Moment alleine reden könnten? Da wäre noch etwas Wichtiges …«

Sie war versucht abzulehnen, aber vor so vielen Soldaten und Rittern wollte sie nicht allzu unhöflich erscheinen. »Also gut.« Sie stieg ab und flüsterte Davoka auf Lonakisch zu: *»Bleib bitte in der Nähe.«*

Sie entfernten sich ein paar Schritte von den berittenen Männern, wobei sich Lyrna der vielen Augen, die auf sie gerichtet waren, nur allzu bewusst war. »In diesem Erzlehen«, begann Darnel, »gibt es jemanden, der gegen mich Ränke schmiedet, Lügen verbreitet und bei jeder Gelegenheit meine Ehre anficht. Ihr werdet mir bestimmt zustimmen, Euer Hoheit, wenn ich sage, dass Verrat an mir gleichbedeutend ist mit Verrat an der Krone.«

Lyrna vermied es, dem zuzustimmen, sondern antwortete mit einer Gegenfrage. »Und wer ist dieser Plagegeist?«

Darnel stieß den Namen voller Verachtung hervor. »Banders!«

»Baron Hughlin Banders? Der beliebteste Ritter Renfaels und einer der wenigen Hauptleute, die aus dem alpiranischen Reich zurückgekehrt sind, ohne ihre Ehre zu verlieren? Diesen Mann bezeichnet Ihr als Verräter?«

»Ich möchte mein Lehen im Namen des Königs regieren, und zwar so, wie es die Grundsätze vorschreiben, die unsere Lande zu einer Einheit zusammenschmieden.«

Wie kann jemand so viel erleben und sich so wenig verändern?, fragte sie sich. Es war immer noch da – alles, was sie dazu veranlasst hatte, die Wünsche ihres Vaters zu ignorieren, in seinem Gesicht, in seiner Haltung; die tiefsitzende Überzeugung, stets recht zu haben und jeden an Scharfsinn zu übertreffen. *Was für ein schreckliches Kind er gewesen sein muss … und noch immer ist.* »Wir leben in einem freien Land«, erwiderte sie. »Jeder kann seine Stimme erheben, ohne befürchten zu müssen, deswegen verfolgt zu werden.«

»Nicht wenn es sich um Volksverhetzung handelt. Dieser Mann *hält Hof*, Euer Hoheit. Herren und Gemeine fragen ihn um Rat, und das, obwohl er in diesem Lehen keinen Rang innehat. Im Grunde ist er ein Bettler.«

»Und Ihr wollt einen Bettler töten, Euer Lordschaft? Das ist kaum eines Ritters würdig.«

»Trotz der Lügen, die Ihr vielleicht über mich gehört habt, bin ich nicht unbarmherzig. Mir scheint es am gerechtesten, ihn ins Exil zu schicken.«

Weil Ihr Angst habt, dass sich die Gemeinen sonst gegen Euch erheben. Darnels Gerissenheit ärgerte sie; als Tölpel hatte er ihr besser gefallen.

»Und er soll all seiner Besitztümer verlustig gehen«, fügte der Erzfürst hinzu. »Um seine Angehörigen werde ich mich natürlich kümmern.«

Auf diesen letzten Worten lastete ein Gewicht, das sie aufmerken ließ. *Hier geht es nicht nur darum, an einem alten Widersacher Rache zu nehmen*, stellte sie fest. *Er will mehr.* »Ich werde Euer Anliegen dem König vortragen«, sagte sie und wandte sich ab. »Wenn sonst nichts mehr ist …«

»Nur meine unsterbliche Liebe.«

Seine Stimme klang völlig aufrichtig, was sie äußerst beunruhigend fand. Er musterte sie mit blitzenden Augen. Bisher war ihr noch nicht aufgefallen, wie tiefblau sie waren. An einem anderen Ort und in einer anderen Zeit hätte sie sich vielleicht gerne in ihnen verloren, aber jetzt wollte sie nur noch auf ihr Pony steigen und so schnell wie möglich davonreiten.

»Diese Angelegenheit ist bereits erledigt …«, begann sie mit leiser Stimme.

»Für mich nicht.« Er trat einen Schritt vor, und ihr entging nicht, dass er sich sehr zusammenreißen musste, um nicht die Hand nach ihr auszustrecken. »Es vergeht kein Tag, an dem ich mich nicht nach Euch verzehre. Habt Ihr Euch nie gefragt, warum ich nicht heirate? Warum ich mich jeden Tag aufs Neue darum bemühe, den Frieden des Königs zu wahren, auch wenn mir die Gerechtigkeit eingibt, meine Gefolgsleute um mich zu versammeln und Banders' Festung niederzubrennen? Zusammen mit ihm und allen anderen Halunken in diesem Lehen. Für Euch, Lyrna. Damit Ihr mich seht …«

»Ich habe Euch gesehen«, sagte sie in scharfem Tonfall. »Und das hat mir genügt.«

Er biss die Zähne zusammen und erwiderte mit dünner Stimme, der das Bedauern anzuhören war: »Ist das Euer letztes Wort?«

»Mein letztes Wort, was Euch betrifft, hat mein Vater vor acht Jahren gesprochen, und ich sehe keinen Grund, daran etwas zu ändern.«

Als er den Kopf hob, spiegelten sich noch immer Aufrichtigkeit und Zuneigung in seiner Miene, allerdings von Zorn getrübt. »Wenn Euer Bruder in Untesch gefallen wäre, dann wärt Ihr jetzt Königin. Es muss Euch sehr getroffen haben, dass er sicher nach Hause zurückgekehrt ist.«

»Seid versichert – wenn mein Bruder gestorben wäre, wärt Ihr in Ketten gelegt und mit dem ersten Schiff in die Königslande zurückgebracht worden, um für Eure Verbrechen Rechenschaft abzulegen.«

»Verbrechen?« Er stieß ein rauhes Lachen aus. »Ihr sprecht von Verbrechen, als wäre der Krieg ein Spiel und als gäbe es bei einem solchen Gemetzel Regeln. Als hätten diese Regeln für uns jemals eine Bedeutung gehabt, Lyrna! Ich *sehe* Euch.« Er trat einen weiteren Schritt vor, die dunklen Augen forschend auf sie gerichtet. »Ich sehe Euch – das Gesicht, das Ihr vor dem Hof und vor dem gemeinen Pöbel verbergt. Aber ich sehe es, denn ich sehe es in mir, und ich sehe alles, was wir sein könnten. Würden wir heiraten, läge uns nach einem Jahrzehnt die ganze Welt zu Füßen.«

»Wann ist das geschehen?«

Er runzelte die Stirn. »Euer Hoheit?«

»Wann hat Größenwahn bloße Grausamkeit verdrängt?«

Seine Gesichtszüge erstarrten, als hätte sie ihn geschlagen, und maßloser Zorn bemächtigte sich seines ganzen Körpers. Davokas Pony schnaubte laut – sie trieb es näher heran und hob kaum merklich den Speer.

»Ich glaube«, krächzte der Erzfürst, »Al Sorna ist in die Königslande zurückgekehrt und steht nicht länger unter dem Schutz des sechsten Ordens. Eine Herausforderung kann ausgesprochen und angenommen werden. Sagt mir – soll ich Euch lieber seinen Kopf oder sein Herz bringen?«

»Ich hoffe inständig, Euer Lordschaft, dass Ihr eine solche Herausforderung aussprecht. Dann werde ich sehen, was von Euch übrigbleibt. Vielleicht schicke ich Euren Leichnam nach Marbellis, als symbolische Wiedergutmachung.«

Einen Moment stand er völlig regungslos da – nur sein Gesicht zitterte ganz leicht. Schließlich fand er seine Selbstbeherrschung wieder und fauchte: »Euer Hoheit, mir wäre sehr daran gelegen, wenn Ihr Euch noch lange an die Worte erinnert, die Ihr heute zu mir gesagt habt. Noch sehr, sehr lange.«

»Dann tut es mir leid, Euch sagen zu müssen, Euer Lordschaft, dass ich sie vergessen werde, sobald Ihr mir aus den Augen gegangen seid. Ein Gefallen, den Ihr mir hoffentlich bald tun werdet.«

Er konnte sich weigern, denn sie verfügte nicht über die Macht, ihm etwas zu befehlen. Sie konnte nur äußern, was sie von ihm erwartete. Normalerweise war das genug, aber reichte es auch bei diesem größenwahnsinnigen Recken?

Er schloss die Augen, atmete tief durch und flüsterte: »Die Ahnen mögen meine Zeugen sein, ich habe es versucht.« Als er die Augen öffnete, lag kein Zorn mehr in ihnen und auch keine Grausamkeit, sondern nur stummes Dulden.

Er verbeugte sich, tief und in jeder Hinsicht korrekt, drehte sich um, marschierte zu seinem Pferd, stieg auf und ritt ohne ein weiteres Wort davon.

»Lasst mich ihm folgen«, sagte Davoka, während Darnel und seine Ritter einen Hügelkamm hinaufritten und dahinter verschwanden.

»Noch heute Nacht ist es vorbei. Sein Herz wird stehenbleiben, während er schläft. Niemand wird nach einem Schuldigen suchen.«

»*Nein*«, sagte Lyrna und ging zu Leichtfuß zurück.

»Lerhnah, ich kenne Männer wie ihn. Ich habe genug von ihnen getötet. Er wird nicht ablassen, bevor er dein Blut gekostet hat.«

Lyrna bestieg das Pony, blickte Davoka in die Augen und schüttelte den Kopf. Die Lonakerin knirschte mit den Zähnen, aber sagte nichts mehr.

»Oberhauptmann«, rief Lyrna, und Al Smolen kam rasch zu ihr herübergeritten und salutierte zackig. »Wir schlagen einen anderen Weg ein, Euer Lordschaft. Unser Ziel ist die Festung von Haus Banders.«

Siebtes Kapitel

Reva

Als Erstes sahen sie die Türme der Kathedrale – sie ragten bereits über den Hügelkamm, noch während sie ihre Pferde den Hang hinaufführten. »Bei den Ahnen!«, hauchte Arken, als sie oben angekommen waren, und betrachtete das beeindruckende Bauwerk. Die beiden Türme erhoben sich wie Zwillingspfeile über die Stadt. »Wie hoch sind die?«

Reva antwortete, indem sie den Priester zitierte. »Hoch genug, um der Herrlichkeit des Weltvaters gleichzukommen.«

Alltor gehörte zu den Orten, die sie noch nie besucht hatte, doch der Priester hatte ihr viel von der Stadt erzählt, die nach dem ersten und größten Propheten des Weltvaters benannt war. *Eine ganze Stadt, die zu Ehren des Weltvaters erbaut wurde, ein Wunder aus Marmor und Schönheit, das sämtliche Holzhütten der Asraeler in den Schatten stellt.* Während sie den Blick über die Ansammlung von Gebäuden schweifen ließ, die vor ihr lag, konnte sie den Verdacht nicht unterdrücken, dass der Priester dies geäußert hatte, weil er davon ausgegangen war, dass sie die Stadt nie zu Gesicht bekommen würde. Alltor war kleiner als Varinsburg und auf eine Insel beschränkt, die in der Mitte des Kalteisenflusses lag und von einer Mauer umgeben war. Allerdings wehte von dort, zumindest auf diese Entfernung, kein so übler Gestank herüber wie in Varinsburg. Aber ein Wunder konnte sie darin nicht erkennen, nur ein Gewirr von Häusern unter einem dichten Rauchschleier aus Tausenden von Schornsteinen. Lediglich die Kathedrale kam der Vision nahe, die der Priester vor ihrem geistigen Auge heraufbeschworen hatte, und selbst diese war ein rußgeschwärzter Abglanz dessen, was sie sich vorgestellt hatte – an den Marmortürmen waren die Jahrhunderte nicht spurlos vorbeigegangen.

»Hast du Familie hier?«, wollte Arken wissen. In den letzten Tagen waren seine Fragen immer häufiger und lästiger geworden, aber sie musste feststellen, dass sie ihn nicht anlügen konnte. Ihre Antworten waren kurz, entsprachen jedoch stets der Wahrheit.

»Ja.« Sie stieg von Schnauber ab und machte sich auf den Weg hinunter in die Stadt. »Einen Onkel.«

»Werden wir bei ihm wohnen?« Seine Stimme klang hoffnungsvoll. Sie hatten jede Nacht im Freien geschlafen, und unter einem abenteuerlichen Leben hatte er sich offenbar etwas anderes vorgestellt. Die Aussicht auf ein warmes Zimmer war ihm gewiss äußerst willkommen.

»Ich hoffe nicht«, erwiderte sie. »Ich bezweifle, dass er sich freuen würde, mich zu sehen.«

Es war Markttag, und die Wachen am Tor waren so sehr damit beschäftigt, von den Straßenhändlern Abgaben einzutreiben, dass sie sich nicht um sie kümmerten. Reva hatte ihre Waffen unter einer Decke versteckt, die Schnauber auf den Rücken geschnallt war, und Arken hatte sich sein Messer unter das Hemd geschoben. Unbehelligt ritten sie durchs Tor, und bald befanden sie sich mitten im dichtesten Marktgedränge. Nachdem sie eine halbe Ewigkeit herumgeirrt waren, entdeckten sie schließlich einen Gasthof mit einem Stall. Schnauber und Arkens gedrungenes Pferd, das er aufgrund seines nicht eben bequemen Rückens Steinbuckel getauft hatte, wurden der Obhut des Stallburschen überlassen, während Reva fünf Kupfermünzen für ein Zimmer bezahlte, das sie sich mit ihrem Bruder teilen würde.

»Bruder, was?«, sagte der Gastwirt mit einem anzüglichen Grinsen. »Er sieht dir gar nicht ähnlich.«

»Du wirst dir auch nicht mehr ähnlich sehen, wenn ich ihn dir auf den Hals hetze«, erwiderte Reva. »Wie kommen wir von hier zum Sitz des Erzfürsten?«

Den Wirt schien die Drohung nicht weiter zu erschüttern, denn er kicherte nur leise. »Wenn ihr in Richtung der Türme geht, könnt ihr ihn nicht verfehlen. Er befindet sich direkt gegenüber der Kathedrale. Amtstag ist allerdings erst wieder zu Feldrian.«

»Wir werden warten.«

Sein Grinsen wurde breiter. »Dann bekomme ich noch eine Vorauszahlung in Höhe von zwei Tagen.«

Reva ließ die Waffen bei Arken im Zimmer zurück und ermahnte ihn, die Tür nicht zu weit aufzumachen, nur für den Fall, dass der Gastwirt hier oben herumschnüffelte. Dann machte sie sich auf die Suche nach dem Haus des Erzfürsten. Die Türme der Kathedrale ragten immer höher vor ihr auf, je näher sie ihr kam, und sie kam aus dem Staunen nicht mehr heraus. Schließlich mündete die Straße in einen großen, zentral gelegenen Platz, der von einem Ende zum anderen mit Granit gepflastert war. Tauben schwärmten beständig darüber hinweg. Zu ihrer Linken erhob sich die Kathedrale, das höchste Gebäude, das sie je gesehen hatte – so hoch, dass sie befürchtete, es könnte jeden Moment umfallen. An der gegenüberliegenden Seite des Platzes stand ein großes, dreistöckiges Haus mit zahlreichen Fenstern, das von einer zehn Fuß hohen Mauer umgeben war. Wachmänner gingen davor paarweise Streife, und am Haupttor stand ein Trupp von fünf Mann. Auf dem Dach zählte Reva vier Bogenschützen. Ganz offensichtlich achtete ihr Onkel sehr auf seine Sicherheit.

Sie ging mehrere Male um das Anwesen herum, wobei sie sich so weit wie möglich im Schatten hielt. Auf der Rückseite des Daches befanden sich weitere vier Schützen, und am rückwärtigen Tor standen vier Wachleute. Die Mauern waren in einem hervorragenden Zustand, und zwischen ihnen und der nächstgelegenen Deckung war ein Abstand von gut zwanzig Metern.

Die Soldaten waren äußerst wachsam und wechselten alle zwei Stunden. Auf dem Gelände gab es bestimmt einen Abflusskanal, der von der Kanalisation aus zugänglich war, aber sie vermutete stark, dass dieser ebenfalls bewacht sein würde.

Da komme ich nicht rein, schloss sie und hockte sich mit einem Apfel, den sie bei einem Straßenhändler gekauft hatte, auf die Stufen der Kathedrale.

»Bist du hier, um ein Gesuch zu stellen?«, fragte er, als sie hineinbiss. »Siehst nicht so aus, als kämst du aus der Stadt, so wie du alles anstarrst.«

»Meine Stiefmutter hat den Hof für sich beansprucht, als mein Papa gestorben ist«, erwiderte sie und kaute. »Die Schlampe will mir und meinem Bruder nichts von unserem Anteil geben.«

»Möge der Weltvater uns vor habgierigen Frauen bewahren«, sagte der Straßenhändler. »Einen guten Rat – wende dich nicht an den Herrn, sondern an die Hure.«

»Die Hure?«

»Ja, zur Zeit hat er nur eine. Eine Asraelerin, ausgerechnet, und es heißt, sie wäre eine faire Richterin, auch wenn sie eine Hure und eine Ketzerin ist.«

Reva schenkte ihm ein Lächeln. »Meinen Dank, alter Knabe.«

»So alt bin ich gar nicht«, erwiderte er mit gespielter Entrüstung. »Vor gar nicht so langer Zeit wärst du froh gewesen, wenn ich mich nach dir umgedreht hätte.« Seine fröhliche Miene verschwand, als er etwas erblickte, das sich hinter ihr abspielte. »Ist es schon wieder so weit«, sagte er, trat einen Schritt von seinem Wagen zurück und sank auf ein Knie.

Reva drehte sich um und sah, wie eine Prozession von Norden auf den Platz zog. Überall knieten die Leute nieder. An der Spitze schritt ein junger Mann im Priestergewand, in der Hand einen Stab mit einem Seidenbanner, auf dem die Flamme des Weltvaters prangte. Ihm folgten, Seite an Seite, fünf Männer in dunkelgrünen Gewändern, wie sie nur Bischöfe tragen dürfen; alle hielten Bücher in den Händen. Den Abschluss bildete ein alter Mann in einem einfachen weißen Gewand, den Blick starr geradeaus gerichtet; ihn umgab eine Aura stiller Würde, der die Rundung des Bauches, die sich unter dem Gewand abzeichnete, nur wenig abträglich war.

»Auf die Knie, Mädchen!«, zischte der Obstverkäufer. »Willst du ausgepeitscht werden?«

Der Vorleser. Reva kniete nieder und schaute zu, wie die Prozession nur wenige Meter von ihr entfernt die Stufen emporstieg. Der Priester hatte nie einen Zweifel daran gelassen, wer dem Schwert ihres Vaters als Erstes zum Opfer fallen sollte. *Der korrupte Anführer einer korrupten*

Kirche. Ein fast so abscheulicher Verräter am Weltvater wie der Säufer in dem Anwesen gegenüber.

Sie beobachte, wie der Mann in dem weißen Gewand seine Rockschöße anhob und die Stufen hinaufstieg. Von der leicht hakenförmigen Nase abgesehen war sein Gesicht unscheinbar. Falten verrieten sein hohes Alter, aber seine Augen funkelten weder besonders finster noch besonders freundlich. Die Kirche behauptete, der Vorleser höre jedes Mal, wenn er aus den Zehn Büchern vorlese, die Stimme des Weltvaters. Eine absurde Vorstellung, hatte der Weltvater doch bereits verfügt, dass es jetzt elf Bücher geben sollte. Dieser alte Mann mit seinem Bauch und seinen Speichelleckern war ein Ketzer der schlimmsten Sorte, denn er stellte sich taub gegenüber der Stimme des Weltvaters, weil er befürchtete, er könnte die Macht über die Kirche verlieren.

Eins nach dem anderen, dachte Reva, als die Prozession im Inneren der Kathedrale verschwand, und wandte sich wieder dem herrschaftlichen Anwesen zu. *Da komme ich nicht rein … außer am Amtstag.*

◆ ◆ ◆

Während der nächsten beiden Tage machte sie sich mit den Straßen der Stadt vertraut und sammelte so viele Informationen wie möglich über das Innere des Herrenhauses.

»Er sitzt auf einem Podium im Hauptsaal auf einem Stuhl«, erklärte der Gastwirt. »Die Leute kommen rein, tragen ihr Anliegen vor, alles wird niedergeschrieben, und eine Woche später fällt er sein Urteil – oder vielmehr das Urteil, das ihm die Hure einflüstert.«

»Sind die Leute nicht wütend?«, fragte sie, darauf bedacht, nicht mehr als neugierig zu klingen. »Dass das Lehen von einer asraelischen Dirne regiert wird?«

Er kicherte, was er, wie ihr aufgefallen war, häufig tat. »Diese Gefahr besteht durchaus. Aber sie macht das wirklich gut. Die Straßen sind sauber, der Handel floriert, die Banditen sind unter Kontrolle, und das weit mehr als in den anderen Lehen, was man so hört. Unter der Herrschaft seines Vaters war das nicht so, glaubt mir.« Wie sie erfuhr, stellten sich die Bittsteller morgens in einer Reihe vor dem Haupttor auf, und um zehn Uhr nahmen die Verfahren ihren Lauf, wenn es der Erzfürst auch oft an Pünktlichkeit fehlen ließ. Bittsteller wurden bis sechs Uhr nachmittags angehört, und ihre Reihenfolge wurde durch das Los bestimmt. Es war Tradition, dass der Erzfürst für die Bittsteller um die Mittagszeit eine Mahlzeit anrichten ließ. »Ein Festgelage ist das nicht«, erklärte ihr der Straßenhändler. »Aber es gibt ordentlich zu essen, und sämtliche Diener des Herrenhauses haben dabei gut zu tun.«

Diener ... die alle wild durcheinanderrennen, Pagen und Dienstmädchen.

An jenem Abend setzte sie sich zusammen mit Arken auf die Stufen der Kathedrale und wartete darauf, dass vor dem Tor des Anwesens ein Wagen eintraf.

»Das, hinter dem du her bist, ist da drin?«, fragte er mit zweifelnder Stimme.

»Ich glaube schon.«

»Und du wirst es stehlen?«

»Man kann nichts stehlen, was einem von Rechts wegen gehört ... Aber ja. Ist das ein Problem?«

»Dem Erzfürsten etwas stehlen ...« Er zog eine Grimasse und schüttelte den Kopf. »Wenn sie uns erwischen, töten sie uns.«

»Nein, sie töten mich. Du kommst nicht mit.« Als er ihr widersprechen wollte, hob sie die Hand. »Du musst sicherstellen, dass wir fliehen können. Du wartest mit den Pferden am Stadttor.«

»Und wenn du nicht kommst?«

»Dann reitest du davon. Und zwar schnell.«

»Ich kann doch nicht ...«

»Das hier ist keine Geschichte, und es ist auch kein Lied. Und du bist kein edler Krieger, der mir zu Hilfe eilt. Du hast recht – wenn ich erwischt werde, bin ich tot. Aber dann spielt es auch keine Rolle, ob du auf mich wartest. Dann nimmst du die Pferde und das Geld und haust ab.«

Ihr Blick schweifte wieder zum Herrenhaus hinüber, wo gerade ein Wagen eintraf, der mit Wein und anderen Köstlichkeiten beladen war. Die Wachen öffneten das Tor, und eine Dienerschar – zumeist Männer, aber auch ein paar Frauen – kam herausgeeilt und lud alles aus. Reva beobachtete sie aufmerksam und konzentrierte sich vor allem auf ihre Kleidung. *Ein hellblaues Tuch, um die Haare zurückzubinden, ein schwarzer Rock, eine weiße Bluse.*

»Wo soll ich denn dann hingehen?«, fragte Arken und klang dabei sehr jung.

Sie schaute zu, wie die Diener wieder in dem Herrenhaus verschwanden. »In die Nordlande«, sagte sie. »Wenn du den Herrn des Turmes aufsuchst und meinen Namen erwähnst, wird er bestimmt einen Platz für dich finden.«

Seine Stimme war leise, als er weitersprach, und klang geradezu ehrfürchtig. »Du kennst Lord Al Sorna?«

Sie stand auf und wischte sich den Staub von der Hose. »Natürlich. Ich war seine Schwester.«

◆ ◆ ◆

Sie kaufte eine einfache weiße Bluse, ein blaues Kopftuch und zwei Röcke, der eine schwarz, der andere grün. Den Abend vor dem Amtstag brachte sie damit zu, beide zusammenzunähen, grün außen, schwarz innen. Sie hatte gesehen, wie gründlich die Wachen alle Gäste durchsuchten, also verwarf sie den Gedanken, unter ihrem Rock eine Waffe zu verstecken. Nötigenfalls würde sie die Küche aufsuchen, in der es bestimmt genug Messer gab.

Am nächsten Morgen trat sie vor das Haupttor des Anwesens, in der Hand eine Schriftrolle mit der erfundenen Anklage gegen ihre Stiefmutter. Sie war ein wenig verwirrt, denn als sie sich von Arken verabschieden wollte, hatte er sich vorgebeugt, um ihr einen Kuss auf die Wange zu drücken. Sie war ihm ausgewichen, und er hatte sich sichtlich gekränkt abgewandt.

»Denk daran – warte nicht länger als eine Stunde, nachdem das Stadttor geöffnet wurde«, sagte sie. »Wenn ich dann noch nicht da bin …«

»Ich weiß«, sagte er mit finsterer Miene.

Sie hoffte, dass er sich mit einem Händedruck zufriedengeben würde, und machte sich auf dem Weg zum Herrenhaus. Obwohl sie früh dort eintraf, hatte sich bereits eine Schlange von über einem Dutzend Menschen gebildet, und bis das Tor geöffnet wurde, war diese Zahl auf weit über zweihundert angewachsen. Ein Wachmann kam heraus und ging die Schlange entlang, in der Hand einen offenen Sack, in den jeder Bittsteller hineingreifen musste. Reva wartete, bis sie an der Reihe war, und zog einen schmalen Holzstift heraus.

»Sechs!«, rief die alte Frau hinter ihr, als sie das Symbol sah, das in Revas Holzstift eingeritzt war. Die Frau selbst hatte die neunundfünfzig gezogen. »Ich werde den ganzen verdammten Tag hier sein, dabei tragen mich meine alten Beine kaum noch.«

Reva fand, dass die Frau noch recht kräftig aussah, setzte aber trotzdem eine mitfühlende Miene auf. »Keine Sorge, Großmütterchen, wir können ja tauschen. Hier!« Sie hielt ihr den Holzstift hin.

Die Frau musterte sie argwöhnisch. »Wie viel?«

»Der Weltvater liebt die Großzügigen«, erwiderte Reva und lächelte breit.

»Oh.« Die Frau blickte zur Kathedrale hinüber und hielt ihren eigenen Holzstift hin. »Na dann.«

Hinter ihnen wurden, als der letzte Holzstift verteilt war, unzufriedene Stimmen laut. »Nicht mein Problem«, rief der Wachmann mit dem Sack über die Schulter hinweg, während er die Schlange entlang zurückstapfte. »Kommt nächsten Monat wieder.«

Bald wurden sie durch das Tor geführt und einzeln auf Waffen durchsucht, bevor ihnen erlaubt wurde, das dahinterliegende Gelände zu betreten, eine bizarre Mischung aus kunstvoll zurechtgestutzten Hecken und Obstbäumen. Schließlich gelangten sie in das eigentliche Amtsgebäude. Die Bittsteller wurden aufgefordert, sich im Hauptsaal zu versammeln, der am Ende eines kurzen Korridors lag. Die Türen, die davon abgingen, machten den Eindruck, als würden sie seit Jahren nicht mehr benutzt. Im Saal standen Soldaten vor einem erhöhten Podium Spalier, auf dem ein leerer Stuhl wartete. Nachdem alle einhundert Bittsteller hereingeführt worden waren, hielt ein Wachmann die Hand hoch, und das Murmeln verstummte.

»Verneigt Euch vor dem Erzfürsten Sentes Mustor, dem allertreuesten Diener der Vereinigten Königslande und im Namen des Königs Regent über das Lehen Cumbrael.« Reva hatte sich einen Platz weiter hinten im Saal gesucht, sodass sie den Mann, der durch einen Nebeneingang hereinkam, nur teilweise sehen konnte. Er war von durchschnittlicher Größe, etwas über fünfzig Jahre alt und vornehm gekleidet. Seine Haare jedoch waren lang und zerzaust, und er ging leicht gebückt. Nachdem er sich hingesetzt hatte, wandte er den Anwesenden das Gesicht zu, ein Gesicht, das Reva nur wenig erbaulich fand: eingefallene Wangen, fahle, unrasierte Haut und sogar für einen Säufer unnatürlich rote Augen. Sie hätte erwartet, ihre eigenen Züge zumindest andeutungsweise darin wiederzuerkennen, aber da war nichts, und sie fragte sich, ob sie nicht doch eher nach ihrer Mutter kam denn nach ihrem Vater.

Der Wachmann klopfte mit seiner Hellebarde auf den Boden und sprach erneut. »Ich bitte um Stille für Lady Veliss, ehrenvolle Ratgeberin seiner Lordschaft von Cumbrael.«

Die Frau, die auf das Podium stieg, trug einen schlichten Rock und eine einfache Bluse, nicht unähnlich der Tracht, die Reva am Tag zuvor an den Dienstmägden so aufmerksam beobachtet hatte. Einzig das Blausteinamulett, das sie an einer goldenen Kette um den Hals trug, zeichnete sie aus und trug nicht wenig dazu bei, den Blick auf ihren üppigen Busen zu lenken. Ihr Haar, mit einem blauen Band zu einem einfachen Pferdeschwanz nach hinten gebunden, war dunkelbraun, und ihre anmutigen Züge – volle Lippen und runde Wangen – waren frei von jeglicher Schminke.

»Dreckige Hure«, murmelte eine Männerstimme nicht weit von Reva entfernt, allerdings nicht so laut, dass die Wachen es hören konnten.

Lady Veliss lächelte und breitete die Arme aus. Ihre Aussprache war präzise, aber ihr starker asraelischer Akzent strafte ihren vornehmen Titel Lügen. »Im Namen von Lord Mustor heiße ich Euch willkommen. Bitte seid versichert, dass Ihr heute alle zu Wort kommt. Jedes Urteil wird wohlerwogen sein, bevor es gefällt wird. Geduld, so will es der Weltvater, gehört zu den größten Tugenden.« Sie lächelte erneut, wobei sie ihre makellosen Zähne entblößte.

»Als würde der Weltvater dich auch nur eines Blickes würdigen«, murmelte die Männerstimme.

»Lasst uns beginnen«, fuhr Veliss fort. »Nummer eins. Bitte tretet vor und nennt Euren Namen, Euren Herkunftsort und Euer Anliegen.«

Der erste Bittsteller war ein alter Mann, der sich im Auftrag seines Dorfes über die jüngsten Pachterhöhungen beschwerte. Die Schuld daran gab er dem Grundherrn, der, so behauptete er, seinen Sohn allzu sehr verwöhne. »Kauft ihm jeden Monat ein neues Pferd, Euer Lordschaft. Es ist nicht richtig, dass die Leute hungern, während ein Junge von gerade zwölf Jahren auf einem brandneuen Hengst herumreitet.«

»Der Name Eures Grundherrn?«, wollte Veliss wissen.

»Lord Javen, edle Dame.«

»Ah. Hat Lord Javen nicht an der Grünwasserfurt seinen ältesten Jungen verloren?«

Der alte Mann nickte steif. »Das trifft auf das halbe Dorf zu, edle Dame. Und die Burschen haben ihr Leben nicht an der Furt gelassen, sondern wurden hinterher abgeschlachtet, nachdem ihnen eine ehrenvolle Behandlung versprochen worden war und sie kapituliert hatten.«

Veliss biss die Zähne zusammen, denn an der Grünwasserfurt waren schließlich Asraeler für das Massaker verantwortlich gewesen. »Da habt Ihr recht.« Sie blickte zu den beiden Schreibern hinüber, die neben dem Podium an einem Tisch saßen; einer von ihnen sah auf und nickte. »Euer Gesuch ist festgehalten worden«, erklärte Veliss dem alten Mann. »Und wird mit der nötigen Eile geprüft werden.«

Und so ging es weiter, eine Beschwerde nach der anderen, und alle erzählten sie dieselben Leidensgeschichten von zu hoher Pacht, von ungerechter Enterbung oder von Landraub. Ein junges Mädchen bat um ein Almosen, weil es seinem Großvater ein Holzbein kaufen wollte; sein echtes Bein hatte er im Dienst des Vorfahren des Erzfürsten verloren. »Ich glaube, das können wir hier und jetzt entscheiden«, sagte Veliss und bedeutete einem Diener mit einem Beutel vorzutreten. Sie gab dem Mädchen doppelt so viele Münzen, wie es erfleht hatte, und die Menge ließ ein zustimmendes Murmeln hören. *Diese Frau ist keine Närrin,* dachte Reva im Stillen. *Onkel Sentes hat sich die richtige Hure ausgesucht.*

Der letzte Bittsteller des Vormittags erwies sich als der interessanteste – ein Mann in mittleren Jahren, der etwas kleiner war als die meisten, aber beeindruckend muskulös und, trotz seines Alters, ohne jeden Bauchansatz. Unter seinem Hemd zeichneten sich straffe Armmuskeln ab. *Ein Bogenschütze,* überlegte Reva, während der Mann sich verneigte und sein Anliegen vorbrachte. »Bren Antesch, aus Zährensund. Ich bitte um die Erlaubnis, eine Kompanie Bogenschützen zu bilden.«

Zum ersten Mal regte sich der Erzfürst auf seinem Stuhl – als er den Namen des Mannes hörte, wurden seine Augen schmal. »In Linesch gab es einen Hauptmann Antesch«, sagte er mit rauher Stimme.

Der Bogenschütze nickte. »Das ist wahr, Euer Lordschaft.«

»Es heißt, er habe der Dunkelklinge das Leben gerettet«, fuhr ihr Onkel fort. Ein Raunen lief durch die Menge. »Ist das möglich?«

Auf Anteschs Lippen zeigte sich die Andeutung eines Lächelns. »Diesen Namen verwende ich nicht, Euer Lordschaft. Es gibt keine Dunkelklinge – das ist eine Geschichte für Kinder.«

Das allgemeine Murmeln bekam einen zornigen Beiklang. »Ketzerei! In den Büchern steht …« Die Stimmen verstummten, als einer der Wachmänner mit seiner Hellebarde auf den Boden pochte.

Der Erzfürst schien von alldem nichts mitzubekommen. Er wischte sich mit der Hand über die triefenden Augen und fuhr fort: »Eine Kompanie Bogenschützen, ja? Wozu um Himmels willen?«

»Die jungen Männer im Sund werden faul, Euer Lordschaft. Sie neigen dazu, sich zu betrinken und zu zanken. Der Bogen lenkt den Blick auf ein bestimmtes Ziel und übt Körper wie Geist. Außerdem kann man sich damit sein Brot verdienen, und eine ehrenvolle Arbeit ist es noch dazu. In unseren Wäldern gibt es genügend Wild, aber nur wenige verfügen über das Geschick, Jagd darauf zu machen, außer mit der *Armbrust.*« Er verzog angewidert das Gesicht. »Ich werde die jungen Burschen im Bogenschießen unterrichten, damit sie die Tradition ihrer Väter fortführen können.«

»Zusammen mit einem monatlichen Sold, den Ihr von mir erhaltet?«, fragte der Erzfürst.

Antesch schüttelte den Kopf. »Wir wollen kein Geld, Euer Lordschaft. Bogen und Pfeile werden wir selbst anfertigen. Wir bitten nur um die Erlaubnis, eine Kompanie zu bilden und unbehelligt zu üben.«

»Und sollte ich in Kriegszeiten verlangen, dass die Kompanie mir dient?«

Antesch zögerte, und Reva sah, dass er diese Frage vorausgesehen hatte. Als er antwortete, schien eine große Bürde auf ihm zu lasten. »Wir harren Eurer Befehle, Euer Lordschaft.«

Der Blick des Erzfürsten schweifte in die Ferne – offenbar suchten ihn Erinnerungen heim. »Als Junge war ich gut mit dem Bogen, besser sogar als mein Bruder. Kaum zu glauben, dass ich ihm bei irgendetwas überlegen war, ich weiß. Hätte mich … das Leben nicht auf einen anderen Weg geführt, wäre ich jetzt vielleicht so muskulös wie Ihr, was, Hauptmann?«

Der Bogenschütze antwortete, ohne zu zögern, wobei er geschickt jeglichen Fallstricken auswich. »Wenn Euer Lordschaft wieder zum Bogen greifen wollt, wäre es mir eine Ehre, Euch zu unterrichten.«

Mustor lachte leise. »Ein Mann, der mit Worten ebenso ins Ziel trifft wie mit Pfeilen.« Er wandte sich den Schreibern zu und hob die Stimme. »Der Erzfürst von Cumbrael gestattet hiermit den Männern von Zährensund, eine Kompanie Bogenschützen zu gründen. Zum Hauptmann erkläre ich« – er geriet ins Stocken und deutete mit einer fahrigen Bewegung auf den Bogenschützen – »Meister Antesch, und zwar für die Dauer eines Jahres. Dann werden wir sehen.«

Der Bogenschütze verneigte sich. »Meinen Dank, Euer Lordschaft.«

Der Erzfürst nickte, erhob sich und sah Lady Veliss erwartungsvoll an. »Essen wir?«

◆ ◆ ◆

Diener brachten Tische und Bänke in den Saal, die bald mit Brot, Huhn, Käse und dampfenden Suppenschüsseln beladen waren. Wie der Straßenhändler gesagt hatte, war die Kost einfach, aber herzhaft, und die Bittsteller fielen mit Eifer darüber her. Der Erzfürst und Lady Veliss zogen sich zurück, um für sich zu speisen, und Reva fand sich neben der kräftigen alten Frau aus der Schlange wieder. Ihr Anliegen war bereits gehört worden – sie behauptete, ihre ehemalige Dienstherrin würde ihr Lohn schulden –, doch wegen des Essens war sie noch geblieben.

»Zehn Jahre lang habe ich für diese undankbare Schlampe Kleider genäht«, erzählte sie mit vollem Mund. »Die Finger hab ich mir wundgeschuftet. Und eines Tages sagt sie, dass sie genug von meiner giftigen Zunge hat, und jagt mich aus dem Haus. Nun, die Dirne des Herrn wird sich um sie kümmern.«

Während die Frau weiterschimpfte, nickte Reva höflich, aß eine kleine Portion von dem Essen und beobachtete, wie die Diener kamen und gingen, zumeist durch eine große Tür in der Ostwand. Dabei wirkten sie äußerst tüchtig und bewegten sich zielstrebig und ohne große Worte.

Reva vermutete, dass Lady Veliss für faule Diener nur wenig übrig hatte, was bedeutete, dass sie sehr wahrscheinlich alle kannte, wenn nicht mit Namen, dann wenigstens vom Sehen.

Sie wartete noch einen Moment, bevor sie eine Dienstmagd nach dem Abort fragte und auf eine kleinere Tür in der Westwand verwiesen wurde. Die Nischen waren leer, und so zog sie sich rasch um, indem sie den Rock umdrehte, ihr Haar zu einem Pferdeschwanz hochraffte und diesen mit dem blauen Kopftuch zusammenband. *Wenn du jemanden täuschen möchtest, bediene dich seiner Erwartungen*, hatte der Priester ihr einmal erklärt. *Die Leute hinterfragen nicht, was sie zu sehen erwarten. Nur das Ungewöhnliche zieht die Aufmerksamkeit auf sich.* In diesem Haus erwarteten die Leute von einer Dienstmagd, dass sie sich beeilte und möglichst wenig redete, und so tat sie das auch. Mit raschen Schritten verließ sie den Abort, ging zum Tisch, nahm eine Reihe leerer Teller und schritt damit zur Tür in der Ostwand. Dabei war sie froh, dass die alte Frau nicht aufblickte, als sie an ihr vorbeikam.

Sie wich den Dienern aus, die durch die Tür hereinkamen, ohne ihr irgendwelche Beachtung zu schenken, und folgte dann einem langen Korridor, der vor einer Treppe endete, die, so vermutete sie, nach unten in die Küche führte. Die zahlreichen Stimmen, die zu ihr heraufhallten, hielten sie davon ab, sich jetzt schon ein Messer zu besorgen.

Sie stellte die Teller auf einen Fenstersims und machte sich auf die Suche nach einem Versteck. Nur eine Tür, die vom Korridor abging, war nicht verschlossen; sie führte in eine Kammer, die nichts Aufregenderes enthielt als eine Ansammlung von Scheuerlappen und Besen. Zu Revas Glück stand darin jedoch auch ein großer Weidenkorb, in dem sich ein ganzer Berg Wäsche auftürmte. Sie brauchte nicht lange, um sich unter den Kleidungsstücken und Bettdecken zu verbergen. Dass jemand sie hier entdeckte, war eher unwahrscheinlich, denn heute Abend gab es bestimmt so viel aufzuräumen, dass die Wäsche bis morgen stehen bleiben würde. Da sie sonst nichts zu tun hatte, schlief sie ein.

◆ ◆ ◆

Sie erwachte, weil noch mehr Wäsche auf den Haufen über ihr geworfen wurde. Müde Stimmen unterhielten sich, wurden jedoch abgeschnitten, als die Tür sich schloss. Sie ballte die Hände und begann zu zählen, hörte bei einhundert auf und fing wieder von vorne an, wobei sie jedes Mal einen weiteren Finger abspreizte, wenn sie wieder zu zählen begann. Als sie alle zehn Finger ausgestreckt hatte, ballte sie die Hand wieder und zwang sich, den Vorgang noch dreimal zu wiederholen. Erst dann kroch sie aus dem Weidenkorb und tastete in der Finsternis nach der Tür. Sie öffnete sie einen Spalt und spähte auf den nur schwach erleuchteten Korridor hinaus. Nichts – keine Schritte, keine Stimmen. Im Haus schlief alles.

Sie zog ihren schweren Rock aus, und zum Vorschein kamen Hosen, die sie schon die ganze Zeit angehabt hatte. Dann stahl sie sich auf den Korridor hinaus, wobei sie angestrengt lauschte, ohne allerdings etwas zu hören. Zufrieden richtete sie sich auf und schlich zur Treppe. Die Küche war groß und leer; die einzigen Geräusche stammten von mehreren dampfenden Suppentöpfen, die auf dem langen Eisenherd standen. Neben dem Hackklotz entdeckte sie funkelndes Metall. Die Messer lagen ordentlich auf der Theke nebeneinander, und sie konnte sich aussuchen, ob ihr ein Hackbeil mit breiter Klinge lieber war oder ein nadelgleicher Spieß. Sie entschied sich für ein einfaches Schlachtermesser mit einer sechs Zoll langen Klinge und einem gut ausbalancierten Griff und schob es unter den Lederriemen, den sie sich um das Bein gebunden hatte, bevor sie in den Rock geschlüpft war.

Wie sie erwartet hatte, schloss sich an die Küche eine weitere Treppe an, die, so hoffte sie, zu den Privatgemächern des Erzfürsten führen würde, wo er gewiss alles aufbewahrte, was wertvoll war. Mit vorsichtigen Schritten stieg sie die Treppe hinauf, wobei sie darauf achtete, nicht das geringste Geräusch zu machen. Im ersten Zimmer, das sie betrat, stand ein langer Esstisch, dessen auf Hochglanz polierte

Oberfläche im Licht der Öllampen schimmerte. An den Wänden hingen Teppiche und Gemälde, vor allem Porträts. Zu ihrem Verdruss ließ sie den Blick allzu lange über die Gesichter schweifen, auf der Suche nach irgendeiner Ähnlichkeit mit ihren eigenen Zügen, doch sie entdeckte nur die markante Kinnpartie und die breite Nase, die das Antlitz ihres Onkels kennzeichneten.

Hinter dem Esszimmer befand sich die Bibliothek, drei hohe Wände, an denen sich Regale türmten. Mitten im Zimmer stand ein Schreibtisch, auf dem ein aufgeschlagenes Buch lag; ein seidenes Leseband markierte die Mitte, daneben waren ein paar mit Hand beschriebene Pergamentblätter hingeworfen. Reva hielt inne und drehte das Buch um: *Über Nationen und Wohlstand* von Dendrish Hendrahl. Die feine Schrift auf den Blättern zeugte von einer geübten Hand. *Der Preis des Weines ist für dieses Lehen von entscheidender Bedeutung*, las sie. *Also rührt sein Wohlstand von der Weinrebe her. Der wichtigste Mann in diesem Lehen? Der Mann, dem die Weinrebe gehört, oder der, der die Traube pflückt?*

Reva legte das Buch zurück und ging weiter. Am hinteren Ende der Bibliothek stieß sie auf eine weitere Treppe, der sie nach oben folgte. Dort angekommen öffnete sie eine Zimmertür, und ihr Herz machte einen Sprung. *Schwerter!*

Das Zimmer war fensterlos, und an der Decke hing ein Kronleuchter. Der Schein der zahlreichen Lampenreihen spiegelte sich in den Klingen, die an allen vier Wänden hingen. Der Boden war aus Holz und federte, als sie ein paar Schritte hineinging. Ihr Blick fiel auf ein schlichtes, aber gut gearbeitetes Schwert; es war von asraelischer Machart, wie die meisten Waffen hier. Alle Klingen waren mit eisernen Klammern an der Wand befestigt, aus denen sie sich leicht herausnehmen ließen. Über den Schwertern waren die Wände weiß verputzt und mit verblassten, aber noch immer erkennbaren Gemälden von Männern geschmückt, die mitten im Schwertkampf erstarrt waren. Dies war, so begriff sie jetzt, das Zimmer, in dem mit der Waffe geübt wurde. In diesem Zimmer hatte ihr Vater also seine Fertigkeiten erlernt. Gab es einen besseren Platz, um aufzubewahren, was sie suchte?

Ihr Blick glitt über die Wände und entdeckte eine asraelische Klinge neben der anderen und hier und dort ein archaisches Langschwert oder einen Dolch; aber keines davon entsprach Al Sornas Beschreibung oder dem Muster, das der Schmied ihr gezeigt hatte … *Moment mal!*

Es hing in der Mitte der gegenüberliegenden Wand und sah dem Schwert des Waffenschmieds zum Verwechseln ähnlich. Allerdings … allerdings war der Griff feiner gearbeitet und mit einem hineingravierten Silberemblem verziert: einem gespannten Bogen in einem Ring aus Eichenblättern, dem Wappen des Hauses Mustor. *Ist das möglich?* Sie strich über den Griff und bemerkte dabei die nicht ganz gleichmäßige Kante der Klinge und die Kratzer auf ihrer Oberfläche. Dieses Schwert war oft benutzt worden, dieses Schwert hatte sich in der Schlacht bewährt. Möglicherweise hatte ihr Onkel, nachdem er es von der Großen Burg hierhergebracht hatte, den Griff anfertigen lassen, um seinen Bruder zu ehren.

Das ist es!, entschied sie, umfasste den Griff und hob das Schwert aus seiner Klammer. *Das muss es einfach sein.*

Sie schloss die Augen und drückte es an sich; die Klinge lag kalt auf ihrem Oberarm. Ihr Herz raste. *Ganz ruhig. Endlich …*

Sie atmete langsam aus. Ihre Mission hatte sie erst dann erfüllt, wenn sie und Arken die Stadt verlassen hatten. Sie würde in die Kammer zurückkehren und bis zum Morgen warten, das Schwert in einem Wäschekorb verstecken und durch das Haupttor hinausgehen, direkt unter den Augen der Wachen.

Reva schlich zur Treppe zurück, warf einen raschen Blick nach oben … und sah eine Hand. Sie ruhte zehn Stufen über ihr auf dem Stein; der dazugehörige Körper war hinter einer Ecke verborgen. Die Hand war klein, die Haut glatt und jugendlich, allerdings mit Blut bespritzt, die Finger schlank, aber reglos.

Das Schwert lag schwer in ihrer Hand, und sie sehnte sich nach ihrer Klinge aus dem Fernen Westen, aber trotzdem drehte sie den Griff um, senkte die Spitze und stieg die Treppe hinauf. Das Mädchen lag auf dem Rücken, die Augen weit aufgerissen, das blaue Tuch schief auf dem Kopf, die weiße Bluse von der klaffenden Wunde an ihrem Hals rot gefärbt. Das Blut floss noch immer, sie war also noch nicht lange tot.

Reva suchte die Stufen über ihr ab und entdeckte blutige Fußabdrücke, die wie auf einer roten Collage ineinander übergingen. *Mehr als einer. Wahrscheinlich mehr als zwei.* Die Erkenntnis war kalt und unerbittlich. Die Söhne, eine andere Möglichkeit gab es nicht. *Die Söhne sind hier, und sie haben es nicht auf mich abgesehen.*

Im ersten Moment drängte ihr Instinkt sie zu fliehen. Das Haus würde sich bald in heller Aufregung befinden, was eine Gefahr für sie darstellte, aber auch die Möglichkeit bieten würde, mit ihrer Beute von hier zu verschwinden …

Sie wollen meinen Onkel umbringen.

Dass diese unbestreitbare Tatsache ihr nicht willkommen war, überraschte sie. Ihr einziger lebender Blutsverwandter, ein Mann, den sie nie kennengelernt, den sie aber von Kind an zu verachten gelernt hatte, würde gleich zusammen mit seiner asraelischen Hure sterben. *Ein gerechtes Ende für diesen Verräter am Weltvater und seine ketzerische Schlampe.* Sie versuchte, diesem Gedanken etwas Leidenschaft einzuhauchen, aber es wollte ihr nicht gelingen – sie betete nur ein Dogma herunter, an das sie zwar seit Langem glaubte, das aber völlig bedeutungslos war angesichts der Greueltat, mit der sie sich hier konfrontiert sah.

Und was ist mit ihr?, fragte sie sich und starrte das Gesicht des ermordeten Mädchens an. *Hat sie es verdient, so zu sterben?*

Ohne es eigentlich zu wollen, stieg sie die Treppe hinauf und über die Leiche hinweg, das Schwert mit beiden Händen erhoben. Die blutigen Fußabdrücke verblassten, je weiter sie ihnen folgte. Auf dem oberen Treppenabsatz ging sie in die Hocke, benutzte das Schlachtermesser als Spiegel und schaute um die Ecke. Dunkle Gestalten glitten über den düsteren Korridor. Niemand war zurückgeblieben, um den Fluchtweg im Auge zu behalten, was ihr merkwürdig vorkam. Fühlten sie sich so sicher?

Reva bog um die Ecke und schlich den Korridor entlang. Sie waren zu dritt und alle in Schwarz gekleidet – auch die Seidentücher, die ihre Gesichter bedeckten, waren schwarz. Jeder hielt ein Schwert, leichte asraelische Klingen, nicht klobig wie die Eisenstange in ihrer Hand. Sie kauerten vor einer Tür, deren Umrisse sich in gelbem Licht abzeichneten. Aus dem Zimmer waren Stimmen zu hören, ein Mann und eine Frau. Die Frau klang angespannt, wütend sogar, der Mann müde und betrunken. Die Wörter »Bogenschütze« und »töricht« waren zwischen dem gedämpften Gemurmel zu verstehen. Der vorderste Mann hob die Hand, um nach der Klinke zu greifen.

»Warum habt Ihr das Mädchen umgebracht?«, fragte Reva. Die Männer wirbelten herum, und der Vermummte unmittelbar vor der Tür richtete sich auf. Grüne Augen starrten sie an – er erkannte sie und hätte entsetzter nicht sein können. Diese Augen waren ihr nur allzu vertraut.

Unwillkürlich wich sie einen Schritt zurück, und das Schwert in ihrer Hand sank herab. »Ich …«, keuchte sie, hustete und versuchte es noch einmal. »Ich habe es gefunden«, sagte sie. »Seht Ihr?«

Die grünen Augen wurden schmal, und hinter dem Tuch erklang eine Stimme, ebenso barsch und ausdruckslos wie jedes Mal, wenn er sie geschlagen hatte. »Tötet sie!«, sagte der Priester.

Der Mann, der ihr am nächsten war, stürzte vor, das Schwert ausgestreckt, die Spitze auf ihren Hals gerichtet. Sie parierte, ohne zu zögern – Al Sornas Unterricht zeigte Früchte. Das schwere Schwert fuhr nach oben und lenkte den Hieb ab, und unter dem nächsten duckte sie sich hindurch. Hinter dem Angreifer trat der Priester die Türe auf und stürmte ins Zimmer, das Schwert zum Todesstoß erhoben. Eine Frau keuchte kaum vernehmlich.

Reva wich einem weiteren Hieb aus, rammte dem Angreifer zwei Finger in die Augen, hob dann das schwere Schwert und schlug ihm damit direkt unterhalb der Knie die Beine weg. Der Vermummte ging mit einem schrillen Schrei zu Boden, und sie sprang über ihn hinweg und rannte in das Schlafzimmer.

Der Kumpan des Priesters hatte ihr den Rücken zugewandt und schlug mit dem Schwert auf etwas ein, das sich auf dem Bett in mehrere Decken gewickelt hatte; Federn stoben empor, während die Klinge immer tiefer eindrang. Reva stieß ihm das Schwert zwischen die Schulterblätter; sie legte ihr ganzes Gewicht in diesen Hieb, bis die Spitze auf der Brust austrat und ihm Blut aus dem Mund quoll. Leblos sank er zu Boden.

Reva hatte erwartet, den Erzfürsten tot vorzufinden, doch stattdessen starrte er sie unter seinem schützenden Deckenbündel hervor an;

seine einzige Verletzung war ein kleiner Schnitt auf der Wange. Zornige Schreie ließen Reva herumfahren. Auf der anderen Seite des Bettes kämpfte der Priester mit Lady Veliss. Sie setzte sich mit einem kurzen Degen zur Wehr, wobei sie die Zähne bleckte und bei jedem Hieb eine Flut von Flüchen ausstieß. »Du widerlicher Schwanzlutscher! Ich geb dir deine eigenen Klöten zu fressen!«

Trotz ihres Zorns waren ihre Kampfkünste beeindruckend; sie führte den Degen mit sicherer Hand und trieb den Priester fort von dem Bett. Er parierte ohne Probleme, und seine Klinge zuckte durch die Luft wie damals, als er mit Reva geübt und ihre Angriffe mit dem Messer abgewehrt hatte. Obwohl sie mit dem Degen umzugehen wusste, war Veliss dem Priester unterlegen, und schon bald unterlief er ihre Deckung, täuschte rechts an und traf sie mit der linken Faust im Gesicht. Sie stürzte und schlug lang hin.

Reva hob das Schwert des Mannes auf, den sie gerade getötet hatte, und stellte sich zwischen den Priester und das Bett.

Außer sich vor Zorn starrte er sie an. »Du hast den Weltvater verraten! Er wird sich von dir abwenden!«, kreischte er, und die Haut um seine Augen herum rötete sich. »Al Sorna hat dich mit seiner Dunkelheit verführt.«

»Nein«, flüsterte sie, und die Tränen, die ihr aus den Augen strömten, waren ihr zutiefst zuwider. »Nein, das habt Ihr getan.«

»Verdorbene, vaterlose …«

Sie duckte sich und sprang vor, und ihre Klinge bohrte sich ihm in den Oberschenkel. Mit einem Schrei taumelte er zurück.

Laute Rufe und Fußgetrampel ließen sie, bevor sie ihren Vorteil nutzen konnte, zur Tür herumfahren. Der Priester packte einen Stuhl und warf ihn durch das nächstgelegene Fenster. Glas splitterte unter wallenden Vorhängen. Er sah sie ein letztes Mal mit hasserfüllten Augen an, wandte sich dann um und sprang zum Fenster hinaus.

Reva ließ das Schwert fallen und starrte die Vorhänge an, die sich in der nächtlichen Brise bauschten; der Himmel dahinter war schwarz und leer. Stahl fuhr knirschend aus Schwertscheiden, und wütende Stimmen hallten durch das Zimmer, während sie von rauhen Händen gepackt wurde.

»AUFHÖREN!« Der Befehl ließ alle erstarren.

Fluchend entwirrte sich der Erzfürst aus den Decken und stolperte zu ihr. Sie hatte den Blick noch immer auf die Vorhänge und das Fenster gerichtet und sah ihn kaum.

»Schau mich an«, sagte er mit leiser Stimme und legte ihr sanft die Hand unters Kinn. Sie blickte in die rot unterlaufenen Augen ihres Onkels und sah Tränen darin stehen. Er lächelte, und seine Lippen bildeten ein einziges Wort. »Reva.«

Achtes Kapitel

Frentis

Zehn Tage lang lebten sie in der Wildnis, tief in den baumreichen Hügeln nördlich von Südturm, fernab jeglicher Straßen. Trotzdem wurden sie gejagt – die Südgarde scheute keine Mühen und durchkämmte den Wald mit Hunden und Fährtenlesern. Sie sahen sich gezwungen, täglich einen neuen Lagerplatz zu suchen, und manchmal legten sie falsche Spuren, die zur cumbraelischen Grenze führten. Da sie stets in Bewegung bleiben mussten, fanden sie nur selten Zeit zur Jagd und aßen nur die Pilze und Wurzeln, auf die sie unterwegs stießen. Nachts schliefen sie, um einander zu wärmen, unter einer Decke, da sie es nicht wagen konnten, ein Feuer anzuzünden.

Die Frau schwieg die meiste Zeit und grübelte fortwährend über ihr Scheitern nach; ihrem Blick war anzumerken, dass sie Selbstzweifel hegte. Frentis suchte Trost in dieser Veränderung und Aufmunterung in diesem Zeichen der Schwäche, doch stattdessen sah er, dass sich hinter ihren Augen eine noch größere Bedrohung zusammenbraute. Auch wenn ihm diese Vertrautheit zuwider war, kannte er die Frau inzwischen nur zu gut und wusste, dass das, worüber sie nachdachte, die schlimmsten Folgen haben würde. Sie mochte andere wegen ihrer Götter hassen, aber sie verehrte das Morden mit dem ganzen Eifer des schlimmsten cumbraelischen Fanatikers.

»Ich mache dir keine Vorwürfe, Herzliebster«, sagte sie eines Abends, die ersten Worte, die sie seit Tagen gesprochen hatte. »Glaube das bloß nicht. Ich muss mir ganz allein die Schuld zuschreiben, das weiß ich jetzt. Meine Liebe zu dir hat mich übermütig und Reveks Gabe hat mich selbstzufrieden gemacht, und so habe ich mir eingebildet, unverwundbar zu sein. Eine schwere Lektion, wie jede es ist, die eine Wirkung zeigt.«

Am zehnten Tag stießen sie auf eine alte Försterhütte, die von Schlingpflanzen überwuchert war und einzustürzen drohte. Immerhin bot sie ihnen noch genug Schutz, um bei Einbruch der Dunkelheit ein Feuer zu verbergen. Frentis ging auf Nahrungssuche und kehrte mit den üblichen Wurzeln und Pilzen zurück, aber es war ihm auch gelungen, in einem nahegelegenen Bach eine Forelle zu fangen, die sich zu dicht ans Ufer gewagt hatte, und das mit bloßen Händen. Er nahm sie aus, wickelte sie in Ampferblätter und buk sie im Feuer. Die Frau schlang ihren Anteil mit ungezähmter Gier hinunter. »Hunger ist die beste Würze«, sagte sie, als alles aufgegessen war, und zum ersten Mal seit Tagen erschien ein Lächeln auf ihren Lippen. Frentis beendete seine Mahlzeit schweigend.

»Du machst dir Sorgen«, fuhr sie fort, rutschte zu ihm hinüber und schmiegte sich an ihn. »Wahrscheinlich fragst du dich, wer als Nächstes an der Reihe ist, wenn wir nach Varinsburg kommen. Aber ich glaube, du weißt es bereits.«

Frentis stellte fest, dass es ihm weit besser gefiel, wenn sie sich mit sich selbst beschäftigte – und dass er sogar in der Lage war, ihr das zu sagen. Inzwischen bannte sie seine Zunge nur noch selten und suchte Trost in den wenigen Worten, die er sprach, so sehr es ihnen auch an Zuneigung mangelte. *Warum konntet Ihr in Südturm nicht einfach sterben?*, wollte er sagen, zögerte jedoch. Er wusste, dass ihnen etwas bevorstand, ein Augenblick, in dem sich der wahnsinnige Zweck, den sie verfolgte, erfüllen würde, und inzwischen hatte er genug gelernt, um zu ahnen, was das bedeutete. »Seid Ihr bereit, eine Übereinkunft zu treffen?«

Sie runzelte ehrlich verwirrt die Stirn. »Eine Übereinkunft, Herzliebster?«

»Herzliebster«, wiederholte er. »Ihr nennt mich immer wieder so, und Ihr meint es auch ernst, habe ich recht? Ihr habt so lange gelebt, aber geliebt habt Ihr nie, nicht bevor Ihr mich kennengelernt habt.«

Ihr Gesicht war, von dem Argwohn in ihren Augen abgesehen, völlig ausdruckslos geworden, und sie nickte. Wahrscheinlich erwartete sie eine weitere hasserfülle Bemerkung.

»Wenn Ihr mich wollt«, fuhr er fort, »könnt Ihr mich haben. Mit Haut und Haar. Wir können zusammen sein, so lange, wie Ihr es wünscht, und Ihr müsst mich nie wieder zu etwas zwingen. Ich werde mich nie wieder zur Wehr setzen. Wir gehen fort von hier, suchen uns einen vergessenen Ort weit weg von allen anderen Menschen. Und dort bleiben wir, Ihr und ich.«

Ihr Gesicht blieb reglos; nur ihre Lippen zuckten kaum merklich, und hin und wieder blinzelte sie.

»Ihr könnt meine Gefühle lesen«, sagte er. »Also wisst Ihr, dass ich das ehrlich meine.«

Als sie antwortete, war ihre Stimme belegt, ob aus Zorn oder Betrübnis, wusste er nicht. »Glaubst du, dass es das ist, was ich will?«

»Nein, aber es ist das, was ich Euch anbiete.«

»Und was willst du dafür?«

»Schlagt einen anderen Weg ein. Hört auf zu morden. Geht nicht nach Varinsburg.«

Sie schloss die Augen und wandte sich ab, ihr Profil im Feuerschein rot und makellos. »Als ich so jung war wie du, habe ich nur Hass gekannt. Einen Hass, so hell und herrlich wie jede Liebe, einen Hass, dessen Lockruf man über den Abgrund hinweg vernimmt, wenn er sich mit einem lustvollen Lied vermählt und das Ohr von etwas findet, das ebenfalls eine Übereinkunft treffen möchte.«

Sie öffnete die Augen und wandte sich ihm zu. Ihre Miene verriet eine solche abgrundtiefe Traurigkeit und Verwirrung, dass er den Anblick kaum ertragen konnte. »Du sprichst davon, einen vergessenen Ort zu suchen. Es gibt keine vergessenen Orte, nicht für den Verbündeten. Unsere einzige Chance liegt darin, seinen Plan auszuführen, verstehst du das nicht? Gönne ihm seinen triumphalen Augenblick, den letzten Pinselstrich, der an seinem großen Werk noch fehlt. Nur dann können wir unsere eigenen Pläne schmieden. Dann, Herzliebster, dann verspreche ich dir, werden wir keiner vergessenen Orte bedürfen und uns nicht verstecken müssen. Wir geben ihm seinen Sieg, und dann brennen wir alles nieder, und ihn gleich mit.«

Er blickte zu Boden, und sie legte ihm die Arme um die Taille und den Kopf auf die Schulter. »Ich werde Euch töten«, sagte er. »Das müsst Ihr doch wissen.«

Sie küsste ihn auf den Nacken, und ausnahmsweise zuckte er nicht zurück, obwohl er dazu in der Lage gewesen wäre. »Damit, Herzliebster«, flüsterte sie mit heißem Atem an seinem Hals, »damit würdest du dich und die ganze Welt ins Verderben stürzen.«

◆ ◆ ◆

Sie versteckten sich noch weitere drei Tage, bis sie den Eindruck hatten, dass sie nicht mehr verfolgt wurden – kein Hundegebell hallte mehr durch den Wald, kein Lagerfeuergeruch warnte sie vor nahenden Soldaten. Schließlich wanderten sie nach Norden, blieben jedoch umsichtig und mieden Straßen und vielbegangene Wege. Nicht einmal in den wenigen Bauernhöfen, auf die sie stießen, trauten sie sich, etwas zu stehlen. Die Frau widmete sich ganz ihrer Mission; sie wollte nicht noch einen Fehlschlag erleiden. Sie redete kaum und ließ ihn nächtens in Ruhe. Und so marschierten sie, schliefen, suchten nach Nahrung, nichts weiter.

Es dauerte noch einmal zwei Wochen, bis sie das Tiefland und die Straße zur Salzflussbrücke erreichten. Nachdem sie so lange Zeit in der Wildnis zugebracht hatten, waren sie beide merklich dünner und schmutziger, was der Frau zu gefallen schien. »Entflohene Sklaven sind selten wohlgenährt«, sagte sie am Abend, bevor sie die Stadt betraten. Sie hatten ihr Lager nur wenige Meilen oberhalb der Brücke am Flussufer aufgeschlagen, da sie kein Geld für den Zoll besaßen und die Soldaten fürchteten, die dort Wache halten mochten.

»Wir sind einander in den Gruben begegnet«, erklärte sie ihm. »Zwei Sklaven, die zusammen in eine Zelle geworfen wurden, damit sie sich fortpflanzen. Ich wurde als Mädchen entführt – von irgendeinem der wilden Stämme aus dem Norden, egal welchem. Sie sind alle für ihr kriegerisches Gebaren berüchtigt, und viele Kuritai stammen von verschleppten Nordländern ab. Ich hatte erwartet, von dir misshandelt zu werden, doch stattdessen warst du freundlich zu mir. Mit der Zeit haben wir uns lieben gelernt, und irgendwann ist uns die Flucht gelungen. Unsere Wanderschaft durch das Reich war eine harte Prüfung, aber dann haben wir Volar erreicht und uns auf einem Schiff versteckt, das nach Westen fuhr, bis ganz nach Varinsburg, wo dich ein freundlicher Lord am Kai erkennen wird.«

Angesichts seiner Überraschung, als sie den freundlichen Lord erwähnte, schenkte sie ihm ein dünnes Lächeln. »Das alles ist von langer Hand geplant, Herzliebster. Der Verbündete hat viele Werkzeuge.«

◆ ◆ ◆

Am nächsten Morgen schwammen sie ans andere Ufer hinüber. Während sie gegen die Strömung ankämpften, ließ die aufgehende Sonne einen Dunstschleier vom Wasser aufsteigen. Am Westtor bedeuteten Wachmänner den Fuhrleuten, ihre Wagen auf die Seite zu lenken, und auch alle anderen Reisenden wurden zurückgedrängt. Der Grund dafür zeigte sich bald – ein Regiment marschierte durchs Tor. Frentis erkannte die Standarte, einen Eber mit einem roten Hauer, das Dreizehnte Infanterieregiment, das, in Untesch ausgelöscht, jetzt offenbar wiedergeboren worden war. Dahinter kam das Sechzehnte, die »Schwarzen Bären«, gefolgt von einem Regiment nach dem anderen, bis sie den Eindruck hatten, die ganze Armee der Königslande stünde unter Waffen. Verstohlen näherten sie sich den Zuschauern und schnappten die Worte »Cumbrael« und »Herr des Turmes« auf.

»Ein gar so großer Fehlschlag war es offenbar doch nicht«, murmelte die Frau, während die Soldaten an ihnen vorbeizogen.

Frentis zählte zehn Infanterie- und fünf Kavallerieregimenter, bevor das letzte Aufgebot erschien, das mit seinen dunkelblauen Umhängen, den Kettenhemden und den Lederhelmen einen deutlichen Kontrast zu den anderen bildete; es marschierte unter einem Banner, auf dem ein rennender Wolf über einem Turm prangte. Der Oberhauptmann war jünger als die meisten anderen Männer dieses Ranges, doch trotz seiner schmächtigen Gestalt strahlte er Kompetenz und Zähigkeit aus. Er trug die Kleidung eines Bruders des sechsten Ordens.

Die unsichtbaren Fesseln loderten auf, als Frentis versuchte, den Soldaten etwas zuzurufen, und die Worte blieben ihm, noch während er sie dachte, im Rachen stecken. Die Frau schenkte ihm ein bedauerndes Lächeln und zwang ihn, das Gesicht abzuwenden. »Jetzt ist nicht der richtige Zeitpunkt für ein freudiges Wiedersehen, Herzliebster.«

Und so sah er nicht, wie Caenis die Wolfsläufer aus Varinsburg hinausführte, und keiner der Veteranen hatte einen Grund, sich den schmutzigen, aber kräftigen Bettler in der Menge genauer anzuschauen.

◆ ◆ ◆

Das Westviertel hatte sich, seit er das letzte Mal hier gewesen war, nicht weiter verändert. Ein wenig sauberer war es vielleicht geworden, aber die Straßen, Gassen und Hauseingänge seiner Jugend waren alle noch vorhanden, auch wenn sie seither geschrumpft zu sein schienen. Als Kind war ihm das alles wie ein gewaltiges Labyrinth vorgekommen, in einem Moment noch der Tummelplatz eines ungestümen Diebes, im nächsten ein tödliches Schlachtfeld, auf dem Banden gegeneinander in den Krieg zogen. Ihm wurde gestattet, in der Spottgasse vor einer mit Brettern verschlagenen Hütte stehen zu bleiben. Die Frau, die einst hier gewohnt hatte, hatte lange, strähnige Haare gehabt, und ihr Blick war von Rotblüte ganz stumpf gewesen; ihr Mann, der nach Pisse und Schnaps gestunken hatte, war wegen irgendeiner vergessenen Streitigkeit hinter einer Taverne erstochen worden, bevor Frentis alt genug gewesen war, sich an sein Gesicht zu erinnern.

Die Frau mit den strähnigen Haaren verschwand kurz darauf, dem Vernehmen nach in ein Freudenhaus, auch wenn andere behaupteten, sie sei in den Fluss gegangen. Wenn sie denn einen Namen gehabt hatte, hatte er ihn nie gekannt.

»Keine Sorge«, sagte die Frau und drückte seine Hand. »Bald ist das alles dahin. Dann wird nichts mehr meinen Gatten an seine düstere Vergangenheit erinnern.«

Sie führte ihn in die Speicherstadt und blieb vor einem Lagerhaus stehen, auf dessen Eingang ein Kreidesymbol prangte, ein Kreis in einem Kreis. Sie hämmerte gegen die Tür und wartete. Der Mann, der die Tür öffnete, war in einfache Seemannstracht gekleidet, aber Frentis erkannte sofort den Kuritai in ihm – seine Statur und seine Haltung ließen daran keinen Zweifel. Anstatt sich tief vor der Frau zu verbeugen, wie es in Volaria seine Pflicht gewesen wäre, nickte er ihr nur kurz zu und trat dann beiseite. In dem Lagerhaus stapelten sich endlose Reihen von Fässern. Nur in der Mitte war ein Platz frei, wo weitere zehn Kuritai warteten, ihre Kurzschwerter in Reichweite neben sich. Sie verbeugten sich vor der Frau, als sie eintrat. »Wer ist hier die Eins?«

Der Kuritai, der ihnen die Tür geöffnet hatte, trat vor. »Das bin ich, Herrin.«

»Ist alles bereit?«

»Jawohl, Herrin.«

»Welches Ziel wurde euch zugewiesen?«

»Der Palast. Wir werden ihn eine Stunde nach Eurer Ankunft angreifen. Danach sammeln wir uns am Nordtor, um das Haus des sechsten Ordens zu stürmen.«

»Wie viele?«

»Alle verborgenen Kompanien, Herrin, sowie ein Kontingent der Freien Reiterei. Insgesamt etwa fünfhundert Mann.«

Die Frau warf Frentis einen vielsagenden Blick zu. »Das wird nicht genügen. Wenn der General an Land geht, dann richtet ihm aus, er solle diese Zahl verdreifachen. Auf meinen Befehl hin.«

»Jawohl, Herrin.«

Sie schaute sich um und rümpfte angesichts der modrigen Luft im Lagerhaus die Nase. »Gibt es in diesem Drecksloch irgendetwas zu essen?«

Ihnen wurde ein Haferbrei mit Beeren vorgesetzt, unter den Kuritai die übliche Kost, wie Frentis aus den Gruben nur zu gut wusste. Obwohl die Angst in ihm immer stärker wurde, schlang er in rascher Folge zwei Schüsseln davon hinunter. Er kratzte die Schüssel gerade mit dem Löffel aus, als jemand gegen die Tür des Lagerhauses hämmerte.

Die Frau nickte der Eins zu, der darauf zweien seiner Männer ein

Zeichen gab. Sie zogen ihre Schwerter und verschmolzen mit dem Halbdunkel beiderseits der Tür, bevor er sie öffnete. Der Mann, der hereinkam, war groß und vornehm gekleidet, mit feinen Gesichtszügen, denen der furchtsame, wenngleich entschlossene Ausdruck nicht gut anstand. Als er auf sie zutrat, erhob sich die Frau und verneigte sich ehrerbietig. »Euer Lordschaft.«

Der Mann nickte, den Blick auf Frentis gerichtet. »Ist er das wirklich? Der König wird sofort bemerken, wenn es sich um einen Betrüger handelt.«

»Ich versichere Euch, Euer Lordschaft, das ist Bruder Frentis, der tapfere Kamerad von König Malcius, wie versprochen von den Toten auferstanden.«

Der Mann wandte den Blick nicht von Frentis ab. »Welche Hand zieht der König vor?«

Frentis antwortete, ohne zu zögern. »Er schreibt mit der Linken, führt das Schwert jedoch mit der Rechten. Als Junge hat ihm sein Vater verboten, sich mit der linken Hand im Schwertkampf zu üben, da er befürchtete, das könnte sich in der Schlacht als Nachteil erweisen.«

Der Mann stieß ein zufriedenes Knurren aus, und die Frau sagte: »Warum sollten wir Euch täuschen, Euer Lordschaft? Haben wir nicht bisher alle unsere Versprechen gehalten?«

Er schenkte ihrer Frage keine Beachtung, sondern sah sich im Lagerhaus um. »Wo ist der Mittelsmann, mit dem wir es sonst zu tun haben? Sein Gesicht kenne ich.«

»Ihr werdet ihn bald wiedersehen. Wenn die Stadt uns gehört und vollendet ist, was wir ausgemacht haben.«

»Ich habe eine weitere Bedingung.«

Ihre Mundwinkel hoben sich nur ganz leicht an, und ihre Stirn runzelte sich kaum merklich. Da wusste Frentis, dass der vornehm gekleidete Herr bald eines raschen Todes sterben würde. »Eine Bedingung, Euer Lordschaft?«

Der Mann nickte und leckte sich über die Lippen. Dabei verbarg er die Hände in den Falten seines mit Zobel gesäumten Umhangs, doch Frentis entging nicht, dass sie zitterten. »Prinzessin Lyrna wird bald nach Varinsburg zurückkehren. Der König wird wollen, dass sie sich an seiner Seite befindet, wenn er seinen alten Kameraden willkommen heißt. Ihr darf nichts geschehen, auf gar keinen Fall. Sie muss gefangen genommen und in meine Obhut gegeben werden. Meine weitere Zusammenarbeit mit Euch hängt davon ab. Ich hoffe, das ist klar.«

Die Frau neigte den Kopf. »Die Prinzessin ist für ihre Schönheit bekannt. Es wäre kleinlich, Euch diesen zusätzlichen Lohn vorzuenthalten.«

In seinen Augen leuchtete Zorn auf. »Sie darf nie erfahren, was für eine Rolle ich bei … bei diesem Unternehmen gespielt habe. Mein Überleben und meine Erhebung werden allein als die weisen Taten eines pragmatischen Mannes dargestellt werden.«

Die Frau lächelte, und Frentis dachte: *ein langsamer Tod.* »Noch mehr Bedingungen, Euer Lordschaft. Aber keine Sorge, alles wird so geschehen, wie Ihr es verlangt.« Sie führte ihn zur Tür zurück, ihr Gesicht ein vollkommenes Abbild unterwürfigen Respekts, ein Gesicht, wie ein Diener es seinem gutmütigen Herrn zeigt. »Das Schiff müsste in den nächsten ein oder zwei Tagen eintreffen. Ihr werdet eine Nachricht erhalten, sobald die Zeit gekommen ist, dass Ihr Bruder Frentis entdeckt.«

Mit einem demütigen Nicken hielt sie ihm die Tür auf. Der vornehme Herr schien noch etwas sagen zu wollen, was zweifellos zu einem noch langsameren Ableben geführt hätte, überlegte es sich jedoch anders und eilte hinaus.

»Was meinst du, Herzliebster?«, fragte sie Frentis und kehrte an seine Seite zurück. »Verbrennen oder auspeitschen?«

»Traditionell werden Verräter in den Königslanden gehenkt«, erwiderte er. »Ihm wird verbrennen jedoch besser anstehen.«

◆ ◆ ◆

In jener Nacht betrachtete er sie, während sie schlief, und flehte die Ahnen mit ganzer Willenskraft an, das Jucken in seiner Seite wieder zurückkehren zu lassen. Als sie darauf nicht reagierten, bat er sie um Verzeihung und betete zu allen alpiranischen Göttern, die ihm einfallen wollten – dem Namenlosen Seher, dem der alte Mann gedient hatte, Olbiss, dem Gott des Meeres, Martual, dem Gott der Tapferkeit, dem der Steinmetz, mit dem Vaelin in Linesch befreundet gewesen war, eine Statue gewidmet hatte. Keiner antwortete ihm, und so ließ er alle Hoffnung fahren, jemals ins Jenseits aufgenommen zu werden, und wandte sich an den cumbraelischen Weltvater. *Wenn du mich hörst, dann befreie mich, bringe die Schmerzen zurück. Ich werde dem Glauben abschwören, ich werde den Orden verlassen und dir bis ans Ende meiner Tage dienen. ABER BITTE BEFREIE MICH!*

Doch der Weltvater war offenbar ebenso taub wie all die anderen Götter und verstorbenen Seelen.

An den nächsten beiden Tagen stiegen sie früh morgens, während die Flut das Wasser im Hafen anschwellen ließ, auf das Dach des Lagerhauses. Schiffe stachen in See, andere trafen ein, und die Frau suchte geduldig den Horizont ab.

»Mein Angebot steht noch immer«, erklärte ihr Frentis am zweiten Tag und schämte sich dabei der Verzweiflung, die in seiner Stimme mitschwang – er verwandelte sich endgültig in einen Bettler. »Bitte.«

Sie hielt den Blick auf das Meer gerichtet und schwieg.

Das Segel wurde kurz nach dem zehnten Glockenschlag sichtbar, und das Schiff löste sich nach und nach aus dem Dunst: ein Handelsfahrer von mittlerer Größe, an dessen Hauptmast die volarianische Flagge wehte. Das Schiff machte einen einigermaßen heruntergekommenen Eindruck – Segel und Holz waren vom Alter dunkel gefärbt, und es lag tief im Wasser, was auf eine schwere Ladung schließen ließ.

»Bitte …«, begann Frentis, doch die auflodernden Fesseln schnitten ihm das Wort ab.

»Genug geredet, Herzliebster.« Sie wandte sich vom Meer ab und ging zu der Leiter, die an das Dach des Lagerhauses gelehnt war. »Es ist Zeit.«

◆ ◆ ◆

Sie kleideten sich wie Hafenarbeiter, das Gesicht von breitkrempigen Hüten beschattet, eilten zum Kai und warteten darauf, dass das Schiff anlegte. Alsbald wurde der Laufsteg heruntergelassen, und sie gingen ohne zu zögern an Bord, was keinem der Matrosen an Deck aufzufallen schien. Im Frachtraum wartete ein Mann mittleren Alters auf sie, dessen schwarze Jacke ihn als Eigentümer und Kapitän des Schiffes auswies. Er verneigte sich tief vor der Frau. »Hochverehrte Bürgerin.«

Der Blick der Frau schweifte an ihm vorbei zu den Reihen sitzender Männer, die schweigend auf Befehle warteten. Dreihundert vielleicht, alles Kuritai. »Die Flotte?«, fragte sie.

»Hält sich jenseits des Horizonts«, erwiderte der Kapitän. »Sie wird bei Einbruch der Nacht angreifen. Alle anderen Schiffe, denen wir auf See begegnet sind, wurden geentert und mit Mann und Maus versenkt. Die Geisteranbeter haben keine Ahnung, was ihnen bevorsteht.«

Sie begann sich auszuziehen. »Wir brauchen Kleider, wie sie von den rangniedrigsten Mannschaftsangehörigen getragen werden.«

Sie tauschten ihre zerlumpte Tracht gegen dünne Baumwollhosen und Hemden ein, in denen sie kaum weniger wie Bettler aussahen als zuvor. »Nur keine Zurückhaltung«, erklärte die Frau dem Kapitän.

»Runter von meinem Schiff, du nutzlose Schlampe!«, brüllte er sie an und jagte sie mit erhobener Peitsche über das Deck. »Verschwindet, und lasst euch nie wieder hier blicken!«

Die Frau duckte sich, und Frentis legte schützend die Arme über sie. Gemeinsam hasteten sie zum Laufsteg und flüchteten sich auf den Kai. »Schätzt euch glücklich, dass wir euch nicht an die Haie verfüttert haben!«, rief ihnen der Kapitän nach. »Das ist der angemessene Lohn für blinde Passagiere.«

Sie standen an der Hafenmauer und hielten einander umklammert. Nur wenige Zuschauer blieben, von der Tirade des Kapitäns neugierig gemacht, stehen. Frentis schaute sich voller Erstaunen um. »Varinsburg!«, hauchte er.

Die Frau schlang die Arme um ihn, Freudentränen in den Augen. »Wir sind wirklich hier, Frentis! Nach so langer Zeit.«

Ein großer Mann in einem mit Zobel gesäumten Umhang trat aus der kleinen Menge, und seine Stirn legte sich in Falten. »Seid Ihr …« Vor Erstaunen riss er die Augen auf, und dann verbeugte er sich tief. »Bruder Frentis ist in die Königslande zurückgekehrt!« Er winkte einen Mann zu sich, wohl einen seiner Diener, so hastig, wie er an seine Seite geeilt kam. »Lauf zum Palast. Richte der Wache aus, dass ich Bruder Frentis zum König bringen werde, so schnell es mir möglich ist.«

Der Mann verneigte sich. »Wie Ihr befehlt, Lord Al Telnar.«

Aufgeregtes Gemurmel breitete sich in der Menge aus, während Al Telnar sie davonführte. Die Menschen blickten ihnen freudig nach, manche sogar ehrfürchtig. *Sie halten mich für einen Helden,* begriff Frentis und schenkte denen, die ihm etwas zuriefen, ein angespanntes Lächeln. Niemand jedoch hörte sein stilles Flehen: *Tötet mich!*

Neuntes Kapitel

Vaelin

Sie blieben noch weitere drei Wochen beim Bärenvolk. Die ersten Tage brachten sie damit zu, dem Hunger ein Ende zu bereiten – aus dem Süden traf ein steter Strom von Vorräten ein, und hin und wieder schenkten die Eorhilaner ihnen frisches Elchfleisch. Trotz dieses Beistands blieb die Stimmung unter dem Bärenvolk weitgehend freudlos, auch wenn die Kinder mit jedem Tag öfter die Kraft zum Lachen fanden. Andere erlagen den Entbehrungen, die sie auf ihrer Wanderung über das Eis erlitten hatten, vor allem die Alten, und so wurden in den ersten Wochen einige Dutzend in Fell gewickelte Bündel draußen auf den Ebenen zurückgelassen. Das Bärenvolk verbrannte oder begrub seine Toten nicht, denn es wusste, dass die Wildnis sich alles Fleisch, das ihr ausgeliefert wurde, alsbald wieder zu eigen machte.

Vaelin war nicht in der Lage, den Namen des Schamanen auszusprechen, aber seinen Visionen entnahm er, dass dieser Name bärenartige Wildheit und große Weisheit umfasste, also nannte er ihn Weiser Bär. Sie verständigten sich weitgehend mittels Visionen, doch für Vaelin erwies es sich als zu anstrengend, den alten Mann regelmäßig an den seinen teilhaben zu lassen, und so begann er, ihm mit Dahrenas Hilfe die Sprache der Königslande beizubringen.

»Bär!«, sagte der Schamane und deutete auf den Knochenstab, nachdem sie ihm verständlich gemacht hatte, dass sie gerne wüsste, von welchem Tier er stammte.

»Und das?«, fragte Dahrena und strich mit dem Finger über die zahlreichen Symbole, die in den Knochen eingeritzt waren. »Wörter?«

Der alte Schamane runzelte die Stirn, offenbar überrascht von ihrer Unwissenheit. Vaelin begriff allmählich, dass dieser Mann weit mehr über das Dunkle wusste als er. Trotz seines Alters schien es ihn nicht zu ermüden, seine Gabe einzusetzen, und dank seiner Fähigkeit, an Visionen teilzuhaben, die die Bedeutung der Wörter abbildeten, erlernte er die Sprache der Königslande äußerst schnell. Dieses Mal schien Dahrenas Frage ihn jedoch ratlos zu machen.

»Schrift«, sagte Vaelin mit einem melodiösen Unterton, der den vagen Eindruck von in Textform festgehaltenen Wörtern vermittelte.

»Ahhh.« Weiser Bär nickte und schüttelte dann den Kopf. »Nicht … Wörter.« Seine Hände fuhren über die zahllosen Zeichen auf dem Stab. »Macht.«

In der zweiten Woche waren sie bereit weiterzuziehen. Dahrena führte sie in südwestliche Richtung. »Fünfzig Meilen die Küste entlang ist eine kleine Bucht«, erklärte sie. »Im Wald dort gibt es Wild, und die Gewässer sind äußerst fischreich. Vor vielen Jahren war dort eine Siedlung, aber sie wurde aufgegeben, weil die Blausteinmine nicht ergiebig genug war, als dass es sich lohnte, den harten Winter über dort zu bleiben. Allerdings bezweifle ich, dass diese Leute dasselbe Problem haben werden.«

Während sie zu der Bucht unterwegs waren, gelang es Vaelin, sich ein klareres Bild von den Ereignissen zu machen, die dieses Volk aus seiner Heimat vertrieben hatten. Weiser Bär erzählte von zahllosen Jahren auf dem Eis, von den Auseinandersetzungen mit dem Katzenvolk im Westen und dem Handel mit dem Wolfsvolk im Norden. Das Leben war unverändert seinen Lauf gegangen – bis das Katzenvolk von Ehrgeiz heimgesucht wurde. Offenbar war bei ihnen ein neuer Schamane aufgetaucht, der große Macht über die Tiere hatte. Unter seinem Einfluss wurde das Katzenvolk immer unzufriedener und blickte mit großem Neid auf die riesigen Jagdgründe ihrer Nachbarn. Alleine konnten sie natürlich nicht hoffen, diese zu besiegen, mochten sie noch so viele Streitkatzen und Speerfalken züchten, also suchten sie ein Bündnis mit den Eisenverarbeitern des Südens zu schließen. Ursprünglich hatten sie die Südländer mit einer Mischung aus Staunen und Abscheu betrachtet, da sie das ganze Jahr in derselben Behausung wohnten und sich einsperrten, wenn Schnee fiel; ihr einziger Nutzen bestand im Handel mit Fellen und den Eisenwerkzeugen, die sie fertigten. Aber in den vergangenen Jahrhunderten hatten sie sich verändert, waren immer weiter nach Norden gewandert, und nicht immer wegen des Handels. Kinder wurden geraubt und in Ketten nach Süden verschleppt. Natürlich übte das Bärenvolk Rache, denn einer Fehde darf man auf dem Eis nicht den Rücken zukehren; zahlreiche Eisenverarbeiter wurden getötet, doch es kamen immer mehr von ihnen in den Norden, und der Schamane des Katzenvolkes sah darin eine Gelegenheit, ein Bündnis zu schließen.

»Aber ihr habt sie besiegt«, sagte Vaelin, der an die Vision von der großen Schlacht zwischen Katze und Bär denken musste. »Ihr habt sie vertrieben, und sie sind hier unten im Süden umgekommen.«

»Viele … viele Männer verloren«, sagte Weiser Bär. »Viele Bären. Zu viele.«

Mit ihrem Sieg hatten sie sich nur eine Galgenfrist erkauft, und zwar eine äußerst kostspielige. Als die Volarianer in großer Zahl nach Norden kamen, waren sie zu schwach, um sich ihnen entgegenzustellen. Das Wolfsvolk war nach Osten geflohen, und das Bärenvolk nach Westen – das Eis würden sie nie wiedersehen.

◆ ◆ ◆

Die Bucht trug den Namen »Spiegelsund«, weil sich auf ihrer ruhigen Oberfläche die mit hohen Bäumen bestandenen Berghänge beiderseits des Ufers spiegelten. Dahrena führte das Bärenvolk zu der Siedlung am Ostufer, die von einer baufälligen Palisade eingezäunt war, die Holzhütten von Schlingpflanzen und Moos überwuchert. Weiser Bär warf nur einen flüchtigen Blick darauf, bevor er seine Aufmerksamkeit dem Wasser zuwandte. »Boote«, sagte er.

»Ich kann welche herbringen lassen«, schlug Vaelin dem Schamanen vor, doch dieser schüttelte den Kopf.

»Boote bauen.«

Er verschwand zusammen mit einer Gruppe jüngerer Männer zwischen den Bäumen, und bald hallten Axtschläge durch den Wald. Einige Stunden später kehrten sie mit mehreren mittelgroßen Stämmen zurück und machten sich daran, die Rinde von ihnen abzulösen. Dann wurde sie mit einigen wohlplazierten Axthieben gespalten, ausgehöhlt und die runden Seiten zu einem Bootsrumpf geformt. Innerhalb von zwei Tagen hatte das Bärenvolk eine Flotte von zehn Booten beieinander, während am Ufer an weiteren gearbeitet wurde. Außerdem hatten sie angefangen, in der Bucht zu fischen, wobei sie vor allem Kabeljau und einige Lachse fingen.

Sie unternahmen keine Anstrengungen, die Siedlung wieder aufzubauen – im Gegenteil, sie rissen sogar einige Hütten ab und benutzten die Bretter als Feuerholz. Ihre eigenen Unterkünfte bestanden aus leicht zusammenklappbaren runden Zelten aus gebogenen Zweigen, die mit Fellen und Laub bedeckt waren. »Wir wandern«, erklärte der Schamane Vaelin auf die Frage hin, wo sie sich niederlassen wollten. »Menschen sind unser Zuhause … nicht Ort.«

In jener Nacht wurde das erste Kind geboren, ein Mädchen, dessen Mutter so lange überlebt hatte, weil die Familie sich aufgeopfert und gehungert hatte, damit sie zu essen bekam. Der Schamane trat aus dem Zelt und hielt das Kind hoch, das sich wand und lauthals schrie. Seine Segenswünsche veranlassten das Bärenvolk, sich ehrfürchtig schweigend zu erheben. Da spürte Vaelin, wie der Schleier der Verzweiflung sich hob, der über diesen Menschen gelegen hatte – auf manchen Gesichtern sah er ein Lächeln, auf anderen Tränen. Sie mochten ihren Namen verloren haben, aber sie hatten ins Leben zurückgefunden.

Am nächsten Morgen verabschiedete er sich von ihnen, nachdem er versprochen hatte, in zwei Monaten mit frischen Vorräten zurückzukehren, auch wenn er bezweifelte, dass das nötig sein würde – seine neuen Freunde waren erfahrene Jäger. Weiser Bär strahlte vor Dankbarkeit und hielt lange Vaelins Hände umfasst. Aber seine Stimmung klang auch unheilvoll, als er sagte: »Volariaaanns. Kommen bestimmt.«

»Hier können sie euch nichts antun«, erwiderte Vaelin. »Und wenn sie kommen, kämpfen wir gemeinsam gegen sie.«

Der Schamane runzelte die Stirn, und die Vision, die er heraufbeschwor, war von großem Mitleid durchdrungen: *eine Armee, dunkle Reihen von Infanterie und Kavallerie, die sich über eine eisbedeckte Ebene hinzogen – mehr, als mit einem Blick gezählt werden konnten, alle unterwegs nach Süden zu einer fernen Hafenstadt.* »Wollen nicht … zu uns«, sagte er. »Zu euch.«

◆ ◆ ◆

An jenem Tag ritt Vaelin meist schweigend einher. Die Vision des alten Mannes wollte ihm nicht aus dem Sinn gehen.

»Sie haben das Mädchen ›Dunkelauge‹ getauft«, erzählte ihm Dahrena, die neben ihm ritt. »Euch zu Ehren.«

Er nickte, noch immer in Gedanken versunken. *Der Schamane zeigt mir Bilder von einer Armee, die in die Königslande einmarschiert, aber das Lied des Blutes warnt mich nicht. Und zwischen uns und Volaria liegt ein ganzer Ozean.*

»Ich bin froh, wenn ich wieder zu Hause bin«, sagte Dahrena. »Es ist einige Jahre her, seit ich so viel Zeit im Sattel verbracht habe. Ich fürchte, ich habe mich allzu sehr an das gemächliche Leben gewöhnt.«

»Ich würde gerne meine Freunde besuchen, bevor wir zum Turm zurückkehren«, sagte er. »Wenn Ihr mich begleiten wollt?«

»Nur zu gerne, Euer Lordschaft.« Sie verfiel einen Moment in Schweigen und lachte dann leise.

»Edle Dame?«

»Mir ist nur etwas eingefallen, das Bruder Kehlan gesagt hat: ›Sie schicken uns einen Kriegstreiber.‹ Stattdessen haben sie uns einen Friedensstifter geschickt.«

Am Abend setzte er sich einige Schritte entfernt von dem Feuer nieder, an dem Dahrena Hauptmann Orven und der Eorhilanerin Gesellschaft leistete – weit genug, um von den Stimmen nicht abgelenkt zu werden. Dann begann er zu singen. Seine Schwester fand er zuerst. Sie tupfte in ihrem Turmzimmer Farbe auf eine Leinwand – ein Bild des Hafens, die Schiffe und Matrosen mit ihrer üblichen beeindruckenden Präzision dargestellt. Sie schien ganz in ihre Arbeit vertieft, aber es schmerzte ihn, sie so einsam zu sehen.

Reva war als Nächstes an der Reihe, und es war das erste Mal, dass er sie auf diesem Wege aufspürte. Als er sah, dass sie in Sicherheit war, empfand er große Erleichterung. Mit gewohnt finsterer Miene betrachtete sie eine vollbusige Frau, die eine Schriftrolle in der Hand hielt. Allem Anschein nach befanden sie sich in einer Bibliothek, und durch das Fenster konnte er die beiden Türme der Kathedrale von Alltor erkennen. Es war seltsam, Reva in einem Kleid zu sehen; ganz offensichtlich langweilte sie sich, während sie der Frau zuhörte, die Vaelin irgendwie bekannt vorkam. Revas Miene verdüsterte sich noch mehr, bevor sie zu einer gewiss schneidenden Erwiderung ansetzte. Die Frau lachte jedoch nur und griff nach einer weiteren Schriftrolle.

Caenis fand er in einem Heerlager der königlichen Armee vor; er beratschlagte sich gerade mit anderen Offizieren der Wolfsläufer. Ihre Mienen wirkten alle äußerst angespannt, ein Ausdruck, den er nur zu gut kannte: Diese Männer zogen in den Krieg. *Noch mehr Zwietracht in den Königslanden?*, fragte er sich, und sein Unbehagen wuchs. *Oder etwas Schlimmeres?*

Caenis wirkte auch im Angesicht des bevorstehenden Blutvergießens so unbekümmert wie eh und je und erteilte mit einer Selbstsicherheit Befehle, die Vaelin noch immer vertraut war. Das Lied jedoch hatte einen kummervollen Beiklang, während er seinen Bruder beobachtete, und er wusste, dass ihre letzten Worte schwer auf ihm lasteten.

Er schweifte weiter, spürte jedoch, dass die Kälte ihn bald zwingen würde, sein Lied abzubrechen. Die verbliebene Kraft wandte er auf, um nach Frentis zu suchen, doch wie immer erwies sich das als hoffnungslos. Das Lied wurde misstönend, die Bilder bruchstückhaft, eine Ansammlung von Felsen in der Wüste, ein brennendes Haus, ein Schiff, das in den Hafen einfuhr … das letzte Bild erwies sich als besonders eindrücklich, auch wenn es nur wenige Sekunden anhielt – die Melodie verkündete Unheil, während das Schiff durch die Wellen pflügte, Rumpf und Segel ganz dunkel vom Alter …

Das Frösteln nahm weiter zu und noch mehr Wärme entwich seinem Körper, und da begriff er, dass er aufhören musste. Er versuchte die Augen zu öffnen, damit das Lied verstummte, aber es gehorchte ihm nicht, eine neue Vision verdrängte die bisherige, und plötzlich sah er eine Straße, die durch den Urlisch führte. Eine junge Frau mit goldenem Haar ritt an der Spitze eines Kavallerieregiments auf einem Pony, neben sich eine hochgewachsene Lonakerin. *Lyrna* … Die Prinzessin war in den Jahren seit ihrer letzten Begegnung noch schöner geworden, doch die Widrigkeiten, denen sie ausgesetzt gewesen war, hatten sie auf eine Weise verändert, die über bloße Schönheit hinausging. Sie strahlte eine innere Ruhe aus, die sie damals noch nicht besessen hatte, und ihr Lachen sprach von ehrlicher Freundschaft gegenüber der Lonakerin. Außerdem verriet das Leuchten in ihren Augen jetzt verstörend deutlich den scharfen Verstand, den sie früher so gut zu verbergen gewusst hatte. Der Klang des Liedes wurde tiefer, je länger die Vision andauerte, und Lyrnas Gesicht wurde immer größer; die unheimliche Melodie, welche die Ankunft des dunklen Schiffes begleitete, zog sich hin und wurde zunehmend schriller, bis sie fast einem Schrei glich …

Er hustete und spürte, wie ihm Blut über das Kinn lief. Er lag nach Luft schnappend auf dem Rücken, die Kälte so durchdringend, dass er am ganzen Leib zitterte. »Bleibt still liegen, Euer Lordschaft.« Dahrenas Stimme war ein Flüstern, ihre Hände lagen warm auf seinem Gesicht, und sie hatte sorgenvoll die Stirn gerunzelt. »Ich fürchte, Ihr seid sehr töricht gewesen.«

◆ ◆ ◆

»Als ich bei den Seordahnern lebte, habe ich eine Frau kennengelernt. Ziemlich klein, ziemlich alt, aber jeder in ihrem Stamm erwies ihr den allergrößten Respekt.« Dahrena warf noch etwas Holz in die Flammen und sprach weiter. Vaelin hatte seinen Umhang um sich gewickelt und kauerte so dicht am Feuer wie nur möglich. Das Frösteln hatte ein wenig nachgelassen, aber er zitterte noch immer.

»Ich habe ihre Begabung gespürt«, fuhr Dahrena fort. »Und sie die meine. Die Seordahner sind nicht wie wir, sie sprechen offen über das Dunkle, versuchen es zu verstehen, auch wenn das selbst den Weisesten unter ihnen nicht ganz gelingt. Die alte Frau hat mir erklärt, was es mit diesen Fähigkeiten auf sich hat. Je stärker sie sind, umso größer ist der Preis, den sie fordern. Aus diesem Grund wandte sie ihre eigene

Gabe nur selten an, denn sie war wirklich mächtig, jeder Augenblick, den sie ihr freien Lauf ließ, brachte sie dem Tod ein Stück näher, und sie wollte ihre Enkel aufwachsen sehen. Ich habe nur einmal erlebt, wie sie ihre Gabe einsetzte, und zwar, als der Sommer kam. Brände sind im großen Wald während der warmen Monate keine Seltenheit; das Unterholz trocknet aus, und es braucht nur einen einzigen Blitzschlag, und ganze Landstriche stehen in Flammen. Die Seordahner fürchten die sommerlichen Brände nicht – im Gegenteil, sie heißen sie willkommen, den sie lichten den Wald, wo kaum noch Platz zum Jagen ist, und auf dem mit Asche gedüngten Boden wachsen starke Bäume nach. Manchmal jedoch breitet sich das Feuer zu weit aus, und wenn zwei Brände aufeinandertreffen, gebären sie ein Inferno, das mehr zerstört, als es erneuert. Und in jenem Sommer war es sehr heiß.

Als wir das Feuer bemerkten, war es bereits so nah, dass wir nicht mehr fliehen konnten – es sprang von einem Baum zum nächsten, als wäre es ein hungriges Tier und wir seine Beute. Bald war das Lager auf allen Seiten von Flammen umzingelt, und wir kauerten in der Mitte. Meine Brüder und Schwestern stimmten ihr Todeslied an. Da trat plötzlich diese kleine alte Frau vor. Sie sprach keine Beschwörungsformel, gestikulierte nicht wild, sondern stand nur da und starrte das Feuer an. Und der Himmel … der Himmel wurde schwarz. Wind kam auf, kalt und eisig, brachte Regen, einen Regen, der mit solcher Wucht fiel, dass wir zu Boden geworfen wurden und ich schon befürchtete, wir würden zwar vor den Flammen gerettet, dafür jedoch ertrinken. Dampf schoss empor, als das Wasser auf das Feuer traf, und dichter Nebel hüllte uns ein, und als er sich verzog, war das Feuer erloschen, und nur noch feuchte, schwarze Baumstümpfe blieben zurück und eine alte Frau, die auf dem Boden lag wie Ihr jetzt, und die ebenso blutete.«

Vaelin rieb die Hände aneinander und biss die Zähne zusammen, damit sie nicht klapperten. »H-hat sie überlebt?«

Dahrena lächelte kaum merklich und nickte. »Eine Jahreszeit noch. Soweit ich weiß, hat sie ihre Gabe nie wieder eingesetzt. Es mag seltsam klingen, aber der Sommer endete an jenem Tag, und Regen und Wind traten, bis der Herbst mit seinen goldenen Blättern kam, an die Stelle der sommerlichen Wärme. Sie erklärte mir, sie habe das Gleichgewicht zu sehr aus dem Lot gebracht, und es würde eine Weile dauern, bis die Waagschalen sich wieder ausgerichtet hätten.«

Dahrena streckte eine Hand nach dem Feuer aus und spreizte die Finger. »Unsere Gaben machen uns zu dem, was wir sind, Euer Lordschaft. Sie kommen nicht von anderswo, sie sind ebenso ein Teil von Euch wie Eure Gedanken und Eure Sinne, und wie alles, was man vollbringt, bedürfen sie der Nahrung – Nahrung, die jedes Mal brennt, wenn wir unsere Gabe einsetzen, wie das Feuer brennt, bis nur noch Asche übrig ist.« Mit ernster Miene zog sie ihre Hand zurück. »Als Eure Erste Ratsherrin bitte ich Euch, künftig etwas mehr Vorsicht walten zu lassen.«

»U-uns steht Schlimmes bevor«, stammelte er. »Mein Lied hat mich gewarnt.«

»Vor was?«

Lyrnas Gesicht … das Lied so schrill wie ein Schrei …

Er schloss die Augen, um die Vision nicht länger sehen zu müssen, denn er fürchtete, das Lied könnte zurückkehren. Eine weitere Strophe würde er nicht überleben. »Ich w-weiß es nicht. A-aber es gibt einen, d-der der Gabe mächtig ist, der uns v-vielleicht helfen kann. Er lebt an einem O-ort, den sie die Dunkle Kluft nennen … ein Mann namens Harlick.«

◆ ◆ ◆

Sie bat ihn, sich noch einen Tag lang auszuruhen, aber er weigerte sich. Stattdessen stieg er unter großen Mühen in den Sattel und verhinderte durch bloße Willenskraft, dass er wieder herunterfiel; allerdings musste Hauptmann Orven ein paar Mal die Hand ausstrecken und ihn stützen. Die plötzliche und unerklärliche Schwäche seines Turmherrn beunruhigte ihn zutiefst, aber er war klug genug, keine Fragen zu stellen. Insha ka Forna empfand jedoch keine solche Zurückhaltung; im Laufe des Tages machte sie Dahrena gegenüber mehrere bissige Bemerkungen. Vaelin hielt es für das Beste, nicht um eine Übersetzung zu bitten. Orven schaute jedes Mal äußerst betreten drein, was darauf schließen ließ, dass er die Sprache der Eorhilaner zunehmend besser beherrschte.

Bis zum Mittag ließ das Frösteln merklich nach, und als sie ihr Lager aufschlugen, zitterte er nicht mehr. Aber die Vision war noch gegenwärtig, und das Gesicht der Prinzessin tauchte immer wieder vor seinem geistigen Auge auf. Während seiner Gefangenschaft hatte er sie niemals mittels des Gesangs aufzuspüren versucht, mehr aus Gleichgültigkeit denn aus Groll.

Sein Zorn auf sie war an jenem Tag am Kai von Linesch verblasst, aber sein Respekt vor ihr beschränkte sich weiterhin auf ihren scharfen Verstand. Ihr Ehrgeiz war zu groß gewesen und ihr gemeinsames Verbrechen zu entsetzlich, um noch Platz für Zuneigung oder Freundschaft zu lassen. Manchmal jedoch spürte er, wie das Lied an ihm zerrte und die Melodie anstimmte, die ihn an seine letzte Vision von ihr erinnerte – damals hatte sie geweint, allein und ohne dass es jemand sehen konnte. Aber er hatte den Verlockungen des Liedes stets widerstanden und sich stattdessen auf Frentis konzentriert und, hin und wieder, auf Sherin. Auf Ersteren hatte er nie auch nur mehr als einen undeutlichen Blick erhascht, und die Visionen von der Letzteren wurden immer schwächer.

Liegt das daran, dass sie spürt, wie unsere Liebe dahinschwindet?, fragte er sich oft. Inzwischen hatte er begriffen, dass das Lied des Blutes durchaus Grenzen kannte, dass er nur diejenigen aufspüren konnte, die ihm vertraut, die irgendwie seiner Seele nahegekommen waren, und selbst dann ließ die Klarheit seiner Visionen mit der Zeit nach. Seine ersten Visionen von Sherin waren hell und deutlich gewesen, als würde er durch auf Hochglanz poliertes Glas blicken, das allerdings mit der Zeit immer undurchsichtiger wurde.

Das letzte Mal hatte er sie an der Seite von Ahm Lin gesehen; die beiden hatten sich im Innenhof eines Hauses aufgehalten, dessen Bauweise ihm völlig fremd war, und einige Worte mit einem Mann in einfacher Kleidung gewechselt, der zwar unbewaffnet war, aber wie ein Krieger wirkte. Vaelin entging nicht, wie der Mann versuchte, seine Achtung vor Sherin zu verbergen, aber diese war offenbar beträchtlich, denn er konnte den Blick nicht von ihr abwenden. Vaelin wusste, dass er Sherin einst mit fast genau derselben Miene angesehen hatte. Die Vision verblasste und ließ Schmerz und Bedauern zurück. Fast ein Jahr suchte er nicht mehr nach ihr, und als er es dann tat, spürte er nichts außer klarer Luft und großer Höhe, als stünde sie auf dem Gipfel eines Berges … das, und noch etwas anderes; sie war glücklich gewesen.

◆ ◆ ◆

Der Ritt zu jenem Ort, den Schwester Virula die Dunkle Kluft nannte und Dahrena Kap Nehrin, dauerte fast eine ganze Woche. Sie suchten sich einen Weg an Berghängen entlang und durch dunkle Wälder. Hin und wieder legten sie in einer Siedlung eine Pause ein, und Vaelin verstand zunehmend, welche Mühsal und welcher Lohn auf diejenigen warteten, die sich in den Nordlanden niederließen.

»Vor vier Jahren bin ich hier raufgekommen, Euer Lordschaft«, sagte ein asraelischer Kahnführer und entblößte seine Zahnlücken. Sie befanden sich in Lovensbucht, einem kleinen Hafen, der gut vierzig Meilen südlich vom Spiegelsund in der Nähe mehrerer Minen lag. »Hab schon als Junge auf dem Salzfluss Kähne gesteuert – bis der Flottenherr mich vor drei Jahren in Dienst nahm. Inzwischen wurde die Hälfte der Flotte verkauft, um die Kriegsschulden zu bezahlen. Mich haben sie am Kai abgesetzt, mit nicht mehr als dem Hemd, das ich am Leib trug. Musste auf einem Frachter anheuern, um mir die Passage in die Nordlande zu verdienen. Bin ohne einen Groschen an Land gegangen. Jetzt hab ich eine Frau, einen Sohn, ein Haus und ein Drittel Anteil an einem Kahn.«

»Vermisst Ihr die Königslande nicht?«, fragte Vaelin.

»Was sollte ich da vermissen? Dort wird ein Mann in seinen Stand hineingeboren, hier geht jeder seinen eigenen Weg. Und die Luft.« Der Kahnführer legte den Kopf in den Nacken und atmete tief durch. »Sie ist klarer, wohltuender. In den Königslanden war ich immer am Ersticken.«

Kap Nehrin lag auf einer Landzunge an einer sichelförmigen Bucht, wo hohe Wellen an einen weißen Sandstrand schlugen. Vielleicht vierzig Häuser gab es hier, aus schwerem Stein wohlgebaut, um den Stürmen zu widerstehen.

Vaelin und seine Gefährten trafen am späten Nachmittag ein, als gerade eine Horde von Kindern aus einem größeren Gebäude gestürmt kam. Nichts wies darauf hin, dass sich der Glaube hier ausgebreitet hatte, und auch ein Wachhaus war nirgendwo zu sehen.

Vaelin ritt zu dem großen Gebäude hinüber, wo ein blonder, bärtiger Mann mit einem ebenso blonden Jungen spielte, der nicht mehr als sechs Jahre alt war. Der Junge warf mit Steinen, die er zu seinen Füßen aufgehäuft hatte, nach dem blonden Mann, und der Mann schlug sie mit einem Stock beiseite. Trotz seines Alters hatte der Junge einen guten Arm, und seine Würfe waren schnell und präzise, doch der Mann fegte jeden Stein mit unfehlbarer Präzision aus der Luft. Als er Vaelin sah, hielt er inne und stieß dann ein schmerzerfülltes Ächzen aus – einer der Steine des Jungen hatte ihn an der Brust getroffen.

»Hab dich, Vater!«, kreischte der Junge und hüpfte vor Begeisterung auf und ab. »Hab dich! Hab dich!«

Vaelin stieg einige Schritte entfernt ab und schritt auf den blonden Mann zu, der den Stock fallen ließ und ihm mit offenen Armen entgegenrannte.

»Bruder«, sagte Vaelin.

»Bruder.« Nortah lachte. »Ich habe es kaum für möglich gehalten, aber da bist du.«

Vaelin trat einen Schritt zurück. Der Junge starrte ihn neugierig an, und die Siedler hielten alle in ihrer Arbeit inne, um den Turmherrn zu betrachten. In der Nähe so vieler Begabter wurde das Lied des Blutes merklich lauter.

»Artis«, sagte Nortah an den Jungen gewandt. »Begrüße deinen Onkel Vaelin.«

Der Junge blieb noch einen Moment reglos stehen und verbeugte sich dann unbeholfen. »Onkel.«

Vaelin erwiderte die Verbeugung und spürte dabei, wie das Lied wieder ein wenig leiser wurde. *Der Junge verfügt nicht über die Gabe.* »Neffe. Ich sehe, du hast den Arm deines Vaters.«

»Du solltest ihn mit einer Schleuder sehen«, erwiderte Nortah. Als Dahrena sich zu ihnen gesellte, verneigte er sich vor ihr. »Edle Dame. Euer Besuch ist uns stets willkommen.«

»Lehrer.« Dahrena neigte ebenfalls den Kopf.

»Wir haben von der Horde gehört«, sagte Nortah. »Meine Freunde hier machen sich große Sorgen.«

»Es war nicht die Horde«, entgegnete sie. »Nur hungernde Menschen auf der Suche nach einer Zuflucht. Der Herr des Turmes hat sich ihrer angenommen.«

»Bist du um eine Schlacht betrogen worden, Bruder?«, fragte Nortah, ein kaum merkliches Funkeln in den Augen. »Das muss eine bittere Pille gewesen sein.«

»Eine, die ich nur zu gerne geschluckt habe.«

Nortahs Blick schweifte zu dem Segeltuchbündel, das an Vaelins Sattel hing. Seine Augen wurden schmal, aber er ließ die Sache auf sich beruhen. »Kommt, kommt.« Er wandte sich um, bedeutete ihnen, ihm zu folgen, und nahm Artis an der Hand. »Sella freut sich bestimmt, dich zu sehen.«

Sella war gerade damit beschäftigt, Wäsche auf eine Leine zu hängen, die seitlich an ihrem einstöckigen Haus befestigt war. Nicht weit entfernt saß ein vierjähriges Mädchen auf einer großen Katze, die im Kreis lief, während das Mädchen kicherte und auf ihrem Rücken auf und ab hüpfte. Als die Katze ihre spitzen Reißzähne entblößte, tänzelten die Pferde erschrocken hin und her. Vaelin befahl Orven, in einiger Entfernung das Lager aufzuschlagen.

Sella, die Handschuhe trug, kam mit einem strahlenden Lächeln herbeigeeilt und umarmte ihn. Sie war noch genauso hübsch wie in seiner Erinnerung, auch wenn sich ihr Kleid im Wind über einem runden Bauch aufbauschte. *Zwillinge*, erklärten ihre Hände, als sie seinen Blick sah. *Ein Junge und ein Mädchen. Den Jungen werden wir Vaelin taufen.*

»Ach, mit diesem Fluch müsst ihr ihn nicht belasten«, sagte er und drückte ihre Hand.

Das ist kein Fluch. Sondern ein Segen. Sie reichte Dahrena die Hand, und diese ergriff sie mit den Worten: »Es ist schon viel zu lange her.«

Schneetanz kam herübergetappt, rieb den mächtigen Kopf an Vaelins Schenkeln und schnurrte wie ferner Donner, als er ihr das Fell kraulte. Seit er sie in der gefallenen Stadt gesehen hatte, war sie zu voller Größe herangewachsen. Das kleine Mädchen auf ihrem Rücken starrte mit weit aufgerissenen Augen zu Vaelin hoch. Das Lied des Blutes regte sich, und in seinem Kopf überschlugen sich zahlreiche Bilder: *Spielsachen und Süßigkeiten und Gelächter und Tränen …* Er stieß ein Ächzen aus und biss die Zähne zusammen.

Sella klatschte in die Hände, und die Bilder verblassten. Das kleine Mädchen zog einen Schmollmund, als seine Mutter ihm mit dem Finger drohte. *Verzeihung*, sagten Sellas Hände zu Vaelin. *Das ist ihre übliche Begrüßung. Sie begreift noch nicht, dass nicht alle Menschen über ihre Fähigkeiten verfügen.*

Vaelin ging in die Hocke, sodass er dem Mädchen in die Augen blicken konnte. »Ich bin dein Onkel Vaelin«, sagte er. »Und wer bist du?«

Ein Murmeln in seinen Gedanken, leise und schüchtern. *Lohren.*

Sella klatschte erneut in die Hände. Das Mädchen runzelte die Stirn und sagte dann mit missmutiger Stimme: »Lohren.«

»Es freut mich sehr, dich kennenzulernen, Lohren.«

»Ich hatte mal einen Traum«, sagte sie mit einem breiten Lächeln. »Da habe ich dich an einem Strand gesehen, mitten in der Nacht, und du hast mit einer Axt einen Mann erschlagen.«

Sella nahm ihre Hand, zog ihre Tochter vom Rücken der großen Katze und machte, während sie mit ihr zum Haus hinüberging, mit der anderen Hand das Zeichen für Essen.

»Zerbrich dir nicht den Kopf darüber«, sagte Nortah. »Du solltest hören, was sie von mir träumt.«

◆ ◆ ◆

Sella reichte ihnen Fischpastete und in Zwiebelbrühe gekochte Kartoffeln, während Nortah erzählte, wie sie von der gefallenen Stadt in die Nordlande gelangt waren. »Wir haben fast vier Monate gebraucht, und nicht alle haben es geschafft.«

»Die Lonaker?«, fragte Vaelin.

»Nein, die haben uns merkwürdigerweise keine Schwierigkeiten bereitet. Es war die Kälte – der Winter brach früh herein und hat uns draußen auf den Ebenen überrascht. Ohne die Eorhilaner wären wir bestimmt verhungert. Begabte Menschen können viel tun, aber aus dem Nichts etwas zu essen herbeizaubern gehört nicht dazu. Die Eorhilaner haben uns mit Nahrung versorgt und zum Turm geführt, wo Erzfürst Al Myrna, dank des wohlwollenden Einflusses von Lady Dahrena, die Gnade besaß, uns die Pacht der lange brachliegenden Siedlung am Kap Nehrin zu überlassen.«

»Deine Mutter und deine Schwestern?«, fragte Vaelin.

Nortahs Miene verdüsterte sich. »Mutter ist ein Jahr, bevor wir hierhergekommen sind, gestorben. Meine Schwestern …« Er sprach nicht weiter, und Sella umfasste seine Hand. »Nun, nicht jedem gelingt es, seine Furcht vor dem Dunklen zu meistern. Die Stimme deiner Nichte in deinem Kopf zu hören, bevor sie alt genug ist, um sprechen zu können – das bringt so manchen aus der Fassung. Hulla hat einen Feldwebel der Nordgarde geheiratet, Kerran einen Kaufmann. Sie leben in Nordturm und fühlen sich nicht verpflichtet, uns zu besuchen.«

Vaelin beendete seine Mahlzeit, bevor er ein neues Thema anschnitt. »Ist Harlick noch bei euch?«

»In gewisser Hinsicht«, erwiderte Nortah. »Er lebt für sich in einer Hütte am Strand, wo er von morgens bis abends schreibt. Allerdings lässt er nie jemanden etwas davon lesen. Die meisten stören sich nicht daran und lassen ihn in Ruhe, bis auf Flechter. Er fertigt Körbe und bietet sie feil, damit sie etwas zu essen haben.«

Vaelin stand vom Tisch auf. »Wenn ihr uns bitte entschuldigt – Lady Dahrena und ich müssen mit ihm sprechen.«

Ihr könnt heute Nacht bei uns bleiben, gab Sella ihm mit Handzeichen zu verstehen. *Wir haben genug Platz.*

Das Haus war tatsächlich groß genug, um darin mehrere Gäste unterzubringen. Nortah hatte ihnen erzählt, dass es von einem Exilanten aus dem alpiranischen Reich errichtet worden war, der es für angemessen hielt, die Tradition seines Stammes weiterzuführen und mehrere Frauen zu haben.

»Er hat eine von ihnen geschlagen«, warf Lohren ein. »Und zwar heftig, was die anderen Frauen wütend gemacht hat. Sie haben ihn gemeinsam erstochen.« Sie packte ihre Gabel und stieß sie in den Brotlaib. »Zack! Zack! Zack!« Als Sella ihre Hände umfasste, hielt sie mit verdrießlicher Miene inne.

»Ich bleibe gerne hier«, erwiderte Vaelin an Sella gewandt. Zu Dahrena sagte er: »Wenn Ihr so nett sein würdet, mich an den Strand zu begleiten?«

◆ ◆ ◆

»Ich habe den Krieg durchgemacht und in die Seelen mörderischer Männer geblickt«, erklärte Dahrena, während sie über den Sand zu Harlicks Hütte schlenderten. »Aber dieses kleine Mädchen macht mir mehr Angst als all das zusammengenommen.«

»Eine solche Macht weckt allzu leicht unsere Furcht«, pflichtete Vaelin ihr bei. »Ihre Gabe wird noch schwerer auszuhalten sein, wenn sie erst einmal älter ist.«

»Wenigstens hat sie einen begabten Onkel, der helfen kann, sie zu beschützen.

»Wohl wahr.«

»Wie viel Jahre sind vergangen, seid Ihr den Lehrer das letzte Mal gesehen habt?«

»Warum nennt Ihr ihn so?«

»Das ist der einzige Name, den er sich selbst gibt, und es beschreibt auch am besten, was er tut. Die Kinder versammeln sich fast jeden Tag in der Schule um ihn. Einige der Erwachsenen ebenso – diejenigen, die Schwierigkeiten mit Zahlen und Buchstaben haben. Er unterrichtet sie alle, und das sehr gut. Auf seine Art ist er ebenfalls begabt.«

Vaelin musste daran denken, wie geduldig Nortah vor der Wissensprüfung mit Dentos gewesen war, wie er es vollbracht hatte, dass Frentis im Unterricht stillsaß, und wie schnell er die Kompanie der Bogenschützen bei den Wolfsläufern ausgebildet hatte. *All die Jahre ist er im tiefsten Inneren ein Lehrer gewesen. Wäre er beim Orden geblieben, hätte er es mit der Zeit gewiss zum Bogenmeister gebracht.* »Das ist jetzt bestimmt acht Jahre her«, sagte er. »Seit der gefallenen Stadt. Ich bin froh, dass sie sich hier niederlassen konnten.«

»Nicht wenige haben meinem Vater geraten, sie abzuweisen. Die Eorhilaner haben ihre Fähigkeiten mit aller Deutlichkeit beschrieben und damit die Angst der Leute geweckt.«

»Aber er hat auf Euch gehört.«

»Wenn ich ehrlich bin, glaube ich, dass er ihnen in jedem Fall Zuflucht gewährt hätte. Sein Herz konnte nicht anders, als großzügig zu sein.«

Ihre Worte riefen unliebsame Erinnerungen an Sherin wach, und so war er froh, dass die Hütte direkt vor ihnen lag. Sie war aus Treibholz zusammengeschustert und mit einem Schieferdach versehen, aus dem ein Ofenrohr ragte. Fenster gab es keine, aber durch die halboffene Tür war Kerzenschein zu sehen. Ein breitschultriger Mann in einem ärmellosen Wams saß davor im Sand, das gelockte blonde Haar vom Wind zerzaust; mit starken Armen und geschickten Händen verflocht er breite Seegrasblätter miteinander. Im Windschatten der Hütte lag ein Haufen fertiger Körbe.

»Flechter«, grüßte Vaelin. »Freut mich, Euch zu sehen, mein Herr.«

Das breite, anziehende Gesicht hob sich, und ein sanftes Lächeln umspielte die Lippen. Die blauen Augen richteten sich erst auf Vaelin und dann auf Dahrena, bevor sie sich wieder seinen Händen zuwandten. »Keine Schmerzen«, sagte er.

Die Tür öffnete sich knarrend, und zum Vorschein kam ein schmächtiger Mann mit langem aschgrauem Haar und abweisender Miene. »Was wollt Ihr?«, fragte er Vaelin. Seine barsche Stimme war voller Unmut, vielleicht weil er bei der Arbeit gestört wurde, oder vielleicht weil Vaelin ihm bei ihrer letzten Begegnung Angst eingejagt hatte.

»Dasselbe wie eh und je, Bruder«, erwiderte Vaelin. »Antworten auf schwierige Fragen.«

Harlick schüttelte den Kopf und wandte sich um. »Für Euch habe ich keine Antworten. Lasst mich in Frieden …«

»Euer Aspekt würde Euch, glaube ich, widersprechen.« Harlick hielt inne, und Vaelin fuhr fort. »Ich habe ihn erst kürzlich getroffen. Dabei fiel auch Euer Name. Möchtet Ihr wissen, in welchem Zusammenhang?«

Der Bibliothekar seufzte mit zusammengebissenen Zähnen und ging wieder hinein, ließ aber die Tür offen. Vaelin verneigte sich vor Dahrena. »Edle Dame, sollen wir?«

Harlicks Hütte war spartanisch eingerichtet – ein Tisch, ein Stuhl und ein schmales Bett. In einer Ecke stand ein eiserner Herd, darauf ein noch dampfender Kessel. Auf dem Tisch waren zahlreiche Pergamente zerstreut, und mehrere Schreibfedern lagen zwischen meist leeren Tintenfässern über die Seiten verstreut. Am meisten stachen jedoch die Schriftrollen ins Auge, die sich, zwanzig Reihen übereinander, an der hinteren Wand vom Boden bis zur Decke stapelten.

»Vergesst Ihr sie?«, fragte Vaelin. »Sobald Ihr sie niedergeschrieben habt?«

Harlick stieß einen heiseren Laut aus, ein Lachen vielleicht, und trat vor den Herd.

»Bitte verzeiht, edle Dame«, sagte Vaelin. »Darf ich vorstellen? Bruder Harlick aus dem siebten Orden, ehemaliger Gelehrter der großen Bibliothek von Varinsburg. Bruder, das ist Lady Dahrena, Erste Ratsherrin des Nordturms.«

Harlick deutete eine Verbeugung an. »Edle Dame. Bitte verzeiht mein bescheidenes Heim. Ich habe frisch aufgebrühten Tee, wenn Euch danach ist.«

Dahrena erwiderte die Verbeugung mit einem höflichen Lächeln. »Ein anderes Mal, mein Herr.«

»Wie Ihr wollt.« Harlick hob den Kessel von der Herdplatte. »Ich habe sowieso nur noch genug für eine Tasse.« Er löffelte ein paar Blätter aus einem Tontopf in eine kleine Porzellantasse und goss Wasser darüber.

»Euer Aspekt hat mir eine Geschichte erzählt«, sagte Vaelin. »Über einen Wald und einen toten Jungen.«

Es beeindruckte ihn, dass Harlicks Hand nicht im Geringsten zitterte, während er die Teeblätter umrührte. Allerdings warf er Dahrena einen vorsichtigen Blick zu.

»Vor dieser Dame habe ich keine Geheimnisse«, erklärte Vaelin.

Harlick seufzte und schüttelte den Kopf. »Ihr seid ein Lügner, Euer Lordschaft. Wir alle haben Geheimnisse. Ich vermute, dass die edle Dame selbst eine ganze Menge hat, von Euch ganz zu schweigen.«

Er hat sich verändert, stellte Vaelin fest. *Hat seine Angst verloren.* Sein Blick schweifte zu den Schriftrollen, welche die rückwärtige Wand bedeckten. *Vielleicht etwas, das er gelesen hat?*

»Sagt mir«, fuhr Harlick fort, setzte sich auf den einzigen Stuhl und nippte an seinem Tee. »Hat mein Aspekt Euch eine Nachricht an mich anvertraut? Einen Befehl, Eure Fragen zu beantworten?«

»Nein«, erwiderte Vaelin. »Aber er hat mir verraten, dass Eure Mission hier keine heilige Pflicht ist. Ihr steht nicht in seiner Gunst. Ihr könnt Euch sogar glücklich schätzen, dass Ihr am Leben seid. Und das hier …« Er sah sich in der Hütte um. »… ist Eure Strafe. Ihr seid verbannt worden.«

»Wie Ihr auch.« Harlick klang erschöpft. Er stellte seine Tasse beiseite und lehnte sich auf seinem Stuhl zurück. »Wenn Ihr hier seid, um Rache zu nehmen, dann bringt es hinter Euch. Meine Taten mögen töricht gewesen sein, aber meine Absichten waren aufrichtig und selbstlos.«

Zum ersten Mal seit Jahren spürte Vaelin ehrlichen Zorn in sich aufsteigen. »Töricht? Ihr habt Meuchelmörder bezahlt, um mich im Urlisch zu töten. Stattdessen haben sie meinen Bruder umgebracht. Einen Jungen von nur zwölf Jahren. Sie haben ihm den Kopf abgeschnitten. Wart Ihr dabei, um Euch das anzusehen? Habt Ihr erlebt, was für Folgen Eure *selbstlosen Absichten* hatten?«

»Euer Lordschaft?«, sagte Dahrena mit leiser Stimme, und Vaelin wurde sich bewusst, dass er kurz davorstand, mit geballten Fäusten auf den Gelehrten loszugehen.

Harlick erwiderte seinen Blick mit teilnahmsloser Miene. Allenfalls leichte Neugier stand ihm ins Gesicht geschrieben.

Vaelin holte tief Luft, wich einige Schritte zurück und spreizte die Finger. »Ihr wisst von meiner Gabe?«, fragte er, nachdem sich sein Atem wieder beruhigt hatte.

»Manifestationen, Band eins«, rezitierte Harlick mit ausdrucksloser Stimme. »Paragraph vier, Spalte eins. Alle bekannten Vorfälle unter den Seordahnern, keine davon gleichzeitig. Der seordahnische Name kann als ›Lied des Blutes‹ übersetzt werden, je nach Betonung. Bekannte Manifestationen in den Königslanden zum Zeitpunkt der Niederschrift: keine. Alle nachgewiesenen Manifestationen müssen umgehend dem Aspekten gemeldet werden.« Er blickte Vaelin in die Augen und fuhr dann fort. »Nachtrag: bekannte Manifestationen in den Königslanden: eine.«

»Wann?«, fragte Vaelin. »Seit wann wisst Ihr das?«

»Länger als Ihr, vermutlich. Ausnahmsweise war die Prophezeiung unmissverständlich. ›Ein Kind der Heilerin und des Kriegsherren.‹ Wer hätte es sonst sein sollen?«

»Was hat die Prophezeiung Euch darüber hinaus noch verraten?«

»Er wird den, der unter dem Wüstenmond wartet, im Stich lassen, und sein Lied wird von wiedergeborener Niedertracht für sich beansprucht werden.« Harlick trank noch einen Schluck Tee. »Ich hatte nicht vor, das zuzulassen.«

»Der Aspekt hat mir erzählt, dass es noch eine andere Prophezeiung gab, eine, die nicht ganz so pessimistisch war. Eine, der Ihr Euch entschlossen habt, keinen Glauben zu schenken.«

»Wir treffen alle unsere Entscheidungen. Manche sind schwerer als andere.«

»Also habt Ihr einen Meuchelmörder angeheuert, um zu verhindern, dass die Prophezeiung jemals wahr wird.«

»Wie, meint Ihr, sollte ich es anstellen, einen Meuchelmörder anzuheuern? Ein Gelehrter in der großen Bibliothek verfügt nicht über allzu viele Möglichkeiten, vor allem da ich wusste, dass mein Aspekt meine Absichten nicht billigte. Aber wie es sich ergab, brachten einige Nachforschungen jemanden ans Licht, der sich ebenfalls für diese Angelegenheit interessierte und sich mit solchen Dingen sehr gut auskannte. Vom Ersten Minister des Königs wird, so vermute ich, erwartet, dass er sich des Öfteren die Hände schmutzig macht.

Ein Erster Minister des Königs … »Artis Al Sendahl. Nortahs Vater hat diese Männer bezahlt?«

»Es bedurfte keiner großen Überzeugungsarbeit, glaubt mir. Anfangs hat er so getan, als wäre ihm das alles zuwider, aber nachdem ich ihm ein wenig von meinem dunklen Wissen eingeflüstert hatte, war er plötzlich ganz begeistert – schließlich musste er seine Pflicht gegenüber den Königslanden erfüllen. Außerdem gab es, nachdem der Sohn des Kriegsherrn tragischerweise dem Orden entrissen worden war, keinen Grund mehr, seinen eigenen Sohn weiterhin dort zu belassen.«

»Aber als Euer Plan scheiterte …«

»Wir hatten große Anstrengungen unternommen, damit niemand bemerkte, dass wir in diese Sache verwickelt waren, aber Euer Orden ist äußerst hartnäckig. Mehr als zwei Jahre haben sie gebraucht, um die Wahrheit herauszufinden, aber dann … mein Aspekt war nicht eben begeistert. Ich vermute, dass der König zu gegebener Zeit davon erfahren hat, weshalb Al Sendahl hingerichtet wurde, vorgeblich wegen Korruption.«

Vaelin musste an Janus' Worte zurückdenken: *Er hatte es nicht auf Geld abgesehen, sondern auf Macht.* Nortahs Vater wurde hingerichtet, weil er eine Entscheidung über Leben und Tod getroffen hatte, und diese ist dem König vorbehalten.

»Da war noch jemand in jener Nacht«, sagte er zu Harlick. »Die Meuchelmörder haben von jemand anderem gesprochen. Jemand, vor dem sie sich fürchteten. Wer war das?«

Der Gelehrte nippte wieder an seinem Tee. »Ich weiß nichts von jemand anderem.« Zum ersten Mal zeigte er Anzeichen von Furcht – seine Mundwinkel zuckten leicht, und er schürzte die Lippen. Das Lied des Blutes ließ einen Misston hören.

»Ihr kennt meine Gabe«, gab Vaelin zu bedenken.

Harlick stellte seine Teetasse auf den Tisch und schwieg. Vaelin spürte, wie sich seine Hände wieder zu Fäusten ballten. Er wusste, dass er alles aus Harlick herausprügeln konnte, wenn ihm danach war, denn so sorglos dieser auch tat, war er doch im tiefsten Innern ein Feigling. »Da sind noch andere«, sagte er. »Andere im siebten Orden, die Eure Meinung geteilt haben. Ihr habt nicht allein gehandelt.« Das Murmeln des Liedes bestätigte dies, während Harlick weiterhin schwieg. »Selbst jetzt«, fuhr Vaelin fort, »nach all den Jahren, klammert Ihr Euch noch immer an Eure Wahnvorstellung. Dass das, was Ihr getan habt, richtig war.«

»Nein«, erwiderte Harlick. »Alle Prophezeiungen sind falsch. Das sehe ich inzwischen ein. Diejenigen, die über die Gabe verfügen, in die Zukunft zu blicken, sind meist verrückt – von den zahllosen Visionen, die ihre Gedanken und Träume heimsuchen, in den Wahnsinn getrieben. Nicht die Zukunft sehen sie, sondern nur Möglichkeiten. Und Möglichkeiten gibt es unendlich viele. Stimmt Ihr mir da nicht zu? Ebenso gut könnte jetzt eine finstere Seele aus dem Jenseits vor mir stehen, mit Euren Fähigkeiten begabt und sogar zum Herrn des Turmes ernannt. Das Schicksal mag mich widerlegt haben, aber viel hat nicht gefehlt.«

»Nicht das Schicksal«, sagte Vaelin. »Blut, und das meiste davon unschuldig, viel davon durch meine Hand vergossen.«

Harlick nickte kaum merklich und sah Vaelin erwartungsvoll an – ganz offenbar hatte er sich in sein Schicksal gefügt. »Danke, dass ich noch meinen Tee trinken durfte, Euer Lordschaft.«

Vaelin stieß ein humorloses Lachen aus. »Oh, ich werde Euch nicht töten, Bruder. Ihr mögt ein überheblicher Lump sein, aber ich habe noch Verwendung für Euch. Und Ihr habt vieles wiedergutzumachen.

Ich ernenne Euch hiermit zum Archivar von Nordturm.« Er machte eine Handbewegung, die alles umfasste, was sich in der Hütte befand. »Packt Eure Sachen zusammen und macht Euch bereit, morgen früh aufzubrechen. Wir werden im Turm viel zu bereden haben. Edle Dame?«

Sie verneigte sich vor dem fassungslosen Harlick und folgte Vaelin aus der Hütte hinaus.

»Ich mag diesen Mann nicht«, sagte sie, während sie den Strand entlang zurückgingen.

Vaelin warf einen Blick über die Schulter und sah die hagere Gestalt des Gelehrten im Eingang der Hütte stehen. »Ich bezweifle, dass er sich selbst leiden …«

Es traf ihn wie ein Hammerschlag – das Lied schwoll wieder zu einem schrillen Crescendo an. Er geriet ins Taumeln und spürte, wie ihm Blut aus der Nase lief. Als sich aus dem Schrei eine Vision herausbildete, fiel er auf die Knie … *Flammen, alles steht in Flammen, alles ist Schmerz und Raserei … Ein Mann stirbt, eine Frau stirbt, Kinder sterben … Und der Schrei nimmt kein Ende … Die Flammen lodern auf, verschmelzen miteinander, zwei dunkle Flecken nehmen Gestalt an, bilden Augenhöhlen, während aus den Flammen ein Schädel wird, dann ein Gesicht, makellos und wunderschön … Und vertraut … Lyrna, aus Feuer geformt … Schreiend.*

Zehntes Kapitel

Lyrna

Die Festung von Baron Hughlin Banders lag etwa dreißig Meilen von der asraelischen Grenze entfernt, ein weitläufiges Gebäude, das in unterschiedlichen Baustilen und aus nicht zueinander passenden Steinen errichtet war, manche davon neu, andere ganz offensichtlich uralt. Es lag mitten in einem großen Anwesen aus Wäldern und Hügeln, das als äußerst wildreich galt.

Sie kamen bei Einbruch der Dunkelheit dort an und wurden in einiger Entfernung von einer Kompanie Ritter begrüßt, über fünfzig Mann in voller Rüstung, die sich ihnen in Kampfformation näherten. Als der Anführer der Kompanie sein Visier hochschob, wurde eine Nase mit einer einzigen horizontalen Narbe sichtbar. Bei Lyrnas Anblick zerstreute sich sein offensichtliches Misstrauen. Obwohl er wie ein Raufbold aussah, verfügte er über die kultivierten Manieren eines geborenen Ritters.

»Ich bitte untertänigst um Verzeihung, Euer Hoheit«, sagte er, nachdem er abgestiegen und auf ein Knie gesunken war. »Eine so große Gesellschaft … wir haben Eure Absichten missverstanden.«

»Macht Euch deswegen keine Gedanken, Euer Lordschaft«, erwiderte Lyrna. Sie hatte das umständliche Gebaren der renfaelischen Ritterschaft schon immer ein wenig ermüdend gefunden und war jetzt nicht in Stimmung, sich darauf einzulassen. »Ich bin auf der Suche nach Baron Banders. Ist er zu Hause?«

»Das ist er, Euer Hoheit.« Der Ritter erhob sich rasch und schwang sich in den Sattel. »Gestattet mir, Euch zu ihm zu geleiten.«

Baron Banders wartete an der Tür seines Zuhauses, ohne Rüstung, aber mit einem Langschwert in der Hand, das noch in der Scheide steckte. Hinter ihm stand eine junge Frau und starrte Lyrna an, wobei sie die Hand eines schlaksigen Jungen umklammert hielt, der, trotz seiner Größe, nicht älter als vierzehn Jahre zu sein schien.

»Euer Hoheit.« Banders Miene war ebenso neutral wie sein Tonfall, als er vor ihr auf ein Knie sank. »Ich heiße Euch willkommen. Mein Haus ist Euer Haus.«

»Und ich werde mit Freuden eine Nacht bei Euch bleiben, Euer Lordschaft«, erwiderte sie, glitt aus dem Sattel und streckte die Hand aus. »Aber erst müsst Ihr mir etwas versprechen.«

Seine Augen weiteten sich ein wenig angesichts der Hand, die sie ihm vor die Lippen hielt – ein Zeichen großer Gunst, die sie nur selten erwies –, bevor er ihr einen Kuss auf die Finger drückte. »Ein Versprechen, Euer Hoheit?«, fragte er, erhob sich und trat einen Schritt zurück.

»Ja. Kein Bankett.« Sie lächelte. »Ich möchte heute Abend in aller Ruhe speisen und würde mich freuen, wenn Ihr mir dabei Gesellschaft leistet.«

◆ ◆ ◆

Er stellte die junge Frau als Ulice vor und den Jungen als Arendil, ihren Sohn. Familiennamen wurden keine genannt, aber Lyrna bemerkte die Ähnlichkeit zwischen den Gesichtszügen von Banders und Ulice – die Farbe und Form ihrer Augen war fast identisch. Der fehlende Familienname kennzeichnete sie als einen nicht anerkannten Bastard. Andererseits schien sich ihr Vater, nach ihren Kleidern zu urteilen, durchaus um sie zu kümmern. Seltsamerweise wies das Gesicht des Jungen nur eine schwache Ähnlichkeit mit dem seiner Mutter auf und keine mit seinem Großvater. Seine Augen waren blau, während ihre braun waren, und seine Haare, eine widerspenstige Kaskade dunkler

Locken, die ihm bis auf die Schultern fielen, bildeten einen deutlichen Kontrast zu der sandfarbenen Mähne seiner Mutter und den sich lichtenden Stoppeln auf Banders' Kopf.

Im Hauptsaal nahmen sie eine wohlzubereitete, aber nicht unbedingt üppige Mahlzeit zu sich, wobei Davoka ihre Speisen mit unbeholfener Hand zerstückelte, denn das Besteck, das die Diener bei jedem Gang neben ihren Teller legten, war ihr völlig fremd. Sie beobachtete genau, was Lyrna tat, und versuchte es nachzuahmen, meist ohne Erfolg.

»Iss, wie es dir gefällt«, sagte Lyrna zu ihr. *»Damit kränkst du niemanden.«*

»Du hast meine Sitten gelernt«, erwiderte Davoka und runzelte die Stirn, so sehr konzentrierte sie sich. »Ich lerne deine.«

»Ihr sprecht Lonakisch!«, rief Arendil aus und starrte Lyrna mit unverhohlenem Erstaunen an. Banders schlug mit der Hand auf den Tisch, und der Junge fügte rasch ein »Euer Hoheit« hinzu.

»Besser als ich, manchmal«, sagte Davoka, während sie auf einem Mundvoll Wachteln herumkaute. »Kennt Wörter, die mir fremd sind.«

»Die Leistungen der Prinzessin sollten uns allen ein Beispiel sein«, sagte Ulice. Auch wenn sie äußerst schüchtern, ja fast ängstlich wirkte, sah sie Lyrna doch mit aufrichtiger Bewunderung an. »Und jetzt bringt sie uns einen Frieden, der uns jahrhundertelang versagt geblieben ist. Wären doch nur alle Damen so bewundernswert!«

»Ich habe gehört, dass das Land nördlich des Passes den Menschen viel abverlangt«, sagte Banders. »Ich selbst war noch nie dort. Allerdings habe ich oft mit Lonakern gekämpft.« Sein Blick richtete sich auf Davoka, die ihn angrinste und weiterkaute.

»Glücklicherweise liegen diese Tage jetzt hinter uns«, sagte Lyrna und griff nach ihrem Kelch. »Wollt Ihr mit mir anstoßen, Euer Lordschaft? Auf den Frieden?«

Banders lächelte nur schwach, aber seinen Kelch hob er nur allzu bereitwillig. »Frieden ist uns immer willkommen, Euer Hoheit.«

»Allerdings. Auch Euer Erzfürst scheint daran Anteil zu nehmen. Ich hatte die Gelegenheit, ihn unterwegs zu treffen.«

Ulices Gabel fiel mit lautem Klappern auf ihren Teller. Als Lyrna sich ihr zuwandte, erbleichte sie und schlug die Augen nieder.

»Ist Euch nicht wohl, werte Dame?«, fragte Lyrna.

»Verzeiht mir, Euer Hoheit«, erwiderte sie mit einem Flüstern. Arendil, der neben ihr saß, umfasste ihre Hand und sah sie sorgenvoll an.

»Euer Hoheit«, sagte Banders in ziemlich barschem Tonfall, »können wir uns nach dem Essen über den Erzfürsten unterhalten? Ein solches Thema neigt dazu, einem auf den Magen zu schlagen.«

Die restliche Mahlzeit wurde schweigend eingenommen, mit Ausnahme von Davokas Fragen, was sich da auf ihrem Teller befinde. »Gelee?«, sagte sie und stupste die zitternde Nachspeise mit einem Löffel an. *»Sieht wie Rotz aus.«*

◆ ◆ ◆

»Ich bin mir sicher, Euer Lordschaft«, sagte Lyrna, »ich muss Euch keinen Vortrag über die Schwierigkeiten halten, von denen die Königslande in letzter Zeit heimgesucht wurden.«

Sie befanden sich im Hauptsaal, allein bis auf zwei Wolfshunde, die beide Gefallen an Lyrna gefunden zu haben schienen, denn sie hatten ihr den Kopf auf die Knie gelegt, während sie vor dem großen marmornen Kamin saß. Banders stand vor dem Sims; er bemühte sich noch immer darum, seine Gefühle im Zaum zu halten, konnte seinen Zorn jedoch nicht ganz verbergen. »Nein, Euer Hoheit«, erwiderte er. »Das müsst Ihr gewiss nicht.«

Einer der Wolfshunde schnaubte laut, als sie ihn hinter den Ohren kraulte. »Der Anschlag auf das Leben von Turmherr Al Bera war vielleicht nur ein erstes Anzeichen für die Unruhen, die uns drohen. Bisher sind den Renfaelern die gesetzlosen Zustände erspart geblieben, die in den übrigen Königslanden herrschen. Ihr stimmt mir gewiss zu, dass dies möglichst so bleiben sollte.«

»Ich suche keinen Streit. Ich möchte nur beschützen, was mir gehört.«

»Indem Ihr die Ehre Eures Erzfürsten verunglimpft?«

»Seine Ehre hat er schon lange verloren, noch vor dem Krieg. Ich spreche die Wahrheit und nichts als die Wahrheit, und nur dann, wenn man mich fragt.«

»Und wie oft werdet Ihr denn gefragt?«

Banders griff nach einem Schürhaken und stocherte damit in den Kohlen herum. »Es gibt viele, die es als Schmach empfinden, diesem Mann dienen zu müssen. Wenn ein Ritter zu mir kommt und mich um Rat bittet, soll ich ihn dann abweisen?«

»Ihr solltet Euch darum bemühen, des Königs Frieden zu wahren. Euer Ansehen in diesem Lehen und in den Königslanden ist groß. Kein anderer Ritter kann sich dessen rühmen. Aber hohes Ansehen birgt auch Verantwortung, ob gewollt oder nicht.«

Er senkte den Blick, was Lyrna an Ulice und ihre offensichtliche Herkunft erinnerte, wenn auch nicht an ihren Sohn mit seinen langen dunklen Locken. *Ich möchte nur beschützen, was mir gehört …*

»Warum habt Ihr Eure Tochter nicht anerkannt?«, fragte sie. »Oder Euren Enkelsohn?«

Banders richtete sich auf, allerdings noch immer, ohne ihr in die Augen zu blicken. »Ich … ich verstehe nicht, was Ihr damit sagen wollt, Euer Hoheit.«

»Ihr habt keine Frau, keine anderen Kinder. Eure Tochter ist von Eurem Geblüt, ob sie nun außerhalb der ehelichen Bande geboren wurde oder nicht. Ganz offensichtlich schätzt Ihr sie sehr. Und doch darf sie Euren Namen nicht tragen.«

Er machte einige Schritte weg vom Feuer, die Hände hinter dem Rücken gefaltet. »Das ist eine Privatangelegenheit …«

»Euer Lordschaft, ich habe zu viele Meilen zurückgelegt und zu viel gesehen, um mich mit belanglosen Artigkeiten abspeisen zu lassen. Bitte beantwortet meine Frage.«

Er stieß einen schweren Seufzer aus und sah sie an. In seinem Blick lag weniger Zorn als vielmehr Kummer. »Ulices Mutter war … von einfachem Stand, die Tochter eines Müllers. Ich habe sie seit meiner Kindheit gekannt. Mein Vater war immer viel zu sehr mit seinen Spielkarten und seinen Huren beschäftigt, um mich auch nur ansatzweise zu bändigen. Und so konnte ich Umgang pflegen, mit wem ich wollte, und tun, was mir gefiel. Und als ich zum Mann heranwuchs, gefiel es mir sehr, Karla zu meiner Frau zu machen. Doch so liederlich sein Lebenswandel auch sein mochte, davon wollte mein Vater nichts wissen. Dass die Tochter eines Müllers den Erben seiner Ländereien und Titel zur Welt bringen sollte, zumindest derer, die er nicht mit Spielkarten und Frauen verschwendet hatte, war undenkbar. Als er starb, hoffte ich, dass Theros mehr Verständnis haben würde, aber der alte Erzfürst glaubte mit frommer Leidenschaft an die Heiligkeit des ritterlichen Geblüts. Also gab ich es auf, ihn anzuflehen, und Karla und ich lebten in diesem Haus als Mann und Frau zusammen, ohne offiziell getraut worden zu sein. Bei Ulices Geburt wurde sie mir genommen, und seither habe ich mich nach keiner anderen mehr umgeschaut.«

»Euer Enkelsohn?«, fragte Lyrna. »Ulice scheint mir ziemlich jung für eine Witwe.«

Banders' Gesichtszüge wurden eisig. »Gehört es zu den Gewohnheiten Eurer Hoheit, Fragen zu stellen, auf die Ihr bereits die Antwort kennt?«

Dunkle Haare, dunkelblaue Augen … Um seine Angehörigen werde ich mich natürlich kümmern. »Lord Darnel.«

»Ulice war noch jung«, fuhr Banders fort. »Kaum fünfzehn, als sie sich mir in der Festung des Erzfürsten anschloss. Darnel und ich waren nie Freunde – er bemerkte den Respekt, den sein Vater mir entgegenbrachte, und hasste mich dafür, denn Theros war von ihm furchtbar enttäuscht und hatte stets nur Hohn und Spott für ihn übrig. Darnel stellte meiner Tochter nach, um sich an mir zu rächen, auch wenn sie das nicht so sah, schließlich hielt sie in ihrer mädchenhaften Unschuld alle Ritter für Helden. Als dieser stattliche Erzfürst ihr seine Liebe gestand – warum hätte sie ihm da nicht glauben sollen? Natürlich ließ er sie sitzen, nachdem sie ihm erklärte, sie erwarte ein Kind, er lachte sie aus und mich ebenso, als ich die Angelegenheit vor Theros brachte. Theros hat ihn daraufhin bis aufs Blut geprügelt, wie er es oft zu tun pflegte, vor den Damen und seinen Gefolgsleuten im Herrschersaal. Prügelte auf ihn ein, bis er fast tot war. Leider nur fast. Am nächsten Tag kehrte ich meinem Lehnsherrn den Rücken, nahm meine Tochter mit nach Hause und zog meinen Enkelsohn groß. Auf dem Jahrmarktsfest zur Sommersonnenwende ein paar Jahre später suchte ich Wiedergutmachung zu erlangen – ich glaube, Ihr wart anwesend an jenem Tag. Ich hätte auch Erfolg gehabt, wenn mir einer seiner Gefolgsleute nicht von hinten einen Streitkolben über den Schädel gezogen hätte.«

»Darnel hat nie geheiratet«, erinnerte sich Lyrna.

»Und kein anderes Kind gezeugt. Jedenfalls keines, von dem ich weiß.«

»Wenn Ihr also seine Mutter anerkennen würdet, wäre Arendil von edlem Geblüt. Ein adeliger Sohn aus dem Geschlecht des Erzfürsten. Mit Anspruch auf den fürstlichen Stuhl.«

»Kurz nachdem ich aus dem Krieg zurückgekehrt bin, ist Darnel hier aufgetaucht und hat nach seinem rechtmäßigen Sohn verlangt. Ich habe ihm erklärt, dass er keinen Sohn habe. Sein Gefolge bestand nur aus zwanzig Mann, alles junge Grünschnäbel. Seine erfahrenen Männer waren sämtlich in Marbellis gefallen. Mir standen über fünfzig Ritter bei, alles Veteranen der Wüste. Es peinigt mich sehr, dass ich die Sache nicht an Ort und Stelle bereinigt habe.«

»Er hat also nicht auf seinen Anspruch verzichtet?«

Banders schüttelte den Kopf. »Er möchte mit seinem Erben tun und lassen können, was er will – entweder ein Ungeheuer aus ihm machen, wie er selbst eines ist, oder ihn verstoßen. Aber wenn ich Arendil meinen Namen gebe, erhebe ich damit offen Anspruch auf den Thron. Und in Renfael würde Krieg ausbrechen.«

»Dann danke ich Euch für Eure Zurückhaltung.«

»Nicht ich werde es sein, der dieses Lehen entzweit, Euer Hoheit. Aber sollte es geschehen, dann kann ich es, mit des Königs Hilfe, wenigstens heilen. Unser Erzfürst kann nur Wunden zufügen – heilen kann er sie nicht.«

Sie war versucht, ihm zu raten, seine Zunge zu hüten; andererseits hatte sie ihm die Wahrheit entlockt, indem sie sehr unhöflich auf ihrer Frage beharrt hatte. »In diesem Lehen darf es keinen Krieg geben«, sagte sie. »Um keinen Preis. Habt Ihr das verstanden?«

Er wandte sich wieder dem Feuer zu und nickte angespannt.

»Ich bitte Euch um Geduld, Euer Lordschaft, auch wenn die Pflicht schwer auf Euch lastet. Morgen wird mich Arendil nach Varinsburg begleiten, wo ich dem König dringend raten werde, ihn unter seine Schirmherrschaft zu nehmen. Dort erhält er eine Erziehung, und er wird in den Diensten der Krone stehen, außerhalb der Reichweite seines Vaters. Seine Mutter kann ihn gerne begleiten, wenn sie das wünscht. Ich würde mich jedenfalls über die angenehme Gesellschaft im Palast freuen.«

»Dieses Anwesen ist ihre ganze Welt«, sagte Banders mit sanfter Stimme. »Von dem, was dort draußen vor sich geht, habe ich mehr gesehen, als mir lieb ist. Ich hatte gehofft, ihnen das zu ersparen.«

Lyrna tätschelte ein letztes Mal den Wolfshund und erhob sich von ihrem Stuhl, worauf der größere der beiden ein enttäuschtes Winseln ausstieß. »Der Preis vornehmen Geblüts ist, dass wir nicht frei entscheiden können, welchen Weg wir in unserem Leben beschreiten, sondern nur die Art und Weise, wie wir dies tun. Ich ziehe mich zurück, Euer Lordschaft. Ihr werdet mit Eurer Familie sprechen wollen.«

◆ ◆ ◆

Dass Ulice Tränen vergießen würde, hatte Lyrna erwartet, aber ihre Dankbarkeit überraschte sie doch. »Weisheit *und* Mitgefühl«, sagte die Tochter des Barons am nächsten Morgen und unterdrückte ein Schluchzen, während sie einander auf dem Kiesweg vor Haus Banders Lebewohl sagten. »Mögen die Ahnen stets über Euch wachen, Euer Hoheit.«

Lyrna nahm Ulices Hand, als diese sich vor ihr verneigen wollte. »Genug davon, werte Dame. Ich wünschte, Ihr würdet uns begleiten.«

»Vat… Der Baron braucht mich.« Ulice wischte sich mit beiden Händen die Augen und zwang sich zu einem Lächeln. »Ich kann ihn nicht hier allein lassen. Und eine Mutter sollte wissen, wann sie ihren Sohn fortschicken muss, findet Ihr nicht?«

Lyrna drückte ihre Hand. »Wohl gesprochen.«

»Darf ich Euch um etwas bitten, Euer Hoheit?«, fuhr Ulice fort, bevor Lyrna in den Sattel steigen konnte. »Ihr habt bereits mehr getan, als ich jemals …«

»Fragt nur«, sagte Lyrna und lächelte dann, als die junge Frau ob ihres Tonfalls erbleichte. »Bitte.«

Ulice trat näher und flüsterte: »Lasst nie zu, dass sich der Erzfürst seiner bemächtigt. Versteckt ihn, schickt ihn übers Meer, aber lasst ihn nie in die Hände seines Vaters fallen.« Die augenscheinliche Schüchternheit der jungen Frau war wie weggewischt, ihr Gesicht eine Maske mütterlichen Zorns.

Lyrna nahm sie in die Arme und küsste sie auf die Wange. »Bevor ich diese Missgeburt auch nur in die Nähe Eures Sohnes lasse, bringe ich ihn um«, erwiderte sie leise. »Mein Wort darauf.«

Ulice unterdrückte ein erleichtertes Keuchen, trat einen Schritt zurück und streckte die Hand nach Arendil aus, der mit finsterer Miene neben seinem Großvater stand. »Komm, sag deiner Mutter Lebewohl.«

Sie mochte vor Dankbarkeit überfließen, doch Arendil war ein Musterbild mürrischen halbwüchsigen Unmuts. »Muss das jetzt sein?«, fragte er mit dumpfer Stimme. »Warum nicht im Winter oder nächstes Jahr?«

»Arendil!«, fauchte seine Mutter und streckte wieder ihre Hand aus.

Die Miene des Jungen verfinsterte sich noch mehr, doch als er etwas hinzufügen wollte, versetzte ihm sein Großvater einen Stoß mit dem Knie. »Beleidige Ihre Hoheit nicht mit Säumigkeit, mein Junge.«

Davoka kam auf ihrem Pony herangetrottet. Sie führte ein Pferd am Zügel, die prächtige graue Stute, die der Oberhauptmann auf dem Pass Lyrna geschenkt hatte. »Hier«, sagte sie und warf Arendil die Zügel zu. Der Junge sah sie nur an und zog einen Schmollmund. »Ich habe selbst ein Pferd«, sagte er.

»Vielleicht ist es ein wenig zu groß für ihn«, sagte Lyrna zu Davoka. »Haben wir nicht etwas Passenderes für ein Kind?«

»Von wegen zu groß!«, erwiderte Arendil, setzte einen Fuß in den Steigbügel und schwang sich mit geübter Leichtigkeit in den Sattel. »Es gehört nur nicht mir, das ist alles.«

Ulice trat an seine Seite, umfasste seine Hand und drückte einen Kuss darauf. Banders wartete einen Moment und zog sie dann von ihm fort. Lyrna sah Arendils rote Wangen und wandte sich ab. »Baron! Werte Dame!«, sagte sie und hob die Stimme, damit die ganze Reiterei sie hören konnte. »Ich danke Euch für Eure Gastfreundschaft. Seid versichert, dass Euer verwaister Mündel bei Hofe die allerbeste Erziehung erhalten wird.«

Banders legte seiner Tochter den Arm um die Schulter und zog sie an sich, während Lyrna Leichtfuß wendete und an der Spitze des Regiments das Anwesen verließ.

◆ ◆ ◆

Sie kamen schnell voran und konnten bereits drei Tage später ihr Lager am Nordrand des Urlisch aufschlagen, wo Lyrna und Davoka, wie es ihr allabendliches Ritual war, Messerwerfen übten. Die Lonakerin hatte sich ein weiteres Paar Klingen besorgt, vermutlich von den arglosen Brüdern auf dem Pass, sodass Arendil sich ihnen anschließen konnte. Allerdings war nicht zu übersehen, wie ungeschickt er war.

»Der Junge hat nicht kämpfen gelernt«, bemerkte Davoka, als Arendil wieder einmal den Baumstamm verfehlte, den sie als Ziel benutzten.

»Und ob!«, erwiderte Arendil. »Ich kann reiten, mit der Lanze umgehen und mit dem Schwert. Großvater hat es mir beigebracht. Jeden Tag, seit ich acht war. Ich habe sogar eine eigene Rüstung, auch wenn ich sie nicht mitnehmen durfte.«

»Rüstung«, spöttelte Davoka und schleuderte ein Messer in die Mitte des Stamms. »Die Stahlbäuche waren immer leicht zu töten – man musste nur warten, bis sie ihr Lager aufschlugen. Gefährlich waren sie nur, wenn sie auf etwas losreiten konnten.«

»Du kannst dir eine Rüstung aussuchen, wenn wir im Palast sind«, versicherte ihm Lyrna, deren Messer den Rand des Stammes traf. »Dort stehen endlose Korridore voll damit, von Schwertern ganz zu schweigen. Mir kam es immer merkwürdig vor, dass es so viel kostete, das königliche Heer zu bewaffnen, wenn wir so viele Waffen haben, die nur der Dekoration dienen.«

»Großvater hat auch viele Schwerter, und Lanzen ebenso. Er hat sie aus dem Wüstenkrieg mitgebracht.«

»Spricht er darüber?«, fragte Lyrna. »Von seiner Zeit im Krieg?«

»O ja, auch wenn es ihn manchmal traurig macht. Dass Lord Al Sorna verraten wurde, lastet schwer auf ihm. Er behauptet, dass sämtliche Männer ihr Leben gegeben hätten, um die Alpiraner daran zu hindern, ihn gefangen zu nehmen, sogar die Cumbraeler.«

In dem Moment gelangte Lyrna zu der Feststellung, dass sie ihn doch mochte – seine Offenheit und seine Gleichgültigkeit gegenüber Titeln waren erfrischend, auch wenn ihn das bei Hofe in Schwierigkeiten bringen würde. Und was Davoka betraf …

»*Das ist kein guter Ort*«, erklärte sie der Lonakerin an jenem Abend.

Sie saßen am Lagerfeuer, während Arendil in seinem Zelt tief und fest schlief. Davoka hockte auf ihrem Wolfsfell, die langen Beine ausgestreckt, und schnitt sich mit einem Jagdmesser getrocknetes Rindfleisch in Streifen. »Gefährlich?«, fragte sie mit vollem Mund. Lyrna war nicht entgangen, dass sie inzwischen fast nur noch die Sprache der Königslande sprach.

»In vieler Hinsicht, und nichts davon ist dir vertraut. Die Menschen dort lügen, als wäre es eine Tugend. Dass du mir so nahestehst, wird bei manchen Misstrauen und Neid erregen. Andere werden versuchen, einen Vorteil daraus zu ziehen. Du wirst deine Zunge hüten müssen und darfst niemandem vertrauen.«

Davoka grinste und kaute weiter. »Wenn du mir vertraust, brauche ich sonst niemanden.«

»Du magst mich Königin nennen, Schwester. Aber hier herrsche ich nicht. Im Palast wird mein Rat geduldet, aber mein Bruder hört ihn an oder nicht, ganz wie er es für richtig hält. Ich fürchte, mein Vertrauen wird nicht genügen, um dich vor den Grausamkeiten zu schützen, die dort auf uns warten.«

»Es ist dein Zuhause, und doch sprichst du davon, als würdest du es hassen.«

Es hassen? War es möglich, dass sie einen Ort hasste, den sie so gut kannte? Einen Ort, der seit ihrer Kindheit nichts Geheimnisvolles mehr hatte? Im Laufe der Jahre waren so viele Gesichter an ihr vorbeigezogen, so viele Menschen waren der Schlinge oder den Kriegen zum Opfer gefallen. Auch wenn Lord Artis ein machtgieriger Narr gewesen war, seinen Pragmatismus hatte sie stets zu schätzen gewusst. Der fette Lord Al Unsa war zwar ein tolpatschiger Tänzer gewesen und so korrupt, wie es nur ging, aber er hatte sie oft zum Lachen gebracht. Und Linden, der arme, verliebte Trottel Linden … Und Vaelin.

»Vielleicht tue ich das auch, aber ich würde trotzdem ungern von dort weggehen. Vielleicht werde ich mir irgendwann, wenn in den Königslanden wieder Frieden herrscht, ein anderes Zuhause suchen.«

Davoka grinste. »In den Bergen ist genügend Platz.«

Lyrna lachte. »Ich bezweifle, dass der Mahlessa meine Anwesenheit dort willkommen wäre.« *Aber es gibt ja immer noch die Nordlande …*

◆ ◆ ◆

»Dieser Wald ist sehr alt«, sagte Davoka und betrachtete die dicht an dicht stehenden Bäume, welche die Straße säumten, mit sichtlichem Missbehagen. Lyrna war schon früher aufgefallen, dass sie den Wald nicht mochte – der düstere Forst war ein krasser Gegensatz zu der Tundra und den Bergen, mit denen sie vertraut war. »Ich kann sein Alter riechen.«

»Der Urlisch ist das größte Waldgebiet in den Königslanden«, erwiderte Lyrna. »Er wird auf Geheiß des Königs gepflegt. Nur der große Nordwald übertrifft ihn noch, jedenfalls auf diesem Kontinent.«

Davoka runzelte die Stirn. »Kontinent?«

»Die Landmasse, über die wir uns bewegen.«

»Es gibt noch andere?«

Fast hätte Lyrna gelacht, doch dann bemerkte sie die aufrichtige Neugier in Davokas Blick. *Sie weiß so viel und doch so wenig.* »Vier, die auf unseren Landkarten verzeichnet sind«, sagte sie. »Und alle weit größer als dieser hier. Wahrscheinlich gibt es noch mehr, aber kein Untertan der Königslande ist jemals so weit gekommen und wieder zurückgekehrt.«

»Das stimmt nicht«, warf Arendil ein. »Es heißt, Kerlis der Ungläubige sei zweimal um die ganze Welt gereist und umrunde sie derzeit ein drittes Mal.«

»Das ist nur eine Geschichte«, sagte Lyrna. »Ein Märchen.«

»Unmöglich«, beharrte der Junge. »Onkel Vanden schwört, dass er ihm einmal begegnet ist, vor fast dreißig Jahren.«

»Und wer ist Onkel Vanden?«

»Großvaters Vetter, der zu seiner Zeit ein großer und mächtiger Ritter war. Ich sage Onkel zu ihm, weil er mich so behandelt. Er ist sehr, sehr alt.«

»Alt genug, um den Mann getroffen zu haben, der nie stirbt, was?«

Arendils Miene verfinsterte sich wieder. »Es ist wahr. Mein Onkel würde niemals lügen. Das war, als er dem Hüter der Nordküste diente. Er wurde im Kampf mit Schmugglern verletzt und verlor in den zerklüfteten Felsen, die in der Nähe der Berge die Küste säumen, seine Männer aus den Augen. Er hat erzählt, dass er stundenlang herumgestolpert ist und Angst hatte, er würde verbluten. Dann stieß er auf Kerlis, der mit irgendwelchen seltsamen Leuten zwischen den Felsen Schutz gesucht hatte. Inzwischen war mein Onkel dem Tod nahe, aber unter ihnen befand sich ein kleiner Junge, der das Dunkle beherrschte und mit einer Berührung heilen konnte.«

Lyrnas Interesse war geweckt. »Eine heilende Hand?«

»Ich weiß, das klingt abstrus, und Großvater hat gesagt, es wären nur die Hirngespinste eines alten Mannes. Aber mein Onkel hat mir die Narbe gezeigt, ein großer, runzliger Hautfleck auf seiner Schulter, und mittendrin, völlig glatt, der Abdruck einer Hand, einer Kinderhand.«

Davoka stieß ein mürrisches Brummen aus und gab ihrem Pony die Sporen, bis sie außer Hörweite war. »Solches Gerede behagt ihr nicht«, erklärte Lyrna. »Erzähl deine Geschichte zu Ende.«

Arendil sah sie unsicher an, als befürchtete er, sie würde ihn verspotten, aber nach kurzem Zögern fuhr er fort. »Obwohl der Junge seine Wunde geschlossen hatte, bekam mein Onkel Fieber. Kerlis und die anderen retteten ihn vor der ansteigenden Flut, trugen ihn ans Ufer und machten ein Feuer. Kerlis saß in jener Nacht bei ihm, während er zitternd auf den Tod wartete, und von Kerlis' Lippen erfuhr mein Onkel dessen Geschichte. Wie er von den Ahnen mit einem Fluch belegt worden war – allerdings nicht, wie die Legende behauptet, wegen einfachen Unglaubens, sondern weil er einen Platz im Jenseits ausschlug und sich weigerte, sich ihnen anzuschließen. Also verriegelten sie alle Türen des Todes vor ihm, selbst die große Leere, die der Ungläubigen harrt. Zweimal habe er die Welt umrundet, so erzählte mein Onkel. Zweimal war er in dieses Land zurückgekehrt, um denen zu helfen, denen er helfen konnte, immer auf der Suche.«

Lyrna war mit der Geschichte von Kerlis dem Ungläubigen vertraut, aber das war ihr neu. Kerlis war eine abschreckende Gestalt, eine verlorene Seele, die ewig durch die Welt irrte. Freunde hatte er keine, und so blieb ihm nur die Hoffnung auf Erlösung. Ein passives Opfer, kein Suchender. »Nach was suchte er denn?«, fragte sie.

»Das hat ihn mein Onkel auch gefragt. Er sagte, Kerlis schien zu glauben, dass er sterben würde, deshalb hat er ihm alles erzählt. Er hat sich über meinen Onkel gebeugt und ganz leise geredet. ›Das, was mir versprochen wurde. Eines Tages wird es unter den Begabten einen geben, der mich töten kann. Wenn ich ihn sehe, werde ich ihn erkennen. Bis dahin bemühe ich mich, so viele wie möglich zu retten. In wenigen Jahren werden die meisten, die von dieser Generation abstammen, abgeschlachtet oder in alle Winde zerstreut sein, und ich werde wieder meiner Wege ziehen. Meine dritte Weltumrundung, Euer Lordschaft. Ich bin gespannt, was ich erleben werde.‹ Mein Onkel fiel in einen fiebrigen Schlaf, und als er aufwachte, wie durch ein Wunder noch am Leben, waren Kerlis und die seltsamen Leute fort.«

In der Tat, die Hirngespinste eines alten Mannes, dachte Lyrna, mehr aus Hoffnung, denn aus Überzeugung. Was sie in dem Gewölbe der Mahlessa mitangesehen hatte, verfolgte sie in ihren wachen Stunden ebenso wie in ihren Träumen. *Ich habe so lange nach Beweisen gesucht. Nachdem ich sie nun gefunden habe – warum sind sie mir eine solche Last?*

◆ ◆ ◆

Nach zwei weiteren Tagen lichtete sich der Wald allmählich, und sie erreichten die grasbewachsene Ebene, auf der Varinsburg lag. Während sie sich dem Nordtor näherten, schlug die achte Stunde, und die Stadtwache zündete die großen Öllaternen beiderseits des Tores an.

Im Unterschied zu Cardurin wartete hier keine jubelnde und Banner schwingende Menschenmenge auf sie. Offenbar hielt es ihr Bruder nicht für nötig, ihren Erfolg und ihre sichere Rückkehr öffentlich zu feiern. *Wahrscheinlich spart er das Geld für seine nächste Brücke,* dachte sie.

Die üblichen Schaulustigen säumten die Straße, und die Reiterei machte ihr den Weg frei. Hin und wieder erklangen Willkommensrufe, aber nichts kam der Bewunderung gleich, die sie im Norden erfahren hatte. Die meisten Zuschauer schienen mehr an Davoka interessiert, und manche deuteten mit offenem Mund auf die Lonakerin, die durch die Straßen der Hauptstadt ritt. Davoka ertrug die neugierigen Blicke mit stoischer Gelassenheit, auch wenn Lyrna bemerkte, dass sich ihre Hand fester um ihren Speer schloss, als ein paar derbe Späße zu ihnen herüberschallten.

Vor dem Palast war die Menschenmenge ein wenig dichter, und die Wachleute mussten etwas aggressiver werden, damit sie bis zum Haupttor gelangen konnten, wo ein beleibter Mann mit sich lichtendem Haar sie mit einem Lächeln begrüßte. »Euer Hoheit.« Er verneigte sich tief.

»Lord Al Densa«, erwiderte sie. Al Densa war der Hofmarschall und strahlte für gewöhnlich eine unerschütterliche Ruhe aus. Heute jedoch wirkte er aufgeregt.

»Der König lässt sich entschuldigen, dass er Euch nicht persönlich begrüßt, Euer Hoheit«, erklärte ihr der beleibte Lord. »Aber ein freudiges Ereignis verlangt seine ganze Aufmerksamkeit.«

»Ein Ereignis?«, erkundigte sich Lyrna, schwang sich aus dem Sattel und reichte einem Stallburschen die Zügel.

»Eigentlich sogar mehr ein Wunder, Euer Hoheit. Bruder Frentis ist von weither über den Ozean in die Königslande zurückgekehrt, gesund und wohlbehalten. Den Ahnen sei Dank!«

Frentis? Von allen Seelen, die nicht aus Untesch zurückgekehrt waren, hatte Frentis ihrem Bruder am meisten zu schaffen gemacht. »Das ist wirklich eine frohe Botschaft«, sagte sie.

»Ich belästige Euch nur ungern so rasch mit Alltäglichem«, fuhr Al Densa fort, zog eine kleine Schriftrolle hervor und reichte sie ihr. »Aber der König scheint großen Wert darauf zu legen, dass wir diesem Burschen in jeder Hinsicht entgegenkommen.«

»Was für einem Burschen?« Lyrna nahm die Schriftrolle entgegen; die Handschrift darauf war mit sicherer Hand in der Sprache der Königslande abgefasst, wenngleich die Buchstaben mit einigen ungewöhnlichen Schnörkeln versehen waren.

»Ein alpiranischer Gelehrter, Euer Hoheit. Er ist hier, um irgendein Geschichtswerk zu verfassen. Der König glaubt, dass es dazu beitragen wird, die Kluft zwischen unseren Nationen zu überbrücken, wenn wir seine Wünsche erfüllen.«

Als Lyrna die Unterschrift auf der Schriftrolle sah, hob sie die Augenbrauen. »Verniers Alishe Someren. Der Leibhistoriker des Kaisers. Er ist hier?«

»Das war er, Euer Hoheit. Der König hat seiner Bitte entsprochen, das Heer auf seinem Feldzug nach Cumbrael begleiten zu dürfen. Wie Ihr seinem Brief entnehmen könnt, ist ihm sehr daran gelegen, eine Audienz bei Euch zu erhalten.«

Verniers' Werk war ihr natürlich vertraut, obwohl in der Übersetzung aus dem Alpiranischen so manches verloren ging. Sie hatte beabsichtigt, selbst eine Neufassung der Cantos anzufertigen, war aber nie dazu gekommen. *Ein Historiker sucht die Wahrheit, zumindest ein guter tut das. Er ist hier, um nach meinem Vater und diesem wahnsinnigen Krieg zu fragen.* »Natürlich«, sagte sie. »Bitte richtet es so ein, dass ich ihn unmittelbar nach seiner Rückkehr empfange.«

Al Densa verneigte sich. »Sehr gerne, Euer Hoheit. Jetzt verlangt der König allerdings nach Eurer Anwesenheit im Thronsaal. Bruder Frentis und seine Gefährtin werden in diesem Moment dorthin geführt.«

»Gefährtin?«

»Eine Volarianerin. Offenbar mussten sie gemeinsam als Sklaven dienen. Die Einzelheiten sind bisher noch recht vage, aber uns erwartet gewiss eine abenteuerliche Geschichte.«

»Ganz ohne Frage.« Lyrna winkte Davoka und Arendil zu sich. »Lady Davoka, Botschafterin des Lonakischen Reiches, und Junker Arendil von Haus Banders, der bald zum Mündel des Königs ernannt werden wird. Beide bedürfen einer angemessenen Unterkunft.«

»Umgehend, Euer Hoheit.«

»Einstweilen nehme ich sie mit in meine Gemächer. Richtet dem König aus, dass ich bald bei ihm sein werde.«

»Bruder Frentis!«, rief Arendil begeistert aus, während Lyrna sie die Korridore entlang in den Ostflügel führte. »Er ist ein fast so großer Held wie Al Sorna. Werde ich ihm vorgestellt?«

»Ich glaube schon«, erwiderte Lyrna. »Und wenn du vor den König trittst, dann denke bitte daran, ihn mit ›Euer Hoheit‹ anzusprechen. Von Gästen des Palastes werden solche Artigkeiten erwartet.«

Ihre Gemächer waren so, wie sie sie verlassen hatte – alles war noch an seinem angestammten Platz. Ihre Bücher standen auf langen Regalen in der von ihr festgelegten Ordnung, die Ledereinbände abgestaubt und glänzend, aber sonst unberührt. Auf ihrem Schreibtisch, an dem sie so viele Stunden verbrachte, lagen, wie von ihr angeordnet, neben einem vollen Tintenfass mehrere frisch geschnittene Federn. Und ihr Bett, ihr wunderbares Bett. So weich, so warm … so groß. Es war seltsam – alles andere in diesem Zimmer schien geschrumpft zu sein, nur das Bett war aus irgendeinem Grund gewachsen.

Wer lebt hier?, fragte sie sich, ging zum Tisch und legte *Die Weishei-*

ten des Reltak neben den Stapel Pergamente. *Was für eine einsame Frau lebt hier und verbringt ihre Tage damit, Blatt um Blatt zu füllen?*

Sie erlaubte ihren Kammerzofen, einige Umstände zu machen, bevor sie die Anweisung erteilte, ein passendes Kleid zu richten und ihren Gästen etwas zu essen zu bringen. »Ich weiß nicht, wie lange das dauern wird«, erklärte sie Davoka, nachdem sie ihre Reittracht gegen ein blaues Seidenkleid mit goldgesäumtem Korsett eingetauscht hatte. Sie stand vor dem Spiegel, während eine ihrer Zofen ein Diadem in ihre hochgesteckten Haare drückte. »Es ist am besten, wenn du mit dem Jungen hier wartest. Ich werde veranlassen, dass du dem König morgen vorgestellt wirst.« Als sie keine Antwort erhielt, drehte sie sich um. Die Lonakerin starrte sie an, die Stirn in Falten gelegt. »Was ist?«

»Du ... du hast dich verändert«, sagte Davoka leise und musterte Lyrna vom Scheitel bis zur Sohle.

»Das sind nur Äußerlichkeiten, Schwester«, erwiderte sie. *»Reine Tarnung.« Mit Ausnahme von dem hier,* dachte sie im Stillen und strich über das Wurfmesser, das ihr an einer Kette um den Hals hing. Seit sie den Pass hinter sich gelassen hatten, trug sie es offen, aber jetzt war es wahrscheinlich besser, es zu verbergen. Also nahm sie es ab und schob es in ihr Korsett. *Trage es stets bei dir.*

◆ ◆ ◆

»Prinzessin Lyrna Al Nieren!« Der Page an der Tür kündete ihr Eintreten mit dröhnender Stimme an und klopfte dreimal mit dem Stab auf den Marmorboden des Thronsaals. Bei einem Lord wurde nur einmal geklopft, bei einem Aspekten zweimal, bei ihr und der Königin dreimal. Das war eines der Rituale, die ihr Vater nach seiner Thronbesteigung eingeführt hatte. Einmal hatte sie ihn nach dem Sinn und Zweck gefragt, war jedoch mit einem schiefen Lächeln abgespeist worden. *Alle Rituale sind bedeutungslos,* hatte Reltak geschrieben. Je mehr sie von dem vor langer Zeit gestorbenen Gelehrten las, umso mehr lernte sie seine Einsichten zu schätzen.

»Schwester!« Malcius kam ihr entgegen und umarmte sie herzlich. »Deine Abenteuer haben mir einige Sorgen bereitet«, flüsterte er ihr ins Ohr.

»Nicht so sehr wie mir. Wir haben viel zu besprechen, Bruder.«

»Alles zu seiner Zeit.« Er trat einen Schritt zurück und wies mit erhobenem Arm auf die beiden Gäste, die in der Mitte des Raumes standen, ein junger Mann und eine Frau, die einfache Kleider trugen, sich jedoch beide durch ein anziehendes Äußeres und einen athletischen Körperbau auszeichneten. Der Mann war muskulös und hatte eine ernste Miene aufgesetzt, wobei seine Gesichtszüge hager und hungrig wirkten. Die Frau war nicht weniger bemerkenswert – so rank und schlank wie eine Tänzerin und von dunkler Schönheit. Sie schien von ihrer Umgebung überwältigt, hielt sich dicht neben ihrem Gefährten und schaute immer wieder argwöhnisch zu den versammelten Adeligen und Wachleuten hinüber.

»Du kommst gerade rechtzeitig, um mir bei diesem freudigen Anlass Gesellschaft zu leisten«, sagte Malcius und ging zu dem jungen Mann. »Bruder Frentis.« Von Staunen erfüllt schüttelte er den Kopf. »Ich freue mich von ganzem Herzen!«

Lyrna ging zu ihrem Platz zur Linken des Throns, drückte der Königin im Vorbeigehen einen Kuss auf die Wange und flüsterte ihrer Nichte und ihrem Neffen eine rasche Begrüßung zu. »Hast du mir ein Geschenk mitgebracht, Tantchen?«, fragte die kleine Dirna.

»Das habe ich.« Sie zwickte ihre Nichte in die Nase und wurde mit einem Kichern belohnt. »Ein lonakisches Pony für dich und einen neuen Spielgefährten für deinen Bruder. Morgen reiten wir zusammen aus.«

»Ich bin gekommen …«, sagte Bruder Frentis mit stockender Stimme. »Euer Hoheit, ich bin gekommen, um … um Euch um Verzeihung zu bitten.«

»Verzeihung?«, erwiderte der König mit einem Lachen. »Wofür?«

»Untesch, Euer Hoheit. Ich konnte die Mauer nicht halten … Meine Männer … Es ist meine Schuld, dass die Stadt gefallen ist.«

»Die Stadt war von Anfang an verloren. Bittet mich nicht um Verzeihung für etwas, das Ihr nicht ändern konntet, Bruder.«

Lyrna bemerkte, dass Lord Al Telnar, ehemaliger Minister der königlichen Werke, an der rückwärtigen Wand des Saales stand. Seine Miene, für gewöhnlich entweder dünkelhaft und selbstgefällig oder maßlos unterwürfig, wirkte sonderbar angespannt, als er kurz den

Kopf neigte. Von einer Zofe hatte sie erfahren, dass er es gewesen war, der Frentis am Hafen erkannt hatte, eine ausgezeichnete Gelegenheit, sich beim König wieder einzuschmeicheln. *Warum freut er sich dann nicht?*, fragte sie sich. *Oder grinst anzüglich, wie sonst so oft.* Al Telnar hatte sich, zu ihrem Leidwesen, im Laufe der Jahre nachdrücklich um ihre Hand beworben, und sie hatte ihn ebenso konsequent abgewiesen wie Darnel, doch auch seine Leidenschaft hatte nicht nachgelassen.

»Während all der Jahre der Sklaverei und Pein«, sagte Bruder Frentis in diesem Moment, »war es mein einziger Ehrgeiz, vor Euch zu treten und von Euch begnadigt zu werden.«

»Dann tut es mir leid, Euch enttäuschen zu müssen«, erwiderte Malcius, ging auf Frentis zu und umarmte ihn herzlich. »Denn das ist keinesfalls nötig.« Malcius trat zurück und legte dem Bruder die Hände auf die Schultern. »Jetzt erzählt mir, wie Ihr hierher gelangt seid und wo Ihr diese entzückende Dame kennengelernt habt.«

Frentis lächelte schwach, senkte den Kopf, nickte und packte dann den Hals des Königs mit beiden Händen. Eine rasche Bewegung, und sein Genick brach mit lautem Knacken.

Lyrna sprang auf, das Messer bereits in der Hand. Sie konnte sich nicht daran erinnern, es aus ihrem Korsett gezogen zu haben. Schreie ertönten, während die bestürzte Stille allgemeiner Verwirrung wich. Die Königin kreischte laut auf, und die schlanke Frau wich der Hellebarde eines Wachmanns aus und versetzte ihm einen Schlag gegen den Hals. Lyrnas Messer flog durch die Luft und grub sich Frentis in die Seite. Er krümmte sich vornüber, und sein Schrei war ebenso entsetzlich wie jener damals von Kiral. Vor Schmerzen zuckend brach er zusammen.

Die Volarianerin wandte sich von dem toten Wachmann zu ihren Füßen ab und starrte den sich windenden Frentis voller Bestürzung an. Seine Bewegungen brachen unvermittelt ab, und er blieb reglos liegen. Ein einziges volarianisches Wort kam ihr über die Lippen, kaum mehr als ein Flüstern: *»Herzliebster?«*

»Tötet sie!«, rief die Königin in panischer Angst. »Tötet sie beide!«

Wachen kamen mit erhobenen Hellebarden von überallher herbeigestürzt. Die Frau schenkte ihnen keine Beachtung – ihr Blick blieb auf Lyrna gerichtet, ihr Gesicht eine hässliche Maske aus Bösartigkeit und Rachsucht. Als die Wachen sich ihr näherten, streckte sie beide Arme aus, und Flammen schossen aus ihren Händen.

Lyrna wich erschrocken zurück, halb betäubt von der Hitze. Die Frau wirbelte herum, und Flammen hüllten Wachleute wie Höflinge ein. Lyrna sah, wie die kleine Dirna Feuer fing, als Nächstes ihre Mutter und schließlich der kleine Janus. Innerhalb von Sekunden waren ihre Leiber schwarz und verkohlt. Sie hätte geschrien, wäre der erstickende Gestank von Rauch und versengtem Fleisch nicht gewesen. Keuchend kroch sie über den Boden.

»Du hast ihn mir weggenommen!«, schrie die Frau und stakste mit unsicheren Schritten auf sie zu; Blut rann ihr in dicken roten Tränen über das Gesicht. *»Du hast mir meinen Herzliebsten genommen! Du widerliche Schlampe!«*

Eine Gestalt kam aus dem emporwirbelnden Rauch getaumelt und hob ihre Hände der Frau entgegen, um sie zurückzuhalten. *Al Telnar!*, stellte Lyrna bestürzt fest.

Der Lord brüllte die Frau an und fiel ihr in den Arm, wobei seine Worte von den tosenden Flammen übertönt wurden. Die Frau bleckte ihre Zähne zu einem wilden Knurren und schlug ihm mit offener Handfläche mitten ins Gesicht. Al Telnar wankte nach hinten und sank auf die Knie, seine Nase tief in den Schädel hineingetrieben. Dann brach er leblos zusammen.

Lyrna rutschte rückwärts von der Leiche weg. Die Frau kam immer näher, die Arme erhoben; Flamen schossen aus ihren Fingern … und sie brannte.

Elftes Kapitel

Frentis

Als sich ihm das Messer ins Fleisch bohrte, durchzuckte ihn ein glühender Schmerz, der sich augenblicklich in seinem ganzen Körper ausbreitete. Er hörte Schreie und begriff, dass er selbst sie ausstieß. Seine Beine gaben nach. Es war, als würde er von einer Faust zerquetscht, die mit einer Million schartiger Stahlspitzen ausgekleidet war. Der Schmerz war so stark, dass er den Verstand zu verlieren drohte, und sein Erinnerungsvermögen schwand dahin. Vaelin, der Orden, die Frau, die Augen des Königs, unmittelbar bevor er ihn getötet hatte … alles war so grell – ein Mann, der Entlastung von seiner Schuld fand. Weit entfernt ertönten weitere Schreie, und eine große Hitze erfüllte die Luft, aber er spürte es kaum, denn sie lag jenseits der Wand aus Schmerzen, die ihn umgab. Einen vernünftigen Gedanken brachte er noch zustande: *Wenigstens muss ich nicht mit der Schuld leben.*

Dann veränderte sich alles; der von der Klinge verursachte Schmerz traf auf etwas, auf einen Widerhall früherer Pein, auf einen verkümmerten Samen, der nicht hatte wachsen können, aber jetzt von neuem Leben erfüllt wurde. *Der Same wird wachsen …* Die stählerne Umklammerung wurde schwächer, wurde von etwas Schlimmerem ersetzt, einem Brennen, einem sengenden Feuer, das ihn zu zerreißen drohte, seine Haut überzog, seine Narben fand. Das Muster, das seinen Oberkörper bedeckte, loderte mit einer Macht auf, die alles übertraf, was er je erlebt hatte ... Und dann war es vorbei. All die Schmerzen, von einem Moment auf den nächsten dahin ... zusammen mit den unsichtbaren Fesseln.

Luft fuhr ihm zischend aus der Lunge, während er auf dem Boden herumrollte. Das Gefühl von Freiheit war überwältigend. Seine Hand fuhr zur Brust, suchte nach den Narben, fand nur glatte Haut. Sie waren fort – geheilt und verschwunden. *Keine Narben, keine Fesseln. Ich kann mich bewegen. ICH KANN MICH BEWEGEN.*

Er versuchte aufzustehen und stieß ein heiseres Ächzen aus, als er von erneuten Schmerzen heimgesucht wurde – das Messer der Prinzessin steckte noch immer in seiner Seite. *Ein Ordensmesser,* dachte er verwundert und zog es heraus. Die Wunde war tief, und das Blut lief in Strömen, aber tödlich war sie nicht. Er richtete sich auf und stellte fest, dass er inmitten eines Infernos stand. Im ganzen Raum sah er schwarze, verkohlte Leichen, Flammen und Rauch leckten die Wände empor, und vor ihm lag der König und starrte ihn mit toten Augen an.

Ein Schrei zu seiner Linken ließ ihn herumfahren, und er sah die Frau; Flammen zuckten aus ihren Händen auf Prinzessin Lyrna zu, die am Boden lag. »Nein«, sagte die Frau, rief die Flammen zurück und stolperte, während ihr Blut vom Gesicht troff, zu Lyrna hin. »Das geht zu schnell. Ich werde dich vergewaltigen lassen, ein Jahr lang jeden Tag. In Stücke werde ich dich schneiden lassen, jeden Tag ein wenig mehr. Dich werde ich ...«

Die Hellebarde fuhr ihr in den Rücken, kam aus ihrer Brust wieder heraus. Die Frau wölbte den Rücken, und Blut schoss ihr aus dem Mund. Einen Moment hing sie so da und starrte Frentis über ihre Schulter hinweg an. »Herzliebster«, sagte sie und schenkte ihm ein hingebungsvolles Lächeln. Frentis drehte die Klinge und schaute zu, wie das Licht aus ihren Augen wich. Die Prinzessin schrie noch immer, als sie endlich die Kraft fand aufzustehen – verzweifelt schlug sie auf ihr Gesicht und ihr Haar ein, um die Flammen zu ersticken.

»Prinzessin ...« Er wollte zu ihr gehen, aber sie taumelte davon, rannte schreiend durch den Rauch, fast unsichtbar in ihrem blauen Kleid. Er setzte ihr nach, prallte von brennenden Wänden zurück, stolperte über Leichen. Der Rauch lichtete sich, und er fand sich auf dem Korridor wieder. In der Ferne hallten Schreie, während die Prinzessin ihre vernunftlose Flucht fortsetzte. Er hastete weiter und hielt nur kurz inne, als er nicht weit entfernt auf die Leiche eines Wachmanns stieß. Jemand hatte ihm von hinten die Gurgel aufgeschlitzt. *Kuritai. Sie sind hier. Es nimmt seinen Lauf.*

Er nahm das Schwert des Wachmanns und rannte weiter, folgte den Schreien der Prinzessin, stieß hinter jeder Ecke auf immer noch mehr Leichen. Blut färbte den Marmorboden rot. Bald gingen die Schreie in dem allgemeinen Aufruhr unter – die Kuritai waren aus ihren Verstecken getreten und machten sich ernsthaft ans Werk. Auf einem Innenhof entdeckte er eine Zofe, die inmitten von vier Leichen stand und ihn starr vor Schreck ansah. Aus irgendeinem Grund hielt sie noch immer einen Wäschekorb in der Hand. Bevor er sich ihr nähern konnte, tauchte aus einem Bogengang ein Kuritai auf und metzelte sie mit einem einzigen Streich nieder.

Als der Mann mit kampfbereit erhobenem Schwert direkt vor ihm stehen blieb, hob Frentis eine Hand. Auf Volarianisch sagte er: »Der König ist tot. Ich habe Befehle, mich seiner Schwester zu bemächtigen.«

Der Kuritai zögerte, und sein Schwert senkte sich nur eine Handbreit, aber das genügte. Frentis' Schwert bohrte sich ihm durchs Auge ins Gehirn. Sofort zog er es wieder heraus und rannte weiter.

Noch mehr Leichen, noch mehr Kuritai, die mit gewohnter Effizienz Diener wie Soldaten abschlachteten – zu viele, um gegen sie zu kämpfen. Frentis tötete jeden, der versuchte, sich ihm in den Weg zu stellen, aber ansonsten rannte er einfach weiter. Es bereitete ihm Freude, den wohlvertrauten asraelischen Stahl in Händen zu halten, während er parierte und zustieß, und alles, was er in jahrelanger Ausbildung im Orden gelernt hatte, kehrte in wenigen Augenblicken zurück. *Ich bin kein Sklave,* rief er sich ins Gedächtnis, wich einem Angriff aus und schlug seinem Gegner den Arm ab. *Ich bin ein Bruder des sechsten Ordens.*

Das Gefühl von Freiheit war berauschend, und seine Flucht durch den Palast wurde immer schneller. Eigentlich hätte er sich schuldig fühlen müssen; er hatte gerade den König der Vereinigten Königslande ermordet, er hatte im ganzen alpiranischen Reich eine Spur des

Todes hinterlassen, aber es war zu großartig, von den Fesseln frei zu sein, um sich der aufkommenden Verzweiflung hinzugeben. Das, daran hegte er keinen Zweifel, würde später kommen.

Sie hätten mich in den Gruben töten sollen, dachte er, während er weiterrannte. *Ich werde diese Invasion verhindern und sie zugrunde richten. Ich werde ihre Armee so lange ausbluten lassen, bis im ganzen Reich kein Tropfen mehr übrig ist.*

Als er einen Offizier der Wache sah, der in einem mit riesigen Gemälden gesäumten Korridor gegen zwei Kuritai kämpfte, hielt er inne. Nach seiner Uniform zu urteilen handelte es sich um einen Oberhauptmann der Kavallerie, und ein geübter Schwertkämpfer war er dazu, denn es gelang ihm, zwei solche Gegner in Schach zu halten. Allerdings drängten sie ihn nach und nach in eine Ecke, und seine Paraden wurden immer verzweifelter, während sie sich bereit machten, ihm den Todesstoß zu versetzen.

Frentis zog das Wurfmesser der Prinzessin, das noch immer rot von Blut war, aus dem Stiefel und warf es nach dem ihm nächststehenden Kuritai. Die Klinge bohrte sich ihm ins Genick. Sein Gefährte wich vor dem Oberhauptmann zurück, entdeckte Frentis und nahm dann eine Verteidigungshaltung an, die Frentis aus den Gruben kannte. Der Oberhauptmann sah seine Chance und führte einen Hieb wider seine Brust.

»Nein!«, rief Frentis, aber es war zu spät, der Oberhauptmann hatte den Köder geschluckt. Der Kuritai duckte sich unter seiner Klinge hindurch, rollte sich ab und stieß das Kurzschwert nach oben; die Klinge bohrte sich dem Soldaten tief in die Brust.

Frentis stürzte sich auf den Kuritai, doch dieser sprang in einer fließenden Bewegung auf und fuhr herum, um den ersten Stoß zu parieren. Ohne innezuhalten, ging er selbst zum Angriff über, und Frentis konnte die Klinge nur mit einer instinktiven Reaktion abwehren. Irgendwie kamen ihm die Gesichtszüge seines Gegners bekannt vor. *Die Eins, die uns im Lagerhaus die Tür geöffnet hat*, fiel ihm da ein. *Ein Hauptmann der Kuritai*. Die Miene des Mannes blieb ausdruckslos und verriet keinerlei Überraschung darüber, dass er gegen einen Mann kämpfte, der sich am Abend zuvor noch an der Seite seiner Herrin befunden hatte. Für diese Diener des Krieges war das typisch. Sie waren für den Kampf geboren und ausgebildet, mit Drogen und allen möglichen dunklen Künsten konditioniert. Zu vollendeten Mördern herangezogen, die gegen Angst und jegliche andere Ablenkung immun waren. Trotzdem hatte er viele von ihnen getötet, und jetzt würde ein weiterer hinzukommen.

Er versuchte es mit einer Schlagfolge, die ihm Meister Sollis mit unbarmherziger Präzision eingebläut hatte, um sich eines erfahrenen Gegners zu erwehren – Hiebe und Stöße in schwindelerregendem Tempo, alle auf das Gesicht des Kuritai gezielt, sodass dieser gezwungen war, seine Klinge anzuheben. Frentis' Stiefel traf die Eins mit voller Wucht in der Magengrube; Knochen brachen mit hörbarem Knirschen. Der Kuritai sank gegen die Wand, und Blut quoll ihm aus dem Mund. Trotzdem fand er noch Kraft für einen letzten Hieb. Frentis schlug die Klinge beiseite und durchtrennte ihm die Kehle.

»K-König …«, stotterte der gefallene Oberhauptmann und starrte zu Frentis empor. Sein Gesicht war bleich, so viel Blut hatte er bereits verloren.

Frentis beugte sich über ihn und betrachtete seine Wunde. Es war hoffnungslos. »Der König ist tot«, sagte er. »Aber Prinzessin Lyrna lebt noch. Ich muss sie finden.«

»Bruder … F-Frentis?«, fragte der Offizier mit heiserer Stimme. »Ich habe Euch … vor Jahren … bei den Wolfsläufern … gesehen.«

»Ja. Bruder Frentis.« *Ich bin ein Bruder des sechsten Ordens.* »Und Ihr, Euer Lordschaft?«

»S-Smolen …« Er hustete, und Blut rann ihm übers Kinn.

»Euer Lordschaft, Eure Wunde … Ich kann nicht …«

»Kümmert Euch nicht um mich, Bruder. W-Wahrscheinlich ist sie im Ostflügel … Dort sind ihre Gemächer …« Er lächelte, und der Glanz in seinen Augen erlosch allmählich. »Sagt Ihr … es war wunderbar … mit der Frau, die ich liebe … so weit zu reisen.«

»Euer Lordschaft?«

Das Lächeln schwand von den Lippen des Oberhauptmanns, und seine Gesichtszüge wurden zu einer leblosen Maske. Frentis berührte seine Schulter und wandte sich ab. Nach kurzem Zögern bog er um eine Ecke und rannte, so hoffte er, in Richtung Osten. Hier war der Palast leer, und keine Leichen lagen auf dem Marmor, auch wenn noch immer Entsetzensschreie durch die Gänge hallten. Als er an einem Fenster vorbeikam, sah er, dass in der Stadt bereits hier und dort Flammen emporzüngelten. Er hielt einen Moment inne: Die volarianische Flotte war in den Hafen eingelaufen, weit über tausend Schiffe, die zahllose Soldaten ausspuckten, und ein steter Strom von Booten trug von außerhalb der Hafenmauern noch mehr herbei. Das königliche Heer war nirgendwo zu sehen, nur Varitai und Freie Schwerter, die sich in Reih und Glied aufstellten und lostrabten, um sich nach einem wohleinstudierten Muster in der Stadt zu verteilen. *Das alles ist von langer Hand geplant, Herzliebster …*

Varinsburg würde noch in dieser Nacht fallen, das wurde ihm jetzt klar, und er wandte sich ab und rannte weiter. Er würde die Prinzessin finden und aus der Stadt bringen. Und dann würde er zum Ordenshaus eilen und seine Brüder vor dem bevorstehenden Angriff warnen.

Bald erreichte er den Ostflügel, der vom eigentlichen Palast durch einen schmalen Garten getrennt war; zwischen den Rosenbüschen und Kirschblüten lagen mehrere Leichen. Aus einer Türöffnung hallten Kampfgeräusche zu ihm heraus, und eine weibliche Stimme schrie etwas in einer fremden Sprache.

Er stürzte hinein. Vor ihm standen vier Kuritai, die eine hochgewachsene Frau umzingelt hatten. Die Haut der Fremden war von zahllosen Tätowierungen bedeckt, und sie ließ einen Speer kreisen. Blut spritzte, und einer der Kuritai ging zu Boden; sie verwundete einen weiteren, der so unklug gewesen war, sich ihr zu nähern. *Eine Lonakerin,* dachte Frentis. Hinter ihr kauerte ein schlaksiger Junge, der ein Langschwert umklammert hielt und das Handgemenge mit weit aufgerissenen Augen verfolgte. Frentis war beeindruckt, dass er nicht geflohen war.

Er tötete den verletzten Kuritai mit einem Nackenstreich, rammte einem weiteren das Schwert in den Rücken, parierte den Angriff des dritten und wich einen Schritt zurück, während die Lonakerin diesem den Speer in den Unterleib stieß. Sie machte ihm mit einem Tritt ins Genick den Garaus, fuhr dann herum und hob ihren Speer. »Wer bist du?«, wollte sie in der Sprache der Königslande wissen.

»Ich bin ein Bruder des sechsten Ordens«, erwiderte er. »Ich suche nach Prinzessin Lyrna.«

»Du trägst keinen Umhang«, sagte sie und kniff misstrauisch die Augen zusammen.

»Bruder Frentis?« Der schlaksige Junge trat vor und starrte ihn an. »Seid Ihr Bruder Frentis?«

»Der bin ich«, sagte er. »Ist die Prinzessin hier?«

Die Lonakerin senkte den Speer, doch ihr Argwohn war noch immer spürbar. »Diese Mauern sind ein Hort der Täuschung«, erklärte sie dem Jungen. »Vertraue niemandem leichtfertig.«

»Das ist Bruder Frentis«, erwiderte er. »Ihr habt doch gesehen, was er gerade getan hat. Wenn wir ihm nicht vertrauen können, wem dann?«

»Die Prinzessin«, wiederholte Frentis.

»Sie ist nicht hier«, sagte der Junge. »Wir haben sie nicht mehr gesehen, seit sie zum König gegangen ist. Ich heiße Arendil, und das ist Davoka.«

»Ihr seid weit weg von Eurer Heimat in den Bergen«, sagte er an die Lonakerin gewandt.

»Ich bin Botschafterin«, entgegnete sie. »Was ist hier passiert?«

»Der König ist ermordet worden, und die Königin und ihre Kinder ebenso. Prinzessin Lyrna konnte fliehen, aber sie ist schwer verletzt. Wir müssen sie unbedingt finden.«

In den Augen der Lonakerin funkelten Sorge und Zorn. »Verletzt? Wie das?«

»Verbrennungen. Die Mörderin … gebot über das Feuer.«

Davoka hob ihren Speer. »Wo ist diese Mörderin?«

»Tot, durch meine Hand. Dafür haben wir jetzt keine Zeit. Gerade in diesem Moment kommt eine volarianische Armee an Land, und diese Stadt wird innerhalb von Stunden in ihren Händen sein.« Er schaute sich in den leeren Gemächern um. *Hier finden wir sie nicht.* »Wir müssen von hier verschwinden«, sagte er. »Und irgendwie ins Ordenshaus gelangen.«

»Nicht ohne meine Königin«, erklärte Davoka.

»Wenn Ihr hierbleibt, werdet Ihr sterben, und sie wird noch immer irgendwo herumirren.« Er deutete auf das Langschwert in der Hand des Jungen. »Kannst du damit umgehen?«

Der Jungen umfasste das Heft ein wenig fester und nickte.

»Dann steh das nächste Mal nicht nur da und schau tatenlos zu.« Er wandte sich um und lief in den Garten hinaus, dicht gefolgt von Arendil.

»Davoka.« Frentis hielt kurz inne und sah die Lonakerin an. »Bitte!« Dann rannte er weiter in Richtung der Westmauer. Die Tore waren inzwischen gewiss in volarianischer Hand, also würden sie sich einen anderen Fluchtweg suchen müssen. Als er die Mauer erreichte, blickte er sich um; Davoka hatte sich ihnen angeschlossen. Er schlich vierzig Fuß nach rechts, bis er auf einen flachen Graben stieß, der in die Kanalisation der Stadt mündete. Ein übelriechendes Rinnsal verschwand in einer Öffnung unten an der Mauer.

»Da passen wir nicht durch«, sagte Arendil und rümpfte die Nase.

Die Öffnung war kaum einen Fuß hoch, aber glücklicherweise nicht vergittert. »Legt Eure Kleider ab«, forderte Frentis sie auf und zog sich das Hemd über den Kopf. »Schmiert Euch mit Kot ein, dann geht es leichter.«

Nachdem er sich Brust und Arme mit der Brühe aus dem Graben eingerieben hatte, schlüpfte er in die Öffnung. Erst warf er das Schwert hinein, dann quetschte er sich selbst hindurch; dabei schürfte er sich die Haut auf, und an die Stichwunde in seiner Seite wollte er gar nicht denken. Mit einem lauten Ächzen hievte er sich auf der anderen Seite aus der Öffnung, bückte sich und streckte die Hand nach dem Jungen aus. Dieser schob sein Langschwert hindurch und folgte dann, hustend und würgend von dem entsetzlichen Gestank. Davoka war als nächste an der Reihe, und bevor sie auftauchte, fiel ihr Speer klappernd auf den Stein; mit gebleckten Zähnen versuchte sie, sich aus der Öffnung zu stemmen. Frentis und Arendil packten sie an den Armen und zerrten sie heraus, wobei Arendil mit offenem Mund ihre mit Kot bedeckten Brüste anstarrte. Sie versetzte ihm eine Backpfeife und hob ihren Speer auf.

»Wie sollen wir uns hier unten zurechtfinden?«, fragte Arendil und rieb sich die Wange.

Frentis stellte fest, dass er noch lachen konnte. »Wie findet sich irgendjemand in seinem Zuhause zurecht?«

◆ ◆ ◆

Als Erstes versuchte er es am Fluss im Norden, denn dieser lag am nächsten und versprach die Möglichkeit, zur Straße nach Norden zu gelangen, dem schnellsten Weg zum Ordenshaus. Er ließ Davoka und Arendil warten, während er durch das Rohr zum Fluss kroch und zu dem nur zur Hälfte sichtbaren Nordtor am anderen Ufer hinüberspähte.

Varitai hielten bereits das Torhaus und die Mauer besetzt, unter ihnen mehrere Bogenschützen. Er hatte gehofft, am Ufer entlangkriechen zu können und durch den Kanal unterhalb der Stadtmauer zu fliehen, aber die Soldaten würden sie augenblicklich entdecken, und es war unmöglich, gegen den Strom flussaufwärts zu schwimmen.

»Keine Chance«, berichtete er, nachdem er wieder zurück war. »Die Mauern sind verloren.«

»Gibt es keine andere Möglichkeit?«, fragte Davoka.

»Nur eine.« Und sie gefiel ihm nicht, denn diese Strecke bedeutete einen gewaltigen Umweg, aber überall sonst würden inzwischen gegnerische Wachen lauern. So sehr er die Volarianer verachtete, ihre Effizienz war beeindruckend.

»Du warst dort«, sagte Davoka, während er sie durch das Labyrinth aus Tunneln Richtung Osten führte. Dabei stapften sie durch Gewässer, die so sehr stanken, dass Arendil noch immer bei jedem Schritt würgen musste. »Du hast die Mörderin gesehen?«

Die Augen des Königs … das Geräusch, mit dem sein Genick brach wie ein Stück trockenes Treibholz … »Ja, das habe ich.«

»Gab es keine Vorwarnung? Keine Möglichkeit, sie aufzuhalten?«

»Wenn es eine gegeben hätte, hätte ich sie ergriffen.«

Es dauerte einen Moment, bis sie die richtigen Worte gefunden hatte. »Der *Gorin* … Die Natur der Mörderin? Ihr Name?«

»Eine Volarianerin. Ihren Namen kenne ich nicht.« Er hob die Hand, als ein Geräusch den Tunnel entlanghallte, ein knapper Ruf, der sofort abbrach. Langsam ging er in die Hocke, wartete und lauschte. Ein leises Flüstern drang zu ihm – unwirsche Stimmen, die sich stritten. Worte waren keine zu verstehen.

Frentis schlich weiter und blieb, als die Stimmen deutlicher wurden, an einer Ecke stehen. Zwei Männer. »Ich bleib nicht die ganze verdammte Nacht hier unten!« Ein kehliges Flüstern, die Stimme schrill vor Verzweiflung.

»Dann geh doch draußen spazieren.« Eine ruhigere Erwiderung, in der aber auch Angst mitschwang. »Vielleicht findest du ein paar neue Freunde.«

Eine Pause, und dann ein mürrisches Murmeln. »Es muss einen besseren Ort geben als dieses Rohr voller Scheiße.«

»Gibt es nicht«, sagte Frentis und trat hinter der Ecke hervor.

Die beiden Männer, die in dem Tunnel kauerten, starrten ihn mit offenem Mund an und sprangen auf. Der kleinere der beiden hatte sich den Kopf rasiert und trug einen goldenen Ohrring. Sein Kumpan, ein großer Kerl mit struppigem Haar, fuchtelte, als Frentis näher kam, mit einer Keule herum.

»Wer zum Teufel bist du?«, wollte er wissen.

»Ich bin ein Bruder des sechsten Ordens.«

»Red keinen Scheiß. Wo ist dein Umhang?« Er stapfte auf ihn zu und hob knurrend die Keule, blieb jedoch stehen, als Frentis ihm die Schwertspitze unters Kinn hielt.

»Glaubst du's mir jetzt?«, fragte Frentis.

Der kleinere Mann schien eingreifen zu wollen, bis er Davoka bemerkte, die mit erhobenem Speer den Tunnel entlang auf sie zukam. »Nichts für ungut, Bruder«, sagte er, schob den Dolch in den Gürtel und hob die Hände. »Ich heiße Ulven, und dieser Kerl hier ist als ›der Bär‹ bekannt. Weil er so viele Haare hat, verstehst du. Wir sind nur zwei ehrliche Männer, die sich in Sicherheit gebracht haben.«

»Tatsächlich?« Frentis legt den Kopf schräg und betrachtete das furchtsame Gesicht des Mannes. »Als der da noch für Einauge Geld eingetrieben hat, hieß er Schlepper, und du wurdest Petzer genannt, weil du so vertrauenswürdig warst.«

Der kleinere Mann wich einen Schritt zurück, und seine Augen wurden schmal. »Kenn ich dich, Bruder?«

»Du hast immer Scheißkerl zu mir gesagt, wenn du mich verprügelt hast. In der Nacht, als ich Einauge seinen Namen verpasst habe, standst du, wenn ich mich nicht täusche, direkt hinter ihm.«

»Frentis«, hauchte der Mann mit einer Mischung aus Staunen und Furcht.

»Bruder Frentis«, verbesserte er.

Petzer schluckte und schaute sich um, als wollte er die Beine in die Hand nehmen. »Das … das ist lange her, Bruder.«

Frentis hatte immer davon geträumt, Rache zu nehmen für all die Prügel, die er bezogen hatte, und für die Beute, die ihm weggenommen worden war. Es wäre so einfach, sie zu töten, schließlich hatte er Übung darin.

»Einauge hat uns an allem die Schuld gegeben«, fuhr Petzer fort und ging langsam rückwärts. »Weil wir dich in jener Nacht nicht bemerkt haben. Wir mussten die Stadt verlassen und haben jahrelang wie Bettler gelebt.«

»Wie schrecklich für euch.« Frentis blickte Petzer in die Augen, sah dort jedoch nur Angst, wie bei dem Banditen in der Wüste oder bei dem ersten Offizier des Schmugglers …

»Wir sind zu dem Rohr unterwegs, das in den Hafen führt«, sagte er, senkte sein Schwert und lief weiter; Petzer wich zurück, als er an ihm vorbeiging. »Ihr könnt mitkommen, aber wenn ich von einem von euch irgendeinen Mucks zu hören kriege, seid ihr dran. Kapiert?«

◆ ◆ ◆

Eine gute Stunde stapften sie durch das kniehohe Wasser, bevor sie das Rohr erreichten, das aus der Hafenmauer ragte. Immer wieder hallten Geräusche zu ihnen herunter: Entsetzensschreie, das Tosen von Flammen, das Donnern einstürzender Mauern. Hier und dort hörten sie das unmissverständliche Lied des Krieges – das Klirren von Stahl auf Stahl … gefolgt von den Klagelauten der Besiegten.

»Bei den Ahnen!«, hauchte Petzer und blickte zu einer Öffnung in der Decke, aus der Blut tropfte. »Ich hätte nie gedacht, dass mir die Stadtwachen einmal leidtun würden.«

Frentis spähte durch das Rohr auf den Hafen hinaus. Volarianische Schiffe drängten sich am Kai, und aus den Schiffen, die ein Stück vom Ufer entfernt vor Anker gegangen waren, strömten immer noch Soldaten in die Boote. Er schätzte die Entfernung zum nächsten Schiff auf etwas über einhundert Schritte, also weniger als Bogenschussweite, und es war wahrscheinlich, dass sie gesehen wurden. Er hoffte, dass die meisten Bogenschützen anderswo zu tun hatten. So oder so – es blieb ihnen keine andere Wahl.

»Hast du etwas dagegen, wenn ich als Erster rausgehe?«, schlug Petzer vor. »Um den Weg freizumachen?«

»Lass den Scheiß«, erwiderte Schlepper. »Warum solltest du als Erster da raus?«

»Weil der Letzte wahrscheinlich einen Pfeil in den Rücken bekommt«, sagte Frentis. Er winkte Arendil zu sich heran. »Unter dem Rohr geht es zehn Fuß nach unten«, erklärte er dem Jungen. »Die Gezeiten wechseln gerade, also müssen wir nicht schwimmen. Bleibe auf den Felsen und halte dich nach Norden. Auf dem Weg kannst du die Landzunge umrunden, und sobald die Schiffe außer Sichtweite sind, wartest du auf uns.« Er nickte Davoka zu. »Du bist als Nächstes dran. Und dann ihr beide«, fügte er hinzu, als Petzer etwas einwenden wollte.

Arendil holte tief Luft, kletterte in das Rohr, rutschte vorwärts und ließ sich auf der anderen Seite nach unten fallen. Davoka zögerte einen Moment. »Und wenn du stirbst?«

»Das Ordenshaus liegt zwölf Meilen westlich von hier. Sucht die Nordstraße und folgt ihr.«

Sie nickte und kroch Arendil hinterher. Als Frentis sich umwandte, warfen Petzer und Schlepper gerade eine Münze. Petzer verlor, was Schlepper diebisch freute. »Viel Spaß mit den Pfeilen, du kleiner Mistkerl«, sagte er und quetschte sich in das Rohr.

»Die Fettsau bleibt bestimmt stecken«, grummelte Petzer. Es schien eine Ewigkeit zu dauern, bis Schleppers Schatten endlich aus dem Rohr verschwand und er mit einem kleinen Aufschrei auf den Felsen landete.

Petzer musste nicht erst aufgefordert werden, in das Rohr zu schlüpfen, und nur wenige Sekunden später war auch er fort. Frentis kroch ihm nach und atmete, als er das andere Ende des Rohrs erreichte, die frische Seeluft ein. Dann stemmte er sich hinaus und ließ sich auf die Felsen fallen; fast wäre er auf dem nassen Stein ausgerutscht, aber im letzten Moment fing er sich noch. Er sah Schlepper auf die Landzunge zuschlurfen; Petzer hatte ihn bereits überholt. Frentis warf einen Blick zu den Schiffen hinüber. Dort herrschte reges Treiben, aber niemand schien sie bemerkt zu haben.

Er setzte sich in Bewegung, sprang von Fels zu Fels. Als Kind war er bei Ebbe oft hierhergekommen: Manchmal hatte sich unter dem Treibgut, das an die Felsen gespült wurde, etwas Interessantes gefunden. Aber meistens hatte es ihm einfach nur Spaß gemacht, von einem Felsen zum nächsten zu hüpfen. Das war eine gute Übung für seine Ausflüge auf die Dächer der Stadt gewesen – irgendwann, so hatte er gehofft, würde er zu den richtigen Dieben gehören.

»Lass mich nicht zurück, Bruder«, schnaufte Schlepper, als er ihn überholte.

»Dann beeil dich.« Frentis hielt inne, als er hinter sich ein durchdringendes Klirren hörte. Er fuhr herum und riss Schlepper zu Boden. Etwas prallte mit lautem Scheppern von den Felsen ab und segelte ins Halbdunkel davon.

»Was war das?«, keuchte Schlepper.

»Ein Geschützbolzen«, sagte Frentis. »Anscheinend haben sie uns gesehen.«

»Bei den Ahnen!« Schlepper stand kurz davor loszuheulen. »Bei den Ahnen, was jetzt?«

»Als ich ein kleiner Junge war, fand ich dich um einiges beeindruckender.« Frentis hob den Kopf und entdeckte am Bug des nächstgelegenen Schiffs eine Laterne. Geduckte Gestalten huschten um die spinnengleiche Silhouette des Wurfgeschützes herum und drehten in aller Ruhe an der Winde. *Sie langweilen sich und üben ein wenig*, dachte Frentis bei sich. *Freie Schwerter, keine Sklaven.* »Wir haben Glück«, sagte er zu Schlepper, stand auf und hob die Hände.

Der große Mann starrte ihn mit offenem Mund an. »Was machst du da?«

»Lauf schon weiter«, befahl Frentis und wedelte mit den Armen.

»Was?«

»Lauf!« Das Wurfgeschütz klapperte, als einer der Mannschaft den Hebel umlegte. Frentis stand völlig regungslos da, wartete zwei Herzschläge ab und ließ sich dann auf die Knie fallen. Der Bolzen segelte über ihn hinweg und landete zwischen den Felsen. Frentis hörte, wie Schlepper einen steten Strom von Flüchen ausstieß, während er wegrannte.

Vom Schiff tönten fassungslose Stimmen herüber. Dann lachten einige der Soldaten – offenbar wussten sie die Ablenkung zu schätzen. Frentis drehte sich um und schritt, ohne einmal zurückzuschauen, in aller Ruhe der Landzunge entgegen. Ein Wurfgeschütz war eine furchterregende Waffe, aber es war kein Bogen, und diese Männer waren bestimmt nicht so geschickt wie gut aufeinander abgestimmte Sklaven.

Bevor er die Landzunge erreichte, musste er sich noch dreimal unter einem Bolzen wegducken. Inzwischen war Schlepper längst außer Sichtweite. Frentis blieb stehen und winkte zu dem Schiff hinüber, bevor er die letzte Felsnase umrundete. Hinter ihm wurde ein Chor enttäuschter Rufe laut – ein Großteil der Mannschaft schien sich am Bug versammelt zu haben. Frentis legte die Hände an den Mund und schrie aus voller Lunge: »LACHT NUR! IHR WERDET ALLE HIER STERBEN!«

Dritter Teil

◆ ◆ ◆

Schülern sei der Irrglaube vergeben, beim Heiligen Vorleser handele es sich um eine althergebrachte und von jeher im Cumbraelischen Götterglauben verankerte Instanz, ein heiliges Amt, bei dem Wille und Autorität des Weltvaters auf Geheiß des Propheten von einem menschlichen Gefäß verkörpert werden. Indes wird ein solches Amt in den Zehn Büchern an keiner Stelle erwähnt, auch ist nur schwer erkennbar, welchem Regelwerk die Kirche unterliegt, da die Inhalte der Bücher sich unterscheiden und oft widersprechen.

Die erste schriftlich belegte Investitur eines Heiligen Vorlesers fand vor wenig mehr als dreihundert Jahren statt, und selbst zu jener Zeit scheint diese Position nichts weiter als ein Ehrentitel gewesen zu sein, der besonders frommen Gläubigen verliehen wurde. Die Vormachtstellung eines Mannes, der die alleinige und unumstrittene Führung der Kirche innehat, etablierte sich erst zweihundert Jahre nach ihrer Ankunft im heutigen Cumbrael – und gegen beträchtlichen Widerstand – als Institution.

— Aspekt Dendrish Hendrahl,
Irrtum und Glaube: Das Wesen der Gottesverehrung
Archive des dritten Ordens —

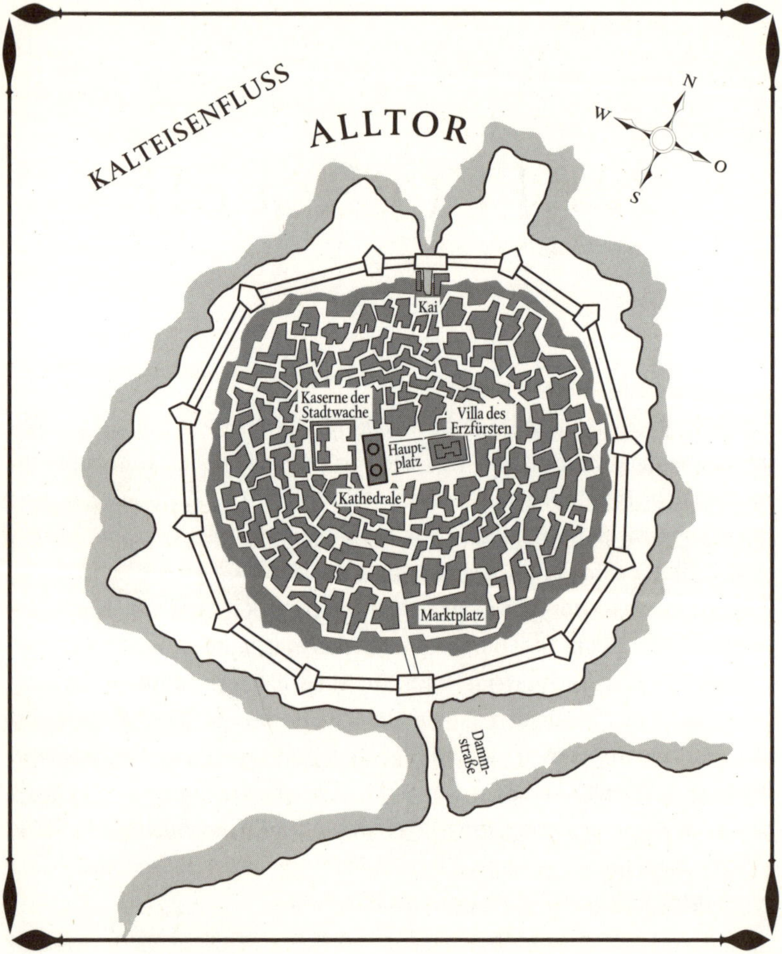
KALTEISENFLUSS
ALLTOR
N
W
O
S
Kai
Kaserne der
Stadtwache
Villa des
Erzfürsten
Haupt-
platz
Kathedrale
Marktplatz
Damm-
straße

Verniers' Bericht

Die Frau des Generals entließ mich erst, als über der qualmenden Stadt der Morgen anbrach. Die Kampfgeräusche waren schon vor geraumer Zeit verklungen, doch bislang war noch keine Botschaft vom Sieg eingetroffen, und der stete Strom verwundeter Volarianer, die durch die Bresche stolperten, ließ darauf schließen, dass das Ende der Schlacht noch in weiter Ferne lag. Die Verletzten waren ausschließlich Freie Schwerter, die Sklavensoldaten dagegen wurden selbstverständlich ihrem Schicksal überlassen.

Der General war mit seiner Lustsklavin unter Deck geblieben, während ich seiner Frau berichtete, was ich über Al Sorna wusste. Ich ließ nichts aus und sprach mehrere Stunden lang, während über Alltor Rauch aufstieg. Die Neugier der Frau war groß, und sie stellte mir zahlreiche Fragen, wenngleich mir auch schien, dass sie sich übertriebene Vorstellungen von den Fähigkeiten des Hoffnungstöters machte.

Nachdem ich einige der unzähligen Geschichten, die man sich im Kaiserreich über Al Sorna erzählte, wiedergegeben hatte, sagte sie: »Dann habt Ihr also nie gesehen, wie er diese Kräfte wirkte, von denen Euer Volk so viel spricht?«

»Er ist nur ein Mensch, Herrin«, erwiderte ich. »Zweifelsohne verfügt er über zahllose Talente und einen ausgeprägten Scharfsinn. Seine Auffassungsgabe wird von vielen irrtümlicherweise für Zauberei gehalten. Ich habe

jedoch nie einen Beweis dafür gefunden, dass er wirklich Gedanken lesen und mit Tieren oder gar den Seelen der Toten sprechen kann.«

»Denkt Ihr, er wird von diesem Scharfsinn Gebrauch machen, wenn er meinem Mann gegenübersteht? Irgendeine List ersinnen, um diese Stadt vor der Zerstörung zu bewahren?«

Der hämische Unterton in ihrer Stimme bestätigte meine Vermutung, dass diese Frau zutiefst fatalistisch war. Offenbar war das, was sie hier erlebte, nichts Neues für sie, und sie empfand seinen Ausgang als vorherbestimmt und unumgänglich, obschon sie nicht glücklich darüber war. »Davon gehe ich aus, Herrin.«

»Dann ist er also ein großer Stratege.« Sie lachte. »Von der Sorte sind mir schon einige begegnet. Einer von ihnen war von seiner eigenen Genialität so überzeugt, dass er fünfzigtausend Männer in einem öligen Sumpf in den Flammentod schickte. Sagt, wäre der Ausgang derselbe gewesen, wenn Al Sorna das königliche Heer im Kampf gegen meinen Mann befehligt hätte?«

Das war – wie sie sicherlich wusste – eine tückische Frage, und meine Antwort konnte schwerwiegende Folgen haben. »Dergleichen lässt sich unmöglich beurteilen, Herrin.«

»O doch, ich glaube schon. Vor allem durch einen Mann, der in der Geschichte und all ihren Schlachten so bewandert ist, wie Ihr es seid.«

Ihr Ton ließ keinen Widerspruch zu, ich musste antworten. Dabei war ich mir im Klaren, dass sie jegliche Schmeichelei über ihren Mann entlarven und keineswegs schätzen würde. »Der Kriegsherr war zu selbstsicher«, sagte ich. »Er rechnete nicht damit, dass einer seiner Verbündeten Verrat an ihm üben würde. Al Sorna hätte sich bestimmt nicht so leicht übertölpeln lassen.«

»Und was ist mit der zahlenmäßigen Unterlegenheit? Ihr sagtet selbst, dies sei ein entscheidender Faktor.«

»In der Oase von Lehlun ist es Al Sorna mit nur wenigen hundert Männern gelungen, die Elite des kaiserlichen Heeres vom Kurs abzulenken. Wenn es einen Weg gibt, hier einen Sieg zu erringen, so wird er ihn finden.« Die Frau des Generals zog die Augenbrauen hoch, und ich erkannte sogleich meinen Fehler. Mit pochendem Herzen und schweißnasser Stirn fügte ich hinzu: »Herrin.«

»Ich hatte mich schon gefragt, ob Ihr Euch wohl jemals vergessen würdet«, sagte sie.

»Bitte vergebt mir, Herrin …«, stammelte ich, doch sie bedeutete mir, still

zu sein, und wandte ihren Blick wieder der in Rauch gehüllten Stadt zu. Ein Augenblick verstrich, dann fragte sie: »Habt Ihr eine Frau, Lord Verniers? Harrt irgendwo in Alpira eine Familie Eurer Rückkehr?«

Diese Frage bereitete mir kein langes Kopfzerbrechen. Ich hatte die Antwort schon unzählige Male gegeben. »Meine Arbeit nimmt mich zu sehr in Anspruch, als dass ich mir eine solche Ablenkung leisten könnte, Herrin.«

»Ablenkung?« Lächelnd wandte Fornella sich zu mir um. »Liebe ist also eine Ablenkung?«

»Ich … Das kann ich nicht beurteilen, Herrin.«

»Ihr lügt. Ihr habt jemanden geliebt und sie verloren. Ich frage mich, wer sie wohl war. Ein lernbegieriges Mädchen, das den großen Gelehrten bewunderte? Eine Dichterin womöglich?« In gespieltem Bedauern verzog sie das Gesicht. Wäre meine Angst nicht so übermächtig gewesen, hätte ich in diesem Moment genug Hass verspürt, um sie über die Reling zu werfen und ihr ins Gesicht zu lachen, während sie vor meinen Augen ertrank.

So aber wählte ich den sicheren Weg. Ich log. »Sie ist gestorben, Herrin. Im Krieg.«

»Oh.« Die Frau des Generals zuckte zusammen und wandte sich ab. »Wie traurig. Ihr solltet Euch jetzt ausruhen. Morgen gibt es zweifellos wieder genug Blutvergießen, über das mein geliebter Gatte Euren Bericht wünschen wird.«

»Vielen Dank, Herrin.« Damit verneigte ich mich und strebte – bemüht, nicht zu rennen – der Treppe zu, die in meine Kajüte führte. Die angeborene Grausamkeit ihres Mannes war zwar beängstigend, doch wie ich jetzt wusste, ging die größte Gefahr auf dem Schiff von dieser Frau aus.

◆ ◆ ◆

Ich schlief zwei Stunden und träumte meine allnächtlichen Träume von Chaos und Blut, in denen sich das Drama von der Niederlage des königlichen Heeres wieder und wieder abspielte. Das Gesicht des Kriegsherren, als er sah, wie sie sich gegen ihn stellten und seine Flanke angriffen … Bruder Caenis, der versuchte, die verbliebenen Soldaten neu zu formieren …

Nach dem Aufstehen würgte ich die Haferschleimsuppe hinunter, die man mir vor die Tür gestellt hatte, und verbrachte die nächsten Stunden damit, meine Aufzeichnungen vom Vortag so umzuschreiben, dass sie den Angriff der Volarianer in angemessen irreführender Form wiedergaben. Dabei achtete ich peinlich genau darauf, die sorgfältigen Vorbereitungen zu erwähnen, die der General für den Fall andauernder Kampfhandlungen innerhalb der Stadtmauern getroffen hatte.

Kurz nachdem ich damit fertig war, wurde ich an Deck geholt, wo ich sah, dass der General einen Kriegsrat einberufen hatte. Seine befehlshabenden Offiziere standen um den Kartentisch, und der Divisionskommandeur war gerade dabei, Bericht zu erstatten. »Wir hatten einigen Erfolg damit, sie auszuräuchern, verehrter General.« Das rußverdreckte Gesicht des Mannes war von Müdigkeit gezeichnet. »Aber sie haben ausgesprochen schnell reagiert und Schneisen zwischen den Häusern angelegt, um zu verhindern, dass das Feuer sich ausbreitet. Außerdem ist die Stadt zu einem großen Teil aus Stein erbaut und daher nur schwer in Brand zu setzen. Und die Männer … Feuer kennt keine Verbündeten. Auf unserer Seite gab es ebenso viele Verluste wie auf ihrer. Die Moral ist … schlecht.«

»Wenn deine Soldaten sich unbedingt in die Hose machen wollen«, erwiderte der General, »so haben wir genügend Aufseher, die in der Kunst geschult sind, unwilligen Männern mit der Peitsche Gehorsam beizubringen.« Sein Blick traf den nächsten Unglückseligen, einen Kommandeur der Freien Schwerter mit rußschwarzem Gesicht und einer frisch genähten Wunde an der Wange. »Was ist mit dir? Gab es gestern Auspeitschungen?«

»Vier, verehrter General«, antwortete der Mann mit heiserer Stimme.

»Dann mach heute sechs daraus.« Auf der Suche nach seinem nächsten Opfer ließ er den Blick über den Tisch schweifen. »Du da!« Er zeigte mit dem Finger auf einen Mann in der Kleidung der Pioniere, welche die Balliste und die Mangonel bedienten. »Mein kleiner Trick für die Verfahrensweise mit Gefangenen. Hast du ihn ausprobiert?«

»Ja, verehrter General«, bestätigte der Mann. »Wir haben fünfzig Köpfe über die Mauern katapultiert, wie Ihr es befohlen habt.«

»Und?«

Der Mann zögerte, und der Divisionskommandeur ergriff das Wort. »Die Feinde haben ebenfalls Gefangene, verehrter General. Sie haben fünfzig Köpfe über die Barrikaden zurückgeworfen.«

»Dahinter steckt bestimmt diese Hexe«, murrte der Anführer des Varitai-Bataillons leise.

Der General funkelte ihn wutentbrannt an; pfeilschnell schoss sein Finger nach vorn. »Dieser Mann wird degradiert. Schafft ihn mir aus den Augen und sorgt dafür, dass er heute noch am ersten Angriff teilnimmt.«

Während der in Ungnade Gefallene davongeführt wurde, wandte der General sich der Karte zu. »Das hier geht gegen alle Logik und sämtliche Beispiele aus der Geschichte«, murmelte er. »Wenn die Stadtmauern fallen, fällt auch die Stadt, und die Sieger ernten den Lohn, plündern und vergewaltigen. So war es immer.« Er hob den Kopf und sah mir in die Augen. »Oder etwa nicht, mein gelehrter Sklave?«

Möglicherweise war das eine Falle, oder einfach nur ein Zeichen seiner Unwissenheit. Aber was es auch war, ich hatte keine Zeit, mir eine gute Lüge zurechtzulegen. »Vergebt mir, Herr, aber ich muss Euch widersprechen. Es gibt eine historische Parallele zu dieser gegenwärtigen … Problematik.«

»Eine Parallele«, wiederholte der General leise. Dann richtete er sich auf und stieß ein bellendes Lachen aus, in das die erleichterten Offiziere herzhaft einfielen. Mit hochgezogenen Augenbrauen breitete der General die Arme aus. »Bitte klärt uns ignorante volarianische Tölpel auf, großer Verniers. Wann und wo hat diese Parallele sich zugetragen?«

»Vor beinahe achthundert Jahren, in der Schmiedezeit, Herr. Während der Kriege, die das volarianische Reich schmiedeten.«

»Ich weiß, was die Schmiedezeit ist, du alpiranischer Wicht.« Er starrte mich mit unterdrücktem Zorn an, und ich verspürte die plötzliche Gewissheit, dass ich mein Leben bisher vor allem dem Einfluss seiner Frau verdankte. »Fahr fort«, sagte er mit rauher Stimme, als seine Wut abgeebbt war.

»In einer Stadt namens Kethia«, erklärte ich, »nach der die heutige Provinz Eskethia benannt ist. Sie war die letzte Stadt, die der kaiserlichen Heerschar unterlag, nachdem sie ihr fast ein Jahr lang erfolgreich Widerstand geleistet hatte. Die Schlacht endete nicht mit dem Fall der Mauern. Der König der Stadt, ein gefeierter Krieger und – Legenden zufolge – großer Magier, trieb sein Volk zu unvorstellbaren Taten an. Jedes Haus wurde zur Festung, jede Straße zum Schlachtfeld. Es heißt, das kaiserliche Militär wurde von Verzweiflung und Angst erfasst, weil es schien, als würde die Stadt niemals fallen.«

»Doch sie fiel«, sagte der General. »Ich habe die Ruinen des alten Kethia mit eigenen Augen gesehen.«

»Ja, Herr«, erwiderte ich. »Das Blatt wendete sich, als der Rat einen neuen

Kommandanten ernannte. Er hieß Vartek und ging unter dem Namen Speerspitze in die Geschichte ein, denn er führte seine Männer stets selbst in die Schlacht und erreichte als Erster die feindlichen Linien. Sein furchtloses Beispiel vertrieb die Angst der Männer. Es bedurfte zwar wochenlanger Kämpfe, doch zu guter Letzt fiel Kethia, alle Männer wurden getötet und die Frauen und Kinder versklavt.«

Als ich geendet hatte, herrschte Schweigen, und der General starrte mich mit eisigem Zorn an. Ich blieb so ruhig, wie ich konnte, mein Gesicht eine ausdruckslose Maske. Der geneigte Leser sollte wissen, dass meine Worte kein Zeichen von Mut waren, ich hatte die offensichtlich darin enthaltene Anspielung nicht als Beleidigung gemeint. Ich war nur dem Befehl meines Herren gefolgt und hatte eine historische Tatsache berichtet, zumindest soweit die Quellen sie belegen.

»Hochverehrter Gatte.« Plötzlich war auch Fornella an Deck, in ein schlichtes Kleid aus weißem Musselin gehüllt und mit einem roten Satinschal um die Schultern. Sie schritt an die Seite ihres Mannes und stellte einen Weinbecher neben ihn. »Trinkt, mein Herz. Vielleicht lenkt Euch das von den alten Geschichten ab, die mein teurer Sklave erzählt.«

Langsam hob der General den Becher und trank. Dabei fixierte er mich lange genug, um mir zu verstehen zu geben, dass mich eine harte Strafe erwartete. »Wie viele Sklaven haben wir in dieser Provinz gefangen genommen?«, fragte er den Divisionskommandeur.

»Nicht so viele wie üblich, verehrter General. Etwa dreitausend.«

»Das heißt, morgen rollen fünfhundert Köpfe«, befahl der General dem Pionier. »Und stecht ihnen vorher die Augen aus. Lasst sie vor der Enthauptung leiden, sodass ihre Schreie bis hinter die Barrikaden zu hören sind. Sie sollen nach ihren Familien rufen. Wenn sie im Gegenzug wieder Leute von uns töten, so ist dies kein großer Verlust. Nur Feiglinge geraten in die Hand des Feindes. Und wenn sie sich übermorgen immer noch zur Wehr setzen, schlagt weiteren tausend die Köpfe ab.« Er leerte den Weinbecher und warf ihn zur Seite. Dann grinste er. »Siehst du, Sklave? Ich weiß durchaus, wie man ein gutes Beispiel abgibt.«

ERSTES KAPITEL

Reva

»Das ziehe ich nicht an.«

Lächelnd hielt Lady Veliss ihr das hellblaue Kleid hin, doch Reva wich zurück. »Aber es passt so gut zu Eurem Haar«, sagte sie. »Probiert es doch wenigstens.«

»Wo sind meine eigenen Kleider?«, wollte Reva wissen.

»Verbrannt, hoffe ich. Solche Lumpen ziemen sich nicht für die Nichte des Erzfürsten.«

»Dann bleibe ich eben so.« Sie trug ein schlichtes Baumwollhemd, das die Zofe dagelassen hatte, als sie ihr das Frühstück brachte. Die Wachen ihres Onkels hatten sie am Vorabend in dieses Zimmer geleitet. Das ganze Anwesen war in Aufruhr gewesen, und jedes Zimmer und jeder Schrank waren auf Veliss' Anordnung hin nach weiteren Eindringlingen durchsucht worden. Doch Reva hatte den Tumult kaum wahrgenommen, so betäubt war sie von der Woge der Verzweiflung und Trauer, die über sie hereingebrochen war. Sie war zu nichts anderem in der Lage, als den Wachen wie befohlen hinterherzustolpern, taub gegen jede Frage. *Tötet sie,* hatte der Priester gesagt. *Tötet sie …*

Kaum hatte sie das Zimmer betreten, ließ sie sich auf das große Bett fallen, zog die Knie an die Brust und hasste sich dafür, dass ihr Tränen über das Gesicht liefen. *Tötet sie* … Der Schlaf, der sie dann überwältigte, war traumlos und allumfassend. Als sie erwachte, fand sie sich nackt unter dem Bettlaken wieder. Eine Zofe stellte gerade ein Frühstückstablett auf den Frisiertisch, und neben der Tür war eine Wache postiert. Nie hätte Reva gedacht, dass sie einmal so besinnungslos sein könnte, dass man sie ausziehen konnte, ohne sie zu wecken.

Veliss musterte sie mit unverhohlener Bewunderung. »Ich hätte nichts dagegen. Aber ich glaube, Euer Onkel wüsste ein Quentchen mehr Sittsamkeit zu schätzen.« Sie warf das Kleid aufs Bett und starrte sie weiterhin unverwandt an. Ein leichtes Lächeln umspielte ihre vollen Lippen.

»Euer Benehmen ist unschicklich«, murmelte Reva und griff nach dem Kleid.

Veliss lachte und wandte sich zum Gehen. »Eine Wache wird Euch hinunterbegleiten, wenn Ihr so weit seid.«

◆ ◆ ◆

Ihr Onkel war in seinem Garten, wo er – umgeben von kunstvoll geschnittenen Hecken – an einem kleinen Tisch saß. Gesellschaft leistete ihm dabei eine Flasche Wein, die bereits zu drei Vierteln geleert war, obwohl es gerade erst zur neunten Stunde geschlagen hatte. Neben der Flasche lag das Schwert, das Reva am Vorabend gestohlen hatte. Lady Veliss war ebenfalls anwesend und las in einer Schriftrolle.

»Meine wackere Nichte!« Der Erzfürst erhob sich und begrüßte sie mit einem breiten, herzlichen Lächeln. Sie ließ sich von ihm umarmen und verzog kurz das Gesicht, als er ihr einen Kuss auf die Wange drückte und sie seinen nach Wein stinkenden Atem roch.

»Woher wusstet Ihr meinen Namen?«, fragte sie, als er die Umarmung löste.

»Ah, dann haben deine Großeltern dich also nach ihr benannt.« Er kehrte an den Tisch zurück und deutete auf den leeren Stuhl. »Das freut mich sehr.«

»Meine Großeltern?« Sie blieb stehen und ließ den Blick durch den Garten schweifen. *So viele Wachen.*

»Ja.« Der Erzfürst schien verwirrt. »Sie haben dich doch großgezogen, oder etwa nicht?«

Nun ließ Reva jeden Gedanken an eine Flucht fahren und setzte sich auf den leeren Stuhl. »Meine Großeltern sind tot«, sagte sie. »Meine Mutter ist tot. Und mein Vater …« Sie verstummte kurz. Was ihren Vater anging, so bedurfte der Erzfürst keiner Erklärung. »Warum habt Ihr mich nicht töten lassen?«

Er lachte und schenkte sich Wein nach. »Was wäre ich denn dann für ein Onkel?«

»Ihr kanntet also meine Mutter?«

»Natürlich kannte ich sie. Selbstverständlich nicht so gut wie deinen Vater, aber ich kann mich noch genau an sie erinnern.« Mit blutunterlaufenen Augen studierte er Revas Gesicht. »Sie war ein hübsches Ding. Und lebhaft. Kein Wunder, dass Hentes sich in sie verliebt hat. Als ich dich sah, dachte ich, ihr Geist sei gekommen, um mich zu retten. Du bist ihr wie aus dem Gesicht geschnitten. Nur die Augen hast du von Hentes.«

Verliebt? Der Priester hatte keinen Hehl daraus gemacht, wie es um die Beziehung ihrer Eltern bestellt gewesen war. *Deine Mutter war eine Hure,* hatte er Reva ohne Umschweife erklärt. *Eine von vielen, die die Wahrklinge in Versuchung führten, ehe der Weltvater ihm die Gnade Seines Worts zuteilwerden ließ. Jetzt ist es an dir, für ihre Sünde Buße zu tun und deinem in Schande empfangenen Leben einen Sinn zu verleihen.*

»Wäre sie keine Magd gewesen, so hätten sie bestimmt geheiratet«, fuhr ihr Onkel fort. »Der Wutausbruch deines Großvaters, als er von deiner bevorstehenden Geburt erfuhr, war unglaublich. Im Laufe der Jahre hatte es natürlich schon andere Mädchen gegeben, außerdem den einen oder anderen Bastard, aber keinen davon hatte er behalten wollen. Reva wurde mit gut gefülltem Portemonnaie auf den Bauernhof ihrer Eltern geschickt und Hentes an die nilsaelische Grenze, wo er einer Bande besonders aufmüpfiger Banditen den Garaus machen sollte. Als ihn die Nachricht ereilte, dass deine Mutter im Kindbett gestorben sei, vergaß er jede Vorsicht – aus Trauer, wie ich annahm. Der alte Hentes hätte sich nie mit einem Bogenschützen angelegt, der nur dreißig Schritte von ihm entfernt stand.«

»›Obgleich er ein Sünder war, scheute der Mann, der als die Wahrklinge in die Geschichte eingehen sollte, niemals die Pflicht««, zitierte Reva. »›Er wurde im Dienst an seinem Volke verletzt. Getroffen vom Pfeil eines Gesetzlosen, rang er tagelang mit dem Tod, war ohne Bewusstsein, bis ihn das Wort des Weltvaters weckte und ihm einen neuen Lebenszweck verlieh.‹«

»Dann kennst du also das elfte Buch?«

»Jedes einzelne Wort.« *Weil er es mir eingeprügelt hat, bis ich es besser kannte als er.*

»Dieser Mann vergangene Nacht«, fuhr der Erzfürst fort. »Du kanntest ihn, oder?«

Sie nickte, brachte es jedoch nicht fertig, über den Priester zu sprechen.

»Dann wisst Ihr also seinen Namen«, sagte Veliss und blickte von ihrer Schriftrolle auf. »Sein Freund, den Ihr zum Krüppel gemacht habt, scheint ihn uns nicht verraten zu wollen.«

»Wahrscheinlich kennt er ihn nicht. Die Söhne gebrauchen nur selten ihre richtigen Namen. Sogar untereinander.«

»Die Söhne.« Seufzend nippte Onkel Sentes Mustor an seinem Weinglas. »Natürlich. Wer denn auch sonst? Immer diese verfluchten Söhne.«

»Aber«, stellte Veliss fest und musterte Reva mit demselben unverhohlenen Interesse, das sie auch schon im Schlafzimmer an den Tag gelegt hatte. »Jetzt haben wir eine Tochter.«

»Eine Nichte«, verbesserte der Erzfürst sie mit tonloser Stimme. »*Meine* Nichte, Beraterin.«

»Versteht mich nicht falsch, Euer Lordschaft. Schließlich verdanke ich, genau wie Ihr, dieser *interessanten* jungen Dame mein Leben. Nichts liegt mir mehr am Herzen als ihr Wohlbefinden …«

»Der verkrüppelte Gefangene«, unterbrach Sentes sie. »Hatte er uns etwas von Interesse mitzuteilen?«

»Es steht alles hier.« Mit diesen Worten warf sie die Schriftrolle vor ihn auf den Tisch. »Der übliche Schwachsinn, den diese Fanatiker von sich geben. Er fordert das Erzlehen für den Weltvater zurück und möchte die Herrschaft der Ketzer beenden. Es hat eine Weile gedauert, bis er sich kooperativ zeigte.«

Lord Mustor nahm die Rolle und las sie mit zusammengekniffenen

Augen. »Die Zofe?«, fragte er. »Sie hat die Männer also in die Villa gelassen.«

»Ja. Offenbar hat sie mit ihnen sympathisiert. Aber sie hat wohl nicht damit gerechnet, dass sie ihr zur Belohnung die Kehle aufschlitzen würden. Mir scheint, ich muss bei der Auswahl unserer Bediensteten künftig gründlicher vorgehen. Ich lasse gerade ihre Kammer durchsuchen, obwohl ich bezweifle, dass wir etwas finden werden.« Dann wandte sie sich wieder Reva zu. »Der Name«, sagte sie, diesmal mit mehr Strenge.

»Ich weiß ihn nicht. Die Priester behalten den Namen, der ihnen vom Weltvater verliehen wurde, für sich.«

Aus dem Blick, den Veliss mit Mustor wechselte, sprach leiser Triumph. »Das hat nichts zu bedeuten«, knurrte er.

»Vielleicht noch nicht.« Veliss entfernte sich vom Tisch. Dann verschränkte sie die Finger und drückte die Arme durch. »Aber so habe ich wenigstens wieder etwas, das ich unserem Gefangenen entlocken kann. Wenn Ihr mich entschuldigt, Euer Lordschaft.« Sie verneigte sich vor Reva. »Verehrte Dame.« Dann wandte sie sich zum Gehen, verharrte jedoch kurz an Revas Seite und legte ihr die Hand auf die Schulter. »Ach ja, ich habe ein Geschenk für Euch. Ein Zeichen meiner Wertschätzung sozusagen. Es wird bald eintreffen.« Mit einem letzten Zwinkern verschwand sie und schritt zielstrebig den Kiespfad hinunter auf die Villa zu.

»Foltert sie ihn?«, wollte Reva wissen.

»Nein, so primitiv ist sie nicht«, erwiderte der Erzfürst. »Zumindest nicht, solange es sich vermeiden lässt. Lady Veliss versteht sich auf die Zubereitung bestimmter Kräuterpräparate, welche die Zunge lösen. Und den Geist, was die Befragung ziemlich delikat macht. Meine Beraterin ist … Sie lässt manchmal das nötige Feingefühl vermissen. Aber sie ist diesem Erzlehen und mir treu ergeben. Das kannst du mir glauben.«

»Mir gefällt nicht, wie sie mich ansieht.«

Lord Mustor lachte und goss sich den restlichen Wein ein. »Betrachte es als Kompliment. Sie ist überaus wählerisch.«

Auf dieses Thema wollte Reva lieber nicht weiter eingehen, und so streckte sie die Hand aus und berührte den Griff des Schwertes. »Ihr habt es in Sicherheit gebracht«, sagte sie. »Und es aufbewahrt. Ich sollte Euch danken.«

Der Erzfürst runzelte irritiert die Stirn. »Das Schwert deines Urgroßvaters hängt schon an der Wand des Übungsraums, seit ich denken kann. Ich habe mich gefragt, warum du so ein Risiko eingehst, um es zu stehlen.«

»Urgroßvater?« Reva stöhnte und zog die Hand zurück. »Ich dachte …« *Ich habe so einen weiten Weg auf mich genommen. Und wofür?*

»Du dachtest, es hätte Hentes gehört?« Sentes sah sie verständnisvoll an. »Das Schwert der Wahrklinge. Ein wahrhaft bedeutendes und heiliges Relikt. Ich wünschte, es befände sich in meinem Besitz.«

»Dann habt Ihr es also nicht?«

»Es ist nach Hentes' Tod in der Hohen Burg verschwunden. Als ich auf den Gedanken kam, es zu holen, war es schon nicht mehr da. Ich hätte ja dafür gesorgt, dass Al Sorna die Kerkerratten aus seinem Regiment zwingt, es herauszurücken, aber damals war es um mein Ansehen nicht sonderlich gut bestellt.«

»Dann war also alles vergeblich«, sagte Reva mit matter Stimme. »Ich bin so weit gereist, habe Menschen belogen, verletzt und getötet. Und alles nur, um etwas zu finden, das unauffindbar ist.«

»Der Priester. Hat er dich auf diesen Pfad geschickt?«

»Er hat mich in den sicheren Tod geschickt. Das erkenne ich jetzt. Al Sorna hatte recht. Ich sollte die neue Märtyrerin werden, mein Name der Schlachtruf für die wiedergeborenen Söhne der Wahrklinge. Dazu hat der Priester mich gemacht. Er hatte mich von Kindesbeinen an dazu bestimmt, als Leiche zu enden.«

»Kannst du dich denn an irgendetwas davor erinnern? An deine Großeltern vielleicht?«

»Da sind … Bilder von anderen Leuten, Gesichter, die mir vor dem des Priesters vertraut waren. Ich glaube, diese Menschen waren gut zu mir. Aber ich habe sie immer für einen Traum gehalten. Der Priester dagegen war so echt, jedes seiner Worte die Wahrheit des Weltvaters. Dabei war er ein Lügner. Was bedeutet das, Onkel? Was ist jetzt mit der Liebe des Weltvaters?« Wieder liefen Reva Tränen übers Gesicht, und sie musste die mit Spitze besetzten Ärmelaufschläge ihres lächerlichen Kleides verwenden, um sie wegzuwischen.

Ihr Onkel leerte sein Glas und winkte einem Diener, der davontrottete, um eine neue Flasche zu holen. »Erlaube mir, dir ein Geheimnis anzuvertrauen, meine zauberhafte Nichte.« Er beugte sich näher zu ihr und senkte die Stimme zu einem Flüstern. »Ich mag zwar den Anschein eines gottlosen Sünders kultivieren, dennoch habe ich nie daran gezweifelt, dass der Blick des Weltvaters auf mir ruht. Ich fühle ihn jeden Tag. Diese schwere entsetzliche Last … der Enttäuschung.«

Reva konnte nicht anders als zu lächeln, obwohl ihr weiterhin die Tränen hinunterliefen.

»Aber das ist noch nicht alles«, fuhr der Erzfürst fort. »Wer, wenn nicht der Weltvater, könnte mir ein solches Geschenk schicken? Eine Retterin und eine Nichte in ebender Nacht, in der Attentäter hier eindringen, um mich zu töten. Ich glaube dir nicht, wenn du sagst, dass du darin nicht Sein Wirken erkennst.«

Als er hörte, wie das Haupttor geöffnet wurde, wandte er sich um. »Ah, wie mir scheint, ist das Geschenk meiner Beraterin soeben eingetroffen.«

Beim Anblick der Gruppe, die sich ihnen näherte, sprang Reva erschrocken auf. Vier Wachen schoben einen breitschultrigen jungen Mann vor sich her. Als sie stehen blieben, rannte sie zu ihnen. Unter Arkens Auge prangte ein blauschwarzer Bluterguss. »Was habt ihr mit ihm gemacht?«

»Verzeihung, Euer Lordschaft«, sagte der Anführer der Wachen zu Mustor, der auf sie zugeschlendert kam. »Der Junge hat uns gesehen und ist aus dem Fenster der Schenke gesprungen. Er wollte einfach nicht mit sich reden lassen.«

Vorsichtig berührte Reva die dunkle Stelle, und Arken zuckte zurück. »Ich habe dir doch gesagt, dass du nicht auf mich warten sollst.«

Er machte ein verlegenes Gesicht. »Ich wollte nicht allein in die Nordlande.«

Der Erzfürst hüstelte erwartungsvoll. »Wie es aussieht«, sagte Reva, »kommen wir doch bei meinem Onkel unter.«

◆ ◆ ◆

Sie gaben ihr eine Zofe, eine ruhige Frau, die angenehm wenige Fragen stellte. Ihr überaus aufmerksamer Blick ließ Reva jedoch vermuten, dass ihre Hauptpflicht darin bestand, Lady Veliss Bericht zu erstatten. Außerdem bekam sie noch mehr Kleider und eine Flucht von Gemächern unter den Räumen, die ihr Onkel mit seiner Beraterin bewohnte. Sie fragte sich, ob es etwas zu bedeuten hatte, dass Arken in einem anderen Flügel untergebracht war.

»Er ist nur ein Freund«, beteuerte sie, als der Erzfürst sie am nächsten Tag beim Frühstück danach fragte.

»Ein asraelischer Freund«, gab er zu bedenken.

»Lady Veliss kommt ebenfalls aus Asrael«, erwiderte sie.

»Und diesem Umstand verdanke ich meine weitreichende Erfahrung mit den Sticheleien derer, die sich in diesem Erzlehen noch immer nach Unabhängigkeit sehnen. Wenn du als meine Nichte anerkannt werden willst, ist eine gewisse … Diskretion vonnöten.«

Sie schenkte der offenkundigen Ironie, von einem Mann, der als Hurenbock verschrien war, über Diskretion belehrt zu werden, keine Beachtung. »Anerkannt?«

»Ja. Möchtest du das denn nicht?«

»Ich … weiß es nicht.« Tatsächlich hatte sie keine richtige Vorstellung davon, wie es jetzt weitergehen sollte. Der Priester hatte gelogen, das Schwert war ein Mythos, und die Liebe des Weltvaters … »Eigentlich wollte ich in die Nordlande. Ich habe dort Freunde.«

»Du meinst wohl Al Sorna.« Der bittere Ton in seiner Stimme verriet ihr, dass sie schließlich doch noch jemanden gefunden hatte, der ihrem früheren Lehrer nicht mit Ehrfurcht begegnete. »Ich glaube nicht, dass mir die Vorstellung gefällt, meine Nichte in der Nähe dieses Mannes zu wissen. Er gerät nur allzu leicht in Schwierigkeiten.«

»Dann bin ich jetzt also Eure Gefangene? Werde hier festgehalten und muss tun, was Ihr mir befehlt?«

»Du kannst gehen, wohin du willst. Aber möchtest du nicht für eine Weile bei deinem einsamen alten Onkel bleiben?«

Reva überlegte gerade, was sie antworten sollte, als Lady Veliss sich zu ihnen gesellte. Das Frühstück wurde üblicherweise im großen Speisesaal mit den Porträts an den Wänden serviert. Veliss und der Erzfürst hatten die merkwürdige Angewohnheit, an gegenüberliegenden Enden der langen Tafel zu sitzen, wodurch sie gezwungen waren, sich schreiend zu unterhalten.

»Habt Ihr mir irgendwelche neuen Erkenntnisse mitzuteilen, Beraterin?«, rief Mustor ihr zu, als sie sich vor ihrem mit Schinken, Eiern und Pilzen gefüllten Teller niederließ.

»Leider ist unser Gefangener während der Befragung verschieden«, schrie sie zurück und schüttelte ihre Serviette aus. »Zu viel Trommelkraut. Alles, was ich aus ihm herausbekommen konnte, war Gefasel über einen großen und mächtigen Verbündeten. Angeblich kann er es mit dem Dunklen aufnehmen, das die ketzerische Herrschaft aufrechterhält.« Sie schüttelte den Kopf. »Der Fanatismus dieser Leute wird immer schlimmer.« Sie sah Reva missbilligend an. »Ihr solltet Euch etwas anderes anziehen, meine Liebe. Etwas Feierlicheres und Gefälligeres. Heute ist der Tag des Weltvaters, und wir müssen zur Andacht.«

»Zur Andacht?«

»Bald ist der Tag der ersten Prophezeiung von Alltor«, sagte ihr Onkel. »In drei Wochen, um genau zu sein. Bis dahin wird der Vorleser an jedem Tag des Weltvaters persönlich eine Andacht in der Kathedrale halten.«

»Andachten sind eine Verkehrung der Zehn Bücher«, sagte Reva, mehr aus Gewohnheit denn aus Überzeugung. »Die Bücher sehen keine Rituale vor. Die wahren Geliebten sind nicht auf die leeren Zeremonien einer käuflichen Kirche angewiesen.«

»Hat der Priester dich das gelehrt?«, fragte der Erzfürst.

Sie nickte. »Das und noch vieles mehr.«

»Dann enthält der falsche Glaube der Söhne wohl doch ein Körnchen Weisheit. Aber wie dem auch sei, Verkehrung hin oder her, ich würde deine Anwesenheit sehr zu schätzen wissen. Ich glaube, der Vorleser wird dich ausgesprochen interessant finden.«

◆ ◆ ◆

Sie musste vier Kleider anprobieren, ehe Veliss eines für gut befand – ein schwarzes, aufwendig gearbeitetes Gewand mit engem Mieder, Spitzenärmeln und hohem Kragen. »Es kratzt«, murrte Reva, als sie sich vor dem Haupttor zu einer Prozession aufstellten. Auf beiden Seiten von einem Trupp Wachen flankiert, setzten sie sich in Bewegung und schritten bedächtig durch das Tor und auf den dahinterliegenden Platz.

»Macht hat ihren Preis, meine Liebe«, flüsterte Veliss zwischen den Zähnen hindurch und lächelte weiter den um den Platz versammelten Stadtbewohnern zu.

»Was für eine Macht denn?«

»Jede Art von Macht. Die Macht zu regieren, zu töten oder – wie an diesem wunderschönen Morgen in Eurem Fall – die Macht, die Lust des alten Geißbocks, den Ihr gleich treffen werdet, zu entfachen.«

»Lust? Ich habe nicht die Absicht, irgendjemandes Lust zu entfachen.«

Veliss warf ihr einen spöttischen Blick zu; jetzt war ihr Lächeln echt. »Dann, fürchte ich, könnt Ihr Euch auf ein Leben voller Enttäuschungen gefasst machen.«

Das gewaltige Innere der Kathedrale wurde von Rundbögen und hohen Fenstern beherrscht, durch deren bemalte Glasscheiben bunte Strahlen auf die Säulen fielen. In der Luft hing der schwere Duft von Räucherwerk. Sie hielten auf den Balkon an der Westseite zu, von dem aus man den ganzen Raum überblicken konnte. Unter ihnen, in der Mitte der Kathedrale, stand ein Podium, das von zehn Rednerpulten umgeben war.

Es dauerte eine Ewigkeit, bis sich die ganze Gemeinde eingefunden hatte. In den vordersten Reihen saßen elegant gekleidete Adlige und Kaufleute, dahinter weniger wohlhabende Stadtbewohner, und an den Wänden drängten sich die Ärmsten. Reva hatte noch nie so viele Menschen auf einem Haufen gesehen und fühlte sich unter den vielen neugierigen Blicken unwohl. »Ist die ganze Stadt hier?«, flüsterte sie ihrem Onkel ins Ohr.

»Wohl kaum. Vielleicht ein Zehntel. Es gibt noch andere Kapellen. Hierher kommen nur die Gläubigsten. Und die Reichsten.«

Glockengeläut ertönte und brachte die Unterhaltungen zum Verstummen. Einen Augenblick später erschien die weißgekleidete Gestalt des Vorlesers, gefolgt von seinen fünf Bischöfen, die je zwei Bücher trugen und sie mit ehrfürchtiger Sorgfalt auf den Pulten plazierten. Dann traten sie einen Schritt zurück, falteten die Hände und standen mit gesenktem Blick da, während der Vorleser das Podium erklomm. Mit einem dünnen Lächeln ließ er den Blick über die versammelte Gemeinde schweifen, ehe er zum Balkon hochsah, wo er dem Erzfürsten und Lady Veliss zunickte und beim Anblick von Reva leicht erblasste. Das Lächeln glitt ihm von den Lippen, die daraufhin erschlafften und wie zwei Nacktschnecken in seinem alten Gesicht hingen.

Das, stellte Reva fest, *ist nicht der Gesichtsausdruck eines lüsternen Mannes.*

Der Vorleser gewann jedoch schnell die Fassung zurück, drehte sich um und öffnete eines der Bücher. Mit starker, klarer Stimme las er vor: »›Es gibt zwei Arten von Hass. Den Hass derer, die euch kennen. Und den Hass derer, die euch fürchten. Begegnet ihnen allen mit Liebe, dann werden sie euch nicht länger hassen.‹«

Das zehnte Buch, dachte Reva. *Das Buch der Weisheit.*

»Hass«, wiederholte der Vorleser und richtete den Blick auf seine Gemeinde. »Ihr mögt vielleicht denken, die Liebe des Weltvaters reiche aus, um allen Hass aus den Herzen der Menschen zu verbannen. Doch das tut sie nicht. Denn nicht alle Menschen öffnen ihr Herz, um diese Liebe zu empfangen. Nicht alle Menschen erlauben es sich, den Worten dieser zehn Bücher zu lauschen. Und viele geben nur vor, die darin enthaltene Wahrheit zu hören. Nicht alle Menschen haben den Mut, ihre alten Gewohnheiten abzulegen, die Sünde aus ihrem Herzen zu verbannen und unter dem Blick des Weltvaters ein neues Leben zu beginnen. Im Gegenzug für das, was Er euch zu geben hat, verlangt der Weltvater so wenig. Er hat euch Liebe zu geben. Seine Liebe. Eine Liebe, die eure Seele bis in alle Ewigkeit bewahrt …«

Je länger er redete, desto größer wurde Revas Langeweile. Ihr Kragen juckte, und sie musste sich zwingen, nicht daran herumzuzupfen. *Was mache ich eigentlich hier?,* fragte sie sich. *Ich erweise einem Onkel, den ich nicht einmal kenne, Gehorsam und Respekt. Ihm und seiner Hure.*

Sie verspürte den starken Wunsch, aufzustehen und einfach zu verschwinden. Ihr Onkel hatte gesagt, sie könne gehen, wohin sie wolle, und sie wünschte sich weit fort vom Geschwafel dieses alten Mannes. *Aber der Ausdruck auf seinem Gesicht, als er mich gesehen hat,* dachte sie.

Das war keine Lust, das war Angst. Sie hatte ihm einen Schrecken eingejagt, und sie wollte wissen, warum.

Obschon es ihr wie hundert Jahre vorkam, sprach der Vorleser nur etwa eine Stunde, unterbrochen von Pausen, in denen er aus einem der Bücher vorlas, um anschließend zu einer weiteren langatmigen Tirade über die Liebe des Weltvaters und die Natur der Sünde auszuholen. Zu den wenigen schönen Erinnerungen an Revas Kindheit zählten die Momente, wenn der Priester sie in den Zehn Büchern unterwies und jede Passage mit solch inbrünstiger Überzeugung vortrug, dass sie gar nicht anders konnte, als von seinen Worten mitgerissen zu werden. Dieses Aufatmen war jedoch immer nur von kurzer Dauer, denn nach jedem Vorlesen prüfte er sie mit erhobenem Rohrstock und bestrafte jedes zögerliche Wort.

Hier, in dieser gewölbten Höhle aus Glas und Marmor, klang jedoch nichts von der Leidenschaft des Priesters wider, nur das leere Dogma eines alten Mannes. *Es kann nicht alles eine Lüge sein,* dachte sie und kämpfte gegen ihre zunehmende Verzweiflung an. *Sogar Onkel Sentes spürt die Liebe des Weltvaters. Irgendetwas Wahres muss also daran sein.*

Die letzten Worte des Vorlesers bekam Reva gar nicht mehr mit, so versunken war sie in die Erinnerung an ihre Zeit mit Alornis. Wie gern würde sie ihr wieder beim Malen zusehen! Schließlich verstummte der Vorleser und verließ das Podium, während die versammelte Gemeinde sich mit gesenkten Köpfen aus den Bänken erhob. Die Bischöfe, die der ganzen Andacht stehend beigewohnt hatten, obwohl manche von ihnen beinahe so alt waren wie der Vorleser, sammelten die Bücher von den Pulten ein und folgten ihm in andächtigem Schweigen. Die Glocke schlug erneut, und die Kathedrale begann sich zu leeren. In der Hoffnung, den Erzfürsten auf ein Wort zu sprechen, drückten sich einige Adlige und Kaufleute bei den Stufen zum Balkon herum, wurden jedoch von den Wachen fortgescheucht.

»Gut«, sagte Onkel Sentes, als die letzten Gemeindemitglieder die Kathedrale verlassen hatten, und reichte Reva die Hand. »Dann wollen wir mal hören, was der alte Schweinehund zu sagen hat.«

◆ ◆ ◆

»Eure Nichte, Euer Lordschaft?« Der Tonfall des Vorlesers war sorgfältig gewählt – Gelassenheit mit einer wohldosierten Prise Überraschung. Ein unterkühlt devoter Priester, der aus seiner Geringschätzung für Veliss keinen Hehl machte und Reva mit einem argwöhnischen Lächeln musterte, hatte sie in die Privatgemächer des Vorlesers geführt. Reva beschloss, sich beim Hinausgehen mit einem Schlag zu rächen.

»So ist es, Heiliger Vorleser«, antwortete Onkel Sentes. »Meine Nichte, die ich schon bald als solche anzuerkennen gedenke. Es wäre mir eine Ehre, wenn Ihr die nötige Urkunde beglaubigen könntet, und es würde sicher dazu beitragen, dumme Zweifel vonseiten des Volkes auszuräumen. Ich habe das Dokument bereits aufsetzen lassen.«

Lady Veliss legte die Schriftrolle, die sie bei sich trug, auf den Schreibtisch, breitete sie aus und beschwerte sie mit einem Tintenfass. »Ich habe die Stelle markiert, an der Ihr unterschreiben müsst, wenn Ihr die Güte hättet, Heiliger Vorleser.«

Der Vorleser beachtete die Urkunde kaum; offensichtlich fiel es ihm schwer, den Blick von Reva zu lösen. Jetzt war sein Gesichtsausdruck auch weniger ängstlich. *Weltliche Lüste sind ihm also doch nicht fremd,* dachte sie. »Wie alt bist du, mein Kind?«, wollte er wissen.

Sie konnte nicht sagen, woher diese Gewissheit kam, aber sie zweifelte nicht im Geringsten daran, dass er ihr Alter bereits kannte, vermutlich sogar auf den Tag genau. »Ich werde diesen Sommer achtzehn, Heiliger Vorleser«, antwortete sie.

»Achtzehn.« Der alte Mann schüttelte den Kopf. »In meinem Alter verfliegen die Jahre nur allzu schnell. Es kommt mir vor wie letzte Woche, dass dein Vater bei mir vorstellig wurde und mich um Rat ersuchte. Er wollte unbedingt deine Mutter heiraten, und ich – so sehr es mich auch bekümmert, das in Anwesenheit deines Onkels zu sagen – riet ihm zu, auch wenn es dem Wunsch seines Vaters widersprach. Denn: ›Die Zusammenführung der Herzen ist Grund zur Freude.‹«

»›Und nur ein Sünder entzweit jene, die einander in Liebe verbunden sind‹«, schloss Reva. *Das zweite Buch. Das Buch der Segen.*

Der Vorleser lächelte und seufzte erfreut. »Wie ich sehe, brennt die Liebe des Weltvaters hell in dir, mein Kind.« Er nahm eine Feder, tauchte sie in das Tintenfass und setzte seine Unterschrift unter die

Urkunde, die ihre Anerkennung als Lady Reva Mustor, Nichte des Erzfürsten Lord Sentes Mustor von Cumbrael, offiziell machte. Als er fertig war, nahm Veliss die Rolle wieder an sich und kehrte an die Seite des Erzfürsten zurück, wo sie vorsichtig die feuchte Tinte trocken blies.

»Ich muss Euch leider noch weiter belästigen, Heiliger Vorleser«, sagte der Erzfürst. »Aber ich habe Euch etwas Ernstes mitzuteilen.«

Der alte Mann nickte bedächtig. »Das königliche Heer marschiert wieder auf unsere Grenzen zu, ich weiß. Das sind wahrhaft schlechte Nachrichten. Wir können nur darauf vertrauen, dass die Güte des Weltvaters uns vor weiteren Verwüstungen bewahren wird.«

»Das königliche Heer wird nur die Wälder und Hügel durchkämmen und nach den Fanatikern suchen, die hinter dem Angriff auf den Herrn des Südturms stecken. Nach etwa einem Monat werden sie ihre Suche erfolglos abbrechen und nach Hause zurückkehren. Das Ganze ist nichts weiter als eine Geste, um das asraelische Volk zufriedenzustellen. Der König hat mir sein Wort gegeben.« Ausnahmsweise waren die roten Augen ihres Onkels klar und wach, als er mit prüfendem Blick das Gesicht des Vorlesers studierte. »Aber was ich Euch mitzuteilen habe, ist weit ernster. Ihr müsst wissen, dass meine Nichte nicht nur in den Zehn Büchern bewandert ist, sondern auch meisterhaft mit dem Schwert umgehen kann, sogar noch besser als mein verstorbener Bruder.«

»Tatsächlich?« Der Vorleser sah Reva voller Staunen an. »Mir scheint, der Weltvater hat Euch reich gesegnet.«

»Doppelt reich sogar«, erwiderte Onkel Sentes. »Denn er hat sie in ebender Nacht in meine Villa geschickt, in der drei Attentäter dort eindrangen, um mich zu töten. Wenn Reva nicht gewesen wäre, würde ich jetzt nicht hier stehen.«

Die Bestürzung des Vorlesers war echt, das erkannte Reva an der Art, wie seine faltigen Wangen zitterten und wie er für einen kurzen Moment erschrocken die Stirn runzelte. Das war das Gesicht eines Mannes, der eine unangenehme Überraschung erlebt. »Dem Weltvater sei es gedankt, dass Ihr nicht verletzt wurdet, Euer Lordschaft«, keuchte er. »Sind die Attentäter noch am Leben?«

»Leider nein. Einer ist durch das Schwert meiner wunderbaren

Nichte gestorben, den zweiten haben meine Wachen niedergestreckt.« Der Erzfürst machte eine kurze Pause und blickte den Vorleser weiterhin unverwandt an. »Der dritte konnte fliehen. Meine Nichte behauptet jedoch, er sei ein Priester Eurer Kirche.«

Das Erschrecken, das den Vorleser jetzt durchzuckte, war ebenfalls echt. Allerdings sprach weniger Überraschung daraus als zuvor. *Er weiß es,* dachte Reva. *Er weiß, wer der Priester ist.* Als sie sah, wie der alte Mann ein nachdenklich besorgtes Gesicht zog, ballte sie unwillkürlich die Fäuste.

»Leider schützt uns der Priesterberuf nicht vor fehlgeleiteten Vorstellungen«, sagte er. »So ketzerisch die Worte Eures Bruders auch waren, so haben sie doch viele leidenschaftliche Anhänger gefunden, darunter auch Angehörige des Priestertums. Selbstverständlich werde ich alle verfügbaren Mittel der Kirche aufwenden, um diesen Schurken seiner gerechten Strafe zuzuführen. Wenn Ihr mir eine Beschreibung von ihm zukommen lassen wollt …«

Veliss zog eine kleinere Schriftrolle hervor und legte sie auf den Schreibtisch. »Ah, gut vorbereitet wie immer, Lady Veliss«, sagte der Vorleser. »Ich werde die Rolle in den nächsten Tagen vervielfältigen und an alle Kapellen verteilen lassen. Der Flüchtige wird in der Kirche kein Refugium finden, das versichere ich Euch.«

Reva trat einen Schritt auf ihn zu; es juckte sie in den Fäusten, doch ihr Onkel legte ihr sanft, aber bestimmt die Hand auf den Arm.

»Wir wissen Eure Hilfe sehr zu schätzen, Heiliger Vorleser«, sagte er. »Ich glaube, wir haben Euch für heute genug belästigt.«

»Ihr dürft mich jederzeit belästigen, Euer Lordschaft.« Er lächelte Reva an. »Vor allem, wenn Ihr solch reizende Gesellschaft mitbringt.«

Ihr Onkel zog sie am Arm und begab sich zur Tür, doch Reva blieb stehen. »›Heuchelei‹«, sagte sie zum Vorleser, »›ist die am schwersten zu erkennende Sünde, denn oft werden Lügen aus Güte gesprochen und die Wahrheit aus Grausamkeit.‹«

Der Gesichtsausdruck des Alten blieb unverändert, aber für eine Sekunde glühten seine Augen vor Zorn. »Wie wahr, meine Liebe. Wie wahr.«

»Reva.« Onkel Sentes stand bereits neben der Tür.

Sie verneigte sich vor dem Vorleser und folgte ihrem Onkel aus dem Zimmer. Der hämische Priester wartete im Gang und betrachtete sie mit unverhohlener Verachtung.

»Entschuldigt«, sagte Reva und hielt inne. Der Mann war so groß, dass sie zu ihm aufsehen musste, aber nicht groß genug, um außerhalb ihrer Reichweite zu sein. »Ich glaube, Ihr blutet aus der Nase.«

Stirnrunzelnd führte er die Hand zur Nase und zog sie unbefleckt wieder zurück. »Aber ich …«

Die Wucht des Hiebs ließ seinen Kopf in den Nacken fliegen und brach ihm die Nase, doch war der Schlag nicht mit genug Kraft ausgeführt, um den Mann zu töten. Er taumelte gegen die Wand und sank zu Boden. Blut lief ihm übers Gesicht.

»Ich habe mich wohl getäuscht«, sagte Reva im Vorbeigehen. »Aber jetzt blutet sie.«

◆ ◆ ◆

»Das war ungehörig«, tadelte Onkel Sentes, als sie wieder in der Villa waren und in die Bibliothek gingen, wo bereits eine neue Flasche Wein wartete. Lady Veliss dagegen schien sich das Lachen verkneifen zu müssen.

Reva ließ sich auf einen Stuhl fallen, knöpfte den verhassten Kragen auf und kratzte wie wild drauflos. »Dieser alte Mann ist ein Lügner«, sagte sie.

»Offensichtlich.« Der Erzfürst zog den Korken aus der Flasche und roch an ihrem Inhalt. »Ein fünf Jahre alter Tropfen aus dem Umblintal. Sehr schön.«

»Und das war es?«, fragte Reva. »Er lügt Euch mitten ins Gesicht, und Ihr lasst es einfach auf sich beruhen?«

Der Erzfürst lächelte nur und schenkte sich ein.

»Wir haben ihm eine Warnung zukommen lassen«, sagte Veliss und blickte von ihrem Schreibtisch auf, dem Schreibtisch, an dem Reva ihre Suche nach dem Schwert kurz unterbrochen hatte. Veliss' Lektüre bestand immer noch in dem Buch über Geld und Weinbereitung, und neben ihr türmten sich ausführliche Notizen. »Und den alten Heuchler in die Defensive gedrängt.«

»Wo ich ihn auch zu belassen gedenke«, fügte Onkel Sentes hinzu. »Das ist etwas, was deinem vielgerühmten Großvater nie gelungen ist.«

»Er weiß es.« Reva blieb hartnäckig. »Er weiß, wo der Priester ist. Da bin ich mir sicher.«

»Dürstet es Euch nach Rache, meine Liebe?«, fragte Veliss. »Hat er Euch so schlecht behandelt?«

Verdorbene, vaterlose Sünderin … Reva stand auf und ging zur Tür. »Ich gehe mich umziehen.«

»Es würde helfen, mehr über ihn zu erfahren«, sagte Veliss, und Reva blieb stehen. »Und darüber, wie Ihr aufgewachsen seid. Wo genau war das? In einem Schloss oder in einer Höhle in den Bergen?«

»In einer Scheune«, murmelte sie und verließ die Bibliothek. In ihrem Zimmer angekommen entkleidete sie sich mit solcher Eile, dass das Gewand an mehreren Stellen riss. Dann warf sie die Sachen in eine Ecke und griff zu ihrer bevorzugten Garderobe – Reithosen und einer weiten Bluse –, auf die sie Veliss' Protesten zum Trotz bestanden hatte. *Ich werde ihn auf eigene Faust finden,* beschloss sie, während sie die Stiefel schnürte. *Ich werde mich heute Nacht in die Kathedrale schleichen und den alten Mann dazu bringen, seine Geheimnisse auszuspucken …*

Da klopfte es. Sanft, aber nachdrücklich. Als sie öffnete, stand ihr Onkel vor der Tür und sah sie freundlich, aber bestimmt an. »Eine Scheune?«, fragte er.

Reva seufzte und nahm auf dem Bett Platz. Er trat ein, schloss die Tür und setzte sich neben sie. Überrascht stellte sie fest, dass er gar keine Flasche dabeihatte. Einen Augenblick saßen sie schweigend da, und Reva suchte nach Worten. »Sie war groß«, antwortete sie schließlich. »Die Scheune. Es gab weder Tiere noch Pflugscharen, nur ihn und mich, und jede Menge Stroh. Meine erste richtige Erinnerung ist, wie ich die Balken hinauf- und wieder hinunterklettere. Wenn ich abrutschte und fiel, schlug er mich.«

»Hat er das oft getan?«

»Öfter, als ich zählen kann. Er konnte meisterhaft mit dem Stock umgehen und hinterließ keine Narben. Bis auf diese.« Sie schob ihr Haar zurück und zeigte ihrem Onkel das Mal über ihrem rechten Ohr, das von dem Tag stammte, als der Priester sie bewusstlos geprügelt hatte.

»Weißt du, wo diese Scheune war?«

»Sie stand inmitten riesiger Felder, das Gras war hoch, und es kamen nur selten Besucher. Ernste Männer, die mir seltsame Blicke zuwarfen. Er nannte sie seine Brüder, sie ihn den Wahrpriester. Ein Mann unterschied sich jedoch von den anderen. Er kam nur ein- oder zweimal im Jahr, und wenn er da war, musste ich mich stets im Verborgenen halten. Ich konnte zwar nicht hören, worüber sie sprachen, aber ich bin mir ziemlich sicher, dass der Priester ihn ›Euer Lordschaft‹ nannte.«

»Kannst du ihn beschreiben?«

»Breitschultrig und nicht besonders groß. Er hatte eine Glatze und einen schwarzen Bart.«

Sie sah Erkennen in Sentes' Augen aufblitzen und erwartete, dass er ihr den Namen des Mannes nennen würde, doch er sagte nur: »Fahre fort. An was kannst du dich sonst noch erinnern?«

»Als ich älter war, nahm der Priester mich mit in das Dorf, in dem er unsere Vorräte besorgte. Ich hatte kaum Erfahrung im Umgang mit anderen Menschen und wusste nicht, wie ich mich in ihrer Gegenwart verhalten sollte, also kreischte ich los und deutete aufgeregt mit dem Finger auf sie. Das brachte mir eine Tracht Prügel ein. ›Du darfst nicht auffallen‹, sagte er. ›Du musst unbemerkt durchs Leben der anderen gehen.‹ Später schickte er mich nachts auf Diebeszug, oder er hieß mich Mittel und Wege finden, die Leute zu belauschen. Wahrscheinlich als Übung für meine heilige Mission. Nach und nach lernte ich die Dorfbewohner gut kennen. Durch ihre Klatschgeschichten erfuhr ich viel über ihr Leben. Die Frau des Bäckers trieb es mit einem Kesselflicker, der alle zwei Wochen durchs Dorf kam. Der Stellmacher hatte einen Sohn an der Grünwasserfurt verloren. Der Dorfpriester war dem Bier zu sehr zugetan. Dann, eines Nachts, kam ich zufällig an einem offenen Fenster vorbei …« *Ich kannte sie nur als die Tochter des Zimmermanns. Sie stand vor einer Waschschüssel und ließ einen feuchten Lappen über ihren Körper gleiten. Ihre Haut leuchtete im Schein der Laterne, ihr Haar war wie Gold …*

»Reva?«, fragte Onkel Sentes.

Sie schüttelte den Kopf. »Der Priester war mir gefolgt, Nacht für Nacht, ohne dass ich es wusste. Ich war zu lange vor dem Fenster stehen geblieben. Am nächsten Tag verpasste er mir das hier.« Sie berührte die Narbe.

»Wie hieß das Dorf?«

»Kernweiler.«

Das schien einen Verdacht, den er hegte, zu bestätigen, und er nickte. »Es tut mir leid, Reva«, sagte er. Dann legte er ihr einen Arm um die Schulter und drückte sie an sich. »Ich mag zwar nicht der beste Erzfürst sein, aber ich bin fest entschlossen, der beste Onkel zu sein. Und als Geschenk für meine Nichte beabsichtige ich, diesen Priester zu finden und ihr dabei zuzusehen, wie sie ihm den Bauch aufschlitzt. Würde dich das freuen?«

Reva blinzelte die Tränen weg und erwiderte seine Umarmung. »Ja, Onkel«, flüsterte sie. »Das würde mich sehr freuen.«

◆ ◆ ◆

In den folgenden Tagen gewöhnte sich Reva an den Tagesablauf in der Villa. Morgens trainierte sie mit Arken im Schwertraum, dann aß sie mit Veliss und dem Erzfürsten zu Mittag, und anschließend saß sie für eine nicht enden wollende Stunde oder länger in der Ecke, während Veliss und Sentes einzeln oder gemeinsam Kaufleute und Fürsten empfingen, die ihnen ihre Anliegen vortrugen. An den Abenden durfte Reva mit Arken ausreiten. Ihr Onkel hatte Schnauber und Steinbuckel in seinen Stallungen unterbringen lassen. Bis zum Einbruch der Nacht durchstreiften sie die Umgebung des Schlosses und jagten, wann immer sich die Möglichkeit bot. Arken hatte irgendwo einen Langbogen aufgetrieben und brachte es sogar fertig, ihn zu spannen, was Reva nicht von sich behaupten konnte. Dafür war seine Zielsicherheit im Vergleich zu ihrem Geschick mit dem Ulmenholzbogen eher bescheiden.

Jeden Feldrian musste sie der Anhörung der Bittgesuche beiwohnen. Wenn das langweilige Palaver vorüber war, befragte Veliss sie zu ihrer Meinung.

»Ich weiß es nicht«, stöhnte Reva, als Veliss sie bat, zu einer strittigen Landrechtsfrage Stellung zu nehmen. Ihr Großvater hatte das Land einst einem ehemaligen Angehörigen der Hauswache geschenkt, dessen älteste Söhne sich jetzt darum zankten. »Teilt es doch einfach in zwei Hälften.«

»Das Land ist nicht überall gleich gut beschaffen«, erklärte Veliss. Ihre Geduld schien grenzenlos, und das, obwohl Reva ihre gelangweilte Gleichgültigkeit offen zur Schau trug. »Üppige Wiesen wechseln sich ab mit felsigem Sumpfland, wie eine Flickendecke aus gutem und schlechtem Stoff. Ein solches Grundstück lässt sich nicht einfach halbieren.«

»Dann sagt ihnen, sie sollen es verkaufen und sich das Geld teilen.«

»Der ältere Bruder wäre bestimmt einverstanden, aber der jüngere bewohnt das Land mit seiner Frau und seinen Kindern und möchte bleiben.«

»›Alles Land ist das Geschenk des Weltvaters‹«, zitierte Reva und unterdrückte ein Gähnen. »›Aber nur, wer es bestellt, hat ein Anrecht darauf.‹ Das siebte Buch, Alltors Urteil über die Habgier der Grundherren.«

»Dann sollen wir das Land also einfach dem jüngeren Bruder geben und so riskieren, den Zorn des älteren auf uns zu ziehen?«

»Ist er einflussreich?«

»Nicht besonders, aber er steht unter der Schutzherrschaft einiger niedriger Adliger.«

»Dann sollte sein Zorn ohne Belang sein. Sind wir jetzt fertig?«

Am Nachmittag ging sie zu ihrem Onkel, um ihn nach Neuigkeiten über den Priester zu fragen, wie es zu ihrem fast täglichen Ritual geworden war. Sie fand ihn in seinen Gemächern, wo er gerade sein Hemd zuknöpfte, während ein großer Mann in einer grauen Robe am Fenster stand und eine Phiole gegen das Licht hielt und schüttelte.

»Reva«, begrüßte der Erzfürst sie. »Kennst du Bruder Harin schon?«

Der große Mann in der grauen Robe drehte sich um und verbeugte sich. »Das ist also die Nichte, von der ich schon so viel gehört habe? Ich kann nicht gerade behaupten, dass sie Euch ähnlich sieht, Sentes. Sie ist viel zu hübsch.«

»Ja. Zum Glück schlägt sie nach ihrer Mutter.«

Reva kam nicht umhin, beim Anblick des großen Mannes Argwohn zu verspüren. »Seid Ihr ein Heiler?«

»So ist es, verehrte Dame. Einst war ich Meister für Knochenheilkunde im Haus des fünften Ordens, bis mich mein Aspekt hierher schickte, um Euren Onkel zu versorgen …«

»Nicht zu vergessen alle ketzerischen Gläubigen, denen ich erlaubt habe, in dieser Stadt zu bleiben«, unterbrach Onkel Sentes ihn. In seinem Tonfall lag eine gewisse Schärfe, und Bruder Harin zog die Augenbrauen hoch. Dann reichte er dem Erzfürsten schweigend die kleine Flasche.

»Die gleiche Dosis wie bisher?«, fragte ihr Onkel.

»Es wäre wohl besser, sie zu erhöhen. Viermal täglich …«

»Verdünnt in klarem Wasser, ich weiß.«

Bruder Harin hängte sich eine Ledertasche über die Schulter. »Ich komme nächste Woche wieder.« Er ging zur Tür, verbeugte sich nochmals vor Reva und verschwand.

»Er spricht Euch nicht standesgemäß an«, sagte sie.

»Weil ich es ihm so befohlen habe. Es erscheint mir etwas albern, mich mit einem Mann an die Etikette zu halten, der seinen Finger in meinem Hintern hatte.«

Reva deutete mit dem Kinn auf die Flasche. »Was ist das?«

»Nur ein harmloses Mittelchen, das mir beim Einschlafen hilft«, sagte er und stellte es auf den Tisch. »Du bist hier, um mich nach dem Priester zu fragen.«

»Lasst mich auf die Suche nach ihm gehen«, forderte sie. »Wenn Ihr mir das erlaubt, bringe ich ihn Euch innerhalb eines Monats gefesselt und bereit, sein Urteil zu empfangen. So wahr ich hier stehe.«

»Dafür ist jetzt nicht der beste Zeitpunkt. Seit das königliche Heer sich an unseren Grenzen herumtreibt, sind die Leute schon verunsichert genug. Wenn wir die Ränke des Vorlesers aufdecken, werden sie nur noch unruhiger.«

»Ihr wisst, wer der Mann ist, den der Priester ›Lordschaft‹ genannt hat. Ich habe es Euch angesehen.«

»Ich weiß es nicht, ich vermute es, und ich werde nicht allein aufgrund einer Vermutung diesen mühsam herbeigeführten Frieden aufs Spiel setzen. Wir werden handeln, Reva, das verspreche ich dir. Aber wir handeln langsam und leise, damit der alte Bastard nichts merkt.«

»Aber ich kann unauffällig sein«, beharrte sie. *Ihr habt nicht die geringste Ahnung, wie unauffällig …*

Sentes schüttelte den Kopf. »Ich zweifle nicht an deinen Fähigkeiten, aber ich brauche dich hier. Die Menschen müssen sich daran gewöhnen, dich an meiner Seite zu sehen.«

Sie schluckte ihre Enttäuschung hinunter. »Warum? Ihr habt mich doch anerkannt? Warum müssen sie mich da noch sehen?«

Der Erzfürst schwieg, und auf sein Gesicht trat ein Ausdruck plötzlichen Begreifens. »Du weißt es wirklich nicht, oder? Du hast keine Ahnung.«

»Wovon?«

»Reva, wie dir vielleicht aufgefallen ist, gibt es in diesem Haus keine Kinder. Und das wird sich wohl auch nicht mehr ändern. Bisher hatte ich keine Erben, niemanden, der mir auf dem Thron nachfolgen konnte. Aber jetzt habe ich dich.«

Sie spürte, wie sich ihr eine kalte Hand um den Hals legte. »Was?«, fragte sie mit einem leisen Seufzen.

»Im Laufe der Jahre sind einige der … Fehltritte deines Vaters hier aufgetaucht. Manche wollten, dass ich sie anerkenne, wurden jedoch enttäuscht. Die meisten waren allerdings auf einen Gefallen oder einen prall gefüllten Geldbeutel aus. Ich habe sie alle zum Teufel geschickt. Mit Ausnahme von dir, Reva. Wie alt warst du, als der Priester dich von deinen Großeltern fortgeholt hat? Was glaubst du?«

»Ich weiß es, er hat es mir gesagt. Ich war sechs.«

»Dein Vater ist jetzt seit beinahe neun Jahren tot. Das heißt, der Priester hat dich drei Jahre, bevor Hentes unseren Vater erschlagen und das Erzlehen in den Krieg geführt hat, geholt. Unter allen von Hentes' Kindern hat er dich gewählt. Weil er dasselbe in dir gesehen hat wie ich.«

Reva schüttelte verwirrt den Kopf. »Und was ist das?«

»Den nächsten Mustor, der den Thron des Erzlehens besteigt.« Der Erzfürst kam näher, nahm ihre Hand und drückte ihr einen Kuss auf die Wange. »Vom Weltvater persönlich gesandt. Er hat meine Gebete erhört.«

◆ ◆ ◆

»Ein Mädchen kann nicht Erzfürst werden«, sagte Arken, während sie bei ihrem abendlichen Ausritt über die Dammstraße nach Norden in die bewaldeten Hügel galoppierten.

»Erzfürstin«, entgegnete Reva mit tonloser Stimme. Sie spürte immer noch die kalte Hand um ihren Hals. Das ungeheure Ausmaß dessen, was ihr Onkel ihr mitgeteilt hatte, hatte alle Gefühle verdrängt.

»Aber das klingt komisch«, sagte Arken. »Du musst dir was Besseres einfallen lassen. »Wie wär's mit Gräfin?«

»Gräfinnen gibt es nur in Nilsael.« Reva zog die Zügel an und brachte Schnauber zum Stehen. Dann saß sie lange reglos im Sattel und spürte, wie die Kälte langsam einer Panik wich, die ihr Herz zum Rasen brachte. »Ich muss von hier weg«, beschloss sie mit bebender Stimme. »Ich hätte nicht bleiben sollen.«

»Dein Onkel war gut zu dir. Zu uns beiden.«

»Weil er eine Erbin braucht.«

»Nicht nur deshalb. Er liebt dich, das weiß ich.«

Oder die Erinnerung an seinen Bruder, den Mann, der er nie sein konnte. Reva strich sich mit zitternder Hand über die Stirn. »Die Nordlande«, sagte sie. »Wir könnten dorthin gehen. Das wolltest du doch.«

»Als wir keine andere Wahl hatten …«

»Wir könnten sofort aufbrechen. Wir haben Pferde, Waffen, Geld …«

»Reva …«

»Ich kann das nicht! *Ich bin nichts weiter als eine verdorbene, vaterlose Sünderin! Begreifst du das nicht?*«

Sie gab Schnauber die Sporen und trieb ihn zum Galopp. Als sie schon fast die Bäume erreicht hatte, sah sie etwas, das sie anhalten ließ. Ein Pferd, das vor ihnen den Hügel hinauftrottete. Es hatte den schwerfälligen Gang eines erschöpften Tiers, Flanken und Maul waren von Schaum bedeckt, der Reiter hing vornübergebeugt und konnte sich kaum im Sattel halten. Revas feiner Instinkt meldete sich. *Ärger.*

Sie beobachtete, wie Reiter und Tier näher kamen. Schnauber tänzelte unruhig auf der Stelle und blähte die Nüstern. Der Geruch eines anderen Pferdes, das dem Tod nahe war, machte ihn nervös, und er wollte wegrennen. *Die Nordlande,* dachte Reva. *Al Sorna wird uns bestimmt mit offenen Armen empfangen.*

Sie stieß Schnauber die Fersen in die Flanken und trieb ihn auf das Pferd zu. Der Reiter war so erschöpft, dass er kaum merkte, wie sie die Zügel packte und sein Pferd zum Stehen brachte. Seine Kleidung verriet Reva, dass er dem königlichen Heer angehörte. Sie bemerkte die rotbraunen Schlieren auf seinem Brustharnisch und die leere Scheide an seinem Sattel. »Wo ist Euer Säbel?«, fragte sie.

Panisch riss der Mann den Kopf hoch, und sie sah sein mit Schweiß und Blut verkrustetes Gesicht, als er sie mit vor Schreck geweiteten Augen anstarrte. Dann blinzelte er und schaute um sich. »Alltor?«, krächzte er.

»Ja«, erwiderte Reva. »Alltor. Was ist mit Euch passiert?«

»Mit mir?« Der Mann bleckte die Zähne; in seinen Augen lag ein seltsames Glitzern, und er kicherte. »Sie haben mich umgebracht, Mädchen. Sie haben uns alle umgebracht.« Das Kichern schwoll zu einem Lachen an, aus dem ein erstickter Husten wurde, dann kippte der Mann vornüber aus dem Sattel. Reva sprang ab, zog den Trinkschlauch aus Schnaubers Satteltasche und hielt ihn dem Soldaten an die Lippen. Dieser hustete erneut, trank aber gleich darauf gierig.

»Ich … ich muss den Erzfürsten sprechen«, stieß er hervor, als sein Durst gestillt war.

Reva drehte sich zur Stadt um, die sich, vernebelt vom Rauch der zahlreichen Schornsteine, unter ihnen erstreckte. In der Ferne konnte sie schwach den Umriss der Villa erkennen, in der die Hausangestellten sicher gerade das Abendessen zubereiteten, sowie die beiden Kirchturmspitzen, die das Zuhause des großen alten Lügners kennzeichneten.

»Ich bringe Euch zu ihm«, sagte sie. »Er ist mein Onkel.«

Zweites Kapitel

Vaelin

»Die Armee des volarianischen Kaisers gliedert sich im Wesentlichen in drei Gruppen.« Bruder Harlicks Stimme hob und senkte sich, während er auf dem Rücken seines Ponys durchgeschüttelt wurde. »Da sind zum einen die Freien Schwerter, die aus wehrpflichtigen Bürgern bestehen, dann die zahlreichen als Varitai bekannten Sklavensoldaten und schließlich die Kuritai – bestens ausgebildete Elitesklaven, die für ihre unglaubliche Grausamkeit gefürchtet werden. Diese Struktur wird bereits seit mehreren hundert Jahren gepflegt.«

Auf dem Rückweg zum Turm hatte Vaelin Harlick befohlen, ihm sein gesamtes Wissen über das volarianische Kaiserreich mitzuteilen, und so redete dieser nun schon seit Stunden beinahe ununterbrochen. »Einzelne Truppen werden zu Bataillonen zusammengefasst, die gemeinsam wiederum eine achttausend Mann starke Division bilden – sofern das Heer bei voller Stärke ist. Eine typische Division besteht aus Freien Schwertern und Varitai sowie kleineren Spezialeinheiten mit Pionieren und Kuritai. Drei oder mehr Divisionen bilden einen Armeeverband, der von einem General befehligt wird ...«

Auf Vaelins Drängen hin waren sie noch am Vorabend aufgebrochen, nachdem er sich von der Vision am Strand erholt hatte. Diese war zwar intensiv, aber nur kurz gewesen, und die Kälte steckte ihm nicht so tief in den Knochen wie sonst. Dennoch riefen die Bilder, die er gesehen hatte, tiefes Unbehagen in ihm hervor und ließen nur eine Schlussfolgerung zu: *Etwas Schreckliches war geschehen.*

Beim knappen Abschied von Nortah und Sella war er sich wie ein Lügner vorgekommen, als er die beiden, denen die Besorgnis ins Gesicht geschrieben stand, zu beruhigen versucht hatte: »Wahrscheinlich ist alles in Ordnung. Ich werde im Alter nur übervorsichtig.«

»Alles brennt.« Vaelin war gerade auf dem Weg zu Tür gewesen, als die kleine Lohren in einen Singsang verfiel und auf- und abhüpfte. »Häuser brennen! Menschen brennen! Böse Männer brennen alles nieder! Der Onkel wird sie alle töten!«

Als Vaelin Hauptmann Orven weckte, war er wenig überrascht, die Eorhilanerin aus dessen Zelt hervorlugen zu sehen, während Orven sich hektisch die Stiefel anzog. »Gefechtsbefehl«, erklärte Vaelin. »Späher auf beiden Seiten. Alle Männer bekommen Fackeln. Schickt einen Trupp an den Strand. Dort werden sie einen Mann in einer Hütte finden, der uns begleiten wird. Wenn er sich weigert, sollen sie ihn auf einem Pferd festbinden.«

»Offiziere im Generalsrang entstammen üblicherweise der überschaubaren und überaus wohlhabenden Adelsschicht«, fuhr Harlick fort. »Der einzigen Klasse innerhalb der volarianischen Gesellschaft, der es gestattet ist, Rot zu tragen. Ein solch privilegierter Status bietet zwar die Möglichkeit auf ein Oberkommando, allerdings werden die Stellen nur mit Männern besetzt, die Führungserfahrung vorweisen können …«

»Warum sind sie hier?«, unterbrach Vaelin ihn. »Was wollen sie?«

Harlick dachte kurz nach – vermutlich brütete er über einer ausführlichen Erklärung –, doch als er Vaelins Blick sah, erwiderte er bloß: »Alles, nehme ich an.«

Dann setzte er zu einer Beschreibung der Arbeitsabläufe des volarianischen Regierungsrats an, doch Vaelin winkte ab. »Das reicht fürs Erste.«

Lady Dahrena war schweigend neben ihnen hergeritten und hatte Harlicks Ausführungen mit einem Ausdruck gezügelter Besorgnis gelauscht.

»Ich weiß, dass Euch diese Reaktion übertrieben erscheinen mag …«, begann Vaelin, doch sie schüttelte bloß den Kopf.

»Ich vertraue der … Urteilskraft Eurer Lordschaft.«

»Ich fürchte, ich muss Euch bitten …«

»Heute Abend«, sagte sie. »Wenn wir wieder im Turm sind.«

»Ist es auch nicht zu weit?«

»Die Strecke ist nicht unerheblich, aber ich habe sie schon einmal zurückgelegt – während der Unruhen nach dem Aspektenmassaker. Vater war damals sehr besorgt um das Fortbestehen der Königslande.«

»Ich danke Euch.«

»Dankt mir, wenn ich Euch berichte, dass alles ruhig und friedlich ist.«

»Das hoffe ich zutiefst.« *Du kannst hoffen, so viel du willst,* meldeten sich seine Zweifel zu Wort. *Dabei weißt du ganz genau, was sie dir erzählen wird.*

♦ ♦ ♦

Die Dämmerung brach gerade herein, als die Hufe der Pferde über die gepflasterten Straßen von Nordturm klapperten. Im Hof angekommen, stieg Vaelin von Flammes Rücken, kämpfte die Müdigkeit nieder und ließ Hauptmann Adal rufen.

»Euer Lordschaft.« Die Begrüßung des Hauptmanns war kurz, sein finsterer Blick Beweis dafür, dass ihm die angedrohte Entlassung immer noch zu schaffen machte.

»Ruft zum Appell«, befahl Vaelin und stieg die Treppe zum Turm hoch. »Die Nordgarde hat unverzüglich und geschlossen anzutreten. Schickt Boten zu den Eorhilanern und Seordahnern. Sagt ihnen, dass sie auf Geheiß des Turmherren alle Krieger schicken sollen, die sie entbehren können.«

»Euer Lordschaft …?«

»Tut, was er sagt. Bitte, Adal«, wies Dahrena ihn im Vorbeigehen an. »Ich brauche ein paar Stunden«, rief sie Vaelin noch zu, ehe sie aus seinem Blickfeld verschwunden war.

Vaelin ließ sich zum Ausruhen auf den Thron des Fürsten fallen. Als draußen Adals Befehlsrufe erklangen, zuckte er zusammen. *Kann ich das noch einmal?*, fragte er sich, und das in Segeltuch gewickelte Bündel auf seinen Knien wog plötzlich noch schwerer als zuvor.

»Vaelin?« Alornis stand vor ihm, einen Schal um die Schultern gelegt und Hausschuhe an den Füßen. Ihre Augen waren weit aufgerissen, und aus ihrem Blick sprach Verunsicherung, als sie die durcheinanderlaufenden Menschen im Hof beobachtete. Vaelin fiel auf, dass an ihren Fingern getrocknete Farbe klebte.

Er streckte die Hand nach ihr aus, und sie kam näher, ließ sich neben ihn auf den Boden sinken und schmiegte sich an seine Knie. »Was ist los?«, fragte sie mit leiser Stimme.

»Mir scheint, dass meine Mutter sich wieder einmal als sehr kluge Frau erweist.« Alornis sah mit gerunzelter Stirn zu ihm hoch, doch Vaelin strich ihr nur lächelnd die Haare aus dem Gesicht. »Irgendeinen Krieg gibt es immer.«

◆ ◆ ◆

»Der Palast liegt in Schutt und Asche.« Dahrenas Gesicht war blass und ihre Augen gerötet, als hätte sie vor Kurzem geweint. Dennoch erstattete sie Vaelin mit klarer, fester Stimme Bericht. »In den Straßen türmen sich Leichen, der Hafen ist voller volarianischer Schiffe, und am Kai drängen sich die Menschen zu Hunderten, allesamt in Ketten gelegt.«

Vaelin hatte in seinen Gemächern im Obergeschoss einen Rat einberufen. Hauptmann Adal stand mit verschränkten Armen am Fenster. Bruder Kehlan, der auf Dahrenas Drängen hin eingeladen worden war, saß mit sorgenvoller Miene neben ihr. Auf Vaelins Wunsch war außerdem Bruder Hollun vom vierten Orden erschienen. Er hielt einen Packen Schriftrollen umklammert und starrte Dahrena mit aufgerissenen Augen und unverhohlener Furcht an. Vaelin hatte ihr nahegelegt, ihre Gabe so gut wie möglich vor allen geheim zu halten, die noch nicht eingeweiht waren, doch sie hatte abgewunken. »Nach dem, was ich gesehen habe, bringen Geheimnisse uns nicht weiter, fürchte ich. Außerdem gehe ich davon aus, dass die meisten ohnehin schon seit langem Bescheid wissen.« Bruder Harlick saß in einer Ecke. Obwohl er der Archivar des Turms war, machte er keinerlei Aufzeichnungen von ihrem Treffen. Vaelin wusste, dass er sich jedes Wort merkte und später niederschreiben würde. Alornis hatte neben Vaelin Platz genommen. Sie hatte die Finger fest verschränkt, um das Zittern zu verbergen, das sie am Vorabend befallen hatte. *Sie macht sich Sorgen um Alucius,* dachte er. *Und Meister Benril.*

»Was ist mit dem königlichen Heer?«, fragte er Dahrena.

»Davon habe ich keine Spur gesehen, Euer Lordschaft. Selbstverständlich hat die Stadtwache hier und dort Widerstand geleistet, doch vergeblich.«

»Und was ist mit dem König? Und Prinzessin Lyrna?«

»Ich habe so lange wie möglich über dem Palast verweilt, aber nichts als Leichen und verkohlte Ruinen gesehen.«

Vaelin nickte. Dann setzte er sich. Dahrena ließ müde und bekümmert den Kopf hängen, und Bruder Kehlan ergriff ihre Hand. »Hauptmann«, sagte Vaelin. »Wie groß ist unser Heer?«

»Bisher sind mehr als zweitausend Mann dem Gestellungsbefehl gefolgt. Die restlichen sollten innerhalb der nächsten sieben Tage eintreffen. Die hiesige Nordgarde beläuft sich auf dreitausend Krieger und ist vollzählig, sobald sich die außerhalb stationierten Kompanien zurückmelden. In Anbetracht der Entfernungen könnte das jedoch mehr als zwei Wochen dauern.«

»Das wird nicht reichen«, sagte Dahrena. »Die Armee, die ich gesehen habe, ist fünf- oder sechsmal so stark wie wir – selbst wenn die Seordahner und Eorhilaner unserem Ruf folgen.«

»Weitet den Appell auf alle Männer im kampffähigen Alter aus«, wies Vaelin Adal an, »einschließlich aller Bergarbeiter und Fischer.«

Adal nickte langsam. »Wie Ihr befehlt, Euer Lordschaft.« Er zögerte und spannte den Kiefer an.

»Gibt es ein Problem, Hauptmann?«, fragte Vaelin.

»Die Männer murren bereits, Euer Lordschaft.«

»Sie murren?«

»Ja. Sie wollen nicht in den Kampf ziehen«, antwortete Bruder Kehlan stellvertretend für Adal, der erneut zögerte. »Die Hälfte von ihnen wurde hier geboren und hat die Königslande nie gesehen. Und die andere Hälfte wäre froh, sie nie wieder sehen zu müssen. Sie fragen – und das nicht ohne guten Grund –, weshalb sie für ein Land kämpfen sollen, das uns im Kampf gegen die Horde im Stich gelassen hat. Das hier ist nicht ihr Krieg.«

»Aber es wird ihr Krieg sein, wenn die Volarianer hierherkommen«, sagte Dahrena, noch bevor Vaelin seinem Ärger Luft machen konnte. »Ich habe ihre Seelen gesehen, sie sind voller Lust und Gier. Sie werden nicht in Varinsburg oder Cumbrael oder Nilsael Halt machen. Sie werden hierherkommen, uns alles nehmen, was wir haben, und jeden, den sie nicht töten, versklaven.«

Vaelin holte tief Luft, um sich zu beruhigen. »Vielleicht wäre es gut, wenn Ihr mit den Männern sprecht, meine Dame«, sagte er. »Ich glaube, Euer Wort gilt ihnen viel.«

Sie nickte. »Selbstverständlich, Euer Lordschaft.«

Vaelin wandte sich dem Hauptmann zu. »Und sollten sie weiterhin *murren*, so ist das zu unterbinden. Rigoros. Ich herrsche im Auftrag des Königs über diese Lande und bin nicht auf ihr Einverständnis angewiesen. Ich bestimme, was ihr Krieg ist.«

»Eine Frage ist dennoch nicht zu unterschätzen, Euer Lordschaft«, sagte Bruder Hollun. Er hatte ein paar Zahlen auf ein Stück Pergament gekritzelt, das er Vaelin jetzt vorlegte.

»Sagt es mir einfach«, wies Vaelin den beleibten Bruder an.

»Wenn wir den Appell ausdehnen, haben wir meiner Rechnung nach an die zwanzigtausend unter den Waffen stehende Männer, zusammen mit den Eorhilanern und Seordahnern mindestens doppelt so viele. Ein Kriegsschiff liegt im Hafen vor Anker, und die Handelsflotte beläuft sich auf etwas über sechzig Schiffe, von denen die Hälfte derzeit auf See ist. Um sämtliche Männer und Pferde mitsamt aller Waffen und Vorräte in die Königslande zu bringen, sind mindestens vier Passagen in beide Richtungen vonnöten.«

»Vorausgesetzt, wir bleiben von Unwettern verschont«, fügte Hauptmann Adal hinzu.

»Das ist irrelevant«, entgegnete Vaelin. »Wir segeln nicht, wir marschieren.«

Dahrena hob den Kopf. »Es gibt nur einen Weg von den Nordlanden in die Königslande.«

Es war geschehen, als Vaelin die Karte studiert hatte. Das Lied des Blutes hatte mit einem klaren Ton der Bestätigung reagiert, als sein

Blick über die dicht beieinanderstehenden Symbole geschweift war, die den großen Nordwald bildeten. Der Ton hatte eine Erinnerung in ihm ausgelöst: an eine blinde Frau auf einer Lichtung, an einem lang vergangenen Sommertag. »Ich weiß.«

◆ ◆ ◆

Außerhalb der Stadt wurde ein Lager für die wachsende Armee errichtet. Dass die angetretenen Männer sich so routiniert in ihre Kompanien einfügten, war dem Umstand zu verdanken, dass Turmherr Al Myrna viermal im Jahr zum Appell gerufen hatte, um die Disziplin aufrechtzuerhalten. Die neuen Rekruten waren eine bunte Truppe aus Handwerkern, Bergmännern und Hilfsarbeitern, von denen viele keinen Hehl daraus machten, was sie davon hielten, aus ihrem gewohnten Leben gerissen zu werden. Allerdings hatte Hauptmann Adal schnell auf Anzeichen einer Revolte reagiert und sie im Keim erstickt. Zudem zerstreute die Ansprache, die Dahrena vor jeder Gruppe von Neuankömmlingen hielt, Zweifel über die Notwendigkeit der Einberufung: »Viele von euch fragen sich bestimmt: ›Was hätte Turmherr Al Myrna getan?‹ Als seine Tochter sage ich euch, dass er genauso gehandelt hätte. Wir müssen kämpfen!«

Auf Adals Befehl hin übernahm die Nordgarde die Ausbildung der neuen Rekruten. Außerdem wählte er jene Männer aus, von denen er wusste, dass sie sich im Kampf gegen die Horde besonders hervorgetan hatten, und beförderte sie in den Rang eines Feldwebels oder Hauptmanns. Der Mangel an Ausrüstung gab Anlass zur Sorge, doch jeder Schmied, Schneider und Schuster in Nordturm arbeitete bis zur Erschöpfung, um die benötigten Waffen, Rüstungen und Stiefel herzustellen.

Jeder Tag, an dem sie an Stärke gewannen, war kostbar, das wusste Vaelin, doch bekümmerte ihn gleichzeitig das Wissen, dass sie sich möglichst bald auf den Marsch begeben sollten. *Varinsburg ist an nur einem Tag gefallen. Wo werden sie wohl als Nächstes zuschlagen?* Dahrena hatte zwar angeboten, sich wenn nötig täglich in die Königslande zu begeben, doch angesichts der tiefen Erschöpfung, die sie nach ihrem ersten Ausflug dorthin überkommen hatte, wollte Vaelin, dass sie ihre

Kräfte schonte. »Wenn wir den Wald durchquert haben«, hatte er zu ihr gesagt, »könnt Ihr wieder fliegen.«

»Seid Ihr Euch wirklich sicher, dass sie uns die Durchreise gestatten werden?«, fragte Dahrena. Sie schritten gemeinsam durchs Lager, weil Vaelin Wert darauf legte, von so vielen Männern wie möglich gesehen zu werden. »Mein Vater war der einzige Bewohner der Königslande, dem sie erlaubten, sich dort aufzuhalten. Und selbst er durfte weder Waffen noch Geleit bei sich haben.«

Vaelin nickte nur und ging weiter. Sein Blick war auf zwei Männer gerichtet, die umringt von Zuschauern mit Holzschwertern kämpften. Der größere der beiden schlug seinem Gegner die Waffe aus der Hand und setzte dann zu einer Reihe wohlplazierter Hiebe an, ehe er ihm die Beine unter dem Körper wegzog und ihn zu Fall brachte. Anschließend half der große Mann dem besiegten Rekruten wieder auf die Beine und breitete grinsend die Arme aus. Er war gut gebaut, sein langes Haar fiel ihm in einem Zopf bis zur Mitte seines nackten Rückens, seine Haut war feucht vor Schweiß, und seine ausgeprägten Muskeln glänzten. »Das war Nummer vier! Wer will als Nächstes?«

Trotz seiner unverkennbaren Fähigkeiten war er noch jung – Vaelin schätzte ihn auf höchstens zwanzig – und strahlte die selbstsichere Arroganz der Jugend aus. Als niemand vortrat, beschimpfte er die Zuschauer lachend. »Ihr Feiglinge! Los, kommt schon! Drei Silbermünzen für denjenigen, der mich besiegt!« Er lachte wieder, wurde jedoch ernster, als er Vaelin in der Menge erblickte. Sein Grinsen ließ für einen kurzen Augenblick nach, und seine Augen verengten sich, während das Lied des Blutes Vaelin eine unliebsame Wahrheit mitteilte.

»Wie wäre es mit Euch, Euer Lordschaft?«, rief der junge Mann und hob sein Holzschwert zum Gruß. »Würdet Ihr einem einfachen Schiffsbauer die Ehre erweisen, gegen ihn zu kämpfen?«

»Ein andermal«, erwiderte Vaelin und wandte sich ab.

»Aber Euer Lordschaft«, rief der junge Mann erneut, diesmal fordernder. »Ihr wollt doch nicht, dass diese braven Männer glauben, Ihr hättet Angst. Viele von ihnen fragen sich bereits, warum Ihr kein Schwert tragt.«

Ein Mitglied der Nordgarde trat aus der Menge hervor, um den Burschen in seine Schranken zu weisen, doch Vaelin winkte den Soldaten zurück. »Wie lautet Euer Name, Sir?«, fragte er den Jungen, wobei er in den Kreis trat und den Mantel auszog.

»Davern, Euer Lordschaft.« Der junge Mann verbeugte sich.

»Schiffsbauer seid Ihr also?« Vaelin reichte Dahrena seinen Mantel und bückte sich nach dem Holzschwert am Boden. »So zu kämpfen lernt man aber nicht beim Schwingen einer Deichsel.«

»Jeder sollte sich für mehr interessieren als nur für seine Arbeit, findet Ihr nicht?«

»In der Tat.« Vaelin trat vor ihn und sah ihm in die Augen. Auch wenn der Junge es gut verbarg, konnte Vaelin erkennen, was in ihm schlummerte – ein tiefer, schwelender Hass.

Als er blinzelte, riss Vaelin das Schwert hoch, täuschte einen Angriff auf seinen Kopf an, wich der folgenden Parade aus, tauchte unter Daverns Deckung hindurch und traf ihn mit einem kräftigen Hieb in die Mitte der Brust. Davern wich zurück und ruderte, im Versuch das Gleichgewicht zu halten, mit den Armen, bevor er mit Wucht und unter dem Johlen der versammelten Menge auf dem Hintern landete. Unter das Gelächter mischte sich das Klingeln von Münzen, als die Männer ihre Wettschulden untereinander beglichen.

»Schaut Eurem Gegner nie in die Augen«, sagte Vaelin zu Davern und streckte ihm die Hand hin. »Das war die erste Lektion, die mein Meister mich gelehrt hat.«

Der junge Mann ignorierte Vaelins Hand und rappelte sich selber hoch. Jegliche Heiterkeit war aus seinem Gesicht gewichen. »Kämpfen wir noch mal. Vielleicht erteile ich diesmal Euch eine Lektion.«

»Das glaube ich nicht.« Vaelin warf dem Gardisten das Schwert zu. »Befördert diesen Mann zum Feldwebel. Er soll seinen Brüdern beibringen, wie man ficht.«

»Mein Angebot steht, Euer Lordschaft!«, rief Davern Vaelin hinterher, als dieser Dahrena seinen Mantel abnahm und die beiden ihren Weg fortsetzten.

»Ihr solltet Euch vor ihm in Acht nehmen«, warnte Dahrena. »Ich glaube, er ist Euch nicht freundlich gesinnt.«

»Nicht ohne Grund«, murmelte Vaelin.

⬩ ⬩ ⬩

Vaelin hatte sich entschieden, bei den Soldaten zu leben, und am Rand des Lagers Quartier bezogen. Als er von seinem täglichen Rundgang zurückkehrte, traf er Alornis vor seinem Zelt an. Ihr Pinsel bewegte sich schnell über die Leinwand, die auf ihrer selbstgebauten Staffelei stand. Alornis hatte sich Werkzeug geliehen und ein raffiniertes dreibeiniges Gerüst geschreinert, das sich mit wenigen Handgriffen zu einem kompakten Block von weniger als einem Meter Länge zusammenklappen ließ. Inzwischen hatten sich die Leute im Lager an ihren Anblick gewöhnt. Mit der Pinseltasche über der Schulter und der Staffelei unter dem Arm wanderte sie umher und blieb, wann immer ihr etwas ins Auge fiel, stehen, um es zu malen. Gerade arbeitete sie an einer Darstellung des gesamten Lagers, auf der jedes Zelt und jede Koppel mit jener Detailgenauigkeit abgebildet waren, die Vaelin immer wieder unter die Haut ging. »Wie machst du das nur?«, fragte er sie, während er ihr über die Schulter schaute.

»Genauso, wie du das machst, was du tust.«

Vaelin ließ sich auf einen Hocker sinken, und sie wandte sich um, tunkte einen Stofffetzen in Spiritus und reinigte damit ihren Pinsel. »Wann marschieren wir?«

Wir? Er sah sie mit hochgezogenen Augenbrauen an, beschloss jedoch, dieses Wort zu ignorieren. Sie hatten sich deswegen schon genug gestritten. »In einer Woche. Vielleicht auch etwas später.«

»Durch den Wald und in die Königslande. Und wie geht es dann weiter?«

»Ich beabsichtige, die Volarianer zu besiegen und nach Hause zurückzukehren.«

»Nach Hause? Du empfindest diesen Ort hier wirklich als dein Zuhause?«

»Du etwa nicht?« Er blickte über das Lager zur Stadt, dem dahinter aufragenden Turm und dem dunklen Nordmeer, das alles umrahmte. »Das Gefühl habe ich schon, seit wir hier angekommen sind.«

»Es gefällt mir hier«, erwiderte Alornis. »Ich hatte nicht damit gerechnet, dass es so interessant, so bunt sein würde. Aber es ist nicht mein Zuhause. Mein Zuhause ist in Varinsburg. Und wenn Lady Dahrena recht hat, ist es wahrscheinlich nur mehr eine ausgebrannte Ruine.« Sie wandte sich kurz ab und kniff die Augen zusammen, um die Tränen zurückzuhalten. Als sie weiterredete, war ihr Blick unnachgiebig, und sie wiederholte die Worte, die sie in den vorangegangenen Tagen schon so oft geäußert hatte. »Ich werde nicht hier zurückbleiben. Du kannst mich fesseln oder in einen Kerker werfen. Ich werde immer einen Weg finden, euch zu folgen.«

»Weshalb?«, fragte er. »Was erwartest du zu finden – abgesehen von Gefahr, Tod und Leid? Wir ziehen in den Krieg, Alornis. Du magst zwar in allem, was du siehst, Schönheit finden, aber im Krieg gibt es keine Schönheit, und ich würde dir seinen Anblick gerne ersparen.«

»Alucius«, sagte sie. »Meister Benril ... Reva. Ich muss es wissen.«

Reva ... Seine Gedanken waren so oft zu ihr gewandert, und sein Lied schwoll jedes Mal an, wenn er an sie dachte. Der Ton war ihm wohlbekannt – es war derselbe Ton, den er auch in der Nacht vernommen hatte, als die Meuchelmörder Aspektin Elera töten wollten, derselbe Ton, der ihn auf der Suche nach Schwarzer Pfeil durch den Martisch getrieben hatte und auf der Suche nach Hentes Mustor durch die Hohe Burg. *Finde sie.* Doch Vaelin hatte dem Drang widerstanden, zu singen und Reva zu suchen, denn er fürchtete, wieder von der Vision gefangen genommen zu werden und sich diesmal nicht mehr aus ihr lösen zu können.

»Ich auch«, sagte er. »Melde dich morgen Vormittag bei Bruder Kehlan. Er kann ein zusätzliches Paar Hände sicherlich gut gebrauchen.«

Alornis trat lächelnd näher und drückte ihm einen Kuss auf die Stirn. »Danke, Bruder.«

◆ ◆ ◆

Jeden Abend hielt Vaelin mit seinen Hauptmännern Rat und ließ sich von ihnen über die Fortschritte bei der Ausbildung und Rekrutierung berichten. Im Laufe von sieben Tagen war ihre Armee auf über zwölftausend Mann angewachsen, von denen jedoch nur die Hälfte als Soldaten durchgehen konnte.

»Wir werden die Ausbildung unterwegs fortsetzen müssen«, antwortete Vaelin, als Adal sich einen weiteren Monat ausbat. »Jeden Tag, den wir hierbleiben, sterben in den Königslanden mehr Menschen. Bruder Hollun zufolge wird in nur fünf Tagen unser gesamter Bedarf an Waffen und Kleidung gedeckt sein. Anscheinend hat ein findiger Kaufmann ein ganzes Lager voller Hellebarden und Kettenpanzer zu Spekulationszwecken zurückgehalten. Sobald alle Männer bewaffnet sind, brechen wir auf.«

Kurz darauf entließ Vaelin die Männer, denn Dahrena wartete schon mit einem Stapel Papiere auf ihn.

»Bittgesuche?«, fragte er.

Sie schenkte ihm ein entschuldigendes Lächeln. »Es werden von Tag zu Tag mehr.«

»Ich vertraue Eurem Urteil. Legt einfach diejenigen beiseite, die meiner Unterschrift bedürfen.«

»Das sind bereits die, die Eurer Unterschrift bedürfen.«

Vaelin stöhnte, als sie den Stapel auf dem Kartentisch absetzte. »Hat Euer Vater das wirklich alles selbst gemacht?«

»Ja, er las jedes Bittgesuch. Und als sein Augenlicht schwand, las ich sie ihm vor.« Dahrena ließ den Finger über die Blätter gleiten. »Ich … könnte das auch für Euch tun.«

Seufzend sah Vaelin sie an. »Ich kann nicht lesen, edle Dame. Aber wie ich annehme, habt Ihr das bereits bei unserem ersten Treffen gemerkt.«

»Das war nicht als Kritik gemeint. Ich möchte Euch nur helfen.«

Er streckte die Hand aus, nahm die oberste Schriftrolle und öffnete sie, sodass sie die wirren Symbole offenbarte, die darauf geschrieben standen. »Mutter hat versucht, es mir beizubringen, aber ich war ein unruhiges Kind und konnte nie lange stillsitzen – höchstens, wenn es Essen gab. Außerdem konnte ich keinen Sinn hinter den Buchstaben erkennen. Was für meine Mutter Dichtkunst oder Geschichtsschreibung war, war für mich nur nichtssagendes Gekritzel. Die Buchstaben schienen über die Seite zu tanzen. Mutter bemühte sich eine Zeitlang, sodass ich immerhin gelernt habe, meinen Namen zu schreiben, doch dann fiel sie ihrer Krankheit anheim, und ich kam in den Orden. Und dort muss man keine Buchstaben können.«

»Ich habe von Menschen mit ähnlichen Schwierigkeiten gelesen«, sagte Dahrena. »Ich glaube, dass sie sich überwinden lassen, wenn man es nur richtig anstellt. Ich bin gerne bereit, Euch dabei behilflich zu sein.«

Vaelin war versucht, ihr Angebot abzulehnen – schließlich hatte er kaum Zeit zu erübrigen –, doch die Aufrichtigkeit in ihrer Stimme ließ ihn zögern. *Ich habe mir ihren Respekt verdient,* dachte er. *Was sieht sie in mir? Einen Widerhall ihres Vaters? Ihren gefallenen seordahnischen Ehemann? Dabei hat sie noch gar nichts gesehen.*

Sein Blick wanderte zu dem Segeltuchbündel in der Ecke seines Zeltes, das allen schlimmen Nachrichten zum Trotz immer noch unausgepackt dalag. Jedes Mal, wenn seine Finger die Schnur berührten, fühlte er aufs Neue Widerwillen in sich aufsteigen. *Sie hat mich noch nicht töten gesehen.*

»Vielleicht jeden Abend eine Stunde«, sagte er. »Ihr könntet mich unterrichten. Das wäre eine willkommene Ablenkung nach dem anstrengenden Marsch.«

Dahrena nickte lächelnd und nahm ihm die Schriftrolle aus den Händen. »›Die ehrenwerte Webergilde‹«, las sie vor, »›bittet sich aus, den Herrn des Turmes über die unerhörten Preise in Kenntnis zu setzen, welche die Kleinbauern an der Westküste unter Androhung des Aussetzens der Wolllieferungen verlangen …‹«

◆ ◆ ◆

Bei Nacht war jedes Lager gleich – unabhängig von der Armee oder dem Krieg. Ob in der Wüste, im Wald oder in den Bergen, überall gab es das Gleiche zu sehen, zu riechen und zu hören. Aus der Zeltstadt drang Musik – denn wie in jedem Heer gab es zahlreiche Musikanten –, und wo die Männer sich zum Kartenspielen versammelten, ertönten fröhliche oder wütende Stimmen. Hier und dort saßen gute Freunde in trauter Runde beisammen und unterhielten sich über ihr Zuhause und die Menschen, die sie liebten. Die Vertrautheit all dessen war Vaelin ein Trost, und ein Gefühl der Sicherheit umfing ihn. *Sie sind eine Armee geworden,* stellte er fest, als er allein am Rand des Lagers entlangspazierte, abseits vom Schein der unzähligen Lagerfeuer. *Aber werden sie auch als Armee kämpfen?*

Nach ein paar Schritten blieb er stehen und betrachtete die gezackten Umrisse des Waldrandes unweit vor sich. *Mit der Klinge weiß er umzugehen, aber leichtfüßig ist er nicht gerade,* dachte er, als das Lied des

Blutes eine Warnung anstimmte. »Wollt Ihr etwas mit mir besprechen, Meister Davern?«, rief er in die Schatten hinein.

Auf eine kurze Pause folgte ein gedämpfter Fluch, und einen Augenblick später tauchte Davern, der Schiffsbauer, aus der Dunkelheit auf. Er trug sein Schwert an der Seite, die Hand fest am Griff. Auf seiner Oberlippe konnte Vaelin leichten Schweißglanz erkennen, seine Stimme jedoch war fest, als er sagte: »Wie ich sehe, seid Ihr immer noch unbewaffnet, Euer Lordschaft.«

Vaelin ignorierte den Kommentar und erwiderte stattdessen: »Habt Ihr das einstudiert?«

Der Junge geriet sichtlich aus der Fassung. »Ich weiß nicht, worauf Ihr hinauswollt …«

»Ihr wollt mir doch mitteilen, dass Euer Vater ein guter Mann war und ich das Leben Eurer Mutter ruiniert habe, als ich ihn tötete. Wie geht es ihr?«

Davern unterdrückte ein Knurren, und seine Mundwinkel zuckten. Der Augenblick zog sich in die Länge, und Vaelin konnte spüren, wie sehr der Junge sich danach sehnte, die Scharade zu beenden. »Sie hat Euch bis zum Tage ihres Todes inbrünstig gehasst«, antwortete er schließlich. »Als ich zwölf war, ist sie ins Wasser gegangen.«

Die Erinnerung brach überraschend und ungewollt über Vaelin herein. *Der Regen, der unbarmherzig auf ihn niederprasselte, der blutgetränkte Sand, das Flüstern des sterbenden Mannes: »Meine Frau …«*

»Das wusste ich nicht«, erklärte er Davern. »Verzeiht …«

»Ich bin nicht hier, weil ich auf Eure Entschuldigung aus bin!« Der Bursche trat einen Schritt vor, und jetzt knurrte er wirklich.

»Warum dann?«, fragte Vaelin. »Glaubt Ihr, dass der Schmerz verschwindet, wenn Ihr mein Blut vergießt? Dass mein Tod Eure Eltern wieder lebendig macht? Glaubt Ihr wirklich, dass Euch etwas anderes erwartet als der Galgen?«

»Ich bin der Gerechtigkeit wegen hier …« Davern kam weiter auf ihn zu, die freie Hand um die Schwertscheide gelegt, jederzeit bereit, die Waffe zu ziehen. Doch Vaelin lachte, und er hielt inne.

»Gerechtigkeit?«, sagte Vaelin, als seine Heiterkeit verklungen war. »Ich habe einmal in meinem Leben um Gerechtigkeit angesucht – bei einem ränkevollen alten Mann. Er hat sie mir auch gewährt – ich musste dafür nur mit meiner Seele bezahlen. Das tat ich für Euch und Eure Mutter. Hat Erlin Euch nichts davon erzählt?«

»Mutter sagte, dass er lügt.« Davern klang leicht verunsichert, doch das Knurren war immer noch da, und der warnende Beiklang des Liedes hatte eine tiefere Tonlage angenommen. *Lebenslanger Hass lässt sich nicht mit ein paar Worten vertreiben.*

»Erlin hat uns angelogen, um Mutters Wut zu mindern«, fuhr Davern fort. »Und um mich von meinem Vorhaben abzubringen. Dabei dient es der Gerechtigkeit.«

»Dann solltet Ihr es jetzt hinter Euch bringen und mich töten.« Vaelin breitete die Arme aus. »Wenn es der Gerechtigkeit dient.«

»Wo ist Euer Schwert?«, wollte Davern wissen. »Holt Euer Schwert, dann regeln wir das ein und für alle Mal.«

»Mein Schwert ist nicht für Euresgleichen gedacht.«

»Seid verflucht! Holt Euer Schw…«

Zwischen den Bäumen ertönte ein Schnalzen, nicht lauter als ein brechender Zweig.

Vaelin sprang Davern an und riss ihn zu Boden. Über ihren Köpfen durchschnitt ein zischendes Sirren die Luft.

Der Junge schlug um sich und trat nach ihm, als Vaelin sich wegrollte. Weitere Schnalzgeräusche aus dem Wald.

»Nach rechts!«, bellte Vaelin und riss sich selbst nach links herum, einen Augenblick bevor gut zehn Pfeile dort einschlugen, wo er gerade noch gelegen hatte.

»Was?«, rief Davern verwirrt und rappelte sich auf.

»Runter!«, zischte Vaelin. »Wir werden angegriffen.«

Ein weiteres Schnalzen, und Davern warf sich flach auf den Boden. Der Pfeil beschrieb eine gerade Linie vor dem dämmrigen Himmel.

Es hatte nichts mit ihm zu tun, schoss es Vaelin durch den Kopf, während er in die endlose Weite des Waldes blickte. *Die Warnung des Lieds war nicht auf ihn bezogen.*

»Lauft zum Lager«, befahl Vaelin dem Schiffsbauer und zog sich den Mantel aus. »Schlagt Alarm.«

»Ich …« Immer noch fest auf den Boden gepresst, sah Davern sich panisch um. »Wer?«

»Langbogenschützen, wenn ich nicht irre.« Vaelin warf seinen Mantel in die Luft und schaute zu, wie die Pfeile ihn zum Tanzen brachten. »Lauft zum Lager!«

Dann sprang er auf und rannte auf die Bäume zu. Er zählte bis drei, duckte sich, und eine weitere Pfeilsalve pfiff über seinen Kopf hinweg. Dann sprang er wieder auf und lief weiter, schlug einen Haken nach dem anderen, bis der erste Schütze in Sicht kam. Eine vermummte Gestalt, die mit halb gespanntem Bogen nicht mehr als drei Meter vor ihm aus dem hohen Gras aufragte. Vaelin stürmte auf ihn zu, ließ sich zu Boden fallen und rollte sich ab, sodass der Pfeil ihn um eine Handbreit verfehlte. Dann rappelte er sich auf und brachte den Bogenschützen mit einem Kinnhaken zu Fall. Im nächsten Augenblick kam auch schon ein Angreifer von links, statt mit einem Bogen mit einer langen Klinge bewaffnet.

Vaelin schnappte sich den Bogen des am Boden liegenden Mannes und drosch ihn seinem Angreifer auf den Schädel, sodass dieser wild um sich stochernd rückwärts stolperte. Einen Herzschlag lang verharrte er regungslos und tauchte dann schnell zur Seite weg, just in dem Moment, als ein Pfeil an ihm vorbeizischte und sich in die Brust des taumelnden Mannes bohrte.

Vaelin rannte nach rechts und sah, wie ein weiterer Schütze vor ihm aufsprang – den Bogen bis zum Anschlag gespannt. *Fünfzehn Fuß*, schätzte Vaelin. *Zu weit weg und trotzdem zu nah.* Da tauchte hinter dem Mann ein Schatten auf. Ein silberner Blitz aus Metall schnellte auf ihn herab und fällte ihn mit nur einem Hieb. Davern. Der Junge drehte sich rasch von der Leiche weg, denn jetzt kam eine verhüllte Gestalt mit erhobener Axt auf ihn zu. Er wich dem Schlag aus und hieb nach der Flanke seines Angreifers. Doch dieser war offensichtlich kein Anfänger. Er parierte mit dem Schaft seiner Axt und streckte Davern mit einem Rückhandschlag nieder.

Er ist zu weit weg, dachte Vaelin erneut und stürmte auf die verhüllte Gestalt zu, die gerade zum Todesstoß ansetzte.

Da knurrte etwas im Dunkeln. Ein großer Schatten huschte an Vaelin vorbei, und der Mann mit dem Beil war verschwunden. Hufe trommelten über den Boden, ein Reiter tauchte aus der Finsternis auf. Er schwang einen langen Stab und schlug eine weitere verhüllte Gestalt bewusstlos. Wieder ein Knurren, furchterfülltes Brüllen, das Geräusch rennender Füße … dann Schreie, die jedoch sofort verstummten, fünf Mal rasch hintereinander.

»Bruder«, sagte Nortah und zügelte sein Pferd neben Vaelin. Seine Augen waren vor Sorge weit aufgerissen, sein blondes Haar wehte im Wind. »Lohren hatte einen Traum.«

◆ ◆ ◆

Als Vaelin am nächsten Morgen zum Krankenzelt ging, kam Davern gerade daraus hervor. Seine Nase war verbunden, und ein heftiger Bluterguss verfärbte die umliegende Haut.

»Ist sie gebrochen?«, wollte Vaelin wissen.

Doch der Schiffsbauer sah ihn nur finster an und gab keine Antwort.

»Ich schulde Euch meinen Dank«, fuhr Vaelin fort. »Oder habt Ihr mich nur gerettet, um mich später eigenhändig zu töten?«

»Dasch ändert nischtsch«, erwiderte Davern.

»Wie bitte?«

Der Junge wurde rot. Dann leckte er sich die Lippen und versuchte es erneut, langsamer und behutsamer. »Das ändert nischts.«

»Aha.« Vaelin nickte und ging an ihm vorbei. »Gut zu wissen. Eure Männer warten, Feldwebel.«

Im Inneren des Zelts behandelte Alornis gerade das Gesicht eines muskulösen Mannes mit pechschwarzem Haar und einem Bluterguss, neben dem Daverns geradezu lächerlich wirkte. Der Mann saß mit gefesselten Händen und Füßen auf einem Hocker und wurde von Hauptmann Adal und einem seiner Gardisten flankiert. Als er sich Vaelin zuwandte, rasselten seine Ketten. Er starrte ihn hasserfüllt an und stieß Drohungen aus, wobei ihm Speichel aus dem Mund spritzte. Erschrocken trat Alornis einen Schritt zurück.

»Sein Kiefer ist gebrochen«, sagte Bruder Kehlan, der auf der anderen Seite des Zelts dabei war, Heilkräuter mit einem Mörser zu zerstoßen. »Wer hätte gedacht, dass der Lehrer so fest zuschlagen kann?«

»Ich.« Vaelin stellte sich neben Alornis und legte ihr beruhigend die Hand auf den Arm. »Ihr jagt meiner Schwester Angst ein, mein Herr«, sagte er zu dem Gefesselten.

Der Mann grunzte etwas Unverständliches, noch mehr Spucke flog durch die Luft und traf diesmal auch Vaelin. »Ruhe!«, bellte Adal und verpasste dem Mann einen Schlag auf den Hinterkopf.

»Lasst das!«, sagte Kehlan. »In diesem Zelt wird nicht gefoltert. Das dulde ich nicht.«

»Gefoltert?«, höhnte Adal und lehnte sich vor, um dem Gefangenen etwas ins Ohr zu flüstern. »Ich denke, damit warte ich noch, bis es ihm wieder besser geht. Es soll doch nicht zu schnell vorbei sein.«

»Fesselt ihn an den Pfosten und lasst uns allein«, befahl Vaelin. Nach einem zögerlichen Nicken tat Adal wie geheißen, band den Mann an den Pfosten und verließ mit seinem Kameraden das Zelt. »Ihr auch, Bruder«, sagte Vaelin an Kehlan gerichtet.

»Ich sagte, hier wird nicht gefoltert«, beharrte der alte Mann.

»Kommt, Bruder.« Alornis trat neben Kehlan und zog ihn zum Ausgang. »Seine Lordschaft ist über dergleichen erhaben.« Damit sah sie Vaelin mit hochgezogener Augenbraue und fragendem Blick an. Als er nickte, schenkte sie ihm noch ein bitteres Lächeln und verließ dann das Zelt.

»Ihr seid der einzige Überlebende«, erklärte Vaelin dem gefesselten Mann, während er einen Hocker neben ihn stellte und darauf Platz nahm. »Der Bursche, den ich niedergeschlagen habe, wäre vielleicht auch noch am Leben, aber die Streitkatze meines Bruders ist nicht immer leicht zu bändigen.«

Der Mann starrte ihn weiter mit finsterem Blick an. *Ein bisschen Angst, und hauptsächlich Hass,* wie das Lied Vaelin verriet.

»Vor drei Wochen kommen zehn Cumbraeler mit dem Schiff hier an«, sagte er. »Sie sind Jäger und haben Bogen dabei. Sie wollen in den Nordlanden auf Bärenjagd gehen – in den Königslanden werden Bären immer seltener, und ihre Felle und Klauen erzielen einen guten Preis. Eine glaubwürdige Geschichte.«

Ein Hauch grimmiger Belustigung.

»Also«, fuhr Vaelin fort, »geht es Euch um Gold oder Gott?«

Mehr Angst, jetzt vermischt mit Unsicherheit. Der Mann runzelte die Stirn; einen Herzschlag lang waren seine Empfindungen ein undefinierbares Durcheinander, dann trat ein Gefühl der Verachtung in den Vordergrund.

»Gott also«, schlussfolgerte Vaelin. »Die Diener des Weltvaters machen sich auf in den Norden, um die Dunkelklinge zu töten und zu Ruhm und Ehre zu gelangen.«

Zunehmende Verwirrung, wachsende Angst … und noch etwas. Ein Widerhall … nein, ein Geruch, schwach, aber scharf, verdorben und vertraut, tief in der Erinnerung des Mannes vergraben, so tief, dass er nicht einmal von seiner Existenz wusste.

»Wo ist er?«, fragte Vaelin und kam näher, starrte dem Bogenschützen in die Augen. »Wo ist das Hexenbalg?«

Verblüffung, noch mehr Verachtung. Er hält mich für verrückt, aber da ist auch … ein Verdacht, eine unangenehme Erinnerung.

»Ein Mensch, der kein Mensch ist«, fuhr Vaelin mit sanfter Stimme fort. »Etwas, das andere Menschen wie eine Maske trägt. Ich kann es an Euch riechen.«

Eine Welle der Angst, vermischt mit einem Gefühl des Wiedererkennens.

»Ihr kennt ihn. Ihr seid ihm begegnet. Was ist er jetzt? Ein Bogenschütze wie Ihr?«

Nur Angst.

»Soldat?«

Nur Angst.

»Priester?«

Panik, auflodernd wie ein Feuer, in das Öl gegossen wird … Priester also … Aber nein, kein Ton des Wiedererkennens. Doch kein Priester. Aber er kennt einen Priester, er handelt im Auftrag eines Priesters.

»Euer Priester hat Euch hierher gesandt. Er muss gewusst haben, dass er Euch in den Tod schickt. Euch und Eure Brüder.«

Wut. Und Hinnahme. Sie waren sich dessen bewusst.

Seufzend stand Vaelin auf. »Wie Ihr Euch vielleicht denken könnt, bin ich nicht besonders gut mit den Zehn Büchern vertraut. Aber eine gute Freundin von mir kennt sie in- und auswendig und hat oft daraus zitiert. Mal sehen, ob ich es mir richtig gemerkt habe.« Er schloss die Augen und versuchte, sich an eines von Revas zahlreichen Zitaten zu erinnern. »›Unter den Geliebten darf es keinerlei Duldung des Dunklen geben. Wer an den Weltvater glaubt, muss dem Dunklen entsagen. Denn wer sich dem Dunklen hingibt, hat seine Seele verwirkt.‹«

Jetzt empfand der gefesselte Mann das, worauf Vaelin gehofft hatte: *Scham.*

»Ihr habt ihm in die Augen geblickt und einen Fremden gesehen«, sagte er. »Aber was war er vorher?«

Der Mann wandte den Blick ab, die Augen stumpf, seine Gefühle jetzt weniger heftig. *Scham und Hinnahme.* Er ächzte und wackelte mit dem Kopf, während er seinem malträtierten Mund einen Laut abzwang. Spucke flog, als er das unverständliche Wort wiederholte, bis sich irgendwann seine Bedeutung einstellte: »Lord.«

◆ ◆ ◆

»Bringt ihn mit einem Kahn zu den Siedlungen an der Nordküste«, ordnete Vaelin gegenüber Adal an. »Dann führt ihn tief in den Wald hinein und lasst ihn dort mit seinem Bogen und einem Köcher voller Pfeile frei.«

»Wozu?«, fragte Adal verständnislos.

»Er ist Jäger. Vielleicht findet er ja einen Bären.«

Nortah wartete in Vaelins Zelt; Schneetanz und Alornis leisteten ihm Gesellschaft. Die große Katze schnurrte laut und zufrieden, während Alornis ihr das dicke Bauchfell kraulte. »Sie ist wirklich wunderschön.«

»Ja«, stimmte Nortah zu. »Schade, dass sie keinen Kater hat, um Junge zu machen.«

»Irgendwo muss es doch welche geben«, erwiderte Alornis. »Sie hat bestimmt wilde Vorfahren.«

»Wenn dem so ist, leben sie irgendwo weit jenseits des Eises«, sagte Vaelin und ließ sich von Nortah einen Becher Wasser reichen.

»Hast du etwas aus ihm herausgebracht?«, fragte sein Bruder.

»Mehr als er mir sagen wollte, aber weniger als ich gerne gewusst hätte.« Er musterte Nortahs Bündel und nahm auch das Schwert zur Kenntnis, das daran lehnte.

»Ein Geschenk von Lady Dahrena«, erklärte sein Freund. »Ich habe sie darum gebeten. Ein Mann braucht eine Waffe, wenn er in den Krieg zieht.«

»Der Krieg findet nicht in deiner Provinz statt, Bruder. Ich habe aus gutem Grund keine Musterungsoffiziere nach Kap Nehrin geschickt. Du gehörst an die Seite deiner Familie.«

»Meine Frau glaubt, dass meine Familie nur dann sicher sein wird, wenn wir dir helfen.«

»Wir?«

»Komm mit.« Nortah klopfte ihm auf die Schulter. »Ich möchte dir ein paar Freunde vorstellen.«

Er führte Vaelin an den Rand des Lagers, wo vier Leute warteten. Einen von ihnen kannte Vaelin bereits. Flechter starrte auf den Boden. Sein ansonsten leerer, aber freundlicher Blick war einem Ausdruck tiefen Missmuts gewichen, und er zupfte ununterbrochen an seinen Kleidern herum. »Warum hast du ihn mitgebracht?«, fragte Vaelin. »Das hier ist nichts für ihn.«

»Ich habe ihn nicht mitgebracht. Er ist von sich aus gekommen und war einfach nicht zum Umkehren zu bewegen. Er braucht etwas Flachs oder Garn. Irgendetwas, mit dem er flechten kann.«

»Ich werde mich darum kümmern.«

»Das hier ist Cara«, stellte Nortah das schmächtige Mädchen neben Flechter vor. Sie war an die sechzehn, hatte große, dunkle Augen und weckte in Vaelin die Erinnerung an ein kleines Mädchen, das in der gefallenen Stadt hinter dem Mantel seines Vaters hervorgespäht hatte.

»Euer Lordschaft«, sagte Cara mit leiser Stimme und ließ den Blick ruhelos umherschweifen. Obwohl sie so scheu war, reagierte das Lied des Blutes stark auf sie. *Worin ihre Gabe auch bestehen mag,* dachte Vaelin, *sie ist mächtig.*

»Und Lorkan.« In Nortahs Stimme lag ein winziges Zögern, als er auf den jungen Mann deutete, der ganz in der Nähe stand. Er war ein paar Jahre älter als das Mädchen und ebenfalls von schlanker Statur, hatte jedoch nichts von ihrer Verschlossenheit.

»Es ist mir eine außerordentliche Ehre, Euer Lordschaft!«, begrüßte er Vaelin mit einer tiefen Verbeugung und einem strahlenden Lächeln. »Ich hätte niemals gedacht, dass ein so unbedeutender Wicht wie ich sich einmal rühmen dürfte, Waffengefährte des großen Vaelin Al Sorna zu sein. Meiner werten Mutter würde es vor Stolz die Tränen in die Augen treiben …«

»Schon gut«, schnitt Nortah ihm das Wort ab. »Er redet zu viel, ist aber dennoch nützlich.«

Dann wandte er sich dem letzten und imposantesten Mitglied der Gruppe zu, einem Bären von einem Mann mit langem Bart und schwarzgrauen Zottelhaaren.

»Marken, Euer Lordschaft«, stellte der große Mann sich mit nilsaelischem Akzent vor.

»Er kann dir vielleicht dabei behilflich sein herauszufinden, was du wissen willst«, sagte Nortah.

◆ ◆ ◆

Die Leichen waren in ein Zelt am Rande des Lagers gebracht worden. Die wenigen bei ihnen gefundenen Wertgegenstände bekamen die Soldaten, denen die unangenehme Aufgabe zufiel, sie nach cumbraelischem Brauch zu bestatten. Marken trat neben den vordersten Toten, einen Mann mit dem typischen stämmigen Körperbau eines Bogenschützen. Sein Gesicht war eine starre, schreckverzerrte Fratze und zur Hälfte den Klauen der Streitkatze zum Opfer gefallen. Der grausige Anblick schien Marken jedoch nichts auszumachen. Er kniete neben der Leiche nieder und legte ihr die Handfläche auf die Stirn, schloss kurz die Augen und schüttelte dann den Kopf. »Ein einziges Durcheinander. Dieser Mann war schon halb verrückt, als Schneetanz ihn erwischt hat.«

Er ging weiter und legte einer Leiche nach der anderen die Hand auf. Beim vierten Mann, der, seinem faltigen Gesicht nach zu schließen, der Älteste der Gruppe war, hielt er inne. »Besser«, sagte er. »Es ist zwar alles ein bisschen rot und undeutlich, aber immerhin war der hier bei mehr oder weniger klarem Verstand.« Er blickte zu Vaelin auf. »Möchten Euer Lordschaft etwas Bestimmtes wissen? Das würde mir die Sache erleichtern.«

»Ich will wissen, ob er einen Priester kannte«, sagte Vaelin. »Und einen Lord.«

Marken nickte, schloss die Augen und legte beide Hände auf den Kopf des Toten. So verharrte er ein paar Herzschläge lang – reglos, leise atmend und mit konzentriertem Gesicht. Nach einiger Zeit fragte

Vaelin sich, ob er wohl noch in seinem Körper weilte oder ob er diesen wie Dahrena verlassen konnte, mit dem Unterschied, dass er sich ins Bewusstsein eines Toten begab, statt hoch über der Erde zu fliegen.

Schließlich öffnete der große Mann mit einem angestrengten Seufzer die Augen und entfernte sich von der Leiche. Sein Blick wirkte leicht vorwurfsvoll, als er sich Vaelin zuwandte. »Euer Lordschaft hätten mich ruhig vor der Natur dessen, wonach ich suche, warnen können.«

»Bitte verzeiht«, erwiderte Vaelin. »Heißt das, Ihr seid fündig geworden?«

◆ ◆ ◆

»Sein Haar ist an den Seiten dichter«, erklärte Marken und deutete auf Alornis' Zeichnung. »Und sein Mund weniger breit.«

Alornis fügte dem Bild ein paar schnelle Striche hinzu und befeuchtete anschließend den Finger, um ein paar Linien zu verwischen. »So?«

»Ganz genau so.« Markens Bart teilte sich und brachte eine weiße Zahnreihe zum Vorschein. »Ihr habt wirklich Talent.«

»Das ist er?«, fragte Vaelin, als Alornis ihm das Bild reichte. Es zeigte einen breitgesichtigen Mann mit angehender Glatze, Bart und schmalen Augen. Er fragte sich, ob Alornis sich wohl auf die von Meister Benril so oft gepriesene künstlerische Freiheit berufen hatte, als sie die harte Linie um den Mund gezeichnet hatte.

»Genauso hat er ausgesehen, Euer Lordschaft«, sagte Marken. »Das ist das Gesicht. So sieht die Maske des Dings aus.«

»Konntet Ihr es spüren, als Ihr es in der Erinnerung des toten Mannes gesehen habt?«

»Ja, hinter der Maske. Manche Dinge prägen sich uns ein, selbst wenn wir sie nicht bewusst wahrnehmen.« Er klopfte sich mit einem riesigen Finger gegen die Schläfe. »Besonders, wenn wir etwas sehen, das wir nicht wirklich begreifen.«

»Habt Ihr einen Namen zu diesem Gesicht?«

Markens Bart kräuselte sich, als er das Gesicht zu einer entschuldigenden Miene verzog. »Meine Gabe beschränkt sich leider auf das, was sie sehen, Euer Lordschaft. Was sie hören, bleibt mir vorenthalten.«

Vaelin legte die Zeichnung neben jene, die seine Schwester davor angefertigt hatte. Diese zeigte einen jüngeren, nicht unattraktiven Mann, obschon Alornis dagegengehalten hatte, dass seine Nase und sein Kinn etwas zu spitz waren. »Und das ist der Priester?«

»Ich kann es nicht mit Sicherheit sagen, aber er ist zumindest derjenige, der dem toten Mann und seinen Genossen den Auftrag erteilt hat, Euch zu töten. Die lebhafteste Erinnerung des Jägers – abgesehen von Schneetanz, die sich auf ihn stürzt – zeigte ein Gespräch mit diesem Mann. Sie standen an einem Kai, und er war kurz davor, an Bord eines Schiffs zu gehen.«

In der Hoffnung, dass das Lied einen Ton von sich geben würde, ließ Vaelin seinen Blick lange auf den beiden Bildern ruhen. Doch es schwieg.

»Soll ich Meister Marken zum Speisezelt begleiten?«, fragte Alornis schließlich und riss ihn aus seiner Konzentration.

»Aber natürlich.« Vaelin lächelte Marken dankbar an. »Ihr habt mir sehr geholfen, Sir.«

»Deshalb sind wir hier, Euer Lordschaft.« Der große Mann erhob sich stöhnend und rieb sich den Rücken. »Auch wenn ich wünschte, dass dieser Krieg ein paar Jahre früher ausgebrochen wäre.«

◆ ◆ ◆

Vaelin fand Nortah bei den Zielscheiben, die entlang des Flussufers standen. Er hatte seinen eigenen Bogen mitgebracht, eine eorhilanische Waffe, nicht unähnlich den Langbogen, die sie beim Orden verwendet hatten.

Seit ihrer gemeinsamen Zeit beim Heer schien Nortah noch besser geworden zu sein. Jeder seiner Pfeile traf mit unfehlbarer Präzision und beeindruckender Geschwindigkeit sein Ziel. Die anderen Schützen hatten eine Pause eingelegt, um sich das Schauspiel nicht entgehen zu lassen.

»Du hast ja ein richtiges Publikum«, bemerkte Vaelin.

Nortah warf einen Blick auf seine Zuschauer und jagte einen letzten Pfeil in die Mitte der Zielscheibe. »Nur ein kleines. In deiner Armee gibt es nicht unbedingt viele Bogenschützen.«

»Hauptsächlich Jäger und ein paar Veteranen aus dem königlichen Heer, die jetzt in den Siedlungen leben«, pflichtete Vaelin ihm bei. »Was hältst du davon, ihr Hauptmann zu werden? Du könntest dir noch ein paar vielversprechende Rekruten dazunehmen.«

»Wie Euer Lordschaft befehlen.«

»Ich befehle dir gar nichts, Bruder. Vielmehr bin ich stark versucht, dich nach Hause zu schicken.«

Nortahs Gesicht verfinsterte sich. Er stellte den Bogen ab und legte die Hand darauf. »Lohren ist nicht die Einzige, die einen Traum hatte, Bruder. Sie hat nur gesehen, wie du gegen viele Bogenschützen kämpfst. Das fand sie aufregend. Sella dagegen … Sella hat geträumt, dass sie mit ansehen musste, wie wir sterben. Ich, Lohren, Artis und die Zwillinge, die noch nicht auf der Welt sind. Wir wurden vor ihren Augen weggezerrt, gefoltert und ermordet, während Kap Nehrin in Flammen stand. Wenn du ihre Schreie gehört hättest, wüsstest du, warum sie mich geschickt hat und warum ich gekommen bin, obwohl mir nicht im Geringsten gefällt, was uns bevorsteht.«

»Kannst du …« Vaelin zögerte, zwang sich jedoch, es zu sagen. »Glaubst du, du bist noch in der Lage zu töten?«

Nortah sah ihn mit hochgezogenen Augenbrauen an. Für einen Augenblick war er nicht mehr der bärtige Lehrer, sondern wieder der sarkastische Jugendliche mit der scharfen Zunge. »Kannst *du* es denn? *Ich* habe ein glänzendes neues Schwert. Deins dagegen liegt irgendwo herum, eingewickelt und vor der Welt verborgen.«

Vielleicht habe ich Angst, dass ich damit etwas entfessele, was noch viel schlimmer ist als eine angreifende Armee. Er sprach den Gedanken jedoch nicht aus, sondern wechselte das Thema. »Deine Gefährten. Ich kenne Flechters Gabe und habe gesehen, was Marken vermag. Aber was ist mit den anderen beiden?«

»Cara kann den Regen herbeirufen, wenngleich du es dir gut überlegen solltest, bevor du sie darum bittest. Der Effekt ist … beeindruckend, aber die Folgen sind unabsehbar.«

»Und der Junge?«

»Lorkan kann nicht gesehen werden.«

Vaelin runzelte die Stirn. »Ich sehe ihn aber.«

Darauf lächelte Nortah nur. »Es ist … schwierig zu erklären. Aber bis das hier überstanden ist, werden sich dir sicherlich genug Möglichkeiten bieten, dich von seinem Talent zu überzeugen.«

»Zweifelsohne.« Vaelin streckte seinem Bruder die Hand hin, und dieser schlug mit festem, warmem Griff ein. »Ich bin froh, dass du da bist, Bruder. Lass dir bei der Auswahl deiner Männer nicht allzu viel Zeit. Wir brechen morgen zum Marsch in die Königslande auf.«

Drittes Kapitel

Lyrna

Wasser ... das von der Decke tropfte ... Langsam und gleichmäßig. Hallend. *Bin ich in einer Höhle?* Das – so würde sie sich später erinnern – war ihr erster klarer Gedanke als Königin der Vereinigten Königslande. Darauf folgte die Erkenntnis, dass sie jetzt Königin war. Und darauf ein leiser, verzweifelter Klagelaut, denn jetzt durchschnitt ein qualvoller Schmerz ihr Bewusstsein und brachte die schreckliche Erinnerung an all die Greuel zurück. Lyrna schrie und schlug um sich ... *Die Flammen, die aus den Händen der Volarianerin schossen, Malcius, Ordella, Janus, die kleine Dirna, der Gestank ihrer brennenden Haut und Haare* ... Sie würgte, und ihr Schrei erstarb. Sie hatte irgendetwas im Mund, etwas Hartes, Unnachgiebiges, das zwischen ihren Zähnen eingeklemmt war. Sie wollte es herausnehmen, musste aber feststellen, dass sie die Hände nicht bewegen konnte, irgendetwas hinderte sie daran. Erst da kam ihr der Gedanke, die Augen zu öffnen.

Dunkelheit, durchbrochen von einem schwachen Lichtkegel, schemenhafte Umrisse, die zusammengekauert in Katakomben saßen. Tatsächlich eine Höhle. *Aber warum schwankt sie so? Und warum hängen Ketten von der Decke?*

Eine der zusammengekauerten Gestalten machte eine plötzliche

Bewegung und zog damit Lyrnas Aufmerksamkeit auf sich; ein lautes Würgen war zu hören und dann das Plätschern von Erbrochenem. Schließlich kehrte wieder Stille ein, die nur von einem leisen Wimmern, dem gelegentlichen Klirren von Metallketten und dem protestierenden Knarzen von Holz unterbrochen wurde.

Keine Höhle. Ein Schiff.

»Sieh an«, murmelte eine leise, rauhe Stimme von links aus dem Schatten. »Die Schreierin ist wieder wach.«

Lyrna versuchte ein Gesicht auszumachen, konnte aber nur den Umriss eines kantigen, geschorenen Kopfes erkennen, der im herabfallenden Licht glänzte. Ein Ächzen, dann drehte sich der Kopf zur Seite. »Führ dich nicht auf wie eine Wahnsinnige. Du wirst dir schon bald wünschen, es zu sein.«

Lyrna wollte etwas erwidern, musste jedoch feststellen, dass das Ding, das in ihrem Mund steckte und mit Lederbändern um ihren Kopf befestigt war, sie am Sprechen hinderte. Sie senkte den Blick und sah, dass an ihren Handgelenken Metall schimmerte. Als sie versuchte, die Hände zu bewegen, spannten sich Ketten, und Fesseln schnitten ihr ins Fleisch.

»Der Aufseher hat dich eine Plage genannt«, fuhr die Stimme fort, »und wollte dich schon über Bord werfen lassen. Aber der Kapitän hat es ihm verboten. Mein Volarianisch ist zwar nicht besonders gut, aber ich glaube, er meinte, du würdest dich gut für die Zucht eignen.«

Da war kein boshafter Unterton, das war eine schlichte Feststellung. Lyrna verzog das Gesicht, denn mit einem Mal kehrten die Schmerzen zurück, und sie musste die Augen schließen, um die Tränen zurückzuhalten. Ihr Gesicht und ihre Kopfhaut pochten vor Schmerz. *Ihre Haut, ihre Haare, alles brannte …*

Jetzt hielt sie nicht mehr an sich, sondern ließ ihren heftigen Schluchzern freien Lauf und sank auf die feuchten Planken, wo sie zitternd liegen blieb, während ihr die Spucke aus dem geknebelten Mund lief. Stunden, vielleicht auch Tage später wurde sie von Erschöpfung übermannt, unendlich dankbar, dass in der Leere, welche sie umfing, keine Träume lauerten.

◆ ◆ ◆

Sie schrak aus dem Schlaf hoch, weil sich etwas an ihrem Knebel zu schaffen machte und sie auf die Füße zerrte. Als sie den Kopf zurückriss, sah sie sich einem hünenhaften Mann in schwarzem Lederwams gegenüber. Er beugte sich herab und sah ihr abschätzend in die Augen, ehe er zufrieden brummte, hinter ihren Kopf langte, die Bänder löste und ihr den Knebel aus dem Mund nahm. Hustend und würgend schnappte Lyrna nach Luft, bekam aber gleich darauf wieder einen Erstickungsanfall, weil der Hüne sie am Hals packte und ihr Gesicht zu sich herdrehte. »Nicht … schreien«, sagte er gebrochen in der Sprache der Königslande. »Du. Nicht mehr schreien. Sonst.« Er hielt mit der anderen Hand etwas in die Höhe. Etwas Langes, Zusammengerolltes mit einem eisernen Griff. »Verstanden?«

Lyrna brachte ein angedeutetes Nicken zustande.

Der Mann brummte erneut, dann ließ er von ihr ab und ging davon, wobei unter jedem seiner Schritte Bilgewasser aufspritzte. Neben einer zusammengesunkenen Gestalt blieb er stehen und rammte ihr den Griff seiner Peitsche in die Rippen. Als sie sich nicht bewegte, beugte er sich fluchend vor und sperrte mithilfe eines Schlüssels, der um seinen Hals hing, die Fesseln auf. Anschließend bellte er etwas über die Schulter, und zwei Männer, beide etwas kleiner als er, tauchten aus dem Schatten auf. Sie hoben die Gestalt hoch und trugen sie zur Treppe, die als einziger Bestandteil des Raumes vollständig in Licht getaucht war. Als sie die Stufen über Lyrna erklommen, konnte sie durch eine Lücke kurz ein Gesicht erkennen: eine Frau, deren leblose Züge zwar bleich und ausgezehrt waren, der Lyrna jedoch trotzdem anzusehen glaubte, dass sie einmal sehr schön gewesen war.

Der Mann, der wohl der Aufseher war, fand noch zwei weitere Tote. Diese wurden ebenfalls nach oben gebracht, wo man sie vermutlich über Bord warf. Die hintersten Winkel des Raumes lagen zu sehr im Halbdunkel, sodass Lyrna nicht feststellen konnte, wie viele Menschen hier unten eingepfercht waren, doch erkennen konnte sie etwa zwanzig. *Zwanzig Menschen auf zehn mal zehn Metern*, rechnete sie. *Ein durchschnittliches volarianisches Sklavenschiff misst achtzig Meter. Demzufolge müssen in diesem Laderaum etwa hundertfünfzig Leute sein.*

Irgendwo im Finsteren war wieder das Rasseln der Schlüsselkette zu hören, gefolgt von einem angsterfüllten Schluchzen. Der Aufseher tauchte erneut aus der Dunkelheit auf und schleifte jetzt ein schlankes, junges Mädchen hinter sich her, dessen dunkles Haar ihm wie ein Schleier vors Gesicht hing, während es laut weinend nach oben stolperte.

»Bei der ist das schon das dritte Mal«, sagte der kahlrasierte Schatten. »Dieses Schiff ist kein guter Ort für hübsche Dinger. Da haben wir noch mal Glück gehabt, was?«

Lyrna wollte etwas erwidern, doch die Worte blieben in ihrem ausgedörrten Hals stecken. Sie hustete und versuchte, so viel Spucke wie möglich in ihrem Mund zu sammeln, ehe sie einen neuen Anlauf unternahm. »Wie lange sind wir schon unterwegs?«, fragte sie heiser. »Seit Varinsburg?«

»Vier Tage würde ich schätzen«, antwortete die Stimme. »Wir dürften uns etwa zweihundert Meilen auf dem Boraelischen Ozean befinden.«

»Habt Ihr einen Namen?«

»Ich hatte mal einen. Aber Namen sind hier unten nicht von Belang, edle Dame. Ihr seid doch adelig, nicht wahr? Wer so gekleidet ist und spricht wie Ihr, kommt nicht von der Straße.«

Straße. Sie war durch die Straßen gerannt. Schreiend. Der Schmerz hatte ihr den Verstand geraubt, während sie aus dem Palast geflohen war, wo Feuer und Tod herrschten, und sie rannte und rannte … »Mein Vater war K-Kaufmann«, antwortete sie, jedes Wort von einem Zittern begleitet. »Mein Ehemann ebenfalls. Aber beide hofften, eines Tages durch die Gnade des Königs aufzusteigen.«

»Ich glaube nicht, dass je wieder irgendjemand aufsteigen wird. Die Königslande sind gefallen.«

»Die gesamten Königslande? In nur vier Tagen?«

»Der König und die Orden wurden ausgelöscht, und ohne sie gibt es keine Königslande. Als ich zum Hafen gebracht wurde, habe ich gesehen, wie das Haus des fünften Ordens in Flammen stand. Alles ist dahin.«

Alles dahin. Malcius, die Kinder … Davoka.

Wieder waren auf der Treppe Schritte zu hören, und Lyrna hob den Blick. Einer der etwas kleineren Handlanger des Aufsehers führte einen zartgliedrigen jungen Mann in den Laderaum und kettete ihn unweit von Lyrna an.

»Noch so ein hübsches Ding, das sich großer Beliebtheit erfreut«, murmelte der Kahlgeschorene.

»Not lehrt erdulden, Bruder«, erwiderte der junge Mann in einem unbeschwerten Tonfall, der Lyrna durch und durch ging. Er war wirklich hübsch. Seine feinen Gesichtszüge erinnerten sie an Alucius, bevor er aus dem Krieg zurückgekehrt und dem Alkohol verfallen war.

»Widerlicher Abschaum«, sagte der Kahlgeschorene.

»Heuchler!« Der junge Mann grinste Lyrna an. »Wie ich sehe, ist unsere schreiende Adelige wieder bei Bewusstsein.«

»Sie ist keine Adelige«, erwiderte die rauhe Stimme. »Nur die Frau eines Kaufmanns.«

»Ach, wie schade. Ich hätte nichts gegen etwas adelige Gesellschaft gehabt. Aber sei's drum.« Der junge Mann verneigte sich vor Lyrna. »Fermin Al Oren, Herrin. Zu Euren Diensten.«

Al Oren. Der Name sagte ihr nichts. »Hat Eure F-Familie Besitztümer in Varinsburg, Euer Lordschaft?«

»Leider nein. Mein Großvater hat vor meiner Geburt alles verspielt, meine arme, verwitwete Mutter mittellos hinterlassen und es mir aufgebürdet, unseren Lebensunterhalt zu bestreiten, was mir mit List und Charme auch gelungen ist.«

Lyrna nickte. *Ein Dieb also.* Sie wandte sich dem Kahlgeschorenen zu. »Er hat Euch Bruder genannt.«

Die Gestalt im Schatten schwieg, doch Fermin beeilte sich, an ihrer Stelle zu antworten: »Die Ahnen haben sich von meinem Freund abgewandt, Herrin, und ihn zu den anderen armen Teufeln verstoßen. Nachdem er dieses unselige Attentat auf …«

Der Kopf des Kahlgeschorenen schnellte nach vorn, und die Kette spannte sich. Das dürftige Licht offenbarte ein ungeschlachtes Gesicht und eine krumme Nase. »Halt den Mund, Fermin«, knurrte er wütend.

»Sonst machst du was?«, entgegnete der Dieb mit einem Lachen. »Womit willst du mir jetzt noch drohen, Iltis? Wir sind nicht mehr im Verlies und streiten uns um die Essensabfälle.«

»Ihr wart zusammen im Kerker«, stellte Lyrna fest.

»So ist es, meine Dame«, bestätigte Fermin und grinste Iltis an, der sich wieder ins Halbdunkel zurückgezogen hatte. »Am Morgen, nachdem die Stadt fiel, tauchten unsere jetzigen Gastgeber im Kerker auf und töteten alle Wachen, die so dumm waren zu bleiben, und die meisten Gefangenen. Die Einzigen, die verschont blieben, waren die Starken und« – er zwinkerte ihr zu – »die Schönen.«

Sklaven, dachte Lyrna und ging in die Hocke, um die Verankerung ihrer Ketten zu untersuchen. *Ich bin eine Sklavenkönigin.* Bei dem Gedanken entfuhr ihr ein schrilles Kichern, das drohte, wieder in Schreien auszuarten. Doch sie schluckte es hinunter und konzentrierte sich stattdessen auf die Fesseln. Ihre Finger ertasteten einen Halbkreis und eine Eisenplatte, die mit zwei dicken Schrauben an einem Eichenbalken befestigt war. Es bestand keinerlei Hoffnung, diese Vorrichtung zu lösen. Die einzige Möglichkeit, sich zu befreien, lag im Schlüssel des Aufsehers.

»Und wie lautet Euer Name, meine Dame?«, wollte Fermin wissen.

Königin Lyrna Al Nieren, Tochter von König Janus, Schwester von König Malcius, Herrscherin über die Vereinigten Königslande und Hüterin des Glaubens. »Namen sind hier unten nicht von Belang«, erwiderte sie flüsternd.

◆ ◆ ◆

Am nächsten Tag fand der Aufseher keine neuen Leichen, was er wohl als Zeichen wertete, ihnen besseres Essen zu geben – dicken Haferbrei mit Beeren anstelle der dünnen Schleimsuppe. *Sie haben die Schwachen aussortiert,* argwöhnte Lyrna. *Und ausgehungerte Sklaven sind zu nichts nütze.*

Wenn der Aufseher seine Runden machte, beobachtete sie ihn aufmerksam. Jedes Mal, wenn er sich herabbeugte und sein Inventar begutachtete, baumelte der Schlüssel in der Luft, jedoch immer außer Reichweite. *Und selbst wenn ich ihn zu fassen bekäme, würde er mich bewusstlos schlagen, ehe ich das Schloss öffnen könnte.* Sie beobachtete Iltis, der seinen Haferbrei schlürfte, die letzten Krümel aus der Schale kratzte und sich dann genüsslich die fleischigen Finger ableckte. *Vierter Orden,* dachte sie. *Einer von Tendris' brutalen Eiferern. Er lässt sich sicher nicht so leicht bewusstlos schlagen.*

Sie senkte den Blick, als der Aufseher neben ihr stehen blieb und sich daranmachte, ihre Ketten aufzuschließen. »Aufstehen!«, befahl er und stieß sie mit dem Griff seiner Peitsche an.

Lyrna erhob sich. Sie war äußerst unsicher auf den Beinen, und ihre Muskeln wurden von Krämpfen geplagt. Doch der Aufseher zerrte sie ins Licht, packte sie am Kinn und drehte ihren Kopf von einer Seite zur anderen. Angewidert schaute er sie an. »Zu übel zugerichtet«, knurrte er auf Volarianisch. »Mit dem Gesicht würden dich nicht mal die Matrosen bumsen.« Ohne abzuwarten zog er ihr den Rock hoch und unterzog sie mit groben Händen einer weiteren Begutachtung. Lyrna widerstand dem Drang, sich zu übergeben, und hielt so still wie möglich. »Oder vielleicht doch«, überlegte der Aufseher laut, richtete sich auf und öffnete ihr Mieder, ließ seine Hände und seinen Blick über ihre Brüste gleiten.

Nicht schreien. Lyrna schloss die Augen und biss fest die Zähne zusammen, während der Daumen des Aufsehers ihre Brustwarze bearbeitete. *Nicht mehr schreien.*

»Dumm ist sie auch nicht«, sagte er und zwang sie, ihn anzusehen. »Was magst du wohl gewesen sein? Die Hure eines reichen Mannes? Eine Tochter aus gutem Hause?« Während er sprach, untersuchte er ihr Gesicht auf ein Zeichen, ob sie verstand, was er sagte. Doch Lyrna starrte ihn nur mit weit aufgerissenen Augen an, und ihre Angst war nur zur Hälfte gespielt.

Der Aufseher knurrte, trat einen Schritt zurück und fuchtelte mit seiner Peitsche. »Hinsetzen!«

Lyrna ließ sich zu Boden sinken, und er befestigte ihre Kette wieder an der Verankerung. Dann trampelte er die Treppe hinauf, während Lyrna mit zitternden Fingern versuchte, ihr Mieder zu schnüren. *Davoka hätte ihm den Bauch aufgeschlitzt und lachend dabei zugeschaut, wie seine Innereien herausquellen. Smolen hätte ihm im Handumdrehen den Kopf abgeschlagen. Und Bruder Sollis hätte …*

ABER SIE SIND NICHT HIER!

Sie atmete tief durch, zwang ihre Hände zur Ruhe und beugte sich dann vor, um ihr Mieder mit besonders großer Sorgfalt zu schließen. *Es gibt hier niemanden, der dich beschützt. Niemanden, der dir dient. Du musst selbst für dich sorgen.*

◆ ◆ ◆

Die Nächte waren am schlimmsten. Viele der Gefangenen hatten Albträume, schrien im Schlaf nach verlorenen Geliebten oder bettelten darum, freigelassen zu werden. Lyrna schlief unruhig, und allzu oft wurde sie von Schmerzen oder Erinnerungen geweckt. Vergangene Nacht hatte sie wieder von der Volarianerin geträumt, nur waren es diesmal keine Flammen, sondern Wasser, das sich aus ihren Händen ergoss und den Thronsaal überflutete …

Lyrna setzte sich auf und wartete, dass ihr Herzschlag sich beruhigte. Die Träume waren ausgesprochen lebhaft, was zweifelsohne daran lag, dass sie jedes Detail dessen, was im Thronsaal vorgefallen war, wiederholt hatte Revue passieren lassen. Dabei war ihr zum ersten Mal klargeworden, dass ihr erschreckend gutes Gedächtnis Fluch und Segen zugleich war. Sie sparte nichts aus: keines von Bruder Frentis' Worten, keinen noch so kleinen Gesichtsausdruck, kein Flammenzüngeln.

Er hat seine Rolle wirklich überzeugend gespielt, dachte sie. *In jeder Hinsicht perfekt. Ein kaputter Mann, nobel und bescheiden, der nach zahlreichen Beschwernissen endlich nach Hause zurückkehrt. Und die Frau ebenfalls. Durch und durch die scheue, geflohene Sklavin – bis zu dem Augenblick, als mein Bruder starb. Aber ihre unglaubliche Wut, als ich Frentis getötet habe, die war nicht gespielt.* Lyrnas Gedanken verweilten bei dem Gesicht der Frau, der Trauer und Wut, die sich darin gespiegelt hatten, als ihr das Blut aus den Augen zu laufen begann. *Damit hatte sie nicht gerechnet,* dachte Lyrna. *Frentis sollte nicht sterben. Das war nicht Teil ihres Plans.* Was wiederum eine andere Frage aufwarf: *Was hatte sie noch mit ihm vor? Oder war das einfach nur die Reaktion einer Frau, die ihren Geliebten verliert?* Lyrna musste an die Worte der Mahlessa denken, wie so oft, wenn sie versuchte, dieses ganze Rätsel zu ergründen. *Mehr als drei hat es nie gegeben … Ihre Schwester … es wäre besser, wenn du sie nie kennenlernst.* Hatte sie tatsächlich eine Begegnung mit der dritten Botin des Bösen überlebt, von der die Mahlessa gesprochen hatte?

Wieder zuckten Schmerzen über ihre Kopfhaut, und sie musste ein Stöhnen unterdrücken. Überlebt hatte sie zwar – aber wie? *Ein Berg Fragen und keine Antworten. Keine Beweise. Aber ich werde sie finden, egal, wie lange es dauert … egal, wie viel Blut ich dafür vergießen muss.*

Lyrna bemerkte, dass sich zu ihrer Linken etwas bewegte. Fermin.

Er kauerte vornübergebeugt da, einen Arm parallel zum Deck ausgestreckt, bewegte die Finger und lächelte dabei irgendetwas zwischen seinen Füßen an. Als Lyrna seinem Blick folgte, sah sie, dass vor ihm eine kleine schwarze Ratte hockte und seine Finger beobachtete. Dabei machte sie mit dem Kopf jede seiner Bewegungen nach, wie von unsichtbaren Fäden gezogen.

Lyrna beugte sich vor, um besser sehen zu können, und ihre Ketten klirrten leise. Als er das Geräusch hörte, riss Fermin erschrocken den Kopf hoch; der freudige Ausdruck war aus seinem Gesicht gewichen. Seine Finger krümmten sich, und die Ratte huschte in die Dunkelheit davon. Lyrna sah ihn weiterhin an, doch er wandte den Blick ab. In ihrem Kopf klangen wie ein Triumphruf die Worte der Mahlessa wider: *Bitte den Bestienbeschwörer um Hilfe, wenn dich Ketten binden.*

◆ ◆ ◆

»Sagt, Euer Lordschaft«, fragte sie Fermin am nächsten Morgen, »was für ein Dieb wart Ihr eigentlich?«

Doch zum ersten Mal zeigte dieser sich wenig redselig und wich ihrem Blick aus. »Ein schlechter. Sonst wäre ich nicht erwischt worden.«

»Als Ihr … an Deck gebracht wurdet, habt Ihr doch sicher gesehen, wie groß die Besatzung ist.«

Er sah ihr in die Augen. »Weshalb wollt Ihr das wissen, Herrin?«

Ketten klirrten. Wie Lyrna gehofft hatte, drehte sich Iltis hinter ihr um. »Wollt Ihr für den Rest Eures Lebens ein Sklave bleiben?«, fragte sie Fermin. »Und Euch missbrauchen lassen? Was für ein Schicksal erwartet Euch wohl im volarianischen Kaiserreich, was meint Ihr?«

»Was auch immer mich dort erwartet, ist besser, als über Bord geworfen zu werden. Ich blase jeden Schwanz, den man mir ins Gesicht hält, und halte weiteren tausend meinen nackten Arsch hin. Ich habe keine Hemmungen. Dafür umso mehr Angst. Und die Absicht, am Leben zu bleiben, namenlose Herrin.« Er wandte sich ab. »Ihr könnt Eure Ränke schmieden. Aber ohne mich.«

»Vergesst ihn«, knurrte Iltis abfällig. »Ein Feigling ist uns ohnehin zu nichts nütze.«

Lyrna sah ihn an. »Uns, Bruder?«

»Ihr macht mir nichts vor, Frau. Ich habe bemerkt, wie Eure Augen jeden Winkel dieses Laderaums absuchen. Also, was habt Ihr herausgefunden?«

Sie rutschte so nah wie möglich zu ihm und sprach mit leiser Stimme, aber immer noch laut genug, damit Fermin es hören konnte. »Wie Ihr wisst, stamme ich aus einer Kaufmannsfamilie. Wir haben auch mit den Volarianern Geschäfte gemacht. Ein Schiff dieser Größe hat eine Besatzung von vierzig, fünfzig Mann.«

Iltis kniff die Augen zusammen. »Und?«

»Hier unten müssen mindestens hundertfünfzig Sklaven sein. Das heißt, wir sind den Volarianern um das Dreifache überlegen. Wir müssen uns nur irgendwie befreien.«

»Aber viele von uns sind zu geschwächt zum Kämpfen, und die Hälfte sind Frauen.«

»Gebt einer Frau einen guten Grund, und sie kann es mit hundert Männern aufnehmen. Und Angst und Hass verwandeln selbst den schwächsten Mann in einen starken Kämpfer.«

Der Gefangene neben Iltis regte sich und hob den Kopf. Der Bruder warf ihm einen finsteren Blick zu. »Wenn du auch nur ein Sterbenswort hiervon verrätst, drehe ich dir den Hals um.«

Doch der Mann schüttelte den Kopf und rutschte näher. Er war kräftig, wenn auch nicht so groß wie Iltis. Sein Kinn war ausgeprägt und seine Wangen von Narben gezeichnet, was ihn als Gesetzlosen oder Soldaten auswies. »Wenn Ihr mich von diesen Ketten befreit«, sagte er, »reiße ich einem Dutzend dieser Bastarde mit bloßen Händen die Kehle auf.«

Ein Gesetzloser, entschied Lyrna.

Einen Augenblick lang betrachtete Iltis schweigend das ernste Gesicht des Mannes, dann wandte er sich wieder Lyrna zu. »Der Schlüssel des Aufsehers. Habt Ihr schon eine Idee, wie Ihr ihn in die Hände bekommen könnt?«

Nein. »Ja. Aber wir müssen geduldig sein. Und den richtigen Zeitpunkt abwarten. Rede mit den Gefangenen neben dir. Wähle deine Worte sorgfältig, und sag ihnen, dass sie sich bereithalten sollen.«

»Wer garantiert uns, dass wir ihnen vertrauen können?«, wollte Iltis wissen. »Vielleicht verkauft uns einer von ihnen für eine bevorzugte Behandlung oder das Versprechen auf Freiheit.«

»Wir haben keine andere Wahl«, erwiderte Lyrna und blickte über ihre Schulter zu Fermin, der ihnen zwar den Rücken zugewandt, aber die Fäuste geballt hatte. »Wir müssen das Risiko eingehen und ihnen vertrauen.«

◆ ◆ ◆

Die Kunde verbreitete sich von einem Gefangenen zum nächsten. Den ganzen Tag über wurden Fragen hin und her geflüstert. Die anderen hatten zwar Angst, aber bis auf Fermin sagte niemand Nein, und niemand verriet sie. *Im Herzen sind sie noch frei,* dachte Lyrna. *Sie fühlen sich noch nicht als Sklaven.*

Sie ließ Fragen an das schlanke Mädchen weitergeben, das am häufigsten an Deck gebracht wurde. *Wie groß ist die Besatzung? Wie viele von ihnen tragen Waffen?* Als das Mädchen das nächste Mal zur Treppe geschleift wurde, hingen ihm ausnahmsweise nicht die Haare vors Gesicht, und Lyrna konnte erkennen, dass ihm zwar Tränen aus den Augen liefen, sich jedoch eine wilde Entschlossenheit darin spiegelte. Als es in den Laderaum zurückgebracht wurde, erhielt Lyrna die Antworten, um die sie gebeten hatte. *Dreißig Besatzungsmitglieder. Fünfzehn Wachen, die sich in drei Schichten vor dem Eingang zum Laderaum abwechselten.*

Lyrna wartete, bis Iltis schlief, dann sprach sie nochmals mit Fermin. Er saß halb zum Rumpf gewandt mit geschlossenen Augen da, die Stirn leicht gerunzelt, als horche er auf ein leises Geräusch. Lyrna lauschte ebenfalls und vernahm in der Ferne ein melodisches Pfeifen.

»Singende Wale«, sagte sie.

Fermin zog die Augenbrauen hoch, und ein bitteres Lächeln umspielte seine Lippen. »Nicht mehr lang.«

Und tatsächlich brachen die Walgesänge abrupt ab, und einen Augenblick später hallte das Echo eines heftigen Zusammenstoßes durch den Schiffsrumpf. »Rothaie«, sagte Fermin. »Sie sind immer hungrig.«

»Ihr könnt ihren Hunger hören?«

Er sah sie an, das Gesicht wieder ausdruckslos.

»Ich weiß, was Ihr seid«, sagte Lyrna. »Ein Bestienbeschwörer.«

»Und ich weiß, dass Ihr keine Kaufmannstochter seid. Hatte der Aufseher recht? Wart Ihr die Hure eines reichen Mannes? Ich weiß, dass Ihr jedes seiner Worte verstanden habt.«

»Im Gegensatz zu Sklaven werden Huren wenigstens bezahlt.«

»Was wollt Ihr von mir?«

»Dass Ihr Eurem Beruf nachgeht und stehlt. Oder vielmehr, dass Ihr Euren kleinen Freund dazu bringt, es zu tun.«

»Den Schlüssel des Aufsehers?«

»Genau den.«

»Und wenn wir ihn haben, befreien wir alle und stürmen das Schiff. Das ist Euer großartiger Plan?«

»Wenn Ihr einen besseren habt, könnt Ihr ihn mir gerne verraten.«

»Ich habe einen Plan, aber der betrifft nur mich. Ihr müsst nämlich wissen, dass es kein Geringerer als der Kapitän dieses schönen Schiffes ist, der mich nach oben rufen lässt. Er besitzt beträchtliche Reichtümer und ein großes Anwesen in der Nähe von Volar. Und zudem eine Sammlung junger Männer aus allen Winkeln der Welt. Ich werde der Erste aus den Königslanden sein, und man wird mich verhätscheln und umsorgen, während Ihr jedes Jahr ein neues Kind gebärt, bis Euer Schoß ausdörrt.«

»Ist das alles, wonach Ihr strebt? Ihr wollt Euch wirklich wie ein Haustier halten lassen, bis Ihr zu alt seid und der Kapitän das Interesse an Euch verliert?«

»Dann bin ich schon lange fort, keine Sorge. Es gilt schließlich ein ganzes Kaiserreich zu erkunden und zahlreiche Schätze zu stehlen.«

»Dann wollt Ihr also einfach alles zurücklassen? Eure Stadt? Eure Mutter?«

Damit hatte Lyrna einen wunden Punkt getroffen. Das Zucken um Fermins Mundwinkel verriet ihr, dass er versuchte, seinen Schmerz zu unterdrücken.

»Was ist mit ihr?«, bohrte Lyrna nach. »Wisst Ihr, was aus ihr geworden ist, als die Stadt fiel?«

Fermin schlang die Arme um die Knie und schaukelte vor und zurück. Plötzlich wirkte er sehr jung. »Nein«, flüsterte er.

»Ihr habt gesagt, dass Ihr für sie gesorgt habt. Darum habt Ihr angefangen zu stehlen, nicht wahr? Ihretwegen. Wollt Ihr nicht wissen, ob sie noch am Leben ist?«

»Wer sagt denn, dass überhaupt noch jemand am Leben ist? Dass überhaupt noch jemand frei ist?«

»Davon bin ich überzeugt. Und ich glaube, Ihr ebenfalls.«

»Als ich festgenommen wurde, hat sie den Kerkermeister bestochen, damit er mir anständig zu essen gibt. Der König duldet einen gewissen Grad an Komfort im Kerker, sofern man dafür bezahlen kann. Oder vielmehr: Er hat es geduldet.« Fermin schloss die Augen und zog die Knie noch fester heran. »Sie ist tot. Das weiß ich.«

»In der Tiefe Eures Herzens? In der Tiefe meines Herzens weiß ich nämlich, dass es in den Königslanden nach wie vor freie Menschen gibt, die kämpfen, während wir hier darben.«

Als der Dieb die Augen öffnete, konnte sie Tränen darin glitzern sehen. »Ihr seid keine Hure. Ich habe noch nie eine Hure getroffen, die so spricht.«

»Helft uns. Wir erobern dieses Schiff und segeln zurück in die Königslande. Ich werde Euch helfen, Eure Mutter zu finden. Darauf gebe ich Euch mein Wort.«

Fermins Kiefer spannte sich, dann atmete er hörbar aus. »Ich habe immer mit Wieseln gearbeitet«, sagte er nach einer kurzen Pause. »Ratten eignen sich nicht gut als Diebe. Ich brauche Zeit, bis das Band für eine so schwierige Aufgabe stark genug ist.«

»Wie viel Zeit?«

»Mindestens drei Tage.«

Drei Tage. Eine wenig willkommene Verzögerung, aber sie waren noch weit von Volaria entfernt, und drei Tage bei besserer Verpflegung konnten nicht schaden. Lyrna nickte. »Ich danke Euch.«

Fermin schenkte ihr ein schwaches Lächeln. »Hoffentlich hocken in diesem Loch auch ein paar Matrosen. Sonst treiben wir am Ende hilflos auf dem Ozean.«

◆ ◆ ◆

Die Ratte ließ die Traube vor Fermin auf den Boden fallen, setzte sich auf die Hinterpfoten und sah mit funkelnden Augen und zuckenden

Schnurrbarthaaren zu ihm hoch. Der ehemalige Dieb lächelte das Tier liebevoll an und zwinkerte, woraufhin es eilig davonlief, um wenig später mit einer weiteren Traube zurückzukommen, die es auf den wachsenden Haufen vor Fermins Füßen legte.

»Mir gefällt das nicht«, flüsterte Iltis. Sein Gesicht lag zwar im Schatten, doch Lyrna konnte den argwöhnischen Ausdruck darauf erahnen. »Wer sich der dunklen Gabe bedient, leugnet den Glauben.«

Lyrna war versucht, ihn darauf hinzuweisen, dass die dunkle Gabe in den ursprünglichen Katechismen mit keinem einzigen Wort erwähnt wurde und das Verbot erst nach den Zeiten der Roten Hand in den Königslanden eingeführt worden war. Allerdings bezweifelte sie, dass man mit Iltis vernünftig diskutieren konnte, und flüsterte stattdessen: »Wir haben keine andere Wahl. Das ist die einzige Möglichkeit, um an den Schlüssel zu kommen.«

»Sie hat recht«, sagte der narbengesichtige Gesetzlose. »Ich würde meine Seele dem Gott der Cumbraeler verschreiben, um von diesem Schiff runterzukommen.«

Iltis knurrte, und sein bulliger Körper bebte vor Wut. »Diejenigen, die schwach im Glauben sind, sind nicht weit vom Ketzertum entfernt. Mein Glaube ist nie ins Wanken geraten.«

»Bekommen wir den Schlüssel nicht, könnt Ihr Euren kostbaren Glauben bei jahrelanger Sklavenarbeit auf die Probe stellen«, erwiderte der Gesetzlose, und Iltis schnellte mit gefletschten Zähnen vor.

»Das hilft uns auch nicht weiter«, sagte Lyrna.

Zähneknirschend wich der Bruder zurück und duckte sich wieder in den Schatten des Schiffsrumpfs.

»Ihr kennt Eure Aufgabe?«, fragte Lyrna den Gesetzlosen.

Dieser nickte. »Ich kämpfe mich mit drei unserer stärksten Männer zur Pinne durch und töte den Steuermann.«

»Gut.« Sie wandte sich wieder an Iltis. »Bruder?«

»Wenn die Fesseln geöffnet sind, warten wir, bis die Wachen ihren abendlichen Kontrollgang machen, erdrosseln sie mit unseren Ketten und schnappen uns ihre Waffen. Anschließend gehe ich mit fünf anderen an Deck, wo wir ihre Kumpane töten. Die Kajüte des Aufsehers befindet sich im Heck, gleich neben der des Kapitäns. Erst nehmen wir uns den Aufseher vor, dann den Kapitän.«

»Gut. Und ich werde die anderen im Kampf gegen die Besatzung anführen«, erklärte Lyrna. »Wir kreisen sie ein, sodass keiner ausbrechen kann, und treiben sie dann zur Backbordreling. Wir werden Eure Hilfe brauchen, also beeilt Euch.«

»Wir können von Glück sagen, wenn die Hälfte von uns überlebt«, sagte der Gesetzlose.

Ich wäre schon froh, wenn es ein Viertel schafft, dachte Lyrna. »Ich weiß. Aber wissen sie es auch?«

»Ja.« Der Gesetzlose schluckte und rang sich ein Lächeln ab. »Aber besser tot und frei als lebendig und versklavt, was?«

♦ ♦ ♦

Am nächsten Abend erklärte Fermin, dass seine Ratte bereit sei. Er hatte sie jetzt so gut unter Kontrolle, dass sie regungslos in seinen Händen saß und ungerührt vor sich hin starrte. »Ein cleveres Bürschchen«, sagte Fermin. »Zwar nicht so clever wie ein Wiesel, aber für unser heutiges Vorhaben wird es reichen.«

Eine neue Welle des Schmerzes brandete über Lyrnas Kopf, und sie verzog das Gesicht. In den letzten Tagen hatte der Schmerz sich gewandelt und trat nun an manchen Stellen verstärkt auf, zweifellos dort, wo die Flammen sich am tiefsten eingebrannt hatten. Zusätzlich breitete sich Übelkeit in ihr aus. Die Lonaker hatten ein Wort dafür: *Arakhin* – die Schwäche vor der Schlacht. »Dann mal los«, sagte sie.

Fermin setzte die Ratte auf die Planken, und sie flitzte schnurstracks zur Treppe und die Stufen hinauf. Als sie außer Sicht war, lehnte er sich mit geschlossenen Augen zurück. Lyrna atmete ruhig und konzentrierte sich trotz ihrer Anspannung darauf, die Übelkeit zu unterdrücken, die in ihr aufstieg. Alle warteten. Die Stille war fast mit Händen greifbar. Lyrna musterte Fermins Gesicht, der immer noch mit geschlossenen Augen dasaß. Bei jedem Zucken oder Stirnrunzeln fragte sie sich, was es wohl zu bedeuten hatte. *Kann er durch ihre Augen sehen?,* fragte sie sich, als ein leichtes Lächeln auf die Lippen des Diebes trat.

»Sie hat ihn«, flüsterte er, und Lyrnas Herz tat einen Sprung. »Gut gemacht. Jetzt komm zurück unter D–« Plötzlich riss Fermin die

Augen auf und wurde von Krämpfen geschüttelt. Er zuckte, dann krümmte er sich und würgte.

»Fermin«, schrie Lyrna. »Was ist? Was ist passiert?«

Schwere Schritte polterten über das Deck; ihr Echo hallte durch den Laderaum. Alle Blicke waren nach oben gerichtet. Die Schritte erstarben, und kurz darauf flog etwas Kleines in die vom Mondschein erleuchtete Pfütze Bilgewasser unter der Treppe. Etwas Kleines mit schwarzem Fell und gebrochener Wirbelsäule.

Fermin, der aufgehört hatte, sich zu übergeben, richtete sich auf und starrte mit in Falten gelegter Stirn auf den Schiffsrumpf.

Einen Moment später kam der Aufseher gemächlichen Schrittes die Treppe herunter, wobei er die Spitze seiner Peitsche über das Holz gleiten ließ. Er trat ohne Eile ein, blieb im Mondlicht stehen und stieß die tote Ratte mit dem Stiefel an. »Hochinteressant«, murmelte er auf Volarianisch.

Fermin stöhnte schmerzerfüllt auf; er atmete schwer und hatte Schweiß auf der Stirn. Sein Blick war weiter auf den Rumpf gerichtet.

»Magie«, sagte der Aufseher in der Sprache der Königslande und hob den Blick. »Einer hier hat Zauberkräfte. Aber wer?« Mit einer schnellen Bewegung aus dem Handgelenk entrollte er die Peitsche und ließ sie wie eine Schlange über den Boden züngeln. »Wer überleben will, verrät mir besser, wer es war.« Er baute sich vor dem Gesetzlosen auf und starrte ihm in die Augen. »Verstanden?«

Der Mann zitterte vor Angst, einer Angst, die so allumfassend war, dass es unvorstellbar schien, dass er nicht sämtliche Geheimnisse preisgeben würde. Doch er schloss die Augen und schüttelte den Kopf. *Besser tot und frei als lebendig und versklavt.*

Achselzuckend trat der Aufseher einen Schritt zurück und wandte sich ab, nur um im nächsten Augenblick mit unfassbarer Geschwindigkeit herumzuwirbeln. Die Peitsche zischte – für das Auge unsichtbar – durch die Luft, und die ohnehin schon vernarbte Wange des Gesetzlosen platzte auf, während der Peitschenknall von den Schiffswänden zurückgeworfen wurde.

»Wer?«, fragte der Aufseher noch einmal und ließ den Blick über die Köpfe wandern. Der Gesetzlose heulte vor Schmerz.

Fermin stöhnte hörbar und sackte in sich zusammen. Immer mehr

Schweiß lief ihm über den Rücken, und der Aufseher verlagerte seine Aufmerksamkeit auf ihn. Als er auf ihn zuging, rasselte Lyrna mit den Ketten, richtete sich so weit wie möglich auf und sagte auf Volarianisch: »Ich! Ich habe Zauberkräfte!«

Der Aufseher kniff die Augen zusammen, und ein winziges Lächeln umspielte seine Lippen, als er sich ihr näherte. »Ich hätte es mir denken sollen«, erwiderte er, ebenfalls auf Volarianisch. »Es finden sich nur selten welche, aber wenn, dann sind es meistens die Klügsten.« Er reckte den Schlüssel in die Höhe, der jetzt wieder um seinen Hals hing. »Du hast deinen kleinen Freund losgeschickt, um den zu holen. Fast hätte es auch geklappt. Aber jetzt muss ich zur Strafe zehn von deinen Kameraden hier töten. Natürlich nicht dich, denn du bist tausend von ihnen wert. Aber du darfst entscheiden, wen es treffen soll.«

Damit stellte er sich wieder in das vom Mond erleuchtete Rechteck und breitete lachend die Arme aus. »Also triff deine Wahl, du verbrannte Hexe! Wen von ihnen willst du sterben s–«

Das Schiff schwankte, und der Hüne verlor das Gleichgewicht. Hinter ihm barsten die Planken, und kleine Wasserfontänen schossen herein. Er stolperte vorwärts, stürzte auf Iltis und den Gesetzlosen. Für einen Moment glotzte er den massigen Bruder mit offenem Mund an, das Gesicht starr vor Schreck. Dann knallte ihm Iltis den kantigen Kopf gegen die Nase, Knochen brachen, und Blut strömte ihm übers Gesicht. Als der Mann in die Knie ging, warf der Gesetzlose sich herum, nahm ihn in eine Beinschere und drückte ihn zu Boden, während Iltis weiter mit dem Kopf auf ihn einhieb.

»Der Schlüssel!«, schrie Lyrna.

Iltis starrte sie an, sein Gesicht blutüberströmt. Er blinzelte; langsam ebbte sein Blutrausch ab, und Begreifen trat an seine Stelle. Mithilfe des Gesetzlosen rollte er den Aufseher auf den Rücken, und sie versuchten, ihm den Schlüssel abzunehmen.

»Ich kann ihn …«, sagte Fermin mit vor Erschöpfung bebender Stimme. Lyrna drehte sich um und sah, dass er in sich zusammengesunken dalag, während ihm Blut aus Nase und Augen lief. »Ich kann ihn jetzt nicht mehr … aufhalten. Beeilt euch.«

»Ich habe ihn!«, rief Iltis und versuchte mit seinen Wurstfingern, den Schlüssel in das Schloss zu stecken.

Erneut prallte etwas von außen gegen den Schiffsrumpf, noch mehr Planken barsten, noch mehr Wasser strömte herein, es bedeckte jetzt schon ihre Füße. Iltis fluchte. Der Schlüssel flog ihm aus der Hand, drehte sich in der Luft und landete vor Lyrnas Füßen im Wasser. Sie bückte sich, tauchte die Hände ein und tastete den Boden ab. Ihre Panik drohte jeden klaren Gedanken zu verdrängen … Aber da. Ihre Fingerspitzen streiften glattes Metall. Sie nahm den Schlüssel fest in die Hand und bewegte ihn zu den Handfesseln. Bemüht, ihre zitternden Hände unter Kontrolle zu bringen, drehte sie das Schloss so, dass sie den Schlüssel hineinstecken konnte. *Langsam, nur nichts übereilen …* Der Schlüssel traf ins Loch, drehte sich, und die Handschellen fielen zu Boden.

Lyrna stand auf, ignorierte ihre schmerzenden Muskeln und schaute in die wenigen Gesichter, die nicht im Schatten verborgen waren. Sie sah Angst und Verzweiflung, flehentliche Blicke. *Die Treppe ist ganz in der Nähe, und das Schiff wird bald sinken …*

Erst befreite sie Iltis, dann den Gesetzlosen. »Bewacht die Treppe!«

»Wollten wir nicht das Schiff entern?«, fragte der Gesetzlose.

Lyrna warf einen Blick auf den gesplitterten Rumpf und ging zur nächsten Gefangenen, einer Frau in ihrem Alter, die dankbar aufschluchzte. »Bald wird es kein Schiff mehr geben«, sagte sie und half der Frau auf die Füße.

Dann sperrte sie die Ketten des nächsten Mannes auf und gab ihm den Schlüssel. »Befrei die anderen. Und beeil dich.«

Unterdessen war Fermin vor Erschöpfung fast bewusstlos, hatte aber immerhin aufgehört zu bluten. Lyrna ging zu ihm und schlug ihm ins Gesicht. »Wacht auf! Wacht auf, Euer Lordschaft!«

Sein Blick wurde klarer, und er stöhnte laut, als Lyrna ihn aufrichtete. »Was passiert hier?«, fragte sie. »Was habt Ihr getan?«

»Sie sind immer hungrig«, flüsterte er.

Das Schiff neigte sich; außen schrammte etwas am Rumpf entlang und ließ das immer weiter ansteigende Wasser aufspritzen. Die Gefangenen schrien erschrocken auf. Im nächsten Augenblick kam eine Wache die Treppe herunter – vermutlich, um nach dem Aufseher zu sehen. Als er Iltis und den Gesetzlosen sah, blieb der Mann starr vor Schreck stehen. Er drehte sich um und wollte gerade seinen Kameraden an Deck etwas zurufen, als der Gesetzlose ihm mit seiner Kette die Füße unter dem Körper wegzog. Der Mann stürzte mit dem Gesicht voran auf die Treppe und wurde vom Gesetzlosen die letzten paar Stufen hinabgezerrt, wo Iltis ihn unter das Wasser drückte und erst losließ, als er sich nicht mehr bewegte.

»Seht nach, ob er auch einen Schlüssel hat«, befahl Lyrna.

Iltis durchsuchte den Toten, machte dann aber eine verneinende Geste.

»Könnt Ihr den Hai in Schach halten?«, fragte sie Fermin verzweifelt. »Bis alle losgekettet sind?«

Der Dieb lächelte und enthüllte seine blutigen Zähne. »Mehr kann ich jetzt nicht mehr tun …«

Im nächsten Augenblick explodierte der Bug, und ein riesiger Schwall Wasser ergoss sich in den Laderaum. Durch die Öffnung tauchte ein riesiger, dreieckiger Kopf auf, dessen enormer Kiefer sich auftat und mehrere Reihen messerscharfer Zähne entblößte, ehe er sich um zwei Gefangene schloss. Die Zähne schnitten so mühelos durch das Fleisch wie eine Sense durch Gras, und das hereinströmende Wasser färbte sich rot. Der Kopf schlug noch ein paar Mal hin und her, brachte noch mehr Holz zum Bersten und das Schiff zum Erbeben, dann war er verschwunden.

»Ich habe ihn glauben lassen, dass wir ein Wal sind«, erklärte Fermin, dem das Wasser nun schon fast bis zu den Schultern reichte. Er sah Lyrna in die Augen. »Meine Mutter heißt Trella. Denkt an Euer Versprechen, meine Königin.«

Da wurde sie von Iltis' Pranken gepackt und zur Treppe gezerrt, während das Wasser über Fermins Kopf zusammenschlug. Iltis schubste sie vor sich her die Treppe hinauf und ans Oberdeck. Dort herrschte allgemeines Chaos. Ein paar befreite Gefangene liefen herum. Die Besatzung befand sich entweder in Schockstarre oder versuchte verzweifelt, die Rettungsboote ins Wasser zu lassen, taub gegen die Befehle, die ihnen ein großer Mann in einem schwarzen Morgenrock zubrüllte.

»Wir brauchen ein Boot«, sagte Lyrna.

Iltis nickte und hielt auf das nächstbeste Boot zu, wobei er mit seiner Kette um sich hieb. Der Gesetzlose kämpfte an seiner Seite, und gemeinsam schlugen sie eine Bresche frei, durch die, eng aneinandergedrängt, die verbliebenen Gefangenen stolperten. Ein paar der Besatzungsmitglieder leisteten ihnen Widerstand, andere flohen, die meisten standen jedoch einfach nur da und gafften.

Einer der Wachmänner kniete am Boden und betastete mit zitternden Fingern den blutigen Riss, den Iltis auf seiner Stirn hinterlassen hatte. Lyrna schnappte sich das Kurzschwert des Mannes und ging mit großen Schritten auf den Volarianer im schwarzen Morgenmantel zu, der mit heiserer Stimme sinnlose Befehle brüllte. Er stand mit dem Rücken zu ihr, konnte sich also nicht wehren, als sie ihm die Klinge zwischen die Schulterblätter stieß, woraufhin er mit einem überraschten Schmerzensschrei in die Knie ging.

»Ich möchte, dass Ihr wisst«, sagte sie auf Volarianisch, wobei sie ihren Mund dicht an sein Ohr brachte, »dass ich von diesem Tag an jeden Moment meines Lebens damit verbringen werde, Euer Reich in Schutt und Asche zu legen. Ich werde Eure gesammelten Jünglinge von Euch grüßen, wenn ich Euer Anwesen niederbrenne.«

Sie ließ das Schwert zwischen seinen Schultern stecken und lief zum Boot. Die Besatzungsmitglieder dachten jetzt nur noch daran, sich selbst in Sicherheit zu bringen, und die Gefangenen konnten ihr Boot ungehindert zu Wasser lassen – was dadurch erleichtert wurde, dass die Reling sich inzwischen schon fast auf Höhe des Meeresspiegels befand. Der Gesetzlose sprang an Bord und streckte die Arme aus, um einer Gefangenen ins Boot zu helfen – dem schlanken Mädchen, das sich bei der Besatzung so großer Beliebtheit erfreut hatte. Lyrna bemerkte, dass ihre Nägel abgebrochen und blutig waren.

Das Schiff erbebte erneut, und Wasser flutete das Deck. Lyrna spürte, wie sie von Iltis hochgehoben und in Richtung Boot geworfen wurde. Sie bekam eine Klampe zu fassen, und der Gesetzlose zog sie mithilfe der anderen an Bord. Lyrna zählte insgesamt fünf Passagiere; alle waren müde und zerlumpt und hatten den Blick auf sie gerichtet.

Kein sehr beeindruckendes Königreich, dachte sie und betrachtete das Boot, das sich je nach Laune des Ozeans hob und senkte. Dann warf sie einen Blick zurück und sah, wie der Hauptmast des Sklavenschiffs unter den Wellen und in einem Wirbel aus Treibgut verschwand.

»Haben wir Ruder?«

Viertes Kapitel

Frentis

An der Nordstraße überfielen sie eine Kavalleriepatrouille der Freien Schwerter. Vier Männer hatten das Pech, genau dort zum Pinkeln abzusteigen, wo Frentis und die anderen im hohen Gras lauerten. Einer wurde von Davokas Pfeil niedergestreckt, zwei weitere von Frentis' Schwert. Petzer und Schlepper rangen den Vierten zu Boden, bevor er wieder aufsteigen konnte. Wie wild stachen und prügelten sie auf ihn ein und stritten sich dann, wer seine Stiefel bekommen sollte. Davoka hüllte sich in die blutbefleckte Jacke des Mannes, den sie getötet hatte, Frentis schnappte sich Schwertgurt und -scheide eines dritten, tauschte das Langschwert des volarianischen Kavalleristen jedoch gegen seine eigene asraelische Klinge aus. Außerdem fand er in den Satteltaschen Verbandszeug für seine Stichwunde, die immer heftiger brannte, ihm den Schweiß auf die Stirn trieb und seine Sicht beeinträchtigte.

Als sie sich auf die Pferde schwangen und nach Westen ritten, brach bereits der Tag an. Arendil teilte sich den Sattel mit Davoka; Petzer und Schlepper, die offensichtlich keine geübten Reiter waren, zockelten hinterher. Frentis war eigentlich davon ausgegangen, dass sie das Weite suchen würden, sobald sie den Strand jenseits der Uferklippen erreicht hatten, doch aus irgendeinem Grund waren sie geblieben.

Vielleicht weil sie seine Rache fürchteten, wahrscheinlich aber aus Angst vor den Volarianern, die jetzt überall zu sein schienen. Innerhalb einer Stunde kamen sie an zwei weiteren Patrouillen vorbei, die jedoch zu weit weg waren, um ihnen gefährlich zu werden. Dann erspähten sie allerdings ein ganzes Kavallerieregiment, das etwa eine halbe Meile vor ihnen einen Hügel erklomm.

»Das hat doch keinen Sinn, Bruder«, sagte Petzer. »Auf der Straße wimmelt es nur so von diesen Schweinehunden.«

Er hatte recht; der direkte Weg zum Haus des Ordens war ihnen verwehrt, und es gab nur eine andere Option. »Der Urlisch«, sagte Frentis und wendete sein Pferd nach Norden, wo der dichte Wald begann. »Wenn wir sechs Meilen hineinreiten, kommen wir an den Fluss, der zum Orden führt.«

»Der Wald gefällt mir nicht«, brummte Schlepper. »Da gibts Bären.«

»Bären sind immer noch besser als Volarianer«, sagte Petzer und rammte seinem Pferd die Fersen in die Flanken. »Vorwärts, du fauler Klepper!«

Frentis trieb sein Tier ebenfalls zum Galopp an, als ein schriller Ton zu ihnen herüberdrang, der wie das Jagdhorn eines Adligen klang: Man hatte sie entdeckt. Die Bäume standen schon bald so dicht, dass sie nur noch in leichtem Galopp reiten konnten. Kurz darauf mussten sie ganz absteigen, weil der Boden zu uneben war. Frentis lauschte, ob die Volarianer die Verfolgung aufgenommen hatten, hörte aber nur das Lied des Waldes. *Wahrscheinlich haben sie beschlossen, dass wir die Mühe nicht wert sind.*

Er nahm seinem Pferd die Satteltaschen ab, klopfte ihm auf die Hinterbacke und schickte es in den Wald davon. »Ab hier laufen wir«, erklärte er den anderen.

»Den Ahnen sei Dank«, stöhnte Schlepper, kletterte aus dem Sattel und rieb sich den Hintern.

»Ist das Haus, zu dem wir unterwegs sind, das Zuhause der Blaumäntel?«, fragte Davoka.

»Ja.« *Mein Zuhause.*

»Diese neuen *Merim Her* scheinen viel zu wissen«, fuhr Davoka fort. »Bestimmt wissen sie auch über euer Haus und euren Orden Bescheid.«

»Ja.« Frentis warf sich die Satteltasche über die Schulter und marschierte Richtung Norden.

»Dann werden sie es angreifen«, blieb sie hartnäckig und schritt neben ihm her. »Wenn sie es nicht schon getan haben.«

»Dann sollten wir lieber keine Zeit verlieren.« Seine Wunde machte sich wieder bemerkbar, und er keuchte vor Schmerz. Trotzdem setzte er seinen Weg fort.

◆ ◆ ◆

Gegen Mittag erreichten sie den Fluss, wo sie eine kurze Rast einlegten. Schlepper und Petzer ließen sich fluchend ans Ufer fallen. Frentis zog das Hemd aus und machte sich daran, den Verband zu wechseln. Davoka, die neben ihn getreten war, begutachtete seine Wunde und verzog angesichts des Geruchs angewidert das Gesicht. Dann sagte sie etwas in ihrer Sprache.

»Was ist?«, wollte Frentis wissen.

»Die Wunde …« Sie suchte nach dem richtigen Wort. »Sie krankt.«

»Sie eitert«, sagte er und tastete den Schnitt vorsichtig ab. Er blutete immer noch und war zudem geschwollen und empfindlich. Auf der umliegenden Haut zeichneten sich dunkelrote Linien ab. »Ich weiß.«

»Ich kann sie heilen.« Davoka warf einen prüfenden Blick auf die Pflanzen, die am Flussrand wuchsen. »Ich brauche nur die richtigen Kräuter.«

»So viel Zeit haben wir nicht.« Mit diesen Worten warf Frentis den alten Verband ins Gebüsch und zog einen neuen aus der Satteltasche hervor.

»Ich mache das.« Sie nahm ihm den Verband ab, wickelte ihn um Frentis' Taille und befestigte ihn. »Wenn du nichts machst, wirst du sterben.«

Von einer Prinzessin getötet, dachte er. *Was für ein passendes Ende.* Dann stand er auf. »Wir müssen weiter.«

Sie folgten dem Fluss nach Westen, wobei sie sich nicht am Ufer, sondern im Schutz der Bäume hielten. Nach einiger Zeit sahen sie einen Kutter auf dem Wasser treiben; die Taue hingen lose, das Segel hatte sich vom Mast gelöst und lag auf dem Deck. Von der Besatzung keine Spur.

»Was hat das zu bedeuten?«, fragte Arendil in die Runde.

»Dass wir bald da sind«, antwortete Frentis. »Normalerweise fahren keine Kutter so weit den Fluss hinauf, es sei denn, sie bringen Vorräte.«

Allerdings mussten sie noch eine weitere Meile zurücklegen, ehe sie es sahen. Zwischen den Bäumen stieg eine schwarze Rauchsäule auf. Frentis fing an zu rennen. Davoka rief ihm nach, doch er lief einfach weiter. Die Wunde brannte jetzt wie ein Stück glühende Kohle, und vor seinen Augen verschwamm alles. Er blieb erst stehen, als er den ersten Toten sah: einen Mann in einem blauen Umhang, der gegen einen Baumstamm gelehnt dasaß, das Gesicht weiß wie Marmor. Frentis kniete sich neben ihn, um ihn besser betrachten zu können, sah jedoch nur einen Fremden. *Er ist noch so jung, wahrscheinlich wurde er erst vor Kurzem als vollwertiges Ordensmitglied anerkannt.* In Reichweite des Bruders lag ein Schwert, dessen Klinge mit einer Kruste aus getrocknetem Blut überzogen war. Die Brust des Jungen war von seinem eigenen Blut verklebt, der Boden unter ihm feucht davon.

»Was ist der Tod? Der Tod ist das Tor zum Jenseits, wo die Ahnen euch erwarten. Er ist Ende und Anfang zugleich. Fürchtet ihn und heißt ihn willkommen.«

Als Frentis wieder aufstand, schwankte er leicht, doch er wischte sich den Schweiß aus den Augen und stolperte weiter. Er fand mindestens ein Dutzend weitere Leichen, ausschließlich Kuritai. Manche von ihnen regten sich noch, obwohl sie übel zugerichtet waren, doch Frentis' Schwert machte kurzen Prozess mit ihnen. Hundert Meter weiter stieß er auf einen weiteren Bruder, einen großgewachsenen Mann, in dessen Brust zwei Pfeile steckten. Meister Smentil, der zungenlose Gärtner. *Ihr habt immer Nachsicht mit mir gehabt,* dachte Frentis und erinnerte sich an die zahllosen Äpfel, die er aus dem Obstgarten des Bruders gestohlen hatte. *Und sie haben so süß geschmeckt.*

Dann sah er etwas Merkwürdiges. Einen weiteren toten Kuritai, der jedoch nicht auf dem Waldboden lag, sondern mindestens zehn Fuß über dem Boden auf einen abgebrochenen Ast gepfählt war. Unter ihm hatte sich bereits eine Pfütze aus seinem Blut gebildet.

Frentis geriet ins Taumeln, als ihn der Schmerz und das Fieber erneut überkamen. Er wandte sich von dem blutigen Anblick des Gepfählten ab und stolperte weiter, doch bereits nach wenigen Schritten zwang ihn der Schmerz in die Knie. *Nein!* Nicht weit vor sich sah er noch mehr Tote in blauen Umhängen. Er versuchte zu kriechen. *Ich muss nach Hause.*

»Bruder?« Die Stimme war sanft, bedächtig und vertraut.

Frentis rollte sich auf den Rücken, sein Atem ging schwer, und die Sonne, die durch die raschelnden Blätter fiel, blendete ihn. Bis sich ein gewaltiger Schatten davorschob. »Wenn ich argwöhnisch wäre«, sagte Meister Grealin, »würde ich mehr als nur einen Zufall dahinter vermuten, dass du ausgerechnet heute zurückkommst.«

Der Schatten verschwand, und Frentis spürte, wie er hochgehoben und davongetragen wurde.

◆ ◆ ◆

Als er aus dem Schlaf hochschreckte, weil sich jemand an seiner Wunde zu schaffen machte, war es bereits dunkel. »Nicht bewegen«, sagte Davoka. »Sonst fallen sie herunter.«

Frentis entspannte sich. Er spürte, dass er auf ein weiches Farnlager gebettet war; über ihm spannte sich eine Decke aus Stoff. »Der Umhang von dem fetten Mann ist ein gutes Schutzdach.« Davoka wischte sich die Hände ab und hockte sich auf die Fersen. Als Frentis einen Blick auf seine Wunde warf, stöhnte er angewidert auf: Sie war über und über mit weißen Maden bedeckt.

»Die Wälder sind voll von toten, verrottenden Dingen«, sagte Davoka. »Weiße Würmer essen nur totes Fleisch. Bis morgen ist die Wunde sauber.« Sie legte ihm die Hand auf die Stirn und nickte zufrieden. »Nicht mehr so heiß. Gut.«

»Wo …« Frentis hustete und schluckte. »Wo sind wir?«

»Tiefer im Wald«, antwortete sie. »Wo die Bäume ganz dicht stehen.«

»Der fette Mann? Ist er der einzige Bruder?«

Sie nickte ausdruckslos. »Ich sage ihm, dass du wach bist.«

Das Alter hatte Meister Grealins Leibesumfang kaum geschmälert. Als er sich neben Frentis setzte, bemerkte dieser jedoch, dass das Gesicht des Bruders ausgemergelt wirkte. Seine Augen waren eingefallen, und das Fleisch hing ihm schlaff von den hohen Wangenknochen.

»Was ist mit dem Aspekten?«, fragte Frentis ohne lange Einleitung.

»Tot oder in Gefangenschaft, nehme ich an. Der Sturm ist aus heiterem Himmel über uns hereingebrochen, Bruder. Und das Regiment ist in Cumbrael, wo es einen Schatten jagt …« Der Meister breitete die Arme aus.

»Wer ist gefallen?«

»Meister Haunlin und Meister Hutril sind auf der Mauer gestorben, aber nicht ohne zuvor ihren Tribut zu fordern. Ich sah, wie Meister Makril und sein Hund sich dem Bataillon entgegenstellten, als es durchs Tor brach, doch dann befahl der Aspekt uns zu fliehen, und ich rannte zum Gewölbe. Dort gibt es einen Geheimgang, der vor Jahrhunderten für einen ebensolchen Notfall erbaut wurde. Er führt in den Urlisch. Ich, Meister Smentil und ein paar andere Brüder haben es hindurch geschafft, doch auf der anderen Seite warteten bereits die Volarianer.«

Frentis war überrascht, wie emotionslos Grealin das alles erzählte. Er sprach deutlich, aber völlig ungerührt, als würde er eine der unzähligen Episoden aus der Geschichte des Ordens vortragen. »Sie haben auch die Jungen getötet«, fuhr er fort und klang dabei eher ratlos denn zornig. »All die kleinen Männer. Dabei haben sie bis zuletzt wie Wildkatzen gekämpft.« Ein liebevolles Lächeln trat auf seine dicken Lippen, dann schwieg er.

»Bedeutet das, dass Ihr jetzt Aspekt seid?«, fragte Frentis nach einem kurzen Moment der Stille.

»Du weißt doch, dass das Amt des Aspekten nicht aufgrund der Dauer der Ordenszugehörigkeit vergeben wird. Und ich glaube kaum, dass ich ein strahlendes Beispiel für unser Ethos bin. Es bedeutet jedoch, dass wir beide in diesem Erzlehen die Letzten unseres Ordens sind – zumindest bis wir uns mit unseren Brüdern im Norden vereinigen.«

»Ihr hattet recht.« Ein Hustenanfall unterbrach Frentis. Dankbar nahm er die Feldflasche entgegen, die Grealin ihm reichte.

»Recht?«, fragte der Bruder. »Womit?«

»Dass Ihr meiner Rückkehr argwöhnisch gegenübersteht. Es ist kein Zufall, dass ich hier bin.«

Für einen Moment leuchtete das altbekannte Glitzern in Grealins

Augen auf. »Ich habe das Gefühl, dass du mir eine äußerst interessante Geschichte zu erzählen hast, Bruder.«

◆ ◆ ◆

»Ich nehme an, dass du der Lonakerin und den anderen nichts von deiner Rolle beim Attentat auf den König erzählt hast, selbst wenn sie dir aufgezwungen wurde«, sagte Grealin ein paar Stunden später. Abgesehen vom Schein des Lagerfeuers war es im Wald jetzt stockfinster.

»Ich habe ihnen erzählt, dass es eine Meuchelmörderin war, eine Meuchelmörderin, die ich getötet habe. Meister, ich will keine Vergebung für mein Verbrechen …«

»Es war nicht dein Verbrechen, Bruder. Und ich wüsste nicht, was dafür sprechen sollte, ihnen die Wahrheit zu sagen. Du kannst dich deinen Schuldgefühlen stellen, wenn wir den Krieg gewonnen haben.«

»Ja, Meister.«

»Diese Frau, mit der du gereist bist … Bist du dir sicher, dass sie tot ist?«

Ihr rotes Lächeln, ihr liebevoller Blick, ehe sie die Klinge herumdrehte … Herzliebster … »Ganz sicher.«

Grealin verfiel in Schweigen und saß lange in Gedanken versunken da. Dann flüsterte er nachdenklich: »Sie hat eine Gabe gestohlen …«

»Meister?«

Grealin blinzelte und lächelte ihn dann an. »Ruhe dich aus, Bruder. Je früher du wieder gesund bist, desto früher können wir unseren Krieg planen.«

»Ihr wollt kämpfen?«

»Das ist die Aufgabe unseres Ordens.«

Frentis nickte. »Ich bin froh, dass wir der gleichen Meinung sind.«

»Dürstet es dich nach Rache?«

Frentis spürte, wie sich ein Lächeln auf seine Lippen stahl. »Ich bin am Verdursten, Meister.«

◆ ◆ ◆

Der gleichmäßige Schlag seines Herzens verriet ihm, dass er träumte und weder Hass noch Schuld empfand – das war der Herzschlag eines zufriedenen Mannes. Er stand am Strand und beobachtete die Brandung. Möwen glitten über das Wasser, und es war bitterkalt. Dennoch war ihm die schneidende Kälte nicht unangenehm. Am Ufer spielte ein Kind, ein Junge von vielleicht sieben Jahren. Unweit davon stand eine schlanke Frau, nah genug, um den Jungen packen zu können, falls er sich zu nah ans Wasser wagte. Er konnte ihr Gesicht nicht sehen, denn sie hatte ihm den Rücken zugewandt; ihr langes, dunkles Haar wehte im Wind, und ein einfacher Wollschal bedeckte ihre Schultern.

Er ging auf sie zu, und der Sand dämpfte seine Schritte. Der Blick der Frau war weiterhin auf den Jungen gerichtet; sie schien sein Näherkommen nicht zu bemerken, doch plötzlich wirbelte sie herum und packte ihn am Arm, gerade als er ihn ihr um den Hals legen wollte. Ein Tritt, und er lag am Boden.

»Eines Tages«, sagte er mit finsterer Miene.

»Aber nicht heute, Herzliebster«, erwiderte sie lachend und half ihm auf.

Sie drückte sich an ihn und küsste ihn sanft auf die Lippen. Dann schmiegte sie sich in seine Arme und drehte sich wieder zu dem Jungen um. »Ich habe dir doch gesagt, dass er wunderschön sein wird.«

»Und du hast recht behalten.«

Sie zitterte im Wind und zog seine Arme noch fester um sich. »Warum hast du mich getötet?«

Tränen liefen ihr übers Gesicht. Die Zufriedenheit war aus seinem Herzen gewichen und von etwas Wildem und Hungrigem ersetzt worden. »Wegen all der Menschen, die wir ermordet haben. Wegen des Wahnsinns in deinen Augen. Weil du dich dem hier verweigert hast.«

Sie röchelte, als seine Arme sich fester um sie schlossen und ihre Rippen brachen. Eine Welle streifte den Jungen, und er begann, durch die Brandung zu hüpfen, wobei er seinen Eltern lachend zuwinkte. Die Frau lachte ebenfalls und hustete Blut.

»Hattest du je einen Namen?«, wollte Frentis wissen.

Sie krümmte sich in seinen Armen, und er wusste, dass sie wieder ihr rotes Lächeln lächelte. »Den habe ich immer noch, Herzliebster …«

◆ ◆ ◆

Schreie weckten ihn. Als er von seinem Lager aufstand, spürte er, wie jeder seiner Muskeln protestierte. Er besah sich die Wunde, die jetzt sauber verbunden war, von den Maden gab es keine Spur mehr. Ihm war schwindelig, und er hatte unbändigen Durst, aber das Fieber war verschwunden, seine Haut kühl und trocken. Er schlüpfte in die Jacke des toten Mannes und trat aus dem Unterschlupf.

»Deinen Bruder kenne ich«, brüllte Petzer gerade Meister Grealin an. »Dich nicht, Fettsack. Du hast mir also gar nichts zu befehlen.«

Frentis staunte, dass der Meister den dürren Dieb nicht mit einem Schlag zu Boden streckte, sondern bloß geduldig nickte und die Finger verschränkte. »Das war kein Befehl, mein Freund. Lediglich ein Vorschlag …«

»Mit deiner Wortklauberei kannst du mich mal –«

Frentis' Ohrfeige traf Petzer so unvermittelt, dass sie ihn von den Füßen fegte. »Wage es nicht, so mit ihm zu reden«, warnte er den ehemaligen Dieb und wandte sich dann an Grealin. »Gibt es ein Problem, Meister?«

»Ich dachte, dass eine kleine Erkundungsmission angebracht wäre«, erwiderte der Bruder. »Nur um auszukundschaften, ob wir wirklich alleine hier sind.«

Frentis nickte. »Ich übernehme das.« Dann verneigte er sich kurz, aber förmlich vor Davoka, die gerade damit beschäftigt war, ein frisch erlegtes Kaninchen zu häuten. »Verehrte Botschafterin, würdet Ihr mich auf einen kurzen Spaziergang begleiten?«

Sie zuckte mit den Achseln, reichte das zur Hälfte gehäutete Tier an Arendil weiter und griff nach ihrem Speer. »Mach so, wie ich es dir gezeigt habe. Und wirf ja das Fell nicht weg.«

»Du hast Meister Grealin zu respektieren«, schalt Frentis den finster dreinblickenden Petzer, der sich den Kopf rieb. »Und seinen Befehlen zu folgen. Wenn dir das nicht gelingt, kannst du gerne gehen. Der Wald ist groß.«

◆ ◆ ◆

»Du träumst schlecht«, bemerkte Davoka, während sie nach Osten liefen. Zusätzlich zu seinem Schwert trug Frentis einen nach Art des Ordens gefertigten Bogen, den Arendil geistesgegenwärtig einem der gefallenen Brüder abgenommen hatte. Leider war seine Voraussicht nicht so weit gegangen, mehr als drei Pfeile mitzunehmen.

»Das liegt am Fieber«, erwiderte Frentis.

»Wenn du schläfst, sprichst du in einer Sprache, die ich nicht kenne. Sie klingt wie das Bellen der neuen Merim Her. Und du hast kein Fieber mehr.«

Volarianisch. Ich träume auf Volarianisch. »Ich bin weit herumgekommen«, sagte er. »Seit dem Krieg.«

Davoka blieb stehen und schaute ihn an. »Deine Ausreden kannst du dir sparen. Du kennst diese Leute. Das Fest zu deiner Rückkehr endete in Feuer und Tod. In deinen Träumen sprichst du ihre Sprache. Du hast etwas mit alldem zu tun.«

»Ich bin ein Bruder des sechsten Ordens und diene dem Glauben und den Königslanden.«

»Mein Volk hat ein Wort für jemanden wie dich. *Garvish.* Hast du das schon einmal gehört?«

Frentis schüttelte den Kopf und kam nicht umhin zu bemerken, wie Davoka ihren Speer hielt – die Hände in wohlüberlegtem Abstand zueinander und mit festem Griff.

»Das ist jemand, der grundlos tötet«, sagte sie. »Kein Krieger, kein Jäger, sondern ein Mörder. Wenn ich dich anschaue, sehe ich einen *Garvish.*«

»Ich habe noch nie grundlos getötet.« *Bloß war es nicht immer mein eigener Grund.*

»Was ist mit meiner Königin passiert?« Die Lonakerin packte ihren Speer noch fester.

»War sie Eure Freundin?«

»Meine Schwester.«

»Dann tut es mir leid für Euch. Und für sie ebenfalls. Aber ich habe Euch bereits erzählt, was vorgefallen ist. Die Meuchelmörderin hat sie verbrannt, und die Königin ist geflohen.«

»Die Meuchelmörderin, die nur du gesehen hast.«

Herzliebster … »Die Meuchelmörderin, die ich getötet habe.«

»Die Meuchelmörderin, die nur du gesehen und getötet hast.«

»Wofür haltet Ihr mich? Für einen Spion? Was hätte ich davon, Euch und den Jungen hierher zu bringen und mich mit Euch im Wald zu verstecken?«

Davokas Anspannung ließ etwas nach, und sie lockerte den Griff um ihren Speer. »Ich weiß, dass du ein *Garvish* bist. Der Rest wird sich zeigen.«

Sie gingen noch fünfhundert Schritte nach Osten, dann wandten sie sich nach Norden und schlugen einen weiten Bogen, bis der Wald sich zu lichten begann. »Kennst du diesen Wald?«, wollte Davoka wissen.

»Wir haben oft hier geübt, sind aber nie so tief in ihn vorgedrungen. Ich glaube, nicht einmal die königlichen Waldhüter gehen so weit hinein, wenn es nicht unbedingt sein muss. Es gibt viele Geschichten über Leute, die in den Tiefen des Waldes verschwunden sind, sich verlaufen haben und so lange umherirrten, bis sie verhungerten.«

Davoka brummte verächtlich. »In den Bergen kann man wenigstens in die Weite sehen. Hier gibt es nur Grün, nichts als Grün.«

Ein Geräusch ließ sie gleichzeitig innehalten. Obwohl es aus der Ferne kam, bestand kein Zweifel: Das waren die Schmerzensschreie eines Menschen.

Sie wechselten einen Blick. »Wir bringen das Lager in Gefahr«, sagte Davoka.

Frentis legte einen Pfeil auf und rannte los. »Krieg bedeutet ständige Gefahr.«

Als sie näher kamen, gingen die Schreie langsam in ein erbärmliches Heulen über und wurden schließlich von etwas anderem abgelöst: einer Kakophonie wütender Knurrlaute, die bei Frentis eine Flut von Erinnerungen auslöste. Er verlangsamte das Tempo, duckte sich und schlich, hinter dem dichten Buschwerk verborgen, voran. Dann bedeutete er Davoka anzuhalten und hob den Kopf. Mit geblähten Nasenflügeln atmete er den stechenden Geruch ein, der vom Wind herangetragen wurde und noch mehr Erinnerungen weckte. *Zum Glück haben wir Gegenwind,* dachte er.

Er presste sich dicht an den Boden und begann zu robben, an seiner Seite Davoka, die sich mit ähnlicher Vorsicht bewegte, bis sie das sahen, womit Frentis gerechnet hatte: Der Hund war riesig, seine Schulterhöhe betrug sicher drei Fuß, zähe Muskeln bedeckten seinen Körper, der Kopf war breit und flach, die Ohren klein und dünn. Er knurrte während des Fressens und hielt nur manchmal inne, um nach den anderen drei Hunden zu schnappen, die sich um ihn scharten. Seine Lefzen waren rot, und Blut tropfte von ihnen herab.

Bosko, schoss es Frentis durch den Kopf. Doch sofort wurde ihm bewusst, wie dumm dieser Gedanke war. Dieses Tier war nicht annähernd so groß wie Bosko und seine Schnauze bei Weitem nicht so vernarbt wie die seines alten Freundes. Er hatte sich oft gefragt, was wohl aus dem Sklavenhund geworden war. Wahrscheinlich war er verschwunden oder gestorben, als Vaelin sich in Linesch für sie geopfert hatte. Aber wo auch immer Bosko war, das hier war er jedenfalls nicht. Das war der Anführer eines Rudels Sklavenhunde, und er hatte eine Beute erlegt.

»Hilfe!« Frentis riss erschrocken den Kopf hoch und sah in das Gesicht eines Mädchens, das ihn mit vor Angst weit aufgerissenen Augen anstarrte, ihr bleiches Antlitz von dunklen Eichenblättern umrahmt.

Der Rudelführer unterbrach seine Mahlzeit und schickte ein neugieriges Knurren in die Richtung, aus der das Geräusch gekommen war. Dann hob er die Schnauze, und seine Nasenflügel bebten. Etwas Rosafarbenes hing ihm aus dem Maul, und Frentis brauchte einen Moment, um es als menschliches Ohr zu identifizieren.

»Hilfe«, rief das Mädchen im Baum noch einmal. Der Rudelführer stieß ein lautes Jaulen aus und rannte, gefolgt von seinen Gefährten, los zu der Eiche, die kaum fünfzehn Schritte entfernt von Frentis und Davoka stand. Der Baum war alt und hoch, sein Stamm dick und knorrig – kein Hindernis für einen Sklavenhund. Frentis hatte einmal gesehen, wie Bosko eine Birke hinaufgeklettert war, ohne auch nur einmal abzurutschen.

Er spähte über die Büsche. *Keine Volarianer. Noch nicht. Aber sie werden schon bald hier auftauchen, um nachzusehen, was ihre Hunde gefunden haben.*

»Lasst sie nicht in Eure Nähe kommen«, sagte er zu Davoka und richtete sich auf.

Als der erste Hund zum Sprung auf den Baum ansetzte, jagte er ihm einen Pfeil in den Rücken, und das Tier fiel mit einem Winseln zu Boden. Die verbleibenden Hunde drehten sich knurrend um, und der Rudelführer kam auf Frentis zugestürmt, die beiden anderen hinterher. *Bosko war immer so klug.*

Um auf Nummer sicher zu gehen, wartete Frentis, bis der Rudelführer ihn fast erreicht hatte, ehe er ihm einen Pfeil ins Auge schoss. Das Tier rannte mit unverminderter Geschwindigkeit weiter, bis die Pfeilspitze in sein Hirn drang und seine Beine unter ihm nachgaben. Frentis sprang über den Kadaver, warf den Bogen weg und hieb mit dem Schwert nach dem Hund, der ihn gerade von der Seite anfallen wollte. Die Klinge traf die Nase des Tiers, und es wich zurück. Sein Kopf zuckte wie wild, und es knurrte wütend … bis Davokas Speer seinen Brustkorb durchbohrte und es tot zu Boden fiel.

Die Lonakerin zog die Waffe aus dem leblosen Körper und wirbelte herum, um auf den verbleibenden Sklavenhund loszugehen, der jetzt reglos und verwirrt dastand und sich winselnd hinkauerte.

»Nicht!«, schrie Frentis, doch zu spät: Davoka hatte dem Tier schon ihren Speer in den Hals gerammt.

»Seltsam«, sagte sie und wischte die Speerspitze an seinem Fell sauber. »Erst gehen sie auf einen los wie ein wildgewordener Felsaffe, und dann kuschen sie wie ein ängstlicher Welpe.«

»Das … liegt in ihrer Natur.« Frentis sah zu dem Mädchen auf, das jetzt von der Eiche sprang und auf nackten Füßen zu ihnen herübergelaufen kam, das Gesicht noch immer angstverzerrt. Es war etwa vierzehn Jahre alt und trug ein vornehmes, aber schmutziges Kleid. Seine Haare waren auf eine Art und Weise frisiert, wie sie wohl bei Hof in Mode war.

»Danke, danke, danke!« Sie fiel Frentis um den Hals. »Die Ahnen müssen Euch gesandt haben.«

»Ähm«, räusperte sich Frentis. Nach dem Krieg, den Gruben und seiner langen, von Mord und Totschlag geprägten Reise war er auf eine derartige Situation nicht gefasst. Er berührte das Mädchen sanft an der Schulter. »Alles ist gut.«

Es weinte sich weiter an seiner Brust aus, bis Davoka es wegzog. Als es die Lonakerin sah, schrak das Mädchen zusammen und versteckte sich hinter Frentis. »Sie ist eine Ausländerin!«, zischte sie. »Eine von ihnen!«

»Nein«, erklärte Frentis. »Sie ist keine Volarianerin. Sie ist auf unserer Seite.«

Das Mädchen stieß ein zweifelndes Wimmern aus und klammerte sich weiter an Frentis' Ärmel fest.

»Ist sonst noch jemand hier?«, fragte er.

»Nur Gaffil. Wir sind gemeinsam vom Fuhrwerk geflohen. Er hat einen der Auspeitscher niedergeschlagen, und wir sind weggerannt.«

»Gaffil?«

»Lady Allins Leibdiener. Er muss hier irgendwo sein.« Damit blickte sie sich suchend um und rief: »Gaffil!« Sie verstummte, als Davoka mit dem Speer auf etwas in den Büschen zeigte, das wohl einmal ein Mensch gewesen war.

»Oh«, sagte das Mädchen leise und sank ohnmächtig nieder.

»Du trägst sie«, sagte Davoka.

◆ ◆ ◆

Sie hieß Illian Al Jervin und war die dritte Tochter von Karlin Al Jervin, der erst vor Kurzem die Gunst des Königs erlangt hatte. Grund dafür war die überragende Qualität seines Granits.

»Granit?«, fragte Davoka stirnrunzelnd.

»Stein«, erklärte Frentis. »Granit wird zum Bauen verwendet.«

»Der König baut für sein Leben gern!«, sagte Illian. »Und Vaters Steinbrüche machen den besten Granit.«

»Steinbrüche machen keinen Granit«, sagte Arendil verächtlich und rührte den Eintopf um, der über dem Feuer schmorte. »Man baut ihn dort nur ab.«

»Was weißt du schon?«, fuhr Illian ihn an. »Du bist doch nur ein renfaelischer Bauer.«

»Da irrst du dich«, widersprach er. »Mein Großvater ist Baron Hughlin Banders …«

»Es reicht!«, ging Frentis dazwischen. »Lady Illian. Ihr habt etwas von einem Fuhrwerk erzählt.«

Das Mädchen schnitt Arendil eine Grimasse und setzte die Geschichte fort. »Ich war zu Besuch bei Lady Allin. Sie lädt mich oft zu sich ein, wenn Vater auf Reisen ist. Wir sahen Rauch über der Stadt aufsteigen, und dann tauchten plötzlich diese Männer auf. Diese schrecklichen Männer mit ihren Peitschen und Hunden …« Sie schniefte und verstummte.

»Haben sie Euch gefangen genommen?«, fragte Frentis.

»Ja, uns alle, mit Ausnahme der älteren Diener, und Lady Allin … die haben sie gleich u-umgebracht, vor unseren Augen. Dann haben sie uns in Ketten gelegt und auf die Fuhrwerke verladen. Da waren auch schon andere Gefangene. Vor allem gemeine Bürger, aber auch ein paar vornehme Leute.«

»Wie viele?«, fragte Frentis und überging ihre überhebliche Bemerkung.

»Vierzig oder fünfzig. Sie wollten uns in die Stadt bringen. Wer schrie oder sie auch nur schief ansah, wurde ausgepeitscht. Im Wagen neben uns war eine Frau, die sie schon vor uns gefangen genommen hatten. Einer der Auspeitscher hat sie a-angefasst. Da hat sie ihn angespuckt, und er hat ihr die Kehle durchgeschnitten. Ihr Mann war neben ihr angekettet. Er brüllte, bis sie ihn bewusstlos schlugen.«

»Wie ist Euch die Flucht gelungen, verehrte Dame?«, fragte Meister Grealin.

»Gaffil hatte eine kleine Nadel im Stiefel versteckt. Damit hat er irgendwie unsere Schlösser geöffnet.«

»*Er* hätte uns sicher nützlich sein können«, murmelte Petzer.

»Er hat alle auf unserem Fuhrwerk befreit und uns angewiesen zu warten, bis wir bei den Bäumen sind. Als es soweit war, hat er einen der Auspeitscher mit seiner Kette niedergeschlagen, und wir sind schnell weggerannt. Anfangs waren wir zu zehnt oder zwölft, aber nach kurzer Zeit waren nur noch Gaffil und ich übrig. Dann hörten wir die Hunde.« Das Mädchen verstummte wieder und kämpfte gegen die Tränen an.

»Gab es noch andere Männer außer denen mit den Peitschen?«, wollte Frentis wissen. »Wachen oder Soldaten vielleicht?«

»Ein paar Reiter mit Schwertern und Speeren. Sechs, oder auch sieben.«

Frentis lächelte und deutete auf den Schmortopf. »Esst, meine Dame. Ihr seid sicher hungrig.« Er deutete Meister Grealin und Davoka gegenüber eine Verbeugung an, und gemeinsam gingen sie zu den Bäumen, wo die anderen sie nicht hören konnten.

»Zwei Diebe und zwei Kinder«, sagte Grealin. »Und ein schmerbäuchiger alter Mann. Das ist keine besonders beeindruckende Armee, Bruder.«

»Jede Armee ist auf Rekruten angewiesen«, entgegnete Frentis. »Und dank Lady Illian wissen wir jetzt auch, wo wir welche finden können.«

»Sie sind bestimmt schon über alle Berge.«

»Das glaube ich nicht. Kein Sklavenhändler würde einfach seine Hunde zurücklassen.«

♦ ♦ ♦

Sie hatten die Kadaver der Tiere gut zwei Meilen nach Norden geschleppt und waren dann ins Lager zurückgegangen. Die Spur der Männer, die umgekehrt waren, um ihre Sklavenhunde zu suchen, war nicht schwer zu finden. Dafür zu sorgen, dass Petzer und Schlepper sich leise verhielten, erwies sich dagegen als umso schwieriger.

»Siehst du das?«, sagte Davoka in einem scharfen Flüsterton und hob einen gebrochenen Zweig vom Waldboden auf. »Das Holz ist trocken. Es knackt, wenn man darauf tritt.« Sie warf Schlepper den Ast hin. »Pass auf, wo du hintrampelst.«

In den frühen Morgenstunden stießen sie in einem weniger dicht bewachsenen Teil des Waldes schließlich auf das Lager der Sklavenhändler. Meister Grealin blieb mit Illian und Arendil zurück, während Frentis die anderen anführte. »Wartet hier, bis ihr mich seht«, flüsterte er Petzer und Schlepper zu. Dann bedeutete er Davoka, ihm nach rechts zu folgen. Die vier Fuhrwerke bildeten ein Quadrat; auf ihnen befanden sich unzählige verängstigte, in Ketten gelegte Menschen. Frentis machte sechs Wachen aus. Außerdem saßen fünf Sklavenhändler ums Feuer, von denen einer hemmungslos weinte.

Sie fühlen sich zu sicher, entschied Frentis, als er sah, wie sorglos die Wachen sich zwischen den Fuhrwerken bewegten. *Sie hätten sich nicht so tief in den Wald wagen sollen.*

Er pirschte sich von hinten an die nächstbeste Wache heran, wartete, bis ihr Kamerad hinter einem der Fuhrwerke verschwand, und schnitt ihr dann mit einem Jagdmesser die Kehle durch. *Ein Söldner der Freien Schwerter,* wie er aus der zusammengewürfelten Ausrüstung des Mannes schloss.

Dann sah er zu Davoka hinüber und deutete auf den nächsten Mann, der mit dem Rücken zu den Bäumen auf einem Wagenrad saß und sein Kurzschwert schleifte. Ohne abzuwarten, was geschehen würde, schlich Frentis sich näher an die Fuhrwerke, sodass er die Unterhaltung der Sklavenhändler mit anhören konnte.

»Als ich sie bekommen habe, waren sie noch Welpen«, schluchzte der Mann. »Ich habe sie eigenhändig großgezogen und abgerichtet.«

»Nimm's nicht so tragisch«, sagte einer seiner Kumpane mit einem mitleidigen Lächeln. »Fick einfach einen von den Jungs, die wir gefunden haben. Mir hilft das immer.«

»Wenn ich denjenigen finde, der meine Hundchen auf dem Gewissen hat, werde ich es ihm ordentlich besorgen«, erwiderte der Mann und fuchtelte mit einem langen Dolch. »Und zwar hiermit.«

Auf der anderen Seite des Lagers ertönte ein Schrei, gefolgt vom Lärm einer wüsten Prügelei; offensichtlich war es Petzer und Schlepper nicht gelungen, unbemerkt zu bleiben. Frentis nahm das Jagdmesser in die linke Hand, zog mit der rechten sein Schwert und trat hinter dem Fuhrwerk hervor. »Als Wiedergutmachung für den Schaden«, sagte er zu dem Mann mit dem Dolch, »töte ich dich als Letzten.«

◆ ◆ ◆

»Halt still!«, fauchte Davoka Schlepper an, während sie die Schnittwunde an seinem Arm nähte. Der große Mann stöhnte vor Schmerz und biss die Zähne zusammen; sein Arm zitterte, während die Nadel ihr Werk verrichtete.

»Geschieht dir ganz recht, du Trampel«, sagte Petzer, dessen Wange ein dunkelvioletter Bluterguss zierte. Außerdem waren seine Fingerknöchel übel zugerichtet, weil er einen der Sklavenhändler halbtot geprügelt hatte. Den Rest hatten die freigelassenen Gefangenen übernommen.

Insgesamt hatten sie fünfunddreißig Menschen gerettet, von denen niemand älter als vierzig zu sein schien. Es waren ungefähr gleich viele Männer wie Frauen, dazu ein paar Halbwüchsige, die gerade erst den Kinderschuhen entwachsen waren. Außerdem hatten sie eine ansehnliche Menge an Waffen und Diebesgut erbeutet, um das sofort ein Streit unter den Gefangenen entbrannt war.

»Die hat meiner Mutter gehört!«, behauptete eine junge Frau und umklammerte eine kostbare Vase.

»Stimmt nicht«, schimpfte Illian. »Sie stammt aus dem Haus von Lady Allin, und das weißt du ganz genau. Bruder« – sie zupfte Frentis, der gerade vorbeiging, am Ärmel –, »diese Magd will ihre Dienstherrin bestehlen.«

Frentis blieb stehen und sah die junge Frau mit der Vase finster an, bis sie schluckte und ihm das Gefäß reichte. Er drehte es in seinen Händen und bewunderte die Kunstfertigkeit, mit der es gearbeitet war. Die Verzierung zeigte einen exotischen Vogel über einem Dschungel, der Frentis an das Land südlich von Mirtesk erinnerte. »Hübsch«, sagte er und schmetterte die Vase gegen den nächsten Baum.

»Waffen, Werkzeug, Kleidung und Essen. Sonst nichts«, sagte er mit lauter Stimme und brachte die Streithähne zum Verstummen. »Das gilt für alle, die sich uns anschließen wollen. Dieses Königreich befindet sich im Krieg, und alle, die bei uns bleiben, werden als Soldaten in diesem Krieg kämpfen. Wer nicht bleiben will, kann sich so viel Beutegut nehmen, wie er tragen kann, und von hier verschwinden. Es würde mich allerdings wundern, wenn ihr nicht in spätestens zehn Tagen wieder auf dem Fuhrwerk eines Sklavenhändlers landet. Aber dies ist ein freies Land, und die Entscheidung ist jedem selbst überlassen.«

Damit ging er weiter. Beim Anblick eines Mannes, der einen Waffenhaufen umrundete, hielt er jedoch inne. Der Mann war dünn und sein Gesicht hinter einem Vorhang aus langen Haaren verborgen, doch die Art, wie er sich bewegte, und sein hinkender Gang kamen Frentis bekannt vor. Der Mann sah etwas und blieb stehen. Als er in die Knie ging, um es aufzuheben, kam hinter den Haaren sein Gesicht zum Vorschein.

»Janril!« Frentis lief zu ihm und streckte dem ehemaligen Trompeter der Wolfsläufer die Hand hin. »Bei den Ahnen, was freue ich mich, Euch zu sehen, Feldwebel!«

Doch Janril Norin sah nicht auf, sondern zog ein Schwert aus dem Waffenhaufen. Eine renfaelische Klinge – schlicht, aber zweckdienlich. Dann setzte er sich auf die Fersen, umfasste den Griff und strich mit den Fingern über die Klinge. Frentis betrachtete Janrils schmales, mit Blutergüssen übersätes Gesicht. *Sie haben ihr die Kehle durchgeschnitten … Ihr Mann brüllte, bis sie ihn bewusstlos schlugen …*

»Janril«, flüsterte er und kniete sich neben den Barden. »Es …«

»Wir haben geschlafen, als sie kamen«, sagte der Barde tonlos. »Ich hatte niemanden zur Nachtwache eingeteilt, weil ich dachte, dass das so nahe der Hauptstadt nicht nötig ist. Das hier« – er klopfte gegen das Schwert – »lag in eine Decke gehüllt unter unserem Bett. Ich hatte es noch nicht mal in der Hand, da wurden wir schon hinausgezerrt. Feldwebel Krelnik hat es mir zum Abschied geschenkt, als ich die Wolfsläufer verließ. Er sagte, jeder Mann brauche ein Schwert, ob er nun Barde oder Soldat sei. Offenbar hat er es in der Nacht erbeutet, als wir die Hohe Burg stürmten. Ich weiß gar nicht, wieso er es so lange aufbewahrt hat, etwas Besonderes ist es ja nicht gerade.«

Als er ausgeredet hatte, drehte er Frentis den Kopf zu, und dieser wusste, dass er einem Wahnsinnigen in die Augen sah. »Werdet Ihr sie alle töten?«, fragte der Barde.

Frentis nickte.

»Ich will mehr.«

Frentis berührte die Schwertklinge. »Das sollt Ihr haben.«

Fünftes Kapitel

Reva

»Das gesamte königliche Heer?«, fragte Onkel Sentes.

Als der Kavallerist nickte, zitterte das Brandyglas in seiner Hand. Der Erzfürst hatte ihm schon zweimal nachgeschenkt, doch schien der Alkohol noch keine beruhigende Wirkung zu zeitigen. »Mit Ausnahme der Regimenter, die nicht an der Küste oder den Grenzen stationiert sind. Vierzigtausend Männer. Vielleicht auch mehr.«

Reva sah, wie ihr Onkel in seinem Sessel zusammensackte. Außer ihnen befand sich nur noch Lady Veliss im Herrschersaal.

»Wie ist das möglich?«, fragte Veliss den Mann.

»Es waren einfach zu viele, edle Dame. Und die Ritter …« Er verstummte, schüttelte den Kopf und nahm einen kräftigen Schluck, ehe er weiterredete. »Sie haben uns von der Seite angefallen und zwei ganze Regimenter niedergemetzelt, bevor wir überhaupt merkten, was los war. Zu dem Zeitpunkt waren die Volarianer bereits in voller Stärke aufgelaufen.«

Sentes saß weiterhin schweigend da, während Lady Veliss, die außerstande schien, eine weitere Frage zu formulieren, sich mit zitternder Hand über die Stirn fuhr.

»Habe ich das richtig verstanden?«, sagte Reva, als die Stille unerträglich wurde. »Die Nachricht von der Invasion ist zwei Tage, nachdem das königliche Heer Varinsburg verlassen hat, eingetroffen. Stimmt das?«

Der Kavallerist nickte.

»Der Kriegsherr gab das Kommando zur Umkehr, einen Tag später standet ihr den Volarianern gegenüber, und dann sind plötzlich Erzfürst Darnel und seine Ritter am Horizont aufgetaucht.«

»Wir dachten, sie wären gekommen, um uns zu helfen. Auch wenn wir uns nicht erklären konnten, weshalb sie so schnell zur Stelle waren.«

»Du willst also sagen«, warf Lady Veliss ein, »dass Erzfürst Darnel ein Verräter ist? Dass er seine Männer gegen die Armee des Königs ins Feld geführt hat?«

»So ist es, edle Dame. Und was den König betrifft … Ich bin unterwegs mehreren Flüchtlingen aus Varinsburg begegnet. Sie haben erzählt, dass der König tot ist.«

Erneut trat Stille ein, und Reva wunderte sich, dass sie angesichts dieser Nachricht kein Hochgefühl verspürte. *Der König des ketzerischen Reiches ist tot, und ich empfinde keine Genugtuung, sondern nur Furcht.*

»Gibt es Überlebende?«, hakte Veliss nach. »Was ist mit dem Kriegsherrn?«

»Er wurde zuletzt gesehen, als er im Alleingang die volarianischen Linien angriff«, antwortete der Kavallerist. »Und was die Überlebenden angeht, so hat Oberhauptmann Caenis die Wolfsläufer und einige andere Regimenter zu einer Nachhut zusammengeschart. Als ich sie zum letzten Mal gesehen habe, wurden sie gerade ordentlich in die Mangel genommen. Dann hat mein Oberhauptmann mich zusammen mit vier anderen losgeschickt, um Euch zu warnen, aber ich bin als Einziger durchgekommen.«

»Ich danke dir«, sagte Onkel Sentes mit tonloser Stimme. »Bitte lass uns jetzt allein, damit wir deine Nachricht in Ruhe überdenken können. Man wird dir ein Quartier zuweisen.«

Der Kavallerist nickte und erhob sich. Dann hielt er kurz inne. »Eines noch, Euer Lordschaft. Nach allem, was ich unterwegs gehört habe, bestehen kaum Zweifel an den Absichten unserer Feinde. Diese Volarianer haben es nicht nur auf unser Land abgesehen, sondern auf Sklaven und Blut. Sie werden nicht mit sich verhandeln lassen.«

Lady Veliss wies mit einem höflichen Lächeln zur Tür und bedeutete dem Mann, den Saal zu verlassen. »Lord Darnel scheint es gelungen zu sein, eine Verhandlungsbasis zu finden«, stellte sie fest, als sich die Tür schloss.

»Darnel ist ein selbstverliebter Narr«, entgegnete der Erzfürst prosaisch. »Allerdings hätte ich nie geglaubt, dass er so weit gehen würde, um seine Machtgier zu stillen. Ich frage mich, was sie ihm wohl versprochen haben.«

»Ich habe den Hauptmann der Stadtwache angewiesen, einen Spähtrupp nach Norden zu schicken«, sagte Reva. »Falls sie hierher unterwegs sind, sollten wir darauf gefasst sein.«

»Ich bezweifle sehr, dass ›falls‹ das richtige Wort ist.« Er wandte sich Veliss zu, die die Hand vor den Mund geschlagen hatte und ins Leere starrte. »Wollt Ihr mir nicht sagen, was wir tun sollen, verehrte Beraterin?«

Veliss schluckte und sah Reva an.

»Meine Erbin sollte ebenfalls hören, wozu Ihr mir ratet, findet Ihr nicht?«, sagte Sentes.

»Im Keller dieses Anwesens liegen fünf Pfund Gold«, antworte Veliss. »In den Stallungen stehen schnelle Pferde, und eine Stunde südlich von hier gibt es einen Hafen.«

Reva sprang auf und ging mit geballten Fäusten auf sie zu.

»Er wollte meinen ehrlichen Rat«, verteidigte Veliss sich und wich zurück.

»Reva!«, herrschte ihr Onkel sie an, gerade als sie der Asraelerin einen Schlag versetzen wollte. »Lass sie in Ruhe!«

»Ihr seid also wirklich nichts weiter als eine Hure.« Reva funkelte Veliss wütend an, ließ jedoch von ihr ab.

»In Anerkennung Eurer guten und treuen Dienste an diesem Erzlehen«, erklärte Sentes, »könnt Ihr Euch ein Pfund Gold sowie ein schnelles Pferd Eurer Wahl nehmen und ohne schlechtes Gewissen aufbrechen.«

Zornesröte stieg Veliss ins Gesicht. »Ihr wisst genau, dass ich das nicht tun werde.«

»Aber Ihr erwartet, dass ich es tue?«

»Ich möchte Euch in Sicherheit wissen. Ihr habt doch gehört, was der Soldat gesagt hat. Wenn die Armee der Königslande ihnen nicht gewachsen ist, welche Chance haben wir dann?«

Onkel Sentes stand auf und ging zu dem langen Fenster am Ende des Saals und blickte zu den Dachspitzen hinaus, die hinter der Mauer des Anwesens aufragten. »Wusstet Ihr, dass diese Stadt noch nie eingenommen wurde? Mein Großvater hat sie einen ganzen Sommer lang gegen König Janus' Vater gehalten. Irgendwann waren die Belagerer mehr von Hunger und Krankheit zermürbt als die Belagerten und kehrten nach Asrael zurück. Ihr Heer war um die Hälfte geschrumpft. Janus, der stets klüger als sein Vater war, hat nie versucht, Alltor anzugreifen. Er wusste, dass es ausreichte, das Erzlehen zu verwüsten und zu plündern.«

»Was sollte die Volarianer davon abhalten, dasselbe zu tun?«, fragte Veliss.

»Nichts. Rein gar nichts.« Onkel Sentes drehte sich vom Fenster weg und lächelte Reva an. »Du, meine zauberhafte Nichte, kannst dir ebenfalls …«

»Was habt Ihr vor, Onkel?«, unterbrach sie ihn, noch ehe er ausreden konnte.

Er sah sie mit einem ungewohnten Gesichtsausdruck an, ein eigenartig zufriedenes Lächeln auf den vom Wein geröteten Lippen. Einen Augenblick später begriff Reva, was aus seinem Blick sprach. *Stolz*, dachte sie. *Er ist stolz auf mich.*

»Als ich zum ersten Mal an den Hof von König Janus kam«, fuhr der Erzfürst fort, »noch bevor ich meine Leidenschaft für Wein und andere Sinnesfreuden entdeckte, war ich ein begeisterter Spieler. Vor allem das Kartenspiel hatte es mir angetan. In Asrael gibt es ein sehr komplexes Spiel namens Kriegersextett, bei dem der Sieg vor allem darauf beruht, wie man seinen Einsatz plaziert. Setzt man zu viel, wissen die Gegner, dass man gute Karten hat, setzt man zu wenig, wissen sie, dass man blufft. Ich habe es sicher an die tausend Mal gespielt, und es hat mich, nebenbei gesagt, ziemlich reich gemacht. Irgendwann wollte niemand mehr mit mir spielen, und ich musste mir die Zeit mit anderen Dingen vertreiben.«

»Und was gedenkt Ihr jetzt zu setzen?«, fragte Veliss.

»Der Name des Spiels bezieht sich auf ein bestimmtes Blatt, bestehend aus dem Herren der Schwerter und den anderen fünf Kriegerkarten. Selbst wenn ein anderer Spieler ein höheres Blatt hat, gewinnt derjenige, der im Besitz des Kriegersextetts ist.« Der Erzfürst ging zu Veliss und umarmte sie. Reva konnte sehen, wie ihre Finger sich in sein Hemd krallten und die Knöchel weiß hervortraten. Dann löste er die Umarmung wieder und küsste seine Beraterin sanft auf die Wange. »Ich gedenke, alles zu setzen, meine Dame, denn ich gehe stark davon aus, dass wir den Herren der Schwerter auf der Hand haben.«

◆ ◆ ◆

Der Kommandant der Stadtwache von Alltor stand kerzengerade da, mit glänzendem Brustharnisch und sorgfältig gepflegtem Backenbart. Hinter ihm waren seine sechshundert Männer aufgereiht, ähnlich herausgeputzt und mit durchgedrücktem Rücken. Neben ihnen befand sich die gut vierhundert Mann starke Hauswache des Erzfürsten, von denen jeder traditionsgemäß mindestens zwei Meter maß. *Tausend Männer, um eine ganze Stadt zu halten,* dachte Reva, während ihr Onkel auf einen Karren stieg. *Das wird nicht reichen.* Allerdings stützte sich diese pessimistische Prognose einzig auf den Bericht des Kavalleristen, denn so viele Kämpfe Reva auch gefochten hatte, eine Schlacht hatte sie noch nie erlebt.

Der Appell hatte vor einer knappen Stunde begonnen und fand auf dem kiesbedeckten Exerzierplatz neben der Kaserne statt. Es waren bereits zahlreiche Gerüchte im Umlauf, denn das Auftauchen des Kavalleristen war keineswegs unbemerkt geblieben. Obgleich viele der Männer gewiss schon ahnten, dass Ärger im Anmarsch war, war ihnen nichts anzumerken; sie stellten lediglich die stoische Disziplin altgedienter Soldaten zur Schau.

Ein kalter Wind wehte, wirbelte Staub auf und ließ die Mäntel und Banner flattern, sodass Revas Onkel schreien musste, um von allen gehört zu werden.

»Uns steht ein Krieg bevor«, rief er. »Wir haben weder darum gebeten noch einen Anlass dafür gegeben. Dennoch ist das verdorbenste Volk, das je das Licht der Welt erblickt hat, auf dem Weg hierher, um uns anzugreifen. Ich appelliere weder an eure Loyalität, noch möchte ich euch zu irgendetwas überreden. Ich sage euch nur, dass ihr hier stehen und kämpfen müsst. Denn sonst erwartet euch, wenn ihr Glück habt, der Tod, und wenn ihr Pech habt, die Sklaverei. Denn nichts anderes hat unser Feind zu bieten. Ich gebe jedem von euch den heutigen Tag frei. Geht nach Hause zu euren Familien, seht eure Frau an und stellt euch vor, wie sie vergewaltigt wird. Seht eure Kinder an und stellt euch ihre leblosen Körper vor. Seht diese Stadt an und stellt euch vor, wie sie in Schutt und Asche liegt. Und wenn der morgige Tag anbricht, trefft eure Entscheidung, ob ihr mir und meiner mutigen Nichte helfen wollt, Alltor zu verteidigen.«

Damit drehte er sich um und wollte gerade wieder vom Karren heruntersteigen, als aus den Reihen der Männer zustimmende Rufe laut wurden. Zunächst nur vereinzelt, doch schon bald fielen auch die anderen Soldaten mit ein und jubelten Sentes mit in die Luft gereckten Fäusten und Schwertern zu. Reva betrachtete die Gesichter der Männer und sah vor allem Angst und Schweiß, doch da war noch etwas anderes. *Mut ist es nicht. Verzweiflung, oder gar Hoffnung? Die Worte eines Trunkenbolds geben ihnen tatsächlich Hoffnung.*

Der Kommandant der Stadtwache trat vor und salutierte vor dem Erzfürsten.

»Lord Arentes?«, sagte Revas Onkel fragend.

»Ich weiß, dass ich für meine Männer spreche, Euer Lordschaft«, erwiderte der Mann feierlich, sein Rücken immer noch kerzengerade, »wir brauchen keine Bedenkzeit. Wenn wir die Stadt halten wollen, zählt jede Stunde.«

»Wie Ihr wünscht. Vermutlich werdet Ihr schon bald Verschiedenes benötigen.« Der Erzfürst deutete auf Reva. »Lady Reva wird Euch bei den Vorbereitungen unterstützen, richtet Eure Anfragen direkt an sie.«

Der Kommandant sah Reva einen winzigen Augenblick lang prüfend an. Zu kurz, als dass sie seine Reaktion erkennen konnte, doch glaubte sie eine gewisse Anspannung in seiner Stimme zu hören, als er antwortete: »Wie Euer Lordschaft wünschen.«

Sentes beugte sich vor und gab Reva einen Kuss auf die Wange; dabei flüsterte er ihr ins Ohr: »Behalt den alten Bussard für mich im Auge.«

»Ich möchte, dass Arken mir hilft«, sagte sie, als Onkel Sentes sich wieder aufrichtete.

»Ich werde nach ihm schicken lassen.« Damit ging der Erzfürst zu seiner Kutsche und ließ Reva mit dem Kommandanten allein.

»Ich wollte gerade einen Kontrollgang zu den Mauern machen, meine Dame«, sagte er. »Würdet Ihr mich begleiten?«

◆ ◆ ◆

Die Mauern bestanden aus großen Granitblöcken, von denen jeder höher war als Reva, und die von ihrem schieren Gewicht zusammengehalten wurden. »Sie stehen bereits seit vierhundert Jahren und weisen keinerlei Schäden auf«, antwortete Oberkommandant Arentes auf Revas Frage. »Von ein paar Rissen in den unteren Steinen einmal abgesehen. Nichtsdestotrotz würde ich alles darauf setzen, dass sie die Stadt vor einem Angriff schützen werden.«

Reva fiel eine der Geschichten über Al Sornas Heldentaten während des Wüstenkriegs ein. Sie kannte zwar keine Einzelheiten, denn Al Sorna hatte sich geweigert, Fragen über jene Zeit zu beantworten, aber sie wusste, dass die Alpiraner mit großen Maschinen gegen die von ihm besetzte Stadt gezogen waren.

»Gibt es keine Gerätschaften, um solche Mauern zum Einstürzen zu bringen?«, fragte Reva.

Arentes gab ein nachsichtiges Lachen von sich, während sie ihren Weg über den Wehrgang fortsetzten, wo die Stadtwache gerade dabei war, Waffenvorräte zu deponieren. »Diese Mauern bringt nichts zum Einsturz, das kann ich Euch versichern. Eine Burg mag vielleicht fallen, wenn sie lange genug mit Belagerungsmaschinen beschossen wird, aber die Mauern von Alltor haben schon den besten dieser Geräte standgehalten. Nein, die Schlacht wird bereits hier enden.« Damit klopfte er gegen eine der Zinnen. »Wenn sie die Stadt einnehmen wollen, müssen sie diese Mauern erklimmen, und wenn sie das tun …« Arentes rümpfte die Nase und kniff die Augen zusammen. »Tja, dann werden sie feststellen, dass sie es hier nicht mit Asraelern zu tun haben.«

»Ich bin Asraeler«, sagte Arken. »Wie an die zweihundert andere, die in dieser Stadt leben.«

»Wenn das so ist, junger Mann, hoffe ich stark, dass sie besser für Alltor kämpfen werden als das königliche Heer für sein Erzlehen.«

Arken wollte gerade etwas erwidern, doch Reva bedeutete ihm, den Mund zu halten. »Es heißt, dass die volarianische Armee riesig ist«, sagte sie. »Wir dagegen haben gerade mal tausend Männer.«

»Das stimmt«, gab Arentes seufzend zu. »Daher möchte ich Euren Onkel bitten, alle Männer im kampffähigen Alter dazu aufzurufen, uns bei der Verteidigung zu unterstützen. Dasselbe gilt für alle Männer im Erzlehen, die wir zusammentrommeln können, solange das noch möglich ist.«

»Und was soll aus ihren Familien werden? Können sie sie mitbringen?«

»Wohl kaum. Eine Belagerung wird nicht nur durch die Kampfhandlungen entschieden, sondern auch durch den Hunger. Je weniger Mäuler wir hier drin zu stopfen haben, desto besser.«

»Dann sollen die Frauen und Kinder also dort draußen bleiben, wo Tod und Sklaverei sie erwarten, während ihre Männer hier für uns kämpfen?«

»Wir sprechen von Krieg, Lady Reva. Und Cumbraeler wissen nur zu gut, wie man den Preis dafür bezahlt.«

»Ihr habt leicht reden, denn Ihr werdet ihn ja nicht bezahlen«, entgegnete Arken. »Ihr werdet sicher und wohlbehalten hinter Euren unzerstörbaren Mauern hocken.«

Arentes versteifte sich. »Meine Dame, ich bezweifle, dass Seine Lordschaft Euch diesen gemeinen Asraeler an die Seite gestellt hat, damit der Bursche seine Vorgesetzten beleidigt.«

Dieser Mann ist ein aufgeblasener Narr, stellte Reva fest. Dann legte sie den Kopf schief und lächelte ihn an. »Bitte entschuldigt meinen Freund, Euer Lordschaft. Sollen wir unseren Rundgang fortsetzen?«

◆ ◆ ◆

Bis zum Anbruch der Dunkelheit hatte Lady Veliss ihren Listen die Namen weiterer dreitausend Männer hinzugefügt, von denen etwa die Hälfte Langbogen oder andere Waffen besaß. Zudem waren Boten in alle Ecken des Erzlehens gesandt worden, um die Nachricht zu verbreiten, dass alle Männer im kampffähigen Alter innerhalb von drei Wochen in Alltor anzutreten hätten. Auf Revas Drängen hin war die Botschaft um einen zusätzlichen Absatz erweitert worden. Darin hieß es, dass all jene innerhalb der Stadtmauern Zuflucht finden würden, die dies wünschten. Veliss hatte zwar dagegen protestiert und dieselben Einwände vorgebracht wie Lord Arentes, doch der Erzfürst hatte ein Machtwort gesprochen: »Warum sollte unser Volk zu uns halten, wenn wir ihm keinen Schutz bieten können?« Als er das sagte, glaubte Reva eine gewisse Berechnung in seinem Gesicht zu erkennen, und sie fragte sich, ob ihre Einflussnahme wohl noch einem anderen Zweck diente.

Jeden Tag brachen Knechte in die umliegenden Wälder auf, um Eschen und Weiden für Pfeilholz zu fällen, während die Schmiede im Akkord arbeiteten, um die zahllosen Pfeilspitzen herzustellen, die benötigt wurden. Lebensmittel wurden gehortet, und die Lagerhäuser im Händlerviertel waren schon bald so voll, dass Onkel Sentes sein Anwesen als weiteren Speicherplatz zur Verfügung stellte. Ein Schreiben des Erzfürsten, in dem er den Vorleser bat, die Gewölbe der Kathedrale für denselben Zweck nutzen zu dürfen, wurde von diesem kurz angebunden beantwortet: »Das Haus des Weltvaters ist keine Scheune.«

Überhaupt ließ der Vorleser sich von der bevorstehenden Belagerung kaum beeinträchtigen. Er und seine Bischöfe hielten weiterhin ihre tägliche Prozession über den Hauptplatz ab, obschon nur wenige Leute geneigt waren niederzuknien, weil sie mit der Erfüllung der unzähligen Aufgaben beschäftigt waren, die Lady Veliss ihnen übertragen hatte. Auch die Andachten fanden weiterhin regelmäßig statt – oftmals jedoch vor fast leeren Sitzreihen, und das, obwohl manch Gläubiger behauptete, die Predigten seien leidenschaftlicher und fesselnder als gewöhnlich.

»Den Krieg erwähnt er mit keinem Wort«, berichtete eine der Hauswachen, während Reva und Arken dem Mann dabei halfen, scheffelweise Pfeile auf die Wehrmauer zu schaffen. »Derzeit hat es ihm vor allem das sechste Buch angetan.«

Das Buch der Hingabe. »Irgendeine bestimmte Stelle?«, hakte Reva nach.

»Puh, was war es letztes Mal noch gleich?« Der Mann wuchtete einen Scheffel auf den wachsenden Stapel über dem Haupttor. »Die Stelle, wo Alltors Kinder sich weigern, ihm von der Seite zu weichen, als sich der wütende Mob auf ihn stürzt.«

»›Die Klingen der Ungeliebten leuchteten hell im Licht des Mondes‹«, zitierte Reva. »›Das Blut der Märtyrer noch heller gar.‹«

»Genau, die Stelle meine ich. Mich langweilt das alles, aber meine Frau besteht darauf, dass wir zu den Andachten gehen. Der letzte Vorleser war viel besser, der hat die Bücher zum Singen gebracht.«

◆ ◆ ◆

Gegen Ende der ersten Woche begannen neue Rekruten in großer Zahl einzutreffen. Erst kamen hundert am Tag, innerhalb von zehn Tagen über vierhundert täglich; die meisten davon hatten ihre Familien im Schlepptau. Die älteren Männer waren vornehmlich mit Langbogen bewaffnet, die Jüngeren mit Schwertern oder Streitäxten, die sie von ihren Vätern geerbt hatten. Viele hatten nichts weiter als Hippen oder andere Arbeitsgeräte mit einer scharfen Klinge. Wieder andere besaßen gar keine Waffe, sodass der Erzfürst gezwungen war, die Waffenkammer seines Anwesens zu leeren, um dem Bedarf gerecht zu werden.

»Das hier behalte ich für mich selbst«, sagte er und hielt das Schwert seines Großvaters hoch, während die anderen Waffen durchs Tor hinausgebracht und an die Männer verteilt wurden. »Damit kann ich sicher ein paar Volarianer erledigen.« Mit diesen Worten vollführte er vor Reva ein paar unbeholfene Schwerthiebe.

»Ich bin mir sicher, dass ich genug für uns beide erledigen werde, Onkel«, antwortete sie.

»O nein«, widersprach er mit Nachdruck. »Du wirst Lady Veliss und mir hier Gesellschaft leisten, solange die Belagerung andauert.«

Reva starrte ihn fassungslos an. »Ich werde auf gar keinen Fall …«

»Doch, das wirst du, Reva!« Das war das erste Mal, dass er ihr gegenüber laut wurde, und sein wütendes Gesicht ließ sie unwillkürlich zurückweichen. Als Onkel Sentes merkte, dass er ihr einen Schrecken eingejagt hatte, wurde er sanfter. »Verzeih mir.«

»Ich werde kämpfen«, sagte sie. »Das ist das Einzige, was ich kann. Das Einzige, was ich Euch und Eurem Volk geben kann.«

»Das stimmt nicht. Du hast noch viel mehr zu geben. Du gibst ihnen Hoffnung – die Hoffnung, dass das Erzlehen das, was uns bevorsteht, überstehen wird. Und diese Hoffnung darf nicht sterben. Ich kenne den Krieg, Reva. Und er kennt keine Günstlinge. Er fordert die Starken genauso wie die Schwachen, die Geschickten genauso wie die Unbeholfenen.« Sie nahm die Hand, die er ihr hinstreckte. »Die Alten ebenso wie die Jungen. Deshalb musst du mir versprechen, dass du bei Lady Veliss und mir bleibst.«

Sein Griff war sanft, aber nachdrücklich. »Wie Ihr wünscht, Onkel.« Er drückte ihre Hand und wandte sich um.

»Der Herr der Schwerter«, sagte Reva. »Seid Ihr Euch sicher, dass er kommen wird?«

»Bist du es etwa nicht? Du kennst ihn schließlich besser als ich.«

»Die Nordlande sind weit weg. Und wer weiß, was zwischen ihm und uns liegt. Außerdem sind ihm die Einwohner dieses Erzlehens seit jeher nur mit Angst und Hass begegnet. Warum sollte er also kommen?«

Onkel Sentes legte ihr eine Hand auf die Schulter. Seite an Seite schritten sie durch die Gärten, deren Wege jetzt von Getreidesäcken flankiert wurden. Die kunstvoll zurechtgeschnittenen Hecken hatten schon vor Tagen weichen müssen. »Als die Hohe Burg fiel, fand ich Al Sorna, wie er über deinen Vater gebeugt einen seiner Katechismen sprach. Aus irgendeinem Grund schien er wirklich bestürzt über Hentes' Tod zu sein. Er sorgte auch dafür, dass die gefallenen Gefolgsleute deines Vaters eine ordentliche Bestattung unter den Augen des Weltvaters erhielten. Wie hasserfüllt ihm unser Volk auch entgegenstehen mag, so glaube ich nicht, dass er diesen Hass erwidert. Er wird kommen, daran zweifle ich nicht im Geringsten. Wir müssen nur dafür sorgen, dass es noch etwas zu retten gibt, wenn er hier eintrifft.«

◆ ◆ ◆

An den meisten Nachmittagen übte Reva sich mit den Hauswachen im Kampf. Zwei oder drei Männer gingen gleichzeitig mit Holzwaffen auf sie los, doch sie umtänzelte sie leichtfüßig, wich ihren Schwertern aus und konterte mit wohlplazierten Hieben. Niemand schien sich daran zu stören, gegen ein junges Mädchen zu verlieren. Vielmehr schien Revas Kampffertigkeit den Männern Mut zu machen. Einige von ihnen glaubten sogar, ihr Talent sei ein Geschenk des Weltvaters.

»Der Weltvater führt Euer Schwert, edle Dame«, erklärte der Oberfeldwebel, nachdem sie mit einem Ausweichmanöver dafür gesorgt hatte, dass zwei seiner Männer sich gegenseitig zu Fall brachten. Er hieß Laklin und war ein stämmiger Veteran, der schon zahlreiche Schlachten gegen Gesetzlose und Rebellen geschlagen hatte, und zudem ein Überlebender der Schlacht an der Grünwasserfurt. Außerdem war er bislang der erste Cumbraeler – abgesehen vom Heiligen Vorleser –, der es mit Revas Wissen über die Zehn Bücher aufnehmen konnte. »›Die Geliebten brauchen weder die Zeiten des Kriegs noch die Schwerter ihrer Feinde zu fürchten, denn der Weltvater wird nicht zulassen, dass sie eine Niederlage erleiden.‹«

Noch dulden, dass sie den Ungeliebten Krieg bringen, vervollständigte Reva das Zitat in Gedanken, ließ es aber lieber unausgesprochen.

Ihr Blick schweifte zum Exerzierplatz, wo eine Gruppe neuer Rekruten einer sichtlich erschöpften Lady Veliss ihre Namen nannte. Diese hetzte den ganzen Tag durch die Stadt, zwei mit unzähligen Schriftrollen und Kladden bepackte Assistenten im Schlepptau, stellte im Namen des Erzfürsten Genehmigungen aus und führte akribische Aufzeichnungen über alle Soldaten und Vorräte, welche sie dann am Abend in ein dickes, in Leder gebundenes Buch übertrug. Mehr als einmal hatte Reva sie zusammengesackt und leise schnarchend in der Bibliothek vorgefunden. Jetzt zog die Beraterin ein skeptisches Gesicht, als sie den Namen des Mannes notierte, der vor ihr stand. Ein Bogenschütze, der eine Gruppe von etwa dreißig Männern anführte. *Bren Antesch,* erinnerte Reva sich. *Er hat also Wort gehalten.*

Sie verbeugte sich vor dem Feldwebel und bat ihn, sie zu entschuldigen. Dann ging sie hinüber zu Veliss, die Antesch mit finsterem Blick ansah. »Fehlen da nicht noch ein paar Namen?«, fragte sie spitz.

Antesch schüttelte verwirrt den Kopf. »Welche anderen Namen denn, edle Dame?«

»Mir fielen da mehrere ein«, entgegnete Veliss.

»Ihr seid Hauptmann Antesch, nicht wahr?«, sagte Reva. »Mein Onkel wird erfreut sein zu hören, dass Ihr zu Eurem Versprechen steht.«

Der Bogenschütze musterte sie kurz, ehe er eine tiefe Verbeugung machte. »Ihr müsst Lady Reva sein.«

»So ist es. Wenn Lady Veliss alle Formalitäten erledigt hat, werde ich Euch zu Eurem Posten auf der Mauer führen.«

Veliss fasste Reva am Arm und zog sie beiseite. »Ihr dürft diesem Mann nicht trauen«, flüsterte sie. »Er ist nicht der, für den er sich ausgibt.«

Reva runzelte die Stirn. »Er ist dem Ruf des Erzfürsten gefolgt, um ein feierliches Versprechen einzulösen. Das erscheint mir ziemlich vertrauenswürdig.«

»Nehmt Euch bitte vor ihm in Acht, meine Liebe.« Veliss griff nach Revas Hand, und plötzlich klangen ihre Vokale viel härter als sonst. »Ihr wisst zwar viel, aber bei Weitem nicht alles.«

Die Nachdrücklichkeit, mit der sie das sagte, und ihr eindringlicher Blick ließen Revas Herz schneller schlagen. »Ich weiß, dass dieser Mann hier ist, um für die Bewohner dieses Erzlehens zu kämpfen«, sagte sie und löste sich aus Lady Veliss' Griff. »So wie Tausende andere. Für sie gibt es keine Säcke voller Gold oder schnelle Pferde.«

»Ihr wisst genau, warum ich das gesagt habe.«

»Ich weiß, dass wir keine Zeit haben, um Euren Verdächtigungen nachzugehen. Also, welchen Posten habt Ihr ihm zugedacht?«

Veliss seufzte und zog einen Brief aus dem Bündel hervor, das sie stets bei sich trug. Er war gefaltet und trug ein Siegel. »Offensichtlich hat Euer Onkel vorausgesehen, dass der Hauptmann seiner Pflicht nachkommen und zurückkehren würde. Antesch wird zum Oberkommandanten der Bogenschützen ernannt. Er kann sich seinen Posten selbst aussuchen.«

◆ ◆ ◆

»*Lord* Antesch«, sinnierte der Bogenschütze, als Reva die Mauern mit ihm abschritt. »Meine Frau wird hocherfreut sein. Vielleicht kaufe ich jetzt das Land, von dem sie schon die ganze Zeit redet.«

»Eure Frau ist also nicht mit Euch gekommen?«, erkundigte Reva sich.

»Nein. Ich habe sie mit den Kindern nach Nilsael geschickt. Sie gehen nach Frosthafen und, falls die Stadt fällt, weiter in die Nordlande. Ich habe guten Grund zu der Annahme, dass sie dort mit offenen Armen aufgenommen werden.«

»Der Turmherr ist Euch zu Dank verpflichtet, ich weiß.«

»Der Turmherr wird sie aufnehmen, weil sie eine Zuflucht brauchen und es in seiner Natur liegt, Bedürftigen zu helfen. Er ist mir zu gar nichts mehr verpflichtet, seit der Krieg vorüber ist.«

»Mein Onkel ist überzeugt, dass er uns zu Hilfe eilen wird.«

Der Bogenschütze stieß ein leises Lachen aus. »Dann tun mir die Volarianer leid, die das noch erleben werden.« Er trat an die brusthohe Mauer zwischen den Zinnen und betrachtete mit nachdenklichem Blick die Dammstraße, die vom Haupttor wegführte. »Ich kann verstehen, weshalb diese Stadt noch nie gefallen ist. Es gibt nur eine schmale Zufahrtstraße, und das Wasser im Graben ist das ganze Jahr über zu hoch, als dass man hindurchwaten könnte.«

»Oberkommandant Arentes ist überzeugt, dass die Schlacht an den Mauern entschieden wird.«

»Ihr scheint anderer Meinung zu sein, edle Dame.«

»Wenn man den Berichten Glauben schenkt, ist Varinsburg in einer einzigen Nacht gefallen. Die Volarianer haben die größte Stadt der Königslande erobert, den König ermordet und sein Heer besiegt. Und das alles innerhalb weniger Tage. Ich weiß zwar nicht viel über Armeen und Kriege, aber eine solche Tat bedarf bestimmt sorgfältiger Vorbereitung und Planung, die Monate, wenn nicht gar Jahre in Anspruch nimmt.«

Aus dem Blick, den Antesch ihr jetzt zuwarf, sprach Überraschung, aber auch ein gewisses Maß an Erleichterung. »Ich bin froh, dass der Erzfürst bei der Wahl seiner Nachfolgerin ein so gutes Urteilsvermögen bewiesen hat, edle Dame. Dann geht Ihr also davon aus, dass die Volarianer auf die Eroberung dieser Stadt ähnlich gut vorbereitet sind?«

»Es wissen nicht viele davon, aber in ebender Nacht, als Ihr meinem Onkel Euer Bittgesuch vorgetragen habt, wurde ein Mordanschlag auf ihn verübt. Wäre dieses Attentat erfolgreich gewesen, befände sich das Erzlehen jetzt in Aufruhr, und es gäbe niemanden, um die Verteidigung zu organisieren.«

»Diese Meuchelmörder müssen ja ein unfähiger Haufen gewesen sein, wenn sie derart versagt haben.«

»Das waren sie tatsächlich.«

»Wenn Ihr mit Eurer Vermutung richtig liegt, ist der Plan der Volarianer gescheitert. Demzufolge bleibt ihnen nichts anderes übrig, als uns zu belagern.«

»Das ist eine Möglichkeit. Aber es kann auch sein, dass sich das gesamte Ausmaß ihrer Pläne erst noch offenbaren wird. Sagt, was wisst Ihr über die Söhne der Wahrklinge?«

Anteschs Blick verfinsterte sich, und er wandte sich dem Fluss zu. »Soviel ich weiß, sind sie fanatische Anhänger Eures verstorbenen Vaters. In den Südlanden konnten sie nie recht Fuß fassen, die Leute hier sind einfach zu pragmatisch, was ihren Glauben angeht. Denkt Ihr, die Söhne haben ihre Hände im Spiel?«

»Ich weiß es.« Reva hielt inne und beobachtete Antesch dabei, wie er mit seinen Scharfschützenaugen den Fluss absuchte. »Weshalb ist Lady Veliss Euch gegenüber so argwöhnisch?«, fragte sie.

»Jedenfalls nicht, weil sie mir Sympathien für die Söhne unterstellt, das kann ich Euch versichern.« Er erwiderte ihren Blick; dann bemerkte er den Bergulmen-Bogen und riss überrascht die Augen auf. »Beim Weltvater, wo habt Ihr den her, meine Dame?«

Reva hielt den Bogen hoch und zuckte mit den Achseln. »Ich habe ihn einem betrunkenen Hirten abgekauft.«

Antesch streckte die Hand aus. »Darf ich?«

Sie reichte ihm den Bogen und runzelte die Stirn, als sie sah, wie er das Holz musterte und mit den Fingern über die Schnitzereien strich. Als er die Sehne mit einem Klopfen zum Vibrieren brachte, trat ein Lächeln auf sein Gesicht. »Ich dachte, sie wären alle verschollen.«

»Ihr kennt diesen Bogen?«, fragte Reva.

»Ich habe von ihm gehört. Als Kind hatte ich das Glück, einen seiner Brüder ausprobieren zu dürfen. Das war der geradeste Schuss, den ich je abgegeben habe.« Mit einem Kopfschütteln gab Antesch ihr den Bogen zurück. »Ihr wisst wirklich nicht, was das ist?«

Jetzt war es an Reva, den Kopf zu schütteln. »Der Hirte hat irgendetwas von einem lang zurückliegenden Krieg gefaselt, aber ich habe ihm nicht richtig zugehört.«

»Tja, vielleicht lag ja ein Körnchen Wahrheit in dem, was er Euch erzählt hat. Die fünf Bogen des Arren sind im Krieg verloren gegangen, dem Krieg, der dieses Erzlehen zu einem Teil der Königslande gemacht hat, um genau zu sein. Meine Dame, was Ihr da in Händen haltet, gilt in Cumbrael als Legende.«

Reva besah sich den Bogen. Sie hatte sich schon oft gefragt, was es wohl mit den kunstvollen Schnitzereien auf sich hatte. Auch war sie sich durchaus bewusst, dass er eine mächtige Waffe war. Aber eine Legende? Langsam glaubte sie, dass der Bogenschütze einen Scherz mit ihr trieb, wie Veteranen es mit leichtgläubigen Rekruten taten. »Ach, wirklich?«, erwiderte sie und zog eine Augenbraue hoch.

Anteschs Antwort klang jedoch vollkommen ernst. »Ja, wirklich.« Er runzelte die Stirn und richtete sich auf. Dann musterte er Reva aufmerksam von Kopf bis Fuß. »Eine Tochter aus dem Hause Mustor trägt einen Bogen Arrens«, sagte er mit leiser Stimme.

Dann blinzelte er, wandte sich ab und nahm seinen Bogen. »Ich sollte mich jetzt meinen Pflichten widmen, edle Dame.«

»Ich würde gern mehr erfahren«, rief sie ihm hinterher. »Wer ist dieser Arren?«

Doch Antesch hob nur die Hand zum Gruß und schritt weiter.

◆ ◆ ◆

Am nächsten Tag kehrten die Späher zurück, zwei erschöpfte Reiter, die dem Erzfürsten und seinen versammelten Hauptmännern im Herrschersaal Bericht erstatteten. »Das Grenzgebiet steht in Flammen, Euer Lordschaft«, sagte der ältere der beiden. »Überall drängen die Menschen nach Süden, und alle, mit denen wir gesprochen haben, berichten von der Mordgier und Grausamkeit der Eindringlinge. Es sind zahlreiche, teils haarsträubende Gerüchte im Umlauf, dennoch scheint es tatsächlich zu stimmen, dass der König tot und Varinsburg gefallen ist, und ein großer Teil von Asrael ebenfalls – wenn nicht sogar das ganze Land.«

»Gibt es Neuigkeiten von Prinzessin Lyrna?«, wollte der Erzfürst wissen. »Mir ist zu Ohren gekommen, dass sie sich auf irgendeiner verrückten Friedensmission zu den Lonakern befindet.«

Der Soldat schüttelte den Kopf. »Anscheinend ist sie an ebendem Tag zurückgekehrt, als die volarianische Flotte einfiel, Euer Lordschaft. Es heißt, der Palast sei niedergebrannt und die gesamte Familie Al Nieren mit ihm.«

»Habt Ihr das königliche Heer gesehen?«, fragte Lady Veliss.

»Nur ein paar Versprengte, meine Dame. Verstörte, zerschundene Männer, die so schnell sie konnten nach Süden flohen. Gestern stießen wir schließlich auf eine bunt zusammengewürfelte Kompanie von etwa hundert Männern, die noch etwas Kampfgeist zu haben schienen. Wir haben sie gebeten hierherzukommen.«

»Und was ist mit den Volarianern?«, wollte der Erzfürst wissen. »Habt ihr sie auch gesehen?«

Der Mann nickte. »Aber nur ihren Vortrupp, Euer Lordschaft. Das war vor sechs Tagen, etwa zehn Meilen südlich der Grenze. Über dreitausend berittene Soldaten und doppelt so viele leichte Infanteristen, würde ich schätzen. Sie marschierten zügig gen Süden.«

»Derzeit beträgt unsere Zahl dreizehntausend, Euer Lordschaft«, erklärte Lord Arentes. »Das bedeutet, dass wir ihnen zumindest vorerst zahlenmäßig überlegen sind.«

»Aber bloß die Hälfte unserer Leute sind ausgebildete Soldaten«, hielt Antesch dagegen. »Und wir haben nur ein paar hundert Pferde. Im offenen Feld können wir es unmöglich mit ihnen aufnehmen.«

»Das werden wir auch nicht«, erklärte Onkel Sentes mit Nachdruck, als Lord Arentes wieder zum Sprechen ansetzen wollte. Dann wandte er sich den Spähern zu. »Ich danke euch, ihr braven Männer. Geht in die Küche und lasst euch etwas zu essen geben. Richtet der Köchin aus, sie soll euch den guten Roten aus dem Maltental kredenzen.«

»Der Vortrupp«, sagte Lady Veliss, als die beiden Soldaten den Raum verlassen hatten. »Das heißt, etwa ein Fünftel ihrer Armee?«

»Eher ein Zehntel«, entgegnete Antesch. »Selbst wenn nur die Hälfte der Berichte aus Asrael stimmt, ist die volarianische Streitmacht gewiss riesig. Immerhin ist es ihr gelungen, das ganze Erzlehen zu unterwerfen.«

»Und dank Lord Darnels Verrat haben sie es auch nicht nötig, sich nach Norden hin abzusichern«, sagte Onkel Sentes. »Natürlich müssen sie die eroberten Städte mit Garnisonen belegen und ein paar Trupps losschicken, um auf dem Land für Ordnung zu sorgen. Aber wir sollten uns keine falschen Hoffnungen machen. Die Streitkraft, mit der wir es zu tun bekommen werden, wird die unsere um ein Vielfaches übersteigen.« Er wandte sich Antesch zu. »Was uns zu der Frage führt, ob wir genug Pfeile für so viele Gegner haben?«

Der Bogenschütze sah betreten drein. »Ich nehme an, dass wir etwa das Vierfache der bisher gehorteten Menge benötigen werden, Euer Lordschaft.«

»Die Pfeilmacher arbeiten bereits bis zur Erschöpfung«, sagte Lady Veliss. »Außerdem habe ich jeden Tischler und Holzarbeiter in der Stadt dazu verpflichtet, ihnen zu helfen.«

»Dann verpflichtet noch mehr«, befahl der Erzfürst. »Ab sofort werden allen Müßiggängern, die nicht bei der Pfeilherstellung behilflich sind, die Rationen gestrichen. Lord Arentes, schickt die Hälfte Eurer Männer in den Wald, wo sie jeden Baum und jeden Setzling fällen und in die Stadt schaffen sollen, solange noch Zeit ist.«

»Wir brauchen nicht nur Holz, Euer Lordschaft«, sagte Arentes. »Sondern auch Eisen für die Pfeilspitzen.«

»In dieser Stadt gibt es Eisen zuhauf«, erwiderte Onkel Sentes. »In jedem Fenster, jedem Geländer und jeder Windfahne. Durchkämmt diese Villa und nehmt jeden Topf, jede Pfanne und jeden Zierrat, den ihr brauchen könnt. Und wenn ihr hier fertig seid, durchkämmt die Stadt.« Er brach ab, um Atem zu holen, sein Gesicht war plötzlich ganz bleich.

»Onkel?«, fragte Reva besorgt und eilte an seine Seite.

Er lächelte und tätschelte ihre Hand. »Dein Onkel ist einfach nur alt und erschöpft, meine zauberhafte Nichte.« Er umfasste ihre Hände und erhob sich vom Stuhl. Reva konnte spüren, wie sehr er zitterte. »Außerdem hatte er schon seit Stunden nichts mehr zu trinken«, fügte er an die versammelten Hauptmänner gewandt hinzu, woraufhin diese pflichtschuldig lachten. »Ihr kennt Eure Befehle, meine Herren. Bitte seid so gut und führt sie aus.«

Reva und Lady Veliss halfen dem Erzfürsten die Treppe hinauf und in seine Gemächer. »Die blaue Phiole, wenn Ihr die Güte hättet, meine Dame«, sagte der Erzfürst an Veliss gewandt. Sie reichte ihm das Fläschchen, er setzte es an die Lippen und leerte es. Kurz darauf krümmte er sich und ging mit schmerzverzerrtem Gesicht zu Boden, wobei ihm die Flasche aus den Händen glitt.

»Ich hole Bruder Harin!«, rief Veliss und lief davon.

Reva kniete sich vor ihren Onkel und nahm seine zitternden Hände. »Was habt Ihr?«, fragte sie. »Was plagt Euch?«

Mit einem tiefen Seufzer ließ er sich zurücksinken. Sein Atem ging zwar noch immer keuchend, aber wenigstens lächelte er wieder. »Mein Leben, Reva. Mein Leben plagt mich.«

♦ ♦ ♦

Mit ernstem Gesicht schloss Bruder Harin die Tür hinter sich und trat auf den Flur, wo Veliss und Reva bereits warteten. »Ich habe die Dosis verdoppelt«, sagte er. »Und ihm etwas Rotblüte gegen die Schmerzen dagelassen.«

»Ihr sagtet doch, dass er mit Eurer Behandlung noch Jahre zu leben hätte«, sagte Lady Veliss.

»Friedliche Jahre, meine Dame. Nicht Jahre des Krieges. Die Anstrengung ist seinem Leiden nicht zuträglich.«

»Welchem Leiden denn?«, wollte Reva wissen.

Harin warf Veliss einen Blick zu, den diese mit einem knappen Nicken erwiderte. »Euer Onkel hat im Laufe seines Lebens viel Wein getrunken, edle Dame«, erklärte der Bruder. »Genau genommen sogar so viel Wein, dass es ein Wunder ist, dass er überhaupt noch lebt.«

»Er ist doch noch nicht mal sechzig«, flüsterte Reva.

»Alkohol fügt den Eingeweiden großen Schaden zu«, erklärte Harin. »Vor allem der Leber.«

»Und wenn er aufhören würde zu trinken?«, fragte Veliss. »Keinen Wein mehr. Nie wieder.«

»Das würde seinen Tod bedeuten«, antwortete Bruder Harin. »Sein Körper braucht den Alkohol, auch wenn er ihn zugrunde richtet.«

»Wie lange hat er noch zu leben?«

»Bestenfalls sechs Monate. Vorausgesetzt er schont sich.«

Sechs Monate … Ich kenne ihn doch gerade mal drei. »Ich danke Euch, Bruder«, sagte Reva und konnte spüren, wie ihr eine Träne über die Wange lief. »Könntet Ihr uns jetzt bitte alleine lassen?«

Harin verneigte sich. »Ich sehe morgen wieder nach ihm.«

Veliss trat neben Reva und berührte sanft ihre Hand. »Er wollte nicht, dass du es weißt.«

Reva zog die Hand zurück und wischte die Träne weg. *Damit ist jetzt ein und für alle Mal Schluss,* dachte sie. *Ich werde nicht mehr weinen.*

»Die Getreidevorräte«, sagte sie tonlos. »Wie lange werden sie reichen?«

Veliss zögerte, dann antwortete sie mit klarer Stimme, der nur ein leichtes Zittern anzumerken war: »In Anbetracht der gestiegenen Einwohnerzahl vielleicht vier Monate. Aber nur bei strenger Rationierung.«

»Schickt die Hauswache aus. Sie sollen alles Essbare, jede Kuh, jedes Schwein und jedes Huhn innerhalb von fünfzig Meilen um die Stadt hierherschaffen. Alle noch nicht abgeernteten Felder werden in Brand gesetzt, alle Brunnen vergiftet, alles, was dem Feind nützlich sein könnte, vernichtet.«

»Aber auf diesen Höfen leben Menschen …«

»Dann werden sie hier Zuflucht finden, wie der Erzfürst es versprochen hat. Oder sie können ihr Glück mit den Volarianern versuchen.«

Reva ging zu der Tür, die zu den Gemächern des Erzfürsten führte. »Ich möchte alleine mit meinem Onkel sprechen.«

Sentes saß an seinem Schreibtisch, ein Glas Wein neben sich, das Schwert seines Großvaters in Reichweite, und führte eine Feder über ein Stück Pergament. »Ich bin gerade dabei, mein Testament aufzusetzen«, sagte er, als Reva die Tür schloss. »Ich dachte, es sei an der Zeit.«

»Lady Veliss kann meinetwegen die Bücher haben«, erwiderte Reva.

»Ich hatte eher an ein Stück Land im Norden gedacht, das ihr schon lange gefällt. Mit einem geräumigen Haus und einem gepflegten Garten.«

»Warum habt Ihr mir nichts von Eurer Krankheit erzählt?«

Seufzend legte er die Feder beiseite und sah sie an. »Ich hatte Angst, dass du dann weglaufen würdest. Ich hätte es dir nicht mal verübelt.«

»Und dennoch bürdet Ihr mir all das auf?«

Onkel Sentes nahm einen Schluck aus seinem Weinglas. »Wusstest du, dass ich, Veliss' Zahlen zufolge, der erfolgreichste Erzfürst bin, der je in diesem Stuhl saß? Noch nie in der Geschichte dieses Erzlehens hat ein Erzfürst so viel Wein hergestellt, so viel Wohlstand geschaffen und so lange in Frieden regiert. Aber wird man mich nach meinem Tod dafür rühmen? Wohl kaum. Ich werde für alle Zeiten der versoffene Hurenbock mit dem verrückten Bruder sein. Aber du, Reva, du wirst die Erlöserin von Cumbrael sein. Die große Kriegerin, die vom Weltvater gesegnet wurde, die die Tore der Stadt weit geöffnet und allen Zuflucht vor dem Ansturm unserer gottlosen, niederträchtigen Feinde gewährt hat. Ich hatte angenommen, dass es Jahre dauern würde, bis du die Herzen der Menschen für dich gewinnen kannst. Aber dank der Volarianer wird es nur eine Frage von Monaten sein.«

Mit trauriger Belustigung schüttelte Reva den Kopf. »Und ich hatte gedacht, dass Veliss diejenige ist, die hier Ränke schmiedet. Dabei seid Ihr es.«

Sentes stieß einen gekränkten Seufzer aus. »Bitte versuche, deinem Onkel zu verzeihen. Ich will nicht in dem Glauben, dass du mich hasst, in die Gefilde eingehen müssen.«

Reva stellte sich neben ihn, schloss ihn in die Arme und küsste seine Stirn. »Ich hasse Euch doch nicht, Ihr alter Suffkopf.«

◆ ◆ ◆

Drei Tage später tauchten die ersten Volarianer auf, ein Kavallerietrupp, der gegen Mittag am Horizont erschien, wenige Minuten dort verharrte und wieder verschwand. Reva schickte Späher hinter ihnen her und eine Gruppe Reiter aus, um alle Flüchtlinge zur Eile anzutreiben und die Trupps, die nach Vorräten suchten, zur Rückkehr zu mahnen. Die Späher kehrten schon am nächsten Tag zurück und berichteten, dass die volarianische Vorhut nur noch fünfzehn Meilen entfernt war. Reva wartete noch bis zum Einbruch der Dunkelheit und ließ die Tore erst schließen, als die letzten erschöpften Flüchtlinge sicher eingetroffen waren.

»Sollen wir den Erzfürsten holen?«, fragte Antesch, während sie auf der Wehrmauer über dem Haupttor standen und hinaus auf die Dammstraße in die dahinterliegende Dunkelheit blickten.

»Lassen wir ihn schlafen«, entgegnete Reva. »Morgen steht uns bestimmt ein anstrengender Tag bevor.«

Sie kamen bei Sonnenaufgang über die Hügel im Osten, angeführt von der Kavallerie, die sich langsam und in ordentlichen Reihen auf die Ebene jenseits der Dammstraße zubewegte. Dahinter folgte die Infanterie. Vorneweg marschierten engstehende Bataillone in einem nervenaufreibenden Gleichschritt. Die nachfolgenden Truppenverbände waren lockerer formiert, ihr Schritt weniger gleichmäßig. Die Präzision und Geschwindigkeit, mit der das volarianische Heer sich in Stellung brachte, zeugte von jahrelangem Exerzieren: die Kavallerie an den Flanken, die disziplinierte Infanterie in der Mitte und hinten die weniger geordneten Truppenverbände.

»Die vorderen Reihen bestehen aus Sklavensoldaten«, erklärte Veliss. »Die Volarianer nennen sie Varitai. Dahinter sind wehrpflichtige Soldaten, auch als Freie Schwerter bekannt.« Als sie Revas skeptischen Blick sah, fügte sie hinzu: »Das habe ich in einem Buch gelesen.«

»In ihrer Armee gibt es Sklaven?«, fragte Reva.

»Volaria gründet sich auf Sklaven«, erwiderte ihr Onkel. »Deshalb sind sie auch hier.« Sentes trug einen dicken Mantel; er hatte eine Hand auf Revas Schulter gelegt, und sein Atem ging schwer, doch seine blutunterlaufenen Augen leuchteten wie eh und je.

»Sie haben keine Kriegsmaschinen«, stellte Antesch fest. »Und auch keine Leitern.«

»Das ist nur eine Frage der Zeit, nehme ich an«, sagte Onkel Sentes. »Auch wenn ich davon ausgehe, dass sie gleich versuchen werden, uns zu Tode zu erschrecken.«

Reva folgte seinem Blick und gewahrte, wie ein einzelner Reiter sich aus den Rängen der Volarianer löste und über die Dammstraße auf sie zugaloppierte. Gut hundert Schritt vor dem Tor zügelte er sein Pferd und sah zu ihnen empor; sein langer Umhang flatterte im Wind. Er war großgewachsen, trug einen schwarz lackierten Brustharnisch und hielt eine Schriftrolle in der Hand. Als sein Blick den des Erzfürsten traf, verneigte er sich knapp, wobei ein verächtliches Lächeln seine Lippen umspielte. Dann öffnete er die Schriftrolle.

»Erzfürst Sentes Mustor«, las er in der Sprache der Königslande vor. Obschon er einen Akzent hatte, war er deutlich zu verstehen. »Ihr werdet hiermit aufgefordert, Eure Ländereien, Städte und Besitztümer in die Hände des volarianischen Kaiserreichs zu übergeben. Wenn Ihr diesem Befehl friedlich Folge leistet, könnt Ihr und Euer Volk mit einer großzügigen Behandlung rechnen. Im Gegenzug für Eure Kooperation gewähren wir Euch …«

»Lord Antesch«, sagte Onkel Sentes. »Ich kann keine weiße Flagge sehen, Ihr etwa?«

Antesch schürzte die Lippen und schüttelte den Kopf. »Nein, Euer Lordschaft.«

»Wenn das so ist.«

»… freies Geleit in ein Land Eurer Wahl«, las der Volarianer vor, den Blick fest auf die Schriftrolle gerichtet. »Des weiteren hundert Pfund Gol–« Er brach ab, als Anteschs Pfeil sich durch die Schriftrolle und den dahinterliegenden Brustharnisch bohrte. Dann stürzte er aus dem Sattel und fiel zu Boden, wo er reglos liegen blieb, die Schriftrolle an seine Brust geheftet.

»Gut«, sagte der Erzfürst und wandte sich um. »Ruft mich, wenn der Rest von ihnen hier ist.«

Sechstes Kapitel

Vaelin

Das Alter der Eorhilanerin ließ sich unmöglich beurteilen. Vaelin schätzte sie auf irgendetwas zwischen fünfzig und siebzig Jahren. Ihr Gesicht war faltig, die Lippen vom Alter aufgesprungen und ihre langen Zöpfen grau wie Eisen. Aber ihr drahtiger, muskulöser Körper und ihre offenkundige Kraft zeugten von altersloser Lebensfreude. Sie saß im Schneidersitz und mit geradem Rücken jenseits des Feuers, während hinter ihr die große Abordnung der eorhilanischen Krieger wartete. Über zehntausend Reiter hatten dem Ruf des Turmherrn Folge geleistet; manche von ihnen waren abgestiegen, die meisten jedoch auf ihren Pferden sitzen geblieben. Der Name der Frau, den Insha ka Forna für ihn übersetzt hatte, war für eine Angehörige ihres Volkes insofern ungewöhnlich, als er aus nur einem Wort bestand: Weisheit.

»Ihr verlangt viel, Herr des Turms«, hatte die junge Eorhilanerin ihn gewarnt. »Seit dem Krieg mit den Tiermenschen sind nicht mehr so viele gekommen. Und damals kannten sie den alten Turmmann. Euch dagegen kennen sie nicht. Weisheit wird entscheiden.«

Sie hatten fast den ganzen Nachmittag so dagesessen, und die Frau hatte ihn durch den Rauch des Feuers angestarrt. Das Lied des Blutes schwieg; sie besaß keine Gabe – zumindest keine, die für Vaelin erkennbar war. Nach zehntägigem Marsch hatten sie diesen See erreicht, den die Eorhilaner Silberträne nannten: ein kleines, ruhiges Gewässer inmitten der Ebenen, wo die Eorhilaner bereits auf sie warteten.

»Al Myrna sehnte sich nach einem ruhigen Leben«, sagte Weisheit schließlich in der Sprache der Königslande. Vaelin zuckte zusammen, denn er hatte nicht damit gerechnet, dass sie so plötzlich das Schweigen brechen würde. »Er hatte viele Schlachten geschlagen und war des Krieges müde. Eben deshalb haben wir ihm vertraut. Nur tatendurstige Männer wollen Krieg, und du, Vaelin Al Sorna, bist voller Tatendrang.«

»Das mag sein«, erwiderte er. »Aber auch ich habe viele Schlachten geschlagen. Es schmerzt mich, erneut so viele Männer in den Krieg führen zu müssen.«

»Warum tust du es dann?«

»Aus dem einzig guten Grund, den es dafür gibt: um das Gute zu beschützen und das Böse auszulöschen.«

»Die Volarianer wollen deine Heimat zerstören. Aber sie ist weit weg von hier.«

»Eure Waldschwester hat in die Herzen dieser Menschen geblickt. Sie werden nicht bei meiner Heimat haltmachen. Und ich habe gesehen, was sie dem Eisvolk angetan haben. Sie werden sich alles nehmen, was sie können: von den Seordahnern, den Lonakern und euch.«

»Und wenn wir unsere vielversprechenden jungen Krieger mit dir schicken, wie viele werden wieder zurückkehren?«

»Ich weiß es nicht, und ich will auch nicht leugnen, dass viele fallen werden. Aber Euer Volk wird früher oder später gegen die Volarianer kämpfen müssen, sei es nun in diesen Ebenen oder in meinem Land.«

»Um in dein Land zu gelangen, müssen wir den Wald durchqueren. Glaubst du, dass die Seordahner das zulassen werden?«

»Ich glaube, dass sie auf das Wort der blinden Frau hören werden.«

Bei diesen Worten schrak Weisheit zusammen. Sie versteifte sich und ihre Augen verengten sich zu Schlitzen. »Du hast sie gesehen?«

»Ich habe sogar mit ihr gesprochen.«

Die zuckenden Mundwinkel der Eorhilanerin verrieten Vaelin, dass sie versuchte, ihre Angst zu verbergen. Sie erhob sich und murmelte: »Wir hätten dir einen anderen Namen geben sollen.« Dann schritt sie zu ihren Leuten und rief ihm dabei über die Schulter ihre letzten Worte zu: »Wir werden mit euch reiten.«

◆ ◆ ◆

»Weisheit«, las Vaelin vor, langsam und jede Silbe sorgfältig betonend.

»Gut«, lobte Dahrena. »Und was steht hier?« Sie deutete mit dem Finger auf die nächsten beiden Worte.

»Hat ein-geh-willigt?«

Dahrena lächelte. »Sehr gut, Euer Lordschaft. In ein paar Wochen werdet Ihr mich gar nicht mehr brauchen.«

»Das bezweifle ich sehr, meine Dame.« Vaelin lehnte sich auf seinem Stuhl zurück und gähnte. Das abendliche Exerzieren war anstrengend gewesen. Noch immer stolperte ein viel zu großer Teil der Männer hilflos durch die Gegend und konnte links nicht von rechts unterscheiden. Und die Müdigkeit nach dem langen Tagesmarsch war ihrer Unbeholfenheit nicht unbedingt zuträglich. Aber es half nichts: Sie mussten üben, wenn sie es mit ihren gut ausgebildeten Feinden aufnehmen wollten.

Vor vier Tagen hatten sie den See verlassen. Die Eorhilaner schickten ihre Leute als Späher voraus und deckten die Flanken, während das Heer nach Süden auf den Wald zumarschierte, der jetzt nur noch eine Woche entfernt war. Dahrena fürchtete sich vor dem Aufeinandertreffen mit den Seordahnern, aber Vaelin sagte ihr, dass sie sich keine Sorgen machen solle, stets darum bemüht, zuversichtlicher zu klingen, als er sich in Wahrheit fühlte. *Du erzählst ihnen einfach, dass du einer blinden Frau begegnet bist, die vor mehreren hundert Jahren gelebt hat, und sie werden euch mit offenen Armen empfangen?*, fragte er sich selbst. *Glaubst du wirklich, dass es so leicht sein wird?*

Aber das Lied des Blutes war nach wie vor unverändert. Der Weg in die Königslande führte durch den Wald. Also ließ er seine Armee marschieren, trainierte sie morgens und abends je zwei Stunden, erduldete das Murren und die Zweifel seiner Hauptmänner und verbrachte jeden Tag vor dem Schlafengehen eine wohltuende Stunde damit, sich von Lady Dahrena das Lesen lehren zu lassen.

Je besser er es beherrschte, desto mehr Freude bereiteten ihm die

Wörter. Die Gedichte, die seine Mutter ihm hatte nahebringen wollen, waren ihm jetzt frei zugänglich, die Inhaltslosigkeit der Katechismen lag offen erkennbar vor ihm. Auch Bruder Harlicks Gabe erschien ihm jetzt in einem anderen Licht; wie viel Macht und Schönheit doch darin lag, eine ganze Bibliothek in sich zu tragen.

Dahrena saß an ihrem gemeinsamen Tisch und setzte die letzten Worte unter den Vertrag, der das Bündnis mit den Eorhilanern besiegelte und einen unaufgefordert hinzugefügten Absatz enthielt, der den Eorhil Sil auf alle Zeit das Recht an den Nördlichen Ebenen übertrug. Der Vertrag bedurfte nur noch der Unterschrift durch den Monarchen der Königslande – sofern sie einen finden konnten. Vaelin hatte Bruder Harlick angewiesen, eine Liste all jener zu erstellen, die einen legitimen Anspruch auf den Thron hatten, falls das Haus Al Nieren tatsächlich ausgelöscht war. Sie enthielt nur vier Namen.

»Ein großer Teil von König Janus' Familie ist der Roten Hand zum Opfer gefallen«, erklärte Harlick. »Von denen, die überlebten, sind viele später während der Vereinigungskriege umgekommen. »Diese vier« – er wedelte mit der Liste – »sind die letzten verbliebenen Blutsverwandten in den Königslanden. Zumindest meinem bescheidenen Wissen nach, denn ich lebe schon seit vielen Jahren nicht mehr dort.«

»Ist irgendjemand darunter, den man kennen sollte?«

Harlick überlegte. »Lord Al Pernil ist ein berühmter Pferdezüchter, sofern er noch am Leben ist. Euer Lordschaft, Ihr solltet Euch bewusst sein, dass es womöglich keinen rechtmäßigen Thronfolger gibt. Wenn das wirklich so ist, werden wir andere Möglichkeiten in Erwägung ziehen müssen.«

»Andere Möglichkeiten?«

»Die Königslande brauchen einen Monarchen. Und in Zeiten der Unruhe wendet sich das Volk in der Regel an den stärksten Mann, weil es sich seine Führung erhofft – unabhängig von seiner Abstammung oder seinem gesellschaftlichen Rang.«

Vaelin musterte das Gesicht des Mannes und suchte in seinen Augen einen Hinweis dafür, ob er erneut etwas im Schilde führte. »Sind Eure Absichten wieder einmal aufrichtig und selbstlos?«

»Ich äußere lediglich die Meinung eines belesenen Mannes.«

»Nun, dann äußert sie in Zukunft nur noch, wenn ich Euch darum bitte.« Vaelin ging zum Kartentisch und richtete den Blick auf Alltor. Das Lied des Blutes schwoll an, wie immer, wenn er seine Gedanken Reva zuwandte. Sein Klang hatte sich verändert, die übliche Getriebenheit wurde jetzt von einem Unheil verheißenden Ton begleitet. *Sie kommen, um sie zu holen,* dachte er. *Und sie hat sich entschieden, nicht wegzulaufen.*

»Wie viele Einwohner hat Alltor?«

»Bei der königlichen Volkszählung vor zehn Jahren wurden insgesamt achtundvierzigtausend Seelen erfasst«, antwortete der Bruder, ohne zu zögern. »Wenn die Stadt belagert wird, könnte sich diese Zahl allerdings verdoppeln.« Er hielt inne. »Marschieren wir dorthin?«

»So schnell die Männer können.«

»Die Entfernung …«

Doch Vaelin schüttelte den Kopf. »Ist nicht von Belang. Wir ziehen nach Alltor, und sei es, um eine Ruine zu besichtigen. Ihr könnt jetzt gehen, Bruder.«

◆ ◆ ◆

Nach vier weiteren Tagen zeichnete sich am Horizont eine dunkle, unregelmäßige Linie ab. Je näher sie ihr kamen, desto deutlicher erkennbar wurde sie, wuchs zu einer Mauer aus Bäumen an, die sich in beide Richtungen erstreckte, so weit das Auge reichte. Eine halbe Meile vor dem Wald ließ Vaelin das Lager aufschlagen. Dann verneigte er sich vor Dahrena. »Erlaubt mir, Euch nach Hause zu geleiten, meine Dame.«

Nortah ritt zu ihnen, Schneetanz an seiner Seite. »Wir sollten mit Euch kommen«, sagte er. »Falls Euer Eindringen auf Missfallen stößt, könnte der Anblick einer Streitkatze sich als hilfreich erweisen.«

»Ich glaube vielmehr, dass sie Missfallen erregen wird«, entgegnete Dahrena. »Außerdem wird mein Volk uns nichts tun. Davon bin ich überzeugt.« Ihr Blick war auf den Wald gerichtet, doch Vaelin bemerkte eine Unsicherheit darin, die ihn an ihren Worten zweifeln ließ.

»Was ist, wenn ihr nicht zurückkommt?«, fragte Nortah.

Vaelin war versucht, die Frage leichthin abzutun, doch als er Dahrenas Unbehagen sah, entschloss er sich zu einer ernsteren Antwort: »Dann ernenne ich dich zu meinem Nachfolger, Bruder. Du wirst die

Armee zurück zum Turm führen und alle Vorbereitungen für eine Belagerung treffen.«

»Glaubst du wirklich, dass diese Männer sich dem Befehl eines einfachen Lehrers unterwerfen werden?«

»Ein Lehrer mit einer Streitkatze«, erwiderte Vaelin mit einem Grinsen und trieb Flamme an.

Je näher sie dem Waldrand kamen, desto mehr schwoll das Lied des Blutes an, aber nicht, um Vaelin zu warnen, sondern um ihn willkommen zu heißen. Und als die Bäume sich um sie schlossen, ebbte es zu einer leisen, zufriedenen Melodie ab. Die kalte Luft war erfüllt von den Tausenden Düften, die allen Wäldern zu eigen sind. Dahrena zügelte ihr Pferd und stieg ab. Das Gesicht zu den Baumkronen erhoben stand sie mit geschlossenen Augen und einem leichten Lächeln auf den Lippen da. »Du hast mir gefehlt«, sagte sie sanft.

Vaelin sprang ebenfalls vom Pferd und ließ Flamme auf einem Grasfleck weiden. Dann blickte er sich um und entdeckte einen Mann, der zwischen zwei Ulmen stand und ihn mit gerunzelter Stirn ansah.

»Hera!« Mit einem Freudenschrei rannte Dahrena auf den Seordahner zu und fiel ihm um den Hals.

Der Mann schien weniger erfreut, sie zu sehen. Das Lächeln, mit dem er sie begrüßte, wirkte gezwungen. Sein langes, von grauen Strähnen durchsetztes Haar war zurückgebunden, und sein Gesicht mit der Adlernase rief in Vaelin eine alte Erinnerung wach.

»Hera Drakil«, sagte er und ging auf den Mann zu. »Ein Freund von Turmherr Al Myrna. Ich ...«

»Ich weiß, wer du bist«, unterbrach Hera Drakil ihn. Er sprach deutlich, aber mit starkem Akzent. »Beral Shak Ur. Ich hatte gehofft, dass ich bereits in den Ewigen Jagdgründen weile, wenn dein Schatten auf diesen Wald fällt.«

»Ich komme in Freundschaft ...«

»Du bringst den Krieg, wie die Marelim Sil es stets zu tun pflegen.« Der Seordahner strich Dahrena liebevoll über die Wange und drehte sich um. »Folgt mir. Der Stein wartet schon.«

◆ ◆ ◆

Sie wurden bereits von zwölf seordahnischen Häuptlingen erwartet, fünf Frauen und sieben Männern, alle etwa im gleichen Alter wie Hera Drakil, der jetzt in ihrer Mitte saß. Er hatte Vaelin und Dahrena auf eine kleine Lichtung etwas tiefer im Wald geführt, in deren Mitte ein Steinsockel stand. Dessen Form und Größe erinnerten Vaelin an einen anderen Stein, den er einmal gesehen hatte. Doch während der Sockel im Martisch völlig überwuchert gewesen war, war dieser hier frei von Pflanzen, und weder Zeit noch Witterung schienen Spuren auf ihm hinterlassen zu haben. Weiter hinten zwischen den Bäumen konnte Vaelin zahlreiche Seordahner erkennen. Ihre Gesichter lagen im Schatten, und dennoch konnte er sehen, dass sie mit Bogen und Keulen bewaffnet waren. *Krieger,* dachte er. *Und sie warten auf etwas.*

Vaelin und Dahrena ließen sich vor den zwölf Häuptlingen nieder, deren Blicke ihnen deutlich zu verstehen gaben, dass sie nicht willkommen waren. Eine von ihnen, eine Frau mit einer Krähenfeder im Haar, sagte etwas.

»Wir haben Euch nicht erlaubt, diesen Wald zu betreten«, übersetzte Dahrena. »Dennoch seid Ihr hier. Ihr sollt einen Grund nennen, weshalb sie Euch nicht töten sollen.«

»Ich bin gekommen, um Euch um Hilfe zu bitten«, antwortete Vaelin, und Dahrena gab seine Worte wieder. »Ein mächtiger und schrecklicher Feind hat mein Volk angegriffen. Es ist nur eine Frage der Zeit, bis er auch hier bei Euch auftaucht und Feuer und Leid bringt …«

Hera Drakil hob die Hand, und Vaelin verstummte. Dann ergriff der Seordahner in seiner eigenen Sprache das Wort. »Deinem Volk ist es nicht gelungen, uns den Wald zu nehmen«, übertrug Dahrena das Gesagte. »Obwohl es das versucht hat. Warum also sollten wir diesen neuen Feind fürchten, wenn wir euch schon nicht fürchten?«

»Mein Volk hat erkannt, dass es klug ist, Frieden zu schließen. Unseren Feinden hingegen fehlt diese Erkenntnis. Fragt Eure Schwester, denn sie hat in ihre Herzen geblickt.«

Die Häuptlinge sahen Dahrena an. Diese nickte und setzte zu einer langen Rede auf Seordahnisch an. Zweifelsohne berichtete sie, was sie mithilfe ihrer Gabe über das Schicksal von Varinsburg und das Wesen der Volarianer in Erfahrung gebracht hatte.

»Ihr habt es wahrhaftig mit einem grausamen Feind zu tun«, übersetzte sie die Antwort eines anderen Häuptlings, eines drahtigen Mannes, der einen Fuchsschwanz um den Hals trug. »Aber er ist euer Feind, nicht unserer. Die Marelim Sil müssen ihre Kriege selbst führen.«

Vaelin zögerte und überlegte, wie er das in Worte fassen sollte, womit er ihre Zweifel auszuräumen gedachte. »Nersus Sil Nin hat mir den Namen Beral Shak Ur verliehen. Ich bin der blinden Frau begegnet und habe mit ihr gesprochen. Sie hat mir ihren Segen erteilt. Gibt es unter Euch jemanden, der das von sich behaupten kann?«

Er sah Unsicherheit in den Gesichtern der Häuptlinge aufflackern, jedoch sprach weder Erschütterung noch Angst daraus, und ganz gewiss kein Sinneswandel.

»Wenn dir die blinde Frau ihren Segen erteilt hat«, übersetzte Dahrena die Worte von Hera Drakil, der jetzt über Vaelins Schulter deutete, »wird sie dich auch jetzt anhören.«

Vaelin drehte sich um, betrachtete einen Augenblick lang den Stein und erhob sich dann. »Ihr müsst das nicht tun.« Dahrena trat an seine Seite. Vaelin blieb vor dem Stein stehen und studierte die glatte Oberfläche mit der kreisförmigen Vertiefung in der Mitte. »Lasst mich mit ihnen reden. Früher oder später werden sie auf mich hören.«

»Warum sollte ich sie um diese Darbietung bringen? Ich nehme an, dass sie schon lange darauf gewartet haben.«

»Ihr versteht das nicht. Die Seordahner kommen schon seit Generationen hierher, zumeist die Alten und Kranken, manchmal auch die Verrückten. Sie alle kommen, um den Stein zu berühren und die Hilfe der blinden Frau zu erbitten. Die meisten, die ihn berühren, warten eine Weile und ziehen dann enttäuscht von dannen, aber manche, ganz wenige … nimmt er zu sich und lässt ihre Körper als leblose Hülle zurück.«

»Mit Ausnahme von Euch«, erwiderte Vaelin. »Ihr sagtet, Ihr hättet sie gesehen.«

»Nach dem Tod meines Mannes.« Dahrenas Blick wanderte, von trauriger Erinnerung getrübt, zu dem Stein. »Meine Trauer war so groß, dass es mir einerlei war, ob ich lebte oder starb. Ich kam hierher, weil ich eine Antwort suchte, einen Grund. Sollte mir dieser Wunsch verweigert werden, war ich gerne bereit zu sterben. Die blinde Frau …

sie hat mir etwas gezeigt, wofür es sich zu leben lohnt.« Dahrena streckte die Hand nach dem Stein aus, berührte ihn jedoch nicht. »Er hat mir meinen Körper zurückgegeben, weil sie es so wollte.«

»Dann«, sagte Vaelin und trat einen Schritt näher, »wollen wir hoffen, dass sie mich ebenfalls für würdig befindet.«

Der Granit fühlte sich kalt an, aber sonst war nichts zu spüren, und auch das Lied blieb unverändert. Als Vaelin aufblickte, sah er jedoch, dass Dahrena und die Seordahner verschwunden waren. Es war Nacht, und eine Frau saß an einem Lagerfeuer. Obwohl sie ihm den Rücken zugewandt hatte, erkannte er sie sogleich. »Nersus Sil Nin«, begrüßte er sie und trat näher. Sie war älter, als er sie in Erinnerung hatte. Die Falten hatten sich tief in das Fleisch um ihre roten Marmoraugen eingegraben, und ihr Haar war völlig weiß. Sie blinzelte und blickte zu ihm auf.

»Du bist älter«, sagte sie, »und dein Lied ist stärker geworden.«

»Ihr habt gesagt, ich solle lernen, seine Melodie zu verstehen.«

»Habe ich das? Das ist schon so lange her. Seitdem hatte ich so viele andere Visionen.« Sie nahm ein paar Äste von dem Holzstapel zu ihren Füßen und warf sie ins Feuer. »Dienst du immer noch deinem Glauben?«

»Mein Glaube war eine Lüge. Aber das wusstet Ihr vermutlich.«

»Ist etwas, woran man von ganzem Herzen glaubt, wirklich eine Lüge? Der Glaube deines Volkes dient dazu, eine Erklärung für die unzähligen Geheimnisse dieser Welt zu finden. Er mag zwar fehlgeleitet sein, doch gründet er sich auf einer Wahrheit, die im Verborgenen liegt.«

Das Ding, das in Barkus lebte, sein grausames Lachen. »Eine Seele kann im Jenseits gefangen sein.«

»Das gilt nicht für alle Seelen, nur für jene mit einer besonderen Gabe. Diese Kraft, dieses Feuer, das in dir und mir brennt, erlischt nicht einfach, wenn wir das Leben aushauchen.«

»Und wenn unsere Seele in den Abgrund stürzt? Was passiert dann?«

Ein Lächeln trat auf die alten Lippen. »Das werde ich wohl bald erfahren.«

»Etwas lebt dort, im Abgrund. Etwas, das sich dieser Seelen bemächtigt, sie seinem Willen unterwirft und sie anschließend zurückschickt, um andere Begabte zu töten.«

Nersus Sil Nin zog überrascht die Augenbrauen hoch. »Dann ist es also gewachsen.«

»Was ist gewachsen? Was lebt dort?«

Sie sah ihn mit ihrem leeren Blick an, und ein tiefes Bedauern sprach aus ihrer Miene. »Ich weiß es nicht. Ich weiß nur, dass sein Hunger und sein Verlangen unstillbar sind.«

»Wonach verlangt es denn?«

»Nach Tod«, sagte die alte Frau mit einer Bestimmtheit, die keinen Zweifel zuließ.

»Wisst Ihr, wie man es besiegen kann?«

Sie schloss die Augen und schüttelte den Kopf. »Aber ich weiß, dass du es bekämpfen musst, wenn dir diese Welt und die Menschen darin am Herzen liegen.«

Vaelin blickte nach oben, wo durch die Äste hindurch ein kleines Stück Himmel sichtbar war, an dem die sieben Sterne des Schwertes leuchteten. Ihre Position verriet ihm, dass es Frühherbst war, jedoch nicht, wie viele Jahre vor seiner Zeit. Das blieb ein unlösbares Rätsel. »Ist es schon geschehen?«, fragte er. »Ist mein Volk schon gekommen, um dieses Land zu erobern?«

»Das wird erst viele Jahre nach meinem Tod passieren. Aber ich hatte genügend Visionen davon, um mich glücklich zu schätzen, dass ich es nicht mehr miterleben muss.«

»Und die Zukunft? Wie sieht die Zukunft dieses Landes aus?«

Nersus Sil Nin blickte lange ins Feuer, und Vaelin dachte schon, dass sie gar nicht mehr antworten würde, doch schließlich sagte sie: »Ich habe nie weiter in die Zukunft gesehen als bis zu dir, Beral Shak Ur. Nach dir gibt es keine Zukunft. Zumindest keine, die ich sehen kann.«

»Und dennoch wollt Ihr, dass ich kämpfe?«

»Meine Gabe ist nicht allumfassend. Viele Dinge bleiben mir verborgen. Aber was würdest du sonst tun? Die Hoffnung aufgeben und auf das Ende warten?«

»Ich brauche die Erlaubnis Eures Volkes, um diesen Wald zu durchqueren. Wie kann ich es überzeugen?«

Die blinde Frau lächelte belustigt. »Sag ihnen, dass es mein Wille ist. Das sollte helfen.«

»Seid Ihr sicher, dass das ausreicht?«

Ihr Lächeln verwandelte sich in ein bitteres, kurzes Lachen. »Ich habe nicht die geringste Ahnung. Die Menschen in diesem Wald mögen zwar meine Sprache sprechen, und in unseren Adern mag dasselbe Blut fließen, aber sie sind nicht mehr mein Volk. Die Menschen, die den Stein berühren, sind nur noch ein Schatten der früheren Größe und Schönheit der Seordah Sil. Sie rotten sich zu Stämmen zusammen und führen endlose Fehden mit den Lonakern. Mythen und Legenden sind an die Stelle von Weisheit und Wissen getreten. Mein Volk hat vergessen, was es einmal war, und zugelassen, dass es zu dem wird, was es jetzt ist.«

»Wenn sie sich nicht mit mir verbünden, wird selbst der Schatten Eurer einstigen Größe verschwinden und mit ihm die Möglichkeit, dass Euer Volk eines Tages wieder zu ihr zurückfindet.«

»Was einmal zugrunde gerichtet wurde, lässt sich nicht wieder aufbauen. So ist das Leben.« Sie wandte sich dem Stein zu. »Wir haben diese Gefäße der Zeit und Erinnerung nicht geschaffen, sie waren schon vor uns hier. Wir haben nur erahnt, welchem Zweck sie dienen. Gleichwohl sind sie launisch und rauben den Geist derer, die sie für unwürdig erachten. Einst errichtete ein Volk, das noch viel größer war als die Seordah Sil, überall in diesem Land prachtvolle Bauwerke und Städte. Heute kennen wir nicht einmal mehr seinen Namen.«

Sie verstummte und drehte sich wieder zum Feuer um, Müdigkeit in ihrem Gesicht. »Ich hatte gehofft, dass unser letztes Treffen freudiger sein würde – dass du mir von deiner Frau, deinen Kindern und einem langen, friedvollen Leben erzählen würdest.«

Obgleich Vaelin wusste, dass es nichts zu berühren gab, streckte er die Hand nach ihr aus. »Es schmerzt mich, dass ich Euch enttäusche.«

Sie sagte nichts, und er bemerkte, dass die Vision langsam nachließ. Er trat an den Stein, wollte schon die Hand darauf legen, zögerte jedoch. »Lebt wohl, Nersus Sil Nin.«

Sie drehte sich nicht um. »Leb wohl, Beral Shak Ur. Komm wieder zu diesem Stein, wenn du deinen Krieg gewonnen hast. Vielleicht findest du jemand anderen, mit dem du sprechen kannst.«

»Vielleicht.« Als er die Handfläche auf den Stein presste, kehrte mit einem Mal das Tageslicht zurück und trat an die Stelle der kalten Nacht. Vaelin holte tief Luft und bemühte sich, Autorität in seine Stimme zu legen, als er sich an die Seordahner wandte: »Die blinde Frau hat gesprochen …«

Er brach ab, als er merkte, dass ihr Blick nicht auf ihn gerichtet war. Alle zwölf seordahnischen Häuptlinge hatten sich erhoben und starrten etwas an, das sich offenbar neben ihm befand. Dahrena stand ganz in seiner Nähe, die Augen vor Verblüffung weit aufgerissen. Vaelin drehte den Kopf, und das Lied schwoll an.

Der Wolf saß auf den Hinterbeinen und betrachtete ihn mit grünen Augen und jenem prüfenden Blick, der Vaelin noch allzu vertraut war. Das Tier war größer, als er es in Erinnerung hatte, und reichte ihm fast bis zur Schulter. Ein Augenblick verging, dann leckte der Wolf sich übers Maul, hob die Schnauze und stieß ein ohrenbetäubendes Heulen aus, das alle anderen Geräusche im Wald übertönte.

Danach senkte er den Kopf, und für die Dauer eines Herzschlags herrschte vollkommene Stille. Dann kam die Antwort. Über Meilen hinweg erschallte zwischen den Bäumen das Heulen sämtlicher Wölfe im großen Nordwald. Es schien nicht enden zu wollen, selbst dann nicht, als der große Wolf sich erhob und auf Vaelin zutrottete. Der Kopf des Tiers befand sich auf Höhe von Vaelins Brust, und seine Nase zuckte, als es an ihm schnüffelte. Vaelin konnte sein Lied hören, dieselbe merkwürdige Melodie, die er an jenem Tag gehört hatte, als Dentos starb. Die Musik war seltsam und verwirrend, doch ein Ton trat deutlich und unverkennbar daraus hervor. *Vertrauen. Er vertraut mir.*

Der Wolf schnupperte an Vaelins Hand und leckte sie kurz, dann wandte er sich um und sprang zwischen den Bäumen davon, ein silberner Pfeil, der schon bald außer Sichtweite war. Mit ihm schwand auch das Heulen.

Hera Drakil und die anderen Häuptlinge der Seordahner kamen auf Vaelin zu und bildeten einen Kreis um ihn. Anschließend traten die Krieger aus dem Schatten des Waldes, unzählige Männer und Frauen im kampffähigen Alter, die ihre Keulen ausgestreckt vor sich trugen. Auch Hera Drakil hob seine Keule und hielt sie waagerecht vor sich. »Morgen«, sagte der Häuptling der Seordahner, »werde ich der aufgehenden Sonne mein Kriegslied singen und euch dann durch diesen Wald führen.«

♦ ♦ ♦

»Es werden keine Feuer angezündet, keine Bäume gefällt und es wird kein Wild erlegt. Alle Männer bleiben bei ihren Kompanien, und niemand verlässt die Marschlinie. Wir bewegen uns nur dort, wo die Seordahner es uns erlauben.«

Vaelin sah, wie einige seiner Hauptmänner zweifelnde Blicke wechselten. Vor allem Adal schien das Ganze nicht zu behagen. »Und wie sollen wir Verstöße ahnden, Euer Lordschaft?«, fragte er.

»Das wird nicht nötig sein«, entgegnete Vaelin. »Die Seordahner werden dafür sorgen, dass diese Regeln eingehalten werden, daran haben sie keinen Zweifel gelassen.«

»Euer Lordschaft sollten wissen, dass es um die Stimmung der Männer nicht zum Besten steht«, fuhr Adal fort. »Öffentliche Unmutsbekundungen werden im Keim erstickt – wie Ihr es angeordnet habt –, aber wir können nicht allen den Mund verbieten.«

»Was ist es diesmal?« Vaelin strich sich müde durchs Haar. Seine Begegnung mit Nersus Sil Nin bedrückte ihn. Das Wenige, was er von ihr erfahren hatte, hatte eine bohrende Ungewissheit hinterlassen. Zudem wurde ihm allmählich bewusst, warum er nie großen Gefallen an der Rolle des Befehlshabers gefunden hatte. *Sie sind ewig unzufrieden.* »Sind die Stiefel zu unbequem? Nehmen die Ausbilder sie zu hart heran?«

»Sie fürchten sich vor dem Wald«, antwortete Nortah. »Und ich kann es ihnen nicht verdenken. Selbst ich habe einen Heidenrespekt davor, dabei bin ich schon einmal dort gewesen.«

»Ich verstehe«, sagte Vaelin. »Nun, dann haben alle, die zu feige sind, um unter ein paar Bäumen durchzugehen, meine Erlaubnis, das Heer zu verlassen. Sobald sie ihre Waffen, Stiefel und Vorräte sowie jeglichen bereits erhaltenen Sold abgegeben haben, können sie gerne nach Hause zurückkehren, abwarten, bis die volarianische Flotte eintrifft, und das nachfolgende Gemetzel in vollen Zügen genießen. Vielleicht merken sie dann, wie teuer einen Feigheit zu stehen kommen kann.« Er stützte sich mit geballten Fäusten auf den Kartentisch und atmete zwischen zusammengebissenen Zähnen aus. »Ihr könnt mir aber auch eine Liste der lautstärksten Querulanten geben, und ich lasse sie auspeitschen.«

»Ich werde mit ihnen sprechen«, sagte Dahrena, als die Hauptmänner nur schweigend und unangenehm berührt auf ihren Stühlen herumrutschten. »Ich denke, ich kann ihre Ängste lindern.«

Vaelin nickte schweigend und bedeutete Bruder Hollun, mit seinem täglichen Bestandsbericht zu beginnen.

»Was hat sie Euch erzählt?«, fragte Dahrena, nachdem Vaelin die Hauptmänner entlassen hatte. Von draußen war zu hören, wie die Soldaten das Lager abbrachen, um in den Wald zu ziehen. »Es scheint Euch ordentlich auf die Stimmung geschlagen zu sein.«

»Mich belastet vielmehr das, was sie mir nicht gesagt hat«, erwiderte er. »Sie hatte keine Antworten für mich, werte Dame. Konnte mir keine Weisheiten mit auf den Weg geben. Sie war nur eine müde alte Frau, die die letzte Vision von einer Zukunft ertragen musste, die ihr zuwider ist.«

Dahrena schwieg einen Augenblick, betrachtete jedoch weiterhin Vaelins Gesicht. Ihm fiel auf, dass sie das schon tat, seit sie aus dem Wald zurückgekehrt waren. »Der Wolf«, sagte sie, »Ihr seid ihm schon einmal begegnet.«

Er nickte.

»Ich auch. Als ich noch ganz klein war, in der Nacht, als Vater mich fand. Der Wolf hat mich abgeleckt und mir seinen Segen erteilt …« Dahrenas Blick war abwesend, fast so, als wäre sie in Trance. Dann blinzelte sie, schüttelte den Kopf und erhob sich. »Entschuldigt mich, ich muss mit den Soldaten reden.«

♦ ♦ ♦

Schlussendlich weigerte sich keiner der Männer, den Wald zu betreten; Dahrenas Worte hatten einmal mehr Gewicht bewiesen und die Loyalität der Männer gefestigt. *Sie lieben sie*, dachte Vaelin, als er sah, mit welcher Leichtigkeit sie sich zwischen ihnen bewegte, mit ihnen scherzte und offenbar mühelos jedem Gesicht einen Namen zuordnete. Vaelin wusste, dass ihm diese Gabe fehlte. Die meisten Männer, die ihm folgten, taten das aus Angst oder Pflichtgefühl. Er konnte nur hoffen, dass ihre Liebe zu Dahrena und ihre Angst vor ihm ausreichten, wenn sie schließlich den Volarianern gegenüberstanden.

Als Erstes betrat die Nordgarde den Wald. Die Soldaten waren abgestiegen und führten ihre Pferde zwischen den Bäumen hindurch, flankiert von mehreren Dutzend schweigsamen Seordahnern mit ernster Miene. Hinter ihnen folgte Vaelin mit dem ersten Infanterieregiment. Er hatte die Armee in zehn Heeresverbände zu je etwa tausend Männern aufgeteilt und entsprechend durchnumeriert, ihnen die Wahl ihrer Banner jedoch selbst überlassen. Das erste Regiment, das vorwiegend aus Bergarbeitern bestand, hatte sich für ein Banner mit gekreuzten Spitzhacken auf blauem Grund entschieden. Angeführt wurden sie von Vorarbeiter Ultin aus Räubers Klamm, der von einem Feldwebel der Nordgarde unterstützt wurde.

»Ich im großen Wald«, sagte Ultin staunend und sah sich mit großen Augen um. »Und dann auch noch als Kommandant einer ganzen Kompanie an der Seite von Eurer Lordschaft. Dabei hat mein alter Herr immer gesagt, ich würd's nicht weiter bringen als zum Pisspottleerer meines Vorarbeiters.«

»Wie lange ist es her, dass Ihr Renfael verlassen habt, Hauptmann?«, fragte Vaelin.

»Bitte sagt einfach Ultin zu mir, Euer Lordschaft. Sogar meine Kumpel lachen sich jedes Mal schief, wenn sie mich Hauptmann nennen.« Er drehte sich um. »Stimmt doch, ihr respektlosen Kerle?«

»Leck mich am Arsch, Ultin«, rief einer der Männer aus der ersten Reihe. Als Vaelins Blick ihn traf, wurde er bleich und senkte schnell den Kopf. Vaelin verkniff sich den Tadel, der ihm schon auf der Zunge lag, als er den Schweiß auf der Stirn des Mannes und die Angst in den Gesichtern seiner Kameraden sah, die unruhig die Bäume musterten.

»Is' schon mehr als fünfzehn Jahre her, Euer Lordschaft«, sagte Ultin, »dass ich aus dem Drecksloch abgehauen bin, wo ich herkomme. Kann nicht behaupten, dass ich's vermisse. Ist auch nur so ein elendiges Bergarbeiterdorf, wo lauter elendige Leute wohnen, die von einem elendigen Fürsten elendig bezahlt werden. Irgendwann hat mir ein Kesselflicker von den Nordlanden erzählt. Er hat gesagt, dort kriegt man als Bergarbeiter das Fünffache, wenn einem die Kälte und die

Wilden nichts ausmachen. Also hab ich mir eine Passage gebucht, sobald ich das Geld beisammen hatte. Hab nie dran gedacht, dorthin zurückzukehren. Bis jetzt.«

Falls es dort noch etwas gibt, zu dem es sich zurückzukehren lohnt, dachte Vaelin.

Jede Kompanie hatte einen seordahnischen Führer zugeteilt bekommen; Hera Drakil begleitete das erste Regiment. Seine Äußerungen beschränkten sich vor allem darauf, in eine bestimmte Richtung zu deuten oder die Männer mit erhobener Hand anhalten zu lassen. Er schien Vaelin noch mehr zu meiden als bei ihrem ersten Treffen, wich seinem Blick aus und sprach nur Seordahnisch, weshalb Dahrena weiterhin als Übersetzerin fungieren musste. *Der Wolf,* argwöhnte Vaelin. *Es gefällt ihnen nicht, dass sie in ihrem eigenen Wald Angst haben müssen.*

Der Häuptling führte sie auf eine Lichtung an einem kleinen Fluss, wo sie ihr Nachtlager aufschlugen. Gemäß Vaelins Anordnung wurden keine Feuer entzündet, und die Männer mussten sich in ihre Mäntel hüllen und sich zum Abendbrot mit Zwieback und Trockenfleisch begnügen. Es wurde wenig geredet und gar nicht gesungen. Dafür kam es umso öfter vor, dass jemand zusammenzuckte, weil er im Wald ein Geräusch gehört hatte.

»Was ist das?«, flüsterte Ultin, als irgendwo in der Dunkelheit ein leises Jaulen ertönte.

»Eine Wildkatze«, antwortete Dahrena. »Auf der Suche nach einem Weibchen.«

Vaelin fand Hera Drakil auf einem großen Felsen in der Mitte des Flusses. Das Wasser war nicht tief, doch machte Vaelin, als er hindurchwatete, genug Lärm, um den Seordahner zu warnen. Er blickte Vaelin mit zusammengekniffenen Augen entgegen und entbot ihm keinen Gruß, sondern wandte sich stattdessen wieder seinem Bogen zu – einem abgeflachten Stab, dessen Mittelteil dick mit Lederbändern umwickelt war. Vaelin bemerkte, dass die Pfeilspitzen nicht aus Eisen, sondern aus einem dunklen, glänzenden Material bestanden. »Könnt Ihr damit auch Rüstungen durchschlagen?«, fragte er.

Der Seordahner nahm einen der Pfeile und hielt ihn hoch. Als das Mondlicht darauf fiel, konnte Vaelin sehen, dass die Spitze nicht aus Feuerstein, sondern aus Glas bestand. »Es stammt aus dem Hügelland«, erklärte Hera Drakil. »Um es zu bekommen, muss man gegen die Lonaker kämpfen. Es durchschlägt alles, man muss nur nahe genug sein.«

»Und was ist damit?«, fragte Vaelin und deutete mit dem Kinn auf die Keule des Seordahners. Sie war etwa einen Meter lang, doppelt geschwungen wie der Schaft einer Axt, hatte einen eingekerbten Griff und eine stumpfe Spitze, die an eine unförmige Schaufel erinnerte. Etwa einen Zoll unterhalb der Spitze ragte ein scharfer, zehn Zoll langer Stachel aus dem Holz. »Hält Euer Knüppel einem Schwerthieb stand?«

»Wollt Ihr es versuchen?«, fragte der Seordahner und musterte Vaelin von oben bis unten. »Aber Ihr habt gar kein Schwert.« Damit legte er den Bogen beiseite und hielt Vaelin die Keule hin. Dieser nahm sie entgegen und führte ein paar Schwünge damit aus. Sie war leicht und lag gut in der Hand. Das Holz, aus dem sie gefertigt war, hatte er noch nie gesehen. Es war dunkel und glatt und wies fast keine Unebenheiten auf.

»Schwarzherzbaum«, erklärte Hera Drakil. »Nach dem Fällen ist sein Holz weich und lässt sich leicht bearbeiten, kommt es jedoch mit Feuer in Berührung, wird es so hart wie Stein. Diese Keule wird nicht brechen, Beral Shak Ur.«

Vaelin neigte den Kopf und gab die Waffe zurück. »Ihr habt mich gar nicht gefragt, was die blinde Frau gesagt hat.«

»Sie hat gesagt, dass wir uns Euch anschließen sollen. Ihre Visionen sind den Seordah Sil wohlbekannt.«

»Aber Ihr wolltet Euch ihrem Wort widersetzen.«

»Genau wie euer Volk haben auch wir keine Götter. Es ist viele Jahre her, dass die blinde Frau lebte und Visionen von der Zukunft hatte. Die meisten davon sind eingetreten, andere nicht. Wir lassen uns von ihr leiten, aber wir beten sie nicht an.«

»Was betet Ihr dann an?«

Zum ersten Mal zeichnete sich so etwas wie Belustigung auf dem Gesicht des Seordahners ab, sogar ein Lächeln trat auf seine Lippen. »Ihr seid davon umgeben, Beral Shak Ur. Ihr nennt diesen Ort den großen Wald, unser Volk dagegen nennt ihn Seordah, denn wir sind eins mit ihm.«

»Wenn Ihr gegen unseren gemeinsamen Feind kämpfen wollt, werdet Ihr ihn verlassen müssen.«

»Ich habe ihn schon einmal verlassen. Als ich mit dem letzten Turmherren in Euer Land gereist bin. Ich habe dort vieles gesehen. Und nichts davon hat mir gefallen.«

»Was Ihr diesmal sehen werdet, wird Euch noch weniger gefallen.«

»Ich weiß.« Der Seordahner legte die Keule beiseite, streckte sich flach auf dem Felsen aus und schloss die Augen.

Siebtes Kapitel

Lyrna

»Da ist er wieder«, rief Murel und streckte den Arm aus. Das Boot schwankte, als sie zum Bug stürzte. »Seht ihr ihn?«

Lyrna konnte gerade noch einen Blick auf die große Flosse erhaschen, ehe diese wieder unter der Wasseroberfläche verschwand. *Sie sind immer hungrig.*

»Vielleicht mag er uns«, sagte der Gesetzlose mit den narbenübersäten Wangen. Sein Name war Harvin, und er behauptete von sich, Anführer einer dreißig Mann starken Räuberbande gewesen zu sein. Angeblich war seine verbotene Liebe zu einer adeligen Schönheit schuld daran, dass er in Gefangenschaft geraten war. Iltis hatte diese Geschichte mit offener Verachtung gestraft.

»Von einer Wirtshausdirne verpfiffen, weil du nicht gezahlt hast, trifft es wohl eher«, hatte er gelacht.

Iltis und Harvin stritten sich in einem fort, manchmal so heftig, dass sie einander fast an die Gurgel gingen. Lyrna hatte es aufgegeben, ihre Gemüter zu beschwichtigen. Wenn sie sich gegenseitig umbrachten, hatten die anderen wenigstens länger zu essen.

»Wahrscheinlich ist der Hai in leidenschaftlicher Liebe zu unserem Bruder hier entbrannt, als er den Laderaum gerammt hat«, fuhr Harvin fort. »Und jetzt kann er nicht mehr ohne ihn.«

»Du dreckiger Schuft!«, schimpfte Iltis.

Der Streit drohte wieder einmal auszuarten, und Lyrna wandte sich ab, um zwischen den Wellen nach einem Zeichen des Hais zu suchen. Sie trieben jetzt schon seit vier Tagen auf dem Meer, und der Rothai war ihre einzige Gesellschaft. Lyrna fragte sich, warum er nicht einfach das Boot zum Kentern brachte und sie fraß. Wenn er ein Segelschiff versenken konnte, sollte ihr Ruderboot ein Leichtes für ihn sein. Dann kehrten ihre Gedanken wieder zurück zu Fermins letztem Lächeln, seinen blutigen Zähnen. *Mehr kann ich jetzt nicht mehr tun …*

Die Flosse tauchte wieder auf, Murel wurde stocksteif und schlug die Hand vor den Mund. Diesmal wagte das Tier sich näher heran und kam in einem Bogen auf sie zugeschwommen. Murel schloss die Augen und begann, den Katechismus des Glaubens aufzusagen. Als der Hai noch näher kam, legte Lyrna dem Mädchen den Arm um die Schultern. Sogar Iltis und Harin vergaßen ihren Streit. Etwa zwanzig Meter vor dem Boot scherte die Flosse plötzlich aus, und der rotgestreifte Körper tauchte aus dem Wasser auf. Für einen kurzen Moment starrte das Tier sie mit seinem riesigen schwarzen Auge an. Murel öffnete kurz die Lider, wimmerte und schloss sie sogleich wieder. Der Hai peitschte mit seinem Schwanz aufs Wasser und tauchte ab.

»Er ist fort«, beruhigte Lyrna die schluchzende Murel. »Siehst du?«

Doch das Mädchen brachte nur ein Kopfschütteln zustande. Dann ließ es sich erschöpft vor Angst auf den Boden des Boots sinken und bettete den Kopf in Lyrnas Schoß.

Lyrna begutachtete ihr kleines hölzernes Königreich und ihre fünf hungrigen Untertanen und fragte sich aufs Neue, ob sie ihnen nicht einen besseren Dienst damit erwiesen hätte, sie im Laderaum zurückzulassen. Am Morgen nach dem Schiffbruch war es ihnen gelungen, ein paar Fässer aus dem Wasser zu bergen und eine kleine Menge an Vorräten zu horten. Hauptsächlich gepökelten Fisch, der bei Lyrna Brechreiz hervorrief, als sie ihn zum ersten Mal aß. Allerdings sorgte der Hunger schon bald dafür, dass sie ihre Abneigung überwand. Ihre größte Sorge hatte dem Mangel an Trinkwasser gegolten, doch auch dieses Problem löste sich von selbst, und zwar in Form der Regengüsse, die Tag für Tag ihr Boot fluteten und sie zwangen, es auszuschöpfen. Doch wenigstens mussten sie keinen Durst leiden. Ihre Ruder bestanden aus zwei kurzen, zersplitterten Planken, die einmal ein Teil des Schiffsdecks gewesen waren. Der Gesetzlose und Iltis hatten einen großen Teil des ersten Tages damit zugebracht, nach Westen zu rudern, bis ein junger Mann namens Benten – ein Fischer aus Varinsburg und der einzige Seemann unter ihnen – abends zu den Sternen hinaufzeigte und ihnen mitteilte, dass sie sich schätzungsweise fünfzig Meilen östlich der Stelle befanden, wo nachts zuvor das Schiff gesunken war.

»Das heißt, dass wir ein gutes Stück südlich von Varinsburg sind«, erklärte er. »In diesen Breiten fließen die Strömungen des Boraelischen Ozeans nach Osten. Ihr könnt paddeln, so viel ihr wollt, aber es wird nichts bringen.«

Nach Osten. Das hieß, dass sie nach Volaria trieben, zumindest in dem unwahrscheinlichen Fall, dass ihre Vorräte so lange hielten. Lyrna hatte zahlreiche Geschichten über Schiffsunglücke gelesen und wusste, wozu der Hunger verzweifelte Menschen treiben konnte. Vor allem die Geschichte der *Seegeist* ging ihr nicht aus dem Kopf. Sie war eines der ersten Kriegsschiffe gewesen, die ihr Vater hatte bauen lassen, zu beträchtlichen Kosten zwar, doch vielen Stimmen zufolge war sie das beste Schiff, das je in den Königslanden vom Stapel gelassen wurde. Im zweiten Jahrzehnt von Janus' Regentschaft war sie bei einem Sturm im Norden verschwunden und galt monatelang als verschollen, bis ein paar renfaelische Fischer sie schließlich nach Süden treibend wiederfanden. An Bord befand sich nur noch ein einziger Matrose, ein brabbelnder Irrer, der am Oberschenkelknochen eines Kameraden nagte, während sich hinter ihm ein fein säuberlich aufgeschichteter Stoß Schädel stapelte. Weil nach dieser Geschichte kein Seemann mehr einen Fuß auf die *Seegeist* setzen wollte, wurde sie auf Janus' Befehl hin angezündet und versenkt.

Lyrna spürte, wie Murels Kopf sich in ihrem Schoß bewegte, und sie sah, dass das Mädchen eingeschlafen war. Sein leises, schmerzerfülltes Stöhnen ließ Lyrna vermuten, dass es im Traum erneut die Qualen erlebte, die es an Bord des Schiffes hatte erleiden müssen. Lyrna widerstand dem Drang, ihr sanft über den Kopf zu streichen, denn sie wusste, dass Murel dann schreiend aufwachen würde. *Es tut mir so leid,* dachte sie, als sie sah, wie die Augenlider des Mädchens flatterten und es im Schlaf zusammenzuckte. *Anscheinend werde ich das volarianische Reich wohl doch nicht zu Fall bringen.*

Das Boot kippelte wieder. Lyrna hob den Kopf und sah, dass Benten ans Heck getreten war und mit beschatteten Augen nach Osten blickte.

»Der Hai?«, fragte Lyrna.

Der junge Fischer verharrte kurz in seiner Stellung, dann versteifte er sich und wandte sich mit ernstem Gesicht um. »Ein Segel.«

Alle rissen die Köpfe herum und hätten mit der abrupten Bewegung fast das Boot zum Kentern gebracht. »Volarianer?«, fragte Iltis.

»Schlimmer«, erwiderte Benten. »Meldeneer.«

◆ ◆ ◆

Der meldeneische Kapitän hatte die Arme auf die Reling gestützt und blickte mit mäßigem Interesse, dafür aber um so mehr Verachtung auf sie herab. »Ich glaube, als Sklaven gefallt ihr Landratten mir gleich viel besser. Irgendwie passt das zu euch.«

Iltis drohte ihm mit den Ketten, die er stets in Reichweite hatte. Wahrscheinlich, so vermutete Lyrna, um Harvin damit zu töten, falls es sich als nötig erwies. »Wir sind keine Sklaven mehr. Wir haben uns aus eigener Kraft befreit.«

»Und was ist aus dem Schiff geworden?«

»Es ist gesunken. Und die Sklavenhändler mit ihm.«

»Und alle Wertsachen, die sich womöglich an Bord befanden, ebenfalls.« Der Kapitän betrachtete das Boot, besah sich kurz Murel, ehe sein Blick an Lyrnas Narben hängenblieb. »Und was wollten sie mit dir, meine Schöne?«, fragte er grinsend.

Lyrna schluckte ihre Wut hinunter, wohl wissend, dass es ihrer aller Tod wäre, wenn die Meldeneer ohne sie weitersegelten. »Ich bin gebildet«, erwiderte sie, in dem Wissen, dass der wahre Grund für noch mehr Gelächter gesorgt hätte. »Und ich spreche mehrere Sprachen. Der Kapitän wollte, dass ich seine Töchter unterrichte.«

»Ach, wirklich?«, fragte der Meldeneer, nach wie vor auf Alpiranisch. »Hast du die Gesänge von Gold und Staub gelesen?«

»Ja.« *Und ich hätte sogar fast ihren Autor kennengelernt.*

»Worin liegt das Herz der Vernunft?«

»Im Wissen, aber nur wenn es mit Barmherzigkeit gepaart ist.« *Hoffentlich bedeutet Euch dieses Wort etwas,* fügte Lyrna im Stillen hinzu.

Der Kapitän kniff die Augen zusammen. »Kannst du auch Volarianisch?«, fragte er, jetzt in der Sprache der Königslande.

»Ja.«

»In Wort und Schrift?«

»Ja.«

Er winkte seinen Männern. »Holt sie an Bord. Die anderen können unten bleiben.«

»Nein«, rief Lyrna. »Alle oder niemand. Ich weiß zwar nicht, wofür Ihr mich braucht, aber ich werde Euch nur helfen, wenn Ihr uns alle mitnehmt.«

»Ich glaube nicht, dass du es dir leisten kannst zu verhandeln, meine verbrannte Schönheit«, entgegnete der Kapitän lachend. »Aber als Beweis für meine Großherzigkeit werde ich die Hübsche ebenfalls an Bord holen.«

Plötzlich richtete einer der Matrosen sich auf, stieß einen erschreckten Schrei aus und zeigte mit dem Finger auf etwas. Als Lyrna sich umdrehte, sah sie, wie höchstens fünfzig Meter hinter ihr der Hai aus dem Wasser auftauchte. Er legte den Kopf schief, riss das Maul auf und zeigte seine gefährlich funkelnden Zähne. Die Meldeneer machten sich sofort an der Takelage zu schaffen, während der Kapitän seine Befehle brüllte und Lyrna fassungslos anstarrte. Sie setzte einen Fuß auf den Bootsrand. »Entweder wir alle«, rief sie zu ihm empor, »oder ich springe.«

◆ ◆ ◆

Die anderen wurden in den Laderaum gebracht. Angesichts der vielen gezückten Säbel hatten Iltis und Harvin widerwillig ihre Ketten abgegeben. Der Kapitän schubste Lyrna in seine Kajüte – einen kleinen Raum voller zusammengerollter Landkarten und verschlossener Truhen. Eine davon hievte er auf einen niedrigen, am Boden festgenagelten Tisch und sperrte sie auf. Dann öffnete er den Deckel, zog eine Schriftrolle mit gebrochenem Siegel hervor und reichte sie Lyrna. »Lies.«

Sie breitete die Rolle aus und überflog sie kurz. Den Inhalt hatte sie schnell erfasst, doch sie beschloss, die Übersetzung noch etwas hinauszuzögern. Für ihren Geschmack war der Mann viel zu erpicht darauf zu erfahren, was darin stand. »Von Ratsherr Arklev Entril an General Reklar Tokrev«, begann sie langsam und scheinbar unter Mühe vorzulesen. »Befehlshabender Offizier des zwanzigsten Korps der Armee des volarianischen Kaisers. Ich grüße Euch, mein hochverehrter Schwager. Ich nehme an, eine Gratulation ist angebracht, wenngleich ich noch auf einen vollständigen Bericht von Eurem unabwendbaren Siegeszug warte. Bitte bestellt meiner hochverehrten Schwester meine wärmsten Grüße …«

»Das reicht«, unterbrach der Kapitän sie. Dann zog er ein kleines, in Leder gebundenes Buch aus der Brusttasche und reichte es Lyrna im Tausch gegen die Schriftrolle. »Jetzt das.«

Lyrna blätterte die ersten paar Seiten durch und verkniff sich ein ironisches Lächeln; stattdessen runzelte sie ratlos die Stirn. »Was hier steht … ergibt keinen Sinn.«

Der Kapitän kniff die Augen zusammen. »Was soll das heißen?«

»Die Buchstaben sind völlig durcheinander. Und dazwischen stehen Zahlen. Vielleicht ist es eine Art Code.«

»Kennst du dich mit dergleichen aus?«

»Mein Vater hat Codes verwendet. Er war Händler und befürchtete stets, seine Konkurrenten könnten seine Preise herausfinden …«

»Glaubst du, dass du ihn herausfinden kannst?«, unterbrach er sie.

Lyrna zuckte mit den Achseln. »Vielleicht, wenn ich genug Zeit habe …«

Der Kapitän machte einen Schritt auf sie zu, sodass sie seinen stinkenden Atem riechen konnte. »Wir haben aber keine Zeit, Landratte.«

»Ich muss erst den Schlüssel finden.«

»Den Schlüssel?«

»Jeder Code beruht auf einem Schlüssel, anhand dessen er sich dechiffrieren lässt. Üblicherweise kennen ihn nur eine Handvoll Leute …«

Der Kapitän packte sie am Arm und schleifte sie – das Buch immer noch in der Hand – aus der Kajüte und über das Deck in den Laderaum. Dort führte er sie an ihren Untertanen vorbei, die von Matrosen umringt im Schatten kauerten. Murel sah mit angsterfülltem Blick zu ihr auf. Vor einer verschlossenen Tür am Heck blieb der Kapitän schließlich stehen und befahl einem Matrosen, der daneben Wache stand: »Aufmachen.«

Die Tür schwang auf, und ein widerlicher Gestank nach Kot, Urin und Schweiß schlug Lyrna entgegen und vernebelte ihr die Sinne. Sie kämpfte gegen den unbändigen Brechreiz an, der sie überkam, als der Kapitän sie durch die Tür schubste. In einer dunklen Ecke kauerte ein Mann mit langem, ungewaschenem Haar, in die zerfetzten Überreste einer Uniform gekleidet, die vor seinem eigenen Dreck starrte. Seine Hand- und Fußgelenke waren in Ketten gelegt. Dem Geruch nach zu urteilen saß er schon seit mehreren Tagen dort.

»Wenn er sich rührt, schlägst du ihn nieder«, knurrte der Kapitän den Matrosen an, der einen Knüppel zückte und näher trat. »Der Bursche ist wendig wie ein Aal. Meinem einzigen Mann, der seine elende Sprache beherrschte, hat er ein Stilett ins Auge gerammt.« Mit diesen Worten bohrte der Kapitän dem stinkenden Mann die Stiefelspitze in die Rippen, woraufhin dieser ein gequältes Röcheln von sich gab. Der Kapitän machte einen Schritt zurück und nickte Lyrna zu. »Wenn jemand diesen Schlüssel kennt, dann er.«

Lyrna ging in die Hocke und bewegte sich auf den Gefangenen zu. Dabei war sie sich der unmittelbaren Nähe der Wache, aus deren Stiefelschaft der Messinggriff eines Dolchs hervorragte, nur allzu bewusst. Der verwahrloste Mann sah ihr mit zusammengekniffenen Augen zu, wie sie langsam näher kam, und Lyrna glaubte zu erkennen, dass unter all dem Dreck und getrockneten Blut ein ansehnliches Gesicht verborgen lag. »Jetzt schicken sie also schon Ungeheuer, um mich zu quälen«, murmelte er.

»Wie bist du hier gelandet?«, fragte Lyrna den Mann in seiner eigenen Sprache.

»Sieht aus, als hätten sie ein kluges Ungeheuer gefunden«, erwiderte er. »Sag diesem verdammten Piraten, er tut besser daran, mich bald umzubringen. Denn wenn unsere Flotte ihn findet …«

»Wenn du nicht sterben willst, solltest du besser tun, was ich dir sage«, erklärte Lyrna so gelassen wie möglich. »Du kannst mir ruhig glauben, dass mir dein Leben keinen Pfifferling wert ist und ich mit

Freuden dabei zuschauen würde, wie die Meldeneer dich den Haien zum Fraß vorwerfen. Wenn ich den Kapitän jedoch nicht davon überzeugen kann, dass du dich kooperativ zeigst, wirft er mich wahrscheinlich hinterher. Also, wie bist du hier gelandet?«

Lyrna beobachtete, wie der Gefangene den Kopf neigte und ihre Worte abwägte. Unter der arroganten Oberfläche verbarg sich offenbar ein scharfer Verstand. *Er ist wie Darnel, nur cleverer,* dachte sie. *Nicht gerade eine angenehme Aussicht.*

»Durch Verrat«, sagte er. »Betrug. Die Lügen eines Sklaven. Ich war ein Narr, ihm zu glauben. Er versprach mir eine Insel voller Reichtümer. Die Beute des größten meldeneischen Piraten aller Zeiten. Es hieß, der Schatz sei nur eine Legende, doch der Sklave besaß eine Karte und war bereit, sie gegen seine Freiheit einzutauschen. Es war nur ein Umweg von wenigen Tagen, und ich dachte mir nichts weiter dabei.«

»Aber als ihr auf der Insel eingetroffen seid, hat dort anstelle eines Schatzes diese Meute gewartet.«

Der Mann nickte müde.

»Du hast recht«, sagte Lyrna. »Du bist wirklich ein Narr.«

Er wollte auf sie losgehen, und seine Ketten rasselten, doch die Wache machte einen Schritt nach vorn und setzte ihm den Knüppel ans Kinn, woraufhin er sich wieder beruhigte.

»Ich werde ihnen gar nichts sagen«, knurrte der Volarianer und warf Lyrna über den Knüppel hinweg einen finsteren Blick zu.

»Er verrät Euch den Schlüssel nur, wenn Ihr ihn dafür zu einem alpiranischen Hafen bringt«, erklärte Lyrna dem Kapitän in der Sprache der Königslande.

Der stieß die Wache an, die daraufhin den Knüppel sinken ließ und einen Schritt zurücktrat. »Tja, mir ist gerade großzügig zumute«, erwiderte der Meldeneer und strich sich den Bart. »Also werde ich mit seiner linken Hand anfangen. Ein Fingerglied nach dem anderen. Sag ihm, dass das die einzige Bezahlung ist, die er bekommen wird.«

»Du musst ihnen gar nichts verraten«, sagte sie zu dem Volarianer. »Du musst sie nur in dem Glauben lassen, dass du ihnen etwas zu sagen hast.« Sie rutschte näher und hielt ihm das in Leder gebundene Buch hin. »Sie wollen den Schlüssel für diesen Code. Wenn sie denken, dass du ihn mir verraten hast, kann ich so tun, als würde ich den Text dechiffrieren. Aber das wird geraume Zeit dauern, vielleicht so lange, bis deine Flotte uns findet.«

»Du willst wohl unbedingt als Sklavin enden?«

»Es wäre nicht das erste Mal, und immer noch besser, als diesem Pack ausgeliefert zu sein. Mein Gesicht hat die Volarianer davon abgehalten, sich mir zu nähern, aber diese Mistkerle sind bestimmt nicht so wählerisch.«

»Und was sollte sie daran hindern, mich zu töten, wenn diese kleine Scharade vorüber ist?«

»Ich werde ihnen sagen, dass ich dich lebendig brauche, dass der Code kompliziert ist und ich auf deine Hilfe angewiesen bin.«

»Warum sollte ich dir vertrauen?«

»Weil ich ihnen nicht verraten werde, dass ihnen der Sohn eines Ratsherren ins Netz gegangen ist.« Sie warf einen vielsagenden Blick auf sein zerlumptes rotes Hemd mit dem goldbestickten Wappen, das genau mit dem Siegel auf der Schriftrolle übereinstimmte, die ihr der Kapitän zuvor gezeigt hatte. »Ein lohnender Fang, würde ich sagen. Glaubst du, dass die Karriere deines Vaters einem derartigen Skandal standhalten wird? Von deiner eigenen ganz zu schweigen?«

Der Volarianer hob den Kopf und betrachtete Lyrna nachdenklich. »Wer bist du, Ungeheuerfrau?«

»Nur eine geflohene Sklavin, die an ihrem Leben hängt.«

Er starrte sie einige Zeit schweigend an, mit zornigem Blick, aber ansonsten teilnahmslos. Schließlich sagte er: »Gib mir das Buch.«

Lyrna schlug das Buch auf, lehnte sich weiter vor und fuhr mit dem Finger über die Schriftzeichen. »Ich habe gehört«, flüsterte sie, »dass nur Volarianer, die mehr als hunderttausend Sklaven besitzen, Rot tragen dürfen.«

»Da hast du richtig gehört«, murmelte der Gefangene und nickte, wie um seine Zustimmung kundzutun, während Lyrna sich noch tiefer über den Text beugte.

»Du bist ziemlich jung für jemanden, der schon solche Reichtümer angehäuft hat.« Sie verzog das Gesicht zu einem Ausdruck des Begreifens.

»Ein Geschenk meines Vaters zur Volljährigkeit«, erwiderte der Volarianer in zögerlichem Tonfall. »Er hat mir ein Drittel seines Vermögens überlassen. Meine Lustsklaven durfte ich frei wählen.« Er sah Lyrna von der Seite an und musterte ihre Brandnarben. »Ich muss dich wohl enttäuschen, meine Liebe. Aber für dich habe ich leider keine Verwendung.«

Lyrna nickte, setzte sich auf die Fersen und klappte das Buch zu. »Danke«, sagte sie.

»Ich stehe zu meinem Wort«, erwiderte er.

»Das meinte ich nicht. Danke, dass du es mir soeben leichter gemacht hast.«

Der Gefangene runzelte die Stirn. »Was …?«

Lyrna schnellte herum, riss den Dolch aus dem Stiefel der Wache und rammte ihn dem Volarianer in die Brust. *Die Mitte,* hatte Davoka gesagt. *Um das Herz zu treffen, musst du immer in die Mitte der Brust zielen.*

◆ ◆ ◆

Die Luft entwich zischend aus ihrer Lunge, als der Kapitän sie zu Boden warf und sich mit gezücktem Dolch über sie beugte. »Du verfluchte Verräterin!« Lyrna rang nach Atem. Der Kapitän zerrte sie hoch, drückte sie gegen die Kajütenwand und setzte ihr den Dolch an die Kehle. »Aber uns Meldeneern nachsagen, dass uns nicht zu trauen ist.«

»Ihr …« Lyrna hustete und schnappte nach Luft. »Ihr könnt mir vertrauen.«

»Ich kann vielleicht darauf vertrauen, dass du mich und meine Männer bei der ersten Gelegenheit, die sich dir bietet, von hinten erdolchst.«

»Ihr könnt mir vertrauen, dass ich das Buch für Euch übersetze.«

»Und wer garantiert mir das? Ich habe nur gesehen, wie du in dieser elenden Sprache mit dem Dreckskerl geredet und ihn dann erstochen hast.«

Lyrna sah dem Kapitän in die Augen. »Ihr hattet den Auftrag, sein Schiff zu kapern.« Die Spitze seines Dolches bohrte sich in Lyrnas Hals. »Was hast du da gesagt?«

»Wegen des Buches. Die Schiffsherren haben Euch beauftragt, das Schiff zu kapern und dieses Buch zu beschaffen.«

Seine Wange zuckte, und Lyrna sah, dass er sich eine Erwiderung verkniff. Dann trat er einen Schritt zurück, hielt den Dolch jedoch weiterhin gezückt. »Du weißt zu viel, meine verbrannte Schönheit.«

Sie redete, ohne auch nur einmal Atem zu holen, ihre Worte überschlugen sich. »Achtundzwanzig Goldbarren mit dem Wappen des Hauses Entril, zwölf Fässer Wein aus Eskethia, ein Zeremonialschwert, auf dem ein Dankesgedicht des Herrscherrats an General Tokrev in Anerkennung seines Sieges eingraviert ist …« Als ihr die Luft ausging, sah sie den Kapitän an und nahm zur Kenntnis, dass die Hand, in der er den Dolch hielt, zögerte. »All das befand sich im Laderaum des volarianischen Schiffes, nicht wahr?«

»Woher weißt du …?«

»Es steht in dem Buch. Gleich auf der ersten Seite.«

»Du hast doch nur einen kurzen Blick hineingeworfen.«

»Das hat gereicht.«

»Aber es war codiert.«

»Eine Substitutionsmatrix, die auf einer absteigenden numerischen Reihenfolge basiert. Nicht besonders kompliziert, wenn man das Prinzip kennt. Aber auf diesem Schiff – und wahrscheinlich auch in diesem Teil der Welt – bin ich wohl die Einzige, auf die das zutrifft.«

Der Kapitän zog das Buch aus dem Gürtel und hielt es ihr hin. »Los, dann mach.«

Lyrna richtete sich auf und wartete, bis ihr Atem sich beruhigt hatte. Dann sagte sie: »Nein.«

»Ich habe dir doch schon gesagt, dass du es dir nicht leisten kannst …«

»Zu verhandeln?« Sie warf ihm ein feines Lächeln zu. »Oh doch. Das glaube ich schon.«

◆ ◆ ◆

Die Männer aus dem Rettungsboot erhielten eine eigene Ecke im Laderaum des Piratenschiffes, dazu Essen und frische Kleidung. Lyrna und die beiden Frauen –Murel und Orena – durften sich die Kajüte des Ersten Offiziers teilen.

»Wollt Ihr das wirklich?«, fragte Murel leise flüsternd.

Lyrna streckte die Hand nach dem kleinen Spiegel aus, den das Mädchen vor ihr hatte verstecken wollen. »Ja.«

Die Rückseite des Spiegels war aus Silber und wies kunstvolle Verzierungen auf, wie die alpiranischen Schmiede in den Nordhäfen sie herstellten. Das Motiv zeigte einen Mann, der mit einem Löwen kämpfte. Lyrna strich mit dem Finger über das Bild, dann drehte sie den Spiegel um.

Später sollte sie sich immer wieder fragen, weshalb sie nicht vor Verzweiflung schrie, weinte und hysterisch um sich schlug. Obwohl in ihrem tiefsten Inneren ein Sturm der Angst und des Schmerzes tobte, saß sie einfach nur ruhig da und starrte die entstellte Fremde im Spiegel an. Sie hatte beinahe keine Haare mehr, und ihre Kopfhaut war ein Relief aus rosafarbenem und rotem Fleisch. Fast ihre gesamte obere Gesichtshälfte war den Flammen zum Opfer gefallen, die Narben zogen sich vom Nasenbein aufwärts. Vom linken Wangenknochen bis zum rechten Kiefer erstreckte sich eine diagonale Linie aus versengter Haut, die ihr Gesicht einer schlecht sitzenden Maske gleichen ließ, wie sie zur Wehrnacht getragen wurde, um kleine Kinder zu erschrecken.

Ich bin keine Königin, dachte sie, als sie der entstellten Fremden in die Augen sah. *Welcher Künstler sollte mich je porträtieren wollen? Und welches Bild soll ich auf die Münzen prägen lassen?* Bei diesem Gedanken entfuhr ihr ein Lachen, das Murel zusammenzucken ließ. *Wahrscheinlich fragt sie sich, ob ich verrückt geworden bin.*

Lyrna gab dem Mädchen den Spiegel zurück. »Danke.«

»Was ist im Laderaum passiert?«, fragte Orena. Sie war eine schlanke Frau mit dunkelbraunen Haaren und Augen, deren mit Blutergüssen bedeckter Hals erahnen ließ, was sie durchgemacht hatte. Sie wirkte weniger traumatisiert als Murel, war aber klug genug, sich zu fürchten.

»Ich habe einen Volarianer getötet«, erwiderte Lyrna, die keinen Grund sah zu lügen.

»Warum?«

»Um uns einen Platz auf diesem Schiff zu sichern.«

»Und wohin fährt dieses Schiff?«

»Zu den meldeneischen Inseln. Von dort aus können wir uns auf den Rückweg in die Königslande machen.«

»Und was ist der Preis?«

Lyrna hob das Buch vom Bett auf, wo sie es hingelegt hatte, und blätterte durch ein paar Seiten. »Nur ein kleiner Gefallen. Keine Angst, der Kapitän hat mir zugesichert, dass man uns in Ruhe lassen wird, sofern ich die vereinbarte Leistung erbringe.«

»Ich wäre mir da nicht so sicher«, murmelte die Frau und lief mit vor der Brust verschränkten Armen in der Kajüte auf und ab. »Diese Piraten … Mir gefällt nicht, wie sie uns ansehen. Die Sklavenhändler waren schon schlimm genug. Ich hätte nie gedacht, dass ich meinen Mann mal vermissen würde, den fetten Dummkopf.«

Murel ließ sich aufs Bett fallen. »Warum hast du ihn dann geheiratet, wenn er dick und dumm war?«

Orena warf ihr einen vielsagenden Blick zu. »Er war reich.«

Lyrna ließ die beiden schwatzen und vertiefte sich in das Buch. Sein Inhalt war größtenteils langweilig: militärische Korrespondenz, Vorratslisten, mögliche Angriffslinien. Sie nahm zur Kenntnis, dass die Volarianer über umfassende Pläne zur Besetzung aller Erzlehen mit Ausnahme von Renfael verfügten. Dabei fiel ihr wieder ein, was Darnel bei ihrem letzten Treffen zu ihr gesagt hatte. *Die Ahnen mögen meine Zeugen sein, ich habe es versucht.*

Hat mir dieser gepanzerte Narr endlich einen Grund gegeben, ihn zu hängen?, dachte sie, schob diese Frage jedoch vorläufig beiseite. *Die Schiffsherren haben ihre besten Leute auf dieses Buch angesetzt. Dafür muss es einen Grund geben.*

Wer auch immer den Text verfasst hatte, war so schlau gewesen, sich nicht allein auf den Code zu verlassen, sondern hatte darüber hinaus verschiedene Ortsnamen durch fiktive ersetzt. Anhand einer Beschreibung des Stadtplans konnte Lyrna in Unheim Varinsburg erkennen, und Krähennest war eindeutig Alltor, denn welche andere Stadt lag schon auf einer Insel? Andere Namen ließen sich jedoch nicht so leicht zuordnen. Zu Möwenstein gab es kaum Einzelheiten, genauso wenig zu Rabenhorst – auch wenn die Erwähnung von Minen den Schluss nahelegte, dass es sich um die Nordlande handelte. *Wen auch immer sie dorthin schicken, er kann einem leid tun,* dachte sie. Die längste Beschreibung galt allerdings Schlangenloch – einem verzwickten Ort, bestehend aus mehreren Häfen und Seekanälen –, und ihr folgte ein ausführlicher Angriffsplan.

Es ist von größter Bedeutung, las sie, *dass nach der erfolgreichen Belagerung und Befriedung von Unheim so viele Schiffe wie möglich für den Angriff auf Schlangenloch abgestellt werden. Dieser hat unbedingt noch vor Einsetzen der Winterstürme zu erfolgen. Admiral Karlev wird die Kampfgeschwader befehligen, wobei es von oberster Wichtigkeit ist, dem Feind den Zugang zu seinen Häfen abzuschneiden …*

Lyrna erhob sich, ging zur Tür und riss sie auf, woraufhin der draußen positionierte Wachposten einen Schritt nach vorne machte, den Säbel fest in der Hand. Es handelte sich dabei um denselben Mann, der den gefangenen Volarianer bewacht hatte, und er schien wenig erpicht darauf, in Lyrnas Nähe zu kommen. »Ich muss den Kapitän sprechen«, verlangte sie.

◆ ◆ ◆

»Ich verlasse mich darauf, dass Ihr Euch an unsere Vereinbarung halten werdet«, erklärte sie dem Kapitän, als sie allein in seiner Kajüte waren. »Ihr werdet mir jedoch gewiss zustimmen, dass das, was ich herausgefunden habe, keinerlei Aufschub duldet.«

Lyrna musste keine große Überzeugungskraft aufwenden; vielmehr schien das, was sie dem Kapitän mitzuteilen hatte, einen langgehegten Verdacht zu bestätigen. Er befahl, alles überschüssige Gewicht – einschließlich der von den Volarianern erbeuteten Goldbarren – über Bord zu werfen und alle Segel zu setzen. Aufgrund der Strömung mussten sie erst nach Süden kreuzen und dann nach Osten drehen. Der Kapitän trieb seine Besatzung gnadenlos an.

Indessen hatten sich die Flüchtlinge im Laderaum um Lyrna geschart. »Was ist hier eigentlich los?«, wollte Iltis wissen.

»Die Volarianer bereiten einen Angriff auf die meldeneischen Inseln vor«, erwiderte Lyrna. »Wir versuchen, so schnell wie möglich dorthin zu gelangen, um die Bewohner zu warnen.«

»Und was passiert mit uns, wenn wir dort sind?«, fragte Harvin.

»Der Kapitän hat mir sein Wort gegeben, dass er uns freilassen wird. Ich habe guten Grund, ihm zu glauben.«

»Und warum?«, hakte der Gesetzlose weiter nach.

»Weil ich ihm helfen muss, die Schiffsherren zu überzeugen.«

Zwei Tage später schlug das Wetter um. Der Kapitän ließ die Segelstellung beibehalten – zumindest soweit dies angesichts des starken Wellengangs und der Sturmböen, die die Matrosen aus der Takelage zu fegen drohten, möglich war. Das unablässige Schaukeln des Schiffes rief bei den meisten Flüchtlingen Seekrankheit hervor; nur Lyrna und Benten blieben verschont.

»Seid Ihr schon einmal zur See gefahren, meine Dame?«, fragte der junge Fischer, als der Sturm kurz nachließ und die anderen würgend über der Reling hingen. Zwischen den Krämpfen hob Harvin den Kopf und stieß die wüstesten Flüche aus, die Lyrna je gehört hatte.

»Drecksverschissene Hurensohnkacke!«, schimpfte er, sehr zur Belustigung der Matrosen.

»Ich bin keine Dame«, erklärte Lyrna. »Und bisher bin ich nur ein paar Mal auf dem Salzfluss gefahren.« *Das letzte Mal gemeinsam mit meiner Nichte und meinem Neffen, bevor ich in den Norden aufgebrochen bin. Janus hat einen Otter gesehen, der mit einer zappelnden Forelle im Maul die Uferböschung hinaufgeklettert ist, und vor Begeisterung in die Hände geklatscht …*

»Meine Dame?«, sagte Benten leicht besorgt.

Lyrna fuhr sich über die Augen und stellte fest, dass sie feucht waren. »Fräulein«, verbesserte sie ihn. »Ich bin nichts weiter als die Tochter eines gewöhnlichen Kaufmanns.«

»Nein«, sagte der Fischer und schüttelte langsam, aber nachdrücklich den Kopf. »Das seid Ihr ganz gewiss nicht.«

◆ ◆ ◆

Nachdem der Sturm sechs Tage lang gewütet hatte, legte er sich endlich. Das Takelwerk wurde so getrimmt, dass der Westwind in die Segel blies, und die Sonne trocknete langsam das Deck. Lyrna ging dazu über, ihren Kopf mit einem Tuch zu bedecken, weil ihre Narben in der Hitze schmerzten. Dies führte jedoch zu einem unschönen Zwischenfall, bei dem einer der Matrosen ihr mit einer übertriebenen Verbeugung ein noch größeres Tuch reichte und erklärte: »Für Euer Gesicht, Fräulein.« Iltis war in schallendes Gelächter ausgebrochen, von Lachkrämpfen geschüttelt auf den Mann zugegangen und hatte ihm anerkennend die Hand hingestreckt. Dumm wie er war, hatte der Meldeneer sie auch ergriffen.

»Wie soll er mit zwei gebrochenen Armen in der Takelage arbeiten?«, schimpfte der Kapitän kurze Zeit später. Der Kampf war kurz, aber heftig gewesen. Der Matrose, dem Iltis die Arme gebrochen hatte, war wie ein Fisch an Land über das Deck gezappelt, während der Bruder, Harvin und Benten sich mit seinen Kollegen prügelten. Erst als einer der Piraten den Säbel zog, hatte der Kapitän ein Machtwort gesprochen.

»Einer von uns ist Seemann«, erwiderte Lyrna. »Er kann seinen Platz einnehmen.«

Sie hatte das leise Gefühl, dass der Zorn des Kapitäns nur gespielt war. Dass er den Vorfall so knapp abgetan hatte, zeugte davon, wie wenig ihn das Ganze scherte. »Das will ich ihm auch geraten haben«, knurrte er und stapfte ohne ein weiteres Wort davon, um den Steuermann zusammenzustauchen, weil er das Schiff zu weit vom Kurs hatte abweichen lassen.

Lyrna fand Iltis im Laderaum, wo Murel gerade mit einem blutbefleckten Lappen seine Wunden abtupfte. Schweigend drückte Lyrna dem Bruder einen Kuss auf den stoppeligen Kopf. Es war zwar gleich wieder verschwunden, doch Lyrna war sicher, ein Lächeln auf Iltis' Lippen gesehen zu haben, ehe er sich brummend abwandte.

◆ ◆ ◆

Sie gewöhnte sich an, bei Einbruch der Dunkelheit an Deck zu verweilen, denn Orena und Murel neigten dazu, vor dem Einschlafen stundenlang zu plaudern. Ihre Unterhaltungen drehten sich in der Regel um Belanglosigkeiten, und Lyrna nahm an, dass sie sie bewusst so oberflächlich hielten – indem sie über vergangene Liebschaften und andere Eskapaden redeten, konnten sie sich von den jüngsten Erlebnissen ablenken. Diese Erfahrungen waren Lyrna dank ihrer Verbrennungen zum Glück erspart geblieben. Sie nahm es den beiden Frauen nicht übel, dass sie sich auf andere Gedanken bringen wollten, bevorzugte jedoch die relative Ruhe auf dem Vordeck, um über alles Geschehene nachzugrübeln.

Zunächst beherrschten die schrecklichen Ereignisse im Thronsaal ihre Gedanken. Mit der Zeit gelangte sie zu einer unangenehmen Erkenntnis: *Das war seit Jahren geplant. Anders lässt sich ein so perfektes Attentat nicht bewerkstelligen. Und wer hätte gedacht, dass Al Telnar einen Heldentod sterben würde?* Lyrna schämte sich kurz, als sie an die zahlreichen Gelegenheiten dachte, bei denen sie die Avancen des Lords abgewiesen hatte. Offenkundig hatte sie ihn unterschätzt, denn sie hätte ihm niemals zugetraut, dass er ohne nachzudenken sein Leben für sie aufs Spiel setzen und sich dem dunklen Feuer entgegenstellen würde. Aller Heldenhaftigkeit zum Trotz hätte er bestimmt dennoch einen schrecklichen Ehemann abgegeben.

Nach einer Weile wurde Lyrna allerdings klar, dass es unklug war, sich nur auf ein einziges Ereignis zu konzentrieren, hielt es sie doch davon ab, sich mit anderen Dingen zu beschäftigen. Ihr fiel ein Satz aus *Die Weisheiten des Reltak* ein: »Hütet Euch vor allzu schnellen Schlussfolgerungen und lasst Euch nicht zu einer Antwort verleiten, ehe ihr alles in Erfahrung gebracht habt, was es zu wissen gibt.«

Um eine Stadt von der Größe Varinsburgs zu erobern, bedarf es einer mehrere tausend Mann starken Armee, überlegte sie. *Selbst in Abwesenheit des königlichen Heeres … Das königliche Heer ist nur wenige Tage vor der Invasion ausgerückt. Ein unglücklicher Zufall, der dem Anschlag auf den Herrn des Südturms geschuldet war …* Lyrna versuchte, sich sämtliche Einzelheiten in Erinnerung zu rufen, die sie darüber wusste. *Zwei Meuchelmörder, cumbraelische Fanatiker … Zwei Meuchelmörder.*

In Ermangelung weiterer Indizien war es eigentlich nur ein Verdacht, doch ging Lyrna so weit, ihn als Gewissheit einzustufen. *Bruder Frentis und die Volarianerin. Sie sind fleißig gewesen.* So unglaublich es auch war, aber sie verspürte Bedauern über Frentis' Tod. *Was hätte ich wohl noch alles von ihm in Erfahrung bringen können? Aber die Frau ist noch am Leben und mordet zweifelsohne munter weiter, während ihre Landsleute mein Reich schänden.*

Lyrna blickte auf ihre Hände und stellte fest, dass sie zu Fäusten geballt waren, wie neulich, als sie den Volarianer erstochen hatte. Sie erinnerte sich, wie ein Zittern durch den Dolch gegangen war, als die Klinge sich in das Herz des Mannes bohrte und es ein letztes Mal schlug. *Sie ist eine Mörderin,* dachte Lyrna. *Aber das bin ich jetzt auch.*

Achtes Kapitel

Frentis

Der Mann hielt das Schwert ins Mondlicht und betrachtete die Klinge voller Bewunderung. Als er die grauen Flammen bemerkte, die im Metall gefangen waren, trat ein Lächeln auf sein Gesicht. Eine wahrhaft wertvolle Beute.

»Das gehört Euch nicht«, rügte Frentis ihn und sprang mit einem Satz über die Befestigungsmauer.

Ein Kuritai hätte den Hieb vielleicht abwehren können, doch diesem Mann fehlten die übernatürlichen Reflexe. Das Jagdmesser bohrte sich ihm in den Hals und brachte ihn zum Verstummen, ehe er auch nur einen Schrei ausstoßen konnte. Frentis wartete, bis der Mann zu zappeln aufhörte; dann ging er in die Hocke und spähte in den ihm wohlvertrauten Hof hinab, wo nur wenige Volarianer – allesamt Freie Schwerter – ihre Runden machten. *Kuritai sind zu wertvoll, um sie als Wachposten zu vergeuden.*

Frentis ließ den Blick über das Ordenshaus schweifen und nahm jedes Detail begierig in sich auf. Alles war noch so, wie er es in Erinnerung hatte – mit einem bedeutenden Unterschied: Statt der Männer in blauen Umhängen, die sonst auf den Mauern Streife gingen, war alles voller Volarianer.

Er nahm den Mantel des toten Mannes und tauschte sein Schwert gegen das Ordensschwert ein. Dann ging er langsam auf den nächsten Wachposten zu und tötete ihn mit einem gezielten Messerwurf, als er nahe genug war, um sein Gesicht zu erkennen. Eine Stunde später hatte Frentis die gesamte Mauer umrundet und alle Wachen ausgeschaltet, die ihm begegnet waren. Nur ein einziger Volarianer hatte sich zur Wehr gesetzt – ein dunkelhäutiger Feldwebel, der im Torhaus gesessen hatte und vermutlich aus dem Süden des Kaiserreichs stammte. Er hatte ein oder zwei von Frentis' Hieben pariert und seine toten Kameraden um Hilfe angerufen, ehe sich die Sternsilberklinge durch den Brustharnisch und in seinen Magen bohrte. Anschließend erledigte Frentis ihn mit dem Jagdmesser und versteckte sich im Halbdunkel, um abzuwarten, ob jemand dem Hilferuf des Mannes folgen würde.

Als niemand kam, zog er eine Fackel von der Wand und schwenkte sie auf der Festungsmauer dreimal hin und her. Wenige Sekunden später tauchten aus dem Wald über hundert Schatten auf, die – Davoka an der Spitze – in aller Eile auf das Tor zurannten. Frentis überquerte den Hof und schob den großen Eichenbalken, der das Tor geschlossen hielt, nach oben. Er wartete nicht auf die anderen, sondern begab sich direkt zu dem Gang, der in die Gewölbe führte, und lief die Treppe hinunter.

Die schwere Tür zum Vorratslager des Ordens wurde von zwei Kuritai bewacht – ein sicheres Zeichen, dass die Volarianer dem, was dort aufbewahrt wurde, einigen Wert beimaßen. Frentis befand es für unnötig, sich weiter zu verkleiden, und entledigte sich des gestohlenen Mantels. Dann ging er mit dem Schwert in der einen und dem Jagdmesser in der anderen Hand auf die Wachen zu. Wie erwartet ließen sie sich nicht aus der Ruhe bringen, sondern zogen ihre Waffen und nahmen eine Kampfstellung ein, die er aus den Gruben kannte. Dabei duckte einer der Männer sich, während der andere hinter ihm Aufstellung nahm.

Frentis erledigte sie mit nur sechs Bewegungen – einer weniger als bei seinem besten Kampf in den Gruben. Er täuschte einen Angriff auf den vorderen an, sprang über ihn weg und führte einen Hieb gegen den hinteren, konterte dessen Parade mit einem Tritt gegen die Brust, wehrte den Angriff des geduckten Mannes ab und schlitzte ihm in der

Rückwärtsbewegung die Kehle auf, während er dem anderen sein Jagdmesser ins Auge stieß.

Dann zog er das Messer aus dem Kopf des Mannes, nahm den Schlüsselbund vom Haken und schloss die Türen auf. Die Gewölbe waren genauso finster, wie er sie in Erinnerung hatte. Nur tief hinten war der schwache Schein einer Fackel zu erkennen. Frentis bewegte sich vorsichtig darauf zu, geduckt und auf jedes Geräusch achtend, doch alles, was er hörte, war der schwere Atem eines Mannes, der große Schmerzen litt.

Sie waren mit nach oben gestreckten Armen und aneinandergefesselten Handgelenken an die Wand gekettet. Der erste Mann war tot und hing schlaff und leblos in den Ketten; auf seiner Brust waren frische Folterspuren zu sehen. *Meister Jestin. Er wird nie wieder ein Schwert schmieden.* Frentis schob den Schmerz beiseite und setzte seinen Weg fort. Dabei stieß er auf weitere gefolterte Leichen, hauptsächlich Brüder, doch befand sich auch Meister Chekril unter ihnen, und Frentis fragte sich, was wohl aus den Hunden des Ordens geworden war.

Der Nächste schien ebenfalls tot zu sein, ein dürrer Mann in mittleren Jahren, der mit gesenktem Kopf und blutigem Oberkörper an der Wand hing. Als er plötzlich zuckte, musste Frentis einen Aufschrei unterdrücken. Die Ketten rasselten, und der Mann sah ihn aus wilden Augen an. »Tot«, sagte Meister Rensial. »Die Ställe sind abgebrannt. All meine Pferde sind tot.«

Frentis kauerte sich neben den Stallmeister, der mit irrem Blick sein Gesicht anstarrte. »Meister, ich bin es, Bruder Frentis …«

»Der Junge.« Rensials Kopf wackelte zustimmend. »Ich wusste, dass er auf mich warten würde.«

»Meister?«

Rensial riss den Kopf herum und sah sich fieberhaft in der Dunkelheit um. »Wer hätte gedacht, dass es im Jenseits so finster ist?«

Frentis erhob sich und probierte die Schlüssel durch, bis einer die Fesseln des Meisters aufsperrte. Dann legte er ihm einen Arm um die Taille und hievte ihn auf die Beine. »Ihr seid nicht im Jenseits, und ich bin wirklich hier, um Euch zu holen. Wisst Ihr, wo sie den Aspekten hingebracht haben?«

»Nicht mehr da«, ächzte Rensial. »In den Schatten.«

Frentis hielt inne, denn jetzt bemerkte er einen weiteren schwachen Lichtschein, ein schmales Rechteck inmitten der Schwärze. *Meister Grealins Kammern. Regale voller Waffen.* Vermutlich waren sie bereits geplündert worden, doch Frentis musste zumindest nachsehen. Er führte den geschwächten Meister zur Wand und ließ ihn vorsichtig zu Boden gleiten. »Ich bin gleich wieder da.«

Dann schritt er mit gezogenem Schwert zur Tür und stieß sie mit dem Fuß auf. Am Boden kniete ein schmächtiger Mann; neben ihm auf dem Tisch lag eine Leiche. Bäche aus Blut ergossen sich von der Tischkante auf den Boden. »Bitte«, flüsterte der kniende Mann auf Volarianisch, und Frentis sah, dass seine Arme ebenfalls blutüberströmt waren.

Er ignorierte das Flehen des Mannes und ging auf die Leiche zu: ein stämmiger Mann, dessen haarige Brust mit Schnitten übersät war. Wo seine Kopfhaut keine dreieckigen Brandwunden aufwies, hatte er langes, dichtes Haar. Sein Gesicht, das von dunkelvioletten Blutergüssen bedeckt war, war breit und hatte – so erinnerte sich Frentis – zu Lebzeiten stets einen stumpfsinnigen Ausdruck gehabt. Es sei denn, wenn er Spuren las und mit wachsamem Blick die Umgebung absuchte. Jetzt aber waren seine Augen, die Frentis stets an die eines Wolfes erinnert hatten, tief in den Höhlen versunken.

»Also ist er doch nicht gestorben, als das Tor fiel«, murmelte er. Dann sah er sich in der Kammer um, in der Meister Grealin einst gelebt und genaue Aufzeichnungen über jede Waffe, jede Bohne und jeden Fetzen Stoff geführt hatte, die der Orden besaß. Doch nun waren alle Bestandsbücher verschwunden und durch ordentlich aufgereihte Metallgerätschaften ersetzt worden, die im Schein der Fackeln schimmerten und einen ausgesprochen scharfen Eindruck machten.

»Bitte«, schluchzte der Mann mit den blutigen Händen, der jetzt inmitten einer Pfütze aus Blut kauerte. »Ich habe nur meine Befehle ausgeführt.«

»Warum hat man ihm das angetan?«, wollte Frentis wissen.

»Er hat das Bataillon viele Freie Schwerter gekostet, darunter auch den Neffen des Kommandanten.«

»Du bist ein Sklave«, stellte Frentis fest.

»Ja. Ich habe nur …«

»Das sagtest du bereits.« Durch die Gewölbe drangen jetzt Kampfgeräusche. Die Garnison war wohl endlich aufgewacht und hatte gemerkt, dass Gefahr im Verzug war.

Frentis ging zur Tür. »Dieser Kommandant. Wo ist sein Quartier?«

◆ ◆ ◆

Wie sich herausstellte hatte der Kommandant Meister Haunlins altes Zimmer bezogen, das zufällig den Hof überblickte. Frentis ließ die Fensterläden offen, damit die Gefangenen mit anhören konnten, wie der Sklave seiner Arbeit nachging. Sie knieten vor ihm im Hof: zwölf Überlebende – fast alle verwundet – aus einer Garnison von über zweihundert Männern. Frentis hatte sie mit Absicht etwas schmoren lassen und zunächst die Hundezwinger aufgesucht. Als er wieder zurückkam, schienen sie ihm eingeschüchtert genug zu sein.

»Euer Kommandant war nicht sonderlich mitteilsam«, erklärte er den Männern, von denen mehrere zusammenzuckten, als sie hörten, dass er ihre Sprache sprach. »Der Anführer unseres Ordens war ein Mann namens Aspekt Arlyn. Wir wissen, dass er hier war, als das Tor gefallen ist. Den Ersten, der mir sagt, wo er ist, lasse ich am Leben.«

Von oben ertönte ein Geräusch, das Frentis aus den Gruben kannte; der hohe Schrei, wenn jemand kastriert wurde, war einfach unverkennbar.

Einer der Volarianer krümmte und übergab sich. Dann holte er Luft, um zu sprechen, doch der Mann neben ihm kam ihm zuvor. »Ihr meint den hochgewachsenen Mann?«

»Ja«, erwiderte Frentis. Jetzt begannen auch die anderen Gefangenen wild durcheinanderzureden, verstummten jedoch, als die Krieger, von denen sie umringt waren, mit erhobenen Schwertern näher traten. Frentis stellte sich vor den Mann, der als Erster den Mund aufgemacht hatte. »Der hochgewachsene Mann.«

»E-ein Offizier aus dem Stab des Generals hat ihn in d-die Stadt gebracht. Gleich nachdem wir die Festung erobert haben.«

»Das hier ist keine Festung, sondern ein Haus.« Frentis packte den Mann am Kragen und schleifte ihn zum Tor. Als er Janril Norin passierte, der bereits mit seinem renfaelischen Schwert über der Schulter wartete, wies er ihn an: »Aber lass dir nicht zu viel Zeit.«

Dann zerrte er den Mann hinaus, während im Hof bereits die ersten Schreie erschallten. Vor dem Tor angekommen schnitt Frentis die Fesseln des Volarianers durch. »Lauf zurück in die Stadt und erzähl deinen Leuten, was hier vorgefallen ist.«

Einen Augenblick starrte der Mann ihn an, ohne sich zu rühren. Dann drehte er sich um und rannte stolpernd davon, stürzte noch ein paar Mal, bevor er schließlich verschwand. Frentis fragte sich, ob er ihm hätte sagen sollen, dass er in die falsche Richtung lief.

◆ ◆ ◆

Davoka schwieg fast den ganzen Rückweg und mied Frentis' Blick. *Garvish,* dachte er seufzend.

»Ich weiß, was die Lonaker ihren Gefangenen antun«, sagte er, als das Schweigen unerträglich wurde.

»Manche Lonakhim«, entgegnete sie. »Ich nicht.« Sie sah zu dem schmächtigen Sklaven, der mit weit aufgerissenen Augen vorwärtsstolperte und offensichtlich damit rechnete, jeden Augenblick zu sterben. »Welches Spiel treibst du mit ihm?«

Frentis stieß ein leises Lachen aus. »Von Spiel kann nicht die Rede sein. Er wird arbeiten.«

»Du bist kein *Garvish«,* sagte Davoka und ging an Frentis vorbei. »Du bist noch schlimmer.«

Meister Grealin begrüßte die Rückkehrer mit weit ausgebreiteten Armen und drückte den verwirrten Rensial mit einem Lächeln an sich.

»Meine Pferde sind verbrannt«, berichtete der Stallmeister dem Bruder mit ernster Stimme.

Der dicke Mann lächelte traurig, als er ihn aus seiner Umarmung entließ. »Wir werden dir neue besorgen.«

»Über zweihundert Tote«, teilte Frentis ihm kurze Zeit später mit. »Wir haben eine Vielzahl von Waffen mitgebracht, außerdem allerlei Rüstungen, Nahrungsmittel und ein paar Bogen. Und natürlich unsere ganz speziellen neuen Rekruten. Auf unserer Seite gab es vier Tote.«

»Man sollte nie die Macht der Überraschung unterschätzen«, stellte der Meister fest.

Sie saßen am Flussufer, unweit des Lagers, in dem jetzt über dreihundert Menschen lebten. In den vergangenen Wochen hatten sie zahlreiche Flüchtlinge und befreite Sklaven aufgenommen. Manche waren weitergezogen, als sie begriffen, dass von ihnen erwartet wurde zu kämpfen, die meisten jedoch waren geblieben. Trotzdem beschränkte sich die Zahl der kampffähigen Lagerbewohner auf etwas unter hundert. Der Rest war zu jung, zu alt, zu krank oder zu unerfahren im Umgang mit der Waffe, um etwas gegen die Volarianer ausrichten zu können. Bis zum Vorabend hatten sie lediglich kleine Erfolge aufzuweisen gehabt, die aus Überfällen auf Sklavenkarawanen und volarianische Nachschubkolonnen bestanden.

»Sie werden kommen«, sagte der Meister. »Spätestens jetzt dürfte ihnen bewusst sein, dass wir ein ernstzunehmender Gegner sind.«

»Damit hatten wir ja gerechnet. Was den Aspekten angeht, Meister …«

Grealin schüttelte den Kopf. »Nein.«

»Ich kenne zahlreiche Wege …«

»So leid es mir auch tut, aber es kommt nicht in Frage, dass du eine ganze Stadt nach einem einzigen Mann absuchst, der unserem Wissen nach genauso gut im Laderaum eines Sklavenschiffes stecken kann. Die Menschen hier brauchen ihren Anführer, Bruder. Mehr denn je zuvor.«

◆ ◆ ◆

Der Sklave saß immer noch da, wo Frentis ihn zurückgelassen hatte. Schweigend und bewegungslos wartete er neben dem Unterschlupf, den Davoka sich mit Illian teilte. Das Mädchen starrte den Mann mit unverhohlener Neugier an, während es die Suppe umrührte, die über dem Feuer kochte. Deren Geruch ließ darauf schließen, dass Kochen nicht gerade zu Illians Talenten zählte.

»Bruder!« Ihr Gesicht hellte sich auf, als Frentis auf sein Zelt zuging und sich dabei das Schwert vom Rücken schnallte. »Ein weiterer Sieg. Das ganze Lager redet davon. Stimmt es, dass Ihr zehn dieser Bestien getötet habt?«

»Ich habe sie nicht gezählt«, gab er ehrlich zur Antwort.

»Nehmt mich beim nächsten Mal mit«, sagte Arendil missmutig und stocherte mit einem Stock im Feuer. »Ich erledige bestimmt mehr als zehn.«

»Du könntest nicht mal eine Maus erledigen«, lachte Illian ihn aus.

»Ich bin ein Knappe des Hauses Banders«, entgegnete der Junge. »Es beleidigt meine Ehre, dass ich mit dir hier zurückbleiben muss, während meine Kameraden einen ruhmreichen Sieg erstreiten.«

»Jemand muss das Lager bewachen.« Frentis' Ton sollte Arendil zu verstehen geben, dass er des Themas überdrüssig war.

Dann schöpfte er etwas Suppe in eine Schale, hockte sich neben den Sklaven und hielt sie ihm vors Gesicht. »Iss«, sagte er.

Der Mann nahm sie entgegen und begann mit bedingungslosem Gehorsam zu essen. Er führte die Schüssel an den Mund und schlürfte ihren übelschmeckenden Inhalt, ohne auch nur einen Augenblick zu zögern.

»Hast du einen Namen?«, fragte Frentis den Mann, als dieser aufgegessen hatte.

»Ja, Herr. Nummer Vierunddreißig.«

Ein numerierter Sklave. Einer, der von Kindesbeinen an für eine bestimmte Aufgabe geschult worden war. *Er ist höchstens fünfundzwanzig, aber ich würde wetten, dass er mehr Menschen auf dem Gewissen hat als ich, und er hat sie bestimmt nicht kurz und schmerzlos getötet.*

»Ich bin nicht dein Herr«, sagte Frentis. »Und du bist kein Sklave mehr, sondern ein freier Mann.«

Dem Sklaven war keine Freude anzumerken, allenfalls Verblüffung, als er seltsam gekünstelt erwiderte: »Verlorene Freiheit kann nicht zurückgewonnen werden. Wer unfrei geboren ist, hat dies der Schwäche seines Bluts zu schulden. Wer frei geboren und später versklavt wird, hat durch eigene Schwäche das Recht auf Freiheit verwirkt.«

»Das klingt, als hättest du es auswendig gelernt«, stellte Frentis fest.

»Das sind die Kodizes des Herrscherrats, Band sechs.«

»Vergiss den Rat und das Kaiserreich. Beide sind weit weg, und hier in den Königslanden gibt es keine Sklaven.«

Vierunddreißig sah ihn misstrauisch an. »Ihr habt mich nicht mitgenommen, um Rache zu nehmen?«

»Du hast dein Leben lang nur Befehle ausgeführt. Habe ich damit recht?«

Vierunddreißig nickte, griff in seine Tunika und zog eine kleine Glasphiole hervor, die an einer Kette um seinen Hals hing. »Ich muss das nehmen. Es betäubt den Schmerz … meinen Schmerz. Ich brauche es, um meine Arbeit zu tun.«

Als Frentis die hellgelbe Flüssigkeit betrachtete, fühlte er kurz einen Widerhall seiner unsichtbaren Fesseln. »Und wenn du es nicht nimmst?«

»Dann … dann habe ich Schmerzen.«

»Du bist jetzt ein freier Mann und kannst tun und lassen, was du willst. Nimm es oder auch nicht. Bleib bei uns oder geh. Die Entscheidung liegt bei dir.«

»Was wollt Ihr von mir?«

»Du hast Fähigkeiten, die uns von Nutzen sein könnten.«

Davoka erschien mit einem Getreidesack, den sie aus dem Ordenshaus hergeschleppt hatte, warf ihn neben das Feuer und sah den Sklaven finster an. Dann ließ sie sich von Illian eine Suppenschüssel reichen, spuckte den ersten Löffel aber gleich wieder aus. Mit den Worten: »Das war das letzte Mal, dass du gekocht hast«, leerte sie den Inhalt des Kessels ins nächste Gebüsch. Dann ging sie zum Zelt und kehrte mit einem erbeuteten volarianischen Messer zurück, das sie dem Mädchen hinwarf. »Du lernst jagen. Und du machst eine neue Suppe, Arendil.«

Sichtlich erfreut hob Illian das Messer auf und winkte Arendil damit zu, ein höhnisches Kichern auf den Lippen.

»Komm mit, wir überprüfen die Fallen«, sagte Davoka und nahm ihren Speer. Als sie an Frentis vorbeiging, blieb sie kurz stehen und warf Vierunddreißig einen weiteren missmutigen Blick zu. »Bringt ihn woanders hin«, sagte sie leise. »Ich will ihn nicht in der Nähe der Kinder haben.«

Damit entfernte sie sich, und Illian heftete sich an ihre Fersen. »Ich bin kein Kind mehr«, erklärte das Mädchen. »In eineinhalb Jahren bin ich alt genug, um zu heiraten.«

Arendil trat mit dem Fuß gegen den Kessel und murrte: »Und ich bin der leibliche Erbe des Fürsten von Renfael.«

Frentis stand auf und bedeutete Vierunddreißig, ihm zu folgen. »Ich möchte dir etwas zeigen.«

◆ ◆ ◆

Janril saß dem Gefangenen gegenüber und wetzte sein Schwert. Der Volarianer war ein großgewachsener Mann, an dessen Armen sich beeindruckende Muskeln wölbten. Man hatte ihn mit einem dicken Seil an den Stamm einer Ulme gefesselt; sein Gesicht war von einem wilden Muster aus Schnittwunden und Blutergüssen übersät, ein Auge völlig zugeschwollen und seine Lippen aufgeplatzt.

»Und?«, fragte Frentis den Barden.

Dieser antwortete mit einem knappen Kopfschütteln, und sein Blick verfinsterte sich, als er Vierunddreißig sah. »Vielleicht kann er uns helfen«, erklärte Frentis.

Janril zuckte mit den Achseln, sprang auf und stieß den Gefesselten mit dem Fuß an, woraufhin dieser den Kopf hochriss und mit seinem guten Auge erschrocken um sich blickte. Dann fiel ihm offensichtlich ein, in welcher Lage er sich befand, und er kniff das Auge trotzig zusammen.

»Das hat er getragen, als wir ihn festgenommen haben.« Frentis zeigte auf das Medaillon, das jetzt von Janrils Hals baumelte, eine silberne Scheibe, auf der eine Kette und eine Peitsche eingeprägt waren. »Wir gehen davon aus, dass er ein bedeutender Mann ist.«

»Das Siegel des Gildemeisters«, erwiderte Vierunddreißig. »Das heißt, dass er fünfzig Aufseher befehligt. Ich habe ihn schon einmal gesehen – als die Flotte gemustert wurde. Ich glaube, er untersteht dem direkten Befehl von General Tokrev.«

»Tatsächlich?« Frentis trat einen Schritt zur Seite, damit der Gefangene Vierunddreißig sehen konnte. »Das ist ja hochinteressant.«

Als der Mann den Sklaven erblickte, weitete sein unversehrtes Auge sich sichtbar. »Unser neuer Rekrut möchte Euch ein paar Fragen stellen«, erklärte Frentis dem Gildemeister.

◆ ◆ ◆

Vierunddreißig ging neben dem Gildemeister in die Hocke, und dieser fing sofort an zu reden. Die Worte sprudelten nur so von seinen kaputten Lippen. Dabei hatte der Folterknecht ihn nicht einmal angefasst. Frentis und Janril ließen die beiden allein.

»In drei Tagen kommt eine große Karawane aus der Provinz im Norden zurück«, berichtete der Folterknecht kurze Zeit später. »Der Landesfürst hat ihnen eine Liste der Untertanen ausgehändigt, von denen er meint, dass sie gute Sklaven abgeben würden.«

Als Frentis ihm das, was Vierunddreißig gesagt hatte, übersetzte, richtete Meister Grealin sich auf. »Lord Darnel macht gemeinsame Sache mit diesen Leuten?«

Frentis gab die Frage an Vierunddreißig weiter, doch der zuckte nur leicht mit den Achseln. »Ich kenne diesen Mann nicht.«

Das war von langer Hand geplant, dachte Frentis und verzog das Gesicht. »Was hat der Gildemeister sonst noch gesagt? Weiß er etwas über den Verbleib unseres Aspekten?«

Vierunddreißig schüttelte den Kopf. »Darüber weiß er rein gar nichts. Er interessiert sich ausschließlich für Geld und Sklaven.«

»Kann er uns noch etwas nützen?«

»Er kennt Zahlen und weiß, wie viele Sklaven ins Kaiserreich verschifft werden und mit welcher Gewinnspanne sein Meister zu rechnen hat.«

»Bring so viel wie möglich aus ihm heraus. Vor allem über diesen General, dem er untersteht. Wenn du der Meinung bist, dass er dir alles gesagt hat, übergibst du ihn an Feldwebel Norin.«

»Ich habe ihm einen schnellen Tod versprochen. Er hat mich angefleht.«

»Ein Versprechen an eine Bestie zählt nichts«, entgegnete Janril, als Frentis ihm Vierunddreißigs Worte übersetzte. So viel hatte er seit Tagen nicht gesprochen.

»Wirst du bei uns bleiben?«, fragte Frentis den ehemaligen Sklaven.

Der schmächtige Mann nahm die Phiole, die um seinen Hals hing, und zog den Stöpsel heraus. Er zögerte kurz, und seine Hände zitterten, doch dann goss er den Inhalt aus. »Ich bleibe, aber nur unter einer Bedingung.«

»Du darfst bestimmen, wie der Sklavenhändler stirbt.«

Doch Vierunddreißig schüttelte den Kopf. »Nein. Ich will einen Namen.«

◆ ◆ ◆

»Wie lautet eure Aufgabe?«, wollte Frentis von Illian und Arendil wissen, die neben ihm im hohen Gras lagen.

Arendil verdrehte nur die Augen, doch Illian meldete sich übereifrig zu Wort. »Wir stolpern die Straßen entlang und tun so, als wären wir verletzt. Wenn die Karawane kommt, setzen wir uns hin und warten.«

Frentis ließ die beiden ein weiteres Mal vorspielen und vergewisserte sich dann, dass das getrocknete Hasenblut und die zerfetzten Kleider überzeugend aussahen. »Und wenn es losgeht?«

Jetzt kam Arendil Illian zuvor, was ihm einen bösen Blick von ihr eintrug. »Dann gehen wir zu den Fuhrwerken und lassen die Gefangenen frei.« Er zog einen der Schlüssel hervor, die sie von Frentis bekommen hatten. Sie waren nämlich dahintergekommen, dass fast alle Sklavenhändler die gleichen Schlösser verwendeten; demzufolge sollten sie mit den Schlüsseln, die sie bisher erbeutet hatten, in der Lage sein, die meisten Handfesseln aufzuschließen.

»Davoka wird euch Deckung geben. Haltet euch immer in ihrer Nähe.«

Aus dem Augenwinkel sah Frentis, dass die Lonakerin ihn missbilligend beobachtete, und er wich ihrem Blick aus. Die Idee, die Kinder mitzunehmen, stammte nicht von ihr.

»Ich dachte, die Kinder der Lonaker lernen bereits früh, was kämpfen bedeutet«, hatte er entgegnet, als sie ihm gegenüber ihre Bedenken äußerte.

»Aber die beiden sind keine Lonakhim«, hatte Davoka geantwortet. »Sie haben noch nie Ungemach erfahren.«

Frentis wusste, dass in Wahrheit ein anderer Grund dahintersteckte. Die beiden – insbesondere Illian – erinnerten Davoka an eine andere Seele, die nie Ungemach erfahren hatte. »Dieser Wald wird schon bald vom Krieg heimgesucht werden«, sagte er. »Mit den Spielen, die wir bislang gespielt haben, ist es dann vorbei. Sie müssen vorbereitet sein.«

Im Norden ertönte ein kurzer, schriller Pfiff, und die Krieger duckten sich noch tiefer ins Gras. Frentis wandte sich an die beiden Halbwüchsigen, deren Leben er aufs Spiel zu setzen gedachte. »Es ist so weit.«

Sie spielten ihre Rolle gut, wenngleich Illian etwas übertrieb und Arendil etwas steif wirkte. Nördlich vor ihnen erklomm die Karawane den kleinen Hügel und wurde dabei von einer ganzen Kompanie Freier Reiter begleitet. Als der Offizier, der den Zug anführte, die beiden Kinder auf der Straße sitzen sah, hob er die Hand, und die Karawane hielt an. Frentis beobachtete, wie der Volarianer den Blick aufmerksam über die umliegenden Felder schweifen ließ. Als er fertig war, bellte er einem seiner Feldwebel einen Befehl zu, woraufhin eine Gruppe mit vier Reitern losgaloppierte und wenige Fuß vor den blutüberströmten Flüchtlingen zu stehen kam, die beide zu hübsch waren, um sie an Ort und Stelle zu töten.

Frentis packte seinen Bogen und stand auf; die anderen Schützen folgten seinem Beispiel. Sie waren zwar nicht sonderlich treffsicher, doch die schiere Menge an abgefeuerten Pfeilen sorgte dafür, dass alle vier Reiter einen Augenblick später tot waren. Jetzt sprang auch Davoka auf und rannte zur Straße, während Frentis seine zwanzig Bogenschützen im Sturmlauf gegen die Karawane führte.

Der volarianische Hauptmann war offenkundig kampferprobt, denn er brachte zunächst die Spitze seiner Kompanie in Gefechtsformation, ehe er zum Gegenangriff überging und etwa dreißig Reiter mit erhobenen Schwertern auf Frentis und seine Leute hetzte.

Frentis blieb stehen, legte einen weiteren Pfeil an und hob die Hand, den Blick auf den großen Felsbrocken gerichtet, den er zuvor eigenhändig am Straßenrand plaziert hatte. Als der erste Reiter die Marke erreichte, ließ er die Hand fallen.

Zu beiden Seiten der Straße tauchten mehr als zwanzig knurrende Bestien aus dem Gras auf, deren Bellen einem Brüllen glich, als sie der Reiterei zu Leibe rückten. Scharfe Zähne gruben sich in Fleisch; Männer wie Pferde schrien vor Angst und Schmerz, als die Bestien hochsprangen, die Männer aus den Sätteln zerrten, sie mit ihren Pranken zu Boden drückten und ihre wild um sich schlagende Beute in Stücke rissen. Inmitten des Blutbads blitzte gelegentlich ein Schwert auf, das in dem verzweifelten Versuch herabstieß, sich der Meute zu erwehren.

Nachdem die Schreie verklungen waren, setzte Frentis sich wieder in Bewegung. Innerhalb kürzester Zeit war so viel Blut vergossen worden, dass es wie roter Dunst über dem Schauplatz des Gemetzels zu hängen schien. Einige der Bogenschützen würgten und mussten sich von dem grauenerregenden Anblick abwenden.

Die Bestie saß auf den Überresten des volarianischen Hauptmanns und leckte sich die rot gefärbten Pfoten. Als sie Frentis sah, legte sie sich leise winselnd auf den Bauch und kam auf ihn zugerobbt, um ihm die Hand abzulecken. »Räuber.« Frentis kniete sich hin und umarmte seinen alten Freund. »Du bist ein braver Junge. So ein braver Junge.«

◆ ◆ ◆

Bei den Fuhrwerken war es zu einem kurzen, aber hässlichen Kampf gekommen. Die Söldner, die die Gefangenen bewachten, und die Nachhut der Kavallerie hatten sich heftig zur Wehr gesetzt, gegen Davoka und die anderen jedoch keine Chance gehabt. Allerdings hatte die Auseinandersetzung fünf von Frentis' Leuten das Leben gekostet. Als er Davoka fand, war sie gerade dabei, Illian zu beschwichtigen, die wild um sich schlug und die Leiche eines Aufsehers bespuckte, aus dessen Brust ein Messer ragte. Die Obszönitäten, die dabei aus dem Mund des Mädchens kamen, legten den Schluss nahe, dass sie wohl doch nicht so behütet aufgewachsen war, wie Frentis bisher angenommen hatte. Schließlich ließ sie erschöpft von dem Mann ab und sank weinend in die Arme der Lonakerin, die ihr tröstend übers Haar strich. »Es tut mir leid«, flüsterte Illian. »Er hat mich angefasst. Das hätte er nicht tun dürfen.«

Indessen war Arendil damit beschäftigt, die Fesseln der Gefangenen aufzuschließen. Bis auf eine kleine Schnittwunde an der Stirn war er unverletzt. Frentis musterte die befreiten Sklaven – wie üblich vor allem junge Männer und Frauen, die man aufgrund ihrer Stärke oder Schönheit ausgewählt hatte. Paradoxerweise spielten die Ansprüche, welche die Volarianer an ihre Sklaven hatten, Frentis die geeignetsten Rekruten für seine wachsende Armee in die Hände.

»Ermund!« Ungläubig sah Arendil einen der ziellos umherstolpernden Befreiten an, einen breitschultrigen Mann mit narbiger Nase und frischen Peitschenwunden auf dem Rücken. Der Mann starrte Arendil ebenfalls an.

»Arendil? Ich glaube, ich träume!«

»Nein, das ist kein Traum, Sir. Was macht Ihr hier? Was ist mit Mutter, Großvater …?«

Der Mann taumelte, und Frentis eilte heran und half dem Jungen dabei, ihn vorsichtig zu Boden gleiten zu lassen und gegen ein Wagenrad zu lehnen. Dann reichte er ihm seine Feldflasche.

»Das ist Ermund Lewen«, erklärte Arendil. »Der Erste Ritter meines Großvaters.«

»Darnels Handlanger sind beim Anwesen aufgetaucht«, sagte der Ritter, nachdem er seinen Durst gestillt hatte. »Es waren mindestens fünfhundert, auf jeden Fall zu viele, um gegen sie zu kämpfen. Auf mein Drängen hin ist Euer Großvater mit Eurer Mutter geflohen. Meine Männer und ich … Wir haben alles gegeben, um Darnels Leute aufzuhalten, wir haben uns wirklich wacker geschlagen …« Sein Kopf sank herab, und er hatte Mühe, die Augen offenzuhalten.

»Ich sehe nach, ob ich ein Pferd für ihn finde.« Frentis berührte Arendil an der Schulter und ließ ihn mit dem Ritter allein.

Nach dem Angriff der Hunde und dem Kampf waren nur noch wenige Pferde am Leben. Frentis sorgte dafür, dass sie eingefangen und ins Lager gebracht wurden; Meister Rensial benötigte dringend eine Ablenkung. Wenn er nicht gerade ins Leere starrte, zählte der verrückte Stallmeister die Namen aller Pferde auf, die er je abgerichtet hatte. Frentis' Name dagegen schien ihm entfallen zu sein, ihn nannte er stets nur »der Junge«.

Frentis packte eines der Tiere an den Zügeln: einen edlen Hengst mit seidigem, schwarzem Fell, der angesichts der Hunde, die sich ein Stück entfernt an den Leichen gütlich taten, ängstlich die Nüstern blähte. Frentis flüsterte beruhigend auf das Tier ein und führte es dann zu dem bewusstlosen Ritter. Als er an Janril Norin vorbeikam, blieb er kurz stehen. Der Feldwebel schritt eine Reihe von sechs überlebenden Volarianern ab und schwang dabei träge sein Schwert. »Kann einer von euch singen? In unserem Lager gibt es kaum Musikanten, und ich könnte heute Abend etwas Unterhaltung vertragen.« Er hielt inne und wandte sich den Männern zu. Dann bohrte er dem ersten von ihnen seine Schwertspitze in die Wange, und ein klaffender Schnitt tat sich auf. »Sing!«

Frentis trat näher, während der Mann Janril verwirrt ansah und ihm Tränen in die vor Angst geweiteten Augen stiegen.

»Sing, habe ich gesagt, du verfluchter Hurensohn«, flüsterte Janril und setzte sein Schwert neben dem Ohr des Volarianers an. »Früher habe ich gesungen, und meine Frau hat getanzt …«

»Feldwebel«, unterbrach Frentis ihn.

Janril drehte sich um, leichter Unmut sprach aus seinem Blick. »Ja, Bruder?«

»Wir haben keine Zeit für so etwas.« Er wies mit dem Kinn auf den dritten Mann in der Reihe. »Der da ist ein Fähnrich, vielleicht hat er nützliche Informationen für uns. Nimm ihn mit ins Lager, damit wir ihn befragen können. Töte die anderen, aber mach schnell.«

Janril Norin starrte ihn einen Augenblick lang an, sein Gesicht ausdruckslos wie immer. Dann nickte er langsam. »Wie Ihr wünscht, Bruder.«

◆ ◆ ◆

»Wir wissen nicht, warum Darnel sich ausgerechnet diesen Zeitpunkt ausgesucht hat, um uns anzugreifen.« Ermunds Gesicht wurde vom Schein des Lagerfeuers in rotes Licht getaucht. Arendil saß mit besorgter Miene neben ihm. Illian war damit beschäftigt, den Hund zu kraulen, dessen Kopf in ihrem Schoß ruhte. Als Räuber und der Rest der Meute sich zu ihnen ans Feuer gesellt hatten, war das Mädchen zunächst noch ängstlich gewesen. Doch dann war eine junge Hündin, die nur ein wenig kleiner als die anderen war, zu ihr herübergetrottet, hatte ihr den Kopf auf die Knie gelegt und ihr zu verstehen gegeben, dass sie gestreichelt werden wollte.

»Sie mag Euch«, erklärte Frentis. Räuber saß zu seiner Linken, einer von seinen zahlreichen Nachkommen zu seiner Rechten. Die Hunde, die der gefallene Meister Chekril laut Grealin »Glaubenshunde« genannt hatte, waren ein wenig kleiner als ihr lange verschollener Vorfahr Bosko, hatten dafür jedoch längere Beine und spitzere Schnauzen. Die bestürzende Ergebenheit und der bedingungslose Gehorsam des Sklavenhunds machten sich auch bei seinen Nachfahren bemerkbar, doch waren sie etwas leichter zu kontrollieren.

»Von der Invasion habe ich erst nach meiner Gefangennahme erfahren«, fuhr Ermund fort. »Unterwegs habe ich ein paar hässliche Dinge gesehen, das könnt Ihr mir glauben. Darnel hatte es offenbar eilig, seine Rechnungen mit den Leuten zu begleichen, die ihn irgendwann einmal verärgert haben.«

»Heißen seine Untertanen den Verrat gut?«, wollte Meister Grealin wissen.

»Das lässt sich von der Ladefläche eines Fuhrwerks aus schwer beurteilen«, entgegnete Ermund. »Seine Ritter sind ihm sicherlich treu ergeben, denn er wählt mit Bedacht nur Gleichgesinnte aus, brutale Tölpel, die mehr aus Gier denn Ehrgefühl handeln. Aber ich kenne unser Volk, und Darnel war nie besonders beliebt. Dass er sich auf die Seite der Eroberer geschlagen hat, bringt ihm gewiss keine Zuneigung ein.«

»Und Großvater«, sagte Arendil. »Wisst Ihr vielleicht, wohin er geflohen sein könnte?«

»Leider nein, mein Junge. Aber an seiner Stelle wäre ich nach Norden zum Skellan-Pass gegangen und hätte Zuflucht beim Orden gesucht.«

»Die Garnison am Pass ist nur noch ein Schatten ihrer selbst«, sagte Grealin. »Aspekt Arlyn war gezwungen, die Zahl der Männer in den letzten Jahren drastisch zu reduzieren. Von Bruder Sollis ist nicht viel Verstärkung zu erwarten.«

»Wir kämpfen allein«, sagte Davoka.

»Nicht allein«, entgegnete Frentis. »Der Turmherr der Nordlande wird kommen. Und wenn er erst hier ist, werden wir die Königslande zurückerobern.«

Davokas Blick verfinsterte sich angesichts des zustimmenden Gemurmels. »Die nördliche Ödnis ist weit weg, und dieser Turmherr kann kein größeres Heer haben als die Volarianer.«

Illian lachte leise. »Selbst wenn Lord Vaelin alleine käme, würde er diesen Krieg innerhalb eines Tages gewinnen.«

Davoka zog zweifelnd die Augenbrauen hoch, behielt ihre Gedanken jedoch für sich.

»Wir müssen die Stellung halten«, sagte Frentis. »Die Flamme des Widerstands schüren, bis Vaelin eintrifft.«

»Und so viele von ihnen töten wie irgend möglich«, fügte Janril hinzu. Er stand abseits des Kreises, das Gesicht nur zur Hälfte vom Feuer erleuchtet, und starrte Frentis aufmerksam an. »Nicht wahr, Bruder?«

Der leicht drohende Unterton in seiner Stimme veranlasste Räuber, den Kopf zu heben und ihn leise anzuknurren. Frentis kraulte dem Hund beruhigend die Ohren und erwiderte: »So ist es, Feldwebel.«

Plötzlich erschien Vierunddreißig aus der Dunkelheit, und Illian zuckte vor Schreck zusammen. Der Folterknecht hatte das unheimliche Talent, scheinbar aus dem Nichts aufzutauchen. Noch hatte er sich für keinen Namen entschieden, doch das machte nichts weiter aus, da ohnehin nur wenige im Lager mit ihm sprechen konnten oder wollten. »Der Fähnrich war stur«, berichtete er. »Aber nicht übermäßig. Der Schaden hält sich in Grenzen.«

»Was hast du in Erfahrung gebracht?«, fragte Frentis und bedeutete dem ehemaligen Sklaven, sich zu setzen. Vierunddreißig ließ sich zwischen Frentis und Davoka nieder und schien dabei gar nicht zu bemerken, dass die Lonakerin sich in seiner Nähe offenkundig unwohl fühlte. »Sie wissen über Euch und Eure Gruppe Bescheid. Die Freien Schwerter nennen Euch den Roten Bruder. Die Volarianer schmieden bereits Pläne, wie sie Euch aus diesem Wald vertreiben können, und der General hat zehntausend Quadrate Kopfgeld auf Euch ausgesetzt.«

»Das war zu erwarten«, entgegnete Frentis. »Was hat er sonst noch erzählt?«

»Die Stadt zu erobern und eure Armee zu besiegen hat die Volarianer mehr Männer gekostet als ursprünglich geplant. Aber es ist bereits Verstärkung aus Volaria unterwegs. Der Großteil der Truppen marschiert nach Süden. Der Fürst der südlichen Provinz hat sich geweigert, mit ihnen zu verhandeln, und jetzt belagern sie seine Stadt.«

»Darnel verkauft sich, während Mustor standhaft bleibt«, wunderte sich Meister Grealin, nachdem Frentis die Neuigkeiten übersetzt hatte. »Der Krieg stellt noch jedes Mal die Welt auf den Kopf.«

Frentis bemerkte Davokas erwartungsvollen Blick. »Gibt es etwas Neues von der Königin?«, fragte er Vierunddreißig.

»Der Fähnrich glaubt, dass die gesamte königliche Familie umgebracht wurde. Es wurde jedenfalls kein Befehl ausgegeben, nach der Königin zu suchen.«

»Hat er sonst noch etwas gesagt?«

»Er vermisst seine Frau, die im Winter ihr erstes Kind zur Welt gebracht hat.«

»Wie überaus traurig.« Frentis wandte sich an Janril. »Er ist fertig mit dem Gefangenen.«

Ein leichtes Lächeln trat auf das Gesicht des Barden, dann war er auch schon in der Dunkelheit verschwunden. Frentis kraulte Räuber den Nacken und konnte die festen Muskelpakete spüren, die sich unter dem Fell des Hundes abzeichneten. *Uns hat man zu Ungeheuern gemacht, alter Junge,* dachte er. *Aber was mache ich aus ihnen?*

Neuntes Kapitel

Reva

Die Dammstraße war mit Leichen übersät. Der Anblick der reglosen, dunklen Körper erinnerte Reva an den Teppich aus toten Schwalben, der sich nach der alljährlichen Jagd der Dorfbewohner über ein Feld in der Nähe des Schuppens gebreitet hatte. Zwischen den Toten lagen Leitern, keine davon näher als zwanzig Meter an der Mauer. Reva zählte fast vierhundert Volarianer, die am Tag nach dem Eintreffen der Vorhut allesamt Lord Anteschs Bogenschützen zum Opfer gefallen waren. Seitdem war kein neuer Angriff erfolgt, stattdessen beschränkten die Besatzer sich darauf, Erdwälle anzulegen und in der Umgebung auf Streife zu gehen.

»Sie warten ab«, hatte ihr Onkel gesagt, während er vor dem offenen Kamin in der Bibliothek saß, eine dicke Decke über den Knien, die blaue Phiole und die Rotblüte in greifbarer Nähe. »Und warum auch nicht? Wir gehen schließlich nirgendwohin.«

Wie Bruder Harin prophezeit hatte, verschlechterte sich sein Zustand von Tag zu Tag. Seine Wangen sanken immer tiefer ein, und er wurde zunehmend blasser. Unter seiner bleichen, pergamentenen Haut zeichneten sich jeder Knochen und jede Ader so deutlich ab, als würden sie bloßliegen. *Aber seine Augen,* dachte Reva. *Sie leuchten noch.*

Bislang war sie ihrem Versprechen treu geblieben und ihm nicht von der Seite gewichen. Sie hatte den ohnmächtigen Wunsch unterdrückt, zur Mauer zu rennen, als am zweiten Tag Alarm geblasen wurde. Stattdessen war sie wie eine eingesperrte Wildkatze durch die Villa gestreunt, bis die Nachricht eintraf, dass der Angriff mühelos zurückgeschlagen worden war. Doch heute hatte ihr Onkel eingelenkt. Die Volarianer marschierten jetzt zu voller Kampfstärke auf, und er war zu schwach, um sich mit eigenen Augen einen Überblick über die Lage zu verschaffen.

»Meine Herren«, begrüßte sie Antesch und Arentes. Die beiden standen auf der Wehrmauer über dem Torhaus und verneigten sich vor Reva und Lady Veliss.

»Wissen wir, wie viele es sind?«

»Nein, meine Dame«, erwiderte Antesch. »Ich habe sie nicht gezählt. Es schadet der Moral der Männer, sie ständig mit großen Zahlen zu konfrontieren.«

Reva trat näher an den Rand der Mauer und ließ den Anblick des volarianischen Heeres auf sich wirken. Ihre Zelte erstreckten sich bis weit in den morgendlichen Nebel, mehr Stadt denn Feldlager. Mindestens zweitausend Fußsoldaten marschierten über die Ebene, während sich über die Hügel im Westen ein endloser Strom weiterer Infanteristen ergoss. Am meisten jedoch fesselten die großen Holzgestelle, welche die Volarianer hinter den Erdwällen errichteten, Revas Aufmerksamkeit.

»Sind das ihre Kriegsmaschinen?«, fragte sie.

»Nein, davon war bisher nichts zu sehen«, antwortete Lord Antesch. »Das da sind Türme, die sie auf großen Rädern an die Mauer rollen.«

»Ich habe Feuerpfeile vorbereitet«, sagte Antesch. »Und Töpfe mit Öl.«

»Sie scheinen eine ganze Menge von diesen Dingern zu bauen«, stellte Arken fest. Er war wie Antesch in einen blauen Lederwams gekleidet und trug seinen Langbogen und einen Köcher voller Pfeile bei sich.

»Dann haben wir eine ganze Menge Ziele, mein junger Herr«, entgegnete Antesch. In seiner Stimme lag eine gewisse Anspannung, die seine augenscheinliche Zuversicht Lügen strafte. *Er ist kein Narr,* dachte Reva. Außerdem war sie überzeugt, dass der Anführer der Bogenschützen eine durchaus penible Zählung der Volarianer vorgenommen hatte.

»Wann ist mit dem Angriff zu rechnen?«, fragte sie.

»Sobald die Türme fertig sind, nehme ich an«, erwiderte Antesch. »Ich kann mir nicht vorstellen, dass die Volarianer die Belagerung unnötig in die Länge ziehen. Sie haben schließlich ein ganzes Reich zu erobern und werden vermeiden wollen, dass ihre Soldaten länger als nötig hier festsitzen.«

Reva wandte ihren Blick wieder den Holzgestellen zu und stellte fest, dass sie in der kurzen Zeit, seit sie auf der Mauer stand, sichtbar gewachsen waren. Als sie den Mantel ablegte, kam darunter das leichte Kettenhemd zum Vorschein, das sie im fast restlos geleerten Zeughaus der Villa gefunden hatte. Sie schnallte sich den Schwertgurt so um die Brust, wie Al Sorna es ihr beigebracht hatte. Dabei saß das Schwert auf dem Rücken und sein Griff ragte über die rechte Schulter, sodass sie es jederzeit schnell ziehen konnte. Dann hielt sie Arken die ausgestreckte Hand hin, und er reichte ihr den Bergulmen-Bogen und einen Pfeilköcher.

»Reva …«, begann Veliss.

»Ihr solltet wieder zu meinem Onkel gehen«, wies Reva sie an. »Mein Platz ist jetzt hier.«

Veliss ließ ihren Blick zum volarianischen Heer wandern und dann wieder zurück zu Reva. »Ihr habt ihm aber versprochen …«

»Er wird es verstehen.« Als Reva sah, wie Veliss mit verschränkten Armen vor ihr stand, begriff sie, dass die Beraterin ihres Onkels den Tränen nahe war. Sie machte einen Schritt auf sie zu und nahm ihre Hand. »Bleibt in seiner Nähe. Ich komme nach, sobald die Mauern sicher sind.«

Veliss holte tief Luft und hob den Kopf; ihr Blick war wieder klar, und sie rang sich ein Lächeln ab. »Noch ein Versprechen?«

»Dieses werde ich halten.«

Veliss umklammerte Revas Hand und führte sie an ihre Lippen. Ein weicher, warmer Kuss, dann war sie verschwunden. Sie hatte sich einfach umgedreht und war, ohne noch einmal zurückzusehen, die Treppe hinuntergehastet.

»Meine Herren.« Reva wandte sich wieder Antesch und Arentes zu. »Ich würde gerne noch einmal die Mauern abschreiten.«

◆ ◆ ◆

Sie kamen nachts, vielleicht weil sie hofften, die Dunkelheit würde ihnen Schutz vor den Pfeilen der Cumbraeler bieten. Wenn dem so war, wurden sie jedoch enttäuscht. Antesch hatte in Pech getränkte Weidenbündel vorbereitet, die jetzt von den Mauern geworfen und mit Feuerpfeilen entzündet wurden. Im Licht der emporschlagenden Flammen waren die Türme, die sich langsam über die Dammstraße bewegten, deutlich zu erkennen. An der Rückseite jedes Turms war ein langer Baldachin angebracht; darunter befanden sich die Männer, welche die Gestelle im Gleichschritt zu einem unhörbaren Rhythmus anschoben. Antesch wartete, bis der erste Turm etwa fünfzig Meter vor dem Tor war, dann gab er den Schießbefehl. Auf seine Anordnung hin wurden Tontöpfe über die Mauer geworfen, zerschellten zu Dutzenden am Turm und wurden anschließend mit einer Salve Feuerpfeile in Brand gesteckt. Das Lampenöl entzündete sich binnen weniger Augenblicke.

Das Ungetüm rollte weiter, und Reva verrenkte sich den Hals, um einen Blick auf den Baldachin zu erhaschen, unter dem die Beine weiterhin rhythmisch stampften. Dann nahm sie ihren Bogen, legte einen Pfeil ein und zielte sorgfältig. Der Pfeil verschwand irgendwo in der Masse aus Beinen am hinteren Ende des Baldachins, und schon wenige Sekunden später sah Reva mit Genugtuung, wie eine sich krümmende Gestalt darunter hervorrollte, ein Bein umklammert hielt und sogleich von mehreren Pfeilen am Boden festgenagelt wurde. Die anderen Bogenschützen folgten Revas Beispiel, und schon bald zog der Turm eine Spur verwundeter Männer hinter sich her, während seine obere Hälfte in Flammen stand. Gute zwanzig Meter vor der Mauer kam das Ungeheuer zum Stehen – nahe genug, dass aus seinem Inneren die Schreie der brennenden Männer zu hören waren –, krümmte sich wie ein verwundetes Tier und spie fliehende Soldaten aus, die schon nach wenigen Metern von den Pfeilen der Bogenschützen niedergestreckt wurden. Die Cumbraeler brachen in Jubel aus, als die obere Hälfte des Holzgestells brennend zu Boden krachte und der Turm starb.

»Spart euch den Jubel für später!«, bellte Antesch und deutete auf den nächsten Turm, der gerade versuchte, um die brennende Leiche seines Bruders herumzumanövrieren. »Werft lieber ein paar Töpfe auf das Ding.«

Den zweiten Turm ereilte dasselbe Schicksal wie den ersten. Er wurde ausgeweidet und niedergebrannt, noch bevor er die Mauer erreichte, seine Mannschaft von einem Pfeilhagel getötet. Reva sah, wie einige der Männer in den Fluss sprangen, um den Geschossen zu entgehen. Der dritte Turm hielt länger durch und wurde erst zehn Meter vor der Mauer aufgehalten.

»Leitern«, erschallte ein Schrei von irgendwo links. Reva spähte auf die Dammstraße hinunter und sah, wie mehrere hundert Männer mit Leitern an den Türmen vorbeistürmten und sich am Ende der Dammstraße in zwei Gruppen teilten, hundert Schritt parallel zur Mauer liefen und dann mit aufgerichteten Leitern auf sie zuhielten. Obwohl sie dabei in Scharen den Bogenschützen zum Opfer fielen, bewiesen sie eine ungewöhnliche Furchtlosigkeit, ja, schienen gar nicht zu merken, dass um sie herum zahlreiche ihrer Kameraden starben oder von den Leitern taumelten. *Varitai,* dachte Reva, und Veliss' Worte fielen ihr wieder ein. *Sklavensoldaten ohne eigenen Willen.*

Ein leises Sirren durchschnitt die Luft. Reva duckte sich, und der Pfeil zischte über sie hinweg. Ein anderer Bogenschütze hatte jedoch weniger Glück und fiel zu Boden; ein Pfeilschaft ragte ihm aus der Wange. Reva spähte vorsichtig über die Mauer und sah, dass am Ende der Dammstraße eine kompakte Gruppe Volarianer mit Langbogen Position bezogen hatte und mit mechanischer Geschwindigkeit und Präzision auf die Verteidiger schoss. Wie die Männer mit den Leitern schienen auch sie keine Furcht zu kennen.

Lord Antesch scharte mehrere Dutzend Männer um sich und wies sie an, sich gleichzeitig mit gespannten Bogen zu ducken, hochzuspringen und abzufeuern. Salve um Salve gingen die Pfeile auf die volarianischen Schützen nieder, bis keiner mehr stand. Mit den Varitai wurde ebenfalls kurzer Prozess gemacht. Keinem einzigen von ihnen gelang es, die Mauer weiter als bis zur Hälfte zu erklimmen, bevor er zu Fall gebracht und die Leitern umgestoßen wurden und auf den Leichenbergen zu liegen kamen.

Jetzt kamen die verbleibenden vier Türme angerollt, rumpelten über den mit Leichen übersäten Boden und suchten einen Weg vorbei an den brennenden Überresten ihrer Brüder. Als sie jedoch feststellen mussten, dass kein Vorwärtskommen war, kamen sie quietschend zum Stehen. »Wartet noch!«, rief Lord Antesch seinen Männern zu, als die ersten Feuerpfeile flogen. »Keine Munition vergeuden!«

Innerhalb einer Stunde standen alle vier Türme lichterloh in Flammen, und was von ihren Mannschaften noch übrig war, floh über die Dammstraße. Auf den Mauern brach Jubel aus. Reva wurde von allen Seiten auf die Schultern geklopft, und die Männer rissen ihre Bogen in die Luft, die gleichermaßen von Freudengeschrei und unflätigen Beschimpfungen gegen die Volarianer erfüllt war.

»War doch gar nicht so schwer, oder?«, meinte Arken. Sein Gesicht war von Rauch und Schweiß verschmiert, sein Köcher leer. Reva trat an die Mauer und blickte hinab auf die zahllosen Leichen, die die Straße rings um die Stadt bedeckten. Zwischen ihnen krochen mehrere Verwundete, deren Stöhnen vom Freudentaumel der Alltoraner übertönt wurde. *Sklaven,* dachte sie. *Leichtfertig aufs Spiel gesetzt wie ein paar Kupfermünzen bei einer aussichtslosen Wette.* Dann ließ sie den Blick zu den unzähligen Feuern im Lager der Volarianer wandern. Wer auch immer dieses hoffnungslose Schauspiel veranlasst hatte, starrte bestimmt gerade in ihre Richtung und dachte sich eine neue Strategie für den kommenden Tag aus.

Reva bemerkte, dass ihre Hand kribbelte, und zwar an ebender Stelle, wo Veliss sie geküsst hatte. Wenn Reva es sich recht überlegte, kribbelte sie schon die ganze Zeit, es war ihr nur erst jetzt aufgefallen. »Ich bin in der Villa«, sagte sie zu Arken. »Hol mich, wenn sie wieder angreifen.«

♦ ♦ ♦

Als Reva im Herrschersaal eintraf, fand sie Onkel Sentes in schlechter Laune vor – was jedoch mehr an dem Priester mit der gebrochenen Nase zu liegen schien, welcher vor ihm stand, als an Revas gebrochenem Versprechen. »Was soll das heißen?«, fragte der Erzfürst mit rauher Stimme und wedelte mit einem Stück Pergament. Dabei sah er den Priester finster an, und Veliss legte ihm beruhigend die Hand auf die Schulter.

»Die Worte des Heiligen Vorlesers sind eindeutig, Euer Lordschaft«, erwiderte der Priester und beäugte Reva argwöhnisch, als sie an ihm vorbeiging und sich neben ihren Onkel stellte. »In seiner Weisheit, die ihm vom Weltvater persönlich verliehen wurde, hat er die Ursache unserer derzeitigen Notlage erkannt. Durch unsere zahllosen Sünden haben wir Seinen Zorn auf uns gezogen, und Er hat diese gottlosen Bestien vor unsere Mauern geschickt, um uns zu bestrafen.«

»›Der Weltvater sieht alles, weiß alles und vergibt alles‹«, zitierte Reva. »›Gestraft ist nur, wer sich Seiner Liebe verweigert.‹«

Doch der Priester schenkte ihr keine Beachtung und wandte sich erneut an den Erzfürsten. »Was wir tun müssen, ist offensichtlich, Euer Lordschaft. Um die Vergebung des Weltvaters zu erlangen, müssen wir unseren Sünden entsagen.« Er warf einen vieldeutigen Blick auf Veliss. »All unseren Sünden. Alltor wurde zu Ehren des größten Propheten des Weltvaters errichtet, doch lassen wir zu, dass gottlose Seelen innerhalb seiner Mauern weilen und diese Stadt besudeln …«

»Euer Vorleser«, unterbrach Onkel Sentes den Geistlichen, wobei ihm ein dünner Speichelfaden von der Unterlippe hing, »sitzt in seiner Kathedrale, verfasst unsinnige Schreiben und verweigert den Einwohnern dieser Stadt, die alles dagegen tun, versklavt und niedergemetzelt zu werden, jegliche Hilfe!« Er brach ab und zuckte unter einer Welle des Schmerzes zusammen. Reva strich ihrem Onkel über den Rücken und nahm ihm das Pergament aus der zitternden Hand.

»›Alle Ketzer in dieser Stadt haben sich einzufinden, damit der Weltvater mit ihnen ins Gericht gehen kann‹«, las sie vor und ging langsam auf den Priester zu. »›Der Heilige Vorleser höchstselbst wird sich davon überzeugen, ob sie die Liebe des Vaters annehmen. Wer sich weigert oder außerstande ist, dem Ketzertum abzuschwören, wird seinen Mitketzern vor der Mauer übergeben.‹«

Als Reva den Priester ansah, stellte sie fest, dass er den Blick abgewandt und seine unförmige Nase leicht gerümpft hatte. »Das soll uns also retten?«, fragte sie.

»Die Worte des Vorlesers sind allein für den Erzfürsten bestimmt …«

Der Priester brach ab, als Reva das Pergament mitten entzweiriss und zu Boden fallen ließ. »Verschwindet«, sagte sie. »Und wenn Ihr meinen Onkel noch ein einziges Mal mit dem Geschwätz dieses alten Narren belästigt, werden wir sehen, was die Ketzer vor der Mauer mit zwei so gottesfürchtigen Seelen wie euch anstellen.«

Der Mann verkniff sich eine unkluge Erwiderung und wandte sich zum Gehen.

»Und teilt dem Vorleser außerdem mit«, sagte Reva zu dem Rücken des sich entfernenden Priesters, »dass er, wenn dies hier überstanden ist, besser den Namen des Mistkerls ausspuckt, der mich großgezogen hat. Sagt ihm das.«

◆ ◆ ◆

»War es schlimm?«, fragte Veliss. Sie saßen in der Bibliothek, während Onkel Sentes im Obergeschoss schlief. Er hatte sich so sehr über den Besuch des Priesters aufgeregt, dass er anschließend vor lauter Erschöpfung zur Rotblüte greifen musste. Veliss war bei ihm geblieben, bis er eingeschlafen war.

Reva hatte ihr Kettenhemd ausgezogen und fragte sich, wie es schon nach wenigen Stunden so stinken konnte. Sie lag neben dem offenen Kamin auf einem Diwan, und Veliss saß ihr gegenüber und musterte sie aufmerksam, als würde sie sie auf Verletzungen absuchen.

»Wir haben sie zurückgeschlagen«, antwortete Reva. »Der Angriff hat sie viele Männer gekostet. Aber sie werden morgen bestimmt einen neuen Versuch unternehmen.«

»Ich habe in meinem Leben viel Blut gesehen«, sagte Veliss. »Und es seinerzeit auch vergossen. Aber einen Krieg habe ich noch nie mitgemacht.«

Reva musste an die verwundeten Varitai denken, die über den Boden gekrochen waren, während über ihnen Tausende Alltoraner jubelten. »Es ist grauenvoll.«

»Du musst nicht kämpfen, Reva. Diese Menschen brauchen dich, und die Gefahr ist …«

»Doch, ich muss. Und das werde ich auch.« Reva betrachtete für einen kurzen Augenblick Veliss' bedrücktes Gesicht und stellte fest, dass es ihr lächelnd besser gefiel. »Ich habe Dinge zu Euch gesagt. Garstige Dinge …«

»Ich habe schon Schlimmeres gehört, das kannst du mir glauben. Schlampe, Hure, Lügnerin … Spionin. Und jeder dieser Namen war zutreffend. Du brauchst also keine Angst haben, dass du meine Gefühle verletzen könntest, Liebes.«

»Warum seid Ihr geblieben? Ihr könntet doch schon über alle Berge sein – und reich dazu.«

»Ich konnte ihn nicht allein lassen, gerade jetzt nicht.«

Reva setzte sich auf und massierte sich die schmerzende Schulter. Der Umgang mit dem Bergulmen-Bogen war anstrengend, doch das fiel ihr erst jetzt auf, als die Anspannung des Kampfes nachließ. »Wie lange seid Ihr schon bei ihm?«, fragte sie Veliss.

»Wir haben uns vor Jahren in Varinsburg kennengelernt, als er am Hof des Königs zu Gast war. Er war ein regelmäßiger und überaus großzügiger Kunde, und so schmerzte es mich, als er hierher auf den Stuhl des Erzfürsten berufen wurde. Ein paar Jahre nach seinem Fortgehen musste ich Varinsburg aus … dringenden Gründen verlassen. Ich hatte Grund zur Hoffnung, hier freundlich aufgenommen zu werden oder zumindest genug Geld für eine Passage in andere Gefilde zu erhalten. Dein Onkel war gastfreundlicher, als ich erwartet hatte – und offen für meinen klugen Rat.«

»Werdet Ihr mir auch mit Eurem klugen Rat zur Seite stehen, wenn es so weit ist?«

Veliss sah ihr in die Augen und sagte mit sanfter Stimme: »Ich glaube, du weißt, dass ich so gut wie alles für dich tun würde.«

Reva wandte den Blick ab und konzentrierte sich auf ihre Finger, mit denen sie ihren Bizeps bearbeitete. »Dein Onkel und ich«, sagte Veliss. »Wir haben schon lange nicht mehr … Der viele Wein hat nicht nur seiner Leber geschadet, und meine … privaten Interessen waren schon immer anderer Natur. Dein Onkel hatte auch nichts dagegen, dass ich sie auslebe, mit der nötigen Diskretion versteht sich. Wir würden ihn also nicht hintergehen, falls es das ist, was dir Sorgen macht.«

Verdorbene, vaterlose Sünderin … »Im Buch der Vernunft«, erklärte Reva, »heißt es, die Liebe des Weltvaters zeige sich darin, dass er Männer und Frauen schuf, um einander zu lieben. Das Buch der Gesetze legt fest, dass nur Männer und Frauen miteinander in den Bund der Ehe treten dürfen. Und im Buch der Urteile steht, dass jeder, der diesen Bund entweiht, sich gegen die Liebe des Weltvaters versündigt.«

»Das sind doch nur Worte, Liebes«, erwiderte Veliss. »Alte Worte. Ich habe Augen im Kopf, Reva. Und ich sehe, wohin deine Blicke schweifen, auch wenn du es zu verbergen suchst.«

Reva rieb sich über den Handrücken, um das Kribbeln loszuwerden, das sich mit einem Mal wieder bemerkbar machte. »Er hat versucht, es mir auszuprügeln«, flüsterte sie und schloss die Augen. »Aber es sitzt zu tief. Es ist ein Makel, der sich nicht ausmerzen lässt.«

»Ein Makel?« Sie spürte, wie Veliss sich neben sie setzte und ihre Hände nahm. Aus dem Kribbeln wurde ein Brennen. »Das ist kein Makel. Es ist ein Geschenk.« Veliss' Atem strich sanft und warm über Revas Hals, und ihre Lippen hinterließen ein weiteres Kribbeln auf ihrer Haut.

Das Geräusch knallender Türen ließ Reva zusammenfahren. Sie befreite sich aus Veliss' Umarmung und wandte sich um, gerade als Arken ins Zimmer gestürzt kam. »Sie sind zurück!«

◆ ◆ ◆

Diesmal hatten sie Schilde, große, aneinandergenagelte Holzbretter, die an den Ecken mit Stäben hochgehalten wurden und unter denen bis zu zehn Varitai Platz fanden. Darunter versteckt marschierten sie in ihrem unheimlichen Gleichschritt auf die Mauern zu. Bei Sonnenaufgang wurde die vollständige Schlachtordnung sichtbar. Reva schätzte die erste Angriffswelle auf über dreitausend Mann. Um keine Pfeile zu vergeuden, ließ Antesch seine Bogenschützen seitlich auf die Angreifer zielen anstatt frontal auf die Schilde. Die Schützen trafen mit fürchterlicher Genauigkeit, und mindestens ein Fünftel des angreifenden Trupps kam noch auf der Dammstraße ums Leben.

Die Volarianer, die bis zur Mauer vordrangen, teilten sich auf drei verschiedene Stellen auf. Während sie ihre Leitern in Stellung brachten, hagelte es von oben Steine auf ihre Schilde. Reva sprang immer wieder hinter den Zinnen hoch und feuerte Pfeile auf Angreifer, die sich unter der Deckung hervorwagten. Später konzentrierte sie sich auf die Männer an den Leitern. Sie wartete, bis sie etwa zwanzig Meter über der Erde waren, und schickte sie dann im freien Fall nach unten, möglichst auf die Köpfe ihrer Kameraden. Bei sechs hörte sie auf zu zählen.

Ein Mann kam von der Westseite der Mauer angerannt und schrie: »Euer Lordschaft! Der Fluss!«

Reva und Arken folgten Antesch, um nachzusehen, welche Gefahr von dort drohte. Die Verteidiger auf diesem Teil der Mauer starrten auf das Spektakel, das sich unter ihnen bot. An die fünfzig große Flöße wurden mit Stangen über den Kalteisenfluss geschoben; auf ihnen befanden sich mit Schilden bewaffnete Volarianer. Die ungleichmäßigen Bewegungen der Besatzungsmitglieder verrieten Reva, dass sie keine Varitai, sondern Freie Schwerter waren. *Und schon bald freie Leichen,* dachte sie grimmig.

»Teilt Eure Männer in Zehnergruppen auf«, wies Antesch den Hauptmann der Hauswache an, der für diesen Mauerabschnitt verantwortlich war. »Jede Gruppe nimmt sich ein anderes Floß vor. Sagt Euren Leuten, dass sie auf die Männer mit den Staken zielen sollen.«

Als die Flöße nah genug waren, gab Antesch den Befehl zu schießen. Unzählige Pfeile gingen auf die Freien Schwertern nieder und zwangen sie, die Schilde oben zu halten.

»Erwischt!«, rief Arken, als sein Pfeil einen der Männer mit den Staken tötete. Reva erledigte den Volarianer, der seinen Platz einnahm.

Als die Flöße so nah gekommen waren, dass die Bogenschützen Lücken zwischen den Schilden ausmachen konnten, wurde der Pfeilhagel noch stärker. Schon bald trieb das vorderste Floß unkontrolliert im Fluss, inmitten von Leichen, die von der Strömung davongetragen wurden. Zwei weitere Flöße erlitten dasselbe Schicksal, doch der Rest erreichte das Ufer, wenngleich mit deutlich geschrumpfter Besatzung.

Die Freien Schwerter kletterten an Land und hielten auf offenbar vorher festgelegte Punkte zu. Noch mehr Männer fielen, doch waren es einfach zu viele Volarianer, als dass die Bogenschützen auf der Mauer ihrer Herr werden konnten, und schon bald ragten die Leitern zu den Zinnen auf. Unter den Freien Schwertern gab es ebenfalls Bogenschützen, welche die Stellen, an denen die Leitern die Mauern berührten, unter Beschuss nahmen. Reva sah, wie zwei Alltoraner fielen, als sie versuchten, die Leiter umzuwerfen.

»Lasst die Speerkämpfer antreten«, wies Antesch den Hauptmann der Hauswache an, als die Volarianer begannen, die Leitern zu erklimmen.

Reva gab noch einen letzten Schuss auf einen der Kletterer ab, bekam jedoch nicht mehr mit, ob ihr Pfeil traf, denn sie duckte sich und eilte zu dem Hauptmann, der seine Speerkämpfer gerade in kleine Gruppen aufteilte. Neben ihr stand Arken, bewaffnet mit der Axt, die er sich im Waffenlager ausgesucht hatte. Revas Schwertunterricht hatte offenkundig nicht gefruchtet.

Antesch zog seine Schützen erst von der Mauer ab, nachdem sie ihren Tribut von den Kletterern gefordert hatten, obwohl dabei mehrere seiner Männer ihr Leben ließen. »Zurücktreten!«, rief er schließlich. »Es reicht!« Dann stellte er sich neben Reva und legte den Bogen beiseite. Mit den Worten: »Es wird Zeit zu tanzen, meine Dame«, zog er sein Schwert.

Reva legte ihren Bergulmen-Bogen neben Anteschs. »Ich habe immer noch ein paar Fragen dazu«, sagte sie und tippte mit dem Finger auf die Schnitzereien.

»Stellt sie mir morgen«, erwiderte der Herr der Bogenschützen mit einem angedeuteten Grinsen.

Der erste Volarianer, der die Zinnen erreichte, war ein großgewachsener, dunkelhäutiger Kerl mit groben Gesichtszügen. Er trug einen Eisenhelm und hievte sich mit wütendem Gebrüll über die Mauer. Reva stürzte auf ihn zu, und der Mann ging auf sie los. Doch sie duckte sich und tauchte unter seinem wilden Hieb weg. Im Aufspringen zog sie ihr Schwert, rammte es dem Volarianer ins Kinn und stieß die Klinge durch Zunge und Knochen bis ins Gehirn. Anschließend befreite sie das Schwert, wirbelte herum und drosch es dem nächsten Mann ins Gesicht, der hinter der Zinne auftauchte. Blind und schreiend stürzte er die Leiter hinab und riss dabei alle Männer, die unter ihm standen, mit in den Tod.

Jetzt tauchten zu beiden Seiten Volarianer auf, und die Speerkämpfer gingen schreiend auf sie los. Wie im Rausch stachen sie auf ihre Feinde ein und töteten sie; die Wehrmauer verwandelte sich in ein wildes Durcheinander aufeinander eindreschender Männer.

Einer der Volarianer zog sofort Revas Aufmerksamkeit auf sich. Er tötete den Speerkämpfer, der auf ihn losging, mit einem einzigen Hieb und stürzte sich dann mit einem Kurzschwert in jeder Hand ins Schlachtgetümmel, wo er kurz hintereinander drei Männer tötete. Seine Rüstung unterschied sich von denen der anderen, war weniger wuchtig, und abgesehen von den Armschienen waren seine Arme ungeschützt. Auch trug er keinen Helm auf dem kahlgeschorenen Kopf. Sein Gesicht zeigte kaum eine Regung, während er kämpfte, Angriffen auswich und mit gnadenloser Präzision tödliche Schläge austeilte. Die Geschwindigkeit, mit der er sich bewegte, schien beinahe übernatürlich.

Arken stieß einen Schrei aus und griff den Mann mit erhobener Axt an, Revas Ruf hörte er nicht. Der Volarianer wehrte die Attacke mit überkreuzten Schwertern ab und beförderte Arken mit einem Tritt in den Bauch auf den Rücken, wobei diesem die Axt entglitt. Der Mann holte zu einem tödlichen Schlag aus, und Reva stürmte auf ihn zu, hieb mit dem Schwert nach seinen Augen und zwang ihn, nach hinten auszuweichen. Aus der frischen Wunde unter seinem Auge tropfte Blut, doch sein Gesicht verriet keinerlei Überraschung, als er Reva ansah. Ohne zu zögern, ging er zum Angriff über, zielte mit einem Schwert nach ihrem Kopf und mit dem anderen nach ihrem Bauch. Reva wirbelte herum und wehrte beide Klingen mit einer vertikalen Parade ab. Dann drehte sie sich weiter, ging auf ein Knie, riss ihr Schwert herum und schlug es dem Mann oberhalb des Knöchels ins Bein. Weil er Schienen trug, reichte die Verletzung nicht aus, um ihn bewegungsunfähig zu machen. Weder der Schmerz noch der Schock schienen ihn zu beeinträchtigen, er stach, ohne zu zögern, auf Reva ein, traf aber nur Stein, denn sie war bereits aufgesprungen und rammte ihm das Schwert in den Schädel.

Die beiden Kurzschwerter fielen scheppernd zu Boden, und der erfahrene Kämpfer ging in die Knie. Als Reva ihr Schwert herauszog, zuckte er ein letztes Mal, fiel aufs Gesicht und blieb reglos liegen.

Reva holte tief Luft und sah sich nach Arken um. Er stand gemeinsam mit den anderen Verteidigern da und starrte sie fassungslos an. Die Volarianer schienen sich in Luft aufgelöst zu haben. Reva warf einen Blick über die Mauer und sah, wie sie flohen. Manche von ihnen suchten weiterhin unter ihren Schilden Deckung, während sie versuchten, über die Dammstraße zu gelangen. Andere rannten einfach blindlings in die vermeintliche Sicherheit, fielen jedoch zu einem großen Teil den Bogenschützen zum Opfer.

Reva drehte sich um. »Ich glaube, wir können etwas verschnaufen …«, sagte sie, verstummte jedoch beim Anblick der versammelten Männer, die mit geneigten Köpfen vor ihr knieten. Sie sah sich suchend um, bereit, ihren Onkel zu schelten, weil er auf die Mauer gekommen war, doch dann wurde ihr bewusst, dass er gar nicht hier war. Die Krieger knieten vor ihr – selbst Antesch und Arken.

»Lasst das«, sagte sie leise.

◆ ◆ ◆

Den Rest des Morgens verbrachte Reva damit, Verwundete in das behelfsmäßige Krankenhaus zu bringen, das Bruder Harin in einem Gasthaus in der Nähe des Tors eingerichtet hatte. Der Bruder und seine beiden Helfer vom fünften Orden, eine ältere Frau und ein Mann mittleren Alters, waren unermüdlich bei der Arbeit, nähten Stichwunden und richteten Knochen. Es gelang ihnen sogar, mehrere Männer zu retten, die bereits dem Tod nahe waren.

»Das hier könnte Euch vielleicht interessieren, meine Dame.« Harin hielt ein Instrument hoch und ging zu dem Schützen, der am Vorabend einen Pfeil in die Wange bekommen hatte. Der Schaft war zwar entfernt worden, doch die Spitze steckte in seinem Gesichtsknochen fest.

Obschon der Ordensbruder ihm eine starke Dosis Rotblüte verabreicht hatte, wimmerte der Mann immer noch vor Schmerzen und starrte angsterfüllt auf das Instrument in Harins Hand. »Das ist eine Mustorlanze. Sie ist nach Eurem verstorbenen Vater benannt.«

Harin beugte sich herab, um den klaffenden Riss zu inspizieren, und der Bogenschütze zuckte zurück. Die Wunde war zwar frisch gesäubert, sonderte jedoch immer noch Blut ab. Reva drückte die Hand des Mannes und zwang sich zu einem Lächeln. »Nach meinem Vater?«, fragte sie Harin.

»Ja. Seine legendäre Pfeilverletzung war beinahe identisch mit der Wunde dieses unglückseligen Burschen. Die Spitze hatte sich so tief eingegraben, dass der Versuch, sie herauszuschneiden, seinen sicheren Tod bedeutet hätte. Der Heiler, der ihn behandelte, musste ein neues Instrument erfinden.« Harin hielt Reva das Gerät hin, damit sie es begutachten konnte. »Seht Ihr die Spitze? Sie ist so schmal, dass sie in einen Pfeilkopf passt. Wenn sie drin ist« – er fuhr mit dem Daumennagel über die Mitte des Instruments, sodass es sich teilte –, »ziehe ich sie hier auseinander, packe den Pfeilkopf und kann ihn schnell und einfach herausziehen.«

»Ohne dass es wehtut?«

»Bei den Ahnen, nein.« Mit diesen Worten beugte der Bruder sich über den verletzten Schützen und führte das Instrument in die Wunde ein. »Es soll sogar ausgesprochen qualvoll sein. Wärt Ihr vielleicht so gut, den Mann festzuhalten?«

Sie fand Arken in der Trinkstube des Wirtshauses, wo der ältere Heiler gerade damit beschäftigt war, seinen Brustkorb zu verbinden. »Ich habe mir die Rippen gebrochen«, erklärte er mit reuigem Lächeln. »Aber nur zwei.«

»Das war dumm von dir«, wies Reva ihn zurecht. »Such dir nächstes Mal einen leichteren Gegner.«

»Es gibt keine leichten Gegner – außer für dich.«

»Fertig«, sagte der Heiler und zog den Verband fest. »Normalerweise würde ich Euch ein Fläschchen Rotblüte mitgeben, aber wir müssen sparsam mit unseren Vorräten umgehen.«

»In der Villa gibt es noch ein paar Flaschen. Ich lasse sie herbringen«, sagte Reva.

»Die benötigt doch Euer Onkel.«

Er wird nicht lange genug leben, um alles aufzubrauchen, dachte sie und erschrak bei diesem Gedanken. »Er … würde nicht wollen, dass seine Untertanen leiden.« Dann wandte sie sich Arken zu und nahm seine Hand. »Ruh dich aus.«

◆ ◆ ◆

Anschließend begab Reva sich auf die Suche nach Lord Antesch. Sie fand ihn im Torhaus, wo er sich mit Lord Arentes über die beste Aufteilung der Männer stritt. »Sie wissen inzwischen, dass es keinen Sinn hat, uns nur an einem oder zwei Punkten anzugreifen«, sagte er, sichtlich um Geduld bemüht. »Nächstes Mal werden sie es an mehreren Stellen gleichzeitig versuchen. Genügend Männer haben sie jedenfalls.«

»Wir müssen eine Gegenwehr aufbauen«, entgegnete Arentes. »Unsere besten Leute zusammenscharen, damit wir den Volarianern etwas entgegensetzen können, wenn sie durchbrechen.«

»Wenn ihnen der Durchbruch gelingt, Euer Lordschaft, ist diese Stadt ohnehin dem Untergang geweiht.«

Sie verstummten, als Reva sich näherte. Antesch stellte den gleichen merkwürdigen Gesichtsausdruck zur Schau wie auf der Mauer, als er und die anderen Männer vor Reva in die Knie gegangen waren. Arentes verhielt sich etwas zurückhaltender; vielleicht war er auch einfach nicht gewillt, den wilden Geschichten zu glauben, die man sich auf den Mauern erzählte. Reva stellte fest, dass sie ihn dafür mochte. »Gibt es ein Problem, Eure Lordschaften?«

»Der Herr der Bogenschützen möchte seine Befehlsgewalt auf meine Männer ausweiten«, erwiderte Arentes. »Ursprünglich wurden die Hauswache und die Stadtwache meinem Kommando unterstellt. Doch inzwischen wurden viele meiner Leute abgezogen, um die … unerfahreneren Elemente auf der Mauer zu unterstützen. Wenn ich jetzt noch mehr Männer verliere, weiß ich nicht, ob wir einem ernsthaften Angriff standhalten können.«

»Dann waren die bisherigen Angriffe also nicht ernsthaft?« In Anteschs Stimme lag Spott; offenkundig verließ ihn allmählich die Geduld. »Meine Dame, diese Stadt steht und fällt mit der Bemannung der Mauern. Wenn wir an mehreren Orten gleichzeitig angegriffen werden …«

Reva hob die Hand. »Meine Herren, Euer beider Argumente sind berechtigt.« Sie trat näher an die Karte, die vor den beiden Männern ausgebreitet war. *Warum muss diese Stadt auch so groß sein?* »Wenn ich einen Vorschlag machen dürfte«, sagte sie und deutete auf die Kaserne in der Stadtmitte. »Es erscheint mir unklug, dass hier so viele Männer postiert sind. Falls es den Volarianern gelingt, einen Teil der Mauer einzunehmen, werden die Soldaten nicht rechtzeitig dorthin gelangen können, um sie zurückzuschlagen. Wenn wir unsere Männer jedoch auf die vier Quadranten der Stadt verteilen, kann jede Gruppe in ihrem Sektor dort aushelfen, wo sie gerade am dringendsten gebraucht wird. Ich schlage vor, dass die Hauswache direkt hinter dem Tor Position bezieht. Die Stadtwache wird gedrittelt und nach Lord Arentes' Gutdünken stationiert.«

Antesch ließ den Blick kurz auf der Karte ruhen und sah dann mit hochgezogenen Augenbrauen zu Arentes auf. Der alte Kommandant strich sich über den Bart und nickte langsam. »Diese Strategie könnte … durchaus sinnvoll sein.« Er nahm seinen Helm vom Tisch und verneigte sich kurz. »Dann werde ich mich am besten unverzüglich an die Arbeit machen, meine Dame.«

»Ich glaube, er mag Euch«, sagte Antesch, als Arentes den Raum verlassen hatte. »Seine Augen leuchten, wann immer er Euch sieht.«

»Hütet Eure Zunge, mein Herr«, sagte Reva ohne großen Nachdruck. »Wie viele haben wir heute verloren?«

»Fünfunddreißig Tote und zwanzig Verwundete. Nicht übel, wenn man bedenkt, wie viele Leichen sich jenseits der Mauern türmen.«

»Diese Sklavenhalter gehen mit dem Leben ihrer Männer so sorglos um, als wäre es keinen Pfifferling wert. Wie kann es sein, dass die Soldaten ihnen gegenüber trotzdem so loyal sind?«

»Loyalität und Angst sind oft ein und dasselbe, besonders im Krieg.« Antesch zögerte kurz, dann fragte er vorsichtig: »Dürfte ich mich erkundigen, wie es um die Gesundheit des Erzfürsten bestellt ist?«

Reva sah keinen Grund, ihm die Wahrheit zu verschweigen. »Er stirbt. Wenn der Weltvater ihm gnädig gesinnt ist, hat er noch einen Monat zu leben.«

»Ich verstehe. Mein herzliches Beileid, verehrte Dame. Er … Letztlich hat er uns alle mit seinen Entscheidungen beschämt.«

»Noch ist es nicht so weit.« Reva hielt den Bergulmen-Bogen hoch. »Und Ihr seid mir noch eine Geschichte schuldig.«

◆ ◆ ◆

»Arren war der beste cumbraelische Bogenmacher aller Zeiten«, begann Antesch. Sie schritten den Ostteil der Festungsmauer ab, und Reva musste sich zwingen, die ehrfürchtigen Grüße der Männer mit einem höflichen Nicken zu erwidern, ihr Starren zu erdulden und die geflüsterten Ehrfurchtsbekundungen zu ignorieren. »Wenn nicht sogar der beste der Welt. Seine Fertigkeit war so groß und seine Bogen von so beeindruckender Machart, dass manche behaupteten, er habe die dunkle Gabe. Ich hingegen glaube, dass er einfach nur ein talentierter Mann war, der ein althergebrachtes Handwerk zur Kunst erhob. Schon als junger Mann baute er Bogen, die nicht nur mächtige Waffen, sondern auch von außerordentlicher Schönheit waren.«

Antesch hielt seinen eigenen Bogen hoch und zeigte Reva den dicken Stab, der von jahrelangem Gebrauch ganz glatt war. »Der Langbogen ist eine gefährliche, aber schlichte Waffe, doch Arren ist es gelungen, ihm Eleganz zu verleihen, den Stab zu verzieren, ohne seine Kraft zu verringern. Selbstverständlich waren seine Manufakte sehr teuer, doch Arren war so klug, keine Bezahlung zu verlangen, als der Fürst von Cumbrael ihm einen Auftrag erteilte.« Anteschs Blick wanderte zu Revas Bogen.

»Er hat diesen Bogen für meinen Urgroßvater gemacht?«

»Ganz genau. Diesen und noch vier andere, jeden davon mit einer anderen Verzierung, die eines der Interessen des Fürsten widerspiegelte: Literatur, Musik und dergleichen. Eurer scheint der Bogen der Jagd zu sein. Der Fürst erklärte die fünf Waffen zu seinem Geschenk an die nachfolgenden Generationen des Hauses Mustor. Doch nur wenige Jahre später waren sie alle verschollen, verloren gegangen in den Vereinigungskriegen mit König Janus. Arren kam bei einem Angriff auf sein Dorf ums Leben. Es heißt, König Janus habe ihn lebendig gefangen nehmen wollen und den Mann, der für Arrens Tod verantwortlich war, hinrichten lassen. Aber wer weiß, ob das wirklich der Wahrheit entspricht?«

Antesch blieb stehen und lehnte sich mit dem Rücken gegen die Mauer. Dann sah er Reva mit demselben sorgenvollen Blick an wie damals, als er zum ersten Mal erwähnt hatte, dass sie einen Bogen von Arren besaß. »Und hier steht Ihr, eine Tochter aus dem Hause Mustor, und erhebt den Schwertkampf zu einer Kunst, wie Arren einst das Bogenmachen zu einer Kunst erhoben hat. Und dabei haltet Ihr einen der größten Schätze Eurer Familie in Händen, den Ihr durch reinen Zufall gefunden habt. Das Leben als Soldat hat mich Zweifel am Blick des Weltvaters gelehrt. Aber Ihr, meine Dame, gebt mir zu denken.«

Reva stellte sich neben Antesch an die Mauer und blickte über den Fluss aufs andere Ufer. Dort bahnte sich gerade eine Karawane aus Ochsenkarren, begleitet von schwarzgekleideten Reitern, einen Weg ins Lager der Volarianer. Im nächsten Augenblick hielten sie an, und einer der Reiter sprang ab und ging zum hintersten Wagen. Er verschwand kurz, und als er wieder zum Vorschein kam, zerrte er einen jungen Mann hinter sich her, dessen Hände gefesselt zu sein schienen. Der Reiter zwang ihn auf die Knie, und es sah so aus, als würde der Junge ihn anflehen. In der Hand des Reiters blitzte etwas auf, dann kippte der junge Mann nach vorne, und eine rote Fontäne schoss aus seinem Hals. Nachdem der Reiter die Ketten des Mannes gelöst hatte, stieg er aufs Pferd, und die Karawane setzte sich in Bewegung, rumpelte langsam weiter, während die Leiche am Ufer zurückblieb.

»Auch ich habe am Blick des Vaters gezweifelt«, gab Reva zu. »Ich habe so viel Hässliches gesehen. Grausamkeit, Lüge und Verrat. Aber auch viel Schönes, wie Güte und Freundschaft. Wenn Alltor fällt, werde ich dergleichen nie wieder erleben, und auch sonst keiner hier. Aber ich habe das Gefühl, dass der Blick des Weltvaters auf uns ruht. Ich kann nicht erklären, warum, ich weiß es einfach.«

Sie beobachtete, wie die Karawane am Rand des volarianischen Lagers, noch vor den Feldposten, zum Stehen kam.

»Sie haben das Ostufer nicht befestigt«, sagte Reva zu Antesch. »Wir haben doch Boote, oder?«

◆ ◆ ◆

Antesch weigerte sich, sie gehen zu lassen. Er ging sogar so weit, ihr damit zu drohen, seinen Titel abzulegen und wieder ein gewöhnlicher Bogenschütze zu werden, falls sie trotzdem darauf bestand. Stattdessen wählte er dreißig Männer aus, die kurz nach Mitternacht in zwölf Booten vom Nordufer der Stadt aufbrachen. Die Volarianer hatten keinen neuerlichen Vorstoß unternommen, und alles war ruhig, bis die Männer zurückkehrten. Sie legten sich kräftig in die Ruder, um zum Ostteil der Mauer zu gelangen. Hinter ihnen stand das Lager der Sklavenhalter in Flammen, und sie hatten zahlreiche Gefangene befreit. Die Ruderer mussten kaum gegen die Strömung ankämpfen, doch die Volarianer ließen sie nicht ohne Weiteres davonkommen, und Pfeile regneten auf sie nieder. Die meisten Boote kamen sicher ans Ufer, nur das letzte fiel dem Eisenhagel zum Opfer. Die Alltoraner hatten über vierzig Gefangene befreit, etwa die Hälfte davon Soldaten des königlichen Heeres, der Rest hauptsächlich junge Cumbraeler. Die starren Blicke der bleichen Frauen ließen vermuten, dass sie missbraucht worden waren.

Die Männer hatten Reva außerdem ein Geschenk mitgebracht. Einen hochgewachsenen Mann in einem schwarzen Lederwams. Seine großen Hände waren gefesselt und hätten wohl lieber eine Peitsche gehalten.

Als er ans Ufer gezerrt wurde und Reva erblickte, wich er zurück. Mit vor Angst weit aufgerissenen Augen flüsterte er: *»Elverah!«*

»Was sollen wir mit ihm machen, edle Dame?«, fragte der Anführer der Männer, ein stets finster dreinblickender Veteran, den Antesch noch aus dem Wüstenkrieg kannte.

»Bringt ihn aufs Dach des Wachhauses«, sagte Reva. »Wartet bis morgen Vormittag, wenn alle wach sind. Dann schneidet ihm vor aller Augen die Kehle durch.«

Vierter Teil

◆ ◆ ◆

Ihr werdet ihn erkennen an seiner Klinge, welche er mit dunkler Fertigkeit schwingt. Niemand, der die Liebe des Weltvaters erfahren hat, kann die Dunkelklinge besiegen, doch muss ihr ein jeder Widerstand leisten.

— Die Zehn Bücher, viertes Buch:
Prophezeiung, Band 7: Der Jungfrau Träume —

Verniers' Bericht

Ein weiterer langer Tag verging, und die Stadt war noch immer nicht gefallen. Noch immer stieg Rauch auf, noch immer schleppten sich Verwundete zurück, und noch immer tobte der General. Ich werde seither von Schuldgefühlen geplagt, doch muss ich gestehen, dass ich diese Cumbraeler allmählich mit derselben Inbrunst hasste wie die Volarianer es taten. Hätten sie sich einfach in ihre unausweichliche Niederlage ergeben, hätte ich nicht weiter auf diesem verhassten Schiff ausharren und die einfallsreichen Grausamkeiten des Generals über mich ergehen lassen müssen.

Ich war zu der Erkenntnis gelangt, dass er eigentlich überhaupt nicht intelligent war. Raffiniert und manipulativ, das ja. Zudem erkannte er eine Chance, wenn er sie sah, doch diese Eigenschaften besitzen auch viele Kinder. Nein, intelligent war er beileibe nicht. Vielmehr wächst in mir die Überzeugung, dass er geradezu dumm war. Allerdings hatte er das Privileg einer guten Bildung genossen, und ein gebildeter Sadist weiß nur zu gut, wie er einen Gelehrten quälen kann. Er trug mir auf, sämtliche Gedichte von Kirval Draken auswendig zu lernen, dem wohl schlechtesten Lyriker Volarias – wenn nicht gar der ganzen Welt –, der den sentimentalsten, unrhythmischsten Humbug verfasst hat, den je eines Menschen Ohr vernehmen musste. Ich hatte eine Stunde Zeit, um alle vierzig Gedichte zu erlernen und zur Unterhaltung des Generals fehlerfrei wiederzugeben. Am Bug stehend rezitierte ich die Knittelverse. Schweiß lief mir über das Gesicht und den Rücken, denn der General hatte gedroht, mich auf der Stelle umzubringen, sollte ich auch nur ein einziges Mal stottern.

»Die Lippen meiner Liebsten sind so rot wie Rosen, ihr Kuss voll Lust und Leidenschaft bringt gar mein Blut zum Tosen, ich weine bittre Tränen, aus Freude, dann aus Schmerz, denn unsre Lieb' wird enden, und das weiß auch mein Herz.«

»Ausgezeichnet!«, rief der General und prostete mir anerkennend zu. »Weiter!«

»Ein wackrer Held mit blankem Schwert schreitet gar forsch einher …«

Mit einem Wink bedeutete der General mir zu schweigen. Ein Bote nahte vom Ufer, kletterte an Bord und überreichte ihm eine Schriftrolle. »Dann ist ihnen also endlich der Durchbruch geglückt?«, fragte er den Mann. »Das wurde auch höchste Zeit.«

»Jawohl, verehrter General. Mein Vorgesetzter lässt ausrichten, dass wir die Stadt mit ausreichend Verstärkung bis zur Dämmerung einnehmen können.«

»Das kommt keinesfalls infrage. Wir sind auf die Reserve angewiesen, um den Rest dieser verfluchten Kloake zu verteidigen, und müssen dementsprechend sparsam mit ihr umgehen. Sag deinem Vorgesetzten, er soll die Soldaten aus den anderen Sektoren abziehen und sich auf die Bresche konzentrieren. Und sag ihm außerdem, dass er, sollte er die Stadt nicht bis zum Einbruch der Dunkelheit erobert haben, besser daran tut, einen heldenhaften Tod zu sterben, denn von mir hat er dergleichen nicht zu erwarten.«

Damit bedeutete er dem Boten wegzutreten und wandte sich wieder mir zu. »Ich fürchte, Sklave, ich habe vergessen, wo wir stehen geblieben waren. Du musst wohl noch einmal von vorne beginnen.«

◆ ◆ ◆

Er ließ mich die Verse ganze drei Mal aufsagen, jede einzelne miserable Zeile, die dieser talentfreie volarianische Schwachkopf je zu Papier gebracht hat. Selbst heute, Jahre später, kann ich Draken fehlerfrei rezitieren. Dies ist zwar nicht die schlimmste meiner Narben, gleichwohl aber eine schmerzhafte Erinnerung.

Am Nachmittag entließ der General mich in meine Kajüte, während er sich mit einer neuen Lustsklavin die Zeit bis zur Nachricht vom Sieg vertrieb. Zitternd vor Angst und Erschöpfung sank ich in meine Koje; hätte ich etwas im Magen gehabt, ich hätte mich übergeben. Doch selbst diese kümmerliche Erholungspause fand ein zu rasches Ende, als die Tür sich öffnete und einer der Sklaven der Herrin mir mitteilte: »Sie verlangt nach Euch.«

Die Frau des Generals erwartete mich in ihrer Kajüte, welche im Gegensatz zu meinem beengten Gefängnis einer mit Seidentüchern verhängten Höhle glich und weich gepolsterten Komfort bot. Sie trug ein weißes Gewand, dessen Dekolleté bis zur sanften Wölbung ihres Bauches reichte. Ihre Röcke waren durchscheinend und verbargen nur wenig, als sie etwas unsicheren Schrittes und mit einem Weinkelch an den Lippen auf mich zukam. »Ich nehme an, Ihr habt es bereits gehört?«, fragte sie, jedes Wort betonend. »Die große Belagerung ist fast vorüber. Bald kann mein hochverehrter Gatte seinen Sieg feiern.«

»Ich habe davon gehört, Herrin. Ein bedeutender Tag.«

Sie kicherte in ihren Weinkelch und geriet dabei ins Stolpern. »Ja, ein bedeutender Tag! Ein großes Kind gewinnt ein neues Spielzeug. Ein wahrhaft bedeutender Tag.« Sie blinzelte und verzog das Gesicht. »Ich war seit mehr als fünfzig Jahren nicht mehr betrunken. Jetzt weiß ich auch wieder, warum.«

Fünfzig Jahre? *Sie sah meine Verwunderung und lachte erneut. Ein leises Kichern, als wäre sie ein kleines Mädchen mit einem Geheimnis. »Ich bin älter, als ich aussehe, Euer Lordschaft. Wie viel älter, was meint Ihr?« Sie kam noch näher, und ich musste gegen den Drang ankämpfen zurückzuweichen. »Nun sagt schon, für wie alt haltet Ihr mich?«, fragte sie und bohrte mir einen Finger in die Brust. »Und ich befehle Euch, die Wahrheit zu sagen!«*

Ich holte Luft und fragte mich, wie es möglich war, solche Angst zu haben und dennoch nicht den Verstand zu verlieren. »Ich kann mir nicht vorstellen, dass meine Herrin älter als dreißig Jahre ist.«

»Dreißig?« Sie trat einen Schritt zurück und spielte die Entrüstete. »Ich war kaum älter als achtundzwanzig, als ich mich auf den Pakt einließ, und das liegt nunmehr über dreihundert Jahre zurück.«

Sie stand reglos da und sah mich schweigend und mit zusammengekniffenen Augen an. Dabei nippte sie an ihrem Weinkelch. Ich fragte mich, ob sie wirklich so betrunken war, wie sie aussah. »Wollt Ihr nichts erwidern?«, fragte sie nach einer kurzen Pause.

»Vergebt mir Herrin, aber das ist unmöglich.«

»Stimmt«, flüsterte sie und trat dann wieder näher, drückte sich an mich und legte mir den Kopf auf die Brust. »Und doch stehe ich hier vor Euch, mit all meinen Erinnerungen. Und ich bin doch immer noch schön, oder etwa nicht? Begehrt Ihr mich denn nicht, Euer Lordschaft? Oder hängt Ihr immer noch Eurer toten Dichterin nach?«

Wieder wallte Zorn in mir auf, doch kämpfte ich ihn nieder, wohl wissend, dass er mich verraten würde. »Ihr seid wunderschön, Herrin.«

»Das bin ich. Und doch begehrt Ihr mich nicht, das kann ich fühlen. Und ich weiß auch, warum.« Sie hob den Blick und sah mir prüfend ins Gesicht. »Ihr könnt es sehen, nicht wahr? Ihr fühlt es?«

»Was denn, Herrin?«

»Dass ich des Lebens überdrüssig bin. Wer hätte gedacht, dass ich eines Tages allem so müde werden würde? So unglaublich müde. Ihr würdet nicht glauben, wie viele haben bluten müssen, um mir all diese Jahre zu schenken. Unzählige vergeudete Leben, um eine müde, alte Frau auf dieser Erde weilen zu lassen, dazu verdammt, einen mordgierigen Narren zum Gatten zu haben und seine Massaker mit ansehen zu müssen. Das war der Pakt, auf den wir uns eingelassen haben, versteht Ihr? Jahre der Macht, vorbehalten jenen, die Rot tragen, doch nur manchen von ihnen. In Wahrheit haben wir die Macht, und der Rat ist nichts weiter als eine zweckdienliche Fassade. Ja, die wahre Macht liegt bei uns, den ewig Jungen und allem Überdrüssigen, und alle streben nach unserer Gunst. All diese in Rot gekleideten Dummköpfe betteln darum, ebenfalls den Pakt schließen zu dürfen. Wir bilden uns ein, Sklavenhalter zu sein, dabei sind wir Narren. Wir sind die Sklaven. Und diese großartige Gabe, die wir erstanden haben, ist die schwerste aller Ketten.«

Plötzlich schoss ihre Hand vor, und ich spürte eine kalte Stahlklinge an meinem Hals. »Ihr weist mich zurück«, sagte sie in verletztem Ton. »Verzehrt Euch nach einer toten Büchernärrin, obwohl Ihr mich haben könntet. Wisst Ihr, wie viele Geliebte ich hatte? Wie viele Männer mich angefleht haben, mir nur einmal die Füße küssen zu dürfen?«

»Ich bin gerne bereit, meiner Herrin die Füße zu küssen«, sagte ich. Mit sachter Stimme, denn das Messer grub sich in mein Fleisch, und ich spürte, wie mir ein Tropfen Blut den Hals hinabrann.

»Aber Ihr wollt nicht. Stattdessen sehnt Ihr Euch nach Eurer alpiranischen Schnepfe. Vielleicht sorge ich dafür, dass Ihr wieder mit ihr vereint werdet. Würde Euch das gefallen?«

Obgleich ich viele Jahre darüber nachgegrübelt habe, ist es mir noch immer ein Rätsel, wieso von einem Augenblick auf den nächsten alle Angst schwand und ich dasselbe fühlte wie die Frau des Generals: eine schreckliche, ohnmächtige Müdigkeit. Ich erinnere mich, dass ich wusste, dass mein Tod jetzt unausweichlich war. Der Zorn ihres Gatten oder die Peitsche des Aufsehers würde meinem Leben ohnehin am nächsten oder – wenn ich großes Glück hatte – erst am übernächsten Tag ein Ende bereiten.

Ich wich einen Schritt zurück und breitete die Arme aus, während der Schnitt, den sie mir zugefügt hatte, weiter blutete. »Es gab nie eine Dichterin«, sagte ich, »und auch keine andere Frau. Doch ich habe wirklich geliebt, und der, den ich liebte, ist tot, getötet von der Hand des Mannes, den ich mir nun von ganzem Herzen herbeisehne, damit er Euch und dem abscheulichen Schurken, den Ihr Euren Gatten nennt, den Garaus macht. Ihr bereitet mir ein Geschenk, Herrin. Ich nehme es gerne an, denn auf diese Weise muss ich nicht länger den Gedanken ertragen, dass ich dieselbe Luft atme wie Ihr.«

Sie starrte mich einen langen Augenblick an, während ich, von mir selbst überrascht, dem steten Schlag meines Herzens lauschte. Ist das Kühnheit?, fragte ich mich. Fühlt sich so der Hoffnungstöter, wenn er in die Schlacht reitet? Verspürt er ebenfalls diese merkwürdige Ruhe?

»Ich suche oft Ablenkung bei den Sklaven«, sagte sie. »Es vertreibt den Überdruss, zumindest eine Zeitlang. Und Ihr seid in dieser Hinsicht unglaublich talentiert.« Sie warf das Messer weg, und es fiel scheppernd zu Boden. »Jetzt geht und verfasst noch mehr von Eurem schmeichelhaften Unsinn.« Sie ließ sich auf die Kissen sinken und winkte schwach mit der Hand. »Damit könnt Ihr vermutlich noch ein paar Tage herausschinden.«

◆ ◆ ◆

Zwei Stunden später wurde ich wieder aufs Oberdeck gerufen, doch bis dahin hatte meine neu gefundene Gelassenheit sich bereits in Luft aufgelöst. Fornella saß an der Seite ihres Gatten. Sie schien wieder nüchtern zu sein und trug zur Feier des Tages ein elegantes Kleid aus rotem und schwarzem Chiffon. Nachdem sie mich mit einem knappen Blick bedacht hatte, wandte sie sich wieder dem General zu. »Die Aufseher sind ausreichend instruiert, nehme ich an?«

Der General wirkte nachdenklich, das Intermezzo mit der Lustsklavin *hatte seine Laune offenkundig nicht nennenswert verbessert. »Überlasst diese Dinge mir, mein Herz«, knurrte er. »Eure Familie erhält ihren Anteil an denen, die wir finden. Wie üblich.« Dann fiel sein Blick auf mich und die Schriftrolle, die ich in der Hand hielt. »Ist das dein neuester Bericht, Schreiberling?«*

»Ja, Herr.«

»Dann gib her. Mal sehen, ob du es verdient hast, dass ich weiterhin Nachsicht mit dir walten lasse.« Er wollte gerade die Schriftrolle öffnen, als eine Wache das Eintreffen eines weiteren Boten ankündigte. »Endlich.« Der General warf die Schriftrolle auf den Kartentisch und sich selbst in eine nachdenkliche Pose – der würdevolle Kommandant, der die Nachricht seines schwer verdienten Sieges entgegennimmt.

»Wurde die Hexe gefangen genommen?«, fragte er den Boten mit in die Ferne gerichtetem Blick und in fast schon wehmütigem Ton. »Oder ist sie im Kampf gefallen? Ich nehme an Zweiteres. Wie merkwürdig, dass ich tatsächlich so etwas wie Bewunderung für diese Kreatur empfinde …«

»Vergebt mir, hochverehrter General«, platzte der Bote heraus. Er trug die Rüstung eines Offiziers der Freien Reiterei und wirkte angespannt; sein Gesicht glänzte vor Schweiß. »Aber die Nachricht, die ich Euch überbringe, ist weniger erfreulicher Natur. Heute Morgen hat einer unserer Spähtrupps einen Reiter gefunden, den einzigen Überlebenden des Zwölften Bataillons der Freien Schwerter. Offenbar wurde er gefangen genommen und dann wieder freigelassen. Er meldet, dass eine Armee schnellen Schrittes auf uns zumarschiert.«

Der General starrte den Mann an. »Eine Armee? Was denn für eine Armee?«

»Sie ist schätzungsweise mehr als fünfzigtausend Mann stark.« Der Offizier zog ein gefaltetes Pergamentpapier aus dem Gürtel und hielt es dem General hin. »Sie haben dem Mann auch eine Nachricht für Euch mitgegeben, hochverehrter General.«

Der General winkte mich herbei. »Lies vor. Ich verstehe dieses Gebrabbel nicht.«

Ich nahm das Pergamentpapier entgegen und faltete es auseinander. »Die Nachricht ist auf Volarianisch verfasst, Herr«, teilte ich dem General mit.

»Lies einfach vor.«

Ich überflog den Inhalt kurz und spürte, wie mein ohnehin schon be-

schleunigter Herzschlag noch schneller wurde. Anschließend warf ich einen verstohlenen Blick auf die Schriftrolle, die ich dem General zuvor ausgehändigt hatte, und überlegte, ob ich sie mir wohl in dem Chaos, das zweifellos gleich ausbrechen würde, zurückholen konnte.

»An den Kommandanten der volarianischen Truppen, die gegenwärtig Alltor belagern«, begann ich und hoffte, dass der General mein kurzes Zögern nicht bemerkt hatte. »Ihr werdet hiermit aufgefordert, die Waffen zu strecken, alle Gefangenen zu befreien und das Urteil für Eure zahlreichen Verbrechen über Euch ergehen zu lassen. Wenn Ihr diesem Befehl folgt, werden Eure Männer verschont. Im Gegensatz zu Euch. Gezeichnet im Namen des Königs, Turmherr der Nordlande, Vaelin Al Sorna.«

Erstes Kapitel

Vaelin

Der Tagesanbruch brachte die Schönheit des Waldes zum Vorschein. Die Sonne warf ihr Licht auf eine sich beständig verändernde Landschaft aus gesprenkelten Lichtungen und riesigen alten Bäumen. Gemächlich dahinfließende Bäche wurden zu Wasserfällen und ergossen sich in Becken aus klarem Wasser. Vaelin spürte, wie die Angst seiner Armee langsam nachließ. Die unberührte Erhabenheit der Natur brachte sie sogar dazu, das eine oder andere Marschlied anzustimmen, obschon die zumeist ordinären Texte unter den Bäumen ebenso fehl am Platz schienen wie ein Fluch in einem alpiranischen Tempel. Seit Vaelin den Wald betreten hatte, klang ununterbrochen das Lied des Blutes in ihm, leise und melodisch, aber mit einem ernsten Unterton, der allerdings keine Warnung, sondern Respekt ausdrückte. *Er ist so alt,* staunte Vaelin. *Viel älter als die Menschen, die ihn anbeten.*

Nach vier Tagen teilte Hera Drakil ihnen mit, dass sie etwa die Hälfte des Weges hinter sich hatten; sie befanden sich im schmalsten Abschnitt zwischen den Königs- und den Nordlanden. Vaelin hatte aufgegeben, herausfinden zu wollen, wie viele Seordahner sie begleiteten. Es hatte auch keinen Sinn, ihren Führer danach zu fragen, denn dieser maß Zahlen keine Bedeutung bei. »Viele«, sagte er und zuckte mit den Achseln. »Viele und viele.«

Wenngleich Vaelins Soldaten sich an den Wald gewöhnt hatten, waren seine anderen Rekruten weiterhin wenig angetan. »Wie lange noch?«, fragte Lorkan und vergaß dabei seine üblichen überschwänglichen Höflichkeiten. Auf der jugendlichen Stirn zeichnete sich eine tiefe Falte ab, und seine Augen waren eingesunken, als würde er in einem fort von Schmerzen geplagt. Marken und Cara schien es wenig besser zu gehen. Sie wirkten unruhig und konnten beim Frühstück kaum stillsitzen. Nur Flechter machte einen gelassenen Eindruck und war unermüdlich damit beschäftigt, den Hanf zu verflechten, den die Seordahner ihm gebracht hatten. Aus einem unerfindlichen Grund hatte er jedoch die Körbe zugunsten eines engmaschigen Seils aufgegeben, das bereits gute zehn Fuß maß und mit jedem Tag länger wurde.

»Nur noch vier Tage«, versicherte Vaelin Lorkan.

»Bei den Ahnen, ich weiß nicht, ob ich es noch so lange aushalte.« Der Junge rieb sich die Schläfen. »Spürt Ihr denn gar nichts, Euer Lordschaft?«

»Was denn?«

»Die Bürde«, sagte Cara, die sonst zumeist schwieg. »Die Bürde einer derart großen Gabe.«

»Wessen Gabe?«, fragte Vaelin.

Der Ausdruck auf ihrem Gesicht verriet ihm, dass sie sich fragte, ob ihre Ehrfurcht vor ihm fehlgeleitet war. »Die des Waldes, Lord Vaelin. Der Wald hat ebenfalls eine Gabe – sie steckt in jedem Baum, jedem Ast und jedem Blatt.« Sie verschränkte die Finger und rang sich ein schwaches Lächeln ab. »Ich wage zu behaupten, dass wir uns daran gewöhnen werden. Den Seordahnern scheint es jedenfalls nicht allzu viel auszumachen.«

Warum sie, aber ich nicht?, dachte er später. *Warum habe ich einfach nur das Gefühl, hier willkommen zu sein?*

»Weil Ihr willkommen seid«, erklärte Dahrena nach der abendlichen Lektion. »Der Wald kennt Euch, er sieht Eure Seele.«

»Ihr redet über ihn, als würde er leben.«

Der scharfe Blick, den sie ihm zuwarf, übertraf sogar noch den von Cara. »Natürlich lebt er. Wir sind über Hunderte Meilen hinweg von uraltem Leben umgeben. Alles rings um uns lebt, atmet, fühlt und sieht. Es sieht Euch, und ihm gefällt, was es sieht.«

»Hat es auch Euch gesehen? Als Ihr zum ersten Mal hierherkamt?«

»Das war, als Vater mich fand. Damals war ich noch ein Kind und hielt alles für einen Traum – den Wolf, den Willkommensgruß des Waldes.« Sie verstummte und fuhr damit fort, einen Pfeil zu befiedern. Wie die Seordahner fertigte sie ihre Pfeile selbst, und dabei bewegten ihre Hände sich instinktiv, voller Geschicklichkeit und Präzision. Vor einigen Tagen hatte Drakil ihr einen Bogen überreicht, der seinem eigenen ähnelte, aber im Gegensatz zu diesem mit Symbolen verziert war. Auf den ersten Blick waren sie eine grobe Darstellung der Tiere des Waldes, doch bei genauerem Hinsehen offenbarte sich, dass sie mit detailgenauer Kunstfertigkeit geschnitzt waren. Der ehrfürchtige Gesichtsausdruck, mit dem Dahrena das Geschenk entgegengenommen hatte, ließ Vaelin vermuten, dass sowohl sie als auch Drakil ihm große Bedeutung beimaßen.

»Könnt Ihr Euch noch an die Zeit davor erinnern?«, fragte er. »An Eure Kindheit bei Eurem Volk?«

»Die Lonaker sind nicht mein Volk. Ich beherrsche nicht mehr als ein paar Worte in ihrer Sprache. Ich erinnere mich an ein Dorf irgendwo in den Bergen. An mehrere Frauen, die streng und flink mit dem Handrücken, doch bisweilen auch liebevoll waren. Ich erinnere mich an eine Nacht voller Flammen und Schreie und Blut. Ich glaube, dass sie in jener Nacht gestorben sind. Ein Mann kam mit einem Messer auf mich zu, sein Umriss hob sich schwarz vor den Flammen ab … und dann war da plötzlich der Wolf. Ich glaube, er hat den Mann mit dem Messer getötet, aber ich habe keine klare Erinnerung daran. Dann legte der Wolf sich vor mir auf den Boden, und ich spürte, dass er wollte, dass ich auf seinen Rücken klettere. Ich stieg auf, krallte mich an seinem Fell fest, und wir liefen lange durch die Nacht. Die kalte Luft schlug mir ins Gesicht. Ich empfand keine Angst, nur Freude, und schließlich Trauer, als der Ritt endete. Wir befanden uns an einem finsteren Ort, der von Bäumen umgeben war. Ich glitt vom Rücken des Wolfes, und er erteilte mir seinen Segen – seine Zunge fuhr mir übers Gesicht und vertrieb meine Angst. Dann verschwand er. Am nächsten Morgen fand Vater mich. Es war das erste Mal, dass die Seordahner einem Marelim Sil gestattet hatten, den Wald zu betreten, und ich war mehr oder weniger das Erste, was er sah.«

Ihrem Tonfall entnahm Vaelin, dass sie schon vor langer Zeit die Schlussfolgerung gezogen hatte, zu der auch er soeben gekommen war. *Das ist kein Zufall. Wir beide sind Kinder des Wolfes.*

»Wie oft seid Ihr ihm begegnet?«, fragte er.

»Nur zwei Mal. Den Tag, an dem wir in den Wald kamen, mitgerechnet. Und Ihr?«

»Vier Mal.« *Und beinahe noch ein fünftes Mal, als er sich in einer Statue versteckte …* »Und jedes Mal hat er mich gerettet, so wie Euch.«

Dahrenas Finger hielten inne, und Vaelin konnte sehen, dass sie Angst hatte; aus ihrer Körperhaltung sprach dieselbe Anspannung wie beim ersten Aufeinandertreffen mit Weiser Bär. »Aber warum?«

»Ich weiß es nicht. Vielleicht hierfür. Vielleicht ist es wichtig, dass wir in diesem Krieg kämpfen.«

»Ich war so jung, als der Wolf mir seinen Segen erteilte, dass ich das Gefühl erst jetzt richtig einordnen kann. Einem so unfassbar alten Wesen nahe zu sein! Bestimmt hat er zahllose nichtige Auseinandersetzungen zwischen diesen felllosen Zweibeinern mit angesehen, zahllose Kriege erlebt. Was also sollte diesen Krieg von den anderen unterscheiden?«

Vaelin fiel wieder ein, was Aspekt Arlyn ihm geantwortet hatte, als er Janus' verrückten Krieg und die Rolle, die ihm dabei zugedacht war, hinterfragt hatte: *Dann werden die Königslande ganz bestimmt untergehen. Nicht einander bekriegende Erzlehen erwarten uns dann, sondern verbrannte Erde, abgestorbene Wälder und grenzenlose Leichenfelder überall. Was, meint Ihr, bleibt uns anderes übrig?*

»Dieser Krieg wird seine Welt genauso zerstören wie unsere«, sagte er. »Ich glaube, wir wissen beide, dass wir es noch mit ganz anderen Feinden als den Volarianern zu tun haben.«

»Deshalb besteht Ihr also weiterhin auf der Anwesenheit des Bruders.« Sie blickte zu Bruder Harlick, der in ein angeregtes Gespräch mit Alornis vertieft war. Vaelins Schwester schien vom grenzenlosen Wissen des Gelehrten fasziniert zu sein und bestürmte ihn stundenlang mit Fragen, in der bislang vergeblichen Hoffnung, dass er ihr irgendwann die Antwort schuldig bleiben müsse.

»Er weiß wesentlich mehr, als er uns erzählt«, sagte Dahrena.

»Er wird es uns erzählen«, versicherte Vaelin ihr. »Wenn es sein muss, quetsche ich jede Unze Wissen aus ihm heraus, bis ihm die Luft wegbleibt.«

◆ ◆ ◆

Den nächsten Morgen verbrachte Vaelin mit den Eorhilanern. Sie führten ihre Pferde zwischen den Bäumen hindurch und schienen sich beinahe genauso unwohl zu fühlen wie die Begabten. »Die Pferde können den Himmel nicht sehen«, sagte Sanesh Poltar und strich seinem Hengst über den Kopf. Das Tier zuckte in einem fort mit den Ohren, und seine Augen waren weit aufgerissen. »Das gefällt ihnen nicht. Und mir auch nicht.«

»Heißt das, die Eorhilaner dürfen den Wald sonst ebenfalls nicht betreten?«, fragte Vaelin.

Weisheit, die neben dem Kriegshäuptling ging, lachte leise. »Wir haben keinen Grund dazu. Die Eorhilaner und Seordahner mögen zwar im Wesentlichen dieselbe Sprache sprechen und miteinander Handel treiben, aber wir sind zwei verschiedene Völker. Die Seordah Sil leben im Wald und wir auf den Ebenen.«

»Erzählen die Eorhilaner sich Geschichten«, wollte Vaelin wissen, »über die Zeit vor den Ebenen, bevor die Marelim Sil eintrafen?«

Sanesh und Weisheit tauschten einen belustigten Blick aus. »Es gibt keine Zeit vor den Ebenen«, erklärte Sanesh. »Die Eorhilaner reiten schon immer über die Ebenen. Und so wird es auch bleiben. Es gab eine Zeit, als noch nicht so viele Seordahner im Wald lebten – das behaupten jedenfalls die Großväter, die es von ihren Großvätern wissen. Die Marelim Sil waren uns unbekannt, bis sie kamen, um in den Hügeln nach Steinen zu graben.«

»Aber Ihr wisst über die blinde Frau Bescheid?«, wandte Vaelin sich jetzt an Weisheit.

Beide Eorhilaner verstummten, und Sanesh schlug mit seinem Pferd einen anderen Pfad ein.

Weisheit setzte ihren Weg in Schweigen gehüllt fort, das Gesicht starr und verschlossen. Als sie wieder den Mund öffnete, sprach sie nur zögernd. »An der Grenze zum Land der Lonaker gibt es eine Stadt, oder vielmehr eine Ruine. Die Eorhilaner mögen diesen Ort nicht und meiden ihn. Den Großvätern zufolge werden all jene, die dennoch wagen ihn aufzusuchen, von Albträumen und Wahnsinn heimgesucht. Als Kind war ich furchtbar neugierig, denn Neugier gebiert Weisheit, und außerdem hatte ich mir noch keinen Namen verdient. Also ritt ich dorthin, und zwar allein, fand jedoch nur noch die kläglichen Überreste von etwas vor, das einmal beeindruckend gewesen sein muss. Als ich mein Lager zwischen den Ruinen aufgeschlagen hatte, kam eine Frau zu mir ans Feuer, eine Seordahnerin, die mich trotz ihrer leeren Augen sehen konnte. Das machte mir keine Angst, denn ich wusste, dass es unter den Seordahnern mehr Begabte gibt als unter den Eorhilanern. Die Frau sagte, sie sei ebenfalls von weither gekommen, um diese Ruinen zu besuchen, und wir verbrachten den Abend damit, uns das Wenige zu erzählen, was wir darüber wussten. Irgendwann zeigte sie mir inmitten der Trümmer einen Stein, einen kleinen Stein, klein genug, um ihn mit beiden Händen aufzuheben, und wie ein Quadrat geformt, die Oberfläche glatt und makellos. Ich fragte die Frau, ob sie ihn haben wolle, doch sie schüttelte bloß den Kopf. ›Der ist für dich‹, sagte sie. Also hob ich ihn auf.«

»Er hat Euch irgendwohin gebracht«, sagte Vaelin, als die Eorhilanerin wieder in Schweigen verfiel.

Doch Weisheit schüttelte den Kopf. »Nein. Er verlieh mir … Wissen. Unfassbar viel Wissen, und alles auf einmal. Eure Sprache, die Sprache der Lonaker, selbst die Sprache des Volkes, gegen das wir nun in den Kampf ziehen, und noch zahlreiche andere. Ich kann alle Katechismen eures Glaubens auswendig und jedes Wort der Zehn Bücher des Weltvaters. Ich kenne die Namen aller alpiranischen Götter und jede Legende der Lonaker. Eine tiefere Erkenntnis habe ich jedoch nicht erlangt, nur Wissen. Es … tat weh. So weh, dass ich das Bewusstsein verlor. Als ich wieder erwachte, war die blinde Frau verschwunden, doch das Wissen blieb.«

»Dann seid Ihr also begabt?«

Sie schüttelte den Kopf und seufzte leise. »Verflucht trifft es wohl eher. Ratlos. Dieser Stein, dieser kleine, perfekt geformte Stein enthielt das Wissen aller Völker dieser Welt und war doch so alt, wurde lange Zeit, bevor diese Sprachen in der heutigen Form existierten, erschaffen. Aber von wem? Und warum?«

»Habt Ihr ihn noch?«

Weisheit legte den Kopf in den Nacken und suchte mit den Augen nach einer Lücke im Blätterdach, zweifellos in der Hoffnung, einen Blick auf den Himmel zu erhaschen. »Nein«, erwiderte sie, und ein leichtes Lächeln trat auf ihr Gesicht, als sie ein kleines Stück Blau zwischen den Blättern erspähte. »Ich habe mir einen größeren Stein gesucht und ihn damit zerschmettert.«

◆ ◆ ◆

Am nächsten Tag begann der Wald sich langsam zu lichten. Die Abstände zwischen den Bäumen wurden größer und die Lichtungen zahlreicher. Doch verglichen mit dem Urlisch war er immer noch dicht. Die Stimmung der Männer heiterte sich weiter auf. Dank der freien Flächen konnten jetzt mehrere Regimenter gemeinsam ihr Lager aufschlagen, was ihnen ein Gefühl von Sicherheit verlieh. Obwohl die Schönheit des Waldes viele Herzen gewonnen hatte, war die Angst vor ihm weiterhin allgegenwärtig, genauso wie das stetige Wissen, dass sie nicht hierher gehörten. Da das Gelände hier verhältnismäßig offen war, konnte Vaelin sich einen besseren Überblick über die Zahl der Seordahner verschaffen, indem er von Lichtung zu Lichtung wanderte.

»Es müssen weit über achttausend sein«, mutmaßte Nortah beim abendlichen Rat der Hauptmänner.

»Zehntausendachthundertzweiundsiebzig«, entgegnete Bruder Hollun. »Das sind zumindest diejenigen, die ich lange genug zu Gesicht bekommen habe, um sie zu zählen. Damit ist unser Heer gut dreißigtausend Mann stark.«

»Ich habe mich gefragt, ob wir unserer Armee vielleicht einen Namen geben sollten«, sagte Nortah. »Die Armee des Nordens oder dergleichen.«

Vaelin sah Hauptmann Adal an, und dieser nickte. »Es wäre sicher gut für die Moral der Männer, wenn wir sie unter einem gemeinsamen Namen vereinen, Euer Lordschaft.«

»Einverstanden«, erwiderte Vaelin. »Ich werde meine Schwester bitten, ein Banner zu entwerfen, am besten etwas Grimmiges.« Er ließ den Blick über die Karte wandern. »Den Seordahnern zufolge sind wir nur noch einen Tagesmarsch von Nilsael entfernt. Hauptmann Orven, Ihr geht mit Euren Männern auf Spähmission nach Osten. Hauptmann Adal, schickt eine Kompanie der Nordgarde nach Westen und führt eine weitere in den Süden. Alle volarianischen Truppen von nennenswerter Größe in einem Umkreis von dreißig Meilen sind unverzüglich zu melden.« Er blickte Dahrena an. »Selbstverständlich wird außerdem eine ausführliche taktische Aufklärung vonnöten sein.«

»Heute Abend, Euer Lordschaft.«

»Vielen Dank, meine Dame.« Damit trat er vom Tisch zurück und sagte an alle Versammelten gewandt: »Morgen früh wird eine umfassende Kontrolle aller Ausrüstungsgegenstände und Waffen durchgeführt, anschließend marschieren wir in Schlachtformation in die Königslande ein. Sorgt dafür, dass jeder, der Eurem Kommando untersteht, begriffen hat, dass wir in den Krieg ziehen und keiner Schlacht ausweichen werden. Falls jemand erwägt, Fahnenflucht zu begehen, ist dies seine letzte Chance, wenngleich ich niemandem raten würde, den Rückweg durch den Wald anzutreten.«

◆ ◆ ◆

»Gutes Land«, sagte Sanesh Poltar, der endlich wieder auf dem Rücken seines Pferdes saß und entsprechend glücklicher wirkte. Mit seinen wogenden Grasfeldern und den niedrigen Hügeln, die sich nach Süden erstreckten, war Nordnilsael wirklich wie geschaffen für Kavallerie. »Gibt es hier viele Elche?«

»Meines Wissens gar keine«, erwiderte Vaelin. »Aber im Süden gibt es Rehe und wilde Ziegen.«

»Ziegen«, sagte Sanesh mit verächtlicher Stimme. »Man braucht zehn Ziegenhäute, um ein Zelt zu bauen. Ein Elch dagegen gibt zwei Zelte ab.«

Die Armee verließ in Reih und Glied den Wald. Die Soldaten waren wohlgekleidet und bewegten sich mit gewohnter Einförmigkeit, wenn auch nicht ganz im Gleichschritt. Die zehn Infanterieregimenter bildeten eine zwei Kompanien breite Kolonne und wurden auf beiden Seiten von den Eorhilanern flankiert. Dahinter kamen die seordahnischen Krieger, nach Stämmen zusammengerottet und ohne die geringste militärische Ordnung. An der Spitze der Infanteriekolonne flatterte das neue Banner der Armee des Nordens, getragen von Vorarbeiter Ultin höchstpersönlich. Er hatte es erfolgreich gegen die Übergriffe anderer verteidigt, nachdem Vaelin es ihm am Morgen überreicht hatte. Alornis hatte die Hilfe der Armeeschneider in Anspruch genommen, um ihren Entwurf umzusetzen: einen großen weißen Falken, gesäumt von einer eorhilanischen Lanze auf der einen und einer seordahnischen Kriegskeule auf der anderen Seite. Unter dem Falken befand sich ein ovaler Blaustein.

»Es ist vielleicht ein bisschen zu schlicht«, hatte Alornis gesagt, als sie Vaelin den Entwurf zeigte.

»Wenn es um Soldaten geht«, hatte er gesagt und sie umarmt, »kann es gar nicht schlicht genug sein.«

Er wartete, bis der letzte Seordahner den Wald verlassen hatte, und spähte dann noch eine ganze Weile in das Dickicht, in der Hoffnung, vielleicht ein hellgrünes Augenpaar zu entdecken, das ihm daraus entgegenstarrte. Aber da war nichts, nur Bäume und dunkler werdende Schatten. Das stete Murmeln des Lieds enthielt jedoch einen leisen Unterton, etwas unsicher zwar, doch von einer uralten Kraft erfüllt, die ihm Hoffnung gab.

»Dir auch alles Gute«, flüsterte Vaelin, bevor er Flamme nach Süden lenkte.

◆ ◆ ◆

Nachdem sie fünfzehn Meilen marschiert waren, ließ er die Männer Halt machen und stellte dreimal so viele Vorposten auf wie üblich. Die Eorhilaner galoppierten unaufgefordert davon; einige von ihnen jubelten vor Freude, weil sie endlich den beklemmenden Wald hinter sich gelassen hatten. Bei Einbruch der Dunkelheit kehrten die Kriegerscharen eine nach der anderen zurück, manche von ihnen mit frisch erlegtem Wild. Die Seordahner hatten sich am Nordrand des Lagers niedergelassen, so nah wie möglich beim Wald. Schweigend saßen sie an ihren Feuern, besserten Pfeile aus und schliffen ihre Messer; aus ihren Gesichtern sprach grimmige Gelassenheit.

Vaelin fand Dahrena vor Hera Drakils Zelt, wo sie mit geschlossenen Augen und unbeweglichem Gesicht saß, neben ihr der Häuptling der Seordahner, dessen besorgte Miene zweifellos Vaelins eigene widerspiegelte.

»Einmal ist ein Kind verschwunden«, erzählte er, als Vaelin sich am Feuer niederließ. »Wir befürchteten, eine Wildkatze hätte den Jungen verschleppt. Nachdem Adra Dural eine ganze Nacht lang so dagesessen hatte, führte sie mich zu ihm. Er war auf einem Felsen im Fluss ausgerutscht und hatte sich den Kopf angeschlagen. Er hat überlebt, vergisst jedoch bisweilen seinen Namen.«

»Adra Dural?«, fragte Vaelin.

»Fliegender Geist. Wie hätten wir sie sonst nennen sollen?«

Dahrena gab ein leises Seufzen von sich und öffnete die Augen. Als sie die Kälte in ihren Gliedern spürte, verzog sie das Gesicht und rutschte näher ans Feuer, wo Vaelin ihr ein Fell um die Schultern legte. »Ihr wart zu lang fort«, sagte er.

»Es gab viel zu sehen«, erwiderte sie atemlos. »Ihr hattet recht, was Alltor betrifft. Die Einwohner halten die Stadt noch immer, und auf den Mauern brennt eine hell leuchtende Seele.«

»Und wie sieht es zwischen dort und hier aus?«

»Große Gruppen von Volarianern bewegen sich durch Asrael und Cumbrael. In Nilsael sind es weniger, doch habe ich gesehen, dass sie Varinsburg in größeren Scharen verlassen. Im Wald nördlich der Stadt gibt es noch andere Seelen, hell leuchtende und dunkle, manche sogar noch dunkler als die der Volarianer. Dort ist der Blutzoll besonders hoch.« Dahrena hielt inne, um einen Schluck aus ihrer Feldflasche zu nehmen. »Die Überlebenden des königlichen Heeres befinden sich nördlich der Graukuppen und halten auf die Grenze von Nilsael zu. Ich würde schätzen, dass es an die dreitausend Mann sind. Ihre Seelen sind dunkel, denn sie haben Angst, und die Niederlage lastet schwer auf ihnen. Zudem habe ich flüchtig gesehen, dass eine große Gruppe aus Westnilsael im Anmarsch ist. Ich konnte jedoch nicht lange genug verweilen, um ihre Identität oder ihre Absichten herauszufinden.«

»Ihr habt mehr herausgefunden, als ich zu hoffen gewagt hätte, meine Dame.«

Im östlichen Teil des Lagers ertönte ein Horn und kündigte das

Herannahen eines Reiters an. Vaelin erhob sich, um Hauptmann Adal zu begrüßen, der angaloppiert kam, sein Pferd zügelte und mit ernstem Gesicht vor ihm salutierte. »Euer Lordschaft, wir haben ein Dorf gefunden.«

◆ ◆ ◆

Auf dem Dorfplatz stapelten sich Leichen, nackt und bleich; ihre Glieder wurden in der Morgenluft bereits steif. Den meisten war die Kehle durchgeschnitten worden, doch manche wiesen deutliche Kampfspuren auf.

»Hauptsächlich Alte und Kinder«, bemerkte Nortah.

»Wen sie nicht verkaufen können, den töten sie«, erwiderte Dahrena, mit fester Stimme zwar, doch mit Tränen in den Augen. »Wie Viehzüchter, die alle Tiere abschlachten, die sie nicht brauchen können.«

Das Dorf selbst hatten die Volarianer geplündert und alle Wertsachen mitgenommen, die Gebäude jedoch stehen lassen. Es war ein hübscher Ort gewesen – mit kleinen strohgedeckten Lehmfachwerkhäusern und einer großen Windmühle, die auf einem nahe gelegenen Hügel stand und deren Räder sich noch drehten, blind für das Schicksal ihrer Erbauer. »Errichtet einen Scheiterhaufen«, wies Vaelin Hauptmann Adal an. »Bruder Kehlan soll die Worte sprechen.«

»Schneetanz hat eine Fährte gefunden«, sagte Nortah und deutete auf die Streitkatze, die mit angelegten Ohren am Boden kauerte und auf die Wagenspuren starrte, die von dem Dorf weg nach Osten führten.

»Sie haben einen Tag Vorsprung«, gab Adal zu bedenken.

»Ein Tag reicht mir«, erwiderte Nortah und sah Vaelin fragend an.

»Was brauchst du?«

»Eine Kompanie der Nordgarde und Lorkan.«

»Ich komme mit.« Vaelin griff nach Flammes Zügeln und schwang sich in den Sattel. »Ich möchte den Mann sehen, der nicht gesehen werden kann.«

◆ ◆ ◆

»Ich weiß nicht, ob ich das schaffe.« Lorkans Hände zitterten, als er das Messer hielt; seine Augen leuchteten im schwachen Dämmerlicht. »Ich habe noch nie …«

Vaelin sah, dass Nortah leicht in sich zusammensackte – wahrscheinlich widerstrebte ihm das Ganze ebenfalls. »Haben wir dich schon einmal um irgendetwas gebeten?«, fragte er den Jungen. »Wurde in all den Jahren, die wir dich beschützt, versorgt, unterrichtet und toleriert haben, je eine Gegenleistung von dir verlangt?«

»Lehrer, ich …«

»Sieh her.« Vaelin nahm dem Jungen das Messer aus der Hand, steckte es zurück in die Scheide und hielt es ihm mit der Schneide voran hin.

»Halte es so und schlag so fest du kannst mit dem Knauf zu. Sieh zu, dass du deinen Gegner genau unter dem Ohr triffst. Wenn er nicht gleich zu Boden geht, schlag noch mal zu.«

Lorkan zögerte kurz, nahm dann jedoch das Messer, drehte sich weg und ging auf die Feuerstellen des volarianischen Lagers zu. Nach ein paar Schritten blieb er stehen und wandte sich zu Nortah um. »Lehrer, wenn ich fallen sollte, sagt Cara bitte …« Er verstummte und rang sich ein Lächeln ab. »Sagt ihr, dass ich als Held gestorben bin. Sie wird es zwar nicht glauben, aber dann hat sie endlich einmal etwas zu lachen.«

Mit diesen Worten ging er weiter. Sein schlanker Körper hob sich schwarz gegen den hellorangenen Horizont ab, und er bewegte sich weder besonders vorsichtig, noch versuchte er, sich zu tarnen. Nachdem Lorkan etwa fünfzig Schritte zurückgelegt hatte, stießen Adal und die anderen Soldaten der Nordgarde verblüffte Laute aus. Vaelin runzelte die Stirn – er sah nichts weiter als einen jungen Mann, der über ein Feld ging.

»Jetzt sollte es nicht mehr lange dauern.« Nortah legte einen Pfeil ein und schlich hinter Lorkan her. »Wir kümmern uns um die Sklaven. Wartet, bis das Chaos losbricht, und kommt dann so schnell wie möglich nach.«

»Sie werden ihn sehen«, sagte Vaelin und deutete mit dem Kinn auf Lorkans sich entfernenden Schatten.

»Wirklich?« Nortah lächelte ihm über die Schulter zu. »Ich kann ihn nicht sehen.« Damit schlich er sich tief vornübergebeugt davon, Schneetanz dicht neben ihm im Gras verborgen.

»Es stimmt, Euer Lordschaft«, flüsterte Adal. »Der Junge ist … soeben verschwunden.«

Sie warteten. Der Horizont färbte sich schwarz, nach und nach erschienen die Sterne am wolkenlosen Firmament, und der Halbmond tauchte das im Wind wogende Gras in ein bläuliches Licht.

»Ähem, Euer Lordschaft?« Als Vaelin sich umdrehte, sah er, dass Adal ihm ein Schwert hinhielt. Die Klinge ruhte auf seinem Unterarm, der Schaft war Vaelin zugewandt.

»Nein, danke, Hauptmann.« Die Segeltuchtasche war an Flammes Sattel festgebunden und nach wie vor fest zugeknotet. »Ich habe so ein Gefühl, dass ich es heute Nacht nicht brauchen werde.«

Kurz darauf ertönten die ersten Schreie, wurden jedoch vom Heulen und Knurren der großen Katze im Keim erstickt. Vaelin trieb sein Pferd zum Galopp an, und dicht gefolgt von der Nordgarde legten sie den Weg zum volarianischen Lager innerhalb weniger Herzschläge zurück. Als er in der Mitte des Lagers angekommen war, zügelte er sein Pferd und sah, wie ein Sklavenhund mit durchgebissener Kehle durch die Luft flog, während Schneetanz sich nach einem neuen Opfer umsah. Zwischen den Fuhrwerken lagen Leichen am Boden; manche waren von Pfeilen durchbohrt, die meisten hatten jedoch eindeutig mit Schneetanz Bekanntschaft gemacht. Ein paar Volarianer gingen mit Peitschen und Kurzschwertern auf die Gardisten los, waren jedoch schnell erledigt. Andere streckten die Waffen und hoben die Arme; doch nach allem, was sie im Dorf gesehen hatten, waren die Männer aus den Nordlanden nicht gewillt, Gnade walten zu lassen.

Vaelin fand Nortah bei den Fuhrwerken, wo er Lorkan gerade dabei half, die Sklaven zu befreien. Es waren mindestens hundert Gefangene, was darauf hindeutete, dass die Volarianer mehrere Dörfer heimgesucht hatten. Manche der befreiten Sklaven gerieten außer sich, kaum dass sie die Fesseln los waren, und gingen auf sämtliche Volarianer los, die sie finden konnten – lebende wie tote. Die meisten befanden sich jedoch in Schockstarre. Einer der freigelassenen Männer erkannte Vaelin, fiel vor ihm auf die Knie und dankte ihm mit Tränen in den Augen, woraufhin ein Dutzend oder mehr zerlumpte Gestalten seinem Beispiel folgten. Vaelin sprang vom Pferd und ging auf sie zu. Dann hob er die Hände, um die Leute zur Ruhe zu rufen.

»Sie haben uns erhört«, sagte der Mann, der ihn als Erster erkannt hatte und noch immer am Boden kniete. »Wir haben die Ahnen angefleht, Euch zu schicken, und sie haben unser Flehen erhört.«

Vaelin streckte die Hand aus und zog den Mann auf die Füße. »Niemand hat mich geschickt …«, begann er, brach jedoch ab, als er die bedingungslose Hingabe in den Augen des Mannes sah. Fast alle befreiten Sklaven hatten sich inzwischen um sie versammelt und starrten ihn mit nervenzermürbender Eindringlichkeit an, als wäre er soeben einem Traum entsprungen. »Ich bin gekommen, um den Königslanden beizustehen«, erklärte er. »Wer sich mir anschließen will, den erwarten Krieg und Beschwernis. Wer sich mir nicht anschließen will, darf gerne gehen.«

»Ohne Euch gehen wir nirgendwohin, Euer Lordschaft«, sagte der weinende Mann, und die anderen murmelten zustimmend. Vor Verzweiflung fiebernd packte der Mann Vaelins Arme. »Ich war mit Euch in Linesch. Ich wusste, dass Ihr uns niemals im Stich lassen würdet.« Die anderen befreiten Gefangenen kamen ebenfalls näher und stimmten ein ehrfurchtsvolles Gemurmel an. »Ihr werdet uns in die Freiheit führen … Der Turmherr wurde von den Ahnen gesegnet … Ihr müsst uns Gerechtigkeit verschaffen, Euer Lordschaft … Sie haben meine Kinder getötet …«

»Ist ja schon gut!«, rief Nortah und schob sich durch die Menge, indem er die Menschen mit seinem Bogen zur Seite stieß. »Lasst Seiner mächtigen Lordschaft etwas Platz, Ihr demütigen Narren.«

Schließlich musste die Nordgarde eingreifen, um Vaelin vor der bewundernden Menge zu retten. Hauptmann Adal brachte ihm Flamme, damit er aufsteigen und wegreiten konnte. »Führt sie zurück ins Lager«, wies er Adal an. »Waffen für alle, die welche haben wollen.«

»Auch für die Frauen, Euer Lordschaft?«

Vaelin dachte an den mörderischen Hass, den er zuvor in den Augen einer Frau gesehen hatte, während sie mit ihrer Kette auf die Leiche eines Volarianers einprügelte. »Auch für die Frauen. Wer kampfuntauglich ist oder nicht kämpfen möchte, kann kochen oder Bruder

Kehlan unterstützen.« Mit diesen Worten machte er sich gemeinsam mit Nortah und Lorkan auf den Rückweg ins Lager. Schneetanz lief fröhlich und mit peitschendem Schweif durchs hohe Gras voraus. »So ist sie immer nach der Jagd«, sagte Nortah.

»Geht es dir … gut, Bruder?«, fragte Vaelin, dem der altbekannte gequälte Ausdruck in den Augen seines Freundes nicht entgangen war.

»Dachtest du, es fiele mir inzwischen leichter?«, entgegnete Nortah mit dem Hauch eines Lächelns. »Selbst bei Abschaum wie diesem schmerzt es mich wie eh und je.«

»So schlimm war es gar nicht.« Lorkan nahm einen Schluck aus einer Weinflasche, die er erbeutet hatte. Seinem Lallen nach zu urteilen war es nicht die erste. »Den letzten hab ich so niedergemacht, wie Ihrs mir gezeigt habt, Euer Lordschaft. Zack, zack. Direkt hinters Ohr. Bloß ist er nicht einfach umgekippt wie die anderen, sondern noch rumgetaumelt und hat nach seinem Schwert gegriffen.« Als Lorkan die Flasche erneut zum Mund führte, bemerkte Vaelin den rotbraunen Fleck auf seiner Hand. »Er hat mich gesehen. Das tun sie immer, wenn ich sie berühre.«

»Aber nur Menschen ohne Begabung«, sagte Vaelin. »Wir Begabten können dich sehen, doch für die anderen verschwindest du einfach.«

»Gut kombiniert, Euer Lordschaft.« Lorkan verneigte sich im Sattel. »Aber ich verschwinde nicht wirklich. Es ist vielmehr, als würde ich mich ihrer Aufmerksamkeit entziehen, wie das Summen einer Fliege oder der Schatten eines Vogels. Als Kind bin ich durch die Straßen von Südturm gezogen und habe nach Herzenslust geklaut. Die Leute sehen mich, aber auch wieder nicht, deswegen kann ich sie mühelos bestehlen. Aber nur, solange ich sie nicht berühre, denn dann muss ich sie heutzutage töten, wie mir scheint.« Er führte die Weinflasche wieder an die Lippen und trank, bis er fast vom Pferd gefallen wäre, wenn Nortah ihn nicht gestützt hätte. »Erzählt Cara nichts davon, Lehrer«, bat der junge Mann. »Sie soll nicht wissen, was ich getan habe.«

◆ ◆ ◆

Am nächsten Morgen setzten sie ihren Marsch fort. Mittags kam Hauptmann Orven angeritten und bestätigte Dahrenas Warnung, dass sich eine große Truppe aus westlicher Richtung näherte. »Heute Vormittag waren sie noch zwölf Meilen entfernt, Euer Lordschaft«, berichtete der Gardist. »Wir haben allerdings nur die Staubwolke und ein paar Vorreiter gesehen, ich kann also nicht beurteilen, wie viele es sind.«

Vaelin ließ die Regimenter zu beiden Seiten eines niedrigen Hügels antreten, den Blick nach Westen gerichtet, die Eorhilaner an den Flanken und Nortahs Bogenschützen lose formiert an der Spitze. Die Seordahner hatten sich widerstandslos in ihre Rolle als Nachhut gefügt, sich nach Stämmen geordnet und mit schussbereiten Bogen um den Tross geschart. Vaelin selbst befand sich in der Mitte, links von ihm die Nordgarde, rechts Orvens Männer, die direkt an Vorarbeiter Ultins Minenarbeiter anschlossen, und an seiner Seite Dahrena, die Adals missbilligenden Blick wohlweislich ignorierte.

Es wurde wenig geredet, und Vaelin erinnerte sich, dass die Ruhe vor der Schlacht sich zumeist schwer auf die Zunge legte. Während er auf Flammes Rücken saß und beobachtete, wie die Staubwolke über die westlichen Hügel aufstieg, blieb das Lied des Blutes ruhig und kündete keine Warnung. Vaelin wartete. Nach und nach tauchten aus der Staubwolke lose angeordnete Infanteriekompanien auf, die von Kavallerietrupps flankiert wurden. Als sie noch etwa dreihundert Schritte entfernt waren, blieben sie stehen und nahmen Aufstellung. In der Mitte der Trupps wehte ein Banner, das eine Axt in einem sechsspeichigen Rad zeigte.

»Waffen runter!«, befahl Vaelin seinen Leuten. »Rührt euch.«

Die Bergarbeiter traten zur Seite, um ihn vorbeizulassen. Er trieb Flamme zum Trab an und hob die Hand, um den Mann zu grüßen, der von der nilsaelischen Linie auf ihn zugeritten kam, einen schmalgesichtigen Kerl mit verstümmeltem linken Ohr und kurzgeschnittenem Haar. »Ich hoffe, das ist nicht Euer gesamtes Heer, Euer Lordschaft«, sagte Graf Marven. »Denn das wird bei Weitem nicht reichen, fürchte ich.«

◆ ◆ ◆

Erzfürst Darvus Ezua war womöglich der älteste Mensch, dem Vaelin je begegnet war. Er saß auf seinem Thron, umklammerte mit knochigen Fingern die Armlehnen und musterte Vaelin mit einer Eindringlichkeit, die ihn an König Janus' Eulenblick erinnerte. Sie befanden sich in einem großen Zelt in der Mitte des nilsaelischen Lagers. Vaelin und Dahrena standen vor dem alten Lord und seinen Zwillingsenkeln, die – offensichtlich um sich voneinander abzuheben – in unterschiedliche Rüstungen und Umhänge gekleidet waren. Dafür waren sie ähnlich groß, hatten die gleichen Gesichtszüge und, wie Vaelin bemerkte, die befremdliche Angewohnheit, gleichzeitig zu blinzeln. Graf Marven beobachtete sie aus einer Ecke des Zelts und hatte einen bewusst neutralen Blick aufgesetzt.

»Dieser kleine Ausflug hätte mich beinahe das Leben gekostet«, sagte Erzfürst Darvus mit krächzender, aber dennoch klarer und durchdringender Stimme. »Und die bedauerlichen Lümmel, die meine Sänfte trugen, ebenfalls.«

»Der Krieg ist seit jeher ein anspruchsvoller Meister«, erwiderte Vaelin.

»Krieg, sagst du?« Der alte Mann stieß ein meckerndes Lachen aus. »Wie kommst du auf die Idee, dass ich deswegen hier bin?«

»Invasoren sind in die Königslande eingefallen. Was hättet Ihr sonst für einen Grund, mit Eurem Heer hier zu erscheinen?«

»Es ist unerlässlich, dass man seine Stärke zur Schau stellt, wenn man zu verhandeln gedenkt. Genauso bin ich auch mit König Janus verfahren, bevor ich das Knie vor ihm beugte. Wenngleich es steif wie ein Brett war. Trotzdem hat er mich dazu gezwungen, der asraelische Bastard.«

»Wollt Ihr damit sagen, Euer Lordschaft, dass Ihr gedenkt, mit den Volarianern zu verhandeln?«

Vaelin spürte, wie Dahrena sich neben ihm versteifte, und er legte ihr beruhigend die Hand auf den Arm. Seine Treffen mit König Janus hatten ihm hinreichend Erfahrung im Umgang mit ränkevollen alten Männern beschert. *Und dieser spielt uns etwas vor, ehe er zur Sache kommt.*

»Was spricht dagegen?«, erwiderte Darvus. »Darnel hat es auch gemacht, und sein Erzlehen wurde verschont.«

Vaelin versuchte, sich den Schock nicht anmerken zu lassen. *Der Erzfürst von Renfael ist ein Verräter?*

»Das hast du wohl noch nicht gewusst, was?« Der alte Fürst las mühelos in Vaelins Gesicht und stieß erneut sein meckerndes Lachen aus. »Du warst zu lange fort, mein Junge. Darnel hat seine Ritter gegen das königliche Heer geführt. Meine Spione sagen, dass er dafür halb Asrael bekommen hat und sich jetzt in Varinsburg als großer Herrscher aufspielt.«

»Einen Verräter sollte man sich nicht zum Vorbild nehmen, Euer Lordschaft«, erwiderte Vaelin.

Darvus' faltiges Gesicht wurde zornig. »Mein Volk vertraut darauf, dass ich es beschütze, und das habe ich auch mein Leben lang getan, selbst wenn ich dafür unzählige Beleidigungen und Erniedrigungen vonseiten Eurer Könige über mich ergehen lassen musste.«

»Die Volarianer bringen weder Beleidigungen noch Erniedrigungen, das ist wahr. Sie bringen Tod und Sklaverei. Gestern haben wir eines Eurer Dörfer gefunden. Die Alten und Kinder waren niedergemetzelt, die anderen Bewohner in Ketten gelegt und fortgeschafft worden. Wir haben sie befreit, und sie haben sich uns angeschlossen. Jeder Einzelne von ihnen ist bereit, für die Freiheit dieses Erzlehens und der Königslande zu kämpfen und zu sterben. An ihnen solltet Ihr Euch ein Vorbild nehmen.«

Als er von dem Schicksal des Dorfes erzählte, sah Vaelin, wie die Zwillinge sich einen Blick zuwarfen und ihre Schwertknäufe fester packten. *Sie sind nicht eingeweiht,* dachte Vaelin. *Sie glauben, dass der alte Mann alles meint, was er sagt.*

»Euer Lordschaft«, sagte der Zwilling zur Linken. »Wenn ich Euch an unsere Unterhaltung von heute Morgen erinnern dürfte …«

»Halt die Klappe, Maeser«, schnauzte der alte Mann ihn an. »Und du auch, Kaeser. Eure verstorbene Mutter stand mir stets mit weisem Rat zur Seite, doch ihr beiden könnt über nichts anderes reden als über den Krieg, Schwerter und Pferde.« Er starrte den jungen Lord grimmig an, bis dieser den Blick abwandte. »Ihre Mutter hat einen renfaelischen Ritter von hohem Ansehen geehelicht. Ich hatte nichts dagegen einzuwenden, denn damals hatte ich selbst noch einen Sohn. Allerdings hat der Dummkopf es geschafft, an Syphilis zu krepieren, ehe er Nachkommen gezeugt hatte, und so stehe ich jetzt mit diesen beiden da.«

»Dürfte ich fragen, was Ihr wollt, Euer Lordschaft«, sagte Vaelin. »Ich denke, wir beide wissen ganz genau, dass Ihr keinerlei Absicht habt, mit dem Feind gemeinsame Sache zu machen, und ich habe keine Zeit, lange mit Euch herumzufeilschen.«

Darvus lehnte sich auf seinem Thron zurück, und für einen winzigen Augenblick schnellte seine Zunge zwischen den Zähnen hervor. *Janus war eine Eule,* dachte Vaelin. *Und Darvus scheint eine Schlange zu sein.*

»Verschwindet!«, bellte der Erzfürst seine Neffen an, die sich verneigten und nebeneinander davonschritten, fast schon wie bei einem einstudierten Tanz. »Ihr könnt bleiben, Marven«, fügte der Erzfürst hinzu, als der Graf ebenfalls das Zelt verlassen wollte. »Ich möchte, dass ein glaubwürdiger Zeuge anwesend ist.«

Darvus ließ den Blick zu Dahrena wandern und fuhr dann fort. »Einer meiner Spione hatte kürzlich das Vergnügen, sich mit einem Mann aus den Nordlanden zu unterhalten, dem Vorsteher irgendeines frostigen Bergbauorts, der sich wohl aus irgendeinem Grund ungerecht behandelt fühlte.«

Vaelin hörte, wie Dahrena leise seufzte. *Idiss.*

»Betrüblicherweise hat der Mann es zustande gebracht, im Suff ins Hafenbecken von Frosthafen zu stürzen und zu ertrinken«, fuhr Darvus fort. »Doch zuvor hat er meinem Informanten noch eine interessante Geschichte erzählt.«

»Wie ich bereits sagte, Euer Lordschaft, habe ich wenig Zeit«, entgegnete Vaelin.

»Gold«, sagte der Erzfürst langsam, den Blick immer noch auf Dahrena gerichtet. »Ihr habt Geheimnisse, meine Dame.« Er beugte sich vor, und seine Zunge schnellte erneut zwischen den Lippen hervor. »Eine der Lektionen, die ich im Laufe meines langen Lebens gelernt habe, ist die, dass die Chance auf Reichtum wie eine launische Frau ist. Und immer, wenn sie nach Nilsael kommt, hat sie schlechte Laune. Aber diesmal ist es anders. Diesmal wird sie uns wohlgesonnen sein.«

»Es gibt gute Gründe, diese Information geheim zu halten«, sagte Dahrena. »Und die gelten für Euer Erzlehen genauso wie für die Nordlande.«

»Nicht mehr«, entgegnete der Erzfürst. »Nicht angesichts der zahlreichen Wölfe, die vor unserer Tür warten, und der Tatsache, dass Lord Vaelin dringend unsere Truppen benötigt.«

»Was wollt Ihr?«, fragte Vaelin, dem langsam der Geduldsfaden riss.

»Meine geliebte verstorbene Tochter, die scharfsinnige Mutter einfältiger Zwillinge, sagte immer, Gold sei wie Wasser, es zerrinne einem einfach zwischen den Fingern. Es macht nicht denjenigen reich, der es schürft, sondern denjenigen, der ihm den Pickel verkauft.« Die knochigen Finger des Alten trommelten auf die Armlehne. »Ich möchte, dass alles Gold, das in den Nordlanden geschürft wird, in nilsaelischen Häfen verkauft wird.«

»Sonst nichts?«, fragte Dahrena.

Der alte Mann nickte lächelnd. »Sonst nichts, meine Dame.«

Dann wird jede Unze Gold innerhalb von Erzfürst Darnels Grenzen gehandelt, dachte Vaelin. *Und alle Händler, die daran interessiert sind, müssen hierherkommen, ebenso wie ihre Gehilfen und ihre Schiffe, die zweifelsohne mit Tauschgütern aller Art beladen sein werden. Innerhalb nur einer Generation wird die Schlange ihr Erzlehen zum reichsten der Königslande machen. Janus wäre beeindruckt gewesen.*

»Eure Bedingungen sind akzeptabel, Euer Lordschaft«, teilte er Darvus mit. »Selbstverständlich vorbehaltlich der Einwilligung der Krone.«

»Der Krone, sagst du?« Wieder meckerte der alte Mann. Dann streckte er einen seiner Skelettfinger aus und zeigte damit ohne das geringste Zittern auf Vaelin. »Es gibt nur noch einen Menschen, der in der Lage wäre, sie zu tragen, und der steht in diesem Moment vor mir.«

Zweites Kapitel

Lyrna

Kapitän Belorath war ein guter Keschetspieler: Einerseits zeigte er ein gutes Verständnis für die vielen Nuancen des Spiels, andererseits war er in der Lage, die subtilen Strategien anzuwenden, die einen guten Gegner ausmachen. Lyrna schlug ihn in zwanzig Zügen. Sie hätte es auch in fünfzehn geschafft, hielt es jedoch nicht für ratsam, ihn vor versammelter Besatzung zu demütigen.

Der Kapitän funkelte sie über das Brett hinweg böse an, während er hastig seine verbliebenen Spielfiguren abräumte. »Noch eine Partie.«

»Wie Ihr wünscht«, erwiderte Lyrna und nahm ihre eigenen Figuren vom Brett. Trotz seiner Spielfertigkeit erlag der Kapitän einem weitverbreiteten Vorurteil in Bezug auf den wichtigsten Faktor beim Keschet: das Setzen der Figuren. Jeder Zug hing von dieser scheinbar belanglosen Tätigkeit ab. Lyrna hatte den Sieg bereits in der Tasche, als Belorath es versäumte, genügend Speerträger auf der linken Seite des Bretts zu positionieren, um den Lanzenreitern, die Lyrna bei ihrem sechsten Zug ins Spiel zu bringen gedachte, etwas entgegensetzen zu können. *Das Spiel beginnt mit dem Setzen der ersten Figur,* hatte ihr Vater vor all den Jahren erklärt, als er der Fünfjährigen das Spiel beibrachte, das selbst den meisten Erwachsenen Rätsel aufgab. Noch vor Ablauf eines Jahres schlug sie ihn in einer epischen Schlacht mit hundertdreiundzwanzig Zügen, die zweifellos in die Geschichte des Spiels eingegangen wäre, wenn jemand der Partie beigewohnt hätte. Danach spielten sie nie wieder, und das Brett und die Figuren verschwanden kurze Zeit später aus Lyrnas Zimmer.

Der Kapitän knallte seinen Kaiser auf das dritte Feld von links in der ersten Reihe – eine Plazierung, die üblicherweise vorgenommen wurde, wenn man eine aggressive Strategie verfolgte oder um einen defensiven Zug durch einen offensiven zu verschleiern. Lyrna antwortete, indem sie einen ihrer Bogenschützen in die Mitte der zweiten Reihe setzte und damit weiterhin an ihrer Standardformation arbeitete, die im Gegensatz zur scheinbar komplexen Aufstellung des Kapitäns stand. *Das Kaisergambit,* dachte sie und atmete innerlich auf, während die Zuschauer Wetten abschlossen. Die Chancen standen gut für sie. *Noch dreizehn Züge.* Diesmal zögerte sie ihren Sieg bis zum siebzehnten Zug hinaus, mehr wäre auffällig gewesen.

»Die dunkle Gabe«, flüsterte einer der Seemänner, als Lyrna den Kaiser des Kapitäns vom Brett nahm.

»Dunkle Gabe hin oder her«, entgegnete Harvin lachend, »du schuldest mir jedenfalls zwei Becher Rum, mein Freund.«

Der Kapitän machte sich erneut daran, seine Spielfiguren vom Brett zu nehmen. Derweil blickte Lyrna aufs Meer hinaus. *Drei Tage ohne den geringsten Windhauch,* dachte sie und richtete sich auf, als ein vertrauter Anblick die Meeresoberfläche durchschnitt. Die riesige Rückenflosse hinterließ eine beachtliche Schneise im ruhigen Wasser, ehe sie wieder abtauchte.

Als der Wind abgeflaut war, hatte der Kapitän die Besatzung an die Ruder gerufen, doch wegen der Hitze in diesen Breiten mussten sie regelmäßig Pausen einlegen, um nicht vor Erschöpfung zusammenzubrechen. Auch die Schiffbrüchigen aus den Königslanden, einschließlich Lyrna, hatten zu den Rudern gegriffen, allerdings taten sie sich mangels Erfahrung schwer, den richtigen Rhythmus zu finden, und stellten daher keine wirkliche Hilfe dar. Während der letzten Ruderpause hatte der Kapitän das Keschetbrett hervorgezogen und seinen Ersten Offizier zu einer Partie herausgefordert, bei der er ihn mit nur vierzig Zügen besiegte und damit offensichtlich einen Schiffsrekord aufstellte.

»Unsere edle Dame kann das besser«, hatte Benten im Brustton der Überzeugung gesagt.

»Stimmt das?« Der Kapitän hatte Lyrna angesehen, die am Ruder saß und sich die schmerzenden Arme rieb, und seine buschigen Augenbrauen zusammengezogen.

Lyrna warf dem jungen Fischer einen finsteren Blick zu. Sie hatte das Spiel mit keinem Wort kommentiert, doch schien Bentens Instinkt ihm eine Menge mitzuteilen.

»Ich weiß, wie man es spielt«, sagte sie mit einem Achselzucken.

Beloraths dritter Anlauf war schon eindrucksvoller. Diesmal verzichtete er auf Standardangriffe und wandte stattdessen eine komplexe Abfolge von Täuschungsmanövern auf der linken Seite an, bei der er sich unerschrocken vor Verlusten gab, um so das allmähliche Vordringen seiner drei Diebe zur Brettmitte zu kaschieren.

»Herzlichen Glückwunsch, Kapitän«, sagte sie etwa dreißig Züge später und verneigte sich.

»Wozu?«, knurrte er und schaute mit finsterem Blick auf den Kaiser in ihrer Hand.

»Dass Ihr mir eine einzigartige Partie beschert habt.« Sie hob den Kopf, als eine leise Brise die immer noch empfindlichen Brandwunden an ihrer Wange streifte. *Wie merkwürdig es doch ist, den Wind zu spüren, ohne dass er mir das Haar zerzaust,* dachte sie. »Ich glaube, wir können unsere Reise fortsetzen.«

◆ ◆ ◆

Aus der Brise wurde ein starker Westwind, der bei den Meldeneern auch »Ertragreiche Ernte« hieß, weil er oft reich beladene Handelsschiffe vor sich hertrieb. Jetzt schienen jedoch keine anderen Schiffe unterwegs zu sein.

»Nichts fegt den Ozean so leer wie ein Krieg«, sagte der Kapitän und stellte sich neben Lyrna an die Reling, wo sie ihre allnächtliche Wache hielt.

»Ich hatte angenommen, dass wir zumindest ein paar alpiranischen Schiffen begegnen würden«, erwiderte sie.

»Wenn sie schlau sind, liegen sie bereits seit geraumer Zeit im Hafen.

Im Krieg werden alle Matrosen zu Piraten.« Belorath ging zu der Gallionsfigur am Bug, einer zähnebleckenden Frau mit unwahrscheinlich großen Brüsten und Händen wie Klauen, die sie den entgegenkommenden Wellen entgegenstreckte. »Wisst Ihr, wer das ist?«

»Wahrscheinlich die Seelenräuberin Skerva in ihrer wahren Gestalt. Sie wurde von Margentis, dem Schwertwalgott, ausgesandt, um die Menschen für ihre Verbrechen gegen das Meer zu bestrafen. Es heißt, sie wandle als anmutige junge Frau verkleidet unter uns und suche sich die wackersten Männer aus, um sich an ihren Seelen gütlich zu tun.«

Der Kapitän legte eine Hand auf Skervas hölzerne Schulter. »Habt Ihr schon jemals etwas vergessen?«

»Nicht, dass ich wüsste.«

»Meine Besatzung fürchtet sich vor Euch. Die Phantasiereicheren unter ihnen spekulieren, ob Ihr Skerva seid, gefangen zwischen ihren beiden Formen, und nur auf den richtigen Moment wartet, um zuzuschlagen.«

»Würde das nicht die Anwesenheit wackerer Männer erfordern, an denen ich meinen unnatürlichen Appetit stillen kann?«

Lyrna sah, dass der Kapitän ein Lächeln hinter seinem Bart versteckte, ehe er sich abwandte und aufs Meer hinausblickte. »Euer Freund tut sein Übriges dazu.«

Trotz des Wellengangs konnte sie sehen, wie die Rückenflosse des Hais durch das Wasser pflügte. »Dafür habe ich wirklich keine Erklärung«, sagte sie aufrichtig.

»Meine Leute haben mir berichtet, was die anderen Landratten im Laderaum tuscheln. Sie reden von einem Bestienbeschwörer.«

Fermins Lächeln, bevor das Wasser über ihm zusammenschlug … Denkt an Euer Versprechen, meine Königin. »Er hat sein Leben geopfert, um uns zu befreien«, sagte Lyrna. »Irgendwie ist es ihm gelungen, den Hai herbeizurufen. Vielleicht ist das der Grund, warum er immer noch diesem Ruf folgt. Derlei Dinge liegen außerhalb meines Horizonts.«

Der Kapitän brummte etwas Unverständliches. »Endlich einmal etwas, das Ihr nicht wisst.« Doch seine Heiterkeit war von kurzer Dauer, und seine Miene wurde wieder ernst. »In weniger als einer Woche erreichen wir die Inseln.«

»Und dort warten die Schiffsherren. Ich werde meinen Teil der Abmachung einhalten. Ich kann ausgesprochen überzeugend sein, das könnt Ihr mir glauben.«

»Die Schiffsherren zu überzeugen ist eine Sache, den Schild eine ganz andere.«

Der Schild der Inseln. Die Spione ihres Bruders hatten ihnen zahlreiche Geschichten über den berühmten Schwertkämpfer und Piraten zugetragen, der über die Verteidigung der Inseln wachte. »Ihr denkt also, dass er mir nicht glauben wird?«

»Es geht weniger darum, ob er Euch glaubt, sondern vielmehr, ob es ihn interessiert.« Belorath deutete mit ausgestrecktem Arm über das Deck. »Die *Seesäbel* ist sein Schiff. Er hat ihre Geburt bis ins kleinste Detail überwacht – jede Planke, jeden Nagel und jedes Tau hat er abgesegnet. Außerdem hat er eine Menge Blut auf diesem Deck vergossen. Jahrelang sind wir mit der *Seesäbel* über die Ozeane gefahren und haben mehr Gold und Gut erbeutet als jedes andere Schiff, das je auf den Inseln das Licht der Welt erblickt hat. Und doch untersteht sie jetzt meinem Kommando, während der Schild sich auf einem von Wellen umspülten Felsen mitten im Meer versteckt hält. Hätte er das Ruder geführt, wären wir schon längst zu Hause. Und ihn hättet Ihr sicher nicht in zwanzig Zügen besiegt.«

»Fünfzehn. Ich wollte nur nett sein. Und weshalb versteckt er sich, Euer großer Kapitän?«

Belorath wandte sich wieder dem Meer zu, und tiefes Bedauern schwang in seiner Stimme. »Weil ein großer Mann es nur schwer verkraftet zu scheitern, selbst wenn das Scheitern darin besteht, dem Tod zu entgehen.«

♦ ♦ ♦

»›Es ist mit einer Sklavenausbeute von etwa fünfundzwanzigtausend zu rechnen‹«, zitierte Lyrna. »›Gemessen an der Einwohnerzahl ist dies ein geringer Anteil, doch muss die zu erwartende hohe Ausschussrate in Betracht gezogen werden. Der wahre Wert von Schlangenloch besteht indes in den Häfen und Schiffen. Die Inselbewohner sind ein Haufen unzivilisierter Wilder, die jedoch außerordentliche Fähigkeiten im Bereich der Seefahrt an den Tag legen.‹«

Die versammelten Schiffsherren hörten Lyrna schweigend zu, die meisten mit betroffenen Gesichtern, andere mit wachsendem Zorn. So auch der Mann, der in ihrer Mitte saß, ein drahtiger Kerl mit dem Aussehen eines Fuchses, der seine behandschuhten Hände wiederholt zu Fäusten ballte, während Lyrna redete.

»›Es ist bekannt, dass Schlangenloch in seinen Gewässern eine Verteidigungsflotte unterhält, von der massiver Widerstand zu erwarten ist. Aus diesem Grund empfiehlt sich ein Täuschungsmanöver, bei dem eine Division den Feind angreift und von den Inseln fortlockt, während die andere mit den Invasionstruppen an Land geht. In Anhang sieben befinden sich Vorschläge zur Aufstellung der Landtruppen …‹«

Der drahtige Mann hob die Hand, und Lyrna verstummte. »Belorath«, sagte der Schiffsherr zu dem Kapitän. »Bürgst du dafür, dass diese Frau die Wahrheit sagt?«

»Das tue ich, Lord Ell-Nurin.«

Der Schiffsherr wandte sich wieder Lyrna zu. »Ich nehme an, Ihr habt eine vollständige Übersetzung angefertigt?«

»Ja, Euer Lordschaft.« Sie trat auf ihn zu und überreichte ihm ein Bündel Papiere.

»Für eine Kaufmannstochter habt Ihr eine ausgesprochen saubere Handschrift«, stellte Ell-Nurin fest, nachdem er die erste Seite überflogen hatte.

»Ich habe für meinen Vater die Korrespondenz geführt, da seine Hände vom Knochenzittern befallen waren.«

»Ich bin mit den Kaufmännern aus Varinsburg wohlbekannt. Anders als die meisten meiner Landsmänner war ich nie Pirat und wurde dort stets mit offenen Armen empfangen – sofern mein Laderaum mit frischem Tee gefüllt war, versteht sich. Wie hieß Euer Vater? Vielleicht kenne ich ihn ja.«

»Traver Hultin, Euer Lordschaft. Er handelte vornehmlich mit Seide.« Es gab tatsächlich einen Kaufmann dieses Namens, und er hatte tatsächlich eine Tochter. Er war einer der vielen, die im Laufe der Jahre bei Lyrnas Vater vorstellig geworden waren, um ihn um einen Gefallen zu bitten.

»Der Name sagt mir etwas. Und wie lautet Eurer, meine Dame?«

»Corla, Euer Lordschaft. Aber ich bin lediglich ein Fräulein, keine Dame.«

»Ganz recht. Und Ihr wollt in die Königslande zurückkehren, nehme ich an?«

»So ist es, Euer Lordschaft. Und meine Freunde ebenfalls.«

»Die Inseln haben noch nie eine Vereinbarung gebrochen.« Ell-Nurin nickte dem Kapitän zu. »Ihr kümmert Euch darum, wenn wir hier fertig sind. Und jetzt möchte ich Euch bitten, uns allein zu lassen, Fräulein. Wir haben einiges zu besprechen.«

Lyrna verneigte sich und ging zur Tür. Sie konnte gerade noch ein paar Worte aufschnappen, ehe sie hinter ihr geschlossen wurde. »Habt Ihr ihm Bericht erstattet?«, fragte Ell-Nurin.

»Ich habe sogleich nach meiner Ankunft ein Boot losgeschickt, Euer Lordschaft …«

◆ ◆ ◆

Die anderen warteten am Kai. Sie trugen eine wilde Kombination meldeneischer Kleider und sahen aus wie die Piraten, die sie hergebracht hatten. Als Lyrna sich näherte, sprangen sie auf. In ihren Augen spiegelten sich Hoffnung und vorsichtige Erwartung.

»Der Kapitän wird uns ein Schiff besorgen«, sagte sie. »Wir können mit der nächsten Flut in See stechen.«

Harvin jubelte erleichtert und umarmte Benten, während Orena zum ersten Mal lächelte, seit Lyrna sie kannte. Selbst Iltis schien ein Grinsen auf den Lippen zu liegen.

»Warum?«, fragte eine leise Stimme. Als Lyrna sich umdrehte, sah sie, dass Murel etwas abseits der Gruppe stand und die Augen niedergeschlagen hatte.

»Warum was?«, hakte Orena nach.

»Warum sollen wir dorthin zurückkehren?«

»Weil es unser Zuhause ist«, erwiderte Harvin.

»Mein Zuhause wurde niedergebrannt, und meine Eltern mit ihm«, hielt Murel dagegen. »Was soll ich also dort?«

»Die Königslande werden angegriffen«, sagte Lyrna. »Unsere Leute brauchen unsere Hilfe.«

»Ich wüsste nicht, wobei ich ihnen behilflich sein könnte. Ich kann nicht kämpfen, und das Einzige, was ich beherrsche, ist Nähen. Und nicht einmal das besonders gut.«

»Ich habe gesehen, wie du einem Mann auf dem Schiff die Augen ausgekratzt hast«, widersprach Harvin. »So schlecht kämpfst du gar nicht.«

»Eigentlich hat sie recht«, sagte Orena nun. »In den Königslanden erwarten uns nur Krieg und Tod, und ich habe von beidem mehr als genug gesehen.«

»Und was sollen wir eurer Meinung nach dann tun?«, mischte Iltis sich ein. »Hier warten, bis die volarianische Flotte auftaucht?«

»Es gibt noch andere Häfen«, entgegnete Murel. »Im alpiranischen Reich oder im Fernen Westen.«

»Du vergisst etwas«, sagte Iltis barsch – offenbar wurde er langsam zornig. »Wir stehen in der Schuld dieser Frau. Ohne sie wären wir schon längst Haifutter.«

»Dafür bin ich ihr auch dankbar«, erwiderte Murel mit leicht erstickter Stimme und griff nach Lyrnas Hand. »Das bin ich wirklich. Aber ich bin nur ein Mädchen, und ich habe schon genug gelitten.«

Die Königin der Königslande, dachte Lyrna. *Und nicht einmal in der Lage, fünf armselige Untertanen davon zu überzeugen, ihr Leben für sie aufs Spiel zu setzen.* Beim Anblick der schniefenden Murel erinnerte sie sich, wie die Volarianer das Mädchen, dem die Haare vors Gesicht hingen, nach oben geführt hatten und wie es dabei geschluchzt hatte. »Es tut mir leid«, sagte Lyrna und drückte Murels Hand. »Ich werde keinen von euch bitten, mit mir zu kommen. Die Entscheidung liegt ganz bei euch. Aber ich werde zurück in die Königslande segeln. Und wenn ich es alleine tun muss.«

»Ich komme mit«, erklärte Iltis. »Ich habe bei Weitem noch nicht genug Volarianer getötet.«

»Ich werde Euch ebenfalls begleiten, meine Dame«, sagte Benten. »Mein Vater wartet bestimmt auf mich. Er braucht Hilfe beim Einholen der Netze.« Das Zittern in seiner Stimme verriet Lyrna, dass er über einen toten Mann sprach.

Iltis wandte sich an Harvin. »Was ist mit dir, Gesetzloser? Hast du genug Mumm zum Kämpfen, oder reicht er nur fürs Stehlen?«

»Ihr habt meinen Mumm auf dem Schiff erlebt, Bruder«, erwiderte Harvin mit finsterem Blick. Dann drehte er sich zu Lyrna, sah sie entschuldigend an und nahm Orenas Hand. »Aber ich habe … Verpflichtungen.«

Manches entgeht mir wohl doch, dachte Lyrna.

»Ihr müsst nicht gehen.« Murel umklammerte Lyrnas Hand. »Kommt mit uns. Mit Euch stehen uns alle Möglichkeiten offen …« Sie verstummte; irgendetwas hinter Lyrna hatte ihre Aufmerksamkeit erregt.

Lyrna drehte sich um und sah Schiffsherrn Ell-Nurin, der flotten Schrittes über den Kai auf sie zukam, begleitet von mindestens zwanzig bewaffneten Soldaten. Wenige Meter vor ihnen blieb er stehen, und die Soldaten umringten sie von beiden Seiten. Die drei Männer stellten sich schützend vor die Frauen.

»Belorath hat sich Zeit gelassen, ehe er uns alle Einzelheiten Eurer Überfahrt anvertraut hat«, sagte der Schiffsherr. »Einschließlich Eurer erstaunlichen Fertigkeiten beim Keschet. Traver Hultin war ebenfalls ein Freund des Spiels, und er handelte tatsächlich vorwiegend mit Seide, doch schmuggelte er auch Tee, und seine Tochter war fett. Darüber hinaus redete er ständig von seinem Besuch im Palast, wo er der Tochter des Königs begegnet war, deren erstaunliche Kenntnisse seines Lieblingsspiels ihn zutiefst beeindruckt hatten, obschon er selbst ein miserabler Spieler war, wenn ich mich recht entsinne.«

Ell-Nurin fiel auf die Knie, ohne den Blick von Lyrnas Gesicht abzuwenden. »Im Namen des Rats der Schiffsherren heiße ich Euch auf den meldeneischen Inseln willkommen, Hoheit.«

◆ ◆ ◆

Sie führten Lyrna in ein wohlausgestattetes Zimmer im obersten Stockwerk eines großen Gebäudes, das den Hafen überblickte. Iltis war den Meldeneern entgegengetreten, um zu verhindern, dass sie sie mitnahmen, und Harvin und Benten hatten es ihm gleichgetan. Doch Lyrna legte dem Bruder entschieden die Hand auf die Brust. »Nein, Bruder.«

»Seid Ihr es denn wirklich?«, fragte er flüsternd und sah ihr prüfend ins Gesicht. »Hoheit?«

Lächelnd tätschelte sie seine breite Brust. »Bleibt nicht hier. Nehmt die anderen und verschwindet. Tut, was Murel gesagt hat, und geht weit weg. Betrachtet dies als meinen ersten und letzten königlichen Befehl.«

Vier Tage lang geschah nichts. Diener brachten ihr Essen, verbeugten sich und verschwanden ohne ein Wort wieder. Später brachten ebenso schweigsame Zimmermädchen Kleider – edle, aber schlichte Gewänder in gedeckten Tönen. *Die passende Garderobe für eine Exekution?*, überlegte Lyrna.

Am Abend des vierten Tages, als im Hafen unter ihr die Lichter angezündet wurden und die zahlreichen, mit Göttern gekrönten Türme zu blassgrauen Speerspitzen verblichen, erschien Schiffsherr Ell-Nurin. Er kam allein und verbeugte sich wiederum tief, sein Gesicht frei von Spott oder falschem Respekt, wofür Lyrna ihm dankbar war.

»Habt Ihr alles, was Ihr braucht, Hoheit?«, fragte er.

»Bis auf meine Freiheit.«

»Ein offenkundiges Problem, auf das wir gleich zu sprechen kommen werden. Ich dachte, Euch würde vielleicht interessieren, dass Eure Untertanen sich geweigert haben, die Inseln zu verlassen. Ihnen wurde gemäß unserer Vereinbarung eine Passage in die Königslande angeboten, doch sie wollten sie auf keinen Fall annehmen.«

»Ich hoffe, sie sind wohlauf.«

»Wir haben sie im Erdgeschoss untergebracht, unversehrt, wie ich Euch versichere.« Der Schiffsherr erhob sich und ging hinaus auf den Balkon, wo er einen Schritt zur Seite machte, sodass Lyrna sich neben ihn stellen konnte. Eine Weile standen sie da und betrachteten die in Dunkelheit versinkende Stadt, wobei sein Blick immer wieder zu ihrem Gesicht wanderte.

Sie nahm das Tuch ab und trat auf ihn zu. »Bitte, Euer Lordschaft. Seht es Euch ruhig genau an.«

»Bitte … entschuldigt«, sagte er, als Lyrna einen Schritt zurück machte und sich das Tuch wieder um den Kopf band. »Ich wollte mich nur vergewissern …« Er brach ab und verzog das Gesicht – offenbar fühlte er sich äußerst unwohl in seiner Haut. »Ich habe Euch schon einmal gesehen. Kurz nach dem Krieg, im Hafen von Varinsburg. Eines der Schiffe Eures Bruders war gerade von einer langen Erkundungsreise zurückgekehrt, und Ihr habt seiner Besatzung eine Belohnung überreicht.«

»Das war die *Flinkflügel*«, erinnerte Lyrna sich. »Das erste Schiff der Königslande, das bis zur südlichen Eismauer gesegelt ist, auch wenn es fünf Jahre gedauert hat.«

»Eine beeindruckende Leistung, die den Meldeneern jedoch schon vor annähernd zwanzig Jahren gelungen ist.« Ell-Nurin wandte sich wieder zur Stadt um, wo allmählich immer mehr Lichter die massigen grauen Schatten zurückdrängten. »Wie gefällt Euch die Aussicht?«

»Es ist sehr hübsch hier.« Lyrna warf ihm einen Seitenblick zu. »Ihr wollt mir jetzt sicher erzählen, welch abscheuliches Verbrechen mein Vater begangen hat und welche Größe Euer Volk bewiesen hat, als es aus der Asche etwas von solcher Schönheit erschuf.«

»Wie ich sehe, sind die Geschichten über Eure Auffassungsgabe keineswegs übertrieben. Allerdings wollte ich Euch außerdem noch fragen, ob Ihr eine plausible Erklärung für die Beweggründe Eures Vaters habt.«

»Die Beutezüge Eurer Leute nahmen damals unerträgliche Ausmaße an«, antwortete Lyrna schlicht. »Er musste etwas tun, ehe sich das nachteilig auf den Handel in den Königslanden auswirkte. Besonders in Anbetracht der Tatsache, dass es einen Krieg zu planen galt.«

»Dann hat er ihn also damals schon geplant? Heißt das, unsere Stadt wurde für einen Krieg, der erst zehn Jahre später stattfinden sollte, in Schutt und Asche gelegt?«

»Ich gehe davon aus, dass er schon vor der Vereinigung der Königslande auf diesen Krieg hingearbeitet hat. Er sollte der glorreiche Höhepunkt seiner Regentschaft werden.«

»Diese vernichtende Niederlage soll glorreich gewesen sein?«

Diese vernichtende Niederlage war Sinn und Zweck der Sache. »Was einst der Traum eines jungen Mannes war, wurde zum verzweifelten Wagnis eines alten. Aber vielleicht wärt Ihr so gut, Euer Lordschaft, mir ebenfalls eine Frage zu beantworten. Wie hat er es bewerkstelligt, die Schiffsherren zu überzeugen, die königliche Armee übers Meer und ins alpiranische Reich zu befördern?«

»Jede Menge Gold, eine Schiffsladung Blaustein und ein Versprechen: Wenn der Krieg gewonnen war, sollte Untesch uns gehören.

Einer der reichsten Häfen der erineischen See in den Händen der Inseln. Der Rat war der Meinung, es sei das Risiko wert. Und im Falle einer Niederlage hätten sie zumindest die Genugtuung gehabt, mit anzusehen, wie die Armee, die diese Stadt zugrunde gerichtet hat, vernichtet würde. Ich möchte jedoch betonen, dass diese Entscheidungen getroffen wurden, ehe ich Mitglied des Rats war.«

Danach verfiel Ell-Nurin in Schweigen; Traurigkeit und Sorge sprachen aus seinem Blick. »Werdet Ihr kämpfen?«, fragte Lyrna.

»Was bleibt uns anderes übrig?«

»Einiges. Auf den Inseln gibt es unzählige Schiffe. Lasst Eure Leute an Bord gehen und flieht, sucht im alpiranischen Reich Zuflucht. Möglicherweise vergibt euch der Kaiser die vergangenen Verfehlungen, wenn er dafür eine derart große und erfahrene Flotte bekommt. Oder ihr segelt weit fort, in ein neues Land. Die Besatzung der *Flinkflügel* berichtete von weitläufigen und unbesiedelten Küstenstrichen in den südlichen Gewässern. Mein Bruder hatte hochtrabende Pläne, Siedler dorthin zu schicken, sofern die Schatzkammern je genug Geld für ein solches Unterfangen erübrigen könnten.«

»Wollt Ihr das auch Eurem Volk anraten, wenn Ihr nach Hause zurückkehrt? Dass es die Heimat seiner Väter verlassen und fliehen soll?«

»Heißt das, Ihr gedenkt mich freizulassen?«

»Die Zeiten, als wir uns unsere Verbündeten aussuchen konnten, sind vorbei. Seit Euer Vater über uns hergefallen ist, waren wir nicht untätig. In dem Wissen, dass ausführliche Informationen die beste Verteidigung sind, haben wir in allen Häfen der bekannten Welt Spione postiert.«

»Deshalb hatte Kapitän Belorath auch die Mission, das verschlüsselte Buch zu beschaffen.«

»So ist es. Es war nicht leicht, einen Spion in die Nähe des Ratsherrensohns zu bringen. Glücklicherweise hat uns seine Habgier in die Hände gespielt. Selbstverständlich unterhalten wir auch schon seit langem Spione in den Königslanden; aber das dürfte Euch wohl kaum überraschen. Von ihnen wissen wir, dass der Eroberungszug der Volarianer noch längst nicht abgeschlossen ist. Alltor hält wacker der Belagerung stand, die Sklavenhändler wagen sich nicht aus den Mauern von Varinsburg heraus, und ihre Armeen finden allerorten nur verbrannte Felder, totes Vieh und vergiftete Brunnen vor. Scheinbar gibt es noch ein Königreich, in das Ihr zurückkehren könnt, Hoheit. Es ist jedoch ungewiss, wie lange noch.«

»Dann bringt mich dorthin. Wenn ich die Königslande zurückerobert habe, werden wir Euch nach Kräften unterstützen. Darauf gebe ich Euch mein Wort.«

»Und ich glaube Euch. Doch wie es scheint, arbeitet die Zeit gegen uns.« Er zog ein dünnes, gerolltes Blatt aus dem Ärmel und hielt es Lyrna hin. Es enthielt einen Code. Dieser war jedoch weitaus weniger komplex als die Geheimschrift der Volarianer.

»VF in Varinsburg abgelegt«, las sie vor.

»Eine Brieftaube hat das heute Nachmittag gebracht. Wie ich bereits sagte, haben wir unsere Spione überall. Die Nachricht wurde vor zwei Tagen abgeschickt.«

VF, damit konnte nur die volarianische Flotte gemeint sein. »Wann werden sie hier eintreffen?«, fragte Lyrna.

»Bei gutem Wind in zwei Wochen.«

»Euer Lordschaft, wenn ich irgendetwas für Euch tun kann …«

»Das könnt Ihr, Hoheit.« Wilde Entschlossenheit lag in Ell-Nurins Blick. »Ihr könnt das Verbrechen Eures Vaters sühnen und den Inseln ihren Schild wiedergeben.«

◆ ◆ ◆

»Das ist also die Insel Wensel«, sagte Harvin und betrachtete die felsige Erhebung, die eine halbe Meile vor ihnen aus dem Meer aufragte. »Sieht nicht gerade beeindruckend aus.«

»Zeig ein bisschen Respekt«, schalt Iltis ihn. »Dir wird das Privileg zuteil, die Geburtsstätte des Glaubens sehen zu dürfen.«

»Nicht ganz, Bruder«, mischte sich Lyrna ein. »Lediglich den Ort, an dem die ersten Katechismen niedergeschrieben wurden.«

Iltis verneigte sich reuevoll. »Ihr habt recht. Vergebt mir, Euer Hoheit.«

Hör auf damit, hätte sie am liebsten gesagt – als respektloser Bursche war er ihr lieber gewesen. Doch seit ihre wahre Identität ans Licht gekommen war, benahmen sich alle so. Murel war am schlimmsten: Entweder bekam sie kein Wort heraus oder sie stotterte, und Lyrna musste sich sehr zusammennehmen, um ihr keine Ohrfeige zu verpassen.

»Ich kann nichts erkennen«, sagte das Mädchen jetzt und spähte über die Reling zur Insel.

»Das Ordenshaus ist in den Fels gehauen«, erklärte Iltis. »Es ist das älteste in der Geschichte unseres Glaubens, und dort werden die ursprünglichen Katechismen aufbewahrt. Selbst die Meldeneer respektieren es als Heiligtum und lassen die Brüder in Frieden.«

Nach zweitägiger Überfahrt von den Inseln war die *Seesäbel* schließlich vor Anker gegangen. Bis zu diesem Morgen war die See ruhig gewesen, doch als sie sich Wensel näherten, hatte der Wellengang zugenommen. Kapitän Belorath erklärte, dass die Gewässer um die Insel stets unruhig waren. Zahlreiche verborgene Riffe und gefährliche Strömungen machten sie zu einem ausgesprochen schwierigen Fahrwasser. *Hat er sich deshalb für diesen Ort entschieden?*, fragte Lyrna sich, während sie zusah, wie die Wellen sich an den Felsen brachen. *Um Besucher fernzuhalten?*

Belorath kam auf sie zu und verneigte sich. »Euer Boot ist bereit, Hoheit.«

»Danke, Kapitän. Und was ist mit der anderen Sache, die wir besprochen hatten?«

Er nickte und winkte einem seiner Matrosen, der ein Segeltuchbündel und ein Holzkästchen brachte und beides mit einer unbeholfenen Verbeugung vor Lyrna auf den Boden stellte. Als Lyrna den Blick hob und die fünf Menschen ansah, mit denen sie so viel durchgemacht hatte, wurde ihr bewusst, dass jegliche Chance auf Freundschaft unwiederbringlich dahin war. So war es schon immer gewesen. *Dergleichen gibt es für uns nicht,* hatte ihr Vater gesagt, als sie den anderen Kindern dabei zusah, wie sie über den Hof tollten, spielten und lachten. *Wir sind nicht wie sie, und sie sind nicht wie wir. Sie dienen, wir befehlen, und mit unseren Befehlen dienen wir wiederum ihnen.*

Lyrna ging in die Hocke und öffnete das Bündel, in dem sich drei Schwerter asraelischer Machart befanden. Dann richtete sie sich wieder auf und bedeutete den Männern, je eines zu nehmen. »Üblicherweise ist diese Zeremonie aufwändiger, aber vielleicht können wir das ja zu einem späteren Zeitpunkt nachholen. Einstweilen, meine Herren, werde ich euch nur eine Frage stellen. Die Antwort bleibt jedem selbst überlassen. Ihr sollt euch zu nichts verpflichtet fühlen und braucht keine Angst vor Schuldzuweisungen zu haben. Gelobt ihr, den Vereinigten Königslanden zu dienen und für sie zu kämpfen?«

Die drei Männer knieten bereits nieder, noch bevor Lyrna ausgeredet hatte. Verwundert stellte sie fest, dass Iltis' Schwert zitterte, während er es sich gegen die Stirn drückte. »Ich gelobe es, Hoheit«, sagte er, und Benten und Harvin beeilten sich, es ihm gleichzutun.

»Ihr erweist mir eine große Ehre«, sagte sie. »Hiermit erkläre ich Euch zu Schwertern der Königslande. Ihr seid durch das Wort der Königin für all Eure vergangenen Verbrechen begnadigt.« Sie ging zu Iltis. »Erhebt Euch, Bruder«, befahl sie ihm, als er keine Anstalten machte aufzustehen.

Er erhob sich, nahm eine stramme Haltung an und schluckte. »Lord Iltis …« Als sie merkte, dass sie seinen Familiennamen nicht kannte, verstummte sie.

»Adral, Hoheit«, entgegnete der dicke Mann.

»Danke. Lord Iltis Al Adral, ich ernenne Euch zum Beschützer der Königin, selbstverständlich nur, bis Ihr wünscht, zu Eurem Orden zurückzukehren.«

»Das wird nicht geschehen, Hoheit.«

Sie lächelte und schritt weiter zu Harvin. »Ich habe keinen Familiennamen, Euer Hoheit«, sagte er. »Jedenfalls nicht, dass ich wüsste.«

»Ich verstehe. In diesem Fall seid Ihr Lord Harvin von Kettenbruch, bis Ihr einen Namen findet, der Euch besser gefällt.«

»Ich könnte mir keinen besseren denken, Euer Hoheit.«

»Nur Hoheit, Euer Lordschaft.«

»Graumöwe, Hoheit«, sagte Benten, als die Reihe an ihn kam. »Wir Fischer heißen nach dem Boot unserer Familie. Das Boot mag sinken oder ausrangiert werden, aber der Name bleibt.«

»Dann also Lord Benten Al Graumöwe. Ihr und Lord Harvin untersteht ab sofort Lord Iltis. Ihr seid einzig und allein mit meinem Schutz betraut. Die Königslande brauchen eine Königin. Und Ihr werdet dafür sorgen, dass ihr nichts zustößt.«

Anschließend nahm sie das Holzkästchen und wandte sich den beiden Frauen zu, die schon auf die Knie gefallen waren. Lyrna öffnete die Schatulle und hielt sie ihnen hin. »Sie wären zwar nicht meine erste Wahl gewesen, aber fürs Erste werden sie wohl genügen müssen.« Das Kästchen enthielt zwei identische Ringe, einfache Silberbänder, in die Blausteine eingelassen waren. Etwas Besseres hatten die meldeneischen Goldschmiede so kurzfristig nicht bieten können. »Eine Königin braucht Hofdamen. Aber die Entscheidung liegt bei euch, und der Weg, der vor uns liegt, ist lang und voller Gefahren. Überlegt euch eure Antwort also gut. Werdet ihr bei mir bleiben?«

Murel griff sofort nach dem Ring, Orena zögerte. »Meine Königin«, sagte sie. »Mein früheres Leben … Ich bin nicht von hoher Geburt. Ich möchte nicht, dass mein Ruf den Euren beschmutzt.«

»Ich glaube, solche Belanglosigkeiten gehören der Vergangenheit an, meine Dame«, sagte Lyrna.

Orena blinzelte die Tränen weg und nahm den Ring. »Mein Gatte hieß Dunsa, aber ich glaube, ich möchte lieber den Namen meiner eigenen Familie tragen: Vardrian.«

»Lady Orena Al Vardrian. Steht auf und nehmt Euren Platz ein.«

Dann hielt Lyrna Murel die Hand hin. Das Mädchen ergriff sie und drückte ihr weinend einen Kuss auf die Finger. »H-Harten, meine Königin.«

»Lady Murel Al Harten.« Lyrna zog das Mädchen sanft auf die Füße, strich ihm das Haar aus dem Gesicht und küsste es auf die Stirn. »Ihr müsst wirklich aufhören zu weinen.«

◆ ◆ ◆

Der Vogt der Insel Wensel empfing sie an einer Stelle, wo flache Felsen eine Art Hafen bildeten. Er war ein älterer Bruder des ersten Ordens und trug einen wohl einstmals weißen Umhang, der inzwischen grau und abgetragen war und zu seinem buschigen Bart passte, der ihm wie ein ausgefranstes Seil vom Kinn hing.

»Das sind wahrhaft besorgniserregende Nachrichten, Hoheit«, sagte er, als Lyrna ihm den Grund für ihr Kommen nannte. Allerdings schienen ihn der Anblick ihres Gesichts und die Neuigkeiten über die

Lage der Königslande etwa so sehr zu berühren wie ein Wetterumschwung.

Als er sie über die vor siebenhundert Jahren in den Fels gehauenen Stufen zum Ordenshaus führte, stellte er sich als Bruder Lirken vor. Im Haus erwarteten sie noch ein paar andere Brüder, die sich zwar zur Begrüßung verneigten, ansonsten jedoch kein besonderes Interesse an ihnen bekundeten. Die meisten widmeten sich gleich darauf wieder ihren Schriftrollen oder meditierten schweigend weiter. Alle Brüder befanden sich etwa im selben Alter wie Bruder Lirken, und Lyrna fragte sich, wie man an einem so unwirtlichen Ort überleben konnte.

»In den Felsbecken findet man Krebse und Muscheln«, beantwortete Lirken ihre Frage. »Außerdem sammeln wir bei Ebbe Algen. Richtig zubereitet sind sie erstaunlich wohlschmeckend und nahrhaft. Ich kann Euch gerne welche bringen, falls Ihr etwas zu essen braucht.«

»Ich fürchte, ich muss Euer Angebot leider ablehnen, Bruder.« Lyrna blickte sich in dem Zimmer um. »Ist er hier?«

»Atheran Ell-Nestra lebt nicht bei uns, Hoheit. In den Monaten seit seiner Ankunft haben wir ihn kaum zu Gesicht bekommen. Kommt mit, ich bringe Euch zu ihm.«

Lyrna folgte dem alten Bruder durch das Ordenshaus zu einem steinigen Pfad, der über einen schmalen Grat auf eine etwa zweihundert Schritte entfernte Landzunge führte. »Ihr tut besser daran, gebückt zu gehen, Hoheit«, wies Lirken sie an. »Manchmal schwappen die Wellen bis auf die Felsen.«

Iltis, der einzige Begleiter, den Lyrna mitgebracht hatte, trat vor. »Dieser Weg ist viel zu gefährlich für Euch, Hoheit. Ich werde den Schild holen.«

»Das kommt nicht in Frage, Euer Lordschaft.« Lyrna trat auf den Pfad und musste feststellen, dass der Fels rutschiger war, als ihr lieb war. »Das ist etwas, was ich selbst tun sollte. Wartet hier auf mich. Ich bin mir sicher, Bruder Lirken kann Euch die Pergamente mit den ersten Katechismen zeigen.«

»Das kann ich in der Tat«, entgegnete Lirken, und plötzlich klang Begeisterung aus seiner Stimme. »Seid Ihr ein Gelehrter, Euer Lordschaft?«

Iltis' Gesicht war ebenso starr wie die ihn umgebenden Granitfelsen. »Ich war einst ein Bruder des fünften Ordens. Jetzt nicht mehr. Ich werde hier auf meine Königin warten.«

Lyrna musste ein Grinsen unterdrücken, als sie das Missbehagen des alten Bruders bemerkte. Dann machte sie sich daran, den Grat zu überqueren, wobei sie den Rat des Bruders befolgte und gebückt ging. Als sie etwa die Hälfte des Wegs zurückgelegt hatte, rollte die erste Welle heran, peitschte gegen die Felsen und ergoss sich gischtspritzend über Lyrna. Die Wucht, mit der das Wasser auf sie einprasselte, zwang sie, auf die Knie zu gehen und sich am Felsen festzuklammern. Als es vorüber war, rappelte Lyrna sich auf und stolperte völlig durchnässt weiter. Sie musste noch zwei weitere solcher Taufen über sich ergehen lassen, ehe sie die Landzunge erreichte.

Dort führte ein schmaler, in den mächtigen Fels gehauener Pfad hinauf zu einer Höhle, aus der eine dünne Rauchsäule aufstieg. Der Weg war moosbedeckt und glitschig, und Lyrna musste aufpassen, dass sie nicht ausrutschte. Von hier oben bot sich ein atemberaubender Blick auf das umliegende Meer, und da gute Sicht herrschte, war sogar die Erdkrümmung zu erkennen. Unten schaukelte die *Seesäbel* wie ein Spielzeug auf den Wellen. Die Sonne brach durch die Wolken und tauchte das kleine Plateau in helles Licht. Lyrna wrang ihr Kopftuch aus und band es wieder fest, um sich vor der schmerzhaften Hitze zu schützen. Als sie ein Geräusch hörte, drehte sie sich zur Höhle um, wo sie im schwachen Schein des Feuers eine dunkle Gestalt ausmachen konnte.

»Einen ungemütlichen Ort habt Ihr Euch da ausgesucht, Euer Lordschaft Schild«, sagte sie. »Aber die Aussicht ist wirklich unglaublich.«

Der Mann, der aus der Höhle auftauchte, war groß und breitschultrig; sein langes blondes Haar flatterte im Wind, während er dastand und Lyrna schweigend ansah.

Er ist tatsächlich so gutaussehend, wie die Spione ihn beschrieben haben, dachte Lyrna angesichts der attraktiven Gesichtszüge, die sich unter dem Bart abzeichneten.

»Ihr wisst, wer ich bin«, sagte der Schild nach einiger Zeit. »Aber wer seid Ihr?«

»Königin Lyrna Al Nieren, Herrscherin über die Vereinigten Königslande.« Sie verneigte sich. »Zu Euren Diensten, Euer Lordschaft.«

Seine hellblauen Augen musterten kurz ihr Gesicht, dann drehte er sich um und verschwand ohne ein weiteres Wort in der Höhle. Lyrna zögerte und überlegte, ob sie ihm folgen sollte, doch schon bald kam er mit einem dampfenden Tonbecher zurück, den er ihr hinhielt. »Ich habe eben frischen Tee gemacht. Das ist der einzige Luxus, auf den ich nicht verzichten kann.«

»Vielen Dank.« Sie nippte an dem Getränk und zog angenehm überrascht ihre nicht mehr vorhandenen Augenbrauen hoch. »Köstlich. Er stammt aus den südlichen Provinzen des alpiranischen Reiches, nicht wahr?«

»So ist es. Eines der wenigen Länder, dessen Schiffe während meiner Zeit als Pirat stets Immunität genossen haben. Im Ausgleich dafür lieferten sie einen Jahresvorrat Tee auf die Inseln, einzig und allein für mich.« Der Wind bauschte sein fadenscheiniges Hemd auf, während er mit verschränkten Armen dastand und Lyrna dabei zusah, wie sie ihren Tee nippte. »Ich habe den Brüdern gesagt, dass sie die Boten der Schiffsherren fortschicken sollen«, sagte er. »Und jetzt schicken sie Euch. Oder habt Ihr Euren Bruder vom Thron gestoßen und die Inseln in Besitz genommen?«

»Mein Bruder ist tot. Eine volarianische Meuchelmörderin hat ihn in der Nacht, als mein Reich angegriffen wurde, umgebracht. Und mich mit ihrem dunklen Feuer verbrannt, wie Ihr sehen könnt.«

»Wie tragisch. Mein herzliches Beileid.«

»Bald könnt Ihr Eurem eigenen Volk Euer Beileid bekunden, denn in just diesem Moment ist die volarianische Flotte auf dem Weg zu den Inseln, um sie zu erobern.«

»Mein Volk ist kampferfahren und verfügt über eine ausgezeichnete Flotte. Ich bin mir sicher, dass meine Leute die Schlacht für sich entscheiden werden.«

»Schiffsherr Ell-Nurin ist überzeugt, dass sie ohne Euch als Anführer untergehen werden. Kapitän Belorath ist ebenfalls dieser Meinung. Er hat die *Seesäbel* so schnell wie kein Schiff zuvor über den gesamten boraelischen Ozean gejagt, um die Inseln rechtzeitig vor der bevorstehenden Invasion zu warnen.«

»Mein Erster Offizier war schon immer ein hervorragender Seemann. Bitte bestellt ihm meine Grüße.«

Lyrna sah, welcher Zorn sich hinter dem harten Gesichtsausdruck des Schilds verbarg. »Lord Al Sorna gilt zu Recht als der beste Krieger, den die Königslande je hervorgebracht haben«, sagte sie. »Eine Niederlage gegen ihn ist keine Schande.«

»Eine Niederlage setzt einen Kampf voraus«, erwiderte er leise und wandte sich zur Höhle um. »Genießt den Tee. Aber bitte lasst den Becher hier, wenn Ihr ausgetrunken habt, ich habe nur den einen.«

Der Becher zerschellte am Rand der Höhle, gerade als der Schild den Kopf einzog, um einzutreten. Er drehte sich wütend um und sah Lyrna mit zusammengekniffenen Augen an.

»Ich habe viel erdulden müssen«, sagte sie, »um hierherzukommen und einen Mann um seine Hilfe zu bitten, der nichts weiter als eine Demütigung erdulden musste und sich jetzt in Selbstmitleid suhlt, während seinem Volk Verderben und Versklavung drohen.«

»Demütigung?«, fragte der Schild und brach in Gelächter aus. »Glaubt Ihr etwa, dass ich deswegen hier bin? Wurdet Ihr schon einmal von Eurem Volk gemieden, Hoheit? Haben Eure Leute schon einmal bei jeder Gelegenheit den Blick von Euch abgewandt und ihren Kindern Beleidigungen beigebracht, die sie selbst nicht auszusprechen wagten? Habt Ihr schon einmal erleben müssen, wie Männer, mit denen Ihr jahrelang gesegelt seid, Euren Schatten anspucken? Nur weil Ihr es versäumt habt, einen Mord zu begehen, von dem sie seit einer Generation geträumt haben? Ich bin nicht aus eigenem Antrieb ins Exil gegangen, ich wurde ins Exil *geschickt*. Ich bin hier, weil ich nirgendwo anders hin kann. In jedem Hafen von hier bis Volaria kennt man mein Gesicht, und in jedem davon erwartet mich ein wohlverdienter Galgenstrick.«

»Nicht in meinen Häfen«, erwiderte Lyrna. »Ich begnadige Euch für jedes Schiff, das ihr je geentert habt, und jeden noch so kleinen Diebstahl. Sogar für jeden Mord.«

»Ich habe nie gemordet. Wenn ich getötet habe, dann nur nach einem fairen Kampf.« Draußen auf dem Meer zog etwas seine Aufmerksamkeit auf sich, und der Schild richtete sich auf. Als Lyrna sich umdrehte, sah sie einen vertrauten Anblick. Der Rothai war wieder da und schwamm in langsamen Kreisen um die *Seesäbel*. Zum ersten Mal gewahrte Lyrna ihn in seiner vollen Größe.

»Ich habe noch nie erlebt, dass eins dieser Biester einem Schiff so nahe kommt, ohne es anzugreifen«, sagte der Schild.

»Wenn Ihr mit uns kommt, werde ich Euch eine interessante Geschichte erzählen, die das womöglich erklärt.«

Seite an Seite standen sie da und beobachteten den Hai, der Schild mit undurchdringlicher Miene. »Belorath sagte, Ihr macht Euch Vorwürfe, weil Ihr nicht gestorben seid«, sagte Lyrna, nachdem der Hai in den trüben Tiefen des Ozeans verschwunden war. »Dass Ihr deswegen hier seid. Um auf den Tod zu warten, um den Ihr betrogen wurdet.«

»Ich wurde um gar nichts betrogen. Ich wurde bestraft. Al Sorna wusste genau, dass er mir ein schlimmeres Schicksal bescherte, indem er mich am Leben ließ.«

»Ich kenne Lord Al Sorna und weiß, dass er nicht grausam ist. Er hat einen hilflosen Mann verschont, das ist alles.«

Ell-Nestra lachte leise. »Ich habe seine Augen gesehen und seine Worte gehört, Hoheit. Er hat in meine Seele geblickt und gesehen, dass ich den Tod verdiene.«

»Wenn Ihr mit mir kommt, werdet Ihr ihn vielleicht wiedersehen. Und wenn Ihr überlebt, lasse ich Euch in den Werften von Südturm das Schiff Eurer Träume bauen und den Laderaum bis zum Rand mit Blaustein füllen.«

»Den Blaustein und das Schiff könnt Ihr behalten. Ich möchte etwas anderes.«

»Und das wäre?«

Er war zu schnell, packte sie an den Armen, zog sie zu sich heran und presste seine Lippen auf ihre. Sie wollte schreien, doch als sie die Lippen öffnete, schob sich seine Zunge dazwischen. Voller Zorn biss sie zu. Da ließ er los, lachte und spuckte Blut auf den felsigen Boden. Lyrna funkelte ihn wütend an, ihr Herz raste, und sie wünschte, sie hätte ihr Wurfmesser noch. So aber blieb ihr nichts, als mit krächzender Stimme zu sagen: »Und Ihr habt Al Sorna grausam genannt.«

»Das ist keine Grausamkeit, Hoheit«, erwiderte er mit leichtem Lispeln. »Nur Neugier. Und die ist bei Weitem noch nicht gestillt.« Er machte eine elegante Verbeugung, die von langer Übung zeugte. »Erlaubt mir, meine wenigen Besitztümer zu holen, dann komme ich unverzüglich mit Euch.«

Drittes Kapitel

Frentis

Illian erwies sich als weitaus bessere Schützin denn als Köchin. Da sie nicht stark genug war, um einen Bogen zu spannen, hatte Davoka ihr eine Armbrust gegeben. Fortan zog das ganze Lager Nutzen aus ihrer neu erworbenen Fertigkeit, denn die Tauben, Fasane oder Kaninchen, die sie auf ihren täglichen Jagdausflügen erlegte, wanderten umgehend in die Kochtöpfe. Die Glaubenshündin, die sich am Feuer zu ihr gesellt hatte, wich ihr seit jener Nacht kaum mehr von der Seite, und Illian hatte ihr den Namen Schwarzzahn gegeben, weil immer dann, wenn sie knurrte, ein verfärbter Reißzahn zu sehen war.

»Schlechte Ausbeute«, sagte sie und ließ einen einzigen Fasan neben das Feuer fallen. »Ich glaube, in diesem Teil des Waldes wird langsam das Wild knapp.« Sie sah Arendil an. »Sei so gut und rupf den für mich, Junge«, befahl sie ihm in gebieterischem Tonfall.

»Das kannst du selber tun, Rotznase.«

»Bauer!«

»Verzogenes Gör!«

So zankten sie weiter, bis Frentis genug davon hatte und aufstand, um eine Runde durchs Lager zu drehen. Janril Norin war gerade dabei, ein paar jüngeren Rekruten – vornehmlich Burschen von höchstens fünfzehn Jahren – die Grundlagen des Schwertkampfes beizubringen. Davoka kämpfte mit Ermund, wie beinahe jeden Tag, seit der junge Ritter wieder auf den Beinen war. Sie fochten mit Kampfstäben, und das Geräusch aufeinanderschlagenden Holzes erfüllte die Luft. Frentis sah zu, wie die beiden einander umtanzten und über die Lichtung wirbelten. Da er sich etwas mit den Bräuchen der Lonaker auskannte, fragte er sich in Anbetracht von Davokas durchdringendem Blick, ob sie gerade einen neuen Ehemann auf die Probe stellte.

Grealin und Vierunddreißig saßen unter einem Baum, und der Folterknecht wiederholte gewissenhaft die Sätze, die der Meister ihm in der Sprache der Königslande beibrachte. »Ich heiße Karvil«, sagte der ehemalige Sklave mit seiner merkwürdig trällernden Stimme, aber beinahe akzentfrei. Die Tage, nachdem er sein Schmerzmittel weggegossen hatte, waren hart für ihn gewesen. Er hatte von Schüttelfrost gequält in seinem Unterschlupf gelegen und musste bisweilen auf einen Stab beißen, um seine Schreie zu unterdrücken. Nachts schlief er selten länger als eine Stunde. Frentis harrte an seiner Seite aus, während Vierunddreißig wimmerte und sich vor Schmerzen wand oder – was auch oft vorkam – von Krämpfen geschüttelt verzweifelte Bitten auf Volarianisch stammelte, angesichts derer Frentis sich fragte, ob es seine eigenen oder die seiner Opfer waren.

»Ist das der Name, den du dir ausgesucht hast?«, fragte Frentis den Folterknecht.

»Fürs Erste«, antwortete dieser. »Die Entscheidung fällt mir schwer. Ihr könnt mich auch weiterhin Vierunddreißig nennen, wenn es Euch beliebt.«

Frentis setzte seinen Weg fort, um nach Meister Rensial zu sehen, der ihre kleine, aber stetig wachsende Pferdeherde versorgte. Er hatte die Tiere auf einer kleinen Lichtung abseits des Hauptlagers angebunden und verbrachte seitdem all seine Zeit dort. Pausen gönnte er sich nur, um zu schlafen oder zu essen, wenn Arendil oder Illian, deren Namen er sich auch nicht besser merken konnte als den von Frentis, ihm etwas brachten.

»Sie brauchen Hafer, mein Junge«, erklärte der Stallmeister, während er die Hufe einer Stute untersuchte, die sie erst vor wenigen Tagen einem vornehm gekleideten Volarianer abgenommen hatten, der unklugerweise nur von einer Handvoll Wachen begleitet auf Eberjagd gegangen war. Die Befragung durch Vierunddreißig hatte ergeben, dass es sich bei dem Mann um den Sohn irgendeines eher unbedeutenden kaiserlichen Abgesandten handelte. Abgesehen davon hatten sie nur ein einziges interessantes Detail erfahren: Lord Darnel war seit neuestem Herrscher über Varinsburg.

»Das könnte von Vorteil für uns sein«, hatte Meister Grealin gesagt. »Der Erzfürst ist nicht gerade für seine Intelligenz bekannt.«

»Dennoch solltet Ihr ihn nicht unterschätzen, Bruder«, entgegnete Ermund. »Eine Wildkatze ist auch nicht in der Lage, ein philosophisches Gespräch zu führen, kann Euch aber trotzdem töten.«

Frentis gab Rensial dieselbe Antwort wie schon mehrmals zuvor. »Unsere Vorräte sind knapp, Meister.«

»Hafer ist wichtig für die Muskeln«, fuhr der verrückte Stallmeister unbeeindruckt fort und ging weiter zum nächsten Pferd, einem älteren Hengst der Freien Reiterei, der zwar schon grau ums Maul wurde, aber immer noch beachtliche Muskeln an Beinen und Nacken hatte. »Kriegspferde brauchen Hafer. Gras nährt nicht.«

»Ich werde alles daran setzen, Euch welchen zu besorgen, Meister«, versprach Frentis wie auch schon die Male zuvor. »Benötigt Ihr sonst noch etwas?«

»Frag Meister Jestin, ob er etwas Zeit erübrigen kann, um neue Hufeisen zu schmieden. Drei der Pferde haben ihre bereits verloren. Wenn du das erledigt hast, kannst du das Sattelzeug putzen.«

Frentis sah die schiere Hingabe in den Augen des Stallmeisters, während er den Hengst striegelte. »Ist gut, Meister.«

◆ ◆ ◆

Als Nächstes ging Frentis die Vorposten ab und blieb bei dem ehemaligen Korporal der Stadtwache stehen, der für den südlichen Posten verantwortlich war. »Immer noch nichts?«

»Nein, Bruder. Sie sind jetzt schon fast einen halben Tag fort.«

Schlepper und Petzer hatten sich am Morgen zu einem Aufklärungseinsatz aufgemacht – aus eigenem Antrieb, was für die beiden ausgesprochen ungewöhnlich war. Frentis nahm an, dass sie in Wahrheit Diebesgut ausgraben wollten, das sie irgendwann einmal vor der Stadt verscharrt hatten, und rechnete nicht mit ihrer Rückkehr. Es war ohnehin erstaunlich, dass sie überhaupt so lange geblieben waren und sich nicht einmal vor dem letzten Überfall gedrückt hatten.

Ich wünsche ihnen viel Glück, dachte Frentis. *Bestimmt sind sie schon auf halbem Weg nach Nilsael.*

»Es ist noch etwas von dem Brandy da, den wir letzte Woche erbeutet haben«, sagte er zu dem Korporal und erhob sich. »Nach der Schicht könnt Ihr Euch Eure Ration abholen.«

Ein kurzer Pfiff warnte sie, dass möglicherweise Gefahr im Verzug war. Schnell duckte Frentis sich und spähte zum dämmrigen Waldrand. Wenige Herzschläge später waren keuchende Atemzüge zu hören, und kurz darauf stolperte Schlepper in Sicht. Aufgrund der mickrigen Rationen und rauhen Umstände hatte der Gesetzlose im Laufe der letzten Wochen zwar einiges an Gewicht verloren, doch er hatte nach wie vor Probleme, über längere Zeit eine gewisse Geschwindigkeit beizubehalten. Als er sah, wie Frentis aus seinem Versteck auftauchte, brach er pflichtschuldig zusammen, ließ sich auf alle viere fallen und schnappte nach Luft.

»Ein Hinterhalt«, keuchte er, als Frentis ihm die Feldflasche reichte. Er nahm sie dankbar entgegen und goss sich erst einmal Wasser über den Kopf, ehe er ein paar gierige Schlucke trank. »Sie haben uns gefangen genommen. Diese verdammten Sklavensoldaten und ein paar Renfaeler, dem Aussehen nach wahrscheinlich Jäger.«

»Wo ist Petzer?«, wollte der Korporal wissen.

»Den haben sie umgebracht. Und sich dabei nicht grade beeilt. Mich haben sie derweil schmoren lassen, aber ich hab mich befreit.«

»Und wie?«, fragte Frentis.

»Ich hab meine Fesseln gelöst. Den Trick kennt jeder Bandit.«

»Fesseln? Haben sie dich nicht in Ketten gelegt?«

Schlepper schüttelte stumm den Kopf.

Frentis blickte auf und horchte in den Wald hinein, achtete auf das kleinste Geräusch … Und da war es, schwach aber unverkennbar: Bellen. *Das sind renfaelische Wolfshunde, keine Sklavenhunde.*

»Zurück ins Lager«, befahl er und zog Schlepper auf die Beine. »Formiert euch an der Südflanke. Wir haben keine Zeit zu fliehen.«

»Du verdammter Vollidiot!«, schnauzte der Korporal Schlepper an, der hinter ihnen dreinstolperte. »Du hast sie genau zu uns geführt.«

Frentis rannte durchs Lager, brüllte Befehle und rief die Männer auf ihre Kampfpositionen. Er hatte zwar für den Notfall geprobt, aber immer gehofft, dass sie genügend Zeit hätten, um zu fliehen, bevor der Sturm losbrach. Die Kämpfer hatten den anfänglichen Schock schnell überwunden, griffen nach ihren Waffen und beeilten sich, mehr oder weniger in Reih und Glied anzutreten.

»Arendil! Lady Illian!« Die beiden kamen angerannt, Arendil mit gezücktem Langschwert, Illian mit Armbrust und Köcher. »Sie werden erfahrene Krieger in ihren Reihen haben«, erklärte Frentis. »Männer, die gut kämpfen und weder Furcht noch Angst zeigen. Illian, Ihr klettert auf einen Baum und erschießt so viele, wie Ihr könnt. Arendil, du passt auf, dass ihr nichts passiert.«

Der Junge zögerte einen Augenblick und wollte widersprechen, war dann jedoch gezwungen, Illian zu folgen, die ohne zu warten davongelaufen war.

»Ihr solltet Euch besser im Hintergrund halten, Meister«, sagte Frentis zu Grealin, als der bullige Bruder mit gezogenem Schwert an seine Seite trat. »Jemand muss den Volarianern entgegentreten, falls sie es schaffen, durchzubrechen.«

Grealin sah ihn nur mit hochgezogenen Augenbrauen an und blieb, wo er war. Wenige Augenblicke später kamen auch Ermund und Davoka angeeilt. »Wo sind die Kinder?«, fragte die Lonakerin.

»So sicher, wie es unter den gegebenen Umständen möglich ist«, antwortete Frentis. »Nehmt Euch vor den Kuritai in Acht und bleibt in meiner Nähe. Wir müssen das Blatt zu unseren Gunsten wenden.«

Schlepper kam angekeucht, eine schwere Keule in der Hand und mit reuigem Blick. »Bitte verzeiht mir, Bruder …«, begann er.

»Früher oder später musste es ja passieren«, sagte Frentis. »Habt ihr eure Beute wenigstens gefunden?«

Schlepper zuckte kleinlaut mit den Achseln. »Damit haben sie uns ja drangekriegt. Sie haben unser Versteck beobachtet, wo wir zehn Schläuche Rotblütensaft gebunkert hatten. Wir wollten ihn holen, weil wir dachten, die Heiler könnten ihn vielleicht brauchen.«

Frentis studierte Schleppers Gesicht, fand aber kein Anzeichen, dass er log. *Er ist kein Dieb mehr,* stellte er fest. *Sondern ein Soldat.* »Würdest du mir Rückendeckung geben?«, fragte er.

Schlepper salutierte mit der Keule. »Es ist mir eine Ehre, Bruder.«

Als Frentis den Bogen in die Hand nahm und einen Pfeil einlegte, senkte sich eine fast schon greifbare Stille aufs Lager. Aller Augen waren auf die Wand aus Bäumen gerichtet. »Vielleicht sind sie vorbeigelaufen«, flüsterte Schlepper.

Frentis unterdrückte ein Lachen und behielt weiter die Bäume im Auge. Es dauerte nicht lange, bis ihre Angreifer in gleichmäßigem Laufschritt erschienen; sie bliesen weder ins Horn, noch stimmten sie Kriegsgeschrei an, sie rannten einfach zu hundert mit einem Schwert in jeder Hand in den Kampf. *Das kommt sie teuer zu stehen,* dachte Frentis. *So viele Kuritai nur für uns.*

»Bogenschützen!«, rief er, und die Schützen erhoben sich aus ihren Verstecken und eröffneten den Pfeilhagel. Doch die Kuritai rollten sich ab, wichen den Pfeilen aus oder sprangen über sie hinweg. Höchstens ein halbes Dutzend fiel, dann hatten sie die Kämpfer auch schon erreicht. Frentis konnte noch zwei von ihnen erledigen, dann warf er den Bogen weg und stürzte sich mit gezücktem Schwert in die Schlacht.

Er sah, wie ein Kuritai sich durch eine Gruppe von Kriegern schlug, die vergeblich versuchten ihn abzuwehren. Frentis sprang über einen Gefallenen, wich dem linken Kurzschwert des Kuritai aus und stieß ihm die Klinge ins Auge. Sogleich setzte ein anderer mit gekreuzten Schwertern zu einem Enthauptungsschlag an, brach jedoch im nächsten Augenblick unter Davokas Speer zusammen und wurde von Ermunds beidhändig ausgeführtem Schwerthieb ins Jenseits befördert.

Von hinten ertönte ein Schrei. Frentis drehte sich um und sah, wie Schlepper mit seiner Keule nach einem Kuritai schlug, der jedoch unter dem Hieb wegtauchte und zum Angriff überging. Mit einer Geschwindigkeit, die Frentis nicht für möglich gehalten hätte, rammte Meister Grealin dem Sklaven sein Ordensschwert in die Seite und brachte ihn zu Fall. Schlepper heulte wütend auf und stürzte sich auf den Mann. Seine Keule hob und senkte sich in einer Wolke aus Blut.

Frentis sah sich um. Zu viele seiner Männer lagen tot am Boden, während zu viele Kuritai nach wie vor standen. Auf der Suche nach seinem nächsten Gegner entdeckte er eine Gruppe Männer und Frauen, die von allen Seiten angegriffen wurden.

»Kommt mit!«, rief er Davoka zu. Dann zog er ein Wurfmesser und schleuderte es auf den nächstbesten Feind. Es grub sich in den nackten Oberarm des Mannes. Gerade als dieser es packen und herausziehen wollte, wurde ihm die Hand abgetrennt. Frentis tötete kurz hintereinander zwei weitere Kuritai; sein Schwert glich einer stählernen Peitsche. Er parierte die Angriffe seiner Gegner und bahnte sich den Weg durch ihre Reihen. Seine eigenen Leute scharten sich um ihn, brüllten und hieben auf ihre Feinde ein. Auch Davoka und Ermund stürzten sich ins Getümmel und kämpften Rücken an Rücken unermüdlich mit Speer und Schwert.

Wir sind zu wenige, dachte Frentis, als die Volarianer sie immer mehr bedrängten und von allen Seiten Kuritai auf sie zukamen. *Ich habe nicht genug befreit. Für eine echte Armee sind wir zu wenige.*

Plötzlich ertönte im rückwärtigen Teil des Lagers das Donnern von Hufen. Frentis drehte sich um und sah, dass Meister Rensial auf dem alten Hengst angeritten kam, dicht über den Sattel gebeugt und mit gezogenem Schwert. Er spießte einen Kuritai von hinten auf, zog die Klinge heraus und galoppierte an der in sich zusammensinkenden Leiche vorbei, um einen weiteren Mann mit einem gezielten Stoß durch die Schulter zu töten und einen dritten niederzureiten. Der Hengst stieß ein schrilles Wiehern aus und zerstampfte den Kuritai unter seinen Hufen.

Ein Sklavensoldat eilte herbei und kniete sich vor das sich aufbäumende Pferd, ein anderer kletterte auf seinen Rücken und schnellte mit über dem Kopf erhobenen Schwertern auf Meister Rensial zu. Mit gewohnt ausdrucksloser Miene lenkte der Stallmeister das Pferd zur Seite, der Kuritai flog an ihm vorbei, und Rensial entging seinen Schwertern um Haaresbreite. Der Sklavensoldat rollte sich ab und wollte gerade zu einem neuen Angriff übergehen, als sich von oben ein Armbrustbolzen durch seinen Hals bohrte, während Davoka und Ermund den anderen Mann erledigten.

Für einen kurzen Augenblick traf Meister Rensials Blick den von Frentis, dann riss er sein Pferd herum und galoppierte dorthin, wo die meisten Kuritai waren. Sein Schwert vollführte perfekte silberne

Halbkreise in der Luft, wie Frentis sie nie zustande gebracht hatte. Frentis sah noch, wie drei weitere Kuritai ihr Leben ließen, dann war der Stallmeister aus seinem Blickfeld verschwunden.

Nach Rensials Attacke stellte sich eine kurze Atempause ein, während der die Kuritai sich neu formierten und Frentis' verbleibende Kämpfer an seine Seite eilten. *So wenige,* dachte er, während sie sich um ihn scharten. Derweil bildeten die Kuritai ordentliche Reihen und begannen, sie aufs Neue einzukreisen. *Ich hätte nicht so lange warten sollen.* Er steckte zwei Finger in den Mund und stieß einen lauten, durchdringenden Pfiff aus. Die Antwort ließ nicht lange auf sich warten, und schon bald war die Luft vom Knurren und Bellen der Glaubenshunde erfüllt, die durch die Bäume auf die Kuritai zugerannt kamen. Als diese die Gefahr erkannten, nahmen sie eine defensive Formation ein und bildeten mit unwahrscheinlicher Präzision eine geschlossene Gruppe. Die erste Reihe kniete sich hin, die anderen stellten sich mit weit von sich gestreckten Kurzschwertern dahinter. Eine respekteinflößende, uneinnehmbare Festung aus Fleisch und Stahl.

Räuber hielt auf sie zu und setzte zum Sprung an, segelte über ihre Köpfe hinweg und landete in der Kreismitte. Einen Herzschlag später grub er schon einem Kuritai die Zähne ins Fleisch. Die Mauer bekam ein Loch, durch das der Rest der Meute drängte. Frentis zögerte keinen Augenblick, sondern hob das Schwert und ging zum Angriff über. Seine Kämpfer folgten ihm, als sie sahen, dass das feste Gefüge der Kuritai ins Wanken geriet. Frentis hackte einem Mann erst die Beine ab und rammte ihm dann die Klinge in die Brust. Derweil rannten seine Kämpfer an ihm vorbei und stürzten sich auf die restlichen Kuritai. Diese leisteten bis zum Schluss erbitterten Widerstand und zeigten nicht das geringste Anzeichen von Furcht, während sie von Schwertern niedergestreckt oder von Reißzähnen zerfleischt wurden. Sie töteten zahlreiche Krieger und Hunde, ehe der letzte Sklavensoldat endlich von einem Dutzend Hieben gefällt wurde.

Frentis zählte die verbleibenden Krieger, die noch über das Schlachtfeld taumelten. *Höchstens fünfzig,* dachte er. *Und mindestens ein Drittel von ihnen ist verwundet.*

Janril hatte ebenfalls überlebt und hieb mit langsamen, gleichmäßigen Schwertschlägen auf etwas ein, das unter den Büschen verborgen lag. Schließlich bückte er sich, um seine Trophäe aufzuheben und an den Haaren hochzuhalten. Lachend schüttelte der Barde den Kopf, aus dessen Hals noch das Blut strömte. Dabei öffnete und schloss der Mund des Toten sich auf groteske Weise, als würde er reden. Bei diesem Anblick wurde Frentis bewusst, dass er gehofft hatte, der Barde würde den heutigen Tag nicht überleben, und er schämte sich. *Jemand wie er wird nie Frieden finden.*

Weiter hinten ertönte ein schriller Schrei. Im nächsten Moment rannte Davoka schon in die Richtung, aus der er gekommen war. *Illian.*

Frentis lief hinterher und sah, dass auch Meister Grealin bereits auf dem Weg war und mit beindruckender Geschwindigkeit durchs Unterholz hastete. Weiter vorn konnte Frentis jetzt Arendil erkennen, der gegen zwei Kuritai kämpfte. Mit flüssigen Bewegungen lenkte er ihre Kurzschwerter mit seinem Langschwert ab, duckte sich und wich ihren Angriffen aus. Frentis sah, dass Illian mit hilflos ausgestreckten Armen in der Krone einer Eiche stand und dem Kampf zusah. *Keine Bolzen mehr.*

Die Kuritai verdoppelten ihre Anstrengungen, und Arendil musste rückwärts ausweichen, stolperte über eine Wurzel und landete auf dem Rücken. Seine Gegner kamen mit erhobenen Schwertern auf ihn zu.

Etwa zwanzig Meter vor ihnen blieb Meister Grealin stehen, senkte das Schwert und hob seine freie Hand, die Finger weit gespreizt ... Im nächsten Augenblick wurden die Kuritai durch die Luft gewirbelt.

Es war, als hätte eine große, unsichtbare Faust sie von den Füßen gefegt. Einer der Männer prallte mit genug Wucht, um ihm das Rückgrat zu brechen, gegen den Stamm der Eiche. Der andere krachte auf den Ast, auf dem Illian stand, und stürzte von dort gut zehn Meter in die Tiefe.

Davoka hielt inne und starrte Grealin an; Angst und Abneigung sprachen aus ihrem Blick. »*Rova kha ertah Mahlessa*«, sagte sie mit leiser Stimme, bevor sie zu den beiden Kindern lief, um sich zu vergewissern, dass es ihnen gutging.

Frentis trat neben Grealin, auf dessen Gesicht ein Ausdruck trauriger Reue lag. Er war bleich und schien zu schwitzen, als hätte er große Schmerzen. »Ich dachte, es war nur eine Fieberphantasie«, sagte Frentis. »Der gepfählte Volarianer auf dem Ast. Habt Ihr sonst noch irgendwelche Überraschungen auf Lager, Meister?«

Grealin lächelte schwach. »Genau genommen lautet mein Titel Aspekt.«

◆ ◆ ◆

Frentis schickte Janril und zehn seiner besten Männer hinter den renfaelischen Jägern her. Wie befohlen töteten sie die Hunde, damit diese ihre Fährte nicht aufnehmen konnten, und ließen einen der Männer am Leben, um ihn zu befragen. Es war nicht viel nötig, um ihn zum Reden zu bringen. Wenige Momente in Vierunddreißigs Gesellschaft reichten, um seine Zunge zu lösen.

»Unser Herr ist der Überzeugung, dass sein Sohn sich in diesem Wald befindet«, sagte der Mann, ein magerer Kerl mittleren Alters mit dem wettergegerbten Gesicht eines erfahrenen Spurenlesers. Die Finger seiner linken Hand bluteten, weil Vierunddreißig ihm Rosendornen unter die Nägel geschoben hatte. »Er hat uns zehn Goldstücke versprochen, wenn wir ihn zurückbringen, und zwanzig, wenn er noch am Leben ist. Die Sklaven hat er einem volarianischen General abgekauft und aus seiner eigenen Tasche bezahlt.«

»Ihr macht Jagd auf eure eigenen Leute?«, fragte Janril mit ausdruckslosem Ton.

»Ich tue nur, was man mir sagt«, heulte der an eine Baumwurzel gefesselte Mann und sah zu ihnen auf. »Schon immer. Erzfürst Darnel ist niemand, mit dem man sich leichtfertig anlegt, zumindest nicht, wenn man an seinem Leben hängt.«

»Mit mir legt man sich besser auch nicht an«, entgegnete Frentis. »Sag ihm das, wenn du ihn siehst.«

»Ihr wollt ihn laufen lassen?«, fragte Janril und folgte Frentis zu Arendil, der dabei half, die Verwundeten zu versorgen.

»Lasst ihn einfach dort festgebunden, wenn wir das Lager abbrechen«, sagte Frentis. »Lord Darnel wird schon eine gerechte Strafe für sein Versagen einfallen, davon bin ich überzeugt.«

Doch Janril blieb beharrlich. »Er verdient es, wie ein Verräter zu sterben, Bruder«, sagte er ungewohnt hitzig.

»Habt Ihr für einen Tag nicht genug Blut vergossen, Feldwebel?«

»Wenn es um Abschaum wie ihn geht, kann es nie genug sein.«

Frentis hielt inne und schaute Janril direkt in die Augen. »Hilft es denn? Können all das Töten und Foltern die Erinnerung an ihren Tod vertreiben?«

Janril sah ihn mit zusammengekniffenen Augen wütend an. »Nichts kann das. Alles, was ich mache, geschieht in ihrem Namen. Ich ehre ihr Andenken mit Blut.«

»In ihrem Namen? Und der lautet? Ich habe ihn Euch noch nie sagen hören.«

Der frühere Barde starrte ihn an, einen Hauch von Unsicherheit im Blick, die jedoch von zunehmendem Wahnsinn überlagert wurde. »Lasst den Jäger, wo er ist, und macht Euch aufbruchsbereit«, wies Frentis ihn an. »Wenn Euch meine Befehle nicht zusagen, könnt Ihr gehen und töten so viel Ihr wollt, wo ich es nicht mit ansehen muss.«

Davoka war gerade dabei, mit Arendils Hilfe Schleppers Arm zu verbinden. Sie war die Einzige von ihnen, die sich aufs Heilen verstand. »Ich dachte, ich hätte dem Mistkerl das Leben rausgeprügelt, und dann sticht er mit dem Schwert zu«, presste der große Mann hervor. »Aber letztendlich hab ich ihn doch noch erledigt. Ich hab einfach weitergemacht, bis ich sein Hirn sehen konnte.«

Nachdem Davoka den Verband befestigt hatte, nahm sie Frentis beiseite. »Zehn werden die Nacht nicht überleben. Die anderen kommen wieder auf die Beine, aber es wird seine Zeit brauchen.«

»Wir haben aber keine Zeit«, erwiderte Frentis. »Wir brechen in einer Stunde auf.«

Die Lonakerin nickte düster. Dann warf sie einen argwöhnischen Blick zu Grealin, der allein an einem kleinen Lagerfeuer saß und seinen Umhang fest um sich gewickelt hatte, als wäre er völlig durchgefroren. »Kommt er auch mit?«

»Er ist ein Aspekt meines Glaubens und der Anführer dieser Gruppe. Ich kann ihn also schlecht hier zurücklassen.«

Davoka zog eine Augenbraue hoch. »Unser Anführer?«

Frentis beschloss, ihr keine Beachtung zu schenken, und winkte stattdessen Arendil heran. »Was weißt du eigentlich über deinen Vater?«

◆ ◆ ◆

»Zwanzig Goldstücke?« Arendil schob überrascht die Lippen vor. »Und Großvater hat immer gesagt, der Erzfürst sei zu geizig, um seine Huren zu bezahlen.«

»Was will er von dir?«, wollte Frentis wissen.

»Ich bin sein Erbe. Der einzige, den sein dreckiger Samen hervorgebracht hat.« Das Unbehagen des Jungen war unübersehbar – er mied Frentis' Blick und trat von einem Fuß auf den anderen. »Ich habe ihn zwar nie getroffen, aber irgendwie war er immer präsent, wie ein dunkler Schatten. Ich weiß auch, wie er denkt. Sein Wunsch, mich für sich zu beanspruchen, hat nichts mehr mit Vernunft zu tun. Manchmal habe ich Mutter dabei ertappt, wie sie mich mit einem ganz merkwürdigen Blick anschaute, und ich wusste, dass sie nicht mich, sondern ihn sah.« Er hörte auf, mit den Füßen zu scharren, hob den Kopf und sah Frentis direkt in die Augen. »Ich werde mich nicht in seine Hände begeben, Bruder. Eher sterbe ich.«

Lass ihm einen Finger abhacken und gemeinsam mit dem Jäger zum Erzfürsten schicken, um Darnel zu einer Kurzschlusshandlung zu provozieren. Frentis wusste, dass dieser Gedanke nicht von ihm stammte, sondern von *ihr*. Die Zeit, die er mit ihr verbracht hatte, warf einen langen Schatten, der bis in seine Seele reichte. »Ich schwöre dir, dass das nicht passieren wird«, sagte er und legte Arendil die Hand auf die Schulter. »Du hast heute gut gekämpft. Und jetzt geh und hilf Lady Illian die Waffen einsammeln.«

Ein kurzer Anflug von Stolz huschte über das Gesicht des Jungen, dann lief er davon, um Illian zu suchen.

◆ ◆ ◆

»Wusste Vaelin davon?«, fragte Frentis und ließ sich dem Aspekten des siebten Ordens gegenüber nieder.

»Erst seit seinem kurzen Besuch, ehe er in die Nordlande aufbrach«, antwortete der Aspekt. »Wir hatten ein … interessantes Gespräch.« Grealins Gesicht war zwar immer noch aschfahl, doch kehrte langsam wieder Farbe in seine fülligen Wangen zurück. Frentis musste an das Blut und die Erschöpfung denken, die jedes Mal mit der Verwendung der gestohlenen Gabe der Frau einhergegangen waren.

»Bereitet Eure Fähigkeit Euch Schmerzen?«, fragte er.

»Nicht direkt Schmerzen, aber sie laugt mich aus. Wenn so viel Kraft auf einmal freigesetzt wird, hat das Konsequenzen. Ich bin nicht grundlos so dick, Bruder. Mein Gewicht hilft mir, die Nachwirkungen besser zu ertragen.«

»Wo befindet sich das Haus Eures Ordens?«

»Der siebte Orden besitzt kein Haus. Schon seit vierhundert Jahren nicht mehr. Wir sind wie ein hauchdünner Faden mit dem Glauben und den Königslanden verwebt. Wir agieren im Verborgenen.«

»So wie Ihr im Verborgenen unter uns gelebt habt?«

»So ungefähr. Euer Orden schien mir das sicherste Versteck zu sein.« Grealin verzog sein müdes Gesicht zu einem bitteren Lächeln. »Auf welch eindrucksvolle Weise die vermeintlich Klugen doch als Dummköpfe entlarvt werden.«

»Die Brüder, die ich an jenem Tag im Wald fand, waren von Aspekt Arlyn zu Eurem Schutz abgestellt.«

»Ja. Und dieser Befehl hat sie das Leben gekostet.«

»Wohin wolltet Ihr fliehen?«

»Nach Norden, zum Pass. Wenn der Weg dorthin blockiert gewesen wäre, nach Nilsael und von dort aus weiter in die Nordlande. Stattdessen bin ich hier gestrandet, mit dir und unserer heldenhaften Rebellengruppe. Das wird eines Tages eine gute Geschichte abgeben. Vorausgesetzt, es ist dann noch jemand am Leben, der sie erzählen kann.«

Er hat sich aufgegeben, wurde Frentis bewusst, als er Grealins welkes Gesicht und seinen trüben Blick gewahrte. »Diese Menschen erwarten, dass wir sie führen«, sagte er. »Sie wollen, dass wir ihnen Hoffnung geben. Als Aspekt des Glaubens könnt Ihr das.«

»Das Einzige, was ich kann, ist, ihnen Angst machen. Sie sehen, was ich bin, und sie fürchten mich. Die Lonakerin ist die Einzige, die sich traut, das auszusprechen. Wer im Besitz einer Gabe ist, muss mit Angst und Ausgrenzung leben. Wir haben in der Öffentlichkeit nichts verloren, wir gehören in den Schatten. Dort können wir dem Glauben am besten dienen. Das war die schwerste Lektion, die mein Orden je lernen musste.«

»Die alten Sitten sind nicht mehr von Bestand, Aspekt. Die Welt hat sich verändert. Die Volarianer haben sie auseinandergenommen. Jetzt liegt es an uns, sie wieder zusammenzusetzen.«

»Du willst die Welt neu erschaffen, Bruder? Suchst du etwa nach einer Möglichkeit, dir das Blut von den Händen zu waschen?«

»Das Blut, das ich vergossen habe, lässt sich nicht fortwaschen. Aber das heißt nicht, dass ich in Selbstmitleid schwelgen muss.«

»Was machen wir dann hier? Was hat es für einen Sinn, diesen aussichtslosen Krieg weiterzuführen? Er wird alle Menschen hier das Leben kosten. In diesem Wald ist kein Sieg zu holen.« Der Aspekt senkte den Blick und starrte ins Leere. »Für uns ist nirgends ein Sieg zu holen. Wir dachten, wir hätten gewonnen, und dass der Lawine Einhalt geboten sei, als Al Sorna den Wartenden offenbarte. Dabei haben wir uns nur von einer Bedrohung ablenken lassen, während sich im Verborgenen bereits die nächste zusammenbraute. Wer hätte gedacht, dass er nach Jahrhunderten der List und Tücke zu so plumpen Mitteln greifen und ein ganzes Heer über den Ozean schicken würde, um uns zu vernichten?«

»Er?«

Grealin hob den Blick. »Deine tote Freundin nannte ihn den Verbündeten. Die Volarianer neigen dazu, Illusionen anheimzufallen. Sie mögen sich zwar schon vor langer Zeit von ihren Göttern und ihrem Glauben verabschiedet haben, doch haben sie im Zuge dessen ihre Vernunft gegen Knechtschaft getauscht.«

»Wer ist er?«

»Die vordringliche Frage lautet wohl eher ›Wer war er?‹ Denn irgendwann muss er wohl ein Mensch gewesen sein. Ein Mensch mit einem Namen, einem Volk, möglicherweise sogar einer Familie, die er liebte. Doch dieses Wissen bleibt uns verwehrt, nicht einmal die besten Seher meines Ordens vermögen es herauszufinden. Wir kennen seinen Namen nicht, wir wissen nur, was ihn antreibt.«

»Und das wäre?«

»Der Wille zu zerstören. Insbesondere uns. Irgendetwas an diesem Land scheint ihm verhasst zu sein. Er hat schon einmal einen Versuch unternommen, es zu vernichten. Damals, als die großen Städte sich erhoben und ein Volk, das dem unseren an Weisheit weit überlegen war, Wunder erschuf. Irgendwie ist es ihm gelungen, all das zu zerstören. Aber das war ihm wohl noch nicht genug, irgendetwas muss ihm entgangen sein. Und jetzt will er es ein und für alle Mal beseitigen.«

Grealin verfiel in Schweigen, seine Augen trübten sich wieder, und Müdigkeit legte sich auf sein Gesicht.

Frentis erhob sich. »Danke, dass Ihr den Jungen gerettet habt. Ich weiß, dass Euch das einiges abverlangt hat. Wir brechen in einer Stunde auf. Ich wäre Euch dankbar, wenn Ihr uns begleiten würdet.«

Der massige Aspekt zuckte mit den Achseln. »Wohin sollte ich sonst gehen?«

Viertes Kapitel

Reva

Es bedeutet ›Hexe‹«, sagte Veliss nach einem Blick in das aufgeschlagene Buch in ihrer Hand. »Dabei handelt es sich um die weibliche Ableitung des alten volarianischen Wortes für ›Zauberer‹«.

»Elverah«, sagte Reva und ließ sich das Wort auf der Zunge zergehen. »Der Klang gefällt mir.«

»Sie halten dich für eine Hexe?«, fragte Arken.

»Das sind gottlose Ketzer«, schnaubte Lord Arentes. »Die halten den Segen des Weltvaters für eine dunkle Gabe.«

Reva musste sich zusammennehmen, um nicht laut aufzustöhnen. *Nicht er auch noch.*

»Das ist gut«, sagte Onkel Sentes, der neben dem offenen Kamin saß, mit rauher Stimme. »Das heißt, dass sie Angst haben.«

»Dazu haben sie auch allen Grund«, erwiderte Arentes und lächelte Reva an. »Lady Reva lässt die Gerechtigkeit des Weltvaters auf sie herabregnen, wann immer sie unsere Mauern angreifen.«

»Was ist mit den Soldaten des königlichen Heeres, die wir befreit haben?«, fragte Reva in der Hoffnung, das Thema wechseln zu können.

»Sie haben sich den anderen auf der Mauer angeschlossen, edle Dame«, antwortete der Kommandant der Stadtwache. »Sie helfen bei der Verteidigung des südlichen Sektors, denn dort sind wir nach wie vor unterbesetzt.«

»Gut.« Reva wandte sich an Veliss. »Wie steht es um die Vorräte?«

»Wir haben noch etwa zwei Drittel«, erwiderte die Beraterin. »Aber das liegt nur daran, dass wir so streng rationieren. Es gab bereits Beschwerden, vornehmlich von Frauen. Es muss schlimm sein, wenn die eigenen Kinder vor Hunger weinen.«

»Dann verdoppelt die Rationen für Frauen mit Kindern«, wies Reva sie an. »Ich kann keine weinenden Kinder sehen.«

»Hunger ist die beste Waffe, die unsere Feinde haben, edle Dame«, warf Arentes ein. »Jeder Bissen, den wir essen, bringt sie der Einnahme der Stadt einen Schritt näher.«

»In einem Monat kommt der Winter«, erklärte Onkel Sentes. »Und die Volarianer werden nicht viel Essbares finden. Wir werden sehen, wer als Erstes hungert.« Dann wurde er von heftigem Husten geschüttelt und winkte ab. »Aber lassen wir das«, keuchte er, als der Anfall vorbei war. »Ich möchte mit meiner Nichte sprechen. Alleine.«

Die anderen verneigten sich und verließen den Raum; Veliss streifte noch kurz Revas Hand, ehe sie sich den beiden Hauptmännern anschloss. Als sie gegenüber von ihrem Onkel Platz nahm, bemerkte Reva, dass seine Hände zitterten. »Es wird noch schlimmer werden«, sagte er. »Weinende Kinder sind unser geringstes Problem.«

»Ich weiß, Onkel.«

»Das«, sagte er und machte eine vage Handbewegung, »war so nicht geplant. Ich hatte eigentlich gehofft, dass deine Regentschaft ohne Krieg verlaufen würde.«

»Ihr könnt nichts dafür.«

»Letzte Nacht hatte ich einen ausgesprochen merkwürdigen Traum. Dein Vater und deine Großeltern kamen darin vor. Wir waren alle hier in der Bibliothek versammelt. Ein seltsamer Anblick, denn eigentlich hielten meine Eltern es kaum aus, im selben Zimmer zu sein …« Er verstummte, und sein Blick wurde glasig.

»Onkel?«

Doch dem Erzfürsten waren schon die Augen zugefallen, und Reva ging zu ihm, um ihn besser zuzudecken. Da hob er plötzlich den Kopf und sah sie mit vor Freude strahlenden Augen an. »Sie sagten, sie seien stolz auf mich«, flüsterte er. »Wegen dir, Reva. Offenbar habe ich endlich etwas richtig gemacht.«

Sie setzte sich neben ihren Onkel auf den Boden und legte ihm den Kopf auf den Schoß. Seine dünnen Hände strichen ihr durchs Haar. »Es ist zu lang«, hörte sie ihn murmeln. »Cumbraelerinnen tragen ihr Haar nicht so lang.«

◆ ◆ ◆

In der folgenden Nacht griffen sie erneut an, diesmal an mehreren Stellen gleichzeitig, wie Antesch es prophezeit hatte. Die Bataillone schritten in disziplinierten Reihen über die Dammstraße, nach allen Seiten hin durch Schilde geschützt. Vorneweg marschierten die Varitai in ihrem unheimlichen Gleichschritt, dahinter die etwas loser angeordneten Freien Schwerter, tunlichst bedacht, sich hinter den Schilden zu halten. Um keine Pfeile zu vergeuden, befahl Antesch seinen Schützen, die Bogen zu senken. Als die Kolonne das Ende der Dammstraße erreicht hatte, teilte sie sich in der Mitte, und die Bataillone begannen langsam, aber zielstrebig, die Stadt einzukreisen, ohne auch nur die geringste Lücke in ihrer Deckung preiszugeben.

»Für meinen Geschmack lernen diese Dreckskerle zu schnell«, sagte Lord Arentes und salutierte vor Reva. »Ich werde das Kommando über den Westsektor übernehmen, wenn Ihr erlaubt.«

»Natürlich, Euer Lordschaft. Gebt auf Euch Acht.«

Der alte Kommandant machte eine steife Verbeugung und ging davon. Reva beobachtete kurz den langsamen Vormarsch der Volarianer, dann legte sie einen Pfeil in ihren Bogen und sprang aufs Dach des Torhauses.

»Edle Dame!« Antesch streckte ihr die Hand hin, doch sie winkte ab. »Ich will wissen, wie sehr sie mich fürchten.«

Nach und nach brachten die Bataillone sich – augenscheinlich einer wohldurchdachten Strategie folgend – in Position und schienen die verhasste Hexe, die mit schussbereitem Bogen auf sie herunterstarrte, gar nicht zu bemerken. Erst die Freien Schwerter schluckten den Köder. Ein winziger Spalt erschien im Schilddach eines der Regimenter, gerade als es die Dammstraße verließ und nach links abbog. Reva wartete. Als sie durch das schwarze Dreieck hindurch ein metallisches Schimmern sah, trat sie schnell zur Seite, sodass der Pfeil knapp an ihrem Ohr vorbeipfiff. Im nächsten Augenblick hatte sie schon ihren eigenen abgeschossen und damit genau in die Lücke getroffen. Das Bataillon der Freien Schwerter brach wie eine verwundete Bestie in sich zusammen. Reihe um Reihe ging der Zusammenhalt verloren. Die Feldwebel versuchten, ihre Männer wieder zur Ordnung zu rufen, doch da hatten sich schon weitere Lücken in der Schildmauer aufgetan.

»Bogenschützen!«, bellte Antesch, und hundert Schützen stürmten zu den Zinnen. Ihre Pfeile gingen wie ein Eisenregen auf die Volarianer nieder. Obwohl das Bataillon jetzt eine Spur aus Leichen hinter sich herzog, stolperte es tapfer weiter und versuchte, sich neu zu formieren. Doch der Schaden war bereits angerichtet. Nach wenigen Augenblicken brach die mühsam zurückgewonnene Ordnung wieder zusammen. Die verbleibenden Männer brachen in Panik aus. Manche rannten zur Dammstraße, andere suchten Schutz bei den anderen Bataillonen. Die meisten wurden innerhalb von Sekunden niedergestreckt, doch ein paar wenigen gelang es scheinbar, sich in Sicherheit zu bringen.

Reva behielt ihren Standort auf der Festungsmauer bei und legte einen neuen Pfeil ein. Dann suchte sie die Reihen der Volarianer nach einer neuen Möglichkeit ab. Dabei fragte sie sich, ob Hass etwas physisch Greifbares war, denn sie konnte fühlen, wie er sich wie eine Welle auf sie zuschob.

Jetzt brachte sich das letzte gegnerische Bataillon vor dem Torhaus in Stellung. Es war kleiner als die anderen, vielleicht dreihundert Männer stark, die sich mit noch größerer Präzision bewegten als die Varitai. *Kuritai,* dachte Reva. Sie hob den Bogen über den Kopf, lachte und dachte an ihren todkranken Onkel. *Offenbar habe ich endlich etwas richtig gemacht.* »Kommt schon!«, rief sie den schweigenden Soldaten zu ihren Füßen zu. »Ich warte.«

◆ ◆ ◆

Am nächsten Morgen schickte Antesch Gruppen aus, um den Toten Pfeile und Waffen abzunehmen. Reva schloss sich ihnen an, weil die Männer nicht denken sollten, sie würde die unangenehmeren Aufgaben scheuen.

»Lord Arentes schätzt, dass wir über tausend Volarianer getötet haben«, sagte Arken. Er blieb stehen, zog einen Pfeil aus der Leiche eines Varitai und nahm dem Mann außerdem sein Kurzschwert und seinen Dolch ab.

»Sie haben es uns aber nicht leicht gemacht«, erwiderte Reva. Sie hatte die ganze Nacht über praktisch keine ruhige Minute gehabt, war von einem Teil der Mauer zum nächsten gehetzt und hatte alles daran gesetzt zu verhindern, dass die Volarianer auch nur den geringsten Vorstoß machten. Zweimal wäre es ihnen fast gelungen. Einmal im Westsektor, wo die Varitai versucht hatten, die Mauer mithilfe von Wurfhaken zu erklimmen, während die Freien Schwerter ihr Glück noch immer – wenn auch vergeblich – mit Leitern probierten. Lord Arentes hatte den Angriff bereits unter Kontrolle gehabt, als Reva dort ankam. Der alte Kommandant blutete aus einer Stirnwunde, doch das hielt ihn keineswegs davon ab, der Stadtwache weiterhin Befehle zuzubrüllen. Sie lösten die Haken der Volarianer mit Hellebarden aus der Mauer und schlugen die Männer mit einem Pfeilhagel in die Flucht.

Der feindliche Einfall im Südsektor war schwerwiegender. Reva war zu dem Zeitpunkt noch damit beschäftigt gewesen, den Kuritai am Torhaus Einhalt zu gebieten. Zu diesem Zweck wartete sie, bis ihre Gegner die Schilde ablegten und mit wirbelnden Wurfhaken auf die Mauer zurannten. Alsdann ließ sie sie mit Lampenöl übergießen und brennende Pfeile auf sie abfeuern. Auf diese Weise konnten sie die meisten zurückschlagen, doch ein paar schafften es dennoch auf die Mauer. Einige von ihnen standen noch in Flammen, als sie, oben angelangt, ihren tödlichen Schwerttanz aufführten und zahlreiche Verteidiger das Leben kosteten, ehe es gelang, sie niederzustrecken. Reva befahl ihren Männern gerade, die Leichen über die Zinnen zu werfen, als ein Bote die Nachricht brachte, dass Kuritai auf die Südmauer vorgedrungen waren.

Sie ließ der Hauswache ausrichten, dass Verstärkung benötigt wurde, und rannte mit Arken zur Südmauer. Die Kuritai hatten sich im größten Bataillon der Freien Schwerter versteckt, eine geschickte Taktik, auf die Reva in Zukunft würde achten müssen. Die Soldaten des königlichen Heeres hatten eine dichte Verteidigungskette gebildet und ihre eigenen Verluste durch zahlreiche tote Volarianer gerächt. Als Reva eintraf, wollten sie gerade zu einem neuen Gegenangriff übergehen. Ihr Kommandant war ein junger Feldwebel, dessen Arme und Gesicht bereits mit zahlreichen Schwertwunden übersät waren.

»Auf ein Neues, Männer!«, rief er. »Diesmal zeigen wir es diesen Bastarden.«

»Wartet«, wies Reva ihn an und fixierte die dichten Reihen der Kuritai, die wie üblich mit ausdruckslosen Gesichtern geduckt dastanden, während hinter ihnen die Freien Schwerter über die Zinnen kletterten.

»Haltet Euch bereit«, sagte sie zu den Soldaten, ehe sie vortrat und ihren Bergulmenbogen schussbereit machte. Der nächste Feind stand kaum zwölf Fuß entfernt, und Reva zielte sorgfältig. Sie tötete einen, dann einen zweiten, doch die Kuritai schlossen die Reihen ohne den Hauch eines Zögerns. Erst als Reva weitere zwei Männer erledigt hatte, bellte einer der Kuritai einen Befehl, und sie gingen auf sie los. Reva warf den Bogen beiseite und zog ihr Schwert. Im selben Augenblick griff auch das königliche Heer an.

Danach verschwamm alles. Sie erinnerte sich, dass sie hochgesprungen und herumgewirbelt war, und an einen Kuritai, der mit halb abgeschlagenem Kopf zu Boden ging. Aber größtenteils war alles ein rot gefärbtes Durcheinander aus aufeinanderprallenden Klingen und reißendem Fleisch. Es endete erst, als die Hausgarde eintraf, die verbleibenden Kuritai mit ihren Hellebarden niederstreckte und die Freien Schwerter von der Mauer stürzte.

Nachdem der Kampf vorbei war, musste Reva wieder den Jubel der Männer über sich ergehen und sich von ihnen auf die Schultern klopfen lassen. Sie war zu müde, um sich zu wehren, und Arken musste sie schließlich aus dem Pulk befreien. Erleichtert stellte sie fest, dass er unverletzt war. Allerdings ließ sein bleiches Gesicht vermuten, dass er soeben zum ersten Mal im Nahkampf getötet hatte.

Reva hielt inne, als sie sah, wie der junge Feldwebel einen verwundeten Krieger der Freien Schwerter auf die Füße zog. Der Mann hatte eine klaffende Wunde am Unterarm, aus der der Knochen hervorschaute. »Wo ist deine Peitsche jetzt, du räudiger Hund?« Der Feldwebel zog seinen Dolch, rammte ihn dem Volarianer in die Wunde und drehte ihn herum, sodass der Mann vor Schmerz brüllte. »Wo ist deine Peitsche jetzt, was?«

»Tötet ihn einfach!«, befahl Reva. »Und dann formiert Eure Leute neu. Diese Nacht ist noch nicht vorüber.«

Die Volarianer gaben nicht auf, sondern setzten ihre Angriffe weitere vier Stunden fort. Immer mehr Bataillone überquerten die Dammstraße, und mit jedem fehlgeschlagenen Angriff bedeckten mehr Leichen den Boden. Der Preis, den die Alltoraner zahlten, war hoch – Arentes' Bericht zufolge waren über dreihundert Männer getötet und weitere zweihundert verletzt worden –, doch sie hielten die Stadt. Erst bei Einbruch der Morgendämmerung traten die überlebenden Volarianer schließlich den Rückzug an. Die Varitai gingen geordnet vor, fanden sich in Reihen ein und griffen zu ihren Schilden, während die Freien Schwerter jegliche Disziplin über Bord warfen und kopflos das Weite suchten. Dabei hagelte es erneut Pfeile auf sie, die dank des zunehmenden Tageslichts besonders oft ihr Ziel fanden.

Aufgeregte Schreie holten Reva zurück in die Gegenwart, und sie sah, wie einige Männer einen noch lebenden Volarianer aus dem Fluss zogen. Seine offenkundige Angst – die sich ins schier Unermessliche steigerte, als Reva näher kam – ließ darauf schließen, dass er den Freien Schwertern angehörte.

»Ja«, sagte sie. »Die Elverah ist hier.«

Der Soldat starrte sie bloß entsetzt an, und aus seinem Blick sprach Wahnsinn. *Dieser Mann wird nie wieder kämpfen.*

»Edle Dame?«, fragte ein Bogenschütze, den Dolch bereits in der Hand.

»Spricht irgendjemand hier seine Sprache?«

◆ ◆ ◆

Veliss war die Einzige, deren Volarianisch ausreichte, um sich mit dem Mann zu verständigen. Allerdings nur in geschriebener Form. Mithilfe ihrer Bücher übersetzte sie Revas Botschaft und ließ sie den Mann wiederholen. Eine schriftliche Nachricht zu schicken, wäre zwar einfacher gewesen, doch Reva wollte, dass seine Kameraden die Angst in seiner Stimme hörten, wenn er ihre Worte wiedergab.

»Die Elverah ist überaus mächtig und wird alle töten, die es wagen, diese Stadt anzugreifen. Aber sie ist auch barmherzig. Eure Kommandanten setzen leichtfertig euer Leben aufs Spiel. Sie lassen euch aussichtslose Angriffe gegen diese Stadt ausführen, während sie sicher in ihren Zelten hocken. Wer seine Waffen niederlegt und diesen Ort verlässt, wird der Rache der Elverah entgehen. Wer bleibt, den erwartet nichts als der Tod.«

»Sagt er es richtig?«, fragte Reva, als der Mann stammelnd die Worte vorlas, die auf dem Pergament standen.

»Soweit ich es beurteilen kann.«

Reva wandte sich an Antesch. »Er soll es noch zehn Mal wiederholen, dann lasst Ihr ihn gehen. Wenn Ihr mich braucht, findet Ihr mich bei meinem Onkel.«

◆ ◆ ◆

Die nächsten beiden Nächte blieb es ruhig. Im Lager der Volarianer ging alles seinen geregelten Gang, ohne dass etwas darauf hindeutete, dass sie einen neuen Angriff vorbereiteten. Falls sie neue Türme oder Flöße bauten, bekamen die Alltoraner nichts davon mit. Ansonsten führten sie Exerzierübungen durch, schickten berittene Patrouillen aus und unternahmen keinen weiteren Versuch, die Dammstraße zu überqueren.

»Sie haben wohl doch beschlossen, uns auszuhungern«, sagte Antesch.

»Verdammte Feiglinge«, erwiderte Lord Arentes. »Noch ein paar Angriffe wie der neulich nachts, und wir hätten gewonnen.«

»Deshalb hungern sie uns ja auch aus.« Der Herr der Bogenschützen trat an Revas Seite. »Wir könnten selbst tätig werden, meine Dame, und einen oder zwei kleinere Angriffe gegen sie führen. Vielleicht können wir sie auf diese Weise zu einer unüberlegten Attacke provozieren.«

»Wenn Ihr wollt«, erwiderte Reva. »Aber übertreibt es nicht. Und nehmt nur Freiwillige mit. Am besten Männer, die keine Familie haben.«

»Wie Ihr wünscht, meine Dame.«

Die nächsten Tage folgten einer ermüdenden Routine. Reva führte täglich Inspektionen durch, trainierte die Männer, damit sie nicht aus der Übung kamen, und ging Veliss' Berichte über die schrumpfenden Vorräte durch.

»Wir haben schon die Hälfte verbraucht?«, fragte sie eines Abends. »Wie kann das sein?«

»Die Leute scheinen mehr zu essen, wenn sie Angst haben«, antwortete Veliss. »Außerdem haben wir in den ersten Wochen das gesamte Fleisch ausgegeben. Jetzt gibt es nur noch Brot und etwas Pökelfleisch. So leid es mir tut, Liebes, aber wir müssen die Rationen weiter kürzen. Und nicht nur für die Stadtbewohner, sondern auch für die Soldaten. Sonst überstehen wir den Winter nicht.«

Reva starrte auf Veliss' sorgfältige Handschrift. »Wo habt Ihr das gelernt?«, fragte sie.

»Mein Vater war Schreiber. Er hat mich mit dem Handwerk vertraut gemacht, aber die, äh, Versuchungen der Weiblichkeit führten mich nach Varinsburg, ehe ich meine Ausbildung beenden konnte.«

»Hat er Euch geschlagen? Seid Ihr deswegen gegangen?«

Veliss lachte. »Bei den Ahnen, nein. Ich bezweifle, dass er je die Hand gegen jemanden erhoben hat. Nicht einmal gegen meine Mutter, obwohl die untreue Kuh es verdient hätte. Er war einfach ein freundlicher, langweiliger Mann, der keinerlei Wunsch verspürte, aus seinem Dorf herauszukommen. Aber ich wollte mehr vom Leben.«

Drüben am Feuer regte Onkel Sentes sich wieder und murmelte etwas im Schlaf.

»In letzter Zeit träumt er viel«, sagte Veliss. »Und wenn er wach ist, faselt er ständig von seiner Familie.« Trotz des bissigen Tonfalls konnte Reva Veliss ansehen, dass sie sich Sorgen machte. Sie hatte schon begonnen, um Onkel Sentes zu trauern, obwohl er noch gar nicht tot war. Reva unterdrückte den Impuls, Veliss' Hand zu nehmen, und stand vom Schreibtisch auf.

»Schafft genug Wein für ihn beiseite«, sagte sie. »Dann leert den Keller und verteilt die Flaschen an die Stadtbewohner. Vielleicht schlucken sie so die Rationskürzungen besser.«

»Oder sie stolpern betrunken durch die Straßen.«

»Dann gebt den Wein nur in kleinen Mengen aus. War der Handlanger des Vorlesers noch einmal hier?«

»Nein, der alte Mann begnügt sich damit, seinen Unmut in der Kathedrale kundzutun. Allerdings sind seine Andachten stets gut besucht, und meine Quellen berichten mir, dass seine Predigten von Tag zu Tag bizarrer und fatalistischer werden. Er behauptet, der Weltvater ginge mit uns ins Gericht und so weiter. Wenn die Lage sich weiter verschlimmert, könnte das ein Problem für uns werden.« Reva entging nicht, dass in Veliss' Worten echte Besorgnis mitschwang.

Sie blickte zu Onkel Sentes. »Hatte er irgendeinen Trick, um den alten Mann in die Schranken zu weisen?«

»Er verfolgte eine langfristige Strategie und sammelte Informationen. In der Hoffnung, etwas zu finden, was den Vorleser der Heuchelei oder des Betrugs überführen könnte, und es dann zum richtigen Zeitpunkt einsetzen zu können. Entweder als Druckmittel oder um den alten Mann durch einen fügsameren Kleriker zu ersetzen. Dank dir hatten wir endlich etwas gegen ihn in der Hand.«

»Aber dazu müssen wir erst den Priester finden.«

»Ja.«

Reva stellte sich ans Fenster und betrachtete die Türme der Kathedrale. *Er ist nicht hier,* dachte sie. *Nicht in dieser Stadt. Sonst könnte ich ihn riechen.* »Sagt Euren aufmerksamen Freunden, sie sollen weiterhin die Augen offen halten. Zumindest fürs Erste.«

◆ ◆ ◆

In den frühen Morgenstunden wurde sie von Arken wachgerüttelt. Sie hatte es sich angewöhnt, zwischen ihren Wachdiensten auf dem Diwan in der Bibliothek zu schlafen, um in der Nähe ihres Onkels zu sein. Offensichtlich hatte Veliss irgendwann beschlossen, ihr Gesellschaft zu leisten, denn jetzt lag sie neben Reva, den Arm um ihre Taille geschlungen und den Kopf auf ihre Schulter gebettet. Ihre dichten dunkelbraunen Locken bedeckten Revas Gesicht und rochen nach Erdbeeren.

Reva befreite sich so schnell wie möglich aus Veliss' Umarmung und griff nach ihren Waffen, darum bemüht, Arkens Blick auszuweichen. Falls ihm etwas an der Szene merkwürdig vorkam, war es ihm zumindest nicht anzumerken, als er sagte: »Am Fluss geht irgendwas vor sich.«

◆ ◆ ◆

»Was ist das?«, fragte Reva. Im Fluss waren jetzt Schiffe verankert, auf denen seltsame Vorrichtungen standen. Der Morgennebel über dem Kalteisenfluss behinderte die Sicht, doch konnte Reva große Umrisse mit runden Schultern und kurzen Armen ausmachen, die wie missgestalte Riesen im Dunst kauerten.

Lord Antesch starrte nur grimmig schweigend auf den Fluss, und schließlich meldete Arentes sich zu Wort. »Kriegsmaschinen, edle Dame. Aber solche habe ich noch nie gesehen.«

Das leise Echo gebrüllter Befehle drang über den Fluss, und eine lange Reihe von Ruderbooten tauchte am anderen Ufer aus dem Nebel auf, jedes davon mit einem großen runden Gegenstand an Bord.

»Zehn Meilen südlich von hier gibt es einen Steinbruch«, sagte Antesch nachdenklich. »Einen Steinbruch kann man nicht einfach abfackeln.« Er nahm seinen Bogen, legte einen Pfeil ein und richtete ihn hoch gen Himmel; dann zog er die Bogensehne gut sechs Zoll an seinem Ohr vorbei und ließ los. Der Pfeil beschrieb einen hohen Bogen über den Fluss, wo er etwa zehn Meter vor dem nächsten Schiff ins Wasser fiel und von der Strömung davongetragen wurde.

»Was für eine Maschine kann einen Stein weiter schleudern, als ein Pfeil fliegt?«, fragte Arentes.

»Diese können es offensichtlich«, erwiderte Antesch und blickte von den Schiffen zur Mauer. »Vermutlich werden die Steine irgendwo zwischen dem Torhaus und dem westlichen Bollwerk einschlagen. Wenn die Volarianer klug sind, versuchen sie, an mehreren Stellen durchzubrechen.«

»Zieht die Leute von dort ab«, sagte Reva, woraufhin Arentes augenblicklich begann, Befehle zu brüllen. Die Männer, die auf der Mauer standen und die Katapulte angafften, setzten sich in Bewegung und liefen zu den Treppen.

»Wir brauchen einen Verteidigungsgürtel hinter der Mauer«, sagte

Antesch. »Dazu müssen wir Häuser abreißen und eine freie Fläche schaffen.«

»Dann macht Euch gleich an die Arbeit«, erwiderte Reva. »Lasst Euch alle entstandenen Sachschäden von Lady Veliss belegen und beschwichtigt die betroffenen Hausbesitzer, indem ihr ihnen den besten Wein aus dem Keller des Erzfürsten gebt.«

Antesch verbeugte sich und ging davon, während Reva beobachtete, wie die Ruderboote sich den drei Schiffen näherten. Peitschenhiebe erklangen, und die Sklaven begannen, die Steine an Deck zu hieven. Dann war ein leises Klirren zu hören, als die Arme der Geräte nach hinten umgelegt wurden. Verschwommene Gestalten bewegten sich über Deck und brachten die Geschosse in Stellung. Als die Geräte bereit waren, kehrte Stille ein, doch nichts passierte. *Worauf warten sie noch?*

Plötzlich zeigte einer der Bogenschützen flussaufwärts. Reva eilte an seine Seite und spähte in den Nebel. Erst konnte sie nur einen entfernten Umriss ausmachen, ein großes, rechteckiges Segel, das sich durch den Nebel schob, doch schon bald war das Schiff in seiner vollen Größe zu erkennen. Reva konnte sich nicht erinnern, je ein größeres gesehen zu haben. Es erhob sich mindestens zwanzig Fuß aus dem Wasser und schob eine enorme Bugwelle vor sich her, die rauschend ans Ufer brandete. Unter einem weißen Sonnensegel, das in der Mitte des Decks aufgespannt war, standen mehrere Personen. Reva kniff die Augen zusammen und glaubte, eine großgewachsene Gestalt ausmachen zu können. *Ihr wollt Euch das Spektakel wohl nicht entgehen lassen?* Sie nahm ihren Bergulmenbogen zur Hand und fragte sich, ob Arren ihm wohl so viel Schusskraft verliehen hatte, dass sie von hier aus den Mann an Bord des Schiffes treffen konnte. Doch sie wusste, dass das nur eine leere, trotzige Geste wäre, und um die Moral der Verteidiger war es jetzt schon schlecht bestellt.

Ketten rasselten, und Wasser spritzte auf, als das riesige Schiff etwa zwanzig Meter hinter den drei Schiffen mit den schlummernden Riesen vor Anker ging. Ein einzelner brennender Pfeil stieg vom Deck des großen Schiffes auf und landete zischend im Wasser. Und die Riesen erwachten. Ihre kurzen Arme schnellten nach vorne und schleuderten die Steine so schnell und so hoch in die Luft, dass sie wie Kieselsteine wirkten. Sie schienen eine Ewigkeit in der Luft zu hängen, als hätte der Weltvater die Tausenden von Gebeten erhört, die in diesem Moment von den Mauern aufstiegen. Doch wenn dem wirklich so war, änderte er schnell seine Meinung.

Der erste Stein flog nicht weit genug und landete am Flussufer. Der Aufprall erschütterte die Mauer und ließ eine Wasserfontäne aufsteigen, die bis auf die Befestigung spritzte. Das zweite Geschoss flog über die Mauer hinweg, riss einen Teil der inneren Befestigung mit sich und krachte in die dahinterliegenden Häuser. Menschen schrien, Hunderte Ziegelsteine prasselten auf das Kopfsteinpflaster.

Die Männer, die den dritten Riesen bedienten, verstanden sich jedoch nur allzu gut auf ihr Handwerk. Der riesige Felsbrocken schlug genau unter dem Rand der Westmauer ein. Der Aufprall ließ die Mauer erbeben, und Trümmer flogen in alle Richtungen. Dann rollte der Felsbrocken die Außenmauer hinab und landete mit einem dumpfen Geräusch im Ufersand. Reva starrte die Einschlagstelle an, in der Erwartung, dass die Risse sich verbreitern und der gesamte Abschnitt zusammenbrechen würde. Stattdessen legte sich der Staub, und die Mauer hielt.

Reva sprang auf und sah, wie die Riesen erneut ihre Arme nach hinten senkten, um sich für den nächsten Wurf bereit zu machen, während die Volarianer emsig Änderungen an der Zielrichtung vornahmen. *Eines steht fest,* dachte Reva. *Diese Dinger müssen verschwinden.*

◆ ◆ ◆

Diesmal blieb sie standhaft und ließ sich weder von Anteschs neuerlicher Drohung, er würde von seinem Posten zurücktreten, noch von Veliss' Flehen von ihrem Vorhaben abbringen. »Außer mir kommt niemand infrage«, erklärte sie schlicht und ohne einen Grund zu nennen. *Ich muss es selbst machen. Er hat im Wüstenkrieg auch keinen anderen geschickt, um die alpiranischen Kriegsmaschinen zu zerstören.*

Die Boote lagen in einem engen Kanal an der Nordmauer, der ursprünglich für den Handel mit den Flussschiffern vorgesehen war. In ihnen saßen fünfzig ausgewählte Männer. Sie waren mit Öltöpfen und Feuerpfeilen ausgerüstet und wie Reva schwarz gekleidet und von Kopf bis Fuß mit Ruß beschmiert. Selbst ihre Klingen waren eingerieben worden, damit sie im Mondlicht nicht funkelten. Als Reva in ihr Boot stieg, fand sie dort Arken vor, beide Hände fest um den Schaft seiner Axt geschlossen. Seine entschlossene Haltung verriet ihr, dass er nicht die Absicht hatte, es freiwillig wieder zu verlassen.

»Hoffentlich hast du sie gut geschärft.« Reva setzte sich neben ihn und deutete mit dem Kinn auf die Axt.

»Darauf kommt es nicht an«, erwiderte Arken. »Wenn man fest genug zuschlägt, fallen sie auch so um.«

Reva drückte ihm einen Kuss auf die Wange und verspürte eine gewisse Genugtuung, als er rot anlief, doch im nächsten Moment regte sich ihr schlechtes Gewissen. *Ich sollte ihm keine falschen Versprechungen machen.* »Bleib in meiner Nähe.«

Kurz nach Mitternacht brachen sie auf. Der Himmel war bewölkt, sodass sie nicht fürchten mussten, vom Mondlicht verraten zu werden. Mit schweren Schlägen ruderten sie gegen die Gezeitenströmung an; die Dollen hatten sie zuvor gut geschmiert, um möglichst kein Geräusch zu machen. Nachdem sie sich gut hundert Meter flussabwärts gemüht hatten, drehten sie nach Westen, zogen die Ruder ein und überließen sich tief in die Boote geduckt der Strömung. Die Volarianer setzten den Beschuss selbst nachts fort und hatten die Katapulte mit Fackeln erleuchtet, damit die Männer, die sie bedienten, ihrer Arbeit nachgehen konnten. Das gleichmäßige Geräusch von Stein, der auf Stein trifft, begleitete die Alltoraner wie Trommelschläge, während die Rudergänger die Boote langsam immer näher steuerten.

Als sie in Schussweite des ersten Schiffes waren, stand Reva auf und suchte mit angelegtem Pfeil nach einem Ziel. Sie fand einen untersetzten Mann auf der Backbordseite, der gerade mit einem Holzhammer auf ein Scharnier an dem Katapult einhieb. Der Schuss war schlecht ausgeführt, denn das Schaukeln des Bootes machte genaues Zielen unmöglich. Doch immerhin gelang es Reva, den Pfeil im Oberschenkel des Mannes zu versenken. Mit einem Aufschrei stürzte der Volarianer zu Boden. Seine Kameraden hielten in der Arbeit inne, starr vor Schreck und im Schein der Fackeln leicht zu erkennen.

»Los!«, schrie Reva und feuerte einen weiteren Pfeil ab. Die anderen Bogenschützen sprangen ebenfalls auf und begannen gleichzeitig zu schießen. Wenige Augenblicke später hatte der Pfeilhagel die Pioniere vom Deck gefegt. Der Rudergänger lenkte ihr Boot an die Seite des Schiffes, drei weitere folgten. Reva packte ein Seil und kletterte auf das mit Leichen und Verwundeten übersäte Deck. Manche der Verletzten hatte es schwer erwischt, andere weniger.

»Tötet sie!«, rief sie ihren Leuten zu und winkte die Männer mit den Öltöpfen zum Katapult. »Steckt es in Brand!«

Während sie an die Arbeit gingen, begab Reva sich nach Steuerbord und sah zu, wie die Besatzungen der weiteren Boote sich an den anderen Wurfmaschinen zu schaffen machten. Die Schützen warteten mit gespannten Bogen, als rund um sie in die Hörner gestoßen wurde. Im nächsten Augenblick wurde der riesige Schatten des volarianischen Kriegsschiffs von unzähligen Fackeln erleuchtet, die den Blick auf Hunderte Bogenschützen an Deck und in der Takelage freigaben.

»Runter!«, schrie Reva und streckte die Hand nach Arken aus. Dieser starrte mit offenem Mund auf den Pfeilschwarm, der sich jetzt vom Deck des Kriegsschiffs löste, und warf sich schützend vor Reva. Die Pfeile der Volarianer gingen wie ein Hagelschauer auf das Schiff nieder. Mit einem Schmerzensschrei brach Arken über Reva zusammen und drückte sie auf das Deck. Als sie unter seinem Ellbogen hervorspähte, sah sie, dass vier ihrer Männer an den Planken festgenagelt worden waren, von Kopf bis Fuß von Pfeilen durchbohrt. Stöhnend versuchte Arken aufzustehen.

»Zum Fluss!«, zischte Reva.

Arken packte sie und zog sie zur Reling. Als sie gerade darüber klettern wollten, ergoss sich ein weiterer Pfeilschauer auf sie. Arken taumelte und stürzte in den Kalteisenfluss, während Reva sich am Geländer festklammerte. Bei jedem Pfeil, der neben sie ins Holz traf, zuckte sie zusammen. Einer verfehlte knapp ihre linke Hand. Als der Schauer vorüber war, hielt sie kurz inne und ließ den Blick übers Deck schweifen. Niemand schien überlebt zu haben – weder von den Männern, die ihr auf diese Mission gefolgt waren, noch von den volarianischen Pionieren, die zu töten sie ausgezogen waren. Das Katapult dagegen war, abgesehen von einer dicken Ölschicht, unversehrt.

Reva blickte auf den Bogen in ihrer Hand und fuhr mit dem Daumen kurz über die Schnitzereien. *Verzeiht mir, Meister Arren,* dachte sie und ließ die Waffe in den Fluss fallen, ehe sie zurück an Deck sprang, sich eine Fackel schnappte und sie aufs Katapult warf. Das Öl fing sofort Feuer. Reva drehte sich um und sprang über die Reling. Sie konnte noch das Sirren zahlreicher Pfeile hören, dann umfing sie schon der kalte Fluss. Sie blieb unter Wasser, so lange sie konnte, und spürte, wie die Wärme aus ihrem Körper wich. Mit aller Kraft kämpfte sie sich zurück zur Stadt, kam immer nur kurz an die Oberfläche, um Luft zu schnappen, und tauchte sogleich wieder ab. Es fühlte sich an wie eine Ewigkeit, ehe sie den Schilfgürtel erreichte und sich an Land zog, wo sie keuchend liegen blieb und nur den Kopf hob, um zuzusehen, wie das Schiff und das Katapult brannten. Die beiden anderen Wurfmaschinen waren unversehrt. Auf dem Wasser trieben Leichen und wurden von der hereindrängenden Flut flussaufwärts getragen.

»Arken!« Reva zwang sich aufzustehen und stolperte am Ufer entlang. »Arken!«

Wie aus Hohn feuerten die beiden verbleibenden Katapulte jetzt gleichzeitig und schleuderten ihre Steine aus der schwarzen Leere in die Mauer über Reva, sodass sie gezwungen war, den herabfallenden Trümmern auszuweichen. Sie landeten auf dem Schutthaufen, der sich unter dem immer größer werdenden Riss gebildet hatte. Er war nicht besonders hoch, doch jetzt kam er Reva wie ein Berg vor.

»Sie ist wieder da!«, schrie jemand von oben. »Lady Reva lebt!«

Sie hob den Blick und sah unzählige blasse Gesichter, die von den Zinnen zu ihr herabschauten. Als die Nachricht von ihrer Rückkehr die Runde machte, wurden auf der Mauer fast schon Lobgesänge angestimmt.

Sie halten das für einen Sieg, wurde Reva klar, als sie noch einmal auf den Fluss hinausblickte. Auf dem Kriegsschiff ging ein Licht nach dem anderen aus, das Katapult stand noch immer in Flammen, aber es brannte schon nicht mehr so lichterloh wie zuvor, und Reva spukte ein Satz aus dem Buch der Weisheit durch den Kopf: *Der Krieg macht uns alle zu Narren.*

◆ ◆ ◆

Arken war in der Nähe der Dammstraße gefunden worden. Mit einem Pfeil im Rücken und von der Kälte und dem Blutverlust bewusstlos. Kaum hatten die Männer Reva mithilfe eines langen Taus auf die Befestigung gezogen, eilte sie ins Krankenhaus. Doch zuvor hatten sich die Verteidiger noch um sie geschart und ihr auf Knien ihre Bewunderung kundgetan. Manche beteten offen zum Weltvater, andere starrten sie nur an. Mit einem Mal hasste Reva sie. Der verzweifelte Glaube der Männer erschien ihr wie ein Verrat an dem Opfer, das sie soeben mit angesehen hatte. *Der Weltvater hat überhaupt nichts getan!*, hätte sie am liebsten geschrien. *Ich habe es allein meinem Glück zu verdanken, dass ich noch am Leben bin. Ich bin nicht gesegnet. Seht euch die Leichen an, die im Fluss treiben. Die habe ich zu verantworten.*

Aber natürlich konnte sie nichts davon aussprechen. Die Leute mussten glauben können, dass Reva gesegnet war. Sie mussten wissen, dass der Blick des Weltvaters auf ihrer Stadt ruhte.

Als Reva im Krankenhaus ankam, wusch Bruder Harin sich gerade das Blut von den Händen. Arken lag mit dem Gesicht nach unten auf einem Tisch; sein nackter Körper war kalkweiß, mit Ausnahme der roten Rinnsale, die aus der teilweise verbundenen Wunde flossen. Seine Augen waren zwar geschlossen, doch Reva konnte erkennen, wie sie unter den Lidern zuckten.

»Wird er überleben?«, fragte sie Harin.

»Ich gehe davon aus«, erwiderte der Heiler. »Immerhin ist er jung und stark wie ein Ochse.«

Reva ließ sich erleichtert gegen die Wand fallen und sank zu Boden. *Ich werde nicht mehr weinen,* erinnerte sie sich, als sie spürte, wie ihr die Tränen kamen.

Harin trat neben sie, richtete sie vorsichtig auf und wickelte ihr eine Decke um die Schultern. »Ihr seht nicht gut aus, meine Dame«, sagte er und legte ihr eine Hand auf die Stirn. »Ganz und gar nicht.«

Er ließ Reva am Kamin Platz nehmen und drückte ihr einen Becher mit einer dunklen, dampfenden Flüssigkeit in die Hand, ehe er begann, Arkens Wunde zu nähen. »Die ganze Stadt spricht davon«, sagte der Bruder, die Augen fest auf die Wunde gerichtet, »wie Ihr die flammende Gerechtigkeit des Weltvaters über die grauenvollen Kriegsmaschinen der Ketzer gebracht habt.«

»Ich bezweifle, dass Ihr derlei Ansichten teilt, Bruder«, erwiderte Reva und nippte an ihrem Becher. »Was ist das?«, fragte sie und verzog angewidert das Gesicht.

»Bruderfreund. Wenn man ihn warm macht, vertreibt er die Kälte aus den Knochen.«

Reva musste daran denken, wie begierig Alornis' betrunkener Dichter auf dieses Gesöff gewesen war, und schüttelte verständnislos den Kopf. Dann zwang sie sich, einen weiteren Schluck zu nehmen und fragte dann: »Ist es normal, dass einem schwindelig davon wird?«

»O ja.«

»Dann ist es gut.« Sie saß da und spürte, wie ihr immer wärmer wurde, je mehr sie trank. Außerdem ließ der bittere Beigeschmack allmählich nach.

Reva beobachtete, wie Bruder Harin den Schafsdarm mithilfe zweier Pinzetten durch Arkens Wunde führte. Seine Hände bewegten sich bemerkenswert flink für einen Mann von seiner Größe. »Ihr seid sehr geschickt, Bruder.«

»Danke, meine Dame.«

»Er hat viel von euch erzählt.« Sie hielt inne, um noch einen Schluck zu nehmen. »Vom fünften Orden. Die besten Heiler der Welt hat er euch genannt.«

»Er?«

»Al Sorna. Die Dunkelklinge. Wer sonst?« Sie führte den Becher wieder an die Lippen und fragte sich, wie er so schnell leer geworden war. »Ich dachte, ich könnte tun, was er getan hat. Aber stattdessen sind alle umgekommen. Alle bis auf mich. Ich habe ja den Segen des Weltvaters.«

»Ich weiß nicht, ob das etwas mit dem Segen des Weltvaters zu tun hat, meine Dame«, sagte der große Heiler sanft. »Aber ich weiß, dass diese Stadt nur Euretwegen noch steht. Vergesst das nicht.«

Draußen war Lärm zu hören, dann platzte Veliss ins Zimmer und stieß ein erleichtertes Seufzen aus, als sie Reva sah. Sie eilte zu ihr, legte ihr die Hände auf die Wangen und sah sie liebevoll an.

Reva hickste und gab einen kleinen Rülpser von sich.

»Sie ist ja betrunken«, fuhr Veliss Harin an.

»Und nicht mehr so durchgefroren«, entgegnete der Bruder.

Veliss' Blick wanderte zu Arkens reglosem Körper. »Die beiden haben als Einzige überlebt?«

»Ich fürchte ja. Lord Antesch hat das Flussufer absuchen lassen, aber leider vergeblich.«

»Fuffzig Männer«, lallte Reva und fragte sich, warum es plötzlich so dunkel im Zimmer war. »So viele hab ich noch nie auf einmal getötet.«

»Du hast nur getan, was nötig war, Liebes.« Veliss legte ihr den Arm um die Schultern und zog sie auf die Beine. »Komm, wir gehen nach Hause. Dein Onkel hat schon nach dir gefragt.«

»Fuffzig Männer«, flüsterte Reva. Dann verschwamm alles um sie herum, und ihre Augenlider wurden schwer wie Blei. »Vom Weltvater gesegnet …«

◆ ◆ ◆

Ihr Kopf schmerzte stärker, als sie für möglich gehalten hätte, und sie fragte sich, ob das wohl die Strafe des Weltvaters für ihre sündigen Zweifel war. Das Donnern der Felsbrocken, die in regelmäßigen Abständen gegen die Mauer prallten, war ihrem Zustand nicht gerade zuträglich. Nach dem Aufstehen war sie gleich losgegangen, um die Bresche zu begutachten. Dabei wurde sie von vier Hauswachen begleitet, die ihr die aufdringlichen Stadtbewohner vom Leib hielten. Auf dem Weg durch die Straßen hatten die Leute Reva ihren Dank und ihre Bewunderung zugerufen, manche waren sogar niedergekniet, wie sie es sonst nur während der Prozession des Vorlesers taten. Irgendwann wurde es Reva schließlich zu viel.

»Hört auf damit«, sagte sie und blieb neben einem alten Ehepaar stehen, das vor einem Wollladen kniete, doch beide blickten weiterhin ehrfurchtsvoll zu ihr auf.

»Der Weltvater hat Euch geschickt, edle Dame«, sagte die alte Frau. »Ihr führt seinen Blick auf uns.«

»Ich führe ein Schwert und einen Bogen, und den Bogen habe ich gestern Nacht verloren.« Reva beugte sich herab, fasste die alte Frau am Ellenbogen und zog sie vom Boden hoch. »Ihr sollt nicht vor mir knien. Ihr solltet vor niemandem knien.« Reva war sich bewusst, dass immer mehr Leute sich um sie scharten, sie mit Blicken durchbohrten und mit gespannter Aufmerksamkeit warteten, was sie zu sagen hatte. »Kniend werdet ihr diese Stadt nicht halten. Wenn ihr niederkniet, werden die Mauern fallen, und die Menschen, die sie zum Einsturz gebracht haben, werden dafür sorgen, dass ihr den Rest eures Lebens auf den Knien verbringt.«

Die Menge schwieg, und aus allen Gesichtern sprach Ehrfurcht … mit Ausnahme von einem. Es gehörte einer jungen Frau, die ein kleines Kind in den Armen hielt und am hinteren Ende des Menschenpulks stand. Ihr Gesicht war vor Hunger ganz eingefallen, und in ihrem Blick lag müde Verzweiflung. Das Kind streckte seine winzigen Hände nach ihrem Gesicht aus. Reva ging auf die Frau zu, und die Menschen gaben ihr mit gesenkten Köpfen den Weg frei.

»Darf ich sehen?«, fragte Reva. Mit einem leichten Nicken zog die junge Frau die Decke beiseite, und Reva blickte in ein rosiges, zufriedenes, pausbäckiges Gesicht, das sie anlächelte. »Er ist wohlgenährt«, sagte sie. »Im Gegensatz zu dir.«

»Es hat keinen Sinn, dass wir beide hungern«, erwiderte die junge Frau. Ihr asraelischer Akzent erklärte ihre fehlende Ehrfurcht.

»Was ist mit seinem Vater?«

»Er hat auf der Mauer gekämpft und ist nicht zurückgekommen. Sie sagten mir, er sei tapfer gewesen. Das ist immerhin ein schwacher Trost.«

Ein weiterer Stein donnerte in die Mauer und ließ Reva zusammenzucken. Die immer größer werdende Lücke war von hier aus sichtbar, ein gezacktes, auf dem Kopf stehendes Dreieck über den Dächern. *Wenn sie durchbrechen, ist das keine Belagerung mehr,* dachte sie. *Dann ist es eine Schlacht.*

»Ab morgen werden die Rationen verdoppelt«, sagte sie zu der Frau. »Darauf gebe ich dir mein Wort. Geh zur Villa und frag nach Lady Veliss. Sag ihr, dass ich dich geschickt habe, um in der Küche zu helfen.«

◆ ◆ ◆

Lord Antesch überwachte den Bau einer robusten Abwehrmauer zwanzig Meter hinter der Bresche. Die umliegenden Häuser hatten weichen müssen, und ihre Steine dienten nun als Baumaterial. Die Maurer waren mit Kelle und Mörtel dabei, eine etwa zehn Fuß hohe Barriere inklusive Zinnen zu errichten, die einen Halbkreis um die Bresche bildete.

»Edle Dame«, begrüßte Antesch Reva mit einer Verbeugung. »Die Mauer sollte in zwei Tagen fertig sein. Aber natürlich brauchen wir noch mehr, damit wir den Volarianern etwas entgegenzusetzen haben, wenn sie die erste Abwehrmauer durchbrochen haben. Was früher oder später der Fall sein wird.«

»Ich hatte gehofft, dass sie sich vielleicht schon an der ersten verausgaben«, erwiderte Reva, die nach den Erfahrungen der letzten Nacht sehr wohl wusste, dass der gegnerische Kommandant keine weiteren Fehler zu machen gedachte.

»Ich habe eine Überraschung für Euch«, sagte Antesch und zog etwas aus einem Karren ganz in der Nähe. »Einer meiner Männer hat ihn heute Morgen am Flussufer gefunden.« Der Bergulmenbogen hatte zwar keine Sehne mehr, war ansonsten jedoch unbeschädigt. Das Holz schimmerte wie eh und je, und die Schnitzereien hatten keinerlei Kerben abbekommen. »Der Weltvater möchte wohl nicht, dass Ihr von ihm getrennt werdet«, bemerkte Antesch.

Reva unterdrückte ein Stöhnen. In wenigen Stunden würde die ganze Stadt davon sprechen. *Der Weltvater hat der gesegneten Dame ihren Zauberbogen zurückgegeben.* Ein weiterer Beweis, dass Sein wohlwollender Blick auf ihr ruhte.

Als der Anführer der Schützen Reva den Bogen reichte, stellte sie erschüttert fest, dass sich in seinen Augen dieselbe Ehrfurcht spiegelte wie in denen der Stadtbewohner. *Er also auch,* dachte sie. *Vielleicht ruht der Blick des Weltvaters ja in Wirklichkeit in den Augen jener, die fest an ihn glauben, weil sie sich Rettung erhoffen.* »Danke, Euer Lordschaft«, sagte sie. »Ihr findet mich auf der Mauer, wenn Ihr mich braucht.«

♦ ♦ ♦

Es dauerte weitere zehn Tage. Das unablässige Poltern der Steine, die gegen die Mauer trafen, erinnerte Reva beständig daran, dass ihre Zeit knapp wurde. Sie hatte sich angewöhnt, im Schneidersitz auf den Zinnen zu sitzen und den fallenden Felsbrocken zuzusehen. Es war ein merkwürdig fesselnder Anblick, wie sie beim Aufprall eine Wolke aus Staub und Steinen aufwirbelten. Außerdem hatte Reva die schwache Hoffnung, dass der volarianische Kommandant sie dort sitzen sah und ein paar Steine in dem Versuch vergeudete, sie zu treffen. Aber offenbar stand ihm wohl nicht der Sinn nach Ablenkungen.

Die Nachmittage verbrachte sie in der Regel im Krankenhaus, wo sie Bruder Harin half oder Arken besuchte, der sich immer noch schonen musste. Seine Pfeilwunde hatte trotz aller Bemühungen des Bruders zu eitern begonnen und musste ausgeschnitten und mit Corrbaumöl behandelt werden. »Du stinkst«, sagte Reva und verzog angesichts des beißenden Geruchs das Gesicht.

»An den Gestank gewöhnt man sich«, erwiderte Arken. »Das Brennen ist viel schlimmer.«

»Die hat Veliss mir für dich mitgegeben.« Reva legte ein Säckchen kandierter Nüsse neben das Bett. »Iss nicht alle auf einmal, das sind die letzten.«

»Du musst mir versprechen, dass du mich holst, wenn sie kommen.« Arken griff nach Revas Hand und sah sie eindringlich an. »Lass mich nicht in diesem Bett sterben.«

Du hast noch viele Jahre zu leben, hätte sie am liebsten erwidert, verkniff es sich jedoch. *Er mag zwar jung sein, aber er ist nicht dumm.* »Versprochen.«

Trotz ihrer offenkundigen Verehrung für Reva und der Erhöhung der Rationen nahm die Stimmung der Stadtbewohner in dem Maße ab, in dem die Bresche größer wurde. Die Jubelrufe wurden seltener, und Reva sah immer häufiger Leute, die in der Öffentlichkeit weinten. Ein Mann wurde sogar so von der Verzweiflung übermannt, dass er auf der Straße zusammenbrach und sich mit beiden Händen die Ohren zuhielt, um den langsamen Trommelschlag der Kriegsmaschinen nicht mehr hören zu müssen.

Der Vorleser predigte indes unbeirrt weiter. Veliss berichtete Reva von seinen zunehmend abstrusen Ansprachen. Oft redete er stundenlang, ohne auch nur ein einziges Mal die Zehn Bücher zu erwähnen. Dafür erfreuten sich die Worte »ketzerisch« und »Gericht« seiner besonderen Beliebtheit. »Er ist nur ein verrückter alter Mann, der sich in Schimpftiraden ergeht«, hatte Reva gesagt, als sie Veliss' besorgten Blick sah.

»Das stimmt schon«, antwortete diese. »Aber dabei steht er auf einem Podium. Und er hat mehr Zuhörer als je zuvor.«

Ein weiterer Felsbrocken krachte in die Bresche und wirbelte eine neue Wolke aus Staub und Mauerwerk auf. Reva schaute zu den Schiffen, wo die Volarianer noch flinker als sonst bei der Arbeit waren. Die Pioniere liefen hin und her, zerrten an Seilen und betätigten Hebel, während die Katapulte sich bedächtig auf ihren Gestellen bewegten.

Dann stellte sie sich an den Rand der Bresche und blickte auf den staubbedeckten Trümmerhaufen unter sich. Jahrhundertealte Mauersteine, die innerhalb weniger Wochen zu Schutt zerfallen waren. Ein wohlbekanntes Surren erklang, als beide Maschinen gleichzeitig abgefeuert wurden. Die Steine beschrieben ihre Bogen am Himmel und schlugen etwa zweihundert Fuß nördlich von Reva ein.

Sie ließ den Blick weiter zum Kriegsschiff wandern. Obwohl das Sonnensegel einen langen Schatten warf, konnte Reva die hochgewachsene Gestalt des Kommandanten erkennen, der in ihre Richtung sah. Vielleicht war es Einbildung oder eine optische Täuschung, aber Reva hätte schwören können, dass er sich vor ihr verbeugte.

»Edle Dame …«, ertönte ein leiser Ruf hinter ihr. Sie drehte sich um und sah, wie eine Frau mit einem weinenden Bündel in den Armen die Treppe hochgelaufen kam. Die junge Asraelerin von neulich, ihr Gesicht nunmehr bleich und angsterfüllt. Reva ging auf sie zu und fasste sie am Arm. Der Atem der Frau ging schwer, und sie war über die Schreie des Kindes hinweg nur schwer zu verstehen.

»Sie haben sie mitgenommen«, keuchte sie. »Lady Veliss hat uns versteckt, aber sie haben sie mitgenommen. Und die anderen Gläubigen auch.«

»Wer hat das getan? Wo haben sie sie hingebracht?«

»Ein ganzer Mob, der irgendetwas vom Gericht des Weltvaters brüllte.« Die Frau brach ab und drückte ihr Kind an sich. »Sie haben gesagt, sie bringen sie zum Vorleser.«

Fünftes Kapitel

Vaelin

»Heute haben wir wieder zweihundert befreit.« Nortah stellte seinen Bogen ab und ließ sich auf einen Stuhl fallen. »Hauptsächlich Männer und alle auf Rache aus. Ihre Frauen und Töchter wurden von einer anderen Karawane fortgebracht. Poltar hat bereits die Verfolgung aufgenommen.«

Vaelin wandte sich an Bruder Hollun. »Wie viele macht das insgesamt?«

»Seit Überqueren der nilsaelischen Grenze haben wir eintausendfünfhundertzweiundsiebzig Menschen befreit«, antwortete der Bruder, ohne zu zögern. »Gut die Hälfte davon sind im kampffähigen Alter, und beinahe alle haben sich uns angeschlossen. Allerdings haben wir immer noch nicht genügend Waffen für alle.«

»Wir haben die Schwerter der Sklavenhalter«, warf Nortah ein. »Zudem gibt es in jedem Dorf, das wir passieren, Dutzende Äxte und Sensen.«

Vaelin ließ den Blick über das Lager schweifen. Sie hatten ihre Zelte an einer Biegung des Salzflusses aufgestellt, der in Nilsael den Namen Vellen trug. Das Lager wurde mit jedem Tag größer und beherbergte, seit Graf Marvens Leute sich ihnen angeschlossen hatten, gut fünfundvierzigtausend Männer. Der Erzfürst war, kaum dass Bruder Harlick ihre Übereinkunft schriftlich festgehalten hatte, in die Hauptstadt seines Landes zurückgekehrt. Zuvor hatte er noch sein Siegel in das weiche Wachs gedrückt – nicht ohne sein unverkennbares meckerndes Lachen von sich zu geben – und dann seinen Sänftenträgern befohlen, sich in Bewegung zu setzen.

»Die einfältigen Zwillinge kannst du behalten«, sagte er zu Vaelin, während er davongetragen wurde. »Sie können es gar nicht erwarten, endlich in den Krieg zu ziehen. Aber wundere dich nicht, wenn sie sich schon beim geringsten Blutvergießen in die Hosen machen. Ich werde so viele wehrpflichtige Männer wie möglich einberufen und euch hinterherschicken. Tu mir den Gefallen und versuche, nicht zu viele von ihnen zu verlieren. Äcker pflügen sich nicht von selbst.«

Alornis hatte der feierlichen Versiegelung mit ihrem Skizzenblock beigewohnt und gleich danach begonnen, ein Gemälde davon anzufertigen. Im Gegensatz zu Meister Benril verspürte sie nicht das Bedürfnis, das Ereignis prunkvoller oder dramatischer darzustellen, als es wirklich gewesen war. Bereits die Rohskizze war frappierend realistisch. Sie zeigte einen grinsenden alten Mann, der sich über eine Schriftrolle beugte. Dabei wurde er von militärischen Befehlshabern beobachtet, auf deren Gesichtern sich – unterschiedlich stark ausgeprägt – Besorgnis und Misstrauen spiegelten.

»Habe ich wirklich so wütend ausgesehen?«, fragte Vaelin.

»Ich beschönige nichts, mein Herr und Bruder«, erwiderte sie und spritzte mit dem Pinsel Farbe nach ihm. »Ich male, was ich sehe. Mehr nicht.«

Vaelin ging die Reihe der missmutig oder finster dreinblickenden Gestalten durch und fand eine Ausnahme: Nortah, der im Hintergrund stand, hatte ein gequältes Lächeln auf den Lippen.

»Sie werden lernen müssen, wie man kämpft«, sagte er jetzt zu seinem Bruder. Dann begab er sich zum Tisch und breitete ein Pergament vor sich aus. Er tauchte die Feder ein und brachte mit langsamer Präzision die Buchstaben aufs Papier. »Hiermit ernenne ich Nortah Al Sendahl zum Hauptmann der Freien Kompanie der Armee des Nordens.« Nachdem er seine Unterschrift daruntergesetzt hatte, hielt er Nortah das Papier hin. »Du kannst Feldwebel Davern zu deinem Stellvertreter ernennen.«

»Ausgerechnet diesen Aufschneider?«, stöhnte Nortah. »Kann es nicht jemand aus der Nordgarde sein?«

»Davern weiß mit dem Schwert umzugehen, und er ist ein guter Ausbilder. Außerdem kann ich der Nordgarde nicht noch mehr Männer nehmen. Wir müssen in spätestens zwei Tagen von hier aufbrechen, also sorge dafür, dass die neuen Rekruten bis dahin etwas lernen.«

»Euer Wunsch ist mir Befehl, mein Turmherr.« Nortah drehte sich um und ging auf den Ausgang zu, blieb dann aber noch einmal stehen. »Willst du wirklich nach Alltor marschieren?«

Je weiter südlich sie kamen, desto dringlicher wurde das Lied. *Sie kämpft,* das wusste er. *Sie wollen die Stadt einnehmen, und sie setzt sich zur Wehr.* »Ja, Bruder. Das will ich wirklich.«

♦ ♦ ♦

Zwei Tage später setzten sie ihren Marsch fort. Vaelin ordnete ein forsches Tempo von dreißig Meilen am Tag an und ließ verlautbaren, dass Trödler nicht mit seiner Gnade zu rechnen hätten. Natürlich gab es wie in jeder anderen Armee auch hier Drückeberger und Deserteure. Erstere bestraften die Feldwebel, Zweitere wurden von der Nordwache verfolgt und zurückgebracht, ihrer Waffen, Münzen und Schuhe entledigt und schließlich ausgepeitscht und laufen gelassen. Das war zwar nur bei einer Handvoll Männer vonnöten, dennoch widerstrebte es Vaelin, so verfahren zu müssen. Aber da dies keine professionelle Armee war, konnte er sich keine Zugeständnisse erlauben wie einst bei den Wolfsläufern.

Am fünften Tag überquerten sie den Vellen und marschierten weiter nach Süden. Als die zerklüftete Silhouette der Graukuppen in Sicht kam, ließ Vaelin einen Tag Rast einlegen und schickte Späher aus. Wie erwartet kehrte Sanesh Poltar am Abend mit schlechten Nachrichten zurück.

»Viele Männer auf Pferden«, teilte er dem Rat der Hauptmänner mit. »Südöstlich von hier. Sie verfolgen Soldaten der Marelim Sil, nur ein Drittel so viele. Sie fliehen zu Fuß Richtung Berge, auf der Suche nach Unterschlupf.« Er schüttelte mit ernstem Gesicht den Kopf. »Sie werden sie nicht erreichen.«

»Können unsere Reiter schnell genug dort sein?«, fragte Vaelin.

Der Kriegshäuptling der Eorhil zuckte mit den Schultern. »Unsere schon, bei den anderen weiß ich es nicht.«

Vaelin griff nach seinem Mantel. »Hauptmann Adal, Hauptmann Orven, lasst Eure Männer antreten. Wir reiten sofort los. Graf Marven, schickt die nilsaelische Kavallerie aus. Sie sollen den Süden und Westen absuchen. Bis zu meiner Rückkehr untersteht die Armee des Nordens Eurem Kommando.«

◆ ◆ ◆

Wenn Flamme lief, erinnerte er Vaelin an Speier. Sie galoppierten südwärts, und der Hengst warf freudig den Kopf hoch und schnaubte, während die Erde unter den donnernden Hufen der Reiterschar erbebte. Neben ihnen ritt Dahrena, die Adal knapp in seine Schranken verwiesen hatte, als er ihr nahegelegt hatte, sie möge im Lager bleiben. Ihre Pferde konnten mit denen der Eorhilaner Schritt halten, die Nordgarde und Orvens Männer lagen jedoch etwa eine halbe Meile hinter ihnen. Nachdem sie etwa zwanzig Meilen zurückgelegt hatten, zwang der Einbruch der Dunkelheit sie, Rast zu machen.

Es wurden keine Feuer entzündet, die Reiter saßen oder standen einfach nur bei ihren Tieren und warteten auf das Tageslicht. Dahrena war sogleich aus dem Sattel gesprungen und hatte sich, fest in ihren Mantel gehüllt, ins Gras gesetzt. »Es wird nicht lange dauern«, sagte sie mit einem leichten Lächeln zu Vaelin und schloss die Augen.

»Ist das wirklich notwendig, Euer Lordschaft?«, fragte Adal, der mit sorgenvollem Blick Dahrenas bewegungslose Gestalt betrachtete.

»Ich habe ihr nichts zu befehlen, Hauptmann.« In das Lied des Blutes mischte sich ein leises Murmeln, das von Ärger und Unmut zeugte. Aber da war noch etwas anderes, etwas, das der Gesichtsausdruck des Hauptmanns jetzt deutlich preisgab. *Er ist jetzt schon so viele Jahre an ihrer Seite und hat es ihr noch nie gesagt,* dachte Vaelin verwundert.

Dahrena schnappte kurz nach Luft, öffnete die Augen und blinzelte ein paar Mal kurz hintereinander. »Sie haben angehalten«, flüsterte sie. Dann kippte sie leicht nach vorn, und Adal eilte zu ihr, um sie zu stützen, doch Dahrena winkte nur ab und rappelte sich mit einem Stöhnen auf.

»Die Volarianer?«, fragte Vaelin.

»Das königliche Heer. Es hat auf einem Hügel etwa sechzig Meilen südlich von hier angehalten.«

Mein Bruder gedenkt zu kämpfen, dachte Vaelin. Das Lied war unmissverständlich: Caenis kommandierte die letzten Überlebenden des königlichen Heeres, und sie hatten das Weglaufen satt.

»Alles aufsteigen!«, rief Vaelin und sprang in Flammes Sattel. »Wir reiten die Nacht durch!«

◆ ◆ ◆

Bis Sonnenaufgang beließen sie es beim Trab, dann gingen sie wieder in vollen Galopp über. Obwohl Vaelin Flamme hart antrieb, schien jeder Muskel des Tiers vor Freude zu singen, als es sich an die Spitze der Eorhilaner setzte.

Nach einer Stunde erreichten sie eine weite Ebene, an deren Horizont sich ein niedriger Hügel erhob. Im Osten war eine große Staubwolke zu erkennen. Sanesh Poltar brachte sein Pferd dazu, noch schneller zu laufen, und überholte Vaelin. Dann hob er seinen Bogen über den Kopf und deutete damit nach Osten. Daraufhin löste sich ein Drittel der Eorhilaner aus der Gruppe und ritt parallel zu der sich nähernden Staubwolke davon.

Jetzt konnte Vaelin auch die Soldaten des königlichen Heeres auf dem Hügel sehen. Sie hatten sich in drei Reihen aufgestellt, ein paar Banner flatterten im Wind. Die Wappen waren nicht erkennbar, dazu waren sie zu weit weg, doch Vaelin wusste, dass das in der Mitte die Hohe Burg und einen Wolf zeigte.

Kurze Zeit später kam die volarianische Kavallerie in Sicht. Dunkel gepanzerte Reiter auf großen Kriegspferden, die Lanzen zum Angriff vorgereckt. Sanesh Poltar winkte erneut mit seinem Bogen, und ein weiterer Trupp Eorhilaner löste sich, um den Gegnern in die Flanke zu fallen.

Vaelin folgte dem Kriegshäuptling, der die restliche Gruppe auf das Gelände zwischen den Soldaten des königlichen Heeres und den Volarianern führte. Rings um ihn legten eorhilanische Krieger mit unbeirrbarer Präzision Pfeile an ihre Bogen, ohne einen Deut langsamer zu reiten. Als sie etwa hundert Schritte vor den Volarianern waren, feuerten sie gleichzeitig ab, ohne dass jemand den Befehl dazu gegeben hatte. Die Pfeile gingen in einer dichten Wolke auf die vorderen Kompanien nieder. Pferde wieherten und sanken getroffen zu Boden, Männer stürzten aus dem Sattel und wurden von ihren nachfolgenden Kameraden zu Tode getrampelt. Während die Volarianer strauchelten, umrundeten die Eorhilaner sie und sandten Pfeil um Pfeil in die Masse aus Tier- und Menschenleibern.

Vaelin zügelte Flamme und beobachtete das Schauspiel, das sich vor seinen Augen entfaltete. Wer immer das Kommando über die volarianische Kavallerie hatte, erkannte schnell, dass sie auf verlorenem Posten standen: von drei Seiten bestürmt und zudem in der Unterzahl. Trompeten erschallten, und die in Bedrängnis geratenen Kompanien traten den Rückzug an. In die einzig mögliche Richtung, nach Süden. Doch die Eorhilaner waren noch nicht mit ihnen fertig.

Sanesh Poltar und seine Männer wichen den Volarianern nicht von der Seite – ihr Pfeilregen kostete immer mehr Kavalleristen und Pferde das Leben. Vaelin sah ihnen nach, wie sie langsam in der Ferne verschwanden, gefolgt von der Nordgarde und Orvens Männern, die in der Zwischenzeit zu ihnen aufgeschlossen hatten.

Dann wendete er Flamme und trabte langsam auf den Hügel zu, wo das königliche Heer noch immer in Reih und Glied stand. Die Disziplin der Soldaten geriet erst ins Wanken, als sie Vaelins Gesicht erkennen konnten. Jubelnd kamen sie auf ihn zugerannt, umringten ihn und strahlten ihn aus erleichterten Gesichtern an. Er grüßte sie mit einem verkniffenen Lächeln und hielt weiter auf den Hügel zu, wo eine einsame Gestalt unter einem Banner stand und wartete. Am Fuß des Hügels angekommen, löste Vaelin sich aus dem Pulk der Soldaten und trieb Flamme den Hang hinauf.

»Verzeih mir, Bruder«, sagte Vaelin und sprang neben Caenis vom Pferd. »Ich wäre gern früher gekommen …«

Caenis' finsterer Blick ließ ihn verstummen. Seinem dreckverschmierten Gesicht war anzusehen, dass Wochen des Kampfes und der Qualen hinter ihm lagen. »Das alles ist nur geschehen«, sagte er, und seine Stimme war das heisere Echo der Stimme, die Vaelin seit seiner Kindheit kannte, »weil du uns im Stich gelassen hast.«

◆ ◆ ◆

Adals Späher hatten im Westen drei feindliche Infanteriebataillone entdeckt. Offenbar war der Oberkommandant der Volarianer so erpicht darauf, das königliche Heer auszulöschen, dass er seine Streitmacht geteilt hatte. Vaelin wies die Eorhilaner an, den gegnerischen Truppen den Rückzugsweg abzuschneiden, und befahl Graf Marven, unverzüglich anzugreifen. *Es wird Zeit, dass sie bluten.*

»Fünf Regimenter«, sagte Caenis kurz angebunden. Er redete wie mit einem Vorgesetzten, weder Vertrautheit noch Freundschaft sprachen aus seinem Ton. »Oder was davon übrig ist. Das fünfunddreißigste Regiment ist mit einem Drittel an Überlebenden noch am besten davongekommen.«

»Stimmt das?«, fragte Vaelin. »Was ich über Darnel gehört habe?«

Caenis nickte knapp. »Die Volarianer griffen mit aller Macht an, und wir hielten so gut es ging dagegen. Als Darnels Ritter erschienen, dachten wir, das sei unsere Rettung. Sie kamen an unsere linke Flanke geritten und fielen ohne Vorwarnung über uns her. Ab da war es um uns geschehen. Doch die Männer gaben sich nicht geschlagen. Alle Regimenter kämpften bis aufs Blut, die meisten bis zum Tod. Mir fehlen die Worte, um zu beschreiben, was sie geleistet haben. Vielleicht könnte Lord Verniers es, falls er noch am Leben ist.«

»Verniers?«, fragte Vaelin. »Willst du damit sagen, dass der Geschichtsschreiber des alpiranischen Kaisers dabei war?«

»Ja. Auf Wunsch des Königs. Er sollte Material für eine Geschichte der Königslande sammeln.« Zum ersten Mal seit ihrem Aufeinandertreffen auf dem Hügel sah Caenis Vaelin direkt in die Augen. »Er hat mir viele interessante Dinge erzählt und zahlreiche Fragen gestellt, vor allem über unsere Zeit im Orden.«

»Und was hast du ihm erzählt?«

»Vermutlich nicht mehr als du.«

»Und wie ist euch die Flucht gelungen?«

»Wir haben ihre Mitte angegriffen. Ich habe darauf spekuliert, dass dem volarianischen General sein eigenes Wohlbefinden so sehr am Herzen läge, dass er den Angriff abblasen und seine Männer stattdessen zu seiner Verteidigung rufen würde. Das Glück war mir hold, denn er hat genau das getan.«

»Deine Männer verdanken dir ihr Leben, Bruder.«

»Nicht alle. Viele sind auf dem Marsch gestorben.«

»Gallis? Krelnik?«

»Krelnik ist beim Gegenangriff umgekommen, Gallis auf dem Rückzug.«

Vaelin wollte seine Anteilnahme ausdrücken und Anekdoten über den grauhaarigen Veteranen und den ehemaligen Dieb und Meisterkletterer austauschen, doch Caenis hatte den Blick schon wieder abgewandt und starrte ausdruckslos vor sich hin. »Es tut mir leid, dass ich dich bitten muss, schon wieder zu marschieren«, sagte Vaelin. »Aber in Alltor erwartet uns Arbeit.«

Sein Bruder verzog keine Miene. »Wie Euer Lordschaft befehlen.«

Wird es jetzt immer so zwischen uns sein?, dachte Vaelin. *Hasst mein früherer Bruder mich, weil ich den Glauben verloren habe …?*

Als Hufgetrommel ertönte, hob Vaelin den Blick. Nortah kam in ihr provisorisches Lager galoppiert, dicht gefolgt von Schneetanz. *Vielleicht hellt das Caenis' Laune auf,* dachte Vaelin, als Nortah vom Pferd sprang und übers ganze Gesicht strahlend auf seinen Bruder zuschritt.

»Du bist doch tot«, begrüßte dieser ihn mit einem Lächeln. Die fehlende Überraschung in seiner Stimme bestätigte, was Vaelin schon lange vermutet hatte: Seine Brüder hatten ihm die Geschichte über Nortahs Tod nie abgekauft.

Nortah lachte und umarmte Caenis herzlich. »Es ist schön, dich zu sehen, Bruder. Deine Nichte und dein Neffe wollen dich schon lange einmal kennenlernen.«

Caenis wich vor Schneetanz zurück, die neugierig schnüffelnd näher kam. »Keine Angst«, erklärte Nortah. »Sie hat heute schon ein paar Sklavenhändler verdrückt und ist nicht mehr hungrig.«

»Unser Waffenproblem ist gelöst«, sagte Vaelin und deutete nach Süden, wo sich die Leichen stapelten. Die Eorhilaner hielten nichts von Gefangenen, Krieg war etwas Absolutes für sie, sie kannten weder Hemmungen noch unangebrachtes Mitleid. Allerdings hatten sie möglichst viele Pferde verschont.

»Vielleicht können sie in Zukunft den einen oder anderen am Leben lassen«, bemerkte Nortah. »Tote sind wenig mitteilsam.«

»Ich glaube, morgen werden wir genug Redewillige haben.«

◆ ◆ ◆

Graf Marven war beim Angriff auf die volarianische Infanterie kein Risiko eingegangen. Seine Kavalleristen hatten dafür gesorgt, dass die Gegner nicht zur Seite ausbrechen konnten, während die Bogenschützen sie unter Beschuss nahmen. Als Marven der Ansicht war, dass sie ihre Gegner ausreichend dezimiert hatten, war er zum Angriff übergegangen. Das volarianische Heer bestand aus einem Bataillon Freie Schwerter und zwei Bataillonen Varitai. Erwartungsgemäß waren die Freien Schwerter eher bereit, sich zu ergeben, wohingegen die Varitai bis zum letzten Mann kämpften. Dementsprechend gab es nur wenige Überlebende, von denen die meisten verwundet waren.

»Keine Offiziere«, berichtete der Graf Vaelin. »Der Ranghöchste scheint so etwas wie ein Feldwebel zu sein.«

Neben ihnen schrie einer von Erzfürst Darvus' Zwillingsenkeln vor Schmerzen auf, während sein Bruder versuchte, eine Schnittwunde an seinem Unterarm zu nähen.

»Dann haben sie sich also nicht in die Hosen gemacht?«, fragte Vaelin leise.

»Ganz im Gegenteil. Die beiden kennen kein Halten, Euer Lordschaft. Mut haben sie wirklich im Überfluss.« Er senkte die Stimme. »Verstand dagegen …«

»Eure Lordschaften«, rief Vaelin den Zwillingen zu. »Ihr solltet Euch besser zu Bruder Kehlan begeben.«

Die beiden Brüder standen auf und verneigten sich mit ihrer eigentümlichen Gleichzeitigkeit, wobei der linke ihre Antwort kundtat. Vaelin war aufgefallen, dass immer nur er sprach, vermutlich um zu vermeiden, dass sie auch noch gleichzeitig den Mund aufmachten. »Es gibt Männer, die der Hilfe des Heilers dringender bedürfen, Euer Lordschaft. Ein wahrer Ritter würde ihn nicht mit einer solchen Lappalie belästigen.«

»Augenscheinlich hält sich Eure Erfahrung mit echten Rittern in Grenzen. Euer Großvater würde es mir schön danken, wenn einer von Euch wegen Wundbrand den Arm verliert.« Er deutete mit dem Kinn zum Ausgang. »Also geht zu Kehlan.«

»Wir haben mehr als genug Waffen für die Freie Kompanie erbeutet, Euer Lordschaft«, berichtete Bruder Hollun, nachdem die Zwillinge das Zelt verlassen hatten. »Sie würden für sechs Kompanien von dieser Größe reichen.«

»Und wie viele Leute haben wir verloren?«

»Fünfunddreißig Tote, sechzig Verletzte«, antwortete der Bruder, wie immer ohne zu zögern.

»Es wären weniger, wenn die Leute, die wir befreit haben, sich nicht eingemischt hätten«, sagte Graf Marven. »Hass lässt die Menschen jede Vorsicht vergessen.«

»Trotz allem habt Ihr gute Arbeit geleistet, Euer Lordschaft«, lobte Vaelin. »Bruder Harlick hat Karten von Alltor und der näheren Umgebung erstellt. Ich möchte, dass Ihr sie Euch anseht und mir sagt, welche Marschroute Ihr wählen würdet.«

Der Nilsaeler verneigte sich zögerlich, um sein Einverständnis kundzutun.

Vaelin wusste, dass Marven ihm seit ihrer Zeit in Linesch misstraute. Im Gegenzug stand er dem Streben des Grafen nach militärischer Ehre skeptisch gegenüber. Doch unter den gegebenen Umständen schienen ihm dergleichen Zweifel belanglos. »Ich … fühle mich geehrt, dass Ihr so großes Vertrauen in mich hegt, Euer Lordschaft«, erwiderte Marven.

Die Gefangenen unterschieden sich nicht im Geringsten von den anderen besiegten Männern, denen Vaelin im Laufe der Jahre begegnet war. Sie schlugen furchtsam die Augen zu Boden und wanden sich unter Vaelins Blick, bestrebt, keinesfalls seine Aufmerksamkeit auf sich zu ziehen.

»Sie sind allesamt unkultiviert und ungebildet«, sagte Harlick. »Bildung hat in Volaria keinen hohen Stellenwert. Es wird erwartet, dass die Leute sich selbst beibringen, was sie wissen müssen. Diese Burschen wissen, wie man kämpft und Befehle befolgt. Und vermutlich auch, wie man tötet und vergewaltigt. Aber wie Ihr Euch vielleicht vorstellen könnt, halten sie sich bedeckt, was ihre Heldentaten in den Königslanden angeht.«

»Kennen sie den Namen des Oberbefehlshabers ihres Heeres?«, fragte Vaelin.

Wie Bruder Hollun antwortete auch Harlick, ohne nachdenken oder seine Aufzeichnungen konsultieren zu müssen. »General Reklar Tokrev. Natürlich ein Rotgewandeter. Er ist ruhmreich aus zahlreichen Grenzkriegen mit den Alpiranern hervorgegangen und hat mehrere erfolgreiche Feldzüge gegen die Stämme im Norden angeführt. Allerdings muss ich sagen, dass mir die Liste seiner mutmaßlichen Errungenschaften unwahrscheinlich erscheint, da manche davon über siebzig Jahre zurückliegen.«

»Habt Ihr etwas über Alltor in Erfahrung bringen können?«

»Sie haben noch nie davon gehört. Anscheinend wurden sie gegen das königliche Heer ins Feld geschickt, ehe der General zum Marsch nach Cumbrael geblasen hat. Ich bezweifle, dass sie uns mit weiteren Informationen dienlich sein können, Euer Lordschaft.«

Vaelin betrachtete die unruhigen Männer, die zum Teil vor Angst zitterten. Bei ihrem Anblick schwoll das Lied in ihm zu einer komplexen Melodie an, die ihm nur allzu vertraut war und stets die Geburt einer Strategie ankündigte. Er wandte sich Orven zu, dem einzigen Hauptmann, dem er diese Aufgabe anvertrauen konnte. »Wir nehmen sie mit«, sagte er. »Sorgt dafür, dass sie anständig zu essen und zu trinken bekommen. Und gebt Acht, dass Hauptmann Nortahs Leute nicht in ihre Nähe kommen.«

◆ ◆ ◆

In Cumbrael war alles noch weit schlimmer verwüstet als in Nilsael. Die Reihe der zerstörten Dörfer, die sie passierten, war endlos, die Zahl der verwesenden Leichen so hoch, dass Vaelin nichts anderes übrigblieb, als sie so zurückzulassen. Sie hatten einfach nicht genug Zeit, um alle zu verbrennen. Anders als in Nilsael waren die Ortschaften hier völlig zerstört worden, Mühlen und Kapellen waren bis auf die Grundmauern niedergebrannt, die Leichen zum Großteil verstümmelt oder mit Foltermalen übersät. Zudem hatte man die meisten umliegenden Felder abgefackelt und das Wasser jedes einzelnen Brunnens in der Umgebung mit Schafs- oder Ziegenkadavern verseucht.

»Das ergibt doch keinen Sinn«, sagte Adal, als sie über ein verkohltes Weizenfeld ritten. »Jede Armee muss essen.«

»Das waren nicht die Volarianer«, erwiderte Vaelin. »Ich nehme an, dass der Erzfürst von Cumbrael ihnen nicht die Früchte seines Landes schenken wollte. Das könnte auch der Grund sein, weshalb die Volarianer so grausam gegen die Bewohner vorgegangen sind.«

Am Abend bot sich ihnen ein entsetzlicher Anblick. Von einer Eibe baumelten zehn Männer mit ausgestochenen Augen und abgetrennten Zungen. Jedem von ihnen steckten der abgehackte Zeige- und Mittelfinger der rechten Hand im Mund. Vaelin sah, wie seine Schwester blass wurde und leicht im Sattel schwankte.

»Wir kümmern uns um sie«, sagte er und legte ihr die Hand auf die Schulter. »Du musst hier nicht bleiben.«

»Doch«, erwiderte Alornis. Dann stieg sie ab und zog etwas Pergamentpapier und ein Stück Kohle aus ihrer Satteltasche. »Ich muss. Bitte lass sie noch einen Augenblick hängen.«

Sie ging mit steifen Beinen zu einem nahe gelegenen Baumstumpf, nahm darauf Platz und begann zu zeichnen.

»Bestimmt waren sie Bogenschützen«, sagte Nortah. »Warum hätten sie ihnen sonst ausgerechnet diese beiden Finger abhacken sollen? Im Martisch haben unsere Männer etwas ganz Ähnliches gemacht.«

Vaelin sah, dass Alornis beim Zeichnen weinte. Tränen liefen ihr über die Wangen, während sie den Blick immer wieder zu den aufgehängten Männern hob und dann mit ihrer Skizze fortfuhr. Als sie fertig war, ließ sie die Schultern sinken und weinte leise. Dahrena ging zu ihr und nahm sie in die Arme. »Die Leute müssen davon erfahren«, hörte Vaelin Alornis flüstern. »Das hier darf nicht in Vergessenheit geraten.«

◆ ◆ ◆

Die Stadt hieß Zweigabel, weil sich dort zwei Flüsse verzweigten. Vaelin war schon einmal hier gewesen, als er vor dem alpiranischen

Krieg mit den Wolfsläufern Jagd auf cumbraelische Fanatiker gemacht hatte. Damals war es ein geschäftiges Städtchen gewesen, in dem Winzer und Weinhändler um den Preis für Fässer feilschten. Die Menschen hatten sie zwar misstrauisch beäugt, waren ihnen jedoch weniger feindselig begegnet als die meisten anderen Cumbraeler. Ihr Priester, ein herzlicher Mann mit beträchtlichem Leibesumfang und rosigen Wangen, hatte Vaelin mit einem Weinglas in der Hand begrüßt und ihm angeboten, den Weltvater um Vergebung für seine Verfehlungen zu bitten.

Jetzt lag die Kirche in Trümmern, und ein Haufen rauchgeschwärzter Knochen inmitten der verbrannten Ruinen war alles, was vom Priester übrig war. Die Seordahner hatten die Ortschaft gefunden. Ihre Krieger standen auf der Straße und starrten auf das Bild des Grauens, das sich ihnen bot, doch aus ihrem Blick sprach eher Erstaunen denn Zorn. Die Bewohner der Stadt hatten es den Volarianern nicht leichtgemacht. Sie hatten mehrere Barrikaden errichtet; zudem bildeten die Wasserwege, die rings um die Stadt verliefen, eine natürliche Barriere. Gemessen am Zustand der Leichen, die sie im Haus des Ortsvorstehers fanden, musste die Belagerung mehrere Tage gedauert haben. Die verwesenden Körper lagen nebeneinander aufgereiht, ihre Wunden waren mit Verbänden versehen. *Sie haben die Stadt lange genug gehalten, um ihre Verletzten zu versorgen,* dachte Vaelin.

»Die Leichen der Kinder liegen alle an einem Fleck«, sagte Hera Drakil mit versteinertem Gesicht. »Sie haben keine Wunden, aber es riecht nach Gift.«

»Ihre Eltern haben sie getötet, damit sie nicht den wütenden Volarianern in die Hände fallen«, erwiderte Vaelin. Offenbar hatten die Angreifer ihren Zorn an den wenigen überlebenden Erwachsenen ausgelassen. In der Mitte der Stadt stapelten sich zerstückelte Leichen, nicht eine davon unversehrt. Ihre Gliedmaßen waren in einem Kreis um die abgetrennten Köpfe angeordnet. Es stank nach Verwesung, und eine dunkle Wolke aus Fliegen hing über den toten Körpern.

»Ich würde sie gerne begraben«, sagte Vaelin, dem diese Verzögerung angebracht schien, zu Hera Drakil.

»Einverstanden.«

Vaelin nickte und wollte gerade zu der Stelle gehen, wo Flamme angebunden war, als der Seordahner hinter ihm herrief: »Es war die richtige Entscheidung.«

Vaelin hielt inne und wandte sich mit fragendem Blick um.

»Dass wir dem Ruf des Wolfes gefolgt sind. Ein Volk, das so etwas tut, muss sterben.«

✦ ✦ ✦

»Einst wurde mir die Ehre zuteil«, erklärte Vaelin dem volarianischen Gefangen, »den Kaiser des alpiranischen Reiches zu treffen. Natürlich hatte er bereits meine Verhandlung geleitet, doch suchte er mich später in meiner Zelle auf, um unter vier Augen mit mir zu sprechen.«

Der Gefangene starrte ihn mit wachem, aber verständnislosem Blick an. Vaelin hatte ihn ausgewählt, weil er jung war und sich von allen am meisten fürchtete. Seine Kameraden baumelten von den Zweigen einer Trauerweide am südlichen Flussufer. Die Seile knarrten im Wind.

»Es ist nicht weithin bekannt«, fuhr Vaelin fort, »doch der Kaiser ist von ausgesprochen zerbrechlicher Statur, denn er leidet seit frühester Kindheit an einer Knochenkrankheit. Er ist sehr klein, sehr dünn und muss auf einer Sänfte getragen werden. Er kann seine Beine nicht benutzen, da sie sonst brechen würden. Dennoch strahlt er eine außergewöhnliche Stärke aus, ich konnte sie in seinem Blick spüren. Es lehrt einen wirklich Demut, wenn man einem Mann in die Augen schaut und weiß, dass man ihm unterlegen ist.

Nach der Verhandlung kam er also zu mir in die Zelle. Seine Diener setzten die Sänfte vor mir ab und ließen uns allein. Dabei war ich nicht gefesselt, und er muss gewusst haben, dass ich ihn ohne Weiteres mit bloßen Händen hätte töten können. Ich verneigte mich, doch er bedeutete mir, mich aufzurichten. Auf sein Geheiß hatte ich Alpiranisch gelernt. Gemäß kaiserlichem Recht muss ein Mann jedes Wort verstehen, das bei seiner Verhandlung gesprochen wird. Er fragte, ob ich etwas an meiner Behandlung zu beanstanden hätte. Ich verneinte. Dann fragte er, ob es mir leid tat, dass ich die Hoffnung des Reiches getötet hatte, und wieder verneinte ich. Er fragte, warum. Und ich erklärte ihm, dass ich ein Krieger im Dienste des Glaubens und der Königslande sei. Er schüttelte seinen schmalen, knochigen Kopf und nannte mich einen Lügner. ›Das Lied sagt dir, dass es nicht falsch war, was du getan hast‹, entgegnete er.

Er hat es gewusst. Irgendwoher hat er es gewusst, obwohl nur ein kaum hörbares Murmeln davon kündete, dass er ebenfalls eine Gabe besaß. Er sagte, dass alle alpiranischen Kaiser über dieselbe Gabe verfügen, die Gabe, Potenzial zu erkennen. Nicht Größe, Mitgefühl oder Weisheit, nur Potenzial. Aber wie es um dieses Potenzial bestellt ist, offenbart sich erst im Laufe der Zeit, manchmal mit bedauerlichen Folgen. Kurz vor dem Krieg hatte sich abgezeichnet, wie es um Seliesens Potenzial bestellt war, und diese Erkenntnis hatte dem Kaiser große Sorgen bereitet. Zudem gab es in seinem Hofstaat einen anderen Kandidaten, der ihm ungemein vielversprechender schien. Doch hätte der Kaiser diesen Kandidaten Seliesen vorgezogen, hätte man ihn der Günstlingswirtschaft bezichtigt. Eine schwerwiegende Anschuldigung, besonders in einem Land, in dem ein jeder den Thron besteigen kann, den die Götter dazu ausersehen. Der Kaiser fungiert dabei nur als ihr Sprachrohr. Meine Tat hatte ihn aus dieser Zwickmühle befreit, deshalb schenkte er mir das Leben und ersparte mir Folter und Qualen. Jedoch sagte er weiter, dass er seine Untertanen liebe und seine Gnade ihm Pein bereite, weil mein Volk ihnen solche Qualen zugefügt hatte. ›Wenn ich mich für etwas rühmen darf‹, erklärte er mir, ›dann dafür, dass ich den Hass besiegt habe, den Euer Volk fast in mir geweckt hätte. Dergleichen Luxus kann ein Kaiser sich nicht erlauben.‹

Wie ich bereits gesagt habe, fühlte ich mich ihm unterlegen, heute sogar noch mehr als damals. Du sollst wissen, dass ich versucht habe, seinem Beispiel zu folgen und diesen Krieg ohne Hass zu führen. Doch leider hat dein Volk diesen Vorsatz zunichte gemacht.«

Vaelin nahm das Ledersäckchen mit der Nachricht, die er Bruder Harlick zuvor diktiert hatte, und hängte es dem Gefangenen um den Hals. Dieser zuckte wimmernd zusammen und beruhigte sich erst wieder, als Vaelin ihn anlächelte. »Das ist für den General«, wiederholte er die Worte, die Harlick ihm beigebracht hatte. »Tokrev«, sagte er und klopfte gegen den Beutel.

Der Mann starrte ihn nur mit weit aufgerissenen Augen an. Vaelin nahm sich einen Augenblick Zeit, um sich sein Gesicht einzuprägen. Dabei konnte er spüren, wie das Lied in ihm anschwoll.

»Setzt ihn auf ein Pferd«, befahl er Orven, »und lasst ihn frei.«

Sechstes Kapitel

Lyrna

So viele Schiffe. Das Hafenbecken war voll davon. Von Lyrnas Balkon aus erinnerten die schwankenden Masten an Bäume in einem Wald, während die Matrosen an Deck und in der Takelage Ameisen glichen.

»Das müssen über tausend sein«, schätzte Iltis.

»Ich würde sagen zwölfhundert«, erwiderte Orena. »Wenn man sie der Länge nach aneinanderreihen würde, könnten wir wahrscheinlich zu Fuß nach Hause gehen.«

»Ich für meinen Teil würde lieber schwimmen«, brummte Harvin. Als er Lyrnas Blick sah, richtete er sich auf. »Aber das würde ich natürlich nie tun, Hoheit.«

Lyrna drehte sich ohne Erwiderung wieder zum Hafen um. Ihre Entscheidung, mit der meldeneischen Flotte zu segeln, war auf wenig Begeisterung gestoßen. Iltis zählte die offensichtlichen Gefahren auf, und Harvin machte sich darüber hinaus Sorgen um Orena, die sich wie Murel weigerte zurückzubleiben.

»Eine Königin braucht Hofdamen«, stellte sie trotzig fest. »Das habt Ihr selbst gesagt.«

Lyrna hatte erwartet, dass der Schild etwas einzuwenden hätte, doch der hatte nur die Stirn gerunzelt und erwidert: »Aber natürlich,

Hoheit. Ich könnte mir keinen besseren Platz für Euch vorstellen als an meiner Seite.« Angesichts des strahlenden Lächelns, das er ihr bei diesen Worten zuwarf, hätte Lyrna gute Lust gehabt, Iltis zu befehlen, ihn an Ort und Stelle niederzuschlagen.

Sie konnte ihn von hier oben aus sehen, wie er den Kai entlangschritt und immer wieder stehen blieb, um ein paar Worte mit Kapitänen oder Matrosen zu wechseln. Während er ihr gegenüber stets seinen Charme spielen ließ, begegnete er seinen Landsleuten mit grimmigem Gleichmut. Dabei behandelten sie ihn mit großem Respekt und waren offenkundig froh über seine Rückkehr. *Sie haben ihn enttäuscht,* dachte Lyrna. *Er fragt sich, ob sie das Opfer wert waren, das er für sie zu bringen bereit war.*

»Mir ist klar, dass ich noch nicht lange genug in Eurem Dienst stehe, um Euch um eine Gunst zu bitten, Hoheit«, sagte Harvin. »Aber wenn das hier vorbei ist, möchte ich Euch förmlich bitten, mich nie wieder auf See zu schicken. Ich habe für den Rest meines Lebens genug rattenverseuchte Dreckskutter gesehen.«

Lyrna erlaubte sich ein Lächeln. »Eurer Bitte ist stattgegeben, Euer Lordschaft.«

Sie beobachtete, wie der Schild näher kam und zum Balkon emporblickte. Als er sie sah, machte er eine tiefe Verneigung und streckte den Arm in die Richtung aus, in der die *Seesäbel* vertäut lag.

»Meine Damen und Herren«, sagte Lyrna. »Unser Schiff ist bereit.«

◆ ◆ ◆

»Wenn man eine Falle umgehen will, muss man die Mistkerle, die einen hineinlocken wollen, vorher töten.«

»Sofern man sie findet«, gab Schiffsherr Ell-Nurin zu bedenken.

Sie standen im Laderaum der *Seesäbel* um einen Tisch und betrachteten eine Seekarte der Inseln und umliegenden Gewässer. Außer Lyrna, dem Schild und Ell-Nurin waren noch acht Hauptleute und Belorath anwesend, der nun wieder seine Position als Erster Offizier bekleidete. Ell-Nurin war der einzige Schiffsherr in der Runde – offensichtlich konnte Ell-Nestra nur ihn für einen längeren Zeitraum ertragen.

»Dank Ihrer Hoheit wissen wir, dass die Volarianer ein Täuschungsmanöver planen«, fuhr der Schild fort und zeigte mit dem Finger auf die südlichen Zufahrtswege. »Es ist anzunehmen, dass sie über diese Route kommen, denn das ist der schnellste Weg zur Hauptstadt. Ihre Truppentransporter werden höchstwahrscheinlich irgendwo hier anlegen.« Mit diesen Worten tippte er auf drei Buchten an der Nordküste der größten Insel. »Dort haben sie zwar den Wind gegen sich, aber das wird sie nicht weiter stören, weil sie davon ausgehen, dass wir durch ihren Angriff im Süden abgelenkt sind.«

»Und was schließt Ihr daraus?«, fragt Lyrna.

»Dass sie sich hier trennen werden.« Ell-Nestras Finger bewegte sich zu einem kleinen Fleck etwa achtzig Meilen weiter östlich.

»Die Zähne von Moesis«, sagte Ell-Nurin. »Ein prophetischer Ort für eine Schlacht.«

»Wenn uns die Götter irgendwo wohlgesonnen sind, dann dort«, warf Belorath ein.

»Ihr wollt sie also angreifen, wenn sie sich trennen?«, fragte Lyrna.

»So ist es, Hoheit«, erwiderte der Schild. »Wir kommen mit dem Wind aus Nordwesten, kreuzen und versenken zuerst ihre Truppentransporter. Ohne sie ist der Angriff der Volarianer ein sinnloses Unterfangen.«

»Und was sollte sie davon abhalten, sich wieder zu vereinigen, wenn sie unsere Segel am Horizont sehen?«

Ell-Nestra tippte auf einen Punkt südlich der Zähne von Moesis. »Der Schwanz der Schlange. Der Gott hat nicht nur seine Zähne im Meer zurückgelassen.«

»Dort befindet sich ein großes Felsenriff, Hoheit«, erklärte Ell-Nurin. »Wenn die Division, die nach Süden unterwegs ist, den Truppen zu Hilfe eilen will, muss sie es zunächst umschiffen. Und das ist keine leichte Aufgabe.«

»Aber diese Strategie geht nur auf, wenn sie sich an den Plan in dem Buch halten«, wandte Lyrna ein. »Einen Plan, den sie vielleicht nie bekommen haben.«

»Es gab noch ein zweites Buch«, erwiderte Ell-Nurin, »das unseren Quellen zufolge sicher in Varinsburg eingetroffen ist. Außerdem wissen wir, dass der volarianische General dem Ratsherren sein Beileid zum Tod seines Sohnes bekundet hat. Offensichtlich ist der Junge in einem Sturm umgekommen. Sein Schiff ist jedenfalls spurlos verschwunden.«

»Wir laufen mit Einsetzen der Flut aus«, sagte der Schild und trat einen Schritt zurück.

»Aber die Flotte ist noch nicht vollständig«, widersprach Ell-Nurin. »Wenn wir noch zwei Tage warten, haben wir fünfzig Schiffe mehr.«

»Und die Volarianer haben die Inseln in der Tasche. Wir haben lange genug gewartet. Wenn wir die Zähne rechtzeitig erreichen wollen, dürfen wir keine Zeit mehr verlieren.« Er bedachte Lyrna mit seinem ihr so verhassten Lächeln. »Mein Erster Offizier sagte mir, dass Eure Hoheit eine glänzende Keschetspielerin sind. Würdet Ihr mir vielleicht die Ehre erweisen und eine Partie mit mir spielen, während wir unterwegs sind?«

◆ ◆ ◆

Er war ein wesentlich besserer Spieler als Belorath, denn er verließ sich viel mehr auf seinen Instinkt statt auf auswendig gelernte Strategien, und er improvisierte mit viel Gespür und Phantasie. Allerdings agierte er zu aggressiv und unflexibel, was ihm auf lange Sicht zum Verhängnis wurde. Aber immerhin musste Lyrna das Spiel nicht künstlich in die Länge ziehen.

»Achtundfünfzig Züge«, sagte sie, als sie seinen Kaiser vom Spielbrett nahm. »Wirklich beeindruckend.«

»Es ist Euch sicherlich schwergefallen«, sagte der Schild und lehnte sich zurück. Ausnahmsweise umspielte ein ehrliches Lächeln seine Lippen.

»Was meint Ihr damit, Euer Lordschaft? Keschet ist im Prinzip ganz simpel …«

»Ich spreche nicht vom Spiel. Sondern davon, dass Ihr Euch jahrelang verstellen musstet. Es kann schließlich nicht angehen, dass die Klügste im ganzen Raum die Prinzessin in der Ecke ist. Habt Ihr gestickt, während Euer Vater Rat hielt? Ich kann mir vorstellen, dass das zu Euren zahlreichen Talenten zählt.«

»Ehrlich gesagt habe ich nie Sticken gelernt. Oder das Bedürfnis verspürt, bei den Besprechungen meines Vaters anwesend zu sein. Üblicherweise konnte ich nämlich jedes Wort voraussagen, das gesprochen wurde. Aber ja, es ist mir schwergefallen, all den Dummköpfen stets die Dumme vorzuspielen.«

»Dazu besteht nun kein Grund mehr. Jetzt könnt Ihr der ganzen Welt Euer …« Er brach ab und blickte aufs Meer und die riesige Flotte der Meldeneer hinaus.

»Mein wahres Gesicht zeigen?«, fragte Lyrna und weidete sich an seinem Unbehagen.

»Ich habe mich falsch ausgedrückt und bitte vielmals um Verzeihung.«

Lyrna begann, ihre Figuren vom Brett zu räumen. »Bei meiner Rückkehr in die Königslande werde ich sicher noch Schlimmeres zu hören bekommen.«

»Glaubt Ihr, dass sie Euch anerkennen werden?«, fragte der Schild. »So wie Ihr seid?«

»Was bleibt ihnen denn anderes übrig? Das Thronfolgerecht besagt, dass ich ihre Königin bin. Mehr brauchen sie nicht zu wissen.«

»Und Ihr erwartet, dass sie Euch sofort untertänig dienen werden?«

»Ich bin von den Toten zurückgekehrt, entstellt von dem Leid, das ich ertragen musste, um den Königslanden in diesen schweren Zeiten beizustehen. Zweifellos sind die Ahnen mir günstig gesinnt.« Sie lächelte und deutete auf das Spielbrett. »Wie wäre es mit einer Revanche, Euer Lordschaft?«

»Ich glaube, das können wir uns sparen, meint Ihr nicht auch?« Er beugte sich vor, doch das Lächeln war aus seinem Gesicht verschwunden. »Warum wolltet Ihr mitkommen? Ihr hättet auf den Inseln bleiben und Euch in Sicherheit bringen können, falls wir die Schlacht verlieren.«

»Vielleicht wollte ich Euch kämpfen sehen.«

Sein Blick wanderte zum Keschetbrett. »Ihr habt mir bereits mehr verraten, als es Eure Absicht war, Hoheit. Egal, wie einfach Euer Zug auf den ersten Blick auch wirken mag, es verstecken sich komplexe Absichten dahinter.«

»So komplex sind meine Absichten gar nicht. Gewinnt Eure Schlacht, dann teile ich sie Euch gerne mit.«

»Das habe ich vor.« Damit stand er auf, verneigte sich und ging in Richtung Steuer davon.

◆ ◆ ◆

Eine Nacht und einen Tag später kamen die Zähne von Moesis in Sicht: ein schwarzer Punkt am Horizont, an dem sich die Wellen brachen. Nachdem er der restlichen Flotte befohlen hatte abzutakeln, segelte der Schild mit der *Seesäbel* weiter und ging eine knappe halbe Meile von den Zähnen entfernt vor Anker. Von hier bot sich ein atemberaubender Ausblick. Umgeben von wirbelnden Strudeln erhob sich eine Gruppe großer, wellenumpeitschter Felsen aus dem Meer.

»Die Zähne einer großen Schlange?«, fragte Murel, als Benten ihr die Geschichte von der Herkunft der Zähne erzählte. Sie gab ein spöttisches Lachen von sich. »Alle Götter sind Trugbilder, aber das ist wirklich ein ganz besonderes Schmuckstück.« Als sie Lyrnas Blick sah, verstummte sie. Die in Hörweite befindlichen Matrosen starrten sie bereits wütend an.

»Ich bitte Euch um Verzeihung für meine Hofdame«, sagte Lyrna zu den Männern. »Sie ist sehr jung und hat noch viel zu lernen.«

»Entschuldigung, Hoheit«, murmelte Murel mit gesenktem Kopf, während die Besatzung wieder an die Arbeit ging.

»Für die Leute, die an die Götter glauben, ist das kein Scherz«, mahnte Lyrna und tätschelte Murel den Arm. Dann beugte sie sich näher und flüsterte ihr ins Ohr: »Aber ein Trugbild ist und bleibt ein Trugbild, wie groß es auch sein mag.«

Der Schild kletterte auf den Großmast und suchte mit dem Fernrohr den Horizont ab; sein langes Haar wehte im Wind. Lyrna sah, wie Murel voller Bewunderung zu ihm hochblickte. Als sie bemerkte, dass Lyrna sie beobachtete, wurde sie rot und schlug schnell die Augen nieder. Die Stunden vergingen, während Ell-Nestra Wache hielt. Die Nachmittagssonne brach durch den Nebel, und die See beruhigte sich.

Er könnte sich auch irren, dachte Lyrna und blickte nach Osten, wo noch immer nichts von der volarianischen Flotte zu erkennen war. *Vielleicht sind sie nachts an uns vorbeigesegelt, und wir haben es nicht be-*

merkt. Sie hatte nie viel auf Intuition gegeben, bevorzugte Fakten gegenüber Instinkt und Spekulation. Doch irgendetwas an Ell-Nestras Überzeugtheit sagte ihr, dass er richtig lag. Immerhin fuhr er schon sein Leben lang zur See.

Um sich abzulenken, hielt sie nach dem Hai Ausschau, konnte seine Rückenflosse jedoch nirgends entdecken. Vielleicht war der Widerhall von Fermins Ruf schließlich doch verklungen, oder der Hai spürte, dass eine Schlacht bevorstand, und hatte sich auf die Suche nach einer leichteren Beute gemacht. So seltsam es auch war, aber irgendwie vermisste sie ihn – er war fast schon so etwas wie ein Talisman für sie geworden, der ihr Überleben sicherte. *Ich hätte dir einen Namen geben sollen,* dachte sie. *Man sollte all seinen Tieren einen Namen geben.*

»Hisst die schwarze Fahne!«, ertönte von oben der Befehl des Schilds, und im nächsten Augenblick glitt Ell-Nestra an einem Seil nach unten, sprang aufs Deck und eilte zum Ruder. »Lichtet den Anker! Bogenschützen in die Takelage!« Er riss das Steuerrad herum. Der Bug neigte sich, und sie drehten nach Norden. Auf dem Großmast wurde eine rechteckige schwarze Fahne gehisst. Das Signal dafür, dass ein Feind in Sicht war.

Lyrna sah zu, wie Ell-Nestra das Ruder führte. Sein Gesichtsausdruck war ernster als erwartet, der Blick, den er ihr zuwarf, verhieß nichts Gutes. *Irgendetwas stimmt nicht.*

Nachdem sie etwa eine Meile nach Norden gesegelt waren, wendeten sie und trimmten das Takelwerk. So warteten sie auf die meldeneische Flotte, die dem Ruf der schwarzen Flagge gefolgt war. Der Schild übergab dem Rudergänger das Steuer und ging zum Bug, wo er mit zusammengekniffenen Augen hinaus aufs Meer blickte. Lyrna stellte sich schweigend neben ihn. Doch der Schild starrte weiter geradeaus, während aus seinem Gesicht unterdrückter Zorn sprach.

Einen Augenblick später sagte er: »Ich bin ein Narr.«

»Haben sie die Flotte nicht geteilt?«

»O doch, das haben sie. Die Truppen für den Scheinangriff segeln soeben nach Süden. Fünfhundert Schiffe.«

Fünfhundert. »Eure Spione sagten, ihre Flotte sei höchstens zwölfhundert Schiffe stark. Das heißt, wir haben es nur noch mit siebenhundert zu tun.«

»Die Flotte, mit der sie in Varinsburg ausgelaufen sind, war zwölfhundert Schiffe stark, aber die Flotte, die jetzt auf uns zuhält, besteht aus nahezu zweitausend Schiffen. Sie haben unterwegs Verstärkung bekommen.« Der Schild schloss die Augen, spannte den Kiefer an und legte Skerva seine geballten Fäuste auf die hölzernen Schultern. »Warum habe ich das nicht kommen sehen?«

»Was tun wir jetzt?«, fragte Lyrna.

Ell-Nestra streckte den Rücken durch, öffnete die Fäuste und atmete langsam aus, dann wandte er sich ihr zu. »Wir tun, wofür wir hergesegelt sind, Hoheit. Wir haben den Wind im Rücken und zahlreiche Trophäen zu erobern.« Damit drehte er sich zum Deck um, hielt nochmals kurz inne und strich Lyrna über die Hand; sein Atem kitzelte ihr Ohr. »Außerdem kann ich es kaum erwarten, Eure wahren Absichten zu erfahren.«

◆ ◆ ◆

Die volarianische Schlachtflotte kam nur allzu bald in Sicht. Eine lange Reihe dunkler Schiffe, die allesamt denselben südlichen Kurs eingeschlagen hatten. »Sie versuchen Wind in die Segel zu bekommen«, erklärte Belorath. »Wahrscheinlich wollen sie uns umschiffen und uns den Arsch von hinten aufreißen.«

»Hüte gefälligst deine Zunge, wenn die Königin in der Nähe ist«, knurrte Iltis, doch Belorath lachte nur und drückte ihm einen breiten, mit Leder überzogenen Schild in die Hand.

»Ihr und die anderen Lordschaften könnt dafür sorgen, dass die Frauen keine Pfeile abbekommen. Das Kämpfen überlasst Ihr besser uns.«

»Scheißpirat«, grollte Iltis und schnallte sich den Schild um. Benten und Harvin folgten seinem Beispiel, während der Erste Offizier der *Seesäbel* davonschritt. Ihre Ausrüstung glich der der Meldeneer: breite Helme mit ledernen Kinnriemen und Kettenhemden, von denen Iltis zwei hatte zusammenschnüren müssen, um seinem Leibesumfang gerecht zu werden. Lyrna und ihre Hofdamen hatten speziell angefertigte, schmalere Kettenhemden erhalten, die sich als ausgesprochen unbequem erwiesen und in denen sie äußerst undamenhaft schwitzten. Doch zog Lyrna diesen Umstand der Aussicht vor, einen Pfeil in die Brust zu bekommen. Um den Unterarm hatte sie einen kleinen Dolch geschnallt. Seine Klinge war zwar länger, als sie es gewohnt war, aber ihre Probewürfe hatten dennoch ihr Ziel gefunden. Lyrna bezweifelte zwar, dass ihr die Waffe bei der bevorstehenden Schlacht von großem Nutzen sein würde, doch gab ihr der kalte Stahl ein Gefühl von Sicherheit. *Trage es stets bei dir.*

Die meldeneische Flotte hatte sich in zwei etwa gleich große Divisionen geteilt. Die eine wurde von der *Seesäbel* angeführt, die andere von einem schmal geschnittenen Schiff, das dem Kommando von Schiffsherrn Ell-Nurin unterstand. »Die *Roter Falke*«, sagte Belorath. »Manche behaupten, sie sei das schnellste Schiff der Meere.«

Der Vorsprung, den Ell-Nurins Schiff gegenüber der *Seesäbel* herausholte, sprach dafür. Sein Bug durchschnitt das Wasser wie eine Schwertklinge, die Segel bauschten sich im Wind und drückten gegen die Taue.

»Der Mistkerl will wohl alle für sich allein!«, rief der Schild vom Steuerruder, und die Mannschaft brach in schallendes Gelächter aus. »Spannt die Taue, ich werde mich von niemandem um den ersten Treffer bringen lassen!«

Auf sein Drängen hin hatte Lyrna neben dem Eingang zum Laderaum Position bezogen, damit sie unter Deck fliehen konnte, falls es oben zu gefährlich wurde.

»Wofür soll das gut sein?«, fragte Murel, als ein Matrose eimerweise Sand auf den Planken verteilte.

»Blut«, antwortete Benten. »Damit der Boden nicht so rutschig wird. Das haben wir auf Vaters Boot auch gemacht, wenn wir Fische ausgenommen haben.«

»Oh«, erwiderte das Mädchen leise.

»Meine Dame«, sagte Lyrna. »Ihr dürft jederzeit nach unten gehen.«

»Danke, Hoheit, aber ich bleibe lieber hier.«

Keine Tränen, stellte Lyrna fest, als Murel sich aufrichtete und zur Beruhigung tief einatmete. *Das Mädchen ist erwachsen geworden.*

»Macht die Mangonelen bereit!«, schrie der Schild, und mehrere Männer rannten los und entfernten die Abdeckungen von zwei wuchtigen Gerätschaften, die in der Mitte des Decks standen, während ihre

Kameraden Körbe voller Wurfgeschosse und mit Pech gefüllte Eimer herbeitrugen.

Die Geräte bestanden aus einem Wurfarm, an dem eine Seilwinde befestigt war. Einer der Männer legte mithilfe eines Hebels den Arm um, und die Winde drehte sich. Als Munition dienten melonengroße Hanfbündel mit Eisenkern. Zwei davon wurden in eine Art Schale am Ende des Wurfarms gelegt und mit Pech bestrichen. Daneben stand schon ein Mann mit einer Fackel bereit. Eines der Katapulte wurde nach steuerbord ausgerichtet, das andere nach backbord.

»Ich dachte, wir würden sie rammen, ihr Schiff entern und sie töten«, sagte Harvin.

»Die meisten Seeschlachten werden durch Feuer entschieden«, sagte Lyrna. *Wobei wir heute sicher noch viele andere Todesarten zu Gesicht bekommen werden.*

Der Schild hielt auf die Mitte der volarianischen Flotte zu, während die *Roter Falke* das hintere Ende ansteuerte. Die Bogenschützen begannen schon zu schießen, obwohl ihre Gegner noch gar nicht in Reichweite waren, und ihre Pfeile landeten spritzend im Meer. Doch schon bald mischte sich unter das leise Pfeifen fliegender Pfeile das dumpfe Geräusch von Metall, das auf Holz trifft.

Jetzt konnte Lyrna auch die Volarianer sehen: dunkle Gestalten, die mit gezogenen Schwertern und wurfbereiten Enterhaken an der Steuerbordreling standen.

»Feuer frei!«, bellte Belorath, und der Mann mit der Fackel zündete die Hanfbündel in der Katapultschale an und trat einen Schritt zurück. Sein Kamerad betätigte den Lösehebel, und der Wurfarm schnellte nach vorn und schleuderte seinen brennenden Inhalt auf das volarianische Schiff. Die Feuerbälle beschrieben einen trägen Bogen und stürzten auf die volarianischen Soldaten. Die Meldeneer jubelten, die Schlacht hatte ihre ersten Opfer gefordert, und ein paar brennende Männer sprangen ins Meer.

Der Schild steuerte die *Seesäbel* neben das gegnerische Schiff. Sie waren jetzt nur noch fünfzig Meter davon entfernt. Die Luft war von Pfeilen erfüllt.

»Duckt Euch, Hoheit!« Iltis riss seinen Schild hoch, und die Frauen gingen in Deckung. Orena wimmerte. Über ihnen ertönte ein Schrei.

Lyrna blickte hoch und sah, wie ein Matrose aufs Deck stürzte und mit blutigem Schaum vorm Mund seine letzten Atemzüge tat. Ein Pfeil ragte ihm aus der Brust.

Die nach steuerbord gerichtete Mangonel feuerte erneut, diesmal in die Takelage des volarianischen Schiffs. Das Großsegel fing an zu brennen, und Aschefetzen regneten auf die Männer. Als das Feuer weiter um sich griff, ließ der gegnerische Pfeilsturm nach. Die Volarianer unternahmen einen letzten verzweifelten Vorstoß und warfen Enterhaken nach der *Seesäbel*. Der Schild riss das Ruder herum, sodass der Bug Richtung Backbord schwang. Derweil hieb die Besatzung auf die Seile der Enterhaken ein. Dennoch schaffte es eine kleine Gruppe Volarianer an Bord. Leicht gepanzerte, mit jeweils zwei Kurzschwertern bewaffnete Männer, die sich mit unglaublicher Geschwindigkeit und selbstsicherer Anmut an den Seilen entlanghangelten. Ein paar fielen den meldeneischen Bogenschützen zum Opfer, doch vier gelangten an Deck. Sie sprangen über die Reling, zogen ihre Schwerter und griffen die umstehenden Meldeneer an. Offenkundig hatten sie es auf die Mangonelen abgesehen. Den Säbeln der Besatzung wichen sie mühelos aus, und die Männer, welche die Geschosse bedienten, hatten sie innerhalb weniger Sekunden erledigt.

Dann griff der Schild an. Sein Säbel sauste durch die Luft, er tötete einen Volarianer, wich der Attacke eines zweiten aus und hieb ihm die Klinge ins Bein. Die beiden anderen Gegner holten zu einem gemeinsamen Konter aus. Der eine zielte auf Ell-Nestras Gesicht, der andere versuchte, ihm das Schwert in die Brust zu rammen. Ell-Nestra wich zurück, parierte und wehrte ihre Angriffe ab, doch sie drängten ihn immer weiter zur Reling.

Da stürzte Iltis mit einem Wutschrei und erhobenem Schwert vor, flankiert von Harvin und Benten. Der eine Volarianer konnte die Klinge gerade noch ablenken, hatte jedoch keine Chance gegen Harvin, der ihm das Schwert in die Schulter stieß. Derweil ging Benten auf den anderen Mann los. Dieser wich dem Angriff mühelos aus und hieb mit dem Schwert nach Bentens Arm, nur um einen Augenblick später tot zusammenzubrechen, als Ell-Nestras Dolch ihm den Hals durchbohrte.

Lyrna blickte sich um. Das volarianische Schiff trieb jetzt hilflos im

Meer, sein Deck stand in Flammen, und die Segel waren nur mehr brennende Fetzen. Überall um sie herum wurde gekämpft, zahlreiche andere Schiffe brannten ebenfalls. Durch den Rauch konnte Lyrna ein meldeneisches Schiff sehen, das von zwei feindlichen Schiffen in die Mangel genommen wurde. Sein Deck war ein einziges Schlachtfeld.

Lyrna schrie Ell-Nestras Namen und zeigte auf das bedrängte Schiff. Der Schild trat an die Reling, und von seinem Säbel tropfte Blut. »Wir müssen die Mangonelen abfeuern«, sagte er.

Lyrna nickte und winkte ihre Lords zu den Gerätschaften, wo sie die Leichen beiseiteräumten und die verbleibende Munition herbeischafften. »Ich weiß aber nicht, wie diese Dinger funktionieren«, sagte Harvin.

»Das ist ganz einfach«, erwiderte Benten und ächzte kurz auf, als Murel ihm einen Verband um den Arm wickelte. »Dieser Hebel bewegt den Arm zurück, und der andere schleudert ihn nach vorn.«

Als der Schild sie nahe genug an die feindlichen Schiffe heranmanövriert hatte, waren die Katapulte feuerbereit. Lyrna entzündete die pechgetränkten Hanfbündel, Benten betätigte den Hebel. Die Feuerbälle segelten durch die Luft und schlugen in der Mitte des Schiffes ein, jedoch ohne sichtbaren Effekt. Nachdem sie zwei weitere Ladungen abgefeuert hatten, wurden sie endlich mit einem anständigen Brand belohnt, hatten jedoch auch den Zorn der Bogenschützen auf sich gezogen.

»Bei den Ahnen!«, rief Iltis, als ein Pfeil sich knapp neben seinem Arm durch die Lederverkleidung des Schildes bohrte.

Die *Seesäbel* schrammte gegen den Rumpf des volarianischen Schiffes, und Belorath rief: »Werft die Enterhaken!« Daraufhin begannen die Besatzungsmitglieder, ihre dreizinkigen Haken nach der gegenüberliegenden Reling zu schleudern. Einer der Männer ging von einem Pfeil getroffen zu Boden, aber der dichter werdende Rauch bot den anderen Meldeneern Sichtschutz, als sie die Seile packten und das Schiff näherzogen. Sobald sie Bug an Bug lagen, warfen die Männer Planken über die verbleibende Lücke.

»Sie kennen keine Gnade!«, schrie der Schild, der jetzt mit erhobenem Säbel an der Reling stand. »Also zeigt ihnen auch keine!«

Die Besatzung brüllte zustimmend und folgte ihm mit gezückten

Säbeln und Speeren an Bord des gegnerischen Schiffes, wo sie in den Rauchwolken verschwanden.

»Ähm, Hoheit?« Lyrna drehte sich um. Murel stand an der Steuerbordreling, wo ein riesiges volarianisches Schiff geradewegs auf sie zuhielt.

»Ladet die Mangonelen!« Lyrna eilte ans Katapult und betätigte so schnell sie vermochte die Hebel. Dabei spähte sie immer zu dem sich nähernden Ungeheuer hinüber. *Ein paar Feuerbälle werden es nicht aufhalten.*

»Murel!«, schrie sie. »Bring mir das Pech!«

Doch die Hofdame antwortete nicht. Ihr Blick war immer noch aufs Meer gerichtet. Allerdings galt er jetzt nicht mehr dem angreifenden Schiff, sondern etwas anderem, das sich diesem mit großer Geschwindigkeit näherte, wobei seine Rückenflosse eine tiefe Schneise hinter sich herzog.

Der Hai sprang mit peitschender Schwanzflosse und weit aufgerissenem Maul hoch und landete krachend auf dem Deck des gegnerischen Schiffes. Dort warf er sich hin und her, begrub Männer unter sich und brachte die Takelage zum Einstürzen. Körper und Trümmer wirbelten durch die Luft, Dutzende Volarianer sprangen in Panik über Bord. Dann brach das Oberdeck unter dem Gewicht des Hais zusammen, das Schiff kenterte, und der Rumpf füllte sich mit Wasser. Ein Strudel bildete sich, und das Schiff versank im Meer. Einen Augenblick später tauchte der riesige Schädel des Tiers zwischen den Überlebenden auf, das Maul sperrangelweit aufgerissen; die scharfen Zähne blitzten, und das Wasser färbte sich rot. Innerhalb weniger Sekunden waren alle tot. Ein paar Planken und Fässer, die auf der Dünung trieben, waren alles, was noch von dem Schiff übrigblieb.

Sehr gut, dachte Lyrna und beobachtete den rotgestreiften Leib des Tiers im Wasser. *Mach weiter so.*

◆ ◆ ◆

Als der Abend hereinbrach, drängten sich die verbleibenden Schiffe der Volarianer Schutz suchend aneinander, wie Büffel, die einem Wolfsrudel gegenüberstehen. Die Meldeneer kreisten sie ein und ließen unablässig Feuerbälle auf sie niederregnen. Ein paar Mal kam es vor, dass ein volarianischer Kapitän einen Gegenangriff versuchte, jedoch beim Anblick des Hais rasch die Meinung änderte. Drei Schiffe, die sich in die Nähe der *Seesäbel* gewagt hatten, waren von dem Tier versenkt worden. Mit jedem zerschmetterten Rumpf und jedem Blutbad wuchs die Angst der Volarianer. Nachdem der Hai das dritte Schiff vernichtet hatte – einen riesigen Truppentransporter, der unter den Hilfeschreien Hunderter unter Deck gefangener Männer gesunken war –, hatten zahlreiche volarianische Schiffe einfach kehrtgemacht und waren mit gehissten Segeln nach Osten geflohen. Bei Sonnenuntergang zählte Lyrna an die zweihundert Schiffe, die dicht aneinandergedrängt den Feuerbällen der Meldeneer ausgesetzt waren. Dank ihrer Kampferfahrung und des Hais hatten die Piraten das Blatt zu ihren Gunsten gewandt. Doch der Sieg hatte seinen Preis. Lyrnas Schätzungen zufolge hatten sie die Hälfte der meldeneischen Flotte verloren, zahlreiche Schiffe trieben übers Meer, ihre Decks voller Leichen.

Als es finster wurde, unternahmen die verbleibenden volarianischen Schiffe einen Fluchtversuch, doch die brennenden Rümpfe ihrer Schwestern beraubten sie des Schutzes der Dunkelheit, und die Meldeneer machten sich auf, ihnen den Todesstoß zu versetzen. Lyrna sah, wie ein Truppenschiff von drei Piratenbooten gleichzeitig angegriffen wurde. Mit Speeren und Säbeln bewaffnet stürmten ihre Besatzungen an Bord, und der Schlachtlärm wich schon bald Schmerzens- und Todesschreien. Um Mitternacht war alles vorbei. Der Schild hieß die Männer das Takelwerk trimmen und ließ einen südöstlichen Kurs einschlagen.

»Wir haben noch fünfhundert Schiffe vor uns«, sagte er. »Ihr solltet Euch also besser ausruhen, Hoheit.«

Er hatte Lyrna und ihren Hofdamen seine Kajüte überlassen. Murel und Orena waren bereits zu Bett gegangen und lagen voll bekleidet nebeneinander. Ihre Hände waren blutverkrustet, denn sie hatten sich stundenlang um die Verletzten gekümmert. Als Lyrna sich neben Orena aufs Bett setzte, gab diese ein erschrecktes Wimmern von sich, beruhigte sich aber, als Lyrna ihr übers Haar strich und flüsterte. »Psst, alles ist gut.«

Dann legte auch Lyrna sich hin. Sie war völlig erschöpft und wollte nur noch schlafen. Dabei wusste sie, dass sie vermutlich noch stundenlang wachliegen würde. Die wundersamen und schrecklichen Eindrücke des vergangenen Tages spukten ihr durch den Kopf, und sie wünschte sich, einfach alles vergessen zu können. Dennoch zeigte das Bild, das schließlich vor ihrem inneren Auge aufstieg, weder Schlachtgetümmel noch schreiende Männer, die von einem Hai zerfleischt wurden, sondern einen alten Mann in einem Bett … *so sehr in Alter und Kummer versunken, kaum noch als ihr Vater erkennbar, kaum noch als König glaubwürdig.*

Lyrna blickte auf ihre Hände und stellte fest, dass sie keine Schriftrolle hielten … Diesmal ist es anders. *Sie berührte ihr Gesicht und spürte die Brandnarben, und ihre Finger strichen über ihren kahlen, entstellten Kopf.*

»Du bist nicht meine Tochter«, sagte der alte Mann im Bett. »Meine Tochter war eine Schönheit.«

»Ja«, erwiderte Lyrna. »Das war sie.«

Der Mann hustete, und ein blutiges Rinnsal lief ihm aus dem Mund. Seine Stimme war schwach, flehend. »Wo ist sie? Ich muss ihr etwas sagen.«

»Sie spricht gerade mit dem alpiranischen Botschafter.« Lyrna setzte sich auf die Bettkante und nahm die Hand des alten Mannes. »Aber ich soll Euch etwas von ihr ausrichten.«

Seine müden, aber nach wie vor durchdringenden Augen verengten sich. »Ich nehme an, sie möchte sich bei mir entschuldigen. Ich werde nicht zulassen, dass ihre Schwäche meine lebenslangen Pläne zunichtemacht.«

Lyrna lachte, als sie merkte, wie sehr sie den alten Ränkeschmied immer noch vermisste. »Ja, sie möchte sich entschuldigen. Ich soll Euch ausrichten, dass es ihr leid tut, dass sie Euch vor vielen Jahren beim Keschet geschlagen hat. Sie sagte, sie sei damals noch zu jung gewesen, um zu erkennen, dass Euch das verärgern würde.«

»Ha.« Der Alte ächzte und entzog ihr die Hand. »Sie hat jede Gelegenheit genutzt, um mich schlecht dastehen zu lassen. Ihre Mutter war genauso. Ich habe ihr das Brett weggenommen, weil ich sie beschützen wollte. Niemand sollte erfahren, dass sie so … besonders war. Aber an jenem Tag wusste ich, dass ich eine Erbin hatte.«

Lyrna spürte, wie ihr eine Träne die Wange hinunterlief. Gleichzeitig musste sie lächeln, als sie den finsteren Blick des alten Mannes sah. »Ihr soll-

tet wissen, dass sie sich Eurem Befehl widersetzt hat. Sie hat sich auf die Bedingungen des Kaisers eingelassen. Malcius ist zurückgekehrt und hat den Thron bestiegen. Euer groß angelegter Plan war vergebens.«

»Und ist er ein guter König?«

Lyrna unterdrückte ein Schluchzen. »Er ist tot, Vater. Er wurde vor meinen Augen umgebracht, und die Königin und seine Kinder ebenfalls. Euer Wunsch ist endlich in Erfüllung gegangen. Jetzt bin ich Königin und regiere ein Land, in dem Verwüstung und Tod herrschen.«

Das finstere Gesicht des Alten verzog sich zu einem schiefen Lächeln. Dann hob er mit seiner knochigen Hand ihr Kinn an. »Nach der Roten Hand herrschten ebenfalls überall Tod und Verwüstung. Aber das Land hat sich wieder aus den Trümmern erhoben, weil ich dafür gesorgt habe. Ich habe es am Schlafittchen gepackt und es innerhalb einer Generation wieder auf die Beine gestellt.«

»Die Leute werden mich vielleicht nicht anerkennen, wie ich bin …«

»Dann sorge dafür, dass sie es tun.«

»Unsere Feinde sind in der Überzahl …«

»Dann töte sie.«

Lyrna spürte, wie ihr eine kalte Brise über den Kopf strich und drehte sich um. Das Fenster stand offen. Draußen regnete es, und der Wind riss an den Vorhängen. Sie wandte sich wieder dem alten Mann zu und drückte ihm einen Kuss auf die Wange. »Ich wünschte, Ihr wärt ein besserer Mann gewesen, Vater.«

»Ein besserer Mann hätte dir kein Königreich hinterlassen, ob es nun in Trümmern liegt oder nicht.« Er lächelte sie an. Indessen wurde der Wind immer stärker und drängte ins Zimmer, die Luft war so kalt, dass Lyrna keuchen musste …

Als sie aufwachte, mühten Orena und Murel sich gerade damit ab, die Fensterläden gegen den windgepeitschten Regen zu schließen. Die Lampe, die von der Decke hing, schaukelte wie wild. »Verzeihung, Hoheit«, sagte Orena und zog den Fensterladen mit Gewalt zu. »Wir wollten Euch nicht wecken.«

Lyrna stand auf, doch das Schiff schwankte so sehr, dass sie gegen das Schott geworfen wurde. »Ein Sturm?«

»Ja. Er ist vor etwa einer Stunde aufgezogen«, sagte Murel und zuckte zusammen, als ein Donnerschlag durch den Bauch des Schiffes hallte. »Eigentlich dachte ich, dass ich mich nach allem, was ich heute gesehen habe, nie wieder fürchten würde. Und jetzt das!«

Lyrna legte ihr beruhigend den Arm um die Schultern, und sie setzten sich aufs Bett. Bei dem Heulen des Sturms und dem krachenden Donner war an Schlaf nicht mehr zu denken. »Die Besatzung glaubt, dass die meldeneischen Götter mit Euch sind«, flüsterte Murel. »Weil Ihr den Hai aus der Tiefe heraufbeschworen habt. Sie nennen Euch die Hand Odonors.«

»Udonor«, verbesserte Lyrna sie. *Der Gott der Winde, der mächtigste aller Götter. Ich wünschte, er bereitete diesem verfluchten Sturm ein Ende.*

◆ ◆ ◆

Der Sturm wütete die ganze Nacht und fast den ganzen darauffolgenden Tag. Lyrna verließ die Kajüte nur einmal, um an Deck zu gehen, wo der Schild allein am Ruder stand, während immer wieder hohe Wellen über die Reling schlugen. Ell-Nestra bedeutete ihr, wieder hineinzugehen; sein weißes Lächeln strahlte selbst durch den Regen.

Um ihre Damen abzulenken, führte Lyrna sie in die Grundlagen der Hofetikette ein; in erster Linie belanglose Kleinigkeiten, auf die manche Leute jedoch großen Wert legten. Es konnte nicht schaden, die beiden vor ihrer Rückkehr in die Königslande darauf vorzubereiten. Orena erwies sich als die Begabtere. Sie meisterte den Hofknicks und die Tücken der Verbeugung mit einer natürlichen Grazie, die Lyrna vermuten ließ, dass sie möglicherweise Tänzerin gewesen war, ehe sie sich ihren dicken, aber reichen Mann geangelt hatte. Murel dagegen schämte sich für ihre Tolpatschigkeit, die durch den unruhigen Seegang nicht gerade geringer wurde.

»Mutter hat immer gesagt, ich hätte zwei linke Füße«, jammerte sie, nachdem sie bei der Begrüßung eines ausländischen Botschafters ins Stolpern geraten war.

Abends klang der Sturm endlich ab, und sie konnten wieder an Deck gehen. Die *Seesäbel* war das einzige Schiff weit und breit. Ansonsten war nur die Rückenflosse des Hais zu sehen, die in einiger Entfernung Schlangenlinien durch die Wellen zog. Belorath hatte das Ruder übernommen, und der Schild stand am Bug.

»Wo ist die Flotte?«, fragte Lyrna und stellte sich neben ihn.

»Hoffentlich unterwegs zu den Zähnen. Das heißt, sofern sie nicht gekentert sind«, erwiderte Ell-Nestra, ohne den Blick vom Hai zu lösen. »Und Ihr habt wirklich nicht die geringste Ahnung, warum dieses Tier Euch gehorcht?«

»Nein. Und ich glaube auch nicht, dass er das tut. Was er getan hat … Normalerweise kennen Tiere keinen Hass, nur Hunger. Aber er ist anders, er hasst.«

»Oder er trägt den Hass Eures Bestienbeschwörers in sich.«

»Dabei schien er so ein netter junger Mann zu sein.«

Eine Stunde später kam das erste meldeneische Schiff in Sicht, kurz darauf vier weitere. Die Matrosen begrüßten die *Seesäbel* mit hochgereckten Waffen und Jubelrufen, die noch lauter wurden, als Lyrna an die Reling trat. *Die Hand Udonors,* dachte sie. *Klingt gar nicht so schlecht.* Sie bezweifelte jedoch, dass die Aspekten darauf erpicht wären, die Liste ihrer königlichen Titel um diesen zu erweitern. Sofern überhaupt noch einer von ihnen am Leben war.

Als die Zähne in Sicht kamen, hatte die *Seesäbel* über hundert Schiffe im Geleit. Weitere dreihundert lagen bereits im seichten Wasser westlich der Felsen vor Anker, darunter auch die *Roter Falke,* die von der Schlacht sichtlich mitgenommen war. Ihr Rumpf war rußgeschwärzt, die Gallionsfigur völlig zerstört.

Der Schild ankerte mit der *Seesäbel* neben ihr, und Ell-Nurin kam herübergerudert, um ihr weiteres Vorgehen zu besprechen.

»Nein.« Ell-Nestra schüttelte vehement den Kopf. »Warten kommt nicht in Frage.«

»Aber mit jeder Stunde treffen mehr Schiffe ein«, protestierte der Schiffsherr. »Wenn wir es mit ihrer südlichen Division aufnehmen wollen, brauchen wir jede Unterstützung, die wir bekommen können.«

»Die hat Udonor uns letzte Nacht bereits zuteilwerden lassen«, beharrte der Schild. »Habt Ihr um diese Jahreszeit schon einmal einen solchen Sturm in der Erineischen See erlebt? Udonor hat uns ein Geschenk gemacht, und ich werde es nicht vergeuden. Nach dem Ablauf eines Stundenglases segeln wir los und bringen diese Sache zu Ende.«

◆ ◆ ◆

Der Schwanz der Schlange trug seinen Namen zu Recht: Er bestand aus einer Reihe von Felsen, die sich etwa zwanzig Meilen südlich der Zähne knapp unter der Wasseroberfläche entlangwanden. Dass ihr Verlauf deutlich erkennbar war, lag an den volarianischen Schiffwracks, die während des Sturms daran zerschellt waren.

Der Anblick der zerstörten Schiffe, die mit zerfetzten Segeln auf den Wellen trieben, ließ die Besatzung merkwürdig kleinlaut werden. Lyrna bemerkte, dass die Männer ihr verstohlene Blicke zuwarfen, aus denen Ehrfurcht und eine gewisse Angst sprachen. *Die Hand Udonors kennt keine Gnade,* dachte Lyrna. *Und das ist auch gut so.*

»Meiner Zählung nach sind es über zweihundert, Euer Lordschaft«, sagte Belorath zu Ell-Nestra. »Und bestimmt sind viele bereits gesunken oder völlig zertrümmert.«

»Wir haben die Schlacht gewonnen, ohne einen Säbel zu zücken oder einen Pfeil abzufeuern«, stellte der Schild fest. »Euer Hai wird wohl noch eine Weile warten müssen, ehe er seinen Hass stillen kann, Hoheit.«

Da ertönte ein Schrei von oben, und der Ausguck zeigte nach Süden. Nachdem der Schild mit dem Fernglas die Wellen abgesucht hatte, ordnete er an, alle Segel zu hissen und das Schiff zu wenden. »Oder auch nicht.«

An die zwanzig Schiffe bewegten sich langsam in südlicher Richtung. Sie hatten sich eng zusammengeschart und kaum Wind in den Segeln. Als sie die Gefahr erkannten, schlossen sie noch dichter zueinander auf, trimmten das Takelwerk, und ihre zerlumpten Besatzungsmitglieder versammelten sich mit gezückten Waffen an Deck.

»Geben diese Mistkerle eigentlich nie auf?«, knurrte Harvin.

Die *Seesäbel* hatte die Volarianer in Windeseile überholt und kreiste sie gemeinsam mit dem Rest der meldeneischen Flotte langsam ein. Während sie nach und nach näher rückten, wurden an Bord der Schiffe die Mangonelen bereitgemacht, und die Bogenschützen kletterten in die Takelage.

»Von hier aus müssten wir sie treffen können«, mutmaßte Harvin, der an der Reling stand. »Mich juckts in den Fingern. Dürfte ich wohl die Ehre des ersten Schusses haben, Hoheit?«

»Aber natürlich, Euer Lordschaft.«

Grinsend rieb der ehemalige Bandit sich die Hände und trat ans Katapult. Der Pfeil traf ihn geradewegs in den Rücken und durchbohrte das Kettenhemd, als wäre es aus Papier. Er taumelte kurz, starrte überrascht und mit einem schiefen Grinsen auf die Pfeilspitze, die aus seiner Brust ragte, und kippte vornüber.

»Harvin!« Orena eilte zu ihm und drehte ihn auf den Rücken. Ihre Hände strichen zitternd über sein Gesicht, während sie unablässig flehte: »Liebster, lass mich nicht allein, lass mich nicht allein, Liebster …«

»Ihr Scheißkerle!« Iltis entzündete das Hanfbündel und rammte den Fuß gegen den Hebel. Dann rannte er zur Reling und schrie dem Feuerball hinterher: »Ihr solltet längst tot sein, ihr verdammten Hurensöhne!«

Lyrna kauerte sich neben Orena, die Harvins Kopf in ihren Schoss gebettet hatte und immer noch flüsterte: »Lass mich nicht allein …«

Sie sah in die leeren Augen des ehemaligen Gesetzlosen, dessen Mund immer noch zu einem schiefen Grinsen verzerrt war. *Wenn einer von uns mit einem Lachen auf den Lippen stirbt, dann er.*

Sie stand auf und stellte sich zu Iltis an die Reling. Gemeinsam beobachteten sie, wie Hunderte Feuerbälle auf die volarianischen Schiffe niedergingen. »Bitte verzeiht, dass ich mich im Ton vergriffen habe, Hoheit«, sagte ihr oberster Leibwächter leise.

Lyrna umschlang seinen dicken Arm und legte den Kopf an seine Schulter. Eine Rauchsäule stieg von den gegnerischen Schiffen empor, während die Flammen immer höher schlugen und Schreie zu ihnen herüberdrangen.

Kurze Zeit später kamen aus dem Rauch Männer angeschwommen – an die hundert Volarianer, die verzweifelt genug waren, sich von ihrem Feind Rettung zu erhoffen. Ihre Hoffnung wurde jedoch sogleich von einem Pfeilhagel zunichtegemacht.

Ich weiß, dass du da bist, dachte Lyrna und suchte die Wellen ab. *In Zukunft wirst du dir wohl jemand anderen suchen müssen, den du hassen kannst.*

Plötzlich ertönte zwischen den brennenden Schiffen ein lautes Krachen, Trümmer flogen, und der Hai erhob sich aus dem Inferno. Er setzte über das Wrack hinweg, warf sich herum, peitschte mit der

Schwanzflosse in die Luft und stürzte sich, das Maul weit aufgerissen und hungrig, zurück ins Gemetzel.

Irgendetwas sagte Lyrna, dass sie ihn nie wiedersehen würde.

◆ ◆ ◆

Bei Einbruch der Dämmerung übergaben sie die Toten dem Meer. Die Meldeneer erwiesen ihren gefallenen Kameraden schweigend die letzte Ehre. Über zwanzig in Segeltuch gewickelte Leiber wurden einer nach dem anderen über die Reling gehievt und den Wellen überantwortet. Zuvor durften sich alle Besatzungsmitglieder noch eines der Besitztümer ihrer verstorbenen Kameraden aussuchen, die auf einem Stück Stoff zu Füßen der Toten ausgebreitet waren. Sämtliche Münzen und Wertgegenstände hatte Belorath bereits zur Seite geschafft, um sie den Familien der toten Männer zukommen zu lassen. Die verbleibenden Dinge waren reine Erinnerungsstücke: ein Würfel, eine Keschetfigur, die jemandem als Glücksbringer gedient hatte, ein Messer. Bis auf die Namen der Männer wurde nichts gesprochen. Der Schild las sie nacheinander mit deutlicher Stimme vor, damit sein Erster Offizier sie von der Besatzungsliste strich.

Für Harvin hatte der Schiffszimmermann ein schlichtes Floß zusammengenagelt. Darauf wurde der Gesetzlose auf ein Lager aus pechgetränkten Seilen und Lumpen gebettet. Das Schwert, das Lyrna Harvin geschenkt hatte, ruhte unter seinen gekreuzten Armen. Benten und Iltis ließen das Floß am Bug hinab, während der ehemalige Bruder auf Geheiß seiner Königin die Worte sprach. Orena stand zwischen Lyrna und Murel und hielt mit zitterndem Griff ihre Hände. Ihre Augen blieben jedoch trocken, offenbar hatte Orena keine Tränen mehr.

»Wir stehen hier, um Zeuge zu werden, wie das Gefäß, das unseren Bruder einst durchs Leben trug, in den Flammen vergeht«, sagte Iltis. »Wir wissen, dass sich in den Königslanden nicht alle freundlich oder voller Hochachtung an ihn erinnern werden. Uns aber war er als Freund und Kamerad in einer schwierigen Zeit verbunden und hat uns nie enttäuscht. Er mag einst ein Gesetzloser gewesen sein, doch starb er als Schwert der Königslande, geliebt von seiner Frau, seinen

Freunden und seiner Königin. Wir danken ihm für seine guten Taten und seinen Mut und verzeihen ihm alle Momente der Schwäche. Nun ist er in den Kreis der Ahnen eingegangen, und sein Geist wird sich ihnen anschließen, um uns zu lenken.«

Damit ließ Iltis das Seil los, und Harvins Leiche wurde von den Wellen davongetragen. Benten schoss einen brennenden Pfeil hinterher, und schon bald war das Floß nur mehr ein brennendes Viereck, das auf dem Ozean dem Horizont entgegentrieb und binnen einer Stunde ihren Blicken entschwunden war.

♦ ♦ ♦

Als es dunkel geworden war, gesellte der Schild sich zu Lyrna, die wieder einmal bei Skerva wachte. Der Himmel war wolkenlos und sternenklar, die Luft kühl und angenehm auf der Haut.

»Eure Hoheit schulden mir eine Antwort«, sagte Ell-Nestra und lehnte sich gegen den Arm der Gallionsfigur. »Was Eure wahren Absichten angeht.«

Lyrna nickte, die Augen immer noch zum Himmel gerichtet. »Als ich ein Kind war, wollte ich alle Sterne zählen. Das erwies sich jedoch als schwieriger, als ich gedacht hatte, und so ersann ich eine Strategie: Ich zählte nur die Sterne, die ich durch ein Dachfenster des Palastes sehen konnte, und multiplizierte anschließend das Ergebnis mit der Größe des Himmels.«

»Und hat es funktioniert?«

Lyrna stieß ein leises Lachen aus. »Die Zahl war so groß, dass sie nicht einmal einen Namen hat. Aber die Geschichte geht noch weiter. Wie es sich für eine gute Forscherin gehört, prüfte ich mein Ergebnis und stellte fest, dass sich die Anzahl der Sterne, die durch das Fenster zu sehen waren, verändert hatte. Es war auf den Tag genau ein Jahr später, aber da waren zwei Sterne hinzugekommen. Zwei weit entfernte Sonnen, die ein Jahr zuvor noch nicht da gewesen waren.«

»Und welche Schlussfolgerung habt Ihr daraus gezogen?«

»Wenn nicht einmal die Sterne am Himmel unveränderlich sind, ist nichts unveränderlich. Nichts ist ewig, alles ist ständig im Wandel begriffen.« Lyrna löste den Blick vom Himmel und wandte ihn Ell-Nestra zu. »Nichts ist unabänderlich, Euer Lordschaft. Kein Kurs ist so festgeschrieben, dass man ihn nicht ändern kann.«

Der Schild lächelte schief. »Und Ihr wollt, dass wir den Kurs ändern.«

»So ist es.«

»Und dürfte ich fragen, in welche Richtung?«

»Wenn ich recht informiert bin, ist der Kalteisenfluss um diese Jahreszeit für Seeschiffe befahrbar. Bis hinauf nach Alltor.«

»Das belagert wird und dringend der Rettung bedarf.«

»Ganz genau.«

»Und Ihr befehlt, dass wir dorthin fahren, um unsere Schuld Euch gegenüber zu begleichen.«

»Ihr schuldet mir rein gar nichts. Ich habe nur wiedergutgemacht, was mein Vater Eurem Volk angetan hat. Wir sind quitt. Aber ich appelliere an Euren gesunden Menschenverstand. Ihr wisst, dass die Volarianer sich nicht von dieser Niederlage abschrecken lassen werden. Dies war nur eine von vielen Schlachten in einem Krieg, der erst enden wird, wenn die Volarianer vollständig besiegt sind. Und dazu müssen wir sie in Alltor schlagen.«

Der Schild kam näher. Diesmal lag kein Lächeln auf seinen Lippen, dafür sprach eine inständige Bitte aus seinem Blick. »Ich habe einen Gegenvorschlag für Euch, Hoheit.« Er deutete mit dem Kinn nach Westen. »Wir haben ein gutes Schiff, eine zuverlässige Besatzung, und alle Ozeane dieser Welt stehen uns offen. Und wie ich gehört habe, besitzen die Kaufmannskönige des Fernen Westens große Flotten.«

Lyrna schüttelte lachend den Kopf. »Ihr wollt mich zu Eurer Piratenkönigin machen?«

»Ich will Euer Leben bewahren. Mir liegt nämlich viel daran.«

»Eine Königin lebt nicht, sie herrscht. Und meine Herrschaft hat gerade erst begonnen. Werdet Ihr mich also nach Alltor geleiten?«

Er kam noch näher und blickte sie mit zusammengezogenen Augenbrauen an. »Mögen mir die Götter beistehen, ich geleite Euch überall hin.«

Siebtes Kapitel

Frentis

Als er aufwachte, teilten Illian und Arendil sich gerade das Frühstück – einen wässerigen Haferbrei, den sie aus ihren immer knapper werdenden Vorräten gekocht hatten. Wegen der häufigen Ortswechsel hatten sie keine Zeit zu jagen, und der Hunger war ihr ständiger Begleiter. Allerdings hatten die beiden sich noch kein einziges Mal beklagt, und seit dem Kampf gegen die Kuritai hatten sogar ihre ständigen Streitereien nachgelassen.

In der vergangenen Woche hatten sie zweimal den Lagerplatz gewechselt. Erzfürst Darnel machte unerbittlich Jagd auf sie und schickte immer mehr Jäger und Sklavenhunde aus. Sein Vorrat an Elitesklaven schien jedoch verbraucht zu sein, da die Suchtrupps nunmehr bloß von Varitai begleitet wurden. Frentis ließ falsche Fährten legen und Fallen aufstellen. Nachts zog er mit den erfahrensten seiner Männer los, um die Verfolger zu töten und Verwirrung unter ihnen zu stiften. Zwar waren Varitai einfacher zu besiegen als Kuritai, doch stellten sie trotzdem ernst zu nehmende Gegner dar, vor allem, wenn sie sich in Formation brachten. Üblicherweise schlugen Frentis und seine Leute in den frühen Morgenstunden zu, töteten so viele Jäger und Hunde wie möglich und traten dann rasch den Rückzug an, um ihre Gegner in einen Hinterhalt zu locken. Diese Strategie ging die ersten paar Mal bestens auf, und die Varitai marschierten blindlings Frentis' Bogenschützen in die Falle oder in tödliche Stachelgruben. Doch wer auch immer die Hetzjagd auf sie leitete, hatte die Taktik bald durchschaut und ließ seine Leute fortan nur noch in vier kompakten Gruppen zu mindestens dreihundert Mann antreten. Frentis hingegen verlor bei jedem Angriff Kämpfer, und es gab keine Sklavenkarawanen mehr, aus denen er neue rekrutieren konnte.

Indes hatten sich ihre Verfolger ebenfalls eine Taktik ausgedacht, um ihnen das Leben schwerzumachen. Schon beim geringsten Hauch einer Witterung ließen sie ihre Sklavenhunde los, die dann zu dreißig oder mehr durch den Wald jagten und alles töteten, was ihnen unterkam. Am Vortag waren sie bis in die Nähe des Lagers gelangt, und es hatte einen Kampf gegeben, bei dem die Glaubenshunde und ihre Verwandten mit reißenden Klauen und scharfen Zähnen aufeinander losgegangen waren. Frentis und die Hälfte seiner Männer hatten sich von hinten auf sie gestürzt, während Davoka und die anderen von der Flanke aus angriffen. Die Lonakerin schien einen besonderen Hass auf die Sklavenhunde zu haben, denn sie tötete sie ohne Rücksicht oder das geringste Zögern und hinterließ eine Spur blutiger Kadaver. Frentis kam gerade dazu, als sie dem Anführer des Rudels ihren Speer in den Brustkorb rammte und mit einem angewiderten Gesichtsausdruck durch sein Herz bohrte.

»Sie sind verdorben«, sagte sie, als sie Frentis' Blick bemerkte. »Das sieht man und das riecht man.«

»Wir haben Euch etwas aufgehoben, Bruder«, sagte Illian jetzt und reichte ihm eine Schale Haferbrei.

Er widerstand dem Drang zu fragen, ob sie gekocht hatte, und nahm die Schale mit einem Nicken entgegen. »Danke, meine Dame.« Während er aß, ließ er den Blick durchs Lager schweifen. Aspekt Grealin saß, wie in letzter Zeit meistens, alleine da und schien in Gedanken versunken. Davoka und Ermund machten wieder Kampfübungen, diesmal unbewaffnet. Frentis bemerkte Davokas leichtes Grinsen, als die beiden gegeneinander taumelten, und fragte sich, ob er Ermund vielleicht warnen sollte. Doch dann sah er, dass der Ritter ebenfalls grinste, und kam zu dem Schluss, dass diese Warnung wohl überflüssig war. *Wie finden sie bloß Zeit dafür?*

Vierunddreißig, der sich noch immer nicht endgültig für einen Namen entschieden hatte, wurde von Schlepper in der Sprache der Königslande unterwiesen, wobei die Lektion offensichtlich vor allem in der korrekten Verwendung von Schimpfwörtern bestand. »Falsch!« Der massige Mann schüttelte sein zottiges Haupt. »Es heißt Schweinepriester, nicht Priesterschwein.«

Janril Norin war dabei, sein Schwert zu schleifen. Mit teilnahmslosem Gesichtsausdruck und leerem Blick führte er den Stein über die Klinge. Hinter ihm versorgte Meister Rensial die beiden verbleibenden Pferde: den alten Hengst und die Stute. Seit neuestem sprach er davon, sie zu paaren, um eine neue Blutlinie für die Ställe des Ordens zu züchten, deren Zustand er laufend beklagte. »Es liegt viel zu viel Stroh am Boden«, schimpfte er. »Und die Wände sind schon seit Monaten nicht mehr getüncht worden.«

»Wir haben gerade über die Volarianer gesprochen«, sagte Arendil und riss Frentis aus seinen Gedanken.

»Was ist mit ihnen?«

»Wir haben uns gefragt, wie es in ihrer Heimat wohl aussieht. Davoka sagte, dass Ihr dort wart. Lady Illian glaubt, dass sie alle aus ein und derselben Stadt stammen. Mein Großvater dagegen hat behauptet, dass ihr Reich sich über die halbe Welt erstreckt.«

»Ihr Land ist wirklich riesig«, antwortete Frentis. »Volar gilt als die größte Stadt der Welt, aber ich war selbst nie dort und kenne es nur vom Hörensagen.«

»Aber Ihr habt ihr Reich gesehen?«, fragte Illian. »Ihr habt gesehen, was sie zu solchen Ungeheuern macht?«

»Ich habe Städte und Straßen von vortrefflicher Bauweise gesehen. Ich habe Grausamkeit und Gier erlebt. Ich habe ein Volk gesehen, dessen Bräuche mir in vielerlei Hinsicht seltsam erschienen, dessen Leben sich aber in anderen Dingen nicht sehr von unserem unterscheidet.«

»Warum sind sie dann so grausam?«, fragte das Mädchen und sah Frentis mit aufrichtigem Interesse an.

»Grausamkeit steckt in jedem von uns«, erwiderte er. »Aber die Volarianer haben sie zu einer Tugend erhoben.«

Er blickte wieder über das Lager und zwang sich, alle Bewohner zu zählen, die sich in Sichtweite befanden. *Vierunddreißig Menschen und acht Hunde. Das ist keine Armee, und ich bin kein Kriegsherr.*

Er stand auf und nahm sein Schwert und seinen Bogen. »Wir brechen auf«, sagte er, laut genug, um Davokas Aufmerksamkeit auf sich zu lenken.

»Ihr wollt schon wieder den Lagerplatz wechseln, Bruder?«, fragte Arendil mit Unmut in der Stimme.

»Nein. Wir verlassen den Wald. Hier ist kein Sieg zu holen. Es wird Zeit zu fliehen.«

◆ ◆ ◆

Janril stand ihm gegenüber, das alte renfaelische Schwert über der Schulter. Er hatte weder ein Bündel noch eine Feldflasche bei sich, nichts, was er zum Überleben brauchte.

»Ihr müsst das nicht tun«, erklärte Frentis. »Ich würde Euch viel lieber wieder singen hören. Das waren noch gute Zeiten.«

Doch der frühere Barde sah ihn nur ausdruckslos an und ging dann davon. Nach ein paar Schritten hielt er inne und wandte sich noch einmal um. »Sie hieß Ellora«, sagte er. »Und sie trug mein Kind unter dem Herzen.«

Dann setzte er seinen Weg fort und war schon bald im Schatten der Bäume verschwunden.

◆ ◆ ◆

Es war nicht leicht, den Meister zu überzeugen, doch schließlich willigte der alte Mann mit Tränen in den Augen ein, die Pferde freizulassen und nach Norden zu schicken, um die Jäger auf eine falsche Fährte zu locken. »Sie hinterlassen einfach zu viele Spuren«, erklärte Frentis. »Aber auf dem Pass gibt es jede Menge Pferde, und ich bin mir sicher, dass Meister Sollis die Hilfe des besten Stallmeisters der Königslande brauchen kann.«

Zunächst gingen sie nach Westen, doch Frentis beabsichtigte, einen Bogen nach Norden zu schlagen, sobald sie genug falsche Fährten gelegt hatten. Frentis und Davoka bildeten die Nachhut, während Ermund mit Arendil und Illian, die das Lied des Waldes inzwischen ebenso gut kannte wie jeder Bruder oder Jäger, als Späher vorausging. Bis zum Einbruch der Dunkelheit hatten sie gut zwanzig Meilen zurückgelegt, was im Urlisch eine beachtliche Strecke war.

Auf einer kleinen Lichtung schlugen sie schweigend ihr Lager auf und drängten sich, ohne Feuer, dicht aneinander, um sich gegenseitig zu wärmen. »Hör auf, so herumzuzappeln«, zischte Illian Arendil an, der neben ihr lag.

»Gerne. Wenn dein blöder Hund endlich aufhört, mir das Gesicht abzulecken«, erwiderte der Junge mürrisch.

Frentis hielt zusammen mit Grealin Wache. Gemeinsam horchten sie in den Wald hinein. *Nachts mag der Wald zwar schwarz sein,* hatte Meister Hutril vor vielen Jahren gesagt, *und euch wie eine gähnende Leere vorkommen, doch ist er viel lebendiger als bei Tag. Überwindet eure Angst und macht euch die Dunkelheit zum Freund, denn einen besseren Wächter werdet ihr nicht finden.*

In den Baumkronen rief eine Eule in regelmäßigen Abständen nach ihrer Nachbarin. Der Wind trug nur die Gerüche des Waldes heran, die weder von Männerschweiß noch von Hundegestank getrübt wurden. Kein verräterisches metallisches Schimmern blitzte in der Schwärze auf.

»Im Norden haben wir offenes Gelände vor uns, Bruder«, flüsterte Grealin leise. »Und wir müssen hundertfünfzig Meilen durch Renfael zurücklegen, ehe wir den Pass erreichen. Das Risiko ist groß.«

»Dessen bin ich mir bewusst, Aspekt. Aber hier ist es noch größer.«

◆ ◆ ◆

Am nächsten Tag marschierten sie weiter nach Westen, bis Frentis den anderen am Abend befahl, nach Norden abzubiegen. Er selbst lief noch eine Stunde in westlicher Richtung. Begleitet von Räuber und Ermund hinterließ er eine Spur aus abgeknickten Ästen und auffälligen Fuß- und Pfotenabdrücken. Erst bei Einbruch der Dunkelheit wandten sie sich nach Norden, wo sie dem Fluss bis zu einer seichten Furt folgten, wo die anderen bereits auf der anderen Seite warteten. Als sie sich ihrem Lagerplatz näherten, trat Davoka mit gezücktem

Speer aus dem Schatten, und Illian sprang mit ihrer Armbrust hinter einem Busch hervor.

»Wir brechen bei Tagesanbruch auf«, sagte Frentis und ließ sich gegen den Stamm einer Föhre sinken, wo er die wenigen Stunden bis zur Dämmerung in einem traumlosen Schlaf verbrachte.

Am Morgen trug der Wind einen neuen Geruch heran, der unangenehm und beißend war. Frentis rief Illian herbei und deutete mit dem Kinn auf den Föhrenstamm. Das Mädchen reichte Arendil ihre Armbrust und kletterte behende von Ast zu Ast, bis sie oben angelangt war.

»Es brennt«, sagte sie, als sie wieder festen Boden unter den Füßen hatte. »Der Wald brennt.«

»Wo?«, wollte Davoka wissen.

»Überall. Ringsum. Aber am höchsten lodert das Feuer im Süden, unweit der Stadt.«

Frentis tauschte einen Blick mit Grealin. *Darnel lässt unseretwegen den Urlisch abfackeln?*

»Was tun wir jetzt?«, fragte Schlepper, und der alte, klagende Tonfall schlich sich wieder in seine Stimme.

»Dasselbe wie alle anderen Lebewesen in diesem Wald.« Frentis hängte sich den Bogen über die Schulter und warf alles weg, was ihn behindern mochte. »Wir fliehen.«

Er übernahm die Führung und gab ein hartes Tempo vor, das sie eine Stunde lang beibehielten. Manche der Kämpfer ermatteten und brachen erschöpft zusammen, doch Frentis duldete keine Pausen, und Davoka sorgte unter Androhung der schlimmsten Strafen dafür, dass sie sich wieder in Bewegung setzten. Indes wurde der Qualm immer dichter, und die ersten Rauchsäulen erhoben sich bereits in den Himmel. Wie vorherzusehen tat Grealin sich mit dem Tempo am schwersten und keuchte schwitzend hinter ihnen her. Allerdings beklagte er sich kein einziges Mal und hielt wacker bis Einbruch der Dunkelheit durch.

Als die Sonne langsam unterging, kletterte Illian erneut auf einen Baum, wo ihre zierliche Gestalt sich schwarz gegen den orangefarbenen Himmel abhob. »Der Süden ist ein einziges Flammenmeer«, berichtete sie. »Das Feuer steht so hoch, dass die Stadt nicht mehr zu sehen ist. Im Westen sieht es fast genauso schlimm aus.«

»Und vor uns?«, fragte Frentis.

Sie sah ihn finster an. »Da geht es noch. Aber der Brand breitet sich schnell aus.«

»Dann dürfen wir keine Zeit verlieren. Bildet eine Reihe und bleibt nah beieinander. Wenn der Rauch zu dicht wird, fasst euch an den Händen.«

Nach einer Meile konnten sie spüren, wie die Hitze zunahm, und kurze Zeit später stülpte sich eine ascheschwere Rauchglocke über sie. Hustend und würgend stolperten sie weiter. Frentis zog Illian hinter sich her, die wiederum Arendils Hand hielt. Immer wieder waren sie gezwungen anzuhalten, weil Frentis nach einem Weg Ausschau halten musste, der nicht von Flammen versperrt war. Gelegentlich rannten Wildschweine und Rehe an ihnen vorbei, verschwanden jedoch zu schnell wieder zwischen den dichten Rauchwolken, als dass Frentis ihren Fluchtweg ausmachen konnte.

Sie tasteten sich gerade einen schmalen Pfad entlang, als ein lautes Krachen ertönte und eine brennende Kiefer vor ihnen auf den Weg stürzte. Frentis suchte nach einer Ausweichmöglichkeit, sah jedoch überall nur oranges Leuchten. Er zog Illian näher, musste ihr aber dennoch ins Ohr brüllen, um das Tosen des Feuers zu übertönen: »Sagt dem Aspekten, dass er nach vorn kommen soll!«

Wenig später erschien Grealin, dem der Schweiß in Strömen übers Gesicht lief. Frentis deutete mit fragendem Blick auf den brennenden Baumstamm. Der Aspekt starrte kurz darauf und trat dann mit ergebenem Gesichtsausdruck vor. Er hob die Arme, spreizte die Finger und schob die Schultern zurück, als würde er gegen eine unsichtbare Wand drücken.

Einen Moment lang passierte nichts, doch dann begann die Kiefer zu beben und zerbarst schließlich in Tausende brennende Splitter, die in alle Richtungen davonstoben. Grealin sank auf die Knie. Er keuchte und würgte, Blut lief ihm aus der Nase. Dennoch weigerte er sich, Frentis' ausgestreckte Hand zu nehmen, sondern winkte ihn ungeduldig weiter.

»Ich werde Euch nicht hier zurücklassen, Ihr sturer, alter Esel!«, schrie Frentis und zog den massigen Körper des Mannes hoch. »Und jetzt lauft! Lauft!«

Schon bald war der Rauch so dicht, dass sie nicht mehr die Hand vor den Augen erkennen konnten und gezwungen waren, auf dem Boden zu kriechen, wo wenigstens die Luft etwas besser war. Um sie herum schwankten die Bäume und knickten ein wie Streichhölzer. Mächtige Eichen und Buchen stürzten krachend zu Boden. *Er stirbt*, dachte Frentis. *Wir haben den Urlisch getötet.*

Eine plötzliche Brise lichtete den Rauch immerhin so weit, dass Frentis die Umgebung erkennen konnte und eine große Lichtung mit weit auseinanderstehenden Bäumen sah, die vom Feuer noch unberührt war.

»Aufstehen!«, schrie er und zog Grealin auf die Beine. »Wir haben es fast geschafft. Lauft!«

Und sie rannten. Stolpernd und hustend. Die Bäume lichteten sich und die Hitze in ihrem Rücken wurde immer stärker. Erst als Frentis merkte, dass er durch hohes Gras lief und über sich blauen Himmel hatte, ließ er sich erschöpft zu Boden fallen. Auf dem Rücken liegend schnappte er nach Luft. Er konnte sich nicht erinnern, dass sie je so süß geschmeckt hatte.

»Das hat niemand kommen gesehen«, hörte er Grealin murmeln. Er drehte sich um und sah, dass der Aspekt den brennenden Wald anstarrte, der jetzt offenbar von einem Ende zum anderen in Flammen stand. Schwarzer Rauch stieg in den Himmel auf und verdeckte die Sonne.

»Aspekt?«, fragte Frentis.

»Das wurde nie vorhergesehen«, erwiderte Grealin und schüttelte den Kopf. Tiefe Verwirrung zeichnete sich auf seinem Gesicht ab, während er weiter den sterbenden Wald betrachtete. »Von keinem einzigen Seher. Wir haben die Prophezeiungen hinter uns gelassen.«

◆ ◆ ◆

Sie hatten fünf ihrer Leute im Feuer verloren; sie waren einfach im Rauch verschwunden. Frentis hatte angenommen, dass auch die Glaubenshunde umgekommen waren, doch als er und die anderen weiter nach Norden marschierten, tauchte auf einmal Räuber auf. Gefolgt von Schwarzzahn und sechs anderen Hunden kam er durchs hohe Gras gesprungen, warf Frentis zu Boden und leckte ihm das Gesicht. Dabei ließ er sein charakteristisches heiseres Bellen erklingen. »Du bist ein braver Junge«, lobte Frentis ihn und fuhr ihm müde durchs Fell.

Sie hielten Ausschau nach volarianischen Reitern, doch der Wind war ihnen wohlgesonnen und hüllte sie in den Rauch des brennenden Waldes ein. Zwar hörte Frentis aus der Ferne Hornstöße und Hufgetrappel, doch kam ihnen niemand nahe genug, um eine Bedrohung darzustellen. Nach etwa zwanzig Meilen ging das Hügelland jenseits des Urlisch langsam in eine zerklüftete Felslandschaft über, die ihnen eine gute Deckung bot und die Frentis noch von seiner Wildnisprüfung vertraut war. Er suchte den Felsvorsprung, unter dem er damals Schutz gefunden hatte, ehe Einauges Männer gekommen waren, um ihn zu holen. Dort gab es eine kleine Höhle, die gerade genug Platz für ihre Gruppe bot. Der draußen vorbeiströmende Fluss übertönte zwar jedes ihrer Geräusche, dennoch wagten sie es nicht, ein Feuer zu entzünden.

»Ich habe heute schon genug Feuer gesehen«, sagte Illian mit einem gezwungenen Lachen, doch Frentis entging nicht, dass sie zitterte und ihre Wangen ganz eingefallen waren. Sie hatten nichts zu essen und nur die Kleider, die sie am Leib trugen, um sich gegen die nächtliche Kälte zu schützen. *Ich hätte ihnen das ersparen müssen,* dachte er. *Aber ich habe zu viele Wochen im Blutrausch verbracht.*

Und plötzlich war da wieder ihre Stimme in seinem Kopf, wie so oft, wenn er von Zweifeln geplagt wurde. *Aber es hat dir doch gefallen, oder etwa nicht, Herzliebster?*

◆ ◆ ◆

In dieser Nacht erwartete sie ihn wieder in seinen Träumen. Sie stand am Strand, unter einem roten Himmel, und beobachtete die heranbrandenden Wellen. Doch diesmal war kein Kind bei ihr. Sie stand genauso da wie beim letzten Mal und wandte sich nicht um, als er näher kam, sondern blickte unbeweglich wie eine Statue aufs Meer. Nur ihr Haar wehte im Wind. Frentis stellte sich neben sie und betrachtete sie von der Seite. Ihr Gesicht war düster. »So viele«, sagte sie, ohne ihn anzusehen. »Mehr als wir je hätten bewerkstelligen können, Herzliebster.«

Er folgte ihrem Blick und sah die Leichen, die von der Brandung umspült wurden. Der Strand erstreckte sich, so weit das Auge reichte, und war über und über mit Leichen bedeckt.

»Waren wir das?«, fragte er.

»Wir?« Ein kleines Grinsen stahl sich auf ihre Lippen, und als sie sich ihm zuwandte, blitzte die alte Grausamkeit in ihren Augen auf. »Nein. Das warst du. Als du mich getötet hast.«

Jetzt sah er auch, dass nicht nur die Küste voller Leichen war, sondern auch das Meer. Bis zum Horizont. Alle Toten der Welt direkt vor seinen Augen. »Was ist passiert?«

»Meine Herrschaft wäre schrecklich gewesen«, erwiderte die Frau. »Ich hätte mich von Habgier und Lust leiten lassen. Eine verbitterte Königin, die ihren Zorn an der ganzen Welt auslässt. Denn du wärst von mir gegangen. Gefallen in der letzten aussichtslosen Schlacht gegen meine Horde. Aber ganz gleich, wie grausam das Schicksal mich auch gemacht hätte, ich bin nicht *er*. Das hier wäre nicht mein Werk gewesen. Ich war die Einzige, die diese Welt hätte retten können.«

Frentis ließ zu, dass sie seine Hand nahm. Im Gegensatz zu sonst war sie warm. Ein kalter Schauer der Gewissheit überlief ihn, als ihm klar wurde, dass sie, wenn sie seinem Vorschlag zugestimmt hätte, für den Rest ihrer Tage zusammen gewesen wären. Alle Gehässigkeiten und Verbrechen wären vergessen gewesen, und sie hätten an diesem entlegenen Ort ihr Kind großgezogen, während fernab von ihnen die Welt zugrunde ging. Seine Schuldgefühle schnürten ihm die Luft ab. Er wollte die Frau noch einmal in die Arme schließen, spüren, wie ihre Knochen brachen und sie mit einem Zittern das Leben aushauchte.

Doch sie lächelte. Jegliche Grausamkeit war aus ihrem Blick verschwunden, als sie seine Hand noch fester packte und mit verführerischer Stimme ihre letzten Worte sagte: »Es tut mir leid, Herzliebster. Aber es wird für uns beide Zeit aufzuwachen.«

◆ ◆ ◆

»Bruder!«, sagte Arendil leise, aber dringlich und rüttelte Frentis an der Schulter. »Eine Gruppe Reiter nähert sich.«

Frentis führte sie über einen schmalen Pfad auf den Felsvorsprung. Oben angelangt legten sie sich flach auf den Boden und spähten über den Rand. So warteten sie, bis die Reiter in Sicht kamen: ein Bataillon der Freien Reiterei, angeführt von einem Trupp renfaelischer Ritter. An ihrer Spitze eine großgewachsene Gestalt in einer blau lackierten Rüstung. Frentis konnte spüren, wie Arendil sich versteifte, als die gepanzerte Gestalt näher kam.

»Ist das dein Vater?«

Der Blick des Jungen war hasserfüllt, und er hielt seinen Schwertgriff so fest umklammert, dass seine Fingerknöchel weiß hervortraten. »Er trägt immer eine blaue Rüstung. Angeblich verprasst er die halbe Staatskasse des Erzlehens dafür.«

Die Reiter hielten etwa dreihundert Schritte von ihnen entfernt an, dann begaben sich die Jäger mit ihren Hunden an die Spitze der Gruppe. Es dauerte nicht lange, bis eines der Tiere in Richtung der Schlucht drängte.

»Wir sollten fliehen, solange sie hier nach uns suchen«, sagte Davoka. »Bis sie unsere Spur haben, sind wir schon meilenweit weg.«

Grealin sprach das aus, was Frentis dachte: »Und wenn es so weit ist, haben sie uns bis zur Dämmerung eingeholt.« Er sah Frentis in die Augen. »Ich habe es wirklich satt wegzulaufen, Bruder.«

◆ ◆ ◆

Als die Männer in die Schlucht geritten kamen, trat der Bruder unter dem Überhang hervor, die Hände vor seinem dicken Bauch verschränkt. Der Ritter in der blauen Rüstung gebot seinen Leuten anzuhalten. Dann trabte er auf Grealin zu, begrüßte den dickleibigen Mann mit einer Verbeugung, machte jedoch keinerlei Anstalten abzusteigen. Von seinem Versteck am anderen Ende der Schlucht aus konnte Frentis nur Teile ihrer Unterhaltung hören, verstand jedoch die Wörter »Roter Bruder« und »Sohn«. Grealin antwortete mit einem Lächeln und nickte leutselig. Dies schien den Ritter jedoch nicht sonderlich zu beeindrucken, denn er zog sein Schwert und ritt näher an den Bruder heran, bis die Schwertspitze fast die Brust des Aspekten berührte. »Es reicht, Bruder«, hörte Frentis ihn sagen. »Ich habe genug von Euren Spielchen. Wo sind sie?«

Frentis warf Arendil, der neben ihm kauerte, einen fragenden Blick zu. Das Gesicht des Jungen war bleich, aber entschlossen, und er antwortete Frentis mit einem Nicken.

»Darnel!« Frentis trat mit gespanntem Bogen aus seinem Versteck hervor. Arendil folgte mit gezücktem Schwert.

Als er sie sah, riss der Ritter sein Pferd herum und galoppierte auf sie zu. Zwar verbarg der Helm sein Gesicht, doch sprach deutlicher Triumph aus seiner Stimme, als er seinen Männern Befehle zurief. Jetzt galoppierten auch die anderen los und vergaßen dabei völlig Grealin – was sich als großer Fehler erweisen sollte.

Der Aspekt wartete, bis die Ritter und ein Dutzend Freie Schwerter an ihm vorbeigezogen waren, dann drehte er sich um, ging rückwärts und hob die Arme. Seine gespreizten Finger waren auf den Überhang gerichtet. Ein Donnern hallte durch die Schlucht, und die Reiter wurden in eine Wolke aus rotem Staub gehüllt. Ihre Pferde wieherten schrill.

Grealin ging weiter rückwärts. Wieder donnerte es. Die Pferde bäumten sich auf, als der Boden erbebte. Der Mann in der blauen Rüstung peitschte mit den Zügeln auf sein Tier ein, um es wieder unter Kontrolle zu bringen. Dann drehte er sich um und sah gerade noch, wie sich ein Spinnennetz aus Rissen im Sandstein bildete. Während er es ungläubig anstarrte, schoss Frentis ihm einen Pfeil ins Knie. Zielsicher traf er genau die Stelle, an der die Rüstung am dünnsten war. Der Ritter krümmte sich, griff nach dem Schaft und stürzte, von einem weiteren Pfeil in die Schulter getroffen, zu Boden.

Dort blieb er liegen, und seine gebrüllten Befehle verhallten ungehört, denn nun barsten die Felsen hinter ihm. Frentis und Arendil suchten Deckung, als Sandsteinbrocken polternd in die Schlucht stürzten. Die Schreie der Männer und Pferde gingen in einem Crescendo aus fallenden Steinen unter.

Eine weitere Staubwolke stieg auf und hüllte Grealins Leib ein, der auf dem Boden in sich zusammengesackt war. Die verbleibenden Kavalleristen und Ritter wurden von Panik ergriffen. Frentis sprang auf und jagte einem der Reiter einen Pfeil in den Rücken. Jetzt erschienen beiderseits der Schlucht auch die anderen Kämpfer und ließen einen Hagel aus Pfeilen und Armbrustbolzen auf ihre Gegner niederprasseln, der ihrer in den letzten Wochen gewonnenen Erfahrung zur Ehre gereichte. Als etwa die Hälfte der Reiter erledigt war, stürzte Frentis sich mit dem Schwert ins Getümmel, dicht gefolgt von den anderen.

Sie machten kurzen Prozess. Frentis sah, wie Arendil einen Sprung nach vorne tat und einem Kavalleristen, der gerade auf Davoka losgehen wollte, den Arm abschlug. Derweil galoppierte ein Ritter mit gezücktem Schwert auf Ermund zu. Dieser wich jedoch im letzten Moment aus und führte einen aufwärts gerichteten Hieb aus. Sein Schwert fuhr in den ungeschützten Hals des Mannes, der daraufhin blutend aus dem Sattel stürzte.

Grealin lag halb bewusstlos am Boden und blutete aus Augen, Ohren und Nase. Frentis kauerte sich neben ihn und legte ihm die Hand auf den Arm. Der Aspekt riss die Augen auf, aus denen immer noch rote Tränen strömten. Er sah Frentis schweigend an und lächelte. Als er den Mund aufmachte, um zu sprechen, quoll Blut daraus hervor. Frentis beugte sich vor, um ihn besser verstehen zu können. »Ich glaube … ich bevorzuge ein Leben … ohne Prophezeiungen.«

»Aspekt?«

Doch der Aspekt des siebten Ordens war verstummt. Für immer.

◆ ◆ ◆

Frentis ging zu dem Mann in der blauen Rüstung, der verzweifelt und unter wüstem Fluchen versuchte aufzustehen. Er verstummte jedoch schnell, als Frentis ihm die Schwertspitze vors Visier setzte.

Die restlichen Kämpfer versammelten sich ringsum, und Schlepper fragte: »Müssen wir ihn nicht vor ein Gericht stellen? Er ist doch der Erzfürst.«

»Tötet den Dreckskerl einfach, Bruder«, sagte Ermund. »Oder überlasst mir die Ehre.«

Frentis schob das Visier des Mannes hoch, und ein ausgemergeltes Gesicht mit blutigen Lippen und ängstlichen Augen kam zum Vorschein.

»Wenders!«, stieß Ermund verächtlich aus. Dann machte er einen Schritt vor und trat gegen das verletzte Knie des Mannes, woraufhin dieser vor Schmerz aufheulte. »Wir wollen den Herren, nicht seinen Handlanger. Hat er Euch erlaubt, in seiner Rüstung zu spielen? Wo ist er?« Ermund trat erneut zu. »Wo?«

»Es reicht«, schaltete Frentis sich ein. »Kennt Ihr diesen Mann?«

»Das ist Rekus Wenders, Darnels erster Diener und Speichellecker. Er hat den Angriff auf den Baron angeführt und mich und meine Männer den Volarianern übergeben. Zumindest diejenigen, die er nicht umgebracht hat.«

»I-ich tue nur, was der Erzfürst mir befiehlt«, stammelte Wenders. »Ich habe einen Eid geleistet …«

»Dein Eid ist mir scheißegal.« Ermund stellte den Fuß auf Wenders Hals und verlagerte sein Gewicht darauf. »Du hast meine Vettern auf dem Gewissen, du Drecksack.«

Davoka trat neben Ermund und legte ihm mit missbilligendem Blick die Hand auf die Brust. Der Ritter starrte sie wütend an, ließ dann jedoch mit einem Knurren von Wenders ab.

Frentis winkte Vierunddreißig heran. Der frühere Sklave hörte auf, sein Schwert zu putzen, trat neben Wenders und betrachtete ihn mit seinem gewohnt gleichgültigen Blick.

»Dieser Mann war ein Sklave mit einer Nummer und ganz speziellen Fähigkeiten«, erklärte Frentis dem Ritter. »Ich nehme an, Ihr habt genug Volarianer gesehen, um zu wissen, was das bedeutet.«

Ein panischer Ausdruck trat auf Wenders' Gesicht, und aus seiner Rüstung stieg ein beißender Geruch auf.

»Bei den Ahnen!« Schlepper wandte sich angewidert ab. »Zuzuschauen, wie der Ritter ihn tötet, wäre das kleinere Übel gewesen.« Damit ging er weg, um einer alten Gewohnheit folgend die Taschen der Toten nach Wertsachen zu durchsuchen.

»Gut«, sagte Frentis und ging neben Wenders in die Hocke. »Wir haben es eilig. Mein Freund wird keine Zeit verlieren, sondern gleich zur Sache kommen. Ihr versteht also, dass knappe, aber ehrliche Antworten gefragt sind.«

Der Ritter nickte so eifrig, wie es in Anbetracht seines Helms eben möglich war.

»Ihr werdet mir alles erzählen, was Ihr über Lord Darnels Gewohnheiten in Varinsburg wisst«, sagte Frentis. »Wie viele Wachleute er hat, wo er schläft, was er isst. Und ich will außerdem wissen, wo er den Aspekten meines Ordens gefangen hält.«

◆ ◆ ◆

Sie errichteten einen Scheiterhaufen für Grealin, hatten jedoch nicht genug Zeit, um mehr als ein paar Worte für ihn zu sprechen. Frentis bemühte sich nach Kräften, doch es wollte ihm nicht recht gelingen. *Wie soll man einem Mann wie ihm mit ein paar Sätzen gerecht werden?*, dachte er. Dann versuchte er, den Katechismus des Glaubens aufzusagen, brach jedoch mittendrin ab. Die anderen tauschten verunsicherte Blicke aus, und schließlich trat Davoka vor.

»Mein Volk fürchtet seinesgleichen«, sagte sie, und ihre Stimme wurde von den Wänden der Schlucht zurückgeworfen. »Wir glauben, dass sie etwas gestohlen haben, was der Mahlessa und den Göttern gehört. Dass ihr Diebstahl sie verkommen gemacht hat und sie weder Vertrauen noch einen Klan verdienen. Doch dieser Mann hat mir gezeigt, dass wir uns täuschen.«

Als sie fertig war, trat Arendil neben den Scheiterhaufen und lächelte traurig auf Grealins zugedeckten Leichnam hinab. »Manchmal, wenn alle schliefen, hat er mir Geschichten über den Orden erzählt. Jedes Mal eine andere und jede mit einer anderen Moral. Ich hoffe, ich habe ihm so gut zugehört, wie ich sollte.«

Illian stellte sich neben ihn und nahm seine Hand. Ihr war deutlich anzusehen, dass sie sich zusammennehmen musste, um nicht in Tränen auszubrechen. »Er sagte, obwohl ich von Geburt her eine Dame sei, habe das Leben eine Jägerin aus mir gemacht. Er fand, das passe besser zu mir.«

Als sie geendet hatte, ging Frentis mit einer Fackel zum Scheiterhaufen und zündete ihn an. »Auf Wiedersehen, Meister«, flüsterte er, als die Flammen emporzüngelten.

◆ ◆ ◆

Davoka zog Wenders seine Rüstung aus und entfernte die Pfeile, ehe sie seine Wunden versorgte. Sie gab sich keinerlei Mühe, vorsichtig zu sein, und seine Schmerzensschreie waren so laut, dass Ermund ihm die Hand auf den Mund legte und ihm einen Dolch an die Kehle hielt, bis Davoka fertig war. Anschließend lehnten sie ihn mit einer Feldflasche an einen Geröllhaufen.

»Wenn Euer Herr fragt«, sagte Frentis, »richtet ihm aus, dass der Rote Bruder ihm seinen Gruß entbietet und in Kürze zurückkehren wird, um diese Angelegenheit ein und für alle Mal zu regeln. Wenn Ihr klug seid, erwähnt Ihr nicht, wie hilfsbereit Ihr Euch gezeigt habt.«

»Ihr seid Narren«, erwiderte der Ritter. Jetzt, wo es offensichtlich war, dass sie ihn nicht töten würden, hatte er wieder etwas Mut geschöpft. »Dieses Land gehört jetzt den Volarianern. Wenn Euch Euer Leben lieb ist, müsst Ihr Euch mit ihnen verbünden. Ihr könnt mich ruhig für einen Feigling halten, aber ich werde in zwanzig Jahren noch immer am Leben sein, während Ihr alle to–«

Illians Armbrustbolzen durchschnitt pfeifend die Luft und bohrte sich in Wenders rechtes Auge. Erstaunlicherweise gelang es dem Ritter noch, ein paar letzte Worte zu stammeln, die jedoch nicht mehr als unverständliches Gebrabbel waren. Dann kippte sein Kopf zur Seite, und Wenders sank leblos zu Boden.

»Verzeihung, Bruder«, sagte Illian und machte ein zerknirschtes Gesicht. »Mir ist der Finger ausgerutscht.«

◆ ◆ ◆

Sie marschierten drei Tage lang nach Norden. Nur zwei Pferde hatten das Gemetzel in der Schlucht überlebt und dienten ihnen jetzt unter Meister Rensials Aufsicht als Packtiere. Außerdem hatten sie bei den Volarianern eine nicht unerhebliche Menge an Lebensmitteln gefunden: Trockenfleisch und Getreidekekse, die, in heißem Wasser aufgelöst, einen überraschend wohlschmeckenden Brei abgaben.

Am dritten Tag ging die nordasraelische Felslandschaft in das grasbewachsene Hügelland von Renfael über, wo schützende Wälder und Felsen rar waren.

»Wir könnten uns nach Osten durchschlagen«, schlug Schlepper vor. »An der Küste ist das Land zerklüfteter. Das weiß ich noch aus meinen Schmugglertagen.«

»So viel Zeit haben wir nicht«, entgegnete Frentis, obwohl er die Bedenken des ehemaligen Banditen teilte. *Wenn wir hier auf einen Kavallerietrupp treffen, haben wir keine Chance, aber uns bleibt keine andere Wahl.*

Sie hielten sich, so gut es ging, in den Tälern und vermieden Straßen und Dörfer. Die Hügel erklommen sie erst nachts, um dort ihr Lager aufzuschlagen. Nach zwei weiteren Tagen kam der Andur in Sicht, und Arendil versicherte ihnen, dass sie jenseits des Flusses weitläufige Wälder erwarteten.

»Den Ahnen sei's gedankt«, sagte Illian. »Hier draußen fühle ich mich irgendwie nackt.«

◆ ◆ ◆

Es geschah am nächsten Morgen. Sie hatten bereits fünf Meilen zurückgelegt, als sie es hörten: ein ferner Donner, begleitet von einem leichten Beben. Inzwischen war keiner von ihnen mehr so einfältig zu glauben, dass es sich dabei um die Vorboten eines aufziehenden Sturms handelte.

Davoka kniete sich hin und legte ein Ohr auf den Boden. »Sie reiten nach Süden. In unsere Richtung.« Damit rappelte sie sich hoch und blickte ernst in die Runde. »Sie sind nicht mehr weit weg.«

»Illian! Arendil!« Frentis winkte die beiden herbei und drückte ihnen die Zügel der Pferde in die Hand, während Meister Rensial sich daranmachte, den Tieren das Gepäck abzunehmen. »Reitet nach Westen. Und beeilt euch. Ihr solltet binnen einer Woche nach Nilsael kommen …« Er verstummte, als er sah, wie Illian die Zügel losließ, einen Schritt zurücktrat und die Arme verschränkte. Arendil stellte sich, ebenfalls mit leeren Händen, neben sie.

»Das ist kein Spiel …«, setzte Frentis erneut an.

»Das weiß ich, Bruder«, fiel Illian ihm ins Wort. »Und ich bin kein Kind mehr. Und Arendil genauso wenig. Wenn man getan hat, was wir getan haben, ist man kein Kind mehr. Wir bleiben bei Euch.«

Frentis starrte sie hilflos an. Seine Schuldgefühle waren so überwältigend, dass er am liebsten laut losgeschrien hätte. *Wenn ihr hier sterbt, ist es meine Schuld!*

»Es war ohnehin nur eine Frage der Zeit, Bruder«, sagte Arendil mit einem grimmigen Lächeln.

Frentis atmete langsam aus und ließ den Schrei ersterben. Dann besah er sich seine mitgenommene Truppe und stellte fest, dass sich keiner von ihnen zu fürchten schien. Sie blickten ihn nur mit stillem Respekt an und warteten auf seinen Befehl. *Ich wurde in ein Ungeheuer verwandelt, und sie haben wieder einen Menschen aus mir gemacht. Sie haben mich zurückgeholt. Ich bin zu Hause.*

Er konnte jetzt spüren, wie der Boden unter seinen Füßen erzitterte und dieses Zittern immer stärker wurde. *Das müssen mindestens tausend sein.* »Bildet einen Kreis«, ordnete er an und deutete auf eine leichte Erhebung in etwa zwanzig Schritt Entfernung. »Meister Rensial, bitte steigt auf und begebt Euch zu mir in die Mitte.«

Mit diesen Worten schwang er sich auf das andere Kriegspferd und trabte gemeinsam mit Rensial zur Anhöhe. Die anderen folgten ihnen und scharten sich mit gezückten Schwertern und erhobenen Bogen um sie.

Wenige Minuten später tauchten auch schon die verschwommenen Umrisse der ersten Reiter aus dem Morgennebel auf, etwa zwanzig Männer, die ein scharfes Tempo ritten. *Sie tragen keine Rüstung,* stellte Frentis fest. *Also müssen sie volarianische Späher sein …* Als er jedoch das Gesicht ihres Anführers erblickte, rissen seine Gedanken ab: ein schlanker Mann in mittleren Jahren mit kurz geschnittenem Haar und einem dunkelblauen Mantel.

»Senkt die Waffen«, befahl Frentis den anderen und stieg ab. Dann ging er auf wackeligen Beinen auf den Reiter zu, der kurz vor ihm sein Pferd zügelte.

»Bruder.« Meister Sollis' Stimme war noch rauher, als Frentis sie in Erinnerung hatte. »Ihr marschiert in die falsche Richtung.«

Achtes Kapitel

Reva

Die Stimme des Vorlesers war bereits aus der Ferne zu hören, und Reva fragte sich, wie ein so alter Mann so laut schreien konnte.

»… verdorbenen Ketzer sind schuld, dass der Weltvater den Blick von uns abgewandt hat …«

Reva rannte auf den Platz, wo die Leute sich dicht an dicht drängten und andächtig den Worten des Vorlesers lauschten.

»… diese Stadt ist das Geschenk des Weltvaters! Eine Gabe an die Geliebten, benannt nach seinem größten Diener! Wir aber haben der Verderbtheit Einlass gewährt und zugelassen, dass der Unglaube um sich greift …«

»Weg da!« Reva begann sich einen Weg durch die Menschenmassen zu bahnen.

Die meisten Leute traten beiseite, als sie ihr Gesicht sahen, andere wiederum waren zögerlicher, und Reva hatte nicht die geringste Lust, sich geduldig zu zeigen. »Ich habe gesagt, du sollst mich durchlassen!«, knurrte sie einen Mann an, der sie am Arm gepackt hatte, und verpasste ihm eine blutige Nase. Danach gingen die Leute ihr etwas bereitwilliger aus dem Weg.

»… diese Stadt zu säubern! Ich habe lange versucht, einen anderen Weg zu finden, doch dies sind die Worte des Weltvaters, wie sie in den

Zehn Büchern dargelegt sind: ›So ihr meine Stadt rein gemacht habt, werde ich meinen Blick wieder auf euch wenden …‹«

Endlich hatte Reva das vordere Ende der Menge erreicht und sah, dass eine Gruppe gefesselter Menschen vor dem Vorleser kniete. Um sie herum standen Männer mit Schwertern, manche davon Priester, die meisten jedoch Männer mittleren Alters, gerade zu alt, um zum Dienst auf die Mauer beordert zu werden. Einige wurden sichtlich unruhig, als sie Reva sahen, während andere ihr herausfordernd entgegenblickten. Einer wagte es sogar, sich ihr in den Weg zu stellen, als sie auf den Vorleser zuging.

Blitzschnell zog sie ihr Schwert aus der Scheide, und der Mann erstarrte. Erschrocken stellte Reva fest, dass es sich bei ihm um den Obsthändler handelte, der ihr am ersten Tag in der Stadt einen Apfel verkauft hatte. »Geh zur Seite«, befahl sie ihm mit leiser, drohender Stimme. Der Obstverkäufer erbleichte und tat, wie ihm geheißen.

»Da ist sie!«, verkündete der Vorleser von den Stufen der Kathedrale. »Wie ich es euch gesagt habe. Die Adeptin der Hure, die falsche Gesegnete.«

Reva erblickte Bruder Harin, dessen Gesicht blutverschmiert war, unter den Gefangenen. Neben ihm kniete Veliss mit geknebeltem Mund und hinter dem Rücken gefesselten Armen. Arken an ihrer Seite konnte sich kaum aufrecht halten. Seine Haut war fahl, und sein Kopf fiel ihm schwer auf die Brust.

»Ich gebe Euch gleich meinen Segen«, knurrte Reva und rannte mit von rotem Nebel verschleiertem Blick los. »Aber nicht mit Worten, sondern mit Stahl.«

Der Lieblingslakai des Vorlesers versuchte sie aufzuhalten und hieb ungeschickt mit seinem Rapier nach ihrer Brust. Im nächsten Augenblick fiel die Waffe scheppernd zu Boden –, und mit ihr zwei seiner Finger. Zwar war der Vorleser von seinen Bischöfen umgeben, doch fand Reva es bezeichnend, dass keiner von ihnen sich ihr in den Weg stellte. Die meisten gafften sie einfach nur fassungslos an oder wichen ihrem Blick ganz aus. Reva glaubte jedoch, das ein oder andere Lächeln gesehen zu haben. Als sie nach der Robe des Vorlesers griff, sank der alte Mann schwach auf die Stufen, und Reva blieb mit gezücktem Schwert über ihm stehen.

»Der Priester!«, forderte sie. »Sagt mir, wer er ist. Ich weiß, dass er in Eurem Auftrag handelt.«

»Welche Sünde.« Der Vorleser schüttelte den Kopf. Wahnsinn und Verwunderung sprachen aus seinem Blick. »Welch tiefe Verdorbenheit. Ihr, die Ihr uns als Retterin versprochen wurdet, hegt abartige Gelüste …«

»Antwortet mir!« Reva bohrte die Schwertspitze in seine Robe und drückte ihn noch tiefer zu Boden.

»Das strahlende Licht Eures Opfers sollte uns vereinigen. Der Bote des Weltvaters höchstpersönlich hatte es dem Priester versprochen …«

»REVA!«, erschallte jetzt die Stimme des einzigen Menschen, der sie aufhalten konnte. Sie drehte sich um und sah, wie ihr Onkel durch die Menge gehumpelt kam. Die Menschen machten ihm mit gesenktem Kopf Platz. Der Erzfürst bot einen traurigen Anblick: ein verbrauchter, dem Tode geweihter Mann, der sich mit einem alten Schwert als Gehstock voranschleppte. Doch gleichzeitig strahlte er eine tiefe Würde aus. Er sah sich mit gebieterischem Blick um, und einige der bewaffneten Männer ließen das Schwert sinken, während Sentes sich langsam die Treppe hinaufquälte.

Als er schnaufend ein paar Stufen unter Reva zum Stehen kam, ließ sie vom Vorleser ab und trat einen Schritt zurück. »Ich glaube«, sagte der Erzfürst und rang nach Luft, »es ist an der Zeit, dass die Leute die Nachricht erfahren.«

»Nachricht?« Revas Brust hob und senkte sich, schwer vor unterdrücktem Zorn.

»Ja. Die Offenbarung des Weltvaters. Wir sollten sie mit unserem Volk teilen.«

Offenbarung? Reva blickte in die Gesichter der Leute und sah die verschiedensten Gefühlsregungen darin: Angst und Hoffnung, vor allem aber große Verunsicherung. *Das ist es also, was er ihnen zu bieten hat,* begriff sie. *Sicherheit. Die Lüge von einer großen Wahrheit. Den Vorleser zu töten würde diese Lüge nicht aus der Welt schaffen.*

»Lord Vaelin Al Sorna ist auf dem Weg hierher!«, rief sie und breitete die Arme aus. »Er kommt mit einer großen und mächtigen Armee, um uns zu helfen!«

»Sie lügt!«, zischte der Vorleser und richtete sich mühsam auf. »Sie schützt die Worte des Weltvaters vor, um ihre Lügen zu verbreiten! Und noch dazu wagt sie es, den Namen der Dunkelklinge zu nennen!«

Allgemeines Gemurmel erhob sich. »Al Sorna ist nicht die Dunkelklinge!«, schrie Reva. »Er kommt, um uns zu retten. Ich bin Lady Reva Mustor, Thronerbin dieses Erzlehens und Tochter der Wahrklinge. Ihr sagt, ich sei gesegnet. Ihr glaubt, dass der Blick des Weltvaters auf mir ruht. Ich sage, sein Blick ruht auf uns allen. Und der Weltvater wird Mord nicht belohnen.«

»Diese Ketzer verweigern sich der Liebe des Weltvaters!« Der Vorleser zeigte mit seiner knochigen Hand auf die Gefesselten. »Sie machen diese Stadt schwach!«

»Sie machen uns schwach?« Reva schaute den Obsthändler an, der sich ihr zuvor in den Weg gestellt hatte. »Du! Du hast doch ein Schwert. Warum habe ich dich nie auf der Mauer gesehen?«

Der Mann trat von einem Fuß auf den anderen und blickte sich beklommen um. »Ich habe eine Tochter und drei Enkelkinder, edle Dame …«

»Und sie werden sterben, wenn es uns nicht gelingt, diese Stadt zu halten.« Als Nächstes wandte Reva sich einem Priester zu, der in der Nähe der Stufen stand – ein dickleibiger Mann, in dessen plumpen Fingern ein Schwert mit schmaler Klinge baumelte. »Und Euch, Diener des Weltvaters, habe ich genauso wenig gesehen. Dieser Mann dagegen« – sie zeigte auf Arken – »hat tapfer für euch gekämpft und Blut vergossen. Und dieser Mann« – jetzt deutete sie auf Bruder Harin – »kümmert sich unermüdlich um eure Verwundeten. Und diese Frau …« Veliss' Augen waren weit geöffnet und leuchteten. »… diese Frau hat dem Erzlehen jahrelang treu und gut gedient. Sie hat alles getan, um diese Stadt vor dem Feind zu schützen, und dafür gesorgt, dass ihr alle zu essen habt.«

Reva warf einen wütenden Blick in die Menge. »Nicht sie schwächen uns. Sondern ihr! Ihr seid unsere Schwäche! Ihr benehmt euch schon jetzt wie die Sklaven, die unsere Gegner aus uns machen wollen. Ihr kommt hierher und duckt euch vor diesem verlogenen alten Mann, der Hass in euren Herzen sät. Und das, obwohl ihr wisst, dass der Weltvater Liebe predigt!«

Sie sah den dickleibigen Priester wieder an. »Legt das weg, bevor Ihr Euch wehtut.« Er starrte sie nur wortlos an und ließ das Schwert scheppernd zu Boden fallen. Anschließend wandte Reva sich den anderen Schwertträgern zu und musterte sie nacheinander. Die Männer blickten entweder beschämt weg oder sahen Reva voller Verwunderung an, legten jedoch einer nach dem anderen ihre Waffen nieder.

Auf der rechten Seite der Menge erhob sich ein Tumult. Antesch und Arentes bahnten sich einen Weg durch die Menschen, begleitet von mehreren Dutzend Bogenschützen und Soldaten des königlichen Heeres. Sie wollten sich auf die entwaffneten Männer stürzen, doch Reva gebot ihnen Einhalt und deutete auf die Gefangenen. »Bitte befreit diese Leuten von ihren Fesseln, meine Herren.«

Dann sah sie sich nach dem Vorleser um, dessen Gesicht bleich war – ob vor Zorn oder Fassungslosigkeit konnte Reva nicht beurteilen. »Die Kathedrale bleibt bis auf Weiteres geschlossen. Ich will Euer Gesicht hier draußen nicht mehr sehen.« Damit steckte sie ihr Schwert in die Scheide und stieg die Treppe hinab. Beim Erzfürsten angelangt streckte sie ihm ihre Hand entgegen und sagte: »Ich glaube, Ihr solltet Euch etwas hinlegen, Onkel.«

Müde lächelnd nickte er. Dann blinzelte er plötzlich und riss erschrocken die Augen auf. Reva wirbelte herum. Der Vorleser kam mit gezücktem Dolch auf sie zugestürzt, zu schnell, um ihm auszuweichen oder ihn abzuwehren. Sein Gesicht war eine hasserfüllte Grimasse. Aus dem Augenwinkel sah Reva eine Bewegung. Der Vorleser taumelte, sein Dolch streifte noch ihren Arm, dann brach der alte Mann auf den Stufen zusammen. Das Schwert, das einst Revas Großvater gehört hatte, ragte aus seinem Bauch. Der Vorleser hustete, zuckte noch einmal und starb.

Reva fing ihren Onkel auf, ehe er zu Boden stürzte, und bettete seinen Kopf in ihren Schoß. Ihre Hand auf seiner Brust spürte, wie sein Herzschlag immer langsamer wurde. »Ich habe … noch nie … zuvor jemanden getötet«, presste er hervor. »Ich bin froh … dass er … es war.« Seine Hand suchte ihre Wange, und Reva drückte sie fest dagegen. »Zweifle nicht … an der Liebe des Weltvaters … meine zauberhafte Nichte. Versprich es mir.«

»Ich verspreche es Euch, Onkel.«

Der Erzfürst lächelte, und sein Blick begann sich zu trüben. »Brahdor«, flüsterte er.

»Onkel?«

»Der Mann, den dein Priester Lordschaft nannte … Sein Name ist … Brahdor …« Die knochige Hand ihres Onkels erschlaffte. Seine Augen waren zwar noch auf Reva gerichtet, doch sie wusste, dass sie nichts mehr sahen.

⬧ ⬧ ⬧

Erzfürst Sentes Mustor wurde in der Familiengruft des Anwesens zur letzten Ruhe gebettet. Auf Revas Befehl hin waren nur sie und die Sargträger anwesend. Sie hätte Veliss gerne an ihrer Seite gehabt, doch diese war von den Ereignissen des Tages noch zu mitgenommen und hatte sich mit bleichem Gesicht in ihre Gemächer zurückgezogen. Nachdem die Träger den Sarg abgestellt hatten, schickte Reva sie fort und hielt bis Anbruch der Dunkelheit allein Totenwache. Die Leiche ihres Onkels lag in einem schlichten Holzsarg, der neben den kunstvoll verzierten Marmorsärgen ihrer Vorfahren deplaziert wirkte. Irgendwann würde Reva sich um einen schöneren kümmern müssen. Von draußen war das dumpfe Poltern der Felsbrocken zu hören, die langsam, aber sicher eine weitere Bresche in die Mauer schlugen. Anteschs Bericht zufolge würde es nur noch zwei Wochen dauern, bis es so weit war.

Reva hatte gehofft, dass sie zwischen den Knochen ihrer Ahnen vielleicht eine Vision oder eine Eingebung hätte, die ihr verriet, wie sie die Schlacht würde gewinnen können, wenn der letzte Stein fiel. Doch alles, was die Wache ihr einbrachte, waren ein kalter Hintern und ein Gefühl von Verlust, das so übermächtig war, dass es sich anfühlte, als hätte man ihr das Herz herausgerissen.

Sie stand auf und trat an den Sarg. Ihre Finger strichen über das unlackierte Holz. »Auf Wiedersehen, Onkel.«

Veliss machte ihr erst nach dem siebten Klopfen auf; sie war bleich und hatte gerötete Augen. Ein trauriges Lächeln umspielte ihre Lippen, dann wandte sie sich um, ließ die Tür jedoch offen stehen. Reva trat ein und machte sie hinter sich zu. Veliss saß an ihrem Schreibpult, vor sich ein Stück Pergament, das zur Hälfte mit ihrer sorgfältigen Schrift bedeckt war. »Das ist mein Kündigungsschreiben«, sagte sie und nahm die Feder zur Hand. »Ich denke, ich werde auf das Angebot deines Onkels zurückkommen und das Pferd und das Gold nehmen. Natürlich erst, wenn das hier überstanden ist. Ich habe gehört, dass der Ferne Westen einiges zu bieten hat …«

Sie verstummte, als Reva näher trat und ihr die Hände auf die Schultern legte. Dann sah sie auf und begegnete im Spiegel Revas Blick. »Ich dachte, es sei ein Makel?«

Reva beugte sich herab und küsste Veliss' Nacken. Diese erschauerte, und Reva genoss die freudige Erregung, die sich in ihr ausbreitete. »Nicht mehr.« Sie nahm Veliss an der Hand und zog sie zum Bett. »Jetzt ist es ein Geschenk.«

◆ ◆ ◆

Ist es verwerflich?, fragte sie sich am nächsten Morgen. *Ist es verwerflich, dass ich trotz allem so glücklich bin?* Sie hatte sich bemüht, während der Besprechung mit ihren Hauptmännern ein ernstes Gesicht zu bewahren, und war Veliss' Blick wohlweislich ausgewichen, um nicht versehentlich zu erröten oder verräterisch zu grinsen. Ihr Onkel war tot, der Vorleser war auf den Stufen seiner eigenen Kathedrale getötet worden, und die Stadt stand kurz vor der Zerstörung. Und dennoch konnte Reva an nichts anderes denken als an die Wunder der vergangenen Nacht.

»Es wird nicht reichen«, sagte Antesch zu Arentes und klopfte mit den Fingerknöcheln auf die Karte, die vor ihnen ausgebreitet auf dem Tisch lag. »Wir können die Volarianer höchstens ein paar Stunden an den Breschen aufhalten, und währenddessen versuchen sie bestimmt, an einer anderen Stelle über die Mauer zu kommen, um uns abzulenken.«

»Aber was sollen wir tun?«, fragte der alte Kommandant der Stadtwache. »Die Verteidigung dieser Stadt beruht allein auf den Mauern. Es gibt keinerlei Alternative. Edle Dame«, er wandte sich Reva zu, »es wäre gut zu wissen, wie lange die Dunkel… wie lange Lord Al Sorna noch brauchen wird, bis er mit seiner Armee hier eintrifft.«

Reva musste sich zusammennehmen, um sich ihre Belustigung nicht anmerken zu lassen. *Er hat es geglaubt.* Dann sah sie das gespannte Gesicht von Lord Antesch und begriff, dass der alte Hauptmann nicht der Einzige war. *Sie denken tatsächlich, dass der Weltvater mir eine heilige Vision gesandt hat.* »Derlei … Einzelheiten sind mir leider nicht kundig, Euer Lordschaft«, erwiderte sie. »Wir müssen alles daransetzen, diese Stadt so lange wie möglich zu halten.«

Antesch seufzte und sah wieder auf die Karte. »Wie wäre es, wenn wir hier und hier Türme aufstellen – direkt hinter den neuen Mauern – und sie mit Bogenschützen besetzen …«

Während Antesch fortfuhr, betrachtete Reva die Karte, und ihr fiel auf, wie ringförmig die Stadt aufgebaut war. Der freie Platz in der Mitte sah beinahe aus wie das Schwarze einer Zielscheibe. Reva nahm ein Stück Kohle zur Hand und begann, damit auf die Karte zu zeichnen. »Wir haben in zu kleinen Maßstäben gedacht«, erklärte sie den beiden Herren und malte eine Reihe schwarzer Kreise in die Straßen, jeder kleiner als der vorangegangene. »Wir errichten nicht zwei Innenmauern, sondern sechs. Jede davon muss so lange wie möglich gehalten werden. Außerdem postieren wir Bogenschützen auf den Dächern. Es müssen gar nicht viele sein, denn die Straßen sind so eng, dass nicht viele Volarianer Platz darin finden. Wenn sie eine Mauer durchbrochen haben, lassen wir uns zur nächsten zurückfallen.«

Arentes starrte eine Weile auf die Karte, dann antwortete er: »Das hieße, dass wir ein Viertel der Stadt abreißen müssen.«

»Die Stadt lässt sich wieder aufbauen. Ihre Einwohner dagegen sind unersetzlich.« Reva sah Antesch an. »Euer Lordschaft?«

Der Herr der Bogenschützen nickte langsam. »Mir scheint, der Blick des Weltvaters ruht zu Recht auf Euch. Wir werden uns jedoch anstrengen müssen, wenn wir fertig sein wollen, ehe sie die Bresche geschlagen haben.«

»Dann fangen wir am besten gleich damit an. Den Leuten wird eine Ablenkung von dem verdammten Steingepolter bestimmt guttun.«

◆ ◆ ◆

Veliss stellte nach Stadtteilen gegliederte Arbeitstrupps zusammen und jedem einen erfahrenen Bauarbeiter an die Spitze. Sie wechselten sich in siebenstündigen Schichten ab. Niemand musste mehr hungern, denn die Rationierung der Lebensmittel war dringenderen Erfordernissen gewichen. Sie verbrachten die ganze Nacht damit, jahrhundertealte Häuser abzureißen, und verwendeten die Ziegelsteine zum Bau der Barrikaden, die schon bald als *Ringe der Gesegnet*en bezeichnet wurden. Die größeren Häuser wurden zu kleinen Festungen ausgebaut und ihre Dächer mit hölzernen Plattformen für die Bogenschützen versehen, die mit einem großzügigen Vorrat an Waffen und Pfeilen ausgestattet wurden. Zudem verbanden sie die Dächer durch Holzstege, damit bei Bedarf schnell Verstärkung anrücken konnte.

Indes übte Reva mit der Haus- und Stadtwache für den Ernstfall. »Ist das wirklich notwendig?«, fragte Veliss und sah zu, wie die Soldaten zum zehnten Mal von der Mauer nach unten rannten, während Reva die Sekunden zählte.

»Jeden, den wir auf der Mauer oder in den Breschen töten, müssen wir nicht mehr auf den Straßen töten«, erwiderte Reva. Dann schlenderte sie hinüber zu der Stelle, wo der Feldwebel der Hauswache und seine Männer standen und nach Luft schnappten. »Schon besser als beim letzten Mal, aber immer noch zu langsam. Los, nochmal.«

»Du kannst von Glück sagen, dass sie dich anbeten«, stellte Veliss fest, als die Wachen zurück zur Treppe trotteten.

»Ja, der Segen des Weltvaters bewirkt wahre Wunder.«

Veliss nickte und schürzte die Lippen. »Ich, äh, wollte gerade noch einmal die Vorräte im Keller überprüfen. Es sollte ungefähr eine Stunde dauern, vielleicht auch länger.«

Damit verneigte sie sich förmlich und schritt davon. Reva hoffte, dass die Wachen ihre geröteten Wangen auf die Kraftanstrengung zurückführten. Seit ihrer ersten Nacht hatte es nur eilige, aber wonnevolle Berührungen in dunklen Ecken gegeben, wobei das Gefühl, sich ein verbotenes Vergnügen zu erschleichen, ihre Begegnungen besonders aufregend machte.

»Hast du viel zu tun?«

Reva drehte sich um und sah Arken, der mit steifen Schritten auf sie zukam. Ihm war deutlich anzumerken, dass er Schmerzen hatte, obschon er sich bemühte, es zu verbergen. »Geh wieder ins Bett«, sagte Reva kurz angebunden.

»Wenn ich noch eine Minute länger im Krankenhaus verbringen muss, verliere ich den Verstand«, entgegnete Arken. »Bruder Harin mag zwar ein bewundernswerter Mann sein, aber er redet ohne Unterlass. Hast du gewusst, dass das hier sein fünfter Krieg ist? Er wird dir liebend gern haarklein von den anderen vier erzählen, wenn du ihn lässt.«

Reva sah, dass er es ernst meinte, und gab es auf, ihn zurückschicken zu wollen. Stattdessen sagte sie: »Lord Antesch kann Hilfe im Ostsektor brauchen. Sie reißen gerade eine Weinhandlung ab.«

Arken nickte, dann zögerte er. »Wir werden nicht in die Nordlande gehen, oder? Auch nicht, wenn wir gewinnen?«

Reva blickte in sein breites, ehrliches Gesicht und sah, dass an die Stelle des Jungen, der er bis vor Kurzem gewesen war, ein braver, mutiger Mann getreten war. Diese Feststellung schmerzte sie, denn sie machte ihr deutlich, dass er nicht bei ihr bleiben würde. Sie mochte sich zwar einen Bruder wünschen, doch Arken hatte bereits eine Schwester. »Ich habe mich für Lady Reva, Statthalterin von Cumbrael entschieden«, sagte sie schließlich. »Das wird mein offizieller Titel. Du hattest recht, Erzfürstin klingt nicht gut.«

»Statthalterin von Cumbrael«, wiederholte er grinsend. »Das passt zu dir.« Er machte eine übertriebene Verbeugung, stöhnte und rieb sich den Rücken. Dann richtete er sich auf und stapfte Richtung Ostsektor davon.

◆ ◆ ◆

Sie war bei Veliss, als der letzte Felsbrocken herabstürzte. Eng umschlungen lagen sie auf einem Haufen Felle in einer dunklen Ecke des Kellers, schweißbedeckt und schwer atmend. »Deine Hände sind wunderschön.« Veliss schlang ihre Finger um die von Reva und schmiegte sich noch dichter an sie.

»Sie sind rauh, schwielig, und die Nägel sind eingerissen«, entgegnete Reva. »Und meine Füße sind noch schlimmer.«

»Red keinen Unfug.« Veliss richtete sich auf, um Reva zu küssen.

Ihre Lippen berührten einander sanft, und Veliss' Zunge tastete sich langsam vor. »Jeder einzelne Teil deines Körpers ist hinreißend.«

Reva kicherte, als Veliss' Mund langsam tiefer wanderte, und vergrub die Hände in ihrem dichten, duftenden Haar.

»Warte!«, sagte sie, als sie die plötzliche Stille bemerkte.

»Was ist?« Veliss sah hoch und zog einen Schmollmund.

»Sie haben aufgehört.« Nach all der Zeit glich das fehlende Donnern der Felsbrocken einem endlosen stummen Schrei.

»Ich werde Bruder Harin im Krankenhaus helfen«, sagte Veliss, während sie sich anzogen. »Viel mehr kann ich ohnehin nicht tun.«

Sie sah Reva mit großen Augen an, und in ihrem Blick lag verzweifelte Hoffnung. Doch Reva schnallte sich das Schwert um und hielt nur kurz inne, um Veliss einen Kuss auf die Stirn zu geben. »Pass auf dich auf.« Sie strich ihr das zerzauste Haar aus der Stirn. »Ich liebe dich.«

♦ ♦ ♦

Der Kuritai stöhnte leise auf, als sie ihm die Klinge quer über die Augen hieb. Es war das erste Mal, dass einer von ihnen einen Schmerzenslaut von sich gab. Reva sprang hoch und trat dem Mann mit beiden Füßen vor die Brust, gerade als er sein Schwert nach vorne stieß und nur noch Luft traf. Selbst blind war er noch gefährlich. Der Stoß beförderte ihn gegen die Mauer, wo er über die Köpfe seiner Kameraden stolperte. Derweil rollte Reva sich ab und kam wieder hoch, wobei sie Schwerthieben aus drei Richtungen ausweichen musste. Doch da schloss auch schon die Hauswache mit wild wirbelnden Hellebarden zu ihr auf.

Als Reva kurz nachzählte, stellte sie fest, dass bereits die Hälfte ihrer Männer gefallen war. Sie warf einen Blick auf die Innenmauer hinter der ersten Bresche, vor der sich tote Volarianer stapelten; dank des Pfeilregens von den Dächern wurden es immer mehr. Allerdings legten ihre Angreifer jetzt einen bislang ungekannten Zusammenhalt an den Tag. Eine dichtgedrängte und mit Schilden bewaffnete Gruppe kämpfte ihren Hintermännern den Weg frei. *Es ist an der Zeit.*

»Zurück!«, schrie sie und machte noch einen geschwinden Satz nach vorn, um dem blinden Kuritai ihr Schwert in den Hals zu rammen. Dann wirbelte sie herum und rannte den Wachen hinterher. Schneller als bei jeder Übung hasteten sie die Treppe hinunter und erreichten den ersten Verteidigungsring ohne weitere Verluste. Die Kuritai hefteten sich, ohne zu zögern, an ihre Fersen und machten sich daran, die neue Mauer zu erklimmen, fielen jedoch dutzendweise den Bogenschützen zum Opfer. Die wenigen, die es auf die andere Seite schafften, waren Reva und ihren Leuten gnadenlos unterlegen und wurden in Windeseile niedergemetzelt.

»Denkt an das Signal«, sagte Reva zu Feldwebel Laklin. »Wenn Ihr drei Hornstöße hört, zieht Ihr Euch zum nächsten Ring zurück.«

»Ich werde daran denken, meine Dame.« Laklin wischte sich den Schweiß von der Stirn und grinste sie an. »Denen haben wir's gezeigt, was?«

»Das haben wir. Aber wir sind noch lange nicht fertig.«

Damit rannte sie in den Westsektor, wo Antesch gerade dabei war, seine Kompanien neu zu formieren, nachdem sie von der Bresche hinter die erste Innenmauer geflohen waren. Immer wieder musste sie sich unter Feuerbällen der Volarianer wegducken, die wenige Meter vor ihr einschlugen. Es regnete Ziegelsteine und glühende Asche. Antesch hatte diese Taktik vorausgesehen und Löschtrupps zusammengestellt, die sogleich mit Eimern angerannt kamen. Sie bestanden hauptsächlich aus älteren Stadtbewohnern und ein paar Jugendlichen, bekämpften die Flammen mit wilder Entschlossenheit und hatten das Feuer binnen kurzer Zeit gelöscht. Verglichen mit der Größe des Feuerballs war es erstaunlich klein gewesen.

»Es hat eben seine Vorteile, in einer Stadt aus Stein zu leben, edle Dame«, sagte die Anführerin des Trupps, eine stämmige Frau mittleren Alters, die an dem Tag, als Reva in die Villa ihres Onkels eingedrungen war, mit ihr in der Schlange der Bittsteller gestanden hatte. Ihren Worten zum Trotz konnte Reva jedoch ein halbes Dutzend Rauchsäulen sehen, die aus den umliegenden Straßen aufstiegen. Augenscheinlich war nicht die ganze Stadt feuerfest.

◆ ◆ ◆

»Nicht nachlassen, Leute!« Antesch befand sich auf dem Dach des Hauses der Maurergilde, von dem aus er den westlichen Sektor überblickte. Er hatte sich für diesen Kommandoposten entschieden, weil das Haus bei Weitem das massivste der ganzen Stadt war. Es hatte dicke Wände, und die schmalen Fenster gaben perfekte Schießscharten ab. Unter ihnen drängten sich die Volarianer mit erhobenen Schilden vor der Mauer, während hinter ihnen immer mehr durch die Bresche strömten. Anstatt zu versuchen, die Mauer zu überwinden, wollten sie ihr offenbar mit Gewalt zu Leibe rücken. Ab und zu blitzte zwischen den Schilden ein Kurzschwert auf; allem Anschein nach hämmerten sie mit ihren Waffen auf das frische Mauerwerk ein.

Reva warf einen mit Lampenöl gefüllten Tontopf hinunter, der zerbrach und seinen Inhalt über die Schilde ergoss. Dann schoss sie einen Feuerpfeil hinterher. Es dauerte nicht lange, und die Volarianer warfen ihre brennenden Schilde weg, woraufhin sie von einer Pfeilsalve gefällt wurden. Allerdings kam durch die Breschen ein unerschöpflicher Strom neuer Soldaten nach.

Von rechts erklangen zwei Hornstöße, die verkündeten, dass ein Durchbruch unmittelbar bevorstand. »Haltet die Stellung!«, befahl Reva Antesch und rannte zum nächsten Holzsteg.

Zwei Bataillone Freie Schwerter griffen an verschiedenen Stellen des nördlichen Rings an. Eines davon wurde von Revas Männern in Schach gehalten, doch einem kleinen, aber wachsenden Teil des zweiten Trupps war es gelungen, hinter die Mauer vorzudringen, obschon von oben Pfeile und andere Geschosse auf sie niederprasselten. Auf diesem Teil der Mauer bestanden die Verteidiger vorwiegend aus Stadtbewohnern, die von ein paar Bogenschützen und Wachen unterstützt wurden. Ihre mangelnde Erfahrung machten sie zumindest teilweise durch ihren unermüdlichen Einsatz wett. Reva sah, wie ein großgewachsener älterer Mann in der Ledertracht der Zimmermänner sich mit einer Axt auf die Volarianer stürzte, dicht gefolgt von einer Handvoll junger Lehrlinge. Gleichzeitig hagelte es von den umliegenden Dächern Steine, Flaschen und Flüche auf die Angreifer.

»Verreckt, ihr verdammten Ketzer!«, schrie eine junge Frau, stemmte einen großen Ziegelbrocken über ihren Kopf und ließ ihn auf die Volarianer fallen. Er landete inmitten der Schilde, wo er ein klaffendes

Loch hinterließ. Reva packte die Gelegenheit beim Schopf und sprang zwischen die Kämpfer. Sie landete auf einem Soldaten der Freien Schwerter, der gerade seinen Schild heben wollte, um die entstandene Lücke zu schließen. Der Mann ging zu Boden, und Revas Schwert bohrte sich ihm durch den offenen Mund ins Gehirn. Im nächsten Augenblick gingen mehrere der umliegenden Männer mit ihren Kurzschwertern auf sie los, doch Reva sprang hoch und wirbelte herum. Ihr Schwert beschrieb einen funkelnden Bogen und fand mit schrecklicher Präzision die Augen und Kehlen ihrer Angreifer. Als die Stadtbewohner Revas Eingreifen bemerkten, verdoppelten sie ihre Anstrengungen. Der alte Zimmermann stieß einen Kampfschrei aus und schlug wild mit seiner Axt um sich, während seine Lehrlinge mit Beilen und Hämmern auf ihre Gegner losgingen. Jetzt kamen auch aus den umliegenden Häusern Alltoraner angerannt und stürzten sich auf die Freien Schwerter.

Es dauerte nicht lange, bis die Volarianer unter der Gegenwehr der Stadtbewohner klein beigaben. Manche versuchten, sich hinter die Mauer zu retten, wurden jedoch von den Pfeilen der Bogenschützen gefällt. Andere kämpften bis zum bitteren Ende. Einem Mann gelang es, sich die Stadtbewohner mit den gezielten Schwerthieben eines erfahrenen Kämpfers vom Leibe zu halten. Er stand mit gebleckten Zähnen über einem gefallenen Kameraden und stieß auf Volarianisch wüste Flüche gegen seine Angreifer aus, die sich gerade für eine letzte Attacke bereitmachten. Dann erblickte er Reva und erstarrte.

»Ihr seid sehr tapfer«, stellte sie fest und ging, ohne zu zögern, auf ihn los. Der Kampf war schnell vorüber. Der Veteran röchelte, als Reva ihr Schwert durch den zollbreiten Spalt in seinem Brustpanzer stieß.

»Dürfte ich?«, fragte sie den alten Zimmermann und deutete auf seine Axt, die er ihr in schweigender Ehrfurcht reichte.

»Dieser Mann« sagte sie und machte sich daran, der Leiche des Volarianers den Helm abzunehmen, »gilt bei seinen Leuten vermutlich als Held. Wir sollten ihnen zeigen, was in dieser Stadt mit Helden geschieht.«

Von der anderen Seite der Mauer waren gebrüllte Befehle zu hören. Offensichtlich brachten die Feldwebel und Offiziere ihre Männer für einen neuen Angriff in Position. Die Schreie verstummten, als der abgeschlagene Kopf des Veteranen über die Mauer flog.

»Ihr habt euch wacker geschlagen«, lobte Reva die Stadtbewohner mit einem Lächeln, bemüht, ihre Verärgerung nicht durchklingen zu lassen, als sie geschlossen vor ihr niederknieten. »Sammelt alle Waffen ein und haltet euch bereit. Es ist noch lange nicht vorbei.«

◆ ◆ ◆

Den äußersten Ring konnten sie bis zum Einbruch der Dunkelheit halten. Dann gelang den Volarianern nach erheblichen Einbußen schließlich an der Ostmauer der Durchbruch. Ein Bataillon Sklavensoldaten schlug mithilfe eines Rammbocks eine Bresche in die Mauer, und ein Trupp Kuritai verteidigte sie erfolgreich gegen die Alltoraner. Lord Arentes ließ drei Mal ins Horn stoßen, und die Männer traten wie eingeübt den Rückzug an. Die Bogenschützen auf den Dächern gaben ihnen Deckung, schossen fünf Pfeile ab, zogen sich zwanzig Schritt zurück und feuerten noch einmal fünf Pfeile. Unten in den Straßen schleppten die Stadtbewohner Holzkarren und Möbel herbei, um den heranstürmenden Volarianern für ein paar wertvolle Sekunden den Weg zu versperren, und flüchteten sich schnell hinter den nächsten Ring.

Reva bezog mit ihrem Bogen auf dem höchsten Dach jenseits des zweiten Rings Stellung und beobachtete, wie die letzten Verteidiger über die fünfzig Meter breite freie Fläche liefen, welche die Todeszone bildete. Glücklicherweise machte die Aussicht auf die Früchte ihrer Arbeit die Volarianer unvorsichtig. Sie konnten es nicht erwarten, endlich zu plündern, zu töten und zu schänden, und stürmten in ihrem Blutrausch mit erhobenen Schwertern und ohne Schilde blindlings vorwärts.

Antesch würde das folgende Gemetzel später als den größten Moment in der Geschichte der cumbraelischen Bogenkunst bezeichnen. Und es war wirklich ein spektakulärer Anblick. So viele Pfeile schwirrten durch die Luft, dass man unmöglich feststellen konnte, ob sie ihr Ziel fanden. Es war, als würde man versuchen, durch dichten Rauch zu spähen. Reva feuerte innerhalb von sechs Sekunden ebenso viele

Pfeile ab. Neben ihr versuchte Arken, es ihr gleichzutun, biss jedoch jedes Mal, wenn er seinen Langbogen spannte, vor Schmerz die Zähne zusammen. Der Ansturm der Volarianer brach nach einer Minute ab, ohne dass auch nur einer von ihnen den zweiten Ring erreichte. Antesch ließ abblasen, und die Sicht klärte sich. Ein Teppich aus Leichen überzog das Schlachtfeld, keine davon dichter als zwölf Meter vor der Mauer. Mehrere Männer hatten in den umliegenden Straßen Schutz gesucht, während andere, von Pfeilen durchbohrt, im Freien herumstolperten. Ihren merkwürdig ausdruckslosen Gesichtern nach zu urteilen, handelte es sich um Varitai.

Reva räumte eigenhändig mit ihnen auf, Pfeil um Pfeil. Als der letzte Volarianer gefallen war, erhob sich ein bedrohliches Knurren aus den Reihen der Verteidiger, das schon bald zu einem hasserfüllten Widerstandsgeschrei anschwoll.

◆ ◆ ◆

Auch nachts war den Alltoranern keine Pause vergönnt. Statt mit Massenangriffen versuchten die Volarianer es jetzt mit Feuer. Sie schleuderten mit Öl gefüllte Tongefäße über die Mauer und schossen Feuerpfeile hinterher. Erneut erwiesen sich die steinernen Gebäude als Segen, und die meisten Flammen waren rasch gelöscht. Doch im Gegensatz zu Stein konnten Menschen sehr wohl brennen, und Bruder Harin hatte schon bald alle Hände voll zu tun, die Brandwunden der Leute zu versorgen. Reva hatte ihm die Kathedrale als Krankenhaus überlassen. Die Kirchenbänke, die jetzt als Betten dienten, füllten sich von Stunde zu Stunde mehr. Nur einer der Bischöfe hatte die Dreistigkeit besessen zu protestieren, ein alter Mann, der mit runzligen, zitternden Händen seinen Stab umklammerte und mit finsterem Blick aus dem neunten Buch zitierte: »›In einem Haus, auf dem der Blick des Weltvaters ruht, haben allein Liebe und Frieden Platz.‹«

»›Wendet nicht den Blick ab von jenen, die eurer Hilfe bedürfen‹«, hielt Reva mit einem Zitat aus dem zweiten Buch dagegen. »›Denn der Weltvater wird dies niemals tun.‹ Und jetzt geht aus dem Weg, alter Mann.«

Die Menschen, die Verbrennungen erlitten hatten, boten einen schrecklichen Anblick. Ihr Haar war versengt, ihre Haut schwarz und rot. Große Mengen Rotblüte waren notwendig, um ihre Schmerzen zu lindern. »Wenn es so weitergeht, sind unsere Vorräte bald aufgebraucht«, sagte Veliss. Sie trug ein schlichtes Kleid, das von Blut- und allerlei Schmutzflecken übersät war. Die Ärmel hatte sie hochgerollt und das Haar zurückgebunden, ihr Gesicht war schweißnass und rußverschmiert. Reva hätte sie am liebsten geküsst – noch vor den Augen des grimmigen Bischofs und des Weltvaters, falls Er überhaupt einen Blick für diesen Ort übrig hatte, was Reva stark bezweifelte.

»Sei vorsichtig, Liebes«, flüsterte Veliss, die ihr ansah, was sie dachte. »Wie sich zeigt, nehmen sie mehr hin, als ich gedacht hätte, aber auf uns trifft das sicherlich nicht zu.«

»Das ist mir egal«, sagte Reva und griff nach Veliss' Hand.

»Sieh zu, dass du die Schlacht gewinnst, Reva.« Veliss strich ihr kurz über den Daumen, ehe sie ihr die Hand entzog. »Dann können wir uns überlegen, was uns wichtig ist.«

◆ ◆ ◆

Sie hielten den zweiten Ring die ganze Nacht hindurch, doch am Morgen begann ein Gebäude in der Nähe der Südmauer zu brennen: ein Lager der Webergilde, das voller Leinen war. Die Flammen schlugen so hoch, dass sie sich nicht unter Kontrolle bringen ließen, und die Hitze war schon bald so unerträglich, dass Reva den Rückzug zum nächsten Ring anordnete. Diesmal zahlten sie einen höheren Preis, denn die Volarianer machten sich das Durcheinander zunutze und überwanden die Mauer. Gleichzeitig nahmen ihre Bogenschützen sich die Männer auf den Dächern vor. Die zahlreichen getroffenen Verteidiger stürzten in die Menschenmassen, die sich unten durch die Straßen drängten. Mehrere Gruppen von Verteidigern wurden abgeschnitten und mussten sich in befestigten Häusern verbarrikadieren, von wo aus sie ihren Feinden erbitterten Widerstand leisteten.

Reva beobachtete von einem Dach aus, wie eine Gruppe Varitai mehrere Versuche unternahm, eine wenige Straßen entfernte Kapelle zu stürmen. In Kleintrupps versuchten sie, die Mauern hochzuklettern oder durch die Fenster einzudringen, nur um kurze Zeit später als Leichen wieder auf der Straße zu landen. Schließlich umstellte ein Trupp das Gebäude und bewarf es mit Öltöpfen, um es anschließend in Brand zu stecken. Die Flammen griffen in Windeseile um sich, und die Verteidiger verließen die Kapelle. Sie zeigten jedoch nicht den geringsten Anflug von Panik, sondern stürzten sich voller Zorn und ohne Furcht auf die Varitai. Als Reva sah, wer die Alltoraner anführte, riss sie überrascht die Augen auf. Ein großer, dickleibiger Mann mit einem schmalen Schwert. *Der Priester vom Hauptplatz.* Er ließ sein Leben, ebenso wie die anderen. Sie wurden von den Volarianern einfach auf der Straße niedergemetzelt, doch nicht ohne zuvor mindestens doppelt so viele ihrer Gegner zu töten.

Reva wandte sich ab, als etwas mit einem feuchten Klatschen auf dem Dach landete. Es kam auf sie zugerollt, blieb vor ihren Füßen liegen und starrte sie mit leeren Augen aus einem eingefallenen Gesicht an. Weitere Aufprallgeräusche waren zu hören, und es regnete Köpfe. Auf der Straße begann eine Frau, wie wild zu schreien – vermutlich hatte sie ein bekanntes Gesicht gesehen.

Reva eilte zur Villa, wo Arentes und Antesch gerade über einer Karte brüteten. »Haben wir Gefangene?«

◆ ◆ ◆

Die Hauswache hatte über zwei Dutzend Männer in einem Teil der Gartenanlagen zusammengetrieben und unter strenge Bewachung gestellt. Die meisten von ihnen waren verwundet, und allen hatte es im Angesicht des Todes die Sprache verschlagen. Es handelte sich ausschließlich um Freie Schwerter – Kuritai und Varitai ergaben sich nicht, und diejenigen, die aufgrund ihrer Verletzungen nicht mehr kämpfen konnten, waren den Alltoranern gleichgültig. »Wir haben nur Offiziere und Feldwebel am Leben gelassen«, erklärte Antesch. »In der Hoffnung, dass sie vielleicht Informationen für uns haben.«

»Wir sind hier drinnen, sie sind da draußen«, sagte Reva. »Das sind alle Informationen, die wir brauchen.« Sie wandte sich an den Feldwebel der Hauswache, der für die Gefangenen verantwortlich war. »Habt Ihr ein Problem damit? Wenn ja, mache ich es selbst.«

Der Feldwebel schüttelte knapp den Kopf und griff sich das Beil.

»Verteilt sie«, wies Reva ihn an. »Werft sie vor allem dort über die Mauer, wo viele Freie Schwerter sind.«

Reva zwang sich, dazubleiben und zuzuschauen, verwundert, dass so wenige um Gnade flehten oder zu fliehen versuchten. Aber vermutlich wussten sie, dass sie nur das Unvermeidliche hinausgezögert hatten, als sie sich ergaben. Die meisten waren so eingeschüchtert oder verängstigt, dass sie weinend zum Richtblock stolperten, die Augen schlossen und sich noch einmal vor Angst übergaben, ehe das Beil auf sie niedersauste. Nur ein Mann schritt aufrecht zum Henker und sah Reva finster an, als er auf die Knie gezwungen wurde. »Elverah«, sagte er.

Reva antwortete ihm mit einem leichten Nicken.

»Um nichts besser«, sagte er mit starkem Akzent und in der Sprache der Königslande. »Um nichts besser als wir.«

»Falsch«, entgegnete sie. »Ich bin noch viel schlimmer als ihr.«

◆ ◆ ◆

Irgendwie war es ihr gelungen einzuschlafen. Als sie erwachte, saß Arken unweit von ihr an der Kante des Daches, auf dem sie sich befanden, und blickte hinüber zum Hauptplatz. Er hatte eine Decke gefunden und sie über Reva gebreitet; dennoch fröstelte es sie in der kalten Nachtluft. »Kann sein, dass uns das eine Atempause verschafft hat«, sagte er. »Das, was du mit den Gefangenen gemacht hast. Es hat seit fast zwei Stunden keinen Angriff mehr gegeben.« Seine Stimme war weder vorwurfsvoll, noch klang er bestürzt. Er schien es einfach hinzunehmen.

»Sie werden wiederkommen«, erwiderte Reva, stand auf und bewegte ihre steifen Glieder. »Lord Arentes hat dich in den höchsten Tönen gelobt. Offenbar warst du dem königlichen Heer gestern eine große Hilfe. Sie scheinen dich aufnehmen zu wollen.«

»Sie haben keinen einzigen anständigen Bogenschützen. Da ist es nicht schwer, sich hervorzutun.«

Reva zog sich die Decke fester um die Schultern und ließ den Blick über die halbzerstörte Stadt zu ihren Füßen schweifen. In den von den Volarianern besetzten Straßen brannten Feuer, und ihre Feinde bewegten sich im Schutz der Dächer von einem Haus zum anderen. Inzwischen hatten sie gelernt, sich nicht länger als unbedingt nötig dem Blick der cumbraelischen Bogenschützen auszusetzen. Direkt unterhalb von Reva drängten die Menschen sich in den Straßen des dritten Rings aneinander, scharten sich um Kochstellen oder saßen einfach nur erschöpft in der Ecke. Abgesehen von gelegentlichem Kindergeschrei oder der Zurechtweisung eines unaufmerksamen Wachmanns durch einen Feldwebel wurde kaum gesprochen.

»Ich habe gelogen, Arken«, sagte Reva.

»In Bezug auf was?«

»Al Sorna. Ich hatte keine Vision, der Weltvater hat mich nicht gesegnet. Soviel ich weiß, ist Al Sorna immer noch in den Nordlanden. Wahrscheinlich hatte er nie vor, uns zu Hilfe zu kommen. Warum auch? Schließlich verflucht fast jeder in diesem Land seinen Namen.«

Reva hörte, wie Arken sich erhob. Kurze Zeit später schlossen sich seine Arme um sie, stark und warm. »Glaubst du das wirklich?«

Ich bin auf der Suche nach einer Schwester in dieses Land zurückgekehrt. Stattdessen habe ich zwei gefunden. »Nein«, flüsterte sie und unterdrückte ein Stöhnen, als sie sah, wie eine Reihe Varitai in den Straßen gegenüber der südlichen Mauer Aufstellung nahm. »Nein. Ich glaube, er kommt.«

◆ ◆ ◆

In den frühen Morgenstunden gingen die Kämpfe wieder los und dauerten den ganzen Tag hindurch an. Die Volarianer attackierten sie mit ganzer Macht an vier verschiedenen Stellen. Vor jedem Angriff ließen sie erneut Köpfe herabregnen, jetzt nicht mehr nur von gefangenen Verteidigern, sondern auch von Frauen und Kindern. Wie zu erwarten verloren einige der Stadtbewohner bei dem Anblick die Nerven. Als der Kopf eines Mädchens zwischen den Reihen einer Kompanie landete, stürmte ein Mann brüllend los, setzte über die Mauer hinweg und stürzte sich mit einem Hackbeil auf die Freien Schwerter hinter der Barrikade, wo er in Windeseile von ihren Kurzschwertern niedergemetzelt wurde.

Reva eilte von hier nach dort, wo auch immer ihre Hilfe gerade am dringendsten gebraucht wurde, und kämpfte, bis die jeweilige Stellung gesichert war. Manchmal reichte schon ihr Anblick aus, um den Leuten Mut zu machen. Wenn sie auf den Dächern erschien und zwischen die Kämpfenden sprang, fassten die Leute neue Hoffnung und stürzten sich mit wiedererwachtem Kampfgeist auf ihre Gegner. Doch als die Mittagssonne am Himmel stand, wusste Reva, dass es an der Zeit war, und sie ließ drei Mal ins Horn stoßen.

Während sie gerade mit Arken über einen der Holzstege auf den vierten Ring zulief, sah sie unter sich Lord Arentes, der mit mehreren Wachen von einer Gruppe Varitai in die Zange genommen wurde. »Ganz langsam!«, wies der alte Kommandant seine Männer an, während sie sich vorsichtig rückwärts bewegten. »Einen Schritt nach dem anderen.«

Reva zog ihren Bogen und erschoss schnell hintereinander drei Varitai. Aber es reichte nicht, denn jetzt stürzte sich eine Kompanie Freie Schwerter auf die Wachen. Reva sah, wie Arentes einen Angriff abwehrte und seinen Gegner anschließend mit einem Schwerthieb zu Fall brachte. Dabei blieb jedoch sein Schwert in dessen Schulter stecken. Ohne zu zögern, warf Reva sich den Bogen über die Schulter, sprang mit gezogenem Schwert auf die Straße und streckte den Volarianer nieder, der gerade auf Arentes losgehen wollte. Sogleich kam ein anderer auf sie zu, wurde jedoch unter Arkens Stiefeln begraben, der sich mit der Axt in der Hand ebenfalls vom Holzsteg ins Kampfgetümmel stürzte.

»Zur Mauer, Euer Lordschaft!«, schrie Reva Arentes zu, und sie rannten los. Dank der Hilfe zahlreicher helfender Hände schafften sie es auf die andere Seite, während die Bogenschützen auf den Dächern den Volarianern Einhalt geboten.

Reva blickte auf und sah, wie Arken sich über die Mauer stemmte, eine große Silhouette vor strahlend blauem Himmel. Dann taumelte er und stürzte vor ihr auf die Straße. »Arken?«

Er lag mit dem Gesicht am Boden, zusammengekrümmt, die Augen trüb, der Blick leer. Ein volarianisches Kurzschwert ragte ihm aus dem Rücken.

◆ ◆ ◆

Der vierte Ring hielt gerade einmal eine Stunde – obwohl Reva unzählige Freie Schwerter niederstreckte, kaum dass sie von der Mauer sprangen und neben Arkens Leiche auf der Straße landeten. Die Wut raubte ihr jegliches Zeitgefühl und machte sie unempfindlich gegen Müdigkeit. Sie hieb einfach auf alle ein, die über die Mauer kamen, bis jemand sie von hinten packte und davonzog. Erst dann kehrten ihre Sinne zurück, und sie stellte fest, dass ihr Schwertarm von einer zähflüssigen roten Masse überzogen war. Reva starrte auf Arkens leblosen Körper zwischen all den toten Volarianern, bis sie um eine Ecke getragen und über den fünften Ring gehievt wurde.

»Meine Dame?« Antesch sah ihr ins Gesicht und schüttelte sie. »Meine Dame, bitte.«

Reva blinzelte. Dann stand sie langsam auf. »Wie viele sind noch am Leben?«

»Höchstens die Hälfte. Der letzte Ring hat uns viele Männer gekostet.«

Arken … »Ja, zu viele.«

Als sie auf das Schwert in ihrer Hand blickte, sah sie, dass ihm die halbe Klinge fehlte, dabei konnte sie sich gar nicht daran erinnern, es zerbrochen zu haben. Sie warf es achtlos beiseite und tauchte ihren Kopf in einen Wassertrog, um sich das Blut aus den Haaren zu waschen. »Hier haben wir keine Chance«, erklärte sie Antesch, als sie wieder auftauchte. »Wir lassen uns bis zum letzten Ring zurückfallen. Dort haben wir ein breiteres Schlachtfeld.«

◆ ◆ ◆

Reva ging zur Villa und überließ es Antesch und Arentes, die Verteidigung des letzten Rings zu organisieren. Das Schwert war noch da, wo sie es hingestellt hatte: gegen den Kamin gelehnt, zum Andenken an ihren Onkel. Als sie es nahm, stellte sie fest, dass es leichter war als in ihrer Erinnerung. Die Klinge war scharf und blank, das Blut des Vorlesers restlos entfernt. »Du bist zwar nicht das Schwert, wegen dem ich hierhergekommen bin«, sagte sie. »Aber du wirst deinen Zweck erfüllen.«

Der sechste und letzte Ring zog sich um den Platz vor der Kathedrale und war dicht an dicht mit Verteidigern besetzt. Wer zu alt, zu stark verletzt oder zu jung zum Kämpfen war, hatte in der Kathedrale Zuflucht gefunden. Die verbleibenden Wachen hatten auf dem Platz Aufstellung genommen und waren bereit, den Volarianern entgegenzutreten, sobald diesen der Durchbruch gelang. Obwohl ihnen die Müdigkeit anzusehen war, nahmen sie stramme Haltung an, als Reva – das Schwert ihres Großvaters über der Schulter – näher kam.

»Ich denke, es ist an der Zeit«, sagte sie, »dass ich euch für euren unermüdlichen Einsatz danke. Ihr seid hiermit ehrenvoll aus dem Dienst entlassen und könnt jederzeit gehen.«

Die Männer lachten überraschend laut, verstummten jedoch schnell wieder, als Lord Arentes ihnen einen missbilligenden Blick zuwarf. »Man kann wohl sagen«, fuhr Reva fort, »dass meine Familie solch treue Dienste nicht immer verdient hat. Dasselbe gilt auch für mich. Denn ich bin nicht vom Weltvater gesegnet, versteht ihr? Ich … bin eine Lügnerin …« Sie brach ab, als ihr ein Regentropfen auf die Hand fiel. Das war merkwürdig, denn bis eben war der Himmel noch klar gewesen. Reva blickte nach oben und sah, dass mit unheimlicher Geschwindigkeit Wolken aufzogen. Kurz darauf setzte der Regen ein. Schwere Tropfen prasselten vom Wind gepeitscht nieder und erstickten die Brände jenseits des Rings.

»Meine Dame!«, rief Antesch von einem der Holzstege und zeigte nach Süden. »Da tut sich irgendetwas!«

Neuntes Kapitel

Vaelin

Cara schwankte leicht, als die Wolken langsam begannen, über den Himmel zu wandern. Erst glichen sie dünnen Baumwollfäden, dann bildeten sie dunkle, spinnwebartige Ranken, die sich zu einer meilenbreiten Spirale emporwanden.

»Alles in Ordnung?«, fragte Vaelin und streckte die Hand aus, um Cara zu stützen, als sie leicht ins Taumeln geriet.

»Mir ist nur ein bisschen schwindelig, Euer Lordschaft«, antwortete sie mit einem gezwungenen Lächeln. »Ich habe das schon lange nicht mehr gemacht.« Sie holte tief Luft und hob den Blick wieder zum Himmel. Eine kühle Brise rauschte durch das Gras der Hügelkuppe. Die Spirale drehte sich weiter und wurde immer dunkler. Die Ranken verwandelten sich in grauschwarze Wolkenberge. Cara biss die Zähne zusammen und stöhnte leise. Die Wolkenmasse waberte langsam auf die rauchverhangene Stadt zu, begleitet von Donnergrollen und gelegentlichem Blitzen.

Cara sank auf die Knie; ihrem bleichen Gesicht war die Erschöpfung anzusehen. Sogleich stürzten Lorkan und Marken zu ihr, und der junge Begabte warf Vaelin einen giftigen Blick zu, den dieser wohlweislich ignorierte. Flechter stand etwas abseits. Aus seinem üblicherweise ausdruckslosen Gesicht sprach Unruhe, während er rastlos auf und ab schritt und dabei sein immer länger werdendes Tau fest umklammert hielt. Soweit Vaelin wusste, hatte er auf dem ganzen Marsch kein einziges Mal von seiner Gabe Gebrauch gemacht, obschon er zahlreiche Verletzte vom Schlachtfeld getragen hatte. Das Lied des Blutes kündete von Enttäuschung, als Vaelin beobachtete, wie der Heiler den Blick von Cara abwandte und einen gequälten Ton von sich gab, ehe er sich aufrichtete und eine entschlossene Haltung einnahm. *Er wartet auf etwas,* dachte Vaelin. *Auf etwas oder jemanden.*

Er sah zu, wie die Wolkenmassen sich bedrohlich auf die etwa sechs Meilen entfernte Stadt zubewegten, wo sie hoffentlich genug Regen spenden würden, um die zahlreichen Brände zu löschen, die innerhalb der Stadtmauern wüteten. Nachdem er am Vortag von Spähern der Nordgarde über die Notlage der Stadt in Kenntnis gesetzt worden war, hatte Vaelin der Armee ein schnelleres Tempo verordnet und seine Männer gnadenlos angetrieben. Mit finsterem Gesicht ritt er ihre Reihen ab und stieß wüste Drohungen gegen jeden aus, der schlappzumachen drohte. Sie marschierten die halbe Nacht durch und legten fünfzig Meilen zurück, ehe er sie anhalten ließ. Am nächsten Morgen war Nortah mit Cara und einem Vorschlag bei ihm im Zelt erschienen.

»Ich muss Euch jedoch sagen, Euer Lordschaft«, sagte das Mädchen, »dass ich die Folgen nicht absehen kann. Ich kann zwar dafür sorgen, dass es über der Stadt regnet, aber was dann passiert …« Sie zuckte hilflos mit den Achseln. »Als ich noch klein war, wurde mein Dorf von einer Dürre heimgesucht, die Ernte verdorrte, und meine Mutter sagte, dass wir im Winter verhungern würden. Damals wusste ich bereits von meiner Gabe, konnte kleine Wirbelwinde und dergleichen erzeugen oder die Wolken in hübsche Formen bringen. Also machte ich eine große Wolke und rief die anderen Wolken herbei, um ihr Gesellschaft zu leisten, und es regnete. Es regnete drei Tage lang, und die Bewohner meines Dorfes jubelten. Dann hörte der Regen auf, und der Teich gefror. Dabei war es mitten im Sommer. Kurze Zeit später fand Erlin mich und erzählte meinen Eltern von einem Ort im Norden, wo ich in Sicherheit wäre.«

»Du musst das nicht tun«, sagte Vaelin. »Ich weiß nur zu gut, welchen Preis unsere Gabe fordert.«

»Ich habe nicht den ganzen weiten Weg auf mich genommen, um tatenlos zuzuschauen, Euer Lordschaft.«

Vaelin wartete, bis alle Wolken über Alltor hingen und ein grauer Regenvorhang zu sehen war. Das Lied war jetzt ganz deutlich – es sang Revas stolze Melodie, allerdings mit einem unheilvollen Unterton. Die Zeit wurde knapp.

◆ ◆ ◆

»Sie haben mindestens doppelt so viele Männer wie wir«, erklärte Graf Marven vor dem Rat der Hauptleute. »Und es werden stündlich mehr, da sie Truppen aus Alltor abziehen und gegen uns ins Feld schicken. In Anbetracht der Größe des gegnerischen Heeres denke ich, dass wir es mit einem Täuschungsmanöver versuchen sollten, Euer Lordschaft.« Er deutete auf die Mitte der Karte, die Bruder Harlick gezeichnet hatte. Sie befanden sich nur wenige hundert Schritte vom Lager der Volarianer entfernt. Freie Schwerter und Varitai waren aufmarschiert, um ihnen den Weg nach Alltor abzuschneiden, zu beiden Seiten flankiert von unzähligen berittenen Soldaten. »Unsere Infanterie bleibt, wo sie ist, und wir schicken die Eorhilaner ans westliche Ufer, um die Volarianer abzulenken. Gleichzeitig reiten die nilsaelische Kavallerie und die Nordgarde nach Westen. Damit zwingen wir den Gegner, sich neu zu formieren, und können hier angreifen.« Sein Finger bewegte sich zur rechten Seite der volarianischen Verteidigungslinie. »Wir attackieren sie mit voller Kraft und brechen dann nach Westen hin aus, wo wir uns mit der Kavallerie zusammenschließen, während die Eorhilaner sich die östliche Flanke vornehmen. Auf diese Weise sind sie gezwungen, noch mehr Truppen aus der Stadt abzuziehen, was den Leuten dort eine kleine Atempause verschaffen sollte. Anschließend ziehen wir uns in den Wald zurück, wo unsere seordahnischen Freunde sicher leichtes Spiel mit der volarianischen Infanterie haben werden. Wir verwickeln sie in kleine Kämpfe, locken sie in Hinterhalte und dergleichen mehr. Es wird kein schneller Sieg, so viel ist gewiss. Es könnte sogar mehrere Wochen dauern, aber ich denke, dass wir auf diese Weise zumindest eine Chance haben.«

»Aber Alltor hat nicht so viel Zeit«, sagte Nortah.

»Und wir haben nicht genügend Männer, verehrter Hauptmann«, erwiderte Marven, dessen Stimme die Anspannung der letzten Wochen anzuhören war. »Wir brauchen doppelt so viele Leute, um die volarianische Verteidigungslinie zu durchbrechen.«

»Dann sind wir also den ganzen weiten Weg gekommen, um im Wald Katz und Maus zu spielen, während die Stadt untergeht?«, schnaubte Nortah verächtlich.

»Und was ist mit dem Fluss?«, warf Adal ein. »Wir könnten Boote bauen. Wir haben jede Menge Männer, die wissen, wie das geht. Auf diese Weise könnten wir Verstärkung in die Stadt schicken.«

»Bis die dort eintrifft, wird es niemanden mehr geben, der sie braucht«, entgegnete Nortah. »Sofern wir überhaupt an dem Ungeheuer vorbeikommen, das im Fluss vor Anker liegt.«

Es donnerte, und Vaelin blickte zum Zeltdach. Caras Sturm wurde heftiger, und schon bald würde der Boden zu aufgeweicht für einen Kavallerieeinsatz sein. Er ging in den hinteren Teil des Zeltes, wo das Segeltuchbündel auf seinem Feldbett lag. Während die Hauptmänner weiterstritten, knotete er es auf und zog das Schwert hervor. Das Lied des Blutes stimmte eine Willkommensmelodie an. Er griff nach der Scheide; das Heft lag ihm vertraut in der Hand. Vaelin bemerkte, dass die Stimmen der anderen verstummt waren, als er sich das Schwert umschnallte, und spürte, wie es angenehm schwer auf seinem Rücken lag.

»Euer Lordschaft?«, fragte Dahrena, als er das Zelt verließ. Er ging zu Flamme, wuchtete dem Tier den Sattel auf den Rücken und zog den Gurt fest. Dann führte er den Hengst auf die versammelte Infanterie zu.

»Was habt Ihr vor?« Atemlos stellte Dahrena sich ihm in den Weg, ihr Blick ängstlich und voll dunkler Vorahnung. Die Hauptleute waren ihnen ebenfalls nach draußen gefolgt und starrten Vaelin verwirrt an. Nur aus Nortahs und Caenis' Gesichtern sprach grimmiges Begreifen. Sie wechselten einen kurzen Blick und gingen in entgegengesetzte Richtungen davon. Caenis rief nach seinem Feldwebel, während Nortah, dicht gefolgt von Schneetanz, zu seiner Kompanie rannte.

»Euer Lordschaft?«, sagte Dahrena.

»Wenn Ihr fliegt, seht Ihr die Seelen anderer«, erwiderte Vaelin. »Aber habt Ihr jemals Eure eigene gesehen?«

Sie schüttelte stumm den Kopf.

»Das ist wirklich schade.« Er legte ihr eine Hand aufs Gesicht und strich ihr mit dem Daumen über die Wange. »Denn ich kann sie sehen, und sie strahlt wirklich ausgesprochen hell. Ich wäre Euch sehr dankbar, wenn Ihr Euch um meine Schwester kümmern könntet. Sie wird kein Verständnis hierfür haben.«

Mit diesen Worten schwang er sich aufs Pferd und trabte an die Spitze der Armee. Als er beim Banner der Bergarbeiter angekommen war, zügelte er Flamme. »Rührt euch!«, rief er den umliegenden Regimentern zu. »Und um mich scharen.«

Die Offiziere zögerten kurz, ehe sie den Befehl weitergaben, und es dauerte einige Minuten, bis alle Männer sich in einem losen Kreis um Vaelin versammelt hatten. Etwas weiter hinten drängten sich die Infanterie und die Seordahner.

»Wir sind an einem Punkt angelangt«, erklärte er ihnen, »an dem ich nicht mehr verlangen kann, dass ihr mir folgt, nur weil die Pflicht es von Euch verlangt. Ab sofort muss jeder Mann und jede Frau in dieser Armee für sich selbst entscheiden. Ich für meinen Teil« – er wandte sich im Sattel um und deutete auf die regengepeitschte Stadt jenseits des volarianischen Verteidigungsgürtels – »werde in diese Stadt reiten, weil dort eine Freundin auf mich wartet, die ich um jeden Preis wiedersehen will.«

Er griff hinter sich, zog das Schwert aus der Scheide und reckte es hoch in die Luft. Zwar drang nur wenig Licht durch die dichte Wolkendecke, doch reichte es aus, um die Klinge zum Funkeln zu bringen. Vaelin sah in die bleichen Gesichter der Krieger, die gebannt zu ihm aufblickten. Dann fuhr er fort: »Und ich werde jeden töten, der versucht, mich aufzuhalten. Wer mit mir kommen will, kann das gerne tun.«

Er wendete Flamme und ritt in langsamem Schritt davon. Hinter sich hörte er, wie Bewegung in die Masse kam. Adals und Marvens Stimmen waren deutlich über die unzähligen gebrüllten Kommandos zu hören, doch Vaelin blendete den Lärm hinter sich aus und konzentrierte sich stattdessen auf das Lied, während er den Blick über die Reihen der Volarianer schweifen ließ und auf einen Ton des Wiedererkennens wartete. *Vielleicht haben sie ihn wegen Feigheit hingerichtet,* dachte er. Doch dann erhob sich aus einem Bataillon etwas links von der Mitte des volarianischen Heeres ein Ton, der von purer Angst kündete.

Es ist so weit, dachte er. *Wenigstens war es mir vergönnt, Alornis besser kennenzulernen.*

Er stieß Flamme die Fersen in die Flanke, und der Hengst bäumte sich auf und galoppierte los.

◆ ◆ ◆

Als sie auf die volarianische Verteidigungslinie zupreschten, schien es fast, als würde die Zeit sich verlangsamen, so überwältigend war der Anblick, der sich vor Vaelin auftat. Feuerbälle gingen in tiefen Bogen auf die Stadt nieder, abgefeuert von Schlachtschiffen im Fluss. Der Regen hatte die Brände so weit gelöscht, dass nur noch ein schwaches Glimmen zu sehen war, während der schwarze wolkenverhangene Himmel von Blitzen durchzuckt wurde.

Vaelin ging zum Angriff über. Pfeile kamen auf ihn zugeschossen, doch dank dem Lied des Blutes, das jetzt stärker denn je zuvor in ihm erklang, wich er ihnen mühelos aus. Er wartete, bis das Lied ihren ehemaligen Gefangenen gefunden hatte, dessen Angst wie ein hoher Schrei aus der zweiten Reihe seines Bataillons herausschrillte. Dann begann Vaelin zu singen, ein Lied voll Zorn und Blutdurst. Er spürte, dass es sein Ziel fand. Der letzte seidene Faden, an dem der Verstand des Volarianers noch hing, riss, als er sah, wie die dunkle Gestalt seines Angreifers mit erhobenem Schwert auf ihn zugeritten kam. Panisch begann der Junge sich einen Weg in die hinteren Reihen des Bataillons zu bahnen. Er brüllte wie verrückt und hieb mit dem Kurzschwert nach allen, die ihn aufzuhalten suchten. Mehrere Soldaten in der vordersten Reihe drehten sich um, um nachzusehen, was es mit dem Aufruhr auf sich hatte.

Eigentlich war es nicht viel, nur ein kleiner Ausreißer in einem ansonsten vollkommen disziplinierten Gefüge, doch an diesem Tag war es genug.

Flamme galoppierte mit der Furchtlosigkeit eines geborenen Schlachtrosses in die volarianische Verteidigungslinie und trampelte alle nieder, die zu langsam waren, um zur Seite zu springen. Derweil stimmte Vaelins Schwert sein eigenes Lied an. Er hieb einem Mann den Kopf nebst Helm entzwei und trieb Flamme weiter voran. Sein Schwert hob und senkte sich unaufhörlich und unaufhaltsam. Hinter ihm erstreckte sich eine Spur arm- und beinloser Männer, deren Schreie sich mit denen seines Gefangenen mischten, der immer noch versuchte, sich in Sicherheit zu bringen.

Ein finster dreinblickender Veteran ging mit einem Kurzschwert auf Vaelin los. Doch dem Lied des Blutes entging an diesem Tag nichts, und einen Augenblick später sank der Mann auf die Knie und starrte fassungslos seinen blutenden Armstumpf an. Derweil wollte ein anderer Soldat nach Flammes Beinen hacken, sank im nächsten Moment jedoch ohne Kopf zu Boden.

Als er die letzte Reihe der volarianischen Verteidigungslinie durchbrochen hatte, zügelte Vaelin Flamme, der sich ungestüm aufbäumte. Der verstörte Soldat kniete auf dem freien Feld, und aus seinen aufgerissenen Augen sprach der schiere Wahnsinn. Vaelin wendete sein Pferd und sah, dass die Volarianer mit ausgestreckten Schwertern auf ihn zukamen und ihn einzukreisen suchten. Angst lag in ihren Blicken.

Von irgendwoher ertönte Gelächter, und Vaelin begriff, dass es sein eigenes war. Außerdem spürte er, dass ihm Blut aus der Nase lief – eine Erinnerung, dass er bereits zu lange gesungen hatte. Doch er schenkte dem keine Beachtung und ging erneut zum Angriff über. Zunächst ritt er den nächstbesten Soldaten nieder und tötete die Männer, die ihn flankierten. Dann riss er Flamme nach rechts und fällte erst einen Mann, der Befehle brüllte, und dann einen, der vor Angst erstarrt daneben stand.

Aber nicht alle Volarianer waren so leicht einzuschüchtern. Ein Dutzend Männer ging auf Vaelin los, in der Hoffnung, gemeinsam gegen ihn anzukommen. Das Lied warnte ihn jedoch vor jedem Angriff. Er parierte, wich aus und tötete, vom Lied und dem Blut wie berauscht. Dann stieß Flamme ein schmerzerfülltes Wiehern aus und bäumte sich auf. Ein Pfeil hatte ihn in die Flanke getroffen. Das Pferd blieb noch einige Sekunden in der Luft und trommelte mit den Vorderhufen, dann knickten seine Hinterbeine ein, und es ging in die Knie. Vaelin sprang aus dem Sattel und rollte sich ab. Kaum stand er wieder, wehrte er den Angriff eines Volarianers ab und stieß ihm die Schwertspitze durch den Brustpanzer. Die Sternensilberklinge drang mühelos durch die Rüstung.

Vaelin riss seine Waffe heraus und blieb neben dem sterbenden Pferd stehen. Von den Verwünschungen ihrer Vorgesetzten angetrieben kamen nun von allen Seiten Freie Schwerter auf ihn zu. Doch das Lied enthielt jetzt einen neuen Ton, disharmonisch und etwas wütend, aber gleichzeitig von unerschütterlicher, grenzenloser Loyalität. Vaelin lachte erneut, und die Freien Schwerter blieben stehen.

»Es tut mir leid, dass Euer General nicht auf mein Angebot eingegangen ist«, erklärte er ihnen.

Im nächsten Augenblick stürzte Schneetanz sich auf die Männer. Ihre Zähne und Klauen schienen allgegenwärtig. Sie drückte zwei Männer zu Boden und riss ihnen einem nach dem anderen den Kopf ab. Für einen kurzen Moment fiel ihr Blick auf Vaelin, und das Lied ließ einen Ton der Zuneigung erklingen, ehe die große Katze wieder verschwand und sich in die Masse der Volarianer stürzte, eine Spur aus Blut und abgetrennten Gliedmaßen hinter sich herziehend.

Die gegnerische Verteidigungslinie war jetzt durchbrochen, und die etwa zwanzig Meter breite Schneise stellte eine offene Einladung für die Nordgarde und Hauptmann Orvens Männer dar. Sie kamen mit blitzenden Schwertern angestürmt und schlugen auf ihre Gegner ein, bis das Bataillon der Freien Schwerter auseinanderbrach. Hauptmann Adal streckte gerade einen flüchtenden Volarianer nieder, als er Vaelin erblickte, der noch immer neben seinem toten Pferd stand. »Ihr seid verletzt, Euer Lordschaft.«

Vaelin wischte sich das Blut weg, das ihm noch immer aus der Nase lief, und schüttelte den Kopf. »Mir fehlt nichts. Versammelt Eure Männer, schwenkt nach links und greift die volarianische Kavallerie von der Flanke aus an.«

»Aber Ihr habt kein Pferd mehr …«, widersprach Adal, während Vaelin auf das nächstgelegene volarianische Bataillon zuschritt.

»Das macht nichts«, erwiderte dieser und winkte dem Hauptmann über die Schulter zu, ohne sich noch einmal umzudrehen.

◆ ◆ ◆

Das Lied war jetzt wie ein unstillbares Feuer, das ihn antrieb, anzugreifen und wieder und wieder zu töten. Ein ums andere Mal wich er tödlichen Schwerthieben aus. Als er das nächste Bataillon von hinten angriff, stellte er fest, dass die Varitai zwar immun gegen die Angst waren, die er bei den Freien Schwertern auslöste, ihnen jedoch der Instinkt fehlte, um es mit seiner Gabe aufzunehmen. Er arbeitete sich durch die Reihen der Sklavensoldaten zu ihrem Kommandanten vor, der im Gegensatz zu seinen Untergebenen sehr wohl Angst verspürte. In dem Versuch zu fliehen peitschte er sein Pferd blutig und prügelte mit der Gerte auf die umstehenden Männer ein. Doch vergebens.

Das Bataillon rings um Vaelin löste sich auf, als Vorarbeiter Ultin und seine Leute zum Frontalangriff übergingen. Dabei ließen sie ihrem Zorn freien Lauf und rächten sich für all die Greueltaten, die sie auf dem Marsch gesehen hatten. Die Varitai reagierten mit einstudierter Präzision und bildeten kleine, eng beieinanderstehende Gruppen, die bis zum bitteren Ende kämpften.

»Neu formieren!«, rief Vorarbeiter Ultin, nachdem er das Kompaniebanner im Rücken der volarianischen Verteidigungslinie in den Boden gerammt hatte. »Alle zu mir!«

»Greift sie von links an«, sagte Vaelin und runzelte die Stirn, als er den erschrockenen Blick des ehemaligen Bergarbeiters bemerkte.

»Ihr …« Ultin schaute Vaelin kurz in die Augen und schluckte. Dann blinzelte er und wandte den Blick ab. »Jawohl, Euer Lordschaft!«

Vaelin spürte, dass seine Wangen feucht waren. Er fuhr sich mit der Hand über die Augen, und als er sie zurückzog, war sie blutig. Er konzentrierte sich und versuchte, das Lied zu beruhigen, doch dann schrillte auch schon ein neuer Warnton auf. Vaelin wandte sich nach rechts, wo Graf Marvens Infanteristen in einen heftigen Kampf mit einer kleineren Gruppe Volarianer in leichten Rüstungen verwickelt waren. Während er auf sie zurannte, fiel ihm auf, mit welcher Leichtigkeit die Männer sich bewegten. Die meisten von ihnen waren mit zwei Schwertern bewaffnet und vollführten einen schrecklichen Tanz, der zahllose Nilsaeler das Leben kostete. *Das sind also die berühmten Kuritai,* dachte er, als er unter einem Schwert durchtauchte, sich abrollte und aus kniender Position nach dem Oberschenkel seines Angreifers hieb und ihn zu Fall brachte. Im nächsten Augenblick fielen auch schon zahlreiche brüllende Nilsaeler mit blitzenden Schwertern und Dolchen über den verwundeten Kuritai her.

Wieder schrillte das Lied auf. Als er den Kopf hob, sah Vaelin, dass drei Kuritai auf ihn zugerannt kamen: einer vorneweg, die anderen beiden an den Flanken. Er ließ dem Lied freien Lauf, und plötzlich war es, als würden die Elitesoldaten sich durch eine zähe Masse bewegen. Ihr koordinierter Angriff war unbeholfen und träge, ihre Deckung völlig unzureichend. Das Lied beruhigte sich erst wieder, als die drei Männer neben Vaelin zusammenbrachen, Schlamm aufspritzte und aus ihren beinahe identischen Halswunden Blut sprudelte.

Vaelin richtete sich auf und sah, dass ein Kuritai ihn mit schräg gelegtem Kopf beobachtete. Sein Gesichtsausdruck war fassungslos, wie bei einem Kind, das zum ersten Mal in seinem Leben einen Zaubertrick sieht. Und er war nicht der Einzige; zahlreiche Nilsaeler starrten Vaelin mit demselben Blick an. Eine Bogensehne sirrte, und der gaffende Volarianer ging von einem Pfeil in die Brust getroffen zu Boden. Seine Brüder wirbelten herum und sahen sich einer neuen Gefahr gegenüber, denn jetzt führte Hera Drakil die Seordahner in die Schlacht. Die Nilsaeler mochten zwar tapfer sein, doch konnten sie es nur aufgrund ihrer zahlenmäßigen Überlegenheit mit den Volarianern aufnehmen. Das Waldvolk war auf dergleichen nicht angewiesen.

Vaelin beobachtete, wie ihr Häuptling sich unter einer Schwertklinge wegduckte, im Aufspringen seinem Angreifer den Knüppel auf den Kopf drosch und ihm den Schädel spaltete. Die anderen Seordahner übernahmen den Rest. Ihre Keulen und Messer schwirrten durch die Luft und fällten einen Kuritai nach dem anderen.

»Jetzt verstehe ich, warum der Wald unberührt bleibt«, sagte Vaelin, als Hera Drakil sich neben ihn kauerte.

»Du brauchst den Heiler, Beral Shak Ur«, erwiderte der Häuptling und zog Vaelin auf die Beine.

Das Lied brandete erneut auf. Vaelin taumelte und musste einen Schmerzensschrei unterdrücken. In seinem Mund breitete sich der Geschmack von frischem Blut aus. *Reva!* Vaelin wandte sich zur Stadt um und blickte die Dammstraße entlang bis zu den niedergerissenen Toren. »Ich brauche ein Pferd.«

Der Seordahner zögerte, doch Graf Marven brachte sein Pferd

neben ihnen zum Stehen, stieg ab und drückte Vaelin die Zügel in die Hand. Aus einer Schnittwunde an seiner Wange strömte Blut. »Zu Fuß kämpfe ich sowieso besser«, sagte er.

»Formiert Eure Leute«, wies Vaelin den Grafen an und schwang sich in den Sattel. Von hier oben hatte er einen besseren Überblick über das Schlachtfeld. Sämtliche Kompanien der Volarianer waren jetzt in Kämpfe verwickelt. Ihre Verteidigungslinie war hier und auf der rechten Seite zusammengebrochen, wo Nortahs Trupp seine Wut abreagierte und ein doppelt so großes Bataillon Freier Schwerter auseinandernahm, um sich mit Ultins Bergleuten zu vereinigen. Auf der linken Seite dagegen schienen die Volarianer dem Angriff durch das königliche Heer unter Caenis' Führung erfolgreich zu trotzen. Weiter hinten konnte Vaelin durch den Regen hindurch die wirbelnden Leiber der Pferde ausmachen, die ihm verrieten, dass die Eorhilaner die volarianische Kavallerie fest im Griff hatten.

»Fallt ihnen auf der gegenüberliegenden Seite des königlichen Heeres in den Rücken«, befahl Vaelin Marven. Er musste sich am Sattelknauf festhalten, um nicht vom Pferd zu stürzen. Dann wandte er sich an den Seordahnerhäuptling. »Würdet Ihr mich in die Stadt begleiten, Hera Drakil? Ich möchte Euch eine Freundin vorstellen.«

Er wendete Marvens Pferd und trieb es zum Galopp an. Doch in der Nähe der Dammstraße sah er etwas, das ihn kurz langsamer werden ließ. Auf dem Boden lag ihr ehemaliger Gefangener – tot und mit aufgeschlitzter Kehle, ein blutiges Messer in der Hand, sein Gesicht eine Maske jenes Wahnsinns, in den das Lied ihn getrieben hatte.

◆ ◆ ◆

Von Harlick wusste er, dass die Dammstraße dreihundert Meter maß, und Vaelin wunderte sich, weshalb sie ihm mehrere Meilen lang erschien. Sein Atem ging schwer, und er konnte spüren, wie das Blut, das ihm aus Nase, Mund und Augen rann, langsam sein Hemd durchtränkte. Er spuckte alle paar Meter aus und trieb Marvens Pferd zu einer noch höheren Geschwindigkeit an.

Sie setzten über die Überreste des Tors hinweg und galoppierten durch die mit Kopfstein gepflasterten Straßen der Stadt. Tod und Zerstörung säumten ihren Weg. Bäche aus Blut flossen durch die Rinnsteine, hinter jeder Ecke stapelten sich neue Leichen. Vereinzelt stolperten Volarianer durch die Gassen, stellten jedoch keine Bedrohung dar. Ihren Gesichtern war die Verwirrung anzusehen. Die Verteidiger hatten innerhalb der Stadt Mauern errichtet, und Vaelin war gezwungen, die Breschen der Volarianer zu suchen, ehe er seinen Weg fortsetzen konnte. Die Verzögerung zehrte an seinen Nerven, denn das Lied des Blutes schwoll immer mehr an.

Kurz vor der Kathedrale musste er absteigen. Die Leichen türmten sich jetzt so hoch, dass selbst Marvens erfahrenes Schlachtross sich weigerte weiterzugehen. Also setzte Vaelin seinen Weg zu Fuß fort. Er stolperte über leblose Körper, und alles verschwamm ihm vor den Augen. Neben einem jungen Mann, der ein Kurzschwert im Rücken und eine Axt in der Hand hatte, stürzte er auf die Knie. *Kaum mehr als ein Kind.*

Er zwang sich aufzustehen und taumelte weiter. Jetzt waren auch Kampfgeräusche zu hören. Er trat auf eine breite Straße, deren Gebäude abgerissen worden waren. Vor ihm belagerten tausend oder noch mehr Volarianer eine weitere Mauer. Sie hatten bereits eine Bresche hineingeschlagen, und jenseits von ihr tobte ein erbitterter Kampf, der augenscheinlich schon zahlreiche Todesopfer gefordert hatte. Das Lied schrillte erneut auf und bestätigte Vaelins Vermutung: Sie war dort und befand sich mitten im Schlachtgetümmel. *Wo auch sonst?*

»Das übernehmen wir«, sagte Hera Drakil, der neben ihm aufgetaucht war, während aus den umliegenden Straßen unzählige seiner Krieger herbeigestürmt kamen.

»Ich wäre Euch sehr verbunden«, erwiderte Vaelin.

Als die Seordahner angriffen, gab die volarianische Heerschar ein eigentümliches Geräusch von sich, ein lautes Stöhnen, aus dem abgrundtiefe Verzweiflung sprach. Tagelang hatten sie innerhalb dieser Mauern gelitten, nur um jetzt von Kriegern niedergemetzelt zu werden, mit denen sie es nicht im Geringsten aufnehmen konnten.

Die Kampfgeräusche verklangen, und Vaelin schloss die Augen. *Hör auf,* sagte er dem Lied, aber er war so unendlich müde, und ihm war so unendlich kalt.

»Ihr müsst nicht vor mir niederknien.«

Sie stand über ihm und sah ihn mit einem warmen Lächeln an. Über der Schulter trug sie ein Schwert renfaelischer Machart, dessen Klinge über und über mit Blut beschmiert war.

»Ist das das Schwert?«, fragte er.

Sie schüttelte den Kopf. »Ich habe es nie gefunden.«

Die Welt verschwamm vor seinen Augen, und für einen kurzen Augenblick wurde alles schwarz. Als er wieder etwas sah, lag er auf dem Rücken, und ihr Gesicht war nur wenige Zentimeter von seinem entfernt. Tränen fielen auf seine blutigen Wangen. »Ich habe immer gewusst, dass Ihr kommen würdet.«

Er schaffte es, die Hand zu heben und ihr übers Haar zu streichen. *Sie hat es also wachsen lassen.* »Was wäre ich denn sonst für ein Bruder?« Er hustete. Ein Schwall Blut spritzte ihr ins Gesicht.

»NEIN!«, schrie sie, als wieder alles um ihn herum verschwamm. »NEIN! Ihr dürft nicht …«

◆ ◆ ◆

Kälte. Durchdringende, unentrinnbare Kälte. Sie fuhr ihm durch Haut und Knochen und zog ihm das Herz zusammen. Dennoch musste er weder zittern, noch bildeten sich beim Ausatmen Dunstwolken vor seinem Gesicht. Er blinzelte, und sein Blick klärte sich. Er sah eine Wand. Als er sich umdrehte, gaben seine Stiefel ein lautes, anhaltendes Echo von sich. Noch nie zuvor hatte er so ein langes Echo gehört.

Er befand sich in einem quadratischen Raum. Die Wände bestanden aus rauhem Stein, und in der Wand zu seiner Rechten gab es ein Fenster. In der Mitte stand ein schlichter Tisch aus dunklem Holz, dessen Oberfläche glänzte, obwohl weder von einer Lampe noch durch das Fenster Licht ins Zimmer fiel. An diesem Tisch saß eine Frau und sah Vaelin mit einer Mischung aus Zorn und Neugier an. Ein leerer Stuhl schien ihn schon zu erwarten.

»Ich weiß, wer Ihr seid«, sagte die Frau, und ihre Stimme löste ein weiteres unnatürlich langes Echo aus.

Vaelin ging auf den Stuhl zu, hielt aber inne, als er ein entferntes Geräusch hörte, einen leisen Klageruf. *Hat jemand nach mir gerufen?*

»War es vielleicht Tokrev?« Die Frau legte den Kopf schief und sah ihn mit zusammengekniffenen Augen an. »Nein, das kann ich mir nicht vorstellen.«

Sie war dunkelhaarig, jung und schön. Aus ihren Augen sprachen Intelligenz und eine abgrundtiefe Bosheit, wie sie Vaelin noch nie begegnet war. Sie erinnerte ihn an das Ding, das in Barkus gelebt hatte. Doch verglichen mit dieser Frau war das Ding nur ein boshaftes kleines Kind gewesen.

»Ihr wisst, wer ich bin«, sagte er. »Aber wer seid Ihr?«

Sie stieß ein freudloses Lachen aus. »Ich bin ein Singvogel, den man in einen Käfig gesperrt hat. Genau wie Ihr.«

Vaelin versuchte, das Lied des Blutes zu beschwören, horchte nach einer Melodie, an der er sich orientieren konnte, doch da war nichts.

»Hier gibt es keine Lieder, Euer Lordschaft«, erklärte die Frau. »Keine Gaben. Abgesehen von denen, die er bringt, und die sind selten erbaulich.«

»Er?«

Ihr Gesicht verzerrte sich vor Wut, und sie schlug mit der Hand auf den Tisch. »Spielt nicht mit mir! Stellt Euch nicht dümmer, als Ihr seid! Ihr wisst ganz genau, wo Ihr hier seid und wer Euch festhält.«

»So wie er auch Euch hier festhält.«

Die Frau entspannte sich und lehnte sich mit einem leisen Lachen zurück. »Er ist nicht besonders einfallsreich, was seine Bestrafungen angeht. Dieses Zimmer, die Kälte, keinerlei Ablenkung, abgesehen von Erinnerungen, und davon habe ich mehr als genug.« Sie bewegte die Hand zu ihrem Dekolleté und begann, die Stelle zwischen ihren Brüsten zu massieren. Ihr Blick wanderte in die Ferne. »Habt Ihr je geliebt, Euer Lordschaft?«

Da war das Geräusch wieder, lauter als zuvor. Jetzt war Vaelin überzeugt, dass es eine Stimme war, die seinen Namen rief. Weit entfernt, aber vertraut.

Vaelin ignorierte die Frage und trat ans Fenster. Draußen zog eine sich stetig verändernde Landschaft vorbei. Wolken wirbelten über den Himmel, darunter ragten hohe Berggipfel auf. Vaelin ließ den Blick über die Hänge schweifen, die immer flacher und grasbewachsener wurden, bis sie schließlich in eine sanfte Hügellandschaft übergingen.

»Es verändert sich ständig«, erklärte die Frau. »Berge, Meere, Urwälder. Ich nehme an, das sind alles Orte, die er einmal besucht hat.«

»Warum hat er Euch hier eingesperrt?«, fragte Vaelin. »Was habt Ihr verbrochen?«

Sie hörte auf, sich über die Brust zu reiben, und legte die Hand wieder auf den Tisch. »Ich habe jemanden geliebt, der meine Liebe nicht erwidert hat. Das war mein Verbrechen.«

»Ich kenne Euersgleichen. Ihr seid nicht fähig zu lieben.«

»Glaubt mir, Euer Lordschaft. Ihr kennt meinesgleichen beileibe nicht.« Sie deutete mit dem Kinn auf den Tisch.

Darauf lag jetzt eine Flöte, die zuvor nicht dort gewesen war. Ein schlichtes Instrument aus Knochen, dessen Oberfläche alt und abgenutzt aussah. Doch irgendetwas sagte Vaelin, dass es einen ausgesprochen starken Ton von sich geben würde, wenn er es an die Lippen setzte.

»VAELIN!«

Jetzt bestand kein Zweifel mehr: Von außerhalb dieses Raums rief jemand seinen Namen. Laut genug, um die Mauersteine wackeln zu lassen.

»Er wird es Euch zurückgeben«, sagte die Frau und blickte zu der Flöte. »Für unseresgleichen ist es schwer, ohne Lied zu leben.«

Das Zimmer erbebte. Ziegelsteine brachen aus den Wänden, als etwas von außen dagegen donnerte. Mörtel und Stein lösten sich, und durch die Ritzen drang warmes, weißes Licht.

»Nehmt sie Euch«, sagte die Frau. »Wenn er uns zurückschickt, werden wir gemeinsam singen. Und was für ein Lied das sein wird!«

Vaelin sah die Flöte an und verachtete sich dafür, wie sehr es ihn danach verlangte. »Habt Ihr einen Namen?«, fragte er die Frau.

»Ich habe hundert Namen, hundert oder noch mehr. Aber am liebsten mochte ich den, den man mir gab, ehe ich den Pakt mit dem Verbündeten schloss. Auf Geheiß meines Vaters verwüstete ich ein Land im Süden, dessen unzivilisierte Einwohner ein Ärgernis für ihn darstellten. Abergläubisch, wie sie waren, bezeichneten sie mich als Hexe und nannten mich Elverah.«

»Elverah.« Vaelin sah wieder zu der Flöte. Hinter ihm krachte die Mauer, und noch mehr Steine brachen heraus. Er blickte der Frau in die Augen und lächelte sie kurz an, ehe er ihr und der Flöte den Rücken zuwandte. »Ich werde ihn mir merken.«

Er konnte hören, wie sie ihm noch etwas zurief, als die Wand barst und Licht und Wärme ins Zimmer drangen und die Kälte vertrieben. »Richtet Eurem Bruder etwas aus!«, rief sie. »Er kann mich tausendmal töten, und es würde doch nichts ändern!«

Das Licht umfing ihn mit seiner wunderbaren Wärme und schien ihn zu durchströmen, während er von ihm fortgetragen wurde. Ein bekanntes Gesicht erschien vor seinen Augen. »Ihr leuchtet ebenfalls ausgesprochen hell«, erklärte Dahrena. »Es war leicht, Euch zu finden.«

Um ihn herum war alles strahlend hell, die Kälte schwand langsam aus seinen Knochen … Ein letztes Erzittern, als eine andere Stimme erklang. Diesmal gehörte sie nicht der Frau, sondern etwas viel Älterem. Sie war völlig ausdruckslos, nur eine tiefe Gewissheit sprach aus ihr, als sie sagte: »Wir beide werden ein Ende herbeiführen.«

◆ ◆ ◆

Er erwachte mit einem Schrei und krümmte sich zitternd zusammen. Seine Erschöpfung und die Kälte waren schier grenzenlos, aber er war noch am Leben. Er spürte etwas Schweres auf seiner Brust und bemerkte, dass seine Hände in lange, seidige Locken vergraben waren. Dahrena hob stöhnend den Kopf. Ihr Gesicht war bleich und ihr Blick von Erschöpfung getrübt. »So leicht zu finden«, flüsterte sie.

»Vaelin!« Reva kniete neben ihm. Sie lachte und weinte gleichzeitig. Hinter ihr konnte Vaelin Hera Drakil und seine Krieger erkennen. Das Gesicht des Seordahnerhäuptlings war von tiefer Unruhe erfüllt.

»Ich dachte, ich heiße Dunkelklinge«, erwiderte er.

Sie lachte und drückte ihm einen Kuss auf die Stirn. Jetzt kamen die Tränen in Strömen. »Es gibt keine Dunkelklinge. Das ist nur ein Märchen für Kinder.«

Er legte ihr einen Arm um die Schultern, um sie zu beruhigen. Dann horchte er tief in sich hinein. Doch er wusste bereits, was er dort finden würde. *Es ist fort. Das Lied ist verschwunden.*

Fünfter Teil

◆ ◆ ◆

Mein Vater war kein Mann, der lange Betrachtungen anstellte oder kluge Bemerkungen abgab. Tatsächlich sind seine wenigen Aufzeichnungen und seine üblicherweise eher knapp gefassten Briefe ausgesprochen trocken zu lesen und gespickt mit den unbedeutenden Belanglosigkeiten seines militärischen Lebens. Doch ist mir eine Begebenheit lebhaft im Gedächtnis geblieben, etwas, das er in jener Nacht sagte, als Marbellis fiel. Wir standen auf einer Hügelkuppe, von der aus wir die Stadt überblickten, und beobachteten, wie die Flammen über den Mauern loderten. Die Schreie der Stadtbewohner erfüllten die Luft, als das königliche Heer seine grausame Rache nahm. Einem plötzlichen Bedürfnis folgend, fragte ich meinen Vater, warum er so düsterer Stimmung war, immerhin habe er gerade einen glorreichen Sieg errungen, der in die Geschichte eingehen werde. Ich war, so müsst Ihr wissen, reichlich betrunken.

Ohne den Blick von der gepeinigten Stadt abzuwenden, antwortete mein Vater: »Jeder Sieg ist eine Illusion.«

— Alucius Al Hestian, *Gesammelte Schriften*,
Große Bibliothek der Vereinigten Königslande —

Verniers' Bericht

»Setz die Segel!«, rief der General dem Kapitän des Schiffes zu. Seine Stimme drohte in ein Brüllen umzuschlagen. »Segel setzen, habe ich gesagt! Sorg dafür, dass dieses Schiff sich bewegt!«

Ich trat an die Reling. Währenddessen beeilten die Sklavensoldaten sich, dem Befehl des Kapitäns Folge zu leisten. Die kläglichen Überreste der volarianischen Armee wurden jetzt auf den Fluss zugetrieben. In stupidem Gehorsam kämpften die Varitai bis zum bitteren Ende, während die Freien Schwerter sich panisch ins Wasser stürzten. Eine halbe Meile weiter südlich leistete die Freie Reiterei den Männern mit den grünen Umhängen Widerstand. Wer auch immer die Kavallerie befehligte, trieb seine Männer mit bemerkenswerter Souveränität wieder zusammen, als sie einen Ausbruchsversuch unternahmen. Diese Anstrengung erwies sich jedoch als müßig, denn kurz darauf fiel ihnen eine Vielzahl feindlicher Reiter in den Rücken, ließ zunächst einen Pfeilregen auf sie niederprasseln und ging dann zum Direktangriff über. Wenige Sekunden später war von der disziplinierten Abwehr der volarianischen Armee nichts mehr zu erkennen. Sie hatte sich in einen eingeschüchterten Haufen verschreckter Soldaten ohne die geringste Hoffnung auf Flucht verwandelt.

Ich wandte meinen Blick von dem blutigen Spektakel ab und sah einen einzelnen Reiter über die Dammstraße galoppieren, gefolgt von Tausenden mit Keulen und Bogen bewaffneten Männern und Frauen, die nicht die geringste Rüstung trugen. Der Reiter war zu weit weg, als dass ich sein Gesicht ausmachen konnte, doch zweifelte ich keinen Augenblick an seiner Identität.

»Schneller!«, schrie der General über das Rasseln der Ankerkette hinweg. »Wenn dieses Schiff nicht heute noch auf offener See ist, werde ich jeden Sklaven an Bord bis aufs Blut auspeitschen lassen.«

»Ist das Euer Ernst?«, fragte Fornella, die mit einem Weinglas in der Hand neben dem Kartentisch stand. »Mit solch schwerwiegenden Nachrichten nach Hause zurückzukehren dürfte keine allzu gute Idee sein.«

»Wir kehren auch nicht nach Hause zurück!«, entgegnete der General wütend. »Wir fahren nach Varinsburg und warten dort, bis Nachschub eintrifft. Dann werde ich eine Armee aufbauen, die keinen Stein in diesem Land auf dem anderen lassen wird. Schreib das nieder, Sklave!«, fauchte er mich an. »Ich, General Reklar Tokrev, verfüge hiermit die Auslöschung aller Bewohner dieser Provinz ...«

Ich wollte gerade mein Pergamentpapier zur Hand nehmen, als etwas meine Aufmerksamkeit erregte. Das Schiff hatte sich endlich in Bewegung gesetzt, die Segel blähten sich, und der stetige Wind trug uns flussabwärts. Dabei ignorierte die Besatzung wohlweislich die flehenden Bitten der Freien Schwerter, welche sich in den Fluss geflüchtet hatten und an Bord genommen werden wollten. Ich kniff die Augen zusammen, denn eine Meile voraus war ein neues Segel hinter einer Flussbiegung aufgetaucht. Ich hatte schon genug Schiffe gesehen, um auf Anhieb die große schwarze Flagge der Meldeneer zu erkennen, die am Großmast flatterte und die Sichtung eines Feindes verkündete. Aus der Takelage ertönte ein Schrei, der bestätigte, dass das Schiff nicht nur eine meiner Angst geschuldete Wahnvorstellung war.

»Schützen in die Takelage!«, befahl der Kapitän. »Wurfmaschinen bereitmachen! Kuritai an den Bug!«

Ich beobachtete, wie noch ein Segel hinter dem meldeneischen Schiff erschien, gefolgt von zwei weiteren. Als ich zum General hinübersah, stellte ich überrascht fest, dass ich in das Gesicht eines Feiglings blickte. Jeglicher Hochmut und Zorn waren daraus verschwunden. Stattdessen stand mir ein schweißgebadeter Mann gegenüber, dessen Glieder vor Angst zuckten. Ich wusste, dass er bisher keine einzige Schlacht geschlagen hatte. Er hatte wohl welche gesehen und Männer zum Sterben in den Krieg geschickt, doch nie selbst gekämpft. Bei dem Gedanken stieg ein Lachen in meiner Brust auf, *das ich jedoch unterdrückte. Er mochte zwar ein Feigling sein, doch bestimmte er immer noch über mein Leben.*

Im Gegensatz zu mir war seine Frau allerdings nicht in der Lage, ihre Schadenfreude zu verbergen. Sie stand am Kartentisch, in den Händen die Schriftrolle, die ich ihrem Gatten zuvor überreicht hatte, und lachte herzhaft über deren Inhalt. Der General wandte sich mit fiebrigem Blick zu ihr um.

»Was habt Ihr?«, fuhr er sie an. »Was bereitet Euch solch große Freude, hochverehrte Gattin?«

Immer noch lachend deutete sie auf mich. »Ach, ich freue mich nur über meine gute Investition.«

Jetzt richtete der General den Blick auf mich, und sein soeben noch bleiches Gesicht färbte sich rot vor Zorn. »Tatsächlich? Und weshalb, wenn ich fragen darf?«

»Erlaubt mir, Euch die womöglich letzten Worte aus der Feder des namhaften Gelehrten und Poeten Lord Verniers Alishe Someren vorzutragen, ein Gedicht mit dem Titel Ode an General Reklar Tokrev, nach Draken.*« Sie hielt inne, hüstelte theatralisch und unterdrückte ein Kichern. »Ein eitler Mann, beim Laster großer Held, dessen Frau mit Fug und Recht nichts von ihm hält, der trank und hurt' an Bord in wildem Treiben, und seinen Sklaven zwang, all seine Lügen aufzuschreiben …«*

»Hört auf«, sagte der General leise, doch sie fuhr ohne innezuhalten fort.

»Der seine Männer in die Flammen sterben schickte, sich selbst jedoch als Ruhmesmal erblickte …«

»Haltet den Mund, Ihr giftiges Luder!« Er stürzte sich auf seine Frau und schlug sie zu Boden. Als sie aufstehen wollte, verpasste er ihr einen Tritt in den Bauch. »Jahrelang musste ich mir Eure Gehässigkeiten anhören!« Er trat erneut zu, sodass sie sich hustend zusammenkrümmte. »Hundert Jahre in Eurer Gesellschaft, mein Herz!« Ein weiterer Tritt, und sie blutete aus dem Mund. »Ich wusste bereits nach der ersten Woche, dass ich Euch eines Tages töten würde –«

Das Messer, das meine Herrin in der Kajüte beiseitegeworfen hatte, besaß eine kurze, aber ausgesprochen scharfe Klinge, die den Schädel des Generals mit Leichtigkeit durchdrang. Er gab einen seltsamen, hohen Laut von sich, ähnlich wie ein heulendes Kind, das zwischen zwei Schluchzern nach Luft schnappt. Dann kippte er vornüber und stürzte auf die Planken, wobei seine Nase mit einem lauten Krachen brach. Ich habe es seitdem stets bereut, dass er so schnell starb und nie erfuhr, wem er seinen Tod zu verdanken hatte. Allerdings hatte ich genug Zeit, um über die schwer zu akzeptierende Wahrheit zu sinnieren, dass so wenige Menschen dem Ende anheimfallen, das sie verdienen.

Fornella hustete Blut aufs Deck und warf mir einen müden, schicksalsergebenen Blick zu. »Ein Abschiedskuss … kommt wohl … nicht in Frage?«

Hinter mir erklangen Schritte, und ich drehte mich um. Zwei Kuritai liefen mit gezückten Schwertern auf mich zu. Ich wollte zur Reling fliehen und mein Heil im Fluss suchen, hielt jedoch abrupt inne, als ein Pfeil neben mir in die Planken einschlug. Zahlreiche andere folgten. Ich suchte Schutz unter dem Tisch, während die Kuritai getroffen zu Boden gingen. Fornella wimmerte ängstlich, als ein Pfeil ihr Gewand ans Deck nagelte. Gerne würde ich behaupten, dass meiner nächsten Handlung rein ritterliche Motive zugrunde lagen, und berichten, dass ich Fornella einem mutigen Impuls folgend an den Armen packte und sie zu mir unter den Tisch zog. Doch dies wäre eine Lüge. Ich wusste, dass sie den Meldeneern möglicherweise von Nutzen sein konnte, und hoffte, mir die Gunst der Piraten zu sichern, indem ich ihnen die Frau des Generals aushändigte.

Wir drängten uns aneinander, während es um uns Pfeile hagelte. Schon bald folgte der dröhnende Donner größerer Geschütze, welcher von starker Hitze und Rauchwolken begleitet wurde. Fornella drückte sich an mich, obgleich sich mir nicht erschloss, welchen Trost sie bei mir zu finden hoffte. Kurze Zeit später neigte das Deck sich in einem erschreckenden Winkel, und das Geräusch der Pfeile wich Schreien und dem Scheppern aufeinandertreffender Schwerter. Ein Sklavensoldat brach unweit des Tisches tot zusammen, und aus seiner aufgeschlitzten Kehle strömte Blut. Derweil erstarben auch die Schlachtrufe der anderen Volarianer, wichen Schmerzensschreien und dem Winseln um Gnade.

Schließlich kehrte Stille ein, die nach einer gefühlten Ewigkeit von einer lauten Stimme durchbrochen wurde. »Löscht das Feuer!«, befahl sie im unverkennbaren Akzent der Meldeneer. »Belorath, geh unter Deck und töte alle, die noch bewaffnet sind. Und vergewissere dich, dass der Rumpf unbeschädigt ist. Es wäre zutiefst schade um diese schöne Trophäe.«

Ein Stiefelpaar schritt über das Deck und blieb vor dem Tisch stehen. Bis auf die Blutflecken war es poliert und glänzte. Fornella hustete und hielt sich den Bauch. Die Stiefel machten einen Schritt zurück, und ein vertrautes Ge-

sicht erschien unter dem Tisch, bärtig und gutaussehend, mit goldenem Haar und blauen Augen.

»Euer Lordschaft«, sagte der Schild. »Ihr habt uns sicher einiges zu berichten.«

◆ ◆ ◆

Das Feuer war schnell gelöscht, und der Erste Offizier bestätigte, dass der Rumpf unversehrt war. »Ausgezeichnet«, freute sich der Schild und strich über die mit aufwendigen Schnitzereien versehene Reling. »Ist dir dergleichen schon einmal untergekommen, Belorath? Mit diesem Schiff kann man um die ganze Welt segeln.«

»Sie heißt Sturmestrutz*«, sagte Fornella in der Sprache der Königslande, wenn auch mit starkem Akzent.*

Der Schild wandte sich um und bedachte sie mit einem finsteren Blick. »Ich bestimme selbst, wie sie heißt. Und du hältst den Mund, bis du etwas gefragt wirst.« Er lächelte. Offenbar befand sich hinter uns etwas, das sein Wohlgefallen erregte. »Tatsächlich erweist ihre Namenspatronin ihr gerade die Ehre.« Er schritt auf die Planke zu, die vom Schiff der Meldeneer an Bord führte und auf der jetzt eine merkwürdige kleine Gruppe erschien.

Zunächst betraten zwei Männer das Deck. Der erste war ein bulliger, grobschlächtiger Kerl, der zweite wesentlich jünger, aber augenscheinlich war der Anblick eines Schlachtfelds nichts Neues für ihn. Mit gezückten Schwertern musterten die beiden das blutige Bild, das sich ihnen bot, ehe der große Kerl sich verneigte und die drei Frauen an Bord bat. Eine davon zog sofort alle Blicke auf sich. Sie war von schlanker, aufrechter Statur und trug ein schlichtes Kleid mit einem leichten Kettenhemd darüber sowie ein Seidentuch um den Kopf. Sie bewegte sich mit einer ehrfurchtgebietenden Selbstsicherheit, die das prahlerische Gehabe des Generals als größte seiner Lügen entlarvte.

»Herzlich willkommen, Hoheit«, begrüßte der Schild sie mit einer tiefen Verbeugung, »auf der Königin Lyrna*. Meinem Geschenk für Euch.«*

Die Frau nickte leicht und sah sich aufmerksam um. »In der Flotte meines Bruders gab es ein Schiff namens Lyrna*. Ich frage mich, was wohl aus ihm geworden ist.« Als ihr Blick auf mich fiel, hielt sie inne, und ich sah zum ersten Mal ihre Narben. Das wächserne, verfärbte Fleisch, das ihre obere Ge-*

sichtshälfte entstellte. Das verstümmelte Ohr, das nur teilweise von dem Tuch bedeckt wurde.

Ich senkte den Blick, als sie auf mich zukam, und fiel mit geneigtem Kopf auf die Knie, wie ich es noch vor wenigen Monaten vor ihrem Bruder getan hatte. »Hoheit«, sagte ich.

»Bitte erhebt Euch, mein Herr«, wies sie mich an. Ich hob den Blick und sah, dass sie mich anlächelte. »Ich glaube, wir hatten eine Verabredung.«

Erstes Kapitel

Lyrna

Das Boot näherte sich dem Flussufer, wo etwa fünfzig Leute standen und warteten. Von Feierlichkeit keine Spur – es handelte sich lediglich um eine Gruppe schmutziger Menschen, die ihnen misstrauisch oder verwundert entgegensahen. Vor allem die Frau mit dem brandnarbigen Gesicht und dem Kopftuch zog viele neugierige Blicke auf sich. Der Schild stand am Bug und fixierte die großgewachsene Gestalt in der Mitte der Gruppe. *Er sieht so blass aus,* dachte Lyrna, deren Herz plötzlich schneller schlug. An Vaelins Seite stand eine schlanke junge Frau, die ein Schwert über dem Rücken trug. Ihr langes, kastanienbraunes Haar war im Nacken zusammengebunden. Der Anblick ihres makellosen Gesichts versetzte Lyrna einen Stich.

Nimm dich zusammen!, schalt sie sich. *Eine Königin ist über Neid erhaben.*

Dennoch fiel es ihr schwer mitanzusehen, wie die junge Frau Vaelins Nähe suchte und ihn unverwandt mit vor Sorge gerunzelter Stirn betrachtete. Manche der anderen Gesichter waren Lyrna vertraut. Bruder Caenis stand mit ernstem Blick etwas abseits. Al Melna, der junge Hauptmann der berittenen Leibwache, hielt die Hand einer Frau mit langen, schwarzen Zöpfen und einer frischen Schnittwunde über dem Auge. Und dann war da noch die Tochter des verstorbenen

Turmherren, die Vaelin offenbar ebenfalls nicht von der Seite weichen wollte.

Der Kiel des Bootes schrammte über das Schilfrohr am Ufer, und Ell-Nestra trat an Land, wo er sich gekonnt wie immer vor den Versammelten verbeugte. »Atheran Ell-Nestra, Schild der Inseln«, sagte er und richtete sich auf, um den großgewachsenen Mann mit einem kalten Lächeln zu begrüßen. »Obwohl ich glaube, dass ich zumindest einem von Euch schon einmal begegnet bin …«

Doch Vaelin würdigte ihn kaum eines Blickes, sondern ging mit einem Ausdruck fassungslosen Erstaunens auf Lyrna zu, die nun, von Iltis und Benten flankiert, an Land schritt. Wenige Meter vor ihr blieb er stehen und sah ihr ungeniert ins Gesicht. Es kostete sie große Überwindung, seinem Blick standzuhalten.

Nach einem Augenblick blinzelte Vaelin und sank auf die Knie. »Hoheit«, sagte er mit so dünner Stimme, dass Lyrna kaum glauben konnte, dass es wirklich die seine war. Auf seinem Gesicht spiegelte sich unendliche Erleichterung. »Willkommen zu Hause.«

✦ ✦ ✦

Die Villa des Erzfürsten schien die Belagerung als einziges Gebäude in ganz Alltor unbeschadet überstanden zu haben. Der Weg durch die Stadt war von Zerstörung geprägt gewesen. Wenigstens waren die meisten Leichen bereits weggebracht worden. Vor den Mauern brannten zahlreiche Scheiterhaufen, und die Cumbraeler hoben Gräber für ihre Toten aus. Die gefallenen Volarianer wurden zu einem Steinbruch ein paar Meilen weiter südlich gebracht und wortlos mit Erde bedeckt. Die Frau des Generals war eine von offenbar nur fünfhundert Überlebenden des gesamten volarianischen Heeres.

Jetzt stand sie vor Lyrna. Und obwohl sie sich bemühte, es zu verbergen, war ihr anzusehen, dass sie Schmerzen hatte. Ihr Gesicht war angespannt, und sie hielt sich den Bauch, wo ihr Gatte sie getreten hatte. Hinter Lyrna standen die versammelten Kapitäne der Armee sowie Lady Revas Gefolge: ein bunter Trupp, bestehend aus einem backenbärtigen, alten Gardisten, dem es irgendwie gelungen war, die Belagerung zu überleben, einem erfahrenen Bogenschützen, der ein alter

Bekannter von Vaelin zu sein schien, und einer Asraelerin mit affektiertem Akzent, die es vermied, Lyrna länger denn nötig in die Augen zu sehen. Doch so grundverschieden sie auch waren, in einem waren sie sich einig: Sie brachten ihrer neuen Statthalterin eine glühende Bewunderung entgegen, die auch der Rest der Stadt zu teilen schien. *Ich werde sie im Auge behalten müssen,* dachte Lyrna mit leichtem Bedauern, als sie das Mädchen zu ihrer Linken anlächelte. *Zwei Königinnen sind zu viel für ein Reich.*

Sie befanden sich im Herrschersaal, und Lyrna saß auf einem prunkvoll verzierten Stuhl auf dem Podium. Lady Reva hatte ihr den Thron des Erzlehens angeboten, doch Lyrna wollte nichts davon hören. »Das ist Euer Platz, Statthalterin.«

Zu ihrer Rechten stand mit verschränkten Armen Vaelin. Sein Gesicht war ungesund bleich, und er wirkte so erschöpft, dass Lyrna befürchtete, er würde jeden Augenblick zusammenbrechen. Dennoch hatte er den Bittgesuchen und Urteilsverkündungen der letzten Stunden aufrecht stehend beigewohnt, ohne sich zu beschweren oder um einen Stuhl zu bitten.

»Wir werden in der Sprache der Königslande sprechen«, erklärte Lyrna der Frau des Generals, »damit alle Anwesenden der Verhandlung folgen können.«

Die Volarianerin neigte den Kopf. »Wie Ihr wünscht.«

Iltis trat einen Schritt auf sie zu und funkelte sie böse an. »Die Gefangene hat die Königin mit Hoheit zu betiteln«, sagte er.

Die Frau zuckte vor Schmerz zusammen, und die Hand vor ihrem Bauch verkrampfte sich. »Wie Ihr wünscht, Hoheit.«

»Nennt Euren Namen«, wies Lyrna sie an.

»Fornella Av Tokrev Av Entril … Hoheit.«

»Ihr werdet hiermit der Aggression gegen dieses Land für schuldig gesprochen, denn Ihr habt es grundlos angegriffen und Euch dabei solcher Mittel bedient, die eine Schande für die Menschheit sind. Auf dieses Verbrechen steht der Tod.« Als Lyrna das Urteil verkündete, blickte sie der Frau aufmerksam ins Gesicht. Sie sah Angst darin, aber nicht so viel, wie sie sich erhofft hatte. *Kann es denn wahr sein?,* fragte sie sich und dachte daran, was Verniers ihr erzählt hatte. *Ist sie wirklich schon so lange am Leben, dass sie den Tod nicht fürchtet?*

»Allerdings«, fuhr Lyrna fort, »hat Lord Verniers für Euch Partei ergriffen. Er sagte mir, Ihr wärt ausgesprochen praktisch veranlagt und hättet zwar nur allzu bereitwillig von den schrecklichen Dingen, die diesem Land angetan wurden, profitiert, jedoch ohne direkten Anteil daran zu haben. Aus diesem Grund bin ich bereit, Gnade vor Recht ergehen zu lassen, aber nur unter der Bedingung, dass Ihr alle Fragen, die Euch gestellt werden, ehrlich und ohne zu zögern beantwortet.« Sie beugte sich vor und starrte der Frau fest in die Augen, während sie auf Volarianisch fortfuhr: »Und glaubt mir, verehrte Dame, hier gibt es Menschen, die eine Lüge wie einen Schrei hören können und in der Lage sind, Euch alle Geheimnisse aus dem Kopf zu ziehen, nachdem wir ihn Euch abgehackt haben.«

Jetzt schien die Frau sich etwas mehr zu fürchten, und sie nickte. Iltis stampfte drohend mit dem Fuß auf, und sie beeilte sich zu sagen: »Ich bin mit Euren Bedingungen einverstanden, Hoheit.«

»Sehr gut.« Lyrna lehnte sich auf ihrem Stuhl zurück und schloss kurz die Hände um die Armlehnen. »Wir werden später noch eine ausführliche Befragung im kleinen Rahmen durchführen. Eine Sache würde mich allerdings gleich interessieren. Lord Verniers hat mir erzählt, dass Euer Gatte davon sprach, nach Varinsburg zurückzukehren und dort zu warten, bis Nachschub eintrifft. Was hat er damit gemeint?«

»Nachschub an Truppen, Hoheit«, erwiderte Fornella, erfreulicherweise, ohne zu zögern. »Sie sollten dieses Land besetzen und den nächsten Schritt vorbereiten.«

»Den nächsten Schritt?« Lyrna runzelte die Stirn. »Welchen nächsten Schritt?«

Die Volarianerin verlagerte ihr Gewicht, und eine Welle des Schmerzes durchfuhr sie. »Die Eroberung dieses Reiches war nur die erste Stufe eines weit größeren Plans, Hoheit. Dieses Land stellt den idealen Ausgangspunkt für das Erreichen des Endziels dar.«

Lyrna spürte, wie Vaelin sich neben ihr aufrichtete. Sie drehte sich zu ihm und sah, dass er die Frau mit durchdringendem Blick anstarrte. Dann stieß er ein frustriertes Seufzen aus.

»Euer Lordschaft?«, fragte Lyrna besorgt.

»Vergebt mir, Hoheit«, erwiderte er mit fahlem Lächeln. »Ich bin nur … sehr müde.«

Lyrna studierte sein Gesicht, sah die geröteten Augen, die eingefallenen Wangen und die tiefe Traurigkeit, die in seinem Blick lag. Sie wusste, was er tags zuvor getan hatte, und nahm an, dass über kurz oder lang die ganze Welt davon erfahren würde. Sie fragte sich, ob seine Unpässlichkeit wohl auf das viele Töten zurückzuführen war. Sie hatte immer gedacht, er sei über Banalitäten wie Schuld oder Verzweiflung erhaben, immerhin hatten seine Taten stets jenseits aller Kritik gestanden. Aber jetzt … *Ist er womöglich doch nur ein Mensch?*

Lyrna wandte sich wieder der Gefangenen zu. »Und worin besteht dieses Endziel?«

»Im alpiranischen Kaiserreich, Hoheit.« Fornella schien überrascht, dass Lyrna nicht von selbst darauf gekommen war. »Die Invasion der Königslande diente nur dazu, den Weg für die Eroberung des alpiranischen Reiches zu bereiten. Nächsten Sommer soll von den Häfen dieses Landes eine Armee eingeschifft werden und an der Nordküste des Kaiserreichs landen. Gleichzeitig wird ein zweites, ähnlich großes Heer an der Südgrenze Alpiras angreifen. Auf diese Weise wird endlich der langgehegte Traum der Volarianer wahr.« Die Frau lächelte kaum merkbar. »So leid es mir tut, Hoheit, aber ich muss Euch mitteilen, dass diese Invasion nur der Eröffnungszug in einem viel größeren Spiel war.«

Lyrna dachte kurz nach, dann erwiderte sie: »Und ich werde diesem Spiel ein Ende bereiten, indem ich Volar den Flammen überantworte.«

◆ ◆ ◆

Am Abend fand ein Bankett statt. Trotz der Belagerung schien die cumbraelische Hauptstadt noch über einiges an Vorräten zu verfügen, und die lange Tafel im Speisesaal der Villa bog sich unter Essen und zahlreichen Flaschen erlesenen Weins. »Die stammen aus dem Weinkeller meines Onkels«, erklärte Lady Reva. »Die meisten davon habe ich allerdings an die Stadtbewohner verschenkt.«

Sie befanden sich im Garten des Anwesens, unweit der geöffneten Fenster des Speisesaals. Iltis und Benten standen in höchstens zwölf Schritt Entfernung, während die Asraelerin – die dem Erzfürsten offenbar als Beraterin gedient hatte und diese Rolle nun für die Statthalterin ausübte – unter den Fenstern wartete. Obwohl ihre Haltung und ihr Gesichtsausdruck betont unbeteiligt waren, verfolgte sie die Unterhaltung aufmerksam.

»Mögt Ihr keinen Wein, meine Dame?«, fragte Lyrna die Statthalterin und wandte der Beraterin und ihrem prüfenden Blick den Rücken zu.

»Ich kann das Zeug nicht ausstehen.« Reva lächelte unbehaglich. Sie hatte die Hände auf dem Rücken verschränkt und hielt den Kopf leicht gesenkt. Ganz offenkundig war sie mit der Etikette nicht vertraut und vergaß zudem in einem fort die gebotenen Ehrentitel. Doch das verletzte Lyrnas königliche Würde nicht im Geringsten.

»Euer Onkel war ein echter Kenner«, erwiderte sie. »Ich erinnere mich, dass er nur einmal an einem Glas zu schnuppern brauchte und sofort den Jahrgang, den Weinberg und die Hanglage bestimmen konnte.«

»Er war ein Säufer. Aber er war mein Onkel, und ich vermisse ihn sehr.«

»Vor allem heute Abend, nehme ich an.«

Reva lachte kurz auf. »Ich bin … dergleichen nicht gewohnt.« Sie zog eine Grimasse und fügte hinzu: »Ähm, Hoheit. Verzeihung.«

Lyrna lächelte bloß und blickte sich zum Bankett um. Es war eine verhaltene Angelegenheit. Die Stimmung war gedämpft, die Gespräche leise, die Gäste in Gedanken noch zu sehr bei den schrecklichen Dingen, die sie gesehen, und den Freunden, die sie verloren hatten. Dennoch erfuhr der Wein großen Zuspruch, vor allem bei Nortah Al Sendahl, der schwadronierend auf der Eingangstreppe der Villa saß, den Arm um Bruder Caenis' Schultern gelegt. In der anderen Hand hielt er sein Glas, aus dem mit jeder ausladenden Geste Wein schwappte. »Es ist wunderschön dort, Bruder. Weite, offene Flächen, der Blick aufs Meer und« – er stieß dem Oberhauptmann den Ellbogen in die Seite – »ich teile mir das Bett mit einer wunderschönen Frau. Jede Nacht, Bruder! Und du ziehst es trotzdem vor, beim Orden zu bleiben.«

»Dieser Mann ist nicht zum Aushalten«, sagte Lady Reva. »Nicht einmal, wenn er nüchtern ist.«

»Für einen Verstorbenen ist er wirklich ausgesprochen gesprächig«, entgegnete Lyrna. Sie ließ den Blick über die anderen Bankettteilnehmer schweifen, unter denen ein wichtiger Gast fehlte. Er hatte sich schon nach einer Stunde verabschiedet und war mit der Entschuldigung, müde zu sein – was zweifelsohne der Wahrheit entsprach –, ins Lager seiner Armee aufgebrochen. Lady Dahrena hatte ihn begleitet, und Lyrna war zu dem Schluss gelangt, dass ihre Eifersucht auf die Statthalterin wohl fehlgeleitet gewesen war.

»Was ist mit Lord Vaelin geschehen?«, fragte sie.

Lady Reva zögerte, und ein angespannter Ausdruck trat auf ihr schönes Gesicht. »Er hat uns gerettet.«

»Ich weiß, aber es ist nicht zu übersehen, dass die Art und Weise, wie er Euch gerettet hat, nicht spurlos an ihm vorübergegangen ist. Bitte, meine Dame, sagt mir, was geschehen ist.«

Reva atmete leise aus, und ihre Mundwinkel zuckten, als würde sie mit einer unliebsamen Erinnerung ringen. »Er hat das Waldvolk in die Stadt geführt, und sie haben alle Volarianer getötet. Bis auf den letzten Mann. Innerhalb von Minuten. Beim Weltvater, ich wünschte, sie wären schon während der Belagerung hier gewesen. Als es vorbei war, ging ich zu ihm. Er blutete … maßlos. Wir haben ein paar Worte gewechselt, dann stürzte er zu Boden. Er sah aus …« Sie verstummte. Dann hob sie den Blick und sah Lyrna in die Augen. »Er sah aus wie tot. Dann kam Lady Dahrena. Sie bewegte sich ganz eigenartig. Ihre Augen waren geschlossen, aber sie ging geradewegs und ohne zu stolpern auf ihn zu. Ihre Haut war ganz bleich … Sie brach über ihm zusammen, und ich dachte schon, sie wären beide tot. Ich habe gebetet, Hoheit. Ich habe voller Wut zum Weltvater gebetet, denn es war so ungerecht. Und dann …« Reva erschauerte und schlang die Arme fest um sich. »Dann waren sie plötzlich wieder am Leben.«

»Hat das sonst noch jemand gesehen?«

»Nur das Waldvolk. Und es hat ihnen eindeutig nicht gefallen.«

»Es wäre am besten, wenn das vorerst unter uns bleibt.«

»Wie Ihr wünscht, Hoheit.«

Lyrna strich ihr über den Arm und ging zurück zur Villa. »Habt Ihr das vorhin ernst gemeint?«, fragte Reva. »Dass Ihr ihre Stadt niederbrennen wollt?«

Lyrna blieb stehen und nickte. »Ja. Jedes einzelne Wort.«

»Bevor all das hier passiert ist, war ich mir so sicher, auf dem richtigen Weg zu sein. Ich hatte eine Aufgabe, eine heilige Mission im Namen des Weltvaters. Aber jetzt …« Die junge Statthalterin wirkte plötzlich bestürzt und viel älter, als sie eigentlich war. »Ich habe … Dinge getan. Um diese Stadt zu verteidigen, habe ich Dinge getan … Ich habe sie getan, weil ich sie zu jenem Zeitpunkt für richtig und gerechtfertigt hielt, aber jetzt bin ich mir nicht mehr sicher. Jetzt frage ich mich, ob ich meinen Zorn mit Recht und Mord mit Gerechtigkeit verwechselt habe.«

»In Zeiten des Kriegs ist das ein und dasselbe, meine Dame.« Lyrna kehrte um und nahm Revas Hand. »Auch ich habe Dinge getan, und ich würde alles, wirklich alles davon wieder tun.«

◆ ◆ ◆

»Ich würde gerne einen Spaziergang machen, meine Herren«, teilte sie Benten und Iltis kurze Zeit später mit. »Ich möchte meine neue Armee besichtigen.«

Iltis antwortete wie üblich mit einer prompten Verbeugung, während Benten ein Gähnen unterdrücken musste. »Macht Euch die späte Stunde zu schaffen, Euer Lordschaft?«, fragte Lyrna.

»Verzeihung, Hoheit«, stammelte er und richtete sich auf. »Ich stehe Euch zu …«

Sie bedeutete ihm zu schweigen. »Geht zu Bett.«

Wie viele der anderen Gäste schien auch Orena den Weingeschmack des verstorbenen Erzfürsten zu teilen. »Wir kommen auch mit«, lallte sie mit leichtem Silberblick. »Ich mag Soldaten.«

»Ich bringe sie ins Bett, Hoheit«, erbot sich Murel, packte Orena an der Hand und zog sie hinter sich her, wobei sie ihr Gejammer wohlweislich ignorierte.

»Sie hat ihre Trauerzeit aber schnell hinter sich gebracht«, stellte Iltis fest, als er den beiden Frauen nachblickte.

»Jeder leidet auf seine Weise, Euer Lordschaft. Sollen wir?«

»Ich glaube, ich muss Euch etwas gestehen, Hoheit«, sagte der große Mann, nachdem sie die Dammstraße überquert hatten. »Wegen Lord Al Sorna.«

»Wirklich? Und das wäre?«

»Ich bin ihm schon einmal begegnet. Oder vielmehr zweimal. Das erste Mal in Linesch. Dort hat er mir die hier verpasst.« Bei diesen Worten berührte der Bruder seine missgestalte Nase. »Und dann noch einmal vor wenigen Monaten, als ich …«

Lyrna blieb stehen und sah ihn mit hochgezogenen Augenbrauen an.

»Ich habe versucht, ihn zu töten«, presste ihr oberster Leibwächter hervor. »Mit einer Armbrust.«

Lyrnas Gelächter schallte über den Fluss. Indessen stand Iltis stoisch daneben. »Deshalb habt Ihr also mit Fermin im Kerker gesessen.«

»Es war ein einmaliger Fehler. Ich versichere Euch, dass es nicht wieder vorkommen wird. Ich war dem Glauben blind ergeben. Meine … Meine Treue gilt jetzt anderen Dingen.«

»Das will ich hoffen.« Sie setzten ihren Weg fort. Auf dem Fluss trieben immer noch Leichen zwischen den Schilfhalmen. Sie waren aufgedunsen und stanken nach verfaulendem Fleisch. Nach dem Regen war die Luft ungewöhnlich kalt für diese Jahreszeit. Lyrnas Atem bildete kleine Wolken vor ihrem Gesicht, und auf den toten Leibern im Fluss bildete sich sogar eine dünne Eisschicht.

»Eis im Sommer«, sagte Lyrna und blieb stehen, um es näher zu betrachten. »Es ist zwar schon Spätsommer, aber nichtsdestotrotz ist es ungewöhnlich.«

»Dergleichen habe ich noch nie erlebt, Hoheit.« Iltis bückte sich, um besser sehen zu können. »Meinen ganzen Lebtag ni–«

Der Pfeil traf ihn in die Schulter, und er stürzte mit einem Schrei zu Boden. Lyrna ließ sich fallen. Der zweite Pfeil schwirrte über sie hinweg und bohrte sich durch die dünne Eisschicht auf dem Fluss. *Sie sind ganz in der Nähe,* schloss Lyrna aus dem Flugwinkel des Pfeils. Neben ihr tastete Iltis mit zusammengebissenen Zähnen nach seinem Schwert. Doch Lyrna schüttelte den Kopf, hob die Hand und suchte mit den Augen das hohe Gras ab. Iltis hielt still und biss in den Kragen seines Umhangs, um nicht vor Schmerz aufzustöhnen. *Trage es stets bei dir.* Sie hatte sich das Messer vor dem Bankett um die Wade gebunden, wo niemand es sehen konnte, denn für eine Königin ziemte es sich nicht, eine Waffe zu tragen. Jetzt zog sie es hervor und drehte es so, dass ihr Unterarm die Klinge gegenüber dem verräterischen Mondlicht abschirmte. Sie wartete.

Gut zwanzig Schritte von ihnen entfernt erhoben sich zwei Gestalten aus dem Gras, die eine hochgewachsen, die andere untersetzt. Der große Mann trug einen zur Hälfte gespannten Langbogen, der stämmige Mann eine Axt. Sie kamen langsam näher, und der Stämmige ließ ein Lachen hören. »Ihr solltet mehr Vertrauen in mich haben, mein heiliger Freund. Ich sagte doch, dass der Weltvater uns zu ihr führen wird.« Jetzt konnte Lyrna sein Gesicht erkennen. Es war breit und bärtig, sein Kopf war kahlgeschoren und seine Zähne gebleckt, als er wieder den Mund aufmachte und voll Heiterkeit verkündete: »Zeigt Euch, Hoheit. Wir wollen Euch nur unsere Aufwartung machen.«

Nur noch ein bisschen näher. Sie senkte den Arm und ließ das Messer in ihre Hand gleiten.

»Kommt schon, stellt Euch nicht so an«, schimpfte der Bärtige. »Wir tun Euch doch nur einen Gefallen. Ihr wollt doch nicht wirklich für den Rest Eures Lebens mit einem solchen Gesicht herumlaufen?«

Bei diesen Worten sprang Iltis mit einem Brüllen auf und riss das Schwert aus der Scheide. Der hochgewachsene Mann wirbelte herum, den Bogen zur Gänze gespannt. Lyrna erhaschte einen kurzen Blick auf sein anziehendes, aber von Hass verzerrtes Gesicht.

Es war der beste Wurf, den sie je zustande gebracht hatte. Das Messer beschrieb einen vollkommenen Bogen und bohrte sich in die Kehle des Mannes. Als er zu Boden stürzte, riss die Bogensehne, und der Pfeil fiel ins Gras. Iltis wollte sich auf den stämmigen Kerl stürzen, ging jedoch nach ein paar Schritten mit einem Schmerzensschrei in die Knie. Lyrna rannte zu ihm, packte mit beiden Händen sein Schwert und stellte sich zwischen ihn und den Bärtigen. Sie holte aus, und die Klinge traf scheppernd gegen die Axt. Etwas knallte in ihr Gesicht und streckte sie nieder.

»Was für einen harten Kopf Ihr doch habt, Hoheit«, stellte der stämmige Mann fest und schüttelte seine Hand aus. Dann kam er näher. »Vielleicht werde ich ihn mir als Trophäe mitnehmen.«

Grinsend nahm er seine Axt. Und erbleichte. Etwas hatte sich um seinen Hals gelegt und schnürte ihm die Luft ab. Er schrie. Doch der Aufprall, als er zu Boden gerissen wurde, übertönte den Schrei. Seine Augen quollen aus den Höhlen. Mit beiden Händen packte er das Seil, und die Axt fiel zu Boden. Als Lyrna sich Blut spuckend aufrappelte, sah sie einen muskulösen jungen Mann mit lockigem Haar, der den stämmigen Kerl davonzog. Er holte das Seil mit schnellen, geübten Griffen ein, während der Meuchelmörder mit den Füßen strampelte. Als er schließlich vor dem jungen Mann zu liegen kam, stellte ihm dieser den Fuß auf den Hals und zog die Schlinge noch enger. Sein Gesicht war eine ausdruckslose Maske. Kurze Zeit später erstarb das heisere Würgen des Meuchelmörders.

Lyrna ging zu Iltis, der so viel Blut verloren hatte, dass er bleich und kaum mehr bei Bewusstsein war. »Vielen Dank, Soldat«, sagte sie zu dem jungen Mann, als dieser näher kam. »Bitte, mein Leibwächter braucht einen Heiler …«

Doch der junge Bursche schritt, ohne etwas zu erwidern oder innezuhalten, weiter auf sie zu. Auf seinem Gesicht zeigte sich noch immer nicht die geringste Regung. »Was …?«

Er bewegte sich zu schnell, als dass Lyrna ihm hätte ausweichen können, packte sie mit großen, kräftigen Händen an den Schultern und zog sie heran. Dann betrachtete er fasziniert ihre Narben. »Verletzt«, sagte er, schloss die Arme um sie und drückte sie fest gegen seine Brust.

Und sie brannte.

ANHANG I
DRAMATIS PERSONAE

DIE VEREINIGTEN KÖNIGSLANDE

Das Königshaus Al Nieren
Malcius Al Nieren – Herrscher über die Königslande
Lyrna Al Nieren – Malcius' Schwester, Prinzessin der Königslande
Ordella Al Nieren – Malcius' Gemahlin, Königin der Königslande
Janus Al Nieren – Malcius' Sohn, Thronerbe
Dirna Al Nieren – Malcius' Tochter, Prinzessin der Königslande

Das Adelshaus Al Sorna
Vaelin Al Sorna – ehemaliger Bruder des sechsten Ordens, Schwert des Königs und Herr des Turmes der Nordlande
Alornis Al Sorna – Malerin und Vaelins Schwester

Die Nordlande
Dahrena Al Myrna – Erste Ratsherrin des Nordturms
Adal Zenu – Hauptmann der Nordgarde
Kehlan – Heiler und Bruder des fünften Ordens
Hollun – Schriftführer und Bruder des vierten Ordens

Orven Al Melna – Hauptmann der dritten Kompanie, berittene Leibwache des Königs
Harlick – Bibliothekar und Bruder des siebten Ordens, Archivar des Nordturms
Nortah Al Sendahl – Lehrer und ehemaliger Bruder des sechsten Ordens, mit Vaelin befreundet
Sella Al Sendahl – Nortahs Gemahlin
Artis Al Sendahl – Sellas und Nortahs Sohn
Lohren Al Sendahl – Sellas und Nortahs Tochter
Schneetanz – Streitkatze
Weiser Bär – Schamane des Bärenvolkes
Sanesh Poltar – Häuptling der Eorhil Sil
Weisheit – Stammesälteste der Eorhil Sil
Insha ka Forna (Stahl im Mondschein) – eorhilanische Kriegerin
Ultin – Vorarbeiter der Bergmänner aus Räubers Klamm, später Hauptmann des ersten Bataillons der Armee des Nordens
Davern – Schiffsbauer, später Feldwebel in der Armee des Nordens
Cara – Einwohnerin von Kap Nehrin
Lorkan – Einwohner von Kap Nehrin
Marken – Einwohner von Kap Nehrin
Flechter – Einwohner von Kap Nehrin

Der sechste Orden
Sollis – Schwertmeister und Ordenskommandant am Skellan-Pass
Caenis Al Nysa – Bruder des sechsten Ordens, Schwert des Königs und Oberhauptmann des fünfunddreißigsten Infanterieregiments
Frentis – Bruder des sechsten Ordens, mit Vaelin befreundet
Grealin – Lagermeister und Bruder des sechsten Ordens
Rensial – Stallmeister und Bruder des sechsten Ordens
Ivern – Bruder des sechsten Ordens, am Skellan-Pass stationiert
Hervil – Bruder des sechsten Ordens, am Skellan-Pass stationiert

Alltor
Sentes Mustor – Erzfürst von Cumbrael
Reva Mustor – Sentes' Nichte
Veliss – Beraterin des Erzfürsten von Cumbrael

Arentes Varnor – Oberkommandant der Stadtwache
Bren Antesch – Oberkommandant der Bogenschützen
Harin – Heiler und Bruder des fünften Ordens, Meister der Knochenheilkunde
Arken – junger Asraeler, mit Reva befreundet
Der Vorleser – Oberhaupt der Kirche des Weltvaters

Renfael
Darnel Linel – Erzfürst von Renfael
Hughlin Banders – Ritter und Baron von Renfael
Ulice – Banders' uneheliche Tochter
Arendil – Ulices Sohn
Ermund Lewen – Ritter und Banders' wichtigster Gefolgsmann
Rekus Wenders – Ritter und Darnels wichtigster Gefolgsmann

Urlisch
Petzer – Gesetzloser
Schlepper – Gesetzloser, Petzers Kumpan
Illian Al Jervin – geflohene Sklavin, mit Davoka befreundet
Vierunddreißig – ehemaliger nummerierter Sklave und Folterknecht
Räuber – Glaubenshund und Frentis' Begleiter
Schwarzzahn – Glaubenshündin und Illians Begleiterin

Andere
Alucius Al Hestian – Dichter, mit Alornis und Vaelin befreundet
Nirka Al Smolen – Oberhauptmann der berittenen Leibwache des Königs
Tendris Al Forne – Aspekt des vierten Ordens
Benril Lenial – berühmter Maler und Bruder des dritten Ordens
Janril Norin – Barde und ehemaliger Standartenträger des fünfunddreißigsten Infanterieregiments
Ellora – Tänzerin und Janrils Gemahlin
Graf Marven – Hauptmann des nilsaelischen Kontingents in der Armee des Nordens
Jehrid Al Bera – Herr des Turmes der Südküste

LONAKISCHE TERRITORIEN

Die Mahlessa – Hohepriesterin und Anführerin der Lonakhim
Davoka – Kriegerin vom Schwarzfluss-Klan, Dienerin des Berges, mit Lyrna befreundet
Kiral – Jägerin vom Schwarzfluss-Klan und Davokas Schwester
Alturk – Tahlessa vom Graufalken-Klan
Mastek – Krieger vom Graufalken-Klan

DAS ALPIRANISCHE KAISERREICH

Aluran Maxtor Selsus – der Kaiser
Emeren Nasur Ailers – ehemaliges Mündel des Kaisers
Verniers Alishe Someren – kaiserlicher Geschichtsschreiber
Neliesen Nester Hevren – Hauptmann der kaiserlichen Garde

DAS VOLARIANISCHE KAISERREICH

Arklev Entril – Angehöriger des volarianischen Herrscherrats
Reklar Tokrev – General des zwanzigsten Korps der Armee des volarianischen Kaisers
Fornella Av Tokrev Av Entril – Arklevs Schwester und Reklars Gemahlin
Vastir – Aufseher in den Gruben, arbeitet für Arklev

DIE MELDENEISCHEN INSELN

Atheran Ell-Nestra – meldeneischer Kapitän und Schild der Inseln
Carval Ell-Nurin – Schiffsherr und Kapitän der *Roter Falke*
Belorath – Kapitän der *Seesäbel*

SEORDAH SIL

Nersus Sil Nin (Lied des Windes) – legendenumwobene Seherin
Hera Drakil (Roter Adler) – Ältester und Häuptling

Anhang II
Die Regeln des Kriegersextetts

Das klassische asraelische Deck besteht aus folgenden Karten in absteigender Reihenfolge ihres Wertes:

König der Wölfe (Kartenwert: 12)
Königin der Rosen (Kartenwert: 11)
Prinz der Schlangen (Kartenwert: 10)
Herr der Schwerter (Kartenwert: 9)
Herrin der Krähen (Kartenwert: 8)
Roter Hauptmann (Kartenwert: 7)
Schwarzer Feldwebel (Kartenwert: 7)
Goldener Wachmann (Kartenwert: 7)
Grüner Bogenschütze (Kartenwert: 7)
Weißer Schwertkämpfer (Kartenwert: 7)
Blinder Schmied (Kartenwert: 6)
Lachender Maurer (Kartenwert: 6)
Liebestoller Müller (Kartenwert: 6)
Glücklicher Weber (Kartenwert: 6)

Weinende Magd (Kartenwert: 6)
Heulender Wolf (Kartenwert: 5)
Fliegender Falke (Kartenwert: 5)
Fressende Krähe (Kartenwert: 5)
Steigendes Pferd (Kartenwert: 5)
Eingerollte Schlange (Kartenwert: 5)
Palast (Kartenwert: 4)
Thron (Kartenwert: 4)
Schloss (Kartenwert: 4)
Krone (Kartenwert: 4)
Schriftrolle (Kartenwert: 4)
Gekreuzte Schwerter (Kartenwert: 3)
Giftbecher (Kartenwert: 3)
Blutiger Dolch (Kartenwert: 3)
Gespannter Bogen (Kartenwert: 3)
Glänzende Axt (Kartenwert: 3)
Kerze (Kartenwert: 2)
Buch (Kartenwert: 2)
Fernglas (Kartenwert: 2)
Stößel (Kartenwert: 2)
Schreibfeder (Kartenwert: 2)
Graues Schiff (Kartenwert: 1)
Fröhlicher Matrose (Kartenwert: 1)
Aufziehender Sturm (Kartenwert: 1)
Dunkle See (Kartenwert: 1)
Ertrunkener (Kartenwert: 1)

Kriegersextett ist ein Spiel für bis zu fünf Personen. Zu Beginn werden die Karten gemischt, und jeder Spieler erhält sechs Karten. Wer möchte, kann zwei Karten aus seinem Blatt gegen zwei Karten vom Stapel eintauschen.

Beginnend beim Spieler zur Linken des Gebers machen die Spieler der Reihe nach ihre Einsätze oder steigen aus. In der nächsten Runde können sie den Einsatz entweder erhöhen oder den gleichen Betrag noch einmal setzen. Wird nicht erhöht, werden die Karten aufgedeckt, und der Spieler mit der höchsten Hand gewinnt den Pot. Wenn ein

Spieler den Einsatz erhöht, müssen alle nachfolgenden mit ihm gleichziehen oder ausscheiden. Es wird so lange gesetzt, bis in einer Runde keine Erhöhungen mehr erfolgen. Danach werden alle Karten aufgedeckt, und der Spieler mit der höchsten Hand gewinnt.

Wenn ein Spieler den Herrn der Schwerter sowie die fünf Kriegerkarten (roter Hauptmann, schwarzer Feldwebel, goldener Wachmann, grüner Bogenschütze, weißer Schwertkämpfer) auf der Hand hat, so ist er im Besitz des Kriegersextetts und gewinnt die Runde. Ansonsten gewinnt immer derjenige mit den meisten Punkten insgesamt. Sollten zwei Spieler gleich viele Punkte haben, gewinnt derjenige, der die höchste Karte besitzt. Das heißt, sollten zwei Spieler insgesamt dreißig Punkte haben, so gewinnt der Spieler, der den König der Wölfe auf der Hand hat, gegen den Spieler mit der Königin der Rosen.

Danksagung

Auch dieses Mal möchte ich mich wieder bei Susan Allison, meiner Lektorin bei Ace, dafür bedanken, dass sie mir mit Rat und Tat zur Seite stand. Meine Wertschätzung für Paul Field, der den Text Korrektur gelesen hat, wächst beständig. Dank an Michael J. Sullivan für seine frühe und fortwährende Unterstützung. Am meisten möchte ich jedoch all jenen danken, die es riskiert haben, einen Blick in *Das Lied des Blutes* zu werfen, und denen gefiel, was sie sahen – das hat es mir ermöglicht, ein weiteres Buch zu schreiben.

N
W
O
S
VOLAR
NEU-KETHIA
ESKETHIA
MARBELLIS
BORAELISCHER
OZEAN
JANELLIS
ALPIRA
ALPIRANISCHES REICH
RAVAL
HERVELLIS
MIRTESK
DIE GRUBEN
VOLARIANISCHES
KAISERREICH
VARESCH
DINELLIS
ATETHIA
(ALPIRANISCHES GEBIET)
JARVERNISCHES MEER
DIE ZWÖLF SCHWESTERN
LAVEHRISCHES
MEER
VEREHL

www.hobbitpresse.de

Daniel Illger
Skargat

Preis je Band: € 17,95 (D) / € 18,50 (A)

Der Pfad des schwarzen Lichts (1)
576 Seiten, Klappenbroschur, Karte
ISBN 978-3-608-94642-0

Das Gesetz der Schatten (2)
608 Seiten, Klappenbroschur, Karte
ISBN 978-3-608-94969-8

Der Stern der Mitternacht (3)
616 Seiten, Klappenbroschur
ISBN 978-3-608-98124-7

Auch als ebook

»Daniel Illger steht bei der Hobbit-Presse zu Recht zwischen den Werken von Tolkien, Tad Williams und Patrick Rothfuss.«
Nautilus

Schatten über Ahekrien. Die Gespensterhorde des Schwarzen Jägers reitet durch die Nacht. Das Böse erwacht, und in dem skrupellosen Rudrick hat es einen Handlanger gefunden. Es bedroht nicht nur das Dorf, in dem die Freunde Mykar und Cay aufwachsen, sondern das ganze Land.

Hobbit Presse
PAPERBACK